比较文学与跨文化研究书系
总主编　杨乃乔

Perspectives and Stances

Anthology of
Comparative Literature Studies
in China

主　编　郭西安

视域与立场
中国比较文学论集

复旦大学出版社

前言

"视域"及其超克：
比较文学的前瞻与允诺

郭西安

无论是在现代人文学术体系中，还是在中国大学学科的建制中，比较文学都属于一门新兴且特殊的学科。从体制上而言，不同学科之所以得以建立并相对区分，并非由于指涉的研究对象不同，而在于每个学科都会承担特定的功能，其问题关怀、所受学术训练，甚至使用的语码均各有不同。当然，学术总是处于变动革新之中，但学科仍然需要相对稳定和明确的系统化建设，否则相关知识的形构与传承、共同体的凝聚与延续、资源的合理划分与管理都将面临严峻的挑战。必须承认，相比传统人文学科，比较文学是一门发展历程较短，因而在方法论和体系性上并不是很成熟的学科；反过来说，比较文学又是在对传统人文研究的反思基础上建立起来的，因此有超克传统学科局限的可能。如何在比较文学的教学与研究中，与生生不息的青年学子一道探索并践行准确的学科意识、真切的学术认同和严谨的实践方法，是中国比较文学学科建设工程中一项迫切而艰难的议题。尤其考虑到，在本土学科体系内部，比较文学作为二级学科既强调跨越语言、民族、文化、学科的特性，在制度上又隶属于传统悠久深厚的一级学科，即中国语言文学系，要理解比较文学，就必须真正理解其在定位、功能与使命等诸方面相对常规人文学科以及传统文学研究的特征所在。

"视域"（perspective，也译为"视角"或"视野"）观念是贯穿于比较文学学科话语发展的核心概念。学者只需放眼观望一下比较文学的国际发展历程与现状，即可捕捉到相关学术话语中的这一普遍征象：无论是在欧洲比较文学垦拓与建立的早期，还是如今全球比较文学开展跨文化与跨学科探索的前沿，"视域"都是频繁出场的学科关键词。由杨乃乔教授主编的《比较文学概论》是全国高等教育体系下比较文学学科在本科生与研究生教学领域的一部示范性教材。该教材面对比较文学这一如此复杂而特殊的学科，在纷繁而变动的学科话语星云中，精准地捕获了"视域"及"比较视域"的核心理念，将其作为比较文学教学与学术体系中的枢纽性概念，设专章高屋建瓴地论述比较文学学科的学理依据之本，强调相对传统学科而言，比较文学研究的特异性在于研究主体"跨界"视野的有意识建立。这一点对于帮助本科生及研究生确立主体站位和学科认同是尤其重要而且必要的①。

"视域"观念之所以对于比较文学学科如此基要,有其内在的学理逻辑:比较文学诞生于对文明多相性和变动性的深刻省思之中,是对国际关系的紧张局势、民族文化间的复杂张力作出的敏锐回应,更与人类智识探究永无止境的自反性更新密切共振,而"视域"观念及其超克所表征的智识机制,正是比较文学这一核心精神线索的绝佳喻像。"视域"观念及其革新可以为显现并建构比较文学的特殊价值提供一条枢纽性路径,并借此为我们思考人文学科话语的拓深与更新带来有效启示。

首先,作为学科的导入性基础概念,"视域"观念包孕的革命性意蕴有助于我们理解比较文学的学科定位。同常规人文学科相比,比较文学的学科命名即体现出特殊性。人文学科现代格局的复杂渊源在此暂不展开,仅就直观而言,似乎我们熟悉的文学研究科系一般以研究客体的时空坐标为命名规则,如中国文学、外国文学、古代文学、现代文学等,而比较文学之成立则维系于研究主体的学理性构建,其研究客体难以被简单稳定地界定。这一观察很容易产生一个印象,仿佛传统文学研究的对象是客观存在的,而比较文学的研究对象则是主观构拟的。理解比较文学与传统学科命名规则的这种差异及其效应,可以借助比较文学学科话语中"视域"观念的引入。

"视域"观念兴起并得以体系性发展主要是在视觉艺术领域,通常被译为"透视"。透视法一度被认作绘画以及其他造型艺术再现真实的黄金法则,其基本含义是指依据"近大远小"等几何原理,在二维平面上摹拟出三维空间中物象的显现,经典透视现象最具代表性的模型就是两条平行线向远处逐步汇聚,呈相交状。传统透视法有两项核心特征尤其值得注意:其一是对"再现真实"的信念与诉求,人们相信,通过忠实描摹观看的内容可以再现真实;其二是主客二分,文艺复兴时期著名的艺术大师丢勒(Albrecht Dürer,1471—1528)即将透视法三要素总结为"主体、客体与主客之间的距离"②。自15世纪以降,为保障透视再现的精确性,人们有意识地探讨透视显现技艺,甚至发明各种观测工具,以便对观看进行限定和操控③。艺术理论家潘诺夫斯基(Erwin Panofsky,

---

① 参看杨乃乔主编:《比较文学概论》第三章,北京大学出版社,2002年版。
② Erwin Panofsky, *Perspective as Symbolic Form*, trans., Christopher S. Wood, New York: Zoon Books, 1991, p.67.
③ Jonathan Crary, *Techniques of the Observer: On Vision and Modernity in the 19th Century*, Cambridge, Massachusetts: The MIT Press, 1992, pp.97-136.

1892—1968)认为,透视的历史实际上既意味着对所谓"真实"进行距离化与客体化,又是人们力图克服距离而对之加以控制①。然而,究竟是客体规限了主体观看的结果,还是相反,主体制造了客体的各种表象呢?透视问题的复杂演进史基本是围绕这条悖论性线索而展开的②。如果说透视科学的建立是为了克服再现真实的相对主义,达成认知与真理的融贯,那么,透视的观念革命则将真理认知的构建性与多元化重置为问题的核心。

当"透视"成为一般认知行为的隐喻,也就是学术话语中往往纯熟使用的"视域"理念时,其所暗示的具体性、主客交互性与语境化显然就更为精微复杂,主体对视域中所显现出来的情状进行转码,是认知、叙述、伦理、信仰、价值、情感、权力等诸种复杂要素在特定关系场域中的话语综合效应,而不是所谓对既定客观现实的再现。"视域"观念革命的关键正在于对单一真实/真理信念的反思与超克。在此启发下,我们完全可以理解的是,如果说传统文学研究一般看似以研究客体来命名,实则普遍存在着主客互塑这一根本原则,而比较文学的命名之所以显得格格不入,不过是由于它以"比较"这一强介入性概念对学术研究中主体的构建性加以确认与突显。

进而,"视域"作为理解比较文学的枢纽性概念,为我们对该学科易于出现的望文生义的误读进行纠偏提供了便捷而有力的方案。第一种误读就是将比较文学的核心任务理解为比较异同。如果我们对视域本身的构建性和多样性达成了自觉意识,即能清晰地认识到:所谓异同不是既成不变的事实,而恰恰是特定视域的呈现;比较异同也不是我们的任务,而往往构成我们研究的契机,因为思考异同显现的条件,并对之加以批判和重构会成为我们研究的重要课题。因此,"比较"不能被迅速转移为"比较异同",毋宁说,"比较"是指对既成视域的前提、结构以及限度的考察,进而促使我们在不同视域间进行跨越和汇通,生成新的视域。

领会了视域的生成性和相对性,还能够解除对比较文学的第二种常见误解,亦即将比较文学等同于"通学",似乎比较文学意味着对现有学科的侵入和吞并,意味着无所不包而又无章可循。这种误解 方面会造成学科合理边界的坍塌,同时也会带来比较文学自身无法承担的重负。比较文学强调视域的开放与突破既不等同于放弃学科特性,也不旨在导向抽象宏阔的"大一统"。必须承

---

① Erwin Panofsky, *Perspective as Symbolic Form*, trans., Christopher S. Wood, New York: Zoon Books, 1991, p.67.
② 参看 Elkins, James, *The Poetics of Perspective*, Ithaca and London: Cornell University Press, 1994, pp.4 – 40.

认,在知识爆炸的今天,百科全书式的研究已经很难实施了,人文研究的进展很大程度上得益于一种视域对另一种视域的补充或替换。但是,比较文学并不是简单地转换视域,它强调有意识地从视域的内部跃出,并观察不同视域的边界,进而在多元视域间进行关联思考,提炼其中的特定线索,转化整合到一个新的问题框架,亦即新的视域中,去展开反思和论析。

由于缺乏明确的主题、方法论与边界,比较文学又被认为容易造成虚无缥缈的比附性以及即兴而为的随机性,对"视域"观念的真正领受则将推动我们规避此类雷区。"视域"观念的革命正在于其反对单一稳定、全知全能的上帝视野,直面视域生成的具体条件与限度,强调兼容别种视域的可能性。跨越既有视域边界之后所形成的新视域,必然也受到一系列特定前提与境遇的框限,表征研究主体与其研究对象间互动互塑的学术关联。因而,论证跨界新视域的合理性与合法性、批判性与建设性是比较文学在实践方法和学术伦理上都必须高度重视的一条原则。笔者也曾撰文指出,反过来说,对于那种未能就其研究视域的学理性和自洽性加以澄明的"比较性"操作,比较文学学者应该有底气拒绝为之"埋单",同时更以此作为自身学术实践和维护学科尊严的警醒①。

比较文学的建设不仅经常遭遇来自学科外部的误解,还一直伴随着学科内部的自我质疑,这典型地体现在学科史不断重演的危机叙事中,借助"视域"观念,我们能够更好地体认这种危机叙事及其指向的学科范式改革的内在逻辑。比如所谓平行研究对影响研究范式的挑战、反拨与补充,有其学理的必然性。尽管正如比较文学的代表性学者萨义德(Edward W. Said,1935—2003)所说,"比较文学的设立与早期目标正是去获有一种超越自己民族的视域,去观察某种整体"②,但不可否认,影响研究范式仍然部分困囿于传统视域观"崇尚客观真相"的"再现主义"意识:笃信依凭厘清并证明两国之文学文化现象的影响-接受脉络,即能真实客观地再现两种文明之间的事实关系。这一点显然被平行研究范式的实践者们所超克,后者开始强调,不仅影响研究之"事实"与主体的构建和诉求不可分割,而且在没有"事实关联"的文学现象间,乃至文学与其他知识体系间均可以展开比较文学研究,后者也就意味着跨学科研究的必然兴起。平行研究究竟何以可能呢?"视域"观念再次带给我们有趣的理解路径:正如前文所述之透视现象提示我们,两条平行线事实上没有相交,但是它们却会在"视

---

① 郭西安:《什么视域?如何比较?——作为一种范式革新契机的"比较视域"概念》,《学术月刊》2015年第3期。
② Edward W. Said, *Culture and Imperialism*, New York: Vintage Books, 1993, p.43.

域"中呈相交状,这本身就是"视域悖论"的体现。贡布里希(Ernst H. Gombrich,1909—2001)就艺术史上立体主义对"透视-再现"观念的革命性变折曾这样提示我们:当主客悖论,或者说"征服真实"所陷入的困境不再被掩饰和压抑时,艺术家们转而直面这一问题,并且邀请观众来参与这个复杂的游戏①。不难理解的是,由于共时观察的视域被突显了,平行研究不再包装在"事实"再现的陈述话语之中,转而明确甚至强化研究主体的问题意识与理论介入,邀请我们参与平行研究的复杂游戏。也就是说,强主体性在话语中的显性出场,不仅直面了人文学术研究中无可规避的解释学的基本生存性结构,更成为一类比较文学研究本身的特色与价值所在。而当比较文学受大量理论冲击,在文化研究或话语霸权的结构中泛化时,强调视域的限度与合法性又成为新一轮危机叙事的核心。

与学科合法性的学理确证密切关联的另一个问题是:当"视域"及其超克成为理解比较文学的轴心理念时,是否会滑向相对主义和虚无主义?答案是否定的。至少我们可以承认一点:比起强求维持既有视域的霸权,对所有视域保持平等开放与批判性反思,促进不同视域的相互参照、协商和融通,将更能形成切实的智识话语力量来对抗相对主义和虚无主义。正如西班牙裔比较文学学者归岸(Claudio Guillén,1924—2007,也译为"纪延")曾指出:比较文学与智识探究的形式有关,而后者的动力在于不稳定的感觉和具体的问题,因此,它总是处于未完成状态,而且只能在实践中被赋以短暂的形态②。

如果我们意识到,"视域"观念在比较文学学科话语中牵动的是该学科的探险精神、自省意识以及革新动力,这还将使得我们进一步领会比较文学在人文学科改革中的前瞻性践行。无论是关注文学与文化跨国界流通的影响研究,还是在不同文学传统及知识体系间直接构建对话的平行研究,抑或以对抗知识与文化霸权、重绘全球文学图景为核心诉求的世界文学话语,比较文学实际早已在践行"新文科"建设所提出的论域拓展、价值重塑、话语主导、交叉融合与范式革新③。比较文学不像传统学科那样着意于稳定疆土的奠定与守卫,而往往处在话语边界的那些交叉地带游走和探寻,以问题域为据点开展工作。一个比较文学的探险者通过这样一种特殊的方式,是在另一种更具流动性的形态和更具构建性的层面上开拓了自己的学科领土,这与"新文科"建设的思路是相契

---

① Ernst H. Gombrich, *The Story of Art*, New York: Phaidon Press, 1995, pp.433-434.
② Claudio Guillén, *The Challenge of Comparative Literature*, trans., Cola Franzen, Cambridge, MA.: Harvard University Press, 1993, pp.3-4.
③ 徐飞:《新文科建设:"新"从何来,通往何方》,《光明日报》2021年3月20日。

合的。

而从体制建设的角度来看,比较文学与传统学科共享学科话语的很多规定性,但作为一门非传统学科,它又必然与现有学科建制具有某些不共容性。显然,人文学科不仅仅是学术共同体的智识事业,还包含对其实施资本分配与管理运作的行政机制。可以说,比较文学是一门与现有学科体制构成"错时"关系的特殊学科,这使得它在现实的管理机制及其制造的归属性框架中往往格格不入,步履艰难,有时则暴露了这些机制及框架自身的左右掣肘或首尾乖互,从这个意义上说,比较文学也反思和挑战着现有人文学科的建设原则与运作机制。这也提示我们,需要结合国内外语境与时代的召唤,调整就我们总体上和根源上而言从西方借来的现有人文学科结构,这也是当前新一轮学科改革的题中之义。因此,从学术实践和体制运作两方面,中国比较文学的发展都已经累积了大量相关的经验教训,可以而且应当成为"新文科"建设的试验平台和前沿基地。

尽管比较文学从学科生成而言是舶来的知识形式,但如今它已深深扎根于本国的知识传统与现实语境中。中国的比较文学学科建设事业必须致力于培养兼具本土问题意识和国际文化视野的青年人才,在本土化与国际化的双重结构和复杂互动中探索并构建比较文学学科的新话语,乃至人文学科整体的新话语,真正回应"新文科"体系所倡导的中国学科话语的建设需求。而面向这一诉求,"视域"及其超克的智识话语资源或许恰然可以从多元、流动、开放、革新、辩证与对话等多个维度为我们继续提供启迪与支持。

最后,而且至为重要的一点是:"视域"观念还关涉我们理解比较文学在人文学科整体性中的特殊功能,由此体认比较文学学者的志业所在。如果学术的发展本然地意味着对既有视域的突破,那么我们为什么还需要一个比较文学?一个学科的产生当然有其现实情势和际遇性(contingency),甚或在具体博弈中不乏武断与妥协的因素。不过,要回答比较文学之何为,首先不应当是历史主义或实用主义的叙述,而应当关乎人文价值的根本考量。100多年前,马克斯·韦伯(Max Weber,1864—1920)曾发表《科学作为志业》(Wissenschaft als Beruf)的著名讲演,激励了无数青年知识分子投身学术这场"疯狂的赌博"[①]。一个比较文学学者同样应该思考这个问题:他以什么为志业? 比较文学承担着

---

① 韦伯这篇影响深远的讲演题目,现在一般译为"科学作为天职",从德语原文来看,"beruf"即为职业(profession,career)的意思,译为"天职"以突显特定的天命职守之义,当然并无问题;但笔者在此更愿意用"志业"一词,表明学术既是现世意义上的职业,要求专业的知识与技术,更是坚定的志向,这不是基于天降的信仰和要求,而是基于"虽千万人吾往矣"的自由意志的个人选择。

相对于传统学科而言的一个特殊功能,亦即跨界沟通的功能,或者说使话语能够突破既有的建制边界,在不同学科、文化、语码体系间流通起来的功能。如果说一般人文学科总是强调要建立起某种边界,设立某种确定的坐标,制造出该学科相对稳定、看似明确的对象和传统,那么比较文学则更强调跨越边界、打破定见,突显研究主体在其间的介入与担当,也正因为如此,它比其他学科更容易感受到强烈的不确定和不安全。甚至可以说,它致力于制造这种不确定和不安全,进而导向不同界域的瓦解、对话与共容。

以此为考量,我们或许可以探索和实践这样一种比较文学研究者的定位:比较文学研究者不是一个古今中西皆通的全才,而是一个善于在特定问题域或思维线索里进行跨学科、跨文化讨论的学者,其对不同视域保持谦逊、尊重和开放,同时又充满批判、自信和自省,其善于分析视域间的关联和各自的局限,并由此展开视域突破、转化和整合的工作。

如果说有什么是一个当代比较文学学者应当作为自己志业的描述,答案或许可以是:通过其对跨界视域严谨的探索而自觉在学科间对话、在文化间沟通,这个智识共同体应当充分运用自己学科的特征与优势为多种文明的交流互鉴,为人类命运共同体的发展前景发挥作用,以此为己任,责无旁贷。面对动荡且多极化的国际局势和文明冲突,比较文学作为始终身处跨界协商前沿的新锐学科,比以往任何时刻都更应当且更可能与众多的学术共同体一道,承担起促进跨文明、跨学科的交流、交融与交锋这一志业。

定稿于复旦大学中文系
2023 年 2 月 5 日

目　录

特稿　以比较文学的名义：
　　　　一位美国学者在中国台湾与大陆之间的学术旅途 ………… 杨乃乔｜001

比较文学学科理论研究

导言一　互异与共存——对"比较文学何以可能"的重新省思 ………………
　　　　　　　　　　　　　　　　　　　　　　　　　　　黄　晓｜025
从比较诗学到世界诗学的建构 ………………………………… 王　宁｜030
从"比较"到"超越比较"
　　——比较文学平行研究方法论问题的再探索 ……………… 刘耘华｜048
关于比较文学、世界诗歌与世界文学的设问
　　——兼论西方学界的中国代理人现象 ……………………… 杨乃乔｜062

中外文学关系研究

导言二　论中外文学关系研究中的多重视域 …………………… 梁丹丹｜077
列夫·托尔斯泰与中国革命 …………………………………… 王志耕｜084
基督教文化与中国现代浪漫文学的精神 ……………………… 杨洪承｜099
中国戏曲与古希腊悲剧：舞台上的世界文学的可能性 ……… 陈戎女｜109
论21世纪初期的中俄文学关系 ………………………………… 陈建华｜122
旅行与文学"朝圣"
　　——文学遗产与城市空间及国家形象的建构 ……………… 陈晓兰｜158
21世纪20年的外国文学研究：回顾与前瞻 …………………… 黄　晖｜173

海外汉学与中国学研究

导言三　比较文学视角与海外汉学研究	葛桂录	191
中国现代文学史视野中的余光中散文	方　忠	197
冈仓天心的中国之行与中国认识		
——以首次中国之行为中心	周　阅	212
留学生与美国专业汉学的兴起	顾　钧	225
回到什么语文学？		
——汉学、比较文学与作为功能的语文学	郭西安	244
Shanghai、毒品与帝国认知网络		
——带有防火墙功能的西方之中国叙事	葛桂录	271

中西诠释学比较研究

导言四　比较视域中的中国当代诠释学研究	曹洪洋	299
从"诠释学"到"诠释之道"		
——中国诠释学研究的合法性依据与发展方向	李清良	306
圣人、语言与天道之关系		
——对魏晋时期"言尽意"与"言不尽意"悖论之溯源与解析	周海天	320
"据文求义"与"惟凭《圣经》"		
——中西经学诠释学视域下的"舍传求经"及其"义文反转"	姜　哲	341
由经权关系论经文诠释空间的敞开与边界		
——《孟子字义疏证》之"权"字疏证的存在论诠释学分析	黄　晓	374
浮士德与诠释学		
——就《真理与方法》一处翻译与洪汉鼎先生商榷并论诠释		
学的现象学本质及经学诠释学的指向	曹洪洋	394
从文本到内心：经学诠释与作者创作心理的重构		
——以欧阳修《诗本义》对《关雎》篇的释义为例	梁丹丹	413

比较诗学研究

导言五 回顾性的前瞻:"后理论"时代的"比较诗学" ……… 姜 哲 | 429
美学何去? 门罗的跨文明比较美学之路 ……………………… 代 迅 | 436
Sharawadgi 词源考 ……………………………………………… 张旭春 | 454
文学理论的国际政治学:作为学说和作为学科的西方文论 …… 林精华 | 468
"科幻现实主义"命名的意蕴、选择与创新 …………………… 孟庆枢 | 500
梁宗岱的纯诗系统论 …………………………………………… 赵小琪 | 514

世界文学与翻译研究

导言六 世界文学与翻译的当代张力 ……………………… 戴从容 | 529
世界诗歌、中国(文学)经验和后理论
　　——从北岛诗歌英译的争论谈起 ………………………… 吕 黎 | 533
纳博科夫与堂吉诃德 …………………………………………… 刘佳林 | 548
论《学衡》诗歌译介与新人文主义 ……………………………… 杨莉馨 | 561
《俄狄浦斯王》对古代宗教仪式形式的利用 …………………… 犹家仲 | 571
诗人译者与个性化反叛
　　——论肯尼斯·雷克斯罗斯杜诗英译的翻译策略 ……… 徐依凡 | 583
战争创伤及其艺术再现的问题
　　——论提姆·奥布莱恩的小说《他们背负着的东西》 …… 凌海衡 | 613
真实与表意:乔伊斯的形式观 ………………………………… 戴从容 | 632

后记 从"北京会议"到"上海会议"——比较文学的学科精神与学科
　　观念 …………………………………………………………… 杨乃乔 | 663

特稿

以比较文学的名义:一位美国学者在中国台湾与大陆之间的学术旅途

杨乃乔[*]

内容摘要 康士林教授1943年出生,是美国宾夕法尼亚州人。1966年,康士林教授第一次来到中国台湾地区学习中文,1969年,返回美国,在宾夕法尼亚州拉特罗布的圣文森特神学院学习了一年的神学;1970年到1980年,康士林教授在印第安纳大学攻读比较文学硕士和博士学位,1981年再度来到台湾地区,于辅仁大学英语系任教直到现在。康士林教授曾任台湾辅仁大学外国语学院院长及比较文学研究所所长。多年来,康士林教授致力于推动大陆与台湾地区之间的比较文学交流和发展,特别是为大陆比较文学专业的青年学者培养与学术研究注入了非常可贵的专业观念和专业资源,在相当大的程度上,他推动了大陆比较文学学科的发展。辅仁大学外国语学院在每年的暑期都举办一个为期45天的"西洋古典暨中世纪文化学程",他就是这个"学程"的主要负责人。十几年来,他持续邀请大陆数以百计的青年学者赴辅仁大学参加这个"学程"。每一次暑期举办的45天"学程",都成为台湾地区多所大学青年学者与大陆多所大学青年学者的学术聚会,两岸的青年学者正是因为这样一个暑期班从而走到一起学习古典语言与畅谈学术,并且结识为常来常往的学术朋友。

关键词 康士林教授 比较文学 台湾与大陆 学术交流 中国通

2020年10月12日一早,我一如既往地来到复旦大学中文系光华楼西主楼1005办公室工作,也一如既往地打开电脑后第一时间接收电邮,我每天习惯于把自己短暂地淹没在收到的多封电邮中,然后一一认真地给予回复,从不拖延。2006年,我从北京调动工作至上海后,就收缩了自己的生活圈子,享受清静,从不跑会,我始终认为能否做好学问那只是自己的事。因此,每日所收到的电邮无非是系里的工作信息,或我自己的学生及相关青年学者的来信,再或就

---

[*] 杨乃乔,福建师范大学外国语学院特聘教授,复旦大学中文系教授。

是学界至交朋友的学术信息往来。无论怎样,第一时间回复电邮是我养成了的工作习惯,心里只是唯恐由于自己的原因耽误了别人。

我记得10月12日一早收到的电邮较多,这是一个例外。我一一回复时,其中一封电邮引起了我心里的震动,这封电邮标识的主题是"《康士林教授寿庆论文集》诚邀赐稿"。我仔细往下看,原来这封电邮是台湾"中研院"中国文哲研究所李奭学研究员与台湾辅仁大学英文系刘雪珍副教授联名发过来的。

康士林(Nicholas Koss)教授是我的好朋友,也是台湾与大陆比较文学界很多学者的好朋友,特别受到两岸青年学者的爱戴。近20年来,我一直与他保持着密切的学术联系与私人交往,并且每年都有几次见面,沉淀下了深厚的友谊,所以我特别想为康士林教授写一些印刻在我记忆与情感中的往事,还有那些往事背后的历史语境及相关人物。

康士林教授是美国人,1943年出生,宾夕法尼亚州人。其实,一眼看上去,他要比自己的实际年龄年轻得多,并且精力充沛,体态也很好。多年来,康士林教授驻留在我印象中的年龄感觉也就是一位60多岁的学者,而这封电邮让我突然意识到他已经快要进入80岁高龄了!《论语·为政》曰:"吾十有五而志于学,三十而立,四十而不惑,五十而知天命,六十而耳顺,七十而从心所欲,不逾矩。"①事实上,康士林教授的年龄已经超过了孔子所言的"七十而从心所欲",要进入朝枚之年了。真是令人感慨,时间永远是在人生的不经意中没有任何痕迹地流逝。此刻,我突然意识到我也65岁了,不要说康士林教授了,他真的是快要进入耄耋之年了!

交往这么多年来,我只依稀感觉康士林教授长我10多岁,而且来自这种感觉的记忆真的特别淡,可能是因为我与他太熟悉,并且所有的交集都在工作方面,反而忽视了年龄。当然关键在于,我们在忙碌的工作中彼此都没有关注过自己与对方的年龄,真是既忽视了自己,也忽视了对方。人,一辈子就突然在一个不经意的提醒中走到了这个年龄段。尤其此刻,我特别不想使用"耄耋"这两个汉字带入我为康士林教授所书写的文章中,因为这两个汉字在构型上特别容易把人看老,所以我先用"朝枚之年",之后用"耄耋之年"补充一下人世间常态的理解。

无论怎样,我印象中所持有的感觉与他实际年龄的反差是如此之大,所以一股惭愧之情从我心底不可遏制地蔓延出来。在多年的学术交往中,康士林教

---

① [魏]何晏注,[宋]邢昺疏:《论语注疏》,见于《十三经注疏》,中华书局,1980年,影印世界书局阮元校刻本,下册,第2461页。

授曾不辞劳苦地从美国到中国台湾与大陆来帮助过我们,特别是他曾推动了大陆十几所大学几百位青年学者赴台湾地区,参加辅仁大学外国语学院举办的为期45天的"西洋古典暨中世纪文化学程"暑期班。我与他交往如此密切,且经常得益于他友善的帮助,却不曾关问过他的年龄及身体是否安好。由此想来,我心里特别内疚,觉得很对不住他!

记得我与康士林教授的结识是在北京,应该是在21世纪初始的那几年。

1997年7月,我从北京大学比较文学与比较文化研究所博士后流动站出站,到首都师范大学中文系比较文学与世界文学教研室任教。在时任文学院院长吴思敬教授、副校长刘新成教授与北京市教委的支持下,经两年的筹办,2000年,我在首都师范大学创立了中国高等教育史上第一个建制完整的比较文学系,并且于2001年正式招收了第一届比较文学专业的本科生。

比较文学是一个具有国际性的专业,曾在20世纪80年代顺应了那个时代走向开放的历史性转型,因此特别受到大陆学界相关学者的关注和喜爱。但是由于这个学科在大陆学界的发展过于年轻,特别是在学科理论、研究成果与人才积累方面还处在成长的初创期,所以当时这的确是一个鱼龙混杂且备受争议的学科。这种样态一直到20世纪末与21世纪初的千禧年跨界前后依然如此。

我在这个时期于首都师范大学旗帜鲜明地创建了比较文学系,并且招收四年制培养的本科生,第一届、第二届、第三届……在比较文学系成立后的那几年里,我们经历过开创一个新学科的兴奋,也遭遇过不曾预知的诸种麻烦,一切皆如人世之常态,因此我们当时所面临的周边学界的诸种舆论性评价便是可想而知的了。总之,持什么样心态的人都有。人,要做成一件事,真的是很不容易。

也就是在这个时候,我们结识了康士林教授,他走进我们这个团队中来。康士林教授的到来,以及他的比较文学美国专家的学术身份等,对我们比较文学系建设及本科生培养的学科建设工作,在学术上无疑给予了巨大的支持与推动。我至今依然清晰地记得,当时他是那么专注地听我陈述首都师范大学比较文学系及其本科生培养的情况及对未来发展的构想。实事求是地讲,当时关于建设比较文学系及培养比较文学专业本科生,我心里并没有一盘完整的棋,因为毕竟是中国高校的第一次尝试,并没有现成的样板矗立在那里给我们提供已有的经验。真的是困难重重,即便我在此不多细说,圈子内的学者也是可想而知的。只是那个时候,我们还年轻,再多的困难与压力也都在因为年轻而无所顾忌中扛过去了。

我记得非常清楚,康士林教授每次来首都师范大学时,都从美国或中国台湾地区风尘仆仆地拖来一个或两个特大号的旅行箱，沉重无比。我想，在人来人往的旅途中没有比一整箱书更为沉重的情谊了。这些旅行箱装满了英语原版的关于比较文学理论及相关个案研究的专著，康士林教授把这些书全部免费送给我们。在那个时段，大陆学者要获得如此专业与丰富的关于西方比较文学研究的源语文献材料是相当困难的，而我们恰然得到了。

那几年，北京大学出版社的编辑高秀芹博士邀请我主编一部《比较文学概论》，可以说，正是由于康士林教授的慷慨帮助，我们在集体编撰这部《比较文学概论》时，能够大量且准确地引用西方学界关于比较文学研究的第一手源语文献。2008年3月20日至25日，我邀请叶维廉教授来复旦大学中文系讲学，把这部《比较文学概论》送给他，请他就这部教材的学科理论体系构建提一些意见，他也认为这部《比较文学概论》在对西方学界关于比较文学研究的源语文献引用上是非常前沿与丰富的。直到现在为止，这部《比较文学概论》在源语文献的引用上，较之国内其他同类教材依然保持着专业领先的地位。

我还清楚地记得，大卫·达姆罗什（David Damrosch）的那部《何为世界文学》（*What Is World Literature*?）是2003年在美国出版的。出版没有多久，康士林教授就把这本专著的英语版送给了我，使得我能够在第一时间了解大卫·达姆罗什对"世界文学"的崭新定义及其对比较文学研究的影响。随后我在对《比较文学概论》进行修订时，第一时间能够把大卫·达姆罗什关于"世界文学"的崭新定义带入这部《比较文学概论》的"本体论"一章中，使这部教材在学理上可以保持着与国际比较文学界的前沿接轨。让我特别感动的是，我们从未向康士林教授索要过什么，包括书，而都是他在我们需要又未曾想到的时候，把这么丰富的英语原版书籍主动地带给我们，从而让我们能够及时地阅读到西方比较文学界最为重要且前沿的学术研究成果。

我在大学从教以来做过两次比较文学的学科建设，第一次是在首都师范大学比较文学系，第二次是在复旦大学中文系，深感做学科建设的复杂与辛苦。在我看来，学科建设除专业能力之外，在某种程度上就是学术政治的人际关系较量。无论怎样，在首都师范大学从事比较文学学科建设的那段时间，由于康士林教授的到来，让我们这个年轻的学术团队充满着一种潜在的专业信心与专业观念。说到这里，我不知道局外学者是否可以理解到这种潜在的"专业信心与专业观念"树立的重要性，但在比较文学学科建设中，这是一种不可缺席的学术专业立场，同时，从事比较文学研究则更是如此！

20世纪90年代，大陆学界一直流行着这样一句颇具调侃之意的表述："比较文学是个筐,乱七八糟往里装。"①我原来是学中国古典文献学与文艺学的,当我自己真正走进比较文学这个领域后,所遭遇到的不仅是如此的亲历——确实是"乱七八糟"的什么人及什么事都有,并且通透地以为此句颇含滑稽的调侃,其中不乏真理性的直言。递进一步而言,我还在私下里所思忖的是,岂止是比较文学,围绕着比较文学周遭的那些作为看客的知识分子,岂不也是如此。对比较文学能否给出具有专业观念的真值性批评,还真的不是可以随口"乱七八糟"能诟病的。在学科观念上,必须真正懂得比较文学的学科理论,并且能够正确地持有比较文学的学科观念,才有起码的资质对比较文学说点什么,否则就是重复"外行议论外行"或"外行议论内行"那些事。在历史上,大多数知识分子从来都是自恃清高且自负的,无端地喜好褒贬他人;而我以为,其实评价别人的是与不是,都应该首先反思一下自身的资质:你又怎么样?你有这个学科的专业观念吗?特别是比较文学!

关键在于长久以来,"人贵有自知之明"是知识分子不可或缺且已然或缺的品质。

的确,不是什么人都可以做比较文学,也不是什么人都可以对比较文学指手画脚。就我自己多年的学术工作体验来看,其实支持与反对都没有什么实际的干预性用处,关键在于自己坚持不懈地奏效性前行,好坏都用不着看别人的脸色行事。那些出言尖酸刻薄的知识分子不一定正确,或往往在品质上就不端正。我们只要走自己的路就足够了。当然,比较文学研究的学科专业观念在守护着我及集结在我周边的这个学科团队。这么多年来,我早就注意到康士林教授就是如此,他从不褒贬别人做什么事,也不关心别人的褒贬,只是沉浸于专注中做自己的事,他行走在中国台湾地区与大陆的学术旅途之间,给予两岸太多的青年学者以最为无私且专业的帮助。

当时,我们比较文学系有一个建制非常专业且完整的学科梯队,梯队里的每一位学者都为比较文学系的学科建设及前几届比较文学专业本科生的培养,投入了巨大的工作热情及努力。至今回想起来,一切依然让我难以忘却!我非常感念他们曾在我主持的比较文学学科团队中所投入的如此无私的合作精神和专业意识,即便是现在,每每回想起那几年我们的比较文学学科建设工作,也会留恋那段场景,而康士林教授就是我们这个团队中一位重要的外籍成员。

我们大家一起的无私合作证明了"我们就是我们"!说得再学理化一些,我们合力证明了:"比较文学就是比较文学,比较文学不是国族文学,比较文学更

---

① 杨乃乔主编:《比较文学概论》(第四版),北京大学出版社,2021年,174页。

不是乱七八糟！"

在那一段时间,我们努力调用了一部分国内外比较文学专业的学术资源,汇聚到首都师范大学比较文学系,我们希望能够操用准确且专业的学术资源和学术观念,为比较文学系的本科生、硕士生与博士生营造厚重且规范的学术氛围,以规避把比较文学的本科生及研究生放养为一眼看上去"什么都不是,什么也都是"的不伦不类者。在学术传统上,首都师范大学不是复旦大学,也不是北京大学,首都师范大学只是一所发展中的年轻大学,然而正是在这所大学创立了中国高等教育史上的第一个比较文学系,其可能性是最大的;因为在这所年轻的大学没有百年厚重的学术传统板着一张不可惊扰的面孔说三道四,借喻而言,充满着海德格尔在其存在论哲学中所追问的那种"Dasein"在世存在与他人共在且经历历史的"可能性",但是其学科资源的相对匮乏又是显而易见的。我想说的是,就在这个时段,康士林教授来到了我们团队,他所带来的那种无形的专业力量、专业观念与专业资源是可想而知的。

其实,不仅是世俗人事,学界更是如此,不做事的人什么都说,因为他有时间说;做事的人什么都不说,因为他没有时间说;不说的人忙于做事,什么都说的人从不做事,但其吐沫星都可以把人淹死!

我在调用国内外比较文学专业学术资源所形成的工作计划中有一项,就是为了第一届比较文学系本科生的培养,在四年内开设一百场专家学者的讲座。关于第二届、第三届等比较文学专业本科生的培养也是如此,依此类推。现在想想,即便是在当下的互联网时代来看,一个院系为了一届本科生的培养,为他们专属开设一百场专家学者的讲座,并计入他们的学分,这也是一套难得且丰富的学术大餐了。的确困难,但我们做到了。事实上,我们总共举办了127场专家讲座,全部讲座的目录现在依然保存在我的电脑里。时隔16年后此次打开再看,太多的学者形象闪回在我的脑际,无论是在过去还是在现下,他们已然都是知名学者了。其中第102场就是康士林教授的讲座:"用英语代孔子说话:关于《论语》的三种英译——以有关颜回的篇章为例[Speaking on Behalf of Master Kong in English: A Look at Three Translations(Legge, Waley, Pound) of the *Analects* by Confucius, with a Special Emphasis on Yan Hui, the Beloved Disciple], Nicholas Koss(康士林),台湾辅仁大学外国语学院院长,比较文学研究所所长,教授、博士生导师,英语,2005年10月14日(星期五)上午9:00,图书馆。"我想说的是,康士林教授是一位非常淡然的学者,在他的身上全然找不到一丝介入性的功利感,他如此帮助我们,也只是在2005年的下半年,才为我们比较文学系开设了一场地道的比较文学学术讲座,即便是现下看来,这个讲座的命题依然葆有学术当下的真值性。

具体地讲,我与康士林教授的结识是在北京。当时,他是台湾辅仁大学外国语学院院长及比较文学研究所所长。从结识他的一开始,我就很尊重地称呼他"康院长",一直到现在,无论我们是谈聊还是写电邮,我依然对他保持着这样的称呼。多年前,他从外国语学院院长的位置上退下来后,我们在辅仁大学谈合作的事宜时,他曾委婉地告诉我说"我现在已经不是院长了",言下之意,我可以称他为"康老师",而我还是保持称呼他"康院长",从未改变过。因为这是我从心底对他所持有的尊重,所以无论是在口头上还是在书写上,这都是不可以更改的。这是我的为人习惯!同样,爱恨情仇一旦在我心里铸成,那也是不可以更改的,我不是一个没有原则的圆滑之人,所以我对康院长的感情与尊重是真挚的。

无疑,康院长的到来,为首都师范大学比较文学系的学科建设及本科生、研究生的培养带来了最为及时、专业且无私的帮助。

1966年,康士林教授第一次来到台湾地区学习汉语,1969年,返回美国,在宾夕法尼亚州拉特罗布的圣文森特神学院学习了一年的神学;1970年到1980年,康士林教授在印第安纳大学攻读比较文学硕士和博士学位,1981年再度来到台湾,于辅仁大学英语系任教直到现在。计算而言,康士林教授第一次来到台湾那年,也就是23岁。辅仁大学语言研究所的陈永禹教授曾告诉过我,当时康院长来辅仁大学时,还是一位年轻的美国小伙子,现在已经是一头白发了。再后来,辅仁大学的很多教授都曾向我重复过这一表达,从其中我也可以读出他们对康院长的一份感情。其实,尽管是一头白发,康院长依然年轻!

康院长的到来,迅速为我们比较文学系及大陆比较文学专业的青年学者培养与学术研究注入了非常可贵的专业观念与专业资源,在相当大的程度上,他推动了大陆比较文学学科的发展。

上述我提及辅仁大学外国语学院在每年的暑期都举办一个为期45天的"西洋古典暨中世纪文化学程",大陆比较文学界习惯把这个"学程"称为"辅大古典学程班"。可以说,"辅大古典学程班"的举办对大陆比较文学界产生了巨大的影响,特别是对那些在读的硕士生、博士生与博士后流动站的研究人员,还有相关一批从事比较文学教学与研究的青年教师而言,受益匪浅。而康院长就是"辅大古典学程班"的主要负责人。

康院长在推动"辅大古典学程班"的学术工作时,是非常有眼光的,他没有把招生的边界仅仅设限在台湾的大学,而是拓展到大陆比较文学界。在他的主持下,"辅大古典学程班"每个暑期在招生时,其学生不仅仅是来源于台湾地区的多所大学，在相当的规模上，康院长把招生的名额扩展到大陆的多所大学。我记得非常清楚，每一次暑期班的举办都成为台湾地区多所大学青年学者与大陆多所大学青年学者的学术聚会，这是一场持续45天的学术盛宴，两岸的青年学者正是因为这样一个暑期班能够走到一起学习古典语言与畅谈学术，他们相互结识且非常兴奋，其中很多人都结交为常来常往的好朋友。

大陆与台湾地区的互通直航是在2008年12月15日。

在21世纪初的那几年，从大陆赴台湾地区还必须要取道香港作为中转，所以大陆学界与台湾学界直接往来的机会还是很少的。除了少数台湾地区学者来大陆高校讲学之外，大陆学者去台湾地区进行学术交流的机会显然要少得多，不要说还是作为学生身份的青年学者于在读期间就能够有机会去台湾地区访学了。当时，我们比较文学系的学科建设及本科生与研究生的培养正处在上升期，所以我们特别期待能够有推动他们走出去访学的机会，以拓宽他们的学术视野，让他们颐养于比较文学这个开放的专业学科观念下成长。也正是在这个时段，康院长走进了我们这个团队。

在康院长的帮助下，我们比较文学系的研究生及青年老师得以有机会去台湾辅仁大学参加"辅大古典学程班"，集中强化地学习为期45天的西洋古典学课程、中世纪文学课程与拉丁文、古希腊文。毫无疑问，"辅大古典学程班"让他们无论在知识学养、古典语言与学术眼界等多方面均得到了极大的拓宽。在那个时段，像这样的学术交流机会对首都师范大学的研究生及青年学者来说，是极为难得的。

康院长对台湾与大陆的青年学者在学术上的帮助是一种无私的常态。他当时不仅对首都师范大学比较文学系的青年学者及研究生给予了慷慨的帮助，2006年，我调到复旦大学中文系后，他与我的学术合作关系也因此迁移到了复旦大学，他对复旦大学中文系青年学者的帮助也是依然如此，且更为持久。康士林教授也被复旦大学正式特聘为教授。

从2007年的暑期到2019年的暑期，复旦大学中文系的本科生、硕士生与博士生，平均每年都至少有6人赴台湾地区参加为期45天的"辅大古典学程班"，去强化地学习拉丁文与古希腊文。还有一点，大家可能会忽视，所去的同学并不只是限定于比较文学与世界文学教研室，他们其中也有来自中国古代文学、中国现当代文学与文艺学教研室的硕士生与博士生，还有来自复旦大学外国语学院的同学。比较文学是一门学科边界开放的研究性学科，我们在向康院长推荐参加"辅大古典学程班"的同学时，从来就没有只设限于比较文学与世界文学教研室，而是来自中文系各个专业的研究方向。这就是康院长的学术视域及其融洽无间的胸襟,这也是一位真正的比较文学学者在质性上所持有的开放与大气。

我在配合康院长做这项学术工作时,通透地感受到在复旦大学中文系研究生群体中正在发生的学科交叉现象。事实上,复旦大学中文系有兴趣参加"辅人古典学程班"的硕士生与博士生,的确不完全是来自比较文学与世界文学专业,而是来自各个专业的学科研究方向。很多专业方向的青年学者都有兴趣来听一听用全英文讲授的西洋古典学课程、中世纪文学课程与拉丁文、古希腊文。从这一现象,我们可以看出年轻一代学者对中西知识结构与外语、古典语言能力多元掌握的诉求,学科跨界与打破学科壁垒已然是他们遵从本然而自发的一种学术兴趣。当下的确是进入了一个全球化的世界主义(Kosmopolitismus)时代,学术研究在狭隘的边界划定中所长久沉积而成的"一亩三分地主义"早就应该废止了。比较文学研究的一个坚定立场就是反对封闭的学术部落主义(Akademischer Tribalismus)。

近20年来,康院长一直在持续地推动两岸的学术交流活动,他的努力主要是定位在从事比较文学研究的青年学者群体中,而不是他自己与大陆同辈学者的交往。其实,这是一种难得的慷慨,也是一种不可复制的人生境界。

其中还有一个令人感动的细节,我觉得有必要在这里陈述一下。

就我所知,这么多年来,康院长为首都师范大学,特别是为复旦大学参加"辅大古典学程班"全部的研究生与青年教师,一直在提供往返的机票费与住宿费。只是到近年来,由于国际经济的整体滑坡,康院长才停止了其中住宿费用的支持,但依然保持提供往返的机票费用。我们把时间反推若干年,可以说这笔费用的提供对于大陆家庭收入较贫困的研究生来说,是一笔不小的数目。由于"辅大古典学程班"是在暑期开办,后来参加的同学们都住在辅仁大学在暑期空出的学生宿舍,所以住宿费用并不是很高。康院长与他的合作同仁在举办"辅大古典学程班"时,在策略上是充分考虑到大陆研究生的经济条件的,所以他们也设置了奖学金,为那些学习努力且成绩优秀的同学提供一部分费用资助,这也为他们在辅仁大学45天的食宿提供了重要的支持。

由于我是知情者,细细想来,其中还隐藏着另一种感动。可能对一位研究生来讲,康院长及其同仁对一位研究生的费用支持也就是四五千元人民币,其中具体的数目我并不知道,我只是依凭我在台湾讲学生活所花销的费用给出一个较低的估计,然而费用的总体累积在康院长那里却是一笔相当可观的数目。十几年如此,康院长所支持的研究生与青年教师不仅是来自首都师范大学与复旦大学,还有北京大学等,怎么算起来也有上百号人,或许还不止!这又可以换算出一个怎样的数字概念呢？这个年代的人生活得都很匆忙，且匆忙得很粗心，很少有人会对他人的善举多做一点触及良心的反思，哪怕其正在发生或刚刚发生。我在这里不讨论人性善恶的问题，那是从孟子与荀子以来就没有说清的问题。

这个年头生存的艰辛及过快的节奏对人的挤压，让人们只能习惯于对人情与感恩的放弃，慌乱地捡起眼下一个机会，又仓促地四顾下一个机会。这是一个社会伦理学问题！我想设问的是，谁曾就康院长对大陆青年学者的帮助算过这笔账，并为此悄悄地感动过？没有！人，就是这样，在没有得到利益且渴望得到之前，可以倾吐一箩筐感恩的话，一旦得到了利益，一切也就过去了，再期待着下一次的得到，而没有得到利益恰成为他记忆中长久的遗憾！失去的遗憾总是让人难以忘记，而得到的兴奋瞬间便消失了。从普遍的意义上来讲，人，就是一种不应该被充分满足的动物，只有处在饥饿状态时才期待着别人对他的帮助，或念想着对他曾经给予过的帮助，再或期盼着愿意来帮助的那个人。

关键在于，康院长恰然把他对两岸青年学者的帮助看得很淡，一切就像一位慈父呵护自己的孩子一样：一个牙牙学语的孩童学走路跌倒了，父亲上去慈爱地把他搀扶起来，轻轻地拍去他身上的灰尘，鼓励他再往前走。一切就这么简单！在大陆比较文学界与康院长交往的学者中，大概我与他的工作往来是最频繁的，我从未在康院长的眼神里发现过一丝要别人感恩的痕迹。正因为如此，我才愿意在这里为一位善良的学者多说几句。康院长首先是一位在品行上善良的好人，其次才是一位在品行上善良的好学者。

40年来，我从底层的工人做到大学教授，经历过各种阶层的各种人物，真的是形形色色，什么人都有。我私下以为，天下最难相处的就是知识分子，尤其是一些高校学者。他们一眼看上去因做学问的劳累而身体羸弱，但依然持存着聪明与智慧，且极为敏感。确实存在一部分学者，他们往往因一丁点微不足道的利益都要打破头地争到底，完全不考虑一个学术团队的公共利益，全无合作精神。钱理群认为知识分子是"精致的利己主义者"，我从不如此认同；这样的知识分子哪里"精致"，"粗俗"得很，我始终认为他们是"粗俗的利己主义者"。

从一定维度上来评判，学者群中最缺少的就是善良的好人，更不要说善良的好学者了。这也是为什么在康院长身边总是拥围着一大批来自两岸的青年学者。夏季的台北是非常湿热的，"辅大古典学程班"密集的课程安排是令人紧张的，青年学者们的人生打拼也是在前程未卜中充满着诸种焦虑，而康院长总是把自己对他们的关爱无言地静流为一种清凉，让他们能够庇佑于清凉，享受人生旅途中片刻驻足的安适感与栖居感。当然，乘凉人在享受清凉时从不多问这股清凉之风是从哪里吹来的,这也是乘凉人浓郁的心态;而我愿意在此多说一句:给人庇荫却不彰显自己为一棵大树,这便是康士林教授的人格境界。

"辅大古典学程班"一个星期安排五天的课程,上午四个小时,下午四个小时。同学们每天晚上回到宿舍后,还要完成老师布置的古典语言的练习作业,第二天一早上课时要向授课老师提交。课程安排得非常密集,相当辛苦。当时我在辅仁大学比较文学研究所给博士班的同学上课时,也曾去听过课,总体感受到那都不是我这个年龄段的学者所可以承受的。

从大陆当代比较文学学科及研究发展史的角度来看,学人都忽视了这样一个具有学科建设性的学术史发展环节。"辅大古典学程班"对大陆比较文学界晚近若干年来学习拉丁文与古希腊文风气的推动有着重要的影响,同时,也推动了大陆比较文学界对西方古典学讲唱的学术风气。

2006年,我调任到复旦大学中文系比较文学与世界文学教研室工作后,一直在制订与撰写《比较文学与世界文学专业硕士生与博士生精英培养规划》,其中要求硕士生与博士生必须习修拉丁文与古希腊文等古典语言与古典学的课程,这个培养方案的思路就是受康院长及"辅大古典学程班"的影响。还有一点必须要提及的是,我在比较文学的学科建设及博士生培养过程中,逐渐沉淀下来的专业观念及相关课程设置的专业经验,也是深受辅仁大学比较文学研究所关于博士生培养、课程设置及师资梯队建设的影响。

我还记得在我的办公室,康院长专门跟我谈西方古典学研究与基督教神学研究两个学科之间的区别,这让我很受益。这个"培养规划"于2010年作为复旦大学中文系比较文学与世界文学硕士生与博士生培养方案正式推出,并且刊发于《中国比较文学》2010年第1期,之后曾对复旦大学中文系的比较文学与世界文学研究生的培养起到了相当专业且重要的推动作用,同步在大陆比较文学界也产生了一定的影响。

早期去台湾地区参加"辅大古典学程班"的大陆学员中,有一批已获取博士学位并在大学任教的青年教师,他们的确深受这个"学程班"学术氛围的浸润,他们学成后返回自己任职的大学,随着时间的推移都成了比较文学与世界文学研究方向下的教授、博导或学科带头人。我特别注意到,他们在教学、科研与研究生培养中能够自觉且准确地推送与强调西洋古典学课程、中世纪文学课程与拉丁文、古希腊文的相关知识,在相当程度上也是受教于康院长及"辅大古典学程班"的熏陶。当然"学程班"结束后,他们也都成为康院长的青年学术朋友,至今还保持着学术往来。事实上,他们当时的确是青年学者,而现下也都是50岁左右比较文学专业研究的优秀教授了,在他们的学科观念中始终存活着"辅大古典学程班"所给他们沉淀的专业知识。

还有一个系列学术活动的场景曾给我留下了深刻的印象。

当时,康士林教授既是辅仁大学外国语学院的院长,又担任比较文学研究所所长。在台湾地区各所大学的外国语学院中,辅仁大学外国语学院的学术分量是举足轻重的。辅仁大学外国语学院的语种非常齐全,有英语系、法语系、德语系、日语系、意大利语系、西班牙语系和俄语系,共七个语种。这也决定了辅仁大学比较文学研究所博士班招收的博士候选人的语种来源是相当多元的,还有相当一部分同学来自中文系等。康院长对两岸学术交流活动的推动是颇为用心的,付出了很多的时间与精力。特别是在他任职的那些年,康院长利用每年的"学程班",都会举办一次"辅仁—复旦比较文学博士论文学术交流会议",或由辅仁大学、北京大学与复旦大学三校联合举办"比较文学博士论文学术交流会议",其中参与者的主体就是来自上述三所大学的博士生与教师,当然还有来自台湾地区与大陆其他大学及科研机构的青年学者与知名教授参加。

在那个特定的学术语境下,"学术交流会议"的学术张力相当大,两岸青年学者及知名教授之间的发言及对话,让参与者都充满了学术介入的兴奋感。特别是这个"学术交流会议"为两岸的青年学者在学术交流上提供了难能可贵的机会。学术界从来就不是一个温文儒雅的空间,仅就成熟学者来看即僧多粥少,我在这里化用曹植《辨道论》一文中的一句表达而言:其中的竞争往往是肇事于"纳虚妄之辞,信眩惑之说"而来的残酷[1],大有《庄子·则阳》所寓言的"触蛮之战与蜗角之争""有国于蜗之左角者,曰触氏,有国于蜗之右角者,曰蛮氏,时相与争地而战,伏尸数万,逐北,旬有五日而后反。"[2]太多的博士生与青年博士,他们在初入学界的早期时段,几乎没有可能在一个较高规格的学术会议上获得学术发言的机会,充其量也就是一介在会场边缘小心翼翼寻找座位的旁听者。而他们却在康院长举办的"学术交流会议"上获得了20分钟的大会独立发言的机会,这让他们的心情既亢奋又紧张。那几年,我在现场多次目睹了这样一种气象,因一次学术机会的偶然获得,脉动在他们青春躯体中的学术生命力瞬间充盈而勃发,那种不可遏制的萌动着的青春转换为学术创造力,可以让他们把有生以来第一次获得的20分钟学术发言做得非常精彩。

参加康院长策划的"学术交流会议"的青年学者,在准备与发言中收获了亲

---

[1] [三国魏]曹植:《辨道论》,见于[三国魏]曹植:《曹植集校注》,赵幼文校注:中华书局,2016年,第277页。

[2] 《庄子》,见于《二十二子》,上海古籍出版社,1986年,缩印浙江书局汇刻本,第71页。

历的学术参与感,这是他们人生中一次难忘的学术体验。我可以看出来,他们是那么的激动且认真,迸发出只属于他们这个年龄段青年学者的生命力,新鲜且丰沛。现在回想起来,康院长组织的多届"学术交流会议"及其相关场景总是在我脑际中闪回,让我深受感动。每次亲临现场的参加都让我深度地融入其中,在一种感染中刹那间脱尽了成年学者的暮气,像他们一样的年轻,以重新体悟到认真的可贵与可爱!

学术研究从来就不是一介学者把自己安顿于书斋中的个人书写行为,太多的学者为了个人的荣誉让自己适性且繁忙地奔走于学术的"江湖"之间,以图自己的学术形象在"江湖化"中显赫起来。事实上,学术研究在本质上就是一种介入历史的社会交往行为。而我想设问的是,无论怎样,一般学者多是为了自己打拼事业且吝啬得很,研究生往往一年都见不上自己的导师一两面,又有谁愿意耗费自己的资源且投入自己的时间和精力为青年学者多做一丁点事呢?

这么多年来,康院长频繁地奔忙于两岸学界的旅途之间,他为两岸的比较文学交往及双方青年学者的互动投入了无我的奉献。在比较文学界让我最为敬重的人就是康士林教授,别无其他!放大到整体学界,我也是依然如此认为!

台湾地区的比较文学研究在 20 世纪 70 年代至 80 年代曾是鼎盛期,台湾地区的比较文学研究者所提出的"中国学派"及其阐发研究也曾对大陆比较文学界产生过重要的影响。20 世纪 90 年代时,我就曾期待有机会能够去台湾地区看看,向那里的比较文学研究学者进行求教与交流。2005 年上半年,我受康院长的邀请,前往辅仁大学外国语学院的比较文学研究所做了一个学期的客座教授。

在此期间,我给辅仁大学比较文学研究所的博士班先后开设了 8 个比较文学方向的讲座及一门比较文学方向的学分课程。在康院长的推动下,我先后到淡江大学、静宜大学、台湾大学与东吴大学等学校开设比较文学讲座,并且参加了在台湾中正大学外国语学院召开的台湾地区第 29 届比较文学年会——"跨越与游移:Crossing and In-Betweenness",还参加了由辅仁大学德国语言文学系与哲学系共同举办的跨学科研讨会:"中世纪之哲学、宗教与宫廷骑士文学国际研讨论——Fu Jen Sixth Annual Medieval Conference: Philosophy, Religion and Courtly Literature in the Middle Ages",以及台湾中山大学文学院举办的跨学科研讨会:"文艺复兴和新视野:艺术、科学、地形学与商业——Renaissance and the Newfashioned Views: Arts, Sciences, Topography and Commerce"等。在康院长的引荐下,我结识了台湾地区比较文学界的多位前辈学者及我的同龄学者,他们都很优秀,我因此有机会对台湾比较文学界进行了深度的了解。同时,我也尽可能把康院长推荐给我的学术资源带回大陆,并介绍给大陆学者,协同康院长进一步促进两岸比较文学界的学术交流。

从 2005 年开始,我每年都去辅仁大学比较文学研究所,给那里博士班的同学们开设"比较文学概论"这门课程。这门课程是我与康院长共同开设的,其中我以四次或五次讲座的形式开设。通过这门课程的开设,我特别注意到康院长非常关心博士班同学对比较文学学科理论的把握,以给他们构建一个准确的比较文学学科观念,不仅要求他们对西方比较文学界及其相关学科理论有所把握,同时也推动他们对大陆比较文学界的研究现状有所了解。

可以说,这一点是非常难得的!许多学者都以为自己懂比较文学,或可以做比较文学研究,而事实上他们可能对比较文学的学科理论及学科观念缺少基本的了解,因此把比较文学做成了"文学比较"什么的,或做成了什么也不是的似是而非!清理从英语"comparative literature"或汉语"比较文学"字面上所产生的望文生义的误读,是一位真正的比较文学研究者应该投入精力与时间给予践行的,必须要把真正的比较文学研究从"比较文学是个筐,乱七八糟往里装"的反讽中拯救出来。康院长在学术上就是这样一位如此认真的美国学者。

我在这里更愿意把这样一位认真的美国学者放置在中国原始儒家的思想语境中给予陈述。我在这里化用原始儒家思想的名分观念,来隐喻康院长与我共同所开设的这门课程的学术品质:必须给比较文学在学科观念上"正名",即对比较文学在学科理论上给予辨正名分与名实,一如《论语·子路》所载:"子曰:必也正名乎!"①否则"名不正则言不顺,言不顺则事不成"②,把"比较文学"误读为"文学比较"或误读为"什么都是或什么都不是",我们只能以《论语·雍也》中孔子之慨叹给予如此表达:"觚不觚,觚哉!觚哉!"③严肃的比较文学学者在学科观念上必须持有《论语·子路》中孔子所倡导的那种认真姿态:"君子于其言,无所苟而已矣。"④

十几年来,这门课一直没有缺席过,因此每年我都会去辅仁大学上课。最后一次赴辅仁大学开课的时间是 2019 年 12 月 30 日至 2020 年 1 月 10 日,上完课,我从台北新庄返回上海杨浦后,新冠疫情便开始逐渐严重了起来,直到在世界多个国家与地区全面爆发,2021 年我也就没有再去上课了。

---

① [魏]何晏注,[宋]邢昺疏:《论语注疏》,见于《十三经注疏》,中华书局,1980 年,影印世界书局阮元校刻本,下册,第 2506 页。
② 同上。
③ 同上书,第 2479 页。
④ 同上书,第 2506 页。

我在辅仁大学比较文学研究所为那里的博士班同学们上了十五年的课,结识了那里至少二十届的博士生,总数累计起来也有近百位青年学者了,当然随着时间的推移,其中多位现下也有五十岁左右,已经成为优秀的学者了。印象最为深刻的是我2005年在那里讲了一个学期的博士班课程,当时有不少在读八年级或九年级的优秀的博士候选人都来听课。他们有一部分是大专院校的老师,年龄较大且成熟,由于他们的教学工作繁重,所以博士论文的写作往往会持续八九年或更长的时间。

2005年前后,辅仁大学比较文学研究所处在学术发展及博士生培养最为鼎盛的历史时期。康院长告诉我辅仁大学外国语学院这个比较文学博士点是前任所长刘纪惠教授组建与申报下来的,后来她调到台湾交通大学社会与文化研究所任职去了,随后由他来出任比较文学研究所所长,以推动学科建设与博士生的培养。

2005年以来,我每年都去辅仁大学上课,见证了康院长作为外国语学院院长与比较文学研究所所长在繁重的学科管理工作中事必躬亲的投入,这种投入真是事无巨细,诚恳且亲和。在那些日子里,我每次去他的办公室,都可以看见在他的办公室中间地板上临时码放着一大堆书籍,有些凌乱,这都是他从美国带回来准备送给两岸青年学者的。康院长的汉语很流畅,是中国通,他总是诙谐地称呼自己:"我是书僮!"然后就是将一大箱又一大箱的书籍带往上海或北京,分别赠送给大陆的青年学者。其中也有更多的书赠送给了台湾地区的青年学者,太多的青年学者受惠于康院长的帮助,如学费、免费的住宿及攻读研究生学位期间必要的费用等。

在台北或新庄,我参加过多次辅仁大学比较文学研究所在读博士生或已毕业的博士与康院长的聚餐,从这些青年学者在餐宴上的惬意交谈中所自然透露出的情感与话语,我全然可以感受到他们对康院长的爱戴与敬重。他们偶尔以亲昵的口吻跟康院长开玩笑,那是小辈抒发于心底的对长辈的温暖呵护所回馈的爱意,亲切无比,像康院长的孩子一样!在台湾地区教学时,很多学者都曾不经意地向我讲述过康院长对青年学者的无私帮助,我想关于其中的感人故事及细节应该由台湾地区的学者来撰写,我在这里就不再赘述了。

长久以来,我认为对青年学者培养的一个重要环节,就是为他们提供一个较高规格的学术交流机会,以获取一种亲历式的体验。仅从这一点上来看,康院长对辅仁大学比较文学研究所青年学者的培养及推动他们居间于两岸学界的接轨是不遗余力的。多年来,复旦大学与辅仁大学的比较文学学术交往活动,以及多次重要的学术会议就是由康院长策划且提议的,我认为在这里有必要记录下来,这也是复旦大学与辅仁大学两校比较文学专业致密交往的学术日历。

2006年,我从北京调到上海,任复旦大学中文系比较文学与世界文学专业的学科带头人。我刚刚到位进入工作状态,康院长就与我联系,并详谈了他推动两校比较文学专业交流与合作的想法。在康院长的策划与提议下,我们第一时间利用2007年暑期"辅大古典学程班"举办了第一届"辅仁—复旦比较文学博士论文学术交流会议"。紧接着第二年,即2008年12月12日至14日,我配合康院长的策划与提议,在复旦大学中文系举办了第二届"复旦—辅仁比较文学博士论文学术交流会议",当时由康院长从"辅大比研所"带过来参加会议的博士生与博士有:简素琤、萧瑞莆、廖诗文、陈正芳、郑印君、张黎文、吕文翠、洪力行、蔡明玲与陈淑纯。再紧接着第三年,2009年10月12日至14日,我再度配合康院长的策划与提议在复旦大学中文系举办了第三届"复旦—辅仁比较文学博士论文学术交流会议",跟随康院长从"辅大比研所"过来的青年学者有:蔡仁杰、黄嘉音、叶玉慧、简瑞碧、张锦忠、蔡秀枝、古佳艳、贺淑玮。当时"辅大比研所"的其他几位教授也一并随康院长到复旦大学中文系参加了第二届和第三届会议。上述18位参会者就是"辅大比研所"在2005年前后培养的一批优秀的青年学者,至今在我的电脑里依然保存着这批青年学者的名录及他们发言的主题。

我在这篇文章中尽量少提那些曾经与我们的学术活动有所交往的知名学者,而是特别列出那些名不见经传的青年学者之名单,是因为他们以自己的青春年华参与了这些学术活动,并且是主体。他们不仅是康院长推动辅仁大学与复旦大学进行比较文学研究交流的受益者与见证者,更是两校比较文学学科交流史的重要构成部分,他们不应该被历史遗忘。

从上述我存留下来的历史信息可以见出,多年来,康院长对推动辅仁大学与大陆学界的交往是非常用心的,仅在辅仁大学与复旦大学两校之间,三年就接续举办了三次"学术交流会议",这个频度是相当密集的,并且参与的师生很多,对两校的师生均有着不可忽视的影响。关于对两岸比较文学交流的推动,康院长的确是倾尽了他个人的心力,直到2020年初他还策划了一次"辅仁大学—复旦大学比较文学与跨文化研究学术论坛"。现在算来,那时他应该是77岁了。此时,辅仁大学外国语学院的"比较文学研究所"也已经更名为"跨文化研究所"多年了。

2020年1月初,我最后一次在辅仁大学上课,其间康院长在他居住的修道院办公室与我聊谈,再次提出举办一次"辅仁大学—复旦大学比较文学与跨文化研究学术论坛"。随后此次"学术论坛"是由辅仁大学跨文化研究所现任所长周岫琴副教授与我一起来配合他完成的。按照当时的策划与动议,我们应该是邀请辅仁大学跨文化研究所在读博士生与相关指导老师一行赴上海,在复旦大学中文系与我们系里的比较文学博士生及老师进行学术对话。"学术论坛"的时间是定在2020年10月31至11月1日两天,众所周知,"新冠疫情"从2020年1月便开始严重了起来。但是在一个互联网覆盖的全球化时代,"新冠疫情"并没有阻碍两校学术活动的交流,2020年10月31日,辅仁大学与复旦大学在互联网Zoom平台上成功地举办了此次"学术论坛"。

当时辅仁大学的会场是设置在德芳外语大楼FG507讲堂,复旦大学的会场是设置在中文系光华楼西主楼1001会议室。康老师和周老师召集了跨文化研究所当下在读的博士生(其中含发言人)及评论老师30多人参加会议,通过视频,我们如同亲临现场地感受到FG507讲堂洋溢着热烈的学术氛围。此次两校的"学术论坛"借助后工业文明高科技打造的视频时空进行对话,一切都非常流畅且成功,并且充满着学术讨论碰撞的张力。一个学科点的建设及其关于博士的培养与学术氛围的营造,必须要把这个学科点常态化地带入敞开的学术对话与交流中,为这个学科点获得学术生命的张力注入新鲜的血液,而我们做到了这一点。

在这里,我特别愿意把辅仁大学与复旦大学八位发言的博士生、博士及其发言题目载录如下,以作为两校学术交流史的见证,从这些发言人及选题也可以见出两校比较文学学术交流的水平。辅仁大学:叶蕙依及《李提摩太英译〈西游记〉索隐探微》,陈枭枭及《〈后窗〉中的幻景——电影意识形态"装置"与男性的银幕之梦》,卢嫕及《罗安娜女王的神秘火焰》中的"百科全书"——论埃科的文化性认知实践观及其符号学内涵》,洪韶翎及《想象的"夹缝":论二十世纪末李香兰形象的套话》。复旦大学:李盛及《赛义德论宗教——论神圣与世俗的对位法》,吴雪凝及《解经与释义:〈乔布记〉文本的双重性结构与〈圣经〉诠释之流变》,邹莹及《"但念述先圣之元意,思整百家之不齐"——论郑玄的经学诠释学原则》,王涵及《帝国凝视下的音乐编码与政治译码——论乔伊斯〈都柏林人〉的音乐运用观念及其民族书写》。还有双方更多的参与评点的老师与同学,我在这里就不一一给予记录了。

我想大家至今都不会忘记,两岸的学者以比较文学的名义走到一起来,在互联网提供的视频时空中畅谈学术。大家在发言对话的张力中收获的不仅是交锋的思想,还有真挚的友情。论坛结束时,两校的师生通过视频互道珍重,都不约而同地提议要把康院长建立的"辅仁—复旦"两校进行学术交流的友谊发展下去。最后,双方的师生都纷纷站立起来,以长久的鼓掌来表达两岸学者此刻难舍的心情。一切都是那么真实且真诚,一切都是那么令人清澈澄明的感动!

从某种程度上反思历史,知识分子往往小气得很!知识分子的小气已经是蔓延于历史、积淀为文人心理情结的痼疾了,一如曹丕《典论·论文》所言:"文人相轻,自古而然。傅毅之于班固,伯仲之间耳,而固小之,与弟超书曰:'武仲以能属文,为兰台令史,下笔不能自休。'夫人善于自见,而文非一体,鲜能备善,是以各以所长,相轻所短。里语曰:'家有弊帚,享之千金。'斯不自见之患也。"①我在曹丕此段的表述中所取用的不仅是"文人相轻,自古而然",还有"各以所长,相轻所短",更有"家有弊帚,享之千金"。我想设问的是,又有多少学者曾为学术的碰撞与交流而真诚地感动过呢?鲜有!而辅仁大学与复旦大学的学者在比较文学的名义下走到一起来进行学术交流,就做到了这一点!其中有一个重要的原因,就是得缘于康士林教授清澈澄明之人格魅力的感动!

无疑,康士林教授是一位秉有人格魅力的比较文学学者!

学者作为知识分子,在初始身份的定位上便能够让自己隐忍于清苦,长久地沉浸于学问与思想的积累中,期望有朝一日可以成为学问家与启蒙者,以施人于学问的教诲和思想的拯救,而成就自己的名望,这是学者的德性;所以对于知识分子来说,其必然要在隐忍中付出一生的辛劳去追求,这还是学者的德性。但隐忍是需要代价的,而在隐忍中也隐藏着功名利禄的求取。因此,人格魅力是知识分子极为看重的一种评价性生存境界。知识分子尽管在表象上温良恭俭让,但骨子里潜藏着欲望和野心,他们所期许的人格魅力往往是非常宏大的,他们追求卡里斯马(charisma)型的感召性人格,希望有朝一日可以成为学术领袖及学术权力话语的释放者。

而康士林教授恰然不是如此,他所秉有的是一种"上善若水"的人格魅力,一如《老子·八章》所言:"上善若水,水善利万物而不争,处众人之所恶,故几于道。"②这是我与康士林教授在近二十年的相处中,透过他的一言一行所最为深切感受到的境界,并且我坚定地相信他周边的学生与同仁、朋友都会毫不犹豫地如此认同。

近日我在撰写这篇文章时,一直在努力寻找几个恰切的汉语修辞以描述康

---

① [三国魏]曹丕:《典论·论文》,见于[清]严可均校辑:《全上古三代秦汉三国六朝文》,中华书局,1995年,第二册,第1097页。
② 《老子》,见于《二十二子》,上海古籍出版社,1986年,缩印浙江书局汇刻本,第1页。

士林教授的为人及其品德。多年来,我也看了太多学者间慷慨献辞的评价,心里总感觉其无法脱去那种人为择辞的夸饰。我在究极那些华丽的修辞后,仅依凭我心底长久驻留的感觉,我想这四个汉字应该非常贴合康士林教授的人品:"仁厚素朴"。但细细想来,总觉得还少了那么一点,感觉告诉我应该再加上四个字:"清澈澄明"。

人与人之间的评价是在相处中沉留下来的感觉,哪怕是瞬间的,这种感觉可能会伴随着人驻留一生,所以一言一行都是人对自己的负责!"上善若水"的人格魅力必然是"清澈澄明"的,而"水善利万物而不争"在人格的构成上,其必然呈现为一种"仁厚素朴"的魅力。我认为这八个汉字既不华丽也不夸饰,康士林教授就是这样的人!

可以说,天下之难事莫过于与知识分子相处了!知识分子聪明、智慧且极为敏感,怎得也难以脱去其焦虑于心底那些复杂的想法与心机,其中往往透露出负面的戾气。这个年头远离心机者与负面人、规避负面信息已成为普适性的告诫了。非常珍贵的是,这么多年来,我们与康士林教授相处,一起经历了这么多次的学术合作,一切都是非常轻松、自然且简单的,在他的人格场域中没有杂混着任何负面元素,一切都清澈澄明得很,从未有因学术交集而引发的怨怼。康士林教授善良且谦卑、谦让,即如《老子·八章》所言:"居善地,心善渊,与善仁,言善信,政善治,事善能,动善时。夫唯不争,故无尤。"[①]

这么多年来,我从未在康士林教授的言谈中听到过稍许对别人有一丝不恭敬的言辞,更不要说他的行为举止了。其实,知识分子无论为人或为学做到何等程度,君子终究是君子,小人终究还是小人,心机者还是心机者,那是一眼就可以让人识透的,此中没有学问的高下之分,只有人品的不同而已!我与康士林教授交了近二十年的朋友,真的是非常幸运!我愿意如此认为:或许这也不是知识分子的本性,只是因为学界的僧多粥少,或人为地拉动不得已的竞争而已。

康士林教授的人格魅力就在于"上善若水",他像水一样"随物赋形"向下而流,不往高就,以滋润那些初入学界尚在底层打拼的青年学者,这无疑是一种"仁厚素朴"的品质。这不是一般学者可以做到的!较之于那种卡里斯马型人格,康士林教授的人格魅力可能很清淡,清淡到可能让你一眼看不出来。事实上,其中内在的涵养恰然是更为丰沛且伟岸的,"水随物赋形向下而流",以帮助那些青年学者,这又有多少人做到?无疑,这是一种高尚的品德。学界大都曾

---

① 《老子》,见于《二十二子》,上海古籍出版社,1986 年,缩印浙江书局汇刻本,第 1 页。

见识过这种学人:为攀附西方知名学者刻意迎上一张谄媚的脸,回过头来,见了汉语本土学者,特别是那些正在成长中的青年学者,脸上的表情僵硬且傲慢无比。我们多次在国际学术研讨会上见到康士林教授谦卑地与那些青年学者打招呼,非常温暖,并没有刻意追捧那些他的美国同行。

康士林教授人格魅力中的"仁厚素朴"深刻影响了我,他到大陆高校参加学术活动、讲学或任教,无论到哪里从来都不给别人带来麻烦,也不提任何条件,事无巨细,都是自己处理。较之于相关学者来大陆学界讲学,傲慢地提出要坐飞机头等舱和住五星级宾馆,否则不来,反照在不同学者的生存观念上,这真是天壤之别!我想说的是,我每年去辅仁大学给比较文学博士班的同学上课,购买低价的机票,自己去自己来,不麻烦任何人接送,不住宾馆而住在康士林教授的修道院里,一天三顿在临街的小店吃盒饭等,都是受他的影响。我非常感谢康士林教授给我的启示,让我接地气地生活在台北新庄,像熙熙攘攘街头的民众一样,闲适自得,教授又算得了什么?!

写到这里,我最后还是要就康士林教授的修道院写点什么。

辅仁大学在台北新庄,从学校的后门出来直行两百米穿过新北大道,再直行三百米就是明志路三段,进入明志路三段再往右转走两百米,即新北市泰山区明志路三段96巷1号天主教本笃会尚义院,这里便是康士林教授居住的修道院。

明志路永远是新北市一条熙熙攘攘的便民街道,车水马龙,喧闹得很。康士林教授居住的修道院坐落在明志路三段街道的西侧,并且再向西缩进了五六十米,稍显安静了一些。

我曾问过康院长,这所修道院是什么时候建成的,他告诉过我,但我忘记了。只是这所水泥结构的修道院,一眼看上去的确是有年头了,外观显得很老旧。修道院在结构布局上是一个两层的四合院,很中式,坐西朝东,中间有一个二十几平米大小的天井,天井中间是一方花坛。修道院的正门朝东面阳,有一扇刷有红漆的双开大门,也中式得很。进去后,南、北、西上下两层都是一个个分割的房间,除了北面一楼的会客室较大以外,其他也就都是七八平米或十几平米的小房间了。我每次来辅仁大学上课,也就是住在北面二楼最西头那间小房间里,其面积最多也就是七八平米了,但有一个很小的卫浴间。多年来,这所小房间就成为我专有的居室了,我也自得其乐。当然,我不在时,也有其他访客暂居此处。而康士林教授就住在南面二楼从东头数过来的第二个小房间。实事求是地讲,这些小房间内的配置与修道院的外观一样,都过于老旧且简陋了,无论夏季还是冬季,总是散发着一股陈年旧气。

而我想说的不是这些！

多年来，我在这所修道院临时居住，记得曾有一年的一次下午我去二楼的东头给上海家里打电话，因为有一部固定电话放在那里。打完电话后，我经过康士林教授居住的房间，不知什么原因房门是敞开的，康院长正好站在里面，我在门外给他打了一个招呼，顺便站在门口与他寒暄几句。就因为我多看了一眼，所收视的一切让我心里非常震动！我怎得也无法想到康院长居住的房间是这么的寒酸，寒酸到在那一瞬间我想流泪，其实我心里真的在流泪。

这是一间七八平米大小的房间，门在房间的左侧，进门的右侧是一面廊窗，廊窗下摆放着一张低矮的老式铁制行军床，可以折叠的那种，非常窄小，睡觉时一个翻身，不小心就可能滚到地下去。床上堆放着凌乱的被褥，很陈旧。康院长的卧室的确不大，其东西的横向尺度也就是一张行军床加一扇门的长度。行军床靠西墙的那一头，旁边紧靠着一个老旧的沙发，以方便康院长躺在床上时随手放些东西，另外一个老旧的沙发放在进门的东墙边靠里面一点，不至于挡住门道使人不方便进来。再就是于南墙窗户下摆放着一张较小的老旧书桌，还有一把老旧的椅子，再就没有其他像样的家具了。

两只老旧的沙发与一张老旧书桌、椅子上堆放着平日里替换的衣物什么的，一年四季的衣物似乎都有。由于空间过于狭小，堆放物显得凌乱且局促，当然，地上还散落着一些书籍什么的，感觉就更加拥挤了。还有一眼扫过去，连一件像样的日常用品及家用电器都没有，不要说一般人在卧室中使用的那些稍显像样的奢侈品了。

真的是家徒四壁！

这哪里是一间能够给人以温暖且固定栖居的卧室，也就是一位匆匆的旅行者在此匆匆休息一夜又匆匆上路的驿站而已。一切都是临时的，且临时了几十年！

关键是四壁墙灰因年代久远而开始出现风化剥落的痕迹，老旧加破旧的氛围笼罩着这间家徒四壁的小卧室。这就是康院长个人积累的全部家产！

后来我注意到，康院长的小卧室的门经常是半敞开的，或是虚掩上的，几乎没有落锁过。从那次以后，我也有意经常路过康院长的小卧室，一是想在自己的心灵上再经历一次来自一种高尚人格的洗礼和感慨，二是为它担心，怕遭窃。事实上，多年来，我只要住进康院长的修道院，心里便久久不可平息！返回大陆后，每每想起康院长的那间小卧室，我心里还是如此的感慨！其实，我的第二种担心是多余的，就这样一个老破小的房间，其中又有什么物品值得被窃呢？我想窃者之所居都不至于如此吧！

此刻,我不想再多说什么了。

我曾故意问过康院长,这所修道院是您的财产吗?他回答道:"不是,是教会的!"没错,这里昭示着一种人生的宣誓,康院长没有给自己积累任何家产,他一无所有!但康院长并不是一贫如洗,他有钱,他资助了那么多青年学者。他在北京大学比较文学与比较文化研究所应聘九年,一直把自己薪水的一半拿出来作为奖学金,以资助那些家庭经济困难的研究生,让他们完成学业。

而康士林教授也并不是一无所有,他更有精神信仰!康院长一直未婚,也没有一位爱他与他爱的女人照顾他,与他温暖地朝夕相伴,所以没有自己的孩子;然而康士林教授从来就不是孤独的,无论是在台湾地区还是在大陆,他得到了太多的青年学者对他的爱戴,他们都是康士林教授的孩子!

康士林教授是一位美国人,他不远万里来到中国台湾地区与大陆,这么多年来,他总是在匆匆地行走,以比较文学的名义行走在推动两岸进行学术交往的旅途中。

这,不是一种漂泊,而是一种归途;康士林教授虽已年至八旬,而归来仍是少年!

修改于福建师范大学外国语学院

2022 年 9 月 2 日

比较文学学科理论研究

◆ 从比较诗学到世界诗学的建构

◆ 从"比较"到"超越比较"——比较文学平行研究方法论问题的再探索

◆ 关于比较文学、世界诗歌与世界文学的设问——兼论西方学界的中国代理人现象

> 导言一

互异与共存
——对"比较文学何以可能"的重新省思

黄 晚*

"重新想象世界诸文学:全球与本土,主流与边缘"(Re-Imagining Literatures of the World: Global and Local, Mainstreams and Margins)是2022年夏在第比利斯举办的第23届国际比较文学年会的主题。纵观历届国际比较文学年会主题,均是对其时比较文学学科研究现状的概纳与发展趋势的预判,因此对年会主题的理解可以为我们进行比较文学学科研究提供有益的启示。在汉语语境下释读今年的主题,需要在学理上对其内涵予以清晰的辨明,方可把握题旨,其中的津要在于主题所强调的"世界诸文学"(literatures of the world)与我们习常使用的"世界文学"(world literature)这两种指称的区别。与"世界文学"这个带有整一性意味的概念有所不同,"世界诸文学"的表述彰显了对众多国族文学与文学种类之间差异性的认定。

自歌德于19世纪上半叶提出"世界文学"概念以来,此概念因之所承载的人文主义理想为思想界所肯定,尤其伴随着当今的经济全球化趋势,异质文明之间的汇通与互识愈发被视为时代发展之应然,"共同体"这个概念在当前的公共话语中也因此获有意识形态层面的正向价值。"世界文学"的理想暗含着一个预设,即文学可化约为作为理念的想象共同体(community)。对于文化语境中的共同体问题,德里达曾提出过相关思考,他意识到:"人们对于形成共同体有一种无法抑制的渴望,与此同时也希望这个共同体知道自身的限度,并以此限度成为其开端。"[1]然而,群体对于在价值维度上超越自身限度的渴望也不可避免地潜存着危机,因为"共同体"一词隐含了融合(fusion)与识别(identification)的内涵[2],在德里达看来,一旦出现不和谐的现象,共同体所意味的和谐、共识和基本的一致性都将受到威胁。尽管德里达的担忧并未具体地

---

* 黄晚,福建师范大学文学院讲师。
[1] John Caputo, ed., *Deconstruction in a Nutshell: A Conversation with Jacques Derrida*, New York: Fordham University Press, 1996, p.107.
[2] Paula Martín Salván, Gerardo Rodríguez Salas, Julián Jiménez Heffernan, eds., *Community in Twentieth-Century Fiction*, London: Palgrave Macmillan, 2013, p.160.

指向文学研究,但其依然警示我们,一旦"世界文学"被抽象为超验的绝对理念,国族文学便极有可能消隐在这个无限扩张的宏大叙事之中。不可否认的是,我们已然进入世界文学的时代,因此,如何避免世界文学在追求不断的超越与融合中异变为一座乌托邦式的空中楼阁,在当下显得尤为迫要。第 23 届国际比较文学年会的主题提示我们,在"世界文学"这个庞杂的话语结构内部,重新强调国族文学的具体性与差异性不失为一个切实的解决方案。

在比较文学学科视域内"重新想象世界诸文学",既需要对多元文学传统与理论景观并存的世界文学新格局予以确认,同时又需要在此洞见之上转进对诸国族文学之间关系的重新书写。以跨越东西方异质文化研究为特色的中国学派在此转向中具备天然优势,与此同时,世界文学与国族文学关系的变折也可能使汉语语境下的中国比较文学研究者陷入前所未有的话语困境。

"比较何以可能"是比较文学学科最为根本的问题之一,因此,重省"比较何以可能",是因应当今学科发展趋势的必要思考,也是中国比较文学借此历史契机走向世界不可或缺的理论意识。就此议题,笔者认为可以从以下三个面相予以展开。

第一,需要完成从理论的普遍化到理论的语境化的转换。 诚如杨乃乔在探讨比较文学研究可比性的问题时所言:"不同于其他国族文学研究在学科上所表现出的相对稳定性,由于比较文学研究的跨语际性、跨界性、汇通性、杂混性等,因此这个备受争议的学科特别需要学科理论来论述自己。"[①]纵观发展了两百余年的比较文学学科,尽管在现代学科建制的意义上已然较为成熟,但从学科自身的历史演进而言,研究者依然在对学科的合法性与研究范式予以不断确认与改进。

此现状引发了我们对于现代学科理论范式的思考:一方面,对世界体系理性化的诉求推动了现代学科理论化和专业化的进程,而学科分类作为一项现代发明,其专业化和条理化的建制固然符合了知识严格性和公共性的要求;另一方面,正如存在论哲学提醒我们的那样,以对象化的方式来打量世界,过度追求世界的条理化,忽视了世界的整一性,将最终致使其分崩离析。因此,我们需要警惕在理论层面严格遵循的学科自律和学科专业化要求所可能导致的学科过度细化。从总体知识的角度而言,现阶段需要的是新的学科构成和学科布局;从学科内部而言,应避免知识生产与流通的所有环节陷入普适化的理论景观当

---

① 杨乃乔:《"文姬归汉"的个人历史与华夏民族的"离散精神原型"——兼论比较文学研究的可比性》,《学术月刊》2011 年第 8 期。

中。张隆溪在《后理论时代的中西比较文学研究》一文中指出,后理论时代的比较文学研究必须基于具体的文学文本,换言之,理论的普遍性最终要回归并落实到作为具体证据的文学文本之中①。此建议固然具有扎实的方法论依据,然而用丰富的文本支撑理论并不能作为理论普适化的印证,反而可能遮蔽理论所关切的真正问题。

近几十年来,斯金纳(Quentin Skinner)在《现代政治思想的基础》一书中所倡导的"语境主义"研究方法在思想史研究领域产生了巨大影响力,该方法旨在超越传统思想史研究的"文本中心主义",强调历史研究的语境化②。这种观念启发我们在比较文学学科研究中也应当把对文本的诠释置放于具体语境中,基于自身的问题意识和问题处境,对现实语境予以还原与反思,以此考察理论到底在何种意义上与文本探讨的问题相关切。质言之,比较文学的学科原理所追求的不是理论的普遍有效,而应该是理论的"语境化",从对具体经验和具体文本的认识出发处理文本与理论的关系。哲学诠释学的原则提醒我们,诠释学既不是对文本原初意义的理解,也不是对作者意图的追索,而是将文本视为历史流传物,承认其在历史性的建构中动态持续生成的意义。

尽管抽象的理论体系对比较文学研究具有一定的启发意义,然而如果不是从经验和具体的文本出发,理论只能是缺乏针对性的意见,在新的世界文学话语格局下,比较文学学科理论应在语境化之中释放出新的价值和可能性,以唤醒文学研究的历史性意识。

第二,不再囿于对话语转换机制的追求,话语重构应被视为更显要的学科主张。在比较文学学科发展史上,美国学者对法国学派的批判和修正实现了学科研究重镇的第一次转移,比较文学的研究方法也在彼时发生了重要变革。尽管美国学派的平行研究对法国学派影响研究潜在的文化扩张主义的补蔽极大推进了学科意识,拓宽了学科边界,然而比较文学学科的研究中心从欧洲大陆到北美的迁移,并未超越西方文明的边界,比较文学的研究视野依然局限于西方文明内部。世界文学曾被寄望为消解西方中心主义的理想进路,但是事实上,其概念内涵的演替却一直未能彻底脱离西方中心主义的窠臼。

不同国家和民族之间的交流与汇通早已成为如今世界文化形态的主要面向,这一事实决定了当下人文学科的研究必然超越单一国族文学的褊狭,开放性

---

① 张隆溪:《后理论时代的中西比较文学研究》,《中国比较文学》2022年第1期。
② Quentin Skinner, *The Foundations of Modern Political Thought*, New York: Cambridge University Press, 1978.

成为价值旨归。比较文学天然地与民族、国家这些地缘概念具有紧密的关联,因此我们在研究实践中不可避免地将大量目光投注于其他国族的文学与文化,尤其是对于作为东方文明代表的中国学者而言。基于对学科发展史上话语转化模式的认知,在比较文学中国学派影响力日增的当下,中国学者应当叩问的是,如何突破话语转化的既有演变模式,实现世界文学内部话语格局的革新与重构。

为了避免"打破西方中心主义"成为一句空洞的口号,首先应当对不同历史阶段不同学派所代表的研究方法予以重新考察,前代学者在这方面完成了大量已成为共识的研究工作。其次,当我们意欲在"世界文学"的语境中再度探讨"世界诸文学",绝不能遵循简单的重复路径,即不能在方法论层面仅仅经由国族文学—世界文学的路径进行"原路返回",而更应该追问学科本体重构的问题。更进一步而言,我们必须拆解对于同质文明和异质文明的旧有的僵化认知,以及基于此而形成的方法论建构,回溯文明得以产生与发展的先验根据,在本体层面予以先验性的反思。正如伊格尔顿将当前学术研究趋势概纳为"后理论时代"(after theory)[1],王宁则基于认知诗学的理论基础,提出构建世界诗学的学术理想[2],如此种种判断,都在提醒我们,重构新的世界文学话语格局的巨大可能性已经敞开。

在世界文学新格局之下,大卫·达姆罗什(David Damrosch)提出了"划许多条线"的声张:有些线能够勾连起相互冲突的民族与文化,还有一些新的线则能跨越世界文学当中长期分割的超经典与反经典而实现比较[3]。边界的更新、方法的修正、旧观念的退场、新话语的征用,都成为激活重构进程的动力。中国比较文学学者在重构世界文学话语的变局中锚定自身文明的立场,摆落亦步亦趋的理论操用和东西文明二元化的结构性思维,照彻不同文明内部所容纳的诸多国族文学的多样性与复杂性,这是比较文学中国学派在新的世界文学时代应秉守的策略与定位。

第三,打破既有的固定参照系统,谋求开放的动态参照系统。达姆罗什明确将世界文学定义为经典,同时,他在苏源熙(Haun Saussy)主编的《全球化时代的比较文学》这份长篇报告中,将当今时代指称为"后经典时代"(postcanonical

---

[1] Terry Eagleton, *After Theory*, London: Penguin Books Ltd., 2004.
[2] 王宁:《比较诗学、认知诗学与世界诗学的理论建构》,《文学理论前沿》第17辑,清华大学出版社,2017年,第1—18页。
[3] David Damrosch, "World Literature in a Postcanonical, Hypercanonical Age", in Haun Saussy ed., *Comparative Literature in an Age of Globalization*, Baltimore: The Johns Hopkins University Press, pp.52-53.

age)。达姆罗什以《诺顿世界文学名著选》(Norton Anthology of World Masterpieces)半个多世纪以来关注焦点的转变为例,阐明了一个重要的观点,即"文学理论介入并提供了替代性的经典,以填补它汲汲解构文学之后所留下的空白"①,由此,他提出了超经典(hyper canon)、反经典(counter canon)与影子经典(shadow canon)的概念界分。这个界分昭示了比较研究所仰赖的话语参照系统并非一成不变,而可实现一种动态的介入(invention)。莫莱蒂曾指出:"世界文学并不是目标,而是一个问题,一个不断地吁请新的批评方法的问题:任何人都不可能仅通过阅读更多的文本来发现一种方法。"②世界文学不是文学文本数量的机械累加,比较文学研究也不是在此基础上简单的方法重复,世界文学新格局需要挖掘和发现的是此前未必看见、未被书写的经验,以及由此带来的整个话语参照体系的革新。

参照系统的更新并非追求普遍性神话基础之上简单的话语替换。西方中心话语体系背靠着一个强大的研究传统,中国亦有着自身悠久的文论历史,但是,如果我们追求的目标是推动中国的学术话语体系成为学科研究的普适性话语,则困入了"能指置换"的陷阱。摆脱基于西方文学和文论的经验已然不易,如何避免陷入自我参照的话语体系又是一条更为艰险的道路。

伽达默尔的"效果历史"(wirkungsgeschichte)原则或可给我们以启示,该原则被视为理解的普遍结构要素,具有两重性:"它一方面用来指在历史进程中获得并被历史所规定的意识,另一方面又用来指对这种获得和规定本身的意识。"③上文已论及,话语的转换必须从方法论层面的修正抵达本体论层面的重构,与此相应,批评的参照系统也应当由既有的固定框架推递为敞开的动态系统,新的参照系统所呈现的开放的动态过程应在历史性中展开,以激活和容纳新的文学创作与研究实践的一切可能性。

从国族文学语境到异质文化语境,再到世界文学语境,研究的参照体系必然随着研究对象和视域的转换与扩大而持续演变,这种演变既涵纳了具体的语境差异,也驱策新的话语格局的生成,新的参照系统以动态介入的姿态与具体的研究经验共同实现了"世界诸文学"中的世界文学,并对"比较何以可能"的原理给予了新的提示。

---

① David Damrosch, "World Literature in a Postcanonical, Hypercanonical Age," in Haun Saussy ed., *Comparative Literature in an Age of Globalization*, Baltimore: The Johns Hopkins University Press, p. 44.
② Franco Moretti, "Conjectures on World Literature," *New Left Review*, No. 1, 2000, p. 55.
③ 伽达默尔:《真理与方法》,洪汉鼎译,上海译文出版社,2004年,第9页。

从比较诗学到世界诗学的建构

王　宁*

内容提要　"世界文学"近年来已成为国际人文学科的又一个热门话题。当年歌德之所以提出世界文学的构想,一个主要的原因就在于,他在读了包括中国文学在内的一些非西方文学作品后受到启发。本文作者在西方学者的先期研究基础上,从比较的和中国的视角提出一种世界诗学的建构。作者认为,世界诗学的建构有着世界文学和比较诗学的基础,此外,近几年来认知诗学的异军突起和日趋成熟,也为我们建构一种普适性的文学阐释理论或世界诗学提供了基础。在此基础上,作者认为,建构世界诗学的理论根据主要有这三点:(1)世界诗学是基于世界文学和比较诗学研究成果的一种理论升华,而当今占据主流的西方文论并未涵盖不同国别和民族的文学和理论经验;(2)迄今所有具有相对普适性的文学阐释理论都产生于西方语境,由于其语言和文化背景的局限,这些理论的提出者不可能将其涵盖东西方文学和理论的范畴和经验,尽管一些理论家凭着深厚的学养和理论把握能力通过强制性阐释使自己的理论教义也能用于非西方文学的阐释,但毕竟漏洞很多;(3)中国学者始终关注西方文学理论的前沿课题,同时又有东方的本土文学和理论批评经验,因此中国学者完全有能力提出这一理论建构。作者在对建构世界诗学的路径加以阐释后指出,世界诗学构想的提出,有助于世界文学理论概念的进一步完善,它作为一个由中国学者提出并且值得国际学界关注和讨论的理论话题,将改变和修正现有的世界文学和文论之格局。

关键词　比较诗学;世界文学;世界诗学;普适性;阐释理论

伴随着经济全球化在文化上的不断推进,"世界文学"近十多年来已成为国际人文学科的又一个热门话题①。我们都知道,当年歌德之所以提出世界文学

---

* 王宁,上海交通大学人文学院资深教授,博导。
① 虽然关于世界文学的问题自歌德提出其构想以来一直有所讨论,但真正作为一个热门话题引起学界广泛关注和讨论则始于21世纪初,尤其是大卫·达姆罗什(David Damrosch)出版他的专著《什么是世界文学?》(*What Is World Literature?*, Princeton, NJ: Princeton University Press, 2003)之后,这方面的著述才不断增多。

的构想,在很大程度上是因为他在读了包括中国文学在内的一些非西方文学作品后受到极大的启发,故提出了这一带有乌托邦色彩的构想。同样,中国的文学理论也曾对西方学者的比较诗学理论建构产生过较大的影响,但对于这一点,绝大多数主流的西方文学理论家却全然不知,或者拒不承认。在这方面,美国学者刘若愚(James J. Y. Liu,1926—1986)、法国学者艾田浦(René Etiemble,1909—2002)、荷兰学者佛克马(Douwe W. Fokkema,1931—2011)以及美国学者孟而康(Earl Miner,1927—2004)等人则作过一些初步的尝试。孟而康甚至提出一种跨文化的比较诗学理论模式,但他的诗学理论并未上升到总体文学和世界文论(诗学)建构的高度①。其原因在于,在当时的西方中心主义占主导地位的情况下,非西方的文学和批评理论经验并未被当作建构一种普适性世界文论的基础。而在今天世界文学已成为一种审美现实的情况下,文学理论也进入一个"后理论时代"。关于"后理论时代"的理论情势作者已在其他场合作过讨论,这里无须赘言②。作者在此提出一种世界诗学建构之前想再次强调,"后理论时代"的来临使得一些原先被压抑在边缘的理论话语得以步入前台,认知诗学在当今时代的兴盛就是一个明证。此外,"后理论时代"的来临打破了西方中心主义一统天下的格局,使得来自小民族的或非西方的文学理论家和文学研究者得以与我们的西方乃至国际同行在同一个层次上进行平等的对话。有鉴于此,我们完全可以基于世界文学和比较诗学这两个概念建构一种同样具有普适意义的世界诗学。

一、从比较诗学、认知诗学到世界诗学

在当今时代,由于文化研究的冲击,谈论含有诸多审美元素的诗学早已被认为是一种奢侈。即使在国际比较文学界,讨论比较诗学问题也仅在一个很小的圈子里进行,而且还要与当下的社会和文化问题相关联。人们或许会认为,在文化研究大行其道、文学理论江河日下的情形下,文学面临着死亡的境地,文学理论(literary theory)也早就演变成了漫无边际的文化理论(cultural

---

① 他在这方面的一部集大成之著作就是出版于20世纪90年代的专著:*Comparative Poetics: An Intercultural Essay on Theories of Literature*, Princeton, New Jersey: Princeton University Press, 1990。

② 参阅拙著或论文:《"后理论时代"的文学与文化研究》,北京大学出版社,2009年。论文:《"后理论时代"的文化理论》,《文景》2005年第3期;《"后理论时代"西方理论思潮的走向》,《外国文学》2005年第3期;《"后理论时代"中国文论的国际化走向和理论建构》,《北京大学学报》2010年第2期;《再论"后理论时代"的西方文论态势及走向》,《学术月刊》2013年第5期;《"后理论时代"的理论风云:走向后人文主义》,《文艺理论研究》2013年第6期。

theory),谈论比较诗学还有何意义？讨论诗学问题是否有点不合时宜？但这只是西方文论界的情形，并不代表整个世界的文学理论状况，尤其是在中国的文学理论界。经过近百年来的学习西方理论和弘扬比较文学，再加之近几年来世界文学理念和认知诗学的引进和发展，中国的文学理论家已经娴熟地掌握了西方文论建构的路径和方法。此外，我们在大量引进西方文论时，也从未忽视发展我们自己的文学批评和理论实践，可以说现在已经到了建构我们自己的理论话语并在国际学界发出强劲声音的时候了。

当然，建构一种具有普适意义的文学阐释理论，或曰世界诗学，首先要通过对中国和西方以及东方主要国家的诗学的比较研究，才能站在一个新的高度提出自己的理论建构，否则重复前人或外国人早已做过的事情绝不可能取得绝对意义上的创新。因此，本文首先从比较诗学的视角切入来探讨不同的民族/国别文学理论的可比性和综合性。通过这种比较和分析，我们透过各民族/国别诗学或文论的差异之表面，窥见其中的一些共性和相通之处，这样建构一种具有普适意义的世界诗学就有了合法性和可行性。当然，建构世界诗学有着不同的路径，它具体体现在下面几个方面：(1)世界诗学必须突破西方中心主义的局限，包容产生自全世界主要语言文化土壤的文学理论，因此对它的表达就应该同时是作为整体的诗学体系和作为具体的文学阐释理论；(2)世界诗学必须跨越语言和文化的界限，不能只是西方中心主义或"英语中心主义"的产物，而更应该重视世界其他地方用其他语言发表的文学理论著述的作用和经验，并且及时地将其合理的因素融入建构中的世界诗学体系；(3)世界诗学必须是一种普适性的文学阐释理论，它应能用于解释所有的世界文学和理论现象，而不管是西方的还是东方的，古代的还是现当代的文学和理论现象；(4)世界诗学应同时考虑普适性和相对性的结合，也即应当向取自民族/国别文学和理论批评经验的所有理论开放，尤其应该关注来自小民族但确实具有普适意义的文学和理论；(5)世界诗学作为一种理论模式，在运用于文学阐释时绝不可对文学文本或文学现象进行"强制性阐释"，而更应该聚焦于具体的文学批评和理论阐释实践，并及时地对自身的理论模式进行修正和完善；(6)世界诗学应该是一种开放的理论话语体系，它应能与人文学科的其他分支学科领域进行对话，并对人文科学理论话语的建构作出自己的贡献；(7)世界诗学应该具有可译性，以便能够对英语世界或西方语境之外的文学作品和文本进行有效的阐释，同时在被翻译的过程中它自身也应有所获；(8)任何一种阐释理论，只要能够用于世界文学作品的阐释和批评就可跻身世界诗学，因此世界诗学也如同世界文学概念一样永远处于一个未完成的状态；(9)世界诗学既然是可以建构的，那它也应处于一种不断地被重构的动态模式,那种自我封闭的且无法经过重构的诗学理论是无法成为世界诗学的,因此每一代文学理论家都可以在实际运用中对它进行质疑、修正甚至重构。总之,世界诗学构想的提出,使得比较诗学有了一种整体的视野和高度,同时也有助于世界文学理论概念的进一步完善。它也像世界文学这个理论概念一样,可以作为一个值得讨论甚至争论的理论话题引发国际性的理论讨论,同时也能在一定程度上改变和修正现有的世界文学和文论的格局。

一方面,在当前的国际比较文学和文学理论界,尽管许多学者以极大的热情投入关于"世界文学"概念的讨论,但却很少有人去深入探讨与世界文学相关的理论问题,这些学者也不企望建构这样一种具有普适意义的世界诗学[①]。另一方面,世界文学伴随着世界主义(cosmopolitanism)这个大的论题的再度出现,已经变得越来越吸引东西方的比较文学和文学理论研究者,一些有着重要影响力的学者也参与讨论并且提出了关于这一颇有争议的概念的各种定义。同样,不少学者已经试图将世界文学研究与文学经典的形成与重构以及重写文学史等论题相结合,以便取得一些突破性的进展。但是在我看来,迄今所取得的成果还远远不能令人满意,其原因在于至今尚无人提出自己的全新理论建构。对文学理论问题的讨论也依然停留在比较诗学的层面,并没有在孟而康的比较诗学研究基础上作出理论上的升华和建构。因此在提出笔者的理论建构之前,简略地回顾一下孟而康的比较诗学概念和他已经做出的开拓性工作仍有必要。因为在笔者看来,正是在西方中心主义的思维模式主导国际比较文学研究的那些年代里,孟而康力挽狂澜,颇有洞见地提出了"跨文化的比较诗学研究",并开拓出一片处女地,他曾经引领着一批学者筚路蓝缕,朝着世界诗学建构的方向前进。

确实,孟而康在对东西方文学和理论著作进行比较研究时,从东西方文学和理论著作中收集了大量的例证,从而发现了"一种生成性诗学"[②],虽然他没

[①] 西方的世界文学研究者在这方面发表了大量的著述,其中最有代表性和影响力的主要有:Emily Apter, *The Translation Zone: A New Comparative Literature*, Princeton and Oxford: Princeton University Press, 2006; Theo D'haen, *The Routledge Concise History of World Literature*, London and New York: Routledge, 2012; David Damrosch, *What Is World Literature?*, Princeton, NJ: Princeton University Press, 2003; David Damrosch, *How to Read World Literature*, Oxford: Wiley-Blackwell, 2009; Moretti, Franco, "Conjectures on World Literature," *New Left Review*, 2000, (1), pp.54-68。这些著述大都围绕世界文学这个话题进行构想(Moretti)、讨论(Damrosch)、争论(Apter)并总结(D'Haen),但是都没有涉及世界诗学或文学理论问题。

[②] 厄尔·迈纳:《比较诗学:文学理论的跨文化研究札记》,王宇根、宋伟杰等译,中央编译出版社,1998年,第314页。译文有所校改。

有使用诸如"世界"(world)或"普适的"(universal)这类词,但他实际上意在突破西方中心主义或者所谓的"东""西"二元对立的思维模式,从而建立某种具有普遍意义的诗学体系。因为在他看来,这样一种普遍的或系统性的诗学首先应当是"自满自足的",不应该受制于特定的时代和批评风尚的嬗变,这样它才有可能成为具有普适意义和价值的美学原则。显然,孟而康仍然持有一种充满精英意识的(比较)文学研究者的立场,集中讨论一些在文学史上已有定评的经典文学作品,但却很少讨论当代文学作品和文学现象。然而,孟而康在20世纪90年代初出版专著《比较诗学》后不久就患病,后来由于英年早逝而未能实现他已经开始萌发的世界诗学构想,这无疑是他的比较诗学建构的一个局限①。他的另一个局限则在于,作为一位有着精英意识的日本学研究者,他头脑里考虑最多的是日本的古典文学和文论,虽然他在书中也稍带提及中国的文学理论著作,但却全然不提现代文论。因此,他的研究更具有"史"的价值而并不能引发当下的理论讨论。后来,在文化研究异军突起并迅速步入学术前沿时,比较诗学便逐步被"边缘化"了。我们都知道,在孟而康的《比较诗学》出版的20世纪90年代初,正是文化研究崛起并对比较文学学科产生强有力冲击的年代,尤其是美国的比较文学学者,更是言必称文化研究。而且在研究对象方面,文化研究也反对传统的习俗,挑战精英意识,以当代非精英文化和通俗文化为研究对象,这就更与有着精英和经典意识并排斥当代文论的比较诗学大相径庭,因此比较诗学很快就被淹没在文化研究的"众声喧哗"中,只是在一个狭窄的小圈子里发挥有限的功能和影响。有鉴于此,笔者认为,从历史的角度来看,古代文论基本上是自满自足的和相对封闭的,它要想在今天依然发挥其应有的理论争鸣和阐释作用,那就应当被今天的文学和批评实践激活,通过现代转型来实现它的当代功能。而19世纪后半叶以降的现代文论无疑是开放和包容的,虽然在很大程度上带有欧洲中心主义或西方中心主义的色彩,并有着跨学科和非文学的倾向,但它已经被东西方的文学批评实践证明是行之有效的,同时也是很不完备的。在当今这个跨文化的语境下,它很难显示出自身的普适意义和价值,因此建构一种具有相对普适意义的世界诗学就势在必行。

此外,笔者之所以要提出自己的世界诗学的理论建构,还受到当代认知诗学的启迪。笔者认为这也是提出自己的世界诗学理论建构的一个基础。因为

---

① 关于孟而康的比较诗学价值以及理论建构上的局限,参阅笔者的英文论文,"Earl Miner: Comparative Poetics and the Construction of World Poetics", *Neohelicon*, 2014, Vol. 41, No. 2, pp. 415 – 426.

在我看来，提出世界诗学的建构，如果没有广泛深入地对中外诗学或文学理论进行比较研究的话，就会如同一座空中楼阁那样不攻自垮。而认知诗学则是近十多年来从边缘逐步进入中心的一个新的研究领域，它介入文学和语言之间的界面研究，专注文学的语言因素考察和研究。它提醒人们，文学既然是语言的艺术，对它的研究就不可能忽视从语言形式入手的经验研究。因此认知诗学的崛起实际上起到了文化理论衰落之后的某种反拨作用。它近几年在中国的兴盛更是说明了这种理论模式的普适性和可行性。本文的目的并非专门讨论比较诗学和认知诗学，但这二者在笔者的理论建构中却是无法回避的。它们对笔者的启迪也是十分重要的。

首先从比较诗学谈起。质言之，比较诗学（comparative poetics）就是比较文论研究，它是一个以文学理论的比较为核心内容的研究领域，是比较文学的一个分支学科，它既包括了不同国家、不同民族诗学的影响研究和平行研究，也包括了跨学科、跨文化诗学的比较研究。但是比较诗学并不意味着仅仅采取比较的方法来研究文学理论，它还可以将文学的理论阐释作为其观照的对象，因此它同时也是诗学的一个分支。而认知诗学（cognitive poetics）则是近几年来十分活跃的一个文学批评流派，它将认知科学的原则，尤其是认知心理学的原则，用于文学文本的阐释。它与读者反应批评，尤其是注重读者的心理反应作用的那一派，密切相关。此外，它也与专注文学的语言学界面研究的文体学关系密切，常常被欧洲的一些崇尚文学经验研究的学者用来分析文学文本的语言因素。认知诗学批评家也像当年的英美新批评派批评家那样，致力于文学文本的细读和分析。但与他们不同的是，认知诗学批评家并不仅仅满足于此，他们同时也认识到语境的重要性，尤其认识到对文本意义的发掘至关重要。因此，认知诗学突破了新批评派的封闭式的专注文本的做法，同时也超越了结构主义的专注语言形式的做法，它所显示出的生命力已经越来越为当代理论界所认可。

如果说，比较诗学理论家孟而康是一位来自精英文学研究的美国学者的话，那么认知诗学的奠基人是鲁文·楚尔（Reuven Tsur）则是一位地地道道的来自小民族和小语种的理论家，他所出生的国家是东欧的罗马尼亚，远离西欧的文学理论主流，所操持的母语更是不入主流。后来他所工作的国家以色列也是一个远离欧美中心但却与欧美学界有着密切关系的边缘地带。楚尔在写于1971年的博士论文中发展了一种被他称为"认知诗学"的方法，试图将其推广到所有的文学和诗学研究中。作为一种跨学科的文学研究方法，认知诗学涉及的范围极广，包括文学理论、语言学、心理学和哲学的多个分支。就文学研究而言，认知诗学探讨的是文本的结构与人类感知性之间的关系，并对发生在人的大脑里的各种作用充当协调者。楚尔的贡献就在于将这种认知诗学应用于格律、声音的象征、诗歌的节奏、隐喻、诗歌本身以及变化了的意识状态的研究,他从探讨文学的"文学性"乃至"诗性"入手,但又不仅仅局限于此,他所建构的认知诗学还用于更广泛的领域,诸如各时期的风格、文类、建筑范式、翻译理论、批评家的隐含的决定风格、批评能力以及文学史等领域的研究。当然,这种美好的愿景能否在实际文学阅读和批评实践中得到有效的运用还有待于实践的检验。

但是,在文化理论和文化研究大行其道的"黄金时代",一切专注文学文本的语言因素考察研究的批评和阐释都被边缘化了,认知诗学也是如此。而在当今的"后理论时代",文化理论的黄金时代已经过去,文化批评的锋芒有所锐减,文学研究再度收复一些失地,但与以往不同的是,后理论时代的文学研究更加注重文学的经验研究,这显然为认知诗学的兴盛奠定了基础。

笔者在提出自己的世界诗学理论建构时,之所以要提及认知诗学,其原因有两个:其一,作为对大而无当的文化理论的一种反拨,认知诗学依然专注文学文本,并注重文学的语言因素,因而与诗学的关注对象比较接近;其二,既然鲁文·楚尔被认为是认知诗学的奠基人,那么他的双重边缘身份也值得我们重视,他的出身背景(罗马尼亚)和工作环境(以色列)都是典型的小民族。但是他却有着一种世界主义的胸怀,敢于采用世界通行的语言——英语作为写作的媒介,通过英语的影响力和流通渠道把自己的理论建构传播出去,这无疑对我们中国学者的理论建构是一种启示。正是这一来自小民族的边缘地区的理论可以在当今这个"后理论时代"从边缘走向中心,经过英语世界的中介又对汉语世界的文学和语言学研究产生了重要的影响。因此,这也是笔者在提出世界诗学理论建构时无法回避的一个重要启示。

二、世界诗学的构想和理论建构

如前所述,本文的重点是要提出笔者的世界诗学理论建构①,当然,由于本文篇幅所限,笔者不可能全面地阐释所要建构的世界诗学的内容,但笔者想先在本文中提出这一构想并对之进行论证,以便在今后的著述中逐步加以拓展和完善。首先,笔者想强调的是,提出世界诗学或世界文论这一理念究竟意味着什么?在一个"宏大叙事"已失去魅力的"微时代",理论建构还能起到何种作

---

① 关于世界诗学的构想,笔者曾在一篇笔谈中作过粗略的描述,本文应该是那篇短文的继续深入探讨和提升。参阅拙作:《世界诗学的构想》,《中国社会科学》2015 年第 4 期。

用？笔者的目的就在于建构一种有着共同美学原则和普适标准的世界性的文学理论。也许人们会问，既然世界各民族/国别的文学和文化千姿百态，那么能有一个普适公认的审美标准吗？我的回答既是否定的同时又是肯定的：在绝对意义上说来这显然是不可能的，但依循一种相对普适的审美标准来进行理论建构还是可以做到的。多年前，当歌德在阅读了一些非西方文学作品后发现了各民族文学所共同和共通的一些因素，对于这一点我们完全可以从他对世界文学理念的建构中见出端倪。当歌德于19世纪上半叶提出这一理论构想时几乎被人们认为是一个近乎乌托邦式的假想，尽管歌德从表面上看摆脱了欧洲中心主义的桎梏，但他同时却又陷入德意志中心主义的陷阱，认为德国文学是世界上最优秀的文学。之后马克思和恩格斯在《共产党宣言》中再次提到"世界的文学"概念时才将其与资本主义的世界性扩张和文化的全球化特征联系起来①。在后来一段漫长的时间，由于民族主义的高涨，世界主义的理念被放逐到了边缘，尽管一些有着比较意识和国际视野的文学研究者大力提倡比较文学研究，但早期的比较文学研究依然缺乏一个整体的和世界文学的视野。正如意大利裔美国学者莫瑞提（Franco Moretti）所讥讽的那样："比较文学并没有实现这些开放的思想的初衷，它一直是一个微不足道的知识事业，基本上局限于西欧，至多沿着莱因河畔（专攻法国文学的德国语文学研究者）发展，也不过仅此而已。"②我们今天提出世界诗学的构想也应吸取这一历史的教训，切忌固步自封和惟我独尊，也不能将世界诗学建构成为西方中心主义的有限扩展版。因此在笔者看来，这样一种世界诗学或文论不能是简单地来自西方文学，也不能主要地来自东方文学，更不能是东西方文学和文论的简单相加。它应该是一种全新的文学阐释理论，应该是经过东西方文学批评和阐释的实践考验切实可行的理论概念的提炼和抽象，应该在对优秀的世界文学和理论的扎实研究基础上加以建构，这样它才有可能被用于有效地解释所有的东西方文学现象。这也许正是我们应该超越前人未竟的事业所应做的工作。

第一，世界诗学必须突破西方中心主义的局限，包容产生自全世界主要语言文化土壤的文学理论，因此对它的表达就应该同时是作为整体的诗学体系和作为具体的文学阐释理论。既然世界诗学意指全世界的文学理论，那么它就应该像世界文学那样，同时以单数和复数的形式来加以表述。笔者想将其用于建构这样一种世界诗学也同样适用。由于"诗学"（poetics）这一术语在英文中无

---

① 参见马克思、恩格斯：《共产党宣言》，人民出版社，1966年，第30页。
② Franco Moretti, "Conjectures on World Literature", *New Left Review*, No.1, 2000, p.54.

法区分其单复数形式,笔者这里便用"文学理论"来加以表述:作为总体的世界文论(world literary theory)和具体的世界(各民族/国别的)文论(world literary theories)。前者指这样一种总体的世界文论所具有的普适意义很高的准则,也即它应该是世界优秀的文学理论的提炼升华之结晶;后者则应考虑到来自不同的民族/国别文学的具体文论和范畴。但是那些能够被视为世界诗学的理论必定符合普适性的高标准,必须可用于解释世界各民族文学中出现的所有现象。因此,仅仅基于某个民族/国别的文学和文论经验而建构的理论,如果不能在另一个民族/国别的文学研究中得到应用或推广,就算不上世界性的诗学或理论。

第二,世界诗学必须跨越语言和文化的界限,不能只是"英语中心主义"的产物,而应重视用其他语言撰写并发表的文学理论著述的作用和经验,并且及时地将其合理的因素融入建构中的世界诗学体系,这样世界诗学便具有了跨越语言和文化之界限的特征。我们都知道,西方文化传统中由亚里士多德提出、后来的历代理论家发展完善起来的诗学理论就经历了不断的重构,它在用于东方文学作品和现象的阐释时也被"东方化"进而具有了更多的普适意义和价值。而相比之下,在英语世界出版的几乎所有讨论文学理论史的主要著作中,非西方国家的文学理论或者受到全然忽略,或者简单地被稍加提及,根本没有占据应有的篇幅。尽管中国有着自己独特的、自满自足的诗学体系,其标志性成果就是刘勰的《文心雕龙》,但迄今为止西方的主要理论家几乎对此全然不知,即使在孟而康的名为《比较诗学》的专著中对之也很少提及。而相比之下,在中国,从事中国古代文论研究的学者若不知道亚里士多德的《诗学》和贺拉斯的《诗艺》至少是不能登上大学讲台讲授文学理论课的。这与西方学者对中国文学和文论的微不足道的知识简直有着天壤之别。因此,对中国以及东方诗学的忽略和不屑一顾显然是探讨世界文论或诗学过程中的一个严重缺陷。作为一位中国比较文学和文学理论研究者,笔者要强调指出的是,编撰一部完整的世界文论史或诗学史应该包括符合这一标准的主要非西方文论著作,尤其是像《文心雕龙》这样一部博大精深的文论著作,更不应该被排斥在世界诗学经典之外。

第三,世界诗学既然被认为是一种普适性的文学阐释理论,那么它就应能用于解释所有的世界文学现象,而不管是西方的还是东方的,古代的还是现当代的。实际上,长期以来,东方文化和文学对来自西方的理论一直持一种包容的和"拿来主义"的态度,一些东方国家的学者甚至对来自西方的文学理论顶礼膜拜,在自己的著述中言必称西方文论,而对自己国家的文学理论则远没有达到这种推崇的地步。确实,自从近现代以来,中国、日本和印度的比较文学学者早就自觉地开始用西方文学理论来解释自己的民族/国别文学和理论现象,他们在用以解释自己的文学现象的过程中,通过创造性的转化,使得原来有着民族和地域局限的西方理论具有了"全球的"(global)特征和普适的意义,而在许多情况下则在与当地的文学实践的碰撞和对话中打上了"全球本土的"(glocal)印记。但在那些西方国家,即使是在汉学家中,文学研究者仍然一直在沿用从西方的文学经验或文化传统中得出的理论概念来解释非西方的文学现象,例如在西方的中国文学研究领域,这种现象就显而易见。既然我们要建构一种世界性的诗学理论,我们就应该努力克服这种西方中心主义的思维模式,尽可能地包容产生自各民族和各种文化土壤的具有普适性的理论范畴和概念,否则一部世界诗学史就会变成西方诗学的有限的扩展版。

第四,建构世界诗学应同时考虑到普适性与相对性的结合,也即它应当向取自民族/国别文学和理论批评经验的所有理论开放,尤其应该关注来自小民族但确实具有普适性的文学和理论。正如美国文论家希利斯·米勒(J. Hillis Miller)在描绘文学作品的特征时所指出的,"它们彼此是不对称的,每一个现象都独具特色,千姿百态,各相迥异"①。在各民族/国别文学之间,并不存在孰优孰劣的泾渭分明的状况,因为每一个民族/国家的优秀文学作品都是具有独创性的,"人们甚至可以把它们视为众多莱布尼兹式的没有窗户的单子,或视为众多莱布尼兹式的'不可能的'世界,也即在逻辑上不可能共存于一个空间里的众多个世界"②。既然诗学探讨的对象是文学现象,当然也包括文学作品,那么它就应当像那些作品那样内涵丰富和对不同的理论阐释开放。确实,由于某种历史的原因,西方诗学总是比其他文化传统的诗学要强势得多,因此它经常充当着某种具有公认之合法性的标准。一些非西方的理论批评家往往热衷于用西方的理论来阐释本民族/国别的文学现象,这当然无可厚非,但问题是他们常常只是通过对本民族/国别的文学现象的阐释来证明某个西方理论的有效性和正确性,而缺少对之的改造和重构。相比之下,其他国家和地区的批评理论或美学原则则很少有可能去影响它,更遑论用以解释来自西方文学传统的现象了。应该承认,东西方文学和文论交流的这种巨大的反差在今后相当长一段时间内还会存在并且很难克服。孟而康作为一位跨文化比较诗学理论家,始终对西方世界以外的文学和诗学抱有一种包容的态度,他曾指出,"认为最伟大的文

---

① J. Hillis Miller, *On Literature*, London and New York: Routledge, 2002, p.33.
② Ibid.

学都是最公正的社会的产物是不能令人信服的,尽管可以断定,用那一时代的标准来衡量,不公正的社会不可能创造出有持久影响力的作品"①。但事实恰恰是,在封建沙皇专制统治的农奴制度下照样产生出像果戈里、托尔斯泰和陀思妥耶夫斯基这样伟大的作家,在文学理论界也出现了像别林斯基和车尔尼雪夫斯基这样伟大的文学理论家和批评家。因此我们完全可以得出这样的结论:社会制度的先进与否与文学成就并非是成正比的。同样,有时重要的作家或理论家也许来自小民族或弱势的国家,因此我们有必要采取一种文化相对主义的态度来看待世界上不同的诗学之价值,切不可重蹈西方中心主义的覆辙。

第五,世界诗学作为一种理论模式,在运用于文学阐释时绝不可对文学文本或文学现象进行"强制性的阐释",而更应该聚焦于具体的文学批评和理论阐释实践,并且及时地对自身的理论模式进行修正和完善。所谓"强制阐释",正如有学者已经指出的,就是不顾文学自身的规律,从文学以外的理论视角进入文学,将根据非文学经验抽象出的理论强行用于文学作品及文学现象的阐释,其目的并非为了丰富和完善文学作品的意义,而更是为了通过对文学现象的阐释来证明自己的理论的正确和有效性②。这样一种"理论中心主义"意识已经渗入相当一部分理论家的无意识中,使他们采取理论先行的方式,不顾文学作品的内在规律,强制性地运用阐释的暴力来介入对文学作品意义的解释,结果既不能令作者本人信服,更不能令广大读者信服。当然,我们要区分理论家的本来用意和后来的阐释者对之的强制性滥用。在当今这个跨文化和跨学科研究的大趋势下,文学也不可避免地受到非文学理论话语的侵蚀,因此在文学研究界,我们经常可以听到"返回审美"的呼声。从非文学的理论视角进入文学作品并对之进行阐释本身无可厚非,但是其最终的目的应有利于文学意义的建构和文学理论的丰富和发展,而不应仅仅满足于证明某种理论是否正确和有效。

第六,世界诗学应该是一种开放的理论话语,它应能与人文学科的其他分支学科领域进行对话,并对人文科学理论话语的建构作出自己的贡献。这与上面一点是相辅相成的,因为在过去的几十年甚至上百年里,文学本身已经发生了巨大的变化,许多过去在文学的高雅殿堂里并没有地位的文类今天已经堂而

---

① 厄尔·迈纳:《比较诗学:文学理论的跨文化研究札记》,王宇根、宋伟杰等译,中央编译出版社,1998年,第 328 页。译文有所校改。
② 关于当代文学理论批评中的"强制阐释"及其反拨,参阅张江:《当代西方文论若干问题的辨识——兼及中国文论建设》,《中国社会科学》2014 年第 5 期。张江的论文发表后在国内外产生了很大的影响,关于这种反响,可参阅王敬慧:《从解构西方强制阐释到建构中国文论体系——张江近年来对当代西方文论的批判性研究》,《文学理论前沿》2016 年第 14 辑。

皇之地跻身文学之中,这一切均对我们的文学理论提出了严峻的挑战。同样,文学理论今天再也不像以往那样纯洁或自足了,它在一定程度上与文化理论融为一体。对于这一现象,新历史主义者斯蒂芬·格林布拉特(Stephen Greenblatt)称之为"文化诗学"①,他试图在经典文学艺术与通俗文学艺术之间进行谈判,以便建立一种可以沟通艺术与社会的文化诗学。结构主义理论家茨维坦·托多罗夫(Tzvetan Todorov)在仔细考察文学的变化后也得出这样的印象:"文学的领地对我来说简直大大地拓宽了,因为它现在除了诗歌、长篇小说、短篇小说和戏剧作品外,还包括了大量为公众或个人所享用的叙事、散文和随想作品。"②确实,在过去的一百年里,文学本身发生了巨大的变化,以至于那些毕生从事文学研究的学者也开始担心印刷的文学作品是否迟早要被新媒体所取代③。连2016年度的诺贝尔文学奖评委会也一反以往的精英意识,将该年度的奖项授给了以歌词写作和演唱著称的美国民谣艺术家迪兰·鲍勃,其理由在于他在美国歌曲中注入了创新的"诗意表达法"。鲍勃的获奖使一大批等待了多年的精英文学作者大失所望。我们都知道,诺贝尔文学奖的一个重要的评奖原则就在于它应该授给那些写出"具有理想主义倾向的作品"的作家。对于这个"理想主义倾向"作何解释一直是文学批评家争论不休的一个问题。笔者的看法是,鲍勃的获奖一方面展现了他个人的非凡想象力,另一方面则标志精英文学与大众文学的进一步弥合,而作为开风气之先的诺奖可谓是当代文学走向的一个风向标。对于这一现象,我们毋须回避。此外,作为文学研究者,我们也应该认识到,经典的文学理论正是我们从祖先那里继承而来的,但这并不意味着要排除所有那些非经典的理论教义,因为它们中的一些理论概念和范畴或许会在未来跻身经典的行列。这样看来,世界诗学就不是一个封闭的经典文论的体系,而应当是一个开放的体系,它可以吸纳运用于解释文学现象的所有理论。

第七,世界诗学应该具有可译性,以便能够对来自东西方语境的文学作品和文本进行有效的阐释,同时在被翻译的过程中它自身也应有所获,因为世界诗学的一些理论范畴必须经过翻译的中介才能在各种语言和文学阐释中流通并得到运用,不可译的理论范畴是无法成为世界诗学的。毫无疑问,翻译会导致变异,尤其是文学理论的翻译更是如此。理论的旅行有可能使原来的理论在

---

① 参阅 Stephen Greenblatt, "Towards a Poetics of Culture", in H. Aram Veeser ed., *The New Historicism*, New York and London: Routledge, 1989, p.12.
② Tzvetan Todorov, "What Is Literature For?" *New Literary History*, 2007, Vol.38, No.1, pp.16-17.
③ Cf. J. Hillis Miller, *On Literature*, London and New York: Routledge, 2002, pp.1-10.

另一语境中失去一些东西,但同时也会带来一些新的东西。因此,翻译既是不可能的,同时也是不得已而为之的。众所周知,一个人不可能通过所有的语言来学习文学和理论,他在绝大多数情况下得依赖翻译,因此翻译就是必不可少的。我们过去经常说的一句话看来应该作些修正:越是民族的就越是世界的。不错,越是具有民族特征的东西就越是有可能具有世界性的意义。但是如果离开了翻译的中介,越是具有民族特色的东西就越是不可译,最终也就越是难以走向世界。因而这句话应该改成:越是具有民族特征的东西越是有可能成为世界的,但是它必须具有可译性,通过翻译的中介从而为世界人民共享。如果一种理论通过翻译能够把新的东西带入另一文化语境中,就像西方文学理论影响了中国现代文论那样,那么这一理论就会被证明具有了某种普适的意义,它就肯定会作为一种世界性的文论或诗学。同样,如果一种理论或诗学仅仅适用于一种文化语境,那么这种理论就绝不可能被视为世界文论或诗学。

第八,任何一种阐释理论,只要能够用于世界文学作品的阐释和批评就可跻身世界诗学,因此世界诗学也如同世界文学概念一样永远处于一个未完成的状态,它的生命力就体现于这样一点。各民族/国别的文学和理论批评经验都可以向这一开放的体系提供自己的理论资源,从而使之不断地丰富和完善,最终作为一个文学理论范畴载入未来的文学理论史。那种忽视来自小民族的理论家贡献的大国沙文主义也同样和西方中心主义一样注定要被我们这个有着多元文化特征的时代所摒弃。我们从前面提及的亚里士多德的诗学理论和楚尔的认知诗学理论不难看出这一点:前者来自希腊这样一个欧洲小国,后者来自以色列,都是名副其实的小民族。这二者所赖以产生的语境也是不通用的:前者所产生的希腊语即使对今天的当代希腊人来说也近乎另一种很难学的古典语言;后者的提出者倒是认识到了语言的流通性和传播特征,故选择了用英文来表达,因而便很快地走向了世界。

第九,世界诗学既然是可以建构的,那它也应当处于一种不断地被重构的动态模式,每一代文学理论家都可以在自己的批评和理论阐释实践中对它进行质疑、修正甚至重构。如上所述,本文的目的并非要提出一种恒定不变的世界诗学原则,而只是想提出一种理论建构,通过这种建构的提出,引发围绕这一建构的理论讨论和争鸣。既然在过去的几十年里,西方理论家建构了诸如现代主义和接受美学这样的概念,西方的东方学者也根据自己那一鳞半爪的东方文化知识建构了各种"东方主义",我们作为东方的文学理论家和研究者,为什么不能从自己的文学经验,同时也综合东西方各国的文学经验,建构一种具有相对普适意义和价值的世界诗学呢?当年歌德对世界文学理念的构想在过去的一百八十多年里不断地引发讨论和争论,同时它自身也在沉寂了多年后在当今的全球化时代再度兴起,不断地吸引人们对之进行质疑和重构。事实证明,世界文学是一个开放的理论概念,同样,世界诗学的构想也应该如此,因为它所据以建构的基础就是比较诗学和世界文学。因此世界诗学建构绝不是少数理论家躲在象牙塔里杜撰出来的不切实际的幻想,而是有着深厚理论基础和文学实践经验的建构。

以上就是笔者力图建构的一种世界诗学之内涵和特征。当然,别的学者也可以提出另一些标准来判断一种诗学是否算得上是国际性的或世界性的,但是上述九条标准足以涵盖这样一种构想中的世界诗学之特征了。

三、世界诗学建构的理论依据和现实需要

在简略地勾勒了世界诗学构想的蓝图后,笔者自然会面对国内外学界同行们的质疑和问题。也许人们会问,正如笔者在前面所提及的,在当今的西方文论界,建构"宏大叙事"式的理论话语体系早已成为历史,甚至带有许多非文学因素的文化理论的"黄金时代"也已成为过去,建构世界诗学有可能吗？或者说,即使笔者在中文的语境下建构出一种世界诗学,它又能否得到国际同行的认可并在批评中行之有效呢？确实,现当代西方文论缺乏一个整体的宏观的理论建构也许正是其发展的重要特征之一。我们都知道,自黑格尔和康德以后的西方文学理论家并不志在创立一个体系,而是选取自己的独特视角对这一体系的不完善之处进行质疑和修补。他们不屑于对已有的理论进行重复性的描述,而是试图从新的视角对之质疑和批判,其做法往往是矫枉过正,通过提出一些走极端的理论来吸引同行的注意和反应。这就是在西方治学与在中国治学的差异之所在。笔者正是认识到了当代西方文论的这一特征,才不揣冒昧地提出自己的这一不成熟的一孔之见,如果笔者的这一理论建构能够引起国内外同行的讨论和质疑,笔者的目的就初步达到了。对于这种世界诗学的理念能否行之有效则有待于今后的批评和阐释实践来证明。因此笔者想首先回答第一个问题,也即笔者所提出的世界诗学的理论建构究竟有何理论依据？质言之,这一理论依据主要在于这三个方面。

（1）世界诗学是基于世界文学和比较诗学研究成果之上的一种理论提炼和升华,它并非是理论家躲在象牙塔里发出的无病呻吟或奇思妙想,而是根据文学创作和理论批评实践的需要而提出的,因此它有着丰厚的世界优秀文学作品和理论著述基础,它所面向的也自然是文学理论批评实践和阐释。目前我们所面临的事实是,迄今占据世界文论主流的西方文论并未涵盖全世界的文学和

理论经验,它在很大程度上是从其自身——西方国家——的文学创作和理论批评经验中抽象升华出来的,因此用于解释西方文学文本和文学现象确实是行之有效的,而且经过千百年历史的考验已经被证明是一种具有相对普适意义的真理。但是自歌德对世界文学作了"非西方中心主义"式的建构后,越来越多的西方理论家开始把目光转向西方世界以外的文学创作经验,他们也出版了自己的世界文学史,对世界文学领域内长期占主导地位的西方中心主义思维模式发起了强有力的挑战。众所周知,理论概念的提出需有丰厚的实践基础,既然世界文学的实践已经走在我们的前面了,作为文学理论工作者,我们理应提出自己的理论构想,以便对这些异彩纷呈、错综复杂的文学现象加以理论的概括和总结,同时也建构自己的元批评理论话语。因此在这个时候提出世界诗学的构想应该是非常及时的。

(2) 迄今所有具有相对普适性的文学阐释理论都产生自西方语境,由于其语言和文化背景的局限,这些理论的提出者不可能将其涵盖东西方文学和理论的范畴与经验,尽管一些重要的理论家凭着自己的深厚学养和理论把握能力通过强制性的阐释使自己的理论也能用于非西方文学的阐释,但毕竟漏洞很多。这一点我们完全可以从来自西方的一些理论概念用于阐释中国文学现象时的成败得失中见出端倪。有鉴于此,一些具有国际视野和比较眼光的中国文学理论家便在长期的实践中首先创造性地将这些具有相对普适意义的理论原则用于阐释中国的文学现象,并在阐释的过程中对之加以改造甚至重构,因而便在中国的语境下出现了"西方文论中国化"或"汉译西方文论"的现象。世界文学也就有了中国的版本,比较诗学进入中国以后也迅速地催生了中西比较诗学研究领域。这种种现象的出现也为我们提出自己的理论概念和批评话语奠定了基础。

(3) 中国学者始终关注西方文学理论的前沿课题,并及时地将其译介到中国,同时我们又有丰厚的东方本土文学和理论批评经验与理论素养,因此在当今这个"后理论时代",当文学和文化理论在西方处于衰落时,我们中国学者和理论工作者完全有能力从边缘步入中心,并在与西方乃至国际同行的对话中提出我们自己的理论建构。我们都知道,当年歌德在阅读了一些包括中国文学在内的东方文学作品后,浮想联翩,提出了自己的"世界文学"构想:"民族文学现在算不了什么,世界文学的时代已快来临。现在每一个人都应该发挥自己的作用,使它早日来临。"[①]但当时歌德提出"世界文学"的理念时仍带有一些欧洲或

---

① 引自 David Damrosch, *What Is World Literature*? Princeton and Oxford: Princeton University Press, 2003, p.1.

德意志中心主义的色彩,他所呼唤的"世界文学时代"的来临只是一种乌托邦的幻想。而在今天的全球化时代,"新的世界文学学科则恰恰相反,因为它可以被看作是为挽救文学研究所作出的最后的一搏。它含蓄地声称,研究全世界的文学是理解全球化的一种方式"①。我们可以进一步推论,研究世界文论或建构世界诗学,也是对世界文学创作和经验的理论总结和升华。

  最后笔者想强调指出的是,世界诗学建构的提出,有助于世界文学理论概念的进一步完善,其作为一个由中国学者提出的值得讨论甚至争论的理论话题,同时也能改变和修正现有的世界文学和文论之格局。关于前一点,我们可以从最近中国当代文学理论界出现的一些"重建中国批评话语"的尝试中见出端倪。在这方面,张江先生敢于另辟蹊径,以自己的独特视角对西方文论中的种种不完备之处提出自己的质疑,并得到了西方同行的回应和认可②,这种敢于挑战西方理论权威并善于主动对话的积极进取精神是令人钦佩的。他的另一个可贵之处则在于,他不仅停留在对西方文论的批评性解构的层次上,而且大胆地提出了自己的"本体阐释":

> 确切表达,"本体阐释"是以文本为核心的文学阐释,是让文学理论回归文学的阐释。"本体阐释"以文本的自在行为为依据。原始文本具有自在性,是以精神形态自在的独立本体,是阐释的对象。"本体阐释"包含多个层次,阐释的边界规约本体阐释的正当范围。"本体阐释"遵循正确的认识路线,从文本出发而不是从理论出发。"本体阐释"拒绝前置立场和结论,一切判断和结论生成于阐释之后。"本体阐释"拒绝无约束推衍。多文本阐释的积累,可以抽象为理论,上升为规律。③

也就是说,阐释并不是我们理论工作者的最终目的,我们的最终目的是要提出自己的理论建构,这样才能在当代全球化语境下各种理论话语众声喧哗的声音中发出中国学者的独特声音。当然这种声音一开始肯定是十分微弱的,甚至完

---

① J. Hillis Miller, "Globalization and World Literature", *Neohelicon*, 2011, Vol. 38, No. 2, pp. 253 – 254.
② 这方面尤其可参阅中国学者张江和美国学者米勒就文学意义及其理论阐释问题的一组对话:Exchange of Letters About Literary Theory Between Zhang Jiang and J. Hillis Miller, in *Comparative Literature Studies*, 2016, Vol. 53, No. 3, pp. 567 – 610;以及笔者本人撰写的导言:"Introduction: Toward a Substantial Chinese-Western Theoretical Dialogue", pp. 562 – 567.
③ 毛莉:《张江:当代文论重建路径——由"强制阐释"到"本体阐释"》,《中国社会科学报》2014年6月17日。

全有可能为国际学界所不屑,但这在很大程度上是由于中国文学在世界文学中的地位所决定的。可以肯定,随着中国文学在世界文学版图上的地位日益扩大,中国文论的地位也会相应地得到提高,但是这仍然需要我们自己的不懈努力。

人们也许会进一步问道,中国文学在世界文学的版图上究竟处于何种地位?笔者的答案是:相对边缘的,但是中国学者和作家们的"非边缘化"和"重返中心"的努力仍在进行之中,并已取得了初步的成效。中国文学中究竟有多少作品已经跻身世界文学之林?笔者的答案是过去很少,现在已经开始逐步增多,但与中国文学实际上应有的价值和世界性意义仍是很不相称的。这也正是笔者所说的世界诗学的建构对于重写世界文学史进而扩大中国文学与理论在世界文学和文论版图上的地位十分有益。关于中国文学在当今的世界文学版图上的地位问题,仅举一个西方学者提出的例证:

> 雷蒙德·格诺(Raymond Queneau)的《文学史》(Histoire des littératures)(3卷本,1955—1958)有一卷专门讨论法国文学,一卷讨论西方文学,一卷讨论古代文学、东方文学和口述文学。中国文学占了130页,印度文学占了140页,而法语文学所占的篇幅则是其12倍之多。汉斯·麦耶(Hans Mayer)在他的《世界文学》(Weltliteratur)(1989)一书中,则对所有的非西方世界的文学全然忽略不谈。①

人们肯定要问,难道有着漫长历史的中国文学在世界文学史上的地位远不如法国文学吗?对于法国文学的辉煌历史,我们素来不予否认,但是任何对世界各民族/国别文学有着一定知识的人都会看出上述这幅绘图的极端的"欧洲中心主义"偏见。那么,中国文论在世界文论版图上的地位如何呢?笔者的答案是更令人悲观的。但是另一方面,我们也可以从中国旅美人文学者和美学家李泽厚的论著《美学四讲》收入2010年出版的国际权威的《诺顿理论批评文选》(第二版)这一事实看到一些希望②。同样令人遗憾的是,对于一位早在年轻时就已在中国成名并有着一定国际知名度的时年近九十的老人,这一天的到来确实太晚了,因为和他同时收入《诺顿理论批评文选》的还有两位如日中天但却比他年轻近20岁的理论家——斯拉沃热·齐泽克(Slavoj Žižek, 1949—   )和霍

---

① Douwe Fokkema, "World Literature", in Roland Robertson and Jan Aart Scholte eds., *Encyclopedia of Globalization*, New York and London: Routledge, 2007, pp. 1290 – 1291.

② Cf. Li Zehou, "Four Essays on Aesthetics: Toward a Global View", in Vincent B. Leitch. 2nd ed., *The Norton Anthology of Theory and Criticism*, New York: Norton, 2010, pp. 1748 – 1760.

米·巴巴(Homi Bhabha, 1949—),以及更为年轻的性别理论家朱迪丝·巴特勒(Judith Butler, 1956—)和新马克思主义理论家迈克尔·哈特(Michael Hardt, 1960—)。而收入该文选的美国理论家的人数众多,甚至与法国和德国旗鼓相当,这未免让人感到疑惑不解了。众所周知,美国的文学批评理论大多来源于法国和德国,但是美国批评家善于创造性地将那些来源于法、德两国的理论用于文学批评和理论阐释,因而明显地使之发生了变异并且最终形成了美国的特色。德里达的解构理论在美国的变形并形成文学批评耶鲁学派的例子就是这一明证。正是受到这一现象的启发,笔者将来源于西方的比较诗学和世界文学加以语境化并结合中国的理论批评实践提出世界诗学的构想和理论建构就是一个尝试。笔者想借此契机,推动中国文论的国际化进程,当然这还有待于我们自身的努力和国内外同行的认可。总之,如果说,歌德当年呼唤世界文学时代的来临确实有点不合时宜的话,那么在今天世界文学已经成为一种审美现实的情况下,世界诗学的建构还会遥远吗?

从"比较"到"超越比较"
——比较文学平行研究方法论问题的再探索[*]

刘耘华[**]

> **内容提要** 作为一个在全世界大学知识生产体系中具有稳固而独特位置的学科,比较文学的方法论之根却仍然不够牢靠,以至于当代业内名家自嘲"总是处于危险状态,这或许恰恰就是比较文学的身份表征"。比较文学的固有界定,因无法完满地解决现代思想界提出的"他异性"难题,故学科理论建设在西方已经长时间地陷入停滞状态。这一状况既是一个挑战,同时也给我国比较文学学者提供了与西方学界并辔前行甚至率先突破的机会,而国内外比较文学界所长期轻忽的"平行研究"正好提供了一个绝佳的突破口。本文以"不-比较"的观念为切入点,对"超越比较"的平行研究方法论及其主要蕴涵和运作机制作出探索。
>
> **关键词** 平行研究方法论;他异性;"之间";"不-比较"

"平行研究"(parallel study)的理念,是在20世纪五六十年代由一批自欧入美的犹太裔美国学者(以韦勒克、雷马克等人为代表)率先提出的,它引发了美、法学者关于比较文学到底"是什么"、应该"做什么"和究竟"怎么做"的长期论争。或许是受到当时欧美人文学界重要思潮如现象学、存在论诠释学、结构主义语言学、新批评的影响,这批学者在执着于探求"共同诗学"的同时,大都疏于方法论的建构,甚至否定比较文学具有独特方法。这一状况一直延续至今。近十年以来,笔者特别关注平行研究及其方法论建构的问题并撰写了若干论文,引起了一些反响,但却远未改变学界主流对平行研究不以为然的轻视心态,而在方法论建构方面,笔者的尝试更可谓"孤独的前行"。

在所谓"后真相"的时代,随着激进民族主义或民粹主义以及看似殊途、实则同归的保守主义思潮的日益泛滥和蔓延,以迎合、诱导和操纵民意来牟取眼前实利的做法大行其道,笔者以为这绝非人类的福音。在减缓、平抑乃至消除网络平台上的各种激进偏执方面,笔者感到人文学界理应有所作为。通过摆事

---

[*] 本文是国家社科基金一般项目"作为汉学概念的关联思维研究"的阶段性成果,项目编号19BZW030。
[**] 刘耘华,复旦大学中文系教授,博导。

实、讲道理,即诉诸理性,而非诉诸欲望冲动和野蛮暴力来解决各种争端,严肃的平行研究便能够为自己找到介入世界的广阔道路。换言之,东西方文学与文化之间的平行比较及其方法论的建构研究,无疑既具有重要的理论价值,又具有重大的现实意义。鉴于此,本文拟在前期研究的基础上对平行研究方法论建构的问题再作进一步的探索,并以此就教于大方之家。

一、摇晃的方法论,还是修辞性的"危机"?

作为一个在全世界的大学知识生产体系中具有超过一百年历史并占据了稳固而**独特**位置的学科,比较文学已经很难再被定位于"新兴的学科"了,可是,由于它的方法论之根**似乎**仍然不够明确和牢靠,仍然处于摇晃状态之下,故各种具体而微的"比较文学研究"的枝叶花果,在不少学者们的眼里仍然是软弱无力或飘摇不定的。这样一来,比较文学实际上长期陷于理论与事实的尖锐悖立之中:一方面,它被广泛地认定为没有独特的主题和方法;另一方面很多欧美大学却设有比较文学系(在我国,"比较文学"分别于中国语言文学和外国语言文学两个一级学科之下被设为二级学科),因而它在现代中西知识生产系统中均拥有**不可替代**的独特地位。这一状况是否能够表明,在这一尖锐悖立之下隐藏着某些被人们忽视或者尚未引起人们真正反思的关键原因呢?换言之,所谓"比较文学危机"是否**实质**上只是一种名实彼此脱节的**修辞性表述**呢?笔者认为,答案是肯定的。因为的确存在着这样一些原因,只不过它们一向未被我们认识到。

第一,我们在试图界定"比较文学"之时,常常忽视了"方法"与"方法论"的区别。"方法"是指用来通向"目标"的手段、工具、途径、视角等,而"方法论"是在世界观或本体论的牵引和约束之下对方法问题的整体规划和综合考量,它是一种思想理念,而非单纯、自在的客观手段。比较文学虽无独特方法(哪一门学科又能够断言它独占了某种或某些方法呢?),但它**拥有独特的方法论**,简言之,即跨越"自我"的边界,航行到最遥远的"他者"世界,以此来探索新的生长与超越之可能性。**"比较文学"之所以难以界定,最重要的原因就在于,借助"方法"来捕获"方法论",本来就是一项不可能完成的任务**;此外,这种"越界"的探索,常常缺乏明确的对象和范围[借用美国学者苏源熙(Haun Saussy)的表述,比较文学有一个"鬼魅一样的身份属性"(identity of wraithlikeness)[①]],因此,"越

---

① Haun Saussy, "Exquisite Cadavers Stitched from Fresh Nightmares", in Haun Saussy, ed., *Comparative Literature in an Age of Globalization*, Baltimore: Johns Hopkins University Press, 2006, p.5.

界"本身与其说是一种结果,不如说是一种行为和过程,一种对**真正的差异**保持开放和互动的反思精神。

第二,我们常常忽视了比较文学所赖以产生并伸展自己的真正驱动力量是"差异",而非"同一"。回顾比较文学的发展历程,无论是早期影响研究所探求的实证性"同源关系",还是平行比较(parallels)所侧重的美学与价值方面的"相似或契合"(resemblances or affinities)①,其目标诉求都在于"同一性"或"相通性"。从本质上说,这是一种借助"他者"来确认"自我"的心理表现。这样的研究,从起点到终点是一个封闭的圆环,无法真正起到**通过否定**来实现自我超越的作用,因为它所择取的"他者"往往只是"自我"的**低级幻象**,不能带来"真正的差异"。这一方面最典型的例证是黑格尔的正反合逻辑:"反题"的否定性一开始便被包含于具有"绝对自我同一性"的"正题"——"理性自我(意识/精神)"之内,且具有浓烈的、排他性的基督教本质主义和欧洲白人中心主义底色,所以,他的合题只能是重新回到自身(即,借助于对"非洲""中国""印度"等**"低等"他者**的否定与扬弃,来确认绝对理性的欧洲"高等"白人品质)。按照他自己的说法,在"东方"曾经升起的是"外在的、物质的太阳"(象征着尚未产生物质与精神分化的"直接意识")。它已经在"世界历史"的舞台上永久地沉落并退出了,因为取而代之并成为"世界历史"主角的,是自我意识的"内在的太阳",它撒播着"更为高贵的光明",那是表征着欧洲白人"高贵"个性的主观自由与客观的宇宙普遍原则相融合统一的"完全的自由",这就是永恒的绝对精神之具体显现。历史在此终结了,以日尔曼白人为巅峰代表的"人类精华"从此居于世界舞台的中心,永不退场②。当然,时至今日,欧洲白人中心主义已受到学界的广泛围剿,然而在比较文学界"尚同"(美其名曰"打通""汇通"或"寻求共同规律")意识似乎仍然是一种镌刻在骨子里的价值诉求。笔者并不否定"尚同"的学理意义,但是以此为根本诉求的方法论构想往往是以对于真相的背离或对于"他者"的"自我幻象"为前提的,因为"差异"才是"跨越边界"的真正驱动力量,才是比较文学产生和存在下去的根本理由,而在真正的差异之间,我们常常找不到互通的桥梁。换言之:**真正的差异拒绝汇通**。

第三,"比较文学"的现有界定,无法完满地解决现代思想界提出的"他异性"(alterity)难题,即:"差异"(他者)作为"自我"不断新生、不断伸展的驱动性

---

① A. O. Aldridge, edited with introductions, *Comparative Literature: Matter and Method*, Urbana-Champaign: University of Illinois Press, 1969, p. 5.
② Georg W. F. Hegel, *The Philosophy of History*. With Prefaces by Charles Hegel and the Translator, J. Sibree, M. A., Kitchener, Ontario: Batoche Books, 2001, pp. 121 - 128.

力量,其生成机制如何?或者说,"自我"与"他者"的"互动"遵循着何种逻辑关系?以往我们常常依据黑格尔的"同中之异"与"异中之同"来认知并接受二者之间的逻辑关系及其具体展开机制,即,根据有机体(无数的"这一个")的概念,将同异、内外连接为一个既具有构成性关系又具有规范调节性关系的整体;而宇宙世界作为无限的整体,就是**绝对的**"这一个"(太一),一种"万有之一"(All-Eine),即"总体性"(Totalität)。在这个整体及其语境的宰制和协调之下,同异、内外等各种因素均可分疏为相互对立、相互依存又相互转化的动态的过程。换言之,万事万物皆服从整体与部分的辩证法。何以现代西方思想的主流要质疑乃至否定黑格尔的辩证法?主要因为它本质上是一种**自我**同一性的逻辑①。**倘若一切都处于"太一"辩证法的掌控之下,"差异"就不是真正的差异。**

此处所云"他异性",是指由列维纳斯(Emmanuel Levinas)首次提出的一个概念。它是对列氏提出的几个关键概念"有"(il y a)、"异在"(l'exotisme)、"他者"(l'Autre)等的独特蕴含的特征表述。简言之:这些概念所具有的"他异性",是永远无法被"太一"等"总体性"概念所整合、同化(转化)、统一、消弭的**"超越的差异"**;在"自我"与"他者"之间,"间距"永远无法逾越(这个"间距",在列氏这里,既非时间性的,更非空间性的,而是伦理性的、**本体性的**)。这种"差异",不是静止不变的"品质",而是总处于"延异"(la différance)、"异质"(l'hétéogéneité)或"歧异"(la mésentente)之中,变动不居②。列氏对"绝对他异性"的痴迷与信仰,奠基于犹太人的"二战"创伤记忆。在他看来,任何形而上学的"价值",不管它看起来多么闪亮迷人,其实都具有"残暴性"(la violence)的一面,而对于这种"残暴性"的根本抵制,就是否定和消解其作为"真理"的自我同一性以及永远不变、无远弗届、普遍适用的虚构品质。**"他异性"永远处于作为"同一性"的"真理"之外,这是对其"普适"神话的有力挑战。**列氏的一系列重要概念,如"外在性""他者的面容""历时性与共时性""说与所说""自我与他者的面对面"等,所辐辏与拱卫的核心价值均在于此。

在比较文学界,对这种"自我"与"他者"的差异观作出较为深入的回应者,主要是斯皮瓦克(Gayatri C. Spivak)及其著作《一门学科之死》(2003 年初

---

① 可参阅德国学者迪特尔·亨利希:《精神的他异性与绝对性——从谢林到黑格尔的道路上的七个步骤》,载于:《自身关系——关于德国古典哲学奠基的思考与阐释》,郑辟瑞译,中国人民大学出版社,2017 年,第 101—120 页。

② 这里分别是德里达(Jacques Derrida)、利奥塔(Jean-François Lyotard)、朗西埃(Jacques Rancière)等人对于"差异"观念的独特表述。请参阅王嘉军教授对列氏几个关键概念的梳理,见王嘉军:《存在、异在与他者:列维纳斯与法国当代文论》,上海社会科学院出版社,2019 年,第 41—96 页。

版)。其策略是,面对变动不居的文学文化,要求"新的"比较文学以变应变、唯变所适,总是处于"逾越边界"(crossing borders)的状态,保持一种面向"未来"的"莅临性"(a 'to come'-ness)和"先到性"(anteriority)①。所以严格来说,正如朱迪斯·巴特勒(Judith Butler)所言,此书并非关于(学科)"终结"的"悼文"(lament),而是迎接未来的新的"应许"(promise)②。基于此,美国学者大卫·费里斯(David Ferris)认为,以"逾越边界"(crossing borders)为己任的比较文学压根儿就不是一门"学科"。以变应变、唯变所适的比较文学,天性就抵制"界定",它是一门**非学科**(indiscipline),一种向"不同种类的他异性"(a species of alterity)保持开放姿态的"不可能性的可能性"(the possibility of its impossibility);"不可能性"以及对于"不可能性"的欲望,就是"新的"比较文学的守护神(guardian,即基础和依据)③,而长期纠缠比较文学、令从业者心力交瘁的"危机"魅影,在这种新"应许"的朗照之下,自然也会消散于无形。

不过,进入21世纪之后,欧美比较文学界很少再推出导论类的比较文学著作了。笔者认为,造成这一局面的一个重要原因,应该与上述拒绝传统认识论意义上的符指关系,转而重视"变动"与"延异"(la différance)的"后现代"思潮相关联。一般认为,"后现代"是以平面、碎片、断裂等观念来挑战甚至颠覆"现代"的纵深、连续、坚实的意义体系,这是一种矫枉过正式的反抗。其实并不全然如此。笔者以为,总体而言,"现代"与"后现代"的根本对立和区别在于对"真实"(reality)的看法殊异,这是两种不同的"真理观";而且相比之下,**"后现代"的真理观似更加切近"真实"本身**——至少可以断言,它增加并丰富了观审"真实"的不同视角和方法,突破甚至颠覆了从柏拉图直至黑格尔以来"理性"之"光"对于"真相"诠释的垄断(如弗洛伊德、荣格等人进入无意识或潜意识的幽暗深渊,去探寻人性以及奠基于其上的文化与文明的"真正本质"),进而打碎了"本质再现论"的"真理"神话。处于新的真理观的笼罩之下,欧美比较文学界在学科理论探索方面变得沉默寡言了——在剥夺了学科原理建构之逻辑前提的"非学科"认知面前踯躅不前。

二、平行研究:打破学科理论探索瓶颈的突破口

目前,中外比较文学在学科理论探索方面都处于新的瓶颈阶段。早在

---

① Gayatri C. Spivak, *Death of a Discipline*, New York: Columbia University Press, 2003, p.6.
② 按:参看巴特勒等人为《一个学科之死》所撰写的封底推介语。
③ David Ferris, "Indiscipline", in Haun Saussy, ed., *Comparative Literature in an Age of Globalization*, Baltimore: Johns Hopkins University Press, 2006, pp.78-95.

1993年的美国比较文学学会报告(简称"伯恩海默报告")中,编者伯恩海默(Charles Bernheimer)所作导论的第一句话就是"比较文学令人心生焦虑(anxiogenic)"。何以如此?因为随着各种新理论的不断入侵,关于比较的"内容和方法"(what and how)变得更加模糊不清了。对此,伯氏自嘲道:"难道说,总是处于危险状态恰恰就是比较文学的身份表征(identity)?"①想要对其作出学科理论上的重新收编和统一,对当时的学者来说似乎是不可能完成的任务。苏珊·巴斯奈特(Susan Bassnett)在同样于1993年问世、后来被反复再版的《比较文学:批评性导论》一书中指出,随着其边界"愈益云雾笼罩和松散无靠(more nebulous and loosely defined),比较文学正在丧失(其赖以成立的)根基",因而越来越不像一个"学科"了,它的学科位置势必由翻译研究取而代之②。这样一来,比较文学就该下降为"翻译研究"之下的一个从属性领域,从此也不必再为其理论基础和方法论的问题操心劳神了。

《比较文学的未来:学科现状报告》是美国比较文学学会(ACLA)的第五次十年一度的报告,主编厄休拉·海斯(Ursula K. Heise)在此书前言中指出,从"伯恩海默报告"开始,这类报告便不再强调学科的"标准和边界"了,而是召集本领域的顶尖学者各自畅谈自己的看法。这一方面,第五次报告可谓"于斯为甚":它不仅将关注的视域拓展到网络媒体,而且所召集的学者也来自学科之外的不同专业。在编者看来,比较文学的"未来"不在于如何确定标准、划定边界或探讨方法论的问题,而是取决于"如何去作具体的探索"(doing with CL)③。目前美国比较文学的领军人物达姆罗什在《"比较"文学:全球化时代的文学研究》一书最末,就"学科的重生"问题对斯皮瓦克的《一个学科之死》作了简要的回应。他说,20世纪八九十年代,衰落、混乱以及平庸之感在美国比较文学学会年会的每次会议上都有显著的体现,但是自1997年之后,情况就有所改变:年会开始移至美国本土之外举办,且向全球召集论文[不限于有"会员证"(card-carrying)的学者],结果是,活力随着旧边界、旧范式的打破而日益提升。在他看来,比较文学就是一个为"骚动不安的灵魂"(perturbed souls)提供跨文化地探索问题之答案的平台,是"牵线搭桥"(bridge-building),而非聚焦于抽

---

① Charles Bernheimer, "Introduction: The Anxieties of Comparison", in Charles Bernheimer, ed., *Comparative Literature in the Age of Multiculturalism*, Baltimore: The Johns Hopkins University Press, 1995, pp. 1-2.

② Susan Bassnett, *Comparative Literature: A Critical Introduction*, Oxford, UK: Blackwell Publishers Ltd., 1993, p. 11, pp. 138-161.

③ Ursula K. Heise, ed., *The Futures of Comparative Literature: ACLA State of the Discipline Report*, London and New York: Routledge, 2017, pp. 1-2.

象学科理论的"徒劳论争"(vain polemics),所以,关键是(实际上也正在)展开着主题、方法、视角、材料等方面的开疆拓土式的跨界探索(因此,比较文学早已从"死亡"之中得到了"重生")①。从上述正反两方面的观点,我们可以推断,**近二十多年来"比较文学学科理论建设"的问题在西方几乎陷入停滞状态了。**

笔者以为,上述状况既是一个挑战,**同时也给我国比较文学学者提供了与西方学界并辔前行,甚至率先突破的机会,**而国内外比较文学界长期轻忽的"平行研究"正好提供了一个绝佳的突破口。何以如此?一方面,今日世界已进入"后印刷品主导的时代"(the age of post-print domination),历史文献的大规模数字化("后印刷品")使得**远程阅读**愈来愈成为人们相互学习和思考的基本形式,而如何应对这样的时代,欧美知识界和思想界同样尚未准备好,也就是说,在远程阅读时代东西方国家几乎处于**同样的**起跑线上;另一方面,特别是从17世纪以来,中西思想文化的发展和变迁始终都在相互交往与彼此碰撞中汲取新的营养和能量,但是以往中西学界更注重从影响联系的层面来探索和思考彼此之间的复杂关系,而忽略了在其他层面(如平行研究)也曾展演过的彼此冲击和相互激荡的内蕴。比较文学学科史常常把影响研究与平行研究这两种范式简单地对立起来看待,其实,这两者具有深刻的**貌异心同**特质:以文献实证为基础的影响研究同样具有想象、虚构和过度诠释的内涵(这也能够解释,何以在20世纪五六十年代法美学者论战最酣之时,恰恰在影响研究的堡垒内部——法国比较文学界产生了以跨文化交往中的想象与虚构现象为焦点的"形象学研究"),而真正的平行研究,正如梁漱溟早已指明的,恰恰应该以所比较的对象自身发展之"**因果联属性**"(按:此即影响研究的根本要求)为基础。也就是说,以陈寅恪所要求于"影响研究"的主张——"历史演变及系统异同之观念"为前提,而绝非仅作简单、随意的"平列的开示"②。此外,平行研究的展开本身,同时也在接纳、打开、转化、呈现,进而缔结**新的影响**关联。

笔者以为,平行研究是应对**远程阅读时代**中外思想文化相互"面对面"的主要方式。一方面,它并非如韦勒克等美国学者所云没有自己的独特方法与方法论;另一方面,从平行研究入手,比较文学在基础理论和具体研究两方面应均能取得突破和升华,从而为自身找到新生之路,也为我国文化的当代转型与重构作出自己的独特贡献。近十多年以来,笔者之所以一直关注平行研究的方法论

---

① David Damrosch, *Comparing the Literatures: Literary Studies in a Global Age*, Princeton and Oxford: Princeton University Press, 2020, pp. 334-347.

② 笔者对梁、陈二人之观点均有所辩证,详见刘耘华:《欧美汉学与比较文学平行研究的方法论建构》,《中国比较文学》2018年第1期。

问题，其缘由正在于此。笔者曾就法国学者朱利安（François Jullien）的"不比较"（即，不做一般意义上的平行研究）思想蕴涵，对远程阅读时代的阅读伦理以及跨文化对话的方法论作了初步探索和总结①，但对"不比较"的理论内涵和运作机制尚未展开阐述。今拟以此为焦点再作进一步的讨论。

三、"不-比较"："超越比较"的主要蕴涵和运作机制

"不比较"是朱利安在一次访谈时针对钱钟书的相关研究所谈及的一个想法②。朱利安认为钱先生的"平行比较"是一种横向的"串联文本"，一种"跨越了传统的一切差异"来连接各种文学和思想的"汇通"；这种汇通，因尚未触及"功能性"的内部关系，所以只是一种外部的"求同"，一种"没有结果的活动"③；同时，这种横向的比较容易造成"对比"，即在"不同类"的两种文化间进行对照式的、外部的"别异"，把"中国"视为西方的"反面（l'inversion）"④。这两种"比较"都是朱利安所不赞许的，因为它无关乎思想内在的"再范畴化"（re-catégoriser），而后者之宏图构撰，**若非经由"哲学"便无从措手**。所以，朱利安的"不比较"，实质上乃是要求**所有**哲学家均应经由"他者"之**迂回**（le détour）来**回归**（le retour）自身。至于"不比较"本身，他自己很少再提及了，在他这里这个概念只是一个随意流露出来的说法，并非精心构撰的术语。而在笔者看来，"不比较"恰恰是一个很有方法论新创、值得深入开掘的"观念"（idea）。下面笔者将围绕这一概念的基本蕴涵、运作机制及其方法论意义作一初步的探讨。

为了便于理解其基本的蕴意，我们首先应该效仿朱利安，造一个新词"dé-comparaison"："不-比较"。**它同时具有三层意思，即："不要比较""要比较"以及"超越比较"**。

"不要比较"，是指拒绝**只在**不同文学文化之间进行关于同异特征的"平列的开示"，即展开外部的求同或别异；"要比较"，是指要把所探讨的不同文学文化一起摆到眼前来，并予以**聚焦式的**阐发。这一方面，安乐哲（Roger Ames）、

---

① 刘耘华：《远程阅读时代诗学对话的方法论建构》，《华东师范大学学报》2020 年第 2 期。
② 详见于连（即朱利安）、马尔塞斯（Thierry Marchaise）：《（经由中国）从外部反思欧洲——远西对话》，张放译，大象出版社，2005 年，第 129—134 页、第 134—135 页。
③ 详见于连（即朱利安）、马尔塞斯（Thierry Marchaise）：《（经由中国）从外部反思欧洲——远西对话》，张放译，大象出版社，2005 年，第 129—134 页、第 134—135 页。
④ François Jullien, "De La Grèce à la Chine, aller-retour," 收入林志明、魏思齐（Zbigniew Wesolowski）编：《辅仁大学第二届汉学国际研讨会"其言曲而中：汉学作为对西方的新诠释——法国的贡献"论文集》，辅仁大学出版社，2005 年，第 63 页。

郝大维（David L. Hall）之"焦点-场域"（focus-field）的"语境化方法"（ars contextualis）值得镜鉴。所谓"焦点"，即经过"单纯在场原则"（principle of mere presence）的甄选之后选定的"文化决定性因素"，简言之，要关注和聚焦那些在民族文化发展史中**始终在场**的思想要素；所谓"场域"，即将焦点置于语境之中，在同一语境中诸要素之构成性与功能性的双重关系下辨析其语义蕴涵和功能定位①。当然，这是比较的第一步，第二步是在此基础上建立不同民族文学文化的诠释框架，以进一步破解各自独特的问题意识，并将其实质内蕴呈现出来。引入"语境"及"焦点-场域"的观审维度之后，这种"比较"就不是单纯而随意的"平列的开示"了，此"比较"非彼"比较"。

"超越比较"，简言之就是既有"比较"，也有"不比较"，从而把自我与他者摆放在二者"之间"（in-between），让彼此有一个"面对面"的空间；**正是有赖于这个不黏着两极、从容中道的"之间"，"超越比较"的宏愿才能形成独特的实际操作空间。**以下笔者试解析其主要蕴涵和运作机制。

（一）前提一：无"他"不成"我"

经由"他者"的否定来不断地升华和完善"自我"，自黑格尔以来便成为欧洲思想界的一个共识。但是如前所述，黑格尔的"他者"，只不过是日耳曼白人的自我设想与表征，它遵循的是同一性逻辑。率先以"自由心灵"的"精神游牧者"自居，始终致力于"一种巨大的、越来越大的距离，一种任意的'踏入陌生之中'，一种'陌生化'、冷却化、清醒化"，"彻底摆脱欧洲"、借着"超越欧洲的目光"来**看清欧洲精神特征的人，是尼采**（Friedrich W. Nietzsche）②。尼采说，"疏离现时代"具有"很大的好处"，就仿佛"离开岸边，从汪洋中向海岸眺望，我们就能"看清它的全貌。当我们重新回到岸边时，就有了一种优势，能比那些从未离开过它的人更好地从整体上理解它"③。**一个民族，要具有"从内而外的生长与交织"，就必须始终处于"去民族化的过程"之中。**所以，在尼采看来，一个"好的德意志人"，要使自己真正"德意志化"，那就是"转向非德意志"：

因为当一个民族前进和成长的时候，它每次都会挣脱那条迄今为止赋

---

① 刘耘华：《"清扫通向中国的道路"——郝大维、安乐哲中西比较文化方法论初探》，《文艺理论研究》2013年第6期。

② 详见意大利学者奥尔苏奇（Andrea Orsucci）：《东方—西方：尼采摆脱欧洲世界图景的尝试》，徐畅译，华东师范大学出版社，2015年，第2页、第48—61页、第195—196页。

③ Friedrich Nietzsche, *Human, All Too Human: A Book for Free Spirits*. Vol.1. Translated by R. J. Hollingdale, with an introduction by Richard Schacht, London and New York: Cambridge University Press, 1986, p.195.

予了它民族面貌的束绳;如果它停滞不前了,就会有一条新的束绳捆住它的心灵,一个更加坚硬的外壳,仿佛围着心灵盖了一座墙壁越来越高的监狱。如果一个民族有很多稳固不变的东西,那就是它想要石化,甚至想要变成纪念碑的一个证明,正如在某个确定的时间点之后的埃及文化一样。因此,**一个把德意志利益放在心上的人,应该各自日新月异地超越德意志品性**。何以**转向非德意志**总是我国族人中最强有力者的标记?这就是缘由。①

可是,欧洲的精神已经内化为束缚欧洲人的心灵绳索了。因此,只要囿于欧洲的目光之内,欧洲哲人所一向自诩的对前人说"不"以及"以不同的方式思考",甚至于一切的"哲学活动",都不过是某种程度上"(回归)最高秩序的返祖意识"(a kind of atavism of the highest order)。换言之,任何对传统的**显性**决裂或抗拒,其实只不过是在"某一个地方兜圈子",每一种与众不同的哲学都**不得不在隐形的**根本性哲学方案中"填充(自己的)一个格子",并在"预定的图标中相继占据它们各自的位置"。这种思考,与其说是一种"发现",不如说"只是向遥远、原始、无所不包之灵魂故园的一次(别后)相认,一个回忆,一种回归"。尼采进一步指出,这种隐形而先在的系统构架与概念关系业已沉积于语言、思维甚至(人的身体)生理构造之中,在印度、希腊与德国哲学之间造成了"奇怪的家族相似性",它阻挡并抗拒着自身向其他"世界-诠释之可能性"敞开②。

那么,如何摆脱欧洲的"短浅目光",进而与"返祖性"形成真正的决裂呢?那就是要像"去德意志化"那样"去欧洲化",转向语言、文化甚至生理构造上的"非欧洲"。譬如,尼采认为很少碰触"主体概念"的乌拉尔-阿尔泰语哲学就或许能够为"认知并超越欧洲"找到一条全然不同的道路(出处同上)。然而,深受尼采影响的海德格尔(Martin Heidegger),却颇为怪异地将"印度"单独提取出来(或许是因为此时他受到道家的影响,已经在自己与中国之间找到了共通性),将其作为"日耳曼尼亚"的极点:

> 把人的栖居建立在一种诗意地栖居的诗意创作的灵魂,本身就必然先

---

① Friedrich Nietzsche, *Human, All Too Human: A Book for Free Spirits*. Vol. 2, part one: "Assorted Opinions and Maxims", Translated by R. J. Hollingdale, with an introduction by Richard Schacht, London and New York: Cambridge University Press, 1986, p.287.
② Friedrich Nietzsche, *Beyond Good and Evil: Prelude to a Philosophy of the Future*, Translated, with commentary by Walter Kaufman, New York: Vintage Books, 1966, pp.27-28.

行诗意地创作之际居于本质的法则之中。本来诗人们的诗人世界的这一法则,乃是由他们建立的历史的基本法则。历史之历史性的本质在于向本己之物的返回,这种返回,**唯有作为向异乡的行驶才可能是返回**。

诗意创作的男人们已经更坚决地远离故乡。船夫们必须还要勇敢地处身于遗忘之中。但是他们在对故乡的最大远离中不是更亲近于本己之物么?在**印度**这个地方,他们不是到达由向殖民地的出游到向源泉的返回的**转折点**了么?

遥远之物中最遥远的,乃是**双亲**之来源的**原初性**。在印度,就是那种从异己之物到家乡之物的漫游的**转折位置**。向那里的航行(那里发生着向"日耳曼尼亚"的转折),把那种向异乡的出游带到它的关键位置。①

一旦到达"印度"这个"极点",日耳曼尼亚人就能**自动地**辨识出自己的原初本性,实现"向本己之物的返回"并"栖居于本质的法则之中"。不过,在印度的问题上,朱利安重新回到了尼采的立场,认为印度很早就与欧洲的历史传统纠缠在一起,已远非欧洲视域下最遥远的地平线。他主张从未与欧洲相互纠缠的"中国",才是欧洲的真正"他者"②。

总之,"他者"意味着"差异","自我"必须经由"他者之差异"方能认出真正的"自己"。从尼采开始,这种"自我"辨识就不仅仅是借助"他者"来**绝对地**肯定自身(在黑格尔的辩证法体系里,自我是通过**征服或消灭**他者来确认自身的,同时也把他者身上合乎理性的因素吸纳进来。严格说来,他者所肯定的是"绝对自我"——借助否定之否定来施展"诡计"的绝对理性),而是不断地借助"他者之差异"的否定性力量来超越"旧我",同时建构一个敞开的、变动的、新新不已的"自我"。这是"不-比较"的精义之一。

(二) 前提二:无法消弭的差异性

如前所述,这里的"差异性"得益于列维纳斯的"他者"与"他异性"思想。列氏认为,自我的存在及其意义是由他者提供并给予保障的,他者是自我成立的**先决条件**,对自我具有**超越性**,从而**绝对地**临在于自我的面前[列氏称之为"面容的神显"(the epiphany of face)]。从这个角度讲,自我不过是他者之**被动**的"人质",必须承担起对于"他者"的无限的责任,即:要求自我对于他者

---

① 海德格尔:《荷尔德林诗的阐释》,孙周兴译,商务印书馆,2000年,第106、113、168—169页。
② 刘耘华:《远程阅读时代诗学对话的方法论建构》,《华东师范大学学报》(哲社版)2020年第2期。

的关爱,具有绝对无私、完全无偿、排除任何利益考量的**单向性**①。这种人我**应然关系**的单向性和绝对性,使他者优先的"伦理学"变成了列氏心目中的第一哲学。由于他者对于自我的"超越性",其"差异性"因而无法被任何最高原理或终极目的予以消化、转化或统一,而是永远处于自我之"外"的"他异性"。

除了列维纳斯关于差异的论述,福柯(Michel Foucault)的"另类空间"(les hétérotopies)概念也是"不-比较"的重要理论资源。对于古希腊哲人奠定的范畴化系统及其"词物"关系,西方人不仅早已心安理得,而且还一向坚信这种范畴系统和词物关系能够全球通用、解释一切。所以,一旦遭遇难以"归类"之物,"不安""懊恼"便会应运而生——福柯坦言,其《词与物》之创造触媒,就是在读到博尔赫斯(J. L. Borges)关于动物分类法的描写之后充满"不安"的"一笑"。他认为,博尔赫斯的动物分类法完全颠覆了西方范畴体系及词物关系,它表明世界上还存在着无法被西方归类、收编的"另类空间";后者之所以会"扰乱人心",是因为它悄悄地损害了语言,阻碍了命名,破坏或混淆了名词的通用性,摧毁了使"词"与"物"连接一体的句法,最终使言语枯竭,词物断裂,一切都分崩离析②。

(三) 绝对的"间距"(l'ecart)与"之间"(l'entre):理论操作空间(l'opérateur théorique)

从列维纳斯和福柯关于"他异性"的思想,很容易推导出以下认识:自我与他者之间存有**永恒的**"间距",使彼此无法实现根本上的"合一",也即二者之间存有**绝对的**"之间"(in-between)。

在以"间距"与"之间"作为理论的操作空间来展开不同思想之间的对话并借此孕育新创构的现代思想家之中,保罗·利科(Paul Ricoeur)是尤其值得推介的一位。其《弗洛伊德与哲学:论解释》《解释的冲突》等著作,要义在于,不同的、相互竞争和对立的解释是同等有效的,因此必然是相互"冲突的"。然而正因为彼此冲突,各种解释便具有不可化约、无法统一的多元性,如此才能造就思想的"孕育性""生产性"和"创造性";反过来说,任何生命的实体,当他/她/它**独自**面对死亡之时,一切反抗都是徒劳。与死亡抗争的真正力量,来自于与另一

---

① Emmanuel Levinas, *Totality and Infinity: An Essay on Exteriority*. Translated by Alphonso Lingis, The Hague and Boston: Martinus Nijhoff Publishers, 1979, pp. 194 – 214; *Otherwise than Being or beyond the Essence*, Translated by Alphonso Lingis, Dordrecht: Kluwer Academic Publishers, 1991, pp. 3 – 18.

② 参见福柯:《词与物》"前言",莫伟民译,上海三联书店,2001年,第1—6页。

个生命实体的"结合"(conjugation),这个结合就是"爱欲"(Eros)①。这就是说,真正的"孕育"和"创造"来自相互"结合"所生发出来的"之间"。利科进一步指出,胡塞尔现象学的"纯粹意识",与笛卡尔的"我思"一样,是空洞的虚假意识,若非经由"他者的迂回","我"便不可能得到真正的认识——仅凭自身,无法认识自身;而所谓"他者的迂回",主要是指认知的过程要始终伴随着各种相互竞争性的解释,**特别是处于"最极端的对立"之中的解释,因为这种对立"提供了最遥远的思想间距","制造了最强烈的张力"**。这样一来,"间距"和"之间"就是一个充满了张力的理论操作空间,相互对立者在这个空间中借助彼此的差异以及否定之否定,把原先在客观化之文化世界中显露出来的"外在的对立"转化为精神赖以提升自己的"内在的对立",此时"每一种观点均以某种方式变成为它的对立面,如此便在其自身之内也蕴含了其对立观点的存在理由"②。至于利科自己,他所找到的对立者主要是作为"欲望经济学"的精神分析、作为精神现象学的存在论诠释学以及作为宗教解经学的神学诠释学。在他看来,若要"在新的时代,以新的方式,重新担负起黑格尔所曾经担负的辩证哲学的任务",就必须把欲望、精神和上帝三者重新纳入系统化的单元之中③,并找到三者"之间"新的张力结构以及凝定为"象征"的诸种表象形式。

(四)"迂回"与"回归"

如前所述,利科的"迂回"主要是针对胡塞尔的现象学以及海德格尔的存在论诠释学。在他看来,胡塞尔的"纯粹意识"是空洞的,而海氏"越过方法"把语言"存在论化",这只是"取消"问题,而非"解决"问题。因为,"语言"并非"存在"的最终根基,它扎根于"欲望"和生命的自我保存和自我伸展的"欲求"(conatus)之中,经由弗洛伊德之回溯式的"主体考古学",则可以清晰地辨识出"欲望"的"诡计"及其隐藏于象征之下的深层意义;再经由作为精神现象学的诠释学(含解经学)之前推式辩证运动,"主体便摆脱了其幼稚期",进而超越了同时又保存了欲望层面的"主体考古学"。这种"迂回的""相互竞争的"诠释学表明:"生存只有通过对那些出现在文化世界里的所有意指(signification)进行连续的解读,才能获得言语、意义和反思;只有通过占有这个起先存在于'外面',存在于精神生命借以客观化的文化产品、制度和不朽巨著中的意义,生存才能

---

① Paul Ricœur, *Freud and Philosophy: An Essay on Interpretation*, Translated by Denis Savage, New Haven and London: Yale University Press, 1970, p.291, p.27, p.60.
② Ibid.
③ 保罗·利科:《解释的冲突》,莫伟民译,商务印书馆,2017年,第605页、第8—9页、第22—25页。

成为自己——人性的和成年的自己"①,即真正的、内在的"回归"。

与上述聚焦于个人"自我"的探寻不同,朱利安把自我向他者的"迂回"引入跨文化"面对面"的界面,这样一来,问题就变成了"作为民族文化的自我,如何经由向作为他者的异质文化'迂回'来获得重新孕育、创造和转型的可能性?"如前所述,朱利安认为,民族文化的自我重构与转型(la transformation)——回归式的"再范畴化",必须经由"他者"之迂回(le détour)方有可能。而对西方来说,**这个"他者"只能是"中国"**②。离开欧洲的家,来与中国"面对面"(vis-à-vis),并建立起"之间"的精神互动空间,赖以措手的根本策略,则是借助中国文化的鲜明特性来凸显并标识欧洲的"未思"(l'impensé)。在朱利安看来,这是促成欧洲"再范畴化",并使之不断创造、新新不已的力量和源泉。这是朱利安为古老欧洲找到的精神自新之路,一条**别无选择**的"回家之路"。说到底,它仍然是经由"他者"之差异及其所蕴含的否定力量所达成的"自我"超越之路。

对于我们来说,由于各种异质文学文化的"间距"所造成的"之间",总是深深卷入民族、文化或语言的相互越界之中;同时,又出于芯片存贮空间与处理速度的日新月异,人类已经快速进入"远程阅读时代",极度频繁的彼此越界所造成的"间距"和"之间"因而变得日益广阔和深远。这一现实,既给比较文学带来了极大挑战,同时也赋予共时性平行研究以无限的魅力和生机,而平行研究的方法论建构势必因此而成为未来学术的重要课题。

(此文部分内容已发表于《文学评论》2021年第2期)

---

① 保罗·利科:《解释的冲突》,莫伟民译,商务印书馆,2017年,第605页、第8—9页、第22—25页。
② 刘耘华:《汉学视角与中西比较文化方法论的建构——以于连为个案》,《中国比较文学》2014年第2期。

关于比较文学、世界诗歌与世界文学的设问
——兼论西方学界的中国代理人现象

杨乃乔[*]

> **论文摘要** 中国学者把西方学者的老旧文章抑或新鲜文章给予翻译与介绍,以汉语译入语重新组码推送于中国学界,这并不是一种与国际学界接轨的前沿性研究姿态,所以"译介"是一个极具贬义性的术语。当下相关汉语学人就西方学界关于世界诗歌与世界文学的接续性讨论,在观念上是对西方学界的理论臣服,并显得相当失魂落魄,本质上就是西方学界的中国代理人,因为其中缺少问题思考的中国原创性。
>
> **关键词** 比较文学;世界诗歌;世界文学;中国代理人

什么是比较文学?对这一设问的回答至今学界依然处在含混的暧昧中。我愿意在此借用吴趼人《痛史》这部书名及其中第三回的一句表达给予描述:"议论纷纷;莫衷一是。"[①]对比较文学这个学科概念的准确理解,其中有一个专业的立足基点——本体是需要坚守不移的,即一位专业的比较文学研究者需要具有一种不同于国族文学研究者的眼光——比较视域(comparative perspective),以此为安身立命的本体。因为"littérature comparée""comparative literature"或"比较文学"这个概念,无论是法语、英语还是汉语在修辞上都是一个语言陷阱,国际学界许多学者会把"comparée""comparative""比较"一词在日常用语上简单地理解为"比一比",从而把两种不同的文学现象给予拉郎配的硬性"比较"。

早在1921年,法国著名的比较文学研究者F.巴尔登斯伯格(Fernand Baldensperger)曾就"comparaison"——"比较"给予不信任的质疑。他在法国的《比较文学评论》(*Revue de littérature comparée*)刊发过一篇文章《比较文学:名称与本质》("Littérature comparée: le mot et la chose"),其中就"comparaison"——"比较"是给予这样质疑的:

---

[*] 杨乃乔,福建师范大学外国语学院特聘教授,复旦大学中文系教授。
[①] [清]吴趼人:《痛史》,福建人民出版社,1981年,第23页。

但毫无疑问,这与真实的情况并不相符。假如说,用同一种眼光去同时看视两个对象就算得上是"比较"(comparaison),假如说,凭着记忆和印象的游戏所产生的对"相似性"的回忆就去做出"比较",并且这些相似性又很可能仅仅源于头脑中幼稚的"奇想"(fantaisie),仅仅是若干不规则的点被临时拼凑在一起罢了,这样的"比较"永远都不可能提供清晰的解释。①

事实上,陈寅恪在1932年撰写的一篇重要文章《与刘叔雅论国文试题书》中,也曾就这种风马牛不相及之乱点鸳鸯谱的"比较"给出过嘲讽:"荷马可比屈原,孔子可比哥德,穿凿附会,怪诞百出,莫不追诘,更无谓研究之可言。"②

同时我也曾提出了国族文学(national literature)是客体定位,为什么?举例而言,中国古代文学、中国现当代文学、英国文学、法国文学、德国文学、俄苏文学与日本文学等国族文学研究,在学科边界上有着明确清晰的时空定位。如中国现代文学在时空边界上一般是指1919年至1949年发生在中国区域内的文学现象,即中国现代文学研究的时空边界是明确且给予客体限定的,突围于这个客体时空的限定,其就跨出了中国现代文学研究的边界。因此,我们把国族文学及其研究称为客体定位。

而比较文学研究恰然是一门在跨语言、跨民族、跨文化与跨学科之"四个跨越"中展开的跨界研究性学科。作为一门学科,比较文学研究的边界是敞开的,是不受国族文学客体时空边界限定的。如我们研究中国现代文学与西方文学之间的影响与接受问题,研究主体必然突围于中国现代文学与西方文学各自所限定的客体时空界限,在两种文学及其文化背景敞开的交集中进行思考。关于这一点,请大家举一反三,如中日比较文学研究、中印比较文学研究等。

理解了这一点,也就理解了比较文学作为一门跨界研究性的学科,研究主体的知识结构与语言能力决定了比较文学研究者拥有不同于国族文学研究者的学科视域、学科身份与学科立场。

我经常强调性地声称,不同于国族文学研究者,比较文学研究者的眼光有其特殊之处。"眼光"是一个日常用语,倘若我们操用一个更为专业的术语来替换"眼光"这一日常用语的修辞性表达,也就是说,比较文学研究者所从事文学

---

① Fernand Baldensperger, "Littérature comparée: le mot et la chose", in *Revue de littérature comparée*, 1921, n°1, p.7. 按:严格地讲,应该把"Littérature comparée: le mot et la chose"翻译为《比较文学:词与物》,但我们在这里还是引申一步,把其翻译为《比较文学:名称与本质》。
② 陈寅恪:《与刘叔雅论国文试题书》,见于陈寅恪:《金明馆丛稿二编》,生活·读书·新知三联出版社,2001年,第252页。

研究的"视域"不一样。我们把这一研究"视域"界定为"比较视域"。递进一步而言,不同于国族文学研究,构成比较文学研究主体"比较视域"背后的本质性原因,就在于研究主体的知识结构与语言要求不一样。如从事中法比较文学研究,那么研究主体的知识结构与语言能力,必然是建基于中法文学与中法语言的双向打通中得以展开汇通性比较研究的。请注意,也因此中国文学与法国文学作为国族文学其双方原有的客体时空边界,在研究主体比较视域的双向透视中消失了。因为文学研究的跨界意味着国族文学原有边界的消失。国族文学原有客体时空边界的消失,让渡比较文学主体之比较视域的成立,这是同步的。

恰然是比较文学研究主体的比较视域及其背后的知识结构与语言能力,成为比较文学这门学科得以成立的基点——本体。

本体论(ontology)是西方哲学思考存在及存在者何以安身立命之基点的哲学逻辑,我在这里借用过来,以本体论及其"本体"这个概念来思考比较文学作为一门学科及其安身立命的基点——本体的问题。既然比较文学是突围于语言、民族、文化与学科之间边界的跨界研究,其本身就是在突围于国族文学学科边界的消失中以成立自身的。正是如此,我提出"比较视域"是比较文学作为一门学科在学科身份与学科理论上得以安身立命的本体——基点。因此,不同于国族文学研究是时空的客体定位,比较文学研究则是突围于时空边界的主体定位。说到底,较之于国族文学研究,因为构成比较视域背后的知识结构与语言能力不一样。如此一来,就可以在学科理论上把比较文学研究与国族文学研究在学科本质上区分开来,为比较文学作为一门独立的学科及其安身立命的本体构建其合法存在的学科理论体系,以此为比较文学铸造一条准确且完整的学科理论出路。

正因为比较文学是一门建基于研究主体定位的学科,以凸显比较文学研究学者的比较视域,因此在跨界的研究中由于时空边界的消失,特别容易出现什么都可以拉来"比一比"的杂混现象;所以这门学科特别需要明确、清晰且完整的学科理论给予规范性与专业性的限定,否则"比较文学是个筐,乱七八糟往里装",成为学术难民收容所。反思比较文学两百多年的发展史直到当下,比较文学真的是一部学术难民收容所的"痛史"——我特别愿意在这里借用这个修辞。

我为什么要在这篇文章的前面部分再度陈述比较文学作为一门独立学科的研究视域及其安身立命的本体论问题,就是为了告诫那些至今还把比较文学误读为"文学比较"之"比一比"的方法论外行,比较文学是一门在学科理论体系上建制完整的学科。

美国希拉姆学院(Hiram College)在2017年提出"新文科"这个概念,进行学科教学的改革,其对学科教学与波及研究的改革于本质上的调整就在于人文学科的科际整合(interdisciplinarity)。当下国内也在倡导"新文科"这个改革理念。而比较文学主张在"四个跨越"中的跨界研究,在学科的性质上恰然吻合于"新文科"这个改革理念的学理内涵,并且比"新文科"这个概念的提出早了几十年,甚至远远还不止如此。

在新文科的视域下,我强调培养本科生与研究生获取准确的比较文学学科意识,是为了推动学生与学者突围于传统文科的思维观念与陈旧模式,以在学科交叉跨界的深度融合中,重建人文学科研究的价值判断体系。这也吻合于全球化时代与全球化历史发展的主流走向。也正是在这个意义上,比较文学正是以其比较视域的跨界性及先锋性走在国际新文科改革崛起浪潮的前面。

晚近30年来,资本操控下的全球化推动后数码科技及互联网在铸造这个图像时代时,与文学的退却性衰落形成鲜明对比的是视觉艺术或视听艺术膨胀性的高位发展。因此,从文学创作及批评的主潮向艺术创作及批评主潮的转型,必然为比较文学研究带来在学科本质上自律性获有的新机遇。因为比较文学研究主张"四个跨越"的其中一项就是跨学科研究。

早在20世纪60年代,美国比较文学学者亨利·H. H. 雷马克(Henry H. H. Remak)就曾在《比较文学的定义与功用》("Comparative Literature, Its Definition and Function")一文中阐明了比较文学跨学科研究的本质特性:"比较文学是超出一个特定国家(country)界限之外的文学研究,一方面研究文学与其他知识、信仰领域之间的种种关系(relationships),另一方面包括艺术(绘画、雕塑、建筑、音乐)、哲学、历史、社会科学(如政治、经济、社会学)、科学、宗教,等等。"[①]文学的生成与发展不可能只是遵循纯粹的文学性而得以完成的,推动文学的生成与发展,其背后有着不可剥离的哲学、历史、宗教、伦理、民俗与艺术等诸种文化的原因,因此把上述背景原因与文学汇通在一起进行研究,这其实更加深化了关于文学研究的本质性思考。我在这里主要言谈文学与艺术之间的跨界研究。

本身文学与艺术就是姊妹亲缘关系。

从人类历史的源头反思,文学艺术在发生的原初状态本然就秉有不可或缺的间性审美关系;到当代的全球化时期,文学艺术的血脉交融更是如此。然而

[①] Henry H. H. Remak, "Comparative Literature, Its Definition and Function", in Newton P. Stallknecht and Horst Frenz, *Comparative Literature: Method and Perspective*, Southern Illinois University Press, 1961, p.3.

近现代以来,学界为人类知识做学科门类的划分,此举多少是在精致的逻辑界分中表现出一种筑墙围堰的学术部落主义(tribalism)意识。无论怎样,在全球化时代,闭锁于一个学科既成的传统阴影下孤独思考的时代已经终结了。

我们注意到,多年来,在欧美比较文学系与东亚系等学科方向下,有一批学者把自己的学术研究视域跨界于文学之外,投向对美术、音乐、戏剧与电影等艺术现象的思考与研究。而比较文学的跨学科研究本来就是在学科理论的建构上明确提出的一个重要的研究方向。比较文学的跨学科研究为自身在资本-图像时代从事文学与艺术之间的跨界研究提供了一个具有时代性与机遇性的学科理由。

关于这个问题,我有很多话想表达,但暂且中止下来,让我们回过头来看看宇文所安(Stephen Owen)及其《什么是世界诗歌?》("What is World Poetry?")一文。

在《什么是世界诗歌?》一文的首句,宇文所安即以一种刻意挑起争议的张力性修辞来表达自己:"让我用一种温和的异端邪说(a gentle heresy)来开始言说:没有一个诗人为他或她自己写诗。诗歌是为读者而作的。"①我们应该充分地注意宇文所安在此句表达中所使用的这个英语修辞"heresy"。在这篇文章的语境中,我们把这个词翻译为"异端邪说"或"标新立异"等都可以,倘若仅仅翻译为"异端"的话,在相当的程度上稀释了宇文所安刻意挑起隐含性争议的修辞张力。总之,"heresy"这个词的负面价值表达是很"浓郁"的,而宇文所安在其前面再加上一个形容词"gentle"给予限定,就"heresy"的负面意义给予缓释性的修饰,以构成一个相当智慧的修辞手段。

仅从这篇文章的第一句,我们就可以收割宇文所安隐饰在智慧中的修辞张力。但这种隐饰于智慧中的批评张力更在于此句表达中所宣称的观点,即"诗歌是为读者而作的"。顺便说一句,这是一句全称独断性的判断。宇文所安此篇文章的文笔与修辞在隐喻的暧昧中时时透露出智慧的闪光点,很值得阅读,而翻译为汉语后其精彩全无。因此,我认为这篇文章是不可以翻译的,如果要阅读也只能阅读英文源语(source language)的版本,而不能阅读汉语译入语(target language)的版本。因为,翻译为汉语后则是一篇修辞精彩全无的文章。在这篇文章中,宇文所安列举了美国诗人艾米丽·狄金森(Emily Dickinson)来证明自己"温和的异端邪说"。

准确地讲,宇文所安对诗歌创作述评的观念在逻辑上并不周延。艾米丽·

---

① Stephen Owen,"What Is World Poetry?",*The New Republic*,November 19,1990,p.28.

狄金森的大量诗歌是诗人自己在情绪宣泄中不可遏制的无意识书写（unconscious writing），她没有自觉地意识到自己的诗写出来后是要取悦于别人阅读的。倘若如此，那就没有艾米丽·狄金森了。如果一位诗人处于写诗的境遇中还要时时理性地控制自己的心绪，考虑到这首诗写到怎样的程度才可以适合怎样的读者去阅读，这一定是一位三流诗人，或者就是一位伪装的诗人，甚至就不是诗人。诗是诗人心绪及情感宣泄的无意识记忆性书写，诗是一种非常个人化的私语性审美显现文体。

我们走进中国古代诗歌史中援举一例。

李贺被誉称为中唐"诗鬼"，他的诗就是如此写给自己以排遣心中郁结之情感的。我们不妨去看一下李商隐在《李贺小传》记述的关于李贺写诗之故迹："所与游者，王参元、杨敬之、权璩、崔植为密，每旦日与诸公游，未尝得题然后为诗，如他人思量牵合，以及程限为意。"①李贺每天早晨与王参元等诸诗友出游，他从不命题而作，也不像他人那样写诗还要前思后量，以考虑是否符合诗歌的成文规范等。并且李贺很多诗作写成后也时而随弃之，他从不期待取悦于读者的阅读。可以说李贺是依凭自己的心绪而无意识且自律（automatically）地写诗，他心里从未预设"阅读期待"这样一个观念。

李商隐在《李贺小传》中还记述到："恒从小奚奴，骑距驴，背一古破锦囊，遇有所得，即书投囊中。及暮归，太夫人使婢受囊出之，见所书多，辄曰：'是儿要当呕出心始已耳。'"②"是儿要当呕出心始已耳"，这才是李贺写诗的理由！

宇文所安是一位优秀的汉学家，他的主要研究方向就是中国唐诗。在《汉字思维与汉字文学：比较文学研究与文化语言研究的增值性交集》一文中，我曾有这样一段书写：

> 坊间传闻，14 岁那年，Stephen Owen 在美国马里兰州的巴尔的摩（Baltimore）市立图书馆，偶读了李贺的诗《苏小小墓》："幽兰露，如啼眼。无物结同心，烟花不堪剪。草如茵，松如盖，风为裳，水为珮。油壁车，夕相待。冷翠烛，劳光彩。西陵下，风吹雨。"据说中唐诗鬼李贺的汉诗意象，启示且诱惑着 Stephen Owen 无悔地投诸一生沉醉于中国古典诗歌的研究。

---

① 李商隐撰，徐树谷笺，徐炯注，《李贺小传》，见于《李义山文集·卷第十·传》，清康熙 47 年昆山徐氏花溪草堂刻本，1708 年，第 7 页。

② 同上书，第 7—8 页。

我不知道 14 岁的 Stephen Owen 阅读的是汉字编码的《苏小小墓》,还是英文作为本土译入语文字编码的《苏小小墓》。其实,确定是由什么文字编码的《苏小小墓》,这一点是非常重要的。①

不错,是坊间传闻 14 岁的宇文所安因邂逅李贺的《苏小小墓》一诗,从而走向一生以中国唐诗为挚爱研究的事业。那么,他一定应该阅读过李商隐的《李贺小传》,所以当然李贺的诗及其深层结构的审美心理也应该是宇文所安了然于心的文学史知识。既然如此,这便是我为什么指出宇文所安关于诗歌创作评述的观念在逻辑上并不周延的原因了。因为宇文所安讨论的是"世界诗歌",艾米丽·狄金森与李贺恰然都无法纳入他的"诗歌是为读者而作的"独断论全称判断中。

在我看来,诗是诗人心绪与情感的自我反刍,别无其他!

宇文所安提出"世界诗歌"这样一个虚设的概念,又谈及诗歌因走向世界而必须面对的翻译问题。严格地讲,由一种民族语言书写的诗歌是不可以翻译为另外一种语言的。就如同宇文所安的这篇文章也不可以翻译为汉语译入语阅读一样,更不要说诗歌了。诗歌翻译在文体的本质上不同于小说翻译,小说无论怎样都有作者叙述的故事情节及人物的叙事声音,我们可以操用另外一种译入语来转码源语小说中作者叙述的故事情节及人物的叙事声音;而诗歌以凝炼的修辞在内视与形象的思维中所营造的审美意象,是一个民族语言及其背后负载的诸种文化元素的浓缩性显现,所以诗歌是无法操用另外一种语言给予转码翻译的。

还有一个严重的问题是,自己不是诗人就没有资质翻译诗歌。如果诗歌翻译仅是胶着于诗歌字面意义上的转码,那便是一种隔靴搔痒的笨拙。尤其是诗歌在汉藏语系与印欧语系之间的两种不同民族语言的翻译,汉语诗歌是经由汉字思维与汉字意象所呈现的,拼音语言是不可以在思、言、字的形态上给予转码重新呈现的。在这里,我想把美国著名诗人罗伯特·弗洛斯特(Robert Frost)那句著名的表达书写在这里:"Poetry is what is lost in translation."(诗是翻译中丢失的东西。)略懂语言学与符号学的学者一定会坚持这样一种立场:诗歌是不可以翻译的,退后一步讲,但翻译又是必需的,所以必须承认较之于源语诗歌,译入语诗歌则是另外一首诗作。

---

① 杨乃乔:《汉字思维与汉字文学——比较文学研究与文化语言学研究之间的增值性交集》,《文艺理论研究》2015 年第 3 期。

我读过宇文所安翻译的杜诗。个人评判，宇文所安把中国古代汉语书写的杜甫诗歌翻译为北美现代英语的译入语诗歌，那就是另外一首首由他操用北美现代英语重新书写及二度创作的诗歌，其中全无杜甫汉语源语诗歌的原初审美意象。杜甫的诗是汉字思维以汉字意象组码的诗，如果我操用美国诗人罗伯特·弗洛斯特的言说以评价宇文所安的英译杜诗，可以说："杜甫诗歌是在宇文所安翻译中丢失的东西，并且是丢失殆尽！"我这里不是批评宇文所安，他作为一位美国当代汉学家对中国古代诗歌的翻译与研究是有贡献的，我只在学理上谈诗歌翻译的本质性语言问题。诗歌的翻译是一项极为困难且吃力不讨好的工作，所以学界应该持有一种准确的学术态度来理解译入语诗歌。

理解了这一点，也就理解了宇文所安提出"世界诗歌"这个概念，是一种美好的愿望，但也是一个引起争议的虚设性表达。宇文所安自己也认为这是"一个温和的异端邪说"——"a gentle heresy"。

在《什么是世界诗歌？》这篇文章中，宇文所安反复在言说诗歌翻译的问题，并且还顺势提及获诺贝尔文学奖的相关情况。我在这里暂且把"世界诗歌"与"世界文学"共置为同位语一并使用。就诺贝尔文学奖评奖语言及评奖原则来看，其实只有各个国家及区域的不同民族语言之诗歌-文学一揽子翻译为英语，转码为诺奖评委看得懂的英语译入语之诗歌-文学，其才可能成为有机会获取诺贝尔文学奖的作品，以进入世界诗歌-世界文学的行列。当然，英语本土作家作品除外，还包括与英语有着亲缘关系的极少数一两种语言——可能还不到。总之，这极少数一两种语言的普适性（universality）都曾是殖民宗主国征服世界建立文化霸权时所收益的甜蜜恩赐，当然，最终也必然成为诺奖的官方语言。让我们来阅读宇文所安在《什么是世界诗歌？》一文中另一段讥讽性的言说，其坦率地直指美国诗人：

> 美国诗人拥有一种乡巴佬所具有的甜蜜恩赐（sweet gift），这种甜蜜恩赐只不过是需要梦想一群永远讲英语的读者（English-speaking audiences）而已。使用这个时代的主流语言（dominant language）写诗是美国诗人书写的奢侈（the luxury of writing），因为他们坚信这是恒久不变的一种文化霸权（the permanence of a culture's hegemony）。[①]

[①] Stephen Owen, "What Is World Poetry?", *The New Republic*, November 19, 1990, p.28.

注意:这里的"主流语言"指的就是英语。关键在于,这才是真正的宇文所安!其实,中国学界特别鄙视如此一类学人,他们风尘仆仆地奔赴到西方去,在西方学者面前讨好地讲述一些"中国故事"什么的,西方学者出于礼貌而不置褒贬地回应一个廉价的抚摸,然后此类学人再度折返中国学界后便莫名地傲慢了起来。倘若拷问其缘由,也只是因为他被西方学者在不置可否中甜蜜地恩赐了抚摸。可他们从来就没有想到西方学者对自身的反思与批判恰然也是透彻入骨的。宇文所安不就是有一种如此自我反思的本土文化批判精神吗?!

越是有欲望的人,越要懂得蛰伏藏拙!

问题在于我在这里还可以给出一个很有意思的设问:来自不同国家、民族与区域的文学都保持自己本土语言的书写形态,以持有对自己文学语言的民族性尊重,那又应该怎样理解"世界文学"呢?

达姆罗什(David Damrosch)在《什么是世界文学?》(*What is World literature*?)一书中,就"世界文学"曾给出了一个三重意义的界定。其中第二重意义还是把翻译突兀地置放在"世界文学"定义的本质性表述上:"World literature is a writing that gains in translation."(世界文学是一种在翻译中获益的书写)①。说到底,世界文学还是作为世界通用语言——英语的文学。

其实,我们仔细地阅读达姆罗什关于世界文学的讨论,仔细地阅读宇文所安关于世界诗歌的讨论等,不难感受到他们来自英语学界、美国学界及哈佛大学等名校统揽全球的优越感。并且这种优越感潜移默化地隐匿在他们的书写及理论陈述中,或许他们自己并没有刻意地显露出自己"谦卑的傲慢",而是中国学者在汉语学界追捧出来的。请细读几遍宇文所安的英语源语文章"What is World Poetry?",这篇文章的修辞很精致,其言说的姿态也很讲究,其中若隐若现着一种"谦卑的傲慢"或"傲慢的谦卑"。宇文所安的英语文章与著作的语言表述很漂亮,的确是美文。我认为把宇文所安的文章与著作翻译为汉语是一件需要负责任的事,宇文所安正是在其英语文章与著作的汉译中永远失落了自己。

近年来,中国汉语学界关于世界诗歌与世界文学的讨论,无不是踏着宇文所安和达姆罗什的理论足迹,一路摇旗呐喊地跋涉过来的,并且显得特别前卫。太多的文章关于世界诗歌与世界文学的模仿性言说,只是对这两位美国学者思想的承继性和放大性书写。我想说的是,中国学者在中国本土关于世界诗歌与

---

① David Damrosch, *What Is World Literature*?, Princeton: Princeton University Press, 2003, p.281.

世界文学的讨论，让自己最终在骨子里失落了世界性，当然也是以失落了本土性为前提的。

当下汉语学界关于世界诗歌与世界文学的接续讨论，在理论的臣服性上让中国学者显得失魂落魄。中国学者什么时候能不再一味紧跟和模仿宇文所安与达姆罗什的声音及照搬其理论，站在中国学者的本土立场上独立自主地发出具有世界性的声音呢？现下一些学者不是主张本土全球化（local globalization）吗？

我们在这里拒绝学术研究的民族主义（nationalism），也拒斥学术研究的部落主义（tribalism），更抵抗学术研究的单边主义（unilateralism）。但是在国际学术平台上，世界主义（cosmopolitanism）与民族主义、世界文学与国族文学之间的逻辑关系，因国际化、全球化及多边学者话语的介入而特别地微妙起来，也暧昧起来。当下的全球化是资本的全球化，再说到底，是美元资本的全球化。很有意思，我们是在讨论世界诗歌、世界文学与比较文学的问题，而思路走到这里，我们就会理解为什么要重新审视美元在国际货币系统中的霸权地位了。文学艺术背后的问题是文化的问题，文化问题的背后是政治的问题，政治问题的背后是经济的问题，经济问题背后的驱动力恰然来源于资本，结果资本成了操控世界的政治意识形态。因此，我们谈文学艺术与资本的逻辑关系，其实距离一点都不远，反而因切近而非常本质化。说到这里，我们也可以理解为什么近年来出现抵抗全球化的浪潮与呼声，当然，其中的观点与立场也不尽相同。

不知道汉语学界多年来注意到没有，其实后现代主义、后殖民主义、女权主义、性别研究与文化研究等思潮在汉语学界的掀动性弥漫，还有关于世界诗歌、世界文学与比较文学的讨论，无论怎样都无法规避关于国际意识形态的那些问题，所以一切都复杂了起来，其中什么样的学者持什么样的心态及什么样的立场都有。

宇文所安的《什么是世界诗歌？》是一篇在美国学界已然被遗忘已久的文章。这篇文章是1990年在美国的《新共和》（*The New Republic*）新闻杂志上刊发的，而《新共和》本身就是一个创刊于1914年的政治评论杂志。达姆罗什的《什么是世界文学？》是于2003年由普林斯顿大学出版社出版的，其中观点的形成可以追溯至更早的时段。对于宇文所安来说，关于"什么是世界诗歌？"的讨论，三十多年过去了。对于达姆罗什来说，关于"什么是世界文学？"的讨论，二十年过去了，中国学者依然持有一种相当滞后且生生不息的热情，在汉语语境下隔靴搔痒地讨论两个在西方学界已然遗忘久远的老旧话题，并让自己在中国学界显得相当的前卫且主流。其实,中国学者是在已然被瓦解了的本土学术文化完整性上拾人牙慧。我不认为把西方学者的老旧文章抑或新鲜文章在翻译后用汉语重组推送于中国学界,就是一种与国际学界接轨的前沿性研究姿态,我也并不认为这就是学问,充其量就是拾人涕唾地翻译与介绍而已,本质上就是西方学界的中国代理人。

我特别注意到,在宇文所安的文章"What is World Poetry?"这个主标题上面,我说得特别确切,还冠有一个提示性的标题"The anxiety of global influence"(全球影响力的焦虑)[1],有兴趣的学者可以去看一下这篇文章的原文排版。遗憾的是这个提示性标题没有被翻译过来,也没有引起中国学界的注意。

我想说的是,十几年前或几十年前,西方学者就一个理论问题的言说,在太平洋彼岸操用英语打了一个喷嚏,十几年后或几十年后,让中国学者在太平洋此岸的汉语语境下感冒且焦虑了起来,这种理论滞后且模仿跟风的现象什么时候在中国学界才可以终结?!

中国学界关于"什么是世界诗歌"与"什么是世界文学"的讨论,其出路只有走出西方学者之理论权力话语的窠臼,立足于中国本土文化与历史的立场,透过作为国族文学的中国文学去讨论世界诗歌或世界文学,这才是公平的!有一种现象很有意思,中国古代文学一定是世界文学中的一个重要组成部分,但中国古代文学研究者在辛劳地从事中国古代文学研究时,他们从来不关切世界文学的问题,也不焦虑中国古代文学在世界文学平台上的地位问题。倒是那些既不具体做中国文学作家作品研究的人,也不具体做世界文学作家作品研究的人,争先恐后地跟随拿来的西方理论,空泛地高谈阔论"什么是世界诗歌"或"什么是世界文学"的问题。这是一种学术文化在国际交流的不对等逻辑中所孳生的西方理论之中国代理人现象。

最后,我想给出的表达是,一位学者认真地从事中国文学某一作家作品研究,或认真地从事世界文学某一作家作品研究,这还用得着谁来告诫这位学者"什么是世界诗歌"或"什么是世界文学",然后才可以进行一种或两种以上国家、民族与区域的作家作品研究吗?

我还是借用班固在《汉书·河间献王德传》中对河间献王刘德的历史记述:"河间献王德以孝景前二年立,修学好古,实事求是。从民得善书,必为好写与之,留其真,加金帛赐以招之。繇是四方道术之人不远千里,或有先祖旧书,多

---

[1] Stephen Owen, "What is World Poetry?", *The New Republic*, November 19, 1990, p.28.

奉以奏献王者,故得书多,与汉朝等。"①我特别愿意在这里把班固对刘德的评价"修学好古,实事求是"之历史记述全文引录,而不是只言片语地失去一个完整的文献语境。我这里旨在借以给出一个结论式的言说:学问是"实事求是"地做出来的,而不是跟风、缺失事实研究地空谈出来的。一如唐代经学家颜师古在此句下的注曰:"务得事实,每求真是也。"②但是在当下,我又不完全赞同黏腻于一种复古主义情结(revivalism complex),以遵从班固在此句评价中的前一句:"修学好古"。因为,我们当下正行走在历史的进程中,正在以我们自身的学术思考书写着当代历史,在行为语态上,我们必然是一个现在进行时。因此,无论是持有以下怎样的姿态:世界主义、民族主义、全球主义、本土主义、激进主义、保守主义、复古主义、拿来主义与代理人主义等,我们就是当下的历史,每一位学人都是不同程度上卷入历史的介入性知识分子(interventional intellectual)。

这倒是给我们一个警醒:我们应该关注后来的学者怎样评价我们这代学人及我们正在怎样书写自己经历的历史。

---

① [东汉]班固撰,[唐]颜师古注,《汉书》卷五十三,中华书局1962年版,第8册,第2410页。按:"繇",颜师古注:"不以千里为远,而自致也。繇与由同。"
② 同上书,第2410页。

中外文学关系研究

导言二 论中外文学关系研究中的多重视域

- 列夫·托尔斯泰与中国革命
- 基督教文化与中国现代浪漫文学的精神
- 中国戏曲与古希腊悲剧:舞台上的世界文学的可能性
- 论21世纪初期的中俄文学关系
- 旅行与文学"朝圣"——文学遗产与城市空间及国家形象的建构
- 21世纪20年的外国文学研究:回顾与前瞻

论中外文学关系研究中的多重视域

梁丹丹*

中外文学关系研究始终是中国比较文学深切关注并且历久弥新的课题,早期的比较学者如陈寅恪、范存忠、陈铨、钱钟书都曾在这一领域有典范性贡献。随着比较文学在中国的沉寂与复兴,亦有一大批前辈与时贤学者精心耕作,取得了蔚为大观的研究成果。这些显著的实绩彰显了中国比较文学研究的特色,也回应了钱钟书在中国比较文学复兴之际的期许:"要发展我们自己的比较文学研究,重要任务之一就是清理一下中国文学与外国文学的关系。"[1]

从比较文学的学科发展史来看,比较文学源起于19世纪欧洲学者对日益交流频繁的文学事实关联的跨界思考。被誉为"比较文学之父"的法国学者维尔曼(Abet-François Villemain)于1827—1830年在巴黎大学开设讲座即以"18世纪法国作家对外国文学与欧洲思想的影响"为主题,为其后"比较文学"学科在法国的建立开启了先导[2]。法国学派作为早期比较文学学科的研究重镇和国际中心,主要专注的就是"文学关系史"的研究,基亚在其著作《比较文学》中将"比较文学"明确定义为"国际文学关系史"[3]。尽管比较文学在学科发展过程中经历了研究范式的深刻变革,但是,国际文学关系研究作为学科滥觞之初的传统,始终是比较文学最为基本的研究领域之一。

随着中外文学关系研究在中国的垦拓,中国比较学者对这一领域的研究路径和方法也投注了更多的理论思考[4],为这一传统课题的深度开掘带来了富于启示性的视野。与此同时,在对待影响研究的态度上,则既有批判的反思,又有

---

* 梁丹丹,中山大学中国语言文学系副教授。
[1] 张隆溪撰:《钱钟书谈比较文学与"文学比较"》,《读书》1981年第10期。
[2] 杨乃乔主编:《比较文学概论》(第四版),北京大学出版社,2014年,第14页。
[3] 马·法·基亚:《比较文学》,颜保译,北京大学出版社,1983年,第1页、第4页。
[4] 按:如乐黛云提出的"不同文化体系之间文学的互识互补互证"、陈思和提出的"中国文学中的世界性因素"、严绍璗提出的"原典性的实证"、钱林森提出的"中外文学关系研究的哲学观照"以及"在跨文化对话中激活中外文化、文学精魄的尝试"、葛桂录提出的中外文学关系研究的三大要素"文献史料、问题域、阐释立场",以及学界近年来对形象学、译介学等分支领域的理论建构与探讨。

坚定的辩护。针对学界存在的分歧，笔者认为，以往在对中外文学关系研究的探讨中似乎更偏重于方法上的探讨，或侧重于某一种视域的进路，而忽视了从多重视域的思路更为全面地观照这一领域的复杂性。事实上，在中外文学关系研究这一特别注重历史实证研究的领域，我们也应持有法国比较学者艾田伯（René Etiemble）将历史的考证与批评的、美学的、哲学的沉思相结合的人文主义立场[①]。从影响研究最基本的具体历史语境与文献材料出发，以更为广阔、更为融通的国际比较视野同时也是人文主义的视野聚焦于对象的研究，对中外文学之间的交往展开更为客观、更为深入的探讨。美国当代批评家詹姆逊（Fredric Jameson）在其《政治无意识》（The Political Unconscious）的第一章《论阐释》中曾以不断扩大的三个同心圆作为构建其阐释学的多重视域，尽管这一理论思考与本文的论题并无实质性的关联，但其向整体视域不断扩展的三个同心圆理论架构对我们的论题来说却不无启示意义[②]。中外文学关系研究既离不开微观的细察，又离不开整体的审视，需要多重视域交汇于研究对象，进行综合性思考。在不断扩展的多重视域中，多种研究方法应当是相互依存、互为补充的，而不是彼此隔绝、相互排斥。笔者不揣浅陋，拟从"元阐释视域""文化汇通视域""世界整体视域"三个不同的维面，也即从"微观""中观""宏观"的进路展开阐述，以为引玉之砖。需要注意的是，上述三种视域不是彼此割裂的，而是如多棱镜一般，从多个维面共同交汇于研究对象，以期展开更为整体、更为全面的观照。

第一是"元阐释视域"，也即狭义的历史视域，主要是指将文献史料放置于其所处的具体历史语境下对其所蕴含的深层意义进行阐释的历史视角。这里，我们不妨借用詹姆逊关于"元阐释"的讨论："每一种解释必须同时也是一种元解释。因此真正的解释要引导注意力返回历史本身，返回阐释者以及作品的历史处境。"[③]在这一视域层面，研究者将文学关系作为特定的历史时空中发生的事实现象予以客观审视，回归其所处的历史位置，积累翔实的第一手材料，将文献材料的搜集、梳理与细察作为展开研究的根基，以考索出中国文学在国外或

---

① 参见钱林森撰：《译文序》，载艾田蒲：《中国之欧洲》，许钧、钱林森译，河南人民出版社，1992年，第11—12页。
② 按：詹姆逊通过批判地吸收基督教释经传统、弗莱的文学批评理论的多重意义层次，糅合弗洛伊德与拉康的精神分析学，提出了从政治视域、社会视域到历史视域，也即由狭义的视域向总体的视域不断扩展的阐释学框架。本文受到了这种多重视域理论架构的启发，但具体的视域内涵与詹姆逊不尽相同。参见 Fredric Jameson, *The Political Unconscious*: *Narrative as a Socially Symbolic Act*, London and New York: Cornell University Press, 1981, pp.60-88.
③ Fredric Jameson, "Metacommentary", *PMLA*, Vol.86, No.1, 1971, p.10.

外国文学在中国被翻译、评论、研究、借鉴、吸纳、转化等中外文学交往情况的历史轨迹与历史细节，始终是中外文学关系研究的第一要务。在这方面，法国学派建立在坚实证据基础上的历史研究方法值得永久借鉴。正如季羡林所言：

> 我们一定要先做点扎扎实实的工作，从研究直接影响入手，努力细致地去搜求材料，在西方各国之间，在东方各国之间，特别是在东方和西方之间，从民间文学一直到文人学士的个人著作中去搜寻直接影响的证据，爬罗剔抉，刮垢磨光，一定要有根有据，决不能捕风捉影。然后在这个基础上归纳出有规律的东西，借以知古，借以鉴今，期能有助于我们自己的文艺创作，为我们的文艺创作充实新的内容，增添新的色彩。这样的工作做好，再进一步进行平行发展的研究。这样的研究成果才不至于流于空泛、缺乏说服力。①

一般的影响与接受研究往往会止于文献史料的梳理、停留于影响与接受的历史事实的勾勒，而忽略了影响与接受关系的文献史料本身是需要展开深度阐释的对象。从中外文学关系研究的趋势上看，研究者更注重对接受者接受视野的考察，注重影响与接受中的互识、互证与互补的对话生成过程，以及对自我与他者之间关系的探讨，为传统的文学关系研究领域开拓了新的视野。

中外文学关系从本质上说是以文学为媒介的人类精神交往行为，因此，我们以"元阐释"的历史视域观照相关的研究对象，应秉持中国古代思想家孟子的"知人论世"阐释观，不仅看到文献材料所体现的互文关系，而且要看到在文献材料的背后的"人"的历史交往行为在文学关系生成过程中的作用。如在文学关系的场域中，异国形象如何被阐释？作品如何通过译介与评论发挥影响的作用？异域空间如何在旅行文学中被解读？这些都离不开历史的境遇，离不开时代、社会、政治、文化及个体在特定历史时空中的种种现实条件。因此，作为个体的文献材料本身就是一个蕴含着自我解释的对象，需要研究者结合其历史境遇展开深度的解读。

正如詹姆逊所言："有关阐释有益讨论的起点不是在于阐释的本质属性，而首先在于阐释的必要性。"②中外文学关系研究中的诸多范例表明，自我对他者

---

① 参见季羡林撰：《资料工作是影响研究的基础》，载季羡林：《比较文学与民间文学》，北京大学出版社，1991年，第194页。
② Fredric Jameson, "Metacommentary", *PMLA*, Vol. 86, No. 1, 1971, p. 10.

的认识与吸纳大多出于将异己的因素作为自身之用的需要,也就是我们常言的"他山之石,可以攻玉"。在这方面,中国古典阐释学注重回归历史语境的"以意逆志"观念有助于我们在史料工作的基础上因"文"见"心",追索影响与接受的历史现象之所以发生的存在境遇及其深层原因。

第二是"文化汇通视域",也即汇通双方文学及文化整体结构的比较视域①。一方面,个体的文献材料将作为不同文学与文化之间碰撞与对话的中介予以考察;另一方面,汇通双方文学与文化的整体视域将有助于更为客观地评估文献材料中的互文关系。需要注意的是,此处的"文化对话"不是一般意义上的"小写"的文化现象之间的对话,而是从表象透视到不同文化的深层结构及复杂整体性的"大写"的文化对话②。

事实上,无论是对中外文学关系史的宏观建构与总体把握,还是对文献材料细节上的敏锐审视与审慎细察,都离不开研究者汇通双方文学与文化整体的宽广视域。在这一点上,文学之间的关系不等同于某些西方学者所谓的贸易关系,因为它还是创新的生成场域,将异于自我的文化转化为自我的一部分,有些是显在的,有些是隐微的,甚至是天衣无缝、水乳交融。比较文学研究有似特殊的透视装备,将"飞毯上的图案"在互文关系的整体场域中细致地展现出来③,无疑对研究者考察第一手材料所需要的语言、文学及文化知识储备提出了非常高的要求。

以"渊源与影响研究的奠基者"陈寅恪为例④,尽管他在论及比较文学研究的范围时曾过于严格地将其限定于文学关系的影响领域,然而他提出的比较研究者"必须具有历史演变及系统异同之观念"⑤,其实已经暗含了在更为广阔的双方文学文化结构整体的背景下展开平行互视的要求。比如,在对《莲花色尼出家因缘》这则佛教故事的敦煌写本的考察中,他发现印度巴利文原文所叙的七种

---

① 按:关于"比较视域"及其作为"比较文学学科安身立命的本体"的相关论述,参见杨乃乔撰:《比较视域与比较文学本体论的承诺》,《北京大学学报》2003 年第 5 期。笔者此处借用这一术语,主要侧重于将具有事实关系的双方文学及文化相汇通的视域方面的探讨。
② 按:美国人类学家格尔兹(Clifford Geertz)在其《文化的解释》(*The Interpretation of Culture*)中借鉴马克思·韦伯的理念,认为"文化"是一个由自己编织的意义的符号网络,因此对文化的理解是一种深描的阐释,是透过其表象的文化符号对其深层意义系统的"复杂整体性"的理解。这一"文化"的观念及其注重际整合的研究路径对我们来说具有借鉴意义。
③ 参见帕斯卡尔·卡萨诺瓦:《文学世界共和国》,罗国祥、陈新丽、赵妮译,北京大学出版社,2015 年,第 25 页。
④ 参见乐黛云、王向远:《比较文学研究》,福建人民出版社,2006 年,第 82—89 页。
⑤ 陈寅恪:《与刘叔雅论国文试题书》,载《金明馆丛稿二编》,生活·读书·新知三联书店,2001 年,第 251 页。

咒誓恶报，在译本中却仅载六种，唯独未见"莲花色尼与其女共嫁其子"之事。对于这一为人忽略的跨文化细节，他展开了深层的文化互视与追问。结合佛教典籍的情况来看，他认为此一情节实为原典全篇中借以阐明其佛理内涵的最为重要的内容，也是莲花色尼出家之关键原因，由此推断此处的删节是编纂者有意为之。他进一步阐明其深层原因是此种学说与本土传统中的伦理观念之间的冲突，又结合其他史料例证，揭示出佛藏在传播过程中竟至"数典忘祖、轻重倒置"的本土同化之力①。在上述典范个案中，陈寅恪之所以合理地推断出语际翻译中的文化误读及其深层原因，是因为他把个案史料作为文化碰撞与对话的中介，将其放置在双方文化的结构整体之间相互看视的融通视野下展开了深度透视。

文学之间的关系往往是"极其复杂的文化交流现象"②，需要复杂的文化整体视域下的观照。特别是对于个体作家而言，往往混杂着来自传统的、现代的以及他者文化的多方面因素的影响，如何对影响与接受的事实作出更为客观公允的评价，则不可忽略对外来文化与自身传统之间的关系以及作家个体与其传统之间的关系的整体省察。正如卡萨诺瓦（Pascale Casanova）在《文学世界共和国》（*La République mondiale des lettres*）中曾列举贝克特、乔伊斯、卡夫卡等作家对待民族文学传统的不同方式以阐明作家在世界文学中的位置："正是基于这些作品创造自由的方式，也就是说传播、改变、拒绝、增加、抛弃、忘记或背叛其民族文学（及语言）遗产的方式，人们才能了解作家们的历程，他们的文学规划，他们成为作家过程中所走的方向和轨迹。"③

第三是"世界整体视域"，它与前两种视域密不可分，主要是指将中外文学关系置放在世界文学关系的版图中予以审视的整体性视野。何兆武曾就明清之际的思想交流史提出一个引人深思的设问："假如当时传入中国的不是中世纪神学的世界构图而是近代牛顿的古典体系，不是中世纪的经院哲学而是培根、笛卡尔的近代思维方式，中国思想意识的近代化有没有可能提前两百五十年至三百年？"④触动笔者思考的是他的立场和眼光。事实上，类似的设问也适用于中外文学关系研究：哪些文学作品参与了交流？这些作品在各自的文学结

---

① 陈寅恪：《莲花色尼出家因缘跋》，载《寒柳堂集》，生活·读书·新知三联书店，2001年，第172—174页。
② 参见杨洪承：《基督教文化与中国现代浪漫文学的精神》，《学习与探索》1994年第2期。
③ 帕斯卡尔·卡萨诺瓦：《文学世界共和国》，罗国祥、陈新丽、赵妮译，北京大学出版社，2015年，第42页。
④ 按：何兆武的论点似乎还存在着可以结合历史语境深入探讨的空间，此处主要借鉴的是他从世界整体观照中外交流的思维视角。参见何兆武：《中西文化交流史论》，中国青年出版社，2001年，第6页。

构整体乃至世界文学中处于怎样的位置？在传播中经历了怎样的变形与误释？传播与影响的程度究竟如何？事实上，早在20世纪30年代，在德国求学的陈铨在其博士论文《中德文学研究》中即流露出类似的忧虑和强烈的民族意识，他力图澄清中国文学在德国的影响与接受中的误读误释，发出了中国学者自己的声音①。对于世界文学格局的整体性审视，应当持有如葛桂录在论及中外文学关系研究的阐释立场时所言的"展现着中国问题意识的中国文化立场"②。

从新时期中外文学关系的研究趋势来看，大部分研究者更加注重对文学关系史的整体性与全局性的审视，更加关注中外文学关系中的双向互动，更加倡导自我文化与他者文化之间的平等对话与中国立场。乐黛云在致"中外文学交流史"丛书编委会的信中说："如果说'中国文学在国外'丛书是第一波，'外国作家与中国文化'是第二波，那么，'中外文学交流史'则应是第三波。作为第三波，我想它的特点首先应体现在'交流'二字上。"③近年来，中外文学关系研究所取得的厚重成果既彰显了中国比较文学研究的坚实特色，又为中外文学交往的未来提供了有益的镜鉴与启示。

笔者以为，中外文学关系从总体上看无外乎"对外"与"对内"两条路径。对于前者而言，无论是从大卫·达姆罗什（David Damrosch）的"世界文学"还是从卡萨诺瓦的"文学世界共和国"来看，我们都不能不重视世界文学传播中的阅读模式，以及翻译者、评论者作为传播中介者的关键作用。将中国更多的优秀文学作品译介到海外，无疑是中国文学主动参与世界文学对话的重要方式。但笔者认为，推动中国文学与文化真正走出去，对外翻译只是一个起点。如何汲取既往翻译史中的正反两方面经验？如何选择适宜的优秀作品与对外译介方式？如何使作品真正进入世界性的阅读视野？如何避免传播中的误读误释？如何在世界文学场域中提升本土文学与文化的自我阐释力，切实地推进民族文学走向世界的进程？这些问题尽管涉及复杂的因素，但似乎值得深入思考。对于后者而言，卡萨诺瓦曾反复征引七星诗社诗人杜贝莱（Joachim du Bellay）的《保卫与发扬法兰西语言》（*La Deffence et Illustration de la langue françoyse*）以揭示民族文学的发展不可止于摹仿而在于创新的通则。在笔者看来，杜贝莱建议法国诗人像罗马人"丰富他们的语言"那样——"通过模仿最著名的希腊作家，把自己转化成他们，吞食他们，并在完全消化完之后，把

---

① 参见陈铨：《中德文学研究》，商务印书馆，1936年。
② 葛桂录：《中外文学关系的学科属性、现状与展望》，《世界文学评论》2007年第1期。
③ 钱林森、周宁：《中外文学交流史·总序》，载钱林森、周宁总主编：《中外文学交流史（中国·日本卷）》，山东教育出版社，2015年，第1页。

它们变成血液和营养"①,与陈寅恪所言的"其真能于思想上自成系统、有所创获者,必须一方面吸收输入外来之学说,一方面不忘本来民族之地位"②的民族文化更新与发展之道恰可相互看视。陈寅恪曾将宋代理学出入佛老而返诸六经的创造形象地比喻为"取其珠而还其椟",它出于那个时代的儒家文化在危机中寻求生机的现实需要。在文化交往日益密切的全球化时代,民族文学要发展自身,则必须根据自身内在的需求以建构主义的态度接受与融汇外来优秀文化,以"入乎其内,出乎其外"的精神有选择地拿来与吸收,从而在自身传统的土壤中转化与孕育出新的生命。在这一方面,梁实秋早在20世纪20年代考察中国新文学所受外来影响及其浪漫趋势时,曾提出"承受外国影响,需要有选择的,然后才能得到外国影响的好处"③。这一冷静批评在当下来看依然具有现实意义。"选择"一方面要立足于自身的需要,另一方面要有世界整体的眼光。反观中外文学关系的历史,无论是"对外"的滋养,还是"对内"的吸纳,都值得我们透过丰厚的史料,以鲜活的个案展开深入的总结与反思,为我们当下与未来的文艺创作、为更好地促进中外文学之间的沟通交流提供有益的借鉴。

---

① 参见帕斯卡尔·卡萨诺瓦:《文学世界共和国》,罗国祥、陈新丽、赵妮译,北京大学出版社,2015年,第46页、第58页、第268页、第272页、第294页。
② 陈寅恪:《冯友兰中国哲学史下册审查报告》,载《陈寅恪集·金明馆丛稿二编》,生活·读书·新知三联书店,2015年,第285页。
③ 梁实秋:《现代中国文学之浪漫的趋势》,原载于1926年3月25、27、29、31日《晨报副刊》,见贾植芳、陈思和主编:《中外文学关系史资料汇编(1898—1937)》上册,广西师范大学出版社,2004年,第227页。

列夫·托尔斯泰与中国革命

王志耕*

内容提要 在 20 世纪初期,列夫·托尔斯泰以自己的思想参加了伟大的中国革命运动。他对当时中国的共产主义者、社会主义者和无政府主义者等,都产生了深刻的影响,他思想中的否定国家政权、道德完善、人民性等学说,在不同程度上都转变成了为中国革命所用的思想。当然,他的不抵抗主义最终还是被中国的革命家所抛弃。但这并不意味着托尔斯泰的思想失去了意义,在今天看来,我们仍然有必要来重新判断托尔斯泰的当代价值。

关键词 托尔斯泰;中国革命;社会主义;无政府主义

在 20 世纪初期的中国革命运动中,列夫·托尔斯泰以自己的方式加入进来。他的一系列学说,如反对国家政权的学说、道德自我完善的思想、以人民为本的思想等,都对当时中国的知识群体,尤其是革命家,产生了深刻的影响。当然,他的非暴力主张也在当时的中国引起了广泛的争论。就此可以说,托尔斯泰虽然远在俄国,但却参与并影响了中国的革命,为中国人民的革命事业作出了自己的贡献。

一

在 20 世纪初期,托尔斯泰已成为具有广泛世界声誉的文学家。但是,他最早被介绍到中国,不是作为文学家,而是作为思想家。或者,也可以说,托尔斯泰是以他的政治思想,而不是以他的文学艺术影响中国革命的。

托尔斯泰的名字最早在中国出现是 1900 年上海广学会(The Christian Literature Society for China)出版的《俄国政俗通考》(原名《俄罗斯及其民族》),主要介绍俄国的政治、地理、文学等情况,其中提到了俄国的一系列文学家,包括列夫·托尔斯泰。而最早专门介绍托尔斯泰的文章是 1904 年《福建日

---

* 王志耕,南开大学文学院教授,博导。

日新闻》报上刊载的署名"闽中寒泉子"的《托尔斯泰略传及其思想》。这篇文章发表后，又被上海的《万国公报》杂志转载，所以产生了很大的影响。从这篇文章的题目上就可以看出，它同样不是介绍托尔斯泰的艺术，而是他的"思想"。文章的第一句话就说明了这一点："今日之俄国有一大宗教革命家出矣。其人为谁，曰勒阿托尔斯泰也。……吾之所以推托尔斯泰为俄国宗教革命家者，约诸二语：曰托尔斯泰反动于俄国现在之境遇而起者也，曰托尔斯泰将欲以变更世界宗教之意义者也。"①此后，中国的报刊对托尔斯泰开始了频繁的大量的介绍和评论，如当时的《新小说》《新民丛报》《万国公报》《学报》《民报》《天义》《青年》《竞业旬报》《半星期报》《新世纪》《东方杂志》《国风报》《进步》《教育杂志》《社会世界》《东方杂志》《礼拜六》《欧洲战纪》等。②

我们可以看到，最早对托尔斯泰发生兴趣、对其进行介绍、撰写评论文章的多是革命家，或者兼为文学家的革命家，著名的革命家比如陈独秀、李人钊、瞿秋白。此外还有当时在中国声势颇大、深受俄国民粹主义影响的无政府主义者。

梁启超是中国革命的理论先驱，1902年，他创办的杂志《新小说》创刊号上刊登了托尔斯泰的画像，这大概也是托尔斯泰的形象第一次被广大中国人认识。此后梁启超写了《论学术之势力左右世界》，对托尔斯泰给予高度评价："托尔斯泰生于地球第一专制之国，而大倡人类同胞兼爱平等主义。其所论盖别有心得，非尽东欧诸贤之说者焉。其所著书，大率皆小说，思想高彻，文笔豪宕。故俄国全国之学界，为一之变。近年以来，各地学生咸不满于专制之政，屡屡结集，有所要求。政府捕之锢之放之逐之，而不能禁。皆托尔斯泰之精神所鼓铸者也。……苟无此人，则其国或不得进步，即进步亦未必如是其骤也。"③梁启超好像是要谈托尔斯泰的小说，但实际上还是谈他的革命思想。所以有中国学者认为："这一具有政治色彩的工具主义认知模式，开启了后世托尔斯泰评论中重思想、轻艺术的传统。因此可以讲，从实用角度对托尔斯泰加以利用，滥觞自梁启超。"④总之，可以说，托尔斯泰最初进入中国，不是为了把他的艺术作品带到中国，而是为了把他的思想带到中国的革命运动中来。

中国共产党的创始人、第一任总书记陈独秀也是托尔斯泰的崇拜者，他在他创办的《青年杂志》1915年第一卷第三、四号发表《现代欧洲文艺史谭》一文，介绍欧洲文学，其中称"俄罗斯之托尔斯泰、法兰西之左喇、挪威之易卜生，为世

---

① 闽中寒泉子：《托尔斯泰略传及其思想》，《万国公报》第190册，1904年，第25页。
② 周维东：《民国文学：文学史的"空间"转向》，山东文艺出版社，2015年，第183页。
③ 梁启超：《论学术之势力左右世界》，《新民丛报》创刊号，1902年2月8日，第77页。
④ 苏畅：《俄苏翻译文学与中国现代文学的生成》，社会科学文献出版社，2013年，第36页。

界三大文豪"①,第 1 卷第 4 号则以托尔斯泰为杂志的封面人物,陈独秀就是在这一期的文章中介绍了托尔斯泰,称:"托尔斯泰者,尊人道,恶强权,批评近世文明,其宗教道德之高尚,风动全球,益非可以一时代之文章家目之也。"②此后,他在其主编的《青年杂志》(后改名为《新青年》)上多次刊登有关托尔斯泰的文章,甚至还主动邀请别人写有关托尔斯泰的文章,如他在 1920 年 3 月 11 日给周作人的信中便说:"《新青年》七卷六号的出版期是五月一日,正逢 mayday 佳节,故决计做一本纪念号,请先生或译或述一篇托尔斯泰的泛劳动,如何?"③可见,当五一劳动节来临的时候,陈独秀首先想到的是托尔斯泰的有关"劳动"的思想。

另一位中国共产党的创始人李大钊,比起陈独秀来,做了更多的介绍和评论托尔斯泰的工作。李大钊在日本留学多年,通过日文文献接触到托尔斯泰,1913 年他从日文翻译了《托尔斯泰之纲领》一文,对托尔斯泰的思想有了较为全面的了解;后来还写过一篇介绍托尔斯泰在日本情况的文章《日本之托尔斯泰热》(1917)。1916 年他专门撰文《介绍哲人托尔斯泰(Leo Tolstoy)》,对托尔斯泰的道德学说推崇备至。

瞿秋白作为中国共产党的第二任领导人,精通俄语,是俄国文学研究专家和翻译家。在他的研究和翻译工作中,托尔斯泰同样占有重要的位置。瞿秋白于 1921 年 10 月 15 日曾应托尔斯泰孙女索菲娅(Софья Андреевна Толстая)之邀访问过雅斯纳雅·波良纳,并与托尔斯泰家人共进午餐。他是列宁关于托尔斯泰的两篇重要文章的译者(《列甫·托尔斯泰像一面俄国革命的镜子》《L. N. 托尔斯泰和他的时代》),此外,他还翻译过托尔斯泰的《告妇女》《论教育书》《宗教与道德(经验派的道德之矛盾)》,与另一位翻译家耿济之共同翻译了《托尔斯泰短篇小说集》(1921),其中包括《三死》《暴风雪》等十篇短篇小说。瞿秋白 1920 年还曾打算翻译《复活》,但由于革命工作繁忙而未能如愿。

此外,另一位中国共产党的早期领导人张闻天也曾根据托尔斯泰的《艺术论》编译过《托尔斯泰的艺术观》一文,1921 年 9 月发表于当时的左翼刊物《小说月报》第 12 卷号外。可见,早期最重要的中国共产党人,都对托尔斯泰有所了解,并接受过他的思想的影响。这种情况恐怕在世界上任何其他的国家都是没有的。也可以这样说,托尔斯泰就是这样进入中国早期革命家们的头脑,而

---

① 陈独秀:《现代欧洲文艺史谭》,《青年杂志》第 1 卷第 3 号,1915 年 11 月 15 日。
② 陈独秀:《现代欧洲文艺史谭》,《青年杂志》第 1 卷第 4 号,1915 年 12 月 15 日。
③ 周作人:《实庵的尺牍》,载《周作人文选》第四卷,广州出版社 1995 年版,第 110 页。

参与到中国的革命运动中去的。

二

可以说,俄国文学的传统是"反革命"的,反对通过暴力的方式来改造社会。但这并不意味着俄国文学没有革命"精神",相反,俄国文学历来是俄国人民为争取自己的权力进行斗争的武器,而且正是因为这种"精神",激发起了俄国现实社会中的革命热潮。托尔斯泰的思想虽然包含了他的"托尔斯泰主义"和"不抵抗主义",但实际上,却充满了"否定"的激情。哲学家阿斯穆斯曾指出:"托尔斯泰的宗教观念首先体现为**否定性**……与其说托尔斯泰是试图揭示和重新确立对上帝的正面观念,不如说是要谴责和揭露当时社会的那种精神生活制度,在这种制度之下,社会的成员们正在丧失掉对生活的理性意义的每一种觉悟。"① 托尔斯泰思想中的这种"否定性",其实正是对一种不公正的社会制度进行革命的基础。托尔斯泰也曾强调过自己与革命者的区别:"我们经常被这种情况所蒙蔽,一遇到革命者,便认为我们都是并肩站在一起的。'没有国家'——'没有国家','没有财产'——'没有财产','没有不平等'——'没有不平等'等等,不一而足。看起来都是一回事。但是,却存在着巨大的差别,不仅如此,甚至再没有比他们离我们更远的人了。对基督徒来说是没有国家,但对他们来说是要消灭国家;对基督徒来说是没有财产,而他们是要消灭财产;对于基督徒来说是人人平等,而他们想的是消灭不平等。这就如同尚未合拢的圆圈两端。这两端虽然彼此相邻,但它们之间的距离却比圆圈的所有其他部分都要远。"② 虽然在托尔斯泰本人看来,两个"没有"(нет)是有差别的③,但在革命者看来,这没有差别,在他们的理解中,托尔斯泰的"没有"就是"消灭"(уничтожать)。因此,既然你们也主张"没有",这便鼓舞了革命者去"消灭"现有的国家政权、"消灭"财富的不平等。实际上,当托尔斯泰的激情达到一定程度的时候,他的话语中就充满了煽动性。比如他在著名的《当代的奴隶制》一文中就作出了推论:"人们的奴隶制产生于种种法令,而法令是由政府所制定的,因此,只有消灭政府,才能把人们从奴隶制下解放出来。"④ 注意,托尔斯泰在这

---

① Асмус В. Ф. Мировоззрение Толстого//Избр. филос. Труды в 2 томах. Т. 1, М.: Изд. МГУ, 1969, с.62.
② Толстой Л. Н Письмо В.Г. Черткову (1886 г. мая 27-28//Полн. собр. соч. в 90 томах. Т. 85, М.: ГИХЛ, 1935, с.356.
③ 俄语"нет"这个词在此语境中既可以理解为"没有",也可以理解为"不要"。
④ Толстой Л. Н Рабство нашего времени//Полн. собр. соч. в 90 томах. Т. 34, М.: ГИХЛ, 1952, с.186.

里同样用了"消灭"(уничтожение)一词,尽管是名词形式。别尔嘉耶夫曾指出:"列夫·托尔斯泰的宗教无政府主义是无政府主义最彻底的激进形式,即对政权和暴力根源的否定。……真正的革命性要求的是生活本原的精神变革。"①梅列日科夫斯基甚至认为布尔什维克主义"肇始于托尔斯泰,终结于列宁"②。尽管托尔斯泰的"消灭"不是通过暴力,但无产者因为受到沉重的压迫而倾向于革命的时候,他们可能最容易使用的方式就是通过暴力来消灭压迫他们的权力和制度。对于托尔斯泰这种潜在力量的认识,莫过于出版商和批评家苏沃林的话:"我们有两个沙皇,尼古拉二世和托尔斯泰。他们谁更强大?尼古拉二世对托尔斯泰无可奈何,无法撼动后者的宝座,但托尔斯泰却毫无疑问正在撼动尼古拉二世的宝座和他的王朝。"③这话是在 1901 年说的,事实证明,这同样是一个正确的预言。

其实,托尔斯泰的思想对中国革命的影响也产生了相似的效应。

那么,中国的革命家们从托尔斯泰的思想主要包括哪些方面呢?

首先是无政府主义思想。

尽管托尔斯泰称自己的思想是"基督教的无政府主义"(христианский анархизм),是非暴力的无政府主义,与巴枯宁、克鲁泡特金们的无政府主义不同。但这并不妨碍中国的无政府主义者们在把克鲁泡特金视为偶像的同时,也把托尔斯泰的思想作为他们的精神食粮。

在 20 世纪初期的中国革命运动中,无政府主义派曾经起过一定的作用,但因为其中很多人都是持反对中国共产党的立场,所以如今很少有人提起。实际上,最早的共产国际与当时的中国无政府主义者有过密切的接触。共产国际的维经斯基(Войтинский, Григорий Наумович)1920 年到中国来,推动中国的革命,他的任务就是在中国建立一个革命组织,当时叫"革命局"。根据最新的研究资料,维经斯基于 1920 年 7 月 19 日在上海召开了这个组织的成立大会,参加的人员中主要是两个部分,一是社会主义者,即中国共产党的早期活动家,如陈独秀、李大钊,二就是无政府主义者,如黄凌霜等;而在北京最早成立的革命组织中,也有大量无政府主义者参加④。可见,无政府主义在中国早

---

① Бердяев Н. А. Русская идея//О России и русской философской культуре. М.: Наука, 1990, с.176.
② Мережковский Д. С. Л. Толстой и большевизм//Царство антихриста. München: Drei Masken Verlag, 1922, с.195.
③ Суворин А. С. 29 мая 1901 дневник//Дневник А. С. Суворина, М.-П.: Издательство Л. Д. Френкель, 1923, с.263.
④ 金立人:《创建中国共产党:维经斯基的误导与陈独秀的正确》,载《激流集》,中共党史出版社,2014 年,第 51—54 页。

期革命活动中发挥着一定的作用。

无政府主义者早期代表刘师复曾解释什么是无政府主义,他概括为:"主张人民完全自由,不受一切统治,废绝首领及威权所附丽之机关之学说也。"① 而托尔斯泰曾说过:"自由缺失的最主要、也几乎是唯一的原因——就是关于国家必要性的伪学说。没有国家,人们也许会被夺去自由,但当人们归属于一个国家时,就不可能有自由。"② 可见,刘师复的理解与托尔斯泰的基本精神是完全一致的。这也是中国的无政府主义者对托尔斯泰发生兴趣的基础。黄凌霜是中国无政府主义派的代表人物,他曾在 1921—1922 年到俄国进行过考察,用他的话说是"观察马克思主义试验之结果"③,在莫斯科他曾与克鲁泡特金夫人会晤。除了对克鲁泡特金深有研究之外,他对托尔斯泰的思想也有着深入的了解。他曾专门作过《托尔斯泰之平生及其著述》的长文,发表在由陈独秀主编的《新青年》1917 年第 3 卷第 4 号上,文章中介绍了托尔斯泰的生平、著作的情况,并对著作的性质作出评价。他之所以写这篇长文,是因为:"予尝以托氏之贤,对于世界思想影响之大,汉文托氏之传,竟付阙如,诚译述之憾事。"④ 他写这篇文章主要是依据英国人艾尔默·莫德(Aylmer Maude)的《托尔斯泰传》(*Life of Tolstoy*),并曾想将其翻译成中文,但没有实现。

在当时的中国,无政府主义显然面临着大量的质疑。针对有人质疑无政府主义会因缺少国家统一法律而发生混乱,无政府主义者区声白在发表于 1922 年 10 月份《学灯》杂志的文章回答说:"不必要有一个最高权力的。反之有一最高权力,各团体之自治权完全被剥夺了,实足为人类进化之大障碍。且最高权力侵害各团体之权利时,没有方法可以制裁他,所以最高权力实为万恶之渊薮。"⑤ 如果我们对比一下托尔斯泰的表述,就可以看出二者之间的相似之处:"假如一个人在几个助手的协同下管理所有的人,那么这是不公正的,这一个人的管理非常可能是有害于人民的。少数人统治多数人的政权也是一样。多数

---

① 刘师复:《无政府共产主义释名》,载中国第二历史档案馆编:《中国无政府主义和中国社会党》,江苏人民出版社,1981 年,第 101 页。
② Толстой Л. Н Путь жизни// Полн. собр. соч. в 90 томах. Т. 45, М.: ГИХЛ, 1956, с.258.
③ 黄凌霜:《同志凌霜的一封来信》,载白天鹏、金成镐编:《民国思想文丛·无政府主义派》,长春出版社,2013 年,第 136 页。
④ 黄凌霜:《答思明君》,载白天鹏、金成镐编:《民国思想文丛·无政府主义派》,长春出版社,2013 年,第 107 页。
⑤ 区声白:《答陈独秀先生的疑问》,载白天鹏、金成镐编:《民国思想文丛·无政府主义派》,长春出版社,2013 年,第 158 页。

人统治少数人的政权也不能保证管理上的公正,因为没有任何理由可以认为,参加管理的多数人一定比不参加管理的少数人更有理智。而把管理的参加者扩大到所有的人,就像推行更为普遍的公民表决权和创制权所能做到的那样,只会使每个人都和所有的人斗争不休。一个人对另一个人的以暴力为基础的权力,从其本源来说是恶,所以任何一种允许人对人有权施行暴力的制度,都不可能使恶不成其为恶。"①从这些比较来看,中国的无政府主义与托尔斯泰的思想有着实质上的相通。

实际上,那个时代的早期共产党人也都有不同程度的无政府主义思想,如陈独秀就曾主张要打倒一切"偶像",其中就包括"国家",他说:"我老实说一句,国家也是一种偶像。……现在欧洲的战争杀人如麻,就是这种偶像在那里作怪。"②打倒了"国家"这个偶像,他们要建立的当然就是不同于"国家"的社会,也就是由国家主义转向社会主义。

当然,中国的无政府主义者总体上与俄国以巴枯宁、克鲁泡特金为代表的无政府主义者是一样的,他们的思想基础与托尔斯泰相同,但实现理想的手段却与托尔斯泰截然相反。无政府主义的基本主张就是要通过暴力的方式来推翻国家政权。从这个意义上说,中国的无政府主义者们需要的是托尔斯泰否定政权的思想,而不是托尔斯泰的不抵抗主义。

三

考察中国革命先驱者的情况,会发现,这些革命家的共同特点是出身富贵家庭,为了一个伟大的事业而抛弃舒适的生活,献身于为了大众解放的革命事业。因此,这些革命者对托尔斯泰的道德思想和人民性思想产生极大的兴趣。

在陈独秀看来,托尔斯泰的学说体现的是一种"进取"精神,即对物质的否定,而对精神的追求。他指出:"若夫吾国之俗,习为委靡;苟取利禄者,不在论列之数;自好之士,希声隐沦,食粟衣帛,无益于世,世以雅人、名士目之,实与游惰无择也。人心秽浊,不以此辈而有所补救,而国民抗往之风,植产之习,于焉以斩。人之生也,应战胜恶社会,而不可为恶社会所征服;应超出恶社会,进冒险苦斗之兵,而不可逃循恶社会,作退避安闲之想。……吾愿青年之为托尔斯

---

① 托尔斯泰:《论俄国革命的意义》,宋大图译,载《列夫·托尔斯泰文集》第15卷,冯增义、宋大图等译,人民文学出版社,1989年,第548—549页。
② 陈独秀:《偶像破坏论》(《新青年》第5卷第2号,1918年),载《独秀文存》第1册,亚东图书馆,1934年,第229页。

泰……不若其为哥伦布……"①

李大钊则提倡"简易生活",他认为,社会的罪恶源于"过度生活"。物质有限,而需求过度,则导致人心不古,人们于是通过"曲线"(犯罪)的方式追求物质享乐。因此,要改变这种现状,除了提倡"简易生活"之外,没有别的好的办法。"苟能变今日繁华之社会、奢靡之风俗而致之简易,则社会所生之罪恶,必不若今日之多且重。然则简易生活者,实罪恶社会之福音也。余既于本报示忏悔之义,而忏悔之义,即当以实行简易生活为其第一步。吾人而欲自拔于罪恶也,尚其于此加之意焉。"②如果人人追求简易生活,则可以摆脱罪恶的欲念,使整个社会风气得以转变,而社会的改造正是革命的根本目的。李大钊在另一篇文章中说:"俄国大哲托尔斯泰诠释革命之意义,谓惟有忏悔一语足以当之。今吾国历更革命已经三度,而于忏悔之义犹未尽喻。似此造劫之人心,尚未知何日始能脱幽暗而向光明。瞻念前途浩劫未已,廉耻扫地,滋可痛矣!"③李大钊多次感叹,中国的革命仅仅靠改造社会是不够的,如果没有每一个个体的自我反省、自我改造,则革命是很难成功的。所以,作为一个社会革命家,他并不排斥各种宗教教义之中所蕴含的道德自新内容,无论是儒教、佛教还是基督教,如果能够有助于"革我之面,洗我之心,而先再造其我,弃罪恶之我,迎光明之我;弃陈腐之我,迎活泼之我;弃白首之我,迎青年之我;弃专制之我,迎立宪之我",都应该接受过来。因此,他十分赞同托尔斯泰对于"革命"的理解:"托尔斯泰诠革命之义云:革命者,人类共同之思想感情遇真正觉醒之时机,而一念兴起欲去旧恶就新善之心觉变化,发现于外部之谓也。除悔改一语外,无能表革命意义之语也。"④

总之,在李大钊看来,一个人的罪恶其实是整个社会的罪恶的一部分,因此,不能把一个人的罪恶仅仅看作是他个人的事,而应看作是整个社会的事;同时,一个人犯罪,其原因并不仅仅在其自身,而同样是整个社会作用的结果。因此,社会的改造须从个人忏悔开始,但根本的目的是要改变社会制度。"吾人今为此言,非以委过于社会,而以轻个人之责也。盖冀社会中之各个人人,对此罪恶之事实,皆当反躬自课,引以为戒。庶几积小己之忏悔而为大群之忏悔,而造成善良清洁之社会力,以贯注于一群之精神,使人人不得不弃旧恶,就新善,涤

---

① 陈独秀:《敬告青年》《青年杂志》第 1 卷第 1 号,1915 年),载《〈新青年〉基本读本》,上海书店出版社,2015 年,第 5 页。
② 李大钊:《简易生活之必要》,载《李大钊全集》第 2 卷,人民出版社,2006 年,第 119 页。
③ 李大钊:《罪恶与忏悔》,载《李大钊全集》第 2 卷,人民出版社,2006 年,第 116 页。
④ 李大钊:《民彝与政治》,载《李大钊全集》第 1 卷,人民出版社,2006 年,第 163—164 页。

秽暗,复光明。此即儒家日新之德,耶教复活之义,佛门忏悔之功矣!"①

在早期的中国革命家中,也许最能体会托尔斯泰思想的内在精神的当属李大钊。尤其是对托尔斯泰的人民性思想,他十分赞赏。他在《民彝与政治》一文中称:"由来西哲之为英雄论者,首推加莱罗(Carlyle)、耶马逊(Emerson)、托尔斯泰三家。"在这三人之中,李大钊所赞赏的只有托尔斯泰,因为前两者都持英雄史观,"故英雄者,人神也,人而超为神者也"。而"托氏之说,则正与加氏之说相反,谓英雄之势力,初无是物。历史上之事件,固莫不因缘于势力,而势力云者,乃以代表众意之故而让诸其人之众意总积也。是故离于众庶则无英雄,离于众意总积则英雄无势力焉"。"独托氏之论,精辟绝伦,足为吾人之棒喝矣。"②李大钊赞赏托尔斯泰的英雄论,除了要激发革命者为了人民的事业而献身的精神,还有一个也许并不能被大多数中国人所理解的思想,那就是"自我完善"。这个道理是这样的:既然世界上并没有什么"超人"式的英雄,每个普通人都是构成英雄的一个元素,因此,每个人肩上的担子也就重了,每个人都肩负着拯救社会的责任;如果每个人都能够自觉反省自我、改造自我,那么整个社会的问题自然就解决了。而这种思想正是托尔斯泰社会改造思想的核心内容。

四

当然,中国的革命家们最终还是要像俄国的职业革命家们那样,选择暴力的方式来推翻旧的政权,改变中国的社会体制。所以,他们在接受托尔斯泰的"革命精神"的同时,却不会接受他的非暴力思想。

托尔斯泰曾经明确表示,反对中国人通过暴力途径来解决中国问题,他在1906年10月给中国著名学者辜鸿铭的回信(此前辜曾把自己的著作寄给托尔斯泰)中说:"我现在怀着恐惧和忧虑的心情听到并从您的书中看到中国表现出战斗的精神、用武力抗击欧洲民族所施加的暴行的愿望。如果真是这样,如果中国人民真是失去了忍耐,并且按照欧洲人的样子武装起来,能够用武力驱除一切欧洲强盗(中国人民以自己的智慧、坚忍不拔、勤劳,而主要是人口众多,做到这一点是轻而易举的),那么这就可怕了。这不是像西欧最粗野和愚昧的一个代表——德国皇帝所理解的那个意义上的可怕,而是在这个意义上的可怕:中国不再是真正的、切合实际的、人民的智慧的支柱,这智慧的内容是过和平的、农耕的生活,这是一切有理智的人都应该过的、离弃了这种生活的民族迟早

---

① 李大钊:《民彝与政治》,载《李大钊全集》第1卷,人民出版社,2006年,第117页。
② 同上书,第156页。

应该返回来的生活。"①当时,也有中国人支持托尔斯泰的这种主张,如新文化运动的先驱刘半农则高度赞赏"不抵抗主义",他说:"'不抵抗主义'我向来很赞成,不过因为有些偏于消极,不敢实行。现在一想,这个见解实在是大谬。为什么?因为'不抵抗主义'面子上是消极,骨底里是最经济的积极。"②这样的理解在当时也是难能可贵的。但我们已不得而知辜鸿铭是如何答复托尔斯泰的,不过,像刘半农这样的思想在中国是极少有的。

大家都知道茅盾是中国的著名作家,其实他也是中国最早的共产党人之一。作为文学家,茅盾对托尔斯泰十分熟悉,他曾经写过多篇介绍托尔斯泰的文章,如《托尔斯泰与今日之俄罗斯》(1919年《学生》杂志第6卷第1至4号)、《托尔斯泰的文学》(1921年《改造》第3卷第4号)等。他曾经把左拉和托尔斯泰进行对比:"左拉对于人生的态度至少可说是'冷观的',和托尔斯泰那样的热爱人生,显然又是正相反;然而他们的作品却又同样是人生的批评的反映。我爱左拉,我亦爱托尔斯泰。我曾经热心地——虽然无效地而且很受误会和反对,鼓吹过左拉的自然主义,可是到我自己来试作小说的时候,我却更近于托尔斯泰了。"③也就是说,他的创作受到托尔斯泰的很大影响,他曾说:"托氏的写实文学中,常常有个中心思想环绕,这便是人道主义——无抵抗主义(在托氏看来,人道主义即是无抵抗主义)。他书中的英雄和女英雄,都是无抵抗主义者。他书中的环境是现实的环境,他书中的陪衬人物,也都是现实的人;独有书中的主人翁便不是现实的,而是理想的,是托尔斯泰主观的英雄。"④但在社会思想的层面上,茅盾却明确地反对托尔斯泰的不抵抗主义,而主张走中国式的暴力革命道路。1921年他在《共产党》杂志第3期上发表《自治运动与社会革命》,其中明确表示出对法国大革命式的暴力形式的赞赏,因此,他也号召中国人"立刻举行无产阶级的革命",他提出:"无产阶级的革命便是要把一切生产工具都归生产劳工所有,一切权力都归劳工们执掌,直到尽灭一分一毫的掠夺制度,资本主义决不能复活为止。这个制度,现在俄国已经确定了,并且已经有三年的经验,排除了不少的困难,降服了不少的反对者……马克思预言的断定,现在一一应验了——最终的胜利一定在劳工者,而且这胜利即在最近的将来,只要我

---

① 托尔斯泰:《给一个中国人的信》,朱春荣译,载《列夫·托尔斯泰文集》第15卷,冯增义、宋大图等译,人民文学出版社,1989年,第520—521页。
② 刘半农:《作揖主义》(《新青年》第5卷第5号,1918年),载《〈新青年〉基本读本》,上海书店出版社,2015年,第151—152页。
③ 茅盾:《从牯岭到东京》,载《茅盾选集》第5卷,四川文艺出版社,1985年,第108页。
④ 茅盾:《文学上的古典主义浪漫主义和现实主义》,《学生》杂志第7卷第9号,1920年,第13页。

们现在充分预备着!"①

至于中国的无政府主义者,他们更赞同克鲁泡特金的主张,即通过暴力的方式来解决社会问题。所以,尽管托尔斯泰的无政府主义思想同样是他们的政治原则的来源,但却认为托尔斯泰的"不抵抗"过于软弱,如区声白便指出:"托尔斯泰之无抵抗主义,是反对一切暴力的。故只用一抵抗方的抵抗方法,如不当兵不纳税。他人却去当兵纳税,那么我们的主义怎能够实现呢?所以我们要再进一步,要把强人当兵,强人纳税的人推倒,自然没有人去当兵纳税了。"②黄凌霜则更明确地主张要通过暴力,甚至是"暗杀"来达到推翻强权的目的。他在1917年给友人的回信中说:"托氏不主张革命,亦无怪其反对暗杀。若近世著名之无政府党大师克鲁泡特金,其所主张则异夫彼。而吾亦以克氏为切当,托氏近虚渺。"他认为,只靠个人道德完善是不能解决社会问题的,尤其是国与国之间的战争问题,"个人道德之能力是否可以潜移人心,引众生登大同之城,此诚一疑问。邃者、深者姑弗具论,即以托氏而谈。托氏世界公认为道德家和平家者也,考其生平,反对战争最烈,而日俄战争终不能因之而停止。由是以观,则道德属个人自修问题,若欲以之为手段,借以达其鹄,靡特事实所无,抑将为强权者所窃笑矣。"③

著名作家巴金当时也是无政府主义的拥趸,通过他的一些记述,我们也可以一窥中国的无政府主义者与托尔斯泰的关系。巴金还在 16 岁的时候(1920 年)便加入了《半月》杂志编辑部,而这个杂志的主旨就是宣传无政府主义,第二年即被封禁。他们随即又办了《平民之声》,继续宣传其无政府主义主张。这份杂志的第 4 期开始连载巴金编写的《托尔斯泰的生平和学说》,而这篇文章又主要是根据上述黄凌霜发表在《新青年》上的《托尔斯泰之生平及其著述》编写的④。巴金自己回忆道:"我接受了无政府主义,但也只是从刘师复、克鲁泡特金、高德曼的小册子和《北京大学学生周刊》上的一些文章上得来的,再加上托尔斯泰的像《一粒麦子有鸡蛋那样大》《一个人需要多少土地》一类的短篇小说。"⑤可见巴金的思想从一开始就受到了托尔斯泰的影响。他曾经对有人非

---

① 茅盾:《自治运动与社会革命》,《共产党》第 3 号,1921 年,第 10 页。
② 区声白:《答陈独秀先生的疑问》,载白天鹏、金成镐编:《民国思想文丛·无政府主义派》,长春出版社,2013 年,第 163 页。
③ 黄凌霜:《答思明君》,载白天鹏、金成镐编:《民国思想文丛·无政府主义派》,长春出版社,2013 年,第 106 页。
④ 参见巴金:《小小的经验》,载《巴金全集》第 12 卷,人民文学出版社,1989 年,第 413 页。
⑤ 巴金:《〈巴金选集〉(上下卷)后记》,载《巴金全集》第 17 卷,人民文学出版社,1991 年,第 34—35 页。

议托尔斯泰表示强烈的不满:"据说近来在中国有所谓'革命文豪'从日本贩到了一句名言:'托尔斯泰者,卑污的说人也'。好一句漂亮的话!其实昆仑山之高,本用不着矮子来赞美,托尔斯泰的价值也用不着'革命文豪'来估定。"①这也是他在公开发表的文章中第一次使用"巴金"这个笔名。虽然后来他本人说明"巴"字与巴枯宁并无关系,但"金"字却确实来自克鲁泡特金②,巴金当时的无政府主义情结之深由此可见一斑。巴金尽管对托尔斯泰的名望推崇备至,然而却并不赞同其不抵抗主义。他在自传中回忆他和大哥在五四运动中的情形时写道:"我们都受到了新思潮的洗礼……接受新的思想。然而他的见解却比较温和。他赞成刘半农的'作揖主义'和托尔斯泰的'无抵抗主义'。"③显然,言外之意是他本人当时是持激进的暴力立场的。他在晚年所写的《"再认识托尔斯泰"?》一文更明确地道出了他对托尔斯泰的这种矛盾态度:"我不是托尔斯泰的信徒,也不赞成他的无抵抗主义,更没有按照基督教福音书的教义生活下去的打算。他是十九世纪世界文学的高峰。他是十九世纪全世界的良心。他和我有天渊之隔,然而我也在追求他后半生全力追求的目标:说真话,做到言行一致。我知道即使在今天这也还是一条荆棘丛生的羊肠小道。但路总是人走出来的,有人走了,就有了路。托尔斯泰虽然走得很苦,而且付出那样高昂的代价,他却实现了自己多年的心愿。我觉得好像他在路旁树枝上挂起了一盏灯,给我照路,鼓励我向前走,一直走下去。我想,人不能靠说大话、说空话、说假话、说套话过一辈子。还是把托尔斯泰当作一面镜子来照照自己吧。"④

总之,中国的革命者们接受了托尔斯泰的革命"精神",但还是抛开了托尔斯泰的不抵抗主义,走上了暴力革命的道路,并像列宁的革命一样,最终通过暴力的方式推翻了旧的政权,建立了新的政权。

五

今天我们来反思托尔斯泰与革命的关系,自然会提出一个问题,在暴力

---

① 巴金:《〈脱洛斯基的托尔斯泰论〉译者前言》,《东方杂志》第25卷第19号,1928年10月10日。巴金这里针对的是冯乃超1928年《文化批判》月刊第1号上的文章《艺术与社会生活》,其中称托尔斯泰既是"伟大的人道主义者,天才的大艺术家,又是挂着'世界最可鄙贱的宗教的说教人'的招牌","觍颜做世界最卑污的事——宗教的说教人"(参见冯乃超:《艺术与社会生活》,载《创造社资料》上,福建人民出版社,1985年,第160—161页)。
② 巴金:《谈〈灭亡〉》,载《巴金文集》第14卷,人民文学出版社,1962年,第307—308页。
③ 巴金:《做大哥的人》,载《巴金全集》第12卷,人民文学出版社,1989年,第419—420页。
④ 巴金:《"再认识托尔斯泰"?》,载《随想录》,人民文学出版社,2000年,第612页。

革命与非暴力革命二者之中,到底谁是正确的? 历史并没有给出明确的答案。

笔者认为,暴力在特定的历史阶段是解决问题的有效方式,但从整个世界多个国家的历史发展来看,只有通过契约的方式达成的政权,或者即使是通过暴力夺取的政权,也要采取契约政治的方式才可能长久保存。

一般而言,契约有两种:一种就是公民契约,即政权与人民之间的契约;另一种则是人与"上帝"的契约。暴力可能会成功,但通常都会给另一部分人带来灾难性后果,托尔斯泰对此也曾作出过预言:"到目前为止,所有用暴力消灭政府的尝试,无论在何时何地都只会导致一个结果,即,建立新的政府来取代那些被推翻的政府,而这些新的政府常常比它所取代的旧政府更加残酷。"①因此,只有通过契约的方式来限制政权的滥用,从而最大限度地保障每一个公民的权益,尽管这仍然不是托尔斯泰所赞同的,他的主张是"没有国家"。

中国早期的革命党人其实并非一味地强调要通过暴力的方式来改造中国社会。中国共产党人之所以反对无政府主义者,就是因为后者是坚决主张暴力革命的。陈独秀多次抨击无政府主义者,就是因为他认为,无政府主义否定了国家法律(契约)的存在;而陈独秀则主张一个国家的正常存在,必须依赖法律的约束。李大钊也曾反对以暴制暴的政治行为,他写道:"暴力之下,生活秩序全然陷入危险,是直反吾侪于无治自然之域,使之以力制力,如鸷鸟暴兽之相争相搏以自为残噬焉耳。呜呼!循是以往,黯黯神州,将复成何景象矣!"而在当代世界,民主政治已经成为历史潮流,"而政象天演,至于今日,自由思潮,风起云涌,国于大地者,群向民治主义之以趋,如百川东注,莫能障遏,强力为物,已非现代国家之所需,岂惟不需,且深屏而痛绝之矣。昔在希腊,哲家辈出,若亚里士多德、柏拉图诸人,皆尝说明其理想的市府国家,其所崇重之精神,即近世自由国家所本而蜕化者焉。在是等国家,各个公民均得觅一机会以参与于市府之生活,个人与国家之间,绝无冲突轧轹之象,良以人为政治动物,于斯已得自显于政治总体之中也"②。"盖革命恒为暴力之结果,暴力实为革命之造因;革命虽不必尽为暴力之反响,而暴力之反响则必为革命;革命固不能产出良政治,而恶政之结果则必召革命。故反对革命者当先反对暴力,当先排斥恃强为暴之政治。执果穷因,宜如是也。"③可惜的是,李大钊过早地于1927年

---

① Толстой Л. Н Рабство нашего времени//Полн. собр. соч. в 90 томах. Т. 34, М.: ГИХЛ, 1952, с. 186 – 187.
② 李大钊:《暴力与政治》,载《李大钊全集》第2卷,人民出版社,2006年,第171—172页。
③ 同上书,第178页。

被北洋政府处以绞刑而死,他的政治理念也就无法影响到后来的中国革命的走向。

此外,中国的无政府主义者也并不是不要法律,而是希望法律能体现最大限度的"公意"。所以,区声白曾说:"无政府主义的社会,虽然没有法律,但是有一种公意,凡事皆由公众会议解决,公意是因事实之不同,而可随时变更的,不像法律是铜板铁铸的,由几个人订定,不管他人如何一定要他人遵守的,且订法律的时候也没有得遵守法律之人的同意,这是不对的。"①可见,他们希望的是建立一部经过每个人同意的契约性法律,这样大家就可以在同一个法律框架内行事,从而避免通过暴力的方式来占有利益的事件发生。

事实上,托尔斯泰坚守的是另一种契约,即人与上帝(永恒精神)的契约。这种契约是一种终极理想,是人类保持稳定的道德水准所必需的条件,尽管它是一个乌托邦,但却不可或缺,因为它指示着人类最终的发展目标,而失去了这个目标,人类将可能在物质欲望的驱使下走向衰败。在托尔斯泰看来,世俗政权,无论通过什么方式建立起来的,不管是暴力革命,还是通过议会制度,对于人民来说,都是有害的,都应当取消。就此,他曾作出过一个成功的预言。他在《论俄国革命的意义》中指出:"东方也有一些民族现在已经开始学会欧洲人教给他们的腐化文明,并像日本人的情况所表明的那样,正在轻而易举地学会各种并不难学的卑鄙、残忍的文明手段,准备用那些本来用以对付他们的办法来回敬自己的压迫者。"②在这里,托尔斯泰是对的,日本人在第二次世界大战中的表现证明了托尔斯泰的正确。托尔斯泰提出的道路就是回归上帝权力,这也就是一种神圣的契约:"自觉地克服人的权力的诱惑,回头归顺唯一最高的上帝的权力,这意味着承认自己必须遵循普遍而永恒的上帝的律法,遵循这个同样表现在婆罗门教、佛教、儒教、道教、基督教以及部分伊斯兰教(巴比派)等各种教义当中、与服从人的权力格格不入的法则。"③而就俄国人民而言:"俄罗斯民族究竟应该怎么办? 答案其实可以最自然、最简单地得自于事情的实质。既不这样做,也不那样做。就是说,既不服从使它面临眼下这种灾难性局面的俄国政府,也不仿效西方民族的榜样,去给自己建立那种已使西方民族陷入更坏处境的代议制暴力政府。这个最简单最自然的答案特别适合于俄罗斯民族,而尤

---

① 区声白:《致陈独秀的信》,载白天鹏、金成镐编:《民国思想文丛·无政府主义派》,长春出版社,2013年,第148页。
② 托尔斯泰:《论俄国革命的意义》,宋大图译,载《列夫·托尔斯泰文集》第15卷,冯增义、宋大图等译,人民文学出版社,1989年,第559页。
③ 同上书,第589页。

其适合于它的现状。"①俄国历史的道路并没有按照托尔斯泰的想法来发展,那么,这条道路是否是成功的,需要由俄国的人民来评判,正如中国的道路是否是成功的,也要由中国的人民来评判一样。

---

① 托尔斯泰:《论俄国革命的意义》,宋大图译,载《列夫·托尔斯泰文集》第 15 卷,冯增义、宋大图等译,人民文学出版社,1989 年,第 561 页。

基督教文化与中国现代浪漫文学的精神

杨洪承[*]

内容提要 从西方基督教文化的视角考察中国现代浪漫文学,不应该仅局限于一种承传与影响的表层,基督教文化渗透于现代中国浪漫文学,是一个极其复杂的文化交流现象。就以"五四"为起点的现代中国浪漫文学而言,它的本质内核是主体意识、个性生命价值、自由精神等,应该说是最典型地反映了基督教的精神本体。"五四"以后,在血与火的现实中,现代作家直接表现了文化的选择和调整,从过去源自基督教文化的人格力量、情感世界,转入现实群体意识的强化。中国现代浪漫文学受基督教文化浸染,也形成了自己的独特审美情趣。第一,自由奔放,热情婉丽,浓密舒展。第二,悲凉感伤,沉重苦痛、直诉、呼号和忧郁的自叙。第三,自然幽静,恬淡清远,平和高洁。本文试图从人生哲学的选择和审美情趣的表现等方面探讨基督教文化对中国现代浪漫主义文学的影响。

关键词 基督教文化;中国;现代;浪漫文学

中国现代浪漫文学是19世纪末20世纪初跨文化语境的产物。传统历史上文化的沉淀与外来文学的撞击,使现代中国文学异军突起——有自己独特文学观、审美情趣、思维方式的浪漫文学。考察其精神实质,人们普遍地看到了西方浪漫主义文学在20世纪予以的影响(而"五四"中国独特的时代氛围为其创造的基础),甚至不无深刻细致地分析了现代中国浪漫文学与传统文学的渊源关系以及其"中国特色"。但是,作为文学史一种视角的浪漫文学,尤其是至今看来发展并不平衡的中国现代浪漫文学,无论其外部文学影响观照还是内部自身品格的透视,都非单一的视角所能说明清楚的。它是一种多元文化作用的"圆型"复合体,它虽直接传承于传统文化,但西方浪漫主义文学,特别是重感情和幻想的精神生活的基督教文化对它的产生与发展却有着不可否认的作用。而两种不同文化的碰撞,更多呈现的是不同质的互补、相同精神的吸收和充实后的文化变异现象。现代中国浪漫主义文学观正是基督教文化与道教文化、禅

---

[*] 杨洪承,南京师范大学文学院教授,博导。

宗文化互补、变异的产物，即立足于跨文化语境而形成了崭新的现代中国浪漫文学。可是，我们不应该仅局限于这其中任何一种文化传承与影响的表层。如西方文学的两个主要的文化背景或传统——希腊-罗马古典传统和希伯来-基督教的中世纪传统——对现代中国浪漫文学的产生与发展有着不可否认的作用。特别是后者重感情和幻想的精神生活、浪漫倾向之宗教文化，与其更有内在的密切联系。人们清楚西方近现代文学中浪漫文学与基督教文化水乳交融的关系。从中世纪前期但丁的《神曲》，到文艺复兴时期薄伽丘的《十日谈》、弥尔顿的《失乐园》《复乐园》，以及随后的18世纪歌德的《浮士德》等，都交织着丰富的《圣经》的故事。他们是希伯来-基督教文化的结晶。甚至19世纪末20世纪初崛起的西方现代派文学——象征主义（常常称其为浪漫文学的殿军），乔伊斯、叶芝、艾略特等作家作品，也都可见希伯来-基督教的题材和象征。基督教文化不仅孕育了丰富的西方浪漫文学，而且建构了西方文化的重要体系，乃至成为西方文明的一大渊源。因此，现代中国浪漫文学精神的深层意蕴的寻求，就应该超越长期以来仅在西方浪漫文学的接受、影响的层面。从西方基督教文化的视角考察中国现代浪漫文学，不仅可以更深入地了解其精神内核的渊源，更重要的是，通过对浪漫文学自身复杂内涵无标准性的认识，将获得在更广阔的文化背景中审视的深化。现代中国浪漫文学自身文化传统，与这一西方宗教文化的交织所呈现的意义必然在一般自我、艺术、自然浪漫文学思想之外。基督教文化渗透于现代中国浪漫文学，是一个极其复杂的文化交流现象，也是最能体现其丰富性的文化途径。

一

　　中国现代作家的人生哲学，实际是中国传统哲学的延续和超越。中国正宗的儒家思想偏重人事，以人为本位，关注现实的人生问题，奠定了以伦理道德为中心的哲学基础。同时，中国传统中也有民间的老庄哲学、禅宗哲学，他们较儒家思想玄邃，更讲主观的妙悟，崇尚虚无、自由、个性。就生活态度言，老庄的道家不追求在"坐忘""心斋"中忘怀得失，追求宁静和谐的无为超然心态。显然，现代中国浪漫文学的基础，与老庄哲学、禅宗哲学的复杂矛盾体关系密切。问题并不在于，现代中国浪漫文学精神在传统文化复杂矛盾体中找到不同层面的精神承传。现代较之传统有着独特的崭新的意蕴，而传统总是在不断发生裂变和重新铸造。

　　现代中国作家的人生哲学主要在两个文化背景或传统里，即希腊-罗马的古典传统和希伯来-基督教的中世纪传统里受到西方文化的影响。从表层意义上说,前者侧重理性和现实的物质生活,与中国传统正宗儒家思想有相似的精神追求。后者较倾向感情和幻想的精神生活,又与中国民间道家文化、禅宗哲学存在某些内核的一致性。可是,两种不同文化的碰撞,更多呈现的是不同质的互补、相同精神的吸收和充实后的文化变异现象。现代作家的人生哲学及由此直接孕育产生的现代浪漫文学观,正是基督教文化与道家文化、禅宗文化互补、变异的产物。就以"五四"为起点的浪漫文学而言,它的本质内核是主体意识、个性生命价值、自由精神等,应该说是最典型地反映了基督教的精神本体,因为传统道家真人追求至高、完美、超然的境界,骨子里还是为致力于解决人生的问题。它是客观世界的理想,而不是主观世界的体验和感觉。现代中国浪漫文学观所表现出的作家人生哲学是一种自由的主体意识、生命意识、人的意识。"五四"时期的创造社作家最响亮的口号,是怀疑一切、批判一切,唯独不怀疑、不批判自我。张扬一个大写的"人",即自我。诚如勃兰兑斯描绘欧洲浪漫主义兴起时所说:"所谓绝对自我,人们认为不是神性的观念,而是人的观念,是思维着的人,是新的自由冲动,是自我的独裁和独立……"①这种自觉的人性主观世界的解放和张扬,与封建的客观精神产生了鲜明对照。"五四"前后,希伯来-基督教文化得到了启蒙主义先驱者们的重新审视,其崇高人格、纯真情感的基本教义被吸收,并被用来映照中国文化中非人道的道义和伦理,向几千年封建的丑恶虚伪纲常伦理进行挑战。这正是现代中国作家主体意识高扬所具有的可能性和现实性,是"五四"时期中国现代浪漫文学观赖以存在的社会文化氛围。从这个意义上说,是陈独秀的《科学与基督教》《基督教与中国人》等宏文,以极大的胆识和睿智首开重新反思之先河并借鉴了基督教文化精神。这才有了周作人的《人的文学》《圣书与中国文学》,田汉《少年中国与宗教问题》等文,竭力宣扬基督教精义与文学的内在统一的密切联系。显而易见,以主体意识觉醒、突出崇尚自我个性为标志的"五四"中国浪漫文学,集中体现了基督教义中平等博爱、至上人格精神品质的吸收。尤其是耶稣崇高的、伟大的人格,热烈的、深厚的情感,不仅影响了创造社的作家自觉地迈进了主体性王国,而且也促使文学研究会的作家无意识地拥抱了浪漫的情感世界。这是现代中国浪漫文学观的基本特质之一。

在血与火的现实中,中国现代浪漫文学"五四"以后浪漫精神内涵的变异和消减,并非完全来自传统文化功利性的承传、基督教文化的反叛和抛弃。从直观上看,随着现实斗争风云的激烈,"五四"时代作家的人生哲学,似乎已从过去

---

① 勃兰兑斯:《19世纪文学主潮》第2册,张道真等译,人民文学出版社,1981年,第26页。

源自基督教文化的人格力量、情感世界,转入现实群体意识的强化,理性的参与代替了情感的体验。这种转换直接表现了文化的选择和调整。"五四"以后,马克思主义社会思潮和文化意识,以其内核与中国现实相近相似的优势,被急切寻求救国救民的思想家、革命家所接受,并迅速地在中国传播。现代作家人生哲学的寻求与界定,必然受到这一思潮的影响。对传统的重新审视,使他们广泛深入地接纳了外来的各种新思潮、新文化。"人"的主体意识的张扬、人道主义思潮、基督教文化的传播,使得中国人不仅仅在精神心灵世界找到了共鸣,更重要的是与时代社会反封建的要求取得了一致。但是,日益深重的内忧外患的现实,很快冲淡了人们陶醉于精神、情绪的色彩。于是,以文化探寻和文化批判为主的中国现代作家,积极调整、抛弃了精神文化,接纳了现实文化。在某种程度上,基督教文化失去昔日的光彩。浪漫文学的失宠,正是这种交替中的一个最突出的现象。

基督教文化是一种精神文化。它把现世世界的一切视为上帝的创造,这一切都体现着上帝的旨意,都蕴含着一种普遍的精神价值。它与浪漫文学的精神,浪漫文学追求的奇异色彩、神秘世界、想象空间,有着内在的必然联系。有人说,西方浪漫主义为复活中世纪宗教精神开辟了道路。这一事实,在中国却从反面予以了证实。从现代中国浪漫文学未成熟的发育、成长的形态方面,可看到基督教文化传播、接受中的变异与扭曲。这两者的联系直接影响了现代中国作家"五四"以后人生哲学的变化和现代浪漫文学的新走向,大体上呈现了两条衍化、变异的路线。

一条线路是在由自由、人格、爱的哲学等个性张扬向规范、群体、阶级意识的转换过程中,基督教文化由表现独立、真实的人,变成了宗教对人异化的批判。神的失落,上帝的苍白,上帝的欺骗,以及背负十字架的耶稣,以身殉道的"一粒麦子"等,从表现来世、精神世界虔诚、博爱,转为现世受苦受难和邪恶。冰心、王统照、叶圣陶笔下洋溢的"爱的宗教",以及许地山作品中宽容牺牲的基督精神,被现实世界的道德和人格、人的具体生存环境的困扰所替代。于是,面对黑暗丛生的现实和血肉模糊的人生,现代作家不再认为上帝的启示、人类的终极精神价值就在人的主观心灵中。他们需要感应时代,拥抱生活。"我们共同的享有一颗大的心""我已不是我,我的心合着大群燃烧"。20世纪20年代末殷夫就在诗中唱出了这一心灵的新追求。实际上"五四"过后,现代作家很快就在笔下和心灵的上帝偶像上发生了倾斜,最讲爱与自由的徐志摩1924年写下了《卡尔佛里》,后又作《在哀克刹脱教堂前》《天国的消息》等诗,为受难的耶稣鸣不平,讨"公道",面对"人生的惶惑与悲哀,惆怅与短促",诗人"想见了天国"。巴金是爱的信徒,但此时提笔创作《爱的十字架》《复仇》《死之忏悔》《新生》《罪与罚》等以基督文化为名字的作品,所展示的却是现世奋进的殉道者形象和负重与忍耐的宽恕精神。由于基督的教义与现实的矛盾,更多的作品则反映了作家对基督文化的离异。王西彦长篇小说《神的失落》、田汉剧本《午饭之前》、巴金小说《火》的第三部,直接写了虔诚的基督徒在现实中的悲剧。像巴金笔下的田惠世,他决心"用牺牲代替谦卑、伪善的说教,用爱拯救世界,使慈悲和怜爱不致成为空话,信仰不致成为装饰"。可是经济的困顿,战争的残酷,使他病倒,弥留之际他绝望地感到自己被上帝离弃了。如果说巴金还是从正面写基督教徒的奋进与奋进的失败,暗示一种外来文化在中国现实面前窘迫和难以生存的尴尬,那么,清醒的现实主义作家萧乾、茅盾、艾青等,对基督文化在中国接受、播撒中的悖论和窘迫,就不再嘲讽调侃,而多为反其意而行之。萧乾以自己早年的一段教会学校学习、生活所见所闻为素材写就的小说《皈依》,反基督教的倾向鲜明突出,构成了小说的基本主题。诗人艾青的《一个拿撒勒人的死》诗篇,与巴金小说《新生》取《新约·约翰福音》12章内容为作品主旨,但艾青的诗作充满"不要懊丧、不要悲哀""胜利呵,总是属于我的"的坚定信念。宗教意象不是巴金小说的孤独的象征,而是实际的精神追求,宗教的格式已填写了现实的内容。茅盾的小说《耶稣之死》更是如此。宗教,确切地说基督的内容,已转为作家政治寓言的形式被用以反讽、暗示国民党的黑暗统治了。于是,基督教文化宗教意识不再表现作家人生哲学的寻求,充其量作为一种创作的范式,或深沉的典故。至此,"五四"时期传入的人格、情感、主体的基督文化已褪去了生命的情感色彩,仅存了一个外壳。"五四"以来现代中国浪漫文学从一度极盛之峰逐渐衰落下来,可以从这一文化背景的演进中找到一定的答案。这是一条中国基督教文化与现代浪漫文学"情结"的线路。它是"五四"以后发展的文学主要路向,但并不是唯一的。

另一条线路便是与主导路向并列,又若隐若现的支流,即接受中的基督教文化和现代浪漫文学"情结"生存抗争的原型轨迹。确切地说,这一原型轨迹更多是一个时代文化背景下作家人生哲学向着审美情趣发展的过程。由审美情趣的选择,确定的文学的主题原型,以及表现形式,最直接地反映了现代中国浪漫文学自身演变的痕迹。因此,尽管它是支流,若隐若现地运行、抗争,但是却反映了一种文学思潮、一种文化接受,彼此互为作用"情结"的生命载体。尤其是考察现代中国浪漫文学的真正嬗变、精神内涵,会发现这种文化、文学"情结"的生命树,不可忽视。于是,我们发现了这种文化、文学联结的新的景观。

二

基督教文化与中国现代浪漫文学的"情结",影响了现代作家的人生哲学、价值取向,又伴随时代、社会、本土文化基因的诸因素。它们彼此间的作用往往表现为互为因果的关系。然而,就上述的二者双向运动的勾画,现代作家由"五四"人的文学走向革命文学、无产阶级大众文学,在此过程中的价值取向,人生主题的选择,现代浪漫文学的变异、扭曲,基督教文化的离异、上帝的失落,更多还是一种纵向的历史与横向的外来文化的交叉,它具有表层文学史演进的普泛意义,却缺乏文学史现象的典型的文化阐释。于是,现代作家深层的审美情趣的确立和表现,一方面体现了这种纵横交叉的渗透,另一方面则揭示了现代中国浪漫文学内在精神的内容。这是文学与文化"情结"的自身真正缘由。大致说来,可以从以下几方面看到中国现代浪漫文学受基督教文化浸染,产生的独特审美情趣。

第一,自由奔放,热情婉丽,浓密舒展。这种审美情趣实际上很难说直接来自西方基督教文化的影响。但是,现代作家、现代中国浪漫文学在接纳异域文化、文学思潮,改造传统文化中,无不受到《圣经》的浸润。尽管梳理现代浪漫文学的基本内容,或考察具体作家作品,难以清晰可见像中国传统文化、文学那样直接承传于庄子、老子的类似的自由无羁和屈原、李白等作家的热情奔放,可是这种精神气质,这种审美情趣的文化取向,以及一种文学自身的特质,总是能感受到与基督教文化有内在联系。再说,现代中国文学本身就置身于一个东西文化交汇的背景之中,影响与存在既潜移默化又无可回避。现代浪漫文学与基督教文化的纽结,是主体自身的要求,也是客体时代、社会的需求。早在"五四"时期就有人说"《圣书》与中国新文学的关系,可以分作精神和形式的两面""现代文学上的人道主义思想,差不多也都从基督教精神出来……"[①]这里论述不无绝对之处,但对思考新文学本体有所启迪,最起码现代浪漫文学可从中获得另一阐释。

基督教文化的核心是人与神的合一,而这是建立在宗教生活基础上的。宣传神的威力、神的感召,接受基督的福音,这便是基督教的生活内容。耶稣说:"上帝的国就在你们中间"(《路加福音》第17章21节)。首先进入这一独特的氛围,然后去毫不迟疑地遵循超凡的生活方式和道义法规。于是,有了神奇、美丽、充满情感和想象的偶像和动人故事。有伊甸园、天使、洗礼、橄榄枝、诺亚方

---

① 周作人:《圣书与中国文学》,《小说月报》1921年第12卷第1期。

舟、生命树、十字架等丰富基督的词汇,创造了宗教的献身精神的活生生的事与人。如耶稣圣洁的灵魂、永恒生命之母的圣母玛利亚、宣讲基督之爱的圣人以及圣人之地的种种故事。基督教文化就在于独立建构了一个自由、丰富、热情的上帝的天国,人们在这里传播福音、洗清罪孽。这种宗教生活和氛围,对"五四"以来的现代中国浪漫文学的影响,确切地讲是文学自身精神气韵上的勾连。"五四"时期文学浓重的爱和创造的基本精神,"五四"以后的文学间有的神秘和幻想世界营造的某些作品,实际揭示了现代中国浪漫文学适应本土文化接纳基督文化后的表现方式。郭沫若的《女神》诸诗篇《天狗》《晨安》《地球,我的母亲》等,其饱含的情绪、排山倒海的气势、自由奔放的诗体诗风是对基督文化超凡脱俗的生活方式、人生方式的中国化,是圣礼中赞美诗的艺术再现。再读徐志摩的《雪花的快乐》《再别康桥》《沙扬娜拉》等诗作,你会感到基督文化神人合一的和谐,完全、美满、可以信赖的圣灵福音,是可以体味的、真实的、纯情的。徐志摩一心追求的爱,犹如基督爱的永恒,却缺乏基督爱的博大。这一点女作家冰心的创作精神恰恰作了补充。她创作中童心、母爱、自然的基本母题,体现了基督文化博大深广的爱在中国作家身上的感应。郭沫若外化、表层地再现了基督文化的超常、超凡的神,徐志摩从男女纯真情爱中感受到了基督文化的真诚人性,冰心爱的哲学进一步丰富了广阔的人生。不同的方式,既反映了基督教文化在"五四"时期的接纳和传播从开始便是完整的,又表现了主宰"五四"浪漫文学的文化背景。随后,郭沫若的《女神》后无来者,徐志摩早逝,冰心由《超人》到《分》,爱逐渐变得凝重、深沉。他们从一个侧面,把浪漫文学推到外部世界。当真诚的自我心灵和血与火的现实进行直接硬性对比时,他们的渺小世界使得深层的传统文化占居主导,于是他们便义无反顾地走向现实,抛弃自我,投入拥抱大我的群体。如果说"五四"过后还能找到基督精神和浪漫文学的情结,那么只是存留在现代作家作品的形式上了。读老舍的《猫城记》,沈从文的《龙朱》《神巫之爱》,艾芜的《南行记》,无名氏的《北极风情画》《塔里的女人》等作品,尽管还能见到弥漫在作品中的自由想象、浓密的神奇或神秘色彩以及婉丽的语言,但是它们已失去了"五四"浪漫文学的血肉精神,更多流于手法、文字上的神秘虚幻和浪漫追求。在现实的血与火中作家自身的宗教意识淡化了,而基督教文化精神世界与生存的环境又有太多太大的隔膜,迫使他们对宗教悖离与疏远。浪漫文学作为精神的内涵实际是与基督教文化命运相似的,所不同的是现代浪漫文学残存有形式外壳,恰恰揭示了文化与文学区别的某一方面。

第二,悲凉感伤,沉重苦痛、直诉、呼号和忧郁的自叙。如果上述审美情趣展示了基督教文化与现代中国浪漫文学"情结"的演绎痕迹,那么这一审美情趣体现了二者联系的最突出之点。基督教文化与现代中国浪漫文学,经历了"五四"的辉煌后,长时间处于生存权的抗争中,以期有一席之地。笔者认为他们的共同点不是基督文化爱的威力,也不是浪漫文学激越高昂、狂放想象,而是表现为对痛苦的承受和忍耐,达到了宗教文化意识的契合及文学"情绪"体验的感应、默契,创造出了一种相通的精神氛围。现代中国作家的忏悔、反省、孤独意识,与基督的献身、负重,矢志不移地传播福音及原罪、洗礼、宽恕精神,仿佛是相通的,比起传统文化来,他们对现实的使命似乎更能找到彼此间的精神联系。在多重文化背景下,西方基督教文化对现代浪漫文学的这种特质和审美情趣的影响决不可忽视。受苦受难的耶稣说:"若有人要跟随我,就当舍己,背起他的十字架跟随我。"(《马太福音》第 16 章 24 节)人虽为上帝所造,但负有与生俱来的原罪,故必陷于苦难,只有信仰基督才能蒙救、永生。这是基督教文化核心思想之一。面对无法回避的"水深火热"的生存环境,以及深层的本土文化的使命与功利意识,基督教文化这一思想将现代作家的思想本源作了缓冲,作了心理调整。于是,现代中国文学直面现实、批判战斗的内容和格调,又始终与悲凉的忧患、苦痛的反省、深沉的孤独相伴随,形成了现代中国浪漫文学的基本品格。尽管"五四"有过郭沫若的高昂、自由的洒脱之浪漫文学,但是即便作家本人也很快归向深沉,表现为《歧路》《炼狱》《十字架》(《漂流三部曲》)的苦痛,以及续篇《行路难》的悲愤与惆怅。而一开始就以感伤、郁愤、宣泄为主的郁达夫,在性的苦闷、生的苦闷、经济的困顿的基点上,寻求自我原罪,真诚地忏悔和赎罪;在毫无顾忌、直率地和盘倒出的呼号、自叙中希望得到灵魂的拯救。《沉沦》系列的零余者孤傲内向,懊恼悲怆的情性、气质,仿佛是"圣经世界"里的"迷途羔羊""浪子""巴比伦的痛苦""约伯"等的化身。所不同处是,郁达夫的"沉沦"并不完全是基督精神王国里的,他有现实的迫压,因此,浪漫的情怀,精神的悲伤,更有切实的可感性。"五四"时代的青年在郁达夫的作品中得到了青春期精神和时代苦闷交揉的情感宣泄后的快感,不是宗教的而是现实的。然而,他们又确确实实地追求基督文化的宗教氛围,并以此渲染他们骨子里的现实焦灼感。除了郁达夫外,还可列出"孤雁""沉湎""落魄""流浪"的王以仁,及有着"不安定的灵魂"的"浅草沉钟社"。后者中冯至的小说《蝉与晚祷》,孤独的主人公忧郁、寂寞,是作者的自画像,更是一代人心灵的写照。在郭沫若、闻一多甚至蒋光慈的诗作里,也能感受到这种极度的精神痛苦和强烈的失落感。浪漫文学本质上讲是一个传统的解体和现代形成时代的精神矛盾的产物。"自我"是解体时代的中心和出发点。"五四"的现代作家在基督文化中寻到了肯定、表现自我的偶像,更获得了精神矛盾的心理调整。这使得他们一方面创作了一个浪漫文学感伤、悲凉的艺术世界,另一方面却谁也没有真正成为虔诚的基督徒。基督教文化与现代中国浪漫文学在中国相似的命运,从这里也可窥见一斑。

现代文坛与浪漫文学有区别又有联系的忏悔、忧患、反省意识,不只是"自我"张扬的浪漫作家所独有,更主要是被一些有强烈现实、历史、使命感的作家予以加浓加重。笔者认为这是基督文化被现代作家改造、更新的佐证。鲁迅的开山之作《狂人日记》就已涂抹上了浓密深沉的原罪的"自审"。狂人说"我是吃人的人的兄弟,我自己被人吃了,可仍然是吃人的人的兄弟"。作家在作触及灵魂的忏悔和赎罪。《祝福》《孤独者》《伤逝》等仍能体味到鲁迅这种心灵的深刻解剖。秉承鲁迅这种精神的一大批现代作家老舍、张天翼、萧红、巴金、路翎等,把目光主要对准沉默而凝重的国民"魂灵"。这比起基督精神激发的赤裸裸的自我告白,比起心理、情绪矛盾自我坦诚的忏悔,无疑具有了力度,与鲁迅的自审、国民性的改造相比,也有了广度和深度的拓展。于是,现代中国浪漫文学的格调由悲悯感伤走向悲壮;民族灵魂的重铸和再造替代了沉重自我的苦痛与呻吟。

第三,自然幽静,恬淡清远,平和高洁。这种审美情趣似乎是前面自由无羁与孤傲感伤两极人生趣味的中间状态,最具中国传统文化的本体特质,即中庸平和、不偏不倚的人生哲学。现代作家追求一种空灵的境界,高扬柔静精神,要求人们以寂寞虚静来对待外境。审美情趣必然本能地在和谐、闲适中选择。固然,儒家的道德沉思、道教的无为虚静,为其选择提供了内在传承的直接因素。可是,由于现代中国的文化交汇、宗教渗透,选择也就并非是单一的了。基督教文化影响了现代中国浪漫文学作家的这一审美情趣,不同于前两种仅仅是情绪、精神的艺术再现,唯有它是可以目睹感知的实体,即上帝——自然——神人合一。三者之间以自然为核心,互为影响,又彼此可以独立。基督教被认为是"爱的宗教",爱的根源是上帝,而"上帝的国就在你们中间",这里没有贫富,一律人人平等,互相友爱。《新约全书·马太福音》第5章第9节,耶稣说能使别人和睦相处的人是有福的。平等互爱创造了和谐,又保持了上帝圣灵的圣洁。基督文化蕴含的民主意识和平等精神,一方面带来了真情实感,另一方面创造了闲适、平和、清远的人生哲学的美学氛围。这一点正是传统文化、文学所不能给现代浪漫文学的。现代浪漫文学最初选择以爱情为象征,以爱情为基本内容,以爱情为情感线索,是有独特意义的。上帝爱的和谐,不仅仅在人与人之间,更在和谐的自然中。《旧约全书·创世记》第1章讲上帝创造世界,实际是上帝创造自然:天、地、光、水、活物等。第2章又讲伊甸园中的亚当与夏娃。伊甸园不只是乐园、天堂的比喻,也是真实的大自然的缩影。伊甸园里天然、质朴、无忧无虑,有着和谐美满的生活。耶稣企图以天堂、乐园,大自然的和谐、清远、圣洁,去弥平痛苦的灵魂,拯救深重的罪孽感。现代中国浪漫文学这一审美情趣并非完全来自爱的和平,以及负有赎罪的使命。而对于具有真正人生品位的现代作家来说,高远境界,淡泊情怀,宁静淡泊的人生与审美,是一种体验,一种境界,而并非道义的价值判断。这样看周作人的《故乡的野菜》《乌篷船》等闲适之作,人生的情趣与美学的趣味已很难辨别。废名的《桃园》等作品,平凡生活、民风民俗、父女之爱与美丽的童话遐想揉为一体。丰子恺的《山中避雨》等散文,山色雨景与人情统一在一幅画中。读这些作家的作品,你会真心感到来自创作主体内心的恬静、淡泊、超然、空蒙、清幽的境界和人生体味。这里已很难说作家是偏重人生还是倾向审美。返璞归真、无我之境、物我化一是其追求的真正的境界。同样,基督文化给他们的是上帝创造的世界和谐,伊甸园的返真。现代作家中最有这种基督文化内韵的是沈从文。他沉浸营构的"生命"完整形式与其封闭的湘西世界密不可分。如同博爱、宽恕、牺牲的基督和他的天国、十字架、伊甸园等始终联系在一起。沈从文对基督文化的认同,实际是将上帝的世界作了原始神秘的湘西世界的参照。这里生命的自在形式、自给自足、遗风乡情完全是未经污染的自然。这一自然被作家推崇到一种神化境界,从而达到了基督文化上帝、自然、神人合一的完整状态。沈从文与周作人、废名、丰子恺等作家相比较,他以最民族、最乡情的内容和形式,对异域文化的接受和阐释反而更为投入和永久。交融与整合深入接受者心灵深处。五四时期作家最主要还是氛围的渲染与形式的接受,如周作人的人生哲学与审美情趣互为因果,自然与人与神融为一体。20世纪30年代沈从文描写的不是自然神化的原始生命的和谐,而是人化的自然、神的自然。中国传统文化与西方基督文化共同产生了现代中国浪漫文学的基因,对自然母题的不同理解和表现,不仅揭示了文化背景的区别,现代浪漫文学的演变、发展也可由此觅得轨迹。郭沫若与沈从文对神、对自然的接受方式、理解内容的差异,周作人等返璞归真的自然观,恰恰是现代浪漫文学的最典型的几个不同层面,也是现代作家接受基督文化中认同、改造的范例。

  宗教与文化、基督教与浪漫文学的问题,是一个错综复杂而涉及范围很广的关系网。仔细地清理它们之间的联系和区别,需要置于个体的、总的现实历史中。我们仅选择了一种文学现象与基督文化的接受与改造,作表层的初步探视,希望由此更深入地梳理这个诱人而复杂的关系网。

  (原刊于《学习与探索》1994年第2期,"人大"复印报刊资料《中国现代、当代文学研究》1994年第4期全文转载。)

中国戏曲与古希腊悲剧：
舞台上的世界文学的可能性*

陈戎女**

内容提要 外国戏剧与中国戏曲的相遇，可否开启一种世界文学的新经验？舞台上的跨文化戏剧，可否突破静止状态或案头文学意义上的世界文学？带着这样的问题，本文考察中国戏曲对古希腊悲剧的跨文化改编和演出，以2002年的河北梆子《忒拜城》为主要研究对象，同时辅以2015年的京剧《明月与子翰》作为对照。戏曲版《安提戈涅》呈现出不同的中国面相，是因为采用了敬畏原作或翻新原作的不同改编策略，东方戏曲的表演形式和重新阐释的思想内核，赋予了两千多年前的《安提戈涅》新的生命力。《忒拜城》传神的新编历史剧理念、人鬼同台的创新表演，既是21世纪的当代中国戏曲对古老希腊悲剧经典的重演，也内向拓展了戏曲的舞台，使其成为京梆子戏演出近二十载的新经典。"西剧中演"的跨文化戏剧，有着不可替代的价值，它们活跃在国际和国内戏剧舞台上，用"请进来"和"走出去"的戏剧实践，切实沟通了中外的戏剧交流和理解，也为新的世界文学形式开启了一个新视角。

关键词 世界文学；《安提戈涅》；《忒拜城》；跨文化戏曲

序言

公元前441年或442年，索福克勒斯的悲剧《安提戈涅》(*Antigone*)上演，大获成功，成功到让他获得了雅典海军司令的职务，前440年领兵远征萨摩斯岛(Samos)[①]。《安提戈涅》与索福克勒斯另外两部关于俄狄浦斯的悲剧，闻名遐迩的《俄狄浦斯王》和《俄狄浦斯在科洛诺斯》，同属于一个故事题材，即"忒拜故事"系列，三部剧组成类似三联剧的"忒拜剧"。按俄狄浦斯家族的故事时间，《安提戈涅》应该是最后一部，却是索福克勒斯最早写成、上演的。

---

* 本文是国家社科基金重大项目"中外戏剧经典的跨文化阐释与传播"的阶段性研究成果，项目批准号20&ZD283。
** 陈戎女，北京语言大学教授，博导。
① 吉尔伯特·默雷：《古希腊文学史》，孙席珍、蒋炳贤、郭智石译，上海译文出版社，2007年，第179页。

索福克勒斯现存七部悲剧中,《安提戈涅》的名声不次于《俄狄浦斯王》,"称得上是希腊文学史中一部最著名的戏剧"①。《安提戈涅》显然激发了更为多样化的解释,各种观点众说纷纭。《安提戈涅》影响广泛,不论是古代的雅典观众,还是当代的东方观众,均能引起共鸣。

现代以来的舞台演出中,除《美狄亚》之外,《安提戈涅》也是被改编较多且在世界戏剧舞台上经演不衰的一部古希腊悲剧。层出不穷的话剧演出有一千种打开的方式,强调的重点各不相同。以 2017 年在北京上演的两出《安提戈涅》话剧为例,白光剧社的纯女版《安提戈涅》,用新颖的全女角舞台强调了剧中强权与人性的博弈;而法国纯真剧社的《安提戈涅》则大胆利用同性恋文化和西班牙文化,在多元文化交织的框架下表现柔弱女子对国家公权的抵抗。

这样一部主题明确、生命力盎然的古希腊悲剧经典,如果出现在中国戏曲舞台上,会是什么面目?以 21 世纪的跨文化戏曲搬演为研究背景,本文主要分析 2002 年的河北梆子《忒拜城》,同时辅以 2015 年的京剧《明月与子翰》作为对照。通过考察中希跨文化戏剧的改编,本文希望剖析中国戏曲新编和搬演外国戏剧经典的策略和途径,以及重新改编的情节和戏曲舞台表演的特点,同时思考跨文化戏曲于当下、于中国的特殊价值和意义。

一、两个《安提戈涅》的不同改编策略:
敬畏原作与"再创作"(rein-venting)

以中国戏曲改编和搬演外国戏剧经典,已有超过百年的历史,上演剧目百余种②。如果我们将这样的"西剧中演"视为一种"跨文化戏剧"(intercultural theater),其改编大概可分两种类型,取法两种路径:一种是内容和形式彻底中国化,以中国戏曲形式,演中国人的中国事,外国剧的题材、结构只是攻玉的他山之石,只发挥借鉴的意义;另一种改编是形式采用中国戏曲,内容仍是外国题材,"歌舞演故事",演的是异域文化之事。对跨文化戏剧而言,第一种脱胎换骨的改编抹去了不同文化的差异,几近达到无痕的状态,文化的跨越反而比较容易操作,改编也容易成功,比如改编自莎剧的昆曲《血手记》等;第二种改编的难度比较大,因为用传统戏曲的容器盛纳的是异文化的内容(中体西实),文化差异在舞台上直接可见,如果文化的衔接和融合做得不好,观剧很容易产生不适感,遭到诟病。

---

① 吉尔伯特·默雷:《古希腊文学史》,孙席珍、蒋炳贤、郭智石译,上海译文出版社,2007 年,第 186 页。
② 澹台义彦:《中国戏曲改编外国文学名著年鉴》,《当代比较文学》2019 年第 3 辑。

西方戏剧经典改编为中国戏曲,每部戏受制于多种原因,编剧和导演会采用各不相同的改编策略和路径。如此来看,京剧《明月与子翰》属于第一种改编,河北梆子《忒拜城》属于第二种改编。我们重点分析《忒拜城》的跨文化编演,同时以《明月与子翰》为参照。

《忒拜城》是北京市河北梆子剧团2002年5月在北京民族宫大剧院首演的大型六幕梆子戏,也是继梆子戏《美狄亚》之后,该团继续以京梆子演出古希腊悲剧,而且海内外的演出均取得成功的另一个案例。截至2019年1月,此戏已在国内外演出19轮(最新一轮是2019年10月在北京长安大戏院的演出)。2002年的首演中,两位"梅花奖"获得者彭艳琴和王洪玲领衔,彭艳琴饰演女主角安蒂,曾在河北梆子《美狄亚》中饰演美狄亚的刘玉玲饰演王后,服装创新地设计了春秋时期风格为主的宽口大袖(而非通常戏曲中的明服),舞台布景采用汉砖回形图案,具有很强的视觉冲击力。

《忒拜城》由当代兼工戏曲、话剧创作的国家一级编剧郭启宏数次改编而成,罗锦鳞导演。罗锦鳞多年执导古希腊戏剧的话剧和戏曲舞台演出,他极为尊重原作,提出:

> 对经典剧目,必须抱以敬畏的态度。通过对剧本的分析,准确地认识原作精神,在此前提下,为了导演构思的需要,即演出立意的需要,或为了中国观众在自己的文化语境下理解作品的需要,在不违背原作精神和人物的原则下,可以进行必要的修改、补充甚至增加情节和人物。但这一切必须符合主题的表现、人物的塑造。①

罗锦鳞认为在原作精神不变的前提下,人物可以增删,情节可以增删,但绝不能随意乱改,更不能歪曲原作。罗导与编剧郭启宏的合作,基本上遵循了这个编演大原则和策略,相应地,就带来了希腊戏与中国戏、原作和改编剧如何在尊重前者的基础上创新的问题。

《安提戈涅》走上中国舞台,《忒拜城》并非最早的。罗锦鳞曾多次排演过话剧版的《安提戈涅》,如1988年哈尔滨话剧院的演出,2011年在新加坡的英文话剧演出②。但《忒拜城》应该是国内公演次数最多、影响最大的《安提戈涅》戏

---

① 罗锦鳞:《关于导演古希腊戏剧的思考》,《戏剧艺术》2016年第4期。
② 罗锦鳞、陈戎女:《中国舞台上的古希腊戏剧——罗锦鳞访谈录》,《比较文学与世界文学》2016年第9期。

曲舞台演出。《忒拜城》一剧面世的起因是为了参加国外的戏剧节,据罗锦鳞讲,因为第11届德尔菲国际古希腊戏剧节规定,参加戏剧节的剧目必须围绕"忒拜"主题①。安提戈涅是忒拜故事系列中出现较多且较晚的人物,她曾出现在埃斯库罗斯的《七将攻忒拜》、索福克勒斯的《安提戈涅》和《俄狄浦斯在科洛诺斯》,其中《安提戈涅》一剧一直是编剧郭启宏关注的核心。按故事的发展进程,《七将攻忒拜》结束的地方恰恰是《安提戈涅》开启的地方。在构思《忒拜城》的戏曲剧本时,郭启宏称:"为参加2002年德尔菲国际古希腊戏剧节,我应邀而作戏曲文本,几经考虑,选择了高贵的安提戈涅。"②

由于是"命题作文",故而在题材和内容上,《忒拜城》必须在一定程度上维持古希腊性,发生故事的城邦仍是忒拜,主要的内容与原剧基本一致:兄长们互相残杀致死后,安提戈涅不顾城邦的禁葬令葬兄,被判死罪后自缢身亡。剧中的角色也不变,安提戈涅仍叫安蒂(可视为截短的同名),克瑞翁仍叫克瑞翁,海蒙仍叫海蒙,原剧人物的长名有所截短,短名不变。《忒拜城》不像前述的第一类改编戏,例如《明月与子翰》,以及改编自易卜生《海达·高布乐》的越剧《心比天高》、改编自奥尼尔《榆树下的欲望》的川剧《欲海狂潮》,它没有彻底将角色中国化、内容本土化,这出戏的人物和故事仍是希腊底色。

那么问题来了,作为河北梆子戏,《忒拜城》如何实现戏曲和希腊剧两者的跨越呢?首先,编剧和导演依托的是"新编历史剧",历史剧偏重历史写实,新编则偏重虚构之处,在虚实之间,将两种不同的历史文化编织在一起。为了避免两种极为不同的文化遭遇时产生的文化错置感,新编历史剧的目的不在于还原历史,而是传神。郭启宏在论及历史剧的创作时,表示关键在于用当代意识激活历史而"传神","传历史之神,传人物之神,传作者之神",历史剧中的时代背景、人物风貌、基本事件、重要情节(甚至细节)等,重在"神"而不在"形"③,言下之意,史剧并非复原历史。郭启宏激活的历史不只有话剧《知己》中的清朝科场案史,也有《忒拜城》里呈现城邦战争与法度兴废的古希腊历史。

郭启宏擅长文人历史剧,他两次改编《忒拜城》的编剧本,第一次是将忒拜故事系列的三出戏《俄狄浦斯在科洛诺斯》《七将攻忒拜》《安提戈涅》揉在一起,作出一种新的"浓缩三联剧"的尝试。后来搬上舞台时,郭启宏第二次重构戏剧情节,将三部戏"打碎重捏,俄狄浦斯不再出场,七勇攻忒拜也只是个由头,我的

---

① 罗锦鳞、陈戎女:《中国舞台上的古希腊戏剧——罗锦鳞访谈录》,《比较文学与世界文学》2016年第9期。
② 郭启宏:《郭启宏文集·戏剧编》卷五,文化艺术出版社,2006年,第422页。
③ 郭启宏:《历史剧旨在传神》,《大舞台》2009年第4期。

兴奋点在安提戈涅的'天条'"①。第二个改编本精简为只有《七将攻忒拜》《安提戈涅》的内容,先武戏后文戏,这也是后来《忒拜城》多轮舞台演出中通用的梆子戏曲本②。

序幕是国王占卜,先知做法。接下来六幕戏,第一幕"兄弟争权"武戏为主,埃特奥与波吕涅兄弟二人鏖战至死,令作为妹妹的长公主安蒂悲痛难抑。第二幕"安蒂送葬",死去的兄弟二人得到了不同的待遇,舅父克瑞翁宣布,城邦为战死的国王埃特奥送葬,波吕涅被禁葬曝尸荒野。第三幕"登基昭权",克瑞翁登基为王,却发现有人违抗禁葬令挑战其权威。第四幕"抗旨被抓",安蒂祭奠波吕涅被抓,克瑞翁宣布将她送往石窟等死。第五幕"众人劝谏",克瑞翁之子、安蒂的未婚夫海蒙,以及王后和先知纷纷劝谏,克瑞翁最终退让。第六幕"冥婚典礼",分为现实和冥府两部分,现实中,安蒂死于石窟,海蒙殉情,王后自杀,舞台转到冥府,王后的鬼魂在冥府主持了安蒂与海蒙的婚礼,最终,伊斯墨也离去,诺大的舞台徒留克瑞翁一人。如果与两部希腊原作比较,梆子戏第一幕到第五幕的情节依循两部原作,而第六幕则有很多"新编"场景。

《忒拜城》叙事的情节推进主要以念白为主,也夹有部分唱段和精妙的做工,但多为人物间对话,这些是较多体现戏剧情节性的"戏性"的部分,也是新编历史剧中较多依凭于原作的部分。而序幕的"占卜"、第一幕的"对战"、第二幕的"送葬"、第三幕的"王椅舞"、第四幕的"安葬独唱"和第六幕的"冥婚婚礼"则是梆子戏的"曲性"和"艺性"的展示,尤其是"安葬独唱"达到了一个小高潮。最后的第六幕是叙事上冲突的解决,并和"冥婚"一同构成了全剧最终的"戏性"与"曲性"的高潮。这些展现曲艺魅力的部分,是梆子戏新编之创新处,历史剧之传神处。

整体上《忒拜城》的改编和搬演策略是敬畏原作,以戏曲的新编历史剧传希腊原剧之神,这出戏没有改变希腊原剧的故事情节和核心要义,借由中国戏曲的舞台表演,重新演绎了一段荡气回肠的城邦的强权压迫与弱小者反抗的故事。

但是,反观从《安提戈涅》改编而来的跨文化京剧《明月与子翰》,则几乎"面目全非"。在目前所搜集到的文献中,《明月与子翰》是古希腊悲剧戏曲改编的最新剧目,有过两次演出,第一次演出是 2015 年 12 月在中国戏曲学院大学生

---

① 郭启宏:《郭启宏文集·戏剧编》卷五,文化艺术出版社,2006 年,第 422—423 页。
② 本文所参考的精简后的《忒拜城》舞台演出本(未刊本)由导演罗锦鳞提供。"浓缩三联剧"的文学剧本,参见郭启宏:《忒拜城》,载《郭启宏文集·戏剧编》卷五,文化艺术出版社,2006 年,第 367—421 页。

活动中心,第二次是2016年初在上海戏剧学院①。在分类上,这出京剧属于外国剧改编中的第一类,人物姓名中国化,地点中国化,演出了一桩发生在古代中国蚕丛国的宫廷悲剧。而关键性的改编在于情节的修改。原剧中波吕涅科斯的死改为天慈的生,"埋不埋"的矛盾改为"救不救"的矛盾。这一改编不仅影响了剧情的走向,也在一定程度上影响人物关系,改变了全剧根本的矛盾冲突。

《明月与子翰》的剧情是,预谋篡位的柯公挑拨天恩、天慈两兄弟的关系,天慈误杀天恩后,遭到自封摄政王的柯公的追杀,柯公的儿子子翰暗中放走了天慈,两人盟誓,天慈终身不回蚕丛国,子翰为他保守秘密。天慈的妹妹明月公主坚持要救回流落在外伤重垂危的兄长,同时拒绝与子翰立刻成婚,子翰就无法依照先成婚后成王的礼法登基。明月的妹妹明珠为了当上王后,放走被囚禁的明月,自己取而代之,却被子翰识破。明月外出见到兄长天慈,他却坚守与子翰的盟誓不肯回宫,而明月则被柯公派人抓回。柯公逼迫她嫁给子翰,明月见营救兄长无望,于是自杀抗争。子翰查明政变真相乃父亲柯公的计谋,与父亲摊牌,柯公气急而死。明月死前留下遗愿,让子翰迎回天慈,两人交替执政,遵循禅让的古制②。

这出戏与希腊原剧最大的不同是天慈没有死,全剧的矛盾围绕着救不救他而展开:明月对天慈的执意相救是出自亲情人伦而非社会权威的驱动;子翰对明月的态度不同于海蒙对安提戈涅的支持与维护,两个恋人也存在观念冲突;柯公在剧中的"反面"特征不仅表现为对明月所遵循的救兄原则的阻挠,也表现为他在政治上的阴谋与野心;而明珠在伊斯墨涅性格软弱的基础上进一步被贬低,以她的目光短浅、贪慕权势反衬明月的纯粹与质朴。

编剧孙惠柱称《明月与子翰》是他"最得意的改编,改到让人几乎认不出原作《安提戈涅》"③。这是当代外国经典剧目改编的一种倾向,以当代人的理解重新打造古老的情节叙事。这一类的改编更多被视为一种创作,它是从经典原作生发而来,但不再依附原作,改编与原作二者的关系介于"似与不似"之间。就《明月与子翰》而言,孙惠柱力图挣脱原剧的倾向非常明显,他称这一类不再拘泥于原作的跨文化戏曲为"再创作"(reinventing)④。"再创作"是戏剧新编中走的步伐最大、离原剧最远的,几乎是从形式到内容的彻底改造。这种"改编导致原著信息的损失是必不可免的,然而有所失也有所得,而这个'得'往往是

---

① 陈戎女:《孙惠柱:跨文化戏剧的理论与实践》,《中国文艺评论》2018年第7期。
② 孙惠柱、费春放编著:《心比天高:中国戏曲演绎西方经典》,文化艺术出版社,2012年,第1—23页。
③ 陈戎女:《孙惠柱:跨文化戏剧的理论与实践》,《中国文艺评论》2018年第7期。
④ 同上。

来自戏曲程式的魅力"①。《明月与子翰》的失,一方面在于原著信息的损失,但是这对于编剧并不重要,因为他的立意本不在复原原剧或传原剧之神,也没有如罗锦鳞那样"敬畏"希腊原著的新编前提;另一方面的失,是重要角色起死回生后,带来某些情节冗余和情节叙述的薄弱。京剧《明月与子翰》之得,如大部分跨文化戏曲一样,主要体现在戏曲程式这一面,但《明月与子翰》的戏曲表演还显得稚嫩,尚需历练(主要演出人员是在校学生),不如《心比天高》《朱丽小姐》中"焚稿"水袖舞、狮子舞和鸟舞等精彩加分的表演。

由于改编策略和前提的不同,两个新编的戏曲版《安提戈涅》呈现出不同的中国面相:京梆子戏《忒拜城》里,安提戈涅是在忒拜城中穿着宽袍大袖,吟唱着高亢的燕赵之声,为葬兄与克瑞翁抗争,集希腊与中国戏曲特点于一身的安蒂;京剧《明月与子翰》中,安提戈涅则变换为穿着京剧的花旦和青衣服装,在蚕丛国宫内宫外进进出出,忙着救兄、拒绝与子翰成婚的明月公主。《忒拜城》立足于新编历史剧实现跨越,《明月与子翰》则取法"再创作"重述故事。两个面相的中国《安提戈涅》,传达出编剧和导演在改编外国戏剧经典时的不同理念。新编历史剧传的神是复合的,原著和新编的形神融合几乎达到不分彼此,希腊和中国像牛奶加咖啡般融在一起。孙惠柱的"再创作"更多着眼于"发明创造"(inventing)那一面,《明月与子翰》并非他目前上演的最成功作品,他更为成功的越剧《心比天高》《朱丽小姐》,更好地达到了他利用外国戏剧经典创造戏曲新经典的目的,以及打通古装与现代戏剧精神的企图②。其实罗锦鳞也称自己导的戏是"二度创作",但他显然是在"敬畏"原著的前提下,有限度展开创作(最大的创新出现在 2015 年他与郭启宏再度合作的评剧《城邦恩仇》)。

二、《忒拜城》的历史新编路径:从希腊到春秋战国

作为一出跨文化背景下的新编历史剧,《忒拜城》的改编策略是在文化杂糅中跨越。为此,《忒拜城》在各个方面建构了一个以春秋战国为时代背景,以楚文化为内核的戏曲世界。这种改编和搬演对于全剧的展开和观众的理解有诸多助益,也实现了改编的初衷,即古希腊戏剧在中国戏曲改编中神似的契合,达到了"传神"的效果。具体而言,《忒拜城》演绎希腊戏剧故事的同时,在曲词、场

---

① 费春放、孙惠柱:《戏曲程式的表意和文化信息——以几个取材于西方剧作的戏曲演出为例》,《艺术百家》2015 年第 5 期。
② 戏曲版里的海达和朱丽"她们虽然穿的是古装,骨子里却是超前的易卜生和斯特林堡在一百多年前就预示了的最现代的精神"。费春放、孙惠柱:《戏曲程式的表意和文化信息——以几个取材于西方剧作的戏曲演出为例》,《艺术百家》2015 年第 5 期。

景、服饰等方面,匠心独运地融入中国战国历史和楚地文化的特色,所以,《忒拜城》的故事发生在希腊的"忒拜",但又似乎是中国的某段战国历史故事的翻演。跨文化戏曲的历史新编,往往需要编剧和导演既借鉴国外原剧,又糅入中国的历史文化有限度地突破,如《忒拜城》的历史杂糅,或者说是亦中亦希。杂糅并非拼凑,要把古希腊的忒拜历史与中国战国历史文化,通过真实可感的戏曲唱词、服饰、舞台调度等,跨越东西方文化的差异,形成一个兼具多种文化又不显得突兀矛盾的综合体。这是一个高难度动作,非行家不可以为之。

《忒拜城》实现历史新编策略的具体路径,表现在两个方面:第一是利用戏曲场面、戏曲唱词新编历史;第二是巧妙利用了中希的祭奠文化,以戏曲的虚拟性杂糅了两种文化。

1. 战争历史的新编

《忒拜城》,如剧名所示,是关于希腊中部的大城邦忒拜(Thebes)的故事。故事一开始,先知悲叹"伟大和光荣从忒拜城远去了",如其所示,被"伟大和光荣"抛诸身后,这必然是一阕忒拜悲歌。悲歌的序曲是埃特奥和波吕涅兄弟阋墙引发的战争,此即忒拜历史上有名的"七将攻忒拜"。《忒拜城》第一幕的战争叙述,主要是兄弟二人打斗的武戏场面,利用了典型的戏曲叙述手段。对于交战场景,中国戏曲有自己成熟的表现手法,过合、档子、攒、对子以及各龙套队形,如会阵、二龙出水、倒拖靴、转场等,都在开场兄弟交战的场景中被使用。利用戏曲"六七人百万雄兵"的虚拟性,交战场景的十八个演员象征着千军万马,通过戏曲队形的层次感表现了两军交战,"七个城门七对七,刀枪剑戟雷火霹"的宏大场面。武戏的打斗场面,是跨文化戏剧中常见常用的手段,因为热闹的武戏较易吸引外国受众,而精彩的武戏与文戏的配合,也使戏曲的表现层次更加丰富。

除了武戏场面,梆子戏《忒拜城》的唱词也很有新编历史之新意。第一幕关于战争的叙述中,郭启宏化用了反映楚国地域特色的唱词——楚辞,将舞台叙述和旁白的唱词相结合,渲染了战争的血腥、惨烈。如旁白的唱词,借鉴和化用了楚歌中语助词"兮"的使用,几乎改用了屈原《九歌·国殇》中的诗句:

旗蔽日兮失交坠,失交坠兮血肉飞,血肉飞兮弃泽沛,弃泽沛兮换不回。(《忒拜城》第一幕旁白)[①]

[①] 郭启宏:《郭启宏文集·戏剧编》卷五,文化艺术出版社,2006年,第379页。

旌蔽日兮敌若云,矢交坠兮士争先。(屈原《九歌·国殇》)①

郭启宏编剧为什么会化用《国殇》？蒋骥如此评论《国殇》："古者战阵无勇而死,葬不以翼,不入兆域,故于此历叙生前死后之勇,以明宜在祀典也。怀、襄之世,任逸弃德,背约忘亲,以至天怒神怨,国蹙兵亡,徒使壮士横尸膏野,以快敌人之意,原盖深悲而极痛之。"②对于忒拜城邦而言,原来的王子波吕涅带领外族入侵本邦,"徒使壮士横尸膏野",《国殇》的描写正与忒拜先知暗示的城邦灾祸和无法入葬的波吕涅暗中相扣。"七将攻忒拜"是古希腊英雄时代最惨烈的内战,在著名的特洛伊战争爆发前忒拜已经被夷平③,荷马的《伊利亚特》不只一次提到忒拜战争的壮烈。

除了旁白化用楚歌制造出悲怆效果,《忒拜城》的戏曲舞台上用红色灯光、干冰制造出血色效果的烟雾,众士兵打斗的慢动作,配以《国殇》的沉痛凝重的文辞,尽显战争的血腥和惨烈。士兵们纷纷战死,最后是兄弟二人自相残杀致死。梆子戏《忒拜城》关于战争的叙述只出现于第一幕,这段历史的新编,是忒拜战争与楚国文化的交融和杂糅:唱词、服饰、打斗,以及序幕中占卜的祭舞都尽量采用和靠拢战国时期的楚国文化,而这些舞台形式叙述的内容则是希腊的忒拜战争,是典型的西剧中演样式。

战争叙述只是《忒拜城》矛盾的开始,此剧更核心的内容是战争之后带来的变化:新王的权力欲望和遵奉神律的弱小者的矛盾冲突,这之间穿插了希腊的祭奠文化、中国的鬼魂文化。

2. 祭奠中的文化杂糅

第四幕安蒂葬兄的场景中,有一段长达15分钟的祭奠兄长的唱段,曲词高亢动人,表演动人心弦,安蒂使用水袖,舞台另一侧配以女亡灵们和波吕涅的背景,表现出感人的兄妹之情。前文已述,"安葬独唱"是整出戏最为打动人心的唱段,是曲艺性小高潮的表现。这个唱段中,密集地出现了希腊文化元素:

凝云滞雨一笼罩,以太充盈静悄悄,几曾见栎树枝头精灵鸟。用哀歌应和着我的悲号！脱去蒙面纱,抡起鹤嘴镐[掘地,捧上],解下押发圈,敞开亚麻袍。[以袍盛土,撒向头盔]给死者当一个悲哀的先导,顾不得少女

---

① 金开诚、董洪利、高路明:《屈原集校注》上,中华书局,1996年,第283页。
② 〔清〕姚鼐、吴孟复、蒋立甫主编:《古文辞类纂评注》下,安徽教育出版社,2004年,第2394页。
③ 王以欣:《神话与历史:古希腊英雄故事的历史和文化内涵》,陕西师范大学出版社,2018年,第177—180页。

的羞涩、双颊的红潮![泼洒橄榄油]橄榄油清洁了阿兄仪表,像当年披一袭白色长袍。水和蜜相交融两倾三倒,愿阿兄莫忘却血亲同胞!渡冥河谢艄公金币酬报,遇冥犬送面饼切莫动刀,阿兄的坟茔阿妹造,原谅我寸土不能气势豪[不由泪下]。①

这段唱词整体上具有戏曲唱词的中国古典美,用词雅致,体现了编剧高深的中国文学素养和精湛的曲词功力。唱词中有意识地遣用象征希腊文化的物体意象,比如鹤嘴镐、押发圈、亚麻袍,还以白描的手法叙述了古希腊的祭奠仪式,用橄榄油清洁尸体,倾倒水和蜜祭奠。最后则是希腊神话关于亡魂入冥的深层文化建构:亡魂要坐船度过冥河,付给艄公卡隆(Charon)金币,用食物喂食冥府的三头冥犬刻尔柏若斯(Cerberus)②。从古希腊的简单物体意象、祭奠仪式到亡魂归入冥府的神话,这个唱段的古希腊性非常明显,但是因为唱词雅致婉丽,哭腔的唱腔凄戚幽咽,听来并不觉得别扭,文化杂糅后的唱词效果和舞台效果都很好。编剧煞费苦心地巧妙遣词以融合中希,用戏曲唱词的新瓶装上希腊祭奠文化内容的酒,同时,演员彭艳琴不俗的唱功、利用张派鼻音在呜咽中一回三转的唱腔,也使得安蒂哭兄、为兄长亡魂祭奠的唱段成为整出戏最走心的时刻。

如果我们进一步思考,那么,安蒂身着宽袍大袖的中国戏服,并不与唱词中的押发圈、亚麻袍吻合,这种明显的矛盾,是戏曲特殊的虚拟性允许的,戏曲舞台上可用道具的虚拟性(一桌二椅)、动作的虚拟性,代指实在。中国戏曲虚拟性的特质,为它表现异域文化敞开了丰富的可能性。另外,唱词与服饰的矛盾也是跨文化戏剧杂糅不同文化的过程中要付出的代价,希腊文化可以体现于词语构筑的虚的层面,中国文化则实实在在落实在可视化的物质层面。

三、中国戏曲的化魂术:鬼魂穿越生死

中国戏曲不乏通过人物穿越生死,彰显情爱和复仇的先例,元杂剧《窦娥冤》窦娥鬼魂托梦表达复仇心愿,昆曲《牡丹亭》杜丽娘还魂圆情③,越剧《李慧娘》中李慧娘还魂向贾似道复仇,一些无法在戏剧人物生前完成的戏剧动作借助死后的鬼魂,甚至鬼魂还阳成人完成,这些鬼魂戏往往表达的是一种不可摧

---

① 郭启宏:《郭启宏文集·戏剧编》卷五,文化艺术出版社,2006年,第397—398页。
② William Smith, ed., *Dictionary of Greek and Roman Biography and Mythology* (*Vol. I*), London: Murray, 1849, p.689, p.671.
③ 杨秋红:《中国古代鬼戏研究》,中国传媒大学出版社,2009年,第16—17页。

毁的精神力量,能取得惊心动魄的戏剧效果。古希腊戏剧中,死者的形象几乎不会以实体形象出现,很少出现鬼魂戏,凶杀等让人惊恐的情节按例不出现在舞台上,通常由"传令人"告诉观众。《忒拜城》利用中国戏曲传统,在安蒂埋葬祭奠波吕涅、海蒙殉情、王后自杀、冥婚、克瑞翁众叛亲离的场景里,多次出现人鬼同台。而最为精彩的,就是第六幕让死去的众鬼魂在冥府举行了热闹的"冥婚",为前五幕冲突不断、风波迭起的现世世界劈开了一种生死之后的解决方案。

首先,《忒拜城》中的人鬼同台充分展示了戏曲的时空虚拟性的特点,人鬼即使同台,生死之间却始终存在无法跨越的界限,从而激发出无限悲怆的情感效果,如海蒙殉情。希腊原剧中,安提戈涅和海蒙虽然是相爱的一对儿,却完全没有对手戏,而海蒙闻知恋人自缢身亡后,陷入激愤与气恼的情绪,他的自杀殉情只借报信人之口简单几句带过,舞台没有表现。《忒拜城》却放大强化了这一幕,当海蒙见到安蒂已死,他顿足捶胸,甩掉盔头,以落魄生的形象跪地抖手悲唱长达10分钟,这时精灵歌队和安蒂的魂灵就在舞台另一侧。观众既看到舞台上这对恋人同台相逢,又意识到实际上已经人(海蒙)鬼(安蒂)殊途。最后海蒙去意已决,推开侍从搀扶,为逝去的安蒂戴上花环。整个过程中,海蒙与安蒂两人似在互动,又非互动,这一长段的表演把情感积累到了顶点,继而海蒙的殉情自杀顺理成章,水到渠成,促成二人在冥界的真正重逢。海蒙由激愤、悲伤到怜爱的情感流动表现得淋漓尽致。这幕殉情戏充分利用戏曲舞台虚拟的时空,人鬼同台,表现了二人爱情的平静美好,强化了爱情主题。这就是戏曲舞台传递出的独特情感,独特戏剧张力。精灵的使用也恰到好处,"由精灵把亡人的灵魂带上舞台,既区别了阴阳两界,又丰富了舞台语汇,使舞台更为灵动。而且,精灵也同时兼备了古希腊悲剧中歌队的部分功能,增加了戏剧的仪式感"[1]。

人鬼同台更进一步的表演出现在最后独出心裁的"冥婚"场景。希腊原剧中亲人们纷纷死去,对坚持"一邦之尊"、强权统治的克瑞翁已经形成惩罚。但《忒拜城》却没有止步于此。海蒙殉情后,王后也悲愤难抑,她唱出"变有限为无垠,以既死作方生",即使在天国也要让诸神主婚,为两个孩子完婚。自杀后的王后魂灵为安蒂与海蒙的魂灵主持了新婚大典。这时舞台前方的灯光变红,"冥婚"开始,安蒂与海蒙的魂灵先对拜,再拜高堂,完成了冥合,相亲相爱的两个人终成眷属,然后魂灵们退下,一切归于黑暗。此时克瑞翁出场,看到众人皆

---

[1] 白艾莲:《燕赵之声多慷慨　演释悲剧〈忒拜城〉》,《中国戏剧》2002年第10期。

死,如五雷轰顶,不由得唱出:"夏飞雪,冬雷吼,山无陵,水逆流。"这时,舞台另一侧的灯光照亮了另一个世界,传来喜气洋洋的鼓乐,死去的鬼魂们纷纷登场,死去的两个兄长抬花轿,安蒂、海蒙与王后笑逐颜开,合着婚乐,婚礼的行列一路绝尘而去,舞台上只留下那个虽然活在人间,却披头散发、悔恨万分的孤家寡人克瑞翁。"冥婚"的喜悦轻盈看起来仍然是戏曲中常见的大团圆结尾,却在阴曹冥府,不由得让人喟叹。而舞台上由精灵歌队区隔开的阴阳两界,一生一死,一悲一喜,形成极其鲜明的对照。

鬼戏是中国戏曲的一大特点。"也许中国的戏剧对鬼情有独钟,所以鬼魂与中国戏曲结下了不解之缘"[1]。在谈到为什么新编入鬼魂和冥婚时,罗锦鳞导演说:"鬼魂和冥婚涉及生与死,人与鬼之间对话互动,情感对应,情感愈发浓烈,这样的处理让主题深化,增强了戏剧张力,从而使剧情产生了巨大的震撼和感染。所以鬼魂的出现和冥婚场景,非常有东方特点,算是对希腊戏剧艺术的发展和革新。"[2]《忒拜城》在敬畏希腊原作的前提下,让鬼魂登台、人鬼同台,这样的设计和表演堪称一种特别的中国戏曲化魂术,其意义在于:一方面,穿越生死的鬼魂表演直观地带来生与死之间的张力,明显提升了《忒拜城》直击人心深处的情感穿透力;另一方面,鬼魂戏增强了《忒拜城》结尾处的悲剧性力量,使得观赏性强的戏曲舞台表演上升到深刻的悲剧层面,与中国那些传世的鬼戏一样,表现了"超越题材、超越时空具有象征意味的深刻意蕴"[3]。

四、关于世界文学的可能性的思考

在翻译研究界,曾经对于被翻译为汉语的外国文学,有属性的争议:它们经过翻译的跨语际、跨文化转换,是属于源生地的外国文学(针对中国文学而言),还是属于翻译目的地的中国文学?谢天振曾经提出后一种观点(比如傅雷译的《高老头》算中国文学,不算法国文学),也引起了很多争议。那么,是否可以换一种思路考虑,凡是经过翻译的原来属于其他语种的文学,可以算作世界文学?因为它们的语言形态、携带的文化基因,都发生了改变,甚至基因突变。

那么,本文所讨论的跨文化戏剧,即用中国戏曲改编、演出外国戏剧,是否也可以理解为舞台上的世界文学?因为它们既不是原汁原味的外国戏剧,也非原来的中国戏曲所能涵盖。

---

[1] 宁中一:《幽冥人生——中外鬼戏文化撷谈》,《天津外国语学院学报》1996年第2期。
[2] 罗锦鳞、陈戎女:《中国舞台上的古希腊戏剧——罗锦鳞访谈录》,《比较文学与世界文学》2016年第9期。
[3] 宁中一:《幽冥人生——中外鬼戏文化撷谈》,《天津外国语学院学报》1996年第2期。

跨文化戏剧经历了三层意义上的转换：一是通过翻译家的翻译，语言转换为目标语言；二是经过编剧的改编后，剧本的语言发生了文化基因的移植和转变；三是经过导演的执导和演员的舞台演绎后，跨文化戏剧成为展演性的（performative）剧场艺术，而非只是案头文学的语言艺术。从而，跨文化戏剧实现了语言、文化基因和展演形式的三种大转换，这也许是我们可以用新视角进行观察和反思的一种新的世界文学，跨文化戏剧舞台上的世界文学。

综上，以中国戏曲演绎西方戏剧经典，可以采用不同的改编策略，无论是依循原作还是翻新原作，戏曲的表演形式和重新理解的思想内核，赋予了两千多年前的古希腊戏剧新的生命力。《忒拜城》是步入21世纪之后，当代中国戏曲对古老希腊悲剧经典的重演。山希腊的古戏，经过两千多年的时光轮回，通过中国编剧的历史新编，中国导演的舞台设计，不仅做到了希为中用，也做到了古为今用。这出戏不仅让古希腊戏剧的生命力在东方戏曲艺术中得到了延续，让观众体悟古今中外人类面临着的共同问题，同时也内向拓展了河北梆子的戏曲舞台，成为京梆子戏演出近二十载的新经典。

"西剧中演"的跨文化戏剧，有着不可替代的价值和意义，它们活跃在国际和国内戏剧舞台上，用"请进来"和"走出去"的戏剧实践，切实地沟通了中外的戏剧交流和理解。由于古希腊戏剧和中国戏曲分属截然不同的戏剧表演体系，未来我们还需要进一步思考跨文化戏剧改编和演出的融通理念和有效途径。

（本文的主要内容，见《安提戈涅的中国面相：戏曲新编的策略、路径和意义》，《戏剧》2019年第5期。此次收入文集有修订。）

论 21 世纪初期的中俄文学关系

陈建华*

> **内容提要** 21 世纪前 20 年,中俄之间的文学交流逐步增加,文学关系出现向好势头。随着国家对学术研究支持力度的加大,俄罗斯文学研究成果的数量超越此前任何一个时期,尽管高质量的成果并不是很多,但不少成果显示出开拓意识和创新精神。比较突出的成绩表现在现代文论研究、文学思潮研究、经典作家研究、文学关系研究,以及重要文学现象研究等方面。21 世纪前 20 年,俄罗斯文学的译介仍然为中国文学和文化的发展提供着重要的思想资源。翻译家和学者是中国的俄苏文学学人中最重要的群体,一批基础扎实的学者走向收获期,一批理论思维活跃的年轻学者成为研究的主力军。尽管时代变迁,但是在新世纪的中国文坛仍有不少作家在自己的作品中书写着与俄苏作家及其作品的精神联系。
>
> **关键词** 中俄文学交流;21 世纪前 20 年;文学研究;学人群体

2001 年 7 月,中俄两国领导人签署《中俄睦邻友好合作条约》。经历诸多风雨后,中俄在坚实的政治法律基础上找到了和睦相处之道。2011 年,中俄进一步确立"全面战略合作伙伴关系"。2012 年,中俄签署《中俄人文合作行动计划》,两国关系持续升温。在 21 世纪前 20 年,中俄领导人频繁互访,并于 2006 年和 2007 年互办"国家年",2009 年和 2010 年互办"语言年",2014 年和 2015 年互办"青年交流年",2020 年和 2021 年互办"科技创新年"等重大活动。在这样的大背景下,中俄文学交流走出低潮,再次出现向好的势头①。

一、新世纪中俄文学交流

21 世纪前 20 年,中国出版了不少当代俄罗斯作家的作品。例如,21 世纪

---
* 陈建华,华东师范大学中文系教授,博导。
① 2017 年,俄罗斯著名汉学家、俄中友协副主席安·叶·卢基扬诺夫在与四川大学刘亚丁教授的一次对话中表示,目前是中俄文化交流的第四个阶段,这一阶段的高潮是 2013 年习近平主席出访俄罗斯,"习近平展示了他对俄罗斯文学和文化的深刻见解","俄中文化的互相接触和互相理解的过程已经展开,未来具有广阔的前景"。参见刘亚丁文:《中俄文化的相遇与相互理解——对话俄罗斯著名汉学家卢基扬诺夫》,《中国社会科学报》2017 年 1 月 5 日。

初期出版的两套丛书。一套是白春仁主编的"俄罗斯新实验小说系列"(中国青年出版社 2003 年版),其中收入了马卡宁的《一男一女》和《洞口》、瓦尔拉莫夫的《沉没的方舟》、波波夫的《该去萨拉热窝了》、沙罗夫的《圣女》、科兹洛夫的《预言家之井》、别列津的《见证人》等作品;另一套是刘文飞主编的"俄语布克奖小说丛书"(漓江出版社 2003 年版),包括哈里托诺夫的《命运线》、马卡宁的《审判桌》、奥库扎瓦的《被取消的演出》、弗拉基莫夫的《将军和他的部队》、谢尔盖耶夫《集邮册》、阿佐利斯基的《兽笼》、莫洛佐夫的《他人的书信》、布托夫的《自由》、希什金的《攻克伊兹梅尔》和乌利茨卡娅《库科茨基医生的病案》等作品。此外,人民文学出版社等出版机构出版了相当数量的当代文学作品单行本译著,近年来北京大学出版社推出的"俄罗斯当代文学作品系列",北京十月文艺出版社推出的"俄罗斯当代长篇小说丛书"等,也颇有影响。译出的作品有:邦达列夫的《百慕大三角》、瓦尔拉莫夫的《生》和《臆想之狼》、马卡宁的《地下人,或当代英雄》和《先驱者》、普罗哈诺夫的《黑炸药先生》、波里亚科夫的《无望的逃离》、拉斯普京的《伊万的女儿,伊万的母亲》和《幻象——拉斯普京新作选》、叶拉菲耶夫的《好的斯大林》、希什金的《爱神草》、马卡宁的《通气孔》、索罗金的《暴风雪》、格拉宁的《我的中尉》、叶罗菲耶夫的《从莫斯科到彼图什基的旅行》、索尔仁尼琴的《红轮》、雅辛娜的《祖列依哈睁开眼睛》、乌利茨卡娅的《雅科夫的梯子》等。这些作品反映了当代俄罗斯作家紧张的思想与艺术探索,"是解体之后俄罗斯文学历史的一个缩影","记录下了当代文学进程的风雨和足迹"[①]。这些译著也是当代中俄文学关系中鲜活的、不可或缺的部分,在一定程度上弥补了 20 世纪 90 年代中国在俄罗斯当代文学作品译介方面的不足,并在中国当代作家中产生了积极影响。莫言认为:"我们读过太多的老俄罗斯小说和苏联小说,对新俄罗斯的小说却知之甚少",这些作品的译出,"正是应时而生,大有裨益"。余华感慨:"阅读了托尔斯泰、陀思妥耶夫斯基和契诃夫他们,又阅读了布尔加科夫和帕斯捷尔纳克他们",再来阅读这些当代作家的作品,"我的感受是俄罗斯的文学深不可测,我永远不敢说我了解俄罗斯的文学"。阎连科赞道:"这是一段最新的俄罗斯文学史记,其中的探求与思考会在你流失的时间里沉淀在你的脉管之中,这种沉淀会成为滋养你心灵的人参。"李洱在称赞了这些当代作品批判深刻、道德感受复杂和写作技巧的纯粹后表示:"从血缘上说,中国人与他们更为接近,如果我们的目光不那么短浅,我们就应该看他们所展示的

[①] 刘文飞:《漫谈俄语布克奖》,载刘文飞主编"俄语布克奖小说丛书"各册,如《命运线》(哈里托诺夫著,严永兴译),漓江出版社,2003 年,第 10 页。

世界图景,我想从中我们能够更真切地看到自己的处境。"①

同时,政府层面的"中俄经典与现当代文学作品互译出版项目"也开始进行。除 20 世纪 50 年代外,这种现象颇为罕见。2013 年,中国国家新闻出版广电总局和俄联邦出版与大众传媒署签订了"中俄经典与现当代文学作品互译出版项目",双方商定在 6 年间翻译出版 100 部两国的经典文学作品和现当代文学作品,项目进展顺利。2016 年,中俄双方决定扩大互译出版项目的范围,再分别增加 50 部作品的翻译出版。俄罗斯翻译出版了中国古典文学名著,以及现当代作家老舍的《猫城记》、王蒙的《活动变人形》、铁凝的《笨花》、莫言的《生死疲劳》、何建明的《落泪是金》、麦加的《暗算》、余华的《兄弟》等作品,中国也翻译出版了俄罗斯作家乌特金的《自学成才的人》和《环舞》、斯拉夫尼科娃的《脑残》、希施金的《爱情守恒定律》和《魔鬼的灵魂》、萨罗夫的《此前与此刻》和《像孩子一样》、谢钦的《叶尔特舍夫一家》、叶辛的《模仿者》、安德烈·比托夫的《普希金之家》,以及多卷《俄罗斯当代戏剧集》等作品。这些作家及其作品经过认真的挑选,基本上都是精品力作。例如,安德烈·比托夫的《普希金之家》(1964—1971)被俄国评论界称为"一本划时代的书""俄罗斯后现代小说的开山之作"②。

此外,地方层面的这种互译也在开展。为纪念上海的友好城市圣彼得堡建城 300 周年,2003 年 1 月,上海作家协会和上海译文出版社共同编选和出版了圣彼得堡当代作家作品选《星耀涅瓦河》。这部集子共收入 36 位作家的作品,其中包括瓦·阿诺茨基的《装载因素》和阿·别林斯基的《夜谈》等小说,以及尼·阿斯塔菲耶夫等的诗歌和童话。这些作品题材广泛,风格各异,有的寓意深刻,有的构思巧妙,具有俄罗斯文学的特质。同年 12 月,圣彼得堡"思想"出版社也出版了一本名为《上海人》的当代上海作家作品选。《上海人》中有不少佳作,如王安忆的反映人物精神危机的《叔叔的故事》、陈村的蕴含着人生哲理的《一天》,以及赵长天的《老同学》、彭瑞高的《本乡有案》和余秋雨的散文《上海人》等,这些作品同样显现了中国当代文学作品的特点。这种国家或地方层面的有意识的助推,对新世纪中俄文学交流的提升作用明显。如上海作协主席王安忆所言,当代文学作品集在 21 世纪中俄两国的互译和出版,预示着"另一个时代正在到来"③。

---

① 哈里托诺夫:《命运线》,严永兴译,漓江出版社,2003 年,封底。
② 王加兴:《译者前言》,载安德烈·比托夫:《普希金之家》,王加兴译,北京大学出版社,2016 年,第 1 页。
③ "另一个时代正在到来"是王安忆为《星耀涅瓦河》写的书序的题目。

21世纪前20年,中国诸多出版社推出了不少大型的多卷本的俄苏经典作家作品译文集。如《普希金全集》《普希金抒情诗全集》《果戈理文集》《屠格涅夫文集》《列夫·托尔斯泰文集》《陀思妥耶夫斯基全集》《陀思妥耶夫斯基集》《列夫·托尔斯泰小说集》《列夫·托尔斯泰小说全集》《契诃夫小说全集》《契诃夫戏剧全集》《布宁文集》《阿赫玛托娃诗全集》《茨维塔耶娃文集》,以及"俄苏文学经典译著丛书""金色俄罗斯丛书""俄罗斯文学精品书系""双头鹰俄苏经典丛书""诗歌俄罗斯丛书"、《余振翻译文集》《草婴译著全集》等,出版和发行量相当可观,这一切都说明俄罗斯文学在21世纪初期的中国仍然拥有广泛的读者群①。这里以河北教育出版社出版的《陀思妥耶夫斯基全集》(2011)、生活·读书·新知三联书店陆续推出的"俄苏文学经典译著"大型丛书(2018)为例,稍作展开。一是《陀思妥耶夫斯基全集》。这是由中国社科院外文所陈燊先生主编的22卷大型译著,其中融入中国陀氏研究者的大量研究成果。《陀思妥耶夫斯基全集》(以下简称《全集》)700多万字,翻译和出版工作历时十多年。《全集》不仅收录内容全面,而且长达6万字的总序、严谨且详尽的注释和题解(如《卡拉玛佐夫兄弟》的题解有3万字,《白痴》的题解有1万多字),使《全集》的学术含量大大增加。陈燊先生称,陀氏的"艺术作品一般都有中译本,但从未出过全集,他的一些重要著作,如他的论文、文论以及书信,尤其是《作家日记》,都只有过部分或片段的译介。各种译本又一般没有各个作品的详细题解(介绍作者的写作动机、构思、写作和修改过程,以及国内外评论界的反响等)和详细的注释(固然,这两者几乎是国内过去所有外国文学作品中译本的共同缺陷),不利于我国读者、研究工作者全面而深入地研讨、探索这位思想和创作极其复杂矛盾的大作家,诚为一大憾事"。他认为,此事"十分严肃而巨大",因为"除绝大部分作品正文的校读工作外,各书题解涉及作品和作家思想等许多问题,而注释则涉及大量西方作家、作品,作品中的人物、典故、地名,以及与此有关的译名等大量问题"。《全集》的译者多为国内知名的俄罗斯文学专家,他们在译文和题解等方面都作了很大努力。如陈燊先生所言,《全集》的出版"是外国文学学科建设中的一项颇有意义的学术工程",它必将"对我国方兴未艾的陀学发挥应有的重大作用"②。二是"俄苏文学经典译著"丛书。该丛书包括1919年至1949年

---

① 此外,新世纪经典作家作品的各种单行本译著同样不胜枚举。以普希金的《叶甫盖尼·奥涅金》为例,据林辰博士统计,新世纪最初十年的新旧译本出版就多达十几种,有关普希金的各种读物(包括著作、译作的各种选本、通俗读物等)达287种,是20世纪80年代的3倍。
② 陈燊:《费·陀思妥耶夫斯基全集》"总序",载陈燊主编:《费·陀思妥耶夫斯基全集》,河北教育出版社,2010年,第95—97页。

介绍到中国的近 50 种著名的俄苏文学作品。1919 年是中国历史和文化上的一个重要的分水岭,它对于中国俄苏文学译介同样如此,这套丛书的出版既是对"五四"百年的一种独特纪念,也是对中国俄苏文学译介的一个极佳的世纪回眸。丛书收入了普希金、果戈理、屠格涅夫、陀思妥耶夫斯基、托尔斯泰、高尔基、肖洛霍夫、法捷耶夫、奥斯特洛夫斯基、格罗斯曼等著名作家的代表作,深刻反映了俄国社会不同历史时期的面貌。译者名家云集,均为左翼作家或进步人士,如鲁迅、茅盾、沈端先、郭沫若、巴金、丽尼、洪灵菲、周立波、周扬、曹靖华、罗稷南、高植、梅益、李霁野、金人等。"尽管由于时代的发展,文字的变迁,丛书中某些译本的表述方式或者人物译名会与当下有所差异,但是这些出自名家之手的早期译本有着独特的价值。名译与名著的辉映,使经典具有了恒久的魅力。"① 在这些译著中常常可以看到商务印书馆、中华书局、开明书店、文化生活出版社等出版单位的名字,也常常可以看到生活·读书·新知三联书店的前身生活书店、读书出版社、新知书店的名字,这套丛书的出版也是生活·读书·新知三联书店文脉传承的写照。

21 世纪以来,两国文学家的互访日益频繁②,文学合作项目不断增加,苏联解体后一度中断的交流重新启动。2006 年 5 月,为庆祝"中国俄罗斯年"的启动,俄罗斯作家协会主席加尼切夫曾率代表团访华,成员有拉斯普京等多位重量级作家。在长达十多天的访问中,作家们参加《中俄文学——两国人民之间的精神桥梁》的会议,在中国高校举办文学讲座,与中国作家和翻译家座谈。同时,中俄双方还多次为对方的作家、翻译家和学者颁奖③。中俄杂志社也积极互动,如中俄两家《十月》杂志曾以"北京—莫斯科"为题,组织两国作家创作"莫斯科故事"和"北京故事",并互辟专辑予以刊登。21 世纪以来,各种文学交流活动在中国的北京、上海,俄罗斯的莫斯科、圣彼得堡,以及其他城市以各种形式频繁举办,如俄国举办中国已故经典作家的纪念会、中国举办俄罗斯作家作

---

① 陈建华:《俄苏文学经典译著·总序》,载该丛书各册,如《十月》(A.雅各武莱夫著,鲁迅译),生活·读书·新知三联书店,2018 年,第 8 页。
② 最近 20 年,中国几乎每年都组织作家、翻译家和出版家代表团访问俄罗斯,仅 21 世纪前 10 年就有 31 个中国作家代表团,152 位中国作家和翻译家访问过俄罗斯;俄罗斯作家和评论家也常来中国参观访问,如作家拉斯普京、鲍罗丁、邦达连科、叶辛、乌利茨卡娅等。引自任光宣:《回顾过去,迎接未来:新时期中俄文学的交流与合作》,南京,2019 年"中俄文学关系暨五·四运动 100 周年国际学术研讨会"会议册,2019 年 12 月 1 日,第 157 页。
③ 2006 年,俄罗斯方面向中国翻译家颁发高尔基奖章和证书;2013 年,高莽获俄罗斯当代文学作品最佳中文翻译奖;2002—2016 年间,波利亚科夫、普列汉诺夫、拉斯普京、乌利茨卡娅、格拉宁、斯拉夫尼科娃等 15 位俄罗斯著名作家成为中国颁发的 21 世纪"最佳外国年度小说奖"的获得者。出处同上。

品戏剧节、中俄两国诗人举办诗歌论坛,以及中俄作家与读者见面会、中俄作家对话会、中俄文学青年论坛等等,有力地加强了中俄两国作家、翻译家、学者和广大读者之间的联系。这些年,类似的活动笔者参加过很多次,这里以三次纪念性质的活动为例。一次是2002年1月17日在莫斯科,中国驻俄使馆与中俄21世纪友好和平发展委员会、俄中友协和俄罗斯科学院远东所等机构联合举办的活动,主题是纪念中国诗人李白诞辰1300周年。中国驻俄大使张德广、俄中友协会长季塔连科、俄国汉学家联合会主席米亚斯尼科夫等都出席并致辞,同时还举行了俄国汉学家新著《李白:诗歌与生平》的发布会,俄国演员朗诵了李白等人的诗歌,气氛相当热烈。特别令人感动的是俄国汉学家和文学翻译家对中国和中国文化的那份情谊。有不少俄国学者年事已高,他们顶着隆冬时节夜晚的寒风前来参会。世界文学研究所的李福清院士、远东所的索罗金院士和费奥克基斯托夫教授、莫斯科大学的谢曼诺夫教授和华克生教授、东方学研究所的博克沙宁教授等著名学者在与笔者交谈时,都深情地表达了对中国的感情,称他们已经把自己的一生献给了与中国文化相关的事业。另一次是2009年11月中旬在天津,中国文学界为纪念中俄建交60周年而举行的名为"心灵的桥梁——中俄文学交流计划"启动会议,会议主题是"中国文学在俄罗斯"和"俄罗斯文学在中国"。与会的有不少中俄两国的著名作家、翻译家和学者,如中国的王蒙、冯骥才、张承志、高莽、李明滨、顾蕴璞、谷羽等,俄国的李福清、司格林、罗季奥诺夫、维诺格拉多娃、巴韦金等。这次活动有两个特点,一是参加的学者多,层次高,讨论很深入;二是形式多样,除学术讨论外,还举办了三个展览,即"俄国文学早期中译本展""中国翻译家(巴金、萧珊、草婴、汝龙、高莽)成就展""中国木版年画在俄罗斯展"①。第三次是在上海,2009年11月下旬至12月下旬,"09'中国'俄语年'大学生俄罗斯作家作品戏剧节"。这个为期一个月的活动内容十分丰富,包括多部俄罗斯话剧的演出、由诸多学者和戏剧界人士参与的"中俄戏剧交流"座谈会、由俄罗斯当代剧作家主讲的"当代俄罗斯戏剧讲座"、由沙金译出的汇聚了这位老翻译家一生心血的《俄罗斯现代剧作选》首发式,以及俄罗斯电影专场、大学生俄罗斯戏剧小品演出等。当然,重头戏是由焦晃等老艺术家主演的喜剧《钦差大臣》,以及话剧《复活》和5部俄苏当代话剧或喜剧的演出。讨论热烈,译著厚重,演出精彩,观众踊跃,整个活动令人难

---

① 有关活动的具体情况可参见冯骥才主编的《心灵的桥梁——中俄文学交流计划国际学术研讨会论文集》(天津大学出版社,2010年)。这次会议上有一些很不错的学术报告,如俄国学者罗季奥诺夫对苏联解体后中国新时期小说、散文在俄罗斯传播状况的梳理,又如中国学者阎国栋对第一个与托尔斯泰通信的中国人张庆桐的生平事迹的考证等。

忘。如沙金先生所寄语:"在进入崭新的 21 世纪,中俄两国人民的传统友谊和日益频繁的文化艺术交流必将结出更加丰盛的果实。"①

二、充满活力的俄苏文学研究

进入 21 世纪,中国俄苏文学研究发展势头强劲,充满活力。尽管它在研究队伍与研究成果的数量上不如某些大语种的文学,但始终以不容忽视的身姿为学界瞩目。

世纪之交,华东师范大学和黑龙江大学相继成立教育部重点科研基地"俄罗斯研究中心"和"俄语语言文学研究中心"②,它们承担的重大项目、举办的学术会议、主办的刊物,以及相继推出的成果,都颇为引人注目。这两个中心在推动包括文学在内的俄罗斯问题的研究方面发挥了积极作用。21 世纪前 20 年,国家对学术研究支持力度不断加大,仅以国家社科基金资助项目总经费而言,从 21 世纪之初的几千万已逐年增加至 20 多亿。俄罗斯文学方面的立项项目也明显增加,其中近 10 年重大项目立项的有"俄罗斯《中国精神文化大典》中文翻译工程""当代俄罗斯文艺形势与未来发展研究""《剑桥俄罗斯文学》(九卷本)翻译与研究""苏联科学院《俄国文学史》翻译与研究""现代斯拉夫文论经典汉译与大家名说研究""多卷本《俄国文学史》"等,这些项目的实施推动了俄罗斯文学研究的深化,并开辟了一些新的研究领域。俄国文学界的国际交流也比较活跃。近 20 年来,国内召开了数十次较为重要的国际学术会议。以前 5 年和近 5 年为例,前 5 年就有"中国俄罗斯文学研究会学术研讨会"(2000)、"苏联解体后的俄罗斯文学研讨会"(2001)、"20 世纪世界文化背景中的俄罗斯文学国际研讨会"(2002)、"俄侨文学国际学术研讨会"(2002)、"当代俄罗斯文学国际学术研讨会"(2002)、"全球化语境下的俄罗斯语言、文学和翻译国际研讨会"(2003)、"'俄罗斯形式学派学术研讨会'筹划会暨 20 世纪俄罗斯文论关键词写作讨论会"(2003)、"巴赫金国际学术研讨会"(2004)、"20 世纪俄罗斯文学与古典文学传统研讨会"(2004)、"俄罗斯文学研究会年会"(2004)等。这些学术会议的主题丰富,涉及的既有传统的研究领域,也有新开拓的研究空间。近 5 年来在中国召开的相关会议更多,规模较大的有"全球化背景下的俄罗斯文学与文化"国际学术研讨会(2015)、"俄罗斯文学史的多语种书写"国际研讨会(2015)、"俄罗斯文学的历史传统和现实问题"国际研讨会(2016)、"陀思妥耶夫

---

① 沙金:《俄罗斯现代剧作选》,文化艺术出版社,2009 年,"译后记",第 563 页。
② 后改名为"俄罗斯语言文学文化研究中心"。

斯基与当代人类命运"国际学术研讨会(2016)、"中俄思想史比较研究"国际研讨会(2016)、"斯拉夫文论与比较诗学"国际研讨会(2016)、"俄罗斯文学与俄罗斯思想"国际学术研讨会(2017)、"现当代俄罗斯文学跨学科研究"国际研讨会(2018)、"20—21世纪俄罗斯文学研究"国际学术论坛(2019)、"回顾与展望:中俄文学70年"国际学术研讨会(2019)、"中俄文学关系暨五四运动100周年"国际学术研讨会(2019)等。不少俄罗斯作家、翻译家和学者,以及其他国家从事俄罗斯文学研究的学者参加了中国的学术会议。这些会议使中俄作家、翻译家和学者有了更多的直接交流的机会,并对一些问题有了更深层次的探讨。

中国的俄苏文学专刊也是推动学术发展的重要阵地。21世纪初期,《俄罗斯文艺》进一步显示出作为一份严肃的学术刊物的风貌。近些年来,刊物质量的提升十分明显。刊物开辟"学术前沿"栏目,涉及话题广泛,如俄罗斯先锋主义文学研究、国家形象书写研究、生态文学研究、反乌托邦叙事研究、现实主义新论、跨文化视野中的巴赫金、俄苏符号学、俄罗斯侨民文学与文化研究、形式主义诗学新探等,大多颇有特色。不定期设置的栏目,如俄罗斯文学讲座、域外论坛、往事与随想等,也往往有精彩的内容。值得一提的还有几种定期或不定期的以书代刊刊物,如首都师范大学的《俄罗斯文化评论》、北京大学的《欧美文学论丛·俄罗斯文学研究》、四川大学的《中外文化与文论·俄罗斯文学专辑》等,这些刊物上也有不少佳作。《俄罗斯文化评论》创刊于2006年,至2016年已经出版五辑,每辑有近40万字的容量,发表了相当数量的学术成果。以第三辑为例,就有《俄国圣愚文化的渊源》《高尔基学的形成(1900—1930)及其问题域》《体裁诗学:维谢洛夫斯基与巴赫金》《继承与背离:果戈理与自然派》《略论作为哲人的陀思妥耶夫斯基》《跨越时空的远握:托尔斯泰"爱"的学说与孔子"仁"的思想比较研究》《涅恰耶夫精神及其历史现象》《列夫·古米廖夫与其民族互动理论》等有思想深度的文章。如主编邱运华所言:"思想史的研究视野为《俄罗斯文化评论》寻找到一个很好的说话方式,而专注于发表独立的专题研究成果,不拘长短,恐怕是《俄罗斯文化评论》确立生存价值的一条途径。"[①]此外,《俄罗斯研究》和《俄罗斯学刊》等刊物也会刊登一些与文学文化相关的文章。

进入21世纪,一批基础扎实的学者开始走向收获期,一批理论思维活跃的年轻学者开始成为研究的主力军。俄国文学研究队伍保持总体健康的发展势头。同时随着国家对学术研究支持力度的加大,研究成果数量增长较快,不仅总体数量已大大超越此前国内的任何一个时期,而且基本呈逐年上升趋势,仅

[①] 《俄罗斯文化评论》第三辑,首都师范大学出版社,2012年,第335页。

以近 5 年(2015—2019)为例,共出版专著、编著和论文集 130 余种,发表论文 2700 多篇,另有博士学位论文 30 篇。如与 2005 年至 2013 年的相关统计数字相比,出版著作由年均约 21 种,增加至年均约 26 种;论文发表由年均约 280 余篇,增加至年均约 540 余篇,增长幅度较大。尽管真正高质量的成果并不是很多,但是其中不少成果显示出开拓意识和创新精神,内容更为丰硕和多元,在一定程度上推进了相关领域的研究。比较突出的成绩表现在现代文论研究、文学思潮研究、经典作家研究、文学关系研究,以及重要文学现象研究等方面[①]。

(一) 俄苏现代文论研究

1. 巴赫金文论研究

21 世纪前 20 年,国内学界对巴赫金文论表现出持续的兴趣。"中国巴赫金研究会"的成立、大型学术会议的召开、一系列有影响的成果问世,使中国学界的"巴赫金热"得以持续。近 20 年出版的学术著作达 31 部,其中不乏有分量的成果,如夏忠宪的《巴赫金狂欢化诗学研究》(2000)、程正民的《巴赫金的文化诗学》(2001)、王建刚的《狂欢诗学——巴赫金文学思想研究》(2001)、曾军的《接受的复调——中国巴赫金接受史研究》(2004)、凌建侯的《巴赫金哲学思想与文本分析法》(2007)、吴承笃的《巴赫金诗学理论概观——从社会学诗学到文化诗学》(2009)、王建刚的《后理论时代与文学批评转型——巴赫金对话批评理论研究》(2012)、程正民的《跨文化研究与巴赫金诗学》(2016)、程正民的《巴赫金的文化诗学研究》(2017)、张冰的《巴赫金学派马克思主义语言哲学研究》(2017)、卢小合的《艺术时间诗学与巴赫金的赫罗诺托普理论》(2017)、张素玫的《巴赫金理论的中国本土化研究》(2019)、王志耕的《俄罗斯民族文化语境下的巴赫金对话理论》(2021)等。这些专著在巴赫金的对话理论、语言学思想、狂欢化理论、文化诗学、中国本土化问题等领域展开多侧面的研究,大多具创新意识和理论深度。如王志耕的著作采用史论结合的方法,避免外围性的论述,深入探索巴赫金对话理论和历史文本之间的结构性关系。程正民先生认为,这是该书"最精彩之处"和"取得成功的关键所在"[②]。

2. 批评史和其他现代文论研究

近 20 年,出现了多部批评史方面的著作,如张杰等的《20 世纪俄罗斯文学批评史》(2000)、汪介之的《俄罗斯现代文学批评史》(2015)、季明举的《斯拉夫

[①] 因篇幅所限,以下仅以著作为例,以显示基本面貌。
[②] 程正民:《〈俄罗斯民族文化语境下的巴赫金对话理论〉"序"》,载王志耕:《俄罗斯民族文化语境下的巴赫金对话理论》,商务印书馆,2021 年,第 4 页。

主义的文艺理论和文化批评》(2015)、程正民的《俄罗斯文学批评史研究》(2017)和《俄罗斯文学批评家研究》(2017)等。近20年,俄国形式主义文论研究继续深入,2003年"'俄罗斯形式学派学术研讨会'筹划会"的召开是其标志之一。在此前研究的基础上,这时期对形式主义基本理论问题的探讨有了新的成果,出现了张冰的《陌生化诗学——俄国形式主义研究》(2000)、黄玫的《韵律与意义——20世纪俄罗斯诗学理论研究》(2005)、杨燕的《什克洛夫斯基诗学研究》(2016)、张冰《俄罗斯形式主义诗学》(2019)等专著。这些成果或是对该流派的理论进行深入反思,或是就俄国形式主义诗学的作用展开讨论,或是从比较研究角度观照俄国形式主义。有些译著也颇有价值,如美国耶鲁大学 V. 厄利希的《俄国形式主义:历史与学说》(张冰译)等。历史诗学、普洛普和洛特曼的理论,以及其他俄苏现代文艺学派受到学界重视。刘宁翻译及撰写长篇前言的维谢洛夫斯基的《历史诗学》(2003)、马晓辉的《俄罗斯历史诗学》(2019)的问世标志着国内历史诗学研究的进步。普洛普研究有明显改观。2000年《俄罗斯文艺》为纪念普洛普逝世30周年推出了纪念专栏,赵晓彬的《普罗普民俗学思想研究》(2007)和贾放的《普罗普的故事诗学》(2019)是这一领域的重要收获。国内有些学者开始用普洛普的理论与方法展开学术研究。洛特曼理论研究在21世纪异军突起,出版的著作有:张杰等的《结构文艺符号学》(2004)、康澄的《文化及其生存与发展的空间:洛特曼文化符号学理论研究》(2006)、王立业编的《洛特曼学术思想研究》(2006)、白茜的《文化文本的意义研究:洛特曼语义观剖析》(2007)、陈戈的《不同民族文化互动理论的研究——立足于洛特曼文化符号学视角的分析》(2009)、杨明明的《洛特曼符号学理论研究》(2011)、张海燕的《文化符号诗学引论——洛特曼文艺理论研究》(2014)、李薇的《洛特曼美学思想研究》(2017)、张冰的《洛特曼的结构诗学》(2019)等。俄国马克思主义文论和斯拉夫文论等也受到关注,吴元迈的《俄苏文学及文论研究》(2014)集中了作者在文论研究领域的重要成果,另有程正民等的《卢那察尔斯基文艺理论批评的现代阐释》(2006)、邱运华的《19—20世纪之交俄国马克思主义文学思想史论》(2006)和《俄苏文论十八题》(2009)、周启超的《现代斯拉夫文论导引》(2011),以及近年立项的国家社科基金项目"赫拉普钦科马克思主义历史诗学研究"(2017)等,也颇有价值。

(二) 20世纪文学思潮和文学史研究

这方面的研究继续取得新的重要成果。这里包括几个方面:

1. "白银时代"文学研究

21世纪以来,这一领域仍受关注,出现的主要成果有:周启超的《白银时代俄罗斯文学研究》(2003)、汪介之的《远逝的光华——白银时代的俄罗斯文化》(2003)、曾思艺的《俄国白银时代现代主义诗歌研究》(2004)、张冰的《白银时代俄国文学思潮与流派》(2006)、李辉凡的《俄国"白银时代"文学概观》(2008)、王宗琥的《叛逆的激情——20世纪前30年俄罗斯小说中的表现主义倾向》(2011)、张杰的《走向真理的探索——白银时代俄罗斯宗教文化批评理论研究》(2012)、武晓霞的《梅列日科夫斯基象征主义诗学研究》(2015)、杨旭的《重新审视俄罗斯白银时代的文学批评理论》(2018)等。这些著作各具特色,如王宗琥的著作视角独到,"在'白银'与'苏维埃'两种文学脏腑的幽深处发掘出一个新的脉点",将俄国现代主义思潮流派中尚没有的"表现主义"作为"一种非流派的文学倾向"加以研究①。此外,这一时期,有多部译著也值得重视,如林精华编的《西方视野中的白银时代》(2001)、阿格诺索夫的《白银时代俄国文学》(2001)、俄罗斯高尔基世界文学研究所编的4卷本的《俄罗斯白银时代文学史》(2006)、(美)伯尼丝·罗森塔尔的《梅列日科夫斯基与白银时代——一种革命思想的发展过程》(2014)等。

2. 苏联解体后的新俄罗斯文学和文化思潮研究

这20年里,这一领域成了热点,成绩突出。张捷、李毓榛、张建华、林精华、温玉霞、侯玮红、王丽丹、郑永旺、李新梅等均出版了相关的成果。主要著作有:李毓榛等的《俄罗斯:解体后的求索》(2000)、张捷的《俄罗斯作家的昨天和今天》(2000)、林精华的《民族主义的意义与悖论:20—21世纪之交的俄罗斯文化转型问题研究》(2002)和《想象俄罗斯》(2003)、陈建华的《走过风雨——转型中的俄罗斯文化》(2007)、温玉霞的《解构与重构——俄罗斯后现代小说的文化对抗策略》(2010)、张捷的《当今俄罗斯文坛扫描》(2007)和《当代俄罗斯文学纪事(1992—2001)》(2007)、赵杨的《颠覆与重构——论俄罗斯后现代主义文学的反乌托邦性》(2009)、张建华编的《当代俄罗斯文学:多元、多样、多变》(2010)、张捷的《苏联解体后的俄罗斯文学》(2011)、贝文力的《转型时期的俄罗斯文化》(2012)、李新梅的《俄罗斯后现代主义文学中的文化思潮》(2012)、侯玮红的《当代俄罗斯小说研究》(2013)、姚霞的《废墟上的争战:论后苏联文学批评的话语权力之争》(2015)、王丽丹等的《当代俄罗斯戏剧文学研究(1991—2012)》(2016)、张建华的《新时期俄罗斯小说研究 1985—2015》(2016)、郑永旺等的

---

① 张建华:《〈叛逆的激情——20世纪前30年俄罗斯小说中的表现主义倾向〉序》,载王宗琥:《叛逆的激情——20世纪前30年俄罗斯小说中的表现主义倾向》,外语教学与研究出版社,2011年,第17页。

《俄罗斯后现代主义文学研究》(2017)、薛冉冉的《苏联解体后俄罗斯小说中的苏联形象研究》(2017)、张建华等编的《当代外国文学纪事(1980—2000)·俄罗斯卷》(2017)、赵建常的《俄罗斯转型时期军事文学研究(1985—2004)》(2018)、刘文霞的《俄国后现代主义小说论》(2019)等。上述成果中,张捷先生的基于史实的即时研究颇受关注。张捷一直关注苏联解体后的俄罗斯文学思潮,如他的《当代俄罗斯文学纪事(1992—2001)》一书较早以编年史的方式对苏联解体后十年间的俄罗斯文学生活进行了全方位的扫描,内容涉及文学界的活动、热点问题的讨论、主要文学奖的评奖、作家和学者的状况、重要作品与论著等,具有较高的史料价值。同时,近年来青年学者十分活跃,如李新梅在她的专著《俄罗斯后现代主义文学中的文化思潮》(2012)中,通过细致的文本剖析,颇有深度地概括了这一文化思潮的基本特征。

3. 苏联文学研究与反思

这一领域也取得不少成果,其中主要有:谭得伶和吴泽霖的《解冻文学和回归文学》(2001)、何云波的《回眸苏联文学》(2003)、王丽丹的《乍暖还寒时:"解冻"时期苏联小说》(2004)、刘文飞的《文学魔方——二十世纪的俄罗斯文学》(2004)、严永兴的《辉煌与失落:俄罗斯文学百年》(2005)、刘文飞等的《苏联文学反思》(2005)、余一中的《俄罗斯文学的今天和昨天》(2006)、韩捷进的《"人类思维"与苏联当代文学》(2007)、董晓的《理想主义:激励与灼伤——苏联文学七十年》(2009)和《乌托邦与反乌托邦:对峙与嬗变——苏联文学发展历程论》(2010)、张捷编的《苏联文学最后十五年纪事》(2011)、李毓榛的《反法西斯战争和苏联文学》(2015)、陈新宇的《俄罗斯当代乡土小说研究》(2018)等。《苏联文学反思》一书从苏联文学与革命、苏联文学与宗教、苏联文学与道德,以及苏联战争文学、苏联文学乡土情结、苏联文学中乌托邦与反乌托邦、苏联文学与民族文化心态批判、苏联文学与俄罗斯传统等角度,对苏联文学进行全方位的观照与反思,有些反思较为深刻。

4. 文学史与思潮史研究

21世纪这一领域的主要成果有:李辉凡和张捷的《20世纪俄罗斯文学史》(2000)、李毓榛主编的《20世纪俄罗斯文学史》(2000)、张建华等的《俄罗斯文学史》(2003)、马晓翀等的《俄国文学史略》(2004)、黎皓智的《20世纪俄罗斯文学思潮》(2006)、张建华编的《20世纪世界文化语境下的俄罗斯文学》(2007)、刘文飞的《插图本俄国文学史》(2010)、任子峰的《俄国小说史》(2010)、王智量的《19世纪俄国文学史讲稿》(2013)、汪介之的《俄罗斯现代文学史》(2013)、曾思艺等的《19世纪俄国唯美主义文学研究:理论与创作》(2015)、柏叶的《20世纪俄罗斯文学思潮与流派》(2016)、刘文飞编的《俄国文学史的多语种书写》(2017)、汪介之编的《民族精神生活的艺术呈现：俄罗斯文学与文学史研究》(2018)、张建华和王宗琥编的三卷本《20世纪俄罗斯文学：思潮与流派》(理论篇、宣言篇、评论篇)(2012、2015、2019)等。上述书籍中有专著、论文集和资料集等多种形式,内容丰富。《20世纪俄罗斯文学：思潮与流派》一书有不少俄罗斯先锋主义文学流派的材料,颇有新意。另有米尔斯基的《俄罗斯文学史》(2013)、科尔米洛夫主编的《二十世纪俄罗斯文学史》(2017)[①]等译著也值得关注。

(三) 作家研究

21世纪以来对俄苏作家进行评述和研究的著作和文章有爆发式增长[②]。

1. 19世纪和20世纪初期俄国重要作家研究

近20年,这一领域有不少收获,专著方面的成果主要集中在普希金、陀思妥耶夫斯基、列夫·托尔斯泰、契诃夫、布宁等几位作家。普希金研究的主要成果有：查晓燕的《普希金——俄罗斯精神文化的象征》(2001)、刘文飞的《阅读普希金》(2002)、张铁夫等的《普希金新论——文化视域中的俄罗斯诗圣》(2004)、吴晓都的《俄国文化之魂——普希金》(2006)、赵红的《文本的多维视角分析与文学翻译:〈叶甫盖尼·奥涅金〉的汉译研究》(2007)、张铁夫等的《普希金:经典的传播与阐释》(2009)、郭家申的《普希金的爱情诗和他的情感世界》(2012)、白斯日古楞的蒙古文版的《普希金研究》(2012)、张铁夫的《普希金学术史研究》(2013)和其编选的《普希金研究文集》(2014)、程正民的《从普希金到巴赫金——俄罗斯文论和文学研究》(2015)、陈新宇的《经典永恒:重读俄罗斯经典作家——从普希金到契诃夫》(2016),以及上海辞书出版社编的《普希金作品鉴赏辞典》(2014)、高莽的《普希金绘画》(2016)、郑艳红的《普希金骑士观念研究》(2019)等,这些著作从不同的视角解读了普希金及其作品。

陀思妥耶夫斯基研究近20年来涉及范围更加广阔。以相关专著为例,赵桂莲的《漂泊的灵魂——陀思妥耶夫斯基与俄罗斯传统文化》(2002)一书吸收了当代俄罗斯学者的研究成果,阐释了陀氏创作中出现的"恶"的形象和"恶"的意义,对俄罗斯文化背景下的"知识分子"和陀氏笔下"知识分子"主人公进行了分析。王志耕的《宗教文化语境下的陀思妥耶夫斯基诗学》(2003)阐述了陀氏

[①] 此书系王加兴主编,南京大学出版社出版的"俄罗斯社会与文化译丛"之一。

[②] 论文的发表量出现了隔五年几乎翻倍的现象,这些论文中不少是严肃的和有价值的,但也有相当一部分文章属低水平重复,专著情况相对较好。

作品中对恶的追问与欧洲历史上神正论的关系，从基督教文化语境论述了陀氏的"历时性"诗学，并借助于对陀氏宗教修辞的分析来说明俄国宗教文化语境对陀氏诗学本质的构成性制约。田全金的《言与思的越界——陀思妥耶夫斯基比较研究》(2010)对陀氏汉译史和研究史进行了文化分析，辨析了陀氏创作的主题及其与中国作家在处理性、家庭、知识分子问题时思想和方法的异同，探讨了陀氏创作中涉及的和谐与苦难、信仰与理性、沉沦与救赎等宗教哲学问题。此外，彭克巽的《陀思妥耶夫斯基小说艺术研究》(2006)、冷满冰的《宗教与革命语境下的〈卡拉马佐夫兄弟〉》(2007)、陈建华的《跨越传统碑石的天才——陀思妥耶夫斯基传》(2007)、杨芳《仰望天堂：陀思妥耶夫斯基的历史观》(2007)、何怀宏的《道德·上帝与人：陀思妥耶夫斯基的问题》(2010)、冯增义的《陀思妥耶夫斯基论稿》(2011)、郭小丽的《陀思妥耶夫斯基的救赎思想——兼论与中国文化思维的比较》(2012)、张变革的《精神重生的话语体系》(2013)、张变革编的《当代中国学者论陀思妥耶夫斯基》(2012)和《当代国际学者论陀思妥耶夫斯基》(2014)、田全金的《陀思妥耶夫斯基和白银时代的俄国文化》(2014)、陈思红的《论艺术家-心理学家陀思妥耶夫斯基》(2015)、侯朝阳的《论陀思妥耶夫斯基小说的罪与救赎思想》(2015)、万海松编的《陀思妥耶夫斯基研究文集》(2019)等，这些著作涉及的领域相当广泛，大多具有较高的学术价值。值得注意的是，这一时期陀氏研究领域出现了不少有学术分量的译著，近10年就有：波诺马廖娃的《陀思妥耶夫斯基：我探索人生奥秘》(2011)、琼斯的《巴赫金之后的陀思妥耶夫斯基：陀思妥耶夫斯基幻想现实主义解读》(2011)、罗扎诺夫的《陀思妥耶夫斯基启示录》(2013)、多利宁编的《同时代人回忆陀思妥耶夫斯基》(2014)、罗伯特伯德的《文学的深度：陀思妥耶夫斯基传》(2018)、舍斯托夫的《陀思妥耶夫斯基与尼采》(2019)、苏珊·安德森的《陀思妥耶夫斯基》(2019)、安德烈·纪德的《关于陀思妥耶夫斯基的六次讲座》(2019)、约瑟夫·弗兰克的5卷本《陀思妥耶夫斯基》的前4卷(2014—2020)等十多种。

列夫·托尔斯泰研究继续推进，21世纪出现的主要成果有：吴泽霖的《托尔斯泰与中国古典文化思想》(2000、2017)、邱运华的《诗性的启示：托尔斯泰小说诗学研究》(2000)、李正荣的《托尔斯泰的体悟与托尔斯泰的小说》(2001)、李明滨的《托尔斯泰及其创作》(2001)、王智量等编的《托尔斯泰览要》(2006)、陈建华的《人生真谛的不倦探索者——列夫·托尔斯泰传》(2007)、李明滨等编的《托尔斯泰与雅斯纳亚·波良纳庄园》(2007)、杨正先的《托尔斯泰研究》(2008)和《托尔斯泰散论》、张中锋的《列夫·托尔斯泰的大地崇拜情结及其危机》(2015)、张兴宇的《列夫·托尔斯泰的自然生命观研究》(2016)、杨正先的《〈安娜·卡列尼娜〉研究》(2017)等。青年学者金美玲的博士论文《"义"与"圣":托尔斯泰宗教探索之文学书写》(2017)也是值得重视的学术成果。此外,乔治·斯坦纳的《托尔斯泰或陀思妥耶夫斯基》(2011)、麦克皮克和奥文编著的《托尔斯泰论战争》(2013)、托马斯·曼的《歌德与托尔斯泰》(2013)、梅列日科夫斯基的《托尔斯泰与陀思妥耶夫斯基》(全译本,2016)等译著也是重要收获。

2004年,契诃夫逝世100周年;2010年,契诃夫诞辰150周年,这些都引发了学界对契诃夫研究的热情,出现了陈之祥编的《2005海峡两岸"契诃夫学术研讨会"论文集》(2005)、朱逸森的《契诃夫:1860—1904》(2006)、刘研的《契诃夫与中国现代文学》(2006)、马卫红的《现代主义语境下的契诃夫研究》(2009)、许力的《契诃夫笔下的知识分子形象研究》(2011)、徐乐的《雾里看花:契诃夫文本世界的多重意义探析》(2015)、杨莉等的《俄汉文学翻译中的文化认同研究:基于对契诃夫戏剧文本的多元分析》(2015)、董晓的《契诃夫戏剧的喜剧本质论》(2016)、徐乐的《契诃夫的创作与俄国思想的现代意义》(2018),以及有相关性的陈新宇的《经典永恒:重读俄罗斯经典作家——从普希金到契诃夫》(2016)、常颖的《俄罗斯民族戏剧:从冯维辛到契诃夫》(2017)、连丽丽等的《果戈理与契诃夫作品研究》(2018)等著作。苏玲的博士论文《契诃夫传统与二十世纪俄罗斯戏剧》(2001)也值得注意。

近年来,布宁研究出现多种成果,如田永强的《蒲宁传》(2012)、刘淑梅的《贵族的文明·俄罗斯的象征——布宁创作中的庄园主题研究》(2014)、余芳的《白银时代文化语境下的布宁小说创作》(2015)、王文毓的《布宁小说的记忆诗学特色》(2016)、万丽娜的《布宁小说的现代主义文学诠释》(2018)、冯玉芝的《蒲宁叙事艺术研究》(2019)、杨明明的《布宁小说诗学研究》(2019)、叶琳的《生态美学视阈下的布宁创作研究》(2019)等。19世纪和20世纪初期的其他一些重要作家也有一些研究成果。例如,曾思艺的《丘特切夫诗歌研究》(2000)和《丘特切夫诗歌美学》(2009)、吴嘉佑的《屠格涅夫的哲学思想与文学创作》(2012)、杨玉波的《列斯科夫小说文体研究》(2014)、汪隽的《列斯科夫与民间文学》(2015)、高建华的《库普林小说诗学研究》(2016)、李宜兰的《索洛古勃象征主义小说中假定性形式的诗学特征》(2010)、余献勤的《象征主义视野下的勃洛克戏剧研究》(2014)、于明清的《果戈理神秘的浪漫与现实》(2017)、付美艳的《涅克拉索夫的诗歌创作与民间文学》(2017)、高荣国的《冈察洛夫研究:奥勃洛摩夫性格的文化阐释》(2019)等。这一时期的俄国作家研究中相对薄弱的环节得到一定的弥补。

2. 20世纪和21世纪初期俄苏重要作家研究

这里主要包括苏联时期的"主流"作家、"非主流"作家和新俄罗斯作家几种类型，研究情况很不一样。除高尔基和肖洛霍夫外，对苏联时期的"主流"作家的研究总体呈下降趋势。比较有影响的主要有：汪介之的高尔基研究、刘亚丁和冯玉芝的肖洛霍夫研究、董晓的巴乌斯托夫斯基研究、孙玉华和赵杨等的拉斯普京研究等。关于高尔基，黎皓智的《高尔基》(2001)、李建刚的《高尔基与安德烈耶夫诗学比较研究》(2006)、汪介之的《伏尔加河的呻吟——高尔基的最后二十年》(2012)、陈寿朋等的《高尔基学术史研究》(2014)和《高尔基研究文集》(2014)等著作引人注目。关于肖洛霍夫，何云波的《肖洛霍夫》(2000)、刘亚丁的《顿河激流——解读肖洛霍夫》(2001)、冯玉芝的《肖洛霍夫小说诗学研究》(2001)、丁夏的《永恒的顿河：肖洛霍夫与他的小说》(2001)、李毓榛的《肖洛霍夫的传奇人生》(2009)、刘亚丁等的《肖洛霍夫学术史研究》(2014)和《肖洛霍夫研究文集》(2014)等著作除还原肖洛霍夫的真实面貌外，在理论上也有扎实推进。除了这两位作家外，岳凤麟的《马雅可夫斯基》(2005)、王志冲的《还你一个真实的保尔：尼·奥斯特洛夫斯基评传》(2007)、董晓的《走进〈金蔷薇〉：巴乌斯托夫斯基创作论》(2006)、孙玉华等的《拉斯普京创作研究》(2009)、吴萍等的《流亡与回归——阿·托尔斯泰传论》(2013)、赵杨的《当代俄罗斯文学中的乡土意识与民族主义——以拉斯普京创作为例》(2014)、戴可可的《宏伟的现实主义：阿·托尔斯泰的生存智慧与创造美学》(2016)、岳凤麟的《马雅可夫斯基诗歌艺术研究》(2017)等也是这一时期值得注意的成果。

苏联时期的"非主流"作家和新俄罗斯作家成为21世纪中国俄苏文学界关注的热点，涉及的作家有布尔加科夫、帕斯捷尔纳克、阿赫玛托娃、左琴科、茨维塔耶娃、索尔仁尼琴、纳博科夫、布罗茨基、马卡宁、佩列文、彼得鲁舍夫斯卡娅等数十位。关于布尔加科夫研究成果有：唐逸红的《布尔加科夫小说的艺术世界》(2004)、温玉霞的《布尔加科夫创作论》(2008)、谢周的《滑稽面具下的文学骑士：布尔加科夫小说创作研究》(2009)、许志强等的《布尔加科夫魔幻叙事传统探析》(2013)、梁坤的《布尔加科夫小说的神话诗学研究》(2016)等。关于帕斯捷尔纳克研究成果有：高莽的《帕斯捷尔纳克》(2004)、张晓东的《生命是一次偶然的旅行：日瓦戈医生的偶然性与诗学问题》(2006)、冯玉芝的《帕斯捷尔纳克创作研究》(2007)、汪介之的《诗人的散文：帕斯捷尔纳克小说研究》，(2017)、汪磊和王加兴的《〈日瓦戈医生〉的叙事话语研究》(2019)、邸小霞的《帕斯捷尔纳克小说艺术新探索》(2015)等。关于纳博科夫的研究成果有：李小均的《自由与反讽——纳博科夫的思想与创作》(2007)、王霞的《越界的想象：论纳博科夫文学创作中的越界现象》(2007)、刘佳林的《纳博科夫的诗性世界》(2012)、邱静娟的《纳博科夫俄语长篇小说研究》(2019)、郑燕的《纳博科夫之"他者"意识空间构建》(2015)、邱畅的《纳博科夫长篇小说研究》(2016)、王莉莉的《纳博科夫小说叙事艺术研究》(2016)、汪小玲的《纳博科夫文学思想与当代西方文论》(2018)等。关于诗人的研究成果有:刘文飞的《布罗茨基传》(2003)、荣洁的《茨维塔耶娃的诗歌创作研究》(2005)、汪剑钊的《阿赫玛托娃传》(2006)、徐曼琳的《白银的月光——阿赫玛托娃与茨维塔耶娃对比研究》(2011)、龙飞等的《叶赛宁传》(2015)、胡学星的《词与文化:曼德尔斯塔姆诗歌创作研究》(2016)等。

作为专著出现的其他作家的研究成果还有:李莉的《左琴科小说艺术研究》(2005)、赵丹的《多重的写作与解读:论俄罗斯后现代主义小说〈命运线,或米拉舍维奇的小箱子〉》(2005)、郑永旺的《游戏·禅宗·后现代:佩列文后现代主义诗学研究》(2006)、张敏的《白银时代:俄罗斯现代主义作家群论》(2007)、段丽君的《反抗与屈从:彼得鲁舍夫斯卡娅小说的女性主义解读》(2008)、王天兵的《哥萨克的末日》(2008)、淡修安的《普拉东诺夫的世界:个体和整体存在意义的求索》(2009)、程殿梅的《流亡人生的边缘书写:多甫拉托夫小说研究》(2011)、李新梅的《现实与虚幻——维克多·佩列文后现代主义小说的艺术图景》(2012)、孙超的《当代俄罗斯文学视野下的乌利茨卡娅小说创作》(2013)、温玉霞的《索罗金小说的后现代叙事模式研究》(2014)、冯玉芝的《〈癌症楼〉的文本文化研究》(2014)、龙瑜宬的《巨石之下:索尔仁尼琴的反抗性写作》(2015)、宋秀梅的《1920—1930普拉东诺夫小说创作研究》(2016)、皮野的《文化研究视角下的维涅·叶罗费耶夫小说》(2017)、武玉明的《文化转型中的文学重构:鲍里斯·阿库宁小说创作研究》(2019)、池济敏的《普拉东诺夫小说中的孤儿主题研究》(2019)等。中国学界在这一领域的研究成果在数量上已经大幅度增加,其中不少是年轻学者的成果,这些成果的研究视野已大大拓宽,不少著述视角新颖、方法多样,令人欣喜。当然,对"非主流"作家和新俄作家的评价,学界仍存分歧。

(四) 重要文学现象研究

这一时期,不少重要文学现象的研究在深入,视野在拓宽。

1. 俄罗斯文学与文化研究

这方面的成果很丰富,如张冰的《俄罗斯文化解读》(2006)、刘文飞的《伊阿诺斯,或双头鹰——俄国文学和文化中斯拉夫派和西方派的思想对峙》(2006)、徐葆耕的《叩问生命的神性——俄罗斯文学启示录》(2009)、赵杨的《颠覆与重构——论俄罗斯后现代主义文学的反乌托邦性》(2009)、傅星寰等的《现代性视阈下俄罗斯思想的艺术阐释》(2010)、戴卓萌等的《俄罗斯文学之存在主义传统》(2014)、朱建刚的《十九世纪下半期俄国反虚无主义文学研究》(2015)、任光宣的《俄罗斯文化十五讲》(2016)、董晓的《俄罗斯文学:追寻心灵的自由》

(2016)、刘改琳等的《俄罗斯民间故事中的智慧与文化》(2016)、张中锋的《俄罗斯文学中的新美学思想》(2017)、王永编的《俄罗斯文学的多元视角》(2017)、李茜等的《俄罗斯文学中的自然与生态文化研究》(2018)、杜国英的《俄罗斯文学中彼得堡的现代神话意蕴》(2018)、李建军的《重估俄罗斯文学》(2018)等。这些著作或侧重于思想文化层面,或关注生态文化问题,或讨论反乌托邦和反虚无主义现象,或进行文学与艺术等跨学科研究,或探讨文学中的现代神话意蕴等话题,涉及面广泛。

俄罗斯文学与宗教关系研究仍是这一领域的研究重点之一。金亚娜等的《充盈与虚无——俄罗斯文学中的宗教意识》(2003)、梁坤的《末世与救赎——20世纪俄罗斯文学主题的宗教文化阐释》(2007)、金亚娜的《期盼索菲亚——俄罗斯文学中的"永恒女性"崇拜哲学与文化探源》(2008)、谢春艳的《美拯救世界——俄罗斯文学中的圣徒式女性形象》(2009)、刘锟的《东正教精神与俄罗斯文学》(2009)和《圣灵之约:梅列日科夫斯基的宗教乌托邦思想》(2009)、耿海英的《别尔嘉耶夫与俄罗斯文学》(2009)、任光宣等的《俄罗斯文学的神性传统:20世纪俄罗斯文学与基督教》(2010)、李志强的《索洛古勃小说创作中的宗教神话主题》(2010)、郑永旺的《俄罗斯东正教与黑龙江文化》(2010)、王志耕的《圣愚之维:俄罗斯文学经典的一种文化阐释》(2013)、屠茂芹的《十九世纪俄罗斯文学的文化母题》(2014)等著作,从不同角度关注俄罗斯文学与宗教的关系。《圣愚之维:俄罗斯文学经典的一种文化阐释》一书运用文化诗学的研究方法,探讨了作为文化历史现象的圣愚与俄罗斯文学的精神品格、形式品格、生命品格的关系等问题,视角独到,分析深入,充分反映了作者在这一领域的深厚积淀。《别尔嘉耶夫与俄罗斯文学》则从人文思想的层面研究俄罗斯文学,从别尔嘉耶夫与俄罗斯文学的关系切入,深入发掘了别尔嘉耶夫与俄罗斯文学关系中所蕴含的精神文化内涵。

2. 俄苏文学学术史研究、中俄文学关系研究和俄国汉学研究

这一领域的研究成果丰硕,21世纪以来出现了数十种专著。俄苏文学学术史研究的系统成果出现在近20年。陈建华主编的《中国俄苏文学研究史论》(2007)是国内外第一部系统论述中国俄苏文学研究史的专著,这部四卷本著作梳理了中国俄苏文学研究的百年历程,探讨了俄国文论研究等十个方面的专题,勾勒了中国学界对24位俄苏作家的研究历史,对学科发展有所补益。此外,张铁夫的《普希金学术史研究》(2013)、陈寿朋等的《高尔基学术史研究》(2014)、刘亚丁等的《肖洛霍夫学术史研究》(2014)、陈建华等的《中国外国文学研究的学术历程·俄苏卷》(2016)、张磊的《新时期中国俄苏文学学人研究》(2019)也是学术史研究的重要收获。

近 20 年,中俄文学关系研究取得了诸多成果,展开了颇有深度的探讨,其中张铁夫、陈建华、汪介之、林精华等学者的成果较受关注。张铁夫等的《普希金与中国》(2000)、陈顺馨的《社会主义现实主义理论在中国的接受与转化》(2000)、汪介之等的《悠远的回响——俄罗斯作家与中国文化》(2002)、赵明的《历史的文学与文学的历史——五四文学传统与俄罗斯文学》(2003)、王迎胜的《苏联文学图书在中国的出版和传播 1949—1991》(2004)、汪介之的《回望与沉思——俄苏文论在 20 世纪中国文坛》(2005)、林精华的《误读俄罗斯:中国现代性问题中的俄国因素》(2005)、戴天恩编著的《百年书影:普希金作品中译本 1903—2000》(2005)、陈遐的《时代与心灵的契合——十九世纪俄罗斯文学与前期创造社文学之关系》(2006)、李今的《三四十年代苏俄汉译文学论》(2006)、史锦秀的《艾特玛托夫在中国》(2007)、田全金的《启蒙·革命·战争——中俄文学交往的三个镜像》(2009)、陈国恩等的《俄苏文学在中国的传播与接受》(2009)、陈建华编的《文学的影响力——托尔斯泰在中国》(2009)、李逸津的《两大邻邦的心灵沟通:中俄文学交流百年回顾》(2010)、汪介之的《文学接受与当代解读:20 世纪中国文学语境中的俄罗斯文学》(2010)、陈建华等的《俄罗斯人文思想与中国》(2011)、林精华的《现代中国的俄罗斯幻象》(2011)、陈南先的《师承与探索:俄苏文学与中国十七年文学》(2011)、陈建华的《丽娃寻踪——陈建华教授讲中俄文学关系及其它》(2014)、汪介之的《别求新声——比较文学与中俄文学交流》(2014)等著作各有特色。近 5 年来,这一领域的成果更是集中出现,如李明滨等的《中外文学交流史·中国-俄苏卷》(2015)、孙郁的《鲁迅与俄国》(2015)、祁晓冰的《新疆少数民族文学与俄苏文学关系研究》(2015)、李逸津的《文化承传与交流互读》(2016)、庄桂成的《中国接受俄国文论研究》(2016)、孙丽珍的《俄罗斯文学中的中国形象研究》(2017)、田洪敏的《当代俄罗斯文学进程中的中国形象研究》(2018)、金钢的《黑土地上的金蔷薇:俄罗斯文化对近现代东北文学的影响》(2018)、谢金玲的《改革开放以来俄罗斯文学在华译介传播研究》(2019)等著作,这些著作多侧面地展示了俄罗斯文学文化与中国的深度关联。此外,佛克马的《中国文学与苏联影响(1956—1960)》(2011)等译著和国内的一些博士学位论文[①]也值得重视。

[①] 以 21 世纪最初 10 年为例,就有郭春林的《拯救之路——1897—1927 年俄语翻译文学研究》(2000)、陈春生的《瞿秋白与俄罗斯文学》(2003)、朱静宇的《王蒙小说与苏俄文学》(2005)、黄伟的《〈日瓦戈医生〉在中国》(2006)、丁世鑫的《陀思妥耶夫斯基在现代中国(1919—1949)》(2006)、池大红的《俄苏文学在中国的两副镜像》(2007)、李丽的《俄苏文学浸润下的中国现代散文作家》(2008)、周琼的《赫尔岑与中国》(2009)和苏畅的《俄苏翻译文学与中国现代文学》(2009)等。

同时，不少著作探讨了俄国汉学的历史，以及中国文学在俄罗斯的传播问题。这一领域的著作不少，其中李明滨、阎国栋、张冰(女)等学者成绩突出。例如：李明滨的《中国文学俄罗斯传播史》(2011)是作者多年积累，不断充实的重要著作；张冰的《俄罗斯汉学家李福清研究》(2015)对李福清在中国民间文学和民间艺术、中国神话和市民文学等领域取得的学术成就作了透彻的分析，并将其置于跨文化的视域中加以考察，同时还探讨了李福清的研究思路、研究方法，以及治学精神。另有阎国栋的《俄国汉学史》(2006)和《俄罗斯汉学三百年》(2007)、赵春梅的《瓦西里耶夫与中国》(2007)、李伟丽的《尼·雅·比丘林及其汉学研究》(2007)、陈蕊的《国图藏俄罗斯汉学著作目录》(2013)、宋绍香的《中国新文学俄苏传播与研究史稿》(2015)、高玉海的《中国古典小说在俄罗斯的翻译和研究》(2015)、李伟丽的《俄罗斯汉学的太阳：尼·雅·比丘林》(2015)、阎国栋等的《中俄文化交流史·清代民国卷》(2016)、郭景红的《当代俄罗斯(1991—2010)中国文学研究》(2017)、王立业等的《中国现代文学作家在俄罗斯》(2018)、李春雨的《老舍作品在俄罗斯》(2018)等。这一时期还出版了不少相关的译著，如罗曼年科的《俄罗斯作家笔下的中国》(2011)、《苏联时代的中国文学研究：波兹涅耶娃汉学论集》(2016)、《汉学传统与东亚文明关系论——季塔连科汉学论集》(2018)、玛玛耶娃的《俄罗斯汉学的基本方向及其问题》(2018)、达岑申的《俄罗斯汉学史(1917—1945)：俄国革命至第二次世界大战期间的中国研究》(2019)等，也很有价值。

3. 知识分子研究、女性文学研究、侨民文学研究、文体研究等

有不少学者分别从上述角度，对众多的文学现象进行了多视角的研讨。例如，朱律刚的《普罗米修斯的"堕落"——俄国文学知识分子形象研究》(2006)、张晓东的《苦闷的园丁——"现代性"体验与俄罗斯文学中的知识分子形象》(2009)、朱达秋等的《知识分子：以俄罗斯和中国为中心》(2010)等著作关注知识分子形象的转变轨迹，并进行了深入的理性思考。陈方的《当代俄罗斯女性小说研究》(2007)和《俄罗斯文学的"第二性"》(2015)关注的是俄罗斯文学中的女性文学问题。黎皓智的《俄罗斯小说文体论》(2001)、王加兴的《俄罗斯文学修辞特色研究》(2004)、朱宪生的《走近紫罗兰——俄罗斯文学文体研究》(2006)、王加兴等的《俄罗斯文学修辞理论研究》(2009)、王加兴的《俄罗斯文学经典的语言艺术》(2017)等，从文体角度探讨俄罗斯的文学现象。"俄侨文学国际学术研讨会"(2002)的召开对国内的俄侨文学研究有明显推动作用，这次会议的论文大都收入了《俄语语言文学研究·文学卷》(第二辑，2003)。21世纪这方面的主要成果还有：李萌的《缺失的一环——在华俄国侨民文学》(2007)和

汪介之的《流亡者的乡愁——俄罗斯域外文学与本土文学关系述评》(2008)，两部著作材料丰富，论述扎实。李著既有俄侨文学在中国出现和发展情况的介绍，也有对重点作家阿尔谢尼·涅斯梅洛夫和瓦列里·别列列申的深入研究；汪著讨论了旅欧俄罗斯流散文学现象。苏丽杰的《20世纪俄罗斯本土文学与侨民文学研究》(2018)也探讨本土文学与侨民文学的关系。此外，李延龄主编的《中国俄罗斯侨民文学丛书》(5卷)、汪剑钊主编的《20世纪俄罗斯流亡诗选》(2卷)和刘文飞等翻译的阿格诺索夫的《俄罗斯侨民文学史》也值得重视。

此外，梁坤的《二十世纪俄语作家史论》(2000)、顾蕴璞的《诗国寻美：俄罗斯诗歌艺术研究》(2004)、杨素梅等的《俄罗斯生态文学论》(2006)、陈建华的《阅读俄罗斯》(2007)、杨明明的《回归经典：多维视角下的俄罗斯文学》(2013)、惠继东的《19世纪俄国作家笔下的小人物形象新探》(2014)、刘文飞的《俄国文学的有机构成》(2015)、曾思艺的《俄罗斯文学讲座：经典作家与作品》(2015)、韦苇的《俄罗斯儿童文学论谭》(2015)、刘亚丁的《俄罗斯文学感悟录(1760—2010)》(2016)、王永编的《俄罗斯文学的多元视角》(2017)、刘文飞的《俄国文学演讲录》(2017)、曾思艺的《俄罗斯诗歌研究》(2018)、汪剑钊的《俄罗斯现代诗歌二十四讲》(2020)等著作则涉及更多的领域，并在相关专题的研究中显示了自己的特色。同时，刁绍华编的《二十世纪俄罗斯文学词典》(2000)、龚人放主编的《俄汉文学翻译词典》(2000)、郑体武主编的《俄罗斯文学辞典》等辞书，以及(美)纳博科夫的《俄罗斯文学讲稿》(2015)、(俄)尼克利斯基的《俄罗斯文学的哲学阐释》(2017)、(英)卡特里奥娜·马睿的《俄罗斯文学》(2019)等译著也颇有价值。

4. 综合研究

除了上述研究以外，近20年一批老专家陆续推出了自己的论文集，如《吴元迈文集》(2005)、《刘宁论集》(2007)、《谭得伶自选集》(2007)、《白春仁文集》(2007)、《程正民著作集》(2007)、王智量的《论19世纪俄罗斯文学》(2009)、陆人豪的《回眸：俄苏文学论集》(2010)、倪蕊琴的《俄罗斯文学魅力》(2011)、黎皓智的《拾取思想的片断——回眸俄罗斯文学艺术》(2011)等，这些文集涉及俄苏文学研究的诸多领域，其中对理论问题和方法论问题的探讨尤其值得关注。还出现了一些纪念性或回忆性的文集，如《文化与友谊的使者——戈宝权》(2001)、草婴的《我与俄罗斯文学：翻译生涯六十年》(2003)、高莽的《高贵的苦难——我与俄罗斯文学》(2007)、《理想的守望与追寻——张铁夫先生治学育人之路》(2008)、《一个不老的老人——王智量》(2008)、《曹靖华诞生110周年纪念文集》(2009)、《北京大学俄罗斯语言文学系53级毕业50年》(2009)、《译笔求道路漫漫——草婴》(2010)、《窗砚华年——北京师范大学苏联文学进修班、研究班纪念文集》(2012)、刘宁的《跨文化俄苏文学访谈录》(2019)等,这些著作史料丰富,生动形象,它们的面世有助于中国俄办文学研究的薪火传承。《窗砚华年——北京师范大学苏联文学进修班、研究班纪念文集》一书生动地记录了一段重要的史实。1956年2月至6月,北京师范大学受教育部委托创办了苏联文学进修班和研究班,任课的有柯尔尊和格拉西莫娃等苏联专家,在此期间,学员参与了俄苏文学教材和教学大纲的编写。1958年7月结束学业后,92名学员赴各地高校工作,在一段时间里成为国内俄苏文学教学与研究领域中的重要力量。《跨文化俄苏文学访谈录》是集纪念、访谈和研究为一体的著作,很有价值。此外,散文和随笔是比较随性的文字,但其中往往包含着重要的信息和有价值的思想,如高莽的《灵魂的归宿——俄罗斯墓园文化》(2000)和《俄罗斯大师的故居》(2005)、李明滨等的丛书"俄罗斯文化名人庄园"(2007)、陈建华等的《顿河晨曦——今日俄罗斯漫步》(2007)、童道明的《阅读俄罗斯》(2008)、高莽的《墓碑·天堂》(2009)、刘文飞的《文学的灯塔》(2015)、闻一的《漫步白桦林》(2016)等。

21世纪以来,中国俄苏文学研究取得的成绩是出色的。当然,由于外在的和内在的各种因素对学术研究产生的影响,问题也不少。俄苏文学界也存在学风不够严谨,理论运用过于随意,甚至生搬硬套的现象。有学者曾对此给予过尖锐的批评,称有些人对巴赫金"理论生吞活剥,仅仅满足于舞弄这些新鲜术语,让批评文章有所谓的浅薄的新意"[1]。批评触及了浮躁学风的要害。研究中也存在过于追求"热点"的现象,以致某些领域研究对象过于集中,如俄苏文论研究尽管较前有所拓展,但仍需要让更多的文论和文论家进入我们的视野;作家研究中也存在类似问题,古典作家的研究面较窄,苏联时期主流作家的研究在整个俄苏作家的研究中占比过小,研究中出现另一种不合理的"倾斜现象";中俄文学关系研究中也存在重复研究的现象。批判性思维有待加强,以减少成果中创见成色不足、编译色彩较浓的现象。当今的俄罗斯文坛与20世纪的文坛相比已经发生巨大变化,中国学界需进一步加强对当代的研究,研究不足也会造成国内译介新俄罗斯文学视野的局限。大型综合性的高质量研究成果仍相对缺乏。近20年,出现过一些大型综合性的成果,如前面提到的程正民主编的丛书"20世纪俄罗斯诗学流派"[2],这套丛书的作者多为学有专长的专

---

[1] 张素玫:《巴赫金理论的中国本土化研究》,人民出版社,2019年,第218页。
[2] 该丛书系教育部重点研究基地重大项目成果,包括《巴赫金的诗学》(程正民)、《俄罗斯社会学诗学》(王志耕)、《俄罗斯形式主义诗学》(张冰)、《普罗普的故事诗学》(贾放)、《俄罗斯历史诗学》(马晓辉)、《洛特曼的结构诗学》(张冰),共6卷。

家,成果显示了俄罗斯诗学不同流派的独特品格,很有价值,而且还有继续拓展的空间,如关于"心理学诗学、体裁诗学、语言诗学、新形式主义诗学、叙事诗学、文化诗学"[①]等的研究。目前,这样的综合性的成果数量偏少。大型综合性的高质量研究成果是学科成熟的标志,相信随着若干个正在实施的国家社科基金重大项目和教育部社科基金重大项目的完成,这一状况会逐步改变。俄苏文学研究要与时代同步,坚持中国问题和中国话语的导向,努力为中国社会和中国学术的发展提供有独特价值的精神产品。中国的俄苏文学研究任重道远。

三、生命的视野

在绵延百余年的中俄文学交流中,我们时时能见到俄苏文学学人的身影。这是一支优秀的学人队伍,他们中的不少人以自己执着的学术追求,为中国学术事业的繁荣奉献了毕生精力。中国的俄苏文学学人主要包括俄苏文学的研究者与翻译家两大部分,其中有不少人同时具备两种身份。

中国的俄苏文学学人中一个重要的群体是文学翻译家。俄罗斯文学的翻译至今仍在为中国文化的发展提供着重要的思想与艺术的资源。从译介学的角度看,翻译不仅仅是一种文字上的转换,更是一种文化层面的再创造。译者选择哪些文学作品作为翻译源,在何种程度上对这些作品作何种向度的再创造,都是由译者的人文品格决定的。人文品格是人的文化修养、文化素质、文化品位、精神人格等因素的综合。能否在文学翻译活动中坚持自己的文化理想,这一点最能体现翻译家的人文品格。

2000年以来,又有一批优秀的俄苏文学翻译家及学者先后去世,如戈宝权、叶水夫、梅益、陈冰夷、张羽、许磊然、包文棣、草婴、蒋路、谢素台、高莽、刘宁、魏荒弩、冯增义、李树森、李兆林、孙美龄、刁绍华、童道明、钱育才、楼适夷、王金陵、徐成时、刘辽逸、石枕川、余一中、戴骢等,他们的离开让人惋惜。近年来离开的高莽先生(1926—2017)是学者兼翻译家,他的翻译生涯长达70年,译出了普希金、莱蒙托夫、屠格涅夫、叶赛宁、阿赫玛托娃、帕斯捷尔纳克、曼德尔施坦姆、特瓦尔多夫斯基、叶夫图申科、冈察尔等数十位作家的大量文学作品。高莽先生对翻译有很高的标准,一篇译稿往往要改八九遍之多。他坚持译成汉文的诗要耐读、有品位,应当是诗。在他看来,翻译是需要流血流汗的,所费的精力绝不亚于原创。2020年离开的戴骢先生(1933—2020)也以译作上佳闻名。戴骢,原名戴际安。他自言取此笔名与"青骢马"有关,"青骢马"是一种普

[①] 杜书瀛:《一座诗学富矿的开拓性发掘》,《文艺报》2020年1月15日。

通的但能吃苦耐劳的马,他在名字当中用这个字,就是希望自己在文学翻译的道路上也能有吃苦的精神①。戴骢先生译有屠格涅夫、蒲宁、巴别尔、阿赫玛托娃、布尔加科夫、帕乌斯托夫斯基、左琴科等作家的约数百万字的作品。有同行翻译家称戴骢先生的译文"硬朗活跳,铿铿锵锵,字字金贵,语感和生活互交相融,无情和有情兼备,真不可方物"。如此佳评,实不为过。这里还要提一下过早离去的余一中先生(1945—2013)。这也是一位一丝不苟的译者,他本人表示自己一直是"以'战战兢兢,如履薄冰'的态度"对待翻译工作。他翻译了《〈鳄鱼〉六十年》《悲伤的侦探》《不合时宜的思想》等大量重要作品,赢得学界好评。他在世时对那些缺乏责任心的译者以及不负责任的译作的尖锐批评仍留在不少人的记忆中。他曾经指出,从某些译著的译文看,"译者并不具备这方面的知识,因此译文中出现了许多有关俄罗斯文学的知识性的错误",以及"大量因为缺乏责任心而出的错误"②。这些现象的产生往往为名利驱动所致,而一些名著因此被粗制滥译所糟蹋,实为可惜。这些翻译家的深厚造诣和严肃态度造就了他们的翻译成就。在中国当下文化格局中新一代的俄苏文学翻译家如何继承老一代学人的文化理想和艺术追求,是一个很现实的问题,它关系到21世纪中俄文学关系的健康发展。

中国的俄苏文学翻译家是一个庞大的群体,除了众多中青年翻译家外,跨入21世纪时,健在的老一代的翻译家还有近百人,其中有如草婴先生(1923—2015)那样的翻译大家。草婴先生是一个将自己的精神血肉融入翻译事业的杰出翻译家。2019年,《草婴译著全集》问世。该全集由上海文艺出版社编辑,主要收集和整理了草婴先生毕生翻译的俄苏文学作品,22卷,约1000万字,其中12卷是列夫·托尔斯泰的小说,7卷是莱蒙托夫、肖洛霍夫和巴甫连科等俄苏作家的作品,1卷是草婴先生关于俄苏文学的著述,另外2卷分别是草婴先生的报刊文章和编著的俄文语法书。全集是草婴先生翻译艺术的集中体现,也是这位杰出的俄苏文学翻译家的精神丰碑。草婴先生翻译活动中最后的也是最重要的一件事情就是翻译列夫·托尔斯泰的小说全集。这主要是从"文革"以后开始的。1980年他在为华东师范大学学生开设的"文学翻译"课上,就谈到了他正在进行的这项工作。他还将刚刚译完的部分初稿油印出来,发给学生,并以此为例谈他的译介心得,如结合《安娜·卡列尼娜》的译稿来谈人物外貌的翻译等,例证鲜活生动。那年,草婴先生才五十多岁,他给自己设定的译出托尔

---

① 引自梁鸿鹰:《戴骢:像"青骢马"一样吃苦耐劳的翻译家》,《文学报》2020年6月18日。
② 余一中:《俄罗斯文学的今天和昨天》,黑龙江人民出版社,2006年版,第5、331—332、335页。

斯泰全部小说的宏大计划才起步不久。历经二十多年的努力,这个计划终于完成。如俄罗斯汉学家李福清所言:"一个人能把托尔斯泰小说全部翻译过来的,可能全世界只有草婴。"当然,这里不仅仅是鸿篇巨译,还是生命的交融。

2010年11月10日,托尔斯泰逝世一百周年的那天,华东师范大学外国文学与比较文学研究所与上海作协、译协等单位联合召开了一次具有纪念性质的学术讨论会。先生已88岁高龄,且已经卧病两年,当得知此次会议的事后坚持要来参加。会议举行的那天,先生坐轮椅来到会场,并在会上作了二十多分钟的发言。他谈到了托尔斯泰的艺术成就、人格力量和人道主义思想,也谈到了他翻译托尔斯泰作品的体会。先生说得很动情,让在场的许多中外与会者动容。先生抱病与会是基于对托尔斯泰的挚爱。这种爱不仅仅是因为译者的身份,更是出于对托尔斯泰人格和理想的认同。草婴先生曾这样解释他翻译托尔斯泰小说全集的理由:"托尔斯泰文学作品在中国获得成功,主要是作品本身写得好",而且"他的作品思想性比较接近我的内心活动"。在他参加的那次纪念托尔斯泰逝世百年的会议上,他再次生动地阐述了自己与托尔斯泰在心灵上的沟通。确实,这是一种生命的交融。草婴先生早年受到进步思想的影响,中学时期就在中共地下党领导人姜椿芳的引导下开始为《时代》翻译一些俄文稿件。年轻时期的这些翻译活动促进了他精神上的成长。草婴先生回忆说:"通过阅读和翻译,我清楚地看到了法西斯主义的残酷和反法西斯斗争的重大意义。我认识到,反法西斯战争是决定人类命运的一场搏斗。"抗战胜利后,他成为苏联塔斯社上海分社的一员,走上了专业俄文翻译的道路。新中国成立后,草婴先生集中翻译了肖洛霍夫等苏联作家的一些重要作品,引起过热烈反响,而他也在这时开始关注人道主义问题。"文革"期间,因为对肖洛霍夫等苏联作家作品的译介,草婴先生遭遇到了非人的折磨。他在《我的为什么翻译》一文中表示:"文革"结束后,下决心系统介绍托尔斯泰的作品,是因为"我认识到托尔斯泰是伟大的人道主义者,他的一生体现了人道主义精神"①。

为了将托尔斯泰的精神世界通过译文完整地传达给读者,草婴先生给自己定下的标准是要具备像原著一样的艺术标准和艺术要求。在与翻译家高莽先生的一次交谈时,草婴先生谈到他力图达到这一目标的步骤:"第一步是反反复复阅读原作,首先要把原作读懂,这是关键的关键。""托翁写作《战争与和平》时,前后用了六年的时间,修改了七遍。译者怎么也得读上十遍二十遍吧?读懂了,作品中的人物形象在自己的头脑里清晰了,译时才能得心应手。""第二步

---

① 草婴:《我与俄罗斯文学——翻译生涯六十年》,文汇出版社,2003年,第4页。

是动笔翻译,也就是逐字逐句地忠实地把原著译成汉文。翻译家不是机器,文学翻译要有感情色彩。""《战争与和平》有那么多纷纭的历史事件,表现了那么广阔的社会生活,牵涉到那么多的形形色色的人物。作为译者就必须跟随着作者了解天文地理的广泛知识,特别是俄国的哲学、宗教、政治、经济、军事、风俗人情、生活习惯等",这就"离不开字典,离不开各种工具书和参考书"。"下一步是仔细核对译文。检查一下有没有漏译,有没有误解的地方。仔仔细细一句一句地核对。再下一步就是摆脱原作,单纯从译文角度来审阅译稿"。要做到译文流畅易读,"有时还请演员朋友帮助朗诵译稿,改动拗口的句子"。"再下一步就是把完成的译稿交给出版社编辑审读了。负责的编辑能提出宝贵意见。然后我再根据编辑的意见认真考虑,作必要的修改。"在校样出来后,他至少还要通读一遍[①]。这里似乎用"精益求精"一词已不足以形容草婴先生的工作,也许"呕心沥血"才是更贴切的字眼。可以想见,草婴先生在书桌前那日复一日的默默的坚韧的工作。不能说,草婴先生的全部译著都是精确无误的(这是任何译者都无法达到的标准),但是读者是那么喜欢草婴的译作,因为他译出了托尔斯泰作品的精髓,如原著那样给人以精神的力量和艺术的震撼。当我们拥有了这么多洋洋洒洒的谈翻译理论的著述,拥有了前人所无法比拟的大量的文学翻译成果时,新一代的不少文学译作的水准恐怕还难以实现实质性的超越。其中缘由,看看草婴先生的自述,也许就有了答案。今天不缺少一般的翻译工作者,缺少的是如先生那样将生命融入其中的优秀的翻译家。这就是老一代俄苏文学翻译家留给后人的最珍贵的遗产。有一篇关于草婴先生的学位论文在文末也表达了这个意思:"透过历史的长廊,我们感受到一种时光的沉重,同时也看到了一种穿越时光的力量,那是一种从恬淡人生透悟出的人格力量,是一种宽广而深刻的生命视野。"[②]

  进入21世纪,一批在改革开放之初发挥过重要作用的前辈学者逐渐离去。人们没有忘记这些筚路蓝缕、辛勤耕耘的学者,缅怀老一代著名学者的纪念活动在不少高校和研究机构展开。如2007年和2017年,北京大学先后举办的"曹靖华先生诞辰110周年纪念会暨俄罗斯文学国际研讨会"和"曹靖华先生诞辰120周年纪念暨学术研讨会";2009年,华东师范大学举办的"纪念余振先生

[①] 高莽:《翻译家草婴其人》,载草婴:《我与俄罗斯文学——翻译生涯六十年》,文汇出版社,2003年,第192—193页。
[②] 赵明怡:《论俄罗斯文学翻译家草婴的翻译思想与翻译人生》,华东师范大学硕士学位论文,2008年,第39页。

百年诞辰暨俄罗斯文学研讨会"[①];2010 年,中国社科院外文所和华东师范大学分别举办的"戈宝权先生逝世 10 周年纪念会"等。目前,从事俄苏文学研究的学者数量仍然不少,主要集中在中国社会科学院和各地高校中[②]。可以浏览一下 21 世纪这支研究者队伍的基本面貌。

中国社会科学院的俄苏文学研究队伍人数较多,21 世纪以来先后在这里工作的主要有:陈燊、高莽、张羽、吴元迈、钱中文、薛君智、孙美玲、张捷、李辉凡、王守仁、钱善行、郭家申、童道明、冀元璋、吕绍宗、严永兴、石南征、董小英、吴晓都、李萌、苏玲、侯玮红、侯丹、文导微、张晓强、王景生、万海松、徐乐等,成果丰硕。例如,陈燊的俄罗斯经典作家研究,高莽的帕斯捷尔纳克研究和普希金研究,张羽的高尔基研究,薛君智的苏联回归作家研究,孙美玲的肖洛霍夫研究,张捷对俄罗斯文学现状的关注,吴元迈的俄苏文论研究和经典作家研究,钱中文的果戈理研究和巴赫金研究,李辉凡的高尔基研究和 20 世纪俄苏文学思潮研究,王守仁的俄苏诗歌研究,钱善行的当代苏联小说创作研究,童道明的俄罗斯戏剧研究,严永兴对 20 世纪俄罗斯文学的研究,董小英的巴赫金研究,吴晓都的普希金研究,侯玮红的当代俄罗斯文学研究等,均显示了这一群体雄厚的研究实力。

北京高校的俄苏文学研究的学者主要集中在北京大学、北京师范大学等学校。21 世纪北京大学的相关学者主要有:彭克巽、岳凤麟、顾蕴璞、徐稚芳、李明滨、李毓榛、任光宣、赵桂莲、张冰、凌建侯、查晓燕、陈思红、彭甄、刘洪波、王彦秋、陈松岩、刘浩等。彭克巽的苏联小说史和陀思妥耶夫斯基小说艺术研究,顾蕴璞和岳凤麟的俄罗斯诗歌研究,李明滨的俄罗斯汉学和中俄文化关系研究,李毓榛的 20 世纪俄罗斯文学研究,任光宣的俄国文学与宗教研究,赵桂莲的陀思妥耶夫斯基研究,凌建侯的巴赫金研究,张冰的李福清研究,查晓燕的普希金研究等,都有广泛影响。北京师范大学是我国俄苏文学研究的重镇,该校主编有期刊《俄罗斯文艺》。主要学者有:刘宁、谭得伶、蓝英年、章廷桦、李兆林、匡兴、傅希春、徐玉琴、潘桂珍、程正民、吴泽霖、夏忠宪、贾放、张冰、李正荣、

---

① 这次纪念余振(李毓珍)先生的会议是与北京大学俄语系合办的。余振先生早年投身革命,1935 年毕业于北平大学,后在西北大学等处任教。新中国建立之初,他与曹靖华先生一起创办北京大学俄语系,任系副主任。余振先生是中国最早也是最有成就的俄罗斯诗歌的翻译家之一。改革开放后,余振先生任教于华东师范大学。
② 在其他机构也有少量相关学者,这里暂不涉及。台港澳地区的学者也暂不包含在内。此外,近 20 年间大陆地区的学者也存在人员流动(包括离去)的现象,变化较大,此处仅勾勒总貌,不作细分,如有误差,敬请谅解与指正。

张晓东等。刘宁的俄国文学批评史研究和俄国历史诗学研究,谭得伶的高尔基研究,程正民的俄苏文艺理论研究,吴泽霖的托尔斯泰研究,夏忠宪的巴赫金研究,张冰的俄国形式主义研究和俄国文学思潮研究,李正荣的托尔斯泰研究,张晓东的俄罗斯文学中的知识分子形象研究等,均显示了北京师范大学学者积淀的丰厚。北京外国语大学的俄苏文学学者主要有:刘宗次、邓蜀平、顾亚玲、白春仁、李英男、张建华、汪剑钊、柳若梅、王立业、黄玫、郭世强、潘月琴、叶丽娜、孙磊等。刘宗次的俄罗斯文学研究,白春仁的巴赫金文论研究,张建华的20世纪俄罗斯文学研究,王立业的屠格涅夫研究,汪剑钊的俄国诗人研究,黄玫的20世纪俄罗斯诗学理论研究,潘月琴的20世纪俄罗斯文学研究,柳若梅的俄罗斯汉学研究等,均有不错的成果。首都师范大学的相关学者主要有:邱运华、刘文飞、林精华、王宗琥、季星星、于明清等。该校现有北京斯拉夫研究中心,力量较强。邱运华的托尔斯泰小说诗学研究和俄苏文学思想史研究,刘文飞的布罗茨基研究、俄苏文学史和思想史研究,林精华的俄罗斯文化转型问题研究和中俄文学关系研究,王宗琥的20世纪俄罗斯先锋主义文学研究等,均有新意和深度。中国人民大学相关学者主要有:王金陵、梁坤、陈方、张鹤、金美玲等,王金陵的屠格涅夫研究,梁坤的俄罗斯文学主题的宗教文化阐释研究,陈方的俄罗斯文学中的女性形象研究,金美玲的托尔斯泰研究等,各有建树。此外,北京第二外国语学院张变革的陀思妥耶夫斯基研究,北京电影学院的贺红英的文学语境中的苏联电影研究等,也颇有特色。

东北在地理位置上毗邻俄罗斯,俄语普及程度高,学者分布面广。黑龙江大学有金亚娜、荣洁、郑永旺、刘锟、戴卓萌、孙超、张敏、白文昌等,吉林大学有李树森、刘翘、万冬梅等,东北师范大学有何茂正、刘玉宝、刘妍等,哈尔滨师范大学有甘雨泽、赵晓彬、杨玉波、高建华、杨燕等,哈尔滨工业大学有谢春艳、杜国英等,齐齐哈尔大学有李延龄、苗慧、何雪梅、杨雷等,大连外国语大学有孙玉华等,辽宁师范大学有傅星寰、唐逸红等。其中,黑龙江大学的学者最为集中,该校拥有教育部重点研究基地"俄罗斯语言文学文化研究中心"。东北地区的学者在俄苏文学研究方面取得了一批重要成果。例如,金亚娜的西伯利亚文学研究和俄罗斯文学与宗教关系研究,荣洁的茨维塔耶娃的诗歌研究,郑永旺的俄罗斯后现代主义诗学研究,刘锟的东正教精神和俄罗斯文学研究,刘翘的陀思妥耶夫斯基研究,何茂正的苏联文学研究,李树森的肖洛霍夫研究,李延龄的俄罗斯侨民文学研究,赵晓彬的俄罗斯现代文论研究,谢春艳的俄罗斯现当代作家研究,孙玉华的拉斯普京研究,傅星寰的俄罗斯文学与现代性研究,唐逸红的布尔加科夫研究,戴卓萌的俄罗斯文学中的存在主义传统研究,孙超的乌利茨卡娅小说创作研究,张敏的俄罗斯现代主义作家的研究等。

华北和西北地区的俄苏文学学者主要集中在高校。在华北,有南开大学的叶乃芳、王志耕、阎国栋、王丽丹、赵春梅、姜敏、任明丽,天津师范大学的李逸津、曾思艺,天津外国语大学的黄晓敏,天津广播电视大学的张鸿榛,中国人民公安大学的刘肖岩,河北师范大学的史锦秀等。在西北,有西北大学的雷成德,陕西师范大学的马家骏、马晓翙、韦建国、孔朝晖,西安外国语大学的温玉霞,兰州大学的徐家荣、常文昌、刁在飞、司俊琴,宁夏大学的赵明,内蒙古大学的陈寿朋、杜宗义,内蒙古师范大学的马晓华,新疆大学的杨蓉和吴剑平等。王志耕的陀思妥耶夫斯基诗学研究和俄罗斯文学经典的宗教文化阐释研究,阎国栋的俄国汉学研究,李逸津的中俄文学关系研究,曾思艺的俄罗斯诗歌研究,刘肖岩的俄国戏剧对白研究,史锦秀的艾特玛托夫在中国研究,雷成德的托尔斯泰研究,马家骏的俄苏文学研究,陈寿朋的高尔基研究,徐家荣的肖洛霍夫研究,温玉霞的布尔加科夫研究和俄罗斯后现代小说研究,常文昌的中亚东干文学研究等,均有成绩。

21世纪的上海,有着数量可观的俄苏文学研究者。复旦大学的俄苏文学学者主要有:夏仲翼、翁义钦、袁晚禾、李新梅、汪海霞等。夏仲翼的巴赫金及俄苏文论研究,翁义钦的苏联文学研究,李新梅的俄罗斯后现代主义文学研究,汪海霞的果戈理研究等,各有成就。华东师范大学的相关学者主要有:倪蕊琴、王智量、冯增义、朱逸森、曹国维、徐振亚、干永昌、陈建华、王圣思、田全金、贝文力、王亚民、陈静等学者,研究成果颇丰。如倪蕊琴的托尔斯泰研究、中俄文学比较研究和当代苏俄文学研究,王智量的19世纪俄罗斯文学研究,冯增义的陀思妥耶夫斯基研究,朱逸森的契诃夫研究,徐振亚的俄苏文学研究,陈建华的托尔斯泰研究、中俄文学关系研究和俄苏文学学术史研究,田全金的陀思妥耶夫斯基研究,贝文力的俄罗斯文学与艺术研究,王亚民的俄罗斯侨民文学研究等。上海外国语大学有江文琦、周敏显、廖鸿钧、金留春、黄成来、许贤绪、陆永昌、冯玉律、谢天振、郑体武、刘涛、叶红、周琼、刘丽军、齐昕等学者。江文琦的苏联文学研究,廖鸿钧的高尔基研究,许贤绪的当代苏联小说史和诗歌史研究,冯玉律的蒲宁研究,郑体武的俄国现代主义诗歌研究,刘涛的俄罗斯文学与基督教研究,叶红的蒲宁研究,周琼的赫尔岑研究等,相关著述丰富。上海师范大学的俄苏文学学者主要有:杜嘉蓁、王秋荣、朱宪生、田洪敏等。杜嘉蓁的俄罗斯诗歌研究,朱宪生的屠格涅夫研究,田洪敏的马卡宁研究等较有影响。此外,上海大学耿海英的别尔嘉耶夫与俄罗斯文学研究,上海交通大学杨明明的洛特曼符号学理论研究等,也有独到之处。

江浙皖闽鲁有不少学者。在江苏,南京大学的相关学者主要有陈敬咏、余绍裔、袁玉德、余一中、王加兴、董晓、段丽君、赵丹、赵杨等。陈敬咏的苏联战争文学研究,余绍裔的俄苏文学研究,余一中的当代俄罗斯文学研究,王加兴的俄罗斯文学修辞研究,董晓的巴乌斯托夫斯基研究和契诃夫研究等,颇有建树。南京师范大学的相关学者主要有:张杰、汪介之、康澄、王永祥等。张杰的俄苏文论研究,汪介之的苏联作家研究和中俄文学关系研究,段丽君的彼得鲁舍夫斯卡娅小说研究,赵丹的哈里托诺夫小说研究,赵杨的俄罗斯后现代主义文学研究和拉斯普京研究等,各有特色。苏州大学的学者主要有:陆人豪、陆肇明、李辰民、朱建刚、李冬梅等。陆人豪的俄苏文学研究,李辰民的契诃夫研究,朱建刚的俄国文学知识分子形象研究和反虚无主义文学研究,李冬梅的俄苏文论研究等,均有影响。此外,原解放军国际关系学院的冯玉芝的肖洛霍夫等俄苏作家研究,也见实力。在浙江,21世纪相关学者主要集中在浙江大学,有吴笛、周启超、王永、周露、陈新宇等。吴笛的俄苏诗人研究,周启超的俄国白银时代文学研究、俄苏当代文论和斯拉夫文论研究,王永的俄罗斯诗歌研究,许志强的布尔加科夫魔幻叙事研究等,实力雄厚,成绩突出。另在浙江外国语学院等校也有零星学者分布,如马卫红的契诃夫研究等。在皖闽鲁,有安徽师范大学的任立侠、邱静娟、朱少华,黄山学院的吴嘉佑,厦门大学的陈世雄、周湘鲁、徐琪、王文毓;在山东,有山东大学的李建刚、皮野、白茜,山东师范大学的胡学星,曲阜师范大学的季明举、济南大学的张中锋,青岛科技大学的张兴宇、吴倩等。陈世雄的俄苏戏剧研究,吴嘉佑的屠格涅夫研究,周湘鲁的俄罗斯戏剧和俄罗斯生态文学研究,李建刚的高尔基与安德列耶夫诗学研究,季明举的俄罗斯批评理论研究,胡学星的曼德尔施塔姆诗歌研究,皮野的当代俄罗斯文学研究,张中锋和张兴宇的托尔斯泰研究等,均有建树。

在西南、华中和华南地区也有众多从事俄苏文学研究的优秀学者。在西南,主要有:四川大学的刘亚丁、李志强、池济敏,四川外国语大学的朱达秋、谢周、淡修安、徐曼琳,贵州大学的胡日佳,贵州师范大学的谭绍凯,贵州社科院的陈训明等。刘亚丁的肖洛霍夫研究,胡日佳的托尔斯泰研究,谭绍凯和陈训明的普希金研究,李志强的索洛古勃小说研究,朱达秋的俄罗斯文化研究,徐曼琳的阿赫玛托娃与茨维塔耶娃研究,淡修安的普拉东诺夫研究等,都有出色成果。在华中,主要有武汉大学的王先晋、王艳卿、乐音,华中师范大学的周乐群、王树福,华中科技大学的梅兰,湘潭大学的张铁夫、何云波,湖南师范大学的易漱泉、王远泽、高荣国、谢南斗、李兰宜,南昌大学的黎皓智,河南大学的冉国选、杨素梅、闫吉青,原解放军外国语学院的石枕川、余献勤等。石枕川的当代苏联文学研究,张铁夫的普希金研究,易漱泉的俄国文学史研究,王远泽的高尔基研究和契诃夫研究,黎皓智的俄罗斯小说文体研究和俄罗斯文学思潮研究,何云波的陀思妥耶夫斯基研究,王先晋的俄罗斯文学文体结构研究,冉国选的俄国戏剧史研究,余献勤的勃洛克戏剧研究,王树福的俄罗斯戏剧研究,杨素梅和闫吉青的俄罗斯生态文学研究等,各有特点。此外,在华南,广东外语外贸大学的杨可,华南师范大学的汪隽、朱涛,深圳大学的吴俊忠,广东韩山师院的杨正先,海南师范大学的韩捷进等也在相应的领域作出了成绩。

尽管是粗线条的勾勒,但是21世纪我国的俄苏文学学者群体的基本面貌已经显现。在这一群体中,可以看到一些年事已高的学者仍在孜孜不倦地工作,如中国社科院外文所的陈燊先生和吴元迈先生,陈燊(1921—2021)先生在21世纪为中译陀氏全集的出版付出的辛劳让人肃然起敬,耄耋之年的吴元迈先生在俄苏文论、经典作家、学科建设等研究领域成果颇丰,在21世纪学界有广泛影响。这些学人执着地追求自己的学术理想,是研究群体中的领军人物。改革开放初期踏入学界的一代,人数比较多,他们是老一代俄苏文学学人的继承者,如张建华、王志耕、刘文飞等,20世纪80—90年代,特别是近20年,是他们学术研究的黄金时期,他们在自己的研究领域里取得了骄人的成绩。更年轻一些的学者也是这一时期的中坚力量,如凌建侯、王宗琥、朱建刚等,近20年他们学术上高质量的成果频出,成绩喜人。一批在近10年内刚踏入学界的更年轻的学人也在迅速成长,他们以新的视野和新的方法开拓新的领域,让这一群体充满活力。

谈到近20年中俄文学界的精神联系,自然离不开作家与他们的作品。尽管时代变迁,斗转星移,但是在21世纪的中国文坛仍有不少作家在自己的作品中书写着与俄苏作家及其作品的精神联系,作家们的书写真诚而又精彩。

张承志的长篇散文《边境上的托尔斯泰》(2020)中有着关于俄罗斯史、蒙古史、中俄交往史的深广书写,感情深沉,历史感厚重,显示了作家的史识和功力。张承志对托尔斯泰颇有好感,他写道:"从刚刚成为一名作家时开始,我就留意阅读托尔斯泰。那时由于阑入文笔生涯感受复杂,也由于自己正被信仰与文学的命题撕扯,我读得特别入神。托翁的思想,还有他的经历,深深地使我感到吸引。我愈来愈觉出自己向他的倾倒,以致把一段关于他的话,插入到《心灵史》的前言中。"文中,他以喀山为出发点,以塔塔尔人命运为契机,对托尔斯泰的作品及其精神探索的审视颇为独特。这里稍引数段:

如女皇叶卡捷琳娜所说,喀山是寂静的"东方"。托尔斯泰,后来因对人类终极问题的思考而成为世界上最重要作家的托尔斯泰,就在这样一个喀山进了大学(1845),准备学习阿拉伯-塔塔尔语。可惜没有人记录他在喀山大学读书时,是否觉察到了喀山塔塔尔知识分子的动向。

我一直在反复地读《哈吉穆拉特》。我在若干个时期都曾打算写关于它的心得。对那场战争、那个时代、那一部分托尔斯泰的经历,传记里缺乏我渴望的记录,包括英国人莫德的那一本。

托尔斯泰修养构成的一大支柱是他的鞑靼知识。这种知识是在高加索-萨马拉-克里米亚的土地上,一点一滴蘸着"敌人"的情谊血污,在心里慢慢构筑的。

在托尔斯泰历程的"六十年代"(指1850—1860),他只是俄罗斯扩张的一名志愿兵,参与了以祖国名义进行的不义征战。但敏锐的心自会捕捉讯息,沙多和"用脚在山泉边洗衣服的车臣女人",悄悄地为未来的他奠了基。萨马拉归来,托尔斯泰根据1853年的体验发表了《高加索的俘虏》。

他的内心可能已经与国家主义发生矛盾,但尚未抵达与殖民主义的对决。……他既描画了山民的淳朴,也欣赏着殖民者的村庄,尤其小说《哥萨克》。能深深打动我的,唯有这一句独白:"军队已经把它的影子投在我身上,玷污了我。"所以,仍然只有他给我以吸引并使我引为导师。我的读解,只顺从类近的体验。确实,若是从最后的无条件反对战争、否决军队、拒绝兵役、甚至呼吁放弃一切暴力的高度回顾,早期的欠缺被原谅了。即便局限如斯,唯有《高加索的俘虏》一部,不同于普希金的同名作那般轻浮。因为它提供的故事轮廓,正是解读高加索的轮廓,包括抵抗的实态、无辜的人民、尊严的民族气质以及悲剧的宿命。

从这一篇开始,列夫·托尔斯泰的思想开始大步前行。……战争是我们缺少的体验,却是托尔斯泰的摇篮。他一生中最勇敢的行为,在《1855年5月的塞瓦斯托波尔》之中做到了。他的思想遗产:对不义祖国的诅咒,也就要公开了。

当喀山与克里米亚的塔塔尔知识分子掀起启蒙的巨浪时,托尔斯泰也抵达了一个作家可能的辉煌顶点。在完成了《战争与和平》《安娜·卡列尼娜》等一系列炫目巨著之后,托尔斯泰在激烈的转变中,也意识到启蒙的意义。穷人的悲惨无助、司法的存在荒唐、暴力的永远危险、宗教的侵略潜质、私有的万恶原罪——这是托尔斯泰总结的人类社会几大病灶。他针锋相对地开始了长久的,对国家主义的讨伐。……托尔斯泰主义诞生了。

他一步从顶峰跳下,沉入朴素。他较真地为工农和儿童编写启蒙读物,这就是被整个世界称道、然而模仿不能的《识字课本》和《读本》。我最吃惊的是:对理解过去和警示未来特别重要的两部——《高加索的俘虏》和《人到底需要多少土地》,都收录在《读本》里,供工农和儿童阅读。我联想着塔塔尔人的故事。他们是在殊途同归么?……"鞑靼"给了他灵感,补充了在喀山擦肩错过的知识,写成了《人到底需要多少土地》。这一篇,从思想到形式实在太过超前了。……他的晚期思想其实在向游牧民的思维倾斜。

当托尔斯泰迷恋于独行,思想里的空想因素逐渐增多时,不空想的人却在参考他。这才感人:那些异族人,那些游牧民,他们都信任托尔斯泰的真挚,认定他是自己的导师。

我总觉得在兴奋与疲惫之间,还缺少点什么。直到最后我才意识到:我想向这个少年憧憬的国度求索的,是一种有着炽热的个人魅力、又与民众荣辱共命的存在。[①]

在陈保平和陈丹燕合著的名为《去北地,再去北地》(2018)的旅行日记中,也有着浓浓的俄罗斯情结。摘陈丹燕书写的一小段:"我想起我们在结婚的第一年,1984年的春天,我们一起去夜校学习俄文的往事,那时我们一心一意喜爱着俄罗斯的一切。如今,2017年的初夏,在里加,我们一起站在那块提起普希金曾外祖父的牌子前,恍然。这么多年后,因为突然来到了他曾外祖父建造的小教堂跟前,普希金变成了一个真实的人物,不再是诗歌里和年轻时代的回忆中那股温柔清澈的感情。""围着教堂走了一圈,圣彼得堡在我心里汹涌,那里有普希金最后的房子,被枪击后倒下的河边,有他写进诗歌里的光线。那里还有乌兰诺娃跳舞的舞台,在浓黑中马林斯基剧院前厅的一灯如豆,有陀思妥耶夫斯基写《白夜》的房子。他写的是圣彼得堡的初夏,我上次看到的,是一个个雪后傍晚浓重的黑夜。在夜里路过艾尔米塔什博物馆,想起十二月党人在雪中苍白瘦削的脸,想起安娜·卡列尼娜黑色的裙子,想起柴可夫斯基的抒情,还有斯特拉文斯基的乐观,还有放在走廊里的康定斯基。"虽然两人这次旅行的目的地是苏联解体后的波罗的海三国,但是作家魂牵梦绕的仍是俄罗斯文学,寻觅的也是苏联时代的留痕。

比起陈丹燕他们,王蒙这样的老作家对苏联时代、对俄苏文学有着更复杂的感情。其中一些人在21世纪再次踏上俄罗斯土地,并在自己的作品中有了

---

① 张承志:《边境上的托尔斯泰》,《十月》2020年第3期。

更为深沉的反思。例如,2006 年,王蒙写下的《苏联祭》。有人称其为王蒙写给自己的青春祭文。作家毕淑敏认为:"苏联对我们这代人来说,具有特殊的意义,很多人想把我们和苏联错综复杂的关系表达出来,可没人说,或是不知如何说起。王蒙把它说出来了。""一个孩子在成长的过程当中,有一个概念叫做重要他人,就是有一些人和一些事曾经那样深入地进入到他的结构里面去,我觉得苏联对我们来说,对我们这个民族来说,一百年的求索与抗争,对中国知识分子就是这样的重要他人。这是我们民族的一个又酸又痛的穴位,我觉得王蒙先生就把它点中了。"[①]

作家徐坤认为,像她那样成长在 20 世纪 50—60 年代的作家也是受俄苏文学滋养的一代,"像我们小时候,高尔基、奥斯特洛夫斯基等人的作品,都是抄在笔记本上相互传阅"[②]。这种滋养至今仍在发挥作用。2009 年,张炜在回答一位采访者提问时,曾这样表示:"俄苏大地孕育出大批作家,他们都是从那片深厚的大地上获得灵感,这是欧美作家难以企及的地方。……谈及俄苏大地,其实屠格涅夫我也非常喜欢,他的《猎人笔记》我最推崇。他的大地观与托翁和陀氏都不一样,托翁侧重对大地的思考,陀氏侧重突出大地的苦难,而屠格涅夫则尤其凸显对大地的依恋。虽然他们都是从大地获得灵感,也都对大地进行了赞美,但是具体的体验不同,作品所选择的角度、意境、气氛和对大地的态度都是不同的。……我在写作《古船》《九月寓言》的时候,已经完全不是在阅读 19 世纪俄罗斯作家作品的状态,但是那些作家的命运、经历、血脉、对大地的深沉感情都会经常浮现在我的脑海中。我想这些是作家个人结构中最根本的元素,这些才是对我影响持久的因素。我的叙述结构、作品的形式都可能会发生改变,对他们进行一些创新和超越,但是作家骨子里的气质和精神则保持原本状态,这可称为共鸣。"[③]在那一代作家的创作中常常可以看到这样的共鸣。

20 世纪 80 年代以后成长起来的作家,环境已经发生很大变化,但是在相当一部分青年作家那里,俄苏文学仍是作为他们接受外来文学滋养的一个重要因素。如诗人阎逸在 21 世纪写下的一首长诗《巴黎书信:茨维塔耶娃,1926》[④]。这首诗分 7 个部分,用"我"和茨维塔耶娃两种口吻书写。诗歌写出了茨维塔耶娃浓烈的情感,也写出了女诗人的孤独、凄凉、倔强:"诗人总是自己的囚徒。在身体里起床/在身体里躺下,像清晨和夜晚/我相信夜晚:一个硕大

---

① 《王蒙:〈苏联祭〉是对青春和"情人"的祭奠》,《中华读书报》2006 年 7 月 30 日。
② 《王蒙在喀秋莎歌声中谈〈苏联祭〉追忆青春》,《京华时报》2006 年 7 月 20 日。
③ 雷磊:《试论张炜作品中的俄苏因素》,华东师范大学硕士学位论文,2009 年,第 68—69 页。
④ 此诗载《山花》2003 年第 8 期。

的冷藏器/一个哄婴儿入睡的平地摇篮/最近几夜我不停地做梦(梦也是/一座监狱:把看见和思考的,密封在/它的存在之中),用缓慢的色彩/我梦见一艘远洋轮船和一列火车/我们将去伦敦……没有终点的旅行/或者流亡,开始:在俄语里,在德语里/在心灵的地形图上……我拿着一串钥匙/我站在外面,有些门,人是打不开的。"可以看出,诗人对茨维塔耶娃经历及其诗歌的熟悉与喜爱,诗人不单单在展示茨维塔耶娃的感情史,更是在与她对话,在书写自己的情感与思想。

毛尖曾经这样写道:"苏俄文学对我父母那一代和我们这一代影响都大,当然我们父母这一代更是了,他们那时都学俄语,苏俄文学也像母语文学一样被接受。因此,在他们那一代手里成长起来的我们,不知不觉间就把普希金、把托尔斯泰挂嘴边了,这些名字,和鲁迅、老舍一起构成了我们的潜意识。所以说苏俄文学一直在我们的内部,我们在苏俄文学那里,体会情感的光明和博大。""大概一个国家的地理总能深刻地进入一个国家的文学,辽阔的俄罗斯大地塑造了辽阔的俄罗斯美学,天空、大地是俄罗斯诗歌的关键词,在这种世界图景照耀下,个人的小爱小恨实在渺小。这种壮阔美学和我们少年时代的集体主义道德有效结合在一起,给了我们一个相对健康又壮阔的美学和道德养成。苏俄文学中也有很多罪该万死的人,但他们身上展现的生命硬度和深渊深度还是会让我们不断回眸。"①这段话在今天的青年作家中也有一定的代表性。

2019年年末在上海举行的第三届中俄青年作家论坛,也许是新冠疫情前的最后一次规模较大的文学交流活动。论坛形式多样,有作家之间的文学交流,有俄罗斯作家与中国读者的见面会,有中俄青年诗人的诗歌朗诵会等,办得很成功。俄罗斯作家协会共同主席尤里·科兹洛夫、列夫·托尔斯泰的玄孙弗·托尔斯泰等参与了活动,托尔斯泰的玄孙还与鲁迅的长孙周令飞见了面。尽管随之而来的疫情让中俄之间直接的文学交流活动按下了暂停键,但是如北京大学的任光宣教授在2019年秋天南京大学的会议上所言,以后更多的、能保持连续性的、确有成效的交流活动一定会使中俄文学的交往继续升温,两国文学交流合作的美好未来是可以预期的。他认为,中俄文学交流的未来有三个保障:"一、中俄全面战略协作伙伴关系是顺利进行两国文学交流合作的最大保障,这是政治保障。二、中俄两国有大批热爱文学事业和从事文化交流的人士(老中青三代人),这是人员保障。三、中国和俄罗斯有进行文学交流的新生力量和后备军,……中国高等院校开设的俄语系或俄语专业,从21世纪初的60多所增加到如今140所;俄罗斯高校从上世纪90年代初开设的汉语语言文学专业,从

---

① 毛尖:《青春期和电影是同义词》,《萌芽》2020年第8期。

7—8个增加到如今的 60 多个,这个数字还在继续上升。中俄两国的这些青年大学生,是将来从事中俄文学交流的新生力量和后备人才,是未来保障。"①

中俄文学的交流在 21 世纪还将继续存在和发展,尽管表现的形式会有改变,前行的道路也不排除会有坎坷,但是经历过 20 世纪的风风雨雨,相信未来不会再出现"倾斜的接纳"或"冰封时期",两个伟大邻邦之间正常的文学交流将成为常态。也许,普希金雕像在中国的遭遇可以作为中俄文学关系的某种投影。普希金是俄罗斯文化的象征。在俄罗斯,普希金 38 年的人生轨迹被俄罗斯人浓墨重彩地描画,在他曾经涉足过的地方,雕像、铭牌、纪念馆、保护地等各种各样的纪念形式,无以计数。而在中国,普希金雕像也有标志性的意义。1937 年早春,俄国侨民在上海西区的一个幽静之处竖起了第一座普希金铜像及纪念碑。1944 年深秋,这座雕像被入侵上海的日本军队拆除并掠走。1947 年早春,上海进步人士和俄侨在原址上重建了普希金雕像。1966 年夏,这座雕像再遭噩运,被推倒后销毁。改革开放后,不少人怀念这座雕像,有人还作画《有普希金雕像的地方》。1987 年夏,普希金铜像第三次在原址落成。如今,普希金雕像在中国多个城市出现。它似乎告示,俄苏文学历经风雨,已作为一种恒久的因素存在于当代中国作家和读者的精神世界中。"俄罗斯文学在中国虽然不像上世纪 50 年代那般无处不在,无人不读,但俄罗斯文学的'粉丝'甚至'铁丝'在今天依然随处可见,尤其是在文化人中间。……俄罗斯文学在中国的影响不是减弱了,而是回归到文学本体上来了。"②王蒙讲过一则故事,一次与俄罗斯朋友聚会,他说:"苏联、俄罗斯、莫斯科是我青年时代的梦。现在,苏联没有了,我的梦想已经比青年时期发展成熟了很多。但是,俄罗斯还在,莫斯科还在,中俄人民的友谊还在,而且一切会更加繁荣和美丽。"这段话打动了俄罗斯朋友,"这从他们的目光的突然闪亮中完全可以看出来。中国的熟语叫做为之动容,我知道什么叫为之动容了"③。确实,只要中俄两国友好的政治基础在,两国的经典文学和优秀作品在,两国民众之间的友谊在,两国富有才华的文学翻译家和研究者在,两国作家和文学爱好者的精神追求在,21 世纪中俄文学关系的健康发展就有不可动摇的基石。

---

① 任光宣:《回顾过去,迎接未来:新时期中俄文学的交流与合作》,南京,2019 年"中俄文学关系暨五·四运动 100 周年国际学术研讨会"会议册,2019 年 12 月 1 日,第 157 页。
② 刘文飞言,引自董晓:《审视俄苏文学在中国的接受和影响》,《社会科学报》2020 年 4 月 9 日。
③ 王蒙:《苏联祭》,作家出版社,2006 年,第 36 页。

旅行与文学"朝圣"
——文学遗产与城市空间及国家形象的建构

陈晓兰*

内容提要 神话与传说、史诗与圣著直至现代文学一直影响着旅行实践。在意识形态、历史观以及现代大众旅游业等因素的多重作用下,围绕文学遗产建构的文学风景,作为城镇物理空间规划和旅游结构中的有机组成,是沟通文学与现实、过去与现在、本土与世界的媒介与桥梁。在当代的国际旅游中,文学风景影响了游客对于一个地方乃至国家的印象与评价,甚至成为游记中塑造国家形象的重要元素。从这个意义上说,文学与地方乃至文学与国家的关系并非只是单向的,也可能是双向的。文学受其赖以存在的地方的影响,同时也赋予那些与其相关的地方以丰富的象征意义,甚至成为地方文化建构乃至民族国家想象的重要媒介。

关键词 文学旅行;文学遗产;城市空间;国家形象

一、旅行与文学

伟大的作家、伟大的作品不仅受其赖以存在的地方的影响,而且赋予那些与其相关的地方以"神话"色彩和丰富的象征意义。文学作品中描述的地点、景观乃至更广大的区域——文学中的地理想象,是与其相关的地方文化的有机组成部分。读者并不满足于通过阅读作品体验全新、未知的陌生世界,而是渴望亲眼见证那些在神话、传说、史诗、圣著乃至世俗的文学作品中所描述的地方和想象世界中虚构人物的生存、死亡之地。他们不辞劳苦、越过千山万水,探访神迹、行走圣途、见证圣物,瞻仰伟大作家出生、居住、生活、工作、埋葬的地方,亲眼见证神性及"伟大人性的真实存在"[1]。

神话与传说、史诗与圣著乃至近现代的世俗文学,一直影响着现实的旅行活动,建立在文学基础上的旅行一直是旅行活动的重要组成部分。从某种意义

---

* 陈晓兰,上海大学文学院教授,博导。

[1] Hans-Christian Andersen, Mark Robinson, eds., *Tourism and Literature: Reading and Writing Tourism Texts*, London and New York: Continuum, 2002, xiii.

上说,"文学朝圣"的历史,与宗教朝圣的历史同样悠久,二者之间有着密切的关系。公元4世纪,作为欧洲文化重要组成部分的圣地旅行便开始了,这种具有浓郁宗教意义的旅行深受《圣经》的影响。虔诚的基督徒通过阅读《圣经》与伟大的神性进行灵魂的交流,并且渴望亲身体会《圣经》所描述的地方,见证圣地的现实。旅行者越过地中海到埃及,循着摩西带领以色列人出埃及的路线过红海并到达西奈山,过约旦河到巴勒斯坦地区;或者循着耶稣基督的传道路途,体验耶稣的生活轨迹,造访耶稣的诞生之地和殉道之地。迄今发现的最早的朝圣记是书信体的《圣地行记》(Pilgrimage to the Holy Land),作者是西班牙女性爱格瑞亚(Egeria),她曾于公元381—384年间前往圣地旅行,她在旅行记中说:"旅行的目的就是到圣经所描述的地方,到律法产生的神山,站在摩西曾经所站立的地点感受领受十诫的经验。"[1]早期从欧洲到巴勒斯坦地区的漫长旅行是一种充满了艰辛、危险乃至牺牲的考验,是为了信仰和自我更新而进行的属灵的旅行。探访《圣经》所述之地、朝拜圣迹,是漫长的欧洲中世纪最重要的旅行活动。这种活动的热潮以及宗教意义随着中世纪后期新航路的开辟、地理大发现以及文艺复兴运动的推进而衰退。欧洲范围内的旅行目的地转向希腊、罗马、欧洲其他国家以及美洲、非洲乃至亚洲。

学术界通常将现代旅游业(tourism,以娱乐和休闲为目的的旅游)的勃兴归因于19世纪欧洲铁路网的形成和蒸汽轮船的运用,但其滥觞实应追溯到希腊化时期和古罗马时期。帝国边界的扩大,为军事和商业目的建造的四通八达的交通网络,被征服的殖民地带来的税收、财富以及闲暇,为旅游提供了条件。受希腊神话传说和史诗的影响,人们到达达尼尔海峡附近的平原上探访特洛伊古城,不管它是否是史诗中的那个特洛伊。据说,亚历山大大帝"把他的军队踏上特洛伊视为自己征服波斯帝国的开端,他将自己的铠甲献给特洛伊的雅典娜神,并在阿基琉斯的坟上献上花圈"[2]。公元前2世纪,特洛伊被罗马元老院宣布为罗马的母亲城,帝国时期成为罗马皇帝和贵族的朝圣地,被免除了向罗马的贡赋。屋大维比任何皇帝都相信罗马与特洛伊的联系,在他执政时期加大了对特洛伊的重建[3]。可以说,文学中的特洛伊影响了罗马人的历史地理想象乃

---

[1] Carl Thompson, ed., *The Routledge Companion to Travel Writing*, New York: Routledge, 2016, p.16.
[2] Trevor R. Bryce, "The Trojan War: Is There Truth behind Legend?" *Near Eastern Archaeology*, Vol.65, No.3, 2003, p.185.
[3] Charles Brain Rose, "Troy and Historical Imagination", *The Classical World*, Vol.91, No.5, 1998, p.409.

至罗马身份的认同。作为罗马时期重要文化现象的文化旅游,在公元前 1 世纪达到高潮,至公元 2 世纪至 3 世纪,随着"希腊文化生活大复兴"(great revival of Greek culture),罗马人热衷于希腊古代文化以及希腊式的公民生活(civic life),尤其关注斯巴达的古风(Spartan antiquities),鲍桑尼亚(Pausanias)的希腊旅行记展示了斯巴达这个城市"最值得被记住的东西"(the most memorable things)[①]。这种对希腊古代文化的推崇甚至得到了皇帝哈德良的支持和推动。罗马时期前往希腊的旅行者主体是受过良好教育的上层,为办理公务前往希腊的罗马官员和贵族,或者像西塞罗那样去雅典接受修辞、演说和哲学教育,或者到斯巴达考察其古制、习俗,特别是青年教育制度和训练方式,观赏斯巴达的传统歌舞。早在公元前 2 世纪初,斯巴达就已经成为罗马游客探访古风和遗迹的重要地方,到处可见的古代圣所、历史纪念碑以及古代艺术品吸引着游客。那些在历史长河中废弃、消失的古制和习俗依然保留在斯巴达,成为斯巴达界定自己希腊身份的标志,并在文化旅游热中为当地带来了经济效益[②]。

在漫长的旅行史上,自希腊化时期至大旅行时期,再到 20 世纪二战后旅游业的复兴,希腊一直是欧洲乃至世界范围内的旅游胜地。拜伦曾经游历并称为"梦幻之岛"的纳克索斯岛,今天依然游人如织,考古学家、文学家受神话传说的吸引慕名而来,探访酒神狄奥尼索斯与帮助忒修斯走出迷宫的阿里阿德涅公主相遇的地点,伫立在阿波罗神殿遗址的大理石门前瞭望日出日落。大众旅行指南如此总结游客来希腊旅游的动因:"来这里的游客们多半不会和希腊的正史较真,因为,最吸引他们的是和他们游览去处相关的希腊神话故事。所以到希腊旅游,希腊神话故事才发挥出其实用的一面,最典型地体现在以神话中人物的名字来判断希腊某一地方的知名度。"[③]距离雅典 170 公里的德尔斐,是神话中阿波罗杀死巨蟒的地方,是阿波罗神谕发布之地,也是女神地母盖亚和女儿忒弥斯的祭祀地。自古以来,就有信徒远道而来祈求神谕,亲眼见证发布有关俄狄浦斯王神谕的神庙。直到今天,雅典的旅行活动几乎依然是寻找神话踪迹的旅程,帕特农神庙、宙斯神庙、狄奥尼索斯剧场、阿波罗街、阿基琉斯饭店、卡吕普索餐馆……无不使游人恍如时光倒流、重回人类童年的神话世界。

文艺复兴时期兴起至 18 世纪末期走向尾声的欧洲大旅行时期,罗马成为欧洲有教养的阶层重要的旅行目的地。古希腊、罗马经典作家成为欧洲精英教

---

① Paul Cartledge, Antony Spawfort, *Hellenistic and Roman Sparta: A Tale of Two Cities*, London and New York: Routledge, 1992, p.192.
② Ibid., pp.192 - 194.
③ 欧洲古镇编辑部编:《欧洲古镇游》,陕西师范大学出版社,2004 年,第 151 页。

育的核心,到希腊、意大利旅行成为确定精英身份的重要仪式,拜访经典作品相关的地方成为重要的旅行活动。1699 至 1703 年间,爱迪生(Joseph Addison)在欧洲大陆旅行。他不只是《观察家》杂志的创办者和主笔,而且还是一位"杰出的古典学者,并因其拉丁诗而受德莱顿关注"①。他带着贺拉斯的著作踏上意大利的旅程,他说:"我从罗马到那不勒斯旅行的最大乐趣是亲眼见证如此多的古典作家所描绘过的田野、城镇、河流。"②尤斯塔斯(J. C. Eustace)在 1815 年出版的《意大利古典之旅》(Classical Tour Through Italy)中说,维吉尔、贺拉斯、西塞罗、李维应该是"所有旅行者的旅伴"③。19 世纪初,拜伦和雪莱在瑞士和意大利旅行时带着卢梭的《新爱洛伊丝》和歌德的《意大利旅行记》。而拜伦和雪莱的旅行地点及其居住地本身又变成了希腊、罗马文化景观的构成部分,其文学遗迹成为后世文学爱好者的拜访之地。正如哈罗德·布鲁姆所说:"在罗马,文学朝圣者的终极目标是到达新教徒公墓(Protestant Cemetery),那里埋葬着济慈和雪莱……文学之城罗马是法国人、德国人、英国人和美国人的天下。她位于意大利境内,但不属于它的人民。"④因为,"罗马作为一座文学之城独特的辉煌和成就,比意大利人更具国际性"⑤。据说,拜伦、雪莱、济慈以及歌德等外国作家都是从弗拉米尼亚大街穿过人民广场进入罗马的。罗马著名的西班牙广场一带,是济慈、司汤达、巴尔扎克、瓦格纳、李斯特、勃朗宁旅行罗马时的居住之地。后来,济慈的家变成了济慈、雪莱纪念馆。这个纪念馆后来又改建成一个图书馆,收藏着上万册浪漫主义文学作品,保存着济慈、雪莱的个人遗物以及拜伦的手稿、书信。拜伦的钢盔和剑则保存在希腊国家历史博物馆,在拜伦仙逝的希腊迈索隆吉翁城,保存着拜伦的墓地和塑像,那里还葬着抗击土耳其入侵者的统帅和无名战士。拜伦于 1816 年 4 月永远地离开了英国,此后再没回去过。1819 年 6 月他在波洛尼亚写给友人约翰·默里的信中说:"我的尸骨不会安息在一座英国的坟墓中,我的尸体不会和英国的泥土混在一起。

---

① Margaret Drabble, ed., *The Oxford Companion to English Literature*, 外语教学与研究出版社/牛津大学出版社, 2005, p.7.
② Joseph Addison, *Remarks on Several Parts of Italy*(1705, London), Hans-Christian Andersen & Mark Robinson, eds., *Tourism and Literature: Reading and Writing Tourism Texts*, London and New York: Continuum, 2002, p.232.
③ J.C. Eustace, *A Classical Tour Through Italy*, Hans-Christian Andersen & Mark Robinson, eds., *Tourism and Literature: Reading and Writing Tourism Texts*, London and New York: Continuum, 2002, p.232.
④ 哈罗德·布鲁姆:《罗马文学地图·序言》,载布雷特·福斯特、哈尔·马尔科维茨:《罗马文学地图》,郭尚兴、刘沛译,上海交通大学出版社,2011 年,第 3 页。
⑤ 同上书,第 1 页。

如果我会猜测到我的任何朋友竟会卑鄙到把我的尸骨运回到你们的国家去,我相信这种想法会使我临终时在床上发疯的。我如果有办法的话,甚至连你们的蚯蚓也不会喂的。"①早在他的第一首长诗《恰尔德·哈罗尔德游记》(Childe Harold's Pilgrimage)中,他就如此写道:"随你把我送到哪处,只要不是我的故土。欢迎你们,蓝色的海波!"②但是,英国人还是将他迎回并葬在西敏寺的诗人角这一方文学圣地,作为伟大的人物领受英国人的尊奉。在英国及英国之外与拜伦相关的地方都保有拜伦的遗迹,作为对于拜伦精神的纪念。拜伦出生的牛津圆环区霍利斯街的一幢房屋上镶嵌着拜伦的徽章,伦敦有数百枚这样的徽章镶嵌各处,以彰显这位"作为同业者中被视为卓越、对人类福祉有重要的积极的贡献、具有卓尔不群的独特个性,且见多识广"的英国人③。在丹麦哥本哈根托尔瓦森博物馆的藏品中有拜伦的大理石半身像、石膏半身像和立像,丹麦的文学史家勃兰兑斯说:"比他晚一代的丹麦人正是在这个博物馆的拜伦形象的影响之下成长起来的。"④勃兰兑斯在论及拜伦那一代浪漫主义诗人时指出:"只有英国人才敢在他自己的人民面前大胆地、反抗地进行挑战。"只有在最骄慢的民族中,才能找到骄傲得"足以反抗自己民族的伟大人物","这种个人的独立性是这个国家最著名的作家的特色。它是纯粹英国特性的产物"⑤。

旅行,是为了追奇寻美、体验极限,也是短暂地离开自我面向更加广阔、全新、陌生的世界,是寻找过去、见证伟大的旅程,这种伟大超越时间、空间、种族、国界,触及造访者的心灵。古往今来的无数游记记录了旅行者心灵被震撼的那一瞬间。

如果说,20世纪来到巴黎的游客徜徉在博物馆、大教堂、皇家宫殿、帝王雕像、国家监狱、协和广场这些主导着国家命运和历史进程的地点,在"皇权和祭坛"的历史遗迹中感受威严崇高的震撼,那么,那些被文学赋予丰富寓意的地点、地标性建筑,文学家生活、创作、埋葬之地构成的文学风景,则体现了与威严神圣并存的另一种人性特质。生活在巴黎并书写巴黎的拉伯雷、莫里哀、伏尔泰、巴尔扎克、雨果、左拉、波德莱尔、普鲁斯特……对于巴黎的再现,都已经变成巴黎城市文化空间的有机组成部分。探访"文学巴黎"成为巴黎之旅的主要

---

① 拜伦:《拜伦书信选》,王昕若译,百花文艺出版社,1992年,第196页。
② 拜伦:《恰尔德·哈罗尔德游记》,杨熙龄译,上海译文出版社,1990年,第12页。
③ 罗杰·塔厚尔:《漫步文学伦敦》,柔之译,生活·读书·新知三联书店,2006年,第2—3页。
④ 勃兰兑斯:《十九世纪文学主流:英国的自然主义》,徐式谷、江枫、张自谋译,人民文学出版社,2018年,第283页。
⑤ 同上书,第11页。

活动,加入巴黎圣母院前的行列登上钟楼亲眼见证《巴黎圣母院》敲钟人曾经撞击的那口大钟,下到巴黎地下参观《悲惨世界》中所描写的下水道系统,到夏特莱广场看左拉《巴黎的肚子》中控制着巴黎之腹的中央菜场,再到附近的圣-奥斯塔什教堂重温左拉所揭示的脑子与肚子分离的寓意。或者到孚日广场探访雨果博物馆,6号是雨果居住了15年的老屋,8号的二楼则是戈蒂耶、都德曾经的住所。或者到黎塞留路走一遭,站在莫里哀路的交叉口皇家公园旁边的喷泉前想想莫里哀,因为那是为纪念这位剧作家逝世100周年所建。黎塞留路2号是莫里哀演出的剧场,也是他倒下并猝然身亡之处,40号是他的故居,他的崇拜者司汤达一度住在61号并在这里创作了《红与黑》①。黎塞留路58号是国家图书馆,伏尔泰的心脏就放在国图贵宾厅伏尔泰塑像的基座里②。伏尔泰与莫里哀都在圣雅克路123号的路易大帝高中就读,他们与19世纪的雨果、波德莱尔是校友。伏尔泰街27号是伏尔泰在漫长的流亡后居住的最后一个地方,他死在那里,葬在先贤祠,与他做伴的还有卢梭(尽管他生前离开巴黎时发誓再不回到这里)、雨果、左拉等。他们曾经是多么激烈地反抗"皇权和教权"的权威,如今他们都作为这个国家的文化英雄,作为"伟人和善人",不仅被法国人,也被世界各地的人崇奉、纪念。从这个意义上说,他们依然活着。

20世纪80年代以来,无数中国作家与普通游客来到巴黎,他们将这座城市称为"艺术至上"的"精神殿堂",冯骥才在他的游记中如此描述他在巴黎的旅行经验:"拜谒了我向往已久的巴尔扎克故居,我当时真的觉得巴尔扎克依旧在他的故居里走来走去,趴在那张极小的桌子上写作、喝着苦咖啡,或者在窗户后面窥视上门讨债的债主们。我甚至觉得一掀窗帘,胖大的巴尔扎克就在帘子后面……于是我发现故居可以保存着他已然久别的生命。……可是,我又觉得还有一个更实在的'生命'在什么地方。后来我明白了,我应该去看看巴尔扎克的墓地。于是,这件事便成了我这次访法的目的之一。你问巴黎人巴尔扎克在哪里,无人不知他就在巴黎最大的公墓——拉雪兹神父公墓中。"③这是世界最著名的公墓也是巴黎的第三大绿地,占地约40万平方米,分为九十九个区,道路纵横,绿树掩映着无数的雕像。自1817年莫里哀移葬此地以来,200年间无数名人身后相聚于此,拉封丹、爱洛伊丝和阿尔伯特、博马舍、缪塞、都德、王尔德、普鲁斯特、柯莱特、斯泰因、肖邦、大卫、安格尔……每年来自世界各地的200万

---

① 迈克·杰拉德:《巴黎文学地图》,齐林涛、王淼译,上海交通大学出版社,2011年,第49页。
② 同上书,第29页。
③ 冯骥才:《巴黎,艺术至上》,译林出版社,2010年,第106页。

游客来到这个"属灵的城市",拜谒大家所景仰的名人之墓。

二、文学遗产与城市空间的建构

在一个地方的空间规划中,将什么作为文化遗产,或以什么符号象征自己的文化乃至自己的身份,具有高度的时代性和选择性。因此,"如果说遗产是指值得为未来数代人保留下来的文化,那么,遗产从没有一种固定不变的概念"①。一个时代的历史遗迹乃至"圣地"在另一个时代也许就会变成废墟,或者被彻底从空间中清除、从历史记忆中抹去。在城市文化空间的建构中,政治权力、意识形态、历史观念、文化观念、审美趣味、经济利益决定着将哪些传统、哪些遗迹作为遗产以有形的物理形式保存在城市空间,并使之成为勾起记忆的地点,将它所象征的意义延续并发扬光大。

19世纪初,首先在英国出现的考古和历史研究的热潮,"影响了对于遗迹的发现并进行地方意义和国家意义层面的阐释,在19世纪下半叶欧洲涌现了热心于遗迹发掘和阐释的具有强有力的影响力的专业群体"②。1830年法国设立了古迹监察机构,梅里美曾于1834—1860年间担任历史古迹总监察员③。在巴黎的古迹问题上,雨果是典型的保守主义者,他坚决反对撤除旧建筑,1831年《巴黎圣母院》出版时本已破败的教堂继续败落,雨果发起了恢复巴黎圣母院往日荣光的集资活动,至1841年巴黎开始重建圣母院的工作④。19世纪日益高涨的民族主义、历史主义直接影响了古迹观念的形成,"让过去焕发青春",是共和主义者、保皇派、爱国主义者、新哥特派的主张,也是政、教至高权力者的愿望。建筑学家维奥莱·勒·杜克说:"过去的历史并没有消亡。它就是我们自己,我们的生活,我们存在的理由。我们能够也应该保护它,'再现'它,甚至使它比以前更辉煌。"⑤19世纪的古迹保护与阐释深受政治、宗教和历史观的影响,到20世纪中期,在欧洲大多数国家,"古迹保护的观念发生了转变,不再局限于单个建筑物、纪念碑而是扩展到更大的区域,不是保存(preservation)而是

---

① I. Masser, O. Sviden, "What New Heritage: For Which New Europe? Some Contextual Considerations", G. J. Ashworth, P. J. Larkham, eds., Building A New Heritage: Tourism, Culture, and Identity in the New Europe, London and New York: Routledge, 1994, p.31.
② G.J. Ashworth, P.J. Larkham, "A Heritage For Europe: The Need, the task, the contribution", G.J. Ashworth, P. J. Larkham, eds., fBuilding A New Heritage: Tourism, Culture, and Identity in the New Europe, London and New York: Routledge, 1994, p.3.
③ 张平、黄传根主编:《法国人文古迹》,世界图书出版社公司,2011年,第23页。
④ 迈克·杰拉德:《巴黎文学地图》,齐林涛、王淼译,上海交通大学出版社,2011年,第57页。
⑤ 张平、黄传根主编:《法国人文古迹》,世界图书出版社公司,2011年,第27页。

保护(conservation)。20世纪最后几十年,更富有设计感的建筑、更广阔的保护区域,甚至整个镇都被包含在官方的遗产名录之中。遗产保护不仅涉及现代如何利用过去的问题,而且是'保护者协会'创造它自己的风景"①。在一个地方的风景的建构中,过去的遗迹,如纪念碑、古代建筑、城墙要塞、教堂、墓地、故居、重要地点、一棵千年古树、一个古镇,或者是一处工业废墟、一段墙垣、一处受难地如犹太人集中营等,都有可能焕发出新的活力并被不断阐释。二战结束后至20世纪末,世界范围内的自由旅行和旅游业的繁荣极大地影响了社会和经济行为,也影响了遗迹保护的观念和实践,围绕着遗迹的风景建造并非全是为了未来数代人的遗产传承,而是受到当下旅游业的推动,过去的遗迹乃至大自然的馈赠变成了可供消费的商品,发展旅游业、出售相关产品和服务日益普遍。作家的声名以及相关的地方、自然风景、遗产本身和人的好奇心、对于过去的兴趣、休闲观念和旅行活动都被资本化,人们须为欣赏风景名胜和历史遗迹而付费。在20世纪末,"每年有超过9千万的人为参观英国的650处历史遗迹、博物馆和美术馆而付费,此外还有4千万人探访过尚未营业的无数遗迹,如地方博物馆、美术馆、纪念碑、偏远的废墟、被废弃的运河、铁路,等等。到1994年时,1亿6千7百万人参观了英国的遗迹,直接与间接营业额达240亿英镑"②。

20世纪80年代以来,欧洲城市空间的建造和更新更加强调文化功能,建立在欧洲遗产、地方知识基础上的休闲模式、文化审美趣味、精神需要日益增长,变成了经济繁荣的重要因素。在经济全球化的浪潮中,标识国家身份的文化遗产成为塑造国家形象的重要符号。在现代化、全球化高度流动的世界中,文学因其所具有的民族性和世界性特征,在现代旅游业中占据着无法替代的地位。大都会、小城镇围绕着文学遗产——作家故居和作品中所描绘的地方,打造文学风景,规划城市空间,作家及其作品成为城市文化的有机组成部分。在一些小城镇,如莎士比亚的故乡斯特拉福镇、勃朗特姐妹的故乡霍沃斯,文学遗产主宰着整个城镇的文化风景乃至商业活动。

莎士比亚的出生地斯特拉福镇几乎变成了莎士比亚的王国,皇家莎士比亚

---

① G.J. Ashworth, P.J. Larkham, "A Heritage For Europe: The Need, the task, the contribution", G.J. Ashworth, P.J. Larkham, eds., *Building A New Heritage: Tourism, Culture, and Identity in the New Europe*, London and New York: Routledge, 1994, pp.3-4.

② E.A.J. Carr, "Tourism and Heritage: The pressures and challenges of the 1990s", in G.J. Ashworth and P.J. Larkham, eds., *Building A New Heritage: Tourism, Culture, and Identity in the New Europe*, London and New York: Routledge, 1994, p.52.

剧院、莎士比亚的出生地以及他从伦敦退休返乡后的居所,莎士比亚母亲的居所,他的妻子安妮·哈瑟维出嫁前居住的房舍,他的女儿、女婿的房屋,甚至连狄更斯等人在莎翁故居玻璃上的签名,都完好地保留了下来,连故居院里的花草都来自莎翁的作品。不论这块"文学圣地"建造背后有着怎样的历史因缘和政治、商业运作,来到这里的游人总是带着"朝圣者"的心情见证伟大作家的日常生活,并为英国人对于莎翁的珍视而感动。正如冯骥才所说:"莎翁家乡的人如此珍视他,绝非因为他给家乡带来了知名度和经济效益,而是真正知道他的价值。莎翁故居之所以至今仍成为旅英游人的必往之地,是因为他的戏剧已成为人类共享的精神财富。"①

英国北部约克郡的小镇霍沃斯,由于勃朗特一家而成为世界级的旅游城市,其主要景点乃至城镇物理、文化空间都是围绕着勃朗特一家的生活和著作建构起来的。与莎士比亚不同,勃朗特姐妹在世时过着与世隔绝的生活,但是,她们的作品却将读者带入她们的想象世界和现实世界。自19世纪后期以来,来自英国本土和世界各地的读者纷至沓来,使得约克郡的这个小镇和艾芬河上的斯特拉福镇相竞争,成为一处文学圣地。旅行者"如朝圣一般爬上前往托普维森之路,亲眼看看凯瑟琳的荒野天堂"②,探寻狂风席卷的荒原上那种远离时代、远离文明的激情生活;一睹勃朗特姐妹居住的牧师公馆,领略孕育了一家三个作家的地方的神奇之处,体验她们所看到、所感受到的风景。"访客被她们的小说的名声及其神秘的生活所吸引,敲开她们的家门。但这种拜访给害羞的、具有强烈私人倾向的作家带来的是尴尬、恼火和惊慌。"③1855年夏洛蒂去世后,勃朗特一家引起了文学界和读者更强烈的兴趣。维多利亚女王在1858年3—8月的日记中记录了她怀着浓烈的兴趣阅读《简·爱》这本"忧郁而有趣"的书④。勃朗特姐妹被文学评论家称为"第一流的天才作家""伟大的妇女","她们给我们永远留下了《简·爱》和《呼啸山庄》遗产"⑤。随着勃朗特姐妹作品的"走红",她们的生活变成了"公共遗产",勃朗特一家的故事变成了这个地方的传说。1893年霍沃斯举办艾米莉去世45周年纪念活动,市政厅召开会议讨论

---

① 冯骥才:《远行,与异文明的初恋》,长江文艺出版社,2017年,第12—13页。
② 简·奥尼尔:《勃朗特姐妹的世界——她们的生平、时代与作品》,叶婉华译,海南出版社,2004年,第217页。
③ Robert Barnard, "Tourism Comes to Haworth", Hans-Christian Andersen and Mark Robinson, eds., *Tourism and Literature: Reading and Writing Tourism Texts*, London: Continuum, 2002, p.144.
④ 杨静远编选:《勃朗特姐妹研究》,中国社会科学出版社,1983年,第190页。
⑤ 同上书,第194页。

成立博物馆用以收藏勃朗特一家的素描、油画、手稿、所有版本的作品及其遗物、房屋以及与这个家庭相关的一切①。1898年,勃朗特协会开创了举办勃朗特年度旅行项目的传统,根据勃朗特一家的生活及其作品中的地形设计旅行线路。1927年地方教会决定建造霍沃斯的新地标,勃朗特协会提供资金修缮150年前建造的这幢老建筑作为博物馆的永久之地。1928年博物馆开放日变成了霍沃斯的盛大节日,地方显要及勃朗特迷云集于小镇。实际上,霍沃斯的旅游业从19世纪60年代就开始了,不断有人来到这里,在荒原上散步,甚至伏在牧师公馆的窗户上向里窥视,让不喜欢文学的现任牧师十分恼火。霍沃斯的有心人开始搜集散落在邻里和相关人士手里的物品和作品,出售教堂和牧师住宅的明信片以及印有这两处建筑的信纸。到了20世纪60年代,霍沃斯主大街上的商店和茶室以勃朗特的名义经营,主街上的老建筑变成了旅游商店,出售与勃朗特一家相关的各种商品——作品、研究著作、礼物、明信片、海报、信纸以及她们写作的桌子和受洗仪式的杯子复制品,从勃朗特肥皂、果酱、T恤、勃朗特饼干到希斯克里夫三明治,无所不包。小说中的一些地方也根据素材研究者提供的原型而建造成实体景观。霍沃斯从文学圣地变成了旅游胜地。勃朗特一家的遗产不再只是作为一种遗迹景观和文化风景而存在,而是变成了这个地方文化本身。

想象的文学风景对于现实的物理空间的作用,将虚构的地点实体化,最典型的案例是伦敦贝克街221号B号公寓以及围绕着福尔摩斯的旅行活动。1881年柯南·道尔获得医学学士学位,并随"梅亚姆巴"号到达西非海岸。正是这一年,他让福尔摩斯与华生相识并入住伦敦贝克街221号B号公寓,直至1904年。在柯南·道尔的时代,伦敦贝克街221号实际上并不存在,福尔摩斯学者一直在附近寻找221号公寓的原型。然而,贝克街221号B号公寓却"变成了世界上最著名的单身公寓","从1881年至今,这个被称作贝克街的道路已经延伸了两倍"②。贝克街221号B号公寓一度成了某银行和建筑协会的所在地,后来复原了福尔摩斯的起居室。小说中的221号B号公寓是否确实就是这个公寓,已无关紧要,每年都有人在1月6日福尔摩斯的生日这一天写信到这里问候他。在旅游业竞争剧烈的伦敦,福尔摩斯景点一直是最受欢迎的徒步旅行路线之一,每年从世界各地络绎不绝来到这里的游客,亲眼见证福尔摩斯

---

① 简·奥巴尔:《勃朗特姐妹的世界——她们的时代、生平与作品》,叶婉华译,海南出版社,2004年,第225页。
② 马丁·菲多:《福尔摩斯的世界——一个伟大侦探的幕后生活和小说背景》,徐新等译,海南出版社,2004年,第30页。

和华生的公寓,到贝克街239号参观1991年建立的福尔摩斯博物馆,看福尔摩斯进行化学实验的烧瓶和蒸馏瓶,放在壁炉台上的大折刀,想象他们坐在那里接待来访者、站在窗前观察过往行人的情景。若有可能还会在贝克街上的福尔摩斯旅馆住上一夜,据说这个拥有126个房间的大旅馆到处都摆放着福尔摩斯纪念品,其中最豪华的套房是巴斯克维尔套房和莱辛巴赫套房。再到福尔摩斯追踪巴斯克维尔的牛津大街,到华生发过电报的维格摩尔街邮局,到莫里亚蒂试图谋害福尔摩斯的街区或当时的犯罪地点,到福尔摩斯常去的"哈德逊夫人餐馆"吃饭,到华生酒吧小饮,购买福尔摩斯纪念品。1928年成立的伦敦福尔摩斯协会委托卓别林像的雕塑师为福尔摩斯塑造了11英尺高的铜像[①]。如果在伦敦无意中遇见鹰一样相貌、戴着猎鹿帽、叼着海泡石烟斗、披着长大衣的雕像,你一眼就会认出那是夏洛克·福尔摩斯。

　　文学家以及文学中的人物、地点,成为现代城市空间建构中最重要的文化符号,是城市物理空间的构成元素,也是城市文化的有机组成部分。在巴黎、伦敦、彼得堡、都柏林这类大都市的空间建构中,充分利用了文学地形学的资源,用作家名字命名大街,在作家的居住地建造故居、博物馆,镶嵌匾额、盾徽,竖立雕像、墓碑,标记与文学相关的地点,彰显城市的文学地标,打造文化城市的形象。文学表现了城市的历史和"神话",它本身也变成了城市的历史和"神话"。围绕着文学遗产建造的文学景观,作为城市物理空间与文化形象的有机构成,通过地方政府和市场组织运作,成为普遍分享的实体空间和文化符号,也成为沟通文学与现实、过去与现在、展现者与欣赏者、本土与外部世界的媒介。建立在文学遗产之上的旅行不仅变成了游客个人的内在体验,而且影响了游客对于城市乃至国家的印象,并成为游记中再现一个国家文化与性格、塑造一个国家形象的要素。

三、文学风景与国家形象

　　1916年,泰戈尔访问美国、日本并发表演说。在论及英国时,泰戈尔将它划分为截然不同的两个英国:作为"民族"的英国和作为"种族"的英国。他说:"我对作为人类种族的不列颠深为敬爱,它产生了胸怀开阔的人,具有伟大思想的思想家和伟大业绩的实行家。它产生了伟大的文学。我知道这些人爱好正义和自由,憎恨欺骗。他们思想纯洁,态度坦率,笃于友谊;他们的行为诚实可

[①] 马丁·菲多:《福尔摩斯的世界——一个伟大侦探的幕后生活和小说背景》,徐新等译,海南出版社,2004年,第250页。

靠。我同这个种族的文人的个人接触，使我不仅钦佩他们的思想能力和表达能力，而且钦佩他们豪爽的人性。我们感觉到这个人民的伟大，就像我们感觉到太阳一样。对于这个民族，对我们来说却像一种遮蔽太阳的沉闷的浓雾。"①泰戈尔强烈批判在民族主义、殖民主义支配下的英国以及西方的民族冲突和征服给印度乃至人类造成的痛苦。同一时期的英国作家爱·摩·福斯特曾于1912年、1922年两度前往印度旅行、工作，1924年发表了他在一战前开始创作的小说《印度之行》，怀着同情和理解表现印度人的宗教、生活与情感，揭露英国殖民者在印度的粗暴、无礼与不公正。正是福斯特通过他所塑造的富有正义感的英国人让印度和世界看到了英国的良心。在大英帝国的殖民史上，许多英国人随着帝国版图的不断扩大而周游世界甚至通过自己的旅行书写为帝国的知识生产服务，但是英国人中间从不缺乏反思帝国意识形态和殖民主义的异见者，如福斯特和莱辛等。2007年获得诺贝尔文学奖的多丽丝·莱辛在英国的殖民地罗德西亚（现津巴布韦）度过了青少年时期，于1949年离开罗德西亚回到伦敦，在20世纪80—90年代四次踏上津巴布韦的土地。她在一系列非洲叙事中批判英国殖民者对于非洲的野蛮掠夺，在大英帝国的殖民体系中重新审视英国政体及其价值观。她在诺贝尔文学奖受奖词中说："我的头脑里装满了对非洲的极好记忆，我可以在我想要的任何时候激活记忆，看到记忆中的情景。"②她的记忆中有绚烂的晚霞、香气四溢的灌木丛、大象、长颈鹿和未被污染的天空，也有政治的腐败、沙尘暴的肆虐与人民的贫困和对于书籍的渴望。一个村子的人们三天没有吃饭，却依然在谈论着书籍和教育。一个18岁的非洲青年巴望着从欧洲寄来的图书。一个印度人的商店里有《安娜·卡列尼娜》的一些散页，一个黑人孕妇走6千米路到店里俯身阅读这些散页中瓦连卡的故事，由此联想到自己的生活、憧憬着美好的爱情。

  托尔斯泰的著作是怎样旅行到这里的呢？那是联合国的一个官员买来为漂洋过海时打发旅途时光的，读书是他旅行的唯一方法。坐在头等舱的官员把厚重的《安娜·卡列尼娜》撕成三份以便于阅读，他每读完一部分就由机组人员传到后舱。这些散页被带到了南部非洲，来到了印度人开的这家杂货店。这是发生在20世纪80年代津巴布韦的故事。托尔斯泰是将联合国的高层官员、印度人、非洲人连接起来的纽带，也成了沟通不同阶层、不同种族、不同国籍的人

---

① 泰戈尔：《民族主义》，谭仁侠译，商务印书馆，2016年，第9页。
② 多丽丝·莱辛：《远离诺贝尔奖的人们：诺贝尔文学奖受奖辞》，张子清译，载多丽丝·莱辛：《非洲的笑声——四访津巴布韦》，叶肖等译，南京大学出版社，2009年，第9页。

们之间的桥梁。

2010年,中国画家陈丹青踏上前往俄罗斯的旅途时,他随身带着《安娜·卡列尼娜》《复活》《战争与和平》。他说:"带上托尔斯泰,好似依靠了他,便可捂暖了去俄的路途。"①他在机声轰鸣中手捧着他少年时期阅读过的纸张泛黄的《战争与和平》,在托尔斯泰的作品中重温自己青春的回忆,那也是他对于俄罗斯的最初记忆。他说:"论及文学,似乎仅托尔斯泰便足以赏我辽阔无边的文学版图。或者,竟为几册旧书我便以为俄罗斯存放身边了吗?"②他的《无知的游历》以托尔斯泰小说中对于春天的描述作为俄罗斯游记的开篇,他说:"四十多年前,我在上海的屋檐下读着列夫·托尔斯泰的这段描述,自以为望见了遥远的'苏联'。日后领教寒冬,巴望春暖……"③40年后,当陈丹青有机会踏上前往梦寐以求的俄罗斯的旅途时,他将旅程定在俄罗斯春季来临的5月。他说自己十四五岁时初读托尔斯泰,在他40岁时已是第四遍重温托尔斯泰。他的俄罗斯之行变成了文学中的俄罗斯与现实中的俄罗斯相互印证的旅程。尽管踏上俄罗斯土地的那一刻他就明白"文艺归文艺,国家归国家"④,但是,陈丹青的俄罗斯游记仍然以"雅斯纳亚·波里亚纳——记文学的俄罗斯"命名。托尔斯泰成了他的旅伴,眼睛看到的是红场、克里姆林宫的尖塔、宫墙、列宁墓、阅兵场、圣瓦西里教堂"奶油蛋糕般丛集旋转的彩色圆顶",流入他意识的却是托尔斯泰作品中的场景,"我紧跟着主角进入战场、舞场、监狱、村庄……或者听音乐"⑤,脑中浮现的是《战争与和平》中的景象:1812年春的一天,莫斯科罗斯托夫伯爵家渴望从军为国效命的小儿子,挤进克里姆林宫门前密集的群众中,瞻仰亚历山大,他仿佛听到了人群发出的"乌拉"声,看到了亚历山大从皇宫向整夜守候的人群投掷饼干、人群疯抢的情景。如同许多游客,走马观花般地浏览了彼得堡、莫斯科的景点后,他来到托尔斯泰在莫斯科的故居,那是托翁1882—1901年居住的地方,细细品味那幢房屋、每一间屋子的布局,凝视着那张有雕花木栏杆围绕的橡木书桌,想象托尔斯泰趴在这张桌上写下了《复活》,眼前浮现出庞大的囚徒队伍被押出监牢、即将踏上西伯利亚的路途,旧俄职员伊里奇怎样咽气,人们怎样窃窃私语,每个人的眼睛都在说"伊里奇死了,但不是我"。1909年,托翁离开这里搬回雅斯纳亚·波里亚纳,陈丹青写道:"我将去那里找他的

---

① 陈丹青:《无知的游历》,广西师范大学出版社,2014年,第75页。
② 同上书,第76页。
③ 同上书,第73页。
④ 同上书,第75页。
⑤ 同上书,第85页。

坟墓,今年是他逝世一百周年。"①从莫斯科到图拉省托尔斯泰的故居每周两趟的专列,排四小时的队依然买不到票。图拉省城郊外的托尔斯泰故居永远围满了访客,林中小径总是排着长长的队伍,是为了瞻仰掩隐在树林深处那一块长方形的土草墩,没有墓碑,没有台座,没有装饰。据说,高尔基曾经来此凭吊,他仰望着风中摇撼的大树自语:"多大的力量啊!"在托尔斯泰墓前,俄罗斯历史上黑暗的云雾已经散去,造访者怀着感恩的心情赞赏这个孕育并保有伟大作家遗产的国家。

对于那些阅读过俄罗斯文学的中国人而言,俄罗斯文学不仅伴随着他们青春的成长,甚至已经渗透进他们的血液。他们正是通过文学这一媒介,想象、认识俄罗斯这个国家的。正如王蒙所说:"我没有亲眼见过它,但我已经那么熟悉,那么了解,那么惦念过它的城市、乡村、湖泊,它的人物、旗帜、标语口号,它的小说、诗、戏剧、电影、绘画、歌曲和舞蹈。"②对许多人来说,游历这个国家有一种故地重游的感觉。2001 年,熟读俄罗斯文学的冯骥才处身于俄罗斯这个"神交已久的国家"时,他试图"找出这个社会的灵魂之所在",探寻"这个民族的精神基因",他对俄罗斯人"充满敬意与信心"③。在他看来,俄罗斯的精神和灵魂就体现在他们对于历史的尊重,对于伟大人性的尊崇之中。伟大的诗人对于爱情、光明、真理、自由、正义的追求,依然观照着今天俄罗斯人的灵魂并影响着他们的生活。他引用一位副州长的话体现俄罗斯从官方到民间对于文学遗产的尊崇:"我们纪念古典文学大师,是为了生活更美好。尽管这些年我们的社会还不尽如人意,但我们要通过这些方式,使人们知道什么是最重要的,用什么方式生活和怎样生活。"④在莫斯科、彼得堡,除了那些无处不在的历史、政治、宗教的象征符号之外,随处可见普希金、柴可夫斯基、托尔斯泰、陀思妥耶夫斯基、高尔基、罗蒙诺索夫、契诃夫、果戈理、高尔基、阿赫马托娃等文学家的雕像。用他们的名字命名大街与广场,他们的故居、墓地得到精心呵护。穿行于城市的文化风景之中,成为旅行者感受这个国家最重要的方式之一,也是形成国家印象最重要的因素之一:"你觉得这确是一个重视文化尊崇艺术的国家。""你到莫斯科大剧院看戏,你觉得这里的人的文化素质很高。"⑤俄罗斯因为孕育了伟大的作家而伟大,政府因为能够完好无损地保留作家的庄园、故居而受到赞赏。

---

① 陈丹青:《无知的游历》,广西师范大学出版社,2014 年,第 126 页。
② 王蒙:《苏联祭》,作家出版社,2006 年,第 54 页。
③ 冯骥才:《倾听俄罗斯》,人民文学出版社,2001 年,第 9 页。
④ 同上书,第 24 页。
⑤ 王蒙:《苏联祭》,作家出版社,2006 年,第 29 页。

伟大的作家,作为俄罗斯的文化英雄,为这个民族赢得了世界荣誉和尊重。他们作为文化遗产受到保护而赋予一个城市、一个地区乃至整个国家以正面形象,并成为游记文学中塑造俄罗斯国家形象最具代表性的符号。在当代的旅行写作中,俄罗斯是一个幅员辽阔的军事强国,也是一个文化大国,其风云变幻的历史,政治变革中的血腥暴力,人民所遭遇的苦难,唯我独尊的大国意识,都不能掩盖再现了俄罗斯历史现实的伟大文学所体现的俄罗斯民族"精神上的高贵"①。正如多丽丝·莱辛所说:"讲故事的人深入到我们每个人的里面……,当我们被撕碎,被伤害,甚至被毁灭时,我们的故事将重新创造我们。是讲故事的人,梦的制造者,神话的制造者(那是我们的凤凰)代表我们最好的一面,代表我们最富创造性的一面。"②

---

① 冯骥才:《倾听俄罗斯》,人民文学出版社,2001年,第26页。
② 多丽丝·莱辛:《远离诺贝尔奖的人们:诺贝尔文学奖受奖辞》,载多丽丝·莱辛:《非洲的笑声——四访津巴布韦》,叶肖等译,南京大学出版社,2009,第14—15页。

21世纪20年的外国文学研究:回顾与前瞻

黄 晖*

内容提要 21世纪20年的外国文学研究出现了新动态、新形态,形成了多样化、多元性的特点,主要表现为从注重经典作家、作品的研究,到关注当下文学与文化的跨学科研究的发展历程。本文利用中国知网学术文献总库,对2000—2019年我国外国文学研究领域的5种CSSCI来源期刊论文进行了多种类型的数据统计。通过分析20年来刊载的9196篇论文,本文试图揭示外国文学研究在21世纪的研究重点、方向、成就和问题,探索当代外国文学研究的理论体系、话语体系的形成和发展,进而提出对外国文学研究未来发展方向的建议。

关键词 外国文学;文学研究;CSSCI来源期刊;回顾与前瞻

  21世纪以来,外国文学研究呈现多元化趋势,研究队伍不断壮大,研究成果日益丰富,但如何从整体上来观照外国文学研究的现状和发展趋势呢?外国文学研究经历了怎么样的研究范式转变?研究方向和研究重点又有怎么样的变化?这些问题都需要进行认真的总结,因为这一总结对本学科未来的研究进展和广大研究者撰写论文具有很大的指导性意义。一直以来,对于学科研究的热点分析,主要根据业内专家的经验,但由于学术研究的快速发展,任何一个专家仅仅依靠经验来判断一个学科的发展规律,难免存在主观性和片面性。本文将依据CSSCI来源期刊中的论文数量来分析,用客观的数据将本学科的研究特征展示出来。鉴于《外国文学评论》《外国文学研究》《当代外国文学》《外国文学》和《国外文学》5种主流专业刊物在外国文学研究领域的重要地位和影响,本文以其刊载的论文为研究对象,考察上述命题。通过对2000—2019年的具体载文情况、论文作者、研究机构和作家作品的分析,大体可以发现我国外国文学研究界21世纪20年来的研究特色,在此基础上我们可以进行趋势总结和问题反思,为我国外国文学未来的发展提供可

---

* 黄晖,华中师范大学文学院教授,博导。

资借鉴的路径。

一、载文统计分析

(一) 载文量分析

期刊的载文量是指期刊在一定时间内发表论文的数量,它是衡量期刊所载信息量大小的一个重要指标。表1的数据来源于中国知网5种外国文学期刊的"统计与评价",我们提取了2000—2019年的载文量、载文量的峰值出现年份与具体载文量,并统计出20年的载文总量。

表1 2000—2019年5种刊物载文量统计

(单位:篇)

	《外国文学评论》	《外国文学研究》	《当代外国文学》	《外国文学》	《国外文学》
2000年	99	110	85	126	104
2019年	51	95	126	104	72
峰值年份	2001:102	2003:202	2015:136	2003:148	2000:104
20年总计	1 608	2 957	2 165	2 466	1 551

表1数据显示,5种期刊20年间共刊载10 747篇论文,出现了载文量逐渐减少的趋势。除《当代外国文学》外,四种刊物均在2000—2003年间达到载文量峰值,之后年均载文量呈下降趋势。比对2000年载文量和2019年载文量可以发现,《外国文学评论》的载文量减少了48.5%,《外国文学研究》的载文量减少了14%,《外国文学》的载文量减少了17%,《国外文学》的载文量减少了30.8%。《当代外国文学》的情况比较特殊,在2000年以前以刊发外国作品译介为主,比对2019年的载文量和期刊载文量峰值136篇(2015年),《当代外国文学》载文量减少了7%。

为了能够更加客观准确地反映出外国文学的研究现状和5种刊物具体的载文情况,表2对5种期刊2000年和2019年刊载的中国学者撰写的研究性论文的数量进行统计与比较,数据来源于中国知网中5种刊物2000年和2019年的目录。为了强调论文的研究属性,翻译、书评、访谈、会议综述和报道性的动态、纪念性文章和会议讲话等均不在本文统计之列。

表2　2000、2019年5种刊物研究性论文载文量统计

（单位：篇）

	《外国文学评论》	《外国文学研究》	《当代外国文学》	《外国文学》	《国外文学》
2000年	66	94	33	45	64
2019年	45	66	80	90	67

从表2来看,《当代外国文学》《外国文学》和《国外文学》刊发的研究性论文的数量呈上升趋势。结合表1中2000年和2019年的总发文量来看,5种刊物中研究性论文的比重也在提升,但是比重的变化始终是建立在基数变小的基础上。所以5种刊物年载文量总体来看有所下降,这和我国外国文学研究队伍的不断扩大和研究论文数量大幅增长形成比较鲜明的对照。5种刊物的载文量不升反降的情况,一方面表明对于所刊载论文的质量要求更高了,个别刊物可以接受三四万字的长篇论文;另一方面也说明了外国文学研究水平的显著提高,学者们能够自觉地在深度和广度上强化研究的难度。

（二）载文所涉及国别与地区分析

外国文学的国别与地区统计分析可以帮助我们了解期刊和研究者们所重点关注的作家作品,进而发现外国文学研究的某种趋同性。为了能更为准确地体现出5种刊物的办刊特色和发文特点,我们把论文分为文学综论和作家作品专论两大类。文学综论是指对某一(几)种文类、文学现象、文学理论、批评方法等进行宏观描述和整体研究的论文,我们把文学理论、比较文学、翻译研究、学科建设等方面的论文纳入综论性论文的范围;而作家作品专论则是指运用特定的研究方法或者视角对某一作家的某一(几)部作品进行系统而深入的研究。据统计,在5种杂志所刊载的10 747篇论文中,属于文学综论性质的论文有2 318篇,另有8 429篇论文与特定国别和语言相关,涉及欧洲、美洲、亚洲、大洋洲和非洲(见表3)。

表3　5种刊物载文所涉及国别地区分布

（单位：篇）

		《外国文学评论》	《外国文学研究》	《当代外国文学》	《外国文学》	《国外文学》	总计
综论		256	1 048	254	476	284	2 318
欧洲	英国	305	502	257	312	319	1 695
	法国	82	90	106	89	87	454

(续表)

		《外国文学评论》	《外国文学研究》	《当代外国文学》	《外国文学》	《国外文学》	总计
	俄罗斯	60	110	50	57	77	354
	德国	71	42	31	62	56	262
	希腊	18	13	0	6	25	62
	奥地利	20	4	4	16	10	54
	意大利	15	20	10	17	16	78
	西班牙	10	7	5	11	9	42
	捷克	24	18	7	10	10	69
	爱尔兰	48	33	39	36	39	195
	挪威	2	23	0	2	1	28
亚洲	日本	95	64	31	33	38	261
	印度	19	17	9	9	14	68
美洲	美国	289	551	517	408	364	2 129
	加拿大	7	18	36	40	23	124
非洲		17	24	28	19	14	102
大洋洲		14	12	59	22	8	115

表 3 数据显示,21 世纪 20 年来,外国文学研究在研究对象上存在着明显的地区分布不平衡的现象,以欧洲、美洲文学构成的西方文学是研究者关注的重点。5 种刊物在 20 年间均刊载了大量的美国文学研究论文,这反映出国内研究者对美国文学极大的研究热情。另外,英国也遥遥领先于其他国家或地区,成为外国文学研究领域第二热门对象国。美国、英国文学研究之盛同两国的历史、经济、科技等综合国力之强盛密切相关,也离不开我国义务教育阶段对英语教育的普及。此外,法国、俄罗斯、德国、爱尔兰等欧美国家的文学也引起众多研究者的关注,这也与这些国家的文化软实力分不开。不过,欧美国别文学中也存在一些国家、地区的文学尚待进一步展开研究,如希腊、奥地利、捷克、加拿大、澳大利亚等。

国别与地区的统计分析还显示,西方文学研究的盛况同东方文学研究的滞后、冷清形成鲜明的对照,所以我们认为需要更多的研究者关注亚洲与非洲等广大发展中国家或地区的文学,摆脱"重西方、轻东方"的传统观念,"重拾东方文化自信,强化文化认同感,积极规划,全盘考虑"①,在世界文学研究中彰显东方文学不可替代的重要位置和意义。

(三) 作家作品分析

"对作家作品的研究是文学研究的重要内容,是进行文学史研究和理论研究的基础。"②据统计,20 年间共有 6878 篇论文以具体作家作品为主要研究对象,论文数量占载文总量的 74.79%。表 4 统计了被 20 篇及以上的论文作为主要研究对象的作家,共计 37 人。

表 4　5 种刊物 2000—2019 年主要作家研究论文统计

(单位:篇)

100 篇以上:1 人	莎士比亚(156)
70—100 篇:1 人	托妮·莫里森(87)
40—69 篇:7 人	乔伊斯(57)、福克纳(53)、库切(48)、T. S. 艾略特(44)、伍尔夫(43)、纳博科夫(42)、庞德(42)
20—39 篇:28 人	阿特伍德(39)、陀思妥耶夫斯基(38)、劳伦斯(38)、索尔·贝娄(36)、霍桑(35)、菲利普·罗斯(33)、奈保尔(33)、爱伦·坡(33)、亨利·詹姆斯(32)、唐·德里罗(32)、华兹华斯(32)、君特·格拉斯(31)、康拉德(30)、卡夫卡(30)、麦克尤恩(29)、王尔德(29)、品钦(29)、海明威(28)、石黑一雄(27)、易卜生(28)、戴维·洛奇(26)、歌德(26)、汤亭亭(26)、贝克特(24)、多丽丝·莱辛(24)、门罗(24)、哈代(22)、谭恩美(21)

表 4 的数据显示,莎士比亚高居榜首,成为唯一超过 100 篇论文的研究对象,莎学的兴盛同表 3 中英国文学的研究现状相呼应。女性文学和少数族裔文学是进入 21 世纪以来外国文学研究领域最为引人注目的热点,美国非裔女作家托妮·莫里森研究论文数量排名第二就是明证。在莫里森研究热的背后,我们看到非裔文学逐渐成为研究热点,可以预见非洲及非裔文学研究将会成为外国文学研究的重要组成部分。在发表 40—69 篇研究论文的作家中,除库切为南非白人作家外,其他作家均为欧美白人作家,除莎士比亚、T. S. 艾略特和庞德,其他作家均以小说或诗歌创作而知名,而且这些作家均使用英语进行创作,可见英语文学研究之盛。从总体上说,20 世纪以来的作家占据了绝大部分,但对于同期的一些有潜力的作家,国内学者关注较少,例如对近年来诺贝尔文

---

① 李伟昉:《关于东方文学比较研究的思考》,《河南大学学报》2015 年第 6 期。
② 赵山奎:《〈外国文学评论〉20 年——关于刊物各项统计数据的分析》,《外国文学评论》2007 年第 1 期。

学奖获得者的研究,都是等到颁奖结果公布以后再一拥而上,缺少预见性的研究。

二、作者统计分析

(一) 作者群分析

我们将在 5 种刊物上发文 8 篇及以上的 175 位作者视为核心作者群,他们为刊物质量的提高作出了重要贡献。进一步统计还可以发现,这 175 位核心作者中的大多数保持了发文的连续性,在相当长的时期内没有间断过发表论文。此外,统计还显示,175 位核心作者的研究方向几乎涵盖了美、英、俄、法、日、德、希腊等各个主要国别、语种,以及小说、诗歌、戏剧、文学理论等主要研究门类,表明我国外国文学研究领域在各个研究方向上都已经出现了堪称国内一流的学者(见表 5)。

表 5　核心作者群及发文量统计

40 篇以上:1 人	殷企平(40)
30—39 篇:1 人	申丹(33)
20—29 篇:8 人	王建平(26)、陶家俊(24)、肖明翰(23)、杨金才(23)、王宁(22)、于雷(21)、王腊宝(20)、乔国强(20)
8—19 篇:165 人	尚必武(19)、何宁(18)、朱振武(17)、章燕(17)、吴笛(17)、王丽亚(17)、聂珍钊(17)、傅浩(17)、方红(17)、但汉松(17)、张建华(16)、张德明(16)、王卓(16)、李永毅(16)、丁宏为(16)、陈世丹(16)、冯伟(16)、赵山奎(15)、张和龙(15)、金衡山(15)、金冰(15)、陈丽(15)、冯亚琳(15)、陈兵(15)、曾艳钰(15)、张琼(15)、张琦(14)、王晓路(14)、虞建华(14)、林斌(14)、王晓路(14)、刘立辉(14)、梁工(14)、郭军(14)、程锡麟(14)、汪介之(14)、张沛(13)、杨建(13)、汪民安(13)、张杰(13)、何成洲(13)、林精华(13)、龚璇(13)、陈榕(13)、郑燕虹(13)、吕洪灵(13)、董洪川(13)、朱新福(13)、宋艳芳(13)、汪民安(13)、陈后亮(12)、金莉(12)、程心(12)、周小仪(12)、陈礼珍(12)、陈红(12)、李公昭(12)、徐蕾(12)、罗良功(12)、刘成富(12)、王玉括(12)、李伟民(12)、邹惠玲(11)、赵国新(11)、张子清(11)、张中载(11)、王炳钧(11)、苏晖(11)、马弦(11)、刘阳(11)、陈雷(11)、徐彬(11)、曾艳兵(11)、田俊武(11)、张旭春(11)、肖锦龙(11)、杨国静(11)、黄芝(11)、陈礼珍(11)、郭方云(11)、庞好农(11)、罗益民(11)、何畅(11)、戴从容(11)、曹顺庆(10)、高奋(10)、周怡(10)、张剑(10)、赵文书(10)、王志耕(10)、王守仁(10)、朴玉(10)、苏耕欣(10)、郝田虎(10)、张亘(10)、张跃军(10)、王雅华(10)、韩瑞祥(10)、孙宏(10)、周颖(10)、谷红丽(10)、毛亮(10)、潘志明(10)、桑翠林(10)、郑佰青(10)、王卫新(10)、王旭峰(10)、张龙海(10)、赵晓彬(10)、钱兆明(10)、蒋承勇(9)、陈爱敏(9)、丁林棚(9)、陈姝波(9)、程倩(9)、耿幼壮(9)、程巍(9)、

(续表)

	董晓(9)、段枫(9)、高晓玲(9)、李增(9)、胡志明(9)、霍士富(9)、李元(9)、易晓明(9)、何伟文(9)、刘岩(9)、阮炜(9)、邵凌(9)、孙胜忠(9)、梁展(9)、王钦峰(9)、王树福(9)、王松林(9)、申富英(9)、王丽丽(9)、谷裕(9)、潘建(9)、李正栓(9)、陈永国(9)、刘意青(9)、陈红薇(8)、陈正发(8)、刘建军(8)、江宁康(8)、康澄(8)、李俄宪(8)、李靓(8)、李维屏(8)、刘炅(8)、刘克东(8)、刘茂生(8)、罗世平(8)、罗婷(8)、谭惠娟(8)、颜学军(8)、殷晓芳(8)、袁洪庚(8)、王炎(8)、蒲若茜(8)、张冲(8)、周铭(8)、周启超(8)、朱建刚(8)、姜岳斌(8)

(说明:对每位作者发文数量进行统计时,第二作者没有计入。)

其中,在本文所统计的全部5家刊物均发表过论文的作者包括申丹、干建平、杨金才、于雷、王腊宝、乔国强、朱振武、张德明、王卓、赵山奎、张和龙、金冰、冯亚琳、陈兵、汪介之、程锡麟、王玉括、徐彬、陈礼珍等学者。值得我们关注的是,中青年学者在核心作者群中占有非常大的比例,尤其是一批40岁以下的青年学者在外国文学研究中正在发挥越来越显著的影响力,这说明外国文学学科的学术梯队建设是卓有成效的。

(二) 作者单位分布分析

我们认为,发表学术论文数量不是衡量一个学术机构学术实力和水平的唯一指标,但确实又是一个重要指标。通过CSSCI的单位发文量统计,可以从科研产出的角度评价一个学术机构在外国文学研究领域的学术影响力。

从表6可以看出,发文量进入前10名的这10个单位同时也是我国外国文学研究的重镇,它们中绝大多数都具有外国语言文学类或比较文学与世界文学专业的博士学位授权点。

表6 发文量前10位的单位

排名	单位名称	发文量(篇)	核 心 作 者
1	南京大学	550	杨金才、何宁、方红、但汉松、陈兵、张琦、何成洲、刘成富、王守仁、龚璇、徐蕾、张子清、肖锦龙、赵文书、董晓、江宁康、张冲
2	北京大学	468	申丹、丁宏为、刘立辉、张沛、周小仪、毛亮、谷裕、刘意青、王军、王炎
3	北京外国语大学	365	陶家俊、于雷、王丽亚、张建华、陈榕、赵国新、张中载、王炳钧、张剑、韩瑞祥、潘志明、金莉
4	中国社会科学院	252	陈雷、周颖、傅浩、程巍、梁展、王逢振、周启超

(续 表)

排名	单位名称	发文量(篇)	核 心 作 者
5	浙江大学	237	殷企平、吴笛、张德明、谭惠娟
6	华中师范大学	232	聂珍钊、苏晖、杨建、罗良功、王树福、李俄宪
7	上海外国语大学	197	虞建华、李维屏、乔国强、张和龙、周怡、程心
8	中国人民大学	179	王建平、陈世丹、郭军、孙宏、耿幼壮
9	南京师范大学	177	汪介之、吕洪灵、张杰、刘阳、陈爱敏、康澄
10	北京师范大学	136	章燕

(说明:本文所统计高校名称有过变更的,均以现名为准;作者单位有过变更的,以发文时所标注的单位为准。)

从表 6 可见,我国外国文学研究有坚实的基础和庞大的队伍。除北京外国语大学和上海外国语大学为外国语言大学,其他高校均为综合性大学和师范大学,这些学校的综合实力在国内也是有目共睹的。南京大学拥有最多的核心作者,同时也凭借最高的发文量成为国内外国文学研究遥遥领先的单位。发文量前 10 的单位分布在北京、南京、上海、杭州、武汉五地。北京地区发文量最多,单位也最多,这与北京地区高校、研究单位云集,本身具备强大的科研力量有关,同时离不开北京作为全国政治、文化中心的优势。位于长三角的南京、上海、杭州三地也拥有众多著名高校和知名学者,文化底蕴深厚,对外交流活跃,发文量名列前茅也在情理之中。华中师范大学位于中西部地区,凭借优良的学风和持续性的理论创新,成为全国外国文学研究的重镇,实属不易。

(三) 下载量分析

如果说学者的发文数量是衡量一个学者学术成果的重要指标,那么学者所发表论文的被引数量就应该是一个更为重要的指标。对学者来说,论文在期刊上刊发出来并不意味着学术研究活动的结束,只有所发表的论文能引起学术界的关注并在一定程度上促进本学科研究的纵深发展,才能体现出研究的真正价值。在我们的研究中,论文的下载量和引用次数被视为重要的指标(见表 7)。

表 7　5 种刊物 2000—2019 年刊载论文下载量统计

论文	作者	刊物	发表时间(年)	下载量(次)
《身份认同导论》	陶家俊	《外国文学》	2004	19 356
《文学伦理学批评:基本理论与术语》	聂珍钊	《外国文学研究》	2010	16 736

(续 表)

论文	作者	刊物	发表时间(年)	下载量(次)
《叙述、文化定位和身份认同——霍米·巴巴的后殖民批评理论》	王宁	《外国文学》	2002	11 725
《互文性理论的缘起与流变》	秦海鹰	《外国文学评论》	2004	11 051
《英美文学中的哥特传统》	肖明翰	《外国文学评论》	2001	10 637
《文学伦理学批评与道德批评》	聂珍钊	《外国文学研究》	2006	10 487
《文学伦理学批评：文学批评方法新探索》	聂珍钊	《外国文学研究》	2004	9 839
《文学空间与空间叙事理论》	董晓烨	《外国文学》	2012	9 742
社会转型期的"美国梦"——试论嘉莉妹妹的道德倾向	黄开红	《外国文学研究》	2006	9 735
《叙事学》	申丹	《外国文学》	2003	9 706

(数据来源：中国知网，截止日期为 2020 年 10 月 31 日。)

表 7 是先选取了每个刊物在 2000—2019 年刊载论文中下载量靠前的论文，然后进行前十名排序的统计结果。在 5 种刊物中，下载量最大的是文学理论研究方面的论文：文学伦理学批评 3 篇、哥特传统 2 篇、身份认同 1 篇、叙事学 1 篇、空间研究 1 篇、互文理论 1 篇。聂珍钊教授的文学伦理学批评方面的论文在 10 篇下载量最大的论文中就有 3 篇，可见文学伦理学批评理论的影响力之大。需要指出的是，从空间批评的角度研究外国文学是近年来兴起的研究热点，我们相信这一研究热点将会持续下去。另外，生态文学、数字人文、创伤、记忆、共同体等研究也新见迭出，逐渐成为新的学术增长点。

(四) 引用次数分析

论文被引次数是评价期刊和学者学术影响力的基本指标，可用来衡量期刊和学者在学术交流中所处的地位。表 8 选取 5 种刊物 2000—2019 年载文中引用量前三篇论文，进行前十名排序。

表 8　5 种刊物 2000—2019 年刊载论文引用次数统计

论　　文	作者	刊物	发表时间（年）	引用量（次）
《身份认同导论》	陶家俊	《外国文学》	2004	1 123
《文学伦理学批评：基本理论与术语》	聂珍钊	《外国文学研究》	2010	1 060
《互文性理论的缘起与流变》	秦海鹰	《外国文学评论》	2004	811
《文学伦理学批评：文学批评方法新探索》	聂珍钊	《外国文学研究》	2004	598
《英美文学中的哥特传统》	肖明翰	《外国文学评论》	2001	500
《关于文学伦理学批评》	聂珍钊	《外国文学研究》	2005	459
《空间理论和文学空间》	陆扬	《外国文学研究》	2004	444
《生态女权主义》	金莉	《外国文学》	2004	441
《互文性》	陈永国	《外国文学》	2003	427
《文学伦理学批评与道德批评》	聂珍钊	《外国文学研究》	2006	425

（数据来源：中国知网，截止日期为 2020 年 10 月 31 日。）

可以发现，表 8 的引用量排名同表 7 的下载量排名有部分重合。同时，表 8 的引用源也反映出外国文学研究者在具体的论文撰写中较多地使用与文学伦理学批评、生态批评、互文理论以及身份建构相关的理论。尤其值得一提的是，在 10 篇极高影响力论文中，聂珍钊教授一人就有 3 篇，显示了其在外国文学研究领域具有很高的学术造诣和广泛的学术影响力。另外，需要说明的是，没有被列入上述统计的学者以及排列较后的学者，并不意味着其学术影响力就一定小，除了本文仅统计了 5 种刊物近 20 年的论文这一主要原因外，还有一些学者研究的课题较窄，关注此领域研究的学者较少，故而造成其论文的引用量也较少，导致这些学者无法进入我们的统计视野。

三、研究热点与主要成就

在一篇学术论文中，关键词所占篇幅较少，一般不超过 5 个词或者词组，但文献计量学认为关键词是作者对论文核心思想的高度概括和提炼，是一篇学术论文的精髓所在。因此，我们可以从统计和分析学术论文的关键词入手，运用频次较高的关键词来描述一个学科领域的研究热点和重点，并进而总结归纳其学术成就。本文借助 Citespace 可视化工具从 4 个时间段构建了外国文学关键词共现图谱，进而分析外国文学学科 21 世纪 20 年的研究热点与主要成就（见表 9）。

表9　5种刊物2000—2019年关键词词频统计

2000—2004			2005—2009			2010—2014			2015—2019		
关键词	频次	中心性	关键词	频次	中心性	关键词	频次	中心性	关键词	频次	中心性
后现代主义	34	0.06	历史	33	0.08	现代性	30	0.05	文学伦理学批评	53	0.20
象征	29	0.08	后现代	30	0.08	文学伦理学批评	29	0.04	伦理选择	29	0.11
自我	22	0.07	自然	29	0.01	身份	26	0.07	空间	28	0.07
全球化	21	0.08	解构	27	0.15	历史	25	0.23	创伤	22	0.11
女性主义	20	0.07	生态批评	25	0.08	生态批评	25	0.04	他者	20	0.19
现代主义	20	0.10	现代性	24	0.13	文化	23	0.08	伦理	20	0.07
后现代	20	0.03	自我	24	0.04	全球化	23	0.16	现代性	19	0.02
历史	18	0.13	女性主义	23	0.07	他者	23	0.06	互文性	18	0.08
现实主义	18	0.05	身份	22	0.06	空间	22	0.08	身体	18	0.04
互文性	17	0.08	互文性	19	0.15	后现代主义	21	0.04	记忆	17	0.08
文化	17	0.10	记忆	18	0.04	身体	19	0.04	世界文学	14	0.03
对话	16	0.05	文学伦理学批评	17	0.02	记忆	19	0.13	共同体	13	0.01
东方主义	16	0.03	后殖民	14	0.06	叙事	18	0.07	虚构	11	0.01

从表9关键词出现的频次可以看出2000—2019年外国文学领域研究热点的变化情况:(1)"后现代主义""象征""自我""全球化""女性主义""现代主义""互文性"等关键词具有较高的出现频次,是2000—2004年众多外国文学研究者较为热衷的研究内容。综合分析表9及聚类结果,中心性超过0.10为关键节点,中心性数值越大,与该关键词相关的研究越热门。2000—2004年外国文

学的研究热点主要集中在以下三个领域:现代主义文学研究、文化研究、女性主义文学研究。(2)2005—2009年外国文学高频关键词变化较大,"历史""自然""解构""生态批评""现代性""自我""身份""记忆""文学伦理学批评"等成为学术热点。通过分析表9以及聚类结果,可以将2005—2009年外国文学的研究热点内容归纳为以下五个领域:后现代主义文学研究、现代主义文学研究、生态文学研究、女性主义文学研究、后殖民文学研究。(3)由表9以及与以上两个时间段的对比可发现,"现代性""文学伦理学批评""身份""历史""生态批评"仍然是2010—2014年外国文学研究中具有较高出现频次的关键词,表明这几个热点的研究比较稳定,同时高频关键词中也出现了"他者研究""空间研究""记忆研究"等研究内容。(4)综合分析表9并与以上三个时间段对比可以发现,"文学伦理学批评""伦理选择""空间""创伤""他者""伦理""共同体"等为具有高频率的关键词,可知2015—2019年外国文学的研究热点内容集中在以下领域:文学伦理学批评、空间研究、创伤研究、人类命运共同体、世界文学研究。

通过高频关键词聚类以及相关文献的分析和归纳,可以将外国文学研究热点和成就概括为以下三个方面:

第一,汇聚文学话语元素,构建外国文学研究话语体系。一直以来,我国的外国文学研究呈现出以欧美国家的作家作品为主要研究对象,以欧美文学理论为主要研究方法的格局。这种以欧美话语为中心,本土话语严重缺席的现象引起广大国内学者的质疑。进入21世纪以来,在国内学者的努力下,欧美话语中心化现象初步缓解,一些学者开始尝试在外国文学研究中构建中国话语体系,许多学者如聂珍钊、申丹、曹顺庆、傅修延等都在建构中国话语体系的努力中取得了明显的成效。在聂珍钊教授的倡导和引领下,文学伦理学批评以伦理选择为理论基础建构自己的学术批评话语,如伦理身份、伦理选择、伦理环境、兽性因子、人性因子、自由意志、理性意志等,形成了文学伦理学批评的话语体系。文学伦理学批评经过了十余年的发展,在中外学者的共同努力下,已成为一种比较成熟的理论体系和批评话语体系。同英美的伦理批评相比,中国的文学伦理学批评不仅建构了自己的基础理论,而且形成自己的批评话语,拥有专门的批评术语,问题意识突出,学术观点鲜明,在理论建构与批评实践方面取得了突出的成就,为我国的文学研究提供了一套可供操作的研究路径与批评范式。

第二,探索中外文化交流与互鉴,共建人类命运共同体。多年来,中外文化交流在一定程度上仍然处于不平衡的状态,世界各国对中国文化的了解还不够充分。随着我国综合国力的增强,新思想和新理论不断产生,文学的翻译与研究在文化交流与互鉴中的作用与使命愈加凸显。在以开放的心态继续接纳国外优秀文化成果的同时,我们也应该积极翻译和传播中国文化,将中国优秀文化成果推介到各国,改写以输入为主的文化交流模式,增强国家软实力与中国文化的国际影响力,为构建人类命运共同体贡献力量。为此,多家外国文学研究杂志开设"中外文化交流与互鉴"研究专栏,致力于发表探索中外文化交流与互鉴的文学史实和有效途径的论文,主要表现在以下三个方面:首先是探讨外国文学作品中的中国形象,如陈兵的《清教徒笛福笔下的中国》、侯铁军的《中国的瓷器化——瓷器与18世纪英国的中国观》等;其次是研究外国文学作品在中国的翻译、接受与误读,如汪介之的《文学接受的不同文化模式——以俄罗斯文学在中国的接受为例》、张强的《意图的挪用:奥登在中国》等;最后是海外汉学研究,如季进的《论世界文学语境下的海外汉学研究》、刘耘华的《欧美汉学与比较文学平行研究的方法论建构》等。

第三,更新传统的世界文学观念,开创外国文学研究新范式。随着我国综合国力的大幅提升,国家对中国文化"走出去"持续推进,使中国文学不断壮大,国际影响力日益增强,中国学术界又掀起了新一轮世界文学理论研究的热潮。特别是进入21世纪以来,世界文学的格局和中国文学的全球使命发生了巨大变化,世界文学观念研究也取得了突破性进展,不仅更新了传统的世界文学观念,开创了世界文学研究新范式,还有力促进了外国文学回归文学性研究和文学本体研究,增强了文学的共同诗学问题意识,逐渐实现了外国文学在共同诗学探索和建构上的学术价值。这一研究范式的论文主要从以下两个方面对世界文学进行探讨:一方面,对全球化、世界主义、世界文学等重要概念进行介绍、梳理和分析,如王宁的《西方文论关键词:世界主义》与《作为问题导向的世界文学概念》、何成洲的《全球化与文学:视角、立场与方法》、刘洪涛的《世界文学:学科整合与历史承担》;另一方面,带着明显的反思意图去回顾全球化进程和世界文学的发展过程,并且尝试明确世界文学的使命,如张弘的《全球化语境的反思和外国文学研究的当下使命》、张旭《文学转型与反思——试论全球化与数字化时代希利斯·米勒的文学新观念》等。

四、未来发展的趋势与走向

21世纪前20年的外国文学研究出现了新动态、新形态,形成了多样化、多元性的特点。这一特点是在新的历史时期,经由新的认知经验并紧密结合国家发展的时代需求,外国文学研究界表现出的前所未有的学术自觉与创造激情。这一时期全面拓宽了外国文学研究的广泛可能性,并将这一学科提升、推进到前所未有的高度、深度和广度。处于新时代的外国文学研究虽然面临着良好的发展机遇,但话语体系建设依然任重道远,尚需要研究者努力做好以下几个方面的工作。

第一,中国的外国文学研究应坚持马克思主义的立场、观点和方法,立足本土文学与文化发展需要,自觉构建学术话语体系。马克思主义的基本原理和方法论具有科学性和普适性,是我们掌握科学的文学研究方法、构建文学理论体系的指导理论。我国的外国文学学科体系与学术体系发展相对比较完善,但话语体系建设仍然任重道远。正如聂珍钊教授所指出的那样:"我国文学研究借鉴西方经验,尤其是移植西方的批评理论与方法,虽然在促进中国学术研究的繁荣方面功不可没,但导致中国学术话语丧失而西方理论和话语独霸天下的严重后果却是不争的事实。"[①]在经历了所谓的"跟风"与"失语"期后,未来的相关研究不仅要继续借鉴国外的研究成果,还应挖掘、整理、弘扬本土的传统文化资源,在继承中华优秀传统文学批评理论和借鉴西方先进文学批评理论的基础上,融会贯通,从而建构一套科学严谨、体系完整、内涵丰富的学术话语体系,进一步深化对文学发展规律的认识、把握和运用,为坚持和发展马克思文艺思想作出原创性的贡献。

第二,中国的外国文学研究应助推中国学术走出去,为解决人类普遍面临的问题提供中国智慧和中国方案。中国学术走出去是对国家改革开放的一种呼应和证明,是对世界文化、人类文明的创新和发展之路所提供的一种智慧贡献与方法选项。在此意义上,我国的外国文学研究应在研究过程中彰显中国当代价值观,逐步实现中国学术对于世界文学和人类文明进步的贡献。中国学者应加强理论自信与文化自信,更好地与国际学界进行平等的对话与交流,争取国际学术话语权。聂珍钊教授领衔的文学伦理学批评之所以能够成为中国学术走出去的范例,就在于文学伦理学批评团队积极响应中国学术走出去的战略号召,致力于该理论的国际传播及国际学术话语权的建构,在国际学术发表、成立国际学术组织、举办国际会议等方面成果斐然,吸引了众多外国学者加盟,获得了众多国际同行的高度评价,为世界文学研究注入了新的生机与活力。

第三,中国的外国文学研究应推进研究方法创新融合,开拓出外国文学研究的新路径、新方法。首先,外国文学研究者应密切关注当下文学理论的发展动向,从全球化和本土视角对外国文学进行系统阐释,揭示文本创作、民族文化与共同体形塑之间的互动关系,客观审视外国文学的发展轨迹与嬗变趋势。其次,我国的外国文学研究经历了从注重经典作家、作品的介绍与研究,到关注当

[①] 聂珍钊:《外国文学学术史研究工程的理论及方法论价值》,《外国文学动态研究》2020年第3期。

下流行文学与文化的跨学科研究的发展历程。在跨学科研究方法日益流行的今天,我们要同时意识到文学研究应以"文学"为中心,应坚守文学本位的立场,加强对外国文学的艺术层面与形式技巧的研究,为当代文学创作的发展提供思想资源和艺术经验。最后,就具体研究领域而言,我们认为,外国文学研究者可以在学科史与学术史研究、伦理学批评、文学基本原理、中外文学文化交流与互鉴、少数族裔文学、亚非文学、纪实文学、科幻文学、儿童文学等领域继续深入开拓,取得更大的成就。

未来外国文学研究的创新,要充分吸收中外优秀文化思想的精华,不断展现中国学者的思想力和创造力,提出更多具有原创性、时代性的理论和批评方法。正如习近平总书记强调的:"只有以我国实际为研究起点,提出具有主体性、原创性的理论观点,构建具有自身特质的学科体系、学术体系、话语体系,我国哲学社会科学才能形成自己的特色和优势。"[①]我们有理由相信,中国的外国文学研究实践将为世界文学和人类命运共同体的构建作出特殊的贡献。

---

① 习近平:《在哲学社会科学工作座谈会上的讲话》,《人民日报》2016年5月19日。

海外汉学与中国学研究

 比较文学视角与海外汉学研究

- 中国现代文学史视野中的余光中散文
- 冈仓天心的中国之行与中国认识——以首次中国之行为中心
- 留学生与美国专业汉学的兴起
- 回到什么语文学？——汉学、比较文学与作为功能的语文学
- Shanghai、毒品与帝国认知网络——带有防火墙功能的西方之中国叙事

比较文学视角与海外汉学研究

葛桂录*

"汉学"(Sinology)概念正式出现于19世纪,各国学者对其认识有所差异,近年来更有"汉学"与"中国学"概念之争及有关"汉学主义"的概念讨论。综合国内外学者的主流观点,我们可以将"汉学"界定为"国外对中国的传统人文学科(如文学、历史、哲学、语言、艺术、宗教、考古等)的研究"。近年来国内学者致力于海外汉学研究的深耕掘进,综合研究海外汉学家的翻译、研究、教学与交游活动,重新考察中国文化在异域的接受与变异特征,从21世纪世界文化学术史的角度,在中华文化与世界主要国家文化的交流、相遇和融合之中重新确定中华文化的现代意义,加深对中华传统文化价值的认识,借此推动学术界关于"中学西传"的研究登上一个新台阶,并促进海外汉学在学科自觉意义上达到一个新的高度。

海外汉学家作为中外文化交流的最重要载体,在中国文化走向世界的过程中作出了特殊的贡献。季羡林先生早在为《汉学研究》杂志创刊号作序时就提醒世人注意西方汉学家的至关重要,"所幸在西方浑浑噩噩的芸芸众生中,还有一些人'世人皆醉,而我独醒',人数虽少,意义却大,这一小部分人就是西方的汉学家。……我现在敢于预言:到了21世纪,阴霾渐扫,光明再现,中国文化重放异彩的时候,西方的汉学家将是中坚人物,将是中流砥柱"[①]。他还指出:"中国学术界对国外的汉学研究一向是重视的,但是,过去只限于论文的翻译,只限于对学术论文、学术水平的评价与借鉴。至于西方汉学家对中西文化交流所起的作用,他们对中国所怀有的特殊感情等则注意还不太够。"[②]事实上,海外汉学家将中华文化作为自己的兴趣关注点与学术研究对象,精心从事中华文化典籍的翻译、阐释和研究,而他们丰富的汉学研究成果在其本国学术界、文化界、

---

* 葛桂录,福建师范大学外国语学院教授,博导。
① 季羡林:《重新认识西方汉学家的作用》,载季羡林研究所编:《季羡林谈翻译》,当代中国出版社,2007年,第60页。
② 同上。

思想界相继产生了不小的影响,并反过来对中国学术发展产生了一定的促进作用。中国文化正是在他们的不懈努力下逐渐走向了异域他乡。通常,汉学家不仅对中国文化怀着极深的感情,而且具有深厚的汉学功底,是向域外大众正确解读与传播中国文化最可依赖的力量。尤其是专业汉学家以学术本身为本位,其研究与译介中国文学与文化本着一种美好的交流愿景,最终也成就了中外文学与文化宏大的交流事业。他们的汉学活动提供了中国文学、文化在国外流播的最基本资料,因而成为研讨中华文化外播与影响的首要考察对象。

海外汉学的发展历程是中国文化与异质文化交流互动的历史,也是域外知识者认识、研究、理解、接受中国文明的足迹。自《曼德维尔游记》(*The Travels of Sir John Mandeville*,1357)所代表的游记汉学时代起,海外汉学至今已有六个多世纪的历史。如果从传教士汉学或专业汉学算起,也分别有四百多年、近二百年的历史。参与其中的汉学家是国外借以了解中华文明与中国文学、文化的主要媒介,中外文学、文化交流的顺利开展无法绕过这一特殊的群体,"唯有汉学家才具备从深层次上与中国学术界打交道的资格"[①]。

19世纪下半叶至20世纪初,随着第二次工业革命的兴起,西方国家对海外市场开拓的需求打破了以往"传教士汉学"时代以传教为目的而研讨中华文明的格局,经济上的实用目的由此成为重要驱动力,成为海外汉学由"业余汉学"向"专业汉学"转变的过渡时期。海外汉学在这一时期取得了较大的突破,不论是汉学家的人数抑或是汉学著述的数量皆有很大增长。

尤其随着"二战"后国外专业汉学时代的来临,各国学府自己培养的第一代专业汉学家成长起来,他们对中国文化的解读与接受趋于理性和准确,在中国文化较为真实地走向世界的过程中作出了特殊的贡献。他们是献身学术与友谊的专业使者,是中国学术与世界接轨的桥梁。其中有如英国著名汉学家大卫·霍克思,他把自己一生最美好的时光交付给了他终生热爱的汉学事业,将一生大部分时间都用于中国文学文化的研究、阐释与传播工作。即使到了晚年,他对中国与中国文化的热爱与探究之情也丝毫不减。2008年,85岁高龄的他与牛津汉学院原主任杜德桥(Glen Dudbridge,1938—)和现任卜正民(Timothy Brook,1951—)三人专程从牛津乘火车赶到伦敦,为中国明代传奇剧《牡丹亭》青春版的首演助阵。当晚的他非常兴奋,但回到牛津后就病倒了。2009年春,他拖着病体接待中国前驻英大使傅莹女士的拜访,傅莹送给他的一

---

① 方骏:《中国海外汉学研究现状之管见》,载任继愈主编:《国际汉学》第六辑,大象出版社,2000年,第14页。

套唐诗茶具又立时引起了先生的探究之心。几天后,霍克思发去电邮指出这个"唐诗茶具"中的"唐"指的是明代的唐寅而不是唐代的"唐",而茶具上所画是唐寅的事茗图,并就茶具所印诗作中几个不清楚的汉字向傅莹讨教。诸如霍克思这样的汉学家对中国文化的熟悉与研究让人折服,他们成为理性解读与力图准确传播中国文学与文化的专业汉学家。

海外汉学研究离不开汉学知识史的建构与汉学家身份的认知。正如国内海外汉学研究的领军人物张西平教授所说:"在西方东方学的历史中,汉学作为一个独立学科存在的时间并不长,但学术的传统和人脉一直在延续。正像中国学者做研究必须熟悉本国学术史一样,做中国文化典籍在域外的传播研究首先也要熟悉域外各国的汉学史,因为绝大多数中国古代文化典籍的译介是由汉学家们完成的。不熟悉汉学家的师承、流派和学术背景,自然就很难做好中国文化的海外传播研究。"[①]

我们应该开展以海外汉学家为中心的综合研究,在各个汉学家的思想观念中去理解和分析具体的汉学文本或问题,从产生汉学著作的动态社会历史和知识文化背景中,去理解汉学家思想观念的转折和变化,从而总体性把握与整体性评价在中华文明外播域外的进程中,汉学家们所作出的诸种努力及其实际效果,以确证海外汉学的知识体系和思想脉络,进而总结出中国文化向外部世界传播的基本规律、基本经验、基本方法,为国家制定全球文化战略提供学术论证与历史经验总结。

如前所述,海外汉学家在中国文学及文化向域外传播过程中扮演着重要的角色,而且某种程度上改变了西方对中国的成见与偏见。以在欧美汉学界推动中国文学译介最为有力的英国汉学三大家翟理斯、阿瑟·韦利、大卫·霍克思为例。他们三人均发自内心地喜欢中国文化,从而成为向英语国家读者推介中国文学特别是中国古典文学的闯将。正是他们通过对中国优美的诗歌及文学故事的移译,提升了中国在西方的地位,表明了中国有优美的文学,中国人有道德承担感,有正常的人性,跟欧洲人是同样的人,助推了国际的平等交流。同时,也让外国读者看到了中国的重要性,使广为流传的有关中国的离奇谣言不攻自破,使普通人性在中国人身上重现。原来,中西可以沟通并理解,并非像人们想象的那样异样与堕落。

海外汉学自身的跨文化、跨语言、跨学科的特质要求我们打破学科的界限,

[①] 葛桂录主编:《中国古典文学的英国之旅——英国三大汉学家年谱》,大象出版社,2017年,"张西平总序",第5页。

使用综合性的研究方法。用严谨的史学方法搜集整理汉学原典材料,用学术史、思想史的眼光来解释这些材料,用历史哲学的方法来凸显这些材料的观念内涵。尽可能将丰富的汉学史料放在它形成和演变的整个历史进程中动态地考察,分别其主次源流,辨明其价值与真伪;将汉学史料的甄别贯穿于史料研究整理工作的全过程之中;并充分借鉴中国传统学术,如版本目录学、校雠学、史料检索学,以及西方新历史学派的方法论与研究理念,遵循前人所确立的学术规范。

在方法路径上,首先,要在中外文化交流史的基础上弄清楚中国文化向域外传播的历史轨迹,从这个角度梳理出海外汉学形成的历史过程及汉学家依附的文化语境。其次,以历史文献学考证和分析的基本方法来掌握海外汉学文献的传播轨迹和方式,进而勾勒出构成海外汉学家知识来源的重要线索。最后,借用"历史语境主义"的研究范式来探究海外汉学家不同发展阶段的汉学成就及观念诉求。

因而,文献史料的发掘与研究,不仅是重要的基础研究工作,同时也意味着学术创新的孕育与发动,其学术价值不容低估。应该说独立的文献准备,是独到的学术创见的基础,充分掌握并严肃运用文献,是每一个海外汉学研究从业人员必须具备的基本素养。

而呈现数百年来中国文化在域外传播影响复杂性与丰富性的途径之一,就是充分重视文献史料对海外汉学家研究和评传写作的意义。海外汉学史研究领域的发展、成熟与它的"文献学"相关,中外汉学关系史料的挖掘、整理和研究,仍有许许多多的工作要做。

要想构建海外汉学史的框架脉络,只有通过翻阅各种各样的包括书刊、典籍、图片在内的原始材料,才能对海外汉学交流场有所感悟。这种感觉决定了从史料文献的搜集中,生发出关于异域文化交流观念的可能性及具体程度。海外汉学史研究从史料升华为史识的中间环节是"史感"。"史感"是在汉学史料的触摸中产生的生命感,这种感觉应该以历史感为基础,同时含有现实感甚至还会有未来感,史料正是因为在研究者的这多重感觉中获得了生命。

海外汉学家研究属于中外文学、文化交流的研究领域,因而也从属于比较文学研究的学科范畴。它以海外汉学数百年的发展史为背景,从中外文学与文化交流的角度来重新观照、审视汉学家们的汉学经历、成就及影响。因此,必须借鉴历史分析等传统学术研究方法,并综合运用西方新史学理论,接受传播学理论,文本发生学理论,跨文化研究理论,文化传递中的误读、误释理论等理论成果,从文化交流角度准确定位海外汉学家的历史地位,清晰勾勒他们如何通过汉学活动促进中外文明交流发展的脉络。这不仅有利于传主汉学面貌的清晰呈现,也裨益于中国文学与文化的域外传播,同时有助于我们透视外国人眼中的中国文化。

因此,海外汉学研究作为中国比较文学学科的一个重要领域,必将成为在海外弘扬中华文化的一方重镇,它昭示的是中国文化的世界性意义。中国自公元1218年蒙古帝王成吉思汗铁蹄西征欧洲诸国所展开的初次"谋面"始,与西欧就有了或多或少的接触与交流。中外上下七百多年的交流史,同时也是海外汉学的发展史,在这一历史过程中,西方汉学家是一批研究与传播中国文化的特殊群体。他们在本国学术规范与研究传统下做着有关中国文化与文学的研究与翻译工作,他们所精心从事的中国文学与文化研究阐释工作也在其所在国产生了影响,并反过来对中国学术发展产生一定的促进作用。汉学家独特的"非我"眼光是中国文化反照自身的一面极好的镜子,正如陈跃红教授所说,"那正是我们所需要的"[1]。从交流的角度挖掘一代代域外汉学家的存在价值并给予其公正的历史定位,既有利于中国文化走向世界,也有利于中国学术与世界接轨,但目前这一领域的工作在中国亟待拓展与深化。

同样,海外汉学家在其著译与教育交流实践中,也非常关注比较文学视角的运用。比如,霍克思在接手牛津汉学讲座教授几年后,甚至从比较文学的视角正面回答了汉学学科这一安身立命的问题:"我们至少可以指出中国研究对比较文学的重要性……对于比较文学来说,中国文学研究的价值在于它构建了一个独立完整的文学世界,一个与西方完全不同的文学世界。"[2]也就是说,中国文学的价值在于其与西方的相异性,作为世界文化的一个组成部分,其独特性使其有了存在与被研究的必要。霍克思认为对不同文学间主题、文类、语言表达与思想表达差异的寻找等都是中西文学比较中可开展的话题。"实际上汉学研究者所处的境遇有些类似于语言学家被要求描述迄今为止还无记录的某种语言的具体情况时的处境。汉学家们一方面期望从中找出一些与自身文化相熟的东西,一方面又期望能找出一些新的、与自身过去经历无法相比的东西。"[3]这就是汉学,它归根到底属于比较文学的一个分支,在比较文学的领域下才能真正找到自己的意义所在。

---

[1] 陈跃红:《汉学家的文化血统》,载任继愈主编:《国际汉学》第八辑,大象出版社,2003年,第31页。
[2] David Hawkes, "Chinese Literature: An Introductory Note", in John Minford, Siu-kit Wong, ed., *Classical, Modern and Humane Essays in Chinese Literature*, Hong Kong: the Chinese University Press, 1989, p.72.
[3] Ibid., p.74.

霍克思主张在从事汉学研究时注意各领域成果、方法的相互借鉴与综合利用,反对实用主义的研究方法。他在比较文学视域的研究框架下,为汉学研究指出了其独特的价值所在。在霍克思的汉学研究中,他也时刻不忘比较视域,其学术路径在传统语言学(文献学)研究方法基础上增加了比较思想史视野下审视学术文献意义的步骤。对于霍克思而言,研究汉学既是为了了解中国,了解一个不同于西方的文学世界,也是为了中英互比、互识与互证。此中贯穿着比较,贯穿着两种文化的互识与交流。在他看来"学习汉语不是仅仅学习一门外语,而是学习另一种文化、另一个世界,就如米歇莱所说的,'亚洲尽头的另一个欧洲'"①。霍克思在比较视野下对中国典籍的文化阐释影响深远,可算是贯穿其汉学研究始终的一大重要研究方法或者说研究理念。

总之,我们研究海外汉学,应该立足于比较文学视角,依靠史料方面的深入,结合思想史研究的路径、文献学的考证和分析、跨文化形象学研究的视角与方法发掘,在具体汉学家的思想观念中去理解和分析具体的汉学文本或问题,从产生汉学著作的动态社会历史和知识文化背景中去把握汉学家思想观念的转折和变化,尽力展示海外汉学学科体系奠基并开始中西文化融合的过程,从而把握海外汉学的知识体系和思想脉络。

---

① David Hawkes, "General Introduction", in David Hawkes tr., *Ch'u Tz'ǔ*, *the Songs of the South*: *An Ancient Chinese Anthology*, London/Boston: Oxford University Press/Beacon Press, 1959/1962, p.19.

中国现代文学史视野中的余光中散文

方 忠[*]

内容提要 余光中在理论上大力倡导散文革命,推崇一种讲究弹性、密度、质料的新散文——"现代散文",而在创作中贯彻着感性与知性融合的艺术理念,进行了卓有成效的艺术实践,写出了大量感性与知性兼长、诗情与哲理并茂的散文。余光中的散文文体意识是开放、自由而又多元的,这种文体意识是在20世纪前半期散文文体意识基础上的一次新突破。他以自觉的散文革新理念和不断开拓的散文创作实践,在中国现代散文史上占据了重要的地位,成为卓尔不群的一代散文大家。

关键词 余光中;中国现代文学史;散文

自五四新文学运动以来,在中国现代文学近百年的发展历程中,散文一直占据着极为重要的地位。朱自清1928年在对五四以后新文学诸文体进行一番比较后指出:"最发达的,要算是小品散文。"[①]他进而勾勒了其时散文创作绚丽多姿的盛况:"就散文论散文,这三四年的发展,确是绚烂极了:有种种的样式,种种的流派,表现着,批评着,解释着人生的各面,迁流曼衍,日新月异:有中国名士风,有外国绅士风,有隐士,有叛徒,有思想上是如此。或描写,或讽刺,或委曲,或缜密,或劲健,或绮丽,或洗炼,或流动,或含蓄,在表现上是如此。"[②]鲁迅在1933年也认为:"到五四运动的时候,才又来了一个展开,散文小品的成功,几乎在小说戏曲和诗歌之上。"[③]而林语堂在1934年更断言:"十四年来中国现代文学唯一之成功,小品文之成功也,创作小说,即有佳作,亦由小品散文训练而来。"[④]然而,需要指出的是,与诗歌、小说、戏剧等其他文体相比,中国现代散文受外来文学的影响最小,因此它的变革和创新的进程也就缓慢得多。当

---

[*] 方忠,江苏师范大学教授,博导。
① 朱自清:《背影·序》,载《朱自清全集》第1卷,江苏教育出版社,1996年,第30页。
② 同上书,第33页。
③ 鲁迅:《小品文的危机》,载《鲁迅全集》第4卷,人民文学出版社,1957年,第442页。
④ 林语堂:《〈人间世〉发刊词》,《人间世》1934年4月5日创刊号。

外国各种文学思潮、流派、主义、技巧被纷纷传播进来并产生影响的时候,中国现代散文更多地沿着自身发展的轨道稳健地向前发展而较少革新。这自然存在着一定的负面性。如何使散文创作更鲜活生动地状写人生、表现个性,如何使散文创作更适应人们审美意识和审美趣味的变化,如何使散文创作与其他文体更为协调地发展,这是散文家需要着力思考的问题,也是影响和制约散文发展的关键问题。从这一角度来加以考量,余光中的散文创作就有了特殊的意义和价值。

一

20世纪五六十年代,海峡两岸的散文创作都呈现出一派兴旺景象。中国大陆的散文家面对崭新的时代和社会,热情洋溢地讴歌新人新事新天地,散文文本中回荡着热烈、欢乐、明快的旋律。从《中国新文艺大系·散文集》(1949—1966)所选篇目来看,其时散文作家队伍十分庞大,既有冰心、叶圣陶、丰子恺、茅盾、巴金、老舍、曹禺、沈从文、李广田、柯灵等一大批20世纪二三十年代就活跃于文坛的中老年作家,也有杨朔、刘白羽、吴伯箫、赵树理等延安时期成长起来的知名作家,还有峻青、艾煊等新中国成立以后崭露头角的青年作家。然而,在这种繁荣的背后,散文创作存在着深刻的危机。一是作家主体精神的失落。面对"大跃进"等政治运动,极少有作家进行深刻的反思与批判,散文呈现出清一色的颂歌形态。二是艺术本体精神的偏离。其时,散文作家的根本任务在于如何把抽象的革命理念和热烈的革命情怀转化为具体的形象来感染读者,使人产生共鸣,因此,散文作家的题材选择和运用、艺术构思和艺术想象都必须服从于既定的"中心思想"。一时间,"散文是文学的轻骑兵""形散神不散"的观点大为流行,而杨朔模式、刘白羽模式、秦牧模式则成了那一时代的经典。同一时期,台湾散文界也一派繁荣景象。梁实秋、杨逵、钟理和、罗兰、张秀亚、琦君、吴鲁芹、林海音、思果、陈之藩、王鼎钧、艾雯、林文月、子敏、季薇、萧白、亮轩等众多散文名家极一时之盛。然而,此时的台湾散文创作也存在着明显的不足,作家在题材选择、语言运用、意象营造、风格追求等方面,大都继承五四散文的流风余韵,墨守成规,缺乏开拓创新。其时,台湾文坛正席卷着现代主义风潮,诗歌和小说领域正进行着一场大变革。因此,散文领域也亟待革新。概而言之,自五四发端的中国现代散文在经历了辉煌的发展后进入艺术低谷。现代散文需要进一步高扬主体精神,革故鼎新,回归艺术本体,开创新的文体和风格。

1963年,在现代诗领域独领风骚的余光中发表了《剪掉散文的辫子》。这是余光中倡导"散文革命"的纲领性文献。这篇文章将当时文坛流行的各种散文概括为三类,即所谓"学者的散文""花花公子的散文"和"浣衣妇的散文",逐一加以分析、抨击,后援"现代诗"之例提出了"现代散文"的概念。

《剪掉散文的辫子》对"现代散文"的内涵作了充分阐述,称这是"讲究弹性、密度、质料的一种新散文"。文章指出:"现代散文的年纪还很轻,她只是现代诗和现代小说的一个幺妹,但是一心一意要学两个姊姊。……专写现代散文的作者还很少,成就自然还不够,可是在两位姊姊的诱导之下,她会渐渐成熟起来的。"①作为一个在现代诗创作方面已颇有成就和影响力的诗人,余光中在指出散文落伍的同时毫不掩饰地表示散文要向已走向现代主义的现代诗和现代小说学习。事实上,在《剪掉散文的辫子》发表之前,余光中对"散文革命"的问题已有过深入的思考。在第一本散文集《左手的缪斯·后记》里,他接连发问:"我们有没有'现代散文'?我们的散文有没有足够的弹性和密度?我们的散文家有没有提炼出至精至纯的句法和与众迥异的字汇?最重要的,我们的散文家们有没有自《背影》和《荷塘月色》的小土地里破茧而出,且展现更新更高的风格。"②在余光中"散文革命"的理念中,他着力强调的是语言的锤炼、文体的经营和风格的创新,其所谓"质料"指的便是语言的品质,"弹性"指的是文体的包容性和适应力,"密度"则是指一定篇幅内的美感分量。余光中倡导的"现代散文"是一种"超越实用而进入美感的,可以供独立欣赏的,创造性的散文"③,他认为这种散文应该呈现出与五四以来的散文迥异的全然创新的风格。

20世纪60年代前期的余光中对自己诗歌创作的成就颇为自负,他给第一本散文集取名为《左手的缪斯》便流露出对诗的偏爱:只有在写诗的右手休息的时候,才让左手写点散文。他明确地把散文称为自己的"副产品",只能算是"诗余"。在《左手的缪斯·后记》里,余光中声称:"将这些副产品献给未来的散文大师。"在第二本散文集《逍遥游·后记》里,他又说:"只要看看,像林语堂和其他作家的散文,如何仍在单调而僵硬的句法中,跳怪凄凉的八佾舞,中国的现代散文家,就应猛悟散文早该革命了。"余光中在这里一直透露了自己写作散文的缘由。作为一个现代诗人,他最初之所以分出手去写散文,正在于对散文创作现状的不满。这与鲁迅当年写作新诗的情形颇有些相似。鲁迅曾说:"只因为那时诗坛寂寞,所以打打边鼓,凑些热闹;待到称为诗人的一出现,就洗手不作了。"④余光中始料未及的是,这副产品后来竟然越写越多,由"小藩成为大邦",

---

① 余光中:《剪掉散文的辫子》,载《余光中集》第4卷,百花文艺出版社,2004年,第162页。
② 余光中:《左手的缪斯·后记》,载《余光中集》第4卷,百花文艺出版社,2004年,第128页。
③ 余光中:《剪掉散文的辫子》,载《余光中集》第4卷,百花文艺出版社,2004年,第154页。
④ 鲁迅:《集外集·序言》,载《鲁迅全集》第7卷,人民文学出版社,1957年,第4—5页。

以至于余光中在 1986 年在为散文集《记忆像铁轨一样长》写自序时不得不郑重声明:"散文不是我的诗余。散文与诗,是我的双目,任缺其一,世界就不成立体。"①后来还一再澄清自己与散文的关系:"不是经营殖民地,而是建国。"②1999 年台湾文坛评选出台湾文学经典 30 种,余光中的诗集《与永恒拔河》入选,但他并不满足,很为自己的散文没有入选抱屈:"如果《与永恒拔河》可以入选,我想我的散文起码也可以入选。"③

由此可见,从 20 世纪 60 年代前期开始,余光中一方面在理论上大力倡导散文革命,推崇一种讲究弹性、密度、质料的新散文——"现代散文",另一方面身体力行,进行"现代散文"的创作实践。"我尝试把中国的文字压缩,捶扁,拉长,磨利,把它拆开又拼拢,摺来且叠去,为了试验它的速度、密度和弹性。我的理想是要让中国的文字,在变化多殊的句法中,交响成一个大乐队,而作家的笔应该一挥百应,如交响乐的指挥杖。"④余光中以成功的创作实践着自己的艺术主张,他为中国现代散文的变革和创新作出了重要的贡献。

二

余光中曾发表过一篇引起很大争议的文章《论朱自清的散文》。他从意象营造、抒情方式、语言等方面对朱自清的散文进行了评论,认为朱自清散文"交待太清楚,分析太切实""有碍想象之飞跃,情感之激昂",其意象"好用明喻而超于浅显",尤其是"好用女性意象";"另一瑕疵便是伤感滥情";至于文字则"往往流于浅白、累赘,有时还有点欧化倾向,甚至文白夹杂"。文章指出:"到了七十年代,一位读者如果仍然沉迷于冰心与朱自清的世界,就意味着他的心态仍停留在农业时代,以为只有田园经验才是美的,那他就始终不能接受工业时代。"⑤朱自清在海峡两岸有着广泛的影响,他的散文名篇被选入两岸教科书,影响了一代又一代读者。余光中之所以把朱自清的散文作为批评对象,一方面与其对散文革命的倡导密切相关,他对于"今日的文坛上,仍有不少新文学的老信徒,数十年如一日那样在追着他的背影"⑥很不以为然,因此要拿朱自清开刀。另一方面,人们往往忽视的是,其实更深层次的原因在于,余光中与朱自清

---

① 余光中:《记忆象铁轨一样长·自序》,载《余光中集》第 6 卷,百花文艺出版社,2004 年,第 7 页。
② 余光中:《桥跨黄金城·自序》,载《桥跨黄金城》,人民日报出版社,1996 年。
③ 见 1999 年 2 月 5 日《联合报》副刊。
④ 余光中:《逍遥游·后记》,载《余光中集》第 4 卷,百花文艺出版社,2004 年,第 297—298 页。
⑤ 余光中:《论朱自清的散文》,载《余光中集》第 5 卷,百花文艺出版社,2004 年,第 566 页。
⑥ 同上书,第 578 页。

的散文观乃至五四一代作家的散文观有着很大的分歧。

在朱自清看来，散文"是与诗，小说，戏剧并举，而为新文学的一个独立部门的东西，或称白话散文，或称抒情文，或称小品文。这散文所包甚狭，从'抒情文''小品文'两个名称就可知道"①。显然，朱自清所理解的散文是狭义散文，只是指抒情文，而且抒情文与小品文是可以互指的，它"兼包'身边琐事'或'家常体'等意味，所以有'小摆设'之目"②。既如此，朱自清自然看重散文的抒情性和纯粹性，强调散文要写得细致而生动，"意在表现自己"③，抒发个人的情感，感性丰沛。在朱自清之前，周作人所推崇的"美文"，强调的也正是"艺术性的，又称作美文，这里边又可以分出叙事与抒情"④。而周作人举出的欧美美文作者的代表如爱迭生、兰姆、欧文、霍桑，亦都是以抒情见长的散文作家。他后来在《冰雪小品选序》中又重申现代散文"是言志的散文，它集合叙事说理抒情的分子，都浸在自己的性情里，用了适宜的手法调理起来"⑤。他强调散文要独抒性灵，流露性情。郁达夫也认为："小品文字的所以可爱的地方，就在它的细、清、真的三点。"⑥而其散文创作，也往往是以自身的感觉和心境为主线，以坦率、真诚的笔调自由抒写，或漫言细语，或侃侃而谈，感性十足。李素伯在对20世纪20年代小品散文创作进行总结时明确指出："把我们日常生活的情形，思想的变迁，情绪的起伏，以及所见所闻的断片，随时的抓取，随意的安排，而用诗似的美的散文，不规则的真实简明地写下来的，便是好的小品文。"⑦可以说，尽管五四一代作家的散文也有一些是较具知性的，但追求感性、注重抒情是一时的风尚。

对于散文的感性和知性问题，余光中声称："一开始我就注意到，散文的艺术在于调配知性与感性。"⑧在他看来，所谓感性，"是指作品中处理的感官经验；如果在写景、叙事上能够把握感官经验，而令读者如临其景，如历其事，这作品就称得上'感性十足'，也就是富于'临场感'（sense of immediacy）。一位作家若能写景出色，叙事生动，则抒情之功已经半在其中，只要再能因景生情，随事起感，抒情便能奏功"。所谓知性，"应该包括知识与见解。知识是静态的，被

---

① 朱自清：《什么是散文》，载《朱自清全集》第4卷，江苏教育出版社，第363—364页。
② 同上书，第364页。
③ 朱自清：《背影·序》，载《朱自清全集》第1卷，江苏教育出版社，1996年，第34页。
④ 周作人：《周作人早期散文选》，上海文艺出版社，1984年，第269页。
⑤ 周作人：《周作人散文》第2卷，中国广播电视出版社，1992年，第289页。
⑥ 郁达夫：《清新的小品文字》，载《闲书》，上海良友图书印刷公司，1936年，第92页。
⑦ 李素伯：《什么是小品文》，载《小品文艺术谈》，中国广播电视出版社，1990年，第49页。
⑧ 余光中：《炼石补天蔚晚霞》，载《余光中集》第1卷，百花文艺出版社，2004年，第5页。

动的,见解却高一层。见解动于内,是思考,形于外,是议论。议论要有层次,有波澜,有文采,才能纵横生风。不过散文的知性仍然不同于论文的知性,毕竟不宜长篇大论,尤其是刻板而露骨的推理。散文的知性该是智慧的自然洋溢,而非博学的刻意炫夸。说也奇怪,知性在散文里往往要跟感性交融,才成其为'理趣'。"①散文的功能通常有抒情、叙事、写景、状物、说理、表意之分,余光中认为,这些功用往往相辅相成,"一篇散文若是纯然议论,就会变成大则论文小则杂文;若是纯然抒情,而又无景可依,无事可托,就会失之空泛"②。出色的散文,常常是知性之中含有感性,或是感性之中含有知性,而其所以出色,正在两者之合。余光中形象地指出:"就像一面旗子,旗杆是知性,旗是感性:无杆之旗正如无旗之杆,都飘扬不起来。文章常有硬性、软性之说:有杆无旗,便失之硬性;有旗无杆,又失之软性。又像是水果,要是一味甜腻,便属软性,而纯然苦涩呢,便属硬性。最耐品味的水果,恐怕还是甜中带酸,像葡萄柚那样吧。"③因此,他看重感性与知性兼长、诗情与哲理并茂的散文家。如何才能成为这样的散文家? 余光中说:"一位真正的散文家,必须兼有心肠与头脑,笔下才有兼融感性与知性,才能'软硬兼施'。"④据此,他在评价唐宋八大家时,对苏轼的评价明显高于王安石,认为苏文的感性与知性融洽,相得益彰,而王文的感性嫌弱,衬不起知性。在评价现代散文家时,他认为徐志摩的散文缺乏知性来提纲挈领,失之芜杂,感性的段落固多佳句,但每逢说理,便显得不够透彻练达;陆蠡、何其芳等人的感性散文所呈现的问题则更甚于徐志摩。而现代学者散文既不要全面的抒情,也不须正式的说理,而是要捕捉情、理之间洋溢的那一份情趣或理趣。梁实秋的《雅舍小品》偏于前者,钱钟书的《写在人生边上》则偏于后者。余光中对将感性和知性交融、情趣和理趣互渗的后辈学者散文作家余秋雨大加推崇:"比梁实秋、钱钟书晚出三十多年的余秋雨,把知性融入感性,举重若轻,衣袂飘然走过了他的《文化苦旅》。"⑤

余光中为多位散文家的作品写过序。他在序中往往以感性与知性是否融合为尺度,作为衡量散文家创作水平高低的标准。他认为董崇选的《心雕小品》"比正经文章较少拘束而具感性,同时又比抒情文章较多见解而具知性。……

---

① 余光中:《散文的知性与感性》,载《余光中集》第 8 卷,百花文艺出版社,2004 年,第 333 页。
② 余光中:《银匙勺海的世间女子——序陈幸蕙的〈黎明心情〉》,载《余光中集》第 8 卷,百花文艺出版社,2004 年,第 144 页。
③ 余光中:《散文的知性与感性》,载《余光中集》第 8 卷,百花文艺出版社,2004 年,第 337 页。
④ 同上书,第 338 页。
⑤ 同上书,第 343 页。

有情有理,正是我所说的感性与理性兼顾,诚为杂文之常道"①。他说张晓风的抒情散文"甚为饱满的感性,经灵性和知性的提升之后,境界极高"②。他评价孙玮芒"在感性的描写、叙事、幻想之余,每每能急转直下,用知性的简化、秩序化来诠释纷繁的现象",是"感性与知性兼长、诗情与哲理并茂的阳刚作家"③。他说金圣华的《桥畔闲眺》"主题虽有知性,文笔却带感性,加以时代感与现实感并不很强,所以又有点接近小品、随笔"④。他认为陈幸蕙的《黎明心情》的问题正在于感性与知性的融合出了问题:"她细于观察,深于同情,也善于想象……但是她念念不忘自励自许,所以议论不绝,而另一方面,又往往没有搭足叙事的架子来落实情理。……如此,议论多而事件少,抒情的潜力就未能尽情发挥,颇为可惜。"⑤

余光中在散文理论和散文批评实践中一直主张感性与知性的融合。他并不排斥感性散文或知性散文,但对于单纯感性或知性的散文评价较低。他认为一流的抒情文往往见解过人,而一流的议论文也往往笔带感情。余光中在散文中追求的是一种写景出色、因景生情、叙事生动、借事兴感、声色并茂的艺术世界。在面对抒情、叙事、写景、状物、说理、表意等诸种散文功能时,不同的作家会有所偏重,而真正的散文大家则能做到融会贯通,兼擅各项,感性与知性兼融,情趣和理趣互渗。

余光中在散文创作中始终贯彻着感性与知性融合的艺术理念,进行了富有成效的艺术实践。

在余光中的散文中,以抒情散文比重最大。他将其自称为"自传性的抒情散文"⑥。与其他作家的抒情散文相比,余光中的这类作品固然也具有自传性和写实性,但他更多地将诗情诗意融入散文中,感情充沛,感性极强。与此同时,他又敏于自剖,善于引证和议论,这就使散文兼具知性和理趣。《逍遥游》想象奇诡,辞采飞扬,气势恢弘,意象繁复,很富有抒情性。余光中的灵感显然来

---

① 余光中:《一面小旗,漫天风势——序董崇选的〈心雕小品〉》,载《余光中集》第 8 卷,百花文艺出版社,2004 年,第 159—160 页。
② 余光中:《亦秀亦豪的健笔——我看张晓风的散文》,载《余光中集》第 7 卷,百花文艺出版社,2004 年,第 318 页。
③ 余光中:《飘到离心力的边缘——序孙玮芒的〈忧郁与狂热〉》,载《余光中集》第 8 卷,百花文艺出版社,2004 年,第 175—176 页。
④ 余光中:《译话艺谭——序金圣华的〈桥畔闲眺〉》,载《余光中集》第 8 卷,百花文艺出版社,2004 年,第 185 页。
⑤ 余光中:《银匙勺海的世间女子——序陈幸蕙的〈黎明心情〉》,载《余光中集》第 8 卷,百花文艺出版社,2004 年,第 144 页。
⑥ 余光中:《逍遥游·后记》,载《余光中集》第 4 卷,百花文艺出版社,2004 年,第 297 页。

自庄子的同名散文,文中借鉴了庄子《逍遥游》的典故和意象,诸如"御风而行";"怒而飞,其翼若垂天之云,抟扶摇而上者九万里";"朝菌死去,留下更阴湿的朝菌,而晦朔犹长,夜犹未央";"南有冥灵,以五百岁为春,五百岁为秋。惠蛄啊惠蛄,我们是阅历春秋的惠蛄";等等。但余光中生活在一个乘坐飞机旅行的时代,作为现代人他有着庄子所没有的现代生活体验和现代观念意识,因此他的逍遥游的豪情就有了与庄子大异其趣的意味。他先作太清的逍遥游,然后笔锋陡转,由逍遥游写到行路难,在思想和情感经历了古今中外一番遨游之后,在心灵历经困顿和煎熬之后,余光中的精神"蝉蜕蝶化",进入一个新的境界。

《鬼雨》《塔》《黑灵魂》《莎诞夜》《九张床》《四月,在古战场》《登楼赋》《地图》《伐桂的前夕》《蒲公英的岁月》《听听那冷雨》《花鸟》《记忆像铁轨一样长》等一批"自传性的抒情散文",也大都如《逍遥游》一样意气勃发,笔势纵横,意象纷繁,具有强烈的自传性,感性沛然;而在抒情、写实的同时又适时插入议论,妙趣横生,兼具知性。

游记是散文的一种。余光中对游记创作倾注了很大的热情。《隔水呼渡》共收散文 16 篇,其中游记就有 13 篇之多。而在这之前,从《左手的缪斯》到《凭一张地图》,他已写作了 25 篇游记。1993 年他为《从徐霞客到梵高》写"自序"时,明确承认:"近年来我写的散文渐以游记为主。"① 究其原因,一则与他性喜旅游,游历较广有关;二则要谈到游记这种文体的特点了。余光中曾写过《杖底烟霞——山水游记的艺术》《中国山水游记的感性》《中国山水游记的知性》《论民初的游记》等系列论文,系统地探讨了游记的感知性问题。余光中认为,"中国游记的真正奠基人当然是柳宗元:到了《永州八记》,游记散文才兼有感性和知性,把散文艺术中写景、叙事、抒情、议论之功冶于一炉。这种描述生动感慨深沉的文体,对后来的游记作者影响久长"②。又说:"散文游记要到宋代才有恢弘的规模,不但议论纵横,而且在写景、状物、叙事各方面感性十足,表现出更为持续而且精细的观察力和想象力。"③"徐霞客的游记兼有文学的感性和地理的知性"④。在余光中看来,感性的浓厚与强烈,知性的圆润与通透,是一篇出色的游记的要件,因此,"最上乘的游记该是写景、叙事、抒情、议论,融为一体,

---

① 余光中:《从徐霞客到梵高·自序》,载《余光中集》第 7 卷,百花文艺出版社,2004 年,第 345 页。
② 余光中:《杖底烟霞——山水游记的艺术》,载《余光中集》第 7 卷,百花文艺出版社,2004 年,第 350 页。
③ 同上书,第 351 页。
④ 同上书,第 354 页。

知性化在感性里面,不使感性沦为'软性'"①。

余光中的游记富有感性和知性。一方面,他充分调动敏锐的感官经验,给读者营造出如见其景、如临其境的艺术效果。余光中这样写沙漠七月的太阳:

> 绝对有毒的太阳,在犹他的沙漠上等待我们。十亿支光的刑询灯照着,就只等我们去自首了。……会施术的太阳还不肯放过我们。每天从背后追来,祭起火球。每天下午他都超过我们,放起满地的火,企图在西方的地平拦截。②

他用"绝对有毒"来修饰太阳,又把太阳比作刑询室里犯人头上"十亿支光的刑询灯";又用拟人手法说太阳会"施术",会"从背后追来,祭起火球","放起满地的火",这样来表达固然极为生动地状写出了烈日当空、酷热难耐的情形,更重要的是,这样的描写动感十足,富有现场感,感性十分丰沛。再看他写丹佛城的雪景:

> 一拉窗帷,那么一大幅皎白迎面给我一掴,打得我猛抽一口气。……目光尽处,落基山峰已把它重吨的沉雄和苍古羽化为几两重的一盘奶油蛋糕,好像一只花猫一舐就可以舐尽一样。白。白。白。白外仍然是白外仍然是不分郡界不分州界的无疵的白,那样六角的结晶体那样小心翼翼的精灵图案一英寸一英寸地接过去接成千英里的虚无什么也不是的美丽,而新的雪花如亿万张降落伞似的继续在降落,降落在落基山的蛋糕上那边教堂的钟楼上降落在人家电视的天线上最后降落在我没戴帽子的发上当我冲上街去张开双臂几乎想大嚷一声结果只喃喃地说:冬啊冬啊你真的来了我要抱一大捧回去装在航空信封里寄给她一种温柔的思念美丽的求救信号说我已经成为山之囚后又成为雪之囚白色正将我围困。③

这段写景真乃神来之笔,感性充沛。一是充分调动视觉、触觉、嗅觉,奇思妙喻不绝。早就期待着邂逅一场雪,现在蓦然间面对窗外满世界的雪,作者惊喜万分。"一大幅皎白迎面给我一掴,打得我猛抽一口气",正写出了乍一见到大雪

---

① 余光中:《中国山水游记的知性》,载《余光中集》第 7 卷,百花文艺出版社,2004 年,第 385 页。
② 余光中:《咦呵西部》,载《余光中集》第 4 卷,百花文艺出版社,2004 年,第 308—311 页。
③ 余光中:《丹佛城》,载《余光中集》第 5 卷,百花文艺出版社,2004 年,第 50—51 页。

时的愕然和惊喜。而作者把覆盖着皑皑白雪的落基山峰比喻为"几两重的一盘奶油蛋糕",足见他对雪景的偏爱,更显示了想象力的丰富与奇特。二是标点符号的运用别出心裁。这里的标点符号运用不合常规,看似武断,实则正表达出作者在惊见苍茫雪景时的喜悦心情。"白。白。白。"这三个句号,突出了满世界的白,给人以毋庸置疑的感觉,后面二百余字仅用三个逗号隔开,形成了十分复杂的句子结构。这种"语无伦次"正透露出作家满心的惊喜。

余光中的游记不仅写景充满感性,叙事也感性十足。如《塔阿尔湖》:

> 在很潇洒的三角草亭下,各觅长凳坐定,我们开始野餐,野餐可口可乐,橘汁,椰汁,葡萄,烤鸡,面包,也野餐塔阿尔湖的蓝色。①

这里叙述的是在塔阿尔湖边的野餐,这本是寻常事,但一句"也野餐塔阿尔湖的蓝色"则使感性臻于饱和,把天蓝蓝、湖蓝蓝的心旷神怡的情状传神地叙写了出来。再如《隔水呼渡》:

> 突然,高岛把瓦斯灯熄掉,黑暗的伤口一下子就愈合了。只剩下窓窓的窄剑不时挥动着淡光,在追捕零星的鹭影。

在黑沉沉的深夜里,身处一片十几公里的生态保护区,照明的只有一盏瓦斯灯和一支手电筒,当瓦斯灯突然熄掉,周围顿时漆黑一片,作者却说"黑暗的伤口一下子就愈合了";而手电筒发出的光则更显细而窄,于是有"只剩下窓窓的窄剑不时挥动着淡光,在追捕零星的鹭影"的说法。此处艺术感受力和艺术想象力得到了很好的融合。余光中游记的感性往往是在这样超拔的艺术想象力的作用下达成的。

余光中游记在富有感性的同时,也深具知性。游记因涉及地理的沿革、历史的兴替、人文古迹的变迁等因素而易显示出知性,人们在观光、游历的过程中也往往会就山水立论,生发出历史的感喟、人生的感悟,这使游记往往兼有感性和知性。与一般的游记不同的是,余光中的游记始终活跃着一个情感充沛、观察敏锐、想象超群、知识丰富、个性鲜明的"我",他善于将知识、经验和思想融入叙事、写景、抒情之中,在叙事、写景、抒情之余生发议论。因此,余光中的游记通常感性饱满,知性圆通,读者既能获得身临其境的现场感,又可获得启迪和教

---

① 余光中:《塔阿尔湖》,载《余光中集》第 4 卷,百花文艺出版社,2004 年,第 99 页。

益。《梵天午梦》叙写的是赴泰国旅游的见闻和感受。作者在曼谷的佛寺间流连,他用生动的极富感性的笔墨描绘了庄严而华丽的玉佛寺的景象。粉白的宫墙,金黄的纪念塔,怒目张臂、巨喙昂扬的禽王格鲁达的雕像,背负蓝天、头角峥嵘的屋脊两端的翘发,亿万信徒瞩目的泰国国宝碧玉佛像,等等,都被精细而传神地刻画了出来。作者在叙述、描写的过程中,对泰国这一白象王国的相关知识也作了介绍,诸如佛教传入泰国的历程,僧侣在泰国的地位,泰国钱币上图案的由来,泰国最神圣的国宝玉佛命运的变迁等。这些知识增强了作品的历史感和人文气息。与此同时,作者又不时生发感慨和感悟,如:

> 佛家告诫:色即是空。然而这一切金碧辉煌、法相庄严,岂非都是镜花水月?大概我六根不净,六尘犹染,尚在色界与众浮沉,离无色之界尚远。对我而言,佛是宗教,更是艺术。对我而言,要入真与善,仍须经由美的"不二法门",可谓妄矣。不过对于芸芸众生,寺庙之美仍是眼根耳根,不得清净,也无须戒绝吧?

余光中不是佛教徒,作为艺术家他对于"一切金碧辉煌、法相庄严"自然会有自己的认识,这一番议论正道出了他对于佛的独到见解,引人深思。

三

文体问题是关系着中国现代散文发展的一个本体问题。

五四以后,人们在谈到现代散文时,常常要么将它和美文混为一谈,要么将它等同于小品文。胡适在1922年写的《五十年来中国之文学》中说:"白话散文很进步了。长篇议论文的进步,那是显而易见的,可以不论。这几年来,散文方面最可注意的发展,乃是周作人等提倡的'小品散文'。这一类的小品,用平淡的谈话,包藏着深刻的意味;有时很像笨拙,其实却是滑稽。这一类的作品的成功,就可彻底打破那'美文不能用白话'的迷信了。"①阿英在《小品文谈》里也谈道:"正式的作为正统小品文的美文,引起广大读者注意的,却是由《晨报副刊》转载在《小说月报》(一九二二)上的周作人的《苍蝇》一文起。"②叶圣陶在谈到现代散文时说:"像这样的文体,我们叫它做小品文。不用小品文的名称,那就叫它做文学的散文也可以。……把散文这东西也看做文学,大家分一部分心力

---

① 胡适:《五十年来中国之文学》,载《胡适文集》第3卷,北京大学出版社,1998年,第263页。
② 阿英:《小品文谈》,载《阿英文集》,生活·新知·读书三联书店,1981年,第108页。

来对着它,还是较近的事情。而成为文学的散文,正就是我们现在所说的小品文。"①钟敬文在《试谈小品文》一文中也直接用小品文来解释散文:"新文学运动以来,大家似乎多拥挤在小说、诗歌、戏曲等大道上去,散文——小品文——似乎是一条荆棘丛生的野径,肯去开辟的人尚不大多。"②

余光中对散文文体有着自己的认识。第一,他所谓的散文是广义的散文。他表示"不很喜欢把散文限于传统小品的格局"③。他认为:"把散文限制在美文里,是散文的窄化而非纯化。"④因此,在《左手的缪斯》《逍遥游》《望乡的牧神》《焚鹤人》《听听那冷雨》《青青边愁》等几部散文集里,散文和论文都是混合在一起的。他声称:"事实上,在我的笔下,后者和前者(前后者分别指论文和散文——引者注)往往难以截然划分。我的散文,往往是诗的延长;我的论文也往往抒情而多意象。"⑤一直到《分水岭上》,余光中才开始把两者分开。在他看来,散文应包括抒情散文、闲逸小品、书评、专题论文、序言、杂文等多种类别。他甚至认为好的散文还存在于哲学、史学和科学著作中,只要具备感性之美和知性之美,就是好的散文。显然,他的散文观是具有弹性和张力的。第二,余光中的散文文体意识是开放、自由而又多元的。他不赞成把散文写得很像"散文",而是主张要拓展散文的疆域,使散文在文体上更具弹性。他认为陈幸蕙的散文偏重抒情和议论,叙事太少,几乎没有对话,风格单一,缺乏变化,他给她开出的"药方"是"向小说与戏剧借兵,向小说去借叙事,向戏剧去借对白"⑥。在给张晓风的散文集《你还没有爱过》写序时,他评论了包括自己在内的台湾第三代散文家的创作:"他们当然欣赏古典诗词,但也乐于运用现代诗的艺术,来开拓新散文的感性世界。同样,现代的小说,电影,音乐,绘画,摄影等艺术,也莫不促成他们观察事物的新感性。"⑦这确是夫子自道。在他看来,优秀的散文家应该是通晓各种文学艺术的"通才",而不是只会散文一体的"专才"。

余光中开放自由的散文文体意识是在 20 世纪上半叶的散文文体意识基础上一次新的突破。20 世纪之初,梁启超在《清代学术概论》中提出了"新文体"

---

① 叶圣陶:《关于小品文》,载《叶圣陶集》第 9 卷,江苏教育出版社,2004 年,第 104—105 页。
② 钟敬文:《试谈小品文》,载《小品文艺术谈》,中国广播电视出版社,1990 年,第 33 页。
③ 余光中:《小梁挑大梁》,载《余光中集》第 8 卷,百花文艺出版社,2004 年,第 130 页。
④ 余光中:《美文与杂文》,载《余光中集》第 6 卷,百花文艺出版社,2004 年,第 196 页。
⑤ 余光中:《焚鹤人·后记》,载《余光中集》第 5 卷,百花文艺出版社,2004 年,第 161 页。
⑥ 余光中:《银匙勺海的世间女子——序陈幸蕙的〈黎明心情〉》,载《余光中集》第 8 卷,百花文艺出版社,2004 年,第 145 页。
⑦ 余光中:《亦秀亦豪的健笔——我看张晓风的散文》,载《余光中集》第 7 卷,百花文艺出版社,2004 年,第 314 页。

的概念,他声称:"至是自解放,务为平易畅达,时杂以俚语韵语及外国语法,纵笔所至不检束,学者竞效之,号'新文体'。"[1]周作人在《燕知草·跋》中这样要求散文语言:"以口语为基础,再加上欧化语、古文、方言等分子,杂糅调和,适宜地或各啬地安排起来,有知识与趣味的两重的统制,才可以造出有雅致的俗语文来。"[2]林语堂在《论文》中则要求散文"以性灵为主,不为格套所拘,不为章法所役"[3]。

相比较而言,余光中在继承借鉴前人观点的基础上,散文文体意识更为灵活、更为自由、更为开放。余光中在建构自己的散文文体时,除融会中外各种传统的散文笔法外,还大量融入现代诗的笔法、小说的技巧、电影蒙太奇的手法,以及绘画的色彩、音乐的旋律等,从而使散文文体呈现出鲜活多变、富于弹性的特色。而在散文语言方面,他认为:"白话文在当代的优秀作品中,比起二三十年代来,显已成熟得多。在这种作品里,文言的简洁浑成,西语的井然条理,口语的亲切自然,都已驯驯然纳入了白话文的新秩序,形成一种富于弹性的多元文体。"[4]他对现代散文语言提出了明确的要求:"现代散文当然以现代人的口语为节奏的基础。但是,只要不是洋学者生涩的翻译腔,它可以斟酌采用一些欧化的句法,使句法活泼些,新颖些;只要不是国学者迂腐的语录体,它也不妨容纳一些文言的句法,使句法简洁些,浑成些。有时候,在美学的范围内,选用一些音调悦耳表情十足的方言或俚语,反衬在常用的文字背景上,只有更显得生动而突出。"[5]显然,他追求着一种文白交融、中西相济的语言境界。通过将语言和技巧有机结合,余光中便创造出了一种开放自由、兼容并包、富于弹性的新的散文文体。

余光中散文在文体上最突出的特点是以诗为文。其实,在中国现代文学史上,以诗为文一直是散文创作的一个传统,朱自清、徐志摩、杨朔等堪称代表。这类散文往往意象繁富,辞采华美,抒情性强,充盈着诗情画意。余光中作为一个深受现代主义文学精神影响和熏陶的作家,作为一个曾经坚信"许多诗人用左手写出来的散文,比散文家用右手写出来的更漂亮"[6]的现代主义诗人,他对于文字、意象、节奏极为敏感。值得人们注意的是,他的"以诗为文"不是一般意

---

[1] 梁启超:《清代学术概论》,载《饮冰室合集·专集之三十四》,中华书局1989年,第62页。
[2] 周作人:《燕知草·跋》,载《周作人早期散文选》,上海文艺出版社,1984年,第352页。
[3] 林语堂:《论文》,载《林语堂名著全集》第14卷,东北师范大学出版社,1994年,第157页。
[4] 余光中:《从西而不化到西而化之》,载《余光中集》第7卷,百花文艺出版社,2004年,第278页。
[5] 余光中:《剪掉散文的辫子》,载《余光中集》第4卷,百花文艺出版社,2004年,第161页。
[6] 同上书,第153页。

义上的借鉴诗歌的特点,而是将现代主义诗歌的表现技巧和方法融入散文创作之中,这使他的"以诗为文"有着鲜明的特色。

首先,余光中常常将白话、文言、欧化语三者融合,追求陌生化的表达效果,他的散文因如此特殊安排而在节奏、意境上产生奇特的魅力。如:

> 近邻是一两盆茉莉和一盆玉兰。这两种香草虽不得列于离骚狂吟的芳谱,她们细腻而幽邃的远芬,却是我无力抵抗的。开窗的夏夜,她们的体香回泛在空中,一直远飘来书房里,嗅得人神摇摇而意惚惚,不能久安于座,总忍不住要推纱门出去,亲近亲近。比较起来,玉兰修长的白瓣香得温醇些,茉莉的丛蕊似更醉鼻餍心,总之都太迷人。(《花鸟》)

在这段文字里,"芳谱""远芬""神摇摇而意惚惚""丛蕊""醉鼻餍心"等都是古色古香的文言词汇、句法,"她们细腻而幽邃的远芬,却是我无力抵抗的""开窗的夏夜"却是典型的欧化句法,而"亲近亲近"则是直白的口语。简洁浑成的文言,井然有序的西语,亲切自然的现代口语,这三者和谐融合,既保持着流畅的白话节奏,又充满着弹性和语言张力。

其次,余光中借鉴了现代诗变形、夸张、象征的手法来构造散文的意象。在他的笔下,雄伟的落基山可以像一盘奶油蛋糕:"落基山峰已把它重吨的沉雄和苍古羽化成为几两重的一盘奶油蛋糕"(《丹佛城》);也可以是巨恐龙的化石:"落基山是史前巨恐龙的化石,蟠蟠蜿蜿,矫乎千里,龙头在科罗拉多,犹有回首攫天吐气成云之势,龙尾一摆,伸出加拿大之外,昂成阿拉斯加"(《丹佛城》)。他能把"夏季"想象成"南瓜",而"人"则变成"蝉":"当夏季懒洋洋地长着,肥硕而迟钝如一只南瓜,而他,悠闲如一只蝉",而"黄昏是一只薄弱的耳朵,频震于乌鸦的不谐和音"(《塔》)。这些想象完全是一个现代主义诗人的想象,充分显示了其独特的艺术感受方式。因此而形成的具有现代诗特点的崭新意象大大提高了散文的艺术感染力。

余光中的散文不仅以诗为文,也引入了小说的叙事手法和笔法。他借鉴了小说的叙事方法和叙事视角,《食花的怪客》《下游的一日》等篇什在情节设置、细节描写、心理刻画、人物对话等方面,都显示出小说影响的痕迹。而在叙事视角的设置方面,余光中"自传性的抒情散文"大部分采用第一人称,也有一部分则采用第三人称,如《四月,在古战场》《塔》《下游的一日》《焚鹤人》《伐桂的前夕》《听听那冷雨》等。第三人称的叙述扩大了审美距离,便于作者从容冷静地梳理人生,抒写感情,营造客观化的效果。《焚鹤人》写"他"对孩子的歉疚和懊悔心理，在舒缓的叙述中，"他"的暴怒、施虐，一一顺序展开，尤其是放飞风筝的情形，从具体的细节到人物的对话、表情，无不描绘得惟妙惟肖。《塔》抒写独在异国的孤独和感伤。暑假里，"偌大的一片校园，只留下几声知更，只留下，走不掉而又没人坐的靠背长椅"，以及"他"这个来自东方的教授。"他"寂寞难耐，"孤意于回忆和期待之间，像伽利略的钟摆，向虚无的两端逃遁，而又永远不能逸去"。这种第三人称的叙述，避免了情感不加节制地宣泄，且由于距离感的过滤，产生了哀而不伤的审美效果。

余光中在散文文体的经营过程中，还借鉴了电影蒙太奇的技巧，如《伐桂的前夕》《四月，在古战场》等。同时也追求音乐美和绘画美，如《塔》《南太基》《塔阿尔湖》《听听那冷雨》《花鸟》《春来半岛》等。多向度的延伸，多种艺术手法的融合，使余光中散文在文体上不断推陈出新，深具实验精神。

余光中在《大诗人的条件》一文中引用了英国诗人奥登所说的大诗人的条件：一是必须多产；二是在题材和处理手法上必须范围广阔；三是在洞察人生和提炼风格上必须显示独一无二的创造性；四是在诗体的技巧上必须是一个行家；五是其创作一直处于蜕变之中。奥登认为这五个条件具备了三个半左右就是大诗人[①]。以此来反观作为散文家的余光中，应该说他具备了上述五个条件。他以自觉的散文革新理念，以半个多世纪至今仍在不断开拓中的丰富而高质量的散文创作实践，在中国现代散文史上占据了重要的地位，成为卓尔不群的一代散文大家。他的散文艺术探索为中国散文的发展提供了多方面的启迪。

[①] 余光中：《大诗人的条件》，载《余光中集》第5卷，百花文艺出版社，2004年，第293—294页。

冈仓天心的中国之行与中国认识
——以首次中国之行为中心

周 阅*

> **内容提要** 著名美术史家和思想家冈仓天心在日本第一所国立美术学校——东京美术学校开设了日本历史上第一次现代学科意义上的"美术史"课程，该课程内容大量涉及中国美术史。在该课程结束后一年的时间内，冈仓天心的中国认识就出现了明显的变化。本文以此为切入点，分析其中国认识在哪些方面发生了变化，并进一步探究导致这些变化的历史文化因素。冈仓天心的中国认识乃至亚洲认识是复杂而多变的，其观念的自我修正离不开近代以来动荡的历史文化语境。
>
> **关键词** 冈仓天心；美术史；中国之行；中国认识

冈仓天心(1862—1913，以下简称天心)，本名角藏，后更名觉三，日本著名的美术评论家、美术教育家和思想家，其一生恰好贯穿并且深深嵌入动荡的明治时代(1868—1912)。天心在美术领域建树颇丰，曾先后担任日本文部省图画教育调查会委员(1884年)、帝国博物馆美术部长(1889年)、东京美术学校校长(1890年)、东京雕工总会副会长(1895年)、美国波士顿美术馆东方部部长(1904年)等职，并创办了美术刊物《国华》(1889年)，创立了日本演艺协会(1889年)、日本青年绘画协会(1891年)、日本美术院(1898年)等。

1890年10月，天心以27岁之龄担任东京美术学校①校长。此前一个月，天心已开始在东京美术学校讲授"日本美术史"和"泰西美术史"课程。这里涉及两个"第一"：东京美术学校是日本历史上第一所也是很长时间内唯——所国立美术学校；"日本美术史"和"泰西美术史"是日本历史上第一次现代学科意义上的"美术史"课程。其中，"日本美术史"作为普通科二年级"美术史"以及专修科一年级"美学及美术史"两个科目的课程，从1890年至1893年以每周每门课两课时的频度连续讲授了三年②。

---

* 周阅，北京语言大学教授，博导。
① 东京美术学校1887年宣布成立，1889年1月正式招收第一届学生，为东京艺术大学的前身。
② 『岡倉天心全集』第四卷「解題」、平凡社、1980年、第524頁。

讲义《日本美术史》成为日本第一部现代意义上的美术史叙述。实际上,天心亲笔的讲义底本早已散佚,如今所见的全本主要依据的是1922年日本美术院版《天心全集》中所收《日本美术史》①,以及1944年创元社版《冈仓天心全集》中所收《日本美术史》,在此基础上进一步综合了后来发现的六种学生笔记整理而成。虽然名曰"日本美术史",而且天心本人也强调其内容"以我邦为主,中国美术沿革只不过是为说明我国美术史"②,但是,其中涉及中国美术的篇幅却并不少。其后撰写的东京帝国大学讲义《泰东巧艺史》,也仍然是"以中国美术为中心兼论日本美术史"③。《日本美术史》中的中国美术论,概其主旨,有三点值得注意。

第一,天心非常强调中国美术对日本的影响。如在"推古时代"一节,天心指出:"不得不说推古朝时期之美术乃受中国影响而成为佛教式的美术。"在"平安时代"一节,天心以大量篇幅论述了中国的唐代美术,究其原因:"就唐朝文化之影响而言,谓平安时代受唐朝精神之支配亦无不可。……故平安时代之唐朝文物,经七八十年亦生日本化之势,虽非一味模仿唐朝,然唐之气脉尤贯穿于平安时代之文物美术矣。"在"镰仓时代"一节,论及此期的日本美术具有刚健与优美两大性质,而"其第二性质,乃宋人之风渐次输入而成"。在"足利时代"一节,天心以雪舟等杨、雪村周继、周文等人为例,论述了他们与中国的关系:"概而言之,当时宋风盛行,一方面产生了因禅宗之输入而热爱淡泊的一派,其中有壮健的雪舟一系,又有柔软的周文风格之一派。"在最后的"德川时代"一节,天心梳理了狩野家绘画风格的各种元素,列举出的第一条就是"中国风格":"此期中国学兴起,中国风格大行其道。"④

不独在该讲义当中,天心在同一时期的其他论说中也反复强调研究日本美

---

① 日本美术院版《天心全集》中所收《日本美术史》,是依据该校昭和二十四年九月开始的一学年间,学生们所记录的23本笔记稍加修正而成。
② 「日本美術史」,『岡倉天心全集』第四卷、平凡社、1980年、第8—9頁。原文为:"我邦を以て主となし、支那美術の沿革の如きは、我が美術史を説明するに足るを以て止めんとす。"
③ 佐藤道信『明治国家と近代美術 美の政治学』、吉川弘文館、平成十一年、第141—142頁。原文为:"中国美術を中心に日本美術史も論じている。"
④ 「日本美術史」、『岡倉天心全集』第四卷、平凡社、1980年、第20、70、97、121、142頁。原文分別为:"推古時代の美術は支那に影響を受けたる仏教的の美術なりと云はざる可からず。""唐朝文化の影響にして、唐朝の精神は所謂平安時代を支配せるものなりとするも不可なし。……故に平安時代に於ける唐の文物も、七八十年にして日本的となるの勢ひを生じ、一に唐を模倣したるのみにあらずと雖ども、唐の気脈は尚ほ文物美術を貫けるあり。""其の第二の性質は、宋人の風漸く輸入せられたることなり。""概言すれば当時は宋元の風盛んにして、一方には禅宗輸入により淡泊を愛するの一派を生じ、その中に壮健なる雪舟の一系あり。また柔軟なる周文風の一派あり。""此の頃に至りて支那学興起し、支那風大いに行はれたり。"

术离不开中国。如发表在《国华》第 14 号的《中国古代的美术》(1894 年),其撰写时间恰值天心开讲"日本美术史"之时,天心在开篇即写道:"要探寻我国美术的渊源,不得不远溯至遥远的汉魏六朝。"接着他对此进行了阐发:

> 大概我国自上古以来所拥有的独特艺术,本就毋庸置疑;但假若参照自雄略朝以降,画工大多为归化人、雕刻工匠进入日本、做佛像的工人也成为进贡品等史实,就法隆寺内的诸多佛像来考察,那么就必须去追溯中国古代的创作体系。①

可以说,中国要素贯穿于天心的日本美术史叙述始末。

第二,尽管中国美术并非《日本美术史》的核心内容,但实际上天心已经勾勒出了最早的独立的中国美术史脉络。如,该讲义的第二节"推古时代"共计25 页(据平凡社版全集),当中有近 13 页是在叙述中国自黄帝至六朝时期的美术史。在"平安时代"一节,天心还绘制了略图以提供对历史脉络的感性把握:

(汉魏)　　　　　　(六朝)　　　　　　(唐)
纯粹的中国————印度支那————纯粹的中国
推古—————————天智——天平……空海——延喜②

值得注意的是这里对历史时期的呈现方式,中国与日本显然是相互并置、两相对照的。当代的日本学者也看到了天心《日本美术史》论及中国美术的分量,如金子敏也就将其定性为"并列说明日本与中国美术的亚洲美术史"③。

第三,天心认为中国各地文化的诸多因子统一于唐朝。"中国六朝时的诸种分子统一于唐朝,复生出纯粹的中国,适逢这一机运,唐朝美术消化了西域式的文化,成为一种中国式的文化。"④也就是说,唐朝美术代表了统一而纯粹的中国文化。

上述有关中国美术的观点出现在天心对日本美术史的专论当中,但其后不

---

① 冈仓天心:《中国的美术及其他》,蔡春华译,中华书局,2009 年,第 205 页。
② 「日本美術史」,『岡倉天心全集』第四卷,平凡社,1980 年,第 75 頁。
③ 金子敏也『宗教としての芸術　岡倉天心と明治近代化の光と影』,つなん出版,2007 年,第 130 頁。
④ 「日本美術史」,『岡倉天心全集』第四卷,平凡社,1980 年,第 75 頁。原文為:"支那は六朝にある種々の分子の唐に統一一せられて,再び純粹の支那を生ずるの機運に際会し,唐朝美術は西域的のものを消化して,一種の支那的のものとなる。"

久,在该课程收官的同一年及至翌年,天心的中国认识就出现了明显的变化。

首先,天心不再强调中国美术对日本的影响,而是提出了"日本美术独立论"。1894 年 2 月 25 日,天心在"东邦协会与大日本教育会临时演讲会"上发表了题为《中国的美术》的演讲,演讲中天心断言:"……我感到安心的是,日本的美术是独立的。我国美术绝不是中国美术的一个支脉。尽管日本美术对中国多有接受,但其出色之处较中国为多。即便受中国之影响,也借由对其施加变化而能够清晰地证明日本美术之独立。"①这里,天心虽然无法否认中国的影响,但他从两个层面对这种影响进行了消解:第一,即使不得不承认中国的影响,日本自身也是优于中国的;第二,即使接受中国影响的部分,也被日本进行了改造,因此反而能够证明日本区别于中国的独立性。在《探究中国美术的端绪》一文中,天心以宣言式的口吻言道:"我想向各位重申一遍我刚才说过的话:日本的美术与中国有着巨大的差异,这绝不是件耻辱的事。"②这些言论,与《日本美术史》中"当时中国美术之精华非日本所能企及"③一类观点相比,可谓大相径庭。天心在《日本美术史》中大谈中国美术的影响,却又在不久之后的《中国的美术》中力倡日本美术的独立,这确实耐人寻味。

其次,天心没有沿着业已粗略勾勒出的中国美术史脉络进一步细化充实,而是提出了"在中国,无中国"的观点:"我对中国的第一个感受,就是没有中国。说没有中国或许有些可笑,但换言之,即所谓中国的共性是难以把捉的。"④他以自己的首次中国旅行为依据,结合旅途中拍摄的幻灯片论述道:

> ……在所谓的山川风土、生活、语言、人种、政治上,属于中国的共性真的存在吗?想要抽取出这种共性是不可能的。……不存在一以贯之的中国,所以说"中国无共性"。⑤

---

① 「支那の美術」,『岡倉天心全集』第三卷、平凡社、1979 年、第 208 頁。原文为:"……自分の安心したことは日本の美術の独立であります。我美術は決して支那の美術の一分脈丈のものではない。日本の美術の支那に受けることは多かつたであるけれども、其出色の点は之より多い。支那の影響は受けたにしてもそれを変化するの法に依り明に日本の独立を證するころが出来るだらうと思ひます。"
② 冈仓天心:《中国的美术及其他》,蔡春华译,中华书局,2009 年,第 255 页。
③ 「日本美術史」,『岡倉天心全集』第四卷、平凡社、1980 年、第 15 頁。原文为:"当時支那美術の精華は日本の及ぶべきにあらず。"
④ 「支那の美術」,『岡倉天心全集』第三卷、平凡社、1979 年、第 200 頁。原文为:"第一支那に付いて感じましたのは支那の無いと云ふことであります。支那が無いと云ふと可笑しいやうでありますが、言を換へて申しますれば支那と云う通性は捉へ難いと云ふことでございます。"
⑤ 冈仓天心:《中国的美术及其他》,蔡春华译,中华书局,2009 年,第 241 页。

这些言论,实际上抹杀了天心自己曾经描画的中国独自的美术史,解构了中国作为一个国家的独立性。整部《日本美术史》实际上已经成功地呈现出中国的"黄帝→夏→殷→周→汉→六朝→唐→宋……"的历史脉络。但是,在《中国的美术》中,天心却撇开自己曾经描画过的历史连续性,转而强调时代和区域的差异性:"关于中国我们能说出这是唐、这是汉、这是元明等时代之差异,然倘若深究中国之性质,便在历史时代之外又生出地方之差别,要认识中国究竟为何,诚为难事。"①难言"中国究竟为何"这一观点实际上正是"无中国论"的变相表达。

最后,天心不再坚持唐朝"诞生出纯粹的中国"(純粋の支那を生ずる),也不再强调唐朝美术"成为一种中国式的文化"(一種の支那的のものとなる),而是提出了著名的"南北中国论"。1893年9月,天心用英文记录了如下文字:"Is China one nation?""N[orth] and S[outh] has great individuality."比照几个月前还在课堂上传授的"纯粹的中国"和"一种中国式的文化"(一種の支那的のもの),这里的设问及自答——"中国是一个国家吗?""(中国的)北方与南方有极强的个性"呈现出巨大的反差。不仅如此,天心还进一步写道:"China at Europe, north German, south French, Tatar Russia."(若置中国于欧洲,则北如德国,南如法国,蒙古如俄国……)②这里,天心将中国比附于欧洲,认为中国的北方是德国,南方是法国,而蒙古地区是俄国。同样的意思,天心在不同的文章中反复强调,如《关于中国的美术》中说:"盖考察之际,中国非单独之国而是一种欧罗巴。恰如欧洲由数类人种组成,中国亦由数类人种组成。为有地区特质之故,犹如欧洲未有包容全体之共性,中国亦难把握其共性。"③《山笑录》中又重申:"中国真乃一种欧洲。欧洲没有全体之共性,若强言之,则只有基督教;中国亦无全体之共性,若要强求,大概仅有儒教而已。"④

---

① 「支那の美術」、『岡倉天心全集』第三卷、平凡社、1979年、第200頁。原文为:"支那のことに付きましては我々は是れは唐、是れは漢だ、是れは元明だなどと時代の差異を申しますが、尚ほ深く支那の性質を探りましたならば此外に地方の差別から生ずる性質がありまして、一定に支那は何だと云つた時にそれを認ることは誠に難いだらうと存じます。"
② 「支那旅行日誌(明治二十六年)」、『岡倉天心全集』第五卷、平凡社、1979年、第54—55頁。
③ 「支那美術ニ就テ」、『岡倉天心全集』第五卷、平凡社、1979年、第148頁。原文为:"蓋シ之ヲ考察スルニ支那ハ単独ノ国ニ非スシテ一種ノ欧羅巴ナリ 欧州ノ幾種ノ人種ヨリ成立チタルカ如ク支那モ亦幾種ノ人種ヨリ成立チタルナラン 地方ノ特質アルカ為メニ欧州全体ヲ包含スル通性ナキカ如ク支那ノ通性亦捉ラヘ難カルヘシ"。
④ 岡倉覚三著、長尾正憲、野本淳整理「山笑録」、『五浦論叢:茨城大学五浦美術文化研究所紀要』1994年第2号、第32頁。原文为:"中国ハ真ニ一種ノ欧州ナリ 欧州ニ全體ノ通性ナシ 強テ之ヲ求ムレバ耶蘇教ナラン 支那ニ全體ノ通性ナシ 強テ之ヲ索ムレバ 儒教ナルヘシ。"

值得注意的是,对于比附对象的欧洲,天心同样以其"非统一性"进行了解构:"然而所谓欧美者究竟何在?欧美诸国制度沿革皆异,宗教与风俗并非一定,故甲国为是者而乙国为非,亦不无其例。若一概以欧罗巴论之,虽闻之堂皇,而实则并不存在所谓欧罗巴者。"①既然欧洲并不存在,那么与欧洲同样"没有统一文化"的中国也不存在,如此一来,就彻底地完成了对中国的消解。

天心专门撰文《中国南北的区别》(1894 年《国华》第 54 号)详加阐述。他把中国南北文化归纳为"河边文化"和"江边文化","河边"指黄河流域,"江边"指长江流域:"黄河之边千里无垠……然扬子江边层峦危峰","河边树木稀少,江边葱翠欲滴。河边气候干燥,江边水汽丰沛。河边多旱,江边多雨。河边朔风裂肌,江边全无严冬","河江两边人民之容貌体格实有差异,却也相似","于政治变迁亦可窥此二分子之动摇","至于文化现象,江河亦大异其趣"②。上述言论从"地理气候""容貌体格""语言气质""政治变迁""文化现象"等几个方面强调了南北差异。天心的"南北中国论"对后学也产生了不小的影响,如桑原骘藏(1871—1931)便受其启发,先后撰写了《晋室的南渡与南方的开发》(《艺文》1914 年第 10 号)、《从历史上看南中国的开发》(《雄辩》1919 年第 10 卷第 5 号)、《历史上所见之南北中国》(《白鸟博士还历纪念东洋史论丛》,1925 年),等等。

那么,为什么在如此短暂的时间之内,天心的中国认识就发生了巨大的变化,甚至呈现出矛盾的观点呢?其中一个很重要的原因,就是他进行了为期近半年的中国旅行。1893 年 5 月,天心结束"日本美术史"的讲授,同年"7 月 1 日,东京美术学校将包括横山秀麿(大观)在内的第一期八名毕业生送入了社会。天心作为美术政策的草创者,同时作为美术学校的校长无疑体会到了双重的满足感"③。就这样,天心踌躇满志地开启了第一次踏查中国的旅程。此次

---

① 「鑑画会に於て」、『岡倉天心全集』第三卷、平凡社、1979 年、第 174 頁。原文为:"然るに欧米なる者は果して何処に在る乎。欧米の諸国は皆制度沿革を異にし、宗教も風俗も一定したるものに非ざれば、甲国に是なることも乙国には非なること其例なきに非ず。一概に欧羅巴と論じ去れば立派に聞ゆれども、実際の処にては欧羅巴なるものあることなし。"
② 「支那の美術」、『岡倉天心全集』第三卷、平凡社、1979 年、第 98—100 頁。原文为:"黄河ノ辺ハ千里又千里……而シテ揚子江辺ハ層巒危峰。""河辺ハ樹木少ク、江辺ハ鬱翠満ラント欲ス。河辺ハ気候乾燥シ、江辺ハ水気多シ。河辺ハ多旱、江辺ハ多雨。河辺ハ朔風肌ヲ裂キ、江辺ハ厳冬ナシ。""河江両辺人民ノ容貌体格、実ニ差異アルニ似タリ。""政治ノ変遷ニ於テモ此二分子ノ動揺ヲ窺フヘシ。""文化ノ現象ニ至テモ江河其趣ヲ異ニス。"
③ 金子敏也『宗教としての芸術 岡倉天心と明治近代化の光と影』、つなん出版、2007 年、第 147 頁。原文为:"……七月一日、東美術学校は横山秀麿(大観)を含む第一回卒業生の八名を世に送り出した。天心は美術政策の立案者として、また美術学校の校長として二重の満足感を味わったに違いない。"

中国之行是奉日本宫内省管辖的帝国博物馆之命考察中国美术,旅途费用均由宫内省支付。天心于1893年(明治二十六年)7月从长崎出发,经釜山、仁川,从塘沽入港,先后踏访了天津、北京、洛阳(龙门石窟)、西安、成都、重庆、汉口、上海等地,历经近半年的时间于12月返回日本神户。在此之前,天心著述中的中国知识全部来源于典籍文献,此次旅行一方面让天心感受到了中国的广袤,同时也使他获得了对中国美术的感性认识。天心将实地踏查中的所见、所闻、所感记录在了《清国旅中杂记》《山笑录》《中国旅行日志(明治二十六年)》《中国行杂缀》等著述中。

在中国旅行之前,天心曾奉文部省之命于1886年10月与他的老师费诺罗萨(Ernest F. Fenollosa,1853—1908)同行,赴欧美考察美术长达9个月。因此,对天心来说,首次中国之行成为培养他横跨"西方"与"东方"文化视角的重要契机。中国之行使天心的书本知识得到了感性印证,同时也在很大程度上修正了之前的认识和观念。东京大学教授村田雄二郎也指出:"在冈仓天心自身的中国观构成上,这次旅行无疑地扮演了决定性的角色。"[1]

但是,造成天心的中国认识发生如此巨大转变的原因,并不仅仅是他看到积贫积弱的中国现状那么简单,其背后还伴随着近代民族国家确立以及"国家主义"萌芽的社会历史因素。

一方面,从世界范围的时代背景来看,天心的中国考察,也是近代日本的中国踏查风潮中的个案。而日本的中国踏查之风,又是在近代西方殖民主义风潮的刺激下形成的。19世纪,欧美各国在亚洲的殖民活动逐步扩大。英国1824年开始侵略缅甸,1839年以后,又连续三次对阿富汗发动侵略战争;1858年,英属东印度公司结束代管,正式把权力移交给维多利亚女王;1860年俄罗斯侵占中国东北滨海地区,建立港都符拉迪沃斯托克;美国于1853年以"黑船事件"结束了日本二百余年的锁国,又在1898年继西班牙之后统治菲律宾……与此相应,在19世纪末20世纪初,西欧各国掀起了一波又一波世界范围的"边境探险",其核心地带除了美洲腹地外,就是中亚的"西域"地区。俄、英、德、法的各种调查团和探险队络绎不绝地奔向西域。俄国人普尔热瓦尔斯基(Никола́й Миха́йлович Пржева́льский,1839—1888)从1870年开始直到去世,四次到中国西部探险[2]。瑞典探险家斯文·赫定(Sven Hedin,1865—1952)自1895年

---

[1] 村田雄二郎:《冈仓天心的中国南北异同论》,《华东师范大学学报(哲学社会科学版)》2015年第4期。

[2] 普氏野马就是由普尔热瓦尔斯基首先发现,并于1881年由沙俄学者波利亚科夫正式以他的名字命名。此外,普氏羚羊也是普尔热瓦尔斯基发现并以他的名字命名的。二者都是濒危保护动物。

始先后五次考察中国新疆及西藏地区，发现了楼兰古城。柯兹洛夫（Козлов）探险队于1908年在阿拉善沙漠发现了"死城哈拉浩特"，随后掠取了黑城的大量珍宝。奥登堡（Ольденбург，Сергей Фёдорович，1863—1934）于1909至1910年和1914至1915年，两度率领俄国中亚考察队踏查中国新疆和敦煌，掠取了大量新疆文物和敦煌文献。在这样的世界局势下，日本也不甘落后。为了配合对外扩张的国家战略，日本借"学术考察"之名而进行的对华调查逐步展开并且日益活跃，尤其是在甲午和日俄两大战争之后。比如，最早对云冈石窟展开调查研究的就是日本东京帝国大学的建筑史家伊东忠太（1867—1954），他在1902年对湮没无闻的云冈石窟进行了考察，其调研结果被称为佛教美术史上的大发现。此外，京都西本愿寺法主大谷光瑞（1876—1948）从1902年起三次派遣中亚探险队更是尽人皆知。天心在而立之年的第一次中国之行，可以说正是时代裹挟的结果。

另一方面，从天心个人来看，他并不是一个单纯的美术鉴赏家或者唯艺术论的美术史家，而首先是一位明治时代的官僚。天心被称为"生于幕末的国际人"，他7岁就去美国人詹姆斯·鲍拉（James Ballagh）的私塾开始学习英语；被寄养在长延寺跟随玄导和尚学习汉文，研修四书五经，其间英语学习仍未间断；十一二岁时已经可以作汉诗；14岁入女画家奥原晴湖门下学习南画；16岁师从加藤樱老学琴；17岁完成汉诗集《三匝堂诗草》，一路"从天才神童走向精英官僚"①。

天心1880年（明治十三年）毕业于东京大学文学部，虽然名义为"文学"，但在校期间学习的专业却是政治学、理财学（相当于经济学）和哲学，与如今所理解的文学并无太多关涉。而天心毕业后也非常符合该专业的设置目的，顺理成章地入职文部省，成为一名官僚。他的大学毕业论文最初是《国家论》，被妻子付之一炬后，仅用两周时间便以英文完成了《美术论》。虽然《国家论》原稿内容已经无从查考，但在如此短暂的时间内能够迅速转变为《美术论》，这一点非常值得注意。实际上，天心眼中的"美术"，从一开始就是近代国家的表征，他对美术的言说，从根本上讲是对民族国家的论述。已故日本美术史研究家刘晓路指出："冈仓天心的美术史也是'以论代史'，美术史只不过是其复兴日本美术、倡导日本美术中心论、日本美术优秀论的工具。……正是由于这些理论，冈仓天

---

① 此段两处引文均见ワタリウム美術館編集『岡倉天心　日本文化と世界戦略』、平凡社、2005年、第50、56頁。

心在今天日本的地位远远高出大村西崖。"①

1889年10月,天心与高桥健三共同策划创办了美术杂志《国华》,该刊持续出刊百余年,如今仍是日本最权威的东洋古典美术研究刊物。天心在创刊号上发表《〈国华〉发刊词》,开宗明义地指出:"夫美术者,国家之精髓也。"在该发刊词的结尾,天心更是踌躇满志地宣称:"盖《国华》欲保持日本美术之真相,希望日本美术据其特质而进化。将来之美术乃国民之美术。《国华》将以国民之姿不懈倡导守护本国美术之必要。"②由刊物的定名即可见天心将美术视为国粹的观念。日本当代著名的美术史家,曾先后担任千叶美术馆馆长、多摩美术大学校长、美秀美术馆(Miho Museum)馆长等职的辻惟雄教授也认为,《国华》的"名字乍一看让人不禁联想起国粹主义",其"出版的目的是向西方展现其真正的价值"。这一目的与东京美术学校的专业设置理念是一致的,该校开始招生的时候不设西洋画科,在明治维新之后西风劲吹的年代可谓有意为之,"这说明天心等人为芬诺洛萨所激发的民族主义理念,再次左右了政府的美术教育方针"③。与此相应,天心亲自设计的校服也颇具意味。他根据圣德太子肖像画中所见奈良朝的官服设计了复古风的校服,由于太过另类,走上街头就会遭人侧目,所以当时的学生横山大观等人都羞于穿着。同时,他自己穿的校长服也是亲手设计:头戴冠帽,身着"阙腋袍",足蹬"海豹靴"④。所谓"阙腋袍"(けってきのほう),是旧时日本武官在宫廷节日(節会せちえ)或天皇行幸的仪仗中穿着的正式礼服。从特立独行的服装传递出来的正是"国粹主义"的信息。

天心在1890年提交给文部省的《说明东京美术学校》中,再度明确阐发了美术与国家的关系:"美术乃为表彰文化,发扬国家之光辉,使人民之心思趋于优美,为开明生活之要具矣。"⑤很显然,天心是将美术作为建设近代国家的重

---

① 刘晓路:《日本的中国美术研究与大村西崖》,《美术观察》2001年第7期。
② 「『国華』発刊ノ辞」、『岡倉天心全集』第三卷、平凡社、1979年、第42、48頁。原文为:"夫レ美術ハ国ノ精華ナリ。""蓋シ国華ハ日本美術ノ真相ヲ保持セント欲スルモノナリ、日本美術カ其特質ニ由テ進化センコトヲ希望スルモノナリ。将来ノ美術ハ国民ノ美術ナリ。国華ハ国民ヲシテ自国ノ美術ヲ守護スルノ必要ヲ唱導シテ止マサラントス。"
③ 此处三句引文均见辻惟雄:《图说日本美术史》,蔡敦达、邬利明译,生活·读书·新知三联书店,2016年,第319页。
④ 参见ワタリウム美術館編集『岡倉天心 日本文化と世界戦略』、平凡社、2005年、第85頁。书中有天心身着校长服的照片。
⑤ 「説明東京美術学校」、『岡倉天心全集』第三卷、平凡社、1979年、第369—370頁。原文为:"美術ハ文化ヲ表彰シ国家ノ光輝ヲ発揚シ人民ノ心思ヲ優美ナラシメ開明生活ノ要具タルハ弁ヲ俟タス。"

要工具。即使在他被迫辞去东京美术学校校长职务后,重整旗鼓创立日本美术院并组织院展时,依然是"旨在创造新的日本画样式",其宏大目标就是要"画出不亚于西洋绘画规模的日本画"[①]。

实际上,日本明治时代从国家层面对"美术"及"美术史"的建构,是国家战略对内的重要内容。因此,作为高等美术教育机构的东京美术学校的建校,以及用于初等和中等教育的图画教科书的编纂等,全部责任者都来自文部省。这种战略性政策,具体表现为三个方面的"美术行政措施":一是作为殖产兴业的工艺美术品的振兴与输出;二是古代美术的保护;三是美术教育制度的确立[②]。天心参与了全部三个方面的工作,而且都担任了要职。天心是日本近代"美术"这一国家制度的事实上的确立者。美术史研究专家、国际日本文化研究中心教授稻贺繁美指出:"从19世纪后半叶到20世纪初叶,亚洲各民族,在西欧列强的帝国主义殖民地状况下,'发明'并重新设定与'西欧'对抗的、国民的或文化的自我同一性,甚或将其作为国家目标来追求。'东洋美术史'的架构,也是与这一运动一体化而浮出地表的一种理念或思考。"[③]因此,对天心美术史叙述的考察,应当置于近代日本的自我认识以及亚洲认识的历史场域之中。

必须注意的是,导致天心中国认识乃至亚洲认识发生变化的首次中国旅行,恰恰发生在甲午战争爆发前夕。"在近代日本形成'日本美术史'之时,作为其理念支柱的是以国家主义和天皇制为背景的皇国史观。……这是因为由甲午战争胜利而成为'东洋盟主'的日本,构筑了从其自身立场出发、作为发扬国威重要一环的'东洋美术史'。"[④]在这样的整体历史语境中,天心的思想确实包含有国粹主义、亚洲主义的要素。他在中国旅行之后强调日本美术的独立,实际上就隐含着将中国他者化的动机,而这种动机正反映了日本明治时代的整体思想文化。日本之所以要"脱亚入欧",也是要将整个亚洲他者化,通过这一操

---

① 辻惟雄:《图说日本美术史》,蔡敦达、邬利明译,生活·读书·新知三联书店,2016年,第319页。
② 相关内容参见佐藤道信『「日本美術」誕生 近代日本の「ことば」と戰略』第四章,講談社、1996年。
③ 稻贺繁美「理念としてのアジア——岡倉天心と東洋美術史の構想、そしてその顛末」、『國文學』第45卷8号、2000年7月号、第11頁。原文为:"十九世紀後半から二十世紀初頭にかけて、アジア諸民族は、西欧列強による帝国主義植民地状況下で、「西欧」に対抗すべく、国民的あるいは文化的な自己同一性を「発明」し、再設定し、あるいはまた国家目標として追求した。「東洋美術史」なる枠組みもまた、そうした運動と一体をなして浮上した、ひとつの理念あるいは思念であった。"
④ 佐藤道信『明治国家と近代美術 美の政治学』、吉川弘文館、1999年、第124—125頁。原文为:"近代日本で「日本美術史」が形成されたとき、その理念的支柱となったのは、国家主義と天皇制を背景にした皇国史観だった。……日清戦争(明治二七年、一八九四)の勝利によって「東洋の盟主」となった日本が、その立場から国威発揚の一環として「東洋美術史」を構築したからである。"

作来主张日本及其文化的自主性。应该说,是天心的中国之行以及促成其中国之行的日本国家主义思想共同影响了天心的中国认识,而他的新的中国认识又清晰地渗透在其美术论之中。天心在其美术史的建构中致力于以日本取代中国成为亚洲的引领者。

整个明治时代,日本的现代化道路是以全盘西化为表征的,这个过程几乎影响了从法律、医学到文学、哲学等所有学问和艺术门类。创立于1887年的东京音乐学校可谓是一个典型的例子,该校作为日本第一所专业音乐学校,是日本现代音乐教育的肇始。在创办之时该校并不接纳东洋音乐,由此足见"西化"之一斑。然而,东京美术学校却是一个特例,尽管其他领域的日本"传统"在西化浪潮中纷纷遭到蔑视和排斥,但美术领域的"传统"却得到空前重视和大力弘扬。这当然与19世纪后半期以浮世绘版画为代表的日本绘画在欧洲画坛——特别是印象派那里获得青睐,以及继此而风靡整个欧洲的日本艺术热颇有关联,也与费诺罗萨对日本传统美术的发现直接相关,同时与主创者天心的理念亦有非常密切的关系。天心是将美术史作为手段来与西方中心论抗衡,他要借助美术史的叙述向世界展现以日本为核心的东方文化。正因如此,他把日本看作一座"美术馆",以汇聚并繁盛于日本的东方美术的共同成就在世界的地图上标的东方文化,标的日本。这一诉求也被当代日本学者柄谷行人留意到了,他在《民族与美学》中论述了美学与建构民族认同之间的关系,他指出:"冈仓将亚洲的历史理解成作为理念自我实现的美术的历史,在这个意义上是非常黑格尔式的。"柄谷认为黑格尔立足西方的"共同美学"来建构西方认同,而冈仓天心亦如是。

> 然而,重要的不是狭义的美术馆,此前我已经指出现代的"世界史"本身就是美术馆这样一种装置。冈仓明确自觉的也在于此。他并不是狭隘的民族主义者。因为他经常将"东洋"置于视野之中。别的民族主义者强调日本的独特性,冈仓却坦率地承认日本的思想、宗教都依靠着亚洲大陆。①

恰如柄谷所言,天心并不是一个狭隘的国家主义者或民族主义者。清水多吉在其专著《冈仓天心 美与背叛》中也指出:"虽然觉三也接近被称为国粹主义或国民主义的'日本'及'日本人',但其国家情感并不是狭隘的国粹主义。相

---

① 参见柄谷行人:《民族与美学》,薛羽译,西北大学出版社,2016年,第107、110页。

反,可以说是与泛东亚式的国际主义互不干涉的国民主义。"①天心在提出"南北中国论"时的那句"China is great when the 2 combines!"(南北联合的中国是伟大的!)亦可为证②。东京大学教授林少阳认为,天心是将日本置于东洋内部但同时又坚持日本引领东洋的:"日本在与西方相遇的过程中也面临着自己面对西方文化时的文化认同问题,是该将日本放在'东洋'内部还是外部的问题。将自己放在'东洋'外部的是保守的神道国学派学者,反之,则是日本中国学(东洋史)、冈仓美术史。当然后者涉及作为新的强权处于上升阶段的日本希望成为'东洋'盟主的欲望问题。"③天心在《日本美术史》中对中国美术的叙述,一方面是通过溯源来发掘日本的传统,以抗衡西洋;另一方面也是借美术来树立民族自信和确立国家认同。

还有一点应当留意,随着天心在亚洲内部的日本与中国、日本与印度以及超越亚洲的东方与西方之间的往返游走,他思想中的国粹主义和亚洲主义因子,也在不断地消长变化。在首次中国旅行之后,天心于 1901 年 12 月至 1902 年 10 月,受日本内务省之命前往印度考察了一年。此次印度之行使他在日本和中国之外看到了更加开阔的亚洲:"印度与中国与日本的美术有着不可分离的关系。"同时也启发了他架构"东洋美术史"的新手段:"随着对此类事物的逐步思考,我们获得了研究中国以及东洋古典美术的崭新立脚点。我尤其感到,亚细亚的古代美术恰如一幅织物,这幅织物中的日本是以中国为经、以印度为纬编织而成的。"④这里可以清晰地看到两点:一是天心的"东洋美术"的范围已经超出了由中国、朝鲜和日本构成的"东亚",将南亚的印度也涵盖其中了;二是天心将印度与中国一道作为日本美术之经纬,以此为基础展开其东洋美术史的叙述。正是在此次印度之行期间,天心用英文写作了《东洋的理想》,开篇第一句即著名的"Asia is one"(亚洲是一体的)。此时,天心已经十分自觉地认为,对美术的言说以及美术史的建构在本质上可以成为一种国家政治。与其说天

---

① 清水多吉『岡倉天心 美と裏切り』、中央公論新社、2013 年、第 126—127 頁。原文为:"国粋主義あるいは国民主義と言われている『日本』および『日本人』グループも接近していたとはいえ、覚三のナショナルな心情は、偏狭な国粋主義ではない。むしろ、汎東アジア的に開かれた国際主義と両立する国民主義とでもいっていいものでたった。"
② 「支那旅行日誌(明治二十六年)」、『岡倉天心全集』第五卷、平凡社、1979 年、第 55 頁。
③ 林少阳:《明治日本美术史的起点与欧洲印度学的关系——冈仓天心的美术史与明治印度学及东洋史学的关系》,《东北亚外语研究》2016 年第 2 期。
④ 「印度美術談」、『岡倉天心全集』第三卷、平凡社、1979 年、第 262—263 頁。原文为:"印度と支那と日本の美術は離るべからざる関係を有つて居る。""是等の事を漸次考へて見ると我々支那並に東洋の古美術を研究する上に於て新しき立脚地を得る。僕の殊に感じたのは亜細亜古代の美術が殆ど一の織物の如くなつて、日本は支那を経として印度を緯として織り出した有様がある。"

心在美术中看到了东洋的一体(oneness),"或者更应该说是他发明了一种'东洋'"①。这样,他便可以把这一"东洋"中的印度作为一种"方法",通过在美术史叙述中强调印度而将中国的核心位置相对化,一方面借此打破日本一千多年来的中国中心的历史叙述,另一方面也通过强调印度来为抵抗欧洲中心主义助力,从而贡献于日本近代民族国家的建构。

著名的中国学家竹内好鲜明地指出了天心的复杂性所在:"天心是难以定论的思想家,而且,在某种意义上他又是危险的。所谓难以定论,是由于他的思想内含着拒绝定型化的因素,所谓危险,是缘于他带有不断释放放射能的性质。"②也正因如此,天心在战争期间才会被"日本浪漫派"所利用,被挖掘成为他们的某种思想资源,而天心将日本视为美术馆的思考,也被以盟主自居的"大东亚共荣圈"的意识形态所征用。天心正是这样一位复杂而又多变的美术史家和思想家。他的中国认识和亚洲认识,不只是在首次中国之行时有所变化,在此后多次踏访中国③以及赴美任职的过程中,都有着不断的自我修正,而其自我修正也都离不开近代以来动荡的历史文化语境——日本在亚洲乃至世界格局当中的角力。

---

① 柄谷行人:《民族与美学》,薛羽译,西北大学出版社,2016年,第107页.
② 竹内好「岡倉天心」,『日本とアジア』、ちくま学芸文庫、1993年、第396頁。原文为:"天心は、あつかいにくい思想家であり、また、ある意味で危険なでもある。あつかいにくいのは、彼の思想が定型化をこばむものを内包しているからであり、危険なのは、不断に放射能をばらまく性質を持っているからである。"
③ 天心一生五次到过中国,前四次为旅行,最后一次是路过。第二次是1906年10月至1907年2月,以波士顿美术馆中国、日本部顾问的身份帮助搜集、购买中国艺术品,写有《支那旅行日志(明治三十九至四十年)》,途中曾与大谷探险队成员会面。第三次是1908年6月至7月,在视察欧洲回国途中顺路踏访了沈阳、天津、北京。第四次是1912年5月至6月,帮助波士顿美术馆购买中国古代美术品,留下了《九州·支那旅行日志(明治四十五年)》,"Exhibition of Recent Acquisitions in Chinese and Japanese Arts"等著述。第五次是1912年8月从日本前往印度途中经过上海和中国香港。

留学生与美国专业汉学的兴起

顾 钧*

内容提要 20世纪20年代,第一代美国专业汉学家开始登上学术舞台。他们虽然师承不同,研究领域各异,却拥有一段共同的北京留学经历,短则1—2年,长则5—6年,有的曾多次来北京留学。这批留学生是美国汉学研究承上启下的一代,在他们之前的传教士的中国研究基本处于业余状态,学术意义上的中国历史、哲学、艺术等研究始于这批最早的留学生,他们在北京期间写作、翻译和出版的著作不仅是他们个人学术的起点,还程度不等地具有开创美国汉学某个学科或分支的重要意义,这些研究成为二战后美国汉学大发展的开端。就对美国汉学史的研究现状来看,国内学界关注的焦点是二战后特别是当代的人物和著述,对二战前的情况比较轻视。本文以美国来华留学生为研究对象,就是为了追本溯源,回到美国专业汉学的起点。另外就留学史的研究成果来看,关于中国人留美的研究成果已经很可观,但反过来关注美国人来华留学的却很少,本文也期望为扭转这一不平衡的状况尽绵薄之力。

关键词 留学生;美国汉学;专业汉学;北京

一

第二次世界大战之后,西方汉学研究的中心开始从欧洲向美国转移,这一方面得益于战后美国政治、经济、军事地位的迅速提升,另一方面与第一代美国专业汉学家的全面崛起密切相关。考察这一代人的学术背景就会发现,他们虽然师承不同,研究领域各异,但却拥有一段共同的北京留学经历,短则1—2年,长则5—6年,有的曾多次来北京留学。

以来北京时间先后为序,将这批留学生的基本情况进行统计(见表1)。

---

* 顾钧,北京外国语大学国际中国文化研究院教授,博导。

表 1　第一代美国专业汉学家留学基本情况

姓名	生卒年	在北京留学时间	回国后工作单位	学术领域和荣誉
孙念礼 Nancy L. Swann	1881—1966	1925—1928	麦吉尔大学	汉史；美国首位女汉学博士
毕乃德 Knight Biggerstaff	1906—2001	1929—1931、 1934—1936	康奈尔大学	中国近代史；1965—1966 美国亚洲学会会长
魏鲁男 James R. Ware	1901—1977	1929—1932	哈佛大学	中国哲学；《哈佛亚洲学报》创办人
富路特 Luther C. Goodrich	1894—1986	1930—1932	哥伦比亚大学	中国古代史；1946—1947 美国东方学会会长；1956—1957 美国亚洲学会会长
拉铁摩尔 Owen Lattimore	1900—1989	1930—1933、 1934—1937	约翰·霍普金斯大学	中国边疆史
戴德华 George E. Taylor	1905—2000	1930—1932、 1937—1939	西雅图华盛顿大学	中国近代史
西克曼 Laurence Sickman	1907—1988	1930—1935	堪萨斯纳尔逊艺术博物馆	中国艺术史
施维许 Earl Swisher	1902—1975	1931—1934	科罗拉多大学	中国近代史、中美关系史
韦慕庭 Clarence M. Wilbur	1908—1997	1931—1934	哥伦比亚大学	中国近代史；1971—1972 美国亚洲学会会长
卜德 Derk Bodde	1909—2003	1931—1937	宾夕法尼亚大学	中国哲学；1968—1969 美国东方学会会长；1985 年美国亚洲学会杰出贡献奖
顾立雅 Herrlee G. Creel	1905—1994	1932—1935	芝加哥大学	中国上古史；1955—1956 美国东方学会会长
费正清 John K. Fairbank	1907—1991	1932—1935	哈佛大学	中国近代史；1958—1959 美国亚洲学会会长
凯茨 George N. Kates	1895—1990	1933—1941	纽约布鲁克林博物馆	中国艺术史

(续 表)

姓名	生卒年	在北京留学时间	回国后工作单位	学术领域和荣誉
毕格 Cyrus H. Peake	1900—1983	1933—1934	哥伦比亚大学、美国国务院	中国近代史
宾板桥 Woodbridge Bingham	1901—1986	1934—1937	伯克利加州大学	唐史
柯睿哲 Edward A. Kracke	1908—1976	1936—1940	芝加哥大学	宋史；1972—1973美国东方学会会长
饶大卫 David N. Rowe	1905—1985	1937—1938	耶鲁大学	中国近代史、国际关系史
柯立夫 Francis W. Cleaves	1911—1995	1938—1941	哈佛大学	蒙古史；1953年法国铭文与美文学院儒莲奖
赫芙 Elizabeth Huff	1912—1987	1940—1946	伯克利加州大学	伯克利东亚图书馆首任馆长
海陶玮 James R. Hightower	1915—2006	1940—1941、1946—1948	哈佛大学	中国古代文学
芮沃寿 Arthur Wright	1913—1976	1941—1947	斯坦福大学、耶鲁大学	中国佛教；1964—1965美国亚洲学会会长
芮玛丽 Mary C. Wright	1917—1970	1941—1947	斯坦福大学、耶鲁大学	中国近代史

表1所列的这批留学生日后均成为各自所在单位的中国（东亚）研究的开创者。其中的佼佼者曾担任美国东方学会和美国亚洲学会会长，说明其影响力已不限于中国（东亚）研究的范围。美国东方学会（American Oriental Society）1842年4月7日成立于波士顿，是北美最早的学术团体之一，其宗旨是"促进对亚洲、非洲、玻利尼西亚群岛的学术研究"①。1941年，为了适应美国在亚洲利益的需要，以费正清为代表的一批学者发起成立了远东学会（Far Eastern Association），该会得到福特基金会、洛克菲勒基金会的资助，很快成为美国研究东亚问题最重要的学术机构。远东学会开始时还和东方学会保持密切的联系，如一起开年会等。后来由于远东学会的迅速发展，终于在1954年

---

① "Constitution of the American Oriental Society", *Journal of the American Oriental Society*, Vol. 1, 1843, p. vi.

完全离开母体,1956年正式更名为亚洲学会(Association for Asian Studies)。这两个学会是美国研究亚洲和整个东方最大和最权威的学术团体。

表1列出的学者中,有三分之二由哈佛燕京学社派遣①。哈佛燕京学社是中美之间第一个跨国学术交流机构。它的成立得益于霍尔教育基金的资助。查尔斯·霍尔(Charles M. Hall,1863—1914)是美国铝业巨头,1914年去世后留下巨额遗产,由于受19世纪末20世纪初蓬勃发展的美国海外传教运动的影响,他在遗嘱中指定将其部分遗产用于资助和发展教会世俗教育事业。1924年,哈佛大学向霍尔遗产委员会申请资助,但由于不符合条件被拒绝。后来,哈佛大学接受霍尔遗产执行人的建议,联合燕京大学以中国文化作为研究方向共同申请,并最终获得了成功。之所以选择中国文化作为研究方向,是出于双方共同的需要。20世纪初叶,甲骨文的发现和部分敦煌经卷被劫夺到西方刺激了西方汉学的发展,但美国在汉学研究上还是大大落后于法国等欧洲国家,因此哈佛大学希望利用这笔经费来开创汉学研究的新领域,改变哈佛在中国学研究方面的弱势地位,其对于和燕京大学合作很有诚意。而对燕京大学来说,合作的愿望同样迫切。燕京大学正式成立于1919年,是一所由美国长老会、美以美会等基督教差会联合创办的教会大学。1922年非基督教运动爆发后,民族主义思潮席卷中国知识界,教会大学轻视中国文史屡屡成为众矢之的。燕京大学校长司徒雷登(John L. Stuart,1876—1962)明确意识到,加强汉学研究是争取同情和谅解的最佳途径,因此极力促进与哈佛大学联合项目的成立。1925年9月双方达成初步协议,经过共同努力于1928年1月4日正式成立联合学术机构"哈佛燕京学社"(The Harvard-Yenching Institute),总部在哈佛大学,燕京大学设办事处。哈佛燕京学社成立后,哈佛大学和燕京大学按照规定展开两校间的学术合作,其中互派研究生和访问学者成为重要内容。这些当时的研究生和年轻学人后来都成为中国文史领域的知名专家,哈佛燕京学社在人才培养方面取得了令人瞩目的成就②。值得注意的是,哈佛燕京学社派来北京的美国留学生并不只在燕京大学进修,而是比较自由,可以转益多师。当然,燕京大学本来就有不少国学名师,如洪业、马鉴等,在利用哈佛燕京学社的资金建立国学研究所后,师资更加雄厚。国学研究所1928年秋正式建立,聘请陈垣为所

---

① 不是由哈佛燕京学社派遣的留学生只有孙念礼、富路特、韦慕庭、费正清、毕格、宾板桥、饶大卫。
② 由燕京大学派往哈佛大学攻读博士学位的中国留学生有齐思和、翁独健、王伊同、蒙思明、邓嗣禹、郑德坤、周一良、陈观胜等。关于哈佛燕京学社的历史和汉学贡献,参见张凤《哈佛燕京学社75年的汉学贡献》,《文史哲》2004年第3期;Earl Swisher, "The Harvard-Yenching Institute", *Notes on Far Eastern Studies in America*, No. 11, 1942。

长,顾颉刚、容庚、黄子通、郭绍虞、冯友兰、许地山、张星烺等著名学者为研究员。虽然1931年该所解散,陈垣辞职,但顾颉刚、容庚等均留在燕大继续任教,他们主持编辑的《燕京学报》(1927年6月创刊)声誉日隆,成为美国留学生最常翻阅的中文文献。

二

哈佛燕京学社派来北京的这批留学生是美国第一批科班出身的汉学家,也可以称之为专业汉学家。在他们之前,美国汉学的主导权掌握在以传教士为主体的业余学者的手中。

1784年在第一艘到达广州的美国商船上,大副山茂召(Samuel Shaw, 1745—1794)写下了对中国的第一印象,美国汉学伴随着中美直接贸易的产生而产生。商人虽然很早就来到中国,但他们来去匆匆,无心他顾,中美通商半个世纪后还几乎没有一个商人能懂中文,也就更谈不上对中国的研究。这种可悲的情况直到1830年代传教士的到来才告结束。第一次鸦片战争前美国来华传教士很少,长期生活在广州、澳门的只有裨治文(Elijah C. Bridgman, 1801—1861)、卫三畏(Samuel Wells Williams, 1812—1884)、伯驾(Peter Parker, 1804—1888)等三四个人。1842年后来华美国传教士迅速增加,到1850年已经达到88人,1877年新教入华七十周年(是年召开第一次新教大会)时则达到210人[①]。几乎所有的传教士都致力于汉语学习和汉学研究,他们的著作成为19世纪美国人了解中国信息的最主要来源。传教士主导美国汉学将近一个世纪,20世纪20年代后才逐渐让位给专业学者。

通过考察裨治文、卫三畏的生平经历和学术研究,我们大致可以管窥美国传教士汉学的特点。

裨治文是美国第一位来华传教士。他1801年生于麻萨诸塞州贝勒塞屯(Belchertown)的一个务农家庭,1826年毕业于安贺斯特学院(Amherst College),此后到安道华神学院(Andover Theological Seminary)深造。1829年10月14日裨治文受美国海外传教部总会(American Board of Commissioners for Foreign Missions)差遣,自纽约登船远航,于1830年2月19日抵达广州,从此开始了在华三十年的工作和生活。前十七年他以广州、澳门为基地,从事宣教和印刷出版工作;后十三年在上海,主要工作之一是参与《圣经》的

---

① S. W. Williams, *The Middle Kingdom*, New York: Charles Scribner's Sons, 1883, Vol. 2, p. 367。英国伦敦会传教士马礼逊(Robert Morrison)1807年来华是近代新教入华之始。

中译。1861年裨治文在上海去世。

1829年裨治文来华前夕,美部会给他的指示中提出这样的要求:"在你的工作和环境允许的情况下,向我们报告这个民族的性格、习俗、礼仪——特别是他们的宗教如何影响了这些方面。"①显然,当时的美国人对于这些方面的情况了解很少。裨治文来华后,更加深切地感觉到西方人关于中国知识的贫乏,中西之间的交流基本还停留在物质层面,"思想道德层面的交流少之又少",这样的状况不仅让他"吃惊",更使他感到"遗憾"。虽然明清之际的天主教传教士关于中国写过不少报道和文章,但在裨治文看来不仅鱼龙混杂,有不少相互矛盾的地方,而且毕竟是多年前的信息了。他希望对中国进行全面的报道,提供更新和"不带任何偏见"的信息②。于是他萌生了创办一份英文刊物《中国丛报》(Chinese Repository)的想法,并很快得到了英国首位来华传教士马礼逊(Robert Morrison,1782—1834)和一些广州美国商人的支持。在大家的共同努力下刊物于1832年5月面世,此后每月一期,在1851年底停刊前共出版232期。这份坚持了二十年的刊物对中国的政治、经济、文化、宗教和社会生活等方方面面进行了详细的报道和全面的研究,是西方早期最重要的汉学刊物。裨治文是《中国丛报》的创办人,也是主笔,特别是在创办初期作者很少的情况下他的文章尤其密集,他早期的一些重要文章,如《广州、澳门的气候》(Climate of Canton and Macao)、《耶稣会士提到的中国犹太人》(Jews in China Mentioned by the Jesuits)、《中国的印刷以及汉语学习》(Presses in China, and Study of Chinese)、《唐代女皇武则天的生平业绩》(Life and Actions of Wu Tsihtien, Empress of the Tang Dynasty)、《基督教在中国早期的传播》(Early Introduction of Christianity into China)等,从不同的角度为西方读者提供了各种有关中国的信息。裨治文后来虽然没有写出一部全面系统的著作,但他在《中国丛报》上的三百多篇文章已经涉及中国研究的各个领域,它们汇总起来就是一本关于中国的小百科全书。裨治文被称为美国第一位汉学家,当之无愧。

裨治文的另外一部重要著作是《广东方言读本》(Chinese Chrestomathy in the Canton Dialect),1841年在澳门印刷出版,这是美国人有史以来最早的汉语教材,也是在中国写作完成的第一本练习广东方言的实用手册③。为了表彰

---

① *Report of the American Board of Commissioners for Foreign Missions*, Boston, 1829, p. 96.
② E. C. Bridgman, "Introduction", *Chinese Repository*, Vol. 1, 1832, pp. 1–5.
③ 该书没有固定的中文译名,日本学者曾使用《广东语模范文章注释》《广东语句选》等译名。Michael Lackner, et al., eds., *New Terms for New Ideas: Western Knowledge and Lexical Change in Late Imperial China*, Leiden: Brill, 2001, p. 289。

禆治文的这一大贡献,纽约大学在该读本出版的当年(1841)授予他神学博士学位。在禆治文之前,第一位来华的英国传教士马礼逊也因其编写的《华英字典》(*A Dictionary of the Chinese Language*)被格拉斯哥大学授予神学博士学位,时间是1817年。19世纪来华传教士最早得到学界认可是凭借语言研究的成绩。

卫三畏于1812年出生于纽约州的尤蒂卡(Utica),父母是当地长老会的成员。1832年,纽约的长老会向广州的美部会传教站运送了一套印刷机器,并请卫三畏的父亲帮忙寻找一名年轻的印刷工,父亲立刻推荐了自己的儿子,当时卫三畏正在伦斯勒学院(Rensselaer Institute)读大学。大学毕业并接受了半年的印刷培训后,卫三畏于1833年6月起程并于同年10月抵达广州,从此开始了在中国长达四十年的工作生涯。在最初的二十年中,他的主要工作是编辑和印刷《中国丛报》。1856年印刷所在第二次鸦片战争中被烧毁后,他脱离了美部会,效力于美国驻华使团,直到1876年。1877年他返回美国后不久被耶鲁大学聘为该校第一位中国语言文学教授,从而也成为美国历史上第一位汉学教授。卫三畏于1884年去世。

综观卫三畏的一生,尽管各种事务缠身,但他从来没有停止对汉学的研究。1833年他刚到中国,就开始研习汉语和中国文化。在广州、澳门、北京长期居留期间,始终没有间断。1846年他加入美国东方学会,1881年被选为该会会长,并担任这一职务直到去世。这是卫三畏晚年继被任命为耶鲁首任汉学教授后的又一大荣誉。卫三畏主要的汉学著作是《拾级大成》(*Easy Lessons in Chinese*,1842)、《中国地志》(*A Chinese Topography*,1844)、《中国总论》(*The Middle Kingdom*,1848)、《英华分韵撮要》(*A Tonic Dictionary of the Chinese Language in the Canton Dialect*,1856)、《汉英韵府》(*A Syllabic Dictionary of the Chinese Language*,1874)、《我们与中华帝国的关系》(*Our Relations with Chinese Empire*,1877)。其中,《中国总论》是他的代表作。

《中国总论》分上下两卷,全书共二十三章:(一)地理区划与特征、(二)东部行省、(三)西部行省、(四)边疆地区、(五)人口、(六)自然资源、(七)法律与政府机构、(八)司法、(九)教育与科举、(十)语言结构、(十一)经学、(十二)史学与义学、(十三)建筑服饰饮食、(十四)社会生活、(十五)工艺、(十六)科技、(十七)编年史、(十八)宗教、(十九)基督教在华传播史、(二十)商业、(二十一)中外交通史、(二十二)中英鸦片战争、(二十三)战争的发展与中国的开放。不难看出,《中国总论》几乎涵盖了中国社会与历史文化的所有重要方面,将其书名定为"总论",是很贴切的。法国学者考狄(Henri Cordier,1849—1925)在权威性的

《西人论中国书目》(Bibliotheca Sinica)中将《中国总论》放在第一部第一类"综合性著作"中①,这是放入这一类别中的首部美国著作,也是19世纪传教士汉学的代表作。

从以上对两位代表人物的分析,我们不难总结美国传教士汉学的一些特点:传教士来中国前一般都受过大学或神学院教育,但没有受过严格的学术训练,对于汉学研究几乎一无所知;他们在中国的时间一般比较长,甚至大半生都在中国度过,因此汉语熟练,熟悉中国各方面的情况,但对中国某个领域的问题缺乏精深的研究,他们的著作往往"信息性"大于"学术性";另外,为了传教,他们在汉语学习(特别是口语和方言)上投入大量时间和精力,在学习的过程中他们编写了大量的字典、词典以及各种帮助学习汉语方言的教材,几乎占了所有汉学著作的半壁江山。

在1883年修订版《中国总论》的前言中,卫三畏写道:"我相信以后的学者不会再尝试这种概论式的作品,而是会像李希霍芬、玉尔、理雅各等那样专注于一、两个相关的领域。"②确实,学术的发展必然走向专业化和精密化。李希霍芬(Ferdinand P. W. Richthofen,1833—1905)是德国地质学家,19世纪六七十年代曾在中国做过广泛的地质调查,遂成为这一领域的权威学者;英国学者玉尔(Henry Yule,1820—1889)则以研究西方早期的中国游记(特别是《马可·波罗游记》)而闻名;理雅各(James Legge,1815—1897)是中国典籍特别是儒家经典的翻译和研究专家。这三人虽然领域不同,但都学有专门,其学术成果处于各自领域的前沿。《中国总论》虽然对美国人了解中国起到了重要的促进作用,但从学术性的角度来看并不突出,它只是一本很好的入门书和普及读物。

卫三畏虽然在1877年成为耶鲁大学首位(也是美国历史上首位)汉学教授,从业余汉学家转变为专业学者,但他在生命的最后几年并没有写出专门的著作,也没有带出专业的学生。实际上,尽管1877年可以看作一个重要的时间节点,但专业汉学在19世纪末20世纪初发展很缓慢。赖德烈(Kenneth S. Latourette,1884—1968)在1918年的一篇文章中这样描述当时的情况:"我们的大学给予中国研究的关注很少,在给予某种程度关注的大约三十所大学中,中国仅仅是在一个学期关于东亚的概论性课程中被涉及,只有三所大学开设了

---

① Henri Cordier, *Bibliotheca Sinica*, Paris: E. Guilmoto, 1904, p.85.
② S. W. Williams, "Preface", *The Middle Kingdom*, New York: Charles Scribner's Sons, 1883, Vol.1, p. xii.

能够称得上是对中国语言、历史、制度进行研究的课程。美国的汉学人才如此匮乏,以至于这三所大学中的两所必须到欧洲去寻找教授。"①一个非常能说明问题的例子是加州大学。加州大学伯克利分校步耶鲁大学后尘于 1890 年设立了汉学教席,然而这一职位一直空缺,直到 1896 年才由英国人傅兰雅(John Fryer,1839—1928)充任。傅氏是著名的翻译家,曾在上海江南制造局工作二十八年(1868—1896),其间将一百多部西书译成中文②,但其汉学水平难称上乘。

美国学术界逐渐意识到了这个问题,1929 年 2 月美国学术团体理事会(American Council of Learned Societies,1919 年建立的全国性学术促进机构)专门成立了"促进中国研究委员会"(Committee on the Promotion of Chinese Studies),以此来改变美国汉学研究落后于其他学科的局面③。1928 年建立的哈佛燕京学社也于 1929 年开始派遣留学生到中国进修,对培养美国第一批专业汉学人才起到了极大的推动作用。

可以说,从 20 世纪 20 年代末开始,美国专业汉学才开始真正走上发展的正轨。从 1877 年至 1928 年(哈佛燕京学社建立)或 1929 年(促进中国研究委员会建立)的这半个世纪只能看作是从业余汉学向专业汉学过渡的时期。

三

这批美国留学生的出现,也改变了欧洲学者一统天下的局面。在第二次世界大战之前,西方汉学研究的中心无疑是巴黎。20 世纪 20 年代留学法国的李思纯曾精辟地指出:"西人之治中国学者,英美不如德,德不如法。"④

西方国家的汉学研究虽然可以追溯到 16、17 世纪,但汉学进入高等学府和研究机构却是 19 世纪的事情,这也标志着汉学作为一门学科的建立。最早设立汉学教席的是法兰西公学院,具体时间是 1814 年 12 月 11 日,最初的两位教授雷慕沙(Abel Rémusat,1788—1832)、儒莲(茹里安,Stanislas Julien,1797—1873)是 19 世纪公认的汉学大师。现代意义上的汉学研究在法国诞生有其历史必然性。18 世纪法国成为欧洲思想文化的中心,启蒙运动带来的世

---

① Kenneth S. Latourette,"American Scholarship and Chinese History",*Journal of the American Oriental Society*,Vol.38,1918,p.99.
② 傅兰雅到美国后从 1896 年到 1909 年继续为江南制造局翻译西学书籍,三十多年间单独翻译以及与他人合作翻译西学书籍共有 129 部,详见顾长声:《从马礼逊到司徒雷登——来华新教传教士评传》,上海人民出版社,1985 年,第 248—262 页。
③ *American Council of Learned Societies Bulletin*,No.10,1929,p.10.
④ 李思纯:《与友论新诗书》,《学衡》1923 年第 19 期,"文苑"第 5 页。

界主义思潮使法国人比其他欧洲人更加关注外部世界。中国作为文明大国早在 18 世纪以前就已进入法国人的视野。从明末以来大批天主教传教士来华，留下了数量可观的关于中国的著述，奠定了西方汉学的基础。就 17 世纪中前期来看，汉学研究的中心是意大利、葡萄牙和西班牙，葡萄牙耶稣会士安文思（Gabriel de Magalhaes, 1609—1677）的《中国新志》（Nova Relação da China, 1688）被认为是这一时期的最高成就①。但随着李明（Louis Daniel Le Comte, 1655—1728）《中国近事报道》（Nouveaux mémoires sur l'état présent de la Chine, 1696）、杜赫德（Jean Baptiste du Halde, 1674—1743）《中华帝国全志》（Description géographique, historique, chronologique, et physique de l'Empire de la Chine et de la Tartarie chinoise, 1735）以及《耶稣会士书简集》（Lettres édifiantes et curieuses: écrites des missions étrangères par quelques misssionaires de la Compagnie de Jésus, 1702—1776）等著作的出版，法国开始取代它的欧洲邻国成为西方汉学研究的领袖。就在法兰西公学院设立汉学教席的 1814 年，第十六卷也就是最后一卷《驻北京的传教士们所著关于中国人的历史、科学、艺术、风俗、习惯等方面的回忆录》（Mémoires concernant l'histoire, les sciences, les arts, les moeurs, les usages, etc., des Chinois, par les missionnaires de Pékin》，又译作《中国杂纂》）在巴黎出版，为这项开始于 1776 年的庞大工程画上了圆满的句号。该书与另外两部法文巨著《中华帝国全志》《耶稣会士书简集》并称 18 世纪欧洲汉学三大名著。

从 19 世纪初叶直到 20 世纪中叶，法国一直领导着西方汉学的潮流，其中三位学者对于建立"巴黎学派"起到了关键作用。用傅斯年的话来说："最早一位是茹里安，此君之翻译《大唐西域记》及其对于汉语等之贡献，在同时及后人是有绝大影响的。其后一位是沙畹，中国学在西洋之演进，到沙畹君始成一种系统的专门学问，其译诸史外国传，今日在中国已生影响。最后一位，同时是最伟大的，便是伯希和先生。我们诚不可以中国学之范围概括伯先生，因为他在中亚各语学无不精绝。然而伯先生固是今日欧美公认之中国学领袖，其影响遍及欧美日本，今且及于中国。"②由于沙畹（Édouard Chavannes, 1865—1918）、伯希和（Paul Pelliot, 1878—1945）的卓越成就，也有人将 20 世纪上半叶的西方汉学称之为"沙畹-伯希和时代"。

---

① 详见计翔翔：《十七世纪中期汉学著作研究——以曾德昭〈大中国志〉和安文思〈中国新志〉为中心》，上海古籍出版社，2002 年，第 64—66 页。
② 《法国汉学家伯希和莅平》，《北平晨报》1933 年 1 月 15 日。

沙畹于1918年去世。当这批美国留学生登上历史舞台之际,正是沙畹几个得意弟子——马伯乐(Henri Maspero,1883—1945)、葛兰言(Marcel Granet,1884—1940)、高本汉(Bernhard Karlgren,1889—1978)——叱咤风云的时代,而伯希和更是独领风骚。哈佛燕京学社于1928年创立后,曾计划不远万里请他来担任社长,却被他傲慢地拒绝了,只推荐了一位年轻同事、俄裔汉学家叶理绥(英利世夫,Serge Elisséeff,1889—1975),"伯希和认为没有法国人会舍得巴黎的学术条件而去犹如乡下一般的哈佛,而来自俄国的叶理绥也许是合适的人选"[1]。后来叶理绥接受了美方的邀请,成为哈佛燕京学社首任社长(1934—1956),同时担任首任哈佛远东语言系(现东亚语言与文明系)系主任(1936—1956),但在任职期间他始终坚持法国汉学传统,退休后又回到了巴黎[2]。

20世纪30年代以前,在美国具有国际影响的汉学家有三个德国人:"一为哥伦比亚教授夏德,二为加利佛尼亚教授阜克(佛尔克),三即洛佛尔(劳费尔)氏也。此三人者皆条顿种,生于德国,学成于德国。"[3]

夏德(Friedrich Hirth,1845—1927)于1870—1897年在中国海关任职,1902年赴美国哥伦比亚大学,担任该校首位汉学教授,1917年返回德国。夏德在哥大的讲稿经整理后出版,就是《中国上古史》(*The Ancient History of China to the End of the Chou Dynasty*,1908),该书详细论述了从盘古开天辟地到秦始皇统一中国的历史,成为传诵一时的名著[4]。

佛尔克(Alfred Forke,1867—1944)于1890—1903年任德国驻华领事馆中文翻译,1903年任柏林东方语言学院教授,1913年赴美任加州大学伯克利分校汉学教授,在美工作十年后于1923年转赴汉堡大学任教。佛尔克主要从事中国古代哲学研究,代表作是三卷本《中国哲学史》(*Geschichte der alten chinesischen Philosophie*,1927;*Geschichte der mittelalterlichen chinesischen Philosophie*,1934;*Geschichte der neueren chinesischen Philosophie*,1938),分别叙述先秦哲学、汉至宋代哲学、明清至二十世纪哲学。全书介绍了一百五

---

[1] John K. Fairbank, *Chinabound: A Fifty-Year Memoir*, New York: Harper & Row, 1982, p.97.
[2] 为了纪念这位首任社长,《哈佛亚洲学报》(1936年创刊)创始人和首位哈佛远东语言系主任,1957年《哈佛亚洲学报》第20卷第1、2期合刊被敬献给他。哈佛燕京学社第二任社长赖肖尔(Edwin O. Reischauer)特别撰写长文介绍叶理绥的生平和学术贡献,详见 Edwin O. Reischauer, "Serge Elisséeff", *Harvard Journal of Asiatic Studies*, Vol.20, No.1/2, 1957, pp.1-35.
[3] 贺昌群:《悼洛佛尔氏》,《图书季刊》1935年第2卷第1期,第46页。
[4] 夏德生平著述详见:Eduard Erkes, "Friedrich Hirth", *Artibus Asiae*, Vol.2, No.3, 1927, pp.218-221.

十多位中国哲学家,主要取材于中文原始资料,包含大量的译文和注释,出版后被公认为西方中国哲学研究的奠基之作①。

劳费尔(Berthold Laufer,1874—1934)于 1897 年获得莱比锡大学博士学位,精通中文、波斯文、梵文等多种语言。1898 年他移居美国,20 世纪初曾多次参加考察队到中国访问。他从 1910 年起直到去世一直在芝加哥自然历史博物馆工作,任该馆人类学部主任。劳费尔著作等身,其代表作《汉代之陶器》(*Chinese Pottery of the Han Dynasty*,1909)、《中国古玉考》(*Jade:A Study in Chinese Archaeology and Religion*,1911)、《中国伊朗编》(*Sino-Iranica*,1919)享誉国际学界②。

如果在这段时期一定要找出一位来自美国本土且有国际影响的汉学家,那只能是贾德(Thomas Francis Carter,1882—1925)了。贾德早年毕业于普林斯顿大学和纽约协和神学院,1911 年前往中国,在安徽宿州从事教育和传教,前后共持续十二年(1911—1922)。1922 年他前往欧洲访学并搜集研究资料,1923 年受哥伦比亚大学之邀担任该校汉学教授和中文系主任。1925 年 6 月,贾德在哥伦比亚大学的博士论文出版,题为《中国印刷术的发明及其西传》(*The Invention of Printing in China and Its Spread Westward*),该书问世后,立刻受到西方汉学界的高度评价③,但此时贾德已身患癌症,很快于同年 8 月去世,他的英年早逝让同行扼腕叹息,伯希和专门在《通报》(*T'oung Pao*)上写了讣文④。1931 年上海商务印书馆出版了贾著的中译本(题为《中国印刷术源流史》,刘麟生译),这是民国时期最早被译成中文的美国汉学著作之一,受到中国学界的广泛关注。贾德在哥伦比亚大学任教的时间虽然不长,却培养了一批学生,上文表 1 中列举的孙念礼、富路特、韦慕庭等是其中的佼佼者。

可以说,正是由于这批来自美国本土的留学生的出现,西方汉学的整体格局开始发生变化。钱存训在纪念顾立雅的文章中对这批美国学者有一个很好

---

① 佛尔克生平著述详见:Eduard Erkes,"Alfred Forke",*Artibus Asiae*,Vol. 9,No. 1/3,1946,pp. 148-149。
② 劳费尔生平著述详见:Herrlee G. Creel,"Berthold Laufer:1874-1934",*Monumenta Serica*,Vol. 1,No. 2,1935,pp. 487-496;Arthur W. Hummel,"Berthold Laufer:1874-1934",*American Anthropologist*,New Series,Vol. 38,No. 1,1936,pp. 101-111。
③ A. C. Moule,"Review of *The Invention of Printing in China and Its Spread Westward* by Thomas Francis Carter",*Journal of the Royal Asiatic Society of Great Britain and Ireland*,No. 1,1926,pp. 140-148;B. Laufer,"Review of *The Invention of Printing in China and Its Spread Westward* by Thomas Francis Carter",*Journal of the American Oriental Society*,Vol. 47,1927,pp. 71-76。
④ P. Pelliot,"Thomas Francis Carter",*T'oung Pao*,Second Series,Vol. 24,No. 2/3,1925-1926,pp. 303-304。

的总结:"在1930年以前,美国虽有少数大学开设有关中国的课程,但大都效法欧洲学术传统,聊备一格;而主要教授如果不是来自欧洲,便是曾在中国居留通晓中国语文的传教士。对中国文化作高深研究而有特殊成就的美国学者,实自三十年代才开始。当时,由于美国学术团体的提倡和基金会的资助,美国学者开始前往中国留学访问,从事专业的学术研究。他们回国后在各大学或学术机构从事教学、研究和著述,并培养第二代和以后的青年汉学家。"①他们的努力为二战后美国成为西方汉学大国并取代法国的领导地位奠定了基础。在这批学者中最重要的无疑是费正清,他开创了具有美国特色的中国研究方法——"地区研究"(regional studies)模式,使美国汉学的进展不仅只体现为人员、著作和机构的增加。

四

20世纪20年代末,当这批年轻的美国学人来到北京时,中国的政治中心已经转移至南京,与十里洋场的上海相比,北京也要土气得多。1931年结束北京留学的吉川幸次郎回忆道:"留学结束前去南方旅行的第一站是南京,到处有高大的建筑刚刚建成,让人感到是刚刚得到安定的一个国家的首都。……与此相比,北京是非常寂寥,长时间作为国都,而今失去了它应有的地位。因此当时报纸上有议论,要把北京作为'文化城'而发展。北京急剧不景气的结果之一,就是1929年秋人力车夫闹事,在长安街上阻截汽车。"②尽管北京的政治地位下降,经济不景气,但对于想要研究中国文化和学术的留学生们来说,北京却是首选。这里不仅有丰厚的文化遗产,更是首屈一指的文化和学术中心。这里集中了北京大学、清华大学、燕京大学、辅仁大学等多所高等学府,"中研院"历史语言研究所也曾一度在北海静心斋办公,更有一大批一流学者在这里工作,如陈垣、陈寅恪、胡适、金岳霖、冯友兰、顾颉刚、汤用彤、杨树达、钱穆、梁思成等。北京图书馆、各大学图书馆以及琉璃厂、隆福寺等处的各类旧书肆也提供了其他地方难以企及的学术资源。20世纪30年代在燕京大学、北京大学等校教书的钱穆回忆说:"北平如一书海,游其中,诚亦人生一乐事。至少自明清以来,游此书海者,已不知若干人。"③与钱穆同为江苏人的顾颉刚在说明自己为什么一定要在北京时说:"只因北京的学问空气较为浓厚,旧书和古物荟萃于此,要研

---

① 钱存训:《美国汉学家顾立雅教授》,《文献》1997年第3期。
② 吉川幸次郎:《我的留学记》,钱婉约译,中华书局,2008年,第86—87页。
③ 钱穆:《八十忆双亲·师友杂忆》,生活·读书·新知三联书店,2005年,第181页。

究中国历史上的问题这确是最适宜的居住地;并且各方面的专家惟有在北京还能找到,要质疑请益也是方便。"①

正因为如此,民国时期的北京吸引了一批海外的留学生。1930—1940年代,居住在北京的德国年轻汉学家有艾锷风(Gustav Ecke,1896—1971)、福华德(Walter Fuchs,1902—1979)、谢礼士(Ernst Schierlitz,1902—1940)、卫德明(Hellmut Wilhelm,1905—1990)、傅吾康(Wolfgang Franke,1912—2007)等。②正是在他们的积极参与下,著名的汉学刊物《华裔学志》(*Monumenta Serica*)得以于1935年在北京创办,并连续出版至1948年③。《华裔学志》的出版进一步增进了北京学术的国际化。

法国留学生在北京的活动则更为活跃,特别是随着1941年9月北京中法汉学研究所的建立,一批年轻的法国学者为躲避二战来到北京进修和从事研究,其中韩百诗(Louis Hambis,1906—1978)、康德谟(Maxime Kaltenmark,1910—2002)、石泰安(Rolf A. Stein,1911—1999)、李嘉乐(Alexis Rygaloff,1922—2011)等回国后均成为各自领域的领军人物。著名汉学家戴密微(Paul Demiéville,1894—1979)在论述法国汉学发展史的文章中明确指出:"法国新一代的多名汉学家都曾在北京汉学研究所受到了培养。"④

民国时期来自日本的留学生就更多了,一位学者这样描述当时的状况:"1927年以前,北京是政治文化中心,各类留华学生汇聚于此。仅位于东城东四牌楼演乐胡同三十九号延英舍住宿的就达二十人之多。北伐以后,国民政府定都南京,与政治军事关系密切的外务省和陆军留学生纷纷转移,延英舍住宿者下降到不足十人。但为学问而来的留学生人数反而有所增长,当时在北京东有延英舍的吉川幸次郎、水野清一、江上波夫、三上次男;北有六条胡同本愿寺的塚本善隆、大渊慧真;南有船板胡同日本旅馆一二三馆的加藤常贤、玉井是博、楠本正继,绒线胡同盛昱故宅的奥村伊九良;西有寄居孙人和家的仓石武四郎,所以吉川幸次郎戏称这是留中史的鼎盛时期。其实此后来华者更多,……

---

① 顾颉刚:《自序》,载顾颉刚编:《古史辨》第一册,朴社,1926年,第56页。
② 关于民国时期德国汉学家在中国的活动,详见李雪涛编:《民国时期的德国汉学:文献与研究》,外语教学与研究出版社,2013年。
③ 1948年第13期出版后,由于时局动荡,《华裔学志》暂时停刊,《华裔学志》北京时期的历史就此结束。此后编辑部几经迁移,从日本东京、名古屋到美国洛杉矶,1972年落户德国波恩附近的圣·奥古斯丁(Sankt Augustin)直至今日。
④ 戴密微:《法国汉学研究史》,载戴仁主编:《法国当代中国学》,耿昇译,中国社会科学出版社,1998年,第44页。关于北京中法汉学研究所的详细情况,参见葛夫平:《中法教育合作事业研究(1912—1949)》,上海书店出版社,2011年,第六章。

这时东单牌楼附近有所谓'日本人村',留学生还组织了大兴学会。"①当时执教于清华大学的著名学者杨树达曾在日记中(1929年7月6日)这样描述来访的北大旁听生仓石武四郎:"此君头脑明晰,又极好学,可畏也。"②其他日本留学生的情况可以推想而知。

对于这批美国留学生来说,在北京的时光是他们一生难忘的美好经历。当时美元与银元的兑换率是1∶5,留学生们在大部分情况下可以租住宽宅大院,并雇人收拾打扫。他们苦读的夜晚也不缺少红袖添香,而在白天,太太们或者料理家务,或者干点零活(如教授英语)以补贴家用。来中国前还没有女朋友的卜德在北京找到了自己的幸福,新娘来自俄国,1935年结婚后一直支持丈夫的学术事业,后来还帮助丈夫撰写了《托尔斯泰与中国》(*Tolstoy and China*)一书(1950年由普林斯顿大学出版社出版)。毕乃德在北京留学期间结识了任教于燕京大学家政系的宓乐施(Camilla Mills,1899—1982),两人于1931年喜结连理。费正清也是在北京完婚的,新娘是他在哈佛大学读本科时的校友,两人于1932年6月底在西总布胡同二十一号的院子里举行了简朴的婚礼。新娘的父亲是哈佛大学鼎鼎大名的生理学教授,1935年曾应协和医学院之邀来华讲学,同时当然也公私兼顾地看望自己的女儿与女婿。

除了家人的陪伴,留学生们还有定期和不定期的朋友聚会。1934年毕士博(Carl Whiting Bishop,1881—1942)任华盛顿弗利尔艺术馆(Freer Gallery of Art)驻北京代表时,曾组织每月一次的聚会,大家在轻松的气氛中讨论一些共同关心的学术问题。美国驻华公使詹森(Nelson Johnson,1929—1935在任)也时不时地请年轻学者们打打牙祭,以示作为在华最高官员的关心。

让留学生们更为兴奋的是,他们可以在汉语还不熟练的情况下和中国学者用英语进行交流,并向他们请教。民国建立前后留学欧美的一批中国学人在20世纪30年代已经成为学界的领袖,占据着北京各大高校的要津。洪业曾给来燕京大学进修的饶大卫以悉心的指导;蒋廷黻曾就如何使用《筹办夷务始末》

---

① 桑兵:《国学与汉学——近代中外学界交往录》,中国人民大学出版社,2010年,第234页。另外吉川幸次郎本人这样回忆:"我在的三年时间(按即1928—1931),……与我一起住在延duk舍的,有考古学的水野清一君,东京大学东洋史的三上次男君,此外,还有最近去世的东大考古的驹井和爱君,此外,还有也已成为故人的九州大学的楠本正继,当时在韩国京城大学工作的加藤常贤、玉井是博,住在日本旅馆里;有佛教学的塚本善隆、道教研究的大渊慧真,住在本愿寺的别院里。大学院的研究生和文部省的留学生,加起来约有十来人。但并非全在北京大学作旁听生,在北京大学的旁听生只有仓石君(按即仓石武四郎)、水野君和我。"此外当时在北京的还有中江丑吉(中江兆民的儿子)等人。详见吉川幸次郎:《我的留学记》,钱婉约译,中华书局,2008年,第65页。
② 杨树达:《积微翁回忆录》,北京大学出版社,2007年,第29页。

等晚清档案给予费正清很大的提示,并帮助他发表了最初的几篇论文;卜德则在冯友兰的指导下翻译了其著作《中国哲学史》,奠定了一生的学术基础。如果说故宫、天坛、长城代表了中国的古老文明,那么这批从欧美留学回国的年轻教授则给北京带来了一种前所未有的生气和活力。这种新与旧、传统与现代的交织让北京充满了魅力,美国学生们不约而同地用"黄金时代"来称呼他们留学的那段时光。

1932 年,刚到北京的费正清在一封家信中这样描写他和中国学者的第一次接触:"我感到惊讶的是一位现代的伏尔泰——胡适坐在我身旁,敬我笋片和鸭肫肝,别的人也对我异常亲密。我全然不明白之所以如此的道理,但是我一点也没有不快之感,喝着中国人待客常见的白酒,我感到胸怀开朗,什么事都对他们说了……这要花多大的功夫才能当之无愧地享有这份荣耀呢?"[①]这种受宠若惊的感觉除了学识的差距之外,也有地位的差距,当时的费正清还处于前途未卜的状况,无论如何也不会想到自己日后会成为美国乃至世界的中国学"教父"。实际上,当时他和他的留学生同学最担心的是毕业后能否找到一份工作,能否把他们在北京学到的知识派上用场。有一次在和詹森公使吃饭时,卜德情不自禁地问了这一方面的问题,公使半开玩笑地回答道:"完全没有可能,孩子们,你们只能去揩富人的油,而且最好是去洛杉矶。"时隔三十多年,这句话仍然让卜德记忆犹新,1967 年 4 月 24 日在费正清六十大寿那天,他在贺信中旧事重提,不胜感慨[②]。确实,20 世纪 30 年代无论是汉语教学还是中国研究,在美国大学中都处于极其边缘的地位。眼前北京的留学生活虽然美好,但日后的工作前景却很黯淡。

好在历史的发展出现了重大转机。随着太平洋战争的爆发,美国在华的利益越来越受到关注,在美国政府、学术团体和基金会的支持下,中国研究以前所未有的势头得到迅速的发展。面对这样的有利形势,最早的这批留学生很快找到了用武之地,他们在回国后分别执教于哈佛大学、康奈尔大学、哥伦比亚大学等著名学府,成为美国战后中国研究的中流砥柱。

五

留学生们在北京期间写作、翻译和出版的著作不仅是他们个人学术的起

[①] John K. Fairbank, *Chinabound: A Fifty-Year Memoir*, New York: Harper & Row, 1982, p. 46.
[②] Paul A. Cohen & Merle Goldman, eds., *Fairbank Remembered*, Harvard University Press, 1992, p. 11.

点,还程度不等地具有开创美国汉学某个学科或分支的重要意义,如孙念礼的《班昭传》(*Pan Chao*, *Foremost Woman Scholar of China*, 1932)是最早的汉代研究专著,顾立雅的《中国之诞生》(*The Birth of China*, 1936)则是西方第一部利用甲骨文和金文对商周史进行综合研究的著作。

除了用英文出版著作,留学生们还尝试用中文发表论文。在这方面成绩最突出的是卜德,他的《左传与国语》一文经过顾颉刚的修改和推荐,刊载于《燕京学报》第16期(1934年12月)。

关于《左传》与《国语》的关系,康有为在《新学伪经考》中提出过一个大胆的看法:《左传》与《国语》本来是一本书,所谓《左传》是刘歆割裂《国语》而成。晚清以来,支持这一观点的有梁启超、钱玄同等今文学者,反对者则有以章太炎为代表的古文学者。卜德是第一个对此发表见解的美国汉学家,他认为《左传》与《国语》是两本书。在文章中卜德首先从语言层面分析了两书的一个明显差异:"《左传》最喜欢引《书经》和《诗经》,《书》,它引过四十六次;《诗》,引过二百零七次。但是那部比了《左传》分量约少一半的《国语》,所引《诗》、《书》并不止减少一半,它只引了十二次《书》,二十六次《诗》。这实在太少了!尤其是《诗》的比例,只有八分之一。况且《国语》引《诗》不但只有二十六次,而在这二十六次之中,有十四次都在一篇里。所以,除了这一篇之外,其余十分之九的书里,只引了十二次《诗经》而已。"对于这个大不相同的情形,卜德认为只有两种解释:"一、《左传》和《国语》所根据的材料不同;二、《国语》的作者对于《诗》学没有深研,或者他对于引《诗》的癖好及不上《左传》的作者。"除此之外,卜德又指出另外一个语言上的差异:"《左传》和《国语》中提到的'天'字,真是多不胜数。然而'帝'或'上帝'两个名词(用作'天'解,不作'皇帝'解),在《左传》中只有八次,而在分量少了一半的《国语》里却已说到十次。'上帝'不单称'帝',《左传》中只有四次,而在《国语》的十次之中,只有一次单言'帝',余俱为'上帝'。"[①]这样明显的差别,显然不是偶然的。在分析完语言上的差异后,卜德又讨论了两书内容上的差异,他的分析不是直接亮出自己的观点,像阐明语言问题那样,而是以一位中国学者——钱玄同的观点为靶子。钱玄同认为《左传》和《国语》是一书瓜分为二,理由是:(一)《左传》记周事颇略,故《国语》所存春秋时代的周事尚详;(二)《左传》所记鲁事最详,而残余之《鲁语》所记多半是琐事;(三)《左传》记齐桓公霸业最略,而《齐语》则专记此事;(四)《晋语》关于霸业之荦荦大端记载甚略,《左传》则甚详;(五)《郑语》皆春秋以前事;(六)《楚语》关于大端的记载亦甚

[①] 卜德:《左传与国语》,载《燕京学报》1934年第16期,第162—163页。

略;(七)《吴语》专记夫差伐越而卒亡国事,《左传》对于此事的记载又是异常简略;(八)《越语》专记越灭吴之经过,《左传》全无①。卜德认为钱玄同的这八点看似有理,实际上不堪一击。他指出,在讨论细节问题之前,首先需要从总体上把握《左传》《国语》的差异,这种差异就是"宗旨的不同":"《左传》是一部有系统的历史记载,故能表示一年一年的政治上的大事,然而《国语》不是通史,它只是好些演说词的合编,所以容易含有许多不正确的传闻,而不必用历史的观念对于大事作系统的记载。"换句话说,《左传》有历史的观念,而《国语》则无。有了这样大的观照,再来看细节问题,就比较清楚了。针对上文钱玄同的(一)(二)(四)(六)条理由,卜德反驳道:"《左传》记周事颇略,《周语》则甚详,没有什么可怪:春秋时代的周朝已经衰落了,与大事不生什么关系,所以《左传》记得颇略;可是都城所在,遗留的故事很多,所以《周语》记得甚详。《左传》对于晋及楚的详记也是如此,因为这两国的政治地位是特别高的。关于鲁国,我们知道《左传》是附着于鲁史《春秋》的,当然对于鲁事会特别记得详尽了。"②钱玄同的其他几条理由也被卜德以同样的方式进行了反驳。卜德认为钱玄同的说法站不住脚,还有一个重要原因,就是"有很多事,《左传》、《国语》都有记载,两相符合"③,如果是一本书一分为二,怎么会出现这样的情形呢? 另外,有些事情虽然《左传》《国语》都有记载,但字句、观念完全不同,卜德认为这只能说明两书作者所依据的原始史料不同,也更进一步说明两书不可能同源。

　　卜德的论文就其本身来看已经是不小的贡献,而更有价值和意义的是,他直接参与了当时中国国内学术界的讨论,并发出了自己的声音,这对于一个年轻的美国汉学家来说相当难能可贵。卜德的论文刊发在《燕京学报》,本身就是一个很大的成就,因为能在这份高水平刊物上发文章的都是当时中国的一流学者,在《燕京学报》第16期上我们看到卜德前后是夏承焘、向达、张东荪等人的大作。十多年后,顾颉刚仍然没有忘记卜德和他的这篇论文,在1947年出版的《当代中国史学》一书中特别提及:"卜德著有《左传与国语》一文,由二书的引《诗》多寡上及用'帝'与'上帝'的多寡上,证明二书原非一物。"④《当代中国史学》面世后很快成为一部名著,它全面总结了百年(1845—1945)中国历史学的发展,其中直接提到的外国人不多,主要是日本老牌汉学家,卜德是极少数西方

---

① 钱玄同:《论获麟后续经及春秋例书》,载《古史辨》第一册,朴社,1926年,第279页。
② 卜德:《左传与国语》,载《燕京学报》1934年第16期,第164页。
③ 同上书,第165页。为此卜德举了六个例子:(一)有神降于虢;(二)重耳(后为晋文公)游历诸国;(三)晋文公分曹地;(四)秦军过周伐郑;(五)楚共王之卒及谥;(六)晋平公疾。
④ 顾颉刚:《当代中国史学》,上海古籍出版社,2006年,第123—124页。

学者之一，这对于一个年轻人不能不说是无上的荣誉。

六

　　这批留学生是美国汉学研究承上启下的一代。在他们之前，美国早期汉学的主导权掌握在传教士手中，传教士在中国研究上筚路蓝缕的开创之功应该充分肯定，但由于他们大都没有受过专业的学术训练，很多著作只停留在介绍中国各方面情况的层次上，因而难登学术的大雅之堂。学术意义上的中国历史、哲学、艺术等研究始于这批最早的留学生，他们的研究是二战后美国汉学大发展的起点。

　　就对美国汉学史的研究现状来看，国内学界关注的焦点是二战后特别是当代的人物和著述，对二战前的情况，较少关注。本文以此为研究对象，就是为了追本溯源，回到美国专业汉学的起点，也回到这些日后的大专家自身的学术起点。另外，就留学史的研究成果来看，关于中国人留美（从容闳、庚款生到当代学子）已经很可观，但反过来关注美国人来华留学的却很少，本文也期望为扭转这一不平衡的状况尽绵薄之力。

回到什么语文学?*
——汉学、比较文学与作为功能的语文学

郭西安**

内容提要 欧美汉学在方法论和实践导向上深受语文学理念的影响,并与之一道置身于现代人文学科的机构语境之中。奥尔巴赫的"现世语文学"是现代人文主义语文学的标志性理念。一方面,"新语文学"强调文本的物质实在性,是对文本思想史与符号象征论两种语文学路径的反拨和补充;另一方面,语文学从一开始就与语言多义性及其阐释空间相关,解构批评派试图调和理论同语文学的对立,这也揭示了语文学内蕴着诉求与效应的悖论。在此背景下,当代汉学与语文学的交汇强调世界性与地方性学术的辩证关系,关注中国语文学实践传统本身。语文学实则承担了一种规导功能,其沉浮表征着一种人文学科的自反性调节机制。理解当前语文学的脉络与局势有助于我们重访和重述本土的学术传统,参与国际语文学的学术对话,而具有比较文学思维的汉学后设研究在此过程中将发挥重要的中介作用。

关键词 现代人文学科;新语文学;回到语文学;世界语文学;当代汉学

1982年10月14日,在科罗拉多波尔德分校东方语言文学系的创系典礼上,美国汉学家、时任加州大学伯克利分校东方语言文学系讲座教授的薛爱华(Edward Hetzel Schafer,1913—1991)发表了名为"何为汉学、汉学何为"(What and How is Sinology?)的演讲①。演讲伊始,薛爱华重提他曾于1958年致同仁的公开信中曾发出的疾呼:不再使用"汉学"(Sinology)和"汉学家"

---

* 本文的写作受益于与普林斯顿大学比较文学系 Benjamin Conisbee Baer、东亚系 Martin Kern、Benjamin Elman、科罗拉多大学博德尔分校 Paul Kroll 和加州大学圣塔芭芭拉分校 Tom Mazanec 等同行学者的相关讨论,同时 Pollok Sheldon 和 Jane O. Newman 教授在普林斯顿大学举办的"How Literatures Begin"比较研究研讨会中的发言也使笔者更了解他们对世界语文学、奥尔巴赫语文学等问题的思考,在此一并致谢。

** 郭西安,复旦大学中文系副教授。

① Edward H. Schafer, "What and How is Sinology?" Inaugural Lecture for the Department of Oriental Languages and Literatures, University of Colorado, Boulder, 14 October 1982(普林斯顿大学葛思德图书馆藏限印本)。下文有关此文的注释简写。

(Sinologist)这两个指谓不明的术语。时隔近 30 年后,他将此建言修改为:继续使用并保留"汉学"的原初意义,亦即对汉语的研究,尤其是古代早期汉籍研究。这两次呼吁看似不同,实则内核一致,都是强调应当对中国研究这一语焉不详、盘根错节的领域进行清理并重新定位,而薛爱华给出的方案也没有改变:以语文学(philology)进路作为锚定汉学的基座,由此,汉学的定位便是"有关汉语存留物,亦即汉语文本的语文学"①。那么,何谓此处的语文学呢?薛爱华引用其师俄裔美籍汉学家卜弼德(Peter A. Boodberg,1903—1972)所概括的东方语言系宗旨解释道:传统的语文学范畴广义上包含了词源学、语法、批评、读写、语言文化史,对翻译并解释原始文献能力的训练,对作为主要思维工具的语言能力的培养,而东方语言文学系正致力于在这一领域展开学术教育研究。早在 1958 年公开信的一个脚注中,薛爱华就对"语文学"作了更细致的说明:语文学不是语言学,"是对文本的分析和解释,它借助铭文学(epigraphy)、古文书学(palaeography)、注疏学(exegesis)这些研究方法,把文学作为文化之错综复杂和思想之精深微妙的直接表现来加以研究"②。将汉学归属于语文学的这一建言很大程度上是针对二战后北美学界以区域研究作为汉学定位的主流趋势,薛爱华担心,区域研究的定位使得汉学家既缺乏严格的方法论,又实际在混杂的学科背景下各自为政,难以就其学术性进行客观评判。要改变这一现状,就要使汉学从模糊不清的社科间域回到人文学科的话语体系中,地理以及时间区域这种前缀应当作为一种具体研究的二度限制,而非根本规定,这样,汉学就与人文学科共享同样的核心要素:以语言和著作为中心③。

薛爱华的汉学特色当然与其所受的人类学研究训练及师承卜弼德语文学立场的学术背景密切相关④,但假如更宏阔地考量当时美国汉学所处的学统和语境,必须注意到的是,从严谨而精细的语言与文献研究入手,抵达思想史及其社会文化的大图景,实为从 19 世纪晚期至 20 世纪中叶弥漫于整个人文科学的

---

① Schafer,"What and How is Sinology?",p. 1.
② Edward H. Schafer,"Open Letter to the Editors,*Journal of the American Oriental Society*,*Journal of Asian Studies*,"*Journal of the American Oriental Society*,Vol. 78,p. 119.
③ Schafer,"What and How is Sinology?",p. 2.
④ 有关薛爱华的汉学特色,参见《唐学报》的纪念专号中对其学术生平的概述,*Tang Studies* 8 - 9 (1990—1991) 3 - 8;David B. Honey,*Incense at the Altar:Pioneering Sinologists and the Development of Classical Chinese Philology*,New Haven:American Oriental Society,2001,pp. 309—321;程章灿:《四裔、名物、宗教与历史想象——美国汉学家薛爱华及其唐研究》,《陕西师范大学学报(哲学社会科学版)》2013 年第 1 期;李丹婕:《薛爱华与〈朱雀〉的写作背景》,《唐宋历史评论》第二辑,社会科学文献出版社,2016 年,第 327—340 页。

主要思潮,被称作人文主义的语文学或语文学的人文主义理念①。而论及这一理念,我们很容易想到本学科领域所熟知的德国文学批评巨匠奥尔巴赫(Erich Auerbach,1892—1957),尤其是当我们意识到汉学和比较文学在跨界沟通这一研究范式上的密切关联时,对奥尔巴赫"现世语文学"及其人文关怀的回观就显得十分切要②。

一、从语言通向思想史:奥尔巴赫的"现世语文学"

众所周知,语文学在欧洲学术史上有着深远的脉络。从狭义而言,是指对字词的基础、字面意义进行科学性阐明的学术研究,它原本首先处理的是古典语言文本,"对古代语言进行深度研究,建立语法、确定版本"③,后来范围延伸至现代欧洲语言作品;从广义而言,由于语文学根本上服务于对作品的理解,在阐明字词的过程中也必然将对有关文本语境信息的探讨含纳其中④。关注语言和文本并以之作为人文研究的根基与核心,这一立场本身不足为奇,但与当时那些将语言制品视为自足且独特的美学现象,从而更注重分析文本自身风格和修辞特征的进路不同,奥尔巴赫将语文学与历史社会文化语境紧密结合,对具体细致的语言的理解始终联动着更深广的人文思想史关切⑤。

---

① 韩大伟(David B. Honey)用"语文学的人文主义"(philological humanism)来定位卜弼德的汉学研究。参见 David B. Honey, *Incense at the Altar: Pioneering Sinologists and the Development of Classical Chinese Philology*, New Haven: American Oriental Society, 2001, pp. 287-288.

② 本文无意于对西欧的语文学历程作任何系统性回顾,有关语文学历史的概述性著作可参:James Turner, *Philology: The Forgotten Origins of the Modern Humanities*, Princeton: Princeton University Press, 2014; Sean Gurd, *Philology and Its Histories*, Columbus, OH: Ohio State University Press, 2010; Hans Ulrich Gumbrecht, *The Powers of Philology: Dynamics of Textual Scholarship*, Urbana, Ill.: University of Illinois Press, 2003. 国内沈卫荣教授的学术文集《回归语文学》亦有相关介绍和论述(上海古籍出版社,2019年)。有关语文学、人文主义和奥尔巴赫世界文学观关联的勾勒,可参见童庆生:《"为世界而爱":世界文学和人文主义》,《中外文化与文论》2016年第4期(总第35辑)。

③ Michael Holquist, "The Place of Philology in an Age of World Literature", *Neohelicon*, Vol. 38, No. 2, 2011, p. 273.

④ 参 Siegfried Wenzel, "Reflections on (New) Philology", *Speculum: A Journal of Medieval Studies*, Vol. 65, No. 1, 1990, pp. 11-12. 有关语文学学脉历程及内涵争议的详述众多,还可参看 Jan Ziolkowski, *On Philology*, University Park and London: Pennsylvania State University Press, 1990;以及 Hans Ulrich Gumbrecht, *The Powers of Philology: Dynamics of Textual Scholarship*, Champaign-Urbana, IL: University of Illinois University Press, 2003.

⑤ 在现代语文学之父沃尔夫(Friedrich August Wolf,1759—1824)及其弟子那里,就已经强调语文学的题中之义应当包含古希腊罗马生活的全部面向。由此也埋下了语文学语言科学化与文化研究化两极之争的伏笔。参 Holquist, "The Place of Philology in an Age of World Literature", *Neohelicon*, Vol. 38, No. 2 2011, pp. 271-278; John Edwin Sandys, *A History of Classical*(转下页)

在新近出版的《奥尔巴赫选集》(Selected Essays of Erich Auerbach：Time, History, and Literature)的"导论"中，美国加州大学伯克利分校的修辞学与古典学教授詹姆斯·波特(James I. Porter)提醒我们，奥尔巴赫语文学理念的特征必须与其对历史的观念关联起来理解。在奥尔巴赫看来，历史是丰富、生动、具体而又整体映射的。他尤其强调历史的"现世性"(德语 irdisch，即 earthly 或 this-worldly)，亦即，承载并展现了人类及人类活动的全部细致具体的图景。因此，奥尔巴赫主张一种对历史展开的"横向阅读"(horizontal reading)，与旨在把捉命运或神恩的那种由上至下的"纵向阅读"(vertical reading)相对，尽管前者并非完全脱离了后者，但更多地指向"寄寓于现世生活表面的那些深层内容"①。实际上，对于奥尔巴赫及其同时代的许多杰出学者而言，处在当时极其动荡和过渡时期的社会环境中，正是横向与纵向、现世生活与宗教信仰之间的巨大张力，驱动着他们对生命体验和文学表征的痛苦反思。

可以见出，语文学的雄心建立在这样一种假设的基础之上：社会制度、民族精神乃至历史文化的整体被编码和贮存进语言文本之中，通过语文学的分解、阐释与重构，可以打捞起已经湮没在历史长河中的那些文明活动的真实形态和细节特征。这样一条"语言文本—作者精神—文化语境"的逻辑链，是语文学从细微肌理到宏阔观照得以贯通的保障。奥尔巴赫不但陈述了这一现代语文学的人文主义理念，而且进行了具身化的示范。在其影响深远的名作《世界文学的语文学》(Philologie der Weltliteratur/The Philology of World Literature)中，奥尔巴赫表明自己关注的乃是文本更广阔背景下的思想史进程②，他曾在多个场合明确指出自己的精神导师是为欧洲人文学科带来变折意义的思想家维柯(Giambattista Vico, 1668—1744)，后者在《新科学》(Scienza Nouva/The New Science, 1725)中传达了人文研究的革命性理念。奥尔巴赫认为，尽管维柯一直以来被视作一位历史哲学家或社会学家，但实际上他为美

(接上页) *Scholarship*, *Vol III*：*The Eighteenth Century in Germany*, *and the Nineteenth Century in Europe and the United States of America*, Cambridge：Cambridge University Press, 1908, p. 89. 有关沃尔夫语文学方法对古典/经典研究的革命性意义及其与东方学的关系，可参见拙文：《圣典降维与话语治理——18世纪古典与圣经研究的语言转向》，载杨慧林主编：《基督教文化学刊》春季卷，宗教文化出版社，2020年。

① James I. Porter, "Introduction", in *Selected Essays of Erich Auerbach*：*Time*, *History*, *and Literature*, Trans. Jane O. Newman, Princeton, NJ：Princeton University Press, 2016, xvii.

② Erich Auerbach, "The Philology of World Literature", in *Selected Essays of Erich Auerbach*：*Time*, *History*, *and Literature*, Trans. Jane O. Newman, Princeton, NJ：Princeton University Press, p. 262.

学批评留下了宝贵的遗产,"他(维柯——笔者注)的整个思想始于对人的表达、语言、神话与文学模式的批评"①。从维柯那里,奥尔巴赫还敏感地提炼出"风格"(style)这一影响深远的现代批评观念,他将"风格"简明地解释为"一个历史时期所有成果的整体"②,正与其语文学理念所一再强调的"以精微致广博"相一致。由此,奥尔巴赫对如何由语文学导向思想史颇有心得,他反对以"巴洛克""浪漫主义""戏剧"或是"神话"这一类范畴作为讨论问题的出发点,因其抽象、模糊,属于从外部强加给研究对象的一般概念;转而强调研究出发的抓手:一个好的出发点必须是明确且客观的,必须有可被把捉、牢靠掌握的具体所指③。奥尔巴赫的反思或许更多地指向具象的方法,而非统合的方法论,诚如其英语世界重要的译者与研究者、哈佛大学中世纪拉丁文学与文化研究讲席教授佐尔科夫斯基(Jan Ziolkowski)所指出:"尽管未能给出一种系统性以资其他学者学习和运用,但他仍然在读者间激发了一种乐观主义,使他们认为有可能从一个局部读出整体,通过分析单个文本的各章节可以理解特定文化的整体现实。"④

　　这种强调具体、客观而又综合的研究原则也在薛爱华的语文学理念中显明。在1958年的公开信中,薛爱华指出,语文学"致力于一种相对不那么抽象层面的知识""尽管其技术可能是高度抽象的""它所关注的内容是实在的、个人的、直接的、具象化的、富于表达的,由此而注重传记、想象、隐喻和神话"⑤。在这样的思考下,薛爱华以自己为例,提供了一种汉学家自我定位的方案,他称自己是一个"对中国中世文学及其物质文化有着特定兴趣的语文学家"⑥。显然,相较于奥尔巴赫对人文思想史维度的青睐,薛爱华的汉学书写更偏向于从名物、意象等精细的文学阅读辐射向全景式的物质文化观照。

---

① Erich Auerbach, *Literary Language and Its Public in Late Latin Antiquity and in the Middle Ages*, translated by Ralph Manheim, Princeton: Princeton University Press, 1993, p.9.
② Ibid., p.9.
③ Auerbach, "The Philology of World Literature", in *Selected Essays of Erich Auerbach: Time, History, and Literature*, p.263.
④ Jan Ziolkowski, "Foreword", in Erich Auerbach, *Literary Language and Its Public in Late Latin Antiquity and in the Middle Ages*, translated by Ralph Manheim, Princeton: Princeton University Press, 1993, pp. xi - xii.
⑤ Edward H. Schafer, "Open Letter to the Editors, *Journal of the American Oriental Society*, *Journal of Asian Studies*", *Journal of the American Oriental Society*, Vol.78, p.119.
⑥ Ibid., p.120.

二、物质实在性与文本社会学:"新语文学"的理论趋向

以语文学为入径展开文本、文学及文化的研究,这与其说是薛爱华等汉学家从奥尔巴赫、库尔提乌斯(Ernst Robert Curtius,1814—1896)、斯皮策(Leo Spitzer,1887—1960)等现代语文学大家那里接续的遗产,毋宁说是现代西方中世纪研究这个领域整体的主流。除了秉持德国语文学思想史的传统,更为重要的是经由文化研究的转向及进一步更新语文学的阵地。近三十年,欧美人文学界出现了一种倡导从"旧语文学"(Old Philology)走向"新语文学"(New Philology)的理论和研究实践趋向。1990 年,约翰·霍普金斯大学中世纪研究教授史蒂芬·尼尔科斯(Stephen G. Nichols)在中世纪研究的权威期刊《窥镜》(Speculum)上集结了一组特稿,主题即命名为"新语文学",目的就是对居于中世纪研究核心地位的语文学作出反思和调整,以突破传统中世纪研究长期以来故步自封的现状[①]。尼尔科斯指出,"新语文学"之"新"就在于,面对文本语言不仅应当将之视作一种话语现象,而且需要在其与"写本矩阵"(manuscript matrix)、与语言和写本所刻写的社会语诸种文本网络的互动关系中来加以研究[②]。所谓"写本矩阵",就是把写本置于各种具体中世纪研究的衍生基础和映射核心,将之视为多重文本文化交接、引发特定效应的一个符号解释空间,它指涉着所有历时、共时的相关文本实践,也包含了相互冲突的主题及表征系统[③]。

按照佐尔科夫斯基的理解,"新语文学"的"写本矩阵"与"互文"(intertext)概念相类似。一方面,中世纪手稿研究关注文本内部的多层次表意系统,包括施行编撰行为的多重"作者"/"抄工"在文本中留下的不同痕迹,甚至包含看似无关紧要的插图、装帧、字体等修饰成分,另一方面,这些文本痕迹又指涉着文本外部更广阔文化空间中的相关话语实践。正是在这种考量中,"新语文学"强调的核心理念是文本的"物质实在性"(materiality)和由此产生的历史社会语境映射。在尼尔科斯所组的特稿中,我们可以经由不同学者的具体论述了解其所含纳的几个主要面向。

首先是文本存在的实在性。约翰·霍普金斯大学历史系讲座教授、专长于

[①] "Editor's Note", *Speculum: A journal of Medieval Studies*, Vol. 65, No. 1, 1990; Stephen G. Nichols, "Introduction: Philology in a Manuscript Culture", *Speculum: A Journal of Medieval Studies*, Vol. 65, No. 1, 1990, p. 1.

[②] Stephen G. Nichols, "Introduction: Philology in a Manuscript Culture", *Speculum: A Journal of Medieval Studies*, Vol. 65, No. 1, 1990, p. 9.

[③] Ibid., p. 8.

中世纪史学研究的斯皮格尔（Gabrielle M. Spiegel）在探讨文本与语境的理论关系时，便提出文本先于意义这一观点：文本是一种客观的存在，如果说历史学家的工作是要释放文本的意义，那么历史研究对象的实存要远早于这些回溯性构建出来的意义，从这个角度来说，"文本作为文本而言在质料上比'历史'更'真实'"[1]。这种对文本现实性的强调看似非常简单、不言自明，在语文学研究中却有着重要的转折意义[2]。如果说古典语文学的理路是将文本制品作为意义承载的结果，对其词源、版本等进行确定性考订，去追求修复"原本"（the original text）或建立"最佳文本"（the best text），从而开展"可靠"的文本解读的话；那么，正是由于聚焦于文本自身实存的复杂性，"新语文学"倾向于突出对文本制品多样化形塑、传承与接收过程的关注。由于中世纪处于文本生产与阅读革命的一个关键转折时期，充斥着大量的写本与抄本，为"新语文学"的这一导向提供了充足的施展空间，语文学的关怀从传统的以作者、原本和结果为中心转向以广义上的抄者（scribes）、变本（versions）和过程为中心，文本实在性的意义才真正获得了释放。

其次是语言使用的实在性。由于文本"总是语言在特定环境下的使用"[3]，新语文学认为，无需对文本的歧异现象、作者的不确定和意义的失控状态感到排斥与不安，相反，这些多样性和不稳定性充分体现了话语现实的无穷丰富性。威廉斯在《马克思主义与文学》中曾以马克思主义理论就语言的物质实在性作出较为系统的论述，强调语言作为建构性活动具有历史性演变[4]。而在"新语文学"中，这一观念得以承接，并与话语理论相结合。英年早逝的杰出古法语专家、加州大学伯克利分校法语系教授苏珊娜·弗莱希曼（Suzanne Fleischman，1948—2000）在《语文学、语言学与中世纪文本话语》（"Philology, Linguistics and the Discourse of the Medieval text"）一文中给出的研究范例很能说明问题，她认为新语文学应当"从言语的部分到话语整体，从原子式的形态学考量到

---

[1] Gabrielle M. Spiegel, "History, Historicism, and the Social Logic of the Text in the Middle Ages", *Speculum: A Journal of Medieval Studies*, Vol. 65, No. 1, 1990, p. 75.

[2] 波洛克反对把文本及文本的语言结构置于意义之前。可以认为，波洛克是生存论阐释学的坚定拥护者，这从他频繁援引伽达默尔的阐释学循环理念亦可见出。参 Sheldon Pollock, "Future Philology", *Critical Inquiry*, Summer 2009, p. 957. 不过，波洛克也承认，实存与意义本就是相互形塑的关系。评断优先性（priority）往往意味着立场之争，新语文学强调文本优先意在突出物质现实对意义生产的约束维度。

[3] Gabrielle M. Spiegel, "History, Historicism, and the Social Logic of the Text in the Middle Ages", *Speculum: A Journal of Medieval Studies*, Vol. 65, No. 1, 1990, p. 77.

[4] Raymond Williams, *Marxism and Literature*, Oxford: Oxford University Press, 1977, pp. 21–44.

文本句法结构的重新定向"①,这呼吁语文学家超越语言和文法的闭锁式修修补补,而"将文本再语境化为交流的行为,由此也认识到语言结构在何种程度上是在话语的压力下被塑形的"②。这样,对文本的就不再受制于理性淘洗重塑过、"语言学化过"的书面语言与语法,而将通向丰富多变的具体社会话语的活形态,而它们又会有助于我们反思借以分析这些话语的方法与理念。借用现代语言学之父索绪尔的术语来说,就是充分意识到我们后设的语言(la langue)理念与实存的言语(la parole)之间的辩证关系,警惕并尽可能摆脱我们当前对语言规则及其可能性的设定。如果言语总是话语事件(event of discourse)中语言规则的具体实现,是交流共同体内部个体的言语生产,那么,把文本作为一种表征了过去交流话语的中介区域来加以考察,将拓深我们对历史上更广阔的人类表述(le langage)的想象和认知③。

再次是社会历史条件的实在性。正如上文所言,文本是一个特殊的中介区域,历史现实在文本中是"既在场又缺席"的,既以符码的形式被铭写保留,又无可避免地产生过滤与变形;由此,语境与文本是一种紧密交织和互动的关系,所产生的意义和效用同样也是双向的。相应地,我们的研究进路也必然需要着眼于这种**关系性**,将文本置入具体的社会政治网络之中去加以解释,而启动这一解释的基础是对文本外(extratextual)历史实在的尊重。假如脱离了对"关系性"的聚焦,仅仅在作品内部进行庖丁解牛,即使具有一定的文化视野,将语境作为作品背景的意识,上述研究也是无法达成的④。斯皮格尔在具体案例分析中令人信服地表明,"对理解文本的社会逻辑,及其在一种高度具体化、局部化的社会环境中的位置"进行阐释,在这项工作中,"分析作者与赞助人所处的社会与分析具体的文本形态同样必要"⑤。

在 2014 年出版的文集《重思新中世纪主义》(*Rethinking the New Medievalism*)中,"新""旧"语文学在问题关怀上的差异被勾勒得更为清晰:"旧"语文学"热衷于关注个体语汇的历史,书写与再书写过程中的影响,以及中古盛期文学里古典模式的出现";"新"语文学则指向"对中世纪文本物质环境的

---

① Suzanne Fleischman, "Philology, Linguistics and the Discourse of the Medieval text", *Speculum*:*A Journal of Medieval Studies*, Vol. 65, No. 1, 1990, p. 33.
② Ibid., Vol. 65, No. 1, 1990, p. 37.
③ 参见 Ferdinand de Saussure, *Cours de linguistique generale*, Paris: Payot, 1971, pp. 23-35.
④ 对于文本和社会语境间这种关系性存在的论述,参见 Gabrielle M. Spiegel, "History, Historicism, and the Social Logic of the Text in the Middle Ages", *Speculum*:*A Journal of Medieval Studies*, Vol. 65, No. 1, 1990, pp. 73-86。
⑤ Ibid., p. 78.

关注,尤其关注写本和写本文化构成的条件",提出的问题重点在于"对作者和权威的诘问,对中世纪文本完整性的质询,以及认识到口头与视觉两方面的相互关系"等①。

与此相关,值得注意的是剑桥大学文献学大家唐·麦肯锡(D. F. MacKenzie)提出的"文本社会学"(the sociology of texts)这一概念,其旨在突显文本物质性是决定文本意义的关键所在。麦肯锡指出,文献学的出发点必然是"对构成文本的符号以及承载符号的物质进行研究",同时也包含传统上不属于狭义文本批评的面向,包括"文本的物理形式、版本、技术传播、机构性控制、意义的接收以及社会效应",亦即那些见证承载着文化变迁的所有吉光片羽②。这一立场与海登·怀特(Hayden White,1928—2018)等人讨论引发的形式与内容二分不同,它不再将意义限制为符号系统的内在运作,而认为非符号性、非象征性的物质因素同样生产和规约了意义。"新语文学"所强调的物质实在性绝非仅仅适用于中世纪写本研究,而是作为对后索绪尔符号学(post-Saussurean semiotics)、新批评作品本体论和新历史主义形式论的修正与反拨,杂糅接受美学、文化唯物主义、文化生产社会学,同时结合民族志研究与艺术考古学等领域的新进展而形成的一种文本理论浪潮,可谓普遍席卷了所有文本相关研究界(text-dependent discipline)。

同文化研究相结合,"新语文学"还开辟出对更为"隐蔽"的表意实践的"解码"空间,尼尔科斯就此采用了一种精神分析式征候阅读法的表述:"写本空间包含着一些裂隙,我们可借以窥见中世纪文化的某些潜意识。"③我们发现,把物质现实作为一种挤压出各种文化生产和再生产的力量来理解,物质性就从被动客体转变为表意活动的压力和动能。这样,"物质"实际上既被用作"现实性"或"实在性"的同义词,作为与象征性的"话语"观念并置和对立的另一种"非话语"存在,同时又作为连接现实与意义的能动介质(agency),形成与"话语"唇齿相依的互动实践。不过,这种思潮究竟在何种程度上突破了其所反对的符号学模式?又在何种意义上超越了马克思主义文学观对物质能动性的思考呢?抑或"物质实在性"只是充当一种必要的"话语补充"或"话语分层",对它的意义、功能和运作机制的

---

① R. Howard Bloch, "Introduction: The New Philology Comes of Age", in R. Howard Bloch, Alison Calhoun, Jacqueline Cerquiglini-Toulet, et al., eds., *Rethinking the New Medievalism*, Baltimore: Johns Hopkins University Press, 2014, p.10.
② D.F. MacKenzie, *Bibliography and the Sociology of Texts*, Cambridge: Cambridge University Press, 2004, p.13.
③ Stephen G. Nichols, "Introduction: Philology in a Manuscript Culture", *Speculum: A Journal of Medieval Studies*, Vol.65, No.1, 1990, p.8.

解释实际上仍然从属于象征阐释的根本逻辑？这一问题如果不能被有效反思和回应，"新语文学"之"新"就仍可能因其含混和薄弱的话语自觉而被消解。

三、阐释的空间："回到语文学"与文本的多义性

在 20 世纪 60 年代的理论热潮中，给人繁琐、刻板、缺乏理论热情印象的传统语文学陷入沉寂，然而，语文学从一开始就并非与后索绪尔符号学视野所主张的那种意义构建性相对立，而是密切关联在一起。耶鲁大学法语系讲座教授霍华德·布洛赫（R. Howard Bloch）表明，尽管传统语文学推崇文本精准性、透明性、直接性，方法论上也亲近于或吸收了自然主义、实证主义、科学主义倾向，但这些实际上也都是特定历史政治环境下隐秘服务于民族共同体诉求的意识形态产物[1]。而作为语文学家和文学批评家的奥尔巴赫，在其语文学的构想与实施中也依赖着解释学的活力，在《奥尔巴赫〈摹仿论〉导论》（Introduction to Erich Auerbach's *Mimesis*）一文中，萨义德将奥尔巴赫的语文学方法称为"阐释语文学"（hermeneutical philology），他论述道："为了能够理解一个人文主义的文本，必须设法把自己当做文本的作者，生活在作者的现实中，经历内在于作者声明的那些生活体验，诸如此类，就是要将博学与同情相结合，这正是**阐释语文学**的标志。"[2]萨义德认为，这正是维科和奥尔巴赫共同的方法论，也与狄尔泰的人文解释学理念一致：尽管语文学解释学的中介是文本，目的是充分地重建过去，但是这一过程从一开始就是始于人类的创造性活动，而"真实事件和人自身的反思性心智之间的界限就模糊不清了"，"思想在重建过去过程中的角色既不能被排除，也并不与'真实'相等同"[3]。因此，语文学主张的坚实性和客观性与解释学主张的开放性和不确定性始终处在一种辩证的关系之中。

有意思的是，当代语文学的复兴信号恰恰来自被传统语文学视为论敌或至少不相为谋的阵营，即强调解放符号能量的解构批评家保罗·德曼（Paul de Man，1919—1983），尽管他被认为是"最不可能复兴语文学的人选"[4]。身为解构批评派旗手的德曼敏锐地把捉到，面对主张开放意义的解构理论，捍卫文本

---

[1] R. Howard Bloch, "New Philology and Old French", *Speculum: A Journal of Medieval Studies*, Vol. 65, No. 1, 1990, p. 42.

[2] Edward W. Said, "Introduction to Erich Auerbach's *Mimesis*", in *Humanism and Democratic Criticism*, New York: Columbia University Press, 2004, p. 92.

[3] Ibid.

[4] Jan Ziolkowski, "Metaphilology", *The Journal of English and Germanic Philology*, Vol. 104, No. 2, 2005, p. 240.

细读的"保守"派之所以如临大敌,展开如此激烈的防守姿态,是因为他们在科学实证的技术学术观中隐秘地内置了一种自我确证的神学-伦理学,这两套理念合而一体、互为保障,而解构策略无疑打破(或在保守者看来是亵渎)了这种原本的祥和与充实。出于这样的自我防卫,文本细读派开始倡导抵制理论侵袭,甚至演变为反对阐释、唯文本论的极端保守姿态。但解构派向来擅长于深入敌营、出其不意反转结局,老辣的德曼以保守派代表、细读忠实捍卫者鲁本·布劳尔(Ruben Brower,1908—1975)的文学精读课为案例,揭示出细读派逻辑上的自我倾覆:由于对阐释冲动和信息增殖的有意识压抑,就文本本身出发的细读实践导致对意义传达方式而非意义内容的聚焦,这本就表明符号自身比意义更基要,也更稳固;另一方面,细读结果的多元化又恰好说明,文本意义的不稳定并非理论冲击的结果,而正是由细读派推崇的文本语言自身所固有。这样,细读派之所捍卫与解构批评之所关注就都指向了语言符号。尽管德曼并未对何为语文学作出过直接陈述,但从他多次将语文学和修辞学并置为对语言的"描述性科学"①"研究语言的方式"②或"语言结构"③可以见出,德曼认同的语文学就是对语言精细而敏锐的关注,与修辞学(rhetoric)或诗学(poetics)同属一个经验、实用、先于(prior)意义的层级。在这样的理念下,德曼导向了他针对理论与语文学关系的著名结论:"**理论转向实际就表现为回到语文学**,也就是回到先于意义产生的语言结构的检视。"④

在某种程度上,德曼所谓的"回到语文学"实质也可以视作倡导一种"新"的语文学,因其既不同于传统语文学所抱持的对字词及文本进行精准考订的主要使命,又的确认同并强调,要将对语言结构、修辞特征和诗学机制的细查作为文学/文本研究的根本基础与首要任务。与萨义德突显语文学与阐释学的亲缘性不同,在德曼看来,主张修辞性阅读的解构策略同重视"就文本论文本"的细读观念并没有天壤之别,相反,二者都植根于语言能量的坚实土壤之中。意义既不是固定的,也不是先行的,更不是理论所强加给文本的,修辞阅读只不过是对文本多义性的充分尊重和释放。

在《反对基础主义的语文学》(Anti-Foundational Philology)一文中,同为解构批评重要力量的比较文学学者乔纳森·卡勒(Jonathan Culler)则指出了

---

① Jan Ziolkowski, "Metaphilology", *The Journal of English and Germanic Philology*, Vol. 104, No. 2, 2005, p. 21.
② Ibid., p. 24.
③ Ibid., p. 25.
④ Ibid., p. 24.

传统语文学理念自身的矛盾性。作为语文学的理想目标,无论是对语词意义的重构、对可靠文本的修复,还是对原初文化的重现,都基于一系列假设及其结构性的运作,也都涉及文化和美学这类意识形态化的发明与构建,这表明语文学与其他文学解释的模式相比并无优先权。进而,卡勒明确反对赋予语文学一种具有基础性地位的特权,并指出语文学的真正要义在于:它以对文本建构进行批判为其宗旨,同时这又必然是一项再建构的课题[1]。

　　卡勒的这一立场与其对"互文性"(intertextuality)这一观念的分析可以对观,他认为"互文性"是指"一个文本与多种语言或文化表意实践的关系",故而互文性研究也不是对文本来源和影响的调查,而是"包含了匿名的话语实践,即那些源头已经失落,但使得后来文本的表意实践成为可能的话语代码"[2]。由于同属于符码表征的意义系统,互文性就不仅存在于传统狭义认知中的文本之间,文本与其所在的文化语境之间同样可以视为互文关系。这似乎很接近于尼尔科斯所提出的"文本母体"作为互文空间的理念,不过,需要注意的是,二者确有一些重要的区别,不能简单从后索绪尔符号学的立场来理解"新语文学"的"互文"观念,而必须注意到"新语文学"对"物质性"的强调。如果说符号学立场的文本观引发了消解真实与想象、文本与语境之本质区隔的后果,把所有表意实践都平等地溶解在"文本性"视野中进行解码,那么相形之下,"新语文学"着意强化物质实在性维度,为的正是在理论上重新区分文本与语境,指出不同表意系统的运作机制既是互动关系,又有着根本和切实的差别。与此相对照,阐释学、符号学、后结构或解构批评等现代文学理论的视野聚焦于"语文学"进路,尽管同是将文本作为开放的媒介,将语言视为研究的基质,其理论和实践却朝着内蕴解构能量的修辞学与诗学分析敞开,他们反对的正是在文本分析中所注入的历史主义诉求或美学意识形态[3]。

　　语文学理念的矛盾性也为一些当代汉学家所敏感。毕业于耶鲁大学并执教于斯十年的汉学家宇文所安(Stephen Owen),对中国古典文学的研究深受新批评与修辞阅读理论的滋养。在《语文学之不满:回应》(Philology's Discontents:

---

[1] Jonathan Culler, "Anti-Foundational Philology", *Comparative Literature Studies*, Vol. 27, No. 1, 1990, pp. 49–52.

[2] Jonathan Culler, *The Pursuit of Signs: Semiotics, Literature, Deconstruction*, London: Routledge, 1981(rpt. Routledge Classics, 2001), p. 114. 需要注意的是,早在1976年,卡勒就已早阐明了这一观点,只是表述略有细微不同,参Jonathan Culler, "Presupposition and Intertextuality", *MLN*, Vol. 91, No. 6, *Comparative Literature*, 1976, pp. 1380–1396。

[3] 有关这一点,可参看 Jonathan Culler, "The Return to philology", *The Journal of Aesthetic Education*, Vol. 36, No. 3, 2002, pp. 12–16。

Response)一文中,与其耶鲁前辈保罗·德曼类似,宇文所安同样避免以语文学与文学理论的对立来展开批判,而是着眼于拆解传统语文学所强调的对文本和语词精准释读的诉求,认为这一诉求仅能作为一种愿景(promise)存在,既无法抵达,也无需抵达,而语文学追求的平静与稳妥也同文学解读本身的喧哗与骚动特质背道而驰[1]。他以自己所专长的中国古典文学领域为例表明,语文学并非某一种文明或文学传统所专有:在中国,于17世纪明清之际发展起来的所谓现代中国语文学实际上脱胎于历史悠久的解经实践,"基本的语文学活动可以追溯到公元前1世纪"[2]。宇文所安认为,这种语文学传统极致地体现在对《诗经》文辞精准性长达几个世纪的考察中,诗的不确定性被语文学的确证性校正并且取代了,这一学术活动的后果则是"造就了对于严肃学者而言都不可读的文本"。脱离了经学注疏传统,《诗》的解释可能性则要多得多[3]。

这番论述当然有着特定的局限:宇文所安抱持着开放性的阐释学立场,追求释放诗的多义性,但他忽略了这背后前现代经学解释范式与现代文学文本解释范式的根本区别——这才是《诗经》意义场需要封闭或开启的变折点,也是阐释的话语机制改变的决定性因素。不过,宇文所安的目的在于指出语文学诉求与过程的张力关系:尽管语文学的诉求是可疑的,但其过程却是有益的。明清语文学,亦即名曰"考证学"的学术实践乃是"对既定解释的彻底怀疑,质询并评断文本中的争议难题"[4],这说明语文学的诉求恰恰会驱动一种与之相反的对文本的反思性质疑过程,也就是说,追求确定性会悖论性地刺激出不确定性,正是如此,这个语文学实践的过程注定会持续延异。这的确很大程度上可视为耶鲁解构派精神的汉学再现,而在文章最后,不难理解的是,宇文所安也像众多解构批评家那样重申,这一立场绝非是虚无主义和悲观主义的——这两个词是常见的对解构阅读策略的批判语。他表明,这不过是要指出一个简单的谬误:将理解得更多更好与理解得更稳妥等同起来[5]。换言之,更多更好的理解显然正是在稳妥理解的反面才成为可能,从这个意义上,经由文本细读启程的语文学之旅注定永远不能满足其为自己设定的目标,这是文本批评家的宿命,但也是文本批评家得以生存的空间。

---

[1] Stephen Owen, "Philology's Discontents: Response", *Comparative Literature Studies*, Vol. 27, No.1, 1990, pp.75-78.
[2] Ibid., pp.75-76.
[3] Ibid., p.76.
[4] Ibid., p.76.
[5] Ibid., p.78.

四、世界语文学与世界中的汉学语文学

文本批评家们注意到,正因为文本与现实不是直陈的关系,"回到语文学"就不再只是顺接式地去"揭示"文本言辞说明了什么,更重要的是去开掘文本未能言明什么,同时更意味着由此探索那些无法被主流通行话语所承认和传递的他者经验,这使得如何处理异质话语的边界与跨界成为当代语文学实践的一个重要方向。

近年来,美国久负盛名的南亚研究学者、印度研究专家谢尔顿·波洛克(Sheldon Pollock)从其自身专长的梵文语文学领域出发,联合多位国际学者一道,致力于推动以亚非经验为突出构成部分的新一轮"重归语文学"之旅。2015年出版的学术文集《世界语文学》(World Philology)便是这一实践的标志性成果。文集中所收录的个案研究覆盖了众多语种的文本文化,如果说古希腊语、拉丁语和英德法语世界展开的是围绕古典学与圣经研究而建立起来的欧洲主流语文学传统,那么,阿拉伯语、中文、土耳其语、波斯语、梵、日语等文本传统中的语文学实践,则表征着相对边缘或者来自"他者"的言辞经验。主编文集的形式,当然更根本的是"世界语文学"这一理念本身,决定了其并非旨在直接从方法论和观念上给出一种多元主义语文学的指导方针,而是"地方语言学"(regional philologies)传统的并置与交叠,从而"呈现一种多语言、多中心的学术研究,来观察世界范围内如何开展有关语法、修辞、注疏以及编辑的文本理解工作"[①]。

波洛克将"世界语文学"宽泛地系于存在于多种文明的文本实践:"如何使文本产生意义,这是语文学实践的最低公分母。"[②]这回避了易于陷入单质性和总体化的定义,概言之,这种语文学工作既包含传统语法的细琐问题,也关心抄本或印本历史以及它们不同的阅读解释文化,是一项包含了全部**文本相关实践在内**的综合性学问[③]。

为了理解"世界语文学"理念与当代汉学实践的关联,我们可将目光锁定在文集中收录的三篇中国相关论文上。这些案例不仅具体呈现了当代汉学与语

[①] Andrew Hui, "Many Returns to Philology", *Journal of the History of Ideas*, Vol. 78, No. 1, 2017, p. 148.

[②] Sheldon Pollock, "Introduction", in Sheldon Pollock, Benjamin A. Elman, and Ku-ming Kevin Chang, eds., *World Philology*, Cambridge, Massachusetts: Harvard University Press, 2015, p. 1。波洛克甚至认为,文学史、文学批评(也就是后来的所谓理论)、比较文学以及语言学,实际上都是语文学在次级学科意义上的子嗣,但它们却自认为已经发展成熟以至于可以反叛或逃离原本的语文学家园。

[③] Ibid., p. 12.

文学关切的汇合,更确切地说,是将从中世至现代的中国传统学术史上的本土"语文学"经验放置在观察分析的中心。

德国汉学家朗宓榭(Michael Lackner)处理的是中国经学注疏的问题,他将经学注疏称作一种解经学(exegetical)实践,堪比于西方的神学释经传统,因为二者都是用解经学的方法来服务于权威文本的释读①。与通常从哲学视角将宋明理学定位为"哲学诠释学"(philosophical hermeneutics)的取径不同,朗宓榭认为,"现代诠释学的自我反思意识,亦即对一种解释的目的和主题进行批判性质询的指征很难见于中国的思想传统中"②;相反,他注意到,这些理学家的新理念仍然紧密依凭着对传统经书的阅读,而且,面对经书内部和之间的相互抵牾,理学家们建立了具体的语文学解析手段来缓释这一焦虑,重新建立起经学与经书的内在一致性,这种围绕"关注文本"(concern for texts)而体现的解经特征与欧洲早期语文学释经学的实践有着诸多共通之处。以宋代理学家张载(1020—1077)及其《正蒙》为例,正是通过对经书文本字句的拆解重组和重释等语文学实践,张载"在经书之间建立起一种普遍的融贯性",而这与圣奥古斯丁(Saint Aurelius Augustinus,354—430)在《论基督教教义》(*De doctrina Christiana*)中打通希伯来旧约与新约福音书的语文学策略具有高度的相似性③。正如西方语文学传统是从圣经解经学发展起来的那样,中国经学的解经实践同样是某种早期语文学,这样,朗宓榭便得以在圣经和中国经学两种解经学间建立起一种类比对观的启发性视野。

如果说朗宓榭对宋代理学家语文学实践的分析叙述是采用了传统语文学的细读法,艾尔曼(Benjamin A. Elman)的研究则结合了前述新语文学所倡导的物质文化研究视野。尽管训诂、考据等传统小学实践自汉代起即与经学话语密不可分,但辨识度最高的中国本土"语文学"当为清代乾嘉考据学④。有"前清第一学者"之称的戴震于《与是仲明论学书》谈读经之心得云:"仆……闻圣人

---

① Michael Lackner, "Reconciling the Classics: Two Case Studies in Song-Yuan Exegetical", in Sheldon Pollock, Benjamin A. Elman, and Ku-ming Kevin Chang, eds., *World Philology*, Cambridge, Massachusetts: Harvard University Press, 2015, p. 138.
② Ibid., p. 139.
③ Michael Lackner, "Reconciling the Classics: Two Case Studies in Song-Yuan Exegetical", in Sheldon Pollock, Benjamin A. Elman, and Ku-ming Kevin Chang, eds., *World Philology*, Cambridge, Massachusetts: Harvard University Press, 2015, pp. 140-146.
④ 中国哲学的研究学者匡钊便认为:"在中国历史上漫长的经学研究传统中,有意识将以往研究成果亦视为需要再加审视和反思的对象,并由此发展出一定程度上主动的方法论意识,也是乾嘉汉学家的特出之处,在上述意义上,乾嘉的训诂考据之学在方法层面上最能与治语文学者引为同道。"参匡钊:《中国古典学与中国哲学"接着讲"》,《深圳大学学报(人文社会科学版)》2018年第5期。

之中有孔子者,定六经示后之人,求其一经,启而读之,茫茫然无觉。寻思之久,计之于心曰:经之至者,道也。所以明道者其词也,所以成词者字也。由字以通其词者,由词以通其道,必有渐。"①此言可谓对考据学精神的绝好概述。艾尔曼所关心的是,作为一种以语文学为主要形态的话语实践,考据学是如何在历史变折期调整经学论辩的重心和范式,最终引发与其经学目的相违背的(准)科学化知识效应的。他将这场儒学运动的兴起与演变放置在18世纪帝制中国动荡的社会语境中,不仅考量学术的具体实践与思想的内驱力,更观照到科举考试内容的转变、知识群体的互动和耶稣会士带来的知识趣味的影响②。

如同艾尔曼的论文标题所暗示,尽管与欧洲现代语文学的诸多手段与意识可相对观,但考据学毕竟仍然归属和服务于经学话语,倡导考据学的士人身份也仍是经学家而非现代意义上的学者,"作为文人的他们仍然服膺于儒家理想,寻求的是对国家与社会那种经学(古典)愿景的恢复,而非替代"③。因此,以全球史进程为参照来判断,这一时期的知识-政治时间就仍归于晚期帝国这—前现代中国的范畴,而非早期现代范畴。艾尔曼敏锐地把握到,围绕着经学话语展开的激辩不仅是清代经学家们对社会政治变局作出的反应,从而形塑了具有自觉方法论意识的中国语文学;而且,正如经学绝非是一门囿于理论和学院的"学科"那样,考据学也必然与帝国政治改革、知识形态、对外交往等各种社会文化维度纠缠在一起,发挥着关键的影响。这项考察不再是对中国古典文献进行语文学范式的操练,而是将语文学实践本身作为近代中国历史社会研究的一个有机环节和论述线索,它所发出的信号是:中国不仅自有语文学传统,而且这一传统在其政治、思想与文化整体中扮演了至关重要的角色。

第三篇论文关涉中西语文学之现代交汇,这一议题更值得细致考量。如果说薛爱华对汉学的正名为汉学家观察中国提供了一种定位方案,那么张谷铭(Ku-ming Kevin Chang)所追溯的"史语所"语文学之路则可视为中国学者由西返中的反向运动④。从"史语所"的英文名"The Institute of History and

---

① [清]戴震:《与是仲明论学书》,载于氏著:《戴震文集》,赵玉新点校,中华书局,1980年,第140页。
② Benjamin A. Elman, "Early Modern or Late Imperial? The Crisis of Classical Philology in Eighteen-Century China", in Sheldon Pollock, Benjamin A. Elman, and Ku-ming Kevin Chang, eds., *World Philology*, Cambridge, Massachusetts: Harvard University Press, 2015, pp. 225 – 245.
③ Ibid., p.244.
④ Ku-ming Kevin Chang, "Philology or Linguistics? Transcontinental Responses", in Sheldon Pollock, Benjamin A. Elman, and Ku-ming Kevin Chang, eds., *World Philology*, Cambridge, Massachusetts: Harvard University Press, 2015, pp. 311 – 331.

Philology"产生的歧义性切入,张谷铭引出 20 世纪 20 年代国内外学界语文学(philology)和语言学(linguistics)两门学科的不同境遇。当是时,欧美学界正经历着语言学从语文学剥离并逐步壮大的局势,前者发展远远劲于后者,奇特的是,"史语所"却由于两位不同学术背景的改革旗手共同参与该机构的建设而聚合了这两门已然歧路的学科旨趣。这两位旗手正是史语所创建人傅斯年和首位语言组主任赵元任:前者在德国深受传统语文学及比较语文学范式的影响,后者则体现了在美国所受到的英法语言学训练。

德国的现代语文学是从沃尔夫等人从事的古代研究,或曰"古代学"(Altertumswissenschaft,Science of Antiquity)发展而来,从语言及文本研究入手近乎包含了古代世界研究的所有方面,其基座可谓古典人文学;而语言学则致力于独立为一门语言科学(the science of language)[1],侧重在语音、语法、形式、结构等方面进行科学化、标准化甚至实验化的研究,历史人文情怀等不确定因素恰恰是这一定位所力图排除的。

作为上述两种路向的缩影,傅斯年与赵元任尽管都秉持中国的语言研究亟须"现代化"改革的理念,并为之作出了杰出贡献,但二人的学术身份认同导致对史语所建设的构想和重心均相迥异。对创建人傅斯年而言,"史语所"的建立以机构化的形式承载了更为复杂的感情,尤其反映了当时留洋归来的现代中国学人特有的焦虑:一方面他们深受西学影响和震动,痛下决心与前现代的主观信仰式学术划清界限,建立中国的现代人文科学,另一方面又不甘成为西学的衍生,而必须强调"历史学和语言学在欧洲是很近才发达的"[2],"语言学和历史学在中国发端甚早,中国所有的学问比较成绩最丰富的也应推这两样"[3]。在这种时代情绪下提出的建制方案,就西方汉学及其依凭的语文学方法论而言既是"接着讲",也是"对着讲"。

我们从张谷铭另一篇更为翔实的中文论文《Philology 与史语所:陈寅恪、傅斯年与中国的"东方学"》里,可以看出当时中国学人所处的中外学术语境。张谷铭以翔实的文献考索表明,陈寅恪、傅斯年、罗振玉等人对构建现代中国语

---

[1] 沃尔夫也使用了语言科学(Sprachwissenschaft)、语言学(Linguistik)等术语,但他将之视为语文学研究的组成和从属部分。
[2] 傅斯年:《历史语言研究所工作之旨趣》,《傅斯年全集》第 3 卷,湖南教育出版社,2003 年,第 3 页。
[3] 《〈语言历史学研究所周刊〉发刊词》,《傅斯年全集》第 3 卷,湖南教育出版社,2003 年,第 13 页。按:发刊词初见于 1927 年 11 月 1 日《国立第一中山大学语言历史学研究所周刊》第 1 集第 1 期,作者不明,一说为傅斯年,一说为顾颉刚执笔。而张谷铭提醒我们,傅斯年对于中国语言学与历史学传统的叙述并非一以贯之,而是有多种表述,有时追溯到西汉,有时又溯至明清,有时颇为自信,有时又怒其不争。这种矛盾的文气实际上也集中贯穿在《历史语言研究所工作之旨趣》的全文中。

文学的自觉与来自西方汉学的刺激密不可分,这种刺激既包含"西方人在此课题上的突出成绩",还有"对西人汉文能力的不信任"①,前者是指西方汉学家运用东方语文学(oriental philology)方法研究中国西域所取得的成就,而后者恰恰又指向汉学家在中国语文学上存在的短板,这一评述的自相抵牾值得玩味。此种抵牾性当我们在读傅斯年1928年发表于《历史语言研究所集刊》创刊号上的《历史语言研究所工作之旨趣》(以下简称《旨趣》)一文时体现得尤为明显。在《旨趣》一文中,傅斯年简单追溯了中国的史学和小学传统,指出语言学和历史学在中国有着发达的历程,但在近世却由于题目、材料和工具的守旧而衰歇。由此,傅斯年直陈"史语所"设置的内驱力道:"我们着实不满这个状态,着实不服气就是物质的原料以外,即便学问的原料,也被欧洲人搬了去乃至偷了去。我们很想借几个不陈的工具,处治些新获见的材料,所以才有这历史语言所之设置。"②《旨趣》最后,傅斯年疾呼:"我们要科学的东方学之正统在中国!"③文中措辞大有鼓舞士气的演讲之感,其效应也十分显著④。

在傅斯年等人的理想方案中,人文科学与自然科学同属"科学的研究",要"建设得和生物学地质学等同样",而学习西方主要是"借来一切自然科学的工具",也借来西方现代语言学、语音学和"比较言语学"等语文学工具⑤。"工具"一词在《旨趣》文中过于频繁地出现,正体现了傅斯年既受西学刺激又急于确立中国学术主体性的矛盾而焦灼之心境。然而,语文学毕竟不是中性客观的"工具",当傅斯年把语文学的理念试图规限在"工具"的同时,他有意识或无意识中也践行了曾一度作为语文学在欧洲兴盛之动力的民族主义。傅斯年建立中国语文学-古代学的动机与雄心本身决定了他借来的并非欧洲语文学的工具,而恰是后者之精神,但"民族主体"的意识又使得傅斯年即刻将此精神接续到乾嘉大家顾炎武、阎若璩那里,指认这不过是"亭林、百诗的遗训"⑥。顾炎武《答李子德书》说得非常清楚:"愚以为读九经自考文始,考文自知音始。以至诸子百

---

① 张谷铭:《Philology 与史语所:陈寅恪、傅斯年与中国的"东方学"》,《历史语言研究所集刊》,2016年第87本第2分,第403页。
② 傅斯年:《历史语言研究所工作之旨趣》,《傅斯年全集》第3卷,湖南教育出版社,2003年,第8页。
③ 同上书,第12页。
④ 参见欧阳哲生:《傅斯年学术思想与史语所初期研究工作》,《文史哲》2005年第3期;欧阳哲生:《新学术的建构——以傅斯年〈历史语言研究所工作报告〉为中心的探讨》,《文史哲》2011年第6期。
⑤ 傅斯年:《历史语言研究所工作之旨趣》,《傅斯年全集》第3卷,湖南教育出版社,2003年,第7—9页。
⑥ 同上书,第8—9页。

家之书,亦莫不然。"①钱穆曾就此评价:"乾嘉考证学,即本此推衍,以考文、知音之功夫治经,即以治经工夫为明道,诚可谓得亭林宗传。"②而百诗(阎若璩)更是"为世称道,皆在其考据"③。细辨乾嘉学说种种④,正与傅斯年所反复强调的"存而不补、疏而不证"之精神相契⑤。张谷铭认为,傅斯年所倡导的语文学之所以在国内学界基本畅通无阻,主要原因就在于有乾嘉之遗学为基础,而史语所的许多语文学成果在风格上都更接近清代考据学而非欧洲语文学⑥。

民国有不少优秀学人都承续了清考据学统,加之音韵、训诂、校雠、文字等小学功夫向来属经学之必要辅佐,面对主张字源辨析、版本考订、证据搜集的欧洲语文学,确有"déjà vu"的亲切之感。在傅斯年等人重访中国传统经史文献的研究中,所滋生自不同语言文献土壤的欧洲语文学,究竟能有多少具体适用的方法可借用,实难测度。如果真要说方法或工具的影响,更多的是来自语文学在当时兴起的区域研究所扮演的基础性角色,也就是前文所述欧洲学界在东方学的开拓过程中必然仰赖从东方的文献解读入手,而当时的文献已经超出了传世文献的范畴,广为包含了考古遗址、碑志、佛经手稿、雕塑、绘画乃至歌谣、民俗等,也形成了对古文字及古物质文明的浓厚兴趣,此过程当然也就越出了传统书斋式研究,而借助于地质、考古、气象等自然学科之援手⑦。正是在这一点上,傅斯年等人真正从考证传统迈将出门,故言:"我们不是读书的人,我们只是上穷碧落下黄泉,动手动脚找东西!"⑧

而相形之下,赵元任采用现代语言学的知识来处理中国方言问题,尤重语音学,尽管他同样也熟识中国传统音韵学的遗产,但从旨趣与进路上,其对于英法现代语言学的方法移植要更为具体、显明和彻底得多。1938 年,赵元任重赴

---

① 顾炎武:《答李子德书》,载《顾炎武全集·亭林诗文集》第 21 册,刘永翔校点,上海古籍出版社,2011 年,第 127 页。
② 钱穆:《中国近三百年学术史》上册,商务印书馆,1997 年,第 148 页。
③ 同上书,第 244 页。
④ 还可参梁启超在《清代学术之建设》中的具体论评,见于梁启超:《中国近三百年学术史》,夏晓虹、陆胤校,商务印书馆,2017 年,第 68—93 页。
⑤ 傅斯年:《历史语言研究所工作之旨趣》,《傅斯年全集》第 3 卷,湖南教育出版社,2003 年,第 8—10 页。
⑥ Ku-ming Kevin Chang, "Philology or Linguistics? Transcontinental Responses", in Sheldon Pollock, Benjamin A. Elman, and Ku-ming Kevin Chang, eds., World Philology, Cambridge, Massachusetts: Harvard University Press, 2015, pp. 328 - 329.
⑦ 有关当时欧洲汉学对中国西域研究的概览,参见张谷铭:《Philology 与史语所:陈寅恪、傅斯年与中国的"东方学"》,《历史语言研究所集刊》,2016 年第 87 本第 2 分,第 387—401 页。
⑧ 傅斯年:《历史语言研究所工作之旨趣》,《傅斯年全集》第 3 卷,湖南教育出版社,2003 年,第 11 页。

美国教授中国语文与语言学;傅斯年则在史语所贡献毕生,直至1950年遽逝。

概言之,无论是西方语文学的驱策,还是传统语文学的遗脉,都交织进史语所的最初建制中,但同欧洲语文学的命运类似,史语所的"philology"同样有着"名存而实亡"的意味。傅斯年、赵元任及二人在史语所的工作凝缩地喻示了语文学内置的一系列张力:人文与科学、本土与世界、民族与国际、传统与现代……这些对极因素相互的关联与驱动比我们想象得更为复杂,现代语境下的中国学术既已与世界黏合缴绕在一起,世界语文学究竟是多种地方语文学的并置,还是确有某种地方共享的"世界性"语文学模式,抑或,**地方性和世界性根本就是一对权宜的功能性范畴**,这是中国给"世界语文学"命题提供的一个更为发人深思的问题维度①。

行文至此,让我们回视薛爱华的汉学语文学讨论。当薛爱华呼吁汉学需要坚守语文学的方法基础时,与其众多文本研究相关的西欧同行一样,他在强调文本——文化批评的准入资格与专业训练。薛爱华反感的是,"sinologist"被广泛用于"中国观察者"(China watcher)的同义词,使得记者、评论家和实际上任何可以对现代中国发表意见的人都可以称为汉学家。② 他引用时任耶鲁大学校长同时也是文艺复兴文学研究学者的吉亚玛提(A. Bartlett Giamatti,1938—1989,1978—1986在任)的话:"我认为人文学科是以语言——或更准确地说,以语词为中心的探究领域,而由此我也认为这种人文实践根本上就是围绕对文本的解释而展开的。"③薛爱华称其准确无误地将语言与写作置于人文研究的核心位置,而这也正是何为语文学之所指。此时,语文学和汉学不仅同属于"西方"人文学科的大本营,甚至汉学成为语文学这一基础性人文实践的一个区域性分支,从这个意义上说,薛爱华与汉学区域研究定位的决裂是不彻底的。与此同时,语文学的方法论自觉仍然囿于欧美传统的内部,而非作为一种具有世界性意义和地方性差异的自反性科学。

那么,前述三则研究对于中国传统的语文学关怀与薛爱华时期的汉学语文学定位究竟有何不同呢? 笔者认为,最关键的在于其中的后设语文学(meta-

---

① 波洛克也注意到,繁荣于20世纪上半叶的现代梵文研究是传统印度与西方两种风格语文学的混合,可惜这一领域昙花一现,骤然凋敝,这几乎成为大多亚洲地方性语文学传统的共同命运。与之相比照,显然,中国本土的现代语文学学术传统(包括古文字学、版本学、目录学、校勘学等在内的广义古典文献学)仍然遒劲不衰,且在人文科学体制内长久占据重要地位。参见 Sheldon Pollock, "Future Philology", *Critical Inquiry*, Vol. 35, No. 4, 2009, pp. 943 – 945。

② Edward H. Schafer, "What and How is Sinology?" Inaugural lecture for the Department of Oriental Languages and Literatures, University of Colorado, Boulder, 14 October 1982, p. 1.

③ Ibid., p. 2.

philology)意识。可以清晰地看出,三者都聚焦中国本土的话语实践,并抱持去欧洲中心语文学范式的意图,这不再是到汉学领域中施展欧洲语文学方法的一种"运用"(application),而是在中国与世界的关联鉴照结构中去重述中国的本土经验,从而通过具体的研究对既有的语文学概念进行去范畴化(de-categorization)和再范畴化(re-categorization)。这意味着汉学界已经意识到,汉学不再是从西方人文学科内部出发去细读分析中国古典汉语文献的那种静观之学,文本所承载的也不仅是带有异域陌生性的他者文化,这些文本与文化自身处在漫长且复杂的话语实践形塑之中,以经学为主脉的中国古典学术传统无疑是这种话语实践的关键性构成,因而也必须回到经学话语史中去细加重访。

"世界语文学"的理念实际指向波洛克的"未来语文学"理想,对于后者,他表述为一种新的语文学学科理念,关乎"文本的全球性理论与地方性多样实践之间的持续张力",它将人文研究的各学科重新团结在语文学周围,而"未来语文学"的核心任务就是"重现世界上不同时期不同地域的学者在理解文本时,他们的动机、理论、方法和洞见"[①]。显然,无论是"世界语文学"还是"未来语文学",其关怀的重点都从文本意义转移到了使文本意义成为可能的实践自身。这便是波洛克一再强调的:是我们的历史性(historicity)决定了我们的阐释[②]。

五、作为功能的语文学:人文学科的自反性调节机制

在《后设语文学》(Metaphilology)这篇长书评中,佐尔科夫斯基回顾了语文学从 20 世纪 40 年代直至近年在欧美人文学界经历的跌宕起伏,在他看来,语文学的兴衰实为贯穿在大学体制和具体人文科系发展内部的一条主线。无论是英语、法语、德语、西班牙语、斯拉夫语等以国族语言为边界的文学文化研究科系,或是作者所在的古典系,无论是位于中心或边缘,也无论其在场或缺席、举足轻重或无关紧要,语文学的功能与位置都为观察并评估人文学科的整体图景和总体趋势提供了枢纽式的路径。

即使众说纷纭,可以确定的是,语文学的核心规定性在于对语言的细查,由此拓展为以语言为基础单位的文本分析。多数时候,语文学被作为"文本批评"(textual criticism)或是文本研究(textual studies)的同义词或至少近义词,故而也

---

① Sheldon Pollock,"Future Philology",*Critical Inquiry*,Vol.35,No.4,2009,p.949.
② Ibid.,p.961.

与强调细读和注重言辞历史性的阅读范式联系起来①。因此，从最基本的层面而言，语文学扮演了人文批评坚实的根柢和必经的中介，也设置了文本分析的专业门槛——无论这一门槛是语言能力还是批评能力，这也意味着，语文学可以作为一种组建或排除批评话语的规则，经由它可就现代人文研究的专业性进行评断②。

从狭义的语言学勘断拓展到更广阔的历史文化语境重构，古典语文学一度近似于博物学，拓展成了一种包含了语言、宗教、法规、礼仪、习俗等全光谱的古代知识体系。当百科全书式的古典知识形态改变，语文学在现代学术体制中裂解到各具体人文学科，与文化研究的联姻就成为应对传统意义上的文学文本研究日益边缘化的策略，只有通过汇入更驳杂也更现世化的文化研究之中，才能找到重新被体制支撑、重视和培育的生长点。为了规避褊狭、单调、琐碎和平浅，语文学要更强化显明它同样可以兼容新的理论视野，"新语文学"便很大程度上是这种与时俱进的产物，使其不仅可以占据微观领地，而且可以折射各项新的中观与宏观的人文关怀。

然而，这也包孕着扩张与泛化的隐忧，可以说，"回到语文学"表达的就是通过对想象与阐释维度的自我节制，来克服丢失文本阵地的焦虑，它呼吁从过快进入空泛宏大的人文叙事回到稳扎稳打的文本辩读。德曼在一次访谈中称自己"是一个语文学家而非哲学家"③。而他由此也简略重申了自己对语文学家的定位，即在于所有的分析都"总是经由文本，经由对文本的批判性检视"④。可是，对大多语文学家来说，德曼"回到语文学"的呼吁固然是好的，但承认其语文学家的身份却是难的，佐尔科夫斯基便反讽道：可以想象，如果德曼这样的学者无法以哲学家的身份立足，他们或许会考虑自称为语文学家⑤。但对于相比

---

① Sheldon Pollock, "Future Philology", *Critical Inquiry*, Vol. 35, No. 4, 2009, pp. 933 – 934.
② 尽管对于什么是现代人文研究的"专业性"这一问题的答案是语焉不详的，但显然"真正的语文学（家）"可以成为评估此种专业性的一个法宝。例如，美国国家人文中心主任哈芬（Geoffrey Galt Harpham）便指出："新语文学的一个最为突出的特点，也是萨义德希望恢复和激活的，正是那种大胆假设，而这一点在今天又可能被很多人认为缺乏专业性。"见 Geoffrey Galt Harpham, *The Humanities and the Dream of America*, Chicago and London: University of Chicago Press, 2011, p. 50. 波洛克也批评萨义德的非英语语种能力有限，认为其语文学实践更多止步于现代英语经典，更严重的是，其东方主义的理论自恋阻碍了对东方语文学自身的真正深入。
③ Stefano Rosso, "An Interview with Paul de Man", in Paul de Man, *Resistance to Theory*, Minneapolis: University of Minnesota Press, 1986, p. 118.
④ Ibid.
⑤ Jan Ziolkowski, "Metaphilology", *The Journal of English and Germanic Philology*, Vol. 104, No. 2, 2005, pp. 258 – 259. 波洛克对德曼的语文学理念有更为严厉的批评，见 Sheldon Pollock, "Future Philology," *Critical Inquiry*, Vol. 35, No. 4, 2009, p. 947.

解构批评家实在得多的"新语文学",佐尔科夫斯基同样不满意,他尖锐地指出,所谓"新语文学"之"新","不仅是一种智识运动,更是一项营销手段",因为即便没什么实质变化,消费者也总是更爱买那些"新的、改进版"标签的账①。

这一态度颇具代表性,值得深思的正是其中的悖论:一方面,语文学的拥护者反复强调,在传统语文学和新兴广阔的理论方法之间的二分是人为建立的篱墙,必须被加以拆解破除②;另一方面,又有尖锐的批评不断浮现,指认语文学家的阵营里有不少学者名不副实,尤其是那些呼吁"回到语文学"的人,往往借语文学贩卖理论,仿佛谁都没有回到"真"的语文学③。

然则,究竟何谓语文学?语文学是一个研究领域、一门学科,抑或一种方法?即使在欧洲文化体内部,存在一种跨越时空而保持一致的语文学的观念范畴吗?是回到语文学,还是开辟新语文学,抑或期待未来语文学?④ 左右不满的佐尔科夫斯基们恐怕自己也难作答。老牌语文学家西格弗里德·文策尔(Siegfried Wenzel,1928—　)甚至认为:"语文学与其说是一门有着清晰定义对象和研究方法的学科,毋宁说是一种**态度**(attitude)。"⑤这态度正是"语文学"在词源上所表达的,对语词的热爱,从追寻语词与文本的表面义出发而达至可能深层的意蕴,同时也清醒地意识到,文本所被形塑的时空与我们解读的这个时空是完全不同的⑥。这样说来,强调"语文学"不过是强调任何论证都要基于坚实且细密的文本分析基础。然而这样一来,"文本"也成了一个可疑的问题,朗宓榭的语文学定义便颇能体现这一点,与世界语文学的其他响应者一样,他

---

① Jan Ziolkowski, "Metaphilology", *The Journal of English and Germanic Philology*, Vol. 104, No. 2, 2005, p. 245.

② 参看 Jan Ziolkowski, "Metaphilology", *The Journal of English and Germanic Philology*, Vol. 104, No. 2, 2005, p. 247; Seth Lerer, "Philology and Criticism at Yale", *Journal of Aesthetic Education*, Vol. 36, No. 3, 2002 p. 16.; Stephen G. Nichols, "New Challenges for the New Medievalism", in R. Howard Bloch, Alison Calhoun, Jacqueline Cerquiglini-Toulet, et al., eds. *Rethinking the New Medievalism*, Baltimore: Johns Hopkins University Press, 2014, p. 10.

③ Jan Ziolkowski, "Metaphilology", *The Journal of English and Germanic Philology*, Vol. 104, No. 2, 2005, p. 243. 类似的,波洛克在《未来语文学》中也对每一个提出"回到语文学"的学者提出了批评。

④ 波洛克承认,语文学从未作为一项边界清晰、观念融贯且建制上统一的知识领域出现,而总是呈现为一种关于方法的模糊堆砌。参看 Sheldon Pollock, "Future Philology", *Critical Inquiry*, Vol. 35, No. 4, 2009, p. 946.

⑤ Siegfried Wenzel, "Reflections on (New) Philology", *Speculum: A Journal of Medieval Studies*, Vol. 65, No. 1, 1990, p. 12.

⑥ Siegfried Wenzel, "Reflections on (New) Philology", *Speculum: A Journal of Medieval Studies*。如众周知,从词源学而言,"philology"就是表示言辞之爱(love of letters),有关"philology"词源学的辨析参看 OED, *s. v.* "philology"; *Oxford Latin Dictionary*, *s. v.* "philologia"。

试图充分容纳变量而寻求某种语文学的基本"公分母":"如果在体制背景下来狭义地定位这一学科,语文学将仍然停留在西方意义上。假如我们接受一种范围更广的界定,亦即为解决产生于编码文本的问题所做出的一种普遍性努力,那么**即使是没有书写文化的文明**也必然有着某种语文学知识。"①在这里,文本不再是指书写文本,而是"编码",然则,语文学甚至不必与一般意义上的"文本"黏合,而只需附着于更为泛化的符号系统,语文学的目标也并不限于精确解码,而只需是一种围绕符号问题实施的模糊的"努力"。

诚如前文已经触及,语文学的内涵与外延不仅难以把捉,甚而意味着诸多两难:是细琐狭窄的考据癖,还是百科全书式的野心?是追根究底的事实还原,还是前见笼罩下的批评构建?是服务于民族认同和复古主义的武器,还是不同学术与文化传统共享的公器?无怪乎即便面对"世界语文学"这样各美其美、美美与共的颇具政治正确意味的呼吁,学者仍然发出疑虑:"在语文学尚缺乏一种理论的论证,或是语文学方法尚未做出澄清,甚或,在黑格尔式宏大叙述崩塌之后,语文学尚未获得一种重新陈述,呼唤振兴语文学仍然是对已经远去的认识论的一种怀旧渴念。"②

然而,也许正是语文学自身的吊诡,与其对于语言-思维机制的共通性预设一道,保障了跨越时空、语言和文化界限来阅读阐释文本的合法性与持续性。波洛克就指出,"对语言时空距离感越远,主动的语文学关注就越强"③,这在当代欧美汉学中被刻意重申——还有什么比当代的欧美汉学家重读中国古典文本所跨越的时空距离(以及语言距离)更远的呢?宇文所安就多次表达,其对中国诗歌生命的重新体验是一种细密而个人化的阐释实践,这一实践不必也不能受到中国传统阅读范式的约束。而跨语际细读中一种必要和重要的方式首当其冲乃是"翻译",柯马丁(Martin Kern)也认为,古典中文里那些原本看上去松散且多义的语言,可以经由翻译细读得到质疑、思辨和具象落实。他引用同为汉学家的金鹏程(Paul Goldin)的一句笑语道:"我们的确没法像中国人读得那么快,但他们也无法像我们读得这样慢。"④这岂不正是尼采所论语文学"慢读"

---

① Michael Lackner,"Reconciling the Classics:Two Case Studies in Song-Yuan Exegetical", in Sheldon Pollock, Benjamin A. Elman, and Ku-ming Kevin Chang, eds., *World Philology*, Cambridge, Massachusetts:Harvard University Press,2015,p.139.
② Vishwa Adluri,"Book review of *World Philology*",*The American Historical Review*,Vol.12,Issue3,June 2016,p.910.
③ Sheldon Pollock,"Future Philology",*Critical Inquiry*,Summer 2009,p.950.
④ 柯马丁:《超越本土主义:早期中国研究的方法与伦理》,米奥兰、邝彦陶译,郭西安校改,《学术月刊》2017年第12期。

精神在当代汉学实践中的一种戏谑式表达？我们知道，尼采曾在多处讨论过其语文学的理念，他对语文学定位的著名表述是："在解释中悬搁判断（ephexis）"，"能够读出事实，不会通过解释来歪曲它，不会在寻求理解的过程中失去谨慎、耐心和精细"①。

有意思的是，尼采的语文学主张和其自己宣称的语文学家身份同样在历史上掀起过争议风波。著名的古典学家维拉莫维茨（Ulrich von Wilamowitz-Möellendorff，1848—1931）曾以"未来语文学"（zukunftsphilologie）为书评题对尼采的名作《悲剧的诞生》予以猛烈抨击，详尽又无情地列举了书中所暴露的谬误之处，结论是尼采对古希腊历史事实根本是无知的。维拉莫维茨的批判得到了大多数语文学与古典学同僚的支持，七年之后，尼采最终辞去了巴塞尔大学古典语文学的教职②。在一篇钩稽尼采与维拉莫维茨之争的论文的最后，美国学者格罗斯（J. H. Groth）发出感叹：人们都把我们时代的弊端归咎到专家身上，然而，像兰克、维拉莫维茨这类专家，他们的读者与追随者是极为有限的，相比之下，尼采等人却拥有多得多的大众及学术拥趸。因而在格罗斯看来，指责"专家误事"真是怪错了对象。格罗斯之叹是在20世纪50年代语文学势衰而理论热潮高涨的背景下发出，可以想见其同样暗含了"回到语文学"的诉求，不过他的结论却恰好使我们得以窥见一个发人深省的现象：正是某些于严格和狭小的语文学"事实"上"犯错"的人，在学术和思想发展进程中扮演了更为关键的角色，影响了更多的读者，激发和参与了更宏阔的新思想的形塑；更重要的是，他们还反过来促成了对造就既有语文学"事实"那些认知的"知识型"的反思。我们无法否认的是，在尼采的语文学批评实践中，无论是其对古希腊悲剧的阐发，还是对荷马问题的转捩，都深刻地影响着后世古典学乃至整个人文思想界，而现代语文学的后设研究史上，尼采应当而且必然占据一个重要的位置。正如语文学的"回归史"永远也无法绕开"伪语文学家"保罗·德曼和萨义德那样。

语文学既然实质上变动不居，其与非语文学的关系也就纠缠不清，这显露出普遍存在于现代语文学拥戴者那里的一种内在吊诡：语文学难以被界定和固着，但却可以被比对和辨认，在严肃的学术研究中，没有语文学的缺席，而只有

---

① 尼采：《敌基督者》，《尼采著作全集》第六卷，孙周兴、李超杰、余明锋译，孙周兴校，商务印书馆，2015年，第286页。
② 参看 J. H. Groth, "Wilamowitz-Möllendorf on Nietzsche's *Birth of Tragedy*", *Journal of the History of Ideas*, Vol. 11, No. 2, 1950, pp. 179-190.

"语文学得不够",或"语文学得太过"①。这究竟是语文学左右掣肘的尴尬还是随势而动的狡猾?

对于大多数语文学的捍卫者来说,这不过是表达一种朴素的文本研究诉求:一切从文本中来,到现实中去。更有意思的是,在那些呼吁"回到语文学"或"重塑语文学"的人文学者的论述中,重要的也不是就语文学进行严格界定,而在于通过对既成语文学事实和理念的赞成、反对、修订和变革,来**行使一种人文学科自反性的调节机制,使得人文研究所内在必需的批判与重构这种辩证运动永无止歇**。在这些表述中,语文学实际承担了一种规导和调节人文研究的功能:仿佛存在着一条隐而不见、流转不居,却始终是学术众妙之门的语文学轨道,每当人文研究有脱轨之虞时,"回到语文学""新语文学""世界语文学"乃至"未来语文学"就成为召唤学术重归"正轨"的号令:它的实质乃是要求人文学科通过自反性调节来同时达及精度、深度和广度,也共时地容纳过去、现在和未来。

当然,这么说绝非否定语文学的切实具体性,而是表明,只有探及语文学在人文学科动力机制中所具有的那种特殊功能,我们才能更透彻地理解那些多元且变动的具体语文学理念和实践。

结语

显然,从奥尔巴赫时期的"世界语文学"(weltphilologie)到波洛克等学者倡导"世界语文学"(world philology),其内涵业已发生变更,前者的"世界"更多系于欧洲世界的"当地当下"(here and now)②,而后者则指向强调非西方经验的比较性和全球性视野。正如苏源熙在《世界语文学》文集的书评中指出:"尽管'世界'一词给人感觉是暗示了某种总体性与交互关系,但'世界语文学'的提法更多是表达一种探查,而非包揽无遗;其效应是激发读者想象有多少可能缺失的语文学书写,提出更多有关语文学的质询。"③

波洛克等人已经敏感地发现,世界与地方交互关系的复杂结构是当前推进语文学首先需要直面的一个难题。耶鲁大学比较文学学者霍奎斯特(Michael

---

① 这正是语文学一度受到"褊狭与琐碎"的指摘。
② James I. Porter, "Introduction", in *Selected Essays of Erich Auerbach: Time, History, and Literature*, Trans., Jane O. Newman, Princeton, NJ: Princeton University Press, 2016, xviii. 这也是奥尔巴赫"现世语文学"之"现世"(this world)所指。
③ Haun Saussy, "Book Review of *World Philology*", *Modern Philology*, Vol. 113, No. 4, 2016, E208.

Holquist，1935—2016)指出的：“语文学家必须继续学习如何在其狭窄的专业领域进行研究，同时也得寻找新的方式将其专业知识带到一个分享的平台，与从事不同阅读的其他专家共享。"①在跨界话语交流不仅已然成为学术现实而且日益迫切的当下，那种孤芳自赏、令人望而却步的地方语文学技艺面临着越来越严峻的挑战。那么语文学如何继续行使其对人文学科的规导调节功能呢？"世界语文学"理念的确已经开启了新一轮运动。王汎森在《世界语文学》的"序言"中指出，语文学的承诺是历史自反性、非地方性，以及方法论和观念上的多元性。这是波洛克所倡导的新语文学的题中之义，也是克服东方主义、民族主义、传统主义之正途②。而要达到这三条，与比较思考的结合是密不可分的。这样的一种语文学，显然不是那种将地方性知识形式以科学为名包装为普遍有效话语的旧学科形态，相反，它必然从对认识型（episteme）的全球性比较之中生发出来，也探寻具有全球性比较格局的新知③。这实际就指向比较文学这一学科所强调的后设和比照理念。对于中国学者来说，理解西方汉学家介入中国文本的阅读与理解方式，就必须了解他们所依凭的现代语文学传统，而此一探询的真正目的在于重塑和重述我们自身的语文学传统，进入世界语文学的话语交流区，参与这一重要的国际学术对话。在这一过程中，带以比较文学学科的理论和方法自觉来探讨汉学的学术实践将扮演重要的中介角色，也正是在这个意义上，语文学、汉学与比较文学无可回避地汇聚到了一起。

---

① Michael Holquist, "The Place of Philology in an Age of World Literature", *Neohelicon*, Vol. 38, No. 2, 2011, p. 284.
② Fan-sen Wang, "Foreword", in Sheldon Pollock, Benjamin A. Elman, and Ku-ming Kevin Chang, eds., *World Philology*, Cambridge, Massachusetts: Harvard University Press, 2015, ix.
③ Sheldon Pollock, "Introduction", in Sheldon Pollock, Benjamin A. Elman, and Ku-ming Kevin Chang, eds., *World Philology*, Cambridge, Massachusetts: Harvard University Press, 2015, p. 23.

Shanghai、毒品与帝国认知网络
——带有防火墙功能的西方之中国叙事

葛桂录*

> **内容提要** 西方作家笔下的上海是一个神秘而恐怖的东方都市。在西方殖民帝国对中国的认知网络上,中国往往被看作是一个沉溺于鸦片梦幻中的最具有东方性的非现实的国度。关于中国的一般知识,也是一种话语权力结构,构成了西方帝国殖民体系的认识论基础。通过那种虚幻的中国叙事,有意识维护着西方殖民帝国的认知网络,任何一种危害帝国安全的因素,都被想象夸大在各式各样的中国叙事之中,形成坚固的"防火墙",阻挡来自异域的危及帝国认知网络安全的"病毒"。萨克斯·罗默创造的傅满楚形象,典型地展现出西方关于东方中国的那种神秘而恐怖的心理状态,而这一形象的多元化传播也体现出西方殖民心态下关于中国的认知网络的运行轨迹。在全球一体化的国际文化语境中,这道"防火墙"成了阻碍东西方跨文化交往的障碍之"墙"。
>
> **关键词** 鸦片恐惧;中国城;殖民帝国认知网络;傅满楚形象;知识与权力;西方的中国叙事

一、Shanghai、毒品、中国城:诱惑与恐惧

(一) Shanghai:神秘而恐怖的东方都市

Shanghai,我们在此标示的首先是"动词"的含义,其中隐含的又是作为"地域名词"的两个主要文化意象。

在俚语中,Shanghai[①]叫作为动词用,表示(1)用麻醉剂或烈性酒使(男子)失去知觉后,而被绑架当水手,如 be Shanghaied onto a foreign ship,即表示"被劫持到外国船上当水手";(2)用武力或武力威胁强行拘留,诱骗或强迫某人做某事,如 Shanghai sb. into doing sth.。

与之相关联的名词"Shanghai",展示的意象亦有两个:(1)神秘(美国水手

---

* 葛桂录,福建师范大学外国语学院教授,博导。
① 与此相关的有一个名词:Shanghaier,即源出于19世纪时使用强迫手段裹胁水手远航东方尤指上海。

跑进酒吧间——诱惑);(2)恐惧(大街小巷被人抓住,服毒迷昏或绑架到船上——不安全感)。

"Shanghai"(上海)的这两种文化意象正好展示出西方世界(尤其是殖民帝国时期)对东方中国的认知印象:既向往(神秘的东方,诱惑无处不在),又恐慌(无理性、罪恶的、阴暗的东方)。此乃萨义德东方主义式的"东方",西方殖民文化语境中的东方(Orient)。

美籍华人学者李欧梵认为,在20世纪上半叶,上海存在着两个世界:洋人的租界,这是西方人的上海;中国人的弄堂世界,这是产生现代中国文学的文化环境,所谓"亭子间文学",楼顶最闷热、最逼窄的地方,往往是穷作家的居所。

在西方人眼里,这样的弄堂世界,就是欧美世界或好莱坞电影里的Chinatown(中国城)——神秘莫测、诱惑不断、毒品遍布、绑架不绝,总之罪恶丛生、糟糕异常。西方殖民者相信,上海的这两个世界不可沟通,租界是租界,弄堂是弄堂。上海的公园曾挂了"华人与狗不得入内"的牌子,此带有极端殖民主义色彩的牌子在1928年被打了下来,至今我们仍然可以在一些影视剧里看到当时的情景。外国人的生活活动范围仅限于对他们来说安全的租界[①];而身处弄堂世界里的文化人、知识分子,倒是想光顾法租界的咖啡馆、英租界的书店和电影院。

上海是一个神秘而恐怖的东方都市,这是不少西方作家笔下的上海形象。在此,我们试以两位作家为例,一个是对上海不甚了解的法国作家马尔罗,一个是童年时代成长在上海的英国作家巴拉德。

法国作家、政治活动家安德烈·马尔罗的长篇小说《人类的境遇》(1933),出版后在读者群中产生过轰动的震撼力,获得过当年度的法国龚古尔文学大奖,被评论界称为"二十世纪的经典著作"。这部小说的故事背景发生在上海。所谓"人类的境遇",就是人在地狱中的境遇或命运,这个地狱就在"中国上海"。小说故事发生在20世纪20年代的上海,一些革命党正在进行革命活动,遭到政府的无情镇压。上海的景象是世上最黑暗的,是一座地狱:天空总是阴云密

---

① 英国作家迪金森(Lowes Dickinson,1862—1932)曾这样描述过在华西人的生活状态:"他住在这个国家,却对它的宗教、政治、生活方式及传统习俗一无所知,丝毫不在意,除非与他有切身的关系。如果可以的话,他将永远不会离开租界。他本人总是往返于家、办公室、俱乐部和赛马场之间;而他的思想则只专注于他的生意和体育。关于所有的、很一般的话题,他的观点都是拐弯抹角得来的。这些观点无不带有英国人的陈腐的偏见,要不就是不假思索地从国外的英国人那儿套来的。它们被不断地传送着,从一个人到另一个人,直到人尽皆知。你只需花上一个小时的时间,就能把目前一个大洲里外国人所有的想法一览无遗。"转引自梅光迪:《西方在觉醒吗?》,载罗岗、陈春艳编:《梅光迪文录》,辽宁教育出版社,2001年,第212页。

布,贫困、肮脏、混乱、疯狂、恐怖、仇恨、令人毛骨悚然的大屠杀,一只只乌黑的笼子里装着砍下来的头颅,头发上还滴着雨水。我们找不到材料证明马尔罗到过 1927 年的上海①。他表现的是他自己所能想到的这个世界上最可怕的地方,即如 17 世纪法国哲学家帕斯卡尔所描述的那样:"一大群人戴着锁链,他们每个人都被判处了死刑。每天,其中一些人眼看着另外一些人被处死,留下来的人从他们同类的命运,看到了自己的命运,痛苦而绝望地互相对视着⋯⋯这就是人类命运的图景。"②

马尔罗在《人类的境遇》中,无论是关于地理参照还是小说人物描写,其所使用的中国的真实材料是比较贫乏的。正如一个研究马尔罗的法国学者克里斯蒂昂·莫尔威斯凯所说的那样,马尔罗在小说中创造出来的是一个人造中国,他通过一些贫乏且陈旧的异国情调的符号,"创造了中国景象的一个概貌、范型","中国街巷的声音背景也是由一些尤其老套的符号立体构成的,⋯⋯清脆的骨牌声,街巷上极有特色的木屐木鞋声,汽车喇叭、鞭炮、锣鼓、钹、二胡或笛声构成的喧嚣——还有'永垂不朽的蚊虫'的或调节风扇的嗡嗡声,这些作为必需的声音,构成了马尔罗对中国夜晚的描写中的景象和伪真实"。同样,马尔罗在关于中国人的品性描写方面,也基本上遵循了西方关于中国"风土人情"的那套陈词滥调,以至于可以通过这本小说,编一部真正的关于中国的"成见大词典"③。把马尔罗介绍给我们的中国学者更清晰地指出:"必须承认,马尔罗写中国革命的小说几乎没有写出一个真实的革命者,也没有写出一个真正的中国人民的形象,他笔下的中国革命者和中国人民的形象与实际生活相距实在很远。"④

马尔罗如此展示他的人造中国场景,一方面固然是因为他缺乏对中国的直

---

① 根据相关传记材料,马尔罗在写作《人类的境遇》期间在中国逗留的时间极短。他在印度支那居住期间曾于 1925 年 4 月到香港去了几天;后来在其环球旅途中,于 1931 年 9 月在上海和广州待了几天。正是在这第二次到达中国期间,马尔罗产生了写作这部小说的构思及小说的题目。参见克里斯蒂昂·莫尔威斯凯:《马尔罗〈人类境遇〉中的"中国式"和中国性》,载钱林森、克里斯蒂昂·莫尔威斯凯主编:《20 世纪法国作家与中国——99'南京国际学术研讨会》,南京大学出版社,2001 年,第 157 页。
② 马尔罗在哲学思想上受帕斯卡尔、尼采、施本格勒等人的影响,认为人是世界上唯一预先知道自己将要死亡的动物,人要根据各自的生活态度和境遇作出反应,这种反应就是不断地"行动",从而证实自己的存在和价值。马尔罗自己就是一个不断行动的人。
③ 克里斯蒂昂·莫尔威斯凯:《马尔罗〈人类境遇〉中的"中国式"和中国性》,载钱林森、克里斯蒂昂·莫尔威斯凯主编:《20 世纪法国作家与中国——99'南京国际学术研讨会》,南京大学出版社,2001 年,第 151—153 页。
④ 柳鸣九:《马尔罗研究》(编选者序),漓江出版社,1984 年,第 18 页。

观深入的认识,更重要的是他在这部小说中最想构建的不是关于 1927 年中国真实场景的重现(无论是从历史维度还是从地理层面上),而是一种关于人类悲剧处境的气氛。因此,《人类的境遇》中的中国上海具有相当的讽喻意义[①]。

在马尔罗笔下,死亡具有无比崇高的色彩,其作品里的所有人物几乎都会意识到生存的荒诞性。他在《人类的境遇》中思考的正是人类即将面临死亡的恐怖"境遇",那些革命者们无不将对荒诞命运的抗争看作是一种生命的意义。而 20 世纪 20 年代发生在上海的中国革命,对于马尔罗来说,是人对抗生存荒诞性的最好例证。因而将地狱的地点选择在东方的中国上海,上海则成为他想象的一个恐怖区域,并借此展示他关于人类生存荒诞性的思考。这样,所有中国的革命,只不过是供他思考人类在地狱中境遇的一个题材。就像有的研究者所指出的那样:"我们不妨说,马尔罗写的是中国,意识的坐标却在西方,他将中国生活的病态拟为整个文明病症的象征,也可以说,他是在借中国的酒杯浇西方的块垒。至于他何以选中了其实他并无实际了解的中国,而不'就近取譬',写他熟悉的印度支那,那应该到他对'雄浑有力的文学'的向往中去找答案。也许在他看来波澜壮阔的中国大革命更能使他的作品具有史诗的气魄,那是一台堂皇的道具,华丽的布景,他所醉心的实际与想象中的个人冒险在此与对人类命运的关怀有效地结合到一起,从而被赋予了不寻常的意义。"[②]根据后殖民批评理论,中国上海只不过是马尔罗心目中的一个他者形象。这样一个他者是西方的对立面,甚至构成了西方的异端[③]。对类似问题,周宁为我们提供了一个解读思路,他在分析西方的中国形象时说:"各种文本都重复同一话语,或者说,同一种中国形象。因此,重要的不是研究不同文本的表现,而是研究不同表现之间同一的内在结构及其历史语境,将文本的符号学分析与对文本产生的文化历史语境的话语分析结合起来。西方不同历史语境下产生的中国形象,是西方文化构筑的'他者'。在这个前提下理解中国形象,就可以摆脱反映论或符号论的误区。西方的中国形象是西方文化-历史结构的生成物,它无所谓有关中国

[①] 然而,法国读者相信 1927 年的中国只可能像马尔罗在这部小说中所写的那样。在他们眼中,马尔罗是中国革命的知情人。马尔罗在《人类的境遇》中对上海的描述,看上去更像是西贡,后者是他更了解的区域。

[②] 余斌:《马尔罗在中国的命运》,载钱林森、克里斯蒂昂·莫尔威斯凯主编:《20 世纪法国作家与中国——99'南京国际学术研讨会》,南京大学出版社,2001 年,第 167—168 页。

[③] 对此,澳大利亚史学家杰弗里·布雷尼教授谈及历史上澳大利亚对中国人的态度时曾指出:"即便没有中国人,澳大利亚人也会把他们发明出来。每个社会都需要替罪羊,需要打击的对象。澳大利亚的英国人几乎把中国人作为衡量他们自己的标准,衡量之下,他们觉得自己还挺不错。"转引自欧阳昱:《表现他者——澳大利亚小说中的中国人(1888—1988)》,新华出版社,2000 年,第 5 页。

事实的客观的描述,因此也无所谓误读或歪曲。西方的中国形象是西方创造与交流中国的意义的表现系统,是西方人在西方文化中赋予中国的意义并体验这种意义的文化方式。"①马尔罗《人类的境遇》里中国题材的展示亦可作如是观。

与马尔罗想象性的上海经验不同,巴拉德(James Graham Ballard)的童年时代是在中国上海度过的,他对现实中国有着清晰的感知②。他以其在上海生活的童年记忆写成自传小说《太阳帝国》(*Empire of the Sun*,1984),获英国文学最高奖项布克奖提名,被誉为"英国描写战争最好的小说",最终为他赢得了广泛的声誉。小说以一个住在上海英租界的英国男孩的视角,讲述了抗日战争时期,男孩吉姆和他的父母失散并流落街头,后又被关入日军拘留营,历经磨难的故事,反映了人类在战争中对自由的追求和渴望。

对巴拉德来说,他曾经生活过的东方大都市上海,在他心目中是神秘而充满诱惑力的。"上海这个荒淫无耻、魅力十足的城市,比世界上的其他任何城市都令人兴奋刺激。"它能吸引包容一切,即便是战争,也"总是给上海带来活力"。当然,《太阳帝国》中对上海的描述,主要不是一幅幅乌托邦(Utopia)式的虚构空间,更多的是地狱般的恐慌,展示出西方人心目中如福柯所说的那种异托邦(Hetero-topia)场景。

马尔罗的《人类的境遇》也是异托邦想象模式的极至表现,书中所描绘的20世纪20年代的中国上海,因贫困肮脏、疯狂仇恨,俨然呈现一片片人间地狱场景。巴拉德笔下的上海描述,其异托邦思维模式异常突出:这座20世纪三四十年代东方都市繁华景象背后的丑陋,一如《人类的境遇》所描述的地狱场景,令人战栗厌恶、心生恐怖:满街游荡的酒吧女郎,沿街而坐的叫花子,露出的伤口和畸形的肢体惨不忍睹;夜总会、赌场一字排开,地痞匪徒充塞其间,流氓阿飞当街斗殴,影院门口站着200多个穿中世纪服装的驼背;背着大小包裹难民的涌入,无数的苦力、人力车夫,愈发使街道拥挤不堪,还有乡下女人发出的阵阵汗臭,街上为非作歹的巡捕;以及外滩悬首示众的血淋淋的人头,站台现场上演的国民党密探的砍头示众,鲜血四溅,恐怖非常。

黄浦江边的情景同样恐怖。穷得无钱埋葬亲人的中国人,在棺材上堆上纸花,从送葬码头丢到江中任其漂流。这些棺材连带尸体落潮时被带走,涨潮时

---

① 周宁:《鸦片帝国》("中国形象:西方的学说与传说"之四),学苑出版社,2004年,第89—90页。
② 1930年在中国上海出生的英国作家巴拉德是当时英国驻上海外交官之子,1942—1945年间被日军拘禁在龙华,后于1946年才回到英国。他的自传性短篇故事《死亡时代》(*The Dead Time*,1977)、自传性小说《太阳帝国》及其续篇自传体故事集《妇女的仁慈》(*The Kindness of Women*,1991),均以其少年时代中国上海的生活及战时经历为素材。

又漂回到江边。肿胀的尸体和聚积在码头油污斑斑的木桩周围的纸花,以及丢弃的垃圾,一起形成了一个无比恐怖的"水上花园"。

战时的上海愈发恐怖,投掷的炸弹使屋毁人亡。街头死尸遍地,断臂残腿隐现于废墟之中。江上船只的残骸夹杂着漂浮的死尸。上海周围乡下的场景同样令人触目惊心,俨然一场无尽的噩梦。中国士兵的尸体横躺路边或漂浮在运河里,战壕里成千上百死去的士兵挨个坐着。战场外荒地中遍布隆起的坟堆,腐烂的棺材横埂在路旁,发黄的骷髅任凭雨水冲刷。干涸的稻田一片沉寂,乡下人的逃难使上海近郊的村落杳无人烟。而俘虏营因微薄的口粮竟吸引了中国叫花子盘踞门口,甚至有些人铤而走险爬入营房。国民党军队攻打共产党占领的村庄时炮弹横飞,尸体像劈柴一样堆积。苍蝇蚊子群飞,臭气熏天,死人的血液流入运河滋润稻田。这是一个异常恐怖的世界,上海成了"一颗承担着中国死亡脉搏的丑陋心脏"①。

美国汉学家史景迁指出贯穿于巴拉德作品中的中国形象是:"混乱不堪的生活,饥荒,骚乱和死亡。"小说的中心意象"非常凄惨",而且"小说是以儿童死亡的意象开始和结尾的,描写的是父母把装着他们孩子的小棺材抛到江浪中。吉姆原先在远距离外看到的这一意象,后来突然变成了对他自身生命的威胁"②。所以史景迁认为巴拉德属于那类对中国甚感悲观的作家。

巴拉德在《太阳帝国》中对中国人思想和性格的描述基本上遵循西方人对中国形象的固有成见,据此也可以编一本关于中国的"成见大词典"。他对并无多少了解的中国人的思想和性格大发议论,重复着典型的东方主义话语。作者对20世纪三四十年代上海场景的描写有其真实处,但着重渲染可怕时代的恐怖场景,正反映了作者看待中国时的异托邦思维模式。这种认识中国的观念程式不时迎合着西方人关于上海的主导意象:神秘而恐怖。

(二) 中华帝国:毒品——鸦片

被称为帝国主义诗人的英国人吉卜林说过:"东就是东,西就是西,二者永远不相交。"萨义德的《东方学》等表明:西方的东方主义者把"真实"的东方(East——地理概念)改造成了一个推论的"东方"(Orient——文化概念,是西方人的虚构,使西方得以用新奇和带有偏见的眼光去看东方)。

这样用新奇和偏见的眼光看东方的极端时代,是在19世纪。就在这个世

---

① J. G. Ballard, *The Kindness of Women*, Sussex: Harvest Books, 1991, p.328.
② 史景迁:《文化类同与文化利用:世界文化总体对话中的中国形象》,廖世奇、彭小樵译,北京大学出版社,1990年,第127—128页。

纪里,东、西方的差异完全成了优劣等级。在西方人的观念中,东方是理性光芒照射不到的黑暗大地,似乎所有的愚昧与苦难都是为了等待西方殖民者的最后到来,西方殖民者想象自己是上帝一样的拯救者。"上帝说,要有光,于是就有了光。"西方带来了理性与文明,照亮了匍匐在黑暗大地上的无数可怜的扭曲的面孔,以及他们在历史深处拖长了的身影。西方对东方的文化偏见中,包含着强烈的文化傲慢[①]。

正如有学者所分析的那样:"19世纪代表东方本质的,是中华帝国,而中华帝国的核心象征便是鸦片。鸦片凝聚着所有的东方特性、道德堕落与感官诱惑、邪恶而残酷、神秘而怪异的体验,令人向往又令人恐惧,可能给人天堂般的幸福感,也可能成为死神的使者引你堕入地狱。"[②]在英国著名的浪漫主义散文家德·昆西(1785—1859)的忏悔录《一个英国鸦片吸食者的自白》中,描述同时让他幸福也使他痛苦的鸦片吸食经历时,他也是在描述他对东方与中国的认识和想象。吸食鸦片给德·昆西带来的痛苦,有时是由一些稀奇古怪和可怕的噩梦构成的,噩梦的来源则是东方和东方人(一个马来人)。在德·昆西眼里,中国是一个无生命力的国度,中国人是非常低能的民族,甚至就是原始的野蛮人。他声称"我宁愿同疯子或野兽生活在一起",也不愿在中国生活。所以,他不仅支持向中国贩运鸦片,而且主张依靠军事力量去教训那些"未开化"的中国人。这是一个对中国和中国人极具成见和偏见的英国作家,他关于中国问题的著述正是忠实地展现英帝国殖民心态的自白书。德·昆西的儿子霍拉蒂奥参加侵华英军,1842年8月27日死于中国[③]。

可以说,在19世纪,西方有关中国人的种种恶习中,对他们印象尤深的是中国人嗜吸鸦片成瘾。那些描写中国城的作品中,都会刻意描写一个狭小、昏暗、窒息的房间内,许多中国人或蹲或躺,神志恍惚吸食鸦片的场景。

狄更斯的《艾德温·德鲁德之谜》和儒勒·凡尔纳的《环球八十天》里的中国人,都被描写成吸毒成瘾、完全被毒品搞昏头的人。在狄更斯的这最后一部未完成的小说中,满面烟容、大烟鬼似的老板娘,"跟那个中国人出奇地相像,不论脸颊、眼睛和鬓角的形状,还是皮肤的颜色,两人完全相似。而那个中国人身子抽动着,似乎正在跟那多神教中的一个鬼神搏斗,他的鼻息也响得可怕"。狄更斯甚至把这些嗜吸鸦片的中国人当成是中国国民的真正典型。马克·吐温

[①] 参见周宁:《鸦片帝国》,学苑出版社,2004年,第123—124页。
[②] 同上书,第99页。
[③] 参见拙文《一个吸食鸦片者的自白——德·昆西眼里的中国形象》,《宁夏大学学报》2005年第5期。

在其自传体小说《苦行记》中,也描写了弗吉尼亚中国城鸦片馆的所见所闻。"晚上十点钟,是中国人很得意的时候。在每一座低矮、窄小、肮脏的棚屋里,飘散着淡淡的佛灯燃烧的气味,那微弱、摇曳不定的牛脂烛光照出一些黑影,两三个皮肤姜黄、拖着长辫子的流浪汉,蜷缩在一张短短的小床上,一动不动地抽着大烟。他们无神的眼神,由于无比舒适、非常惬意而朝向里面……他(约翰·中国佬)大约连抽了二十多口,然后翻过身去做梦……也许在他的幻觉中,他离开了这个碌碌世界,告别了他的洗衣活计,到天堂去享用有滋有味的老鼠和燕窝宴去了。"①因而,在西方人看来,中国城首要的罪恶就是吸食鸦片。

(三) 中国城与中国城小说

在那些怀有种族偏见的西方人眼里,毒品虽然就是指东方中国,但毕竟离自己遥远,充其量不过是一种臆想中的恐怖。可是,与自己同处一个城市的华人群体,他们倒是危险的。在他们眼中,中国城是毒品的集散地、罪恶的滋生处,危害着(殖民)帝国的安全,冲击着白人世界(文明世界)的道德底线与秩序规范。于是西方作家(尤其是英、美、澳作家)通过变幻莫测又千篇一律的中国叙事——尤其是"中国城小说",呈现着这样的恐惧与不安。同时,通过这种虚幻的中国叙事,更是有意识维护着西方殖民帝国的认知网络,任何一种危害帝国安全的因素,都被想象夸大在各式各样的中国叙事之中,通过文本及影视艺术、舞台剧,不断提醒、刺激、强化着帝国居民(白人)的神经,形成坚固的防火墙,阻挡来自异域的危及帝国认知网络安全的"病毒"。时至今日,这堵防火墙(尽管是想象性的)依然存在,不时在政治、经济、军事、外交等领域,制造障碍,制造跨文化交往的恐慌与不安,即所谓"中国威胁论"。

一般所谓中国城小说,多描写犯罪与历险故事,作品中总会出现一些中国恶棍,试图绑架侮辱白人妇女、诱惑白人男性,甚至征服全世界。最后,白人英雄出现,化险为夷,消灭了中国歹徒。恐怖解除,世界重见光明。此类作品都带有明显的种族主义偏见。尤其以美国的"中国城"小说最突出。正如美国学者哈罗德·伊萨克斯(H. R. Isaacs)在《美国的中国形象》中说:

> 拥挤的、蜂窝状的中国城(唐人街)本身,也很快在流行杂志上成为神秘、罪恶和犯罪的黑窝。任何罪恶加到中国恶棍头上都不为过,他们

---

① 马克·吐温:《苦行记》,刘文哲、张明林译,西南师范大学出版社,1996年,第278—279页。

在黑暗的胡同里,通过隐蔽的小径潜随他们的牺牲品,他们拿着他们的鸦片烟管四处闲逛,走私毒品、奴隶、妓女,或其他中国人,或在帮会争斗中互相砍杀。①

居住在英国伦敦的中国人集中在莱姆豪斯(Limehouse)。莱姆豪斯是英格兰伦敦东区陶尔哈姆莱茨自治市邻近的一个地区,位于泰晤士河北岸,以水手旅店、教堂和酒店众多为地方特色,散布着不少华人餐馆。那儿也是伦敦最大的华人聚居地,流动性也最大,就像纽约和旧金山的中国城。因此,莱姆豪斯后来成了"中国人"的代名词。这里至今仍然保留着诸如北京、南京、广州、明街之类的街名。在第二次世界大战中,这里的华人区曾遭受毁火性的轰炸,破坏严重,但莱姆豪斯依然能在英国人心中勾起生动的形象,并始终在新闻记者和小说家笔下以一种奇异的构思方式存在着,如关于鸦片馆和点煤气的神话等。

有一位伦敦的中学校长罗宾逊小姐,就曾两次指控莱姆豪斯地区的中国人勾引英国未成年少女,激起了不少人的公愤。"莱姆豪斯的引诱"成了华人区罪恶的代名词。一名曾在莱姆豪斯当过三年警察的侦探被派往那里展开调查,事后他认为,"中国佬要是与一位英国姑娘亲近上的话,就不会引诱她卖淫,只会娶她,待她好"。1920年,一位《新闻晚报》的记者经过调查也下结论说,做华人的妻子是一种好逸恶劳的生活,许多白人姑娘正是因此被引诱到中国城去的,因为伦敦东区的妇女没有一个像"中国佬张三的妻子或管家"那么悠闲的,丈夫甚至亲自下厨房。当时嫁给华人的大多数是那些工人阶级出身的、来自外省的、"声名狼藉"的英国姑娘,出身较好的妇女宁愿自己的丈夫是白人。由此可见,当时普遍存在着一种认为中国人属于劣等人的看法②。

一般人认为是伦敦东区的华人提供了鸦片或其他毒品。同样,一些人也把白人在"中国城"里闲逛看成是东方的罪恶把白人给迷住了。毒品的魔力也波及伦敦演艺界,由此大英帝国臣民笼罩于一片毒品恐惧之中。1918—1922年发生了一系列大肆渲染的毒品恐慌案。几个夜总会舞女和合唱团成员的死亡,均与毒品有关。据当时的小报报道,这些死亡都是白人女性在受了黑人和黄种人的诱惑之后服用毒品和纵欲的结果。这些小报还宣称,这些事件绝非偶然,而是一个大阴谋的一部分。这个阴谋在羞辱白人女性并进一步瓦解大英帝国权力中心的道德和现实统治。在这一时间中,一个狡诈的"中国人"一手操纵了

---

① 哈罗德·伊萨克斯:《美国的中国形象》,于殿利、陆日宇译,时事出版社,1999年,第156页。
② 参见潘琳:《炎黄子孙——华人移民史》,陈定平、陈广鳌译,上海三联书店,1992年,第98—99页。

鸦片和可卡因的走私组织,他被冠以"卓越的张"的称号。他在 1924 年被捕,以私藏毒品罪被遣送回中国,但张并未就此消失。据说他在船只到达中国之前跳海逃亡,并在欧洲其他地方重操旧业。人们认为张应对数十年来全欧的毒品死亡负责。有一位作家如此描述张:"张具有一种诡异的令人毛骨悚然的力量(有人说是催眠术),这种力量能使妇女吸可卡因。他这样做很可能是因为黄种人想败坏白人女性。"一些作家,如我们在下文要论及的萨克斯·罗默,创造了一些像"卓越的张"一样狡诈的中国罪犯如傅满楚。他们不只是在英国阴谋经营毒品,而且还将上流社会的贵族女士、女演员和那些柔弱的男性诱骗到邪恶的毒品世界中①。欧美作家通过不断书写觉醒的亚洲对于白人男子、白人女子气质的种种威胁,延续及强化着这一焦虑。而这种带有历史与现实感的焦虑,正是试图维护帝国认知网络安全运行的心理渴求。

二、帝国认知网络的建构与运行

(一)西方殖民帝国关于中国认知网络的建构与维护

在西方殖民帝国对中国的认知网络上,中国往往被看作是一个沉溺于鸦片梦幻中的最具有东方性的非现实的国度,野蛮而残酷,堕落又愚昧,诱人且恐怖。这就是关于中国的一般知识,也是一种话语权力结构,构成了帝国殖民体系的认识论基础。

大英帝国的战略家们(由传教士,驻华商务、教育和外交机构所交织而成的网络)企图创造一整套与虚构作品(如中国城故事)一致的特定事实,并依靠对于整体知识的幻觉(假作真时真亦假)来维系它们。而来自中国的真实的知识混杂其中,会引发对网络信息质量的质疑,其结果是污染甚或颠覆大英帝国的认知网络,最终可能使帝国殖民体系难于幸免。于是,制止这种"污染"(展示出的也是对文化、种族混杂的焦虑与隐忧),对维系帝国认知网络的统一性(健康运转)至为重要。整个 19 世纪中后期,就在大英帝国将中国操控于股掌之中时,种族混杂(华人移民大量增加)、中国复仇②,以及俄国在东亚的大战略(与大英帝国争夺亚洲),都像鬼魂般威胁侵扰着英国的在华利益,并为流行小说中

---

① 参见何伟亚:《档案帝国与污染恐怖:从鸦片战争到傅满楚》,何鲤译,载李陀、陈燕谷主编:《视界》第一辑,河北教育出版社,2000 年,第 87—88 页。笔者写作本文,受到该文启发,谨致谢忱。

② 根据种族中心主义的"投射"理论,一个民族会利用"妄想狂的投射"方式,把本民族不能接受的欲望归罪于其他民族或他者。中国人就是这样一种遭人仇视,被视为不可接受的他者。在他们的臆想中,中国人在中国曾受到西方人的虐待,因此要以恐怖行为对白人实行报复。傅满楚就是如影子一样尾随西方人的报复典型。这种对中国人毫无根据的恐惧心理直到新千年,还不断在"中国威胁论"里得到呈现。

"卓越的张"和傅满楚等"东方幽灵"式的噩梦提供了想象的基础①。

与之相连的另一问题是帝国认知网络的空间分布。为了使帝国殖民意识更广泛地传播,让所有阶层的人都"了如指掌",调动各种媒介手段实属必要。于是,公共图书馆、博物馆、新期刊、附有插图的报纸与儿童读物、电影胶片、戏剧舞台等,传播着以帝国意识为主题的小说,也包括中国城小说。

1907年,英国作家尼姆(L. E. Neame)发表《英殖民地面临的亚洲危险》(*The Asiatic Danger in the Colonies*)一书,这是一本讨论亚洲人可能侵吞整个英国殖民地的专著②。他在书里忧心忡忡地预言:"任何国家一旦把大门对着东方敞开,一旦大批接受亚洲人,其所承受的包袱只会越来越沉重。"这样一种对东方亚洲人的忧心与恐慌在当时以"黄祸"恐惧最为典型。

在一些欧洲思想家看来,皮肤的颜色与智力和道德水准有关系,"肤色愈深,智力愈差"。康德就认为东方人不具有道德和审美能力,而与之同时代的历史学家奥格斯特·施罗泽则明确认为,中国人是世界上最笨的民族。这样一种带有种族偏见的理论当时在欧洲很有市场。在他们眼中,一方面,中国的愚昧落后、道德低劣,要依靠欧洲文明才能获得教化与救助,但是另一方面又担心随着欧洲技术的秘密传授给中国人,在他们掌握了同样的武器装备之后,在与白人的战争中,黄种人残忍、冷漠,对死亡无动于衷的性格就具有绝对的优越性,于是来自"黄祸"的恐惧与日俱增。

"黄祸"恐惧与种族主义偏见紧密相连。这种对中国人的种族主义偏见比较典型地呈现在英澳作家,如盖伊·布思比(Guy Boothby)、威廉·卡尔顿·道(William Carlton Dawe)、玛丽·冈特(Mary Gaunt)等人的笔下③。

这几位作家笔下的中国题材作品具有明显的种族主义偏见,东方主义特征比比皆是。那些身处中国土地上的英国人或西方人均无所不能,而中国人则是些难以同化的他者或异类,凡是投合西方文化标准道德规范的、肯与西方合作

---

① 参见何伟亚:《档案帝国与污染恐怖:从鸦片战争到傅满楚》,载李陀、陈燕谷主编《视界》第一辑,石家庄:河北教育出版社,2000年,第100—102页。
② 19世纪八九十年代的澳大利亚文坛,也曾出现过一批以中国人侵略澳大利亚为主题的"侵略小说",如《黄种还是白种?公元1908年的种族大战》(1888)、《黄潮》(1895)等。这些小说既是"东方主义"思维观念的产物,也表现了澳大利亚政治话语中的恐外症或恐华症。参见欧阳昱:《表现他者——澳大利亚小说中的中国人(1888—1988)》,新华出版社,2000年,第41—43页。
③ 这几位作家虽出生在澳大利亚,但后来均移居伦敦,在英国度过了文学生涯里的绝大部分时间。而且他们都以英国为主要市场而写作,对这一时期英国人中国观的形成有不可忽视的影响,他们作品中表现出的种族主义和帝国主义思想,也与英帝国对中国的统治思想一致。澳大利亚籍华人学者欧阳昱在其所著《表现他者——澳大利亚小说中的中国人(1888—1988)》一书里对这三位作家作了详细介绍。本部分对他们的讨论,受欧阳著作启发颇多,采用的资料也多转引自该书,特此致谢。

的就受到颂扬,否则就是不能接受的异类。

盖伊·布思比的"尼科拉医生"(Doctor Nikola)系列小说中,那位梦想在中国能找到传说中长生不老药的英国医生尼科拉,在中国的冒险经历就出于西方人典型的东方主义想象。这些人物往往被赋予超人的能力,不时有英雄壮举。因为中国到处充满险恶,外国人在中国旅行有如冒险,这样掩人耳目的办法就是假扮成中国人。小说里说:"尼科拉化装得天衣无缝,除非有超人的聪明才智,否则别想识破他。他在所有的细节上都像一个真正的天朝人。他讲中国话的口音听不出半点瑕疵,他的穿着跟地位很高的中国佬毫无二致,就连最爱挑刺的人从他装扮的行为举止上也找不出丝毫差错。"①书里两位英国主角就是凭着这种超人的假扮能力冒充汉口大主教和他的弟子,一直安然无恙地来到西藏的一家寺庙,最后诡计被人戳穿而逃跑。超人的伪装能力其实说明了以种族主义为基础,企图以强权凌驾于中国和中国人之上的帝国主义和东方主义欲望,这也是19世纪欧洲表现东方的游记中的一个典型现象。而英国主角的语言能力当然是虚构出来的,也与西方人长期以来对汉语的轻视与无知有关系。

卡尔顿·道《北京密谋》(Plotters of Peking,1907)写一个叫爱德华·克兰敦的英国人如何在中国为光绪皇帝作"皇帝监察人",专门对付那些密谋策划反对清政府的人。克兰敦所负有的象征意义的使命是按照英国方式使中国西化,使中国"得到新生","成为一个伟大的国家,令东方震慑,西方尊敬"。主人公从搭救皇帝,到一次次逃脱中国人对他的谋杀企图,深入中国黑社会,活捉黑社会头领,到帮助政府平定外国人的暴乱等,均是无所不能。就是说,中国人是低劣民族,需要西方的治疗和解救,对于中国的芸芸众生,英国人魔力无边,可以任意操纵摆布②。

与高大无比的英国人形象相比,中国人在这些作家笔下就被丑化成道德败坏、品质低劣的异类,必欲征服而后快。

中国人在布思比的尼科拉医生系列小说里是以邪恶的面目出现的。他们总是千方百计地阻挠英国医生的寻药之行。其中有个"中国恶棍"是"一个面目狰狞,缺了半边耳朵的蒙古人"。肆意丑化中国人并不是布思比的创造。其实17世纪德国哲学家赫尔德就对中国怀有一种想当然的歧视,认为中国人属于蒙古部落人种(Mongolian),极其丑陋——小眼睛、塌鼻子、平额头、胡须稀疏、

---

① Guy Boothby, *Doctor Nikola*, London, 1896, p.68. 转引自欧阳昱:《表现他者——澳大利亚小说中的中国人(1888—1988)》,新华出版社,2000年,第48—49页。
② 相关详细阐述参见欧阳昱:《表现他者——澳大利亚小说中的中国人(1888—1988)》,新华出版社,2000年,第53—56页。

大耳朵、大腹便便等。布思比在小说里也通过英国医生的口说:"这是我所见过的最丑陋的蒙古族人。他的眼睛斜角得厉害,鼻子有一部分不见了。这种脸只有在噩梦中才可能见到,尽管我这个职业的人习惯了各种恐怖的景象,但我得承认,我看见他时差点呕吐了。"①这里,丑陋的中国人与英国人的高大形象形成强烈对照。

与布思比一样,卡尔顿·道作品里的中国和中国人均以"丑"著称。他以为丑陋是"蒙古族的共同遗产",广州是一座"臭气熏天的城市,到处是脏兮兮的人","大街上活跃着川流不息的丑陋、肮脏的中国佬",形成了一道"绵延不绝的丑陋的队列"。《北京密谋》里说:"大街上的中国人是一道由污垢和丑陋汇合的可怜的洪流……那是深度的污垢,是最不可妥协的丑陋。"②《满大人》(*The Mandarin*,1899)里广东的一个道台,不仅经常给英国人制造各种各样的麻烦,而且荒淫无耻,对英国少女心怀鬼胎。而他的形象则被描写成有两道缝似的丑陋眼睛,而那保养良好、差不多是丰满的面容使他具有一种确切无疑的女性气质,这与他坚固的鼻子和讨人厌的眼睛形成了一种奇怪而令人不快的对照。他贪婪、冷酷、好色,还对外国人仇恨。短篇小说《苦力》(*Coolies*)里一个带头闹事的中国领袖被表现成"一头独眼猪",最后被征服而"受到法律的极端制裁"。船上的其他中国苦力则一律是"人类的垃圾,而且比垃圾还要糟糕"。这种视中国人为丑类的描写当然得自大英帝国主义和殖民主义的种族优越感。

玛丽·冈特也不断在作品里肆意揭露鞭挞中国人的"暴行"。她笔下的中国人一般都被边缘化处理成一群以骚扰外国传教士为目的而杀人放火的暴民。短篇小说《白狼》里所出现的中国人是一群把外国传教士团团包围起来、大喊"杀死洋鬼了,杀死洋鬼子"的中国暴徒,他们面目"残忍、狰狞、愤懑不平、可怖"。《无所谓的女人》里中国人是一股由"狂喊乱叫的恶魔"组成的邪恶势力,他们唱着"野蛮的"战歌,以极其残忍的手段把传教士的眼睛剜出,以惩罚其从事传教活动。作者以中国为背景的短篇小说基本上都是以这种凄惨、残酷而黑暗的格调为背景,以强调炽热的排外情绪,证实她对中国的一个看法,中国是"一片血与火和异教的国土",而"这一大伙臭气熏天、糊里糊涂、专抽大烟的中国佬对任何人都没有一点用处"。长篇小说《荒野之风》(*A Wind from the Wilderness*,1919)里,作者也写了一个不同于一般人的"长得凶神恶煞的中国

---

① Guy Boothby,*Doctor Nikola's Experiment*,London,1899,p.55.转引自欧阳昱:《表现他者——澳大利亚小说中的中国人(1888—1988)》,新华出版社,2000年,第50页。

② William Carlton Dawe,*Plotters of Peking*,London,1907,p.86.转引自上书,第53页。

佬"形象。这是一个欧亚混血儿,是一个好色成性、冷酷无情的兽性人物。他骗取了英国女性丝苔娜的爱情,并与之结婚,但这桩婚事遭到了同行所有人的反对,大家一致认为不能下嫁"这种人!一个中国佬!一头野兽!一个魔鬼!"他可是"一条毒蛇"。果然丝苔娜很快就感到了幻灭,愤怒地说:"本来我厌恶所有的中国人,除了凌以外。但当我意识到他怎样恶意地欺骗了我,我对他的仇恨和恐惧超过了所有的中国人……"①这个中国佬不仅淫荡好色,而且心狠手辣。他曾当场砍掉一个女乞丐的手,将一个外国传教士剜眼割鼻活埋。

以上这些用消极方式处理中国人形象的做法反映出不少作家持有很深的种族主义偏见。他们在这种文化帝国主义心态下,将中国和中国人边缘化,甚至降低到一种劣等地位,是为了衬托英国人或西方人的"英雄"形象。如玛丽·冈特《白狼》中被围困的一对英国恋人就是因为"野蛮的人群"在四周喊杀而在冬天齐腰深的水里走到一起,产生了深挚的爱情。当时相关小说的一般模式,即把中国视为英国的殖民地,中国人为任人宰割的殖民羔羊,凡与英殖民主义对抗的就是反动落后,而与之合作就是开明人士。而那些关于远东(中国)题材的故事往往充斥着诱拐、绑架、谋杀、鸦片走私等犯罪活动,作者笔下的中国男人均道德堕落、丑陋不堪、邪恶无比,女人则充满着性的诱惑力,但同时又充满着危险、隐藏着杀机,令白人冒险者难以满足欲望、生命受到威胁。

这种故事模式得以风行,也是为了投合英国民众的阅读期待。比如,玛丽·冈特在中国旅行过,她所看到的并不都是中国人恶劣的一面。不过丑化中国人、贬低有色人种为时尚所趋,而她的写作目标是瞄准英国市场。把中国人写得很糟糕,会迎合一些读者的兴趣,借此赚钱恐怕不难,她自己对此并不讳言:"我写作就是为了挣钱。"正因有此大众心理为基础,"黄祸"恐怖与种族偏见得以充斥每一个角落,甚至形成某种文化心理积淀,在不同时期都会听到它的回声。

(二)萨克斯·罗默笔下的恶魔式中国佬形象②

玛丽·冈特为投合英国民众的阅读期待而塑造丑恶中国人的写作策略,与萨克斯·罗默创造傅满楚这样一个恶魔式中国佬形象相似。

傅满楚形象之所以被塑造成"黄祸"的化身,因为他符合当时通行的中国观

---

① Mary Gaunt, *A Wind from the Wilderness*, London: Laurie, 1919, p.229.有关玛丽·冈特的论述可参见欧阳昱:《表现他者——澳大利亚小说中的中国人(1888—1988)》,新华出版社,2000年,第111—115页。

② 本部分对萨克斯·罗默笔下傅满楚形象的阐释,笔者指导的研究生刘艳参与了这一问题的讨论,并提供了初步的解读文字。

以及对中国人的普遍看法,但是这一形象并不能代表罗默自己关于中国人的真正看法。在 1938 年的一次采访中,罗默泄露了自己真实的想法。他反驳布勒·哈特创造的阿新形象①。他说:"我完全不同意布勒·哈特的结论……中国人是个诚实的民族,这就是西方人认为他神秘的原因……作为一个民族,中国人拥有平衡、和谐,这正是我们日渐失去的东西。"②采访中罗默还谈到了另一个神秘、高贵的中国人 Fong Wah,也许他才是傅满楚的真正原型。Fong Wah 在唐人街开餐馆和杂货铺,受到周围中国人的尊重和爱戴。很多年以后罗默才知道他也是一名堂会的官员。Fong Wah 待罗默非常友善,他经常向罗默讲述自己早年的生活。Fong Wah 的宠物——獴,也立刻让我们联想到了傅满楚的獴,它们都是神秘而诡异的,瞪着圆圆的眼睛,匍匐在主人的身旁。在 Fong Wah 身上笼罩着一种神秘色彩,某天,他送给罗默一把精致的匕首后,突然消失了……

罗默心目中的中国人是诚信的、友善的,而傅满楚形象的主调却是邪恶与恐惧。如果说这仅仅是罗默的艺术想象,那么这样的傅满楚形象为什么会在西方社会受到广泛的认可?一个人的想象只能写成一本书,大众共同的想象才能使一本书变成畅销书。因而,傅满楚是迎合大众想象的创作结果,是那个特定的文化背景、历史际遇使得中国人形象被如此的妖魔化、丑恶化。

20 世纪初,傅满楚这样一个在西方世界家喻户晓、广为人知的恶魔典型的出现,预示着中国人作为"黄祸"的形象,已经在西方的文学想象中逐渐固定下来。在他们的种族主义观念中,如果说义和团是本土中国人代表的"黄祸",那傅满楚则是西方中国移民代表的"黄祸"。可以说后者是西方文学中对中国人形象最大也是最坏的"贡献"。这些傅满楚式的野蛮的"中国佬",在西方人看来,丑陋肮脏、阴险狡猾、麻木残忍:"他们中大多是些恶棍罪犯,他们迫不得已离开中国,又没有在西方世界谋生的本领,就只好依靠他们随身带来的犯罪的本事。"可见这是中国"黄祸"威胁西方文明的象征。

1911 年,英国通俗小说作家沃德(Arthur Henry Ward)以萨克斯·罗默(Sax Rohmer)笔名受命写一部惊险小说,描写中国人在莱姆豪斯罪恶底层社会的情形,于是虚构了一个最有能耐的"中国佬"恶棍,并以《狡诈的傅满楚博士》(1913)之名出版,构成傅满楚系列小说的起点。罗默后来说,那是一个雾沉

---

① 阿新是 19 世纪下半叶一个非常著名的中国人形象。1870 年,美国作家布勒·哈特创作了这个狡猾、贪财的中国人形象。
② "Pipe Dreams: The Birth of Fu Manchu", *The Manchester Empire News*, Sunday January 30,1938.

沉的黑夜,他在莱姆豪斯公路上偶然遇见一个衣着讲究、异常高大的华人,当时这个华人正一头钻进一辆豪华轿车。他就从这个华人身上产生了灵感。而对毒品(鸦片)的恐惧则成了普通民众阅读中国城犯罪故事的心理基础,同时也制约着作家对华人形象的创造。在随后的 45 年间,罗默陆续写了其他 12 部关于傅满楚等中国罪犯的长篇小说。写于美国的最后一部《傅满楚皇帝》,傅满楚已经从一个自私自利的恶棍转变成一个坚定的反共分子。

罗默在首部小说《狡诈的傅满楚博士》里把傅满楚描述为亚洲对西方构成威胁的代表人物:

你可以想象一个人,瘦高、干瘦、双肩高耸,像猫一样地不声不响,行踪诡秘,长着莎士比亚式的额头,撒旦式的面孔,头发奇短的脑壳,还有真正猫绿色的细长而夺人魂魄的眼睛。如果你愿意,那么赋予他所有东方血统残酷的狡猾,集聚成一种大智,再给予他一个富有的国家的所有财富。想象那样一个邪恶可怕的生灵,于是对傅满楚博士——那个黄祸的化身,你心中就有了一个形象。①

罗默在这段描述中赋予了傅满楚智力超人、法力无边的特征。他将东方所有"邪恶"的智慧全部集中在傅满楚一人身上,并让他随心所欲地调动一个国家的所有财富。而且,傅满楚的长相也可谓东西合璧:西方莎士比亚的额头,象征着才能超群者的智慧;想象中撒旦的面孔,暗指邪恶狰狞而又法力无穷;猫一样的细长眼,这是西方人对东方人外貌特征的典型想象,见出傅满楚这个人物本身所被赋予的丰富的隐喻含义。对于西方人来说,这种既带有本土特征,又具有异国情调的形象,是"黄祸"观念具体化的一幅心像,迎合了 19 世纪末至 20 世纪最初 20 年风行一时的"排华"之风。

在罗默笔下,傅满楚首先是一个残忍、狡诈的恶魔。他领导着东方民族的秘密组织,杀人、绑票、贩毒、吸毒、赌博、斗殴,无恶不作,意在"打破世界均衡","梦想建立全世界的黄色帝国",他们是来自东方的梦魇,来自地狱的恶魔,"黄色的威胁笼罩在伦敦的上空,笼罩在大英帝国的上空,笼罩在文明世界的上空"②。

为了实现他的"邪恶目标",即征服白人世界,建立黄色帝国,傅满楚绝不放

---

① Sax Rohmer, *The Return of Dr. Fu Manchu*, from *Four Complete Classics by Sax Rohmer*, Castle,1983, p. 94.
② Sax Rohmer, *The Hand of Fu Manchu*, From *Four Complete Classics by Sax Rohmer*, Castle, 1983, pp. 1,9,40.

过任何一个敌手。任何阻碍这一伟大进程的人都会被毫不留情地除去。大英帝国派驻远东的殖民官、著名的旅行家、熟悉远东的牧师甚至是美国总统,"如果一个人掌握了对傅满楚不利的资讯,只有奇迹可以帮助其逃脱死亡的命运"①。他杀害泄密者,谋害对抗者,祸及无辜者,凡是对抗、妨碍傅满楚计划的人都会落得凄惨的下场。皮特里认为傅满楚的残忍完全来自他的民族和种族。"在傅满楚的民族,直到现在,人们还是会把成百上千的不想要的女婴随手扔到枯井里。傅满楚正是这个冷漠、残忍的民族刺激下的犯罪天才。"②

傅满楚既是危险邪恶的,也是法力无边的。他的强大更来自那不可思议的天才。在罗默笔下,傅满楚可谓一个前所未有的、全知全能的天才,而且已经成功地入侵大英帝国的中心伦敦,使得英国人很少有安全感。尽管史密斯、皮特里痛恨他、仇视他,立志消灭他,但根本无计可施。他们无奈地承认傅满楚是"撒旦式的天才""恶魔天使长"③。傅满楚"拥有三个天才的大脑,是已知世界的最邪恶的、最可怕的存在……他熟练地掌握一切大学可以教授的所有科学与技能,同时又熟知所有大学无从知晓的科学与技能"④,傅满楚的武器库里品种繁多,威力无穷。不仅有蝎子、蜘蛛、毒蛇等颇具东方色彩的武器,更有西方生物学、病理学、化学等最新发展而衍生的高科技武器。两者结合使他具有超自然的能力,成为那片神秘土地——中国所产生的最不可捉摸的人物。傅满楚有各式各样的实验室,并在其中进行大量的科学试验,研制毒品和新的杀人机器。

在伦敦,他刺杀任何对他起疑的人,并将那个时代最伟大的科学家绑架回他的"总部",然后设法取得他们的知识。他采用先进科学方法从事毁灭活动,专门采用白人所不齿的"阴毒"手段,如以绿色氯气、毒品、毒针等手段杀人。除了神秘的催眠术外,傅满楚还有许多神秘而恐怖的杀人手段,如"湿婆的召唤"(The Call of Siva)、"沉默之花"(The Flower of Silence)、"金石榴的毒刺"(The Golden Pomegranates)、"扎亚的吻"(The Zayat Kiss)、"燃烧的手掌"(The Fiery Hand)……对于傅满楚来说,谋杀不仅仅只是为了达成目的,谋杀手段本身也经过了精心的选择和筹划。每一次行动看上去都是神秘莫测,无迹可寻。这使得伦敦变为古怪可怖的异域,他通过其黑暗而神秘的能力将他的打击对象诱入可怖的幻境,而人们似乎对此无能为力。他在谋杀列昂纳尔勋爵

---

① Sax Rohmer, *The Return of DR. Fu Manchu*, from *Four Complete Classics by Sax Rohmer*, Castle, 1983, p.135.
② Ibid., p.174.
③ Ibid., p.93, p.103.
④ Sax Rohmer, *The Insidious DR. Fu Manchu*, New York: Mcbride, Nast, 1913, Chapter II, p.9.

时,仿佛是"东方的一股气息——向西方伸出一只手来"。这象征着傅满楚博士所体现的阴险狡诈、难以捉摸的力量。博古通今的傅满楚还能将自己的身体变形,他那硕大无比的头颅和翡翠绿的眼睛便是他变异的标志。他操控着鸦片和其他对大脑有影响的药品并用它们来增强他已经不同凡响的脑力,他突变的大脑不仅能破解自然中的秘密,更被用来制造和他自己一样可怕的怪物。他要先同化俄国和大英帝国的亚非领地,最终创建"全球性的黄色帝国"[①]。

傅满楚身上蕴含着某种神秘恐怖的力量。他的眼睛最使人费解、恐惧。那仿佛不是人类的眼睛,就像是一个邪恶、永恒的精灵。狭长、微斜的眼睛覆盖着一层类似鸟类的薄膜(这使得他在黑暗中也能够看清一切)。白天好似白内障患者,混浊不清;夜晚却像猫头鹰一样熠熠生辉,射出祖母绿似的阴冷的光芒。傅满楚的魔力就凝聚在这双眼睛中。它仿佛可以轻而易举地窥视人类的心灵,催眠、控制任何人。在《神秘的傅满楚博士》中,他绑架并催眠了一位著名的科学家,轻而易举地让他泄露了军舰制造的核心资料。在《傅满楚的手》中,他催眠了皮特里,使他产生幻觉,误把史密斯当作傅满楚并开枪射击。在《傅满楚总统》中,他又故技重施,催眠了美国总统候选人的保镖赫曼·克罗塞特(Herman Crossette)。

在西方的文化想象中,中国是最遥远的东方,也是最神秘的东方。那儿有难以计数的财富,又隐藏着不为人知的威胁。从浪漫主义文学开始,西方人就开始勾勒一个怪诞、奇异、阴森恐怖的东方。傅满楚来自古老中国最神秘的地方——思藩(Si-Fan)[②],自然弥漫着最神秘的气息。伴随傅满楚出现的是阴森的场景,若有若无的黄雾,浓郁神秘的东方气息。他如幽灵似的无所不在,从伦敦到加勒比海,从纽约到缅甸,他的足迹遍布世界,但很少有人能够觅其行踪,窥其真容。在伦敦、在纽约,他隐匿在中国城里。那是一个黑暗、幽闭的世界,是在西方文明、法制管辖外的另一个独立的世界。傅满楚就藏匿在这样神秘、黑暗的中国城里,这儿没有西方世界的力量和秩序,有的只是华人的统治以及衍生其中的各种神秘、邪恶而见不得人的勾当。赌博、抽鸦片、绑架、杀人,这就是神秘、恐怖的东方的缩影。在这儿傅满楚策划、发动所有的袭击。

因此,傅满楚成了笼罩在西方社会的不散的阴云。傅满楚及其领导的庞大的犯罪组织对整个白人种族和文明世界带来了巨大威胁。他们身上都带有不

---

① 参见何伟亚:《档案帝国与污染恐怖:从鸦片战争到傅满楚》,载《视界》第一辑,河北教育出版社,2000年,第104页。
② 思藩即西藏,也有人称之为香格里拉,是西方社会了解得最少、最神秘的地方。

可更改的东方性。他们相貌丑陋,衣饰古怪,匿藏、滋长于阴森、杂乱、见不得光的黑暗角落,过着腐朽、堕落的生活。男人们沉迷堕落,流连于地下赌馆、酒馆、鸦片馆。女人们妖冶、放荡,既让人向往,又使人恐惧。傅满楚神秘、恐怖,狡猾而又残忍,是来自神秘东方的最大威胁。犯罪集团的其他成员力大无穷、野蛮残忍,带着先天的嗜血性,残忍地执行谋杀、绑架等犯罪行为。

与傅满楚对抗的是大英帝国驻缅甸的殖民官、著名的侦探奈兰德·史密斯。他瘦高、坚毅,有着古铜色的肌肤与铁一样冷峻的目光,在他身上有着强烈的种族优越感和责任感。一出场他就庄严地宣称,有一股邪恶的力量,有一个巨大的阴谋正在酝酿:"我千里迢迢从缅甸赶回伦敦,绝不仅仅是为了大英帝国的利益,而是为了整个白色种族的利益。我相信我们种族能否生存将在很大程度上取决于我这次的行动能否成功。"①

对于史密斯来说,与傅满楚的对抗从来不是简单的中英对抗,而是以中国人为代表的东方世界和整个西方世界的对抗,较量的结果将直接影响种族和文明的存亡。在系列小说中,傅满楚渗透到西方社会的心脏地带,阴谋策划一次次的袭击,他的计划一次比一次周全,手段一次比一次诡异,但总在最后关头被史密斯粉碎。罗默既提醒着西方社会来自东方的威胁,又坚信"高人一等"的西方社会一定能够战胜"黄祸",取得最终的胜利。

罗默表现出了明显的种族歧视以及对亚洲的敌意。他通过傅满楚小说里的人物,直接表示对华人的蔑视。傅满楚及其助手作为亚洲人的代表,种族低下,行为狡诈;正面人物如皮特里,不仅公开称华人为"中国佬",而且不断提醒读者,"这些黄种游牧部落使白人陷于困窘失措境地,也许这正是我们失败的代价"。

而且,在罗默笔下,傅满楚不只是"黄祸的化身",他还体现了为数众多的黄种人、黑人以及棕色皮肤人蜂拥入西方后,对整个白人种族和文明世界所带来的威胁。这一形象比较复杂。正如上文所分析的那样,他颓废堕落、鸦片成瘾、狡诈残忍、老于世故、傲慢、对自己和他人的痛苦也无动于衷;同时,又聪明、勤劳、有教养、风度翩翩、言而有信、超然离群。但是,傅满楚又和传统的中国统治阶级以及一般的"中国人"不一样。他是一个聪明的科学家,通晓现代西方科技,又掌握着隐秘的东方知识,这两者结合使他有着超自然的能力,"是那片神秘土地——中国——所产生的最不可捉摸的人物"。正是这种东西方的组合使傅满楚比欧洲人幻想中的东方野蛮人入侵更可怕,也比廉价的华工在欧美的泛

---

① Sax Rohmer, *The Insidious Dr Fu Manchu*, NewYork: Mcbride, Nast, 1913, Chapter Ⅰ, p.2.

滥更有威胁力,因为这种东西方知识的融合蕴含着极大的能量,它使推翻西方、破坏帝国结构乃至全球白人统治成为可能。

(三) 西方殖民帝国认知网络的运行:形象的传播与再创作

萨克斯·罗默创造的傅满楚形象,典型地展现出西方关于东方中国的那种神秘而恐怖的心理状态,而这一形象的多元化传播也体现出西方殖民心态下关于中国的认知网络的运行轨迹。

傅满楚形象的独特性吸引大众媒体的广泛参与,印刷媒介、电子媒介等均加入了傅满楚形象的传播与再创作,范围之广、形式之多样、持续时间之长都是令人惊讶的。傅满楚系列作品问世之初主要以报纸、杂志连载的方式在西方世界进行广泛传播,《柯立叶》(Collier)、《侦探故事》(Detective Story)、《新杂志》(The New Magazine)等 30 余种杂志相继刊载了傅满楚系列故事。一部傅满楚小说往往被分为几十个故事,每周一期,持续刊载半年到一年。在那个年代,不接触傅满楚系列作品几乎是不可能的。借助大众媒体的广泛参与,傅满楚形象从一个文学形象变成了一个媒体形象,更加无所不在。广播、电影、电视等新的传播方式出现以后,傅满楚的形象更加形象、生动,栩栩如生地出现在西方观众眼前。

广播剧呈现给听众的是听觉幻想,尤其是当人的有声语言与自然界的一切音响和音乐组合在一起时,其感染力就更加惊人。同样题材和内容,人们读小说时可能平心静气,置身事外;而一旦付诸声情并茂的广播剧,就会产生出神入化的效果。傅满楚广播剧的制作和播出单位都是世界著名的媒体集团,听众遍及全英国甚至欧美。傅满楚广播剧多安排在晚上黄金时段播出,且多次重播,收听人群非常庞大,傅满楚形象产生的广泛影响可想而知。

傅满楚形象最早出现在荧屏上是 1923 年,那还是默片时代。英国 Stoll 电影公司拍摄了首部傅满楚系列电影《傅满楚博士的秘密》,一年后,Stoll 公司又摄制了《傅满楚博士的秘密Ⅱ》,均非常轰动。当时伦敦的每一个地铁站都张贴着巨大的傅满楚电影海报。在大笨钟的上空,天气阴霾,乌云密布,隐约中透出一个中国人的脸。绿色的眼睛闪闪发光,露出不怀好意、阴森森的笑。电影剧照还被印成了系列卡片,广为派发。此后,好莱坞电影公司相继出品的傅满楚系列作品,使得傅满楚成了家喻户晓的中国恶魔形象。1929 年,美国派拉蒙电影公司(Paramount Pictures)拍摄了首部有声的傅满楚系列电影《神秘的傅满楚博士》,随后两年间又相继出品了《傅满楚博士的归来》(1930)、《龙的女儿》(1931)。傅满楚成了侦探电影中最为著名的角色。1930 年,在派拉蒙电影公司影展上,电影公司还特意设计了一个短剧,由两位著名的侦探福尔摩斯和费洛·范斯(Philo Vance)联手对付傅满楚①。

20世纪三四十年代,梅高美电影公司(MGM)先后拍摄了《傅满楚的面具》《傅满楚的鼓》和《傅满楚的反攻》三部电影。由于好莱坞的"世界电影工厂"的广泛影响力,傅满楚系列电影在英、法、德、意、西等主要西方国家公映,造成了非常大的影响。1942年,由于国民党政府的正式抗议,好莱坞暂停傅满楚系列电影的拍摄,但傅满楚形象已经深入人心,无法抹灭。

中华人民共和国成立后,伴随着"红色威胁论"②的兴起,西方社会又掀起了新一轮拍摄傅满楚系列作品的热潮。1949年,英国广播公司(BBC)率先制作了两部电视短剧——"红桃皇后"和"恐怖的咳嗽"(取材自《傅满楚博士的归来》)。1952年Herles公司拍摄了《扎亚的吻》(选自《神秘的傅满楚博士》)。1955—1956年,好莱坞电视公司拍摄了一系列十三集的傅满楚电视短剧,在美国全国播放,仅1956年间就在纽约重播三次。1965—1969年,英国Harry Alan Towers电影公司连续推出了五部电影《傅满楚的脸》《傅满楚的新娘》《傅满楚的报复》《傅满楚的血》和《傅满楚的城堡》。关于傅满楚题材的电影一直持续到了20世纪80年代。1980年,在最后一部《傅满楚的奸计》中,家喻户晓的傅满楚才被电影安排"死去"。但傅满楚形象始终深藏在西方人的心里。1999年,当土生土长于美国的华裔科学家李文和被指控为间谍时,一家美国报纸所用的标题就叫做"傅满楚复活"。

傅满楚形象自诞生以来,至少在几十部影视作品中出现,在欧美世界反复公映,受众面非常广。电影、电视以其声、光、电合一的独特魅力,形象再现了那个身穿长袍、面似骷髅、目光如炬的傅满楚形象。在阴森的气氛里,在恐怖的音乐中,傅满楚一次次地伸出了留着长指甲的枯爪,一次次将观众拉入死一般幻境。在恐惧、挣扎、反抗之间,观众经历了一场生与死、善与恶的搏斗。在与傅满楚的较量中,深切地感受到致命的威胁以及危机过后的酣畅淋漓,在幻想的世界里成就了白种人的英雄史诗。傅满楚恶魔形象是如此的深入人心。2000年,西班牙导演业历斯·艾格列斯还曾计划开拍千禧版本的"傅满楚"电影,最终因为种种原因未能成功。广播、电影、电视等媒体的广泛参与,扩大了傅满楚

---

① 费洛·范斯(Philo Vance),活跃于20世纪20—30年代,是当时最受欢迎的推理小说人物。许多专家学者论及美国推理文学黄金时期的兴起之议题时,必定会追溯至1926年的 The Benson Murder Case。这本由范斯出马破奇案的作品,销售成绩之好让人诧异,据说该书还帮助出版商Scribners渡过经济大萧条的难关,免于负债的窘况。

② "红色威胁"是20世纪下半叶,西方社会对社会主义中国的主观臆想。受到传统中国形象以及冷战思维的影响,西方社会总是担心中国会发动对其的毁灭性打击。

形象的受众面。借助新媒体形式特有的生动性、形象性,更加渲染、强化了观众业已形成的傅满楚形象。傅满楚形象成为了一个标志性的形象。

总之,经过一系列广播系列剧和好莱坞影片等多媒体的传播,傅满楚很快变成了一个在西方家喻户晓的名字,并把一整套关于中国人的严刑、无情、狡诈和凶恶的陈腐框框传遍了大半个世界。几乎对它无知的英美儿童也从关于傅满楚的电影和故事中获得了关于华人品性的概念。拿好莱坞制片宣传材料中的话来讲,傅满楚"手指的每一次挑动都具有威胁,眉毛的每一次挑动都预示着凶兆,每一刹那的斜眼都隐含着恐怖"[1]。在傅满楚系列电影的宣传海报上,也总是傅满楚的人像高高矗立,白人男女主角被傅满楚的巨影吓得缩成一团。傅满楚令西方世界憎恨不已而又防不胜防。他如此邪恶,以至于不得不定期地被杀死;而又具有如此神秘的异乎寻常的能力,以至于他总是奇迹般地得以在下一集的时候活灵活现地出现。在西方人看来,傅满楚代表的"黄祸",似乎是一种永远无法彻底消灭的罪恶。

在欧美世界妇孺皆知的傅满楚形象,甚至也波及日常生活的方方面面。比如,以傅满楚形象为原型的茶壶、笔筒、火柴、糖果种类繁多,一种罕见的兰科植物因为垂着类似傅满楚胡须的枝条而被命名为傅满楚兰,在美国、加拿大、澳大利亚、英国等国家甚至还有傅满楚主题餐厅、傅满楚研究会。傅满楚的形象极大地影响着西方世界的中国观。傅满楚这个精心打造的脸谱化形象,成为好莱坞刻画东方恶人的原型人物。这个"中国恶魔"的隐秘、诡诈,他活动的帮会特征,以及作恶手段的离奇古怪,都被好莱坞反复利用、修改、加工。直到今天,任何力图妖魔化中国的好莱坞电影,都不断地回到"傅满楚博士"这个原型人物,鲜有偏离和创造。

傅满楚系列的广为流传也催生了大量的模拟创作。任何力图妖魔化中国的作品,都不断地在"傅满楚博士"这个原型人物身上寻求创作灵感。时间之长、范围之广都是颇为惊人的。最早的模仿作品是 1914 年纽约未来电影公司制作的一部名为《神秘的吴春福》(*The Mysterious Wu Chun Foo*)的四节默片电影。尽管作者从未公开承认模仿、抄袭,但是傅满楚形象的影响清晰可辨。影片的主人公吴春福是一个神秘的中国商人,与傅满楚一样,他也有个智慧、坚毅的西方对手——侦探李斯特爵士(Lord Lister)以及他的朋友查理斯·布兰德(Charles Brand)。吴春福绑架了许多美国人,把他们关押在地窖中,迫使他

---

[1] 哈罗德·伊萨克斯(H. R. Isaacs):《美国的中国形象》,于殿利、陆日宇译,时事出版社,1999 年,第 157 页。

们从事繁重的劳作。一次偶然的机会,李斯特和布兰德发现了失踪者写在钞票上的求救信息。他们顺藤摸瓜找到了吴的巢穴。与《神秘的傅满楚博士》一样,吴春福也有一位美丽的女儿,她钟情于布兰德,在她的帮助下,李斯特成功地解救了所有被囚禁的人。此后还有大量的模仿之作。如《蓝眼睛的满楚》(*The Blue-Eyed Manchu*, New York:Shores, 1917)、《黄蜘蛛》(*The Yellow Spider*, Grossep and Dunlap, 1920)、《骷髅脸》(*Skull Face*, by Robert. E. Howard, 1929)、《生命巫师》(*The Wizard of Life*, by Jack Williamson, 1934)等。这些作品中都有一位恶魔式的中国人,他们都有傅满楚某一或某些方面的主要特征。他们或者是出身名门,受过高等教育,精通各种语言和各类高科技;或是有着傅满楚标志式的长袍、高额、绿眼、枯爪;或者是掌控着庞大、邪恶的国际犯罪集团,热衷于绑架、勒索、暗杀,以颠覆西方社会、重建黄色帝国为目的[1]。

三、知识与权力:维护帝国秩序的防火墙

(一) 知识与权力

萨克斯·罗默臆想中塑造的傅满楚形象,在西方世界家喻户晓,从传播学角度讲,极好地承担着传播西方殖民帝国意识的作用。这样一种关于中国的叙事,包括文本与影像资料,是一种关于中国的知识,背后隐含的是一种关于中国的话语权力。

20世纪法国大哲学家、思想家福柯通过阐释权力与知识的关系消解了知识或真理的客观性、纯洁性。在"五月风暴"之后,他开始关注知识的话语与社会的机制,尤其是权力运作之间的关系,揭示了权力与话语的不可分离。权力产生知识,知识展示权力。他指出:"权力和知识是直接相互连带的;不相应地建构一种知识领域就不可能有权力关系,不同时预设和建构权力关系就不会有任何知识。"可见,知识从来与权力密不可分,任何权力关系都与特定的知识相关,而任何知识都在创造一种权力关系。这样看来,西方之中国叙事的东方主义话语,首先确定了中国作为西方的对立面的"他者"形象。而构筑文化他者的真正意义是把握与控制他者,这个把握包括知识上的理解和解释,以及权力意义上的控制与征服[2]。

可以说,西方文化正是在自我确认的过程中,凭借其二元对立的思维模式,

---

[1] 笔者指导的硕士学位论文《萨克斯·罗默笔下的傅满洲形象》(刘艳著,福建师范大学比较文学与世界文学专业,2007年),对这一形象在欧美世界产生轰动的原因,作了较详细的分析。
[2] 参见周宁:《鸦片帝国》,学苑出版社,2004年,第111页。

构筑了中国这一他者形象。按照萨义德的说法,任何一种文化的发展和维持,都有赖于另一种不同的、相竞争的"异己"(alter ego)的存在。自我的构成最终都是某种建构,即确立自己的对立面和"他者",每一个时代和社会都在再创造自身的"他者"①。对于西方来说,中国正是永恒的他者。无论西方文化感到得意或是失意,需要自我批判或自我确认的时候,中国形象这一"他者"都会自然浮现出来,帮助西方文化找到自我。西方的中国形象是西方文化的表述,自身构成或创造着意义,无所谓客观的知识,无所谓真实或虚构。西方的中国形象真正的意义不是认识或再现中国的现实,而是构筑一种西方文化必要的、关于中国的形象。在中国形象的延续和变化中,我们看到的不是现实中国的变化,而是西方的文化精神与中西力量关系的变化。

东西文化相互认识、交流对话的过程中,外向型的西方强势文化对于内向型的东方弱势文化总是充当探险家、探宝者的探求角色。中世纪寻找圣杯的传奇故事伴随着近代殖民化历史的展开,而兑现为寻找财富与新知的现实冲动。西方知识分子眼中的东方异族也只有随着文化误读的节奏效应,在乌托邦化与妖魔化之间往复运动:文化期待心理的投射作用,总是把文化他者加以美化、理想化;而真实的接触和霸权话语中的偏见,又总是将乌托邦化的他者打翻在地,使之呈现丑陋的妖怪面目。

回顾西方人表述中国的历史,总的来说可以分为两个阶段。早期多为赞美、倾慕的态度。18世纪中后期,随着欧洲启蒙运动的高潮,西方现代性的确立,西方世界的中国形象发生了根本改变。启蒙大叙事构筑了一系列建立在二元对立基础上的范畴,诸如,西方与东方、自由与专制、进步与停滞、文明与野蛮。首先是孟德斯鸠和黑格尔两位文化巨人推动了贬斥中国的浪潮②。鸦片战争以后,越来越多的西方人在枪炮的庇护下以主人的姿态来到中国,越来越多的游记、信件、教科书、研究著作、文学作品、纪实作品和档案新闻报道,以自己的方式参与中国形象的话语构建,不断地论证、强化中国这一他者形象。在西方与东方、西方与中国之间划定了一条想象的界限。西方文明、理智、进步,东方野蛮、迷信并停滞;西方人优越、文明而善良,中国人低劣、野蛮而邪恶。19

---

① 爱德华·萨义德:《东方学》,王宇根译,生活·读书·新知三联书店,1999年,第426页。
② 孟德斯鸠认为:中国是专制国家,只有暴政的恐怖与被奴役的胆怯、愚昧与沮丧,中国从皇帝到百姓都没有品德。参见孟德斯鸠:《论法的精神》,张雁深译,商务印书馆,1994年,第316页。黑格尔则从自由精神的角度,谈到了中国人的奴性,认为普通中国人没有自卑、没有自重,而自卑的意识一旦占统治地位,就会转化为堕落。"中国人的道德败坏与这种堕落有关。他们只只要有一点儿可能就欺骗而闻名……"参见黑格尔:《历史哲学》,王造时译,上海书店出版社,1999年,第136页。

世纪中期,西方的中国形象基本成型。它主要表现为两个层面的混合存在。中国既是"黄"的代表,一种让人鄙夷、唾弃,反证西方优越性的异己存在;又是"祸"的代表,一种压迫、威胁西方秩序,使人恐惧的客观存在。

那种丑陋、狡猾、残忍、爱报复的"中国形象原型",反复出现在不同时期、不同作者的不同文本里,诗人、哲学家、传教士、商人,他们有着不同的知识与经验背景,有不同的动机与方法,但他们表现的中国人形象却有着惊人的相似性。特定的中国人形象并不是某个文本的发明,而是该时代社会文化内在结构的产物,体现并维护着那个时代的权力关系。任何个别表述都受制于这个整体,这是所谓的话语的非主体化力量,任何一个人,哪怕再有想象力、个性与独特的思考都无法摆脱这种话语的控制,只能作为一个侧面重新安排已有素材,参与既定话语的生产①。中国人形象已经变成一种话语,除非你不涉及它,只要你参与表述,就一定得在既定的话语体制和策略下进行。

比较历史话语中的中国人形象与萨克斯·罗默笔下的傅满楚形象,我们就可以理解作为话语的中国形象的强大规训力。正如罗默在书中一再提醒我们的:傅满楚的狡猾是整个东方民族狡猾的总和,傅满楚的残忍来自其惯于杀害女婴的民族,傅满楚的嗜食鸦片来自其奇怪的民族性。作者一再地暗示我们,傅满楚形象、傅满楚集团中的中国人形象并不仅仅是其个人的独特创造,而是承袭了由来已久的"中国形象"原型。在傅满楚的长袍、秃脑袋、长指甲、猪辫子中我们清楚地看到以叶名琛为代表的满大人的影子,在唐人街的赌场里我们立刻可以找到鸦片瘾君子、赌徒以及形形色色卑鄙下流的中国人,在傅满楚的犯罪计划里,我们又可以深切地感受到中国人的狡猾与残忍。总之,罗默笔下的傅满楚形象是对已有的"中国形象原型"的继承,即使有些许的调整,也只能在傅满楚性格的某些侧面加入个人的理解,罗默无力颠覆传统的中国人形象。

(二) 西方帝国秩序:东、西方二元对立的文化价值观

上文亦已涉及,西方文化传统的东西方二元对立的世界观念秩序,也是一种帝国秩序。在文化内涵上,西方意味着理性、健康、民主、自由、进步、繁荣,东方则表现为非理性、病态的堕落与专制暴政、贫困与混乱。然而,与欧洲大陆比较靠近的土耳其、埃及,东与西的界限变得模糊,似乎有重合的可能,这一点令西方人困惑、讨厌,也令西方人担忧。

1844 年,英国著名作家、《名利场》的作者萨克雷到地中海地区旅行,感觉

---

① 爱德华·萨义德:《东方学》,王宇根译,生活·读书·新知三联书店,1999 年。相关观点见绪论与第一章。

非常失望。他发现土耳其苏丹看上去竟像是一个法国青年,而土耳其到处都是一片混乱、衰败的景象。1850年,英国旅行家伯顿到埃及,发现这些法老的奴隶的子孙们,也开始坐在椅子上,用刀叉吃饭,谈论欧洲政治,实在让人无法忍受!欧洲人希望东方就应该像他们想象中(也即认知系统)的东方一样,埃及就是金字塔与法老,土耳其就是苏丹与苏丹的后宫、浴室,波斯就是宫廷阴谋与舞女,印度就是吃树叶的苦行僧、崇拜怪神的撒谎者,中国就是抽鸦片、留辫子、缠小脚的国度[①]。如果现实中的东方与他们想象中的不一样,或者竟然有些类似西方,他们就会感到失望甚至恼怒。因为这些东方现实世界的"真实",有可能像病毒一样侵入帝国的认知网络系统,瓦解甚至颠覆西方帝国的既有观念秩序(东、西二元对立秩序)。

(三) 防火墙:构建与拆除

西方的中国叙事,既展示西方的东方主义文化观,同时也在制造或维护着西方的中国认知,这是一道维护帝国秩序正常运转的防火墙,维护着西方的帝国心态与观念视角。任何试图冲击西方帝国秩序的外来知识档案(来自东方的真实的知识信息),均被其规避、解码、重新编码,以增强帝国认知网络系统的免疫力。此免疫力之强,西方殖民帝国时代的中国叙事"功莫大矣"。然而,在全球一体化的国际文化语境中,这道"防火墙"成了阻碍东西方跨文化交往的障碍之"墙"。这堵"墙"能否拆除,拆除到什么程度,以近年来的国际形势、外交关系以及文化交流情形观之,希望能给予一个令人满意的答复与预测。

一个国家形象的塑造,其本身也是一种以文化为内容的政治信息的传播,文化信息背后隐含的是意识形态和核心的价值观。过多负面的国家形象,也说明那堵"防火墙"仍在不断发挥作用。在这方面,通过持续开展的中外文学与文化交流,希望能够最大限度地消解这道阻碍东、西方正常交往的"防火墙",以实现人类平等、自由、进步的良好愿望。

---

① 参见周宁:《鸦片帝国》,学苑出版社,2004年,第138—139页。

中西诠释学比较研究

导言四 比较视域中的中国当代诠释学研究

- 从"诠释学"到"诠释之道"——中国诠释学研究的合法性依据与发展方向

- 圣人、语言与天道之关系——对魏晋时期"言尽意"与"言不尽意"悖论之溯源与解析

- "据文求义"与"惟凭《圣经》"——中西经学诠释学视域下的"舍传求经"及其"义文反转"

- 由经权关系论经文诠释空间的敞开与边界——《孟子字义疏证》之"权"字疏证的存在论诠释学分析

- 浮士德与诠释学——就《真理与方法》一处翻译与洪汉鼎先生商榷并论诠释学的现象学本质及经学诠释学的指向

- 从文本到内心:经学诠释与作者创作心理的重构——以欧阳修《诗本义》对《关雎》篇的释义为例

导言四

比较视域中的中国当代诠释学研究

曹洪洋[*]

"hermeneutics"(德语 Hermeneutik),由"hermeneia"(希腊文 ερμηνεια,即"诠释")加"techne"(希腊文 τέχνη,即"技艺、技术")构成,字面义指"诠释技艺"。作为一个学术词汇,它首次出现在新教神学家丹恩豪尔(Johann Conrad Dannhauer,1603—1666)的著作中。应该说明,希腊文"hermeneias"是一个多义词,它同时具有诠释(interpretation)、宣告(declaration)、解释(explanation)、翻译(translation)、交流(communication)甚至艺术演讲(artistic elocution)等意涵。随着人们用拉丁语"interpretatio"翻译"hermeneias",其他意涵于是丢失,导致人们仅围绕"诠释技艺"问题展开探讨[①]。而海德格尔在其早期著作《存在论:事实性诠释学》(Ontologie: Hermeneutik der Faktizität,1923)以及《存在与时间》(1927)中使用这个概念,其意图就在于回溯、唤醒或恢复"hermeneias"的"源始意义"。其后这个词长时间处于静默状态,直到 1960 年《真理与方法》出版,才在该书副标题中再次出现,继而作为伽达默尔所说的"我们这个时代用来谈论哲学的真正的共通语"[②],带动了人文学科的全面的"诠释学转向"。

作为一门来自国外的理论资源,诠释学自有其渊源。早在古希腊,亚里士多德《诠释篇》(Περι Ερμηνειας; peri Hermeneias)试图通过命题逻辑确定"诠释"内涵。此后,诠释理论的形成主要与圣经诠释实践有关。19 世纪,施莱尔马赫凭借其圣经诠释学使"诠释"成为诠释者的自觉意识,而狄尔泰又进一步推动"诠释"成为理解人类精神产品、探讨整个"精神科学"的基础。在此过程中,"诠释"内涵随科学概念和现代方法论概念的产生得到重新构造,作为一般方法

---

[*] 曹洪洋,中国矿业大学人文与艺术学院副教授。
① Niall Keane, Chris Lawn, eds., *The Blackwell Companion to Hermeneutics*, Chichester: Wiley Blackwell, 2016, p.1.
② Carsten Dutt, ed., *Hermeneutik · Ästhetik · Praktische Philosophy: Hans-Gadanmer im Gespräch*, hrsg. von Carsten Dutt, Heidelberg: Winter, 1995, S.12.

体现出严格认识论的倾向。海德格尔《存在与时间》的问世导致"诠释"内涵再次发生根本改变,"诠释"与"理解"一致而成为"此在存在的基本方式"。后来海德格尔的思想由伽达默尔和德里达在两种不同方向上承接,进而又影响了盎格鲁-萨克逊传统,在文论领域引发与英美新批评、实用主义、读者反应理论和意识形态批评等的碰撞。

至此,"诠释"不仅在方法论、认识论和存在论共同构成的视域中历经多次内涵变迁,而且还激发了人们对文本诠释、作者意图、阅读与接受、意义确定性和诠释界限等文学诠释问题的讨论。

"hermeneutics"最初进入中国是随一篇联邦德国作者为《真理与方法》所写书评迻译而来(译文刊载在《哲学译丛》1963年第9期)。当时,根据北京大学洪谦教授建议,《哲学译丛》编辑部和译者为其确定了"诠释学"的译名[①]。1987年出版的《存在与时间》中译本亦采此译法,理由是:"汉语中,'诠释'是一个古词,而且和'真理'直接有关,这和'Hermeneutik'在德语中的地位相当。"[②]当然,汉语学界出于不同的理解和偏好,还有"解释学""阐释学""传释学"以及"释义学"等其他翻译方式。然而无论哪个译名,其实都未能反映出"hermeneias"的多义性。

诠释学正式进入中国始于20世纪70年代末,至今已有四十多年的历史。从总体上看,我国对诠释学理论的接受、研究和应用大致有四个路径。

一是以海德格尔哲学为核心。相关研究涉及与海德格尔哲学有关的整个欧陆哲学,以海德格尔、伽达默尔、德里达以及保罗·利科等人的哲学思想研究为基础。

二是以中国经典诠释传统为核心。国内有学者认为,既然中国传统有大量的经典诠释实践和诠释资源,据此即可形成自己的诠释学或诠释理论,并希望由此找到能与西方诠释学进行会通之处。

三是以构建一种历史诠释的方法论为核心。由于诠释学与现代历史哲学对于历史研究中各种有关意义的探讨有着密切关系,史学理论界期望构建一种历史诠释的方法论,并据此为诠释观念注入新内涵。

四是以文学诠释和文本诠释为核心。国内文论界尝试以结构主义和后结构主义文本理论以及西方诠释学为基本理论来源,从文学诠释和文本诠释角度

---

① 参见洪汉鼎、黄小洲撰:《西方诠释学的东渐及其效应——洪汉鼎先生访谈(下)》,《河北学刊》2012年第3期。
② 参见海德格尔:《存在与时间》,陈嘉映、王庆节合译,熊伟校,生活·读书·新知三联书店,1987年,第519页。

确定诠释学和诠释内涵。

在此过程中,基于"诠释"主题、利用诠释学资源所展开的各种研究,尤其是围绕理解与解释等诠释学基本问题所引发的各种讨论,共同构成当代中国学界(特别是文学研究界)特有的"诠释话语",从中也涌现出一批"诠释学者"。

20世纪80年代以来,中国比较文学从复兴、重建走向繁荣和发展,这个过程恰与诠释学在当代中国的影响与接受基本重合。由于中国比较文学始终坚持自身开放性、世界性和前沿性的学科身份,特别由于诠释学接受本身就是一个跨语言、跨学科和跨文化问题,所以这一学科的学者较早且很多对诠释学和诠释理论产生关注。比如,钱钟书在《管锥编》和《谈艺录》的持续书写中曾引用诠释学相关概念与中国文论思想进行"对勘"[1];乐黛云将诠释学视为"产生于西方现代社会的新批评方法",并欲据之在文学研究领域引起对读者反应的重视[2];张隆溪甚至有专门论述文学诠释问题的专著《道与逻各斯》,尽管他承认虽然其对语言性质的讨论立足于哲学诠释学,但"最终却因为集中在文学理解的一些特殊问题上而与之分道扬镳"[3]。

一贯倡导以跨文化研究来引领比较文学研究的学者金克木,则敏感于诠释学接受中出现的问题。他反复申说,诠释学一方面涉及"正解和误解的方法论问题",另一方面也不得不"追到本体论的问题"。他尤其强调,虽然依据我国资源丰富的诠释传统非常可能形成中国自己的诠释学研究,但是对中国经典、符号、文本和语言等进行理解和解释的"自己的应用"的考虑,应该建立在首先对"人家的情况"的了解上[4]。

所谓"人家的情况"当然指西方现代诠释学理论。显然,在金克木看来,当时中国学者还未能对其有真正的了解。的确,如果仅将诠释学视为一种从事文学研究的方法,那么诠释学研究便会完全陷入"正解和误解的方法论"讨论之中,势必导致对"本体论"(即"存在论")问题的忽视或抛弃,从而远离"人类所面临的理解和解释问题"。然而他的观点未能引起足够重视。这也反证,虽然有那么多研究诠释学和诠释问题的成果,但海德格尔为诠释学设定的存在论内涵,仍然晦暗不彰。

西方现代诠释学的基本内涵就是存在论。在海德格尔那里,存在论与诠

---

[1] 参见《管锥编》"隐公元年"和《谈艺录》(增订本)"庚子山诗"等则。前者见于钱钟书:《管锥编》(一)下卷,《钱钟书集》,生活·读书·新知三联书店,2001年,第328—329页;后者见于第839—841页。
[2] 参见乐黛云:《"批评方法与中国现代小说研讨会"述评》,《读书》1983年第4期。
[3] 参见张隆溪:《道与逻各斯》,冯川译,四川人民出版社,1998年,第18—19页。
[4] 参见金克木:《谈诠释学》,《读书》1983年第10期。

释学、现象学、形而上学等一样，都是其用来描述自身独特哲学思维的通用语。他之所以启用"诠释学"这个词汇，有其特殊用意。据海德格尔自述，其接受诠释学有个过程：从最初的神学诠释学到施莱尔马赫及狄尔泰的诠释学，再到《存在与时间》在一种"更广的意义上使用"的诠释学，他所理解的"诠释"也就相应从神学/圣经研究、正确理解他人话语的技艺、精神科学方法论发展为"首先根据一切诠释来规定的诠释的本质"①。海德格尔借用一个语言游戏，将希腊文动词"ἑρμηνεύς"（hermēneuein，诠释，说明）与"Ερμης"（Hermes，神使赫尔墨斯）勾连起来，认为"诠释"即指那种带来"天命的消息"的"展示"（Darlegen，希腊文或是"δηλόω"）②。"展示"的意思是指某物通过语言/言说向外界的开放、某物通过语言/言说被暴露和被揭示。帕尔默则取"laying-open"为其英译，又以"a laying-out explaining"解释"auslegen"（德语动词"诠释"）③。

在这个意义上，诠释学被重新规定为对"存在"意义的探究。那么，如何探究？第一，海德格尔首先否认"存在"一词具有一种"抽象"意义，在他看来，即使有，这种"抽象"也与一般所言的抽象不同；第二，海德格尔认为，将"存在"从各种时态、情态等具体语境中提取出来"还原"为一个动名词，这种做法实际上抛弃了"存在"的某些（甚至是大部分）本来非常充盈和丰富的意义；第三，海德格尔追问，"存在"是否具有一种一般意义，无论穿行在任何话语中都能保持这种确定身份；第四，海德格尔指出，西方哲学传统早已失去对"存在"的理解，而必须采取一种"回溯"——回到"存在"的源头——的方式去"找回""存在"的意义；第五，"存在"的意义不能借助"逻辑的和语法的指点"等"抽象"方式而只能依据其本身来进行理解；第六，对"存在"意义的追问绝非一个认识论问题，也非逻辑思辨问题，只能采取现象学方法，基于"足够源始把握的语言的本质"，让"存在"意义在"道说"——海德格尔理解的语言的本质——中自我现身④。

通过对"存在"理解路径的分析，海德格尔向我们揭示，"诠释"并不是对某一个对象（比如文本）的"解释"（explanation），更非关于解释的方法或方法论，

---

① 参见海德格尔：《在通向语言的途中》（Vgl. Martin Heidegger, *Unterwegs zur Sprache*, Verlag Günther Neske, Pfullingen 1959, SS. 91－94,115）。
② 同上书，第115页。
③ 参见理查德·E.帕尔默：《诠释学》（See Richard E. Palmer: *Hermeneutics: Interpretation Theory in Schleiermacher, Dilthey, Heidegger, and Gadamer*, Evanston: Northwestern University Press, 1969, p.13）。
④ 参见海德格尔：《形而上学导论》（新译本），王庆节译，载孙周兴、王庆节主编：《海德格尔文集》，商务印书馆，2017年，第84—87页。

"诠释"本身即"意味着带来消息和音信"①。这个说法并不神秘,只要回到希腊文"hermeneias"自身,其"根据一切诠释来规定的诠释的本质"就自然而然地显现出来。

让我们再回到《存在与时间》的导论部分(第7节C)。这一部分为理解海德格尔的诠释学提供了全部答案②。这种源始意义上的诠释学(即"作为此在的现象学的诠释学"),为"存在"意义的探究奠定了基础。继而,由于此在相较于其他存在者在"存在"理解上的优先性,诠释学作为"此在的存在的诠释",就成为"对生存的生存性的分析"③。正如伽达默尔所说,海德格尔将理解和诠释突出为"生存论环节",以之对"在世之在"(In-der-Welt-Sein)作出规定④。这样,海德格尔便将《存在与时间》中的诠释学与所有建立在"方法论"基础上的"诠释学"作出了区隔。后者即伽达默尔一再强调应该超越的、与哲学诠释学相对的、"作为技艺学(Kunstlehre)的诠释学"。从"技艺学"立场出发的诠释学,将自身限定为"解释"(interpretatio)本身,而海德格尔的诠释学,意指"一切诠释的本质"(hermeneias)。

从学理上参透海德格尔独特的"诠释学"用法的确不易;而又由于跨学科、跨语言和跨文化理解的问题,诠释学在中国的理解和接受更是面临各种现实难题。

首先,我们不得不为"hermeneutics"选取一个汉语译名,然而这极易使理解者将汉语译名中的"诠释"(或"解释""阐释""传释""释义"等)一词抽离诠释学语境,仅从汉字顾名思义,于是使"诠释"沦落到汉语日常语言的意义层面。这就造成了根本误解。

其次,如果诠释学的理解者从汉字入手,试图通过对汉语中的"诠""阐""解""释"等相关概念作类比式分析,进一步反推"诠释学"的意义,甚至要循这些概念在中国诠释传统中的意义去"弥补"西方诠释学的"不足",推动西方诠释学的"发展",这就加倍造成了误解。

---

① 海德格尔:《在通向语言的途中》(Martin Heidegger: *Unterwegs zur Sprache*, Verlag Günther Neske, Pfullingen, 1959, S. 115)。
② 同上书,第92页。
③ 参见海德格尔:《存在与时间》(Vgl. Martin Heidegger, *Sein und Zeit*, Tübingen: Max Niemeyer Verlag, 1993, SS. 37 - 38);中译可见海德格尔:《存在与时间》(修订译本),陈嘉映、王庆节合译,熊伟校,陈嘉映修订,生活·读书·新知三联书店,1999年,第44页,译文有调整。
④ 参见卡尔斯滕·杜特(Carsten Dutt)编:《解释学·美学·实践哲学:与伽达默尔对话》(*Hermeneutik · Ästhetik · Praktische Philosophy: Hans-Gadanmer im Gespräch*, hrsg. von Carsten Dutt, Heidelberg: Winter, 1995, S. 12)。

最后，由于汉语没有系词结构，显著区别于印欧语系各语言，因而我们对于"存在"超出基本系连功能的丰富意蕴，以及由此而生的对于客观世界的认识和哲学思想的发展（海德格尔将"存在的意义"视为"西方精神的命运"）[①]，在理解上就难以确切，在表达上也难以找到恰当的方式。

出于以上原因，我国很多所谓"诠释学者"对"诠释学"和"诠释"问题的思考至今仍然无法挣脱"诠释"汉语字面义为其所设的思维桎梏，更无法从海德格尔对"存在"的理解及其意义解释的分析中汲取有益的成分。

在比较文学发展史上，西方通常从研究对象的特性和关系出发，来认识这门学科的本质。随着研究对象的不断变换和研究范围的不断扩展，对学科本质的认识便飘移不定，以致"学科之死"的论调此起彼伏。而得益于中国比较文学研究实践的中国学者却明确认识到，比较文学的本质在于确定"比较"——比较文学之本体——的内涵。随着"比较"在根本上被确定为"一种语际间多元透视的""汇通性研究视域"[②]，原有学科本质理解方式也就彻底得到清理。

比较文学之"比较"，既不驻足于差异，也不矻矻于求同，它只是为人们提供一种可以使之在不同学科、不同语言和不同文化之间"相互观看"同时也"看见自己"的契机。"比较"呈现了一种"无立场的立场"。正如达姆罗什所说：

> 比较学者未来并不需要更加严格的既定立场（position-takings），这种立场认为：只有一种文学，只有一个理论途径，只有一种政治面貌，才在思想上或伦理上值得我们思考。学者自然会集中关注他们所发现的材料，自然会使用他们所喜欢的理论，只要这些材料和理论能够有效回答其最想回答的问题。……比较文学这门学科的未来只在于人们所选择的具体道路上。[③]

如果将诠释学作为我们所喜欢的理论来使用，使用它来集中关注我们所发现的材料（这些材料当然不限于文本和经典及其诠释实践），并借此回答我们最想回答的问题（这些问题当然不限于何为最明确的意义、何为最好的诠释、

[①] 参见海德格尔：《形而上学导论》（新译本），王庆节译，载孙周兴、王庆节主编：《海德格尔文集》，商务印书馆，2017年，第44—46页。
[②] 参见杨乃乔主编：《比较文学概论》（第四版），北京大学出版社，2014年，第127—130页。
[③] 达姆罗什（David Damrosch）：《对文学进行比较：全球化时代的文学研究》（*Comparing the Literatures: Literary Studies in a Global Age*, Princeton and Oxford: Princeton University Press, p.337）。

何为最有效的诠释方法),这就是在做"比较"。当然,有效开展这项工作的前提是跨越学科边界、语言囚笼和不同文化之间的藩篱,真正走入"诠释学"的视域。

从"诠释学"到"诠释之道"
——中国诠释学研究的合法性依据与发展方向

李清良*

内容提要 从中国学术传统的立场看,所谓"诠释学"实际上是探索"诠释之道"的学问,它既包含诠释的形上之思,也包含了诠释的规则与方法,同时还包含了诠释的实践智慧;既有古今之别,也有中外之异。如此理解诠释学,不仅可从根本上阐明"中国诠释学"研究的合法性,厘清中西诠释传统之间的关系,还可探索"中国诠释学"在"后西方"时代的基本发展方向。自觉地从"诠释之道"出发进行"中国诠释学"研究和探索,将推动中华文明的"文化自觉",促进现代诠释学的进一步发展和现代性观念的反思与重构,也将使"中国诠释学"成为"后西方"时代最具竞争力的现代诠释学导向之一。

关键词 诠释学;诠释之道;中国诠释学;后西方时代

本文所谓中国诠释学研究,不是泛指"在中国的"诠释学研究,而是专指有关"中国诠释学"的研究。它主要包括两个相辅相成的方面:一是清理总结源远流长的中国经典诠释传统;二是探索建构彰显中国文化精神特质的现代诠释学。此项研究萌芽于20世纪80年代初,兴起于90年代中后期,流行于21世纪,目前已成为整个汉语学界的重要论域,近年来尤其在大陆学界开展得如火如荼。通过海内外学者数十年的共同努力,中国诠释学研究已经取得了令人瞩目的丰硕成果。然而毋庸讳言的是,它在自我理解和定位上仍不十分明确,突出的表现就是一些原则性问题迄今未获得令人信服的解答,比如:我们为什么要有中国诠释学?它与西方诠释学的关系是什么?其发展方向又是什么?显然,这些问题如不能解决,所谓中国诠释学研究便不免会被讥为"葫芦僧乱判葫芦案"。窃以为,治学有如治国,皆当先正其名,解答上述问题的关键在于依据中国学术的固有传统为"中国诠释学"正名。只有这样,中国诠释学研究才能名正言顺地展开。

---

* 李清良,湖南大学岳麓书院哲学系教授,博导。

一、"诠释学"概念辨析

我们现在所说的"诠释学",乃是德语 Hermeneutik 或英语 hermeneutics 等西语词的汉译。诚然,我国学者杭世骏(1695—1773)于 18 世纪即已提出了"诠释之学"的说法,其《李义山诗注序》曾说:"诠释之学,较古昔作者为尤难。语必溯源,一也;事必数典,二也;学必贯三才而通七略,三也。"①但在中国传统学术中,"诠释之学"并未成为专门概念,更未发展为独立学科。故当西方诠释学传入中国之初,我们一时竟找不到一个恰当的现成名词来对译,以致除了"诠释学"外,还有"阐释学""解释学""释义学""传释学"等不同译名。正因"诠释学"是源自西方的外来概念,所谓"中国诠释学"便是一个需要论证的说法。事实上,对于中国学界而言,"中国诠释学"这一概念能否成立一直是个问题,赞成者有之,反对者亦有之。

赞成派的现有理由主要有三:一是诠释现象与诠释问题(如语言与解释的关系问题)具有普遍性,故以之作为研究对象的诠释学也具有普遍性,并非西方所得而专;二是中国古代的诠释传统不仅源远流长、经验丰富,而且自具特点;三是西方诠释学的理论与方法并不完全适用于中国学术研究。据此,便有理由提出"中国诠释学"这一概念,以之指称中国古代的诠释传统和有待建构的中国现代诠释学。

反对派的意见也可综合为三点:一是根本不存在古代的"中国诠释学",它不过是"一只想象中的怪兽",因为所谓"诠释学"乃是一门有着系统理论与科学方法的现代学科,直到 19 世纪才在西方正式形成,中国古代诠释传统不可与之同日而语;二是根本不存在现代的"中国诠释学",因为作为一种普遍的学科理论,诠释学就是诠释学,无所谓西方诠释学和中国诠释学,只有"诠释学在西方""诠释学在中国",即只有"表现形态与表现方式的差别"而已;三是完全没有必要建立现代的"中国诠释学",因为要真正理解一个文本尤其是经典,恰恰不能像现代西方那样采取诠释学这种"现代学问的样式",而应像西方当代"解经大家"列奥·施特劳斯(Leo Strauss,1899—1973)那样,自觉地"反对任何诠释学理论",回归到"古典学问的样式"②。

反对派的上述观点,实是从根本上否定了中国诠释学研究的合法性。对此

---

① 杭世骏:《道古堂文集》卷八,见《续修四库全书》第 1426 册,上海古籍出版社,2002 年,第 280 页。
② 详细分析可参见李清良、张丰赟:《论中国诠释学研究的兴起缘由》,《山东大学学报(哲学社会科学版)》2015 年第 5 期。

作出有力响应,乃是赞成派无法回避的任务,但仅据上述理由显然并不足以完成此任务。

此中的关键在于如何理解"诠释学"。由上可知,现有的赞成意见主要围绕"诠释学"中的"诠释"讲理由,反对意见则主要抓住"诠释学"的"学"字做文章。其实,对于"诠释学",必须同时从"诠释"与"学"这两个方面来把握,并且对每一方面的理解都不能仅执一端而不计其余。

"诠释学"无疑是以"诠释"即诠释活动及相关问题作为研究对象。诠释活动是借助语言对意义进行理解、解释和传达的活动,不仅具有普遍性,更具有根源性与多样性。所谓根源性是指,诠释活动是人类最基本的生存活动,并且如不可或缺的语言活动一样遍存于一切生存活动尤其是交往活动中。因此西方当代最著名的诠释学家伽达默尔说,诠释活动实际上"无所不包和无所不在"(umfassende und universale)①。诠释活动之所以具有普遍性,首先就是因为它的这种根源性,因为它作为意义交流活动与语言世界同其范围。诠释活动的多样性则指,它不像自然科学的客观认识活动那样可以且应该千篇一律,而是恰如艺术活动一般,不可避免地随人、随时、随文化传统而各有特色,各具风貌。

对诠释活动及相关问题加以反思和研究的学问即是"诠释学"。据伽达默尔说,"诠释学"(Hermeneutik)一词源于古希腊,以诸神信使赫尔默斯(Hermes)之名为词根②。不过其本意并不是指作为系统理论即"科学知识"(epistēmē)的"学",而是指理解、解释和翻译的实践技艺(technē)。对于古希腊人来说,实践技艺(technē)介于实践经验(empeiria)与"科学知识"之间,虽有一定的普遍性和理论性却并不是纯理论③。洪汉鼎指出,我们应当注意到Hermeneutik的词尾是-ik 而不是-ologie,-ik 多指着重操作的实践技艺,-ologie 才指普遍系统的理论知识,所以 Hermeneutik 一词本身就表明它原非现代意义上的系统理论之"学",将其译为"诠释学"并不恰当,准确的翻译应是"诠释技艺"④。事实上,直到19世纪之前,西方诠释学也一直只是诠释经验、诠释

---

① Hans-Georg Gadamer: Gesammelte Werke, Tübingen, 1990, Bd. 2, S. 440. 中译本参见伽达默尔:《诠释学 II:真理与方法》,洪汉鼎译,商务印书馆,2010 年,第 554 页。
② 同上书,第 114—116 页。关于诠释学一词的起源还有不同看法,伽达默尔对此有过不少辨析,参见该书第 114—115、365—377 页。
③ 关于 technē 和 epistēmē 的详细辨析,可参见亚里士多德:《诗学》,陈中梅译注,商务印书馆,1996 年,第 234—245 页。陈中梅:《柏拉图诗学和艺术思想研究》,商务印书馆,1999 年,第 24—26、35、38—39 页。
④ 洪汉鼎:《当代西方哲学两大思潮》,商务印书馆,2010 年,第 438—439 页;《实践哲学 修辞学 想象力——当代哲学诠释学研究》,中国人民大学出版社,2014 年,第 394—395 页。

方法和诠释规则的汇集,既没有系统理论,也不是独立学科,因此被称作古代诠释学。只有进入现代社会之后,西方诠释学才逐渐发展为现代诠释学,并于19世纪初正式成为一门独立而系统的"学"。由此可见,诠释学实有古典与现代之别,并非只有自19世纪以来的西方现代诠释学这种形态。换言之,所谓"诠释学",只能宽泛地规定为对于诠释活动及相关问题的自觉反思、探讨与总结,而不能狭隘地将有无系统理论和科学方法作为界定"诠释学"的唯一标准。伽达默尔便反复讲到,诠释学乃是诠释活动或诠释实践的自我理解(Selbstverständnis),其哲学诠释学正是诠释经验本身的理论自觉,而不是纯粹抽象的理论思辨①。

既然对于人类而言诠释活动是如此根源与普遍,那么无论古今中外,任何一种自成一体的文明与文化就都不可能没有这种自觉,不可能不各有其"诠释学"。只有基于现代人的傲慢,才会否定古人早有这种"诠释学"自觉;只有认同现代西方文明的傲慢,才会否定其他文明也有其自觉的"诠释学"。由于诠释活动具有多样性或分殊性,作为诠释活动及相关问题之自觉的"诠释学"又不可避免地有古今之别。同时,诠释学作为一种意义交流与沟通的技艺、智慧和理论,本质上也是对人们生存方式和实践方式的反思、解释与规范,并不是一种纯粹的理论言说,因此也必会由于文化传统和生存实践的差异而有不同的理论架构和价值取向。简言之,有多少种文明与文化传统,就有多少种诠释学②。

因此,将中国古代诠释传统称作中国古代诠释学是没有问题的。当然,这只是就形态而言,若就思考水平而言,中国古代诠释学也许还要超过西方古代诠释学③。不少西方汉学家也明确指出,中国思想传统中早就存在着"中国诠释学"④。诚然,笼统地这样说,确易让人误以为古代中国早有一种现代意义的诠释学,这便不啻是天方夜谭;但如果本就注意到诠释学有古今之别与中西之别,而不固执于西方现代诠释学这一种形态,这种误解并非不可避免。

---

① 伽达默尔:《诠释学I:真理与方法》,洪汉鼎译,商务印书馆,2010年,第377页;《诠释学II:真理与方法》,第560—566页。
② 参见李清良、张丰赟:《论中国诠释学研究的兴起缘由》,《山东大学学报(哲学社会科学版)》2015年第5期。
③ 参见李清良、夏亚平:《从朱熹的诠释思想展望中国现代诠释学》,《中国文化研究》2015年夏之卷。
④ Steven Van Zoren, *Poetry and Personality: Reading, Exegesis, and Hermeneutics in Traditional China*, Stanford University Press, 1991, p. 195, 254; Stephen Owen: *Readings in Chinese Literary Thought*, Harvard University Press, 1992, p. 18; Sarah A. Queen: *From Chronicle to Canon: The Hermeneutics of the Spring and Autumn, according to Tung Chung-shu*, Cambridge University Press, 1996. etc..

古代中国已有古典诠释学,现代中国则应有现代诠释学。反对派之所以认为诠释学就是诠释学,无所谓西方诠释学和中国诠释学,就是因其对于诠释学的理解,不仅无视"诠释"之特性,而且昧于"学"有多般,亦即既未注意到诠释活动的多样性与分殊性,也没有意识到诠释之"学"并不是脱离诠释实践的纯粹理论,因而不能不随规定诠释实践的文化传统与生存语境之别而各异。若无这种偏见,中西诠释学之别,实如中西艺术之别、中西文学之别一样毋庸置疑。

然而,上述辨析虽能说明我们为何可有"中国诠释学",却终究不足以解释我们为何要有"中国诠释学",毕竟对于中国学术传统而言"诠释学"是一个外来概念。反对派仍可以像德国汉学家顾彬(Wolfgang Kubin)那样说,现代中国学人有一种奇怪的思维习惯,西方有什么,就一定要说中国也早已有之[①]。

二、"诠释之道"的提出

要从根本上讲清我们为何需要"中国诠释学"以及中西诠释学的关系,就不能仅就西方的"诠释学"概念来讲,还必须依据中国学术传统来阐明其实质与地位。

我国学术传统有一个最基本的观念:天地宇宙之间无往而不有道,人类的一切活动与行为只有合于道才会既有成效又有价值。正如金岳霖先生所说:"每一文化区有它底中坚思想,每一中坚思想有它底最崇高的概念,最基本的原动力。……中国思想中最崇高的概念似乎是道。所谓行道、修道、得道,都是以道为最终的目标。思想与情感两方面的最基本的原动力似乎也是道。"[②]道既可"合起来说"也可"分开来说",若"合起来说",天地间便只是一个整全之道;若"分开来说",则可以细分为天道、地道和人道等。人道即人类生存之道,又可随角色、事务、时势等之异,细分为"父道""子道""夫道""妻道""友道""师道""君道""臣道""政道""商道""兵道"乃至"茶道""棋道"等分殊之道,甚至"盗亦有道"。总之,事事物物莫不各有其道,虽一饮食、一起居之间亦莫不有其道,时异、地异、事异则道亦异;只有事事皆遵循道、由道,一个人的活动才会合理、有效、有价值。故孔子说:"谁能出不由户?何莫由斯道也?"(《论语·雍也》)《中庸》也说:"道也者,不可须臾离也。"

无论是"合起来说"的整全之道,还是"分开来说"的分殊之道,都不是摆在面前的现成之物,要知道、修道从而合道就必须不断原道,即探索道、讲求道。

---

① 参见刘小枫:《"误解"因"瞬时的理解"而称义》,《读书》2005年第11期。
② 金岳霖:《论道》,商务印书馆,1994年,第16页。

因此，在我国学术传统中，对于各种基本的生存活动不断进行反思、探索从而确定既相联系又有区别的各种分殊之道，始终是一项居于核心地位的文化任务。

诠释活动正是人之所以为人的最根本的一项生存活动。依据中国学术的重道传统，必须对之加以自觉反思、探索与研究，以确立可合理解释与有效规范各种具体诠释活动的诠释之道。若无诠释之道，一切诠释活动便如暗夜冥行，莫知所由，不知所止，而无时不包含诠释的各项生存活动便不可能合道，整个生存之道也必定因此残缺不全。更进一步说，若无诠释之道，一切原道活动也不可能真正成功，因为原道活动本身就是诠释活动，需要诠释之道的引导和规范。总之，正是诠释活动的根源性决定了诠释之道的重要性。诠释之道不仅是诠释活动得以自觉开展的根据，也是整个生存之道不可或缺的基石。

正因如此，我国学术传统不仅向来重视诠释活动尤其是经典诠释活动，也特别注重讲求诠释之道，二者相辅相成，相互促进。比如早在先秦时期，便有古圣先贤基于各自的诠释经验和思想宗旨，从不同角度对诠释之道作了探索。孔子提出的"述而不作"和"知言""知人"，老子提出的"致虚极，守静笃"，孟子提出的"知人论世"和"以意逆志"，庄子提出的"得意忘言"，荀子提出的"虚壹而静"等，都成了后世诠释活动所遵循的基本原则。秦汉以后随着经典诠释的兴盛，对诠释之道的讲求更是日益重视。两汉经学、魏晋玄学、隋唐佛学、宋明理学、清代朴学等学术思潮的嬗变更迭，无不以诠释之道的拓展与通变为其枢机。诚如汤用彤先生所说："新学术之兴起，虽因于时风环境，然无新眼光新方法，则亦只有支离片断之言论，而不能有组织完备之新学。故学术新时代之托始，恒依赖新方法之发现。"[①]此所谓"新眼光新方法"实即新的诠释之道。在新的时势推动之下，一旦确立了新的诠释之道，各种具体的诠释活动便将呈现出新面貌，从而开启学术新时代。近年学界对于中国经典诠释传统的相关研究尤可表明，我国古代学者不仅长于通过精湛的诠释活动来实现思想观念的继承、弘扬和创新，也高度重视诠释之道的自觉反思与不懈探求。事实上，对于诠释之道的不断反思与探求本身就构成了一种传统。因此，我国源远流长、深厚丰富的诠释传统其实包含了两个相辅相成的层面：一是对各种典籍不断进行实际诠释的传统；二是对诠释之道不断加以探索的传统。当然，由于学派取向之异（如有儒、道、释诸派之别）和典籍性质之别（如有经、史、子、集之别），这两个层面的传统都不可避免地包含着相互竞争也相互影响的多个面向。对于整个诠释传统而言，不断反思和探索诠释之道的传统不仅是灵魂也是动力，中华文明由此乃有

---

① 汤用彤：《魏晋玄学论稿》，上海古籍出版社，2001年，第23页。

其一以贯之而又适时通变的诠释之道,从而有各种学术思潮的不断嬗变和整个学术传统的生生不息。

依据宋儒"理一分殊"的观念,诠释之道可以也应当既"分开来说"又"合起来说"。"分开来说"的诠释之道不仅随诠释目的、诠释层面等等之别而各异(或偏重方法与规则,或注重智慧和修养,或强调理论与玄思等),而且必随学派、时代尤其是文化传统之别而各异,因此必须"唯变所适"而不可混同执一;但"合起来说",则无论是古典的还是现代的、中国的还是外国的,也无论是专注技艺与规则的,还是关心智慧、修养或玄思的,都莫不属于"诠释之道",不过所关注的层面和方面各有不同而已。

根据中国学术的上述传统与观念,我们可以提出如下三点看法。

其一,今日所谓"诠释学"实际上应作为"诠释之道"来理解。诠释学研究的实质,是通过自觉地反思、探讨与总结诠释活动及相关问题,确定人们应当遵循的"诠释之道"。西方诠释学是西方文明的"诠释之道",中国诠释学则是中华文明的"诠释之道"。我们讲中国古代已有诠释学,无非是说它有其自成一体的诠释之道,或者说对诠释之道的不断反思与探索本是我国诠释传统的一个重要层面。中国传统的诠释之道不仅体现了中华文明的基本观念、经验智慧和价值追求,而且自成一体、自具系统,也一直自主规范和引导着中华民族的意义诠释与交流活动。即使从西语"诠释学"一词来看,将其译为"诠释之道"也更贴切。学界公认中国所谓"道"与西方所谓 logos 大体对应,而在古希腊人看来,logos 并非专指纯粹理论之"学",也包括实践技艺(technē),毕竟只有经过 logos 的条贯和提炼,经验才能上升为具有一定普遍性的技艺;因此实践技艺虽非最高的、纯粹的 logos,但已属于 logos,是具有实践性质的 logos[①]。作为实践技艺的"诠释学",显然也属于 logos。可见,即使依照古希腊传统,将"诠释学"理解为"诠释之道",一种偏重技艺的"诠释之道",也是相当恰切的。到 20 世纪,海德格尔将诠释学讲成比任何一门科学都更源初的基础存在论,伽达默尔晚年又将诠释学讲成兼具理论与实践双重任务的实践哲学,这种意义上的西方现代诠释学就更可以理解为"诠释之道",一种包含形上之思的实践之道。这说明,即使从西方诠释学一词的原初意涵及其当代发展趋势看,将"诠释学"作为"诠释之道"来理解也是成立的。这里的关键就在于,"道"是一个包含了玄思、智慧、技艺、规则与方法等多个层面的结构性概念,而不仅仅是理论与方法,因此"诠释之道"远

[①] 参见亚里士多德:《诗学》,陈中梅译注,商务印书馆,1996 年,第 239、200—201 页。陈中梅:《柏拉图诗学和艺术思想研究》,商务印书馆,1999 年,第 24 页。

比"诠释学"概念更具涵摄性。

其二,不存在唯一普遍的诠释之道,不同文明与文化传统的诠释之道各成一体而不尽相同。诠释之道乃是生存之道的一个重要方面和维度,是从意义的理解、阐发与交流层面对人们的存在方式和实践方式加以解释与规定,因而与生存之道一样具有民族性与历史性。不同民族文化和历史传统中的人们,有着不尽相同的生存之道和生存方式,也不可避免地有着不尽相同的诠释之道和诠释方式,彼此之间不管如何相通相同,都是各成一体、相对独立,不可能相互替代和覆盖。中西诠释学作为两种不同文明与文化传统的诠释之道各成一体,可以也应该对话沟通,却不容混同为一,更不容以彼代此。不管人类文明发展到何种地步,不同文明与文化的诠释之道都绝不可能化约为一。我们从"诠释之道"出发来理解"诠释学",应特别坚持的一点就是主张多元的普遍性,拒斥唯一的普遍性。

其三,诠释之道必因古今时势之别而有时代性,因此中华文明虽有其传统的诠释之道,但在进入现代社会之后却必须适时通变(即人们常说的创造性转化),转型为现代诠释之道。然而,近百年来,在西方文明的强大影响下,中国传统的诠释之道未能顺利地实现现代转型,反倒逐渐被肢解与遗忘。现代中国学者用以解释和规范诠释活动的,主要是各种流行的西方现代性观念和科学主义理论与方法,迄今为止仍未真正确立中华文明自适自得的现代诠释之道。近年来,我国学者深感现代中国学术存在着相当严重的"失语症"和极其普遍的"反向格义""汉话胡说"现象,由于缺乏自成一体的诠释系统和规范,既不能独立自主地发现和提出问题,也不能提出解决问题的创造性诠释和主张。为此不少学者从不同角度提出了"以中解中"的诠释学诉求;与此同时,随着西方现代诠释学的传入,建立"中国诠释学"的呼声也日益高涨。这些反思与诉求实际上都是在呼吁现代中国应有自成一体的现代诠释之道。进入 21 世纪以来,"中国诠释学"研究之所以渐呈燎原之势,也正是由于中华文明迫切需要确定其现代诠释之道[①]。

由此观之,我们之所以需要现代"中国诠释学"研究,实是由于中华文明内在地要求通过这项研究来探索并确定其自成一体的现代诠释之道。也就是说,我们今天展开中国诠释学研究,并不是东施效颦、邯郸学步,也不是为了补充西方诠释学或与它一比高下,而是出于对中国学术的一贯传统与现代需求的自觉。相应地,中国诠释学与西方诠释学的关系也不是特殊与普遍的关系,而是

---

① 参见李清良、张丰赟:《新世纪以来我国学界的诠释学诉求》,《湖南大学学报(社会科学版)》2015 年第 5 期。

探索诠释之道的两种不同路径。它们各成一体、各具系统,有着不尽相同的问题意识、理论架构和价值追求,彼此之间虽然可以也应当相互对话和学习,互资启发与借鉴,但主要是为了提升和拓展自身,而不是旨在解决对方的问题。任何一种文明的诠释之道乃至整个生存之道虽然都具有普遍性,但这种普遍性绝不是唯一的普遍性。

总之,我们认为,"诠释学"就是探索和确定"诠释之道"的学问,"中国诠释学"就是中华文明探索和确定其"诠释之道"的学问。我们提出"诠释之道"这个具有浓厚"中国味"的概念并据此来理解"诠释学",并不是为了求得民族情感上的满足,而是试图从中华文明自身的现代需求和中国学术传统固有的思想观念出发,真切地把握"诠释学"的实质和地位。只有这样,才能从根本上阐明我们今天为何需要"中国诠释学"研究,并如实地厘清中西诠释学之关系。

三、诠释学的"后西方"转向

我们之所以主张应从"诠释之道"的角度来理解"诠释学"并从事"中国诠释学"研究,还有更深一层考虑。从全球范围看,"中国诠释学"的兴起,实际上是现代诠释学在"后西方"时代发生重大转向的重要标志,"中国诠释学"研究只有自觉地从"诠释之道"出发进行探索和研究,才能在诠释学的"后西方"转向中发挥其不可替代的作用并作出其最大的贡献。

现代诠释学已经有过几次重要转向。第一次转向发生于19世纪初,是从特殊诠释学转向为普遍诠释学,由德国神学家施莱尔马赫(F. E. D. Schleiermacher,1768—1834)完成。此前在现代性观念尤其科学主义思潮的影响之下,西方学者已试图将古典诠释学发展为现代诠释学,形成了神学诠释学、法律诠释学、语文学诠释学等各种特殊诠释学。但只有到施莱尔马赫,才建构了一个以追求精确理解为目的并适用于各种语言性文本的方法论体系,从而成功建立了可以称作"科学"的"普遍诠释学","第一次使诠释学成为一种在大哲学体系结构中的独立学科"[①]。这次转向标志着西方现代性观念成了普遍的意识形态,包括神学在内的所有传统观念的堡垒几乎都已被攻克。

现代诠释学的第二次转向发生于19世纪末到20世纪初,是从文本诠释的方法论转向为整个精神科学的方法论,由德国著名哲学家狄尔泰(W. Dilthey,1833—1911)完成,其目的是为了在自然科学模式一统天下的情况下,捍卫人文传统和人文研究的存在价值与合法性。狄尔泰强调,精神科学不仅在对象上而

---

① 潘德荣:《西方诠释学史》,北京大学出版社,2013年,第266页。

且在方法上具有独立性,诠释学之所以应该成为整个精神科学的方法论,是因为它能证明精神科学的"理解"方法与自然科学的"说明"方法具有同等的客观性与科学性。这次转向标志着西方现代性观念出现了某种内部分化和张力,人们逐渐意识到科学理性的局限,而注意到人文理性、历史理性的独立价值。

现代诠释学的第三次转向发生于 20 世纪上半叶,是从精神科学方法论转向为新型存在论与实践哲学,主要由德国著名哲学家海德格尔(M. Heidegger,1889—1976)和伽达默尔师徒完成。海氏认为,现代社会要摆脱日益明显而深重的现代性困境,就不能以自然科学模式来讲诠释学,而必须从根源上克服自柏拉图以来"遗忘存在"的存在论,建立一种"回到事情本身"的存在论——"事实性诠释学"或者说"此在诠释学"[①]。以此为基础,伽达默尔的"哲学诠释学"又加以进一步阐发,并在晚年发展为兼具理论与实践双重任务的实践哲学。这次转向标志着现代性运动发展到今天必须加以深刻反思和纠偏,走出其原有模式而进入新阶段。

伽达默尔之后现代诠释学又有两种新的转向趋势:一是以法国哲学家保罗·利科(Paul Ricoeur,1913—2005)为代表,试图将存在论诠释学与方法论诠释学打通和综合;二是以德里达(Jacques Derrida,1930—2004)、瓦蒂莫(Gianni Vattimo,1936—)、卡普托(John D. Caputo,1940—)等人为代表,试图发展出一种后现代主义诠释学。总体来说,这次转向尚在进行之中,其中尤以后现代主义诠释学的探索最能发人深省。

现代诠释学的上述转向其实正是它逐步深化并不断提升其重要性的过程。对此虽然可有不同的描述,清理出不同的线索,但有一点是明确的:到目前为止,现代诠释学的兴起和不断转向与发展都发生在西方。这是因为现代诠释学从兴起到发展始终都是现代性运动的结果,是因现代性运动的逐渐深化而不断转向和发展,而现代性运动虽是一场席卷各大文明的世界历史运动,但它不仅发轫于西方,也一直由西方来推动,数百年来的世界历史进程实可称之为"西方"时代,即由西方文明主宰与控制整个世界的时代。正因如此,西方文明不仅首先建立了现代诠释学,而且完全左右了现代诠释学近两百年来的发展进程。

但时至今日,随着现代性运动的日益普遍与深化,世界历史逐渐走出"西方"时代,而开始进入"后西方"时代。对此中外学者已有不少分析和描述,但在定性上并不一致,或称作"文明冲突"时代,或称作"文明对话"时代,或称作"文

[①] 参见张祥龙:《从现象学到孔夫子》,商务印书馆,2001 年,第 94—122 页。

化自觉"时代,近年又有不少学者称之为"后西方"时代①。在我们看来,当今世界虽已不再像"西方"时代那样完全由西方文明主宰,却仍然笼罩在其强大影响之下;各大文明虽有一定程度的"文化自觉",却还远未达到"各美其美"且"美人之美"的"文化自觉",故而既有"对话"也有"冲突"。质实而言,这只是一个由"西方"时代向"文化自觉"时代过渡的阶段,故以称作"后西方"时代最为如实。当然,所谓"后西方"不仅指文化认同的重新确定,也指现代性观念与现代化模式的重新探索与多样化。"后西方"时代的基本特点可一言以蔽之曰:既力求走出"西方"和西方式的"现代",又仍然深受其影响②。

在"后西方"时代,现代诠释学必将出现一次更大的转向即"后西方"转向,从西方现代诠释学的一枝独秀,转向基于文明自觉的各种现代诠释学的百花竞放,它们不仅相互竞争,也将相互对话、相互启发。"后西方"时代的现代诠释学之所以会有这种重大转向,最重要的原因有二。

首先是"文化本土化"(cultural indigenization)成了时代趋势,非西方文明开始从自身传统出发探索体现其"文化自觉"的现代诠释学。亨廷顿(Samuel P. Huntington, 1927—2008)已详细论证,现代化进程的普遍与深化以不同方式从不同层面促进了非西方世界的去西方化(de-Westernization),同时"本土化已成为整个非西方世界的发展日程"③。费孝通晚年也一再强调,"文化自觉是当今世界共同的时代要求",人们都力求"对其文化有'自知之明',明白它的来历,形成过程,所具的特色和它发展的趋向",也力求"理解所接触到的多种文化"④。"文明自觉"必将导致"诠释之道"的自觉,"文化本土化"也必将要求诠释学的本土化。在这种时代大势下,对现代诠释学的理解和探索势必走向百花齐放。

其次,现代性困境的普遍化亟待全人类共同面对和解决,现代诠释学作为反思和重构现代性观念的基础性学科,也亟须各大文明从不同进路加以发展和

---

① 参见杜平:《国际秩序进入"后西方时代"》,新加坡《联合早报》2008 年 2 月 1 日;西蒙・瑟法蒂(Simon Serfaty):《迈进一个后西方的世界》,美国《华盛顿季刊》2011 年春季号;尼尔・弗格森(Niall Ferguson):《东西方差距缩小,后西方时代来临》,《亚太日报》2012 年 11 月 22 日;张建新:《后西方国际体系与东方的兴起》,《世界政治与经济》2012 年第 5 期;等等。
② 详细分析可参见李清良、张丰赟:《论中国诠释学研究的兴起缘由》,《山东大学学报(哲学社会科学版)》2015 年第 5 期。
③ Samuel P. Huntington, *The Clash of Civilizations and the Remaking of World Order*, New York, 1996, p.76, 94;中译本参见塞缪尔・亨廷顿:《文明的冲突与世界秩序的重建》,周琪等译,新华出版社,1999 年,第 67—69、91 页。
④ 费孝通:《费孝通论文化与文化自觉》,群言出版社 2005 年,第 232—233 页。

推进。现代诠释学本是现代性运动的结果,正是强调人的尊严、理性、个性、自由、平等、进步以及对待事物和世界的科学、客观等现代性观念的流行,导致人们在理解和解释整个世界与传统时陷入严重的诠释困境,从而要求有现代诠释学。但随着现代性运动的深化尤其现代性困境的日益明显,现代诠释学又反过来成为反思科学理性乃至整个现代性观念的利器,自狄尔泰特别是海德格尔以后的现代诠释学,已自觉地承担着这一攸关人类前途的历史使命。在"后西方"时代,现代性困境已逐渐普遍化,它虽然主要源于西方现代性观念,却非西方文明所能独立解决,而需要各大文明共同努力,尤其需要通过不同文明的经验与智慧来发展现代诠释学,以推动对于现代性观念的全面反思和纠正。简言之,为了人类发展的共同前途,各大文明必须以不同方式来共同努力,正如伽达默尔在2001年为其名著《真理与方法》中译本作序时所说:"我们深刻地感到一种毕生的使命,这一使命我们为了人类文化的共同未来必须完成。"[1]

中国诠释学研究的正式兴起和流行,便是现代诠释学开始"后西方"转向的重要标志,它不仅明显体现了"文化本土化"和"文化自觉"的诉求,也开始明确从现代性困境的克服、现代化模式与现代性观念的重建这一高度来看待此一事业[2]。就此而言,中国诠释学研究的兴起与开展实际上具有世界史意义。

事实上,从"诠释之道"出发进行"中国诠释学"研究,将有力地推动中华文明的"文化自觉"。如前所述,"道"是中国思想传统中最崇高、最核心也最具统摄性的概念,中国学术文化传统归根到底可以说是一种以明道、修道、行道为中心的文化系统。依据此种传统,就诠释活动而言,只有达到"诠释之道"的自觉才算是真正的自觉;就中华文明而言,只有确定充分体现其文化精神和文化自主的现代"诠释之道",才算是真正的"文化自觉"。

从"诠释之道"出发进行"中国诠释学"研究,也将促进现代诠释学在"后西方"时代的多元发展。现代诠释学的每一次转向都不是局部的、枝节的调整与纠正,而是系统的、整体的提升和转变;现代诠释学的"后西方"转向同样不会是只对盛行于世的西方现代诠释学加以局部调整和修补,而必是在各大非西方文明智慧的参与下实现一种系统的转变与提升。通过"中国诠释学"研究来探索"诠释之道",实际上就是以中华文明探索了数千年的核心概念和诠释传统为基础,运用中国人的眼光与智慧,对现代诠释活动及相关问题加以自主而系统的

---

[1] 伽达默尔:《诠释学 I:真理与方法·中译本前言》,洪汉鼎译,商务印书馆,2010年,第1页。
[2] 参见李清良、张丰赟:《论中国诠释学研究的兴起缘由》,《山东大学学报(哲学社会科学版)》2015年第5期。

反思和探索,敞开新视野,提出新问题,开启新思路,从而提供一套不同于西方现代诠释学的新观念和新模式。

从"诠释之道"出发进行"中国诠释学"研究,也将促进对现代性观念的反思和重建。源自西方文明的现代性运动为人类历史作出了巨大贡献,但由于过分夸大人类中心、主体自由、科学思维、工具理性等现代性观念,也造成了日益严重的现代性困境。因此近百年来,西方现代哲学和诠释学的一个核心任务,就是深刻反思上述现代性观念,力求重建更为合理的现代性观念。但这一任务无法由西方文明单独来完成,而必须由各大文明依靠自己的传统和智慧,自主探索适合自己的解决途径。"后西方"时代的"中国诠释学"研究不仅需要自成一体,更需要自觉地从中华文明以"道"为中心的思想传统与实践智慧出发,深刻反思和克服西方现代性观念的片面性。

从"诠释之道"出发,还将使"中国诠释学"在"后西方"时代最具竞争力。在更强调平等对话的"后西方"时代,只有最具涵摄性和贯通性的诠释学,才最具影响力和竞争力。对于中华文明而言,具有最强贯通功能和涵摄功能的就是"道",故《庄子·齐物论》一言以蔽之曰:"道通为一。"道既可"分开来说",又当"合起来说"。"分开来说",可使我们对不同文化、不同时代、不同学派、不同层面的诠释之道的相对独立性予以充分尊重;"合起来说",又可化解不同诠释之道间的对立和紧张,使它们既各得其所又交济互成,共同构成一个生生不息的统一体。譬如,伽达默尔之后的西方现代诠释学在方法论与存在论之间出现了一道似乎无法贯通的鸿沟,然而若从"诠释之道"来看,二者其实属于不同层面,完全可以也应当统一起来。正如所谓"王道",不仅要有一套正天下之名、安天下之民的最高理念与关怀,也要有一套相应的方法、规则与制度,还要有根据实际情况灵活处理各种矛盾的实践智慧;诠释之道也是如此,必须既有作为形上之思的存在论一层,又有落实此道的规则与方法一层,还要有具体问题具体对待的实践智慧一层[①]。因此,从"诠释之道"出发的"中国诠释学"将具有海纳百川的胸襟和涵化万物的能力,不仅可与古今中外一切诠释传统和各种不同层面的诠释学相贯通,而且可与其他"分开来说"的生存之道如修身之道、齐家之道、处世之道、治国平天下之道等相贯通。如此一来,"中国诠释学"必将因其突出的涵摄性与贯通性,成为"后西方"时代最具影响力和竞争力的诠释学导向之一。就此而言,需要"中国诠释学"的,不仅是进入现代社会的中华文明,更是进

---

① 参见洪汉鼎、李清良:《如何理解和筹建中国现代诠释学》,《湖南大学学报(社会科学版)》2015年第5期。

入"后西方"时代的整个世界。

结论

综上所述,我们可得出两个基本结论:其一,从"诠释之道"出发来理解"诠释学",将"中国诠释学"研究理解为对中华文明"诠释之道"的探究,可从根本上阐明我们为何需要"中国诠释学"研究,并可如实地厘清中西方诠释学之关系;其二,随着世界历史进入"后西方"时代,现代诠释学开始"后西方"转向,我们更要自觉地从"诠释之道"出发进行"中国诠释学"研究和探索,使之真正走向和推动中华文明的"文化自觉",促进现代诠释学的进一步发展乃至整个现代性观念的反思与重构,从而为中国也为整个世界确立更加合理的现代生存发展之道作出其应有贡献。总之,"诠释之道"概念的提出,不仅可从根本上阐明"中国诠释学"研究的合法性依据,也为它在"后西方"时代的探索指明了基本的发展方向。

圣人、语言与天道之关系
——对魏晋时期"言尽意"与"言不尽意"悖论之溯源与解析

周海天*

内容提要 魏晋至今,王弼对"言意"问题"悖论式"的阐释引发出众多的争议,然而,最为主流的两种解释"主语转换"和"对象转换"皆存在问题。通过回溯至引发此命题的"五经"源头中,发现"圣人""语言"与"天道"之间复杂的纠葛,即"言尽意""圣人尽意"与"圣人言尽意"存在着分殊。因为"言尽意"的主语是圣人,而"圣人尽意"的前提与圣人之"明""通"和"神"等概念息息相关,但是,圣人与"言"的关系并不紧密,不能判定"圣人言尽意"成立。在"言不尽意"中通过考察两种中介"象"与"言"的作用,认为"象"作为"象语言"是《周易》为了传达天道结构所甄选的,"象语言"对天道秩序的传达暗示了中介内在于天道。同样,"言不尽意"是对道是全体的强调,而非否定语言作为中介内在并传达天道的作用。

关键词 言意"悖论";"五经";圣人;中介;天道

一、"言尽意"与"言不尽意"悖论之展开

"得意忘言"这一命题自魏晋时期被提取和阐释以来,就广泛地被应用于经学、文学与美学等诸多领域,有不少学者曾对"言象意"问题提出主张,然而,此命题背后所隐含的一系列重大问题和悖论却一再地被遮蔽与遗忘。事实上,"得意忘言"在流传过程中已经呈现出平面化和浅薄化的特点,虽然这一问题发端于先秦,并延及汉代,然而,直到魏晋南北朝时期,语言与天道的问题才正式成为玄学家们热议的话题。但是,"得意忘言"这一命题中存在着种种潜在的问题,所以,我们讨论"言"作为媒介与"意"的关系的时候,不仅仅要重新审视两者关系,更要对"意"或者"天道"的特质进行重新理解和解释,因为以上问题的不明晰导致在对中国古代哲学的研究中,我们对"语言与天道"这一维度的思考始终处于晦暗之中。

如若追溯其源头,"得意忘言"来源于上古时期以来就形成的"言意之辨"的

---

* 周海天,上海大学文学院,副教授。

传统，而"言意之辨"在魏晋时期又凸显为"言尽意"与"言不尽意"之间的悖论。对于此表面上具有矛盾特质的论述之解读，后人争议纷纷。魏晋时期的学者们大多倾向于"言不尽意"论，可以说，"言不尽意"论在当时占据了绝对的主导性地位。在众多的玄学家之中，对"言象意"关系进行较为严密完整论证的当属王弼，虽然王弼也提到过"言尽意"，但大部分学者判断他主推"言不尽意"论。其根据在于，在对老子思想的诠释中，王弼就已然洞悉到有限的名称与无限的"道"之间的悖论，如其在《老子指略》中所论：

> 故可道之盛，未足以官天地；有形之极，未足以府万物。是故叹之者不能尽乎斯美，咏之者不能畅乎斯弘。名之不能当，称之不能既。名必有所分，称必有所由。有分则有不兼，有由则有不尽；不兼则大殊其真，不尽则不可以名，此可演而明也。①

其中，王弼所论"有分则有不兼，有由则有不尽"就从否定性的角度描述了"道"的特点，"分"（有部分）则不"全"，"由"（有条件）则不"尽"，因此，"道"是"全体"而不是"部分"，是"无限"而非"有限"。然而，"名"（语言）的有限性和部分性与"道"的无限性与整体性恰恰构成了一组悖论，这意味着求"真"求"原"，就不能依赖于语言或名称。不难发现，王弼的这段论述已经暗含了"得意忘言"这一方法论的前提。事实上，"言意"之间的关系正是在"有限与无限"这一源始问题下的一类具体展开和表现，对有限而静止的"言"与无限而运动的"意"之间的张力的讨论贯穿了整个魏晋时期的思想界。

既然"言不尽意"的悖论显而易见，那么"言尽意"的思想前提又为何呢？如若要理解这一疑问，我们必须转向正始时期王弼在诠释《周易》中"言、象、意"等级序列时所作出的一段论述：

> 夫象者，出意者也。言者，明象者也。尽意莫若象，尽象莫若言。言生于象，故可寻言以观象；象生于意，故可寻象以观意。意以象尽，象以言著。故言者所以明象，得象而忘言；象者，所以存意，得意而忘象。犹蹄者所以在兔，得兔而忘蹄；筌者所以在鱼，得鱼而忘筌也。然则，言者，象之蹄也；象者，意之筌也。是故，存言者，非得象者也；存象者，非得意者也。象生于意而存象焉，则所存者乃非其象也；言生于象而存言焉，则所存者乃非其言

---

① ［魏］王弼著，楼宇烈校释：《老子道德经注校释》，中华书局，2008年，第196页。

也。然则,忘象者,乃得意者也;忘言者,乃得象者也。得意在忘象,得象在忘言。故立象以尽意,而象可忘也;重书以尽情,而书可忘也。①

如果从逻辑学角度看,此段论述中存在着明显的矛盾,即"言尽意"("尽意莫若象,尽象莫若言")与"言不尽意"("存言者,非得象者也;存象者,非得意者也")两类方法论先后出现于同一节中②。对于以上悖论的解读,本文在此列举两种最为典型和最为主流的诠释:第一种诠释,认为此段中"言尽意"与"言不尽意"之间的矛盾属于伪命题,并以"主语转换"来弥合两种方法论之间的张力③。具体而言,在前一部分,王弼肯定的是圣人能够"尽意莫若象,尽象莫若言",后一部分则论述常人在"寻言寻象"时要"得意在忘象,得象在忘言",不能拘泥"言"与"象"之所示。所以,前者所指称的对象是圣人,后者的主语则为诠释者,即常人。因此,"言尽意"与"言不尽意"其实是属于两个层面上问题。那么,王弼是否有此考虑? 因为假设如此分类就必然出现两个疑问:其一,把"圣人"与"常人"看作无法沟通的两端而割裂开来是否具有合理性? 其二,"常人"与"圣人"之间所分享的作为中介的"言"与"象"是否具有一致的符号系统抑或是不同的?

另一种诠释则判断"言尽意"与"言不尽意"确为两种针对于不同对象的方法论,姑且称为"对象转换"论,这也是自魏晋至今较为流行的判断。这一观点把"意"分为两个层次:具体的事物与抽象的本体。对于前者,如礼乐制度等具体实物,"言"可"尽意";对于后者,"无形之物"或"形而上"之存在,则需"得意忘言",这类解读亦存在于魏晋时期,而事实上,"尽"这个动词的模糊用法也是引发此种诠释的一个原因,"言不尽意"就存在两种解读方式:"完全不能表达意义"与"不能完全表达意义"。然而,根据上下文看,王弼之"言不尽意"论基本可判定为后者,那么问题自然就随之而来,即语言能够表达的是哪些意义,不能完全表达的又是哪些? 因此,于此回答又转回到"对象不同"论中了。同时,荀粲的兄长荀俣曾引《周易·系辞上》之"圣人立象以尽意,系辞焉以尽言"一句来问

---

① [魏]王弼著,楼宇烈校释:《王弼集校释》,中华书局,1980年,第609页。
② 按:虽然王弼在这一段中没有直接表述"言不尽意"或"言尽意"的命题,而是表达为"象尽意"或"象不尽意",但本文认为"象"是隐喻的语言,可被看作"象语言",与"言"都为表意的工具,只是在表意的等级上有所差异,但在为"意"之"工具"的作用上并无差异,后文将详细论证此问题。同时,王弼在《老子指略》中多次表达了名称或语言无法尽意的思想,所以概括为"言不尽意"是没有问题的,但唯有在这一段论述中直接展现出这一悖论。
③ 按:持此观点之学者,如王葆玹在《正始玄学》中用一章来分析并指出其中并无矛盾,因为他认为此段论所以会造成理解的混乱,是因为缺乏主语的缘故,即看似矛盾的观点其实针对的是不同的对象(王葆玹:《正始玄学》,齐鲁书社,1987年,第357—361页)。

难荀粲"言不尽意"之主张。据《三国志·魏志》记载：

> 粲诸兄并以儒术论议，而粲独好言道，常以为子贡称夫子之言性与天道，不可得闻，然则六籍虽存，固圣人之糠秕。粲兄俣难曰："易亦云圣人立象以尽意，系辞焉以尽言，则微言胡为不可得而闻见哉？"粲答曰："盖理之微者，非物象之所举也。今称立象以尽意，此非通于意外者也，系辞焉以尽言，此非言乎系表者也；斯则象外之意，系表之言，固蕴而不出矣。"①

荀粲认为"意内"则可"立象尽意"与"系辞尽言"，而"理之微者"则相反，为"非物象所举"与"言辞可达"。荀粲的回应针对的是《周易》中的"辞""象"与"意"而言，区分《周易》中存在"象内"与"象外"、"言内"与"言外"和"意内"与"意外"。然而，众所周知，《周易》一书本为对天道秩序结构的展示和呈现，在其"言象意"的等级秩序中，本身并不区分"意内"与"意外"，换言之，《周易》试图揭示的是作为万物整体的唯一的"意"，姑且可称为天道秩序。然而，荀粲对以上三者的划分又落入以上"对象转换"的窠臼中，即他论证的前提基于"两个世界"——形而上与形而下之分。

晋人欧阳建为"言尽意"之代表学者，虽然其观点与大部分玄学家的"言不尽意"论相反，然而他的前提却依然与荀粲一致。在《言尽意论》一文中，欧阳建道：

> 夫天不言，而四时行焉；圣人不言，而鉴识存焉。形不待名，而方圆已著；色不俟称，而黑白以彰。然则名之于物无施者也；言之于理无为者也。而古今务于正名，圣贤不能去言，其故何也？诚以理得于心，非言不畅；物定于彼，非名不辩。言不畅志，则无以相接；名不辩物，则鉴识不显。鉴识显而名品殊，言称接而情志畅。原其所以，本其所由，非物有自然之名，理有必定之称也。欲辩其实，则殊其名；欲宣其志，则立其称。名逐物而迁，言因理而变。此犹声发响应，形存影附，不得相与为二矣。苟其不二，则无不尽矣。吾故以为尽矣。②

以上论述可分为四个层次。首先，语言对事物的存在是没有影响的，即语言是

---

① ［晋］陈寿撰、［宋］裴松之注：《三国志》，见于《二十四史》，中华书局，1959年，第319—320页。
② ［唐］欧阳询撰，汪绍楹校：《艺文类聚》，上海古籍出版社，1985年，第348页。

语言,事物是事物,这一点是其论证的前提;其次,语言主要的作用是人对事物的分析和认识;再次,语言对事物的认识是随着事物的变化而改变的,如影随形;最后,在这个意义上,言可尽意。如果分析此中的逻辑我们不难发现问题所在,其一,对欧阳建而言,"言尽意"之"意"是对具体事物的认识,而非理解天道或圣人之意,因为他认为天道与圣人可以不借助语言而展示自身,"夫天不言,而四时行焉;圣人不言,而鉴识存焉",所以,他的论证依然奠基于二分法的前提上。其二,事物的客观性前提已经被现代哲学质疑,因为语言是浸透了人的思维、经验甚至感官活动的产物,因此一旦通过语言对事物进行分析、描述和判断,就已经对事物有所理解,换言之,被思维中各种范畴规定的事物从来就不是"客观"的事物。

　　荀粲与欧阳建的诠释属于殊途同归,此种假说设定了形而上与形而下之不可通约性。事实上,承认或认识到形而上与形而下的差异性是必要的,然而却不能以此作为区隔两者的必然条件。同时,如若假定形而上具有不可理解性,那么形而下也不可能被彻底地认识,而只能被描述,所以,欧阳建所主张的"言尽意"中的"意"只能取其"描述"之意,而不能取其"真理"之意,康德的"物自体"学说亦可佐证此论。因此,二分法的问题在于认为"有限"与"无限"之间的不可贯通性,即在礼乐制度或有形器物的层面,"言"作为人思维和感官之产物局限于有限性中,其作用只能作出描述而无法超越其有限性而对无限进行认知。

　　一方面,二分法断定在浅表层或物质层面言可尽意,如上段所论;而另一方面,当把具有静态的线性逻辑特征的语言运用于表达全体和无限时,"言"就无法"尽意"了,因此,"得意忘言"的方法论就在形而上层面浮现出来。的确,在此段论述中,王弼就化用了《庄子·外物篇》中关于"筌"与"蹄"的比喻:"筌者所以在鱼,得鱼而忘筌;蹄者所以在兔,得兔而忘蹄;言者所以在意,得意而忘言。"①并把言与象的关系总结为:"言者,象之蹄也;象者,意之筌也。"由此得出"得意在忘象,得象在忘言"这一论断。然而,"得意忘言"这一命题的可疑之处在于,作为"中介"或"工具"的"言"如何能够使自己透明化?换言之,此判断暗示出,在"寻意"时"言"起到作用及至"得意"时其影响却能被完全剔除。假设"忘言"作为一种修辞,即表示"不执着于言",似乎更为通顺,然而,却依然无法道明"言"在传达"意"时究竟对"意"产生了何种影响。由此,以"对象转换"论解释"言意"悖论在于,其应用了两种无法调和的方法论,即认为"言尽意"为"符合

---

① [晋]郭象注、[唐]陆德明音义:《庄子》,见于《二十二子》,上海古籍出版社,1986年,缩印浙江书局光绪初年汇刻本,第74页下栏。

论",其前提是肯定语言的表达和模仿作用;"言不尽意"论为"得意忘言",其基础在于否定和怀疑语言的表达和模仿作用。更为关键的是,如果承认此种二分法的正确性,那么就有割裂"体用"之嫌,而这一具有内在矛盾性的方法论将必然导致形而上与形而下的撕裂,这不但与古人视域中"整全世界"这一基本观念有悖,而且更与王弼对"道"的理解有异,因为王弼在《老子指略》中依然秉承着"道"作为整体和无限的观念。

综上,"主语转换"论与"对象转换"论共同的问题就是"分裂",前者分裂了"圣人"与"常人",后者分裂了"本体"与"日用"。然而,经过分析,我们已经证明后者存在的问题,而对"主语转换"论则需要更细致地辨识,即假设"言尽意"仅仅就"圣人"而言才可能,那么其前提何在?事实上,"圣人"是中国哲学史上的一个关键概念,其重要性在于它与一系列的核心概念共同构成一个关系网络,由此,在"天人之际"这一更为宏阔的背景下考察形成"圣人尽意"这一思想形态之原因,以及其中是否存在着合理性将更为准确。

二、"言尽意""圣人尽意"与"圣人言尽意"之分殊的"五经"背景

从上文的论述中可知,无论是"言尽意"还是"言不尽意"的表达背后,都或显或隐地存在着"圣人"这一维度。荀侯把圣人之言称为"微言",而荀粲认为"系辞焉以尽言,此非言乎系表者",其实两者都暗示圣人与常人在表意方面存在着差异,即"尽意"或是凭借着圣人的"微言",或"得意"之手段非"系表之言"才可行。同样,欧阳建在开始论证"言尽意"时却宣称"圣人不言,而鉴识存焉",说明他认为圣人可以不依托于"言"而"直观"天道,但此"直观"亦需要工具,即所谓"鉴识"。

然而问题在于,"圣人尽意"与"圣人言尽意"这只有一字之差的两种命题却包含着迥然不同的前提。其实,"圣人尽意"这一传统自上古到魏晋时期可谓一脉相承,对"圣人"内涵的解读亦贯穿于整个经学诠释中,如果追溯"圣"字的原初含义,就会发现,其字义与"诠释"息息相关,而"圣人"所理解与解释的正是天道之意[①]。所以,我们要考察的是"圣人"如何能够"尽意",而在"尽意"的过程中是否需要某种中介或工具,譬如"言"或"象",若是,则中介的作用为何,由此希望指出"尽意"与"言尽意"之间的差异。

众所周知,"圣"的繁体写作"聖",据许慎《说文解字注》释为:"圣,通也。从

---

① 按:此处"理解与解释"并非局限于文本诠释,而是为海德格尔"存在论"上的诠释学。

耳,呈声。"①段注曰:"凡一事精通,亦得谓之圣。"②那么"圣人"所闻与所通之对象为何?对此,根据原始字形来看,有些学者判定"圣人"的最初含义为"聪明睿智"之人,于是,与之相对的自然是"愚人"或"常人",因此,这一观点倾向于判断圣人所闻与所通之对象是"一事"或"几事"。有些学者则宣称"圣"起源于"巫",为通神之人,所以,此种聪慧就并非日常意义上的敏锐,而是具有贯通天地之智识。"圣人"有时亦被理解为政治意义上的模范或道德高尚之人,即"圣王",当然,这是在"聪明"说与"巫筮"说之后的引申含义。综上,无论是"聪明之人",还是"通神之人"抑或"圣王",其共同的前提在于他们都有通过"闻"或"见"进而"知"的能力,因此,王文亮在《中国圣人论》中概括"圣人"形象的发展分期为:"智慧化""神秘化"与"政治化"③,这一判断以圣人内涵的发展逻辑为根据,同时亦刚好囊括了当下学界对"圣人"特质的各种定义,然而,就其定义而言,依然存着一些需要澄清之处。

事实上,"圣人"的内涵在"五经"中的表述却要广阔得多,换言之,从起源上看视,圣人既不仅为精通一事的专业人才,亦非只是通达天地的巫师。以"通"释"圣"在《五经》中寻常可见,譬如,《周礼·大司徒》郑注谓:"圣,通而先识。"④《诗·小雅·小旻》:"或圣或否。"⑤毛传曰:"人有通圣者,有不能者。"⑥由此我们不难发现,"五经"中的"圣"一般意味着"通",而"通"却并非如清人段玉裁所判断的"一事精通"。如果仔细研读以上语条则不难发现,"通"的外延已然超越"一事",而是对"全体"之通,即"无所不通"。正如《荀子·哀公篇》借孔子与哀公之言总结道:"哀公曰:'善!敢问何如斯可谓大圣矣?'孔子对曰:'所谓大圣者,知通乎大道,应变而不穷,辨乎万物之情性者也。大道者,所以变化遂成万物也;情性者,所以理然不取舍也。是故其事大辨乎天地,明察乎日月,总要万物于风雨,缪缪肫肫,其事不可循,若天之嗣,其事不可识,百姓浅然不识其邻,若此则可谓大圣矣。'"⑦就此而言,"圣人"不只是通晓一事一物的专业人

---

① [汉]许慎撰、[清]段玉裁注:《说文解字注》,上海古籍出版社,1981年,影印经韵楼藏版,第592页上栏。
② 同上。
③ 参见王文亮:《中国圣人论》,中国社会科学出版社,1993年。
④ [汉]郑玄注、[唐]贾公彦疏:《周礼注疏》,见于《十三经注疏》,中华书局,1980年,影印世界书局阮元校刻本,第707中栏。
⑤ [汉]毛亨传、[汉]郑玄笺、[唐]孔颖达疏:《毛诗正义》,见于《十三经注疏》,中华书局,1980年,影印世界书局阮元校刻本,第449页中栏。
⑥ 同上。
⑦ [唐]杨倞注:《荀子》,见于《二十二子》,上海古籍出版社,1986年,缩印浙江书局光绪初年汇刻本,第360页下栏。

才,其智慧亦非知性意义上的聪明,而是可以通达无限与全体之明智。

那么是否可以判断圣人的作用相当于"巫"呢?持此观点的学者一般引《国语·楚语下》中"昭王问于观射父"一节为证,以"其智能上下比义,其圣能光远宣朗,其明能光照之,其聪能听彻之,如是则明神降之,在男曰觋,在女曰巫"①为据来判断"圣"与"巫"的联系似乎是无可辩驳的。的确,我们不能否认两者之间的联系,同时,也认同"圣"是"巫"所具有的一种能力,包含着"智""聪"与"明"。然而,如若深究,问题就在于"巫"与"神"的关系,即"明神降之"该如何理解,因为"神"一旦与"巫"共处同一语境时,就常被解读为"神人"或"鬼神"等原始宗教崇拜,"巫"是在原始宗教上被理解与解释,被认为是一种无法解说的神秘的力量,甚至是一种低级思维的偶像崇拜。然而,在上古语境中,"神"却更多地指称一种具有"变化"特质的天道,在此情况下,"神明"或"明神"更倾向于其形容词的用法。譬如,《尚书·大禹谟》曰:"帝德广运,乃圣乃神,乃义乃武。"②孔安国传曰:"圣无所不通,神妙无方,文经天地,武定祸乱。"③孔颖达疏曰:"《易》曰:'神者,妙万物而为言也',又曰'神妙无方',此言神道微妙,无可比方,不知其所以然。《易》又云:'阴阳不测之谓神'"④。在诠释《周易》"阴阳不测之谓神"一句的时候,王弼也论道:"神也者,变化之极,妙万物而为言,不可以形诘者也。故曰:'阴阳不测。'"⑤韩康伯继续诠释道:

> 原夫两仪之运,万物之动,岂有使之然哉?莫不独化于太虚。欻尔而自造矣。造之非我,理自玄应;化之无主,数自冥运,故不知所以然而况之神。是以明两仪以太极为始,言变化而称极乎神也。夫唯知天之所为者,穷理体化,坐忘遗照。至虚而善应,则以道为称;不思而玄览,则以神为名。盖资道而同乎道,由神而冥于神者也。⑥

此段道出了"神"的内涵,虽然"太虚"或者"独化"这两个概念常常被作为关注的重点,然而,"独化"在此段中却主要是解释万物生成演化之最初的动力来源问

---

① [春秋]左丘明:《国语》,上海古籍出版社,1978年,第559页。
② [汉]孔安国传、[唐]孔颖达等正义:《尚书正义》,见于《十三经注疏》,中华书局1980年,影印世界书局阮元校刻本,第134页下栏。
③ 同上。
④ 同上。
⑤ [魏]王弼注、[唐]孔颖达疏:《周易正义》,见于《十三经注疏》,中华书局,1980年,影印世界书局阮元校刻本,第78页下栏。
⑥ 同上。

题，其特征在于内在的"独化"，但是"独化"并非事物本身的物理之动，而来源于"太虚之动"，即"莫不独化于太虚"。换言之，太虚是动力，是内在于事物之中的动力。而事实上，此段暗示太虚本身就是抽象的"动"，正因如此，才有"盖资道而同乎道，由神而冥于神者也"。其间所谓"变化之极"，就是变化之根本，而此"动"又引出"变化"，由其变化无穷，而被称作"神"。"神"之变化的特点就是"妙"，所谓"妙"意味着其变化规律就是无规律，而"无规律"则表明其变化和运动非为可操控和可预测的机械运动。不难发现，"神"在此段中多次出现，而"不知所以然而况之神"并非神秘主义，而是对于人来说，天道因为变动难测，而被称为"神"，然而圣人却可以"明"此"神妙"之变化，这就是圣人之异于常人之智慧，而圣人把领会"神"的能力运用于实践，则可被称为"圣王"。

因此，"智慧化""神秘化"与"政治化"就不再是"圣人"形象递进性的发展阶段，因为，以上我们通过对"圣""通"与"神"的内涵的追溯表明，"智慧化""神秘化"与"政治化"不是三种具有平等性地位的概念，即"圣人"之所以为"圣"的核心在于能明"神妙"之天道。虽然历朝历代的解经者在其视域中对"圣人"的内涵每每有所更新与丰富，譬如汉代诠释语境中"政治化"的圣人，或魏晋时期具有"无为"特质的圣人，但对"圣人"概念的定义总是指向其对天道的通明。

"圣人"能够"尽意"是在以上这样一种背景下产生的，即圣人之"明"或"通"与天道"神"之变化是一致的，然而，其中却没有提到任何关于"言"的问题。换言之，"圣人尽意""圣人言尽意"或"言尽意"三个命题是完全不同的，并没有直接的证据清晰地表明王弼论证中的"言尽意"之主语为"圣人"，甚至，圣人"尽意"的中介是否是"言"依然存疑。在魏晋时期对"圣人"的理解基本延续了"五经"中的传统，刘劭在《人物志》中就如此描述圣人："凡人之质量，中和最贵矣。中和之质，必平淡无味，故能调成五材，变化应节。是故观人察质，必先察其平淡，而后求其聪明。聪明者阴阳之精，阴阳清和则中睿外明，圣人淳耀，能兼二美，知微知章，自非圣人莫能两遂。"[①]刘劭的《人物志》被汤用彤用作"言意之辨"起源于"人物品评"的证据，然而，这一节所论述圣人能兼美"中和"与"聪明"之质实则根植于"五经"思想背景下，正如其中论到"中和"能"应节变化"，而"聪明"为"阴阳之精"，而"阴阳"实取"变化"之义，所以，圣人依然具有通晓变化的能力。虽然相较于"五经"文本，刘劭所使用的术语发生了位移，但是依然可见以"圣人""变通"与"明智"为核心的关系网络的存在。魏晋时期争议的焦点在于圣人之"有情"抑或"无情"，然而，对"情"的争论实际上是落在"圣人"是否在

---

① ［魏］刘劭著，梁满仓译注：《人物志》，中华书局，2009年，第11页。

完全脱离现实人性的情况下而产生的,而对"圣""神"与"明"的关系之理解与解释仍然逗留于"五经"的思想框架之中。王弼所著《老子指略》中亦存在以下论述为证,说明王弼并不把"言尽意"的主语看作"圣人":

> 然则,言之者失其常,名之者离其真,为之者则败其性,执之者则失其原矣。是以圣人不以言为主,则不违其常;不以名为常,则不离其真;不以为为事,则不败其性;不以执为制,则不失其原矣。①

在这一段论断中,王弼认为"圣人不以言为主,则不违其常"。换言之,"言"的局限性对圣人并不造成影响,而事实上,这与"五经"中对"圣人尽意"的表述实则具有一致性,但与"主语转换"论依然有差异,因为"主语转换"论强调的是"圣人"可以通过"言"与"象"而"尽意",而王弼则认为圣人可以不依靠语言而尽意,但是亦需要某种中介,而只是"不以言为主",至于是何种中介,则不得而知。

由此,王弼是否仅把"言尽意"与"言不尽意"仅仅作为装饰性的对比修辞,抑或只是机械调和当时两种针锋相对的观点皆不得而知。然而,王弼对"言意"关系的论证从篇幅上来看,其对于延续"五经"传统中的"圣人尽意"论所言甚少,而"言不尽意"才是王弼所关注的焦点。然而,就目的而言,"五经"传统中的"圣人尽意"与魏晋时期的"言不尽意"论其实为一,即二者都对"言"在"尽意"过程中的作用持有否定和怀疑的态度。"圣人"在"五经"语境中与其说是真实存在的,不如说是被视为一种隐喻,即天道的展开需要被人所理解与解释,但常人之思维和对世界之理解与解释是天道展开的一部分,而作为有局限性的部分,个体绝无可能认清全体,所以要通过"圣人"这一隐喻。我们认为,"圣人"并非完全抽象的存在,而是兼具抽象与具体、有限与无限的隐喻,其设定缘起于天道必须澄明,而真理必然要通过人来被理解。

三、"言"与"象"的等级秩序和结构性功能

既然"言不尽意"这一命题的主语是圣人和常人,那么"言"的作用何在呢?为了理解这一问题,就必须首先对"言"和"象"的性质进行考察。在先秦至魏晋南北朝时期对言意关系的论述中,天道的传达基于两个维度:言与象。在许慎的《说文解字注》中,"言"是被如此诠释的:"直言曰言,论难曰语。从口辛声,凡

---

① [魏]王弼注,楼宇烈校释:《老子道德经注校释》,中华书局,2008年,第196页。

言之属皆从言。"①由此可见,"言"的本义是指发出声音的口头言语,属于直陈和判断,"象"则主要在《周易》的论述中作为一种中介,"象"的本义如《说文解字注》中所载:"南岳大兽,长鼻牙,三年一乳,象耳牙四足尾之形。凡象之属皆从象。"②段玉裁释曰:

> 古书多假象为像。人部曰:像者,似也。似者,像也。像从人象声。许书一曰指事,二曰象形。当作像形。全书凡言象某形者,其字皆当作像。而今本皆从省作象,则学者不能通矣。《周易·系辞》曰:"象也者,像也。"此谓古周易象字即像字之假借。韩非曰:"人希见生象,而案其图以想其生,故诸人之所以意想者皆谓之象。"似古有象无像,然像字未制以前,想象之义已起。故《周易》用象为想象之义。如用易为简易变易之义。皆于声得义,非于字形得义也。③

从段玉裁对"象"的溯源与解读中,我们可以总结出几个关键要素:(1)象为兽中最大者。在此段注疏中澄清了"象"与"像"之间的关系,同时指出"象"本身就是借助"六书"中的"象形"方式构成其意的,即"象"一词以在甲骨文中突出其长鼻形象而得。(2)象常作"像",有相似之意。(3)"人希见生象,而案其图以想其生"。有以部分代指全体之意,段注认为《周易》中的"象"为"想象"之义,而"想象"之义是"于声得义"而非"于字形得义"。段玉裁在此段解释中已经把"相似"之义与"想象"之义融合为有联系的整体,即无论是他以"似"解释"象"还是引用韩非在《解老篇》中的论断都是为了说明"想象"依托于相似性而产生。经过意义的引申和叠加后,"象"被用于指称《周易》中的卦爻象。同时,"象"这一概念在《周易》中出现最多,因此,段玉裁特别指明了这一点。虽然"象"具有相似性这一意涵,但是,段玉裁关注的重点主要还是"想象"之意。对此,从段玉裁对"象"一词的训诂中,我们可以察见,"象"可以通过想象超出本身的有限形象而达致无限,有学者认为此为《周易》中"象"作为中介的原因,然而,"言"亦存在此特征,那么两者等级关系的合理性何在?

"象"在《周易》中一般被后人解释为"表征",事实上,的确存在这样的含义,如《周易·系辞上》称:"圣人有以见天下之赜,而拟诸其形容,象其物宜,是故谓

---

① [汉]许慎撰、[清]段玉裁注:《说文解字注》,上海古籍出版社,1981年,影印经韵楼藏本,第89页下栏。
② 同上书,第459页下栏。
③ 同上。

之象。圣人有以见天下之动,而观其会通,以行其典礼,系辞焉以断其吉凶,是故谓之爻。言天下之至赜,而不可恶也;言天下之至动,而不可乱也。拟之而后言,议之而后动,拟议以成其变化。"①这里的"象"为似有若无的迹象,通过迹象显出事物的道理,此道理告诉读者应该如何应对相应的情况,在这个意义上,"象"可以说是一种形式指引。《周易·系辞下》进一步解释道:"古者包牺氏之王天下也,仰则观象于天,俯则观法于地,观鸟兽之文与地之宜。近取诸身,远取诸物,于是始作八卦,以通神明之德,以类万物之情。"②也表达了相似的意义。王弼在《周易·乾·文言》中对"象"如此诠释:"夫易者,象也。象之所生,生于义也。有斯义然后明之以其物,故以龙叙乾,以马明坤,随其事义而取象焉。"③说明"象"作为"表征"具有流动性。由此,我们可以认为,"言"是对"象"的理解与解释,而"象"是对"意"的表征和揭示。

"言"在《周易》中被看作是对"象"的诠释。然而,以"象"作为意义传递的第一等级,此种特殊的考虑是基于何种原因? 如果以"象"释"言"是否也具有可行性? 因此问题在于,"言"与"象"作为两种截然不同的符号系统,语言系统与象征系统,它们具有不流动与不对等的性质,二者之间的诠释关系是否能够成立呢? 即在"言象意"的等级秩序中,作为"言"的符号系统如何表征作为"象"的符号系统?

法国语言学家埃米尔·本维尼斯特(Emile Benveniste)在《语言符号学》("The Semiology of Language")一文中就试图解决这一关键性的问题,即语言作为众多符号系统中之一种,有何权利与合法性去破解和诠释其他符号系统,而此必然涉及语言在各种符号系统中的地位。首先,本维尼斯特承认不同符号系统之间的第一要义为"不重叠"(nonredundancy),对此,他进一步解释道:"两种不同的符号系统不能相互转化(interchangeable)。"④不重叠原则是由于不同的符号系统内部具有一套独有的表意话语,如处于交通符号系统中的红灯与作为旗帜系统的红色国旗中的红色虽然从颜色上分析并无差异,然而,由于相异的符号系统赋予其意义的差异性,两种红色仍然是缺乏同义性(synonymous)的,因此无法跨系统进行类比。本维尼斯特认为音乐与语言也

---

① [魏]王弼注、[晋]韩康伯注、[唐]孔颖达等正义:《周易正义》上册,见于《十三经注疏》,中华书局,1980年,影印世界书局阮元校刻本,第79页上栏。
② 同上书,第86页中栏。
③ [魏]王弼著,楼宇烈校释:《王弼集校释》,中华书局,1980年,第215页。
④ Emile Benveniste, *Semiotics*: *An Introduction Anthology*, eds. Robert E. Innis, Bloomington: Indiana University Press, 1985, p.235.

具有这一特性①。因此,在第一原则的基础上,本维尼斯特判定相异符号系统之间关系的第二要义为:"某一符号的价值只有在其内部系统中有效。没有一种符号能跨越几种系统,即'跨系统'(transsystemic)的存在。"②

如果表意系统之间既"不重叠"又缺乏"同义性",那么系统之间如何进行沟通?为了解决以上难题,本维尼斯特提出了一组概念:"被诠释系统"(interpreting system)与"诠释系统"(interpreted system)。按照其观点,语言符号系统与其他符号系统的关系属于"诠释关系",即语言在非语言的种种符号系统(譬如音乐、绘画、戏剧)中处于绝对的主导地位。

> 因此我们引入并确证了这一原则,即语言是诠释系统。没有其他系统能够通过以分类和根据符号间的差异进行自我诠释的方式处理一种"语言(符号)",然而从原则上说,语言可以诠释和划分任何事物,包括它自己。③

然而,我们要提出的问题是本维尼斯特是基于怎样的前提而设想出"诠释系统"与"被诠释系统"这一组概念的,同时,此种假设的前提是否能够有效地诠释所有符号系统,譬如"言象意"之等级问题。本维尼斯特认为语言是意义的开始,而这一判断中一定存在一个主体为先的维度。事实上,本维尼斯特并未清晰地主张"语言先于意义",然而,在《普通语言学的问题》(*Problems in General Linguistics*)一书中,他提出了"语言的主体性"(subjectivity in language)这样一个判断:"'自我'是通过言说而存在的('Ego' is he who says 'Ego')。"④本维尼斯特解释道:"正是在语言中,并通过语言,人建立了自己的主体,因为语言本身在现实中建立了'自我'(ego)的概念,它的存在就是它的现实。"⑤其中,本维尼斯特宣称"主体性"并非人的情感或经历,而是"一种整体精神,其超越了由它整合的全部现实经验的总和,而这种总和使得意识成为永恒。尽管有些人认为

---

① 按:当然,本维尼斯特认为唯一一种可以互相转换的情况是同一种事物的不同呈现,如书写的字母表与用盲字印刷的字母表,其依据的原则是"一个字母,一种声音"的一一对应关系。
② Emile Benveniste, *Semiotics*:*An Introduction Anthology*, eds. Robert E. Innis, Bloomington:Indiana University Press, 1985. p.235.
③ Ibid., p.240.
④ Emile Benveniste, *Problems in General Linguistics* (The original French version, under the title *Problemes de linguistique generale*, was published in Paris, 1966), Coral Gables, Fla.:University of Miami Press, 1971, p.224.
⑤ Ibid.

'主体性'出现于现象中或者在心理学中,但我们认为'主体性'只在语言的基本特征中显现"①。因此,不难发现,本维尼斯特对语言与意义的关系的认知是一以贯之的,即语言为意义的主导,因为作为"整体精神"的意义是仅仅通过语言才能够传达的,因此,意义是语言中的一个特征(property)。其实,这种语言的"主体性"就是语言的"本体性"。

事实上,本维尼斯特认为语言是一种具有本体性和建构性的"诠释系统",而非语言系统如音乐、绘画等是低一级"被诠释系统"。这一判定的内在理路是通过否定语言的工具性地位,认为语言就是意义而形成的。所以,如果把本维尼斯特的观点简单地类比到"言象意"的等级序列中,那么,"象"——作为一种被"言"所诠释和构建的非语言系统竟然成为低一级的"被诠释系统"。甚至,如果沿用本维尼斯特的"诠释系统"分类法,"意"反而完全是受到语言所主导和统治。然而,自先秦至魏晋时期,特别是在《周易》中,"意—象—言"这一等级秩序却与本维尼斯特所建构的"被诠释系统"与"诠释系统"背道而驰。事实上,如果把本维尼斯特的理论放置于西方传统中,也会发现其解释效力的有限性。柏拉图(Plato)在《伊安篇》(Ion)中讨论技艺与灵感问题时就曾提出一个等级秩序:"神(意)—诗人—诵诗人(言)—公民",他以这一秩序来说明技艺与灵感的来源。同样,《圣经》文本意义传递的模式也与之有相似之处:"上帝—圣灵—经典"。通过"上帝—圣灵—经典"这一传递模式,人才能够理解上帝之意,而这一过程无论是对于作者还是读者而言都是现实的。

在中国哲学、古希腊哲学与基督教神学中,都认为意义的启动者不是语言,而是天道、真理或上帝,所以,在这一问题上,与本维尼斯特提出的"诠释系统"与"被诠释系统"之间构成了张力。那么如何解释以上两类截然相反的言意关系?我们认为,本维尼斯特把语言作为建构的意义之本体与把上帝或神或天道作为本体有着天壤之别。本维尼斯特在《普通语言学的问题》中拒绝把语言比作"工具",因为"工具论"必然引发以下问题:"事实上,把语言比作工具——应该是一种物质性和可理解的工具一定会招致我们的怀疑。"②的确,如果把"意"作为意义的发出者,那么"言"与"象"必然会"沦落到"工具的地位。然而,我们要提出的问题是,"工具"一定是外在于"意义"的吗?为了解决这一问题,我们首先要考察"象"与"言"在意义传达中的作用。

---

① Emile Benveniste, *Problems in General Linguistics* (The original French version, under the title *Problemes de linguistique generale*, was published in Paris, 1966), Coral Gables, Fla.: University of Miami Press, 1971, p.224.

② Ibid., p.223.

我们认为"象"不能被简单地判断为任何象征或符号系统,而应被视为与语言的作用一样,即"象"作为世界的可理解性结构而存在,于此,在《周易》中表现为六十四卦通过"象"与"象"之间的变换组成复杂多样的万事万物,正如语言中符号之间互为支撑或否定关系构成的一个整体,而这一整体与世界具有一致性。换言之,"象"是构筑《周易》的语言,同时,《周易》作为一个解释世界生成演化结构的哲学著作,只有通过"象"与"象"之间的变化而表现出来。当然,我们认为"言"也可以承担起解释世界结构的功能。费尔迪南·德·索绪尔(Ferdinand de Saussure)在《普通语言学教程》(*Course in General Linguistics*)中提出:"在语言状态中,一切都是以关系为基础的。"①其中"句段关系"和"联想关系"则是语言在网络中实现意义生成的两种方式。

> 句段关系是**在现场的**(in praesentia);它以两个或几个在现实中的系列中出现的要素为基础。相反,联想关系却把**不在现场的**(in absentia)要素联合成潜在的记忆系列。

对此,索绪尔以建筑物的某一部分——"柱子"来解释两者的关系:"柱子一方面跟它所支撑的轩椽有某种关系,这两个同样在空间出现的单位的排列会使人想起句段关系。另一方面,如果这柱子是多里亚式的,它就会引起人们在心中把它跟其他式的(如伊奥尼亚式、科林斯式等等)相比,这些都不是在空间出现的要素:它们的关系就是限量关系。"②在索绪尔看来,言语是由词汇以线性序列组合的链条,对于"句段关系"而言,词汇与词汇之间的关系是建立在线性特征基础之上的,同时,也存在一组纵向关系——"联想关系",两者共同构成了一个立体的网络。

《周易·系辞下》则更清晰地指出了这一点:"是故易者,象也。象也者,像也。"③所谓以"易"来定义"象",说明"象"所呈现的秩序并非固定的原理,而恰恰是"变",而"象"的目的则是见"变化"。换言之,"象"本身作为一个符号的重要性远不如其在系统中承载的意义重要,而"象"所承载的意义也不是其本身之意义或象征之意,而是在"此象"与"彼象"的交互中所产生的"变化",因为"变化"恰恰是"天"作为动态性存在的表现,正如前文已论,"天"本"无体",而"无

---

① 费尔迪南·德·索绪尔:《普通语言学教程》,高明凯译,商务印书馆,1999年,第171页。
② 同上。
③ [魏]王弼注、[唐]孔颖达疏:《周易正义》,见于《十三经注疏》,中华书局,1980年,影印世界书局阮元校刻本,第87页中栏。

体"就是天之"体"。《说卦》中亦道:"观变于阴阳而立卦。"①据注曰,"卦"就是"象"。由此,从天道变化上来理解"象"的作用,那么就可以知道在《周易·系辞上》第一章论述天地演化后,《周易·系辞上》第二章所论的逻辑性:"圣人设卦观象,系辞焉而明吉凶,刚柔相推而生变化。是故吉凶者,失得之象也。悔吝者,忧虞之象也。变化者,进退之象也,刚柔者,昼夜之象也。六爻之动,三极之道。"②此段最要紧处为"六爻之动,三极之道",以"动"明万物的变化之道,是以象"设卦"抑或以言"系辞"的最终目的。

在表意方面,"象"在等级秩序上高于"言"是因为"象"为表征天道结构的"第一语言",它把具象的自然事物进行抽象,而模拟天道运行,因为自然而没有"吉凶";而语言则是解释"象"的"第二语言",更多浸入概念的表达——虽然"象"中亦存在概念和以人事对天道的解读。这一点王弼在《明象》中也有论:"夫象者,出意者也。言者,明象者也。"③然而,共同之处在于无论是"象"抑或"言",它们的作用都是为了阐释和效仿天道之规范性,而天道作为动态性的存在却蕴含着一定的规则,即所谓上文所引:"言天下至赜而不可恶也,言天下之至动而不可乱也。"由此可见,在《周易》中,"言"与"象"的主语是毫无争论的"圣人",即在《周易》由"言"与"象"所构造的表意系统中,"常人"是不存在的。

四、中介内在性:"圣人之意"中的特殊性与普遍性

在对"言"与"象"这两类中介进行考察后,我们必须对"意"的含义作出解释,因为作为中介的"言"与"象"其最终的指向就是"意"。在《论语》与《大学》中,"意"与"心"有关,为主观之意。譬如《礼记·礼运》云:"故圣人耐以天下为一家,以中国为一人者,非意之也,必知其情,辟于其义,明于其利,达于其患,然后能为之。"④注曰:"意,心所无虑也。"⑤疏曰:"'非意之也'者,释其能致之理,所以能致者,非是以意测度谋虑而已,须知其诸事,谓以下之事。"⑥此句中的

---

① [魏]王弼注、[唐]孔颖达疏:《周易正义》,见于《十三经注疏》,中华书局,1980年,影印世界书局阮元校刻本,第93页下栏。
② [魏]王弼注、[晋]韩康伯注、[唐]孔颖达等正义:《周易正义》上册,见于《十三经注疏》,中华书局,1980年,影印世界书局阮元校刻本,第76页中下栏。
③ [魏]王弼撰,楼宇烈校释:《周易注》,中华书局,2011年,第414页。
④ [汉]郑玄注、[唐]孔颖达等正义:《礼记正义》,见于《十三经注疏》,中华书局,1980年,影印世界书局阮元校刻本,第1422页中栏。
⑤ 同上。
⑥ 同上书,第1422页中栏。

"意"则是"私心之所之"。换言之,"意"无可避免地具有一定的"个人性",特别是,在汉代与清代的撰注者看来,"意"更倾向人之意,与"心"之"识"息息相关。但是,虽然"圣人之意"并不完全等于"圣人之道",即"意"与"道"不能被简单地等同,但二者之间无可否认地存在着联系。《大戴礼记》武王问师尚父道:"黄帝、颛顼之道存乎意,亦忽不可得见与?"①后引《学记》疏云:"武王言黄帝、颛顼之道,恒在于意,言意恒念之,但其道超忽已远,亦恍惚不可得见与。"②皇帝与颛顼为圣王,可以说此"意"之用法同"圣人之意"一致,其中,"道"与"意"虽有分殊,但可以看出二者的联系,即道存乎意,但道又超越意。

与"道"不同的是,"心"和"意"包含着"主观"的含义,因为"道"更具有普遍性的意味。然而,在"五经"中,一些文献也显示"心"和"意"具有普遍性,即并非完全为主观之心和主观之意。譬如《礼记·大学》曰:"欲正其心者,先诚其意。"③疏曰:"总包万虑谓之心,情所意念谓之意。若欲正其心使无倾斜,必须先至诚,在于忆念也。若能诚实其意,则心不倾邪也。"④"心"在此被描述为具有"总包万虑"的特质,"意"为"情所意念",同时,在"若能诚实其意,则心不倾邪也"的论述中也可见"心"与"意"之互动性。换言之,此"心"绝非个体之心,而是全体之心,同时,此"意"也非个体之意。上节所论圣人可以通过动态的"明"来通达具有"神"之特质的天道,而这种通达是"无所不通"、具有一致性的,所以,"心"或意"因其普遍性才能够被称作"总包万虑"。《周易·系辞上》亦道:"圣人以此洗心。"⑤注曰:"洗濯万物之心。"⑥圣人所洗濯的非个体之心,而是万物之心,而万物则喻指普遍性与一般性。《尚书·洪范》中也存在着这样的论述:"思通微,则事无不通,乃成圣也。"⑦"成圣"的前提就是"思通微",而"思"就是"心"或"意"所产生的,思之无所不通,意味着心之无所不通。《周易·系辞上》道:"'书不尽言,言不尽意。'然则圣人之意其不可见乎?子曰:'圣人立象以尽

---

① 〔清〕王聘珍撰,王文锦点校:《大戴礼记解诂》,中华书局,1983年,第103页。
② 同上。
③ 〔汉〕郑玄注、〔唐〕孔颖达等正义:《礼记正义》,见于《十三经注疏》,中华书局,1980年,影印世界书局阮元校刻本,第1673页上栏。
④ 同上。
⑤ 〔魏〕王弼注、〔晋〕韩康伯注、〔唐〕孔颖达等正义:《周易正义》上册,见于《十三经注疏》,中华书局,1980年,影印世界书局阮元校刻本,第81页下栏。
⑥ 同上。
⑦ 〔汉〕孔安国传、〔唐〕孔颖达等正义:《尚书正义》,见于《十三经注疏》,中华书局,1980年,影印世界书局阮元校刻本,第188页下栏。

意,设卦以尽情伪,系辞焉以尽其言。变而通之以尽利,鼓之舞之以尽神。'"①此段论述暗示出圣人之意等于天道之意,因为,在此对话中,孔子机巧地转化了问题,把如何知晓圣人之意等于圣人如何理解天道之意,而这一转换我们认为并非逻辑错误,因为在这一段看似答所非问的对话中,孔子更关注的是圣人如何尽意。前文已经论证,在"五经"的传统下,只有"圣人"才能"尽意",那么,通过这一次的主语转换,此段论述则暗示圣人之意等于天道之意,因为只有这一方式才能解释为何"圣人立象以尽意"可以回答"圣人之意可尽"的问题。王弼在注《易·复卦》"复其见天地之心乎"②一句时曰:"天地以本为心者也。"③以"心"为喻,把"天地"拟人化,在这里"心"又表示"普遍之心"。以上证据表明,圣人之心就是宋代张载所谓之"大心"。

> 大其心则能体天下之物,物有未体,则心为有外。世人之心,止于闻见之狭。圣人尽性,不以见闻梏其心,其视天下无一物非我,孟子谓尽心则知性知天以此。天大无外,故有外之心不足以合天心。④

张载所谓的"见闻之心"为日常经验的知性思维,而"体天下物"的"大心"则是超越知性思维而进入对全体的理解。宋儒讨论的"圣人之心"其实是先秦时期的"圣人之意"的一种延续和发展。

那么,"圣人之意"究竟是主观的还是客观的? 不难发现,支持这两种论点的证据在典籍中都能被充分地找到。如果反思这一问题的前提就会发现,此种提问的方式恰恰是奠基于知性立场上的,即"圣人之意"如果被视为主观的就不是普遍的,如果被解读为普遍的,就无法是特殊的。但是,我们认为"圣人"不是某个人抑或某类人的代称,而喻指一种人类所具有的能力。事实上,与魏晋时期的圣人"有情论"相通的是,"圣人之意"实则为一种隐喻,暗示着圣人兼具主观和客观之意。换言之,"圣人之意"的设定在于,以圣人的视域或思维看,"明"或"通"的过程并不区分主观与客观,当然这是综合来说;如果就各个元素分析而言,主观中已经蕴含了客观的前提。换言之,圣人在思维或运用感官能力时,其能力中已经包含了普遍性的因素,因此,主观的亦为客观的。当然,这不是贝

---

① [魏]王弼注、[晋]韩康伯注、[唐]孔颖达等正义:《周易正义》上册,见于《十三经注疏》,中华书局,1980 年,影印世界书局阮元校刻本,第 82 页下栏。
② 同上书,第 39 页上栏。
③ 同上。
④ [宋]张载撰,章锡琛点校:《张载集》,中华书局,1985 年,第 24 页。

克莱式的否定外物存在,而把主观看作是唯一的真理,因为主观也同时展开为实在(客体)存在。之所以主观之意能够等同于客观存在,是因为主观之意能够认识到客观的秩序,其本身就是处于客观秩序中的,即天道秩序已经预存和潜在于圣人之主观性中了,当然,这一过程不是单独的个体能够完成的,而必须是"圣人"这一隐喻能够达到的,因为个体无法认识("通"或"明")客观意义上的天道。

那么对于"语言"这一中介该如何处理?在"言意"关系的讨论中,从诸子到魏晋的"玄学"都在回应着同一个问题,即天道之意或圣人之意无法用日常知性逻辑所认识,而语言在经验层面被使用时,恰恰呈现出一种非此即彼的事实。换言之,日常逻辑含有的前提和规定性是无法经由语言表达的,即语言在使用时完全剥离其偏见和局限,而完美地呈现出天道的整全性。既然"神妙"之道是一种整全、无规定和无限的维度,而无限不可能通过语言这一知性的方式被认识——这也是"言不尽意"所面对的问题,那么"言不尽意"论意味着"言"与"意"是先天隔绝的吗?的确,在这个意义上,日常之"言"作为一种有局限的存在是无法穷尽"圣人之意"或"天道之意"的,语言被视作在天道传递过程中的"工具"和"中介"。在前文中,当主语是圣人时,以"象"甚至"耳目"等作为中介是可以"尽意"的,那么对于常人而言,中介又充当什么作用呢?毕竟,"圣人"仅仅是一种人类能力隐喻意义上的设定。如果去除圣人这一维度,"语言"作为"工具"或"中介"一定就是外在于"意"的吗?在王弼所表达的"得意忘言"命题中至少是如此认为的,因为在王弼看来,语言不是可以在意义中自由穿梭却不留痕迹的工具,当其进入对意义的表达中,它所有的前提和范畴都会滞留于意义中,这一点已经被现代语言学所认同。然而,即使语言存在着这样的局限性,依然不妨碍其对意义的表达。

事实上,黑格尔(Hegel)曾在《精神现象学》(*Phänomenologie des Geistes*)的序言中对"中介"问题作出过一个极其深刻的论断:

> 但事实上人们所以嫌恶中介,纯然是由于不了解中介和绝对知识本身的性质。因为中介不是别的,只是运动着的自身同一,换句话说,它是自身反映,自为存在着的自我的环节,纯粹的否定性,或就其纯粹的抽象而言,它是**单纯的形成过程**。①

---

① 黑格尔:《精神现象学》,贺麟、王玖兴译,商务印书馆,2013年,第14页。

黑格尔在这一段论述中，实为反驳康德对"理性"这一认知"中介"进行的先期考察，黑格尔认为先考察中介的可靠性是不可能的，因为在认知过程中根本无法把思维这一中介与认知对象分裂开来，在经验对象的过程中概念已经在发挥它的作用。换言之，没有纯粹而原始的经验，因此也无法用思维批判和反思思维。事实上，黑格尔认为中介与对象都是绝对精神（真理）展开的部分，也就是说，知识的产生并非一个真理与谬误的问题，而是一个"存在论"的问题——当然黑格尔没有使用这一术语。黑格尔认为任何有限的认知都是由无限所展开的一部分，并通过有限性的中介——内在具有否定力量，不断地认识和修正其有限性，达致一个较为完美的精神形态。总之，黑格尔认为有限性中亦包含真理，因为有限就是无限的一部分，通过有限的内在否定中介而最终到达绝对精神的自我认识。

但是，需要说明的是，对于被语言所卷入的事物，都是有限性的，然而这种有限性虽然是在无限性下的有限性，但本身并不等于无限，这就是语言不能直接认识无限的原因。人对绝对的思维和表达只能凭借的是一些有限的关系，然而只有通过这些有限的关系，才能够认识和表现出无限者的本性和关系。我们认为，以语言为中介形成的经书作为一个动态整体是真实的，但单独的话语则只具有象征意义，换言之，单独的意义群仅仅是象征的真实。事实上，在古希腊时期，语言（λόγος）也并非被看作真理的直接体现者，换言之，非真理的原始所在，而只是一种指示性的和通过共处揭示处境的存在。通过厘清古希腊哲人，特别是柏拉图与亚里士多德对逻各斯与真理的哲学观念，马丁·海德格尔（Martin Heidegger）在《存在与时间》（*Being and Time*）中指出："λόγος之为ἀπόφανσις，其功能在于把某种东西展示出来让人看；只因为如此，λόγος才具有συνϑεσις（综合）的结构形式。综合在这里不是说表象的联结或纽结，不是说对某种心理上发生的事情进行操作——从诸如此类的联系方面会产生出这样的'问题'来：这些（心理上的）内在的东西是如何同外部物理的东西相符合的？συν在这里具有纯粹构词法上的含义，它等于说：就某种东西同某种东西**共处**的情形来让人看，把某种东西**作为**某种东西来让人看。"①在海德格尔看来，从一个事物中看出另一个事物就是所谓的"共处"，而这才是逻各斯的真正含义。换言之，逻各斯不是语言，而是语言的存在方式，即以"共处"的方式被看见。由此，海德格尔认为古希腊意义上的真理非中世纪"符合论"意义上的——正如后人

---

① 海德格尔：《存在与时间》，陈嘉映、王庆节合译，熊伟校，生活·读书·新知三联书店，1987年版，第41页。

所误解的那样，为心理与表象的符合，因为根据海德格尔的解读，他认为亚里士多德的观点是，由λόγος指示的存在是一种现象学中的指示，使得存在被看见——这就是阐释的意思（当然，"阐释"非文本分析，而是涉及存在结构和意义的复杂分析），其存在着或真或假的可能性。同时，海德格尔说明还有一种叫作"知觉"的存在比指示性话语更为源始，因为它总是指向自己。总之，在此种意义上，逻各斯——常常被翻译为语言，作为一种指示而使得看见的存在，具有现象学上的意义，但仅仅是作为一种中介，非如知觉蕴含着直接性的真理。然而，这种直接性指向的真理却不具有意义。

五、结语

综上所述，在魏晋玄学的核心——"言意之辨"背后，存在着"圣人""言""象""意"与"天道"之间相互缠绕交织而形成的复杂网络。首先，"意"不能被割裂为形而上与形而下两个分裂的层面，因此"对象转换"论就无法完美地诠释"尽意"与"不尽意"之间的悖论。同时，通过追溯"言尽意""圣人尽意"与"圣人言尽意"发现，"尽意"的主语是"圣人"，而且只能是"圣人"。但是即使如此，"主语转换"论在此情况下也无法成立，其原因在于，"圣人尽意"在"五经"传统中是通过"明"和"通"而完成的，其不完全依靠"言"，因此"圣人言尽意"是不成立的，甚至，在圣人"尽意"过程中是否存在中介亦模糊不清——尽管其中暗示出具有某种中介，如根据"明"来推断"耳聪目明"之为中介。在共同的对中介的怀疑前提下，"圣人尽意"与"言不尽意"实则为这同一前提下的两种命题之不同表述，之所以对"中介"产生种种不信任，是因为对"天道"之"无所不通"与"无所不明"整全性与动态性之理解与解释代表着对无限的理解，而有限性的中介是无法承担此角色的。但是，由于"圣人之意"兼具主观与客观之意，与"天道之意"是具有一致性的，即二者都不是一个固定的结果，而是一种过程，所谓"明""神"都有变化之义，以上事实都使得我们对语言与天道的关系产生了新的解释，因为其中暗含着中介——圣人（更多是一种隐喻意义）以及圣人之中介不是直接性对天道进行阐述，而是在"共处"中显示天道。最后，当把"圣人"这一隐喻去掉，而谈论最普遍意义上的语言与天道关系时，发现语言即使作为有限性的"工具"与"中介"，依然可以在一个动态过程中"尽意"。

"据文求义"与"惟凭《圣经》"
——中西经学诠释学视域下的"舍传求经"及其"义文反转"

姜 哲*

内容提要 "据文求义"与"惟凭《圣经》"是中西方"经学变古时代"极富挑战意义的诠释学方法和命题。为了反对各自经学传统的"繁琐"与"破碎",欧阳修和马丁·路德均以捍卫或重申"圣经权威"为己任,并且都在这一诠释诉求下选择了"经义显明"的释经策略。而在具体的解经操作中,两位经学变古者又假借某种"单一"的"本义观",以摆落各自经学中的"四重意义说"。然而,由于"本义观"的"先行"及其内在的"二元性"——圣人之志/诗人之意、灵意/字句,"据义求义"与"惟凭《圣经》"亦在信仰与理解的诠释循环中反转为"据义求文"。

关键词 欧阳修;马丁·路德;据文求义;惟凭《圣经》;义文反转

引言

在《魏晋玄学论稿》一书中,汤用彤将中国经学置放于世界宗教诠释史"复古式演进"的宏阔语脉之中,并指出:"大凡世界圣教演进,如至于繁琐失真,则常生复古之要求。耶稣新教,倡言反求圣经(return to the Bible)。佛教经量部称以庆喜(阿难)为师。均斥后世经师失教祖之原旨,而重寻求其最初之根据也。夫不囿于成说,自由之解释乃可以兴。思想自由,则离拘守经师而进入启明时代矣。"①就中国经学而言,汉初经今文学以"训说""传记"为主,后"章句蔚起"以至而为"俛拾青紫"之"筌蹄"②。东汉官方经学,业已不堪"章句烦多"之负,遂以"减省"③,同时经古文学亦大兴。至于魏晋时期则更为"轻视章句",力行"反求诸传"或"以传证经"之路④。当然,其在复汉初"训说""传记"之"古"的

---

* 姜哲,沈阳师范大学文学院教授。
① 汤用彤:《王弼之〈周易〉、〈论语〉新义》,见于汤用彤:《魏晋玄学论稿》,上海古籍出版社,2001年,第79页。
② 同上。
③ 按:《后汉书·肃宗孝章帝纪》载曰:"中元元年诏书,'五经'章句烦多,议欲减省。"见于[南朝宋]范晔撰,[唐]李贤等注:《后汉书》第一册,中华书局,1973年,第138页。
④ 参见汤用彤:《王弼之〈周易〉、〈论语〉新义》,见于汤用彤:《魏晋玄学论稿》,上海古籍出版(转下页)

同时,又增添了"玄学化"的"新义"。唐代经学则奠基于《五经正义》,其一方面以之终结"经学分立时代"而归于"一统",另一方面也确有化解"章句繁杂"之意①。但是,《五经正义》所采用的"义疏"诠释体例及"疏不破注"的诠释原则,既无法摆脱汉代章句之学"师说家法"的固陋与暴力,也不能从根本上杜绝其"繁琐"与"破碎"之弊。我们甚至可以说,《五经正义》"新"的诠释体例和诠释原则,仍不免于复"汉代章句"之"古"。

可见,在中国历代经学对"五经"或"十三经"的传、注、笺、记、章句、义疏之下,实暗涌着"古今""新旧""繁简"之间的潮汐消长,进而形成了既往复循环又错综交叠的"诠释动力学"(hermeneutical dynamics)②。唐以后的宋代经学亦是如此,清经今文学大师皮锡瑞在《经学历史》中称其为"经学变古时代",即"经学自汉至宋初未尝大变,至庆历始一大变也"③。然而,颇为吊诡的是,宋代的"经学变古主义者"却大都以"宗经复古"(包括"古文复兴运动")为己任。胡适在《中国的文艺复兴》("The Chinese Renaissance")一文中亦提出"中国的文艺复兴"当肇始于宋代,并将欧阳修、司马光、朱熹等人作为"独立思考与批判性学术研究"的代表④。而前述汤用彤所谓"耶稣新教,倡言反求圣经",指的即是主

(接上页)社,2001年,第79页。

① 按:关于"经学分立时代"和"经学统一时代",可参见[清]皮锡瑞著,周予同注:《经学历史》,中华书局,2008年,第170—219页。

② 按:捷克学者阿丽丝·克里科娃(Alice Kliková)在一篇有关德国生命符号学家雅各布·冯·乌克斯库尔(Jakob von Uexküll)的研究论文中使用了"hermeneutical dynamics"一词,其指出:"生命的这种诠释动力学确保了生活世界是一个完整而统一的意义场域。"见于阿丽丝·克里科娃:《生活世界与符号系统:乌克斯库尔的生命符号学》(Alice Kliková, "Lived Worlds and Systems of Signs: Uexküll's Biosemiotics", in Johannes Fehr and Petr Kouba, eds., *Dynamic Structure: Language as an Open System*, Prague: Litteraria Pragensia, 2007, p.166)。其实,克里科娃所谓的"完整而统一的意义场域"也就是乌克斯库尔"周围世界"(Umwelt)这一重要概念的主要内涵,后者认为:"每个周围世界都会构成一个自我闭合的整体,其所有部分均受制于对于主体而言的意义。"见于雅各布·冯·乌克斯库尔:《意义理论》(Jakob von Uexküll, „Bedeutungslehre", in Jakob von Uexküll und Georg Kriszat, *Streifzuge durch die Umwelten von Tieren und Menschen/Bedeutungslehre*, Hamburg: Rowohlt, 1956, s.109)。此外,美国学者安妮·哈灵顿(Anne Harrington)还通过文献考证进一步表明,德国哲学家马丁·海德格尔(Martin Heidegger)在《存在与时间》(*Being and Time*)中所提出的"在世界中存在"(Being-in-the-world)这一概念应该受到过乌克斯库尔"周围世界"的影响。参见安妮·哈灵顿:《再度着魔的科学:从威廉二世到希特勒的德国文化中的整体主义》(Anne Harrington, *Reenchanted Science: Holism in German Culture from Wilhelm II to Hitler*, Princeton: Princeton University Press, 1996, pp.53-54)。因此,本文即是在综合乌克斯库尔"周围世界"与海德格尔"在世界中存在"这两个概念之内涵的基础上,借用克里科娃的"诠释动力学"这一术语以指称"在中西经学的意义场域中诠释话语生成的内在机制"。

③ [清]皮锡瑞著,周予同注:《经学历史》,中华书局,2008年,第220页。

④ 参见胡适:《中国的文艺复兴》,见于胡适著,周质平、韩荣芳整理:《英文著述》(一),《胡适(转下页)

要由马丁·路德(Martin Luther)、让·加尔文(Jean Calvin)等神学家发起的"宗教改革"(Reformation)运动。众所周知,西方的"宗教改革"又与"文艺复兴"(Renaissance)存在着深刻且复杂的内在关联。作为深受"文艺复兴"影响的《圣经》神学家和西方"经学变古"的重要开创者,路德不仅反对中世纪的"寓意解经"(allegorical exegesis)及"经院神学"(Scholasticism),而且还对教会释经的权威性予以否定,从而倡导"惟凭《圣经》"(sola scriptura)的诠释原则①。然而,"惟凭《圣经》"也并非路德的"发明","《圣经》至上"(der Primat der Schrift)之说大约在"教父时代"(die Patristik)就已经被确立②。可见,在"西方经学史"中,"变古"与"复古"、"改革"与"复兴",亦是难分难解且交相辉映③。

那么,在汤用彤之"比较诠释学"(comparative hermeneutics)和胡适之"比较思想史"(comparative history of thought)的视域之中,马丁·路德倡导的"惟凭《圣经》"正可与欧阳修在《诗本义》中所提出的"据文求义"相提并论,且二者都体现出"舍传求经"的诠释理路④。在宋代经学史中,欧阳修也是较早具有

(接上页)全集》第三十五卷,安徽教育出版社,2003年,第636—637页。

① 按:中国人民大学学者李秋零主张将拉丁文"sola scriptura"中的"sola"译作"惟凭",而不是"惟有"或"惟独",因为此处的"sola"是"离格"(ablative),俗称"工具格",所以应改译为"惟凭"。参见李秋零:《从释经原理看康德对路德神学的态度》,《国学与西学》2019年第16期。确实,在英语中"sola scriptura"通常被译为"by scripture alone",因此本文也遵从这一译法。只是将拉丁语中的"离格"等同于"工具格"(instrumental case)则稍有不妥,若言其"离格"包含或合并了"工具格"的功能,则或许更为恰当一些。此外,"惟凭《圣经》"这一更为"准确"的翻译,还能使其更好地与欧阳修"据文求义"的诠释学命题相对应,因为在汉语中"凭""据"既可互释亦可连用。

② 参见让·格龙丹:《哲学诠释学导论》(Jean Grondin, Einführung in die philosophische Hermeneutik, Darmstadt: Wissenschaftliche Buchgesellschaft, 2001, S.60)。

③ 按:2012年,美国学者(非华裔)韩大伟(David B. Honey)在中国由华东师范大学出版社出版了以汉语书写的《西方经学史概论》一书。作者以"经学"这一异质文化中的学术术语为自身文化中的"古典学"命名,其中由术语的逆向转换所蕴含的身份解构与理论挑战对中西方学界都有着巨大的启示意义。然而,本文借用"西方经学史"一词,指称的并非西方"古典学",而是与"经学"更为接近的"基督教释经学"。

④ 按:欧阳修之《诗本义》亦常被称作《毛诗本义》,虽一字之差却使其诠释学内涵大变,故不可不予深究。就现存版本而言,《诗本义》主要有宋本和明本两个流传系统。两个版本系统的详细情况,可参见士学文:《欧阳修〈诗本义〉传世版本之我见》,《兰台世界》2010年第14期;袁媛:《明本〈毛诗本义〉价值述略——以〈诗本义〉的流传为中心》,《北京大学中国古文献研究中心集刊》第十三辑,北京大学出版社,2014年,第92—102页。《通志堂经解》《四部丛刊》以及《四库全书》《四库全书荟要》本均直接或间接以宋本为底本,该本据张元济考证为南宋孝宗刊本。参见张元济:《诗本义·跋》,见于[宋]欧阳修:《诗本义》(三),《四部丛刊三编·经部》,商务印书馆,1936年,影印吴县潘氏滂意斋藏宋刊本,第1页a。而明本则可分为刊本与抄本两类,其书名均题为《毛诗本义》。对于书名之不同的问题,前人已有所述。清人张金吾认为欧阳修此书之原题即为《毛诗本义》,其曰:"是书每篇冠以《小序》,经文,下备列《传》《笺》,后乃系之以论与本义。通志堂本删去《小序》、经、注,止以篇名标题,盖非欧阳氏之旧矣。"参见[清]张金吾:《爱日精庐藏书志》,见于《续修四库全书(九 (转下页)

"变古/复古意识"和"诠释方法之自觉"的经学家。《朱子语类》载曰:"旧来儒者不越注疏而已,至永叔原父孙明复诸公,始自出议论……此是运数将开,理义渐欲复明于世故也。……便如《诗本义》中辨毛郑处,文辞舒缓,而其说直到底,不可移易。"①《四库全书总目》亦云:"自唐以来,说《诗》者莫敢议毛、郑,虽老师宿儒,亦谨守《小序》。至宋而新义日增,旧说几废。推原所始,实发于修。"②欧阳修之《诗本义》敢于非议毛《传》与郑《笺》,其在《诗经》诠释史上实为一部开风气之先的经学著作。《四库全书总目》又曰:"是修作是书,本出于和气平心,以意逆志。故其立论未尝轻议二家,而亦不曲徇二家。其所训释,往往得诗人之本志。"③其实,不独《诗经》,欧阳修对《易经》《春秋》诸经的理解与解释也都贯穿着"据文求义"的诠释学方法。

一、"圣经权威"的诠释诉求

中西经学中的"舍传求经",其实就是对"圣经权威"的重申或再度强调。当然,我们在此所谓的"圣经",其首先指涉的并非西方基督教的"Holy Bible"或"Holy Scripture",而是中国经学中的"五经""六经"或《十三经》,因为这才是"圣经"一词在汉语中的"本义"。以"圣经"之名指代基督教的"Holy Bible"或"Holy Scripture",本是因"翻译"而形成的"后起之义"④。然而,即便是在当下

(接上页)二五)·史部·目录类》,上海古籍出版社,2002 年,影印华东师范大学图书馆藏清光绪十三年吴县灵芬阁集字版校印本,第 263 页。然而,民国学者关文瑛却提出"夫修既不主毛《传》,何得以《毛诗》命名"的问题,其曰:"故钱曾述古堂藏宋板是书,并无'毛'字……故特为辨正,所以还欧阳氏之旧也。其书不载经文,惟择其有可发明者先为论,以辨毛、郑之失,而后断以己意。"参见关文瑛撰、陈惠美点校:《通志堂经解提要》,见于林庆彰、蒋秋华主编,黄智明编辑:《通志堂经解研究论集》(下),(台北)"中研院"文哲所,2005 年,第 558 页。关氏之论恰与张金吾针锋相对且切中要害。中国台湾学者车行健亦持明本增补之说,其指出:"明本加上经、《序》、《传》、《笺》文的做法可能纯是基于方便读者的目的,而当书中加上《毛诗》经传的相关文字之后,则书名被称做《毛诗本义》似乎也是极自然的事。不过,这么一来,则反而可能失去了欧阳修当初著书的'本义'。"见于车行健:《诗本义析论——以欧阳修与龚橙诗义论述为中心》,台北里仁书局,2002 年,第 144 页。因此,笔者亦认为《毛诗本义》乃欧阳修《诗本义》原书书名之"讹变"。然而,这一"讹变"却恰好向我们绽露出一个重要的经学诠释学问题:欧阳修何以据《毛诗》之文以求得《诗》之"本义"? 其实,本文即是以《诗本义》的版本目录问题为基点,从而对欧阳修的经学思想进行诠释学的观照与反思,并进一步展开其与马丁·路德之基督教释经学的会通性研究。

① [宋]黎靖德编,王星贤点校:《朱子语类》第六册,中华书局,1986 年,第 2089 页。
② [清]永瑢、纪昀等撰:《四库全书总目》,中华书局,1965 年,影印浙江杭州本,第 121 页中栏。
③ 同上。
④ 按:对"圣经"一词在汉语语境中的追溯及其作为"译名"而被"补充"和"替换"的问题,可参见拙文《作为"补充"的"译名"——理雅各中国经典翻译中的"上帝"与"圣经"之辨》,《中国人民大学学报》2012 年第 5 期。

的汉语学术语境之中,这一"后起之义"却早已取代和遮蔽了"圣经"的"本义"。因此,本文有意为"圣经"一词在汉语学术语中"正名",其既应理所当然地被"还原"为"五经""六经"或《十三经》,亦可被用以转喻性地(metonymically)指称基督教的《旧约》和《新约》①。此外,更为重要的是,当我们对"圣经"一词有了"自觉"之后,以此来看视"惟凭圣经"这一汉语译名就不再是单纯的语言转换,而是自然而然地带入"比较经学"(comparative exegetics)的多重意涵,还可以顺理成章地将"惟凭圣经"与"据文求义"置放于"中西经学诠释学"的互文性场域之中。

让我们再度回到"圣经权威"这一命题上来,其实在中西经学中这本应是一个不证自明的问题,即"圣经"是一切信仰和知识的来源与仲裁者。汉刘歆在《三统历》中赋予"经"以"意义起源和归宿"的统摄性力量,其曰:"经,元一以统始。"②而董仲舒在《春秋繁露·玉英》中即已将"一元"释为"大始也"③。其于《重政》篇又曰:"唯圣人能属万物于一而系之元也。终不及本所从来而承之,不能遂其功。……元犹原也,其义以随天地终始也。故人唯有终始也而生,不必应四时之变,故元者为万物之本,而人之元在焉。"④除了"一元""终始"之义,由班固等人撰定的《白虎通》亦训"经"为"常",其曰:"经所以有五何?经,常也。有五常之道,故曰五经。《乐》仁、《书》义、《礼》礼、《易》智、《诗》信也。人情有五性,怀五常,不能自成。是以圣人象天五常之道,而明之以教人,成其德也。"⑤而刘勰在《文心雕龙·宗经》中,则把"经"的"恒常性"与"真理性"内涵推演到了极致:"经也者,恒久之至道,不刊之鸿教也。故象天地,效鬼神,参物序,制人纪,洞性灵之奥区,极文章之骨髓者也。"⑥

然而,就宋代经学的"诠释处境"而言,以唐《五经正义》为代表的"义疏之学",其所维护的仍旧是经学内部的"师说家法"。有"宋初三先生"之誉的经学家孙复,在《寄天章书二》中即对之大为不满,其曰:"国家以王弼、韩康伯之

---

① 按:在本文中,仅当"圣经"加上书名号时才特指基督教的《圣经》,引文除外。
② [汉]刘歆:《三统历》,见于[清]严可均校辑《全上古三代秦汉三国六朝文》第一册,中华书局,1958年,影印清光绪年间王毓藻等校刻本,第350页下栏。
③ [汉]董仲舒:《春秋繁露》,见于《二十二子》,上海古籍出版社,1986年,缩印浙江书局汇刻本,第773页上栏。
④ 同上书,第779页中栏。
⑤ [汉]班固等:《白虎通》(二),见于《丛书集成初编》,商务印书馆,1936年,影印《抱经堂丛书》本,第248页。
⑥ [南朝梁]刘勰:《文心雕龙》卷1,见于《四部丛刊初编·集部》,商务印书馆,1919年,影印涵芬楼明嘉靖刊本,第4页a。

《易》,左氏、公羊、穀梁、杜预、何休、范甯之《春秋》,毛苌、郑康成之《诗》、孔安国之《尚书》,镂板藏于太学,颁于天下。又每岁礼闱设科取士,执为准的。多士较艺之际,有一违戾于注说者,即皆驳放而斥逐之。"①且对孙复而言,"数子之说"不仅不能"尽于圣人之经",反使后人"专守"不离以致经义"郁而不章"②。欧阳修亦与之相似,汉、唐之"训说""传记""义疏",虽不乏"补缝"之功③,但其对"经义"仍多有"遮蔽"。因此,在《春秋或问》一文中,欧阳修以"拟问答"的形式指出:

> 或问:"子于隐摄,盾、止之弑,据经而废传。经简矣,待传而详,可废乎?"曰:"吾岂尽废之乎? 夫传之于经勤矣,其述经之事,时有赖其详焉,至其失传,则不胜其戾也。其述经之意,亦时有得焉,及其失也,欲大圣人而反小之,欲尊经而反卑之。取其详而得者,废其失者,可也;嘉其尊大之心,可也;信其卑小之说,不可也。"问者曰:"传有所废,则经有所不通,奈何?"曰:"经不待传而通者十七八,因传而惑者十五六。日月,万物皆仰,然不为盲者明,而有物蔽之者,亦不得见也。圣人之意皎然乎经,惟明者见之,不为他说蔽者见之也。"④

"圣人之意皎然乎经",可以说是一个"内外兼修"的"释经前提"(exegetical prerequisite)或"释经策略"(exegetical strategy)。经不待传"明",则能于内祛除汉、唐注疏之"蔽";而经义"皎然",亦当无外求于"佛、老"而自显(宋儒释经的实情则另当别论)。

那么,就"西方经学史"而言,"《圣经》权威"(the authority of Scripture)同样是不言而喻的,其根本则建基于"上帝"或"上帝之言"(the Word of God)的"权威性"。《新约·提摩太后书》(3:16)有言:"圣经都是神所默示的,于教训、督责、使人归正、教导人学义都是有益的……"⑤《新约·彼得后书》(1:20—21)亦曰:"第一要紧的,该知道经上所有的预言没有可随私意解说的;因为预言从

---

① [宋]孙复:《孙明复小集》卷2《寄天章书二》,清光绪十五年问经精舍刊本,第6页a。
② 同上书,第6页a—7页b。
③ 按:《淮南子·要略》载曰:"诠言者,所以譬类人事之指,解喻治乱之体也。差择微言之眇,诠以至理之文,而补缝过失之阙者也。"见于[汉]刘安撰,[汉]高诱注,[清]庄逵吉校:《淮南子》,见于《二十二子》,上海古籍出版社,1986年,缩印浙江书局汇刻本,第1307页上栏。
④ [宋]欧阳修:《居士集》卷18《春秋或问》,见于《欧阳文忠公文集》(五)卷18,《四部丛刊初编·集部》,商务印书馆,1919年,影印元刊本,第12页a—b。
⑤ 按:《圣经》中文译文均出自"新标点和合本",下同。

来没有出于人意的,乃是人被圣灵感动,说出神的话来。"由"上帝之言"或"上帝所默示之言"的"权威性",遂引申出《圣经》的"真理性""完美性"和"自足性"。在《致哥林多会众书》(Πρὸς Κορινθίους)即《革利免一书》(First Epistle of Clement)中,使徒教父(Apostolic Fathers)罗马的圣革利免(St. Clement of Rome)言道:"汝等悉查经文,其因圣灵而为真理之属(ἀληθεῖς)也;汝等当知,其绝无不义甚或虚假之言,书于其中。"① 希腊教父(Greek Father)里昂的圣爱任纽(St. Irenaeus of Lyons)在《驳异端》(Adversus haereses)中亦曰:"吾人宜将其异者归于创造吾等之上帝,亦应笃信经文之美善(perfectæ),因其所道悉为上帝及其圣灵之言耳。"② 亚历山大的圣阿塔那修(St. Athanasius of Alexandria)在《驳异教徒》(Contra gentes)中又曰:"实极自足(αὐτάρκεις)矣,神圣及神所默示之经文,其之明乎真理(ἀληθείας)也。"③ 可见,在"西方经学"中,其《圣经》亦可谓"恒久之至道"(eternal Truth)或"不刊之鸿教"(infallible Teachings)!

然而,对于古代及中世纪的普通信众而言,《圣经》之于"真理"的"自足性"却难以为继。因为当时的大部分信众既不可能拥有也无法阅读《圣经》,所以教会及教父的"释经传统"必然成为信众与上帝之间相互沟通的中介。圣阿塔那修在申明《圣经》的"自足性"之后,又曰:"然亦有圣贤为此而述论者,使人读其文章,以谓《圣经》之有解悟,得其所欲之知也。"④ 由是以至于路德所处的晚期中世纪(the late Middle Ages),基督教所沉淀的"厚重"的"释经传统",亦同样难免于"繁琐而失真"。与宋初"经为传蔽"的局面相较,路德的时代则可谓"弃经求传",因为即使是在修道院中《圣经》也常常遭到藐视⑤。对此,德国教会史学家马丁·布莱希特(Martin Brecht)在《马丁·路德:通往宗教改革之路,1483—1521》(Martin Luther: His Road to Reformation, 1483 - 1521)一书

---

① 革利免:《致哥林多会众书》,见于莱特福特、哈默尔编译:《使徒教父》(Clement, "The Genuine Epistle to the Corinthians", in J.B. Lightfoot and J.R. Harmer, eds. and trans., *The Apostolic Fathers*, London: Macmillan and Co., Ltd, 1907, p.29)。
② 爱任纽著,维冈·哈维编:《驳异端五卷书》(Irenaeus, *Libros quinque adversus haereses*, Tom. 1, ed. W. Wigan Harvey, Cantabrigiae: Typis Academicis, 1857, p.349)。
③ 阿塔那修著,罗伯特·汤姆森编译:《〈驳异教徒〉和〈论道成肉身〉》(Athanasius, *Contra Gentes and De Incarnatione*, ed. and trans. Robert W. Thomson, Oxford: Clarendon Press, 1971, pp. 2-3)。
④ 同上。
⑤ 参见马丁·布莱希特著,詹姆斯·沙夫译:《马丁·路德:通往宗教改革之路,1483—1521》(Martin Brecht, *Martin Luther: His Road to Reformation, 1483 - 1521*, trans. James L. Schaaf, Minneapolis: Fortress Press, 1993, p.83)。

中,给出了较为详尽的说明:"没有人理解《诗篇集》(*Psalter*),《罗马书》被认为是保罗时代的一系列争论,无益于当代。而必须被阅读的却是经院神学家、圣托马斯、邓斯·司各脱和亚里斯多德的著作。这一指责直接针对的是大学,在这里《圣经》或者不被阅读,或者处处以亚里士多德那些异质的和不恰当的范畴而被理解。"①

对于路德而言,造成这种局面的首要原因,当然要归于"教会权威"对《圣经》意义的"垄断"。而"《圣经》权威"的恢复,还要应对"唯名论"(nominalism)和"人文主义"(humanism)的"人类学乐观主义"(anthropological optimism)。路德反对二者对"人的自然能力"所持有的"非圣经的"(nonbiblical)观点,即人的意志和理性可以开启并建立与上帝的关系以达成救赎②。然而,这并不等于路德赞成当时的"经院神学"和"伯拉纠主义"(Pelagianism),前者的思辨倾向妄图参透神性的本质与必然,而后者的"事功称义"(works righteousness)则以极不恰当的方式被当时的天主教会所强调③。虽然上述思想之间也存在着诸多对立,但它们均有绕过《圣经》——"上帝之言"——而自行言说或行事的危险。至于"寓意解经"及其背后的"教会传统",亦与汉代经学"训说""传记"所维护的"师说家法"无二,其作为一种"学说"(doctrine)极有可能"悖离"《圣经》,因而"遮蔽"经义。

在1521年的"沃尔姆斯议会"(Reichstag zu Worms/Diet of Worms)上,路德与论辩者的一些"真实问答"明确体现了其对"《圣经》权威"的誓死捍卫。当被要求明确回答是否撤回在《为澄清赎罪券之效力的论辩》("Disputatio pro declaratione virtutis indulgentiarum",1517),即著名的《九十五条论纲》(95 *Thesen*)和其他著作中的"异端言论"时,路德给出了之后曾无数次被引用的回答:

> 我无法将我的信仰臣服于教皇或(宗教)会议(councils),因为这一点是极为清楚的,他们经常会陷入错误,甚至是巨大的自相矛盾。那么,如果我不能被经文中的段落(passages of Scripture)或清晰的观点驳倒;如果我不能被引用的段落说服,并因此从良知上使我听从上帝之言(the word

---

① 参见马丁·布莱希特著,詹姆斯·沙夫译:《马丁·路德:通往宗教改革之路,1483—1521》(Martin Brecht, *Martin Luther: His Road to Reformation, 1483 - 1521*, trans. James L. Schaaf, Minneapolis: Fortress Press, 1993, p.83)。

② 参见肯尼思·哈根:《马丁·路德》(Kenneth Hagen, "Martin Luther", in Donald K. McKim, ed., *Historical Handbook of Major Biblical Interpreters*, Downers Grove: InterVaristy Press, 1998, p.213)。

③ 同上。

of God),**我绝不能也不会撤回任何东西**,因为对一个基督徒而言违背他的良知是危险的。①

在后续的会议中,还有一段重要的问答体现出路德对"《圣经》权威"即"上帝之言"的绝对服从:

  路德——"我全心地同意君主、亲王,甚至是最谦卑的基督徒,审查和评判我的著作。但有一个条件,即他们要以'上帝之言'作为标准。人除遵守之外别无选择。我的良知有赖于它(上帝之言),并服从于它的权威(authority)。"

  勃兰登堡选侯——"我完全理解了你,博士。你不承认除《圣经》(Holy Scripture)之外的任何评判?"

  路德——"是的,阁下,确实。那就是我的立场。"②

在晚期中世纪的"教会圣统"(ecclesiastic hierarchy)之下,若将《圣经》权威"置于其上,则不仅会被宣判为"异端"(heresy),更有可能付出生命的代价。然而,面对"教会圣统"既保守且敏感的"暴力性",路德仍然强调:"我不会允许任何人将其自身凌驾于上帝之言。"③那么,相比于此,欧阳修则是在较为宽弛的文化氛围中,降黜诸"传"还位于"经"。其在《春秋论上》中亦通过诉诸"圣人权威"(与"上帝权威"相似),以维护作为"圣经"之《春秋》的至上地位,其曰:"孔子,圣人也。万世取信,一人而已。若公羊高、穀梁赤、左丘明三子者,博学而多闻矣,其传不能无失者也。孔子之于经,三子之于传,有所不同,则学者宁舍经而从传,不信孔子而信三子,甚哉其惑也!"④进而,欧阳修指出了"学者宁舍经而从传"的原因:"经简而直,传新而奇,简直无悦耳之言,而新奇多可喜之论,是以学者乐闻而易惑也。"⑤正是针对这一"舍本逐末"之举,欧阳修遂倡言其"惟

---

① 梅尔·德奥比尼著,亨利·贝弗里奇译:《十六世纪的宗教改革史》(J. H. Merle d'Aubigné, *History of the Reformation in the Sixteenth Century*, Vol. 2, trans. Henry Beveridge, Glasgow: William Collins and Co., 1846, p.182)。按:括号里的汉字为笔者所加,加着重号的字在原文中为斜体。

② Ibid., p.192。按:括号里的汉字为笔者所加。

③ Ibid., p.194。

④ [宋]欧阳修:《居士集》卷18《春秋论上》,见于《欧阳文忠公文集》(五)卷18,《四部丛刊初编·集部》,商务印书馆,1919年,影印元刊本,第5页b。

⑤ 同上书,第6页a—b。

凭圣经"之论——"经之所书,予所信也,经所不言,予不知也"①;"圣经之所不著者,不足信也"②。

二、"经义显明"的释经策略

如前所述,与路德的"上帝之言"相似,在欧阳修看来,作为"六经"之一的《春秋》,其权威性之根本亦在于"圣人之言"(the word of Sage)。那么,相较于"教皇"与"宗教会议"的"错误"与"矛盾",《春秋》三传之"新奇",也经常会导致其"自相乖戾"与"互相抵牾"。而作为"圣人之言"的"物质铭刻",《春秋》经"简而直",不假于"传"自可"皎然而明"。不止《春秋》,于《易》欧阳修亦认为:"何独《系辞》焉,《文言》《说卦》而下,皆非圣人之作,而众说淆乱,亦非一人之言也。"③至于"圣人"之《易》,则"其文已显,而其义已足",或"其言愈简,其义愈深",绝不至"繁衍丛脞之如此也"④。其于《诗》也,在驳斥毛《传》、郑《笺》之时,亦有"文显而义明,灼然易见"之论⑤。此外,欧阳修还提出了"六经简要"之说,其曰:"妙论精言,不以多为贵,而人非聪明,不能达其义。余尝听人读佛书,其数十万言,谓可数谈而尽,而溺其说者以谓欲晓愚下人,故如此尔。然则六经简要,愚下独不得晓耶!"⑥

其实,路德在废黜"教会圣统"舍传求经之后,也必须面对"愚下人"如何"直接"理解《圣经》的问题。对此,意大利学者毛里齐奥·费拉里斯(Maurizio Ferraris)在《诠释学史》(Storia dell'ermeneutica)一书中指出:

> 因此,路德所捍卫的原则是个人信徒必须转向《圣经》——其自身显明而易晓(chiara e comprensibile),而不是教会圣统(gerarchia ecclesiale)。

---

① [宋]欧阳修:《居士集》卷18《春秋论上》,见于《欧阳文忠公文集》(五)卷18,《四部丛刊初编·集部》,商务印书馆,1919年,影印元刊本,第6页 b。
② [宋]欧阳修:《居士集》卷43《帝王世次图后序》,见于《欧阳文忠公文集》(九)卷43,《四部丛刊初编·集部》,商务印书馆,1919年,影印元刊本,第11页 a。
③ [宋]欧阳修:《易童子问》卷3,见于《欧阳文忠公文集》(十七)卷78,《四部丛刊初编·集部》,商务印书馆,1919年,影印元刊本,第1页 a。
④ 同上书,第1页 b—3页 a。按:其实,欧阳修借"众说淆乱""繁衍丛脞"以否定《系辞》《文言》《说卦》等为"圣人之言"的做法,亦如法国哲学家米歇尔·福柯(Michel Foucault)所言,是将"作者"确定为"观念或理论之一致性(cohérence)的某个领域"。见于米歇尔·福柯:《什么是作者?》(Michel Foucault, «Qu'est-ce qu'un auteur?», dans Michel Foucault, *Dits et Ecrits*, 1954 - 1988, Tome I, 1954 - 1969, éd. Daniel Defert, François Ewald et Jacques Lagrange, Paris: Gallimard, 1994, p.801)。
⑤ [宋]欧阳修:《诗本义》卷3,清康熙十九年《通志堂经解》本,第2页 a。
⑥ [宋]欧阳修:《六经简要说》,见于《欧阳文忠公文集》(二十九)卷130,《四部丛刊初编·集部》,商务印书馆,1919年,影印元刊本,第9页 b。

只有《圣经》而非教会,才是信仰之真理的府库。这一原则突显出一个诠释学问题,如果天主教圣统不再承担解释《圣经》意义的任务,那么厘清规则和方法就变得极为重要,通过这些规则和方法人们才能自主地理解《圣经》的意义。①

与很多学者相似,费拉里斯也认为"惟凭《圣经》"并非路德的发明;那么,在他看来,真正新颖的是"路德看视《圣经》的观点(prospettiva)",即"《圣经》显明"(la Bibbia è chiarissima)②。在《〈圣经〉重要诠释者历史手册》(Historical Handbook of Major Biblical Interpreters)一书的"马丁·路德"词条中,美国学者肯尼思·哈根(Kenneth Hagen)也将路德的"《圣经》观"及其内在理路表述为:"《圣经》是自己的权威,因为它是显明的(clear),无需其他的权威来透视其意义。"③

然而,在《新教〈圣经〉诠释》(Protestant Biblical Interpretation)一书中,美国神学家伯纳德·拉姆(Bernard Ramm)却指出:"罗马天主教教会有其关于《圣经》显明的理论。在该理论中,基督和圣灵均神秘地居存于罗马教会,教会则分有基督和圣灵的思想。因此,知晓《圣经》的意义是其得到的馈赠,并且在对这一馈赠的使用中罗马天主教教会解决了《圣经》显明的问题。"④那么,区分两种"《圣经》显明"的关键就在于是承认"教会圣统"使经义显明,还是"《圣经》自解"(Scripture was self-interpreting)以显明⑤。当然,以路德为代表的新教《圣经》诠释学只认可后者。不过,严格来说,"《圣经》显明"既非规则也非方法,将其视为一种"释经策略"也许更为恰当。而且,其与前述欧阳修"经义粲然""六经简要"的诠释学论断也如出一辙。

至此,我们仍需进一步追问的是,路德所谓的"《圣经》显明"究竟是何所指?

---

① 毛里齐奥·费拉里斯:《诠释学史》(Maurizio Ferraris, Storia dell'ermeneutica, Milano: Bompiani, 2008, p. 52; Maurizio Ferraris, History of Hermeneutics, trans. Luca Somigli, Atlantic Highlands: Humanities Press, 1996, p.28)。按:本文引用该书的段落均参考其英译本译出,因此在注释中同时给出意大利语原文和英语译文的页码,下同。
② 同上。
③ 肯尼思·哈根:《马丁·路德》(Kenneth Hagen, "Martin Luther", in Donald K. McKim, ed., Historical Handbook of Major Biblical Interpreters, Downers Grove: InterVaristy Press, 1998, p. 215)。
④ 伯纳德·拉姆:《新教〈圣经〉诠释》(Bernard Ramm, Protestant Biblical Interpretation, Grand Rapids: Baker Book House, 1970, p.84)。
⑤ 参见杰拉德·布雷:《〈圣经〉诠释:过去与现在》(Gerald Bray, Biblical Interpretation: Past and Present, Downers Grove: InterVarsity Press, 1996, p.192)。

费拉里斯在其书中给出了简要而准确的解答:"尽管某些言辞可能不明,但其《圣经》重要的,即其'事件'(res),也就是宗教事件,是显明的(chiara);因为其内容,即'启示'(la Rivelazione),是显明的(chiaro)。"①具体而言,这一"启示"或"事件"就是"基督的救赎"。哈根在前文中从神学家的立场指出:"基督(Christ)——并非一种学说或原则,是《圣经》的中心;路德始终认为,基督是马槽(manger)中的婴儿(babe),《圣经》是呵护他的马槽。"②"基督"本身固然不是一种学说或原则,但"基督论"(Christology)则不能不是一种学说,而"基督中心论"(Christocentricity)也完全可以是一种原则。在《路德的〈圣经〉诠释原则》(*Luther's Principles of Biblical Interpretation*)一书中,英国学者卫理公会牧师斯凯文顿·伍德(A. Skevington Wood)通过引用路德而阐明了这一问题:

> 路德对《圣经》的诠释既是基督中心的(Christocentric),也是基督论的(Christological)。其是基督中心的在于路德将主耶稣基督视为《圣经》的中心。他问伊拉斯谟(Erasmus):"将基督从《圣经》中去掉,你还会在其中找到什么?""在整部《圣经》中什么都没有,只有基督,无论在明显的字句中,还是在相关的字句中。""如果我们看向其内在意义(inner meaning),则整部《圣经》每处关涉的都只是基督(Christ alone),尽管表面上看可能会有所不同。"基督是"《圣经》中的太阳和真理"。他是《圣经》的几何中心。他是那个使整个圆形得以画出的点。《圣经》所包含的"除了基督和基督教的信仰之外什么也没有"。而且,这一明确的断言不仅适用于《新约》,也同样适用于《旧约》,"因为这一点是不容置疑的,即所有经文指向的都只是基督(Christ alone)"。路德说道:"整部《旧约》都涉及基督并与之一致。"③

因此,伍德指出这一对《圣经》的"基督中心定位"是路德的主要"诠释原则"

---

① 毛里齐奥·费拉里斯:《诠释学史》(Maurizio Ferraris, *Storia dell'ermeneutica*, Milano: Bompiani, 2008, p. 52; Maurizio Ferraris, *History of Hermeneutics*, trans. Luca Somigli, Atlantic Highlands: Humanities Press, 1996, p.28)。按:括号里的汉字为笔者所加。

② 肯尼思·哈根:《马丁·路德》(Kenneth Hagen, "Martin Luther", in Donald K. McKim, ed., *Historical Handbook of Major Biblical Interpreters*, Downers Grove: InterVaristy Press, 1998, p. 218)。

③ 斯凯文顿·伍德:《路德的〈圣经〉诠释原则》(A. Skevington Wood, *Luther's Principles of Biblical Interpretation*, London: The Tyndale Press, 1960, p.33)。

(hermeneutical principle)。① 而在《教会的〈圣经〉观：从早期教会到路德》("The View of the Bible Held by the Church: The Early Church Through Luther")一文中，美国学者路德宗牧师罗伯特·普罗伊斯（Robert D. Preus）不仅持有与伍德相似的观点，而且还认为："《圣经》的基督中心论原则，并非由路德继承自早期教会，进而施加（imposed）于《圣经》。他是从《圣经》本身（Scripture itself）得出这一原则的，通过合理而审慎的解经加以归纳，路德发现基督就在那里，正如在他的《创世记》《申命记》《诗篇》和《以赛亚书》注释中所清晰展现的那样。"②

如果说路德的《圣经》诠释原则是"基督中心论"或"惟凭基督"（Solo Christo），那么欧阳修的经学诠释原则亦可以被称为"圣人中心论"（Sage centrism）。这一点在《代曾参答弟子书》一文中体现得至为明显，其曰："如欲师其道，则有夫子之六经在，《诗》可以见夫子之心，《书》可以知夫子之断，《礼》可以明夫子之法，《乐》可以达夫子之德，《易》可以察夫子之性，《春秋》可以存夫子之志。"③至于欧阳修"圣人中心论"的实际所指，我们基本上认同日本学者吾妻重二在《道学的"圣人"观及其历史特色》一文中的说法，即欧阳修将"圣人"作为"教人垂世"的教化主体④。而这一"教人垂世"的具体内涵，亦于"六经"中有着不同的展开。

欧阳修在《易或问三首》中对作为"六经"之《易》的表述极具代表性，其曰："《易》者，文王之作也，其书则六经也，其文则圣人之言也，其事则天地、万物、君臣、父子、夫妇、人伦之大端也。"⑤又曰：

---

① 斯凯文顿·伍德：《路德的〈圣经〉诠释原则》(A. Skevington Wood, *Luther's Principles of Biblical Interpretation*, London: The Tyndale Press, 1960, p.33)。
② 罗伯特·普罗伊斯：《教会的〈圣经〉观：从早期教会到路德》(Robert D. Preus, "The View of the Bible Held by the Church: The Early Church Through Luther", in Normal L. Geisler ed., *Inerrancy*, Grand Rapids: Zondervan Publishing House, 1980, p.375)。
③ ［宋］欧阳修：《外集》卷9《代曾参答弟子书》，见于《欧阳文忠公文集》(十三)卷59，《四部丛刊初编·集部》，商务印书馆，1919年，影印元刊本，第28页a—b。按：据李之亮考证，该文为欧阳修"庆历中在汴京时作"，然其亦按《四部丛刊》卷末"补注"指出"或疑此篇非欧公所作"。参见［宋］欧阳修撰，李之亮笺注：《欧阳修集编年笺注》(四)，巴蜀书社，2007年，第78页。笔者则仿照"补注"，存其文以待方家之考证。
④ 吾妻重二：《道学的"圣人"观及其历史特色》，见于吾妻重二：《朱子学的新研究——近世士大夫思想的展开》，傅锡洪等译，商务印书馆，2017年，第97页。
⑤ ［宋］欧阳修：《居士集》卷18《易或问三首》，见于《欧阳文忠公文集》(五)卷18，《四部丛刊初编·集部》，商务印书馆，1919年，影印元刊本，第1页a。

文王遭纣之乱,有忧天下之心,有虑万世之志,而无所发,以谓卦爻起于奇耦之数,阴阳变易,交错而成文,有君子、小人、进退、动静、刚柔之象,而治乱、盛衰、得失、吉凶之理具焉,因假取以寓其言,而名之曰"易"。至其后世,用以占筮。孔子出于周末,惧文王之志不见于后世,而《易》专为筮占用也,乃作《彖》《象》,发明卦义,必称圣人、君子、王、后以当其事,而常以四方万国、天地万物之大以为言,盖明非止于卜筮也,所以推原本意而矫世失,然后文王之志大明,而《易》始列乎六经矣。①

而《春秋》之作,则更著圣人孔子垂教后世之良苦用心。对此,欧阳修在《春秋论中》一文中言道:

孔子何为而修《春秋》? 正名以定分,求情而责实,别是非,明善恶,此《春秋》之所以作也。……夫不求其情,不责其实,而善恶不明如此,则孔子之意疎,而《春秋》缪矣。《春秋》辞有同异,尤谨严而简约,所以别嫌明微,慎重而取信,其于是非善恶难明之际,圣人所尽心也。②

此外,欧阳修对"六经"亦有总论,其仍不离王道教化之旨。在《问进士策三首》第一首中,其曰:"六经者,先王之治具,而后世之取法也。《书》载上古,《春秋》纪事,《诗》以微言感刺,《易》道隐而深矣,其切于世者《礼》与《乐》也。"③在《夫子罕言利命仁论》一文中,欧阳修则更有详论:

昔明王不兴而宗周衰,斯文未丧而仲尼出,修败起废而变于道,扶衰救弊而反于正。至如探造化之本,赜几深之虑,以穷乎天下之至精,立道德之防,张礼乐之致,以达乎人情之大窦。故《易》言天地之变,吾得以辞而系;《诗》厚风化之本,吾得以择而删;《礼》《乐》备三代之英,吾得以定而正;《春秋》立一王之法,吾得以约而修。其为教也,所以该明帝王之大猷,推见天人之至隐。道有机而不得秘,神有密而不得藏,晓乎人伦,明乎耳目,如此

---

① [宋]欧阳修:《居士集》卷18《易或问三首》,见于《欧阳文忠公文集》(五)卷18,《四部丛刊初编·集部》,商务印书馆,1919年,影印元刊本,第1页b。
② 同上书,第7页a—8页a。
③ 同上书,第2页a—b。

而详备也。①

大略而言,欧阳修的"圣人观"似乎并无"新奇"之处;然而,摒除"新奇"也正是其经文"简直"之断言下某种合理的释经操作。如若具体言之,则欧阳修自与宋代"道学家"(周张、二程、朱子等)的"圣人可学论"不同。对其而言,"君子"与"圣人"之间尚有不可逾越之处。②但是,欧阳修"教人垂世"的"圣人"可能与汉代《白虎通》中"神通广大"的"圣人"亦存在一段不小的距离,后者载曰:"圣人者何?圣者,通也,道也,声也。道无所不通,明无所不照。闻声知情,与天地合德,日月合明,四时合序,鬼神合吉凶。"③至于"纬书"中通过"感生""异相"和"受命"对"圣人"的"神化"④,则必为欧阳修所斥。这一点也体现在其辨伪《今文尚书》之《泰誓》篇上,《泰誓论》一文虽申之已详⑤,但欧阳修在《诗本义》中复辨之曰:"其后鲁恭王坏孔子宅得真《尚书》,自有《泰誓》三篇,初无怪异之说。……然则(伪《泰誓》)白鱼、赤乌之事甚为缪妄,明智之士不待论而可知。"⑥然则,《新约》中三部"对观福音"(Synoptic Gospels),即《马太福音》《马可福音》和《路加福音》,所载基督之"降生"、所行之"神迹"及其被钉十字架而"复活",也同样会被欧阳修视为"怪异"与"缪妄"。这一点可以说是欧阳修之"圣人中心论"(经学)与路德之"基督中心论"(神学)的重要分歧。

然而,无论如何,欧阳修与路德在反对各自经学传统之"迂曲"与"破碎"时,均以维护"圣经权威"为己任,并且都选择了"经义显明"的释经策略。综观中西方"经学变古"时期的两位"经学家",其"诠释诉求"与"释经策略"可谓互为表里、相辅相成。二者之释经理路亦不妨被表述为:"六经简要"方可"据文求义","《圣经》显明"遂能"经文自解"。但是,欧阳修与路德在释经策略和诠释理路上的相似转向,却绝不能被理解为其将释经权力下放给每一位普通信众或"愚下

---

① [宋]欧阳修:《外集》卷25《夫子罕言利命仁论》,见于《欧阳文忠公文集》(十六)卷75,《四部丛刊初编·集部》,商务印书馆,1919年,影印元刊本,第4页a—b。
② 参见吾妻重二:《道学的"圣人"观及其历史特色》,见于吾妻重二:《朱子学的新研究——近世士大夫思想的展开》,傅锡洪等译,商务印书馆,2017年,第97页。
③ [汉]班固等:《白虎通》(一),见于《丛书集成初编》,商务印书馆,1936年,影印《抱经堂丛书》本,第175页。
④ 参见任蜜林:《汉代内学——纬书思想通论》,巴蜀书社,2011年,第340—367页。
⑤ 参见[宋]欧阳修:《居士集》卷18《泰誓论》,见于《欧阳文忠公文集》(五)卷18,《四部丛刊初编·集部》,商务印书馆,1919年,影印元刊本,第12页b—14页b。
⑥ [宋]欧阳修:《诗本义》卷12,清康熙十九年《通志堂经解》本,第5页b。按:括号里的字为笔者所加。

人"。"圣经权威"只是释经权力的上层位移罢了,"经义"之所以"显明",则必以"圣人之垂教"或"基督之救赎"为前提和旨归。而这一"单一"的"本义观",虽可为摆落各自经学中"四重意义说"之利器,但与此同时也给自身留下了难以弥合的裂痕。

三、以"本末论"摆落"四重意义说"

总体而言,路德反对中世纪的"寓意解经",然而在早期的《诗篇口义》(*Dictata super Psalterium*,1513—1515)即"第一《诗篇》讲义"中,路德还是沿用了著名的"四重意义说"(*quadriga*/fourfold sense)[1]。在《马丁·路德的解经与诠释》("The Exegetical and Hermeneutical Work of Martin Luther")一文中,德国福音教派神学家西格弗里德·雷德(Siegfried Raeder)较为详尽地给出了路德对"锡安山"(Mount Zion)的释义:

> 与必朽的"字句"(letter)相关,"锡安山"在字面义上或历史义上(literally or historically)意指"迦南地",在寓意义上(allegorically)意指"犹太会堂或同一意义上的卓越之人",在比喻义上(tropologically)[2]意指"法利赛主义或律法正义",在神秘义上(anagogically)[3]意指"以肉身为据

---

[1] 按:关于路德与"四重意义说"及"寓意解经"之关系的问题,可参见格哈特·埃贝林:《路德诠释学的起源》(Gerhard Ebeling,„Die Anfänge von Luthers Hermeneutik", *Zeitschrift für Theologie und Kirche*, Jg. 48, H. 2, 1951, SS. 175 – 176)。

[2] 按:路德倾向于使用"tropological"(比喻的)来指称该重意义,就"四重意义说"而言,"tropological"可与"moral"(道德)同义互换,参见约翰·辛普森、埃德蒙·韦纳编:《牛津英语大词典》(John Simpson and Edmund Weiner, eds., *Oxford English Dictionary*, Oxford: Clarendon Press, 1989, s. v. "tropology")。因此,该重意义也被称作"道德义"(moral sense)。路德对"比喻义"或"道德义"的理解,可参见西格弗里德·雷德:《马丁·路德的解经与诠释》(Siegfried Raeder, "The Exegetical and Hermeneutical Work of Martin Luther", in Magne Sæbø, ed., *Hebrew Bible/Old Testament The History of Its Interpretation II: From the Renaissance to the Enlightenment*, Göttingen: Vandenhoeck & Ruprecht, 2008, p. 372)。

[3] 按:"anagogically"的名词形式为"anagoge"或"anagogy",后者主要有两个相互关联的意义:其一为"精神上的提升或觉悟";其二为"神秘的或精神的解释"。二者均与《圣经》的理解与解释相关。而形容词"anagogical"则几乎专指"四重意义说"中的第四重意义。参见约翰·辛普森、埃德蒙·韦纳编:《牛津英语大词典》(John Simpson and Edmund Weiner, eds., *Oxford English Dictionary*, Oxford: Clarendon Press, 1989, s. v. "anagoge" and "anagogical")。因此,"anagogical(ly)"通常被译作"神秘的(地)"或"精神的(地)"。但是,在现代汉语中,无论是"神秘"还是"精神"都鲜有"宗教性"内涵。在别无选择的情况下,笔者只能以"神秘的(地)"或"神秘义的(地)"来翻译"anagogical(ly)"。然而,尤其是在"四重意义说"的语境之中,我们必须将"**神的奥秘**"即"上帝之救赎与恩典"的意涵"补入"汉语译名之中。

的未来荣耀"。另一方面,与给予生命的"灵意"(spirit)相关,"锡安山"在字面义上或历史义上意指"在锡安生存的人们",在寓意义上意指"教会或卓越的教师及主教",在比喻义上意指"信仰之义或其他美德",在神秘义上则为"天上的永恒荣耀"。①

进而,雷德还指出:"因此,带来死亡的'字句'只有借助所谓'灵意的'(spiritual)解释,即寓意义、比喻义和神秘义,才能发挥作用;而另一方面,给予生命的'灵意'也要借助正确的字面解释或历史解释方可发挥作用。"②可见,这一时期的路德不仅承袭"四重意义说",更将其与"字句"和"灵意"两相交叠。若仅就《诗篇口义》而言,我们确实可以借此窥见当时路德释经之"繁琐"。然而,若从路德《圣经》解释之全程来看,这种"繁琐"亦可被视为摆落"四重意义说"而不得的纠葛与支绌。

其实,在《诗本义》第十四卷的《本末论》一文中,欧阳修也提出了《诗经》诠释的"四重意义之说",其曰:

> 《诗》之作也,触事感物,文之以言,美者善之,恶者刺之,以发其揄扬怨愤于口,道其哀乐喜怒于心,此诗人之意也。古者,国有采诗之官,得而录之,以属太师,播之于乐,于是考其义类,而别之以为风、雅、颂,而比次之以藏于有司,而用之宗庙朝廷,下至乡人聚会,此太师之职也。世久而失其传,乱其雅、颂,亡其次序,又采者积多而无所择。孔子生于周末,方修礼乐之坏,于是正其雅、颂,删其繁重,列于六经,著其善恶,以为劝戒,此圣人之志也。周道既衰,学校废而异端起,及汉承秦焚书之后,诸儒讲说者整齐残缺,以为之义训,耻于不知,而人人各自为说,至或迁就其事,以曲成其已学,其于圣人有得有失,此经师之业也。③

与基督教释经学逐层提升的"四重意义说"——"字面义"(literal sense)、"寓意义"(allegorical sense)、"比喻/道德义"(tropological/moral sense)和"神秘义"

---

① 西格弗里德·雷德:《马丁·路德的解经与诠释》(Siegfried Raeder, "The Exegetical and Hermeneutical Work of Martin Luther", in Magne Sæbø, ed., *Hebrew Bible/Old Testament The History of Its Interpretation II: From the Renaissance to the Enlightenment*, Göttingen: Vandenhoeck & Ruprecht, 2008, p.373)。
② 同上。
③ [宋]欧阳修:《诗本义》卷14,清康熙十九年《通志堂经解》本,第5页b—6页a。

(anagogical sense)——不同,欧阳修依《诗》之"兴作""采录""删述"和"传授",而将其《诗经》的四重意义具体表述为"诗人之意""太师之职""圣人之志"和"经师之业"。

然而,值得我们注意的是,欧阳修的"四重意义说"似乎又可以追溯至《汉书·艺文志》,后者载曰:

> 《书》曰:"诗言志,歌咏言。"故哀乐之心感,而歌咏之声发。诵其言谓之诗,咏其声谓之歌。故古有采诗之官,王者所以观风俗,知得失,自考正也。孔子纯取周诗,上采殷,下取鲁,凡三百五篇,遭秦而全者,以其讽诵,不独在竹帛故也。汉兴,鲁申公为《诗》训故,而齐辕固、燕韩生皆为之传。或取《春秋》,采杂说,咸非其本义。与不得已,鲁最为近之。三家皆列于学官。又有毛公之学,自谓子夏所传,而河间献王好之,未得立。①

由是可知,欧阳修所谓"诗人之意"即《艺文志》中的"哀乐之心感,而歌咏之声发","太师之职"即"古有采诗之官","圣人之志"即"孔子纯取周诗",而"经师之业"正以鲁、齐、韩、毛四家《诗》为代表。且尤为重要的是,《艺文志》还以否定的方式提出了《诗》的"本义"问题,即鲁、齐、韩三家"或取《春秋》,采杂说,咸非其本义"。那么,欧阳修的《本末论》一文,也可谓是承续《艺文志》中的"本义"问题而来。只是其所据之毛《诗》,在汉代则根本未立学官,毛《诗》虽"自谓"传之于子夏,恐亦难全《诗》之"本义",而郑《笺》则更不必多言。

对此,欧阳修具体的释经操作,是将《诗经》之"四重意义"别为"本末",从而也间接地回应了《艺文志》的相关问题。其曰:

> 作此诗,述此事,善则美,恶则刺,所谓诗人之意者,本也。正其名,别其类,或系于此,或系于彼,所谓太师之职者,末也。察其美刺,知其善恶,以为劝戒,所谓圣人之志者,本也。求诗人之意,达圣人之志者,经师之本也;讲太师之职,因其失传而妄自为之说者,经师之末也。②

欧阳修以"诗人之意"(美刺)和"圣人之志"(劝戒)为《诗》之"本义",而"太师之

---

① [汉]班固撰,[唐]颜师古注:《汉书》第六册,中华书局,1964年,第1708页。
② [宋]欧阳修:《诗本义》卷14,清康熙十九年《通志堂经解》本,第6页a—b。

职"则为其"末义"。至于经师,若能"求诗人之意"以"达圣人之志",便可使"本义粲然而出"①;若徒"讲太师之职"且"妄自为说",则是"逐其末而忘其本"②,遂使"本义"隐而弗现。

同样,对于欧阳修而言,"本末"问题也不止于《诗经》,其"舍传求经"的根本原因即在于世人"颠倒本末"舍经以从传。而前引《易或问》《易童子问》《春秋论》《春秋或问》诸文,其亦在或具体或统观地辨明"本末"。如欧阳修反对《易》学研究中的"象数学派",其曰:"大衍,《易》之末也,何必尽心焉也。……大衍,筮占之一法耳,非文王之事也。"③又曰:"得其大者可以兼其小,未有学其小而能至其大者也,知此然后知学《易》矣。"④可见,其"大小之论"也就是《易》学之"本末问题"。而在《本末论》中欧阳修亦曰:"今夫学者,得其本而通其末,斯尽善矣;得其本而不通其末,阙其所疑可也。虽其本有所不能通者,犹将阙之,况其末乎?"⑤

若以此观之,则路德在《诗篇口义》之后,也逐渐将"寓意解经"斥为"末义",称其是加诸"本义"(the main and legitimate sense)之上的"额外装饰"(extra ornamentation)⑥。不仅如此,"寓意解经"还极易产生误导,路德亦曾因此对"亚历山大学派"(Alexandrian School)神学家奥利金(Origen)提出了批评。在出版于1520年的《教会被掳于巴比伦》(De captivitate Babylonica ecclesiae)中,其指出:"如此而言,奥利金在过去被拒斥是正确的,由于语法的(grammatica)意义遭其蔑视,他将树和天堂里描述的所有其他事物均转变为寓意(allegorias),而以此就可能做出树并非由上帝所造的推断。"⑦与此同时,路德在"第二《诗篇》讲义"《诗篇讲疏》(Operationes in Psalmos,1519—1521)中则不断强调,《圣经》只有一个(unus)字面的(literalis)、合理的(legitimus)、本来的(proprius)、真正的(germanus)、纯粹的(purus)、简单的(simplex)和恒常的(constans)意义,且这一意义同时是字面的(literal)和灵意

---

① [宋]欧阳修:《诗本义》卷14,清康熙十九年《通志堂经解》本,第6页b。
② 同上书,第6页a。
③ [宋]欧阳修:《居士集》卷18《易或问三首》,见于《欧阳文忠公文集》(五)卷18,《四部丛刊初编·集部》,商务印书馆,1919年,影印元刊本,第1页a。
④ 同上。
⑤ [宋]欧阳修:《诗本义》卷14,清康熙十九年《通志堂经解》本,第6页b。
⑥ 参见兰德尔·格里森:《路德诠释学中的"字句"与"灵意"》(Randall C. Gleason, "'Letter' and 'Spirit' in Luther's Hermeneutics", Bibliotheca Sacra, No.157, 2000, p.473)。
⑦ 马丁·路德:《教会被掳于巴比伦》(Martin Luther, De captivitate Babylonica ecclesiae, Straßburg: J. Schott, 1520, p.biii.b)。

的(spiritual)"①。那么,毫无疑问,这才是路德日后所一直主张的《圣经》之"本义"。而在《路德诠释学的起源》(„Die Anfänge von Luthers Hermeneutik")一文中,德国福音教派神学家格哈特·埃贝林(Gerhard Ebeling)也将《诗篇讲疏》开始的1519年作为路德诠释学成熟的标志②。

然而,这一"成熟的标志",一方面仍需回溯至《诗篇口义》及之后的《罗马书》(1515—1516)、《加拉太书》(1516—1517)和《希伯来书》(1517—1518)讲义,另一方面亦与"字句/灵意"(letter/spirit)的对待关系密不可分③。如所周知,这一对待关系源于使徒保罗(Paul the Apostle)在《哥林多后书》(*II Corinthians* 3:6)中的教诲:"因为那字句是叫人死,灵意是叫人活。(for the letter kills, but the Spirit gives life.)"④雷德指出奥利金对二者关系的解释是"以一种柏拉图的方式"(in a Platonic way)进行的:"'字句'是物质的、可见的、易逝的事物的世界,'灵意'是智慧的、不可见的、永恒的事物的世界。……寓意义、比喻义和神秘义与不可见的、灵意的和永恒的事物之域相关,高于历史的、可见的和易逝的事物之域。"⑤而路德则追随奥古斯丁(Augustine)反对这一解释中的"二元论"(dualism)和以之为基础的"四重意义说":"而且,严格地说,根据这位使徒(保罗),既不是'字句'等同于历史,也不是'灵意'等同于比喻义或寓意义。如奥古斯丁在其《论灵意与字句》(*De spiritu et littera*)中所言,事实上'字句'是所有的教义或律法,其缺乏恩典(grace)。因此,这一点是很清楚的:根据这位使徒,历史义也包括比喻义、寓意义和神秘义

---

① 西格弗里德·雷德:《马丁·路德的解经与诠释》(Siegfried Raeder, "The Exegetical and Hermeneutical Work of Martin Luther", in Magne Sæbø, ed., *Hebrew Bible/Old Testament The History of Its Interpretation II: From the Renaissance to the Enlightenment*, Göttingen: Vandenhoeck & Ruprecht, 2008, p.375)。

② 格哈特·埃贝林:《路德诠释学的起源》(Gerhard Ebeling, „Die Anfänge von Luthers Hermeneutik", *Zeitschrift für Theologie und Kirche*, Jg.48, H.2,1951, S.175)。

③ 参见西格弗里德·雷德:《马丁·路德的解经与诠释》(Siegfried Raeder, "The Exegetical and Hermeneutical Work of Martin Luther", in Magne Sæbø, ed., *Hebrew Bible/Old Testament The History of Its Interpretation II: From the Renaissance to the Enlightenment*, Göttingen: Vandenhoeck & Ruprecht, 2008, p.374)。

④ 按:此处译文在"新标点和合本"《圣经》中为"因为那字句是叫人死,精意是叫人活",其在括号中还指出"精意"或作"圣灵"。因此,笔者主张将与"letter"相对应的"spirit"译作"灵意",一方面可使"圣灵"的意涵通过这一译名在汉语中直接出场,另一方面亦能与"spiritual"的相关汉语译名"属灵的""灵意的"保持一致。

⑤ 西格弗里德·雷德:《马丁·路德的解经与诠释》(Siegfried Raeder, "The Exegetical and Hermeneutical Work of Martin Luther", in Magne Sæbø, ed., *Hebrew Bible/Old Testament The History of Its Interpretation II: From the Renaissance to the Enlightenment*, Göttingen: Vandenhoeck & Ruprecht, 2008, p.372)。

都是'字句';而'灵意'则是恩典本身,其由律法或律法的诫命所意指(signified)。"[1]

由此,我们确实可以说,路德基本上清除了"寓意解经"的"繁琐",但就另一层面而言,他却未能彻底消弭其中的"二元论",因为其所谓之"本义"仍然无法摆脱"字面"与"灵意"的"二分"[2]。只是为了降解这一"二分"之下的"对立",路德才将其转换(遮蔽)为一种看似"自然"的"符号关系":"字句"或"律法"是"能指"(signifier),"灵意"或"恩典"(即"福音")是与之相对应的"所指"(signified)。然而,这一暗含降解的"符号关系"又迫切于升华到"索绪尔的模式"(Saussurean model),因为在路德看来,"律法"只是刻在"石板"上"叫人死"的"字句"而已,唯有"声音"的"救赎"才能使其"复活"(resurrection)。所以,路德将作为"宣告"的福音(the gospel as "preached")置于非常重要的地位:"律法需要我们拥有爱和耶稣基督,但福音却给予并向我们显现(presents)二者。我们要这样来读《诗篇》第45章第2节:'在你嘴(lips)里满有恩典(grace)。'因此,如果我们不如其所是地接受福音,那么它就如同'书写的法典(written code),即字句(letter)'。恰当而言,当宣告基督时它才是福音。"[3]

诚如雷德所强调的那样,"路德的诠释与其说是基督论的,不如说是福音中心的(evangelio-centric)"[4]。当然,这福音所宣告的也正是耶稣基督。然而,更为重要的则是,在路德的这段话里回荡着"声音中心主义"(phonocentrisme)的洪音——若没有在"宣告之声"中"显现"的"基督","福音"也会沦落为物质性的"字句"或"书写",从而不再给予"生命"。美国学者兰德尔·格里森(Randall C. Gleason)在《路德诠释学中的"字句"与"灵意"》("'Letter' and 'Spirit' in

---

[1] 西格弗里德·雷德:《马丁·路德的解经与诠释》(Siegfried Raeder,"The Exegetical and Hermeneutical Work ot Martin Luther", in Magne Sæbø, ed., *Hebrew Bible/Old Testament The History of Its Interpretation II*: *From the Renaissance to the Enlightenment*, Göttingen: Vandenhoeck & Ruprecht, 2008, p.374)。按:括号里的汉字为笔者所加。

[2] 按:埃贝林认为,即便是在《诗篇口义》时期,路德的"二元论"也不是"哲学的"或"本体论的"(ontologisch),而是"神学的"和"生存论的"(existential)。参见格哈特·埃贝林:《路德诠释学的起源》(Gerhard Ebeling, „Die Anfänge von Luthers Hermeneutik", *Zeitschrift für Theologie und Kirche*, Jg.48, H.2, 1951, SS.187 – 197)。

[3] 兰德尔·格里森:《路德诠释学中的"字句"与"灵意"》(Randall C. Gleason, "'Letter' and 'Spirit' in Luther's Hermeneutics", *Bibliotheca Sacra*, No.157, 2000, p.479)。

[4] 西格弗里德·雷德:《马丁·路德的解经与诠释》(Siegfried Raeder, "The Exegetical and Hermeneutical Work of Martin Luther", in Magne Sæbø, ed., *Hebrew Bible/Old Testament The History of Its Interpretation II*: *From the Renaissance to the Enlightenment*, Göttingen: Vandenhoeck & Ruprecht, 2008, p.377)。

Luther's Hermeneutics")中亦指出:

> 对于路德而言,除非恩典之词被聆听(heard)为"好的消息(good news)"即福音,其仍然只是"字句"。通过这种方式,路德将作为"字句"的书写之词(the written word)与作为"灵意"的宣告之词(the preached word)加以对比。这反映出路德所强调的是,作为消息被宣布(proclaimed)而非仅仅被阅读(read)的上帝之言。"终其一生,路德都在强调这种口传之言(oral word)在教会生活与事务中的中心性。'基督没有要求使徒们去书写(write),而仅仅是去宣告(preach)。'其(路德)又言道:'教会不是笔的庙堂(pen-house),而是嘴的庙堂(mouth-house)。'其再次言道:'福音不应被书写(written)而应被喊出(screamed)。'当人们在路德的著作中遇到'上帝之言'的表达时,其通常指的是这种宣布的口传之言(oral word of Proclamation)。"①

在这段评述及其对路德的引用中,除了"灵意"与"字句"的对立,我们不难发现还存在着一系列与之相呼应的"等级序列"(hierarchy):"聆听"与"阅读"、"宣告/宣布/喊出/口传"与"书写"、"嘴"与"笔"等。而且,在这些"等级序列"之中,前者均为给予生命之"灵",而后者则是带来死亡之"文"。究其原因,则前者之"灵性"实导源于其作为"声音"的"能指",可以如招"魂"(spirit)般起死回生,"重现"上帝的"终极语音"(ultimate phōnē)及以之维系的"超验所指"(transcendental signified)。

与路德略有不同的是,对于欧阳修而言,六经之"文"(letter)即是"圣人之言"或"圣人之志"的物质铭刻,其根本无须假设于"声音"的出"崇"(spirit)。然而,这却并未妨碍其将"六经"之"本义"设定为如"圣灵临在"(immanence of Holy Spirit)一般的"恒常显现"(constant presence)。欧阳修在《本末论》中即已指出:"吾之于《诗》,有幸有不幸也。不幸者,远出圣人之后,不得质吾疑也;幸者,《诗》之本义在尔。"②那么,对于其他诸经而言也是如此,其"本义"之"显现"绝不会因圣人之殁而被遮蔽。即便六经之"文"在流传过程中发生了残损与讹变(如《诗》之仅存《毛诗》),亦无法从根本上动摇其超越时空的"本义"及"自

---

① 兰德尔·格里森:《路德诠释学中的"字句"与"灵意"》(Randall C. Gleason, "'Letter' and 'Spirit' in Luther's Hermeneutics", *Bibliotheca Sacra*, No.157,2000, p.479)。按:括号里的汉字为笔者所加。
② [宋]欧阳修:《诗本义》卷14,清康熙十九年《通志堂经解》本,第5页b。

我同一"(self-identity)。如欧阳修在《时世论》中所述,"《诗》以讽诵相传,五方异俗,物名字训,往往不同,故于六经之失,《诗》尤甚"①。然而,尽管如此,欧阳修仍然能够凭据这些"有失之文"以求得《诗》之"本义"!

四、"据文求义"还是"据义求文"

在《诗本义》中,"据文求义"一词虽然只出现过四次(另有"考文求义"两次,其他类似表述亦散见于各处),但这一方法不仅贯穿于欧阳修对《诗经》"本义"的探求,实际上也潜在地深入其他各经的诠释之中。既然"圣经权威"无须依附传统与传注,则必凭据"经文本身";同时,经文之"本义"亦须"显明"或"单一",否则难以"据文"而得之。我们首先来看欧阳修对《邶风·静女》之义的明辨,其曰:"《静女》之诗,所以为刺也。毛、郑之说,皆以为美,既非陈古以刺今,又非思得贤女以配君子。直言卫国有正静之女,其德可以配人君,考《序》及诗皆无此义。"②进而,欧阳修对《静女》一诗作了文本"细读"(close reading):

> 诗曰:"静女其姝,俟我于城隅,爱而不见,搔首踟蹰。"据文求义,是言静女有所待于城隅,不见而彷徨尔。其文显而义明,灼然易见。而毛、郑乃谓"正静之女,自防如城隅",则是舍其一章,但取"城隅"二字,以自申其臆说尔。……据《序》言《静女》刺时也,卫君无道,夫人无德,谓宣公与二姜淫乱,国人化之,淫风大行。君臣上下,举国之人,皆可刺而难于指名以遍举。故曰刺时者,谓时人皆可刺也。据此乃是述卫风俗男女淫奔之诗尔,以此求诗则本义得矣。③

欧阳修将《静女》首章解作"静女有所待于城隅,不见而彷徨尔",是明显以"字面义"解经。而毛、郑则以"比喻义"解"城隅"一词,遂将其"引申"为"自防如城隅",且有割裂上下文义之嫌。

再以《卫风·竹竿》为例,欧阳修同样反对毛、郑"以淇水为喻",其曰:"《竹竿》之诗,据文求义,终篇无比兴之言,直是卫女嫁于异国,不见答而思归之诗尔。其言多述卫国风俗所安之乐,以见己志,思归而不得尔。"④依欧阳修之见,

---

① [宋]欧阳修:《诗本义》卷14,清康熙十九年《通志堂经解》本,第2页b。
② [宋]欧阳修:《诗本义》卷3,清康熙十九年《通志堂经解》本,第1页b—2页a。
③ 同上书,第2页a—b。
④ 同上书,第8页a。

《竹竿》终篇无比兴,则是皆以"赋"为言,所以据"字面"即可得其"本义"。至于毛、郑之"比喻义",欧阳修认为前者将"籊籊竹竿,以钓于淇"解作"钓以得鱼,如妇人待礼以成为室家",是"取物比事,既非伦类,又与下文不相属"。① 而郑玄在二、三章中"以淇水喻夫家",又在末章"以淇水喻礼","不唯淇水喻礼,义自不伦",且"诗人不必二三其意,杂乱以惑人也"。②

当然,欧阳修并非一味排斥"比喻义",毕竟"比"是《诗经》"六义"之一,其只是反对毛、郑不顾"文理"的"滥用",以致"二三其意"罢了。因此,在解释《召南·鹊巢》一诗时,欧阳修提出了"比兴但取一义"之说,其曰:"古之诗人,取物比兴,但取其一义以喻意尔。此《鹊巢》之义,诗人但取鹊之营巢用功多,以比周室积行累功以成王业;鸠居鹊之成巢,以比夫人起家来居已成之周室尔。"③ 其实,欧阳修的"一义说"正是其"六经简要"之论及"经义显明"的诠释策略在解经中的具体体现,而在《诗本义》中这一观念亦有不同的表达方式,也不仅仅限于"比喻义"。如在《关雎》篇中,欧阳修反对郑玄将毛《传》"鸟挚而有别"之"挚"转释为"至",其自问自答道:"或曰:'诗人本述后妃淑善之德,反以猛挚之物比之,岂不戾哉?'对曰:'不取其挚,取其别也。'"④又如《周南·螽斯》篇,其曰:

《螽斯》大义甚明而易得。惟其序文颠倒,遂使毛、郑从而解之,失也。蛰螽,蝗类,微虫尔。诗人安能知其心"不妒忌"? 此尤不近人情者。蛰螽,多子之虫也。大率虫子皆多,诗人偶取其一以为比尔。所比者,但取其多子似螽斯也。⑤

欧阳修认为,以"蛰螽"喻"不妒忌","尤不近人情"。"大率虫子皆多",诗人只是"偶取"蛰螽,并"但取"其多子之"一义"以喻意尔。且在《诗本义》中,如"(据)序但言……""(据)诗但言……""诗(乃)但言……""诗人但言……"及"但言……"的断语亦为数不少,其均可视为欧阳修对"本义"之"单一"或"显明"的"修辞性"表达。

与这一"本义观"及"一义说"相应,欧阳修之"据文求义"特别强调《诗经》文

---

① [宋]欧阳修:《诗本义》卷2,清康熙十九年《通志堂经解》本,第8页b。
② 同上书,第8页b—9页a。
③ 同上书,第1页b。
④ 同上。
⑤ 同上书,第5页a。

本的"统一性""自足性"与"封闭性"。在《诗本义》中,也曾多次出现"文意相属""上下文义""以文理考之""文意/义散离""文义散断""不成文理"等表述。其中,最为突出的体现当属欧阳修对《召南·野有死麕》之义的辩释:

> 然皆**文意相属以成章**,未有如毛、郑解《野有死麕》**文意散离,不相终始**者。其首章方言"正女欲令人以白茅包麕肉为礼而来",以作诗者代正女吉人之言,其意未终。其下句则云"有女怀春,吉士诱之",乃是诗人言昔时吉士以媒道成思春之正女,而疾当时不然。**上下文义各自为说,不相结以成章**。其次章三句言女告人欲令以茅包鹿肉而来。其下句则云"有女如玉",乃是作诗者叹其女德如玉之辞,尤**不成文理**,是以失其义也。①

欧阳修之所以如此强调"文意""文理""上下文义",自与其坚持"本义"的"单一性"与"同一性"相关。然而,其作为"文学复古者"(古文复兴运动)的"写作实践"及隐于其中的"作者身份"亦不容忽视。

欧阳修在《尹师鲁墓志铭》中对尹师鲁的"古文写作"评价极高,其曰:"师鲁为文章,简而有法。"②然而,在"世之无识者"看来,这一评价却颇为"单薄"。因此,欧阳修借《论尹师鲁墓志》一文加以反驳,其曰:"述其文,则曰:'简而有法'。此一句,在孔子六经,惟《春秋》可当之,其他经非孔子自作文章,故虽有法而不简也。修于师鲁之文,不薄矣。"③确实,经过欧阳修的解释,"简而有法"的评价不仅"不薄",甚至堪称"古文写作"之"终极高标"——师鲁之文实"依经以立义",是对"孔子作《春秋》"的"摹仿"或另类的"诠释"。而欧阳修作《尹师鲁墓志铭》则可谓"摹仿"之"摹仿"或"诠释"之"诠释",其在文末亦曰:"慕其(师鲁之文)如此,故师鲁之《志》,用意特深而语简,盖为师鲁文简而意深。"④此外,在面对"世之无识者"的误读或"文意散离"(discursive)的解读时,欧阳修指出:"《春秋》之义,痛之益至,则其辞益深,'子般卒'是也。诗人之意,责之愈切,则其言愈缓,《君子偕老》是也。"⑤又曰:"其语愈缓,其意愈切,诗人之义也。而世之无

---

① [宋]欧阳修:《诗本义》卷2,清康熙十九年《通志堂经解》本,第6页a—b。按:着重号为笔者所加。
② [宋]欧阳修:《居士集》卷28《尹师鲁墓志铭》,见于《欧阳文忠公文集》(七)卷28,《四部丛刊初编·集部》,商务印书馆,1919年,影印元刊本,第10页a。
③ [宋]欧阳修:《外集》卷23《论尹师鲁墓志》,见于《欧阳文忠公文集》(十六)卷73,《四部丛刊初编·集部》,商务印书馆,1919年,影印元刊本,第5页a。
④ 同上书,第7页a。按:括号里的字为笔者所加。
⑤ 同上书,第6页a。

识者,乃云铭文不合不讲德,不辩师鲁以非罪。"①欧阳修居"作者之位"以辩"世之无识者",实际上是以"作者之意"的"同一性"和"单一性"驳斥"(无识)读者之理解"的"散离性"(discursivity)与"差异性"(difference)。而这一驳斥的理路与其辨"毛、郑之失"亦极为相似,欧阳修在《诗本义》中也曾反复强调其所谓的"诗人之意"(即"作者之意")。

同样,马丁·路德在与其反对者之一希洛尼莫斯·艾姆泽(Hieronymus Emser)的一系列论战中(1519—1521),也显露出与欧阳修颇为一致的诠释操作②。格里森在前文中指出:

> 为了反对艾姆泽的寓意化解释,路德首先表明经文只有一个意义(only one meaning),即简单的字面意义(the simple literal meaning)。"圣灵(The Holy Spirit)是天堂和尘世最简单的作者和教导者(the simplest writer and adviser)。这即是为什么他的话语本就不会超过一个最简单的意义(the simplest meaning),我们称之为书写的意义或言语的字面意义。但是[书写的]话语和[言说的]语言不会再有意义,如果通过简单的言词(a simple word)而被解释的拥有简单意义(a simple meaning)的事物,被给予额外的意义(further meanings)并由此[通过不同的解释]而成为不同的事物,以致某一事物具有了另一事物的意义。……因此,人们不应该说《圣经》或上帝之言拥有不止一个意义(more than one meaning)。"③

诚如罗兰·巴特(Roland Barthes)在《作者之死》("La mort de l'auteur")一文中所言:"给予文本作者(un Auteur),就是给这个文本强加了中止,就是给它提供了最终的所指(un signifié dernier),就是封闭了这一书写。"④或者也可以说,"给予文本作者"是"以某种神学的方式"(en quelque sorte théologique)使文本"释放出唯一的意义(un sens unique)",即"作者-上帝的'启示'"(le

---

① [宋]欧阳修:《外集》卷23《论尹师鲁墓志》,见于《欧阳文忠公文集》(十六)卷73,《四部丛刊初编·集部》,商务印书馆,1919年,影印元刊本,第6页b。
② 参见兰德尔·格里森:《路德诠释学中的"字句"与"灵意"》(Randall C. Gleason, "'Letter' and 'Spirit' in Luther's Hermeneutics", *Bibliotheca Sacra*, No. 157, 2000, p. 480)。
③ 兰德尔·格里森:《路德诠释学中的"字句"与"灵意"》(Randall C. Gleason, "'Letter' and 'Spirit' in Luther's Hermeneutics", *Bibliotheca Sacra*, No. 157, 2000, p. 481)。按:中括号为原文所加。
④ 罗兰·巴特:《作者之死》(Roland Barthes, «La mort de l'auteur», dans Roland Barthes, *Le Bruissement de la langue: Essais critiques IV*, Paris: Éditions du Seuil, 1984, p. 65)。

message de l'Auteur-Dieu)①。而且，罗兰·巴特还指出，"作者"是现代社会的产物，是在中世纪末期伴随着"英国经验主义"(l'empirisme anglais)、"法国理性主义"(le rationalisme français)及"宗教改革对个人之信任"(la foi personnelle de la Réforme)而出现的②。那么，作为"宗教改革"之领袖的马丁·路德，其对《圣经》意义之"简单性"的主张，以及将这种"简单性"系之于"作者-圣灵"的诠释理路，也确实印证了罗兰·巴特对"作者"与"意义"之间内在关联的论断。

以此观之，在"经学变古"或"中国之文艺复兴"的"宋代"，欧阳修所倡言的"诗人之意"其实也已初具"作者"之"诠释功能"(hermeneutical function)③。在《论尹师鲁墓志》这篇同样是关于"作者之死"的文章中，欧阳修便以"诗人之意"为"已死之作者"正名，也为同是"作者"的自己正名，并将其与《春秋》中的"圣人之志"相条贯。实际上，欧阳修所谓的"诗人之意"与"圣人之志"，关乎中国经学史上"作、述关系"的复杂纠葛与诠释反转(hermeneutical reversal)④。因为，对于中国经学而言，除了《春秋》是"孔子自作文章"之外，其余诸经孔子均为"述者"而非"作者"。当然，即便是《春秋》，其"作者"是否为孔子亦是聚讼纷纭的经学公案。而且，"述而不作"也的确是"孔子"之窃比，其从未以"生而知之"或"创发性"的"圣人"自居。然而，皮锡瑞却从经今文学的立场声称"孔子以前，不得有经"⑤。欧阳修虽未明言，但"六经"之为"六经"，尽管其"作者"大都不是"孔子"，亦必经其"删述""始列乎六经矣"。

为了解决这一"作、述关系"的矛盾与失衡，欧阳修在《诗本义》中的诠释操作是将"诗人之意"与"圣人之志"同一化。即如前述之《本末论》所言："作此诗，

---

① 罗兰·巴特：《作者之死》(Roland Barthes,《La mort de l'auteur》, dans Roland Barthes, Le Bruissement de la langue: Essais critiques IV, Paris: Éditions du Seuil, 1984, p.65)。
② Ibid., pp.61-62.
③ 按：关于"作者功能"(la fonction-auteur)的问题，可参见米歇尔·福柯，《什么是作者?》(Michel Foucault,《Qu'est-ce qu'un auteur?》, dans Michel Foucault, Dits et Ecrits, 1954-1988, Tome I, 1954-1969, éd. Daniel Defert, François Ewald et Jacques Lagrange, Paris: Gallimard, 1994, pp.789-821)。
④ 按：对"述而不作"这一经学命题的诠释学讨论，可参见杨乃乔：《中国经学诠释学及其释经的自解原则——论孔子"述而不作，信而好古"的独断论诠释学思想》，《中国比较文学》2015年第2期；郭西安：《缺席之"作"与替补之"述"——孔子"述而不作"说的解构维度》，《中国比较文学》2015年第2期。关于"作、述之反转"，亦可参见郭西安：《述而不作：一个中国诠释学命题的反转》，载《中西诠释学与经典诠释传统国际学术工作坊》会议手册，复旦大学，2018年10月26—28日，第12—15页。
⑤ [清]皮锡瑞著，周予同注：《经学历史》，中华书局，2008年，第19页。

述此事,善则美,恶则刺,所谓诗人之意者,本也。……察其美刺,知其善恶,以为劝戒,所谓圣人之志者,本也。"①众所周知,"意""志"在古汉语中可以互训②,这似乎更从"字面义"的底层证明了二者的"同一性"。然而,就"孟子"之"以意逆志"而言,"意""志"却被"一分为二"并"各有所指"。按赵岐所注,"志"为"诗人志所欲之事","意"为"学者之心意也",而"人情不远,以己之意逆诗人之志,是为得其实矣"③。那么,此处的"诗人"即为"作者",而"学者"也就是孟子所谓的"说《诗》者",即"诠释者"或"述者"。对于欧阳修而言,其不可能不知晓"意""志"于此处之分殊。不过,就"字句"本身而言,"以意逆志"一语却不曾在《诗本义》中真正"出场"。但值得注意的是,《诗本义》之开篇处,即欧阳修驳斥毛、郑对《关雎》的传笺时,其已经提到了孟子"不以文害辞,不以辞害志"这一"以意逆志"的前文。④ 此外,在《破斧》篇和《蓼莪》篇中,欧阳修亦分别以"不以辞害志"⑤和"以文害辞"⑥为据。然而,更为重要的是,《诗本义》通篇都未曾出现过"诗人之志"的表述,而均易之以"诗人之**意**""诗人之**本意**"或"诗人之**本义**"。至于"圣人之意"一语,则仅出现在《诗本义》第十五卷的《周召分圣贤解》《十五国次解》《商颂解》诸篇之中,而未见于对《诗经》具体篇章之本义的索解,且这些篇什本为后人所"增补"⑦。当然,所谓"圣人之志"也仅见于《本末论》一篇之中,且同样不是具体诗义的解释。但是,对于欧阳修而言,"诗人之意"与"圣人之志"本为同一,所以其在解诗时仅言"诗人之意"亦不足为怪,且暗含着对"作者"及其"创发性"的尊崇。

然而,与历史上作为"人格实体"(如尹师鲁、欧阳修)而出场的"作者"毕竟不同,《诗经》的所谓"作者"其实只是"虚位"而已。不过,这反而使欧阳修可以"乘虚而入",其在《诗本义》中不仅将"诗人之意"据为己有,且以之逆"圣人之

---

① [宋]欧阳修:《诗本义》卷14,清康熙十九年《通志堂经解》本,第6页a—b。
② 按:《说文解字·心部》载曰:"志,意也。从心,之声。"又曰:"意,志也。从心,察言而知意也。从心,从音。"见于[汉]许慎撰:《说文解字》,中华书局,1978年,影印清同治十二年陈昌治刻本,第217页。
③ [汉]赵岐注,[宋]孙奭疏:《孟子注疏》,见于《十三经注疏》(下册),中华书局,1980年,影印世界书局阮元校刻本,第2735页下栏。
④ [宋]欧阳修:《诗本义》卷1,清康熙十九年《通志堂经解》本,第1页b。
⑤ [宋]欧阳修:《诗本义》卷5,清康熙十九年《通志堂经解》本,第8页b。
⑥ [宋]欧阳修:《诗本义》卷8,清康熙十九年《通志堂经解》本,第4页b。
⑦ 按:"《四部丛刊》本"《欧阳文忠公文集·外集》第十卷卷末注云:"公《墓志》等皆云《诗本义》十四卷,江、浙、闽本亦然,仍以《诗图总序》《诗谱补亡》附卷末。惟蜀本增《诗经统序》并《诗解》凡九篇,共为一卷,又移《诗图总序》《诗谱补亡》自为一卷,总十六卷。"见于[宋]欧阳修:《外集》卷10,见于《欧阳文忠公文集》(十三)卷60,《四部丛刊初编·集部》,商务印书馆,1919年,影印元刊本,第17页a。而文中所提到的诸篇,亦存于"《通志堂经解》本"《诗本义》第十五卷,卷后附《诗谱补亡》《诗图总序》,但并未自为一卷,故该本凡十五卷。

志"。从"意""志"在字义上的"互训"到实际内涵的"互换",亦即将"兴作"之"志"颁给"圣人",因而只能把"阐述"之"意"转赠"诗人";欧阳修不仅暗自"扭曲"了孟子的"以意逆志",而且还轻易"反转"了经学中的"作、述关系"——"孔子"是一位"超越作者"的"述者",或可谓"终极作者"(ultimate author)。所以,在《诗本义》的表层虽然弥散着"诗人之意",但其均可或本应被潜伏的"圣人之志"所"替换"。其实,这一"反转替换"的关系也适用于路德的诠释学,无论其多么强调"语法的"和"字面的"意义,《圣经》之"本义"首先且必然是"灵意的"。同样,历史上的《圣经》"作者"亦均为"述者",其只是为"作者-上帝"之灵所附,用叫人死的"字句"记录了给予生命的"上帝之言"。

若究其根本,则中西经学中内蕴的"反转替换"现象实源于"生存论-存在论的诠释循环"。德国哲学家马丁·海德格尔(Martin Heidegger)在《存在与时间》(*Sein und Zeit*)一书中,对"理解的循环"(der Zirkel des Verstehens)问题给出了"生存论"和"存在论"的解释:"这一理解的循环不是由一个任意的认知方式活动于其间的圆圈,而是对此在自身的生存论上的**先行结构**(existenzialen *Vor-Struktur*)的表达。"①因为,"理解中的'循环'属于意义的结构,这一现象根植于此在的生存论构成,根植于解释着的理解。作为在世界中存在而关注其自身的存在的存在者,具有存在论上的(ontologische)循环结构"②。而在《神学诠释学:发展与意义》(*Theological Hermeneutics: Development and Significance*)一书中,德国神学家维尔纳·耶安洪特(Werner G. Jeanrond)正是以此为基础从而指出了路德诠释学的"循环性":

> 路德的诠释学是循环的(circular):《圣经》首先激起的是一个是否信靠"圣灵"的重要的生存决断(existential decision)。其次,只有在这个信靠灵意之存在的重要决断的基础上,读者才能够着手于解释《圣经》的具体工作。于是,在微观的诠释活动(micro-hermeneutical activity)得以开始之前,即对《圣经》的具体的神学解读之前,路德的诠释学首先需要来自诠释者的宏观的诠释决断(macro-hermeneutical decision)。③

---

① 马丁·海德格尔:《存在与时间》(Martin Heidegger, *Sein und Zeit*, in *Martin Heidegger Gesamtausgabe*, Bd.2, Frankfurt am Main: Vittorio Klostermann, 1977, s.203)。按:加着重号的汉字在原文中为斜体。
② Ebd., S.204.
③ 维尔纳·耶安洪特:《神学诠释学:发展与意义》(Werner G. Jeanrond, *Theological Hermeneutics: Development and Significance*, London: Macmillan Academic and Professional Ltd, 1991, p.33)。

其实，路德的"宏观的诠释决断"，就是对《圣经》之"本义"（耶稣基督的启示或给予生命的"上帝之言"）的"先行信靠"，也即路德所同样倡导的"惟凭信仰"（sola fide）。且对路德而言，这种"信仰"或"信靠"完全可以不依赖于"教会圣统"。而只有在"微观的诠释活动"中，路德才会求之于"经文"的所谓"字面义"和"语法义"，并以之证明《圣经》的"灵意"。因此，只有在"信仰"与"理解"的循环之中①，我们才能够真正领悟"惟凭《圣经》"的诠释学意涵——路德所凭据的并非《圣经》"经文本身"，而是其对《圣经》"本义"的先行理解与信靠。

那么，在"诠释循环"的透视下，欧阳修之"据文求义"也应该被"反转"或"还原"为"据义求文"。因为欧阳修实际上与毛、郑有着相同的"本义观"，只是在"美""刺"的具体归属上有所分歧罢了。比之毛、郑，其确实更为"理性"地关注"经文"之"文理"及"上下文义"。费拉里斯认为，对于路德而言，"传统必须始终凭据《圣经》来考量自身，以证明自己的有效性"②。这一点在"微观的诠释活动"中亦同样适用于欧阳修。然而，若以"宏观的诠释决断"观之，费拉里斯的观点则略显狭窄。也许，路德确实会认同《圣经》"无需传统即可被理解"的断言③，但是路德正是因循着"某种信仰的传统"来"重新"理解《圣经》的，即便其不是当时的"教会圣统"，即便如耶安洪特所言，路德对"寓意解释"的应用不同于之前的阅读模式："其（寓意解释）不再是神学结论的基础，而是源于一种新的神学（如基督论）基础的结论。"④同样，若无"宏观的诠释决断"，欧阳修之"据文"本身也根本无法求得圣经之"本义"。这一"恒常显现"的"本义"，不是依靠"经文"而是依靠"对某种传统的信仰"才得以维系！至此，我们方能给出欧阳修"据文求义"这一诠释学方法或命题背后的"循环性"内涵——凭据《毛诗》所载《诗经》之文或"整齐残缺"之后的"六经"之文，以"求证"其"已知之义"。

---

① 按：法国哲学家保罗·利科（Paul Ricoeur）曾提出过"为了信仰而理解，为了理解而信仰"（Il faut comprendre pour croire, mais il faut croire pour comprendre）的诠释学命题。见于保罗·利科：《恶的象征》（Paul Ricoeur, *Finitude et culpabilité II*: *La Symbolique du mal*, Paris: Éditions Montaigne, 1960, p. 326）。
② 毛里齐奥·费拉里斯：《诠释学史》（Maurizio Ferraris, *Storia dell'ermeneutica*, Milano: Bompiani, 2008, p. 52; Maurizio Ferraris, *History of Hermeneutics*, trans. Luca Somigli, Atlantic Highlands: Humanities Press, 1996, p. 28）。
③ Ibid.
④ 维尔纳·耶安洪特著：《神学诠释学：发展与意义》（Werner G. Jeanrond, *Theological Hermeneutics: Development and Significance*, London: Macmillan Academic and Professional Ltd, 1991, p. 34）。按：第一个括号里的汉字为笔者所加。

结语

既然中西经学史上的"据文求义"与"惟凭《圣经》",均出现了"义文反转"和"义文循环"的现象,那么我们不禁要追问:若"据义求文"而不得,则又当如何?于路德而言,最为明显的一例即是对《新约·罗马书》第 3 章第 28 节的"增字译经",其德语译文为:"So halten wir es nu/Das der Mensch gerecht werde/on des Gesetzes werck/alleine durch den Glauben.(所以我们看定了,人称义是惟独因着信,不在乎遵行律法。)"①众所周知,路德在"因着信"之前"断以己意",增加了"惟独"(alleine)一词。而在面对质疑之时,路德却以"文本的神学观点应当取代语言本身的性质"作为回应,这也就是说其《圣经》翻译"不是文对文而是义对义"(not word for word but sense for sense)。② 所以,若《圣经》之"文"与路德所据之"义"不合,则应"当仁不让"地"改易"那些"叫人死的字句"。然而,这是否也是以"灵意"之名将"己意"凌驾于其所宣称的绝对不可凌驾于其上的"上帝之言"呢?

至于宋儒,亦如皮锡瑞所言:"宋人不信注疏,驯至疑经;疑经不已,遂至改经、删经、移易经文以就己说,此不可为训者也。"③那么,这一点似乎也与宋儒"宗经复古"的初衷背道而驰。然以"据义求文"观之,则不难寻绎其交错往复的释经理路,兀论尊经、疑经甚或改经,均执着于以一种"若出其里又超乎其上"的"本义""天理"或"道体"为鹄的。在《问进士策四首》的第二首中,欧阳修即以"子不语怪力乱神"为据遍疑经传:

> 子不语怪,著之前说,以其无益于事而有惑于人也。然《书》载凤凰之来舜,《诗》录乙鸟之生商,《易》称河洛出图、书,《礼》著龟龙游宫沼。《春秋》明是非而正王道,"六鹢""鸜鹆",于人事而何干?二《南》本功德于后妃,"麟"暨"驺虞",岂妇人而来应?昔孔子见作俑者,叹其不仁,以谓开端于用殉也。况六经万世之法,而容异说,自启其源。自秦、汉已来,诸儒所述,荒虚怪诞,无所不有。推其所自,抑有渐乎?夫无焉而书之,圣人不为

---

① 马丁·路德译:《圣经》(Martin Luther, *Biblia*: *Das ist*: *Die gantze Heilige Schrifft*: *Deudsch*, Bd. 2, Wittemberg: Hans Lufft, 1545, S. cccxxxvi. b)。按:路德的《新约》德译本出版于 1522 年,而《圣经》全译本(包括《旧约》、"次经"和《新约》)则出版于 1534 年。本文使用的"1545 年版"是路德生前手订的最后一版,某些德文的拼写与现代德语略有不同。
② 卡特·林德伯格:《欧洲宗教改革》(Carter Lindberg, *The European Reformations*, Chichester: Wiley-Blackwell, 2010, p.88)。
③ [清]皮锡瑞著,周予同注:《经学历史》,中华书局,2008 年,第 264 页。

也。虽实有焉,书之无益而有害,不书可也。然书之亦有意乎,抑非圣人之所书乎?予皆不能谕也,惟博辩明识者详之。①

此外,前述欧阳修因《春秋》为"孔子自作文章",遂将其置于六经之首,实为《春秋》最合"己意"——"简而有法"。其他诸经则只能居于《春秋》之下,因其"虽有法而不简也"。

而路德所秉持的"基督中心论",也必然促使其追寻"正典中的正典"(the canon within the canon)②。英国牧师弗雷德里克·法拉尔(Frederic M. Farrar)在《解释的历史》(History of Interpretation)一书中业已指出:"他(路德)宣称保罗书信是比《马太福音》《马可福音》及《路加福音》更为重要的福音,而《约翰福音》《罗马书》及《彼得前书》则是'所有经卷的真正核心与精髓'(the right kernel and marrow of all books)。"③与此相对,法拉尔又较为详尽地胪列出被路德怀疑其"正典性"(canonicity)的经卷,如《历代志》《以斯帖记》《希伯来书》《雅各书》《犹大书》《启示录》等④。在其《圣经》德译本中,路德还通过后移《希伯来书》和《雅各书》的位置,仅将其置于《犹大书》和《启示录》之前以降低二者的"权威性"。而在《新约》的目录中,路德又把这四部经卷的篇名缩进排版,且未予编号⑤。因此,这四部经卷也被称作"路德的争议经卷"(Luther's Antilegomena)。对此,普罗伊斯也不得不承认:"正是当他未能在《旧约》和《新约》的某些经卷(所有的争议经卷)中找到基督和因信称义时,才促使路德贬低这些经卷的价值并质疑其正典性。"⑥

其实,路德的上述操作与朱子以"四书"压倒"五经"并无本质上的不同,亦与欧阳修将《春秋》列于"六经"之首别无二致。然而,值得我们注意的是,晚期现代的西方文化及其神学,对路德以"惟凭《圣经》"之名行"灵意"规训"字句"之实的诠释学,又再度进行了"德里达式的反转"(Derridean reversal),即"灵意

---

① [宋]欧阳修:《居士集》卷48《问进士策四首》,见于《欧阳文忠公文集》(十)卷48,《四部丛刊初编·集部》,商务印书馆,1919年,影印元刊本,第9页b—10页a。
② 弗雷德里克·法拉尔:《解释的历史》(Frederic M. Farrar, *History of Interpretation*, London: Macmillan and Co., 1886, p.336)。
③ Ibid., p.335.
④ Ibid., pp.335-336.
⑤ 参见马丁·路德译:《圣经》(Martin Luther, *Biblia*: *Das ist*: *Die gantze Heilige Schrifft*: *Deudsch*, Bd. 2, Wittemberg: Hans Lufft, 1545, S. ccxliiii. b)。
⑥ 罗伯特·普罗伊斯:《教会的〈圣经〉观:从早期教会到路德》(Robert D. Preus, "The View of the Bible Held by the Church: The Early Church Through Luther", in Normal L. Geisler ed., *Inerrancy*, Grand Rapids: Zondervan Publishing House, 1980, p.375)。

叫人死,字句叫人活"①。而这一"诠释反转"的目的,即是反对以本义的"单一性"宰制经文的"混杂性"(hybridity)、"多义性"(polysemy)和"互文性"(intertextuality)。那么,在当下建构中国经学诠释学的学术境遇中,我们是否也应该在透视欧阳修"据义求文"的诠释事实之后,解构性地重构"据文求义"这一经学命题的诠释学内涵?

---

① 参见保罗·菲德斯:《灵意与字句的晚期现代反转:德里达、奥古斯丁与电影》(Paul S. Fiddes, "The Late-modern Reversal of Spirit and Letter: Derrida, Augustine and Film", in Paul S. Fiddes and Günter Bader, eds., *The Spirit and the Letter: A Tradition and a Reversal*, London: Bloomsbury, 2013, pp. 105 – 130)。

由经权关系论经文诠释空间的敞开与边界
——《孟子字义疏证》之"权"字疏证的存在论诠释学分析

黄 晚[*]

> **内容提要** 戴震在《孟子字义疏证》中就"权"这一概念的内涵义进行了疏证,对《论语·子罕》所载孔子"可与共学,未可与适道;可与适道,未可与立;可与立,未可与权"之言加以判读,继而阐析孟子的"权"观,辩驳以程朱为代表的宋代经学家"常则守经,变则行权"的主张,回归并丰富了汉代经学家的"反经合道"说。由本文对于"权"观念的溯源可以看出,"权"之合法性的确立和权威性的证成实为对于经典文本诠释空间的突破与敞开,这种突破与敞开同时又无法逾越伴随着经文权威性自然生成的独断论边界。
>
> **关键词** 权;经权关系;《孟子字义疏证》;诠释空间

《孟子字义疏证》作为戴震生前的最后一部著作,集其毕生学术之大成,亦被后世学人视为有清一代义理学研究的扛鼎之作。在写与段玉裁的书信中戴震自陈:"仆生平著述最大者,为《孟子字义疏证》一书,此正人心之要。今人无论正邪,尽以意见误名之曰'理',而祸斯民,故《疏证》不得不作。"[①]本文以《孟子字义疏证》为研究对象,尝试通过西方基督教神学和存在论诠释学理论挖掘和探讨戴震经权观念背后的义理思想,希求以有别于传统经学研究范式的理论进路对经学思想史上的相关问题予以澄明。

经与权的辩证关系在汉代成为公羊学论争的重要命题[②],自兹以降,历代经学家对"权"之内涵义的诠释与判读不胜枚举,其间莫衷一是,訾应异同,使得这一问题与"天理""人欲""礼义"等经学史上的诸核心概念共同衍生出对于经典文本和圣人之道进行理解与解释的价值判断立场和复杂的意义系统,事实性

---

[*] 黄晚,福建师范大学文学院讲师。
[①] 摘自《与段若膺书》,见于[清]戴震,何文光整理:《孟子字义疏证》,中华书局,2008年,第186页。
[②] 先秦儒家对于"权"的讨论基本集中在道德范畴之内,如《论语·子罕》《文子·道德》《管子·五辅》《孟子·离娄》《孟子·尽心》等篇目。而"经""权"作为一对概念同时出现,并引发对于政治统治的直接思考,则首见于《春秋公羊传·桓公十一年》"权者何?权者反于经"之说。对于以上文献的分析将在正文中予以详述。

地构成了中国经学史的思想框架。近年来研究者对于经权问题的讨论亦不鲜见,研究成果大多基于伦理层面探讨"权"说的道德内涵。本文将择取《孟子字义疏证》中对"权"字的理解和解释作为讨论的焦点,进一步分析"权"之合法性的确立和权威性的证成对于经典文本诠释空间的突破和敞开。

一、经典诠释的"中介作用"与"权"说诠释空间的产生和突破

伽达默尔在《真理与方法》一书中将"游戏"作为探讨艺术作品本体论及其诠释学意义的入门概念①,通过对游戏存在方式的追问来讨论艺术作品的存在方式。在伽达默尔看来,游戏是具有自我表现意义的自身封闭世界,然而与此同时,游戏又具有敞开性。以戏剧(Schauspiel)为例,伽达默尔认为,戏剧在观赏者那里才获得了自身的完全意义②。当游戏成为戏剧时,游戏者与观赏者共同构成了游戏整体,甚至,相较于游戏者自身,观赏者才是真实感受游戏的人,游戏者则是面对观赏者表现自己,游戏正是在观赏者那里升华到了其理想性。因此,从方法论上而言,游戏就是为了观赏者而存在的,伽达默尔直言:"在此,游戏者和观赏者的区别就从根本上被取消了,游戏者和观赏者共同具有这样一种要求,即以游戏的意义内容去意指(meinen)游戏本身。"③

伽达默尔从对游戏的分析入手,延伸至对戏剧结构的解剖,进而将其拓展到艺术领域,他表示:"这种促使人类游戏真正完成其作为艺术的转化成为**向构成物的转化**(Verwandlung ins Gebilde)",而游戏就是构成物(Gebilde)④。在此意义上,我们可以将对于游戏的分析引申为对艺术作品本身存在方式的追问,这种转化强调了游戏者与观赏者——如前所述,二者的区别已然消弭——在游戏获得其意义规定性中的决定性作用。游戏通过表现达到其存在,或者说,"真正的存在只在于被展现的过程(Gespieltwerden)中"⑤。从诠释学的意义上,我们可以将"观赏者"定位为诠释者。在对经典文本进行理解和解释的过程中,诠释者亦即文本的接受者,文本接受者作为游戏者和观赏者的双重身份参与文本的诠释活动,使文本在同时具有封闭性与敞开性的展现过程中获得自身的完全意义,文本也正是在诠释者的理解与解释中趋向意义的

---

① 此处的"游戏"(Spiel)是与艺术经验相关的美学概念,有别于日常语境中"游戏"一词的内涵,伽达默尔将其视为"艺术作品本身的存在方式"。参考伽达默尔:《真理与方法:哲学诠释学的基本特征》上卷,洪汉鼎译,上海译文出版社,2004年,第131页。
② 同上书,第142页。
③ 同上书,第142—143页。
④ 同上书,第143—144页。
⑤ 同上书,第152页。

完满。

　　与此同时,文本意义的展现过程又体现了作品自身存在的可能性的多重维度。在这里,伽达默尔提出了另外一个重要概念:中介(vermittlung),或曰中介活动。作品的不同表现就是不同的中介方式,尽管作品与表现之间存在的间距无疑会导致中介的多样性,然而不同中介的任何变异都不是随意的,它们都必然服从于一种传统。在《真理与方法》中谈及艺术作品的本体论及其诠释学意义时,伽达默尔认为,这是一种"由不断遵循范例和创造性改变所形成的传统,每一种新的尝试都必须服从这种传统"①,在这种传统中,作品通过表现向着未来敞开。所以,文本既承载了传统,又囊括了未来所有变异的可能性。因此,当我们把伽达默尔以上对于艺术的分析引入哲学诠释学的语境来探讨经典文本的诠释问题时,这种艺术作品的中介对于传统的"服从"与面向未来的"敞开"体现的正是诠释空间的边界,也可以说,诠释空间正是由此而产生并且存在的。

　　由伽达默尔"游戏"和"中介"概念的分析我们可以认为,经典文本诠释空间的产生倚仗于两个重要的环节:一为"观赏者"(即文本的接受者)主体性的突出;二为"中介"(即文本)对于传统承继与创新的动态过程。我们将这两个要素引入中国文化的《十三经》注疏传统中,就可以对"权"说产生的原因以及经权关系流变的现象作出哲学诠释学意义上的分析。

　　自汉代以降至于清代,经学家对于经权辩证关系的讨论大抵基于"权"概念的权衡、权变之意。如《论语·微子》"身中清,废中权"一句,孔子认为虞仲、夷逸二人洁身自爱,弃官乃合乎权宜的行为。此处邢昺疏曰:"权,反常合道也。"②"权"之变,是相对于传统中约定俗成的规范或观念而言的,而究其行为准则,则是"反常而合道"。段玉裁在《说文解字注》中,对"经"字注曰:"是故三纲五常六艺谓之天地之常经。"③可见"经"所代表的是恒常,是天地运行的常态,而"权"则代表了有别于传统与恒常的变化状态。"反常而合道"在汉儒的观念中即为"反经合道"。

　　"经""权"作为一对概念同时出现,并引发对于政治伦理和君臣关系的相关思考,首见于《春秋公羊传·桓公十一年》,其中记载的重要人物祭仲则被视为

---

① 伽达默尔:《真理与方法:哲学诠释学的基本特征》上卷,洪汉鼎译,上海译文出版社,2004年,第155页。
② [魏]何晏注,[宋]邢昺疏:《论语注疏》,见于[清]阮元校刻:《十三经注疏》(清嘉庆刊本)第5册,中华书局,2009年,第5596页。
③ [汉]许慎撰,[清]段玉裁注:《说文解字注》,上海古籍出版社,1981年,第644页。

中国历史上"知权"和"行权有道"的典范。据《春秋公羊传注疏·桓公十一年》载,郑庄公死后,宋庄公胁迫郑相祭仲放弃拥立太子忽,改而拥立公子突,在这样的情况下,祭仲所面临的两难处境是:"不从其言,则君必死,国必亡;从其言,则君可以生易死,国可以存易亡。"①两相权衡之下,祭仲答应宋庄公的要求,迎公子突回国即位。对于祭仲拥立公子突这一事件,《公羊传》的评价是:"古人之有权者,祭仲之权是也。权者何?权者反于经,然后有善者也。权之所设,舍死亡无所设。行权有道,自贬损以行权,不害人以行权。杀人以自生,亡人以自存,君子不为也。"②我们可以由这段话见出时人对于"权"的三重理解:其一,"权者反于经"。《公羊传》认为权不仅有别于经,甚至体现了与经相对立的境况。在祭仲改立公子突的事件中,他放弃拥立太子忽,违背了郑庄公生前的意愿,便是与"经"相乖离之处。其二,不可轻易做出违反恒常之经的行为,除非面临生死存亡的境况,就是所谓的"权之所设,舍死亡无所设"。祭仲为宋所执,太子忽的地位也岌岌可危,在这样的情况下,以答应宋庄公的要求为缓兵之计,是符合行权的时机的。其三,"行权有道"。并不是所有反于经的情况都能被称为权,在所有反经的行为中,唯有遵从于道的行为,才能被视为"知权"。可以说,"道"为权在"反于经"的所有局面中划定了一方合法性空间,并赋予其合理行事的权力。而这个空间的边界,正是"道"所设立的一个"善"的道德标准:可损己,但不可害人,不可为求自保伤及他人性命。这便是权"反经合道"的立足点:以道为依归,以善为边界。祭仲因情势所迫,拥立公子突,未伤及太子忽,又保全了郑国,因此尽管"反经",却是"合道"的。

汉儒何休在《公羊传》评价祭仲"以为知权也"一句下注曰:"权者,称也,所以别轻重。喻祭仲知国重君轻。"③何休的注将汉儒的"反经合道"观念落实在了具体的案例诠释中。嗣后,汉代今文学家董仲舒在《春秋繁露·竹林第三》中讨论《春秋》文本中涉及的"义"与"不义"的问题时,便将祭仲的"知权"与逢丑父在军前救齐顷公的行为④相比较,认为祭仲的行为可被视为"知权",而逢丑父的行为则是"不知权"。董仲舒的评判标准是,祭仲乃"前枉而后义者,谓之中权,虽不能成,春秋善之";而逢丑父是"前正而后有枉者,谓之邪道,虽能成之,

---

① [汉]何休注,[唐]徐彦疏:《春秋公羊传注疏》,见于[清]阮元校刻:《十三经注疏》(清嘉庆刊本)第5册,中华书局,2009年,第4819页。
② 同上书,第4819—4820页。
③ 同上书,第4819页。
④ 据《左传·成公二年》记载,在齐军被晋军围困之时,逢丑父与齐顷公互换位置("逢丑父与公易位"),以己之身冒充齐顷公为敌军所俘,使国君免于被俘。载于《春秋左传正义》卷二十五,见于[清]阮元校刻:《十三经注疏》(清嘉庆刊本)第4册,中华书局,2009年,第4113页。)

春秋不爱"①。此处的"义"就是《春秋公羊传·襄公六年》所言的"国灭,君死之,正也。"②在时人的观念中,国家灭亡之时,君王殉国乃天经地义。在董仲舒看来,"义"与"正"直接指向了代表终极意义的"天",所谓"正也者,正于天之为人性命也"③。遵循天赋予人的伦常与品格才能被称为"正"。董仲舒认为"君子生以辱,不如死以荣"④正是天道对于君子品行的要求,因此尽管祭仲与逢丑父都是为了保全君王而做出与恒常的正道相违逆的行为,但是却被冠以不同的评价,"祭仲见贤,而丑父犹见非"⑤,正是因为祭仲虽"反经",却遵循了天道施于人的人格规范,恰为反经而合道,所以被视为"知权";而逢丑父在"反经"的同时,也突破了廉耻的界限,使君王受辱而苟活,便是反经且反道,故不能称其为"知权"。

关于"权"的"反经合道"的内涵,《孟子·离娄上》提及的一个行权的场景,成为后世经学史上探讨经权关系的经典案例:"男女授受不亲,礼也;嫂溺则援之以手者,权也",汉儒赵岐注曰:"权者,反经而善也。"⑥这与上文提及的《公羊传》对"权"的读解是一致的:与经相对立,但是又规约于"善"所划定的道德界限之内,才可被视为"知权"或"行权"。在《孟子》的记载中,淳于髡接着追问孟子:"今天下溺矣,夫子之不援,何也?"对此,赵岐注曰:"髡曰天下之道溺矣,夫子何不援之乎?"⑦赵岐在这里点明了"溺"的主体,即天下之道。将天下之道溺类比嫂溺,以说明权变的紧迫性与必要性。孟子的回答是:"天下溺,援之以道;嫂溺,援之以手。子欲手援天下乎?"宋儒孙奭在此句下疏曰:"嫂之沉溺,援之以手者,是权道也。夫权之为道,所以济变事也,有时乎然,有时乎不然。反经而善是谓权道也。故权云为量,或轻或重,随物而变者也。"⑧此处的立场相当明确,以道救天下好比伸手救嫂。男女之大防固然重要,但在生命受到威胁之时,礼无疑应当退居次位;同样,当天下危急之时,不可墨守成规、拘泥于经,而应该

---

① [清]凌曙撰:《春秋繁露注》,见于《续修四库全书》编撰委员会编:《续修四库全书·经部·春秋类》第150册,上海古籍出版社,2002年,第73页。
② [汉]何休注,[唐]徐彦疏:《春秋公羊传注疏》,见于[清]阮元校刻:《十三经注疏》(清嘉庆刊本)第5册,中华书局,2009年,第5000页。
③ [清]凌曙撰:《春秋繁露注》,见于《续修四库全书》编撰委员会编:《续修四库全书·经部·春秋类》第150册,上海古籍出版社,2002年,第74页。
④ 同上书,第75页。
⑤ 同上书,第72页。
⑥ [汉]赵岐注,[宋]孙奭疏:《孟子注疏》,见于[清]阮元校刻:《十三经注疏》(清嘉庆刊本)第5册,中华书局,2009年,第5920—5921页。
⑦ 同上书,第5921页。
⑧ 同上。

有所变通。其间的轻重变通是为权,而变通的原则就是道。

至此,我们可以大致归纳出"反经合道"说的两个主要特点:一是充分强调了"权"与"经"的对立;二是凸显了"经"与"道"之间的错位,"经"作为"道"的文本载体和意义的衡常显现,却不是"道"的完美投射,在某些处境下甚至可能出现与"道"相乖离的情形,因此才需要依靠"行权"以"合道"。可以说,"反经合道"说的这两个特点是相辅相成、缺一不可的。一言以蔽之,"经"与"道"的错位正是"权"生成和存在的空间。那么,我们不禁要进一步追问,既然"经"是承载圣人之道的文本,那么二者之间的裂痕和错位又是如何产生的呢?这一问题在哲学诠释学的理论视域中也可以得到解决。我们借由上文提及的伽达默尔哲学诠释学中的游戏概念与中介概念作为理论透镜可以这样看视:一方面,经作为道的文本呈现,在与读者遭遇的过程中,必然会因为读者的理解与解释而产生不同的中介活动,尽管所有的中介活动都服从于某个传统,但其中产生的变异却是不可避免的。另一方面,观赏者——此处我们可以理解为对经典文本进行理解与解释的经学家——对于经典文本的诠释,事实上就是文本的展现过程,而文本正是在这样的展现中实现其完满,达到了自身的存在。我们既可以将这样的过程视为经权关系产生的原因,也可将其视为权说诠释空间生成的原因。

到了宋代,宋儒对"权"的诠释则明确反汉儒的"反经合道"说而行之,大致的主张可被概括为"常则守经,变则行权"。我们可以从朱熹的相关论述中见出宋儒与汉儒对于经权关系迥然不同的诠释。《朱子语类》卷三十七《可与共学章》大量地阐述了对于经权关系的理解:"经自经,权自权。但经有不可行处,而至于用权,此权所以合经也,如汤、武事,伊、周事,嫂溺则援事。常,如风和日暖固好;变,如迅雷烈风。若无迅雷烈风,则都旱了,不可以为常。"[①]此处值得我们注意的是,尽管"经自经,权自权",但是在汉儒那里截然对立的经权关系已经缓和为了"经不可行处用权",以及"权所以合经"。朱熹用天气来比喻经与权,强调了权的必然性,以及相对于经而言不可或缺的重要性。相比于汉儒所强调的权与经的对立,朱熹更为重视的却是二者的相关性,权不离经,经不可行之处也需要权的补充。朱熹门生、南宋另一位重要理学家陈淳的《北溪字义》"经权"条也作出了类似的解读:"经与权相对,经是日常行道理,权也是正当道理,但非可以常行,与日用常行底异。《公羊》谓:'反经而合道',说误了。既是反经,焉

---

① [宋]朱熹撰,朱杰人、严佐之、刘永翔主编:《朱子全书(修订本)》第15册,上海古籍出版社,2002年,第1375页。

能合道？权只是济经之所不及者也。"①通过上述文字我们发现，汉儒眼中的经权对立关系到宋儒这里已经转变为经权共生关系。

由此，我们可以看出宋儒的"常则守经，变则行权"主张对汉儒的"反经合道"说的反驳，正好针对的是上文归纳过的"反经合道"说的两个主要特点：一是将"权"视为"经"的补充，而非汉儒眼中的对立面；二是认为"经"与"权"共同构成了道，二者只是道在不同境况之下的显现。这种相较于汉儒已然有所缓和的经权关系，我们也可以在哲学诠释学的视域中对之予以分析。作为不同中介方式的诠释不是文本的对立物，带有各种变异色彩的中介方式与文本自身共同构成了文本所意欲指向的终极意义，文本也正是通过中介活动趋向意义的完满。

到了戴震那里，他对于"权"的理解与解释更加显明了中介活动的变异色彩。在《孟子字义疏证》"权"字疏证的首条，他开篇即言："凡此重彼轻，千古不易者，常也。……而重者于是乎轻，轻者于是乎重，变也。"②此处，戴震将经权关系的意义空间拓展到了"常"与"变"两个维度。紧接着，他指出"变则非智之尽，能辨察事情而准，不足以知之。"③由这句话我们可以见出戴震与宋儒的相异之处，他并非用"常"和"变"与"经"和"权"作简单的对应，而是将"权"定位于"辨察事情而准"的状态，"权"不是简单的"常"或"变"本身，而是对"常"与"变"的精准把握，这样的辩证观念，显然比汉儒"反经合道"的主张又更为复杂而深刻了。在"权"第一条疏证的结尾处，戴震批判了缺乏权变能力之人："古今不乏严气正性、疾恶如雠之人，是其所是，非其所非，执显然共见之重轻，实不知有时权之而重者于是乎轻，轻者于是乎重。"④在戴震看来，能够辨明千古不易之轻重，不过是通达圣智的第一步，而明白有时候重者于是乎轻，轻者于是乎重，才达到了孔子所谓的"可与权"的标准。令他痛心疾首的是，他认为绝大多数释经者并未参透"权"之深意，导致"是非轻重一误，天下受其祸而不可救"⑤。

戴震这种寓变于常的经权观念，与他的整个思想体系是贯通的。胡适在《戴东原的哲学》中评价道："戴氏的人生观，总括一句话，只是要人用科学家求知求理的态度与方法来应付人生问题。他的宇宙观是气化流行，生生不息；他的人生观也是动的，变迁的。"⑥从对于经典文本的诠释，到对于宇宙根本原理

---

① [宋]陈淳著，熊国祯、高流水点校：《北溪字义》，中华书局，1983年，第51页。
② [清]戴震著，何文光整理：《孟子字义疏证》，中华书局，1982年（2011年重印），第52页。
③ 同上。
④ 同上书，第54页。
⑤ 同上。
⑥ 胡适：《戴东原的哲学》，岳麓书社，2010年，第47页。

的诠释,戴震将作为动态过程的"权变"形态纳入对于生命的运思之中。中介活动是变化着的,对于中介活动的认知也是变化的,世间万物更是生生不息地流变着,"变"才是圣人之道的根本属性,从这个意义上说,变即是常,常即是变。哲学诠释学理论认为,具体的理解无疑都将(而且应当)被纳入整个自我理解之中,这也正是伽达默尔所谓的,理解具有超越主观理解行为的超越性,也就是《真理与方法》中所说的"理解是属于被理解东西的存在(Sein)"[1]。戴震的经权观念无疑吻合了这样一个逻辑范式,他在对《孟子》"权"观念的理解与解释中,最终回归了自我又通达了天道,达向了自身的存在。

从上文对于经权关系从汉代到戴震《孟子字义疏证》之间的流变的梳理,我们可以看出,历代释经者均欲在理解与解释中对经权关系予以阐明,并且确定关于二者关系的唯一性解释,然而事实是,经权关系随着诠释活动的推进而愈显丰富,在概念条理化和明晰化的过程中,"经"的定义在持续地动态生成着,"权"的内涵也愈加庞杂。不论他们将"权"视为"经"的对立抑或"经"的补充,"权"的意义空间都在经的实现过程中得以不断拓展,同时也使得唯一性的定义成为徒劳。可以说,理解与解释推动了意义的生成,而意义又层累地造成了诠释空间的敞开,经与权的辩证关系最终拓展成为中国经学史上一个重要而复杂的论争焦点。

综上所述,我们可以认为,在存在论诠释学的意义上,"权"说诠释空间的产生正是源于中介活动不可规避的变异性,而经权关系的流变则是由于历代经学家对于经典文本进行诠释的过程使得文本本身的意义规定性得以实现,文本在理解与解释中实现了自身的存在方式。

二、从"因信称义"看视"权"说合法性的信仰背景

伽达默尔用"游戏"概念弥合了信仰与想象的区分,我们延续上一节中游戏作为艺术转化的构成物的思路进一步考察信仰在观赏者对经典文本进行诠释的过程中如何起作用,并且起到了何种作用。

伽达默尔对"诠释学"一词的词源解释采强调诠释学产生之初的宗教意味,他表示,在开始使用"诠释学"这个名称时,是试图寻找《圣经》语言与神学思想之间的关联,在西方,作为与神学诠释学关联密切的《圣经》诠释学,在中世纪欧洲人文主义兴起之际,曾经历过一次重要的变革——宗教改革运动。此前,教

---

[1] 伽达默尔:《真理与方法:哲学诠释学的基本特征》上卷,洪汉鼎译,上海译文出版社,2004年,第6页。

会垄断了对于《圣经》文本的诠释,以一种独断论(dogmatism)式的诠释姿态禁锢了《圣经》文本的诠释权力与诠释空间。以马丁·路德为代表的新教改革家们力图对抗教会权威,反对教会通过统一教义把持《圣经》诠释权进而统治信众的手段,所以新教改革者们由对《圣经》的意义诠释入手,试图对《圣经》诠释的一般性原则予以重构。

在中世纪之前,"武加大"《圣经》(the Vulgate)是教会使用的官方标准版本,信众只有通过神职人员的讲传才能获取对于这一拉丁文本《圣经》的理解。教会正是通过对于《圣经》诠释权的把控,借由上帝的意旨来规约世俗社会的现实秩序与生活方式。从文本传播的角度而言,尽管教会与信众均为《圣经》文本的接受者,但是教会的神职人员作为《圣经》文本的读者,同时身兼了理解者与解释者、接受者与传播者的多重身份;而广大信众对于《圣经》文本的内容只能处于被动接受的地位,并且由于教会这一中介的存在,信众无法对所接受的信息的有效性予以判断。可以说《圣经》文本在教会那里形成了完整的诠释链条,而对信众而言,这一链条却是缺失的、断裂的。职是之故,教会与信众的身份不仅在世俗意义上是不对等的,在诠释学的意义上,信众相较于教会而言,其作为理解者与解释者的身份也是缺失的。宗教改革家为了维护信众对于《圣经》的理解与解释而发展出的神学诠释学,也正是为了从诠释学的维度打破这种身份的错位,使囿于教会势力范围之内的《圣经》文本的诠释空间得以有效敞开,以此削弱教会依靠把控"上帝之言"而获取的世俗权力,从而达到与教会在世俗空间进行权力抗争的目的。

马丁·路德身为宗教改革派的代表人物,为了撼动教会《圣经》诠释的权威性,他首先通过主张返回拉丁文《圣经》文本的源头,即古希腊文版本和希伯来文版本的《圣经》,试图以此来降低教会通用的拉丁文《圣经》文本的权威性。马丁·路德对教会的《圣经》诠释与《圣经》古典版本原文意义的相抵牾之处予以反驳,继而,于1532年将整部《圣经》翻译为德文并出版发行。这一举措使广大信众得以越过教会这个中介而直接面对经文文本,《圣经》的读者作为接受者与传播者、理解者与诠释者的身份终于实现了统一,并且在数量上有了巨大的增加。这一历史事件背后隐藏了一个诠释学上的重要问题:文本权威性的等级序列。《圣经》具有超越文本自身的真理性,并且这一真理性必须通过语言加以表达,这个语言表达的过程就是对《圣经》文本的理解与解释。马丁·路德领导的宗教改革运动包含着一个前提,即直面希腊文版本和希伯来文版本的姿态可以使其获得某种高于教会的权威性。从事件最终的结果来看,这一前提在当时是被普遍认可的,甚至被认为是不言自明的。

在此基础上,马丁·路德又提出了宗教改革的"三唯独"信仰大纲——"唯独信仰,唯独恩典,唯独《圣经》"(Sola Fide, Sola Gratia, Sola Scriptura)。我们发现,马丁·路德宗教改革观念得以成立的根本前提是上帝的绝对性。这种对于上帝的绝对性的认可使得越接近上帝之言的文本在权威性上处于越高的等级。当我们用这样的逻辑框架来看视经学家对于经权关系的判读,也可以发现一些类似之处。

我们在此仔细疏通一下戴震在《孟子字义疏证》中是如何辨析"权"字,并探究信仰是如何在他对经典文本的诠释中发挥作用的。戴震在《孟子字义疏证》中就"权"这一概念的内涵义进行了疏证,凡四条①,五千余文。他首先开宗明义,定义了"权"的概念:"权,所以别轻重也。"②继而区分了"常"与"变"的概念,即"凡此重彼轻,千古不易者,常也,常则显然共见其千古不易之重轻;而重者于是乎轻,轻者于是乎重,变也,变则非智之尽,能辨察事情而准,不足以知之"③。上文已经分析过,戴震认为,"常""变"均与"别轻重"相关,只不过情形有所不同。既然"权,所以别轻重也",因此"权"就不仅仅等同于"变",而应当同时包含了"常"与"变"的各种情形,"知权"者既当"知常",也应"知变"。

回溯宋人经说,朱熹曾明确反对汉儒将"权"视为"权变"的理解,认为《论语》所谓"可与权"就是"遭事变而知其宜"④。《朱子语类》第 37 卷《可与共学章》集中讨论了经权关系,并对汉儒和程颐的权说作出相应的评价。在朱熹看来,权虽然与经不同,但也是合宜的,甚至有时候是与经同质的,他说:"权者,乃是到这地头,道理合当恁地做,故虽异于经,而实亦经也。"⑤对"可与权"之说,朱熹道:"权与经,不可谓是一件物事。毕竟权自是权,经自是经。但非汉儒所谓权变、权术之说。圣人之权,虽异于经,其权亦是事体到那时,合恁地做,方好。"⑥从"共学"到"适道"到"立"最后到"权",四者是层层递进的关系,朱熹"圣人之权"的说法,将行权之人奉至极高的地位。

戴震在论述中同样从"无权"之危害的角度,反面论证了权对于经的重要性。他说:"虽守道卓然,知常而不知变,由精义未深,所以增益其心知之明,使

---

① 《孟子字义疏证》原书自称有五条,但是据原文记载仅有四条,且实际讨论"权"概念内涵的仅为前三条,最后一条基本上是对全书所有条目的疏通总结,可视为全书的跋语。
② [清]戴震著,何文光整理:《孟子字义疏证》,中华书局,1982 年(2011 年重印),第 52 页。
③ 同上。
④ [宋]黎靖德编,王星贤点校:《朱子语类(全八册)》第 3 册,中华书局,1988 年,第 986 页。
⑤ 同上书,第 988 页。
⑥ 同上书,第 987 页。

全乎圣智者,未之尽也。"①他继而将"无权"比作杨墨的举一废百,认为刻板守经而不知行权的危害是极其巨大的,好比"戕贼人以为仁义之祸"②。由上述分析可知,有别于宋儒将"权"与"常"相区别的观点③,戴震在论述前提上就将"权"这一概念的内涵复杂化与精准化,以此与宋儒所谓"常则守经,变则行权"的主张区分开来。至此,我们可以得出戴震"权"观念的第一层含义:"权"本身既有"常",也有"变"。同时,他比前代学者更加强调"知常不知变"的巨大危害,在戴震看来,这一危害不仅仅限于个体,而且将影响到整个社会群体和国家。

戴震继而立场鲜明地对老庄、释氏、程朱的论说予以辩驳。他认为老庄的"无欲"和释氏的"空寂"与孟子所反对的杨墨之说如出一辙,并无二致。另外,在戴震看来,宋儒程朱在将老庄、释氏之"无欲"转变为"贵理"的主张时,犯下了关键性的错误,即没有把"理"视为"私"的对立面,却确立了"理""欲"二分的思想基础。因此,戴震在论述中将"私"与"欲"的概念加以清晰界分,反对宋儒程朱所以为的"理宅于心""不出于欲则出于理"的理学论述,认为虽然"私出于情欲"④,但不能将"私"等同于"欲",因为"人之患,有私有蔽;私出于情欲,蔽出于心知。无私,仁也;不蔽,智也;非绝情欲以为仁,去心知以为智也"⑤。要实现孔孟所谓的"仁",前提并非"无欲",而应当是"无私"。在这个意义上,程朱主张的"无欲",事实上成为了"自私",以"无欲"而"笃行",舍弃了"人伦日用"反而离圣人之道更远了。戴震在这里强调了人伦日用的重要性,认为"人伦日用,圣人以通天下之情,遂天下之欲,权之而分理不爽,是谓理"⑥。那些舍弃人伦日用的无欲之人,只知"常"而不知"变",因不知权而颠倒了轻重。所以,与孟子所说的"执中无权"相类,程朱的学说实谓"执理无权"⑦。由此,可以确立戴震"权"观念的第二层含义:以无私之心行其人伦日用。

我们将戴震对于经权关系的解读结合上文已经分析过的汉儒与宋儒的经权观,便不难发现,历代经学家所意欲澄明的都是各自观念中的"道"。正如朱

---

① [清]戴震著,何文光整理:《孟子字义疏证》,中华书局,1982年(2011年重印),第52—53页。
② 同上书,第53页。
③ 当然,宋儒的"经权观念"亦不可一概而言,比如朱熹在《朱子语类》中就对程颐"权即是经"观念作了进一步修正与阐发:"经与权,须还他中央有个界分。如程先生说,则无界分矣。程先生'权即经'之说,其意盖恐人离了经,然一滚来滚去,则经与权都鹘突没理会了。"(见于[宋]黎靖德编,王星贤点校:《朱子语类(全八册)》第3册,中华书局,1988年,第987页。)本文因篇幅原因无法对宋儒的经权观念予以详细分析,因此仅从理学史的整体观念上择取宋儒的经权观。
④ [清]戴震著,何文光整理:《孟子字义疏证》,中华书局,1982年(2011年重印),第53页。
⑤ 同上书,第54页。
⑥ 同上。
⑦ 同上。

熹所言:"经者,道之常也;权者,道之变也。道是个统体,贯乎经与权。"①"道"拥有与西方神学诠释学传统中"上帝之言"类似的绝对性,诠释者们力图依靠无限接近这样的绝对存在而使自己对于经典文本的诠释获得权威性。不论在西方的神学诠释学传统还是中国《十三经》注疏传统中,这种仰仗于上帝之言或圣人之道的诠释路径都共享了一个相同的逻辑结构,即服膺于信仰赋予了文本权威性和诠释合法性。与此同时,历代经学家均将信仰内化于对经权关系的理解和解释中,具体的体现首先就是他们对于"道"之完满性的想象和坚守。无论经与权的关系在各代经学家的诠释中如何变化,"权"都是作为一种补充性的存在,填补"经"与"道"之间的缝隙,经与权共同构成了道之圆满。戴震则更进了一步,力图廓清宋儒"权"观念中夹杂的老释思想,维护儒家正统学说的纯粹性。

由于历代经学家的崇圣心理和对于经文文本的信仰,对于"权"的内涵不同的理解与解释才不至于导致经典文本意义的分裂和神圣性的削弱,最终恰是所有诠释都得以超越其自身,与恒常之经、圣人之道共同构成了一个宏大坚实的意义整体。

宗教改革坚实的思想根基在于,信众接受并默认唯有信仰,也仅需信仰,人便可以直接建立与上帝的关联,无需教会与神职人员的中介。当我们从诠释学的理论视域观看马丁·路德对于诠释的态度,可以发现他的立场是耐人寻味的。在马丁·路德看来,从希伯来文文本《圣经》到经由翻译的拉丁文文本《圣经》,再到教会宣教的《圣经》,对比从希伯来文文本直接翻译为德语文本的《圣经》,似乎后者相较于前者离上帝之言更近,也更具有权威性。从诠释学的角度分析,二者的区别在于前者在诠释链条上经历了两次诠释活动,②而后者仅进行了一次诠释活动,也就是说,对马丁·路德而言,包含理解和解释的诠释活动削弱了《圣经》的真理性,导致了《圣经》权威性的递减。然而事实真的是这样的吗? 诠释是否真的会导致意义的稀释和真理的淡化? 答案显然是否定的。众所周知,宗教改革运动带来的结果是,随着诠释空间的敞开,教会权威性被打破的同时,《圣经》本身的权威却并未削弱。因为任何人都可以仰仗信仰对《圣经》文本进行诠释,上帝的意旨在信仰中对诠释者显现,信仰赋予了诠释者理解与

---

① [宋]朱熹撰,朱杰人、严佐之、刘永翔主编:《朱子全书(修订本)》第15册,上海古籍出版社,2002年,第1378页。
② 我们在此处将翻译视为诠释活动。因为伽达默尔在《古典诠释学和哲学诠释学》一文中将诠释表述为将不可理解的东西翻译成理解的语言,他说:"特别在世俗的使用中,hermēneus(诠释)的任务却恰好在于把一种用陌生的或不可理解的方式表达的东西翻译成可理解的语言。"(伽达默尔:《诠释学 II:真理与方法(修订译本)》,洪汉鼎译,商务印书馆,2007年,第109页。)

解释的权力,当然,与此同时也预示着任何诠释都可以被质疑,因此除了上帝自己,没有哪一个释经者能够最终判定上帝的言说(Words of God)。《圣经》的自明性赋予了信徒释经的权力,而释经者也将以一种更为谦卑和开放的姿态进入文本,在这一过程中,上帝和《圣经》的权威得到了进一步的巩固。

中国经学史上关于经权辩证关系的讨论与《圣经》文本经历的宗教改革运动在哲学诠释学意义上产生了高度的吻合。"权"相对于"经"而言是一个微妙的存在,"反经合道"的"权"作为"经"的对立面,暗示了"经"可能存在的不完满;而"常则守经,变则行权""经是已定之权,权是未定之经"①则认为"权"不可离于"经",且"权"使"经"无限趋近于完满。然而不论是作为"经"的对立还是"经"的补充,关于经权关系的激烈论证并未削弱"经"的权威地位。因为"道"是不容置疑的,而"经"作为道的文本呈现,也因此具有了不可撼动的权威,经学家为通达"道"而进行的任何讨论,都在事实上捍卫着"道"的绝对性,同时也进一步增强了"经"的神圣性。

三、"权"说权威性的证成与"经文自解原则"的独断论边界

上文已经论及,伽达默尔在《真理与方法》中将"游戏"作为艺术作品本体论诠释的入门概念,通过他在语言学的意义上对于"游戏"概念的考察②,我们可以推论,文本诠释活动的真正主体并非诠释者,而是文本本身。文本相对于诠释者的诠释意识具有优先性,作品本身具有一种作用于所有诠释者的制约性,所以任何对于作品的解释都不具有不容更改的绝对权威,他在《真理与方法》中讨论艺术经验里真理问题的展现时曾经说过:"我们确实不会允许对一部音乐作品或一个剧本的解释有这样的自由,使得这种解释能用固定的'原文'去制造任意的效果,而且我们也会相反地把那种对于某一特定解释——例如由作曲家指挥的唱片灌制或从最初一场典范演出而制定的详细表演程式——的经典化做法视为对某种真正解释使命的误解。"③由伽达默尔对解释的自由和解释使命的讨论中我们可以发现,事实上,诠释在某种意义上已经成为了一种"再创造"(Nachschaffen),伽达默尔声称:"作为这种中介的再创造(例如戏剧和音

---

① [宋]朱熹撰,朱杰人、严佐之、刘永翔主编:《朱子全书(修订本)》第 15 册,上海古籍出版社,2002 年,第 1377 页。
② 在伽达默尔看来,游戏独立于游戏者的意识,并通过游戏者得以表现,然而它的主体不是游戏者。游戏只是一种不断往返重复的运动,它的原本意义"乃是一种被动式而含有主动性的意义(der mediale sinn)"。参考伽达默尔:《真理与方法:哲学诠释学的基本特征》上卷,洪汉鼎译,上海译文出版社,2004 年,第 131—135 页。
③ 同上书,第 155—156 页。

乐，但也包括史诗或抒情诗的朗诵)并不成为核心的东西(thematisch)，核心的东西是，作品通过再创造并在再创造中使自身达到了表现。"①可以说，相较于文本本身，诠释才是使作品表现自身、实现自身完满的核心要义之所在。

上文所提及的马丁·路德宗教改革"三唯独"信仰大纲之中的 Sola Scriptura 即诠释学史上所谓的"经文自解原则"②。该原则将《圣经》的意义区分为"文字意义"(letter)和"精神意义"(spirit)两个部分，认为理解文字意义是实现精神意义的基础，换言之，精神意义的产生是受到文字意义的召唤③。该原则旨在主张被准确理解的文字意义本身便包含了自洽的心灵意义，依靠《圣经》文本自身构建一整套教义系统，正如路德所言："《圣经》是自身诠释自身(sui ipsiusinterpres)。"④这一立场不仅颠覆了此前的四重意义说⑤，更重要的是，使得诠释主体对于文本的诠释传统有了自觉的体认，尽管这一体认是以反传统的姿态进行的。

"经文自解原则"预设的前提是，《圣经》文本自身是明确而真实的，并且是一个不证自明、自成系统的整体，《旧约》文本与《新约》文本，或者《新约》文本的不同篇章之间可以构成一种自洽完满的相互诠释关系，所有的教条均可通过《圣经》经文自身予以解释。与此同时，Sola Scriptura 这两个拉丁文单词均非主格形态，而为离格形态⑥，由离格形态所隐含的来源之意可见"经文自解原则"的主张并非将《圣经》视为完全脱离上帝的文本，而是在强调《圣经》相对独立性的同时，凸显了《圣经》与上帝的关联，认为上帝经由《圣经》显现自身，而信众通过信仰得到救赎。

宗教改革时代，诠释的所谓"决定性"的力量意在打破独断论的樊笼，使经

---

① 参考伽达默尔：《真理与方法：哲学诠释学的基本特征》上卷，洪汉鼎译，上海译文出版社，2004年，第157页。
② sola scriptura 为拉丁文，其英译为 by Scripture alone，因此国内亦有学者将此术语翻译为"独一《圣经》"原则，如杨慧林：《圣言·人言：神学诠释学》，上海译文出版社，2002年，第32页。
③ 参看 Werner G. Jeanrond, *Theological Hermeneutics: Development and Significance*, London: Macmillan, 1991, pp.31-33。
④ Jean Grondin, *Introduction to Philosophical Hermeneutics*, trans. Joel Weinsheimer, New Haven and London: Yale University Press, 1994, p.40.
⑤ "四重意义说"由里尼的尼古拉(Nicholas of Lyra, 1270—1349)提出，具体内容为："字面的意义说明事实，譬喻的意义说明信仰，道德的意义指导应当要做的事情，奥秘的意义指明希望(Littera gesta docet, quid credas allegoria/Moralis quid agas, quo tendas anagogia)。"(见于 M. Ferraris, *History of Hermeneutics*, New Jersey, 1996, p.16.)
⑥ 拉丁文中的离格在语法功能上大致表示某种意义的状态，由印欧语系中的三种格演变而来：离格(表示来源，即介词短语 from...之意)、工具格(表示使用，即介词短语 with...之意)和位置格(表示"在……"，即介词短语 in/at...之意)。

典文本的诠释提升到一种历史主义的普遍性原则上,神学诠释学因此而获得了哲学上的形而上层面的意义。马丁·路德提出的"经义自解原则"的前提倚仗的是所谓的终极意义——上帝之言的文本权威性,但是其中却包含着一个不容忽视的问题,即《圣经》文本内部存在着大量重复和自相矛盾的内容。不同篇章之中多次出现的相同或相近的描述,自然可以为"经文自解原则"提供文本的佐证和方法论上的支撑,然而那些自相矛盾之处又该如何解决?在《圣经》的信仰者看来,服膺于上帝,一切问题就可迎刃而解。但是,矛盾是无法自我消解的,所以信仰指引下的诠释便成为必要且唯一的解决方法。可以说,《圣经》文本自身就构成了诠释的必然性,为释经者的理解与解释留下了巨大的诠释空间。

然而吊诡的是,借由信仰背景和文本权威性而实现的诠释空间的敞开,看似拓宽了诠释的阈值,实际上却依然存在一个无形的独断论式的边界,而这个边界的产生恰是由于对文本终极意义的迷信。终极意义既赋予了诠释者理解和解释文本的权利,又规限了对于文本意义的诠释,削弱了文本意义不断增值的可能。

无疑,马丁·路德将《圣经》文本视为可资对抗当时教皇与教会的武器,而《圣经》之所以具有如此巨大的威力,正是因为《圣经》文本直接承载了上帝之道,《圣经》的语言就是上帝的语言。当他说出"我们应当努力保持圣经的本来意义,除非有上下文的需要,否则,就要按圣经的文法和字面意义去领悟"的时候,马丁·路德显然认为行为诠释将无端地削弱《圣经》的神圣性,而越少地诠释就能使《圣经》越多地保留上帝的意旨,也能够使直面文本的信众更加接近上帝。我们用哲学诠释学的理论视域进行看视,不难发现马丁·路德的思想内部存在着无法化解的自相抵牾之处:以反诠释的姿态进行着诠释活动;鼓励信众自行对《圣经》进行理解与解释却禁止违逆"上帝之道"的诠释,然而事实上归根到底无人知晓"上帝之道"究竟为何。

马丁·路德对于诠释所保有的这种过度谨慎的态度,恰恰与《圣经》文本对于诠释的内在需求背道而驰。无怪乎伽达默尔认为:"由于宗教改革派的神学是为了解释《圣经》而依据于这种原则,从自身方面它当然仍束缚于一种本身以独断论为基础的前提。"① 究其原因,这种"独断论为基础的前提"正是源自《圣经》文本自身。《圣经》的特殊性在于它是上帝之言的文本载体,上帝赋予了《圣经》文本无上的权威性,与此同时,却也限制了它的权威性。《圣经》文本永远不

---

① 伽达默尔:《真理与方法:哲学诠释学的基本特征》上卷,洪汉鼎译,上海译文出版社,2004年,第228页。

可能超越上帝的意旨,这个无法突破的神圣意义正是一种独断论式的边界。西方哲学20世纪的存在论转向对于传统形而上学的认知是,认为包括上帝、理念等在内的传统形而上学的绝对概念实际上是未经证明的、无法被语言把握以及被体系化的哲学所表达的独断论式的前提。换言之,终究没有人知道上帝的意旨到底是什么,甚至,是否真的存在所谓的上帝意旨。然而,上帝和上帝的意旨却成了一切理解与解释的标准和所有诠释活动的终极目的。因此我们可以认为,上文所论及的独断论边界将《圣经》文本的诠释空间规限于上帝这一先验的绝对概念之中,从而限定了诠释空间的进一步敞开。

那么在中国经学史上的情形又是如何呢?我们接续上一节的分析继续来看戴震在《孟子字义疏证》中对于"权"的阐述。在第一问中,戴震在方法论层面上辨析了通达"权"的途径。宋儒主张"一本万殊""心具众理,应万事"①,每个人心中有无限多的"理"应对无限多的"事",同时这无限多的"理"又可统合为一理,正是所谓的"理一分殊"。在戴震看来,宋儒的这种解释是牵强的,他认为朱子错将"一以贯之"解释为了"以一贯之",孔子的"一以贯之"实际上讲的是下学上达之道的贯通。因而首先应该遵循孔子的"多闻""多见"的修身之道,久而久之便能"明于心",进而便能"精于道",之后才能"行权"。是以,"至其心之明,自能权度事情,无几微差失,又焉用知'一'求'一'哉?"②由此条问答可以分析出戴震的"权"观中,除了上文所总结出的"权"同时含有"常"与"变"和以无私之心行其人伦日用这两层含义之外,还有其第三层含义:由博学而达道,最后才得以行权。这同时也是戴震"道问学"的一贯思想立场,主张"闻见之知"的"道问学"是最终得以"笃行"的前提和基础,而"问学"又必须不离"明于心"和"精于道"的本体论诉求,实现"道问学"与"尊德性"的有机统一,最终达向"权"的境界。

在第二问中,戴震在方法论层面上的主张与上文提到的"人之患,有私有蔽;私出于情欲,蔽出于心知。无私,仁也;不蔽,智也;非绝情欲以为仁,去心知以为智也"③相呼应。上文已经厘清了"私"的概念,戴震在这里由《论语》中的"克己复礼为仁"句出发,阐述如何"去蔽"。朱熹解释此处的"己"意为"私欲","礼"即为"天理",而戴震则认为"己"是相对于"天下"概念而言的,"克己复礼"即达到"己"与"天下"之间的了无阻隔。如果做到"意见不偏,德性纯粹"④,行

---

① [清]戴震著,何文光整理:《孟子字义疏证》,中华书局,1982年版(2011年重印),第56页。
② 同上。
③ 同上书,第54页。
④ 同上书,第57页。

为、外表和进退揖让均符合礼,便是"德"的最高境界,如同《孟子·尽心章句下》所言:"动容周旋中礼,盛德之至也。"① 要做到这一点,则必须先"去蔽""求知",如戴震所云:"圣人之言,无非使人求其至当以见之行;求其至当,即先务于知也。凡去私不求去蔽,重行不先重知,非圣学也。"② 求知而后意见不偏,德性纯粹,明于心,精于道,辨察失误,最后才能达到"权"的境界。戴震"权"观的第四层含义——去蔽求知。

事实上,戴震的"去蔽"的观念不仅仅体现在此处,而是贯穿于他的整个学术思想中。在《答郑丈用牧书》中他较为明晰地阐发了自己对于"蔽"的看法:"其得于学,不以人蔽己,不以自蔽;不为一时之名,亦不期后世之名。"③ 梁启超在《清代学术概论》中将这两句话赞为戴震"一生最得力处"④。因为戴震在此总结了治学极易遭遇的两大困境——"人蔽"与"己蔽"。所谓"人蔽"就是:"有名之见其弊二,非掊击前人以自表暴,即依傍昔贤以附骥尾。"⑤ 在他看来,若出于成名的目的,无论是批判前人还是盲从前人均是不可取的。而"己蔽"则指:"私智穿凿者,或非尽掊击以自表暴,积非成是而无从知,先入为主惑以终身;或非尽依傍以附骥尾,无鄙陋之心,而失与之等……"⑥ 那些出于一己浅见对圣贤之意穿凿附会之人,尽管不受"人蔽"之害,却同样无法通达"道",可以说宋儒就是其中的典型。在《与某书》中,戴震指摘宋儒道:"宋以来儒者,以己之见,硬坐为古贤圣立言之意,而语言文字实未之知。其于天下之事也,以己所谓理,强断行之,而事情原委隐曲实未能得,是以大道失而行事乖。"⑦ 职是之故,戴震在《答郑丈用牧书》中表示:"是以君子务在闻道也。"⑧ "权"的其中一个要义就是"无蔽",既不为"人蔽"也不为"己蔽",而要做到这一点,在根源上必须有志于闻道。"道"是君子的终极信仰,在"道"的统摄下治学治经,才有可能做到去除意见之偏,无私而无蔽。正如美国学者特雷西在《诠释学·宗教·希望》一书的中文版序言中对伽达默尔哲学诠释学理论进行分析时指出的那样,理解与解释在本体论意义上作为存在的本质特征,也是聚焦以"揭示与遮蔽"(disclos-

---

① [汉]赵岐注,[宋]孙奭疏:《孟子注疏》,见于[清]阮元校刻:《十三经注疏》(清嘉庆刊本)第 5 册,中华书局,2009 年,第 5920—5921 页。
② [清]戴震著,何文光整理:《孟子字义疏证》,中华书局,1982 年(2011 年重印),第 57 页。
③ [清]戴震:《戴震集》,上海古籍出版社,2009 年,第 186 页。
④ 梁启超:《清代学术概论》,岳麓书院,2009 年,第 35 页。
⑤ [清]戴震:《戴震集》,上海古籍出版社,2009 年,第 186 页。
⑥ 同上。
⑦ 同上书,第 187 页。
⑧ 同上书,第 186 页。

ure-concealment)作为真理的原初特性①。

在"权"字注疏的第二问中,我们还可以注意到戴震由对于"权"的阐释引申出了对于"知"的强调,这不仅呼应了"权"字注疏的第一问中"多闻""多见"的主张,也呼应了《孟子字义疏证》首条"理"的相关论述:"天下古今之人,其大患,私与蔽二端而已。私生于欲之失,蔽生于知之失;欲生于血气,知生于心。因私而咎欲,因欲而咎血气;因蔽而咎知,因知而咎'心'……"②以及"才"字义疏证中所提及的:"欲之失为私,私则贪邪随之矣;情之失为偏,偏则乖戾随之矣;知之失为蔽,蔽则差谬随之矣。"③我们可以从这两处整理出"血气—欲/欲之失—私"与"心—知/知之失—蔽"两条清晰的因果关系链。金观涛在《戴震学的形成》一书的序言《中国式自由主义的自我意识》中认为,戴震考据学知识体系与他的义理观念的终极关联在于,戴震认为应该用具体陈述的真实性校正普遍的伦理原则,而"一旦抽象、普遍的理不再存在,那么为了理解什么是道德,就必须把修身转化为一种'求知'和'去蔽'的考证活动"④。上述两条因果关系链便是这一观点的例证,二者将戴震的义理观与考据观结合在了一起,我们可以从中看出一条由方法论出发,导向本体性终极意义旨归的诠释进路。

从哲学诠释学的角度分析,戴震"去蔽"观念的出发点在于他对于"道"之神圣性的信仰,与此同时他也默认了"道"无法实现自我呈现,而必须经由经学家对于"经"的"揭示"才得以显现,这也正是释经活动合法性的前提,而对释经活动有效性的判断则是所谓的"意见不偏",这是戴震心目中为诠释空间所预设的界限。然而我们至此不禁要进一步追问:"偏"与"不偏"又是以何为评判标准的呢?

以哲学诠释学的理论观看戴震所谓的"去蔽",就是力图消除诠释者自身的视域而直接进入作者的视域,达到全然客观正确的文本原初意义。在这一过程中,既要释经者调动主观能动性自觉地"去蔽",又要求他们在释经的过程中完全阻隔自我意识中"前理解"的代入,这显然是难以彻底实现的。可以说,戴震"权"观的这一层含义源于他对于经典文本的独断论式的理解,他天然地认为文本具有客观的原初意义,这个意义就是圣人的本意,也等同于终极意义的道。

---

① 特雷西:《诠释学·宗教·希望——多元性与含混性》,冯川译,上海三联书店,1998年,中文版序言第3页。
② [清]戴震著,何文光整理:《孟子字义疏证》,中华书局,1982年(2011年重印),第9页。
③ 同上书,第41页。
④ 金观涛:《序:中国式自由主义的自我意识》,载丘为君:《戴震学的形成:知识论述在近代中国的诞生》,新星出版社,2006年,第2页。

是以戴震认为,前代经学家杂糅老释的儒学观念大大偏离了经典文本的原初意义,危害甚巨。

最后一问戴震详细说明了自己为什么重点驳斥宋儒对于"权"的理解和解释的言论,这一部分事实上也是全书的总结性论述。在戴震看来,语言的影响力之巨大是超乎人们想象的,更可怕的是,人深受其害而不自知。戴震以为,孟子两度提及"圣人复起",可见其时杨墨的诐辞邪说何等深入人心,而在他看来,宋儒言论之害,堪比杨墨、老释,宋儒之言,去道甚远。戴震认为,圣人并未主张无欲无为基础上的理,而宋儒深受老释之学"抱一""无欲"主张的影响,曲解了圣人理欲之辨的含义,因而他自己务必要进行这项拨乱反正的工作,清理杂糅于儒家学说之中的老庄、释氏之学,回归儒家经典文本自身。这种正本清源的逻辑也正是他写作《孟子字义疏证》一书的出发点和最终目的。

戴震此处的治经逻辑与马丁·路德"经文自解原则"何其相类:力图直面经典文本本身,避免步宋儒杂袭老释之言"傅合于《经》"之后尘。与马丁·路德"经文自解原则"一样,戴震"以他经证本经"的释经方法来自对于经典文本真理性和权威性的高度认同。诚然,不论是马丁·路德提倡的"经文自解原则"还是戴震等乾嘉学派经学家运用的"以经释经"方法,在当时的现实语境下,都将经典文本的权威性推向了极致,同时也增强了他们自身对文本进行理解与解释的话语权。然而不可否认的是,对于上帝和道这两个绝对概念的体认,以及对《圣经》和"五经"文本终极意义的信仰性追问,为中西经典文本的理解与解释构建了独断论式的诠释学规约,诠释的空间也因此限定于经典文本自身所承载的信仰性终极意义的范围之内。

四、结语

正如海德格尔在《存在与时间》一书中所言:"通过诠释,存在的本真意义与此在本己存在的基本结构就向居于此在本身的存在之领会宣告出来。"①也可以认为,我们能够经由诠释发现存在的意义与此在本己存在的基本结构。在海德格尔看来:"这种意义下的诠释学作为历史学在存在者层次上之所以可能的条件,在存在论上把此在的历史性构建起来。"②具有历史性的人文科学方法论便植根于此。当我们带着这种存在论诠释学的视域反观中国经学史上的经权关系问题,可以得出如下结论:不论是汉儒的"反经合道"说,还是宋儒的"常则

---

① 海德格尔:《存在与时间》,陈嘉映、王庆节译,商务印书馆,2016年,第53页。
② 同上书,第54页。

守经,变则行权"说,抑或戴震所主张的权既有常亦有变,我们看到的是,历代经学家思考的焦点集中于"经"的规定是否涵盖了现实生活的全部情形,答案显然是否定的。然而,"经"自身的权威性是不容更改的,因此"权"概念的内涵便不断地衍生滋长。正如同《圣经》既与上帝之言相关联,同时又有其相对独立的文本存在方式,正是经文文本的这种相对独立性构成了诠释得以进行和展开的前提。诸种"权"说背后暗藏着一个共同的隐秘前提:"经"并非"道"的圆满的文本再现形式,"经"与"道"之间的空隙导致了治经行为的必要性与必然性,同时也赋予了经学家对经典文本进行诠释的空间,"权"之内涵恰恰在这样的空间中得以生成。显然,"权"的合法性已经在经典文本中获得了确立,尽管"反经"或"权变"的主张似乎对于"经"的存在构成了某种威胁,然而"权"通过"反经"及"权变"的途径事实性地巩固了"经"的权威,凸显了"经"不容置疑的神圣地位。与此同时,"权"又规限于"经"的权威性所构筑的隐形的独断论边界,这一边界也正是经权辩证关系所体现的经文诠释空间的界限。

浮士德与诠释学
——就《真理与方法》一处翻译与洪汉鼎先生商榷并论诠释学的现象学本质及经学诠释学的指向

曹洪洋*

> **内容提要** 伽达默尔认为,诠释学问题从其历史起源起就已超出现代科学为方法论概念所设置的界限,文本的理解与解释因而不只属于科学关心的范围,而是属于人类世界经验的总体。诠释学并不关注可使文本像其他所有经验客体一样屈从于科学探究的理解方法,所以一种体现了科学方法论诉求的"浮士德式的"无限上升的理解模式则背离了诠释学的现象学本质。正是在以西方科学方法论为主导思想而建立起来的现代经学研究范式中,儒家经典遭到彻底的"博物馆化"。为有效应对近代中国所面对的"意义危机",我们必须在经学研究实践中引入诠释学资源以对抗原有的方法论思维。不同经典研究活动中的真理诉求将会在经学诠释学研究实践中得到展开和公平的对待。
>
> **关键词** 浮士德精神;科学方法论;诠释学;经学;博物馆化;意义危机

一、从对一处翻译的不同意见谈起

当今时代,经历过海德格尔与伽达默尔理论感召的人们很少再将"翻译"仅视为一种纯粹的"技术性"工作。"翻译"不只是"Übersetzung",它还是"Übertragung",同时它更是"Auslegung"[①]。应该说,"翻译"是伴随语言产生就有的一种活动。如果我们接受现代诠释学理论的指引将"理解"(Verstehen)理解为"此在存在的一种基本样式"[②],那么"翻译"这种活动本身其实就已经成

---

* 曹洪洋,中国矿业大学人文与艺术学院副教授。

[①] 按:伽达默尔在《真理与方法》第三部分《由语言所主导的诠释学的存在论转向》中曾谈及"翻译"的问题。他将"持不同语言的两个人"之间发生的一种"语言过程"解释为"Übersetzung"与"Übertragung",其实这两个词均有"翻译"的意思,但后者同时还指"转换"。然与此对应的英文却只有一个,即"translation"。伽达默尔认为,"每个翻译(Übersetzung)因此也已经是解释(Auslegung)"。参见伽达默尔:《真理与方法》(Gadamer, *Hermeneutik I*: *Wahrheit und Methode*, Tübingen: J. C. Mohr [Paul Siebeck], 1986, S. 387)。

[②] 海德格尔:《存在与时间》(Heidegger, *Sein und Zeit*, Tübingen: Max Niemeyer Verlag, 1976, S. 190)。

为"存在"(Existenz)的一部分。对于专业从事比较文学研究的学者来说,"翻译"作为一种与自身存在(being)紧密相关的"生存活动",更是一种"常态"。所以,合格的比较学者必然是翻译问题的敏感者。面对翻译和翻译过程中出现的问题,他们不只留意于词汇和语法的"互换",而且更加关注使这种"互换"得以向我们显现的"视域"。

在商务印书馆 2007 年出版的《真理与方法》(修订译本)"导言"部分,我们发现了一处翻译问题。为了能够更加清晰地说明这个问题,我们不得不用些篇幅将不同文本展示出来。

首先看德文原文:

> Sicher ist es aber eine noch viel größere Schwäche des philosophischen Gedankens, wenn einer sich einer solchen Erprobung seiner selbst nicht stellt und vorzieht, den Narren auf eigene Faust zu spielen.[①]

其次再看洪汉鼎先生译文:

> 如果哲学家不认真地审视其自身的思想,而是愚蠢地自行充当丑角,那倒确实是哲学思维的一个更大的弱点。[②]

其中,将"den Narren auf eigene Faust zu spielen"译为"愚蠢地自行充当丑角",而没有将"Faust"译出,在我们看来,恐违背了原文意思,更很有可能错过了一处重要思想的表达。

我们还查询了《真理与方法》的两个英文译本,即由加雷特·巴登(Garrett Barden)和约翰·卡明(John Cumming)翻译的初译本,以及由约尔·韦恩斯海默(Joel Weinsheimer)和唐纳德·G·马歇尔(Donald G. Marshall)"作出彻底修订"的修订译本。前本译文为:

> But it is undoubtedly a far greater weakness for philosophical

---

① 伽达默尔:《真理与方法》(Gadamer, *Hermeneutik I: Wahrheit und Methode*, Tübingen: J. C. Mohr [Paul Siebeck], 1986, S. 2)。
② 伽达默尔:《诠释学 I:真理与方法》(修订译本),洪汉鼎译,商务印书馆,2007 年,第 4 页。

thinking not to face this kind of investigation into oneself, but foolishly to play at being Faustus.①

修订本译文为：

But it is undoubtedly a far greater weakness for philosophical thinking not to face such self-examination but to play at being Faust.②

抛开其他关系不大的修订不谈，两个译本对于"Faust"一采拉丁书写式，另一采原文，均直接译出。

考虑到商务印书馆 2007 年译本已较上海译文出版社 1999 年译本作出修订，如将"Texten"由"本文"改译为"文本"，将"Überlieferung"由"流传物"改译为"传承物"等，洪汉鼎先生仍坚持上述译法，恐怕自有其原因在。然而对于我们来说，这处翻译适足以引发我们的问题。

二、作为西方近代文化精神象征的"浮士德"

"Faust"，在中国通译为"浮士德"，一般专指歌德的一部以书中主人公名字命名的文学巨著。然而在欧洲，这个人物早在歌德写作《浮士德》之前就存在于德国的传说以及法国和其他国家的文学作品中了。

"Faust"本是一个普通的名字，拉丁语意为"好运"（fortunate），德语意为"拳头"（fist），但后来之所以变得不那么普通大概是由于公元 5 世纪出现的一个人物"圣·浮士德"（St. Faustus），他因为宣扬摩尼教而被奥古斯丁（Aurelius Augustinus，354—430）斥为异端。此后，浮士德与巫师（necromancer）、占星术士（astrologer）、魔法师（magus）、手相家（palmist）以及占卜家（diviner）等形象融聚为一体③。我们无意追逐浮士德的原型，但由此可以看出，浮士德本身所具有的与正统基督教神学信仰相对立的意义在最初即留有印记。在历史合力的奇妙作用下，浮士德在走入歌德的那本文学巨著之前，其实就已经作为一

---

① 伽达默尔：《真理与方法》（Gadamer, *Truth and Method*, trans. by Garrett Barden and John Cumming, New York: the Crossroad Publishing Company, 1975, VII）。
② 伽达默尔：《真理与方法》（Gadamer, *Truth and Method* (Second, Revised Edition), revised by Joel Weinsheimer and Donald G. Marshall, New York: Continuum, 1989, XXI）。
③ 按：关于浮士德的详细考证，本文主要参考伊恩·瓦特：《现代个人主义的四个迷思》（Ian Watt, *Myths of Modern Individualism*, Cambridge: the Press Syndicate of the University of Cambridge, 1996.）第一章《从浮士德其人到〈浮士德传说〉》（"From George Faust to *Faustbuch*"）的相关内容。

个复杂的意义体而存在。在伊恩·瓦特(Ian Watt)看来,浮士德其实融聚了新旧两种不同的思想传统。一方面,"(他)无疑是一个自吹自擂且令人厌恶的骗子";另一方面,"(他)是在一个越来越看重固定职业和固定住所的社会中,坚持走自己道路的死不悔改的个人主义者"。对于旧传统而言,浮士德被称作"魔法师"(conjuror),而在当时"那个很大程度上处于前科学状态的社会,魔法师这种说法所具有的意义涵盖从将魔鬼唤出地狱到从帽子变出兔子,通常比较宽泛"。对于新传统而言,浮士德既"体现了推动变化的新兴力量——比如,文艺复兴时期的人文主义者对古典学的振兴,以及他们对神奇科学的同等追求",又"体现了宗教改革所引发的对于圣经学以及更加广泛的学院派知识的某些关注"[①]。

说到浮士德,人们就不得不提起魔鬼,它与浮士德建立了一种紧密的关系。我们知道,魔鬼最初在《旧约》里只是一个小角色,大约仅在《创世记》中化身为蛇诱惑夏娃时出现过一次。其后他在《新约》中作为基督的诱惑者而频繁出现,人们只能凭借驱魔、忏悔以及宽恕等才能确保对撒旦的恶力有所约束。不过大约在宗教改革之后,原来那种仁慈的上帝与邪恶的魔鬼相互依存的关系发生了改变。出于打击和清除宗教信仰上的异端的目的,对于魔鬼的恶力必须毫不妥协地采决绝之态度。正是在这种背景下,魔法师被看作有意向魔鬼表示效忠的人,浮士德随之也被归入邪恶。马丁·路德本人就是一位对于魔法(witchcraft)和魔法师持毫不妥协的敌对立场的人。由于他将其信仰生活中所有不幸、诱惑与怀疑均视为魔鬼,而摆脱魔鬼的办法唯有赖于对上帝的信仰——这也是其赞美诗《上主是我坚固保障》(*Ein feste Burg ist unser Gott*)的主旨所在,于是人间世界与超自然世界自此被导入一种善与恶的极端剧烈的冲突之中。而这使魔鬼及其所居位阶在神学和心理上具有了之前从未有过的重要意义。在路德看来,只要他向魔鬼伸出手去,就会给自己带来毁灭。浮士德就是一个先例[②]。

上述观念给其后的各种浮士德传说打下了深深的烙印。"宗教改革给魔法、世俗快乐、审美经验、非宗教性的知识——简言之,给文艺复兴所带来的许多乐观愿望,施加了一个诅咒。而浮士德传说则可以看作对这个诅咒的一种叙事性的抒发(或表达)。"[③]从传统基督教立场来看,浮士德对知识的追求已经不

[①] 伊恩·瓦特:《现代个人主义的四个迷思》(Ian Watt, *Myths of Modern Individualism*, Cambridge: the Press Syndicate of the University of Cambridge, 1996, pp. 10 – 11)。
[②] Ibid., pp. 14 – 15.
[③] Ibid., p. 26.

属于基督徒的行为,因为其目的不是为了洞晓上帝的意旨,坚定对上帝的信仰。

直到马洛(Christopher Marlowe,1564—1593)写出《浮士德博士的悲剧》(*The Tragical History of the Life and Death of Doctor Faustus*),浮士德对世俗性知识的追求才获得了一种完全的肯定。早在《帖木耳》里就已清晰表达的"人"对于世界的巨大理解能力和对知识的渴望,在《浮士德博士的悲剧》中又有了进一步的升华:

> 神学,再见吧!
> 术士们的这些方术以及这些魔书,才妙不可言;
> 线,圈,圆,字母和符号,
> 啊,这些浮士德才一心贪恋。
> 哦,一个充满何种利益、乐趣、
> 权力、荣誉和全能的世界,
> 已摆在一个肯用功钻研的技艺家的面前啊!
> 在安静的两极间活动的一切事物,
> 都将听我指挥。
> ……
> 一个灵验的术士就是伟大的天神;
> 浮士德,绞尽脑汁取得神的身份吧!①

至于歌德投入巨大的心血和精力,自述"构思超过六十年之久"的诗剧巨著《浮士德》,则凝结了其本人对于人生、时代、自然和世界等的全部看法。在作者凭借《浮士德》跻身荷马、但丁、莎士比亚等"世界诗人"的行列之后,"浮士德"遂成为一种"时代精神"或者"世界精神"的代名词而流行开来。

对此,中国的读者其实早已熟知。

对于浮士德精神有着深刻理解的第一位中国人也许是辜鸿铭。在他署名为"汉滨读易"所作《张文襄幕府纪闻》中,有一则谈到他曾翻译西哲"俄特"(即歌德)所谓"自强不息箴",译文曰:"不趋不停,譬如星辰。进德修业,力行近仁。"②这段译文其实来自《浮士德》第二部分最后一幕,德文原文为:

---

① 克里斯朵夫·马洛:《浮士德博士的悲剧》,戴镏龄译,作家出版社,1956年,第7—8页。
② 汉滨读易:《张文襄幕府纪闻》,载雷瑨辑:《清人说荟》(一),(台北)华文书局,1969年,影印民国十七年扫叶山房石印本,第526页。

Gerettet ist das edle Glied
Der Geisterwelt vom Bösen:
Wer immer strebend sich bemüht,
Den können wir erlösen.

现在通行的绿原译本为：

灵界高贵肢体
已从邪恶得救：
凡人不断努力，
我们才能济度。①

显然，辜鸿铭并没有采从字面上对译的做法，而是按照他的理解进行了"意译"。他认为这一段出自《浮士德》的"箴言"恰与《周易》乾卦的卦辞"天行健，君子以自强不息"义相合。故云："卓彼西哲，其名俄特。异途同归，中西一辙。勖哉训辞，自强不息。"从而得出结论曰："可见道不远人，中西固无二道也。"②

《浮士德》下卷脱稿之后，歌德曾与爱克曼有一场谈话（1831 年 6 月 6 日）。歌德专门提醒爱克曼注意的就是辜鸿铭所说的这句"自强不息箴"。歌德说："浮士德得救的秘诀就在这几行诗里。浮士德身上有一种活力，使他日益高尚化和纯洁化，到临死，他就获得了上界永恒之爱的拯救。这完全符合我们的宗教观念，因为根据这种宗教观念，我们单靠自己的努力还不能沐神福，还要加上神的恩宠才行。"③辜鸿铭如此看重此句"箴言"，足以证明他对《浮士德》以及"浮士德精神"有着很高程度的了解和理解。

我国最早从事《浮士德》译介工作的郭沫若曾评价《浮士德》"是一部灵魂的发展史，一部时代精神的发展史"④。一方面，"浮士德力求进步，……想把北欧的沉郁向明朗的希腊精神求解脱，也就是想向现代的科学精神求解脱"；另一方面，"'浮士德'的外表其实也就是一个悲剧。它披着一件中世纪的袈裟，而包裹

---

① 歌德：《浮士德》，绿原等译，载《歌德文集》第 1 卷，人民文学出版社，1999 年，第 445—446 页。
② 汉滨读叟：《张文襄幕府纪闻》，载雷瑨辑：《清人说荟》（一），（台北）华文书局，1969 年，影印民国十七年扫叶山房石印本，第 526 页。再："勖"，同"勗"，皆是勉励而为的意思。辜鸿铭以此来与"streben"及"bemühen"对应，谁能不承认他的理解和用词都是准确之极？
③ 爱克曼辑录：《歌德谈话录》(1823—1832)，朱光潜译，人民文学出版社，1982 年，第 244 页。
④ 郭沫若撰："《浮士德》简论"，载歌德：《浮士德》，郭沫若译，人民文学出版社，1954 年，第 3 页。

着一团有时是火一样的不知满足的近代人的强烈的冲动。那看来分明就是矛盾,而这矛盾的外表也就形成了'浮士德'的庞杂性"①。

宗白华认为,歌德凭借所谓"浮士德精神"成为"文艺复兴以来近代的流动追求的人生最伟大的代表"②。详细而言,"近代人失去了希腊文化中人与宇宙的谐和,又失去了基督教对一超越上帝虔诚的信仰,人类精神上获得了解放,得着了自由;但也就同时失所依傍,彷徨摸索,苦闷,追求,欲在生活本身的努力中寻得人生的意义与价值。歌德是这时代精神伟大的代表,他的主著《浮士德》是这人生全部的反映与其问题的解决(现代哲学家斯宾格勒 Spengler 在他名著《西方文化之衰落》中,名近代文化为浮士德文化)。歌德与其替身浮士德一生生活的内容,就是尽量体验近代人生特殊的精神意义,了解其悲剧而努力以解决其问题,指出解救之道。所以有人称他的浮士德是近代人的《圣经》"③。

前引出自宗白华一篇名为《歌德之人生启示》的文章。这篇文章原载天津《大公报》文学副刊第 220—222 期,是作者于 1932 年 3 月为歌德百年忌日所写。值得我们注意的是,宗白华文中即提到斯宾格勒(Oswald A. G. Spengler, 1880—1936)在其名著《西方文化之衰落》(*Der Untergang des Abendlandes*,现一般译为《西方的没落》)中,将西方近代文化命名为浮士德文化。其实,这本书最早引起宗白华的关注还是此前十余年的事情。刊载于 1921 年 2 月 11 日《时事新报》副刊《学灯》上的《自德见寄书》就曾说:"德国战后学术界忽大振作……风行一时两大名著,一部《西方文化的消极观》,一部《哲学家的旅行日记》,皆畅论欧洲文化的破产,盛夸东方文化的优美。"④前一部即指斯宾格勒此书。应该说,斯宾格勒此书甫一出版(第 1、2 卷分别出版于 1918、1922 年)即引起中国学者的关注⑤。虽然很长时间内在中国没有一部完整的译本,但是斯宾格勒在书中将"浮士德精神"视为西方文化独有的精神内核,认为歌德创造的浮士德形象"是一种纯粹实践的、目光远大的、方向向外的能动性的典型",并以此"从心理学上预示了西欧的整个未来";"浮士德风格""是对某个东西永无止息的持续追寻";以及"在浮士德式的人的眼里,在世界中,任何事物都是具有一个目标的运

---

① 郭沫若撰:《"浮士德"简论》,载歌德:《浮士德》,郭沫若译,人民文学出版社,1954 年,第 8—9 页。
② 宗白华撰:《歌德之人生启示》,载《宗白华全集》第 2 卷,安徽教育出版社,1994 年,第 17 页。
③ 同上书,第 2 页。
④ 宗白华撰:《自德见寄书》,载《宗白华全集》第 1 卷,安徽教育出版社,1994 年,第 320 页。
⑤ 按:详细情况可参见李孝迁、邹国义撰:《斯宾格勒〈西方的没落〉在中国的传播》,载瞿林东主编:《史学理论与史学史学刊(2004—2005 年卷)》,社会科学文献出版社,2005 年。

动。他自己也只能在那种状况下生活着,因为对他而言,生活就意味着斗争、征服,意味着去赢得胜利"①,中国学者应该是知晓的。"战国策"派代表人物陈铨在《浮士德精神》一文中将"歌德的浮士德"总结为"一个对于世界人生永远不满意的人……一个不断努力奋斗的人……一个不顾一切的人……"等五点,并号召中国人"采取这一个新的人生观"②,就是一个很好的证明。所以,早在20世纪20—30年代起,中国人即基本上接受将"浮士德"或者所谓"浮士德精神"作为象征西方近代(现代)文化精神的特定符号。

三、从"浮士德式的理解"反证诠释学的现象学本质

以上用如此长的篇幅谈论"浮士德",当然不是欲借一套繁琐且无聊的考证去证明一个显明的真理。我们的目的是尽可能打开"浮士德"向我们显现其自身意义而依托的那个背景/视域,从而凸显必须将"Faust"译出之必要——因为这将极大地有益于我们对诠释学的理解。

伽达默尔在《真理与方法》导言部分开篇即谈到本书关注的是"诠释学问题",接着表明"理解以及对所理解之事加以正确解释的现象,并不只是精神科学方法论所独有的特殊问题",继而又指出"从其历史起源起,诠释学问题就超出了现代科学为方法论概念所设置的界限",因而,"文本的理解和解释就不只是科学所关注的问题,显然它们属于人类世界经验的总体"。在此基础上,伽达默尔强调,"诠释学现象根本就不是一个方法问题","它并不去关注一种可使文本**像其他所有经验客体一样**屈从于科学探究的理解方法"③(着重点系笔者所加)。

在指明诠释学问题或者诠释学现象与科学或"科学探究"所关注的对象有着明显不同之后,伽达默尔谈到了这一问题所面对的现实困境,即:由于近代(Neuzeit,在德文中特指16世纪以来)科学(这是一种**特定**的知识体系)对于"知识概念"和"真理概念"的支配,本质上"超出"科学方法论范畴的诠释学问题,在科学的话语体系内,没有"合法性"可言。然而,也正由于这个原因,反证"文本的理解与解释"这种诠释学现象,属于一种较"现代科学"所控制的范围更

---

① 参见奥斯瓦尔德·斯宾格勒:《西方的没落》(全译本),吴琼译,上海三联书店,2006年,第338、195、327页。
② 详见陈铨撰:《浮士德精神》,载林同济编:《时代之波》,《民国丛书》第1编,上海书店出版社,1989年,第19—26页。
③ 伽达默尔:《真理与方法》(Gadamer, *Hermeneutik* I: *Wahrheit und Methode*, Tübingen: J. C. Mohr [Paul Siebeck], 1986, S.1)。

为广大的经验世界。哲学、艺术和历史等方面的经验就处于这个"处在科学之外"的经验世界里,这类经验的"真理"是无法凭借"一切适合于科学的方法论手段"来加以证明的①。所以,伽达默尔从事诠释学研究的目的,就是通过一种与"现代科学方法论"相**对抗**的方式,为哲学、艺术和历史的真理赢得其应有的合法地位和存在空间。

而欲达此目的,根据伽达默尔,只有求助于对理解现象的深入研究。为了帮助说明"如何更深入地研究理解现象",伽达默尔特举哲学研究为例。

> 我们对哲学有一个基本经验,即:当我们试图理解体现哲学思维的那些经典作品时,它们本身总是提出一种真理诉求(Wahrheitsanspruch),而当代意识对此则既不能拒绝,又无法超越。当代幼稚的自尊感可能会对以下这种思想进行反抗——这种思想认为,哲学意识有可能承认人们自身的哲学见解也许会低于柏拉图或亚里士多德,以及莱布尼茨、康德或黑格尔。当代哲学试图在承认自身不足的情况下去解释和透彻领会(Verarbeitung)其古典遗存(Überlieferung),而这有可能被人们当作一个弱点。②

接下来,我们关注的那段译文出现了:

> 然而,如果哲学家不认真地审视其自身的思想,而是愚蠢地自行充当**浮士德**,那倒确实是哲学思维的一个更大的弱点。③

显然,伽达默尔在这段话中认为,哲学研究并不处在一种无限"上升"的模式中。后世的哲学理解不必然通过某种确定的途径保持对前辈的优势;相反,前者甚至可能劣于后者。而哲学思考正是以对自身这种不足(它不必然地掌握真理)的承认为前提来展开的——这是哲学理解的现实,它并不构成哲学自身的弱点。但是,如果哲学家试图"充当浮士德",那就真正地为哲学思考以及哲学理解制造了一个弱点。

---

① 伽达默尔:《真理与方法》(Gadamer, *Hermeneutik* I: *Wahrheit und Methode*, Tübingen: J. C. Mohr [Paul Siebeck], 1986, SS. 1 - 2)。
② 伽达默尔:《真理与方法》(Gadamer, *Hermeneutik* I: *Wahrheit und Methode*, Tübingen: J. C. Mohr [Paul Siebeck], 1986, S. 2)。
③ Ibid.

我们在前面已经尽可能展现了"浮士德"理解的视域。"浮士德"作为西方现代文化的符号,象征一种无穷的"动""永无止息的持续追寻"的精神,这种精神的内核也就是现代科学的精神。所谓哲学家试图"充当浮士德"这个比喻,是指哲学家在哲学思考中,欲通过引入现代科学方法论的思维模式以不断追求一种不断上升的哲学理解。这种做法势必将取消不同时代哲学思考的真理诉求,从而将哲学思考和哲学理解混同于"科学探究"。在伽达默尔看来,这种无视自身特点(在现代科学的有色眼镜中显现为一种弱点)的做法,其实恰恰构成了"一个更大的弱点",亦即远离而不是靠近理解的真理。

伽达默尔屡屡提及诠释学现象以及理解现象,我们必须注意的是,"现象"这个术语应当严格限定在现象学的领域内来提取其意义。

1931 年,伽达默尔出版了他的第一部著作。这部题名为《柏拉图的辩证伦理学:对斐里布篇的现象学解释》(*Plato's Dialectical Ethics*:*Phenomenological Interpretations Relating to the "Philebus"*)的著作,似乎足以证明他在走上学术之路之初即受到现象学的影响。伽达默尔认为,"回到实事本身"作为现象学运动的口号,并不只是意味着向传统的概念语言以及面向科学事实的基本倾向说再见,它还意味着反对一切试图从先验哲学的立场出发来证明科学的合法性的做法。所以,在他看来,尽管胡塞尔关于"生活世界"(Lebenswelt)的论述为现象学的进一步发展开创了道路,但是由于胡塞尔仍然把现象学作为先验哲学来理解,现象学运动真正出现革命性的转向还是要等待海德格尔的到来。根据伽达默尔的理解,除了胡塞尔,在海德格尔身上还体现出狄尔泰和克尔凯郭尔的影响。海德格尔在青年时期就走入历史思维的广阔领域,促使他这么做的原因,一方面由于海德格尔拒绝接受按照自然科学模式建构起来的知识概念和真理,另一方面在于狄尔泰给他的启迪。而克尔凯郭尔身为基督教思想家却能够具有反对教会的批判立场,这给海德格尔留下了深刻印象。这种影响体现在他身上,就是推动了与学院派哲学——新康德主义和先验现象学——相左的批判转向[1]。

我们认为,在伽达默尔第一部著作的题名中所出现的"现象学",既不是指胡塞尔的先验现象学,也不专指海德格尔的实存论的现象学。他心目中的现象学不仅包含历史思维的视野,而且具有辩证法的因素,从而预示了一种与当时学院派哲学相冲突的立场。其中,伽达默尔对于"辩证法"的思考尤为值得我们重视。在对"辩证法"的考察中,伽达默尔自云他采用了现象学的方法,回到"辩

---

[1] 参见伽达默尔撰:《伽达默尔论伽达默尔》(Gadamer, "Gadamer on Gadamer", in Hugh I. Silverman, ed., *Gadamer and Hermeneutics*, New York:Routledge, 1991, pp.14 - 15)。

证法"的自身,也就是说,回到柏拉图所使用的"辩证法"的本来意义来对它进行理解。在柏拉图那里,"辩证法"是指"引导谈话的艺术"(the art of leading a conversation),而他之所以把"哲学"首先称为"辩证的",是由于苏格拉底的对话及其对"善"的发问构成了柏拉图背后的生活世界。所以,伽达默尔认为,如果要使柏拉图的"辩证法"以一种无遮蔽的方式显示自身,同时寻回"哲学"的本来意义,必须努力使柏拉图背后的生活世界在当下重新说话[1]。这种做法就是他所谓的"现象学解释"。"现象学解释"与我们日常所说的"解释"不同,它是指使现象通过"现象学描述"——对现象本身的描述——显现出来。所以,伽达默尔所说的作为诠释学现象的理解与解释,以及作为例证谈到的哲学思考和哲学理解(这也是伽达默尔所理解的哲学本身),都具有现象学与辩证法两个维度,从而与以"浮士德精神"为特征的那种可以无限上升的现代科学方法论的思维模式作出区别。在《真理与方法》发表后四分之一世纪的1985年,伽达默尔撰写了一篇名为《在现象学和辩证法之间——一种自我批判的尝试》的论文,对作为一个统一的哲学体系的诠释学重新进行审视。伽达默尔认为,无论在《真理与方法》发表之前还是之后,无论诠释学体系集中在语文学-历史学领域还是突破这一领域延展至自然科学领域,诠释学始终围绕诠释学实践来思考问题。而他所谓的诠释学实践,则是指在现象学和辩证法指导下的对理解艺术的反思。伽达默尔将这篇论文作为著作集版《真理与方法》第2卷的导论,实际上也是对其自身诠释学之路的一个总结。

国内学者其实早就注意到伽达默尔的诠释学建构与辩证法的亲密关系,甚至认为"离开了辩证法我们很难想象新解释学会是一个什么样子"[2]。在《通向解释学辩证法之途》这部著作中,何卫平从诠释学循环的辩证法,诠释学经验的辩证法,诠释学的我-你关系的辩证法,以及诠释学对话的辩证法四个方面对伽达默尔诠释学辩证法的主要内容作出梳理,对伽达默尔熔诠释学、现象学与辩证法为一炉的哲学运思过程进行考察,展现了伽达默尔对于辩证法相对于西方庞大传统的不同思考。但是需要指出的是,伽达默尔诠释学对于辩证法更多地是在现象学基础上的吸收。由此也可以说明,伽达默尔为什么要坚持反对以"浮士德式的"立场来对待理解经验与理解艺术,将一种"浮士德式的"理解与作为诠释学现象的理解作出区分。

---

[1] 参见伽达默尔撰:《伽达默尔论伽达默尔》(Gadamer, "Gadamer on Gadamer", in Hugh I. Silverman, ed., *Gadamer and Hermeneutics*, New York: Routledge, 1991, p.16)。
[2] 何卫平:《通向解释学辩证法之途:伽达默尔哲学思想研究》,上海三联书店,2001年,第5页。

四、科学方法论主导下的现代经学研究范式与儒家经典的"博物馆化"

伴随 20 世纪 90 年代"国学热"的兴起,以清华国学研究院四大导师为代表的一代学者及其著作重新引起关注,作为国学的主流和核心部分的儒家经典研究也重新走回学术舞台的中心。在这种情况下,如何看待在传统经学与所谓"现代性"之间本已存在的那种张力关系,就成为一个迫切需要解决的问题。这个问题当然无法简单地以"儒家经典诠释的现代化与理论化"来加以归约。

"现代性"概念本源于西方。它最初在文艺复兴时期意味着一种"否定性",而与之相对的"古典"则寄托了价值观念的理想。只是在 17 世纪后期的"古今之争"之后,西方文化才从对"古典"的崇拜之中解脱。有赖于蒙田、培根和笛卡尔及其追随者的努力,通过《知识的进步》《新工具》和《方法谈》等一系列为知识体系奠定科学方法论基础的著作,为"现代性"话语涂抹上了理性、进步与启蒙的底色。

被西方的坚船利炮"轰出中世纪"的中国终于在 20 世纪初实现与"现代性"的紧密相拥,在此过程中,传统经学的命运并未实现新生,相反却走到了尽头。我们可以借用列文森的一个形象说法来表达一种惋惜之情:"在普鲁斯特的'序曲'中,主旋律时而高昂,时而低沉,起伏不定,直到最后从衬托它的合奏中旋出一个长叹的音符……"[1]然而列文森的立场却不含任何温情,他的结论冰冷如铁:

> 当儒教成为历史时,这是因为历史已超越了儒教。固有的古典学问,亦即源自经典所记录的有关抽象的人如何创造永恒历史的那种实践不起作用了。[2]

另一方面,与之相对的则是:

> 外来的古典学问——亦即关于有关具体的人如何在一个注定的历史过程的某一阶段中创造历史的预言——进来了。[3]

---

[1] 列文森:《儒教中国及其现代命运》,郑大华、任菁译,中国社会科学出版社,2000 年,第 344 页。
[2] 同上书,第 359 页。
[3] 同上。

于是:

> 儒教变成了理性研究的对象(而不是理性研究的条件),而没有成为情感维系的对象,成为一块引起人们对过去之虔诚的历史纪念碑。①

牟宗三、徐复观、张君劢和唐君毅四人在1958年元旦联名发表《为中国文化敬告世界人士宣言——我们对中国学术研究及中国文化与世界文化前途之共同认识》。在这份宣言里,他们归纳出"世界人士研究中国学术文化的三种动机与道路"。其中第二种,在他们看来,"实来自对运入西方,及在中国发现之中国文物之好奇心"。宣言指出:

> 西方人从中国文物所引起之好奇心,及到处去发现、收买、搬运中国文物,以作研究材料之兴趣,并不是直接注目于中国这个活的民族之文化生命、文化精神之来源与发展路向的。此种兴趣,与西方学者要考证已死之埃及文明,小亚细亚文明,波斯文明,而到处去发现、收买、搬运此诸文明之遗物之兴趣,在本质上并无分别。②

考虑到列文森在《儒教中国及其现代命运》中曾谈到所谓的"博物馆化",将儒家文化与古希腊、古罗马和古埃及等文化相提并论,认为它们均只是些"充实了我们的博物馆"的陈列品,"只具有历史的意义""它们代表的是既不能要求什么,也不能对现实构成威胁的过去"③,许多学者认为,宣言中上述论述可看作对列文森一类西方汉学家的回应。

不过在距该书出版已逾半个世纪的今天,再看列氏书中关于儒学和中国传统文化所下的判断和结论,一味抨击其武断和片面,恐怕也不公平。因为对于秉守"历史学家"责任的列文森而言,书中绝大部分论述属于"描述性"而非"规定性"话语。在他看来,现实中将孔子置入"博物馆的玻璃橱窗"中的那双手并非来自儒学传统外部,而是来自其内部。比如,章太炎就曾借用章学诚"六经皆史"的说法,使之"成为儒学消亡史的潜台词"④。

---

① 列文森:《儒教中国及其现代命运》,郑大华、任菁译,中国社会科学出版社,2000年,第360页。
② 牟宗三、徐复观、张君劢、唐君毅《为中国文化敬告世界人士宣言》,载封祖盛编:《当代新儒家》,生活·读书·新知三联书店,1989年,第5页。
③ 列文森:《儒教中国及其现代命运》,郑大华、任菁译,中国社会科学出版社,2000年,第372页。
④ 同上书,第76页。

章学诚在《文史通义》开篇即言:"六经皆史也。"然而他的本义并非像章太炎所理解的那样,认为六经不过是供人们对一种"历史陈迹"进行研究的文献资料。恰恰相反,章学诚并不把六经视为"陈迹",因为"古人不著书,古人未尝离事而言理。六经皆先王之政典也"①。他所谓的"六经皆史"是把六经看作先王政事之记录,而此政事之记录的目的则在于"言理",从而肯定而非否定六经的永恒价值。而在章太炎那里,"经"只是一种"线装书"②,而非可以为所有人生和社会问题提供解答并据之作出判断的价值源泉。他所谓的"六经皆史",其实已饱含"整理国故"的意义。

在这种思想的影响下,经学研究领域"新史学派"的出场便顺理成章。在周予同看来,这一派一方面接受了经学传统的遗产,一方面接受了外来学术思想的影响,试图引入现代历史观念和新的方法论去研究经学。他们要么"以今文学为基点,摄取宋学之怀疑的精神,而辅以古文学之考证的方法",要么"以古文学为基点,接受外来考古学的方法,寻求地下的实物以校正记载",要么"以外来的唯物史观为中心思想,以经学为史料,考证中国古代社会的真相,以为解决中国目前社会问题方案的初步"③。这三个方向的共同特点是将儒家经典看作可靠史料,将经学视为"社会思想(文化史一个组成部分)"④。周予同最后甚至要以"六经皆史料"来代替"六经皆史"的口号,因为"'史料'只是一大堆预备史家选择的原料",而"'史'却是透过史家的意识而记录下来的人类社会"⑤。显然,在他看来,只有彻底实现六经的"史料化",才能像章太炎所说的那样,使经学完全"惟为客观之学"⑥。然而,也正因为这个原因,使"孔子被妥善地锁藏在了玻璃橱窗里"。

第一种方向的代表人物是钱玄同,后来又为顾颉刚等所继承和发展。随着

---

① [清]章学诚:《文史通义》,载《章学诚遗书》,文物出版社,1985年,第1页。
② 按:章太炎在《国学概论》中认为:"经字原意只是一经一纬的经,即是一根线,所谓经书只是一种线装书罢了。……古代记事书简。不及百名者书于方,事多一简不能尽,遂连数简以记之。这连各简的线,就是'经'。可见'经'不过是当代记述较多而常要翻阅的几部书罢了。非但没有宗教的意味,就是汉时训'经'为'常道',也非本意。后世疑经是经天纬地之经,其实只言经而不言天,便已不是经天的意义了。"参见章太炎讲演、曹聚仁记录:《国学概论》,巴蜀书社,1987年,第9—10页。
③ 周予同:《群经概论》,载周予同原著、朱维铮编校:《群经通论》,上海人民出版社,2012年,第11页。
④ 周予同:《中国经学史讲义》,载朱维铮编:《周予同经学史论著选集(增订版)》,上海人民出版社,1996年,第861—862页。
⑤ 周予同:《怎样研究经学》,载朱维铮编:《周予同经学史论著选集(增订版)》,上海人民出版社,1996年,第634页。
⑥ 章太炎:《与人论朴学报书》,载《章太炎全集(四)·太炎文录初编》,上海人民出版社,1985年,第154页。

晚清公羊学的复兴一步步发展而来的疑古学派,结合"新文化运动"对民主与科学的诉求,习惯于将传统放在现代化的对立面,从而予以否定性的批判。受缚于反封建的意识形态之要求,这一脉研究未能真正秉持其所标榜的"科学精神",也未能超越自身的"门户之见"。

第三种方向可以郭沫若为代表,在新中国成立后亦成为主流,包括范文澜和周予同等在内的学人均努力运用马克思主义观点从事经学史研究。然而在"阶级斗争"浪潮和"文革"的冲击下,坚守自身立场与标准的学术研究已无可能。

与以上两种已入冷落的方向相比,王国维所代表的,后来又为胡适等所继承的第二种方向在当下似乎却正"髦得合时"。这一脉研究试图在知识确定性的基础上建立自身的学术价值,明确必须将来自欧洲的"科学方法论"贯穿"国故"研究之始终。这种科学方法,按照胡适的观念,"……不是专讲方法论的哲学家所发明的,(而)是实验室里的科学家所发明的"。他认为,"中国旧有的学术,只有清代的'朴学'确有科学的精神","……自顾炎武直到章太炎都能用这种科学的方法,都能有这种科学的精神"①。所以,这一派欲在"朴学"传统与西方"科学方法论"的结合中,使作为"国故学"一部分的经学获得新的发展。

然而在牟宗三等四人联名发表的那篇宣言中,对这种范式也提出了批评:

> ……中国清学之方向,原是重文物材料之考证。直到民国,所谓新文化运动时整理国故之风,亦是以清代之治学方法为标准。中西学风,在对中国文化之研究上,两相凑泊,而此类之汉学研究,即宛成为世界人士对中国文化研究之正宗。②

"此类之汉学研究",岂止"宛成为世界人士对中国文化研究之正宗",在"国学热"泛起已逾四分之一世纪的今天,它也"宛成为"当下儒学和经学研究之正宗。在这种打着"科学"与"真理"的旗号,貌似与西方实现"接轨"的现代学术体系中,经学仿佛实现了重生。然而事实上,正如李学勤先生而言,对于"我们今天应该怎样研究经学"这个问题,现在仍然没有人能够作出明确的回答③。

---

① 参见胡适:《清代学者的治学方法》,载欧阳哲生编:《胡适文集》(2),北京大学出版社,1998年,第282、288、293页。
② 牟宗三、徐复观、张君劢、唐君毅:《为中国文化敬告世界人士宣言》,载封祖盛编:《当代新儒家》,生活·读书·新知三联书店,1989年,第5页。
③ 参见李学勤:《国学的主流是儒学,儒学的核心是经学》,《中华读书报》2010年8月4日。

原因何在？

五、经学诠释学的指向："意义危机"中的自我救赎

余英时曾按照钱玄同的说法，将"国学"研究分成两期：第一期始于20世纪初年，清末学人欲输入西学为"经过考证方法洗礼之后的'四部'之学""别添活气"；第二期即指"五四"以后"整理国故"的运动①。他注意到，"国学"自其得名始，便与"西学"保持了一种对照关系。这里的"国学"指"中国传统学术体系"而言，"西学"则由最初不出"自然科学及其技术应用的范围之外"，逐渐涵盖了"西方人文社会科学"②。在他看来，列名于"国学大师"行列的学者大都欲在二者之间"寻求会通"，而非刻意区隔。

不过我们应该承认，两期"国学"对"西学"的参照、引鉴、吸收的初衷是不同的。第一期的目的尚在于"引西证中"，欲通过"西学"来证明"古人之说"的存在价值与合法性。第二期则完全确立了"西学"的典范地位，主张引入西方的"科学方法论"来重建"国学"的架构。所以后来在由傅斯年执笔的《历史语言研究所工作之旨趣》中宣扬"利用自然科学供给我们的一切工具，整理一切可逢着的史料"③，进而将生物学和地质学等确立为研究中国材料的历史学、语言学的榜样④。

余英时认为，《旨趣》体现了"一心一意进入西方现代学术系统"的追求。以这种追求为导向，"国学"研究包括"经学"研究便"分门别类地"收入"仿照西方（特别是美国）体制建立起来的"各学科之内⑤。其实，这种追求背后潜藏的是一种"科学主义"的心态。按照他的观察，这种心态大致表现在三个方面：一、"深信科学（自然科学）所取得的知识是最可信、最有价值的知识"；二、自然科学是人文社会科学的榜样；三、作为一种"普遍性的研究方法"，"科学方法""无论用之于自然科学或人文社会科学都同样有效"⑥。然而，实践证明，这种心态所支撑起来的研究范式却并不那么有效。

我们之所以作出这种判断，其原因在于这种研究范式不仅没有通过"意义

---

① 参见余英时：《"国学"与中国人文研究》，载余英时著、沈志佳编：《余英时文集（第12卷）：国学与中国人文》，广西师范大学出版社，2014年，第5—6页。
② 同上书，第4页。
③ 国立中央研究院历史语言研究所筹备处：《历史语言研究所工作之旨趣》，载《历史语言研究所集刊》（第1本），历史语言研究所，1928年，第3页。
④ 详见上书，第7页。
⑤ 参见余英时：《"国学"与中国人文研究》，载余英时著、沈志佳编：《余英时文集（第12卷）：国学与中国人文》，广西师范大学出版社，2014年，第14页。
⑥ 同上书，第15页。

的重建"摆脱"意义的危机",相反其自身却成为危机的一部分。

所谓"意义的危机"(the crisis of meaning)是张灏在《新儒家与当代中国的思想危机》一文中曾使用的术语。在他看来,"'意义危机'的源头如同人类历史那般久远,而在中国一如其他的地方,对敏锐的心灵来说,生命与世界的根本意义经常是吸引人的问题",而现代中国的"意义危机"发生在"新的世界观和新的价值系统涌入中国,并且打破了一向借以安身立命的传统世界观和人生观(Weltanschauung and Lebensanschauung)……之时"①。根据张灏的分析,这场"意义危机"的实质是道德迷失、存在迷失与形上迷失的融合。首先,"儒家传统的一些重要的道德政治价值"在"西方思想大量入侵"时遇到现实难题,儒家文化传统遭到彻底否定,道德传统亦随之分崩离析,于是在道德迷失之中产生了"尖锐的焦虑"。其次,张灏接受存在主义关于人类存在结构中普遍存在焦虑的观念,认为现代中国在"传统宗教信仰的象征性庇护已遭破坏之时",原来的那种本源性焦虑进一步加剧。最后,传统中国知识分子生存所依赖的"采用传统宗教和哲学的形上世界观",受到了现代科学的强力冲蚀;然完全依赖后者也无法对人生的问题给予合理的回答②。

对于我们而言,张灏所说的"意义危机"其实是一场延展至今的切身的生存危机。这种话语模式在内在理路上已经与前面谈到的诠释学(现象学的诠释学或存在论的诠释学,而非仅作为一种诠释理论的诠释学)相合。为了说明这一点,我们必须对诠释学的概念再次作出澄清。

19世纪20年代,伽达默尔曾在弗赖堡与马堡两所大学跟随海德格尔研习哲学,时值海德格尔全力撰写其划时代巨著《存在与时间》。海德格尔最初将他的全部哲学筹划命名为"事实性的诠释学"(the hermeneutics of facticity),也就是在此时,伽达默尔通过海德格尔所开设的讲座,在海德格尔令人激动的课堂授业中第一次听到了这个神秘同时颇显时髦的词汇。海德格尔的"事实性的诠释学"将此在(Dasein)描述为由于感受到自身的有限性因而对其自身存在予以"呵护"(care)的一个存在者,而此在的其他所有因素都是派生于这种根本的、源始性的"呵护"。然而不幸的是,此在往往受到其他第二性东西的蒙蔽从而遗忘了这种"呵护",并转而追求一种能够逃脱时间性限制的永恒。正是在这个意义上,海德格尔将他的巨著取名为《存在与时间》,以此来提醒我们不要忘

---

① 参见张灏:《新儒家与当代中国的思想危机》,林镇国译,载罗义俊编著:《评新儒家》,上海人民出版社,1989年,第49页。
② 同上书,第50—51页。

记自身存在的时间性,同时意欲摧毁所有对超时间性的不切实际的幻想。海德格尔专门为这种摧毁取名为"解构"(destruction)。

所以,诠释学在海德格尔那里绝不是指传统而言的具体的诠释技艺,而是指对于此在本身而言的"一般化"了的"诠释"。根据海德格尔,此在出于前述的那种对于自身时间性的体认以及对于自身存在的"呵护",总是要对自身所处的世界和这个世界所发生的一切进行"诠释",而无法"置身事外"地"冷眼旁观"。这种"诠释"所关心的是各种"事件"对此在本身到底意味着什么,对此在的未来到底有何影响,从而对此在最终选择如何应对产生"理解"("verstehen",也译为"领悟")。所以,海德格尔为他所说的理解与解释赋予了一种与通常而言的远为不同的含义。在海德格尔看来,诠释学(关于此在的理解与解释的学说)其实就是每一个此在从出生始到死亡止都必须从事的一种任务,因为只有如此它才能够明白自身到底"是"什么。而关心此在的"是"的学说,对于海德格尔来说,才算是一种真正的"存在论"/"是论"(ontology),并为其他一切"存在论"/"是论"提供基础。值得我们注意的是,海德格尔在《存在与时间》里描述其全部哲学构思的用语并不止"诠释学"一个,与在《事实性的诠释学》那个阶段不同,这时他已经从胡塞尔那里找到了一种更为有力和系统化(也许更为引人注目)的表述——提倡"直接面对实事"的"现象学"。

据此,我们可以知道,"诠释学"在海德格尔那里其实就是指一种新的哲学思维方式,这种新的哲学思维方式既被他称作"诠释学"("事实性的诠释学"或者"现象学的诠释学"),也被他称作"解构""存在论"("基础存在论"或者"现象学的存在论")与"现象学"("诠释学的现象学")。

无疑,伽达默尔对于海德格尔所使用的诠释学的内涵是非常清楚的。但是只有在1960年他的《真理与方法》出版以后,"诠释学"这个词汇才冲出了海德格尔的圈子在更广泛的领域为人所知。也许伽达默尔作为哲学家在《真理与方法》问世以后走出了海德格尔的阴影,但是就把诠释学作为一种不断向自我繁衍的形而上学幻象示警同时力促增进对有限此在的洞见的运思方式而言,他并没有脱离海德格尔的初衷。让·格朗丹(Jean Grondin,1955—)认为,当伽达默尔决定仍然采用"诠释学"这个术语并且继续推动诠释学的主题时,与他的老师相比,他对海德格尔在《存在与时间》那个阶段的思想要更加忠诚,同时也更加有信心[①]。

[①] 参见让·格朗丹:《伽达默尔传》(Jean Grondin, *Hans-Georg Gadamer*: *a Biography*, trans. by Joel Weinsheimer, New Haven and London: Yale University Press, 2003, p.5)。

正是在这个意义上,我们提出在经学研究中引入诠释学资源的建议(至于经学与象征一种哲学方向的诠释学如何实现会通,笔者曾在《经学在何种意义上是一门诠释学》这篇论文中做出初步探讨)。行走在诠释学方向下的经学研究实践,无论被称作经学诠释学还是诠释学经学,首先必须打破前述借科学方法论将"理解的对象"化约为"科学探究对象"的做法,同时在承认而不是取消经学史上的各种真理诉求的基础上,让经典"直接"向我们说话,如此才能直面一直延续至今的道德迷失、存在迷失与形上迷失的状况,实现对这场"意义的危机"的救赎。

梁启超在《保教非所以尊孔论》中曾谈道:"自汉以来,号称行孔子教二千余年于兹矣,百皆持所谓表章某某、罢黜某某者,以为一贯之精神。故……各自以为孔教,而排斥他人以为非孔教。于是……孔教之范围益日缩日小。寝假而孔子变为董江都、何邵公矣,寝假而孔子变为马季长、郑康成矣,寝假而孔子变为韩昌黎、欧阳永叔矣,寝假而孔子变为程伊川、朱晦菴矣,寝假而孔子变为陆象山、王阳明矣,寝假而孔子变为纪晓岚、阮芸台矣。皆由思想束缚于一点,不能自开生面……其情状抑何可怜哉!"在他看来,"孔子之所以为孔子,正以其思想之自由也。"[1]然而如果我们继续以科学方法论主导下的研究范式来对待儒学、对待经学、对待孔子,那么势必以一种特定的"真理"诉求取代所有的真理诉求,从而落入另一种打着"科学"旗号的专制与独断的陷阱。

---

[1] 梁启超:《保教非所以尊孔论》,载《饮冰室合集·文集之九》,中华书局,1989年,第55页。

从文本到内心：经学诠释与作者创作心理的重构
——以欧阳修《诗本义》对《关雎》篇的释义为例*

梁丹丹**

> **内容提要** 欧阳修的《诗经》诠释著作《诗本义》在中国经学诠释学思想史上的重要贡献之一是将作者/编删者的意图突显出来，作为诗之"本义"，以区别于作为诗之"末义"的传统注疏之学。与此相应的，他提出"据文求义"的阐释原则，将"经"之原典作为诠释主体探求诗人与圣人"美善刺恶"之创作意图的诠释依据。本文以《诗本义》对《诗三百》篇首《关雎》的释义为例，探讨"据文求义"的文本依据与"察其美刺、知其善恶"的经学诠释信仰在欧阳修的诠释学理论体系中的冲突与整合，以及其统归于作者/编删者创作意图之重构的《诗》之意义生成机制。
>
> **关键词** 诗人之意；圣人之志；据文求义；察其美刺；知其善恶

欧阳修的《诗经》诠释著作《诗本义》(1059)，在中国古典学与中国经学诠释学思想史上是一部开疑古风气之先的著作。清代学者朱彝尊在《经义考》中曾记载了南宋诗人楼钥对《诗本义》这样的评价："由汉以至本朝千余年间，号为通经者，不过经述毛郑，莫详于孔颖达之疏，不敢以一语违忤二家，自不相侔者，皆曲为说以通之。韩文公，大儒也，其上书所引《菁菁者莪》，犹规规然守其说，惟欧阳修《本义》之作，始有以开百世之惑，曾不轻议二家之短长，而能指其不然，以深持诗人之意。"①

自唐高宗永徽四年(653)颁行《五经正义》及至宋初，在经学诠释学思想领域占据主导地位的是官方注疏之学，就《诗经》而言，专宗汉代的毛诗郑笺二家之说。欧阳修的《诗本义》对汉代的毛诗郑笺之说，其三百五篇中，不得古人之意者百十四篇，为之论辩，断以己之本义②，对于当时诠释学思想的变革产生了深刻的影响。而其诠释学思想体系建构中最为重要的原则和策略之一，即提出了

---

* 本文原稿最初刊载于《东方论丛》2011年第1辑，笔者在原稿的基础上又作了一些修订。
** 梁丹丹，中山大学中国语言文学系副教授。
① [清]朱彝尊撰：《经义考》卷一百四引，中华书局，1998年，第563页。
② 同上。

"据文求义"这一诠释学命题,跨越汉唐以来的"诸儒的中间之说",倡导立足"经"之原典本身,以《诗经》的"文本"作为追索诗之"本义"——诗人之意与圣人之志的诠释依据。这也颇似罗伯特·格兰特(Robert Grant)在论述宗教改革时期的《圣经》解释时所称的:"马丁·路德拒绝传统的诠释,因为它阻碍了我们个体理解经文的道路:那些神父的教义仅仅在引导我们阅读'经文'上是有用的,正像它们本身被引导的,接下来我们应当诉诸'经文'(scriptures)本身。"① 尽管中国古典学与《圣经》在诠释学思想、体例及方法的发展历程上有各自的特点,但是在跨越传统诠释、回归"经"之原典的路径上,可谓经历了一个大致相通的历程。

欧阳修的"据文求义"的诠释学理念所确立的以《诗经》之本文作为诠释的客观依据和中心地位,为历代很多学者所称道。近年来也出现了关于欧阳修从文学角度解《诗经》之贡献的时贤成果。但是,从另一个角度说,欧阳修经学诠释的道德伦理向度是否因为"据文求义",以"人情"说诗而减弱了呢?换言之,在他的经学诠释学思想体系的建构中,《诗经》之文本与他的经学诠释信仰之间是否存在着冲突抑或整合?笔者发现,事实上,此处隐含了一个内在的矛盾。

以《诗本义》对《诗经·国风·周南·关雎》篇的释义为例②。欧阳修论曰:

> 为《关雎》之说者,既差其时世,至于大义,亦已失之。盖《关雎》之作,本以雎鸠比后妃之德。故上言雎鸠在河洲之上,关关然雄雌和鸣,下言淑女以配君子,以述文王、太姒为好匹,如雎鸠雄雌之和谐尔。毛郑则不然,谓诗所斥淑女者,非太姒也。是太姒有不妒忌之行,而幽闺深宫之善女,皆得进御于文王。所谓淑女者,是三夫人九嫔御以下众宫人尔。然则上言雎鸠,方取物以为比兴,而下言淑女,自是三夫人九嫔御以下,则终篇更无一语以及太姒,且《关雎》本谓文王、太姒,而终篇无一语及之,此岂近于人情?古之人简质,不如是之迂也。③

---

① 罗伯特·格兰特:《圣经解释简史》(Robert M. Grant, *A Short History of the Interpretation of the Bible*, London: SCM Press, 1984, p.98)。
② 按:《关雎》篇作为"诗三百"之篇首,在欧阳修《诗本义》的诠释中占据重要地位。除《诗本义》卷一对《关雎》的释义辩驳毛诗郑笺之失、申明己意外,在卷十四《时世论》《本末论》《序问》等篇均有论及,如《本末论》言"《关雎》《鹊巢》,文王之诗也,不系之文王而下系之周公、召公",《序问》言"而论《关雎》《鹊巢》系之周公召公,使子夏初序诗不为此言也",《二南为正风解》言"岂所谓周室衰而关雎始作乎文氏之失也"等等,大抵认为《诗序》及毛郑的解释差其时世,失其大义。其中,又以《时世论》中对此诗的论述最详,下文将有所论及。
③ [宋]欧阳修撰:《诗本义》卷一,见于[清]徐乾学等辑、纳兰成德校刊:《通志堂经解》第16册,(台北)大通书局,1969年,第9111页。

这段论述常被视为欧阳修"据文求义"的典型例证,"终篇无一语及之(太姒),此岂近于人情"这一句似乎显见地不同于汉儒的美刺观念,开启以"人情"说诗的诠释面向。然而,如果我们仔细阅读欧阳修对《关雎》的释义,不免会发生疑问:欧阳修所反驳的究竟是什么?他是要反驳汉儒的美刺观念吗?抑或是要反驳《关雎》谓"后妃之德"呢?

答案自然是否定的,欧阳修对《关雎》的释义,首先肯定了诗人的创作是以雎鸠比后妃之德,以雎鸠雄雌和鸣、淑女以配君子指涉文王、太姒为好匹。也就是说,《关雎》小序的题旨"《关雎》,后妃之德也"是他理解与解释全篇的一个前提,由此前提出发,则与毛诗郑笺的解释产生了矛盾,这个矛盾集中在第一章"关关雎鸠,在河之洲。窈窕淑女,君子好逑",这里的"淑女"究竟指谁?按欧阳修的说法,诗人的创作理路是以雎鸠比后妃之德,那么上言雎鸠之和谐,则接下来的"淑女"与"君子",很自然地应该指"太姒"与"文王"。但是,毛公将此章解释为:"言后妃有关雎之德,是幽闲贞专之善女,宜为君子之好匹"①,在欧阳修看来,如果依此解释,那么,"淑女"则不是确指"太姒",而迂回地指向了"幽闲贞专之善女"。而郑《笺》云"言后妃之德和谐,则幽闲处深宫贞专之善女,能为君子和好众妾之怨者"②则推进了毛公的这层意思③。因此,欧阳修认为,如果《关雎》本谓文王、太姒,那么"淑女"与"君子"一定是指"太姒"与"文王",如果"淑女"迂回地解释为"幽闲贞专之善女",那么终篇将无一语及后妃④。而古人简直朴质,如此迂回曲折地表达诗意,自然是不符合人情的⑤。

这里有意味的是,欧阳修并非反驳《关雎》谓"后妃之德",他批驳毛诗郑笺

---

① [汉]毛公传、[汉]郑玄笺,[唐]孔颖达等正义:《毛诗正义》,见于[清]阮元校刻:《十三经注疏》,中华书局,1980年,据世界书局本影印,上册,第273页。
② 同上。
③ 尽管欧阳修没有直接反驳孔颖达的解释,但是值得我们注意的是,孔颖达依毛诗郑笺之说正义为:"后妃虽说乐君子,尤能不淫其色,退在深宫之中,不亵渎而相慢也。后妃既有是德,又不妒忌,思得淑女以配君子,故窈窕然处幽闲贞专之善女,宜为君子之好匹也。"则更强调了后妃求贤的主题,"淑女"更为确定的指向了"幽闲贞专之善女"。出处同上。
④ 按:值得注意的是,朱熹的《诗集传》对《关雎》的释义采纳了欧阳修以淑女为太姒的解释。据裴普贤的《欧阳修诗本义研究》对一百一十四篇诗本义与朱熹《诗集传》之间的比较考察,朱熹的解释完全采纳欧阳修之本义说的有二十余篇,其余则大多为部分采纳,《关雎》为部分采纳的一例。见于裴普贤:《欧阳修诗本义研究》,(台北)东大图书公司,1981年,第13、97页。
⑤ 关于此章的解释,清人马瑞辰的《毛诗传笺通释》认为毛传无误,但是对郑《笺》、孔疏之误说得明白:"《序》以《关雎》为后妃之德,而下云'所以风天下而正夫妇',正谓序所称淑女为后妃,非谓后妃求贤也。……后妃求贤之说,始于郑《笺》误会《诗序》'忧在进贤'一语为后妃求贤。不知《序》所谓进贤者,亦进后妃之贤耳。孔《疏》不误《序》及《毛传》与《笺》异谊,概以后妃求贤释之,误矣。"见于[清]马瑞辰撰:《毛诗传笺通释》上册,中华书局,1989年,第29页。

的解释不近人情,是因为如果依据其解释,则违背了诗人简直的创作心理,使得本来书写"太姒"的诗作,却无一语言及"太姒"。其目的是为证明《关雎》篇的"淑女"就是指"太姒"。从上述对《关雎》篇的释义可见,欧阳修依然在其所接受的传统之内探讨诗意,并没有偏离《诗大序》政治教化的传统诠释模式。

然而,如果我们以欧阳修的诠释学原则来推断,那么,"据文求义"的命题则蕴含着一个内在的矛盾冲突。换言之,像现代学者所批驳的,如果是从"经"之原典本身出发"据文求义",以人情说诗的欧阳修何必要将《关雎》这首真挚的爱情诗解为后妃之德呢?若果如欧阳修所云"诗无明文乃是臆说也"①,那么,诗中哪一语明确言及了后妃呢?欧阳修如此的理解与解释是否也近于人情呢?

问题由此而来,"据文求义"这一诠释学命题究竟蕴含着怎样的意义生成机制?在"文"与"义"之间,又有着怎样的意义生成过程?在这一过程中,"经"之文本又如何得以区别于传统注疏之学,确立为诠释的唯一标准?在经之文本的依据之外,又有怎样的诠释因素在制约着意义的决断和文本的指向?

一、"据文求义":从文本向作者之意/志的探寻

欧阳修《诗本义》之诠释主旨在于"去其汩乱之说,使本义粲然而出"②,这里的本义是指诗人与圣人之意/志。在《诗本义》卷十四的《本末论》篇中,欧阳修重新梳理了《诗》的产生、流传及历代注释的过程,在此基础之上,他区分了诗之本义与末义,提出了作为诗之本义的"诗人之意"和"圣人之志"这样一组经学诠释学命题。

> 诗之作也,触事感物,文之以言,善者美之,恶者刺之,以发其揄扬怨愤于口,道其哀乐喜怒于心,此诗人之意也。
>
> 古者国有采诗之官,得而录之,以属太师播之于乐,于是考其义类而别之,以为风雅颂,而比次之,以藏于有司,而用之宗庙朝廷,下至乡人聚会,此太师之职也。
>
> 世久而失其传,乱其雅颂,亡其次序,又采者积多而无所择,孔子生于周末,方修礼乐之坏,于是正其雅颂,删其繁重,列于六经,著其善恶,以为劝诫,此圣人之志也。

---

① [宋]欧阳修撰:《诗本义》卷十二,见于[清]徐乾学等辑、纳兰成德校刊:《通志堂经解》第16册,(台北)大通书局,1969年,第9189页。
② 同上书,第9199页。

> 周道既衰,学校废而异端起,及汉承秦焚书之后,诸儒讲说者,整齐残缺,以为之义训,耻于不知而人人各自为说,至或迁就其事,以曲成其己学,其于圣人有得有失,此经师之业也。①

可以说,欧阳修对诗之本质的理解并没有偏离《诗大序》提出的"诗者,志之所之也,在心为志,发言为诗"②的诗学传统。从"据文求义"这一诠释学命题上看,"文"指涉的是《诗》的书写文本形式,也就是诗作本身的文字,所探求的"义"则为诗之"本义",也就是诗人与圣人之"意"与"志"③,即诗人与圣人的内心、情志与怀抱。如果说诗的创作经历了一个从"外界/时世""情感触发""内心意图(美/刺)"再到"文之以言"这样一个从"意/志"向"言"层层递进的逻辑链条,那么,相应地,对于诠释主体来说,诗的意义生成则经历了一个由"言"向"意/志"探求的逆推过程,这个过程则需要诠释主体的一些想象,再度通过"时世""情感"等诸种因素的介入,重建诗的创作过程④。

由此,我们不难理解,欧阳修为什么在《诗本义》中屡屡出现如下的诠释学命题:"时世""据文求义""人情不远"等,事实上,欧阳修在试图追踪从"意"到"言"的诗人的创作心理,从而达到"察言知意"的诠释目的。更为重要的是,《诗》在流传过程中,又经过了圣人的编删,列于"六经",承载了著其善恶、以为劝诫的圣人之意,所谓"知诗人之意则得圣人之志",这里的"意"与"志"又统归为"善则美之,恶则刺之"的具有道德伦理指向的创作意图。

无疑,《诗》之"本义"——"诗本义"是欧阳修经学诠释学思想中的一个重要命题,然而,我们注意到,在与之相应的逻辑上,欧阳修又提出了"太师之职"与"经师之业"这样一组表达"末义"的经学诠释学命题。与其说欧阳修在他的经学诠释学体系构建上区分了"本义"与"末义",不如说他使用这样一种诠释策略

---

① [宋]欧阳修撰:《诗本义》卷十四,见于[清]徐乾学等辑、纳兰成德校刊:《通志堂经解》第16册,(台北)大通书局,1969年,第9199页。
② [汉]毛公传、[汉]郑玄笺、[唐]孔颖达等正义:《毛诗正义》,见于[清]阮元校刻:《十三经注疏》,中华书局,1980年,据世界书局本影印,上册,第269页。
③ 按:许慎《说文》对"志"的训释为:"志,意也,从心、之,之亦声",又把"意"释义为"意,志也,从心音。察言而知意也"。这里值得注意的是,按段玉裁注的说法,小徐本无此字,大徐本以"意"下曰志,是宋初徐铉奉诏校定的时候加上去的,可见当时宋人对于"意"与"志"互为训释的看法。见于[东汉]许慎著、[清]段玉裁注:《说文解字注》,上海古籍出版社,1981年,第502页。关于"意"与"志"内涵的探讨,详参杨乃乔:"诗言志":一个关涉隐喻的诗学命题》,《浙江学刊》1999年第1期。
④ 按:此处探讨参考宇文所安:《中国古典诗歌与诗学:世界的预兆》(Owen Stephen, *Traditional Chinese Poetry and Poetics: Omen of the World*, Madison: The University of Wisconsin Press, 1985, pp.58-59)。

把"作者/编删者"和"读者"区分在两个不同的诠释维度上了。在欧阳修的经学诠释学策略中,与"作者/编删者"的意图在逻辑上有着密切意义关系的文本——《诗》,被赋予了中心的诠释地位。也就是说,后世关于《诗经》的诠释主体,在他们理解与解释的过程中,应该首先直接阅读《诗经》的文本从而提取意义。同时,欧阳修把汉代以来关于《诗经》的诸种注疏定义为所谓的"诸儒中间之说",认为作为注疏的"诸儒中间之说",其尽管在《诗经》文本理解的过程中是历代释经家所沉积下来的解释,也是后世《诗经》诠释主体必需参阅的注释,但是,其本身终究是后世经典诠释者对于"经"之文本的不同理解和解释,较之于《诗经》原典及其"本义",其后世的注疏是对于"圣人之志"所给出的具有"得失性"的价值判断而已。因此,应该予以辨明的是其于"圣人之志"的得失。

正是这种从源头处重建作者/编删者的意图的动力,使得与作者/编删者的意图在逻辑上有着密切意义关系的"经"之原典,被赋予了权威的诠释地位,正如欧阳修在《论删去九经正义中谶纬劄子》中说:

> 士子所本,在乎六经……欲使士子学古励行而不本六经,欲学六经而不去其诡异交杂,欲望功化之成,不可得也。①

欧阳修在《答徐无党第一书》中也提出了类似的观点:

> 凡今治经者,莫不患圣人之意不明,而为诸儒以自出之说汩之也。今于经外又自为说,则是患沙浑水而投土益之也。不若沙土尽去,则水清而明矣。②

由此可见,欧阳修认为,"经"之原典本身有一种自明性,同时,"经"之原典作为诠释的唯一依据依然存在着预设的前提,那便是"经"作为圣人之言,必然承载道德伦理和政治教化的圣人意图。就《诗经》而言,就是预先设定了"善则美,恶则刺"这种道德伦理法则下的诗人与圣人之意/志,而由此出发获得的意义必然彰显出《诗》之现实意义与社会功能的主体诠释倾向。这种信仰统摄之下的诠释模式也颇似西方宗教改革时期的《圣经》解释:

---

① [宋]欧阳修撰、[宋]胡柯等编校:《欧阳文忠公全集》卷一百十二,明嘉靖39年(1560)刻本,第12—13页。
② 同上书,第10页。

……解释的结果自然是主观的,但是同时也是客观的。它建基于对《圣经》文本的字面意义……《圣经》不再像它在中世纪天主教教义中那样,仅仅作为与其他文本并存的标准之一,《圣经》是唯一的标准。并且也不是像在托马斯·阿奎那那里一样,是客观的标准,它既是主观的也是客观的标准。因为在它之中并且通过它,上帝自身会对人的心灵说话。《圣经》自己证明了它的真实性。从路德对于解释的主观因素的强调上,我们可以看到现代解释理论中强调人类理解"客观性"之不可能的影子。同时,在路德这里,也有一个向更古老的、较为非理性主义的解释方法的转折。他恢复了解释归于神学的传统,努力地瓦解中世纪的神学与解释相分离的状况,从而对于经典诠释有着持久价值的贡献。①

在欧阳修从"文"向作者之"意/志"探寻诗之本义的过程中,不难发现,始终贯穿着"察其美刺,知其善恶"这种以道德伦理为旨归的经学诠释信仰的统摄,而"据文求义"这一命题蕴含的以"文本""人情"说诗的诠释学观念也在"美善刺恶"的道德伦理法则的统摄下与之融合。

二、"察其美刺、知其善恶":对于作者创作心理过程的重构

施莱尔马赫在《诠释学与批评及其他书写》(Hermeneutics and Criticism and Other Writings)一书中曾有这样的论述:"一部作品的思想(the idea of the work)必须首先作为意图予以明示,这是解释的基础。作品的思想只能从两个环节来理解,一是文本本身,二是文本产生影响的领域。文本本身不能制约任何解释。原则上说,文本即使没有直接明示其意图,也很容易被制约。但是同时,明示其意图也可能导向错误的理解。从另一方面看,如果我们想在较为狭义的范围上宣称作品的意图,只能通过与上述相反的,常常是完全外在于文本的东西来理解……但是,如果我们知道作品是为了什么目的而撰写的,并且知道作品试图产生怎样的影响的话,那么,我们的解释就被制约了,我们知道了一切我们需要的东西。"②

在施莱尔马赫的诠释学理论体系中,作者创作意图的揭示占有重要地位,

---

① 罗伯特·格兰特:《圣经解释简史》(Robert M. Grant, *A Short History of the Interpretation of the Bible*, London: SCM Press, 1984, p.98)。
② 弗里德里希·施莱尔马赫:《诠释学与批评及其他书写》(Friedrich Schleiermacher, *Hermeneutics and Criticism and Other Writings*, translated and edited by Andrew Bowie, Cambridge: Anglia Polytechnic University, 1998, p.93)。

而对于作品意图的理解又往往不是文本自身所能够制约的,需要涉及文本创作所处的原初历史语境,澄清其所由及试图影响的意向。正如安德鲁·博依(Andrew Bowie)在《施莱尔马赫诠释学的哲学意蕴》("The Philosophical Significance of Schleiermacher's Hermeneutics")一文中阐述其诠释学理论体系时所强调的:"尽管施莱尔马赫宣称诠释学是'正确地理解……他者话语的艺术',但是,必须结合他的'辩证法'(dialectic)来理解他的诠释学。诠释学探求的是言说个体的特定意图,并且诉诸话语所处的历史语境。……理解一个人的话语而不考虑话语的意向(intent),从本质上说是难以完成对其话语的理解的。"① 并且安德鲁·博依还指出,正是"辩证法"所涉及的关于真理(truth)与交往(communication)的一般问题,使得施氏的诠释学理念在某些方面同海德格尔与伽达默尔所发展的将解释作为此在的存在方式(the fundamental way of being in the world)的广阔诠释学视域相近似②。

让我们再回到欧阳修对《关雎》的释义,《诗本义》卷一开篇即批驳道:

为《关雎》之说者,既差其时世,至于大义,亦已失之。……③

这里的"时世"是指诗作所处的历史语境,"大义"是指作品的意图,也即诗人作诗的旨意,那么,为什么欧阳修认为毛诗郑笺的理解与解释差其时世,失之大义呢?如果以文本所处的历史语境来考察,诗人为什么要书写"后妃之德"呢?其用意何在?又是在怎样的历史处境与情感的触发之下创作这首诗的呢?

事实上,与施莱尔马赫的诠释学理念相通,作品所系属的"时世"是欧阳修诠释学思想体系中的一个关键词。《诗本义》卷十四置于篇首的是《时世论》,与置于其后的《本末论》同样不容忽视。在此文中,欧阳修对郑玄的《诗谱》尤其是其中《周南》《召南》的时世系属问题提出了疑问,认为其与诗义不合、自相抵牾,又阐明了《诗》尤其是"周诗"在诸经中失旨尤甚,其主要原因是非一人、一国、一时所作,又由于流传与应用中"考其义类而别之",因而,最初系属的"时世"没有

---

① 杰奎琳·玛丽娜编:《剑桥弗里德里希·施莱尔马赫指南》(*The Cambridge Companion to Friedrich Schleiermacher*, edited by Jacqueline Mariña, New York: Cambridge University Press, 2005, p. 84)。

② Ibid., p.83.

③ [宋]欧阳修撰:《诗本义》卷六,见于[清]徐乾学等辑、纳兰成德校刊:《通志堂经解》第16册,(台北)大通书局,1969年,第9111页。

得到很好的保存——

> ……盖自孔子没，群弟子散亡，而"六经"多失其旨。《诗》以讽诵相传，五方异俗，物名、字训往往不同，故于"六经"之失，《诗》尤甚。《诗》三百余篇，作非一人，所作非一国，先后非一时，而世久失其传，故于《诗》之失，时世尤甚。周之德，盛于文武，其诗为风、为雅、为颂。风有《周南》、《召南》，雅有《大雅》、《小雅》。其义类非一，或当时所作，或后世所述，故于《诗》时世之失，周诗尤甚。自秦汉已来，学者之说不同多矣，不独郑氏之失也。①

在这篇《时世论》中，欧阳修还进一步论述了《关雎》篇的时世之失，并澄明该诗之本义——

> 昔孔子尝言《关雎》矣，曰"哀而不伤"。大史公又曰："周道缺，诗人本之衽席，而关雎作。"而齐、鲁、韩三家皆以为康王政衰之诗，皆与郑氏之说其意不类，盖常以哀伤为言。由是言之，谓关雎为周衰之作者近是矣。周之为周也，远自上世积德累仁，至于文王之盛，征伐诸侯之不服者，天下归者三分有二，其仁德所及下至昆虫草木，如《灵台》、《行苇》之所述，盖其功业盛大积累之勤，其来远矣，其威德被天下者非一事也，太姒、贤妃又有内助之功尔。而言《诗》者过为称述，遂以《关雎》为王化之本，以谓文王之兴自太姒始。故于众篇所述德化之盛，皆云后妃之化所致，至于天下太平，《麟趾》与《驺虞》之瑞，亦以为后妃功化之成效。故曰：《麟趾》，《关雎》之应；《驺虞》，《鹊巢》之应也。何其过论欤！夫王者之兴岂专由女德？惟其后世因妇人以致衰乱，则宜思其初有妇德之助以兴尔。因其所以衰，思其所以兴。此《关雎》之所以作也。②

此处，尽管欧阳修对于《关雎》大义的理解有因袭汉代的诗三家旧说之嫌，然而，饶有意味的是，编删者孔子之言"《关雎》……哀而不伤"凸显了出来，被赋予诠释的首要地位，并且较之汉代的经学大师郑玄，欧阳修对"哀"字的理解发生了

---

① ［宋］欧阳修撰：《诗本义》卷六，见于［清］徐乾学等辑、纳兰成德校刊：《通志堂经解》第 16 册，（台北）大通书局，1969 年，第 9197 页。

② 同上书，第 9198 页。

变化。我们知道,《诗序》中有"是以《关雎》淑女以配君子,忧在进贤,不淫其色。哀窈窕,思贤才,而无伤善之心焉"之语,这里的"哀"字,陆德明《音义》曰:"前儒并如字",郑玄笺曰:"'哀'盖字之误也,当为'衷'。"①先儒不曾改字,郑玄则认为"哀"大概为"衷"。唐代经学家孔颖达在此句的郑笺下正义曰:"以后妃之求贤女,直思念之耳,无哀伤之事在其间也。经云'钟鼓乐之'、'琴瑟友之',哀乐不同,不得有悲哀也,故云'盖字之误'。"②也就是说,郑玄认为《关雎》这首诗写的是乐事,有思念之情,而无悲哀之义。这就与孔子之言"《关雎》哀而不伤"呈现了诗意上的分歧。欧阳修又列举与《诗》之时代更为接近的史迁语"周道缺,诗人本之衽席,关雎作"③,以及鲁、齐、韩三家诗认为《关雎》为康王政衰之作的说法④,进而裁定诗人作诗时的情感是哀伤的,因而说《关雎》为周衰之作比较准确。为进一步发明诗旨,他又折之以理,认为周室之兴远自上世积德累仁,至文王功业盛大,由来已久,太姒、贤妃内助之功不过其中之一,而《诗序》谓后妃之德为"王化之本"则是言过其辞。"夫王者之兴岂专由女德?惟其后世因妇人以致衰乱,则宜思其初有妇德之助以兴尔。因其所以衰,思其所以兴。此《关

---

① [汉]毛公传、[汉]郑玄笺、[唐]孔颖达等正义:《毛诗正义》,见于[清]阮元校刻:《十三经注疏》,中华书局,1980年,据世界书局本影印,上册,第273页。
② 关于《关雎》一诗的感情色彩,可以从孔颖达在《毛诗正义》对《毛诗序》中"哀"字的辨析中大体看出他的解释倾向。孔颖达对郑《笺》正义曰:"以后妃之求贤女,直思念之耳,无哀伤之事在其间也。经云'钟鼓乐之'、'琴瑟友之',哀乐不同,不得有悲哀也,故云'盖字之误'。笺所易字多矣,皆注云当为某字。此在《诗》初,故云盖为疑辞。以下皆仿此。衷与忠,字异而义同,于文中心为忠,如心为恕,故云恕之,谓念恕此窈窕之女,思使之有贤才,言不忌胜己而害贤也。无伤善之心,谓不用伤害善人。经称众妾有逑怨,欲令窈窕之女和谐,不用使之相伤善,故云'谓好逑也'。《论语》云《关雎》乐而不淫,哀而不伤',即此序之义也。《论语注》云:'哀世夫妇不得其人,不为灭伤其爱。'此以哀为衷,彼仍以哀为义者,郑答刘炎云:'《论语注》人间行久,义或官然,故不复定,以遗后说。'是郑以为疑,故两解之也。必知毛异于郑者,以此诗出于毛氏,字与三家异者动以百数。此序是毛置篇端,若毛知其误,自当改之,何须仍作哀字也?毛无破字之理,故知从哀之义。毛既以哀为义,则以下义势皆异于郑。思贤才,谓思贤才之善女也。无伤善之心,言能使善道全也。"这里,尽管孔颖达对毛诗郑笺相异的解释,以及郑玄对于《论语》及《关雎》前后矛盾的解释仍有疑问,但是,在诗人的创作情感的理解上,他的疏解仍然淡化了《关雎》的哀伤之意,与欧阳修的理解有分歧。出处同上。
③ [汉]司马迁撰、[宋]裴骃集解、[唐]司马贞索隐、[唐]张守节正义:《史记》卷十四《十二诸侯年表第二》,见于《二十五史》第1册,上海古籍出版社、上海书店出版社,1986年,据乾隆四年武英殿本影印,第57页。
④ 按:三家诗的全貌现已无从看到,但是我们从王先谦的《诗三家义集疏》中可以看到相关的佚文遗说,按他的说法,三家诗对《关雎》诗义的理解是一致的:"综览三家,义归一致。盖康王时当周极盛,一朝晏起,应门之政不修而鼓析无声,后夫人璜玉不鸣而去留无度,固人君倾色之咎,亦后夫人淫色专宠致然。……陈王讽今,主文谲谏,言者无罪,闻者足戒,风人极轨,所以取冠全诗。"并认为毛诗"匿刺扬美,盖以为陈贤圣之化,则不当有讽谏之词,得其粗而遗其精,斯巨失矣"。详见[清]王先谦撰:《诗三家义集疏》上册,中华书局,1987年,第7页。

雎》之所以作也",可谓一语道出了《关雎》的时世背景与创作缘起。不仅如此,他也回归诗之文本,从文辞的特点探讨诗人之意以及孔子之言——

> 其思彼之辞甚美,则哀此之意亦深。其言缓,其意远。孔子曰:哀而不伤。谓此也。①

在欧阳修看来,《关雎》是思古以刺今之作,诗人当周衰之时,见康王耽于夫人之美色,贻误朝政,预知国家由此衰亡,深感忧虑悲哀,因而追咏周兴之时太姒之贤德,太姒与文王好匹,不淫其色。诗作的文辞越是舒缓优美,其寄托的哀意越是深重浓厚。孔子也是因为其言缓意远的语言特色及诗之用意,而有"哀而不伤"的评价。

可见,"据文求义"这一诠释学命题中的"文",已然不是纯粹的、拘泥于文本的"文",而是同时承载着诗人之意与圣人之志的"文"。我们看到,在从"文"到诗之本义的理解与解释过程中,编删者孔子的话语、时世语境以及诗人创作情感心理的重要作用。就《关雎》篇文本而言,无一语明示太姒、文王,也无一语明示哀伤之意,这首普通的情诗却在圣人之言的统摄之下,在"时世"语境的制约之下,被赋予了明确的感情色彩和道德伦理指向,从而承载着具有微言大义的社会功能与隐喻色彩。在《诗本义》卷一,他申明《关雎》的本义道:

> 诗人见雎鸠雄雌在河洲之上,听其声则关关然和谐,视其居则常有别,有似淑女匹其君子,不淫其色,亦常有别而不黩也。淑女谓太姒,君子谓文王也。参差荇菜,左右流之者,言后妃采彼荇菜,以供祭祀,以其有不妒忌之行,左右尔助其事。故曰:左右流之也。流,求也。此淑女与左右之人常勤其职事,能如此,则宜有琴瑟钟鼓以友乐之而不厌也。此诗人爱之之辞也。《关雎》,周衰之作也。太史公曰:周道缺而关雎作。盖思古以刺今之诗也。谓此淑女配于君子,不淫其色,而能与其左右勤其职事而后乐,故曰:《关雎》"乐而不淫";其思古以刺今,而言不迫切,故曰:"哀而不伤"。②

虽然我们很难说,欧阳修的解释一定是具有说服力的、不被质疑的,但是,在他的诠释学理论体系建构中,《关雎》的释义可以说完满地达至了他"察其美刺、知其善

---

① [宋]欧阳修撰:《诗本义》卷十四,见于[清]徐乾学等辑、纳兰成德校刊:《通志堂经解》第16册,(台北)大通书局,1969年,第9198页。
② 同上书,第9111页。

恶",重建诗人之意与圣人之志的诠释目的。如果说,在毛诗郑笺对《关雎》的理解与解释那里,诗人的"作诗之旨",尤其是创作的情感心理尚未澄明的话,那么,在欧阳修的解释中我们却可以看到一种从"言说什么"向"为什么言说"的诠释导向。也就是说,着眼于对诗人的历史处境与创作缘起的考察,从而澄明出一位有着强烈忧患意识并且渴求贤女的诗人创作此诗时的内心感受,可以说,"人情"与"美刺"这两个看似对峙的诠释维度,在欧阳修的诠释这里,存在着某种程度的融合,诗所兼具的性情之教与礼义之教也由此注入这一心理化的诠释过程之中。

这使笔者也联想到,哈罗德·菲什(Harold Fisch)在他的旧约研究著作《诗之意图:圣经诗学与阐释》(*Poetry with a Purpose: Biblical Poetics and Interpretation*)的起笔处抛出了整部著作所探讨的一个核心问题:圣经既被推崇为文学的典范,然而又难以归属于一般性的文学作品之类,而对其仅仅做美学上的阐释,其原因何在?"这是因为如果说圣经是文学,即使是最优质的文学,它也是反文学的(anti-literature)。"[1]也正如菲什所言:《雅歌》之伟大在于其以最强烈的形式(intensest form)来表达这个"不断在悲观中渴求与找寻"(ever-defeated longing and search)主题的现象学本质,"可以说几乎是纯粹的抒情诗(pure lyric),没有丝毫夹杂指向具体历史事件或语境的教导式的词语"[2]。尽管圣经中的诗篇与儒家经典中的诗篇从本质上说有很大差别,但就其抒情诗本身的性质及其承载之信仰的永恒性而言,《诗经》中的某些诗歌与《雅歌》颇为类似,都可以说是用以载道的诗(poetry with a purpose)。《雅歌》隐喻的是人与神之间关系的不变奥义,《诗经》则是承载着圣人之道的恒久教谕,在各自相当长的诠释历史时期里,都曾被精妙地承载着远远超越文学之外的宗教、政治或是道德伦理上的深远意涵,诠释主体也正是在面向现实的"筹划"[3]中,因由着对经典的信仰而不断地获取从文本中提取意义的源泉。

客观地讲,欧阳修的经学诠释是有其历史局限性的,但又有其历史的合理

---

[1] 哈罗德·菲什:《诗之意图:圣经诗学与阐释》(Harold Fisch, *Poetry with a Purpose: Biblical Poetics and Interpretation*, Bloomington & Indianapolis: Indiana University Press, 1988, pp.1-2)。
[2] Ibid., pp.81-87.
[3] 按:海德格尔(Martin Heidegger)认为"意义"在于诠释主体在理解活动中"筹划的何所向"。海德格尔在《存在与时间》(*Being and Time*)中对"意义"这一概念作出了如下的经典表述:"在我们理解的展开活动中可以被明确说出的,我们称之为'意义'。意义的概念包含了那些必然属于理解了的解释所明确说出的东西的形式架构。意义是通过把某物作为某物从而为了某事的筹划;它是从先有(fore-having, Vorhabe)、先见(fore-sight, Vorsicht)和先把握(fore-conception, Vorgriff)中得到它的结构的。"马丁·海德格尔:《存在与时间》(Martin Heidegger, *Being and Time*, tr. John Macquarric & Edward Robinson, New York and Evanston, Harper& Row, Publishers, 1962, p.193)。

性。戴维·特瑞西(David Tracy)曾说:"在面临文化危机的时期,解释便成为一个核心的问题。斯多葛派(Stoics)重新解释希腊与罗马神话是这样的情况。同样的情况,促使犹太教徒和基督教徒发展了讽喻解经的方法。对于犹太教徒和基督教徒来说,历史意识的出现也是如此。"[1]自唐安史之乱后,啖赵学派舍传求经治《春秋》即是一例,而庆历期间的经学疑古思潮不能不说和北宋内忧外患的历史处境有着深切的现实关联。从经学发展的内部而言,自唐至宋初,在经学凌夷衰微的背景之下,内有笃守固义、不凭胸臆之弊[2],外有佛道二教之冲击,注疏之学已是穷途末路,对于经典的重新解读成为时代面临的课题。欧阳修治经学,重在致用,正如他在《答李诩第二书》中所说,"六经之所载,皆人事之切于世者"[3],又如《武成王庙问进士策二首》所云,"儒者之于礼乐,不徒诵其文,必能通其用。不独学于古,必可施于今"[4],而他所倡导的文道并重、平易自然、情深意远的文学观念又可以说是一种取法于古而施于今的创新。

从上文可见,"经"之文本作为诠释的依据在欧阳修的经学研究中依然存在着前提,其"据文求义"的"前理解"正是源自他对《诗》之文本性质的双重规定性——既是诗人"触事感物"的性情之作,又经过孔子的编删,最终列为"经",承载的是"善者美之,恶者刺之"的诗人与圣人之用心。这一经学诠释信仰使其终究以政治教化的深度模式统摄着文本的意义决断,使"文本"成为"人情"与"美刺"双重意涵的载体。他的心理化诠释在相当的程度上发掘了诗人的创作心理和情感诉求,拓展了诗作为文学形式的审美维度,但是《诗》在道德伦理方面的内涵非但没有因此削弱,而是得到了更深入的诠释。这使得其《关雎》篇的释义没有停留于一首普通情诗的字面义,而是承载了王道兴衰、治乱之由这一沉重得不可掂量的道德意涵和现实指向。可以说,这种理解是最主观的,但又是最客观的,因为它恰恰反映出欧阳修作为北宋士大夫接续道统、经世致用的忧患意识与现实处境。朱熹尝言欧阳修《诗本义》曰:"理义大本复明于世,固自周、程。然先此诸儒亦多有助。旧来儒者不越注疏而已,至永叔、原父、孙明复诸公,始自出议论,……理义渐欲复明于世故也。"[5]从欧阳修对于《关雎》篇的释义中,我们或可对经学诠释学复兴与重建儒家信仰的倾向窥见一斑。

---

[1] 罗伯特·格兰特:《圣经解释简史》(Robert M. Grant, *A Short History of the Interpretation of the Bible*, London: SCM Press, 1984, p.154)。
[2] [清]皮锡瑞撰:《经学历史》,周予同注释,中华书局,1959年,第220页。
[3] [宋]欧阳修撰、[宋]胡柯等编校:《欧阳文忠公全集》卷四十七,明嘉靖39年(1560)刻本,第3页。
[4] 同上书,第2页。
[5] [宋]黎靖德编、王星贤点校:《朱子语类》卷第八十,第5册,中华书局,1985年,第2089页。

比较诗学研究

导言五　回顾性的前瞻:"后理论"时代的"比较诗学"

- 美学何去？门罗的跨文明比较美学之路

- Sharawadgi 词源考

- 文学理论的国际政治学:作为学说和作为学科的西方文论

- "科幻现实主义"命名的意蕴、选择与创新

- 梁宗岱的纯诗系统论

> 导言五

回顾性的前瞻:"后理论"时代的"比较诗学"

姜 哲*

21世纪初(2003年),英国文学理论家特里·伊格尔顿(Terry Eagleton)出版了《理论之后》(*After Theory*)这部名称能指(signifier)远大于其内容所指(signified)的论著。因为相较于作者略显单薄的"政治批评"(political criticism)诉求,"理论之后"这一"辞约而指博"的命题,更具"形式指引"(formal indication)的内在张力与外在辐射力。当然,这一命题之力量的真正来源,并不在于可被"讣告式"地联想到"理论之死"(death of theory)或"理论的终结"(end of theory),"理论之后"恰然应该被理解为"理论"在20世纪西方文化中完成的一次周期性"自反运动"(self-reflexive movement)。用伊格尔顿自己的话来说,"理论是一种类同疗法(homoeopathy),其利用反思(reflection)来让我们超越(beyond)它"①。"类同疗法"由德国医学家萨穆埃尔·哈内曼(Samuel Hahnemann)于1796年左右创立,其德文为"Homöopathie",亦是哈内曼据希腊文自创。该词的希腊文为"ὁμοιοπάθεια",由"ὅμοιος"(like)和"πάθος"(suffering)组合演化而成②。"类同疗法"通过引起相似的症状(symptom)以达到治疗的目的,亦可谓一种自反式疗救。其实,在《文学理论导论》(*Literary Theory*: *An Introduction*)第二版(1996年)的"后记"中,伊格尔顿即已表达过类似的观点:"'理论'表明,由于严峻的历史原因,我们划分知识的经典方式现在正处于深深的困境之中。然而,这既是其失败的显著症状(symptom),也是该领域的积极重组(reconfiguration)。"③

然而,在"后结构主义"(poststructuralism)及"解构主义"(deconstructivism)几

---

* 姜哲,沈阳师范大学文学院教授。
① 特里·伊格尔顿:《理论之后》(Terry Eagleton, *After Theory*, New York: Basic Books, 2004, p. 72)。
② 约翰·辛普森、埃德蒙·韦纳编:《牛津英语大词典》(John Simpson and Edmund Weiner, eds., *Oxford English Dictionary*, Oxford: Clarendon Press, 1989, s. v. "homoeopathy")。
③ 特里·伊格尔顿:《文学理论导论》(Terry Eagleton, *Literary Theory*: *An Introduction*, Minneapolis: University of Minnesota Press, 2008, p.207)。

乎彻底的自反运动之"后",同源的西方文化内部是否还能在"类同疗法"的惯性下升维出一种或几种作为"后设语言"(metalanguage)的"高级理论"(high theory)呢？从当下的历史实情来看,西方"理论"的这次"积极重组"恐怕是极其艰难的！因为,《理论之后》至今已有近二十年,西方的"理论"(包括伊格尔顿本人)却仍然处于"万马齐喑"的状态。尽管不愿承认,但"理论之死"或"理论终结"的魅影已然如谶语般逐渐浮现。那么,在"类同疗法"鲜有疗效的情况下,是否还可以引入与之相反的"异质疗法"(allopathy)呢？该词也是由哈内曼所创,其德文和希腊文分别为"Allopathie"和"ἀλλοπάθεια",后者由"ἄλλος"(other/different)和"πάθος"(suffering)组合演化而成①。顾名思义,"异质疗法"恰好与"类同疗法"相对,其通过引起与病症相反的症状以达到身体状态的重新平衡。按照这一疗救的理路,曾经横扫四方的"西方理论",是否也可以"真正地"引入"异质文化"或"非同源文化"的思想,以重新获得自身理论状态的某种平衡？

同样,作为"地方诗学"(local poetics)或"局域诗学"(regional poetics)的"西方诗学",是否也应该跟随总体理论一道进行某种"外化"的或"异化"的"自反运动",从而彻底地反思自身诗学体系的理论前提与命题预设？在此,我们不妨化用法国比较文学学者、汉学家雷纳·艾田伯(René Etiemble)那句耳熟能详的话,作为"后设语言"的"诗学"将不可遏制地导向"一种比较诗学"(une poétique comparée)②,尤其是"异质文化"和"非同源文化"之间的比较诗学。

当然,法语中的"poétique comparée"一词并非出自艾田伯,其甚至可以追溯至1803年。该年出版了由法国文献学家德塞萨尔(N. L. M. Desessarts)等人编撰的《法国文学世纪长编补遗》(*Supplément aux siècles littéraires de la France*),书中称法国诗人、翻译家安托万·亚尔(Antoine Yart)的《英国诗歌中的观念》(*Idée de la poësie angloise*)一书为"真正的比较诗学"(véritable Poétique comparée)③。然而,作者对其使用的"比较诗学"一词语焉不详,仅从关涉的对象而言,其内涵和外延当与艾田伯出入较大。《英国诗歌中的观念》主要是对一些其时尚未被法译的英语诗歌的翻译、评价和注释,德塞萨尔所谓的"比较诗学"很可能只是同源的欧洲文学内部,尤其是英、法文学间的"诗歌比较"。

---

① 约翰·辛普森、埃德蒙·韦纳编:《牛津英语大词典》(John Simpson and Edmund Weiner, eds., *Oxford English Dictionary*, Oxford: Clarendon Press, 1989, s. v. "allopathy")。

② 参见雷纳·艾田伯:《比较不是理由:比较文学的危机》(René Etiemble, *Comparaison n'est pas raison: La crise de la littérature comparée*, Paris: Gallimard, 1963, p.101)。

③ 德塞萨尔:《法国文学世纪长编补遗》(N.-L.-M. Desessarts, *Supplément aux siècles littéraires de la France*, Tome 7, Paris: Chez l'Auteur, 1803, p.397)。

在《比较文学的名称与性质》("The Name and Nature of Comparative Literature")一文中,捷克裔美国文学理论家、比较文学学者雷纳·韦勒克(René Wellek)亦曾指出,19世纪德国古典语文学家莫里茨·豪普特(Moriz Haupt)已经在倡导一种"比较诗学"(comparative poetics)。豪普特主要关注的是"史诗的自然史"(a natural history of the epic),即在"演化论"(evolutionism)和"比较语文学"(comparative philology)的双重作用下,研究史诗在希腊、法国、斯堪的纳维亚、德国、塞尔维亚和芬兰的相似发展(the analogical development)①。1876年,奥地利裔德国语文学家、文学史家威廉·舍雷尔(Wilhelm Scherer),发表了一篇题为《豪普特之于比较诗学》("Haupt über vergleichende Poetik")的短文。该文开篇即将《文学杂谈报》(Blätter für literarische Unterhaltung)上关于德国诗人、翻译家、东方学家弗里德里希·吕克特(Friedrich Rückert)的《诗经》(Schi-King: Chinesisches Liederbuch)②德译本书评归于豪普特名下。吕克特的《诗经》译本出版于1833年,而这篇匿名的书评则于1835年6月9日至11日连载于《文学杂谈报》,编号为160—162。

从舍雷尔的引用来看,"豪普特"主张通过比较语言学的细致归纳而不是贫乏的抽象,在诸多神话与诗歌之间寻绎出"永恒的法则"(die ewigen gesetze)。由此,"自然(die natur)以灵活的多样性坚实如一地使花草出之于泥土,也使人类的言辞和诗句出之于情感"③。进而,舍雷尔还指出豪普特的"比较诗学"与"比较语言学"(die vergleichende sprachforschung)相类似,其综合地处理三种关系:基于同源(urverwandtschaft)、基于假借(entlehnung)和基于事情之自然(natur der sache)④。此外,值得我们注意的是,豪普特在书评中似乎还将《诗经》"赋、比、兴"的手法与欧洲诗歌进行了简要的比较⑤。然而,包括中国在内的异质文化或非同源文化的诗学,却没能真正成为豪普特之"比较诗学"中后设性视域的构成因素。

---

① 雷纳·韦勒克:《比较文学的名称与性质》(René Wellek, "The Name and Nature of Comparative Literature", in Stephen G. Nichols, JR. and Richard B. Vowles, eds., *Comparatists at Work: Studies in Comparative Literature*, Waltham: Blaisdell Publishing Company, 1968, p.20)。
② 弗里德里希·吕克特译:《诗经》(Friedrich Rückert, *Schi-King: Chinesisches Liederbuch*, Altona: J. F. Hammerich, 1833)。
③ 威廉·舍雷尔:《豪普特之于比较诗学》(Wilhelm Scherer, „Haupt über vergleichende Poetik", *Anzeiger für deutsches Alterthum und deutsche Litteratur*, Bd.2, 1876, S.322)。
④ Ebd., S.323.
⑤ Ebd., S.324.

在豪普特的影响之下，舍雷尔亦将"实证主义"(positivism)与"决定论"(determinism)运用于自身的文学史研究，韦勒克称其为"诗歌形式的形态学"(a morphology of poetic forms)①。具体而言，这种"形态学"的理论核心即"史诗的、抒情的和戏剧的文类之前后相继"(der aufeinanderfolge der epischen, lyrischen und dramatischen gattung)②。在此基础上，舍雷尔还进一步构想出"一种理想而科学的比较诗学，其将从原始民族的精神状态开始，并追溯诗歌文类的起源"③。在《豪普特之于比较诗学》中，舍雷尔也曾提到德国文学史家沃尔德马·冯·比德尔曼(Woldemar von Biedermann)对《诗经》中的"兴"(Hing)与马来诗体"班顿"(das malayische pantun)及印度、苏门答腊等地的诗歌文体所作的比较研究④。尽管其并不赞同比德尔曼仅仅将这种平行关系(parallelismus)局限在亚洲之内，但相关研究也同样没能对舍雷尔所构想的"比较诗学"产生实质性的影响。何况，即便是在日耳曼文学内部，舍雷尔也不得不承认其"三种文类前后相继的理论"并非无懈可击。其师德国语文学家、日耳曼学家卡尔·穆伦霍夫(Karl Müllenhoff)即认为，日耳曼诗歌始自"合唱歌"(chorpoesie)，而非一般意义上的"史诗"⑤。而且，这种"合唱歌"更接近于诸种文类"萌芽"(Keime)的共时性混杂⑥，而历时性的演进之说(即三种文类前后相继)则恐怕难以解释这种文类现象。

时至20世纪下半叶，有一隐一显两部"比较诗学"著作在汉语学界及西方学界都引起了较为广泛的反响。作为"隐性"的比较诗学，华裔美国学者刘若愚

---

① 雷纳·韦勒克：《比较文学的名称与性质》(René Wellek, "The Name and Nature of Comparative Literature", in Stephen G. Nichols, JR. and Richard B. Vowles, eds., *Comparatists at Work: Studies in Comparative Literature*, Waltham: Blaisdell Publishing Company, 1968, p.20)。

② 威廉·舍雷尔：《豪普特之于比较诗学》(Wilhelm Scherer, „Haupt über vergleichende Poetik", *Anzeiger für deutsches Alterthum und deutsche Litteratur*, Bd. 2, 1876, SS. 325 - 326)。

③ 雷纳·韦勒克：《现代文学批评史(1750—1950)》(René Wellek, *A History of Modern Criticism: 1750 - 1950*, Vol. 4, *The Later Nineteenth Century*, New Haven: Yale University Press, 1955, p. 298)。

④ 威廉·舍雷尔：《豪普特之于比较诗学》(Wilhelm Scherer, „Haupt über vergleichende Poetik", *Anzeiger für deutsches Alterthum und deutsche Litteratur*, Bd. 2, 1876, S. 325)。

⑤ Ebd., SS. 325 - 326；卡尔·穆伦霍夫：《古日耳曼合唱歌选注》(Karl Müllenhoff, *Inest commentationis de antiquissima germanorum poesi chorica particula*, Kiliae: C. F. Mohr, 1847, p. 6)。

⑥ 参见威廉·舍雷尔：《德国语文学家卡尔·穆伦霍夫》(Wilhelm Scherer, „Müllenhoff: Karl Victor M., deutscher Philolog", in *Allgemeine deutsche Biographie*, Bd. 22, Leipzig: Duncker & Humblot, 1885, S. 497)；卡尔·穆伦霍夫：《古日耳曼合唱歌选注》(Karl Müllenhoff, *Inest commentationis de antiquissima germanorum poesi chorica particula*, Kiliae: C. F. Mohr, 1847)。

(James J. Y. Liu)的《中国文学理论》(*Chinese Theories of Literature*)一书出版于 1975 年。该书于 1987 年被"二次翻译"为中文,既给当时的中国学界带来了巨大的启示,同时也遭到不少批评和非议。其实,汉语学者本不必对其如此"大动干戈",因为从《中国文学理论》的"序言"可知,这本书不仅"不是专门为中国文学的学生(students of Chinese literature)所作",甚至还要为"不懂中文的读者"所理解①。而即便是为操用英语的中国文学学生而作,其亦仅为一部有关中国文学理论的英文教材或英文读本而已。当然,有一点还是特别值得我们注意:尽管刘若愚的"族裔-学术身份"及其所处的"学科机构建制",与当下中国学者置身的全球化学术语境已经大为不同;但是其中由跨语际文化的不对等所引出的"话语规训",仍然会潜移默化地掣肘于汉语"比较诗学"的研究与书写。然而,我们同时也要看到,刘若愚化用艾布拉姆斯(M. H. Abrams)的"四个诗学要素"及其以"六种文学批评理论"切割"中国古典文论"②,可能是后者得以进入西方诗学话语体系的权宜但有效之径。亦如华裔学者所操用的"杂混的学术英语",或多或少会对作为"语言系统"的"纯正英语"造成影响;尽管"中国古典文论"是以西方语言及其文学理论为中介而进入"西方诗学体系"的,其留在这一体系上的"音声"亦必然会如缕不绝地对其产生"反作用"。

其实,这种"反作用"已然体现于另一部"显性"的比较诗学著作之中,即出版于 1990 年的《比较诗学:文学理论的跨文化研究文集》(*Comparative Poetics*:*An Intercultural Essay on Theories of Literature*)。该书的作者是美国本土比较文学学者厄尔·迈纳(Earl Miner),只是其中的"反作用"未必完全来自以刘若愚为代表的华裔学者,因为其本人便是日本文学的研究专家。厄尔·迈纳在其书的"绪论"中指出:"对这一问题的考查揭示了一件很不寻常的事情:所有其他诗学的实例都不是建立在戏剧而是建立在抒情诗之上。与其熟知的诸种假设一道,西方文学只是其中的少数和特例,其没有成为规范(to be normative)的权利。"③如果厄尔·迈纳的断言可以成立,那么西方文学以及在此基础之上建立的"原创诗学"(originative poetics),恰恰表明其只是"世界文学和诗学"中的殊相,而非可以规范一切的共相。然而,这一点却没能进一步推

---

① 刘若愚:《中国文学理论·序》(James J. Y. Liu, "Preface", in James J. Y. Liu, *Chinese Theories of Literature*, Chicago:The University of Chicago Press, 1975, p. vii)。
② 参见刘若愚:《中国文学理论》(James J. Y. Liu, *Chinese Theories of Literature*, Chicago:The University of Chicago Press, 1975, pp. 9-15)。
③ 厄尔·迈纳:《比较诗学:文学理论的跨文化研究文集》(Earl Miner, *Comparative Poetics*:*An Intercultural Essay on Theories of Literature*, Princeton:Princeton University Press, 1990, p. 8)。

动厄尔·迈纳的反思,即"文类三分法"在一种诗学体系中是否毫无问题或绝对必要①,尤其是对"非西方文学"而言。在《前现代阿拉伯文学文类划分的一些大胆尝试》("Some Brave Attempts at Generic Classification in Premodern Arabic Literature")一文中,荷兰学者、阿拉伯文学专家海尔特·扬·范·海尔德(Geert Jan van Gelder)认为:"在阿拉伯古典文学的语境中,抒情、叙事和戏剧的三位一体是可疑的,将小说提升到两个'最广泛的类别'之一也是值得怀疑的。"②此外,范·海尔德对厄尔·迈纳所谓"阿拉伯与波斯文学本身均无原创诗学"③一说也颇为不满④。

走笔至此,我们再度聆听艾田伯那句"比较文学将不可遏制地导向一种比较诗学(la littérature comparée aboutirait comme fatalement à une poétique comparée)"⑤时,便会领略到其所未曾言表的"弦外之音"。作为一位精通中国文学与文化的法国学者,艾田伯的这一表述,虽然可以说是一个"预言",但更是一种悬而未决的"愿景"。因为,其在此处使用的"aboutirait"一词,是法语"aboutir"(通向、导致)的"条件式现在时"(Conditionnel Présent),该时态通常用以表达一种尚未实现的愿望。进而,我们还发现艾田伯在"比较诗学"一词前使用的是不定冠词"une",而没有像在"比较文学"前那样使用定冠词"la"。因此,我们不禁要追问,这是"一种"什么样的"比较诗学"呢?也许艾田伯本人的一个书名可以给予反讽性的回答——《(真正的)总体文学论集》[*Essais de littérature（vraiment）générale*]⑥。那么,我们需要进一步追问的是:"什么才

---

① 厄尔·迈纳:《比较诗学:文学理论的跨文化研究文集》(Earl Miner, *Comparative Poetics: An Intercultural Essay on Theories of Literature*, Princeton: Princeton University Press, 1990, p.8)。
② 海尔特·扬·范·海尔德:《前现代阿拉伯文学文类划分的一些大胆尝试》(Geert Jan van Gelder, "Some Brave Attempts at Generic Classification in Premodern Arabic Literature", in Bert Roest and Herman Vanstiphout, eds., *Aspects of Genre and Type in Pre-Modern Literary Cultures*, Groningen: Styx Publications, 1999, p.16)。
③ 厄尔·迈纳:《比较诗学:文学理论的跨文化研究文集》(Earl Miner, *Comparative Poetics: An Intercultural Essay on Theories of Literature*, Princeton: Princeton University Press, 1990, p.82n1)。
④ 海尔特·扬·范·海尔德:《前现代阿拉伯文学文类划分的一些大胆尝试》(Geert Jan van Gelder, "Some Brave Attempts at Generic Classification in Premodern Arabic Literature", in Bert Roest and Herman Vanstiphout, eds., *Aspects of Genre and Type in Pre-Modern Literary Cultures*, Groningen: Styx Publications, 1999, p.16)。
⑤ 雷纳·艾田伯:《比较不是理由:比较文学的危机》(René Etiemble, *Comparaison n'est pas raison: La crise de la littérature comparée*, Paris: Gallimard, 1963, p.101)。
⑥ 参见大卫·达姆罗什:《诸种文学比较:全球化时代的文学研究》(David Damrosch, *Comparing the Literatures: Literary Studies in a Global Age*, Princeton: Princeton University Press, 2020, p.128)。

是'真正的'比较诗学?"

如果我们将"文学"这一"表意系统"(system of signification)作为"对象言语"(object-speech≈*parole*),那么"诗学"本身就可谓一种"后设语言"(meta-language≈*langue*),或曰"文学之后"(after literature)①。具体而言,"文学言语"理应由或同源或非同源的"国别文学"汇聚而成,正是这种"平等的汇聚之物"构成了"诗学"这一"后设语言"的"对象言语"。因此,"诗学"在本质上内蕴着"比较文学",进而其必然不可遏制地导向"比较诗学"。承顺这一思路,我们还可以进一步断定的是:"比较诗学"将不可遏制地导向一种"后设诗学"(meta-poetics)或"诗学之后"(after poetics)。这也就是说,"比较诗学"自觉地超越(beyond)"国别诗学"或"局域诗学",即将曾经作为"后设语言"的"国别诗学"或"局域诗学"重新视作需要描述、解释并可供质疑的"言语对象",也即下放为"诗学**言语**"而不再是"诗学**语言**"。前述穆伦霍夫对舍雷尔"诗学假设"(三种文类前后相继)的质疑,以及范·海尔德对厄尔·迈纳"诗学前提"(文类三分本身)的反对,恰好成为"同源比较诗学"与"非同源比较诗学"的典型案例。二者均以"降维"国别诗学或局域诗学的方式,并通过"比较诗学"将自身的视域"升维"成"诗学之后"。且更为重要的是,"(真正的)比较诗学",必然是"一种"以"非同源比较诗学"这一"异质疗法"为主导的"自反运动",以便"中和"同源诗学或局域诗学因"偏执"于自身而造成的理论"失衡"。不然,其作为"后设诗学"或"诗学之后"的地位亦将迅速崩塌或再度蜷缩为"局域诗学"。而在面对沉寂的"后理论"时代与回潮的"全球化"暗流之时,我们理应更加期待"(真正的)比较诗学"在"理论之后"成为多元文化之间积极重组的开放性场域与功能性枢纽!

---

① 按:有关"后设语言"(metalanguage)及其相关问题,可参见耶尔姆斯列夫的《语言理论导论》(Louis Hjelmslev, *Prolegomena to a Theory of Language*, trans. Francis J. Whitfield, Madison: The University of Wisconsin Press, 1969, pp. 114 – 125)和罗兰·巴特的《符号学基本概念》(Roland Barthes, *Éléments de sémiologie*, *Communications*, 1964, Vol. 4, No. 1, pp. 130 – 134)。

美学何去？门罗的跨文明比较美学之路

代 迅[*]

> **内容提要** 近现代西方由于受自然科学的影响，推动美学研究走向科学化成为一种重要学术思潮。在以费希纳实验美学为代表的科学美学陷入困境的情况下，门罗敏锐地把目光投向了当时正在兴起的比较美学，认为这是另一条更符合美学自身发展规律的可行性道路。这既是科学美学"自下而上"研究思路的自然延伸，也使门罗成为西方学界跨文明比较美学的自觉先驱。门罗本人没有使用"跨文明比较美学"这个提法，他使用的术语是"比较美学"，"文明"和"文化"概念在门罗笔下也没有作出严格区分。"跨文明比较美学"的提法更准确，也更为切合门罗执意突破西方中心论、以东西方美学为核心的跨文明比较研究的含义。根据门罗的论述，西方跨文明比较美学的直接源头可上溯至黑格尔，有意识的自觉展开则是20世纪40年代以美国为代表的西方学界。门罗揭示了跨文明比较美学的基本内涵，并提出了寻找不同文明美学之间的共同性以建立普遍性美学理论的具体途径。经过近半个世纪的发展，跨文明比较美学已经成为国际主流学界广泛接受的重要研究范式。
>
> **关键词** 门罗；跨文明比较美学；先驱

门罗（Thomas Munro）是美国美学学会的创立者，担任该会会刊《美学与艺术评论》杂志主编达二十年之久。作为美国美学界的领军人物，门罗对于第二次世界大战期间和战后美国美学的发展发挥了卓越的作用，是西方跨文明比较美学研究的重要先驱。由于以德国为代表的欧洲大陆美学在现当代中国的强劲影响，英语国家美学不为我们所重，门罗鲜为国内提及，他的跨文明比较美学思想也被我们所忽略。美学是舶来的学科，从这个意义上讲，中国现当代美学实质上是跨文明比较美学。但是跨文明比较美学作为美学研究较为晚近发展的一个重要分支，还没有引起国内学界广泛关注。我们对于跨文明比较美学在西方发展基本轮廓的了解还不够清晰，对于跨文明比较美学研究范式的理论

---

[*] 代迅，厦门大学中文系教授，博导。

总结也比较缺乏。考察门罗从科学美学到跨文明比较美学的转变过程,有助于我们更为深入地理解西方现当代美学发展的逻辑线索,回答中国美学发展中一些急迫的现实问题,对于校正中国美学未来发展方向也具有启示意义。

一、费希纳实验美学的理论困境

门罗对 20 世纪前期西方美学的研究状况是很不满意的,提出了尖锐批评,作了这样的评估:"在哲学的所有分支学科中,美学可能是最缺乏影响力和最缺乏活力的学科。尽管美学研究的艺术及其经验类型等相关内容,本来应该是最富吸引力的。"[1]为什么门罗会作出这样的评价呢? 这与门罗关于美学学科未来发展的学术理念相关。按照门罗最初的想法,当时的美学正处于从前科学走向科学的过渡状态,他所要做的工作就是把美学当作一门科学来建设,"试图建构一种未来的美学科学,从知识和效益的角度来看,这将是对世界文化的宝贵贡献"[2]。门罗的科学美学思想,包含了他对西方美学的发展现状的判断和未来走向的思考,成为他走向跨文明比较美学的起点。

门罗的这种科学美学观念并非偶然,毋宁说,这是西方美学思想逻辑发展的必然产物。美学思想和自然科学之间存在着千丝万缕的联系,是西方美学的一个显著特征。西方古典雕刻与绘画,无论是对人体的表达还是对于风景的描绘,无不显示出如自然科学一般的精确性。在西方艺术家看来,"没有科学,艺术什么也不是"[3]。西方美学的这个传统可以追溯到古希腊。柏拉图、亚里士多德等古希腊美学家均具有数学、物理学等自然科学知识背景。摹仿论在西方美学史上长期居于主导地位。毕达哥拉斯学派认为,万物起源于数,万物都是对于数的摹仿,艺术也是源于数的摹仿[4]。毕达哥拉斯学派注重对美的数量关系的研究,认为美就是数量关系的和谐。有学者明确指出,"希腊罗马美学具有数学性"[5]。

在近现代自然科学辉煌成绩的影响之下,推动美学研究走向科学化更是成为西方近现代美学史上具有强大影响力的学术思潮。英国的工业革命驱动了自然科学的迅速发展,注重实验和观察的自然科学对英国美学产生了深刻影

---

[1] 托马斯·门罗:《走向科学的美学》(Thomas Munro, *Toward Science in Aesthetics*, New York: Liberal Arts Press, 1956, p.3)。
[2] Ibid., p.viii.
[3] 凌继尧:《西方美学史》,北京大学出版社,2004 年,第 127 页。
[4] 伯纳德·鲍桑葵:《美学史》(Bernard Bosanquet, *A History of Aesthetics*, New York: Macmillan, 1892, p.46)。
[5] 凌继尧:《西方美学史》,北京大学出版社,2004 年,第 467 页。

响。培根被认为是近代科学归纳法的创始人,他总结了当时自然科学的经验和成就,推崇源自观察和实验的归纳法,贬低理性思考和理论演绎的作用,为英国经验主义美学的形成和发展奠定了基础。培根"促使美学发展由思辨的、形而上学的研究转向经验的、科学的研究。从而形成了英国经验主义重视对审美现象进行经验的、科学的,特别是心理学的研究的显著特色"①。

丹纳作为法国实证主义美学的重要代表人物,同样深受自然科学影响。他主张使用自然科学的原则与方法来研究美学,反对把艺术看作是偶然和随意的产物,强调根据确定的事实进行观察,揭示出艺术创作确切的条件和固定的规律。丹纳把美学比作实用植物学,只不过对象不是植物,而是艺术作品。他认为美学采用了自然科学的原则、方向与严谨的态度,就能有同样稳固的基础,取得同样的进步。但是严格说来,真正遵循自下而上、完全合乎自然科学精确测量和实验方法的,还是 19 世纪德国物理学家费希纳(Gustav Theodor Fechner)创立的实验美学(experimental aesthetics),因为近现代自然科学不仅仅是经验现象的观察与归纳,从本质上还是一种追求精准测量的实验科学。费希纳被誉为科学美学的奠基人,他创立的实验美学带有强烈的自然科学色彩,要求对审美反应进行精确的测量和准确的统计,一度产生广泛影响。

"丹纳倡导的这种近代方法显然是一种纯客观的科学实证的经验论的方法,它与费希纳倡导的'自下而上'的美学在总的方向上是一致的,都有力地反对了抽象思辨的'自上而下'的研究方法"②,它们和英国的经验主义美学汇聚在一起,形成了西方近现代美学的一个重要思潮。"19 世纪后半叶至 20 世纪初的西方美学……最突出的特点是美学研究方法上的革新,'自上而下'的哲学思辨的研究日趋势颓,'自下而上'的经验研究日益占据主流"③,这种思潮的主旨是反对美学研究中自上而下的思辨传统,主张在事实观察和经验归纳基础上,发展自下而上的实证美学。但是传统作为一种巨大的习惯性力量,本身不乏合理性,并不是那么容易改变的,而新兴变革力量由于自身不够成熟,也有难以解决的问题,需要不断调整自己的研究思路和发展方向。作为美国美学的领军人物,门罗很快就敏锐地意识到了这一点,并引领美学研究的科学和实证道路迈向了一个新方向。

费希纳的实验美学研究表明,某些抽象的形式和比例能够使人感到愉悦。

---

① 汝信主编:《西方美学史》第 2 卷,中国社会科学出版社,2005 年,第 280—281 页。
② 李醒尘:《西方美学史教程》,北京大学出版社,1994 年,第 497 页。
③ 同上书,第 505 页。

但是门罗对实验美学的做法并不看好。李泽厚写于 1964 年的《英美现代美学述略》曾经简略地谈道:"实验美学自德国费希纳开创以来,曾在美国十分流行……但是由于实验美学的明显的缺点,早已不为人们所重视。"[①]20 世纪初期费希纳的研究方法在美国曾经受到追捧,但是很快走向衰落。那么,实验美学究竟有哪些明显的缺点呢?李泽厚未予详论,我们可以探究一下门罗的相关思考。

门罗认为费希纳的实验美学,其名称并不确切,更准确地说,应当称之为心理计量美学。门罗语含讥讽,他的意思是说,实验美学犹如用米尺来精确测量审美活动中的心理现象,作统计学研究,再进行数据处理,这在理论主张上相对容易,而在实际操作中难度极大,不可能贯彻到底,实际上往往变形走样。实验美学的致命弱点在于,用于测试的物体通常不是完整的艺术作品,而是简单的集合图形、点和色条的排列。这种研究方法没有注意到艺术和自然多种复杂的形式类型,几乎和美的哲学理论一样抽象。如果说丹纳等人的美学研究不可避免带有某种思辨美学痕迹的话,那么费希纳的实验美学同样陷入悖论之中。根据门罗的看法,费希纳严格遵循自下而上的实验美学研究,其结果是又返回被它所排斥的思辨美学传统中去了。

从这里门罗得出了他对实验美学的看法。实验美学的"研究结果都是泛泛之论,既不可靠,也没有什么价值,而且整个研究从未涉及艺术价值的核心问题"[②]。关键在于,实验美学从未进入美学理论的核心领域,基本上是在美学的大门之外徘徊。门罗认为,揭示审美情感的化学结构,因其过于复杂而看起来毫无希望,并且也不是特别重要。在门罗看来,实验美学太过狭隘和死板,"不能代表现代科学方法"[③]。实验美学把审美心理和艺术创作简单化了,而实际情况要复杂得多。实验美学先入为主的主观性极强,不仅谈不上自下而上的美学研究,而且没有什么学术价值。

针对当时学术界流行的必须是进行精确测量和数理统计的研究才能成为科学,门罗不以为然。他认为这种观点会导致严重的消极后果,就是把历史上所有关于文化与艺术的研究都贬低为毫无价值的盲目猜测。在科学主义盛行的年代,门罗持有这样的观点可谓难能可贵。就中国当代美学发展来看,李泽厚曾经主张将美的本质简化为一个数学方程式,周来祥感叹中国美学未能进入

---

① 李泽厚:《美学论集》,上海人民出版社,1980 年,第 497 页。
② 托马斯·门罗:《走向科学的美学》(Thomas Munro, *Toward Science in Aesthetics*, New York: Liberal Arts Press, 1956, p.5)。
③ Ibid.

实证阶段,没有定量、定性的考察。强调实证研究、推进科学化始终是国内部分学者的主张,实验美学依然受到国内一些学者的推崇。门罗生活在科学高度发达的美国,他对于美学科学化的探索,有助于我们今天更为准确地把握美学科学化的内涵。

在赞成美学走向科学的前提下,结合美学学科自身的实际状况,门罗对科学有其独特的理解,这为他走向跨文化美学研究铺平了道路。门罗指出:"在美学中使用精确的实验方法是有益的,但不能抱有过高期望,同时需要运用其他方法来补充。"①从这样的观点来看,门罗认为美学不是科学,而且在近期内也不可能成为科学。但是他也承认,对于任何学科来讲,科学都是不可或缺的,那么,什么才是科学呢?

就科学作为一种研究范式所包含的基本要素,门罗作了扼要而清晰的阐述。他指出:"近些年来,引领自然科学走向进步的基本范式已经更为清晰……它主要包括:观察具体现象,加以比较,找出异同,形成假设,解释成因,然后通过对更多具体事实的观察或实验以检验这些假设。"②就当前美学向着科学转化的过程中面临的诸多问题,门罗进一步作了更为具体的阐述,他认为美学必须面对资料问题,设定可能达到的目标,选择可行的方法,关注在此过程中美学正在发展的分支学科。门罗因为对于以实验美学为代表的科学美学发展感到失望,于是把目光投向了当时正在兴起的比较美学。在门罗看来,比较美学才是更为符合美学自身发展规律的科学美学。这种看法既是他科学美学思路的自然延伸,也使他成为西方跨文明比较美学的自觉先驱。

实验美学对于美学的学科内涵缺乏正确理解,这是它未能进入美学大门的原因。而美学的学科内涵的核心,是美学与艺术的关系。这一直是美学史上聚讼纷纭的问题。随着教育部近年来把艺术学升格为独立学科门类,并下设艺术学理论、音乐与舞蹈学、戏剧与影视学、美术学、设计学五个一级学科,国内关于美学与艺术关系的争论再起。在此,有必要回顾门罗对于美学学科内涵的看法。

美学史上的相关意见归纳起来,大致有这样几种观点:(1)美学研究美(美的本质、美的规律)等;(2)美学研究艺术;(3)美学研究美和艺术;(4)美学研究审美关系;(5)美学研究审美经验;(6)美学研究审美活动③。门罗认为,实验美学的失足并非偶然,因为"即使在今天,对于美学领域所涵盖的范围,依然没有

---

① 托马斯·门罗:《走向科学的美学》(Thomas Munro, *Toward Science in Aesthetics*, New York: Liberal Arts Press, 1956, p.50)。
② Ibid., p.6.
③ 叶朗:《美学原理》,北京大学出版社,2009年,第12—13页。

取得比较确切的一致意见"①。

鉴往可以知来。门罗梳理了美学学科在欧洲的发展。德索主编了权威的《美学与一般艺术科学》杂志,那么,"美学"和"一般艺术科学"究竟是同属一个学科还是属于两个有关联的学科呢?德国美学界进行了大量争论,德索及其支持者选择了后者。法国和美国则采取了不同的做法,他们抛弃了德索累赘的双重名称,把这两个学科均纳入单一的名称"美学"之中。法国美学学会成立于第二次世界大战前,当时名为"艺术与艺术科学研究会"。该学会在第二次世界大战期间停止活动。战后该学会把名称简化为"法国美学学会"并恢复活动,于1948年开始出版名为《美学评论》的学术季刊。这样看来,按照法国和美国的观点,美学的学科内涵可以说再清楚不过了。门罗指出:

> 法国和美国讨论问题的清单和发行的学术杂志,都清楚地表明,"一般艺术科学"已经被涵盖在一个单词"美学"之中。②

可以这样来表述,美学就是研究艺术,美学旨在探索艺术一般规律,美学包括了一般艺术科学。这也符合德国古典美学传统。在黑格尔的经典名著《美学》中,"美""艺术""美的艺术"实际上是同义词。基于这样的认识,同样主张美学需要"自下而上"的发展,同样主张走科学美学的道路,但是门罗紧紧抓住艺术作品这个中心,并联系艺术在世界范围内的历史发展,发现了另一条不同于费希纳美学发展道路的可能性,这就是比较美学。门罗写道:

> 因此另一种"自下而上"的美学的可能性,是从具体艺术作品及其相关历史知识中升华出一般理论,而不是(如同费希纳的方法)来自人为的、实验室测试的审美偏好的统计数据。③

门罗详细阐述了他的观点。在他看来,科学美学的发展的首要条件,是需要对足够数量的艺术作品进行观察和归纳,这是另一种更为有效的"自下而上"的方法,这比费希纳的实验室测试数据更为可靠,因为它紧紧围绕艺术并且直接来自艺术。门罗科学思想的转变既有其深刻的历史必然性,也有他作为研究

---

① 托马斯·门罗:《走向科学的美学》(Thomas Munro, *Toward Science in Aesthetics*, New York: Liberal Arts Press, 1956, p.316)。
② Ibid., p.146.
③ Ibid., p.144.

者个人的特殊因素,具体包括:(1)实验美学无法摆脱的困境;(2)建立在艺术作品直观体验基础上的理性思考;(3)20世纪西方艺术的急剧变革。这些因素的相互渗透和共同作用,促使门罗踏上了跨文明比较美学之路。

二、跨文明比较美学的基本内涵

早在1926年,门罗就出版过专著《原始黑人雕塑》,曾担任凯斯西储大学(Case Western Reserve University)的艺术史教授,从1931年到1967年供职于克利夫兰艺术博物馆长达36年。克利夫兰艺术博物馆因收藏世界范围内的丰富艺术作品而享有广泛的国际声誉,尤以对包括埃及、中国及伊斯兰地区和非洲等非西方地区艺术作品的收藏而著称。门罗不仅精通西方艺术发展史,同时对于非西方艺术也极为熟悉。

门罗看到了20世纪西方艺术的巨大变化。这种变化的主要特征是,西方现代艺术和西方古典艺术之间已经形成了一种根本对立关系。如果说,以古希腊雕塑为代表的西方古典艺术是以优美为主导,其表现形式是和谐、光滑、绚丽、整齐、对称、合乎比例等,呈现出舒缓、雅致、精细、圆润的艺术形式[1],那么,以先锋艺术为代表的西方现当代艺术,尽管流派更迭、光怪陆离,但是企图否定西方绘画的写实传统、强调表达艺术家的主观精神,极力在艺术形式和表现手段上标新立异,甚至完全不顾及客观事物自身的感性形式特征,这又是共同的[2]。均衡、对称、统一、和谐的古典艺术金科玉律,已经被非均衡、非对称、不统一、不和谐的现代艺术感受方式所取代。

造成这些变化的原因是复杂和多方面的。从艺术自身发展来看,1839年法国人达盖尔(Louis Jacques Mandé Daguerre)发明了照相机,照相技术快速发展,这对于崇尚摹仿写实的西方传统绘画与雕塑等艺术形式是前所未有的沉重打击,艺术家必须探索艺术发展新的可能性道路。这个时候非西方艺术的出现可谓适逢其时。随着地理大发现和交通运输的极大改善,几个世纪以来西方传教士、商人、冒险家、军政人员等从非西方世界带回大量艺术作品。17世纪的巴洛克时期到18世纪的洛可可时期,中国的陶瓷、绘画、地毯、壁饰等工艺品遍及欧洲各地,中国的园林艺术使英法各国进入所谓"园林时代"[3]。现代主义艺术大师毕加索的工作室里堆满了来自非洲的雕像和面具,原始质朴的黑非洲

---

[1] 牛宏宝:《美学概论》,中国人民大学出版社,2005年,第109页。
[2] 全国中师美术教材编委会编:《美术鉴赏》,人民美术出版社,1983年,第205页。
[3] 卫茂平、马欣佳、郑霞:《异域的召唤——德国作家与中国文化》,宁夏人民出版社,2002年,第109页。

艺术给予毕加索立体主义艺术以重要启迪①。这一切极大地开阔了西方艺术家的眼光,为西方艺术与非西方艺术的交流建立了一个非常便利的平台,形成了真正意义上的世界艺术史。

英国艺术评论家里德(Herbert Read)在《现代雕塑简史》(*A Concise History of Modern Sculpture*)中罗列了已汇入西方现代艺术主要潮流的七种艺术风格,其中远东艺术和非洲部落艺术位居榜首,美洲土著艺术也名列其中,这些都是非西方艺术②。歌德阅读了《花笺记》《玉娇梨》《好逑传》等中国文学作品以后,断言"中国人在思想、行为和情感方面与几乎和我们一样,使我们很快感到他们是我们的同类人……和我写的《赫尔曼和窦绿苔》以及英国理查逊写的小说有很多类似的地方"③。来自遥远亚洲和非洲的非写实美学观念,艺术风格上的异国情调,表现形式的原始、稚拙、洗练与夸张,都使写实艺术技巧已臻巅峰的西方艺术家耳目一新,推动他们融入非西方艺术的因素,进而开辟了现当代西方艺术新的表现形式。

对西方艺术这些新的发展趋势,门罗有着比较充分的把握,并且明确意识到艺术领域的变化已经为美学提供了新的可能性发展空间。门罗观察到比较美学的发展"与艺术(指包括美国在内的西方现当代艺术——引者注)自身当前的融合性潮流大致同步,彼此相通,互为补充,这些艺术对于充满异国风情和原始古朴的非西方艺术进行了大量借用、复归和改动,这种融合外来艺术的努力在不同程度上获得了成功"④。他意识到,美学已经处于重大变革的前夜,而这种变革的原因在于,"由于拥有足够数量和种类的艺术作品,我们能够在广阔的范围内对人类艺术进行归纳。我们第一次拥有了世界各主要文明、民族及其各历史阶段的代表性艺术作品。尽管我们的知识还远不够完备,但是我们已经能够从整体上观察世界艺术,而这一切直到19世纪都是不可能的"⑤。

撬动美学发生重大变革的杠杆就是比较美学。门罗揭示了比较美学发展的前提条件:(1)研究世界各主要文明的代表作品,而且是足够数量的艺术作品;(2)非西方文明具有不可或缺的重要地位;(3)从整体上观察世界艺术,在广阔的范围内对人类艺术进行归纳;(4)在人类艺术发展史上,我们第一次具备了

---

① 毕加索等:《现代艺术大师论艺术》,常宁生编译,中国人民大学出版社,2003年,第48页。
② 赫伯特·里德:《现代雕塑简史》,余志强译,四川美术出版社,1989年,第18页。
③ 艾克曼辑录:《歌德谈话录》,朱光潜译,人民文学出版社,1978年,第112页。
④ 托马斯·门罗:《走向科学的美学》(Thomas Munro, *Toward Science in Aesthetics*, New York: Liberal Arts Press, 1956, p.96)。
⑤ Ibid., pp.90-91.

这样优越的研究条件;(5)探索跨越不同文明的艺术与美学相互融合的内在规律。当时,自觉的比较美学尚处于探索和动态发展中,但门罗确信比较美学必将取得进一步的成功。

门罗本人没有使用"跨文明比较美学"这个提法,他使用的术语是"比较美学",并且"文明"和"文化"概念在门罗笔下也没有作出严格的区分,而是交替使用。从比较美学的内涵来看,西方各国美学之间的比较研究,东方各国美学之间的比较研究,也属于比较美学研究的范围。类似的情况在比较文学领域同样存在。起源于西方的比较文学就长期以来局限于西方文学的范围之内。美国当代比较文学名家韦斯坦因甚至在1973年出版的《比较文学与文学理论》中,仍然坚持认为"只有在单个文明之内,才能找到在思想、感情和想象等方面有意识和无意识地维持传统的共同要素"[1],反对把文学研究扩大到两个不同文明之间。这代表了西方主流学界的一种观点,其本质是西方中心论,认为西方世界优越于非西方世界,否认在西方和非西方艺术之间能找到共同和普遍的东西。

在当时西方学界自觉的跨文明比较美学尚在萌发的时候,门罗代表了西方主流学界的另一种观点,执意突破根深蒂固的西方中心论。从门罗的具体论述来看,他的"比较美学"已经明确地涵盖了远东、印度、中东各国的艺术研究,确定性地包含了跨越不同文明的理论内涵。门罗讲得非常明确,他所秉持的是"跨国的和跨文化的观点而不是狭隘的民族主义观点;广阔的人类和世界的观点而不是纯粹西方的观点;对来自不同文化的多种艺术观念进行选择性融合"[2]。这里短短的几句话中,门罗采用对比句式,不厌其烦地使用了"跨文化""人类""世界""不同文化"等词汇,并宣布"不是纯粹西方的观点",似乎已经散发出某种论战的气息,旗帜鲜明地表达了他所倡导的比较美学,不是局限于西方同质文化圈内欧美各国之间的美学进行比较研究,而是跨越了西方和非西方文明的比较美学研究。

门罗乐观地写道:"用不了多久,美学史将不得不以更具世界性的观点完全重写……它不得不更明智地考虑,不仅从我们自己,而且从中国、印度、日本、近

---

[1] 乌尔利希·韦斯坦因:《比较文学与文学理论》(Ulrich Weisstein, *Comparative Literature and Literature Theory: Survey and Introduction*, trans. by William Riggan in collaboration with the author, Bloomington: Indiana University Press, 1973, p.7)。

[2] 托马斯·门罗:《走向科学的美学》(Thomas Munro, *Toward Science in Aesthetics*, New York: Liberal Arts Press, 1956, p.96)。

东、俄国等其他异质文化的艺术中进行理论概括。"①门罗所倡导的比较美学研究方式,正是今天我们努力推动的跨文明比较美学研究,因此笔者认为"跨文明比较美学"这个提法更准确,更为切合门罗的本意。门罗关于跨文明比较美学研究范式的基本内涵,与前文所述的学术前提既紧密联系又相互区别,具体包括:(1)跨越西方与非西方异质文明;(2)有选择地融合不同文明的艺术观念;(3)囊括所有艺术门类;(4)与艺术史有交叉;(5)与文化史的其他因素如民族文化背景相关;(6)走出西方中心主义;(7)持有普遍主义文化观念。

我们往往不自觉地产生一种误解,认为非西方就是东方,因为东方与西方是相对的概念。但是就笔者查阅的资料来看,西方学界的认知有所不同。对于西方学界来说,西方和非西方是地理概念,又是政治概念,还是文化概念,三者既相互关联,又并非完全重合。根据美国学者迪恩(Vera Micheles Dean)1957年在《非西方世界的新时代》中的观点,包括苏联、中东、亚洲、非洲甚至拉丁美洲,都属于非西方②。这样看来,在东方和西方之间还有辽阔的世界,西方之外是非西方,非西方大于但不等于东方。迪恩进一步指出:"20世纪最具深远意义的变化之一,是非西方世界的崛起。非西方世界占据了全球人口的三分之二,他们业已成为国际事务的积极参与者。"③

这就是跨文明比较美学兴起的历史背景。经过两次世界大战,西方世界特别是欧洲国家的地位和影响力已经显著削弱。非西方地区的亚非拉殖民地半殖民地国家,纷纷取得独立,在世界格局中的影响力明显增强。20世纪的世界格局发生了显著变化。1993年,美国哈佛大学政治学教授萨缪尔·亨廷顿(Samuel P. Huntington)发表《文明的冲突》,提出了"世界政治新阶段"论,认为世界历史已经不再是西方的历史。亨廷顿写道:

> 伴随着冷战的结束,国际政治逸出了西方的发展阶段,以及非西方文明之间的交互作用。在多个文明的政治中,非西方的人民和政府将不再是西方殖民主义的历史客体,而是参与到西方推动和塑造历史的过程中。④

---

① 托马斯·门罗:《走向科学的美学》(Thomas Munro, *Toward Science in Aesthetics*, New York: Liberal Arts Press, 1956, pp.120-121)。
② 沃伦·S.·亨斯伯格编:《非西方世界的新时代》(Warren S. Hunsberger, ed., *New Era in the Non-Western World*, Ithaca & New York: Cornell University Press, 1957, p.4)。
③ Ibid., p.1.
④ 萨缪尔·亨廷顿:《文明的冲突》(Samuel P. Huntington, "The Clash of Civilizations", *Foreign Affairs*, Summer, 1993)。

这表明了西方主流学术界已经出现了这样一种观点,即认为文明的重心已经东移,移到了欧洲和北美之外的非西方的多个文明。按照亨廷顿的原意,就是东方文明,因为亨廷顿文中提到的现在世界上不同于西方文明的另外两种主要文明——伊斯兰文明和儒家文明,都是位于欧美之外的中东和远东地区,属于东方文明。亨廷顿认为包括东方在内的非西方世界,已经参与或者说是汇入西方推动和塑造世界历史的过程中,不再是被动的客体,而是变成了创造世界历史的主体。

亨廷顿还进一步揭示了非西方世界的内涵,在该文中论述了非西方世界中伊斯兰文明和儒家文明的重要作用。他看到了非西方文明的复杂性及其发展的不均衡性。这是合乎历史发展与现实状况的。从美学自身来看,在整个非西方世界中,东亚、印度和中东地区作为世界主要文明的起源地,文化传统更为悠久,文学艺术的历史积累更为丰厚。日本是非西方世界工业化起步最早的国家。中国是第二次世界大战的东方主战场。战后亚洲四小龙(韩国、新加坡、中国香港地区和中国台湾地区)经济快速起飞。20 世纪末,中国、印度等成为新兴工业化国家。伊斯兰世界日益成为国际政治中不可忽略的重要力量。近现代世界文明的重心起初是西欧,然后是环大西洋地区,逐渐越过北美,向着环太平洋地区移动,东方文化在国际上的重要性得以大幅度提升。

由于这些因素的综合作用,跨文明比较美学尽管有着广阔的范围,涵盖了西方和非西方比较美学,但是它的核心内容是东西方比较美学,门罗正是这样理解的。本来应该是最富魅力的美学,为什么停滞不前、缺乏活力?门罗在这里找到了原因,就是美学作为一门学科本身存在着重大缺陷,而这个缺陷可能是致命的。门罗认为,"美学从来没有像更为古老的科学那样,通过概括世界范围内的现象而成为一个完全国际化的学科。美学作为一个西方的学科和哲学的分支,长期以来建立在一个狭小的基础之上,局限于希腊、罗马和少数其他西方国家的艺术及其观念"①,因此美学从未在真正意义上成为科学。但是美学又被人们视为一门具有普遍性的学科,似乎已经囊括了人类社会的所有的艺术、审美经验和艺术价值,问题就出在这里。门罗指出:

> 如果西方美学家打算继续忽视东方艺术及其理论,为准确计,他们应该把自己著作称之为"西方美学",而不是错误地宣称这些理论具有普遍

---

① 托马斯·门罗:《东方美学》(Thomas Munro, *Oriental Aesthetics*, Cleveland: Press of Western Reserve University, 1965, p.6)。

性……在我看来,今后任何一部美学通史均不应该把自己局限于所属半球的思想之内。①

门罗讲到的"西方美学"概念实际上是相对于非西方世界而言的。西方学者撰写的西方美学史著作,通常只题为美学史而不是西方美学史,门罗明确表示不赞成。国内学者也持有异议。高建平翻译门罗·比厄斯利(Monroe C. Beardsley)的《美学:从古希腊到现代》(Aesthetics from Classical Greece to the Present,a Short History)就是一例。他从一个中国学者的立场出发,有感于此书名不副实,认为该书论述范围仅限于西方,"直接称为《美学史》并不够格"②,从而将中译本改名为《西方美学简史》。

门罗强调美学知识的普遍性,认为这是美学作为一门学科的基本规范。门罗从事跨文明比较美学研究旨在突破西方美学的地域狭隘性,建立跨越不同文明的普遍性美学理论。现在国内学界流行一种观点,即在反对西方中心论、强调文化差异性的同时,否认理论的普遍性。其实在这里没有坚持逻辑思维的同一律,西方中心论和理论普遍性不能等同,文化的差异性和理论的普遍性是两个不同逻辑层次的概念。实际上"文化"概念比"理论"概念宽泛得多,文化的差异性也不能直接等同于理论的差异性,相反,恰恰是文化的差异性要求我们必须保持理论的普遍性。理论自身的普遍性要求它必须超越特定的文化、地域、宗教、种族等差异性。任何一种理论作为知识体系必须具备客观有效性和经验有效性,"一切知识都不是简单地对已有观察到的现象的描述,而是一种带有普遍性的判断"③。如果仅仅强调不同文明之间美学的特殊性,而反对美学知识的普遍性,等于抽掉了美学学科的奠基石,跨文明比较美学本身也就不复存在了。

三、国际学界广泛接受的研究范式

门罗所理解的"东方"和我们的理解不尽相同。由于中国悠久的文化传统,历史上对于东亚地区强大的文化辐射,我们往往自觉不自觉地把东方文明等同于东亚文明,又把东亚文明等同于中国文明,有时更进一步地把中国文明等同于儒家文明。国内流行的"中国文化领导世界论""西方学界向孔子学习论"等观念皆由此衍生。其实这种不断简约化的认知和客观事实存在一定距离。门

---

① 托马斯·门罗:《东方美学》(Thomas Munro,Oriental Aesthetics,Cleveland:Press of Western Reserve University,1965,pp.7-8)。
② 门罗·C.比厄斯利:《西方美学简史》,高建平译,北京大学出版社,2006年,第401页。
③ 陈宣良:《理性主义》,四川人民出版社,1988年,第19页。

罗和其他西方学者所理解的"东方"可供我们参照。门罗的《东方美学》一开头就呼吁西方美学界与远东学者之间展开更多的国际合作，这表明他所论述的东方，实为西方话语体系中的"远东"地区。门罗明确指出，他所理解的东方"其地理位置限定于印度、中国和日本"[1]。在门罗看来，中国当然是东方美学主要代表之一，这没有疑问。但是在门罗看来，另外两个与中国并列的，一个是印度，另一个则是国内通常较为忽视的日本。

事实上，作为非西方文明的主要组成部分，东方文明具有广袤的地域、悠久的历史、复杂的文化、多样的语言、色彩斑斓的艺术传统。门罗在很大程度上代表了西方学界对"东方"的理解，但是他不是东方学家，对东方文明的复杂性认识依然不足。其实东方文明比西方文明更为复杂，现在国内通常认为西方文明的源头主要是"两希文明"即希腊和希伯来文明，这两个文明在西方历史发展中相互交流和渗透。而东方文明包含了中国、印度、两河流域等多个源头，而且这些文明在很长的历史时期内少有交汇，更多的是在相互隔绝的情况下独立发展。我们可以参照雷纳·格鲁塞（René Grousset）的观点。格鲁塞是法国历史学家，以研究东方文明著称。格鲁塞因其在 1948 年出版的《从希腊到中国》（*De la Grèce à la Chine*）一书中率先提出"远东美学"和"东方美学"范畴，近年来频频为国内学界所提及。其实西方学界更为推重格鲁塞在《东方文明》（*The Civilizations of the East*）中对于东方艺术与文明的论述，而国内对此著提及甚少。

1929 年，格鲁塞发表了他的《东方文明》，英译 4 卷本于 1931 到 1934 年间全部出版。该著对远古到现代的东方文化与艺术作了深入研究，我们可由此窥见格鲁塞对东方内涵的理解以深化跨文明比较美学的内涵。《东方文明》第 1 卷论述近东与中东，第 2 卷论述印度，第 3 卷论述中国，第 4 卷论述日本。由于当时多数亚洲国家还是西方殖民地，印度独立、印巴分治和孟加拉独立等均在第二次世界大战之后，因此格鲁塞不是按照后来亚洲民族国家的政治概念，而主要依据文化亲缘性，并参照地理概念加以分类。在南亚及邻近地区，格鲁塞考虑到孟加拉、尼泊尔和中国西藏在宗教、文化和艺术等方面的相似性及地理位置的毗邻性，在第 4 卷中专设一章，将孟加拉、尼泊尔和中国西藏地区一并论述。

格鲁塞认为在次新石器时代"已经形成了埃及、美索不达米亚特别是埃兰（Elam，亚洲西南部一古国——引者注）、东伊朗、西突厥斯坦、北中国等多个文

---

[1] 托马斯·门罗：《东方美学》（Thomas Munro, *Oriental Aesthetics*, Cleveland: Press of Western Reserve University, 1965, p.3）。

明中心"①,"已产生了一些艺术杰作"②。他撰写的《东方文明》4 卷本从新石器时代写起,以大量精美图片展示了东方各国珍贵的前现代艺术,较为翔实和客观地叙述了东方艺术的历史进程,特别是阿拉伯-伊斯兰艺术。在论述东亚的时候,格鲁塞考虑到中国和日本的文化差别,分为两卷来分别论述。

前文提到的迪恩将日本称为"亚洲的西方主义"(Asian Westernism),认为"日本比其他亚洲国家都更加西化"③。美国东亚研究学者赖肖尔(Edwin O. Reischauer)和费正清(John K. Fairbank)在《东亚:伟大的传统》第 1 卷中,将传统朝鲜文化称为"中国文化模式的变形"④,把封建时代的日本文化看作"背离中国模式"⑤。其实国内学界也有类似看法。李泽厚就认为"儒学并非日本文化的主干或核心,其主干或核心是其本土的大和魂或大和精神"⑥。这些论述凸显了包括中国、日本、朝鲜在内的东方文明的复杂多样与绚丽多姿。东方文明大于但不等于中国文明。注意东方内涵的复杂性,有助于我们调正某些简约化认识,更为客观地把握东方文明,在对东方美学的学术谱系进行更为准确定位的基础上推进跨文明比较美学研究。

西方跨文明比较美学的直接源头在哪里呢?根据门罗的观点,可以确定为德国古典美学,更确切地说,是黑格尔。门罗指出,"在世界文明的哲学史研究中纳入东方艺术,黑格尔是西方学界第一人"⑦。对黑格尔的东方艺术研究,门罗评价不高,他认为黑格尔对东方艺术知之不多,也未能领略其中妙处,这未免有些过于苛求。的确,生活于 19 世纪的黑格尔,从未到过东方旅行,对于东方艺术缺乏足够的了解。他关于东方艺术的一些观点,如中国无悲剧论、中国无史诗论等,有的存在争议,有的已经被证明不符合艺术史的客观史实。但是,就当时的历史条件来讲,黑格尔所掌握的艺术史知识已经相当广博。黑格尔进行的美学研究,不是像康德那样从理论到理论的逻辑推演,而是建立在包括东方的埃及金字塔、阿拉伯图案、波斯诗歌、印度戏剧和中国文学在内的大量世界艺

---

① 雷纳·格鲁塞:《东方文明》(第一卷)(René Grousset, *The Civilizations of the East*, Vol. I, trans. by Catherine Alison Phillips, New York: Alfred A. Knopf, 1931, p.24)。
② Ibid., p.26。
③ 薇拉·米歇尔·迪恩:《非西方世界的本质》(Vera Micheles Dean, *The Nature of the Non-Western World*, New York: Mentor Books, 1966, p.151)。
④ 埃德温·O. 赖肖尔,费正清:《东亚:伟大的传统》(第一卷)(Reischauer & John K. Fairbank, *East Asia: The Great Tradition*, Boston: Houghton Mifflin Company, 1960, p.394)。
⑤ Ibid., p.519。
⑥ 李泽厚:《中日文化心理比较试说略稿(1997)》,《华文文学》2010 年第 5 期。
⑦ 托马斯·门罗:《东方美学》(Thomas Munro, *Oriental Aesthetics*, Cleveland: Press of Western Reserve University, 1965, p.7)。

术基础之上。从这个意义上说,黑格尔的《美学》是一部世界艺术史。

黑格尔生活在西方中心论盛行的时代,在他的美学理论中,西方艺术居于中心,东方艺术处于从属地位。但是他有当时多数西方学者不具备的历史眼光与世界眼光。黑格尔认为,要对美学进行科学研究,"首先的要求就是对范围无限的古今艺术有足够的认识,这些艺术品有些实际上已经丧亡了,有些是属于外国或地球上辽远角落的"①。黑格尔已经明确意识到,对于美学研究而言,仅有西方艺术是不够的,非西方艺术必不可少。

不仅如此,黑格尔还进一步指出,"人们能够认识而且欣赏近代、中世纪乃至于古代外族人民(例如印度人)的久已存在的伟大艺术作品。这些作品由于年代久远或是国度辽阔,对于我们固然总是有些生疏奇异,但是它们使全人类都感到兴趣的内容却超越而且掩盖了这生疏奇异的一面,只有固执理论成见的人才会污蔑它们是野蛮低劣趣味的产品"②。黑格尔明确表示不赞成当时西方学界蔑视非西方艺术的做法,认为非西方艺术生疏奇异的外表下,同样包含了超越特定地理区域和不同历史阶段的普遍性的东西。在黑格尔论述的非西方艺术中,东方艺术占据主体地位。黑格尔的这些观点为后来的跨文化比较美学研究作了必要的前期铺垫,提供了某些可资借鉴的东西。

黑格尔之后,西方学界的东方美学研究继续发展,门罗在《东方美学》中罗列了相关书目,择其要者有:费诺罗萨(Ernest Francisco Fenollosa)的《中日艺术源流》(*Epochs of Chinese and Japanese Art*,1912)、翟理思(Herbert Allen Giles)的《中国绘画艺术史导论》(*Introduction to the History of Chinese Pictorial Art*,1905)、格鲁塞的《东方文明》等③。费诺罗萨是美国著名东方学家,曾任日本东京帝国大学教授,他的中国文化研究对庞德(Ezra Pound)创立意象主义诗论有直接影响。翟理思是英国著名汉学家,执教于英国剑桥大学,他于1901年出版的《中国文学史》(*A History of Chinese Literature*)是世界上最早的中国文学史之一。从门罗论述和提及的研究成果来看,相关研究较为丰富,既有西方学界整理出版的东方艺术理论原始文献,也有西方学界的研究成果,涉及绘画、雕塑、园林等多个艺术门类,这些著作奠定了西方自觉的跨文明比较美学研究的基础。

---

① 黑格尔:《美学》(第1卷),朱光潜译,商务印书馆,1979年,第19页。
② 同上书,第25—26页。
③ 门罗《东方美学》记载《中日艺术源流》的出版时间为1921年,《中国绘画艺术史导论》的出版时间为1918年,《东方文明》的出版时间为1934年,这些或者不是初版,或者表述不太确切,笔者根据自己查阅的英文资料,对初版时间作了改动。

西方自觉的跨文化比较美学的起点又在哪里呢？门罗审视了当时美学学科的现状和将来的分支领域，在论述当时美学学科涌现出的新的发展趋势时，首先谈到了跨文化比较美学研究。门罗明确指出，"有一种走向比较美学的趋势，这包括了对所有艺术门类的研究"①，并具体列举了比较美学在美国的近期进展，包括：(1)诺思洛普(F. S. C. Northrop)的《东方和西方的交汇》(*The Meeting of East and West*，1946)；(2)雷蒙伊(J. Remenyi)的《文学中的民族主义、国际主义和普遍性》("Nationalism, Internationalism, and Universality in Literature")，1946年9月发表于美国刚创刊不久的《美学与艺术评论》；(3)门罗自己撰写的《通识教育中的艺术：一个文化交流项目》("The Arts in General Education: a Program for Cultural Interchange")，发表在《东方艺术学会年鉴，通识教育中的艺术》(*East Arts Association Yearbook*, *Art in General Education*，1949)等。根据门罗的论述，可以比较确定地讲，早在20世纪40年代，以美国为代表的西方学界已经开始了自觉的跨文明比较美学研究。

第二次世界大战期间，由于欧洲战火以及希特勒德国的种族主义政策，大批包括德国在内的欧洲学者流亡美国，国际美学的重心由以德国为代表的欧洲大陆转向以美国为代表的英美学界。国际美学的主流杂志也由德国的《美学与一般艺术科学》变为美国的《美学与艺术评论》。作为《美学与艺术评论》的主编，门罗对西方学界的跨文明比较美学研究进行了有意识的引导和推动。新创刊不久的《美学与艺术评论》于1952年12月推出了"东方艺术与美学"(Special Issue on Oriental Art and Aesthetics)专号，该专号包含了两个重要研究方向：一是东西方美学之间的影响研究；二是东方各国美学之间的比较研究。代表这两个研究方向的分别是山本正男(Masao Yamamoto)的《日本美学》("Aesthetics in Japan")、兰开斯特(Clay Lancaster)的《理解印度与中国绘画的关键：亚梭哈拉的"六支"与谢赫的"六法"》("Keys to the Understanding of Indian and Chinese Painting: The 'Six Limbs' of Yasodhara and the 'Six Principles' of Hsieh Ho")，前者研究西方美学在日本的传播和影响，后者涉及中印美学比较研究。1965年美国《美学与艺术评论》秋季号再次推出"东方美学"(Oriental Aesthetics)专号，该期杂志明确提出美学研究要寻找不同文明美学之间的共同性。阿奇·巴姆(Archie J. Bahm)发表《比较美学》一文，明确提

---

① 托马斯·门罗:《走向科学的美学》(Thomas Munro, *Toward Science in Aesthetics*, New York: Liberal Arts Press, 1956, p.114)。

出要在印度、中国和西方三个主要的文明漫长、复杂而斑驳的历史中展开比较美学研究，并认为尽管艺术形式、艺术史和美学理论具有多样性，但是"贯穿其中的共同性的东西是能够找到的"①。

如何寻找不同文明之间美学的共同性以建立具有普遍性的美学理论呢？门罗提出了以下具体途径：（1）东西方美学已经展示出的相通相近之处，"东西方美学思想的比较研究展示出许多令人吃惊的相似之处。相似的理论几乎同时出现在被广袤的地理区域所隔绝的不同地区"②。（2）在处于强势地位的西方美学作为普遍性原理已经推广到世界各地的情况下，在处于弱势地位的东方美学中寻找具有普遍性原理的东西，并延伸到包括西方在内的世界广大地区，"我们有可能发现东方美学的重要洞见，而这些洞见适用于世界上任何地方的艺术与审美经验"③。（3）有选择地对东西方美学进行连贯和综合性的阐述，以寻找跨越东西方的普遍美学原理，"将东西方美学的最佳要素进行融合"④。

在门罗以后近半个世纪的时间里，美学学科的发展可谓与时俱进。随着日常生活审美化和环境美学等新兴分支领域在近期的迅速发展，门罗美学的某些观点如把美学研究对象局限于艺术的看法，已经显得有些不合时宜。但是门罗的基本观点仍未丧失其合理性。尽管美学研究的外围已经大幅度扩展，但是艺术美学在美学学科中的核心地位依然难以撼动。牛津大学出版社1998年出版的《美学百科全书》第1卷中，撰有"比较美学"词条，明确地把比较美学定义为两个或多个美学传统的比较研究，指出"比较美学的任务是探究不同文化的美学思想和艺术成就以拓展哲学和艺术的知识"⑤，并认为在大多数情况下，比较美学是在西方和非西方美学之间展开，明确列举了非西方的中国、印度、日本、阿拉伯、非洲美学等，并就西方的"摹仿"与"表现"、中国的"气韵生动"、印度的"味"等主要美学概念进行了比较研究。

牛津大学出版社2003年出版的《牛津美学手册》第四部分"美学的未来发展方向"中，也撰有"比较美学"词条，同样把比较美学定义为跨越西方与非西方的艺术和美学思想之间的比较研究，非西方部分同样以东方艺术与美学为主

---

① 阿奇·J.巴姆：《比较美学》（Archie J. Bahm, "Comparative Aesthetics", *The Journal of Aesthetics and Art Criticism*, Autumn, 1965）。
② 托马斯·门罗：《东方美学》（Thomas Munro, *Oriental Aesthetics*, Cleveland: Press of Western Reserve University, 1965, p.11）。
③ Ibid., p.13.
④ Ibid., p.3.
⑤ 迈克尔·凯利编：《美学百科全书》（Michael Kelly, editor in Chief, *Encyclopedia of Aesthetics*, Vol. I, New York & Oxford: Oxford University Press, 1998, p.409）。

体,其中印度、日本和伊斯兰的美学思想,中国儒家和道家美学思想、中国画及其画论等也占据了相当篇幅。2007年在土耳其安卡拉举行的第17届国际美学大会,会议主题为"跨文化的美学桥梁",2010年在北京举行的第18届国际美学大会主题为"美学的多样性"兼设"全球与本土:西方与非西方美学"的分议题,2013年波兰克拉科夫举行的第19届国际美学大会主题为"行动中的美学"兼设"美学中的文化与跨文化研究"分议题。国际美学界已经形成这样的共识,为了维持和提升国际美学的研究水平,有必要为西方与东方之间、全球与本土之间的美学研究架起跨文明比较研究的桥梁。由于世界各主要国家和地区的美学彼此孤立和相互隔绝的情况早已不复存在,而是日渐合流成为真正意义上的世界美学,以东西方比较美学为主要内涵的跨文明比较美学研究,已经无可争辩地成为国际主流学界广泛接受的研究范式,其重要性日益凸显。作为东方美学重要代表的中国,在这样一个美学大潮中应当而且可以有所作为。

Sharawadgi 词源考

张旭春[*]

内容提要 英国坦普尔爵士在1685年所写的《论伊壁鸠鲁的花园;或关于造园的艺术》一文中首次提到中国造园艺术中的 Sharawadgi 美学原则。进入20世纪,中外学者分别考证了该词的中文和日文渊源。在全面检阅前辈学者研究基础之上,本文认为,Sharawadgi 一词可能是来自中文的"洒落"与"位置"的合成。本文同时也指出,对 Sharawadgi 的词源学考证不应该流于为考证而考证,而应该把目光聚焦在 Sharawadgi 美学所蕴含的重大文化学意义上,即,欧洲浪漫主义运动兴起背后东方艺术思想的影响。

关键词 Sharawadgi;词源考证;东方影响;浪漫主义

一

17世纪英国著名政治家、散文家和文艺批评家坦普尔爵士(Sir. William Temple)于1685年写下了一篇非常有趣的文章:《论伊壁鸠鲁的花园;或关于造园的艺术》("Upon the Garden of Epicurus; or of Gardening in the Year of 1685")。在该文中,坦普尔特地提到了中国造园艺术:"我所谈到的最漂亮的花园,指的仅仅是那些形态规整的花园。但是,就我所知,可能还有另外一种形态完全不规整的花园——这些花园之美远胜任何其他种类的花园。然而它们的美却来自对园址中自然(景物)的独特安排,或者源自园艺设计中某种瑰奇的想象和判断:杂乱漫芜变成了风姿绰约,总体印象非常和谐可人。我曾经在某些地方看到过这种园子,但更多是听到其他一些曾经在中国居住过的人士们的谈论。中国人的思想之广阔就如他们辽阔的国家一样,丝毫不逊色于我们欧洲人。对于欧洲人而言,花园之美主要来自建筑物和植物安排的比例、对称与规整。我们的小径和树木都是一一对称的,而且距离精确到相等。但是中国人却鄙视这样安排植物的方式,他们会说,即使一个能够数数到一百的小男孩,也

---

[*] 张旭春,四川外国语大学英语学院教授,博导。

能够以他自己喜欢的长度和宽度、将林荫道的树木排成直线。但是中国人将他们丰富的想象力用于园艺设计,以至于他们能够将园子建造得目不暇接、美不胜收,但你却看不出任何人工雕琢、刻意布局的痕迹。对于这种美,尽管我们还没有一个明确的观念,但是中国人却有一个专门词汇来表达这种美感:每当他们一眼看见此种美并被其触动的时候,他们就说 Sharawadgi 很好,很让人喜爱,或者诸如此类的其他赞叹之语。任何看过印度长袍或最精美的屏风或瓷器上的图案的人,都会体味到此种无序之美。"①

继坦普尔之后,艾迪生(Joseph Addison)也间接提到 Sharawadgi 这个词。1712 年 6 月 25 日,艾迪生在《旁观者》(*The Spectator*)上发表了一篇谈论园林的文章,其中有一段是这样的:"介绍中国(园林)的作者告诉我们,那个国家的居民嘲笑我们欧洲人以规范和直线来排列园林植物的方式,因为他们认为任何人都能够以等距方式排列林木,并把林木修剪得整齐划一。中国人所展示的那种园艺天才的本质就是隐藏造园的人工技艺(the Art)。他们的语言中似乎有**一个专门的词**(a Word),用以表达那种独特的园林美感——那是一种你一眼看去,立刻令人心旷神怡,但你又说不出此种愉悦感道理何在。"②

18 世纪英国著名的新古典主义批评家兼诗人蒲伯(Alexander Pope)在 1713 年 9 月 29 日给《卫报》的一封题为《谈花园》的信中明确提到了坦普尔③。1725 年 8 月 12 日写给罗伯特·底格比(Robert Digby)的信里,蒲伯更是直接提到 Sharawaggi 这个词:"对于巴比伦空中花园、居鲁士的天堂以及中国的 Sharawaggi,我所知甚少或一无所知。"④话虽如此,蒲伯却明确表示他鄙视那种讲究规范对称的古典主义园林,而且他还身体力行地倡导师法自然的造园艺术,比如他自己的特威克南别墅就呈现出典型的 Sharawadgi(或 Sharawaggi)风格——不规范、非对称的园艺之美⑤。作为新古典主义文学代表人物的蒲伯在诗歌创作方面竭力倡导规整的英雄双韵体,但在造园艺术上却追求错落起伏的品达风格,这个矛盾可能涉及重新评价新古典主义与浪漫主义的关系问题,值得学界

---

① William V. Temple, *Miscellanea*, the Second Part, in Four Essays, London, 1696, pp. 131 – 132.
② Henry Morley, ed., *The Spectator*, Vol. 2, London: George Routledge and Sons Limited, 1891, pp. 616 – 617.
③ Pat Rogers, ed., *Alexander Pope: the Major Works*. Oxford: Oxford University Press, 2006, p. 64.
④ George Sherburn, ed., *The Correspondence of Alexander Pope*, Vol. II, Oxford: the Clarendon Press, 1956, p. 314.
⑤ 范存忠:《中国文化在启蒙时期的英国》,上海外语教育出版社,1996 年,第 83—86 页。

深究。

历史学家、作家、辉格党政治家、哥特艺术的狂热爱好者、第四代牛津伯爵沃尔普尔(Horace Walpole)也至少两次直接提到 Sharawadgi 这个词。在1750 年他写给其朋友的一封信中,他说:"对于 Sharawadgi,或一种体现在屋舍建筑和花园设计中的中国式的非对称美感,我由衷地喜爱。"但是到了 18 世纪 80 年代,出于辉格党和托利党的党派政治之争,沃尔普尔又对 Sharawadgi 提出了批评,他说"具有奇幻色彩的 Sharawadgis"与(古典主义)"规整的形式"一样,都是不自然的①。

总之,继坦普尔和艾迪生之后,蒲伯、沃尔普尔,尤其是钱伯斯(William Chambers)等人也大力推崇中国的造园艺术,以至于在 18 世纪启蒙时代的英国兴起了一股模仿中国花园的造园热潮——这种园林艺术中的中国风与中国哲学、文学以及伦理政治学一起构成了启蒙时代的所谓"中国风"(Chinoiserie)②。而且,英国的这种模仿中国园林的造园艺术也传到了法国,并在一定程度上影响到了法国的园林设计——法国人把此种中国风的园林建筑称之为"英中花园"(Le jardin Anglo-Chinois)③。

二

那么坦普尔率先提到的 Sharawadgi 这个怪诞的英文词到底是什么意思呢?《牛津英语词典》并没有对该词的内涵进行权威性的解释,而仅仅只是引录了前人使用该词的 8 个来源——包括坦普尔、艾迪生、蒲伯和沃尔普尔等。

为了弄清楚这个词的来源,洛夫乔伊教授求教于中国学者张沅长(Y. Z. Chang)先生④。后者将这个词有可能对应的中文发音进行了研究,并将其研究成果《Sharawadgi 疏解》("A Note on Sharawadgi")一文发表在《现代语言诠释》(Modern Language Notes)杂志 1930 年第 4 期上。该文是笔者目前所掌握的材料中关于 Sharawadgi 最早的词源学考证研究。张沅长先生主张将 Sharawadgi 分成四个音节 Sha-ra-wa-dgi,最后两个音节所对应的汉语应该是

---

① Arthur O. Lovejoy, *Essays in the History of Ideas*, Baltimore: the Johns Hopkins University Press, 1948, p.120,134.
② 当时模仿中国园林的著名园林设计师有肯特(William Kent)、布里奇曼(Charles Bridgeman)、"能人"布朗(Lancelot "Capability" Brown)以及钱伯斯等。
③ Hugh Honour, *Chinoiserie: the Vision of Catha*, London: John Murray, 1961, pp.143 - 174.
④ 张沅长,上海人,1905 年生,罗家伦之妻张维桢之弟,复旦大学毕业,后留学美国。曾任武汉大学英语系教授、中央大学英语系主任。1949 年后赴台,历任辅仁大学教授、淡江大学英语系主任。

"瑰琦",读作"Kwai-chi"。但是"瑰琦"在中文中却经常被错念成"wai-dgi",即"伟奇"。但不管是"瑰琦"还是"伟奇",其意思都是"印象深刻的和令人惊讶的"("impressive and surprising")。至于Sha-ra,张沅长先生认为最佳的解释应该是"洒落",念作sa-lo或sa-ro,是"秩序和规范的反义词,表示的是'不经意的或错落有致的优雅'(careless grace, or unorderly grace)";同时Sha-ra对应的也可能是"杂乱",念作tsa-luan。但是张沅长先生更倾向于"洒落"和"瑰奇"的组合,因为这两个词语组合在中国文学传统中有悠久的渊源:"根据《辞源》,'洒落'最先被江淹(早于公元921年)使用;'瑰奇'最早见于宋玉(公元前233年);左思(公元400年)也使用过'瑰奇'。此后这两个词语组合就频繁出现。"[①]根据以上考证,张沅长先生得出结论说,Sharawadgi所对应的中文读音应该是sa ro-wai-dgi,因此,"'洒落瑰奇'似乎是最佳选项"[②]。

继张沅长先生之后,钱钟书先生也认为Sharawadgi源自汉语。在写于1935—1937年间的牛津大学硕士论文《十七和十八世纪英语文献里的中国》(China in the English Literature of the Seventeenth and the Eighteenth Centuries)一文中的第一部分"十七世纪英国文献里的中国"中,钱钟书花了不算少的篇幅讨论坦普尔与中国文化的关系,这当然绕不开对Sharawadgi的词源讨论。钱钟书认为Shara所对应的应该是"san lan(散乱)",或"su lo(疏落)";而wadgi所对应的则应该是"wai chi(位置)"。简言之,钱钟书说,Sharawadgi这个词的意思就是"恰因凌乱反而显得意趣雅致、气韵生动的留白空间(space tastefully enlivened by disorder)。在造园艺术上,此种'甜美的疏忽'……或'甜美的无序'……体现为娇媚的装点(feminine toilet)。那些陈腐的批评术语——如'美妙的杂乱'(beau désordre)和'浪漫的无序'(romantische verwirrung),都不足以充分表述此种中国造园艺术所独有的隐藏技法的技法,因为那些术语都不蕴含留白疏空之寓意"。"留白疏空"是笔者对钱先生原文"empty space"的意译,这是否符合钱先生原意,笔者实在没有把握。当然,钱先生自己对Sharawadgi的"疏落/散乱-位置"的词源解释好像也不是很有把握,所以最后无可奈何地戏语道:"就让那些纯粹主义者们去

---

① 按:根据1915年商务印书馆出版的《辞源》,江淹有"高志洒落,逸气寂寥"之句(出自《齐司徒右长史檀超墓铭》);宋玉有"夫圣人瑰意琦行,超然独处"之句(出自《对楚王问》);左思有"雕题之士,镂身之卒……相兴味潜险,搜瑰奇"之句(出自《吴都赋》)。分别见陆尔奎等:《辞源》,商务印书馆,1915年,巳集170页,午集42页。

② Chang, Y. Z. "A Note on Sharawadgi", *Modern Language Notes*, Vol. 45, No. 4, 1930, pp. 222 - 224.

忍受 Sharawadgi 这个读起来费劲又难听的怪词吧！"①

1949 年，西方学者 N. 佩夫斯纳和 S. 朗在《建筑评论》上发表了一篇文章，也认为 Sharawadgi 应该是来自汉语。他们列出了坦普尔获得该词的五种可能性来源。第一，根据坦普尔留下的著述，我们可以看出，坦普尔本人对汉语有着浓厚的兴趣，比如在《论英雄美德》（"Of Heroic Virtue"）一文中就有一段话谈到他对汉语知识的了解，因此这个词有可能是坦普尔本人直接从某本汉语辞典或书籍中得来的。第二，坦普尔也有可能求教于他身边某些对中国兴趣浓厚，而且多少懂得一点汉语的朋友，从而得到了这个词——这些人包括建筑师约翰·韦布（John Webb）、罗伯特·胡克（Robert Hooke）等。第三，早在坦普尔写作《伊壁鸠鲁的花园》(1685)年之前，就许多欧洲传教士、外交公使和旅行家等撰写了大量有关中国造园艺术的报道文章或著作，如利玛窦（Matteo Ricci）、卜弥格（Alvare de Semedo）、白乃心（Jean Grueber）等人，尤其是荷兰使臣和旅行家约翰·纽霍夫（John Nieuhoff，荷兰文拼写作 Johan Nieuhof）对 Houchenfu（疑似"杭州府"）著名的 Lake Sikin（疑似"西湖"）的描述最为动人。或许，这个词来自这些人的著述。第四，N. 佩夫斯纳和 S. 朗猜测，或许坦普尔是直接从某个中国人那里了解到 Sharawadgi 这个词的。那么，当时有没有中国人到过欧洲或英国，而且跟坦普尔接触过？答案是肯定的！1684 年，比利时传教士柏应理（Philippe Couplet，1623—1693）从中国回欧洲，随行的就有一位名叫 Xin-fo-Cum 的中国人。根据 N. 佩夫斯纳和 S. 朗提供的信息，Xin-fo-Cum 见过法国国王路易十四和教皇；1687 年 Xin-fo-Cum 到了英国，受到英国国王詹姆斯二世的接见（N. 佩夫斯纳和 S. 朗的文章中还附有一张詹姆斯二世命制的 Xin-fo-Cum 肖像画）。此人在伦敦和牛津逗留过一段时间，他还留下了一些用拉丁文写的与海德博士（Dr. Hyde）之间的通信。N. 佩夫斯纳和 S. 朗推断，坦普尔《伊壁鸠鲁的花园》一文中出现的 Sharawadgi 一词极有可能与 Xin-fo-Cum 有关系：虽然《伊壁鸠鲁的花园》成文于 1685 年，而 Xin-fo-Cum 是 1687 年才到英国，但由于《伊壁鸠鲁的花园》正式出版于 1690 年，这就意味着不排除在 1685 年至 1690 年间，坦普尔从 Xin-fo-Cum 那里听到这个词之后，在正式出版该文之前对文章进行了修改。最后，如果上述理由都不成立，那么第五种可能性则是，坦普尔目睹了当时流传于欧洲的各种中国瓷器、刺绣、折

---

① Ch'ien, Chung-Shu. "China in the English Literature of the Seventeenth and the Eighteenth Centuries", in Adrian Hsia, ed. *The Vision of China in the English Literature of the Seventeenth and Eighteen Centuries*, Hong Kong: the Chinese University Press, 1998, pp. 52 – 53.

扇上的中国山水画(见该文所附的苏州园林山水画——该画来源不详);那些画面上的园林山水所蕴含的美感与欧洲园林是如此的不同,必定极大地震撼了对中国文化本来就具有浓厚兴趣的坦普尔,因此坦普尔有可请教一些懂得中文的学者,再加上自己的想象,杜撰出了 Sharawadgi 这个词①。

N. 佩夫斯纳和 S. 朗所提出的五点虽然都是推断,但并非站不住脚。尤其是他们所提到的那个名为 Xin-fo-Cum 的中国人值得我们高度关注。历史上是否真有这么一个人?如果有的话,他到底是谁?近年来,经过方豪、黄谷、潘吉星、史景迁等中外学者的详细考证,一个曾经淹没在历史中的重要人物的形象逐渐变得清晰起来。原来,此人的中文名字叫沈福宗(教名为 Michael Alphonsius Shen Fu-Tsung),是中国天主教发展史以及近现代中西文化交流史上一个极其重要的人物。根据学者们的考证,沈福宗大约于顺治十四年(1657年)出生于江苏省江宁府(今南京),读书后没有参加科举活动,后结识了柏应理,并从其学习拉丁文。康熙二十年(1681 年),柏应理奉召向罗马教廷陈述康熙皇帝对"仪礼问题"(Question des rites)的立场。原定同行的有包括沈福宗和吴历(清初山水画家六大家之一)在内的五人,但当他们在澳门等候出发期间,五十岁的吴历因体弱多病放弃了这次欧洲之行,最终随柏应理赴欧洲的只有沈福宗一人。在柏应理的引领下,沈福宗一路游历了荷兰、意大利、法国和英国等欧洲六国,觐见了罗马教皇英诺森十一世、法国国王路易十四,并于 1685 年(而非佩夫斯纳和朗所说的 1687 年)受到詹姆斯二世的接见。詹姆斯二世非常兴奋,命令宫廷画家纳尔勒(Sir Godfrey Kneller)画下了该幅名为《中国皈依者》(The Chinese Convert)的肖像画,悬挂于自己的卧室之中(该画至今收藏在温莎城堡内)。沈福宗后来的确也造访了牛津大学,并帮助牛津大学伯德伦图书馆(Bodleian Library)整理了中国图书目录。在那里,他结识了东方学家海德博士,并教授后者汉语②。

根据上述学者目前已经发掘出来的史料来看,沈福宗的欧陆之行在当时欧洲上流社会和知识界轰动一时。沈福宗本人也利用自己通晓拉丁语的优势不遗余力地向欧洲知识界介绍和传播中国文化。虽然从目前的史料中我们还没有看到 Sharawadgi 这个词与沈福宗的关联,但是也不能排除这种可能性。此

---

① Pevsner, Nikolaus and S. Lang, "A Note on Sharawaggi", in Nikolaus Pevsner, ed., Art, Architecture and Design, Vol. I, London: Thames and Hudson, 1968, pp. 103 - 106.
② 方豪:《中国天主教史人物传清代篇》,(台北)明文书局,1986 年,第 200 页;黄谷编译:《清初旅欧先行者——沈福宗》,《紫禁城》1992 年第 5 期;潘吉星:《沈福宗在 17 世纪欧洲的学术活动》,《北京教育学院学报(自然科学版)》2007 年第 3 期。

外，本来要与柏应理和沈福宗同行的著名山水画家吴历的角色应该引起我们的重视。这一点本文后面要进行讨论。

张沅长、钱钟书、N. 佩夫斯纳和 S. 朗之后，中国建筑学界的学者们仍然在继续讨论 Sharawadgi 的中文词源。有人说它对应的是"斜入歪及"，有人认为它对应的是"千变万化"或"诗情画意"，有人则干脆将其讽刺性地翻译为"傻啦瓜叽"①。显然，至今为止，在中国学术界，对 Sharawadgi 的汉语词源研究仍然没有得出一个令人信服的结论。

三

那么，有没有另外一种可能性：该词源出于某种非中文语源？这个可能性是存在的。

事实上，早在 1931 年，也就是张沅长先生的文章发表仅一年后，一个名为盖滕比（E. V. Gatenby）的西方学者在日本的《英文学研究》（*The English Society of Japan*）杂志上发表了《日语对英语的影响》一文。在该文中，盖滕比指出，Sharawadgi"这个词很有可能来源于日语中的'soro-waji'（揃ハジ），意即'使……不规整'，是动词 sorou 的（否定）变体"②。

继盖滕比之后，坚持认为 Sharawadgi 源于日语 soro-waji（揃ハジ：使……不规整）的还有布鲁纽斯等学者③，但是日本学者岛田孝右（Takau Shimada）却认为包括盖滕比在内的几位西方学者对 Sharawadgi 的源于 soro-waji（揃ハジ）的考证是错误的，因为他们不了解日本人的造园艺术：日本造园艺术并不刻意追求不对称、不规范，而是讲究顺其自然、顺应自然、与自然融为一体。因此，岛田孝右认为，Sharawadgi 的日语来源可能是 sawaraji（触ハジ）或 sawarazu（触ハズ）。sawaraji（触ハジ）是动词 sawaru（触ル）的否定形式，意思是"不触摸""顺其自然"。岛田孝右告诉我们，sawaraji 是一个古词，但 sawaru 至今仍然在使用；sawarazu 也是 sawaru 的否定形式，意思也是"不触摸"，sawarazu 也是个具有文学意味的古词，但现在仍然还在被使用。因此，岛田孝右推断，Sharawadgi 应该是来自 sawaraji 或 sawarazu，而非 soro-waji。当然，岛田孝右也承认，他并没有确凿的证据来证明他的推测：道听途说的坦普尔可能将

---

① 赵辰：《立面的误会：建筑・理论・历史》，生活・读书・新知三联书店，2007 年，第 138—141 页。
② E. V. Gatenby, "The Influence of Japanese on English", *The English Society of Japan*, Vol. 11, No. 4, 1931, pp. 508 – 520.
③ Teddy Brunius, "The Uses of Works of Art", *Journal of Aesthetics & Art Criticism*, Vol. 22, No. 2, 1963, pp. 123 – 133.

sawaraji 误听成了 Sharawadgi①。

岛田孝右这篇文章有几点问题值得进一步商榷推敲。首先,既然日本造园艺术的精髓是 sawaraji 或 sawarazu 这两个词所体现的顺其自然、顺应自然,而非刻意追求不规整、不对称,那么,这两个词就与坦普尔和艾迪生认为的 Sharawadgi 的本质(不规整、不对称)不符合,反而是 soro-waji 更符合坦普尔和艾迪生的原意。接下来的另一个问题就是,显然,在岛田孝右看来,日本的园林艺术和中国造园艺术是不完全相同的:日本人追求的是按照自然原貌彻底地顺应自然;而中国园林那种人为的、刻意的散乱、不规范、不对称并非模仿自然,而是对自然的雕饰和改造。他援引了坦普尔同时代曾经到过中国的两位英国造园名家勒·孔蒂(Le Comte)和钱伯斯的言论来证明中国园艺"不是对自然的模仿"来证明这一点②。那么,问题就来了:既然"不规整、不对称"这种中国造园艺术的精髓符合坦普尔所说的 Sharawadgi 的原意,那么,这个词为什么就不是来自中文而是日语的 sawaraji 或 sawarazu——顺应自然、顺其自然——呢?

1998年,爱尔兰人、日本学学者穆雷发表了一篇文章:《Sharawadgi 尘埃落定》。在该文中,穆雷认可盖滕比的观点,即 Sharawadgi 可能源于日语中的"soro-waji"。穆雷提出的证据是17世纪日本专门为荷兰商人开辟的贸易区:出岛。这座人工岛形似折扇,内部布局极不规整。穆雷指出,虽然在17世纪的时候,soro-waji 这个词在标准日语中已经被弃用,但在南方,尤其是出岛这个荷兰商人聚居的地方,该词却仍然被使用,并用来描绘出岛的建筑布局。因此,穆雷推断,该词及其所负载的"使……不规整"之义被荷兰商人带回到荷兰,而曾任英国驻荷兰外交官的坦普尔爵士很有可能是从其荷兰朋友那里听说这个词,但由于发音不准确,被误拼为 Sharawadgi③。

2014年,科威·特尔特(Wybe Kuitert)在《日本评论》(*Japan Review*)杂志上发表了一篇题为《日本艺术、美学与一种欧洲话语:揭秘 Sharawadgi》的长文,对 Sharawadgi 的日语来源提出了新的观点,认为该词来源于江户时代的日语词:"*shara'aji* 洒落味"。

科威·特尔特指出,日语中的 *shara* 来源于中文的"洒落"。在江户时代之

---

① Takau Shimada, "Is Sharawadgi Derived from the Japanese Word Sorowaji?" *The Review of English Studies*, Vol. 48, No. 191, 1997, pp. 350-352.

② Ibid., p. 351.

③ Ciaran Murray, "Sharawadgi Resolved", *The Garden History Society*, Vol. 26, No. 2, 1998, pp. 208-213.

前,该词的意思有:(1)秋叶漫天飘零;(2)洒脱从容的姿容风度。当然,这些意思都来自中文:日本学者诸桥辙次援引潘岳的《秋兴赋》"庭树槭以**洒落**兮,劲风戾而吹帷"和元明善的《谒先主庙》"君臣**洒落**知无恨,庸蜀崎岖亦可怜"来证明日语 shara 所含上述意义的中国渊源。在日本文学中,shara 又逐渐被用来指代一种挥洒自如但又不逾矩的诗歌风格①。

然而,到了江户时代,随着世俗文化的兴起,shara(しゃら或しやら)所包含的上述高雅意义逐渐被文学创作中的"机趣(witticism)和字谜(wordplay)"所取代:一个具有 shara 的文本一定充满字谜、画谜(rebuses)、谜语、机锋、双关语、换音-回文词(anagrams)和多重隐秘的幽默寓意。在后来,shara 所对应的假名しゃら或しやら及其"机趣和字谜"等意义逐渐进入日常言谈会话中,并成为江户时代大众消费文化的时尚风气:演员和艺妓能否被热捧就在于他/她的言谈、服饰甚至发型是否具有 shara——机趣/机锋。

1657 年 3 月的明历大火(the Great Meireki Fire)烧毁了大量奢华昂贵的和服,和服产业遭到重创。为了避免和服市场崩溃,江户幕府严禁和服制造用料的奢华,并规定了和服上限价格。于是,和服制造商就只有在装饰设计上做文章:为了节省染料,和服图案广泛采用字谜、画谜,这一方面使得和服图案设计不再追求对称,从而在布面上出现大量留白,另一方面又因为字谜画谜而显得妙趣横生。不仅和服设计,Shara 风格也广泛体现在其他工艺美术品的设计之中,如大量出口到荷兰的漆器。

总之,shara 作为一种时尚,在江户时代的日本城市世俗文化中非常流行,并深刻影响到 17 世纪后半叶的工艺美术设计。后来这个词的发音逐渐变为 share。所以 shara'aji 就是现代日语中的 share'aji,可以分别用假名、中文或两者的混合来表示:しやれあじ,しやれ味,洒落味。

也就是说,坦普尔所说的 sharawadgi 其实就是日本江户时代的 shara'aji 工艺美术风格。那么,坦普尔是从什么渠道听到这个词的呢?科威·特尔特猜测,坦普尔很有可能是在海牙当外交官的时候,从他的荷兰朋友、外交官兼诗人休金斯(Constantijin Huygens,1596—1687)那里听到的。休金斯不仅是东方艺术的强烈爱好者,而且他的朋友圈里有好几个人曾经在江户时代的日本长期居住过,这些人多为从事漆器进口贸易的商人,如斯佩克斯(Jacob Specx,1589?—1647)、卡隆(François Caron),尤其是范·霍根霍克(Ernst van

---

① Wybe Kuitert, "Japanese Art, Aesthetics, and a European Discourse: Unraveling Sharawadgi", *Japan Review*, No. 27, 2014, pp. 77 - 101.

Hogenhoek,？—1675)等。科威·特尔特甚至大胆地认为,17 世纪荷兰风景画的兴起源自江户时代日本的 *shara'aji* 审美风格的影响①。

科威·特尔特这篇长文对日本江户时代 *shara'aji* 工艺美术风格的考证虽然细致周到,对坦普尔在海牙有可能接触到这个词的渠道的相关史料挖掘也值得高度重视,但是笔者认为他仍然没有能够令人信服地解决 Sharawadgi 的来源问题。首先,坦普尔原文主要谈论的是造园艺术,而科威·特尔特所提供的文章并没有任何一条材料涉及日本的花园设计,虽然和服、漆器上的花纹图案有一些风景画,但那毕竟不能够代表日本的造园艺术。其次,坦普尔的海牙朋友圈里虽然的确有不少通晓日本文化的荷兰人,但科威·特尔特也并没有在这些人所留下的日记、通信或传记中找到任何谈论 *shara'aji* 的信息,当然也更没有坦普尔是在什么情况下、从哪个荷兰人那里听说 *shara'aji* 这个词的信息。再次,坦普尔的原文中明确说过,他是"从一些曾经在中国居住过的人士们"——而非曾经在日本居住过的朋友——那里,了解到 Sharawadgi 这个词:在这个问题上,坦普尔完全没有必要撒谎。总之,与上文中那几位言之凿凿地认为 Sharawadgi 源自日语的学者一样,科威·特尔特的论点也是建立在猜测推断之上,他所提供的那些繁琐庞杂的史料虽然令人眼花缭乱,但并不能构成"Sharawadgi 尘埃落定"的铁证。

总之,认为 Sharawadgi 源于日本的学者的问题同他们对张沅长和钱钟书的质疑一样——都是从发音的相似来进行的猜测推断。既然是猜测推断,无论多么丰富的旁证史料都不足以解决问题。

四

然而,科威·特尔特所一带而过的另一个观点却引起了笔者的重视:shara 这个日文词本身就是来自中文的"洒落"——这与张沅长认为 shara 可能是"洒落"的中文对应词不谋而合。既然 shara 本身就是中文"洒落"的意思,那么坦普尔对这个词的接触为何就不可能是直接来自中文而非要经过日语的转述(更何况坦普尔也明确说他接触这个词的来源是曾经居住在中国的人)? 毕竟,江户时代的"洒落味"所蕴含的那些由字谜、画谜、双关语、回文-回音词等体现的奇怪时尚与坦普尔在《伊壁鸠鲁的花园》一文中所提到的不规范、不对称的"无序之美"内涵是完全不同的。

---

① Wybe Kuitert,"Japanese Art,Aesthetics,and a European Discourse: Unraveling Sharawadgi", *Japan Review*,No. 27,2014,pp. 77 – 101.

于是，我们有理由从"洒落"入手将线索的追寻重新回到 Sharawadgi 的中国词源上来——沈福宗的欧洲之行值得高度关注。

正如我们在上文中所说，虽然从目前的史料中我们还没有找到 Sharawadgi 这个词与沈福宗的关联，但这种可能性不能够排除：沈福宗的学术修养应该是比较深厚的，这从他在梵蒂冈、巴黎，尤其是牛津的活动中可以明显见出。至于沈福宗的艺术修养我们的确不得而知，但是值得注意的是在柏应理使团中的那位著名山水画家吴历。

吴历（1632—1718 年），清代著名画家，江苏常熟人，与王时敏、王鉴、王翚、王原祁、恽寿平并称山水画"清初六家"。早年多与耶稣会士传教士往来。1681 年，吴历决意随柏应理神父赴罗马觐见教皇，原欲经澳门乘荷兰船只赴欧洲，已至澳门，却因体弱多病未能成行，遂留居澳门约 5 个多月。1682 年在澳门加入耶稣会，受洗名为西满·沙勿略，并遵习俗取葡式名雅古纳。吴历 1681 年（旅居澳门候船赴欧洲期间）前和稍后的山水画代表作有《山水卷》(1672 年作)、《兴福庵感旧图卷》(1674 年作)、《仿倪秋亭晚趣》(1673 年作)、《山水册》(1674 年作)、《松壑鸣琴》(1675 年作)、《少陵诗意图》(1675 年作)、《雨散烟峦图》(1676 年作)、《湖天春色图》(1675 年作)、《枯木逢春》(1674 年作)、《湖山春晓图》(1681 年作)、《梅雨新晴》(1681 年作)、《夏日山居图》(1683 年作)、《临巨然山水》(1683 年作)、《仿唐解元溪山小隐图》(1686 年作)、《仿燕龙图冬晴钓艇图》(1688 年作)。这些作品大致代表了吴历受西方绘画影响之前典型的中国传统书画风格。那么这种风格的精髓是什么？我们应该怎样来描述和诠释这种风格？通过对中国传统书画理论的检视，我们发现，中国山水画和书法艺术有两个核心观念：其一是意境的"洒落"感；其二是布局的"位置"感。

关于意境的"洒落"感，最早见于北宋韩拙《山水纯全集》著名的"八格"说："凡画有八格：石老而润，水净而明，山要崔巍，泉宜**洒落**，云烟出没，野径迂回，松偃龙蛇，竹藏风雨也。"①清代王概在《芥子园画传》说："元以前多不用款，或隐之石隙，恐书不精，有伤画局耳，至倪云林字法遒逸，或诗尾用跋，或跋后系诗，文衡山行款清整，沈石田笔法**洒落**，徐文长诗歌奇横，陈白阳题志精卓，每侵画位，翻多奇趣。"②清代周星莲在《临池管见》说："古人作书，于联络处见章法；于**洒落**处见意境。"③

---

① ［宋］韩拙撰：《韩氏山水纯全集》，中华书局，1985 年，第 9 页。
② ［清］王概编绘：《芥子园画传——山水》，湖北美术出版社，2013 年，第 9 页。
③ 王伯敏等主编：《书学集成（清）》，河北美术出版社，2002 年，第 541 页。

关于布局的"位置"感,最早见于南朝齐谢赫《古画品录》所举"六法":"气韵生动、骨法用笔、应物象形、随类赋彩、经营**位置**、转移摹写。"[1]清代王昱《东庄论画》谓:"作画先定**位置**。何谓位置?阴阳、向背、纵横、起伏、开合、回报、勾托、过接、映带,须跌宕**欹**侧,舒卷自如。"[2]

以上材料充分说明,"洒落"和"位置"这两个概念在中国历代书论画论中占有非常重要的地位。对于这两个关键词,书画修养精湛的吴历必定了然于胸。虽然我们目前还没有在吴历的《墨井诗钞》《三巴集》《桃溪集》和《墨井画跋》等文集中找到关于"洒落"和"位置"的具体论述,但上述吴历的山水画和书法作品却显然是"洒落"之意境和空间布局之"位置"感的典型体现。我们基本可以断定:"洒落-位置"这个审美原则是吴历书画创作以及书画理论的核心。

蛰居澳门5个多月期间,作为书画家的吴历不可能不对柏应理和沈福宗等人谈论中国书画艺术,而计划到欧洲传播中国文化的沈福宗也不可能不向吴历讨教中国古典艺术方面的知识。或许,"洒落"和"位置"这两个词就是在那个时候被沈福宗和柏应理所知晓并传播到英国。坦普尔爵士"从某些去过中国的人士"那里听到这两个词,并把它们合并起来,臆造出"Sharawadgi"这个具有浓郁"中国风"(Chinoiserie)的怪诞英文词。

当然,由于确凿证据的缺乏,上述将"Sharawadgi"判定为"洒落-位置"的音译和认为吴历和沈福宗是该词的中文渊源的观点——与前辈学者一样——也带有很大的猜测成分,仍然没有最终令人信服地回答"Sharawadgi"的词源问题。然而,笔者认为,"Sharawadgi词源考"这个课题如果仅仅局限于该词的词源考证,其学术价值仅限于考据学意义,那样的饾饤之学反而遮蔽了"Sharawadgi"公案背后所隐藏的更为宏大的文化史意义:这就是"Sharawadgi"美学观念的传播与18世纪欧洲新古典主义的衰落以及浪漫主义的兴起之间的关系问题。

正如拉夫乔伊在《浪漫主义的中国起源》一文中所指出的那样,以"Sharawadgi"美学为代表的中国审美趣味对于当时主宰欧洲的启蒙理性产生了巨大的冲击。他指出,"中国的园林设计师的目的"并非模仿自然,"而是创作园林抒情诗(horticultural lyric poems),他们利用杂树、灌木、山石、水流和人工制品等,创造出一幅幅令人眼花缭乱的景致,其隐含的真正目的是表达和激发设计师和观赏者内心各种不同的心绪和情感。就此而言,他(钱伯斯)开启了

---

[1] 王伯敏标点注释:《古画品录·续画品录》,人民美术出版社,1959年,第1页。
[2] 郁剑华编著:《中国画论类编》,人民美术出版社,1986年,第188页。

下一个世纪明显体现在文学和音乐中的浪漫主义运动"。总之,作为一个美学概念的"Sharawadgi"及其所刮起的"中国风"在一定程度上对18世纪的新古典主义产生了"反拨作用",尽管这种反拨最早出现于园林和建筑领域,但后来却不可遏制地延伸到文学等领域,从而引发了英国浪漫主义文化运动①。

或许是在拉夫乔伊的启发之下,通过考证"Sharawadgi"的日语词源,穆雷教授也提出了"(英国)浪漫主义的日本起源"这个学说。在发表于2001年的《浪漫主义的日本起源》一文中,穆雷教授认为,坦普尔对伊壁鸠鲁式花园那种不规范之美的追求隐含的是对柏拉图式几何形花园的否定。而这种由"Sharawadgi"所象征的伊壁鸠鲁花园美学观念背后更是隐藏着自然等于自由这一政治哲学思想。自然-自由之政治哲学思想被艾迪生表述得特别充分。艾迪生曾经游历欧洲大陆,他把圣马力诺共和国美丽的自然风光和政治自由联系了起来,前者与凡尔赛宫严谨的几何规范所代表的政治专制形成了鲜明对比(类似的思想被英国浪漫主义大诗人华兹华斯在浪漫主义的辉煌巨著《序曲》中表达得更为充分)。穆雷甚至认为,艾迪生在1712年6月25日(三天后卢梭出生)《旁观者》上发表的那篇文章(见上文)应该被视为浪漫主义运动的最早宣言。在那篇文章中我们可以明显看出艾迪生心目中的"Sharawadgi"花园有三个标准:第一,不囿于直线规矩的秀丽景色;第二,毫无遮挡、一览无余的广阔视野;第三,因景色的山重水复、变化多端而在观赏者心目中激发起的审美好奇心和心旷神怡的自由想象(毋庸置疑,这三个特色的确是中国古典园林以及古典山水画的精髓)。艾迪生的观点被柏克(Edmund Burke)进一步发挥修正为"秀美"和"崇高"两种著名的美学观念,而华兹华斯的《序曲》几乎可以看作是柏克崇高美学理论的文学实践②。

五

综上所述,"Sharawadgi"究竟源于中文还是来自日语,作为一个词源学考证课题本身并不重要。我们更应该把注意力集中在"Sharawadgi"作为一种东方美学观念对英国新古典主义衰落和浪漫主义的兴起所产生的重要推动作用上。这个历史个案充分说明,文艺复兴以来的西方现代性历史与来自东方的思想观念一直存在着紧密的纠结关系——东方思想"已经深入西方的(现代性)文

---

① Arthur O. Lovejoy, *Essays in the History of Ideas*, Baltimore: the Johns Hopkins University Press, 1948, p.134.
② Ciaran Murray, "A Japanese Source of Romanticism", *The Wordsworth Circle*, Vol.32, No.2, 2001, pp.106 – 108.

化和思想生活之中。在西方(现代性)思想史发展过程中,东方的影响具有极其重大的意义,完全不容忽视。"①

"Sharawadgi 词源考"的文化学意义即在于此。

---

① J. J. Clarke, *Oriental Enlightenment: The Encounter Between Asian and Western Thought*, London and New York: Routledge, 1997, p. 5.

文学理论的国际政治学：
作为学说和作为学科的西方文论

林精华[*]

内容提要 韦勒克《文学理论》(1949)刊行,标志着欧洲的文学批评经由美国迅速转换为文学理论,即英国注重字词句细读的新批评转化为注重语义结构分析的美国新批评,接着发现并激活俄苏-东欧形式主义遗产,继而出现了符号学、结构主义、阐释学、后结构主义和解构主义等,它们在表述上显示出科学性；与此同时,由法兰克福学派转化而成的西方马克思主义在法国、英国和美国方兴未艾,伴随女权主义运动的是生机勃勃的女性主义、性别研究,以及持续充满活力的新历史主义、后殖民批评和文化研究等,它们以深刻批评资本主义若干问题著称。其实这些理论产生并兴盛于"冷战"岁月,此时苏联在人文学科和社会学科建构了一整套共产主义学说,美国主导下的"西方"为在各领域应对苏联威胁,迅速促成原本只是个人经验性的"文学批评",转化为学科和课程体系的"文学理论"。这样一来,得益于"冷战"格局的文学理论学科,就和作为超越"冷战"意识形态的一个个具体文学理论,常处于冲突之中；伴随文学批评方法探索兴盛的是争议不断的问题。但"冷战"以苏联及其反映论体系失败而结束,西方文论也和"历史终结论"一样获得合法性,在"后冷战"时代,如何使这种饱受争议的理论合理扩展,成为近40年来西方文论界最为关心的话题。

关键词 西方文论；冷战；政治学；国际政治学

韦勒克《文学理论》(1949)一经汉译(1984),便迅速启动了主导中国长达近40年的苏联文论体系轰然倒塌的程序,哪怕它常被冠名为"马列文论",自此西方文论在中国迅速壮大成超级学科；同样,自苏联末期以来,文论开始了翻天覆地的变化,无论是莫斯科大学教授切尔内茨(Л. В. Чернец, 1940—   )的《文艺学导论》(1997, 2004),还是其同事哈里泽夫(В. Хализев, 1930—2016)的《文学理论》(1999, 2002),抑或国立萨拉托夫研究大学教授普罗佐罗夫(В. В.

---

[*] 首都师范大学燕京学者,华东师范大学国际关系与地区发展研究院特聘教授,华东师范大学俄罗斯研究中心教授。

Прозоров,1940— ）和叶琳娜（Е. Г. Елина，1952— ）的《文艺学导论》（2014）等，无不和苏联文论大相径庭，从概念到结构皆深受西方文论影响，哪怕是托马舍夫斯基（Борúс Томашéвский，1890—1957）的《文学理论（诗学）》（1925）、《诗学简明教程》（1931）等也重新焕发出生命力。

　　然而，这种改变了中国和苏俄文学理论的西方文论，从学说发展成教材、演变成课程、膨胀成学科，肇始于二战后不久，伴随冷战进程而迅速繁荣起来，其声势浩大持续到20世纪90年代初，真正成就了所谓的"二十世纪即文学批评时代"。在此期间，关于文学理论危机之声不绝于耳：从莱文《危机中的文学批评》（1955）、特里林《弗洛伊德和我们文化的危机》（1955），到桑塔格《反对阐释》（1964）、佩尔《文学批评的失败》（1967）、皮卡尔《新批评或新骗术？》（1969）、古德哈特《文学批评的失败》（1978）等，尤其是冷战末期以来，肯纳普和麦考斯《反对理论》（1982）、奥尔森《文学理论的终结》（1986）、柯南《文学之死》（1990）、卡因《文学批评中的危机》（1990）……从不同方面抨击"文学理论"背离文学审美性和文学教育的宗旨。诡异的是，苏联解体所表明的冷战结束，使这些饱受争议的文论和西方其他理论一样，获得向全球扩张的合法性，西方文论界却对其争议不断，哈罗德·布鲁姆《不成熟的预言：文化战争中的文学之论》（1991）、特里德尔《文学批评十年：危机中的文化》（1993）、古德哈特《文学研究有未来吗？》（1999）、伊格尔顿《理论之后》（2003）、罗南·麦克唐纳《批评家之死》（2007）、赖安《理论之后的小说》（2011）、巴厘《文学理论之终结》（2016）……普遍认为"文学理论"时代已然过去，进入"后理论"岁月。而如此争议却未妨碍文学理论继续成为独立于文学的自足体，并挤压大学的文学教育、排斥公众对文学之见解等现象，令业内人士无所适从，在学界之外则无人能知晓其所是。更奇异的是，半个多世纪以来，这些论争居然构成了西方文论的一部分，且这正是它不同于苏联文论的生命活力所在。

　　然而，争议多限于理论本身，很少回到"文学理论"所在的冷战时代。实际上，欧洲文学批评在战后西方突然转化为文学理论并兴盛起来，远不只是在时间上和冷战相吻合。按密歇根大学教授希伯斯《冷战文学批评与怀疑主义政治学》（1993）所反思的，冷战史还包括"对声称真理和谬误等持怀疑态度的历史"，"关于现代批评的方方面面一直被冷战强有力地影响着，但文学批评史就根本没有对这种影响进行任何形式的查考。现代批评根源于亚里士多德和康德哲学，以及从柯尔律治到艾略特的诗歌批评这一线索，但随着新批评的出现，学院派批评这一形式越来越被视为现代批评。新批评始于20世纪20—30年代，但繁荣和冷战紧密相联，因战后人口暴增和教育高速增长，促使大学扩大人文学科教育规模,文学理论由此获得体制性地位",并因聚焦于自身所提出的各种问题,便再生出批评特点①。其实,戴维·哈维《后现代的状况:对文化变迁之缘起的探究》(1990)稍早已指出这类情形的具体案例:20世纪30年代国际性现代主义运动呈现出社会主义倾向,"随着抽象表现主义之崛起,现代主义走向了非政治化,讽刺性地预示着它被政治体制和文化体制所收买,成为冷战斗争中的一种意识形态武器。艺术充满了异化与焦虑,充分表达了暴力的分裂与创造性的破坏,却被当作美国信奉表现自由、粗朴的个人主义、创造自由的杰出样板",当时美国艺术证明了"在受共产主义威胁"的世界上,"美国乃自由理想之堡垒"②。更有甚者,此后坎宁安《理论之后的阅读》(2000)断言,"文学理论加速回归,的确强化了文学批评的价值。毫无疑问,在我的心中,二战之后,文学理论确实使文学研究再度焕发生机(revitalized)",伴随着20世纪60年代新批评影响力的急剧衰退、语言学转向,文学理论迅速繁荣起来,这种情形持续到80年代末③。但这种延续欧洲启蒙运动以来所形成的宏大价值观和表述方式之举,是通过现代学术制度和大学体制而进行的,和冷战时代西方人文学科和社会科学一样,不是针对而是超越苏联意识形态,构想各种看上去比苏联话语体系更科学的宏大理论,如贝尔《意识形态的终结》(1960)和《后工业社会的来临》(1964)、托夫勒《第三次浪潮》(1980)等即如此。就是在此等格局中,普遍的文学批评范式迅速建立起来,"冷战批评家运用文学和其他美学形式,把他们相信在战后世界不可能出现的和谐与规则加以象征化",从而使批评方法本身魅力四射④。

这就意味着:若不明确作为学说、课程、教材和学科的文学理论是二战后的特有现象,且和冷战进程,以及从冷战转换为后冷战历史变迁息息相关,那么无论我们怎样去发掘韦勒克《现代文学批评史》、布鲁姆主编11卷本《批评的艺术:从古希腊到当代的文学理论和批评》(1985—1990)、布鲁克斯等主编9卷本《剑桥文学批评史》(1989—2013)等鸿篇巨制之微言大义,也难以认识在如此充满生命力的文学批评方法进程中何以出现那么多文学研究危机之论,因为它们讨论的是文学批评理论经典,以文本形态存在的文学批评方法及其实践。如此

---

① Tobin Siebers, *Cold War Criticism and the Politics of Skepticism*, Oxford: Oxford University Press, 1993, pp.29-30.
② 戴维·哈维:《后现代的状况:对文化变迁之缘起的探究》,阎嘉译,商务印书馆,2004年,第37页。
③ Valentine Cunningham, *Reading after Theory*, Oxford, & Malden, Mass.: Blackwell, 2002, p.38.
④ Tobin Siebers, *Cold War Criticism and the Politics of Skepticism*, Oxford: Oxford University Press, 1993, p.35.

一来,只限于既有的文学理论经典,就无法洞见那些文论文本所产生的复杂历史情境,才可能是问题的实质,如 20 世纪 50 年代在美国发现并"复活"的俄苏形式主义,被追溯为重要批评流派,乃因它是苏联反映论所排斥的,为对抗苏联,西方批评界正好把这种科学化的批评方法纳入其文论体系中,并认为它肇始了西方文论[①];继而,我们也就无法正视争议不断的文论,为何至今仍是英美大学英文和比较文学系的重要课程,欧洲大陆各重要大学母语文学系亦重视文学理论。可见,须回到历史,方可释怀下列西方文论的困惑:在表述上与现实无甚关联的科学化文学理论,或从人文关怀角度讨论资本主义社会内部问题的文学批评方法,论述方式或使用概念普遍晦涩,非专业人士难以阅读,专业人士要自如运用这类艰涩理论也未必没有困难,却能在高度强调政治正确的冷战时代广为流行,在冷战时代后期就开始在全球蔓延,这种文学理论的国际影响力是如何产生的?

一

我们知道,文学理论之扩展得益于欧美一流大学各语言文学系和比较文学系的课程、教材和学科的支撑,这才可能成就卡勒《论解构》(1982)所论的作为学说的文学理论——"近年来欧洲哲学,如海德格尔、法兰克福学派、萨特、福柯、德里达、利奥塔、德勒兹等,是通过文学理论家而非哲学家入口到英美的。就这一意义而言,正是文学理论家,在建构'理论'这个文类中,做出了最大的贡献"[②]。并且,"文学理论"是历史过程的结果:脱胎于神学教育的欧洲各大学,随着启蒙运动和浪漫主义运动推动民族国家及民众对其认同并成为潮流,就先后减少神学、语文学、修辞学等,增加本国语言文学教育比重。19—20 世纪之交,提升本国公民家国情怀的文学史、文学批评日益获得重视,和语言学、哲学、历史学等一道成为大学人文学科中的核心课程。相应地,大学教育制度确定了学术自由以及具体系所的人才培养、课程内容,在形式上避免了教会和政府的干预,即便是英国和欧洲大陆多国仍有国王或王后学院、天主教大学或基督学院,也不会受神权政治/国家政治的意识形态控制。作为移民之国的美国比欧洲更充分地世俗化,教育尤其是文学教育的中立化就大为普及,费伊勒拉《学术研究与文学批评》(1925)就高度评价这种保持政治中立的文学批评机制[③],

---

[①] Yiannis Stamiris, *Main Currents in Twentieth-Century Literary Criticism: A Critical Study*, Troy & New York: The Whitston Publishing Company, 1986, pp. 133 - 150.
[②] 乔纳森·卡勒:《论解构》,陆扬译,中国科学出版社,1998 年,序言第 4 页。
[③] Albert Feuillerat, "Scholarship and Literary Criticism", in *Yale Review*, XIV, 1925, pp. 309 - 324.

1940 年兰塞姆等五位批评家、布鲁克斯(Cleanth Brooks，1906—1994)等五位教授分别在《南方评论》《凯尼恩评论》发表笔谈《文学与教授们》，与英国文学评论家马修·阿诺德和卡莱尔、法国文学史家朗松等人主张相当，皆强调文学批评的人文审美教育功能。但冷战局势改变了大学教育及其学术制度，无论是自然科学、工程技术科学、社会科学，还是人文学科，都在"自由""民主""人权""市场经济"等西方"政治正确"的前提下，利用遏制苏联的战略所拨付的大笔财政投入，得到巨大的生存和拓展机遇，并如宇航、核物理、计算机、医学、政治学、法学等获得长足发展一样，人文学科也不甘示弱，成为彰显西方学术自由和成效的又一领域[①]。在此过程中，美国大学在英文系和为适应区域国别研究所需而大力发展的其他语言文学系基础上建立更多的比较文学系，文学理论成为这些系科的重要系列课程。

在这种情势下，文学理论得到长足发展，更得益于冷战时代的整体氛围：政府和基金会加大对相关领域的经费支持，如 1965 年美国政府设立国家人文科学基金，使文学艺术的生产、研究成为冷战的一部分，文学批评和比较文学研究在申请基金上特别容易获得成功，即政府投入大量资金，这正好是文学批评最繁荣的时期；大学文学教育制度及学科所建立的学术共同体，更被注入活力，按当代爱沙尼亚学者格丽莎科娃等《二十世纪人文学科的理论学派与学术圈》(2015)所称，"学派、学术圈和其他的学术共同体，已成为 20 世纪思想运动的主要力量。它们培养了在学科或学术传统之内循环流通的理念，因此改变了知识探究的状态和方向……人文学科中的学派与学术圈，最经常的是产生于共同兴趣和工作日程，在研究或书写中有共同的独特性，比体制关系更为紧密的非正式密切合作。一方面他们和当时知识分子气候有关，另一方面与他们个人的发展及命运相关，经常建构夸大其辞的'学派'(school)概念。学派与学术圈出现了更广泛的知识分子运动，与他们那个时代破坏性事件——战争、政治博弈与政治迫害、移民和大灾难等并非无关"[②]。此非后加入西方阵营的东欧学者(爱沙尼亚乃北约和欧盟的成员)的一孔之见，而是有历史根据之论：文学理论在战后欧美发展和膨胀过程中，学界本身作为学术共同体的贡献力，功不可没。本

---

① 丹尼尔·贝尔《二战以来的社会科学》(1982)论述在此期间美国社会科学变得如自然科学那样成为应用科学，获得长足发展；乔姆斯基等《冷战与大学：关于战后岁月知识分子历史》(1997)、克里斯托弗《大学、帝国和知识生产：导论》(1998)和《大学与帝国：冷战时期社会科学的金钱与政治学》(1998)，论述在此期间大学教育和冷战的关系。

② Marina Grishakova & Silvi Salupere, eds., *Theoretical Schools and Circles in the Twentieth-Century Humanities: Literary Theory, History, Philosophy*, New York & London: Routledge, 2015, p. ix.

来,帝俄时代就形成了比较成熟的学术共同体,如形式主义者当时仅是二十多岁的青年学生,他们挑战俄国学院派传统,如爱亨鲍姆《关于形式主义朋友圈问题》(1924)认为,形式主义之成功,首先仰赖于他们在莫斯科大学和圣彼得堡大学所形成的同仁圈;这个共同体,在布尔什维克政权时代遭到排斥、被迫解散,未必完全是苏俄意识形态所致,因形式主义屏蔽俄国文学中的国家意识,与传统俄国文学批评产生冲突,与20世纪20年代全球资本主义危机的国际语境不吻合。雅克布逊(Román Якобсон 1896—1982)和特鲁别茨柯依(Николáй Трубецкóй,1890—1938)等成员被迫纷纷流亡到欧洲,在布拉格重组学派,此后在欧美找到学术位置,借此培养门生,他们过去的学术遗产由此得到积极发掘、彰显;欧美学界有意识张扬苏联所反对的理论,即形式主义和巴赫金学说被激活,乃冷战时代西方遏制苏联文学理论的结果。同样,德里达背离法国年鉴学派和语言学传统的语言哲学理论,被法国哲学界所普遍排斥;其理论自20世纪60年代末始在美国文学批评界流行开来,并酝酿成全球性的美国解构主义批评潮流。此举表面上肇始于保罗·德曼在《盲点与洞见》(1971)、《阅读的寓言》(1979)、《抵抗理论》(1986)等著作中践行其后结构主义理论,实际上更得益于他作为耶鲁大学法文系主任(1974—1977)、比较文学系讲座教授和系主任(1978—1983),开设"比较文学"和"修辞性阅读"等系列课程,给学生和暑期班学员开设"尼采的修辞理论""让-雅克-卢梭""欧洲浪漫主义中的卢梭形象""浪漫主义文学家自传""18—20世纪的修辞理论"等课程,直接扩展其学说、提振其声望[1]。他的讲稿,则成就其各重要著作的有关章节:1983年春天在康奈尔大学演讲《抒情诗中的人神同形同性与比喻》成了《浪漫主义修辞》(1984)第五章,《结论:本雅明的〈翻译家之任务〉》则成为《抵抗理论》(1986)的重要章节。诸如此类,无疑进一步扩大其学术影响力。并且,通过文学教育制度方式,德曼的课程内容对训练研究生的修辞性阅读能力,去适应冷战时代建立普遍理论的学术趋势极为有效,从而使门下的斯皮瓦克和萨姆韦伯、芭芭拉·约翰逊和卡鲁斯等研究生,在这种学术体制下取得巨大业绩,占据欧美许多著名学府的重要学术职位。这样一来,德里达的后结构主义理论经美国广泛流行开来,出现了米勒所公开声言的情形,"解构主义在美国的适用和挪用,产生了某些成果,是美国所特有的。正如德里达反复说的,他在美国的话语权和影响力远胜于其

---

[1] Marc Redfield, ed., *Legacies of Paul de Man*, New York: Fordham University Press, 2007, pp. 179 - 183.

在法国。解构主义乃真正的美国事情"①。进而导致,二战时德军占领比利时,德曼在亲纳粹的《晚报》等发表二百余篇长短不一的篇什,自1987年开始被陆续披露出来,震惊学界。加拉格尔《盲点与事后诸葛亮》(1989)就疑惑道,大屠杀至今让人心有余悸,而德曼为掩饰历史罪行而热心于探索去历史语境化的修辞学阅读,"解构主义是高度政治化的。我们若观察德曼作为职业学者对政治的解释,那么我们思考的必要性就成了自我循环,因其事业的各种情形皆可能引发政治效果。若我们承认德曼的职业不会给我们以理解解构主义政治学的钥匙,那么或许我们会找到理解解构主义意义之更包容和更冷静的方式。但有一件事是肯定的:我们尚未知道要从保罗·德曼的主题中学到什么"②。紧接着,戴维·哈维《后现代的状况:对文化变迁之缘起的探究》(1990)指出,"在哲学前沿,解构主义已被海德格尔和德曼同情纳粹的冷战置于守势。作为解构之灵感来源的海德格尔,对于纳粹主义具有这种不思悔改的依恋,而德曼则是解构主义最有才华的实践者之一,他具有反犹太写作的阴暗历史,这些都证明了重要窘境。有关解构主义乃新纳粹主义的指责,有趣的并非其本身,而是对这种指责的辩护"③。辩护的不仅有米勒和德里达,更有其门生们,如后任加州大学尔湾校区教授的沃敏斯基在批判德曼运动高峰过后不久,就出版由德曼课纲和讲义而成的文集《审美意识形态》(1996)④。这种制度性行为,使持续近十年批判德曼的运动,未能根本动摇解构主义理论的地位,但欧美学界把解构主义理论与德曼的修辞学阅读方法进行了区分,这个过程正好与从"理论"到修补理论的"后理论"转化过程吻合。可见,学院制度成就了冷战时代文学理论在西方的建构、践行,法国后结构主义理论被演化为解构主义,是通过耶鲁大学文学系及其课堂而实现的,不仅有效驯化了大学生的专业能力,还顺势下移到国民基础教育领域⑤。更有甚者,德里达一直把解构主义理解为激进化的马克思主义(radicalized Marxism)。伊格尔顿认为,无论德里达此说对或错,解构主义一

---

① Quoted David Lehman, *Signs of the Times: Deconstruction and the Fall of Paul de Man*, New York: Poseidon Press, 1991, p.145.
② Catherine Gallagher, "Blindness and Hindsight", in Werner Hamacher, Neil Hertz & Thomas Keenan, ed., *Responses on Paul de Man's Wartime Journalism*, University of Nebraska Press, 1989, p.207.
③ 戴维·哈维:《后现代的状况:对文化变迁之缘起的探究》,阎嘉译,商务印书馆,2004年,第443—444页。
④ Martin McQuillan ed., *The Paul de Man Notebooks*, Edinburgh: Edinburgh University Press, 2014, pp.227-314.
⑤ François Cusset, *French Theory: How Foucault, Derrida, Deleuze, & Co. transformed the Intellectual Life of the United States*, Minneapolis: University of Minnesota Press, 2008, p.76.

度在东欧一些知识分子圈子中被当作反共产主义之异见的符码(code)是不争的事实①。

问题是,俄国形式主义在西方的复活、德曼及其解构主义的学术地位未因其早年亲纳粹行为而被颠覆,这些在冷战时代绝非特例,新批评在美国的转型、结构主义和符号学在法国的兴起以及在英美的普及、读者反应理论在德国的产生及在欧美的流行、文化研究从英国和欧陆被孕育出来并在美国发展成全球性的重要学术领域等,同样是受益于冷战时代的现代学术制度以及大学教育,并和欧洲殖民主义时代发展起来的文学批评传统关系密切。德国哲学家施莱尔马赫(Friedrich Schleiermacher,1768—1834)对阐释学之兴致,肇始于他应邀翻译英国王室海军陆战队中校殖民官柯林斯(David Collins,1756—1810)插图本《英国殖民队在新南威尔士的报告》(1801)。该书记录作者与澳大利亚土著人的邂逅。施莱尔马赫对如何才能理解这种民族信仰念念不忘,"阐释学艺术正是缘起于一场在殖民地的邂逅(a colonial encounter)"②:直观上是科学化的、实质上源于西方殖民主义的阐释学,使欧洲解释《圣经》的传统,在冷战时代演化为非历史语境化的解释理论。经由学院制度而使文学研究变成对西方文化遗产、价值体系之确认,按普林斯顿大学英文系组织的华兹华斯去世百年纪念会上特里林《反对自身:九论文学批评》(1955)所说,"若经由大学,华兹华斯仍不能被我们记住,那么他就不可能被人想起"③。这也就意味着,日新月异的西方文论不是横空出世的,而是牛津、剑桥、伦敦、爱丁堡等大学英文系,巴黎高师、索邦大学、法国高等社会研究院等文学系,柏林大学、都灵大学、乌得勒支大学等语言文学系,那里的学者们对文学批评方法的探索成果,通过哈佛、哥伦比亚、耶鲁、普林斯顿、伯克利和加州大学尔湾校区等大学英文和比较文学系,转换为课程(及内容),以及这些大学又针对战后美国作为移民国家的快速发展所涌现的问题,深化女性主义、黑人研究、后殖民批评等学说。尤其是,在美国学术制度支持下,按牛津大学教授加德纳《职业的文学批评》(1953)所说,作家、诗人和批评家等作为文学行家对文学的批评意义,在战后很快就被职业文学研究者的著述所替代,因他们占据了重要的文学研究职位,如布鲁克斯借助耶鲁大学教职,对《麦克白》进行语言学细读之名作《精致的瓮》(1947),产生了学院之

---

① Terry Eagleton, *After Theory*, New York: Basic Books, 2003, pp. 34 - 35.
② Ibid., p. 23.
③ Lionel Trilling, *The Opposing Self: Nine Essays in Criticism*, London: Viking Press, 1955, p. 118.

外文学家难以比肩的影响力①。针对学院化的理论蔚为大观,佩尔《文学批评的失败》(1967)如是描述道,"在今日美国,我们确实生活在文学批评时代,至少是生活在学院派批评圈子中。有大量关于海明威、福克纳、乔伊斯、叶芝、艾略特甚至普鲁斯特、里尔克、托马斯·曼和贝克特的论文、小册子和专著刊行,它们相互交错,得到了其他教授和对其敬畏的学生们的广泛阅读"②。

  重要的是,直接刺激战后文学理论勃兴的学术制度,其本身乃冷战的产物。冷战格局,促使"自由世界"结成共同的"西方",以遏制共产主义意识形态,合法抵制原本追求国家认同的战后民族解放潮流,如法国残酷镇压阿尔及利亚独立运动、英国重组前殖民地国家而成为英联邦等,欧美各国热衷于建构、共享掩饰殖民主义历史的各种理论,进而孕育出欧美学界积极探索所谓普遍理论之大潮,使 19 世纪 30 年代以来欧洲大陆各国、英美分别发展的文学批评方法,汇集到美国并被锻造出有可操作性的文学理论。其中,兰塞姆《新批评》(1941)使英国"新批评"在 20 世纪 40 年代末以后的美国,焕发出远比在英国大得多的魅力。正如布鲁克斯《现代批评》(1954)所总结的,新批评在美国的快速成长,是因越来越不满意维多利亚时代那套强调文学作品的道德、政治、宗教意义之主张,以及美国教育制度中诸多不足的语言学训练,才出现所谓的现代文学批评,实际上它乃"整体上强化语言和象征主义研究的一部分";美国新批评热衷于分析浪漫主义和象征主义文学作品,但反对把这些诗人和小说家的创造性活动神秘化,通过分析其诗学形式,凸显其普遍的美学价值③。这样认识文学批评方法,逐渐成为惯例:1965 年,米勒在耶鲁大学比较文学系组织的文学批评研讨会上声言,"文学研究的继续发展,一部分动力将来自各种各样的欧洲批评。美国学者吸收并同化欧陆批评的精髓后,有可能从美国文化和欧洲思想的相结合中发展出新的批评"④。由此,战后法国学界热衷于探索文学研究方法论,中情局也由暗中监视转为大力支持、推广⑤,从而使之不再只是"法国的理论",而作

---

① Helen Gardner, *The Business of Criticism*, Oxford: The Clarendon Press, 1959, pp.3-75.
② Henri Peyre, *The Failures of Criticism*, Ithaca, New York: Cornell University Press, 1967, p.320.
③ Yiannis Stamiris, *Main Currents in Twentieth-Century Literary Criticism: A Critical Study*, Troy, New York: The Whitston Publishing Company, 1986, p.6.
④ Daniel Hoffmman, *The Harvard Contemporary History of American Literature*, Cambridge, Mass.: Harvard University Press, 1979, p.71.
⑤ 参见法国-美国文化批评家和政治理论家洛克希尔(Gabriel Rockhill)《中情局阅读法国理论:论瓦解文化左翼的智力劳作》(*CIA Reads French Theory: On the Intellectual Labor of Dismantling the Cultural Left*, 2017 Feb.28)。

为价值观在"西方"世界通行,并向东方阵营输出。也就是说,面对共同的共产主义阵营压力,主导冷战进程的美国整合出"西方",也使建构普遍的西方"理论"成为可能,这就是 1987 年春季德里达在加州大学尔湾校区举办的"理论状态"会议上所强调的,把文学理论概念和术语视为北美产品,那只是从美国的特定位置上赋予其内涵,并产生了普遍的影响力①。进而,我们也就明白了法国理论为何很容易在美国流行起来,再也难觅当年法国启蒙思想遭遇欧洲抵抗的情形②。意外的是,这种排斥文学叙述背后的历史语境之举,给来自第三世界的西方学者反过来运用这些理论抵抗殖民主义历史(如萨义德的后殖民批评)提供了启示。

　　战后所形成的学术格局,正吻合冷战时代教育变革,按伊格尔顿《文化的观念》(2000)所说,"国家要繁荣,就必须向其国民灌输适当类型的精神倾向;这正是文化或教育观念所需,依据的是从席勒到马修·阿诺德的过往传统所预示的思想。在文明社会,个体生活在一种长期对抗状态中,受到对立利益之驱动,而国家乃这些分歧或矛盾能被化解的超然领域。要让这种情况出现,国家须在文明社会中起作用,减缓其怨恨并改善其情感,这一过程便是文明所知道的文化。文化是一种道德教育学,将会实现我们每个人身上潜在的理想或集体的自我,使得我们能与政治公民的身份相称,这样的自我在国家的普遍范畴中得到最高表现。因此,柯勒律治曾云,需将文明置于培养之中,置于'构成我们人性之特征的那些品质与才能的和谐发展之中'。为了成为公民,我们必须成为人。国家让文化得到具体的体现,而文化则具体表达我们共同的人性。将文化提升到政治之上:先成为人而后再成为公民!这意味着政治须存在于一个更深层次伦理尺度之内,吸收教育资源并将个体塑造成性情温和、有责任感的公民,这便是公民阶层的辞令,虽有几分唱高调"③。实际上,这种普适性的"人性"塑造,在美国则肇始于人文教育需要适应战后情势变化:一方面战后美国在征募新兵过程中发现学生的学识训练不足;另一方面苏联人造卫星上天,就使得美国必须调整基础教育中自然科学、英语和历史的位置,强化学识训练,以确保国家未来发展④。基础教育的这种变革,影响到大学教育改革和对人文学科投入的提

---

① Jacques Derrida, "Some Statements and Truisms about Neologisms, Newisms, Postisms, Parasitisms and Other Small Seismisms", in David Carroll, ed., *The State of 'theory': History, art and Critical Discourse*, New York: Columbia University Press, 1990, p.71.
② See Sylvère Lotringer & Sande Cohen, ed., *French Theory in America*, London: Routledge, 2001.
③ 伊格尔顿:《文化的观念》,方杰译,南京大学出版社,2006 年,第 5—6 页。
④ Sandra Stosky, *The Death and Resurrection of a Coherent Literature Curriculum: What Secondary English Teachers Can Do*, Lanham, etc.: Rowman & Littlefield Publishers, Inc, 2012, pp. xiii – xiv.

升,由此战后英美各大学英文系和比较文学系,以及其他语言文学系地位持续上升,出现了大批杰出的文学理论教师,他们著述和出版大量成果,"文学批评受到科系定位的影响,这是美国高等教育体系的独特贡献。这种结构,使得大学明显鼓励各院系联合起来去争取生源和经费、创新发展"。"文学批评也深受大学职员构成比例之变化的影响。对特定标准和经济地位的白种盎格鲁-撒克逊男性而言,在我们这个时代的早些时候,文学研究曾是上流社会职业。挑战传统学者的新批评,仍多出自这一阶级的男性,但他们之后的批评家,随着冷战格局变化,其构成发生分化,如 1969 年美国著名高校英文系学者中犹太人占据了 7—13%",女性学者和黑人学者比例也随着民主化进程,不断提升[1]。学界结构的如此变化,与社会变革相一致,由此激发了性别研究、女性主义、少数族裔研究等日渐兴盛,并且进入全球各著名大学英文系和比较文学系的课程,此外"儿童文学中的意识形态""黑人英语""后现代主义戏剧""女性诗歌"等背离传统人文教育的课程,也日益受到青睐。在这种情形下,促成耶鲁大学等文学专业学生兼修相关课程,布朗大学和印第安纳大学符号学中心、纽约州立大学心理研究中心等纷纷转型跨学科研究,霍普金斯大学则把文学教育置于特别重要的位置,新历史主义率先在伯克利大学兴盛、解构主义在耶鲁大学繁荣。

殊不知,这种情形直接影响了文学经典的重构。在冷战局势刺激下膨胀起来的文学研究界,更多不同族裔的学者、大量的女性参与其中,却意外激发他们开掘出另一批经典,改变了经典序列及其理解方式。政治正确却使美国人不能轻易否定这种变革趋势,须正视"西方文化缘起于多元文化之中。西方文化起源于东地中海(eastern Mediterranean),这里汇集着中东和欧洲、希伯来和古希腊、闪米特和亚洲等不同人群。闪米特元素从一开始就得到了展现。不仅古希腊从古埃及学到了很多,而且我们认为主要属于古希腊和罗马的作家们,如伊索、阿普列乌斯、泰伦提乌斯、圣奥古斯丁等皆属于事实上的非洲人。而且,即便是民族主义欧洲所发现的经典作家大仲马和普希金,也是非洲人的后裔。可以确信,他们成为经典就类似于欧洲化的犹太人,从斯宾诺莎和海涅到普鲁斯特和卡夫卡,并非因为他们是外来族群的出生和对这种事实的忽视",而是时代确定经典的制度发生了变化[2]。费德勒《经典与课堂》(1993)中的这种主张是有历史依据的:雷蒙·威廉斯,这位把英文系与政治学紧密关联起来的重要

---

[1] Jonathan Culler, *Framing the Sign: Criticism and Its Institutions*, Norman & London: University of Oklahoma Press, 1988, pp. 26 - 32.

[2] Leslie Fiedler, "The Canon and the Classroom: A Caveat", in Susan Gubar & Jonathan Kamholtz, *English Inside and Out — The Places of Literary Criticism*, New York: Routledge, 1993, p. 35.

人物,其《"英国文学"的未来》(1983)就称,英国文学课程大纲从来就不是稳定的,而是变化着的,萦绕在人们脑子里的经典,由文学教学大纲所确定,形成了文学史版图,在实践中成就了"选择性传统"(selective tradition)[1]。的确,利维斯的《伟大的传统》就排除了《简爱》《呼啸山庄》《特里斯坦·项狄》等经典,新批评课程塑造了新一批高级现代主义(high Modernism)文学经典,而英国小说家劳伦斯《美国文学经典研究》(1923)、哈佛大学教授马西森《美国的文艺复兴:爱默生和惠特曼时代的艺术与表现》(1941)等拟定了美国现代主义文学经典序列,并成为20世纪50—60年代以来文学课堂上的重要内容。同样,杰洛瑞《文化资本:文学经典形成问题》(1993)证实,经典和非经典的区分,越来越由学术机构所确定,并直接影响到每个时代的文学教育,这种传统所确定的经典被误解为"伟大的传统"(great tradition)[2]。稍后,布鲁姆《西方正典》(1994)更是主张,"若有人坚持不必依赖哲学,或曰审美无关意识形态和形而上学,那此人就会被视为怪人:这种情形标志着文学研究的堕落",因原本源于宗教概念的经典,"如今已成了为生存而需在互相冲突的文本之间进行选择,不管你认为这个选择是由谁决定的:主流社会、教育体制、批评传统等","能成为经典的必定是社会关系复杂斗争中的幸存者,但这些社会关系无关乎阶级斗争。审美价值产生于文本之间的冲突;实际发生在读者身上、语言中、课堂上、社会争论里。很少有工人阶级的读者能决定文本的存废,左翼批评家也无法为工人阶级代劳。审美价值出自记忆,或出自若尼采所见的痛苦,出自追求更艰辛而不是便捷的快感所带来的痛苦。工人们充满着焦虑,转向宗教寻求解脱。他们确知审美对他们是另一种烦恼,这就使我们体会到,成功的文学作品使我们产生焦虑而不是舒缓焦虑。经典也是一种习得的焦虑,东西方经典皆非道德的统一道具"[3]。由此我们也就明白了,新批评主导下的文学教育热衷于把现代主义作为经典,是因创作和欣赏叙事复杂的文学,显示出上流社会和中产阶级的文学修养;20世纪60年代以来文学理论变化并进入大学课程体系的是,随着女权和黑人民权运动而兴起的女性文学、黑人文学或其他少数族裔文学等,大学出现了越来越多的女性、黑人或其他肤色的教师,他们发掘出越来越多的相应的文学经典,并把它们引入语言文学教育课程体系,这就是弗洛姆《学术资

---

[1] Raymond Williams, "The Future of English Literature", in *What I Came to Say*, London: Hutchinson, 1989, p.150.
[2] John Guillory, *Cultural Capital: the Problem of Literary Canon Formation*, Chicago & London: The University of Chicago Press, 1993, p.3.
[3] 哈罗德·布鲁姆:《西方正典:伟大作家和不朽作品》,江康宁译,译林出版社,2005年,第8、14页。

本主义与文学价值》(1991)观察到的,连自称致力于探索纯粹文学批评方法的杂志《批评探索》,在20世纪80年代也刊发许多讨论族裔诉求问题之文,承认文学批评方法充满政治诉求①!

可以说,战后西方文学理论兴盛确如雷德菲尔德的《耶鲁的文学理论:美国的解构主义奇特案例》(2016)所总结的,"在20世纪后期美国大学的体制性和专业化语境之外,'文学理论'是不可能发生的","文学理论是学术机构事务的一部分,是专业化的教学"②。这种情形是冷战时代改变大学教育格局所致,它改变了以个人经验方式存在的传统文学批评,而以学科方式成长起来。任何流派、著述、概念等借助学院制度,既造就它们成为学院派内的自我循环的知识,又促成文学理论知识膨胀,进而成为超级学科。

二

战后突然膨胀起来的西方文论,在卡勒《文学理论》(1972)看来,"文学理论不是一系列毫无实质的空洞概念,而是一种制度性力量。理论存在于读者与作家的共同体之中,作为话语实践,不可避免地与教育和社会制度纠缠在一起"。借助制度性力量,自20世纪60年代以来产生重大影响的三种理论模式,即对语言、再现、批评范畴之反思的解构主义和心理分析,分析文学及批评中普遍存在的性别和角色的女性主义、性别研究和酷儿理论(Queer theory),以及新历史主义和后殖民理论的话语实践,各涉及身体、家庭、种族等许多对象,但它们不同于过去关于这些对象的认知③。这样一来,正如整个人文学科在冷战时代得到超常发展一样,迅速膨胀起来的文学理论成为冷战时代理论建构之一部分,利奇《与理论同在》(2008)对此主张,"要理解今日文学批评和理论,就必须考虑到诸如经济、政治和社会现象被过去时代的主流理论所控制的情形"④。的确,"文学"概念及其与政治的关系,在这期间意外地被重构,出现了巴里切利和吉鲍尔迪《文学的相互关系》(1982)所说的情形,"自浪漫主义以来,文学和政治之关系,就成为现代美学须面对的最敏感和矛盾的问题。很明显,在文学和政治学之间互动的学生们,是在困难期从事思想危险的事业,因他们着手探索

---

① Harold Formm, *Academic Capitalism and Literary Value*, Athens & London: The University of Georgia Press, 1991, pp.166–182.
② Marc Redfield, *Theory at Yale: the Strange Case of Deconstruction in America*, New York: Fordham University Press, 2016, pp.13–14.
③ Jonathan Culler, *Literary Theory: A Very Short Introduction*, Oxford: Oxford University Press, 1997, p.123.
④ Vincent B. Leitch, *Living with Theory*, Oxford: Blackwell Publishing, 2008, p.2.

的文化景观是如此的复杂和不确定,充满着矛盾、悖论和陈词滥调。在近两个世纪中,关于文学和政治之争,远没有解决问题","今日许多批评家断言,文学阐释不应回避政治问题。即便其中某些批评家把批评的最终目的视为对文学作品之固有意义的再发现,他们认识到,某种辅助的外在方法(历史学、社会学、政治学等)之作用是有限的,哪怕还有许多批评家不愿认同把文学能够或应该与政治直接关联起来的想法"①。此说指出了文学批评方法和政治之间的复杂关系。

文学批评再度与政治关联起来,这类看似倒退现象之所以发生,是因为冷战改变了"政治"意涵。战后的西方为对抗苏联,有意识地建立自由资本主义的消费社会、推动科技革命,意外地促使后工业时代到来,导致在文学艺术领域和审美实践中广泛流行后现代主义。这种原本是和冷战息息相关的现代性后果,对危及西方正统的政治正确未必没有破坏力,却被阿尔文·托夫勒《未来的冲击》(1970)和《第三次浪潮》(1980)、贝尔《意识形态的终结》(1960)、《后工业社会来临》(1973)、《资本主义文化矛盾》(1976)等,作为人类文明普遍的发展方向,大加彰显。尽管这些著作当时引发美国左翼知识界的激烈反弹,如戴维·哈维《后现代的状况》,认为20世纪60年代西方马克思主义思潮盛行,足以证实了西方没有意识形态、科技救国之说的谎言。相应地,这种用来显示西方"发达""自由"的后现代主义,成为文学批评方法探索的又一背景,"真理、历史和价值之类很可能是绝对不可缺少的概念,但法国理论试图尽可能在没有它们的情况下而行事"②,从而促使用来瓦解假想敌之"宏大叙事"的解构主义、西方马克思主义、女性主义等文学批评方法更被赋予了合法性。此外,因冷战以对手失败而告终,关于文学和政治之关系问题,在后冷战时代就如莱恩《文学与政治学》(2013)所说,"文学"与"政治学"在现实生活中明显分属不同领域,各有独立意义,如首相的任务和获得布克奖的小说家是两码事,"但它们彼此间有关联、多元互动、各自的边界和复杂性。大量的文学作品言说的就是这种复杂性"③。由此,我们也明白了冷战期间西方有意识建立和苏联阵营不同的言说方式,政治正确通过学术制度变得更加隐秘,诚如詹姆逊《政治无意识》(1981)所说,普

---

① Jean-Pierre Barricelli, Joseph Gibaldi, *Interrelations of Literature*, New York: The Modern Language Association of America, 1982, p.123.
② Sylvere Lotringer, Sande Cohen, ed., *French Theory in America*, New York & London: Routledge, 2001, p.5.
③ Stuart Laing, "Literature and Politics", in Deborah Philips, Katy Shaw, ed., *Literary Politics: The Politics of Literature and the Literature of Politics*, Basingstoke: Palgrave MacMillan, 2013, p.16.

洛普《民间故事形态学》(1968)把民间故事分成不同叙述类型、格雷马斯结构主义把文学文本当作符号,但这类"科学"分析的对象是关于人的叙事,为了分析目的而消除人之存在是有违常理的,因而要重视马克思主义批评;并且他分析巴尔扎克的现实主义小说在叙述欲望过程中所传达的意识形态、康纳德《吉姆爷》所传达的英国少数族裔要摆脱殖民统治的意识形态,认为无法离开特定的意识形态去讨论尼采关于超越善恶之类哲学问题,断言在文学批评方法探索中"政治无意识"无处不存在。这正吻合贝尔上述著作以及乔姆斯基《美国的力量和新官僚》(1982)、古尔德纳《工业官僚机构的模式》(1957)和《西方社会学危机的来临》(1970)等所讨论的,冷战重建了西方社会结构、把知识分子变成专业工作者,后工业社会和后现代主义思潮应运而生。由此,西德思想家穆勒《反思后现代主义》(1975)声言,"我不能把政治问题与后现代主义问题区分开来"[1]。随着时间延伸,阿拉奇《后现代主义与政治学》(1986)进一步解释道,"在国家和法律层面,政治是切实存在着的,如'生殖政治学'(politics of reproduction)就是要为堕胎合法化而战,'性政治学'(politics of sexuality)是因法律禁止特定的性行为或无法平等地保护有些人的性要求,'性别政治学'(politics of gender)则因女性已有法律上的平等,就要去获得就业和薪资平等权利。个人之所以成为政治性人物,是因对诸多公共领域的救助之焦虑——那些领域长期以来被视为私人空间,包括教授期待的秘书煮咖啡、学生能容忍批评"[2]。紧接着,哈钦森《后现代主义政治学》(1989)详细分析后现代主义思潮如何渗透进批评话语,甚至成为女性主义文学批评勃兴的力量[3]。由此,米勒《文学理论在今天的功能》(1989)声言,"自1979年以来,文学研究的兴趣中心已发生大规模转移:从对文学进行修辞学式的'内部研究',转为研究文学的'外部'联系,确定它在心理学、历史或社会学背景中的位置。换言之,文学研究的兴趣已由解读(即集中注意研究语言本身及其性质和能力),转移到各种形式的阐释学解释上(即注意语言同上帝、自然、社会、历史等被看作语言之外事物的关系)。通过兴趣的转移(或许令人费解,却无疑是十分确定的),大大地增强了如拉康的女权主义、马克思主义、福柯思想等心理学和社会学的文学理论之号召力。随之而起的是一次普遍的回归:回归到新批评之前传统的传记、主题和文学史方法上来";有人指责新批评灾难性地缩小了文学研究范围,有人不能容忍对这种研究

---

[1] Heiner Muller, "Reflections on Post-modernism", *New German Critique*, No. 16, 1975, p.57.
[2] Jonathan Arac, ed., *Postmodernism and Politics*, Minneapolis: University of Minnesota Press, 1986, p.xxix.
[3] Linda Hutchenon, *The Politics of Postmodernism*, London & New York: Routledge, 1989.

的轻蔑,这些各显示了解构批评的黄金时代已过去,"我们可以问心无愧地回到更富有同情心和人情味的工作上来,论述权力、历史、意识形态、文学研究的惯例、阶级斗争、妇女受压迫、男人和女性在社会的真实状态及其在文学中的反映。我们可以重新探寻关于文学在人生和社会之用途方面的实用主义问题。也就是说,我们可以回到这样的文学研究上来,即不再严肃地思考作为一种语言形式的文学特性时所一贯倾向于要成为的那种东西"[1]。

重要的是,和冷战时代的西方政治是国际政治一样,文学理论的政治学也不限于欧美的国内文学现象,而是在不触动政治正确的背景下,探索文学理论并在文学教育中推行。正因为如此,"法国理论带给美国的是语言政治学,其显而易见借用了巴赫金和其他人的思想。语言政治学意味着对任何话语模式的破坏,拒绝对含蓄的假定进行解释;其强制性所指,把语言变成了始终在表现着的命令系统,尽管该命令系统不断分解着图书、报纸、广播、电视、互联网,而它们中的每一个则扮演简化命令系统的角色"[2]。并且,文学理论研究者受益于冷战国际政治格局,如霍恩·戴尔《文学批评制度》(1982)所言,其本人绝大部分文章受到德国社会和文学之启发,虽然研究结果的某些方面不可能立即就被普遍化为理论,"但很明显西德是发达的工业化社会,属于西方世界一部分,在政治和文化上与欧美其他工业化社会紧密相关。我不希望减弱民族传统,因为它毫无疑问在文学批评实践中扮演重要角色;但也注意到这个本质性问题,是所有发达工业社会共同的话题,虽然表现形式五花八门"[3]。本来,诸多战争和贸易的血泪史,使美国和欧洲之间的矛盾难以化解,如此历史导致"英美和欧洲大陆文学批评及哲学之间存有间隙,这个问题长期以来是通过'翻译'来处理的,这不仅是从一种语言转换成另一种语言的文字问题,还是更重要的文化迁移问题","在美国文化与欧洲文化之关系上,长期以来似乎就存在着一些困惑,甚至困扰(disturbing)";布鲁克斯(Van Brooks)曾担心美国崇尚工业文明的文化,会使美国人无法从欧洲文明中找到自我,"我们太关注文学批评在国家生活中所要扮演的重要角色,更多的文学批评提出要关注布鲁克斯所担忧的问题及其必要性、偏向"[4]。然而,建立共同对抗共产主义的意识形态则能结成统一的

---

[1] 拉尔夫科恩:《文学理论的未来》,程锡麟等译,中国社会科学出版社,1993年,第121—122页。
[2] Sylvere Lotringer, Sande Cohen, ed., *French Theory in America*, New York & London: Routledge, 2001, p.5.
[3] Peter Uwe Hohendahl, *The Institution of Criticism*, Ithaca & London: Cornell University Press, 1982, p.13.
[4] Jonathan Arac etc., ed., *The Yale Critics: Deconstruction in America*, Minneapolis: University of Minnesota Press, 1983, p.x.

"西方",如 1934 年创刊于纽约的《党派评论》,从美国左翼知识分子的思想平台转换为文化冷战的阵地,战后就把美国和欧洲关联起来,萨特、加缪、波伏娃等欧洲知识分子很乐意参与其中[①];建立共同的"文学理论",成为促进美国和欧洲有效汇通的又一条路径,"我们持续关注到,造成英美与欧洲大陆的文学批评之间隙的最大语境,根源于不同的社会经验。这个间隙,使得隔阂甚深的两者之间能展开有重大意义的对话,耶鲁批评家们在这种对话中发出重要声音,这让他们看到了难以理解美国读者的真相"[②]。由此,梅罗德《文学批评的政治责任》(1987)断言,"北美文化很享受国际影响力的语境"[③]。

正是在此基础上,欧美出现了一系列关于讨论文学政治学之普遍问题的著作:欧文·豪《政治与小说》(1970)认为,虚构性小说不是远离政治的纯粹语言学行为;奥曼《美国的英语:一种激进的职业观》(1976)针对战后仍在重视的基础英语写作,吁请文学教育要回归政治学;伊格尔顿《批评与意识形态:马克思主义文学理论研究》(1975)、《意识形态与文学形式》(1975)、《马克思主义与文学》(1976)、《审美意识形态》(1990)等充分讨论了文学研究与意识形态关系问题。与此同时,伦特利恰《文学批评与社会变化》(1983)直接讨论文学批评变化的社会政治原因;米歇尔《阐释的政治学》(1983)则借用克劳塞维茨之言,要求读者把"阐释"替代为"战争",因冷战关乎是否歪曲真理、陈述谎言。正是基于政治无处不在的批评话语,多利摩尔和辛菲尔德《政治的莎士比亚》(1985)认为莎士比亚本身有着明显的国际政治线索,并影响着此后的英国文学,如《李尔王》《哈姆雷特》《奥赛罗》《麦克白》等作为经典,其叙述和冲突是围绕英格兰王国和苏格兰王国或其他王国的政治事务展开的,弥尔顿《失乐园》是关于政治冲突的长诗而非无关政治的贵族史诗,斯威夫特《格列佛游记》直接诉诸的是当时政治及其进程问题。相应地孕育出大量的关于文学政治学研究之作,如西里曼《诗歌的政治经济学》(1998)、巴特勒和杰洛瑞及托马斯合作主编《何谓左翼理论:"文学理论政治学新论"》(2000)、波扬《论诗歌与政治学》(2008)、罗森《斯威夫特时代的文学与政治》(2007)等,巴瑞希《保罗德曼的双重人生》(2014)甚至提出"比较文学的政治学"(politics of comparative literature)概念。正是在此

---

① William Phillips, *Partisan View: Five Decades of the Literary Life*, New York: Stein and Day, 1983, pp. 121 – 136.
② Jonathan Arac etc., ed., *The Yale Critics: Deconstruction in America*, Minneapolis: University of Minnesota Press, 1983, p. ix.
③ Jim Merod, *The Political Responsibility of the Critic*, Ithaca & London: Cornell University Press, 1987, p. 38.

基础上，布克《文学和政治学百科全书》(2014)声称，"过去几十年，凸显文学作品的社会、历史和政治意义，乃文学研究的主流方法。这种情形，在后冷战时代重新把西方历史上的文学和政治关联起来"①，并津津乐道于马克思主义批评、女性批评、后殖民研究、非/亚裔美国文学等政治性术语，甚至认为"法兰西学院其创立(1635)、发展、工作(编纂法语辞典)都和政治相关"，"苏格兰文学"条目则说该文学充满着苏格兰长老会的信仰和民族意识。

与此同时，从政治学角度对许多重大社会现象进行文学理论的讨论，成为冷战普遍现象，即便是 20 世纪 60—70 年代开始兴盛起来的女性主义批评、同性恋研究，也是在政治正确的框架下展开的，由此出现大批杰出的女性主义文学批评之作，如波伏娃《第二性》(1949)、埃尔曼《想想妇女们》(1968)、米利特《性政治学》(1970)、西苏《美杜莎的笑声》(1971)、伊利格瑞《不是同一个性》(1977)、斯伯克斯《女子的想象》(1975)、莫尔斯《文学妇女》(1976)、普拉特《妇女小说中的原型模式》(1981)、肖瓦尔特《她们自己的文学：从勃朗特姐妹到莱辛的英国妇女小说家》(1977) 和《女性疾病：妇女、疯狂和英国文化，1830—1980》(1985)、吉尔伯特和古芭尔《阁楼上的疯女人》(1979) 与《诺顿女性文学选指南》(1985)、克里斯蒂娃《妇女的时间》、玛丽·伊格尔顿《女权主义文学理论指南》(1986) 和《女性主义文学批评》(1991) 等。原本是要表达女性问题在资本主义制度下仍未被有效解决的女权主义运动，却因这些著作演变成彰显西方女性自由解放的价值观，诚如鲁尼《女性主义理论的文学政治学》(2006) 所言，"常识已使我们确信女权主义政治与女性主义理论是直接关联的"②，这些著述由此成为女性主义文学批评的经典。同样，族裔和身份研究成为文学理论的重要内容，则与美国为彰显有色族裔和白种人平等的黑人民权运动之国际意义有关，这就是科恩《文学理论之未来》所声称的，"女权主义和黑人理论家是大规模政治和文化运动一部分，他们旨在要求平等，在市场竞争、社会空间、政治舞台和教育机构等方面一律平等。因而，女权主义和黑人文学理论家，反对那些直接或间接维护文学研究现状的、得到公认的理论。这些理论家由于愤然反对那种排斥异己的做法，反对那种蔑视或否认其他可能存在的文学传统，就显得极有分量。而当这类理论家或持赞同观点的人，进入学术领域并进行理论建构时，他们对业已确定的理论及排斥异己的传统做法提出针锋相对的观点。他们

---

① M. Keith Booker, ed., *Encyclopedia of Literature and Politics: Censorship, Revolution and Writing*, Westport, Connecticut & London: Greenwood Press, 2014, p. ix.
② Ellen Rooney, "The Literary Politics of Feminist Theory", in Ellen Rooney, ed., *The Cambridge Companion to Feminist Literary Theory*, Cambridge: Cambridge University Press, 2006, p. 73.

把文学'理论'与新的目标联系在一起,重新对理论加以界定"[①]。也就是说,女性主义批评和族裔研究作为文学批评方法,原本是英法通过政治正确处理殖民主义遗产的现实政治行为,契合西方以法律手段解决性别平等和各族裔平等的民主政治诉求,不同于共产主义阵营直接把妇女解放和民族平等当作制度设计的一部分来处理,但西方却把自己的做法扩展成"普适性"理论。

意味深长的是,冷战激发文学理论对政治的关怀,远不是因柏拉图《理想国》确立艺术事关国家安危之古典传统,更有克拉克《政治唯名论与文学批评之性能:文学理论的后现代政治学》(1989)所说的,"把文学研究与政治行为关联起来,自马修·阿诺德宣称文学批评须保持'公正'和远离庸众关心的谋生和政府治理以来,就已经成为问题了。阿诺德反对被视之为自我放纵的自恋性浪漫主义,认为文学批评,真正的批评服从的是自动去尝试了解已知的和深思熟虑的世界,一个与实践、政治和每种事务无关的世界";但其《目前文学批评之功能》问世百余年来,文学批评却走向了他所谴责的方面,如20世纪20年代白璧德、莫尔(Paul More,1864—1937)等倡导回到把伦理学与美学联合起来的新人文主义,以赎回浪漫主义时代就已产生、后来消失的主题,20世纪30年代盛行的"两个 M 运动"即政治上马克思主义(Marxism)、艺术中现代主义(Modernism)成为《党派评论》和《新共和国》创刊动力、讨论的话题,并在一定程度上影响了新人文主义,但后来文学批评却走向了客观化的科学分析[②]。在这样的态势中,文学理论探索背后就必然隐含着政治正确的诉求,诚如赖安《马克思主义与解构》(1982)所说,解构方法能开阔批评的视角,超越文本与世界之间的本体论障碍、大学与市场之间的政治界限,用马克思主义批评方法可以观察到社会进程的政治意涵。稍后,奥尔森《文学理论的终结》坦言,"若文学考虑的是社会实践,而不是文本的构成,那么文学美学就应该改变其关注焦点,要从个人心灵和个体创作之关系,转移到社会实践以及读者和作品都是社会实践因素上来。美学判断的说明、美学特征、美学价值,必须进而要尝试描述文学实践的诸种概念,与这类规则制定之间的逻辑关系,即操控实践和建构识别可能的审美特征之逻辑关系"[③]。这类复杂情形的实质,在后冷战时期可以看得更清楚些,奥韦尔《批评理论与政治可能性》(1995)就认为,"批评理论既不是一个统

---

① 拉尔夫·科恩:《文学理论的未来》,程锡麟等译,中国社会科学出版社,1993年,第2页。
② Joseph Natoli, ed., *Literary Theory's Future(s)*, Urban & Chicago: University of Illinois Press, 1989.
③ Stein Haugom Olsen, *The End of Literary Theory*, London etc.: Cambridge University Press, 1987, p.12.

一的,也不是清楚明了的思想实体。'批评理论'术语本身缺乏精确的指示物,其意义与法兰克福学派所说的社会研究所的工作密切相关,法兰克福学派两代理论家也并不一直是明了的。尽管如此,法兰克福批评理论通常被理解为源自马克思主义并对其做出反应的一种社会思想,批评理论家的工作就被认作对文化现象研究做出有意义的贡献"①,即理论及其生成过程复杂,关注社会现实问题的马克思主义是批评理论发展的重要资源。

论及西方马克思主义批评理论,在伊格尔顿看来,罗兰·巴特这位左派知识分子声称"马克思主义对符号学一无所言",此说"令人遗憾",并认为,"克里斯蒂娃研究语言、欲望和人体,没有一项位于马克思主义议题之首。但这两位理论家在当时与马克思主义政治关系密切。后现代主义哲学家利奥塔发现马克思主义与信息社会和艺术先锋派思想毫无关系。当代最前卫的文化杂志《竟然如此》(*Tel Quel*)发现,毛主义(Maoism)可以短时间替代斯大林主义……在巴黎和稻田间(paddyfields)的新联系被伪造了出来。还有许多人在托洛茨基主义中找到了替代品"②。更重要的是,在福山之"历史终结论"发表15年后,伊格尔顿宣称,"文化政治学"就此诞生,这就是类似于葛兰西所说的"文化霸权",从布尔什维克到布莱希特的社会主义者皆致力于用"新人"(the New Man)替代中产阶级,文化的任务就是塑造这样的"新人","一些反抗殖民主义的领袖,则很好地接受了这个教训:殖民文化需和殖民统治一起被抛弃";并认为在后冷战时代,文化在认同意义上已变得紧迫,资本主义制度越是在全球展示沉闷且一元化的文化,就越是引发声势浩大的捍卫自己的民族、区域、宗教之文化的大潮,要从平淡、乏味、偏狭中寻找出路,"资本主义始终不分青红皂白,把不同生活方式混为一谈",这种后现代主义者所赞赏的多样性,却在撕裂传统社区、消除国家屏障、酿成移民大潮等③。如是论述,的确阐明了学院马克思主义批评之生命力的现实基础。

可见,文学批评无论是用"科学"方法,还是面向人文关怀,皆与冷战格局息息相关,而不是超越政治。诚如卡勒《构造符号:文学批评及其制度》(1988)所言,"近年来文学研究还有一个趋势就是从欲望向批评政治扩展。这涉及文学作品自身的政治尺度,它们有促进变化、颠覆权威、包容社会能量之作用。文学批评,既探究文学与性、种族主义、帝国主义、国家权力之共谋关系,又涉及当时

---

① Joan Always, *Critical Theory and Political Possibilities*, Westport & London: Greenwood Press, 1995, p.2.
② Terry Eagleton, *After Theory*, New York: Basic Books, 2003, p.36.
③ Ibid., pp.46-47.

话语意识形态之批评、各种抵抗和再生的技术。进行批评政治的欲望,衍生出对文学批评制度和意识形态尺度之兴趣:对其政治取向的影响,与其许可和包容的制度之关系。一个流行的主题就是专业方式和大学教育结构驯化出激进的理论话语——若能得到制度性的结构调整,似乎它们固有的力量会得到释放"[1]。这种趋势,在后冷战时代作为重要遗产得到延续,这就是费什《专业正确:文学研究与政治变化》(1993)所称的,"文学研究越来越直接与我们今天紧迫的政治问题发生关联,包括镇压、种族主义、恐怖主义、对女性和同性恋施暴、文化帝国主义等。就在文学理论于西方如日中天之际,即冷战末期,欧美人文学界对文学理论的命运却特别担忧起来。但文学批评理论家却对这些问题三缄其口,而且他们所说的文学批评只有同仁圈会聆听;相应地,他们以不同方式所论,也不涉及文学批评实践,进而完全给自己的行为以政治有效性,他们也不再是文学批评家,虽然他们仍然做一些文学研究工作,而我们也会认为他们做的这些有着很大价值。我认为,文学批评家不是葛兰西所说的有机知识分子,而是特殊专家,其定义受限于其职业的传统,这就是他的劳动状况,至少在美国他们现在还是有影响力的,与致力于改变社会结构的任何努力保持着相当的距离。不是说社会结构僵化不变,或者文学批评的用语会诉诸国会大厅的那天,永远不会到来;只是说我看不到这个时刻会很快到来,并且我不认为你我所做的任何事情,会改变这种状况"[2]。

可以说,文学理论学科在冷战时代的西方突然兴盛起来,是基于要超越苏联文学理论体系之预设,去创新性探索文学批评方法,再通过得到冷战支撑的学术制度和大学体制推介这些批评方法,使之产生了苏联文论所不及的神奇魅力。这也就意味着,文学理论学科在战后的生命力,基本上得益于冷战时代的文学研究国际政治生态。或者说,若不从文学理论的国际政治学角度认识保罗·德曼及其解构主义,在遭遇严重的政治伦理危机之情形下,就难以理解何以仍有人在阐释、运用之。无论是对文学进行客观研究的那些科学方法,还是各种人文关怀的批评方法,无不是在西方既有的价值体系基础上展开的,从而不同于苏联文学理论的价值取向。这种情形,丰富了文学理论的存在和发展空间,使历史上那些关于文学与政治的理论,如托洛茨基《文学与革命》,以及卢卡契、本雅明和阿多诺等人的著作,甚至政治学力作,如法国批评家蒂博代《法国

---

[1] Jonathan Culler, *Framing the Sign*: *Criticism and Its Institutions*, Norman & London: University of Oklahoma Press, 1988, p. xiii.
[2] Stanley Fish, *Professional Correctness*: *Literary Studies and Political Change*, Oxford: Clarendon Press, 1995, pp. 1 - 2.

政治理念》(1931),皆成为重要的文学批评方法资源;开拓了文学价值空间,以至于达特《红色托利党传统:古代之根,新的路径》(1999)不断论及支持传统价值的英国文学现象,认为柯尔律治、华兹华斯和骚塞等浪漫主义者是深刻保守的,红色托利党的保守主义导致他们反对将经济方式作为主导性政治景观,也反对为了短期效益而牺牲环境的英国工业化方式[1]。而且,与苏联文学理论区分开来不是目的本身,更重要的是要通过建构一套普适性概念,使西方殖民主义时代的审美遗产合法化,提供相信西方价值体系之普适性教育,尤其是引导发展中国家的精英不怀疑这类理论。鉴于战后文学理论和冷战之如此复杂的关系,科恩认为,要解释冷战末期文学理论的变化方向,就需考虑到政治运动与文学理论修正之关系、其他人文学科与文学理论探讨之互动、寻求新理论与重新定义旧理论等[2]。这也就是,作为学说的文学理论在具体表述上看似和战后政治无甚关联,却掩饰不了作为学科的文学理论是在国际冷战中得到迅速扩张的事实。

三

战后文学理论在欧美产生、发展,涉及的不仅是作为具体学说的文学批评方法,更有演变成为专门课程、再壮大为一个学科的制度性难题。这是在冷战国际政治进程下发生的,但这个过程不是冷战意识形态直接替代文学批评,而是通过缜密的学术制度和大学教育体制作为中介而推动和完成的。这一过程极为曲折,从而以其学术魅力在欧洲大陆、北美和英联邦产生影响力。随着冷战进程的推进,这些理论的生产过程及其背后的学术制度原因被巧妙地屏蔽后,其以学说方式波及全球,使率先建立起来的苏俄文学理论饱受冲击,而曾移植苏联文学理论的中国,在冷战后期则把西方文论视为前沿、发达的文学理论。

自从大学制度脱离神权和世俗政权的直接控制以来,学术、教育,整体上是避免当下政治干预的,文学教育更多是限于古典文学的人文训练方面,不关乎文学与社会现实问题之关系,文学变成和社会现实问题无直接关联的个人修养;在冷战时代,为了区别于苏联强化学术领域的意识形态、彰显当代西方文明的优越,其超越现实意识形态的政治正确,促成了人文学科和社会科学中那些科学方法追求价值中立、表述客观,有的甚至批评西方现代性及其后果。这就

---

[1] Ron Dart, *The Red Tory Tradition: Ancient Roots, New Routes*, British Columbia: Synaxis Press, 1999, p.35.
[2] Ralph Cohen, ed., *The Future of Literary Theory*, New York & London: Routledge, 1989, pp. vii–viii.

使得冷战时代文学理论的政治学,变得极为复杂、敏感,即:一方面,"自由""民主""人权"等已本然地政治正确化了;另一方面,又要反对现实政治以意识形态方式介入人文学科和社会科学,出现奥尔森《文学理论的终结》(1986)所说的,"'文学批评'术语可运用于涉及任何类型的文学评论。当其他类型的评论并非真正的文学批评时,就只有某些类型的评论才能构成真正的文学批评。没有任何理由可以合法地反对任何类型的文学评论。重要的是,要从文学美学的观点去认识,是否有一种评论表达了读者固有的把文学作品当作文本的观点。这就必须要减少绝大多数类型的批评理论所确定的解释文学之要求,包括心理分析、马克思主义、结构主义、原型批评等";"欣赏不属于任何类型的文学批评,只是一种理解模式。理解性分析,不会给确定文学批评标准提供基础,只是这样一种识别方式,即我们固有的文学概念乃文学批评的核心"①。比这种强调文学批评自足性更甚的是,布鲁姆《西方正典》(1997)断言,"根本就不存在一种官方的美国文学经典(official American literary canon),也绝不可能有,因为美学在美国一向处于孤独寂寞、个人性、孤立的境地。'美国古典主义'是一个矛盾修辞法(oxymoron),而'法国古典主义'则是一种连贯的传统","文学政治总是在进行着的",但政治立场之于伟大作家的作用无足轻重,那些伟大作家之间的彼此影响,可能更胜于政治上的类同或差异,声称"文学影响是精神政治学",即便经典的形成必然地反映着阶级的利益,也是极为矛盾的现象;若坚持认为某种审美立场本身就是相应的意识形态,那么意识形态在文学经典的形成过程中就扮演了重要角色;若认为经典是阶级、族裔、性别和国家利益的产品,那么一切审美传统莫不如此,包括音乐和诸多视觉艺术在内②。这种情形影响着文学理论的具体进程,即便是使用频率最高的词汇"叙述",经过结构主义及其符号学和叙事学,变成了文学研究得以运营的关键性概念,即海登·海特《表现现实的叙述价值》(1980)所说,"提出叙述实质问题,是要考虑文化的实质,甚至是人本身的实质"③,或杜波洛夫斯基《小说批评:文学批评与客观性》(1966)所论,美国和欧洲大陆形式主义皆倾向于细读、比喻性分析,以及热衷于推动理论普遍化到超越传统经验历史主义的程度④。这就导致作为学说的文学理论,在

---

① Stein Haugom Olsen, *The End of Literary Theory*, London etc.: Cambridge University Press, 1987, pp. 136 - 137.
② Harold Bloom, *Western Canon: the Books and School of the Ages*, New York, San Diego & London: Harcourt Brace & Com., 1994, pp. 519 - 527.
③ Quoted W. J. T. Mitchell, ed., *On Narrative*, Chicago: University of Chicago Press, 1981, p. 1.
④ Serger Dubrovsky, *Pourquoi la nouvelle critique: critique et objectivite*, Paris: Mercure de France, 1966.

形式上与冷战的国际政治局势不直接相干,按霍尔《解构大众文化笔记》所言,"把文学与政治学两个术语放在一起,困难很多"[1]。

但作为学科和课程的文学理论在战后日益勃兴,得益于战后大学及学术制度,即奥曼《冷战与大学》(1996)所说的,战后大学在欧美获得长足发展,是冷战导致的:为彰显自由资本主义制度的优越性、推动消费社会的建立,西方各国大力普及高等教育,强调专业化,人文学科人才培养亦然。问题是,冷战改变了西方关于"政治"和"文学"的定义,并使它们的关系变得更隐秘,即伊格尔顿《批评与意识形态》(1976)所说的,"相较于语言的语境效果问题,意识形态并非有内在品格的特殊种类的语言"[2]。如此主张,深得学界赞同,"政治学体现于内在地观察我们的批评话语。政治已成为这样相关观点之暗示:需要的不是解释,而是呈现我们文化界之比喻性维度的象征氛围。政治变成未揭示出的国度,其存在是假定的,那是我们的理论化、我们的批评解释、我们的文学生产所要服从的,并从中找到某些投机的成功"[3]。对于此类情形,克拉克《政治唯名论与文学批评之性能》已声言,"对文学理论中政治所考量的,不再简单地当作社会实践的模式或目的。讽刺的是,就在文学批评话语越来越成为那个传统意义上的概念性政治时,政治就快速转向更像是来自美国现代主义美学所强调的场景和想象。在20世纪60年代后期,政治和美学之间修辞与价值的悖论性交换,似乎只是加剧了其战略和制度的不相容性";"在行动层面上,要求文学理论与社会实践之间的基本连续性,要超越理论与政治之间共谋之责任。要面向在文学分析与政治介入之间直接认同的可能性,面向因新批评对艺术贡献的康德自由解构主义政治"[4]。可见,经由冷战时代所强化的政治正确及其对人文学科和社会科学的渗透,导致"政治学与文学作为学科是令人望而却步的,两者之间的关系是如此令人疑惑、难以捉摸和不确定。然而,这些困难却使这个学科更令人神往,值得关注"[5]。

---

[1] Stuart Hall, "Notes on Deconstructing the Popular", in Szeman Imre, Timothy Kapose, eds., *Cultural Theory—AN Anthology*, Oxford: Blackwell, 2011, p.72.

[2] Terry Eagleton, "Criticism and Ideology", in Jerome J. McGann, ed., *Historical Studies and Literary Criticism*, Madison: University of Wisconsin Press, 1985, p.115.

[3] William Righter, *The Myth of Theory*, Cambridge, UK, New York: Cambridge University Press, 1994, pp.210-211.

[4] Michael Clark, "Political Nominalism and Critical Performance", in Joseph Natoli, ed., *Literary Theory's Future(s)*, Urban & Chicago: University of Illinois Press, 1989, p.230.

[5] J. Lucas, *Literature and Politics in the Nineteenth Century*, London: Methuen & Co. lit., 1971, p.1.

这也就意味着,冷战改变了学术制度,包括人文学科在内的大学教育体系也急剧地趋于关注与现实相关的话题,导致作为课程和学科的文学理论,远比以一个个学说姿态出现的文学理论要复杂得多。在科恩看来,1944年之前美国社会普遍认为,大学人文学科教育要立足于阿诺德所说的人文主义,这种观点在各类大学的课程设计上得到了实践,包括文学史、文学批评、文学阅读等课程,就是要培养盎格鲁-撒克逊血统的中产阶级白种男人,使之适合于从事法律、医学、教育、公务、实业、学界、高等教育等专门工作,"培养盎格鲁-撒克逊血统中产阶级白种女子,使之成为贤妻良母、出色的女性和献身社会公益事业的人。这个课程计划是:让你去一个受保护、与世隔绝之处,住上四年,在那儿念柏拉图、莎士比亚、布朗宁等大师的杰作,吸收人文主义价值观,以备进入上流社会。人们一直把人文学科视为是主题研究和文体研究两种。人文学科课程有助于吸收从《圣经》和古希腊文化以降的我们西方传统中最优秀的思想和见解。这种课程主要提供美妙的维多利亚时代散文体的范例。人们普遍认为文学专业的学生应阅读的经典主要是英语作家,如乔叟、莎士比亚、弥尔顿、蒲伯、华兹华斯、丁尼生、阿诺德、T.S.艾略特等,没有一位女作家,外国文学通常也只是阅读英译本,就像今天美国大学开设无以计数的'西方文学杰作'课那样。这就意味着,经典中碰巧有用拉丁文、古希腊语或意大利语写成的,就具有可译性。无论口头上说得多么好,即要有一定的'语言要求',希望能直接阅读法、德或拉丁文,但实际上任何语言写就的杰作,皆能且已翻译成英文。直接通过原文阅读荷马、但丁、陀思妥耶夫斯基、波德莱尔或尼采作品的必要性并未得到承认",比较文学在美国不断动摇固有的文学概念,在冷战时代建构了另一套文学观念[1]。如此情势使我们明白了,冷战时代那些追求普适性的文学批评方法,表面上是要建构不同于苏联的文学理论,实际上是要维持白人贵族和中产阶级的价值体系及其所支撑的社会结构。只是因彰显西方自由平等的冷战战略,意外改变了西方社会进程,造成"在文学理论中,主流的方法仍是社会学的和政治学的,对通过社会学和政治学反叛而获得知识权力和学术位置的20世纪60年代那代人来说,这是毫不奇怪的",那些流行的文学批评方法虽然未必会生产出使人堕落的作品,却一直在寻找竞争对手[2]。对此,坎普夫和劳特尔《文学政治学:英语教学不同文章汇集》(1971)讨论在冷战时代英文系安排英美文学教学

---

[1] 拉尔夫·科恩:《文学理论的未来》,程锡麟等译,中国社会科学出版社,1993年,第128—129页。
[2] H. Adams, Leroy Searle, ed., *Critical Theory Since* 1965, Tallahassee: University Press of Florida, 1986, p.22.

中的政治学问题;随着冷战进程的推进,萨瑟兰《英国大学 1960—1984 年间英文系政治学》(1985)更认为,"在过去十年间最具影响力的文学理论著作《文学批评与意识形态》中,伊格尔顿用马克思主义美学填补了英文系核心的意识形态政治真空,由此文学批评实践可能会得到再度振兴"①。在此基础上,他描述文学批评依赖学术制度和制度性语境,对政治进行批评的可能性,关注从文学作品到法律和社会理论等问题。尤其是卡勒《文学批评的未来》(1986)认为,因学科扩张,"文学理论"课程内容也就扩大到包括哲学、人类学、心理学等,在美国大学里论及弗洛伊德的课程堪比法国,虽然英文系不是心理学系,甚至德国也不是这样,但尼采、萨特、伽达默尔、海德格尔、德里达等经常被文学课教师所讨论的程度,远超过哲学系教师,对索绪尔的重视程度超过语言学教师,"若同意这样的观点,即积极面对关于意义和文本组织这类问题,研究文学和非文学文本,是为开发意义之生成的模式,那么文学研究就会扮演关键角色。文学批评不是担忧传统的学科边界,而是能填补在大学框架下其他学科发展所创建出来的空白"②。这种情形在后冷战时代得到确认,按露西《后现代文学理论导论》(1997)追溯,20 世纪 70 年代美国大学英文系本科生教育,在文学政治化的制度性安排中,大量的教师和学生理所当然地介入其中③。当然,英美文学教学的政治学诉求,在后冷战时代得到延续,如 2012 年布莱顿大学英文教育课程中心组织的"文学与政治"学术研讨会,就广受各欧美大学英文系注意。

吊诡的是,为彰显西方资本主义制度的优越性,刺激高科技发展和鼓励自由市场经济的冷战战略,导致大学人才培养需要面向市场,高等教育意外地转型为职业教育,对学生学习能力或技术水平测试就变得比人文素质培养更为重要。在这种矛盾的情势中,相较于整个大学的扩张趋势,人文学科发展严重滞后,所遭遇的限制、冲击甚多。面对日趋受到严重限制的文学教育,而人文学科又无力应对教育市场化的大势,以及作为学说的文学理论并不能充分应对西方社会现实问题的变化,由此导致杰洛瑞《文化资本:文学经典的形成问题》所批评的情形,"20 世纪 60 年代文学理论的出现,破坏了文学文本与衍生自语言学、心理分析、哲学等其他话语文本之间的学科边界。这些文本现在被充分地

---

① John Sutherlan, "The Politics of English Studies in the British University, 1960 - 1984", in Jerome J. McGann, ed., *Historical Studies and Literary Criticism*, Madison: The University of Wisconsin Press, 1985, p.140.

② Jonathan Culler, "The Future of Criticism", in Clayton Koelb, Virgil Lokke, ed., *The Current in Criticism: Essays on the Present and Future of Literary Theory*, West Lafayette, Indiana: Purdue University Press, 1986, pp.27 - 42.

③ Niall Lucy, *Postmodern Literary Theory: An Introduction*, Oxford: Blackwell, 1997, p. vi.

认同为是'经典理论'的组成部分";"文学批评实践被宣布为文学教育的一种新社会组织状态,根据的是这样一种趋势——把文学理论家的智力工作模式当作智力工作的新社会形式、新职业官僚阶层的技术官僚劳动"①。如此趋势,在高泽西《文学的文化》(1994)看来,后果更为严重,"文学理论是投机的、衰落的职业,而文学则变得粗鲁、功利,文学理论和文学之间没有交集,但回首往事却发现,它们一直合作得很好"②。

不可否认,战后文学理论作为学说和学科急速发展起来的情形,没人明确冠以"文学理论国际政治学"概念,但在英美图书编目中不存在"文学理论",它位列于"比较文学"。法国比较文学家基亚(Marius-François Guyard)在《比较文学》(1951)中指出,"比较文学是文学史的一个分支:比较不过是一门名字没起好的学科所运用的一种方法。我们可以更确切地称这门学科为国际文学关系史","比较文学是国际间的文学关系史。比较文学家跨越语言或民族的界限,注视着两国或几国文学之间主题、书籍、情感的交流"③。如此定位符合文学及文学研究发展态势:自18世纪末以降,现代民族国家在欧洲逐渐形成,文学是促成这种趋势的重要力量,分别彰显自己民族认同的文学艺术博物馆事业,在法、德、英、意、西、俄等国分别得到中央或地方政府大力支持,从而发达起来;相应地,各国文学批评实践,围绕本国文学的当代现象或历史展开,这种趋势未因冷战而中断,如《泰晤士报文学副刊》关注的主体是英国文学,《纽约书评报》最热衷的话题乃是美国文学,1955年法国创立《自然主义手册》丛刊则不因结构主义、符号学和解构主义等先后盛行而改变对本国自然主义经典的重视……与此同时,欧洲各国文学发展,总是与欧洲政治局势变化相关,如18世纪法国文学家、思想家卢梭、伏尔泰、狄德罗、孟德斯鸠等,分别以文学或哲理散文的方式,极力倡导"自由""平等""博爱",却引发法国大革命,促使歌德、卡拉姆津、狄更斯等域外作家反思,分别写出《赫尔曼与窦绿苔》《俄罗斯旅行者信札》《双城记》等重要作品。19世纪以来,欧洲各国随着资本主义制度确立,带来文学的生产、流通、消费之变化,促使各国文学观念以各自方式面对该情势之变,出现施瓦茨《文学死亡之后》(1997)所说的情形,"特殊作品(如《少年维特之烦恼》《汤姆叔叔的小屋》《克拉丽莎》)的一般性影响力、在所在国家的影响力、

---

① John Guillory, *Cultural Capital*: *The Problem of Literary Canon Formation*, Chicago: University of Chicago Press, 1993, pp. 180 – 181.
② Wlad Godzich, *The Culture of Literacy*, Cambridge, Mass. & London: Harvard University Press, 1994, pp. 2 – 3.
③ 干永昌等选编:《比较文学研究译文集》,上海译文出版社,1985年,第79—80页。

国际影响力,当然是伟大思想和文化的结果,应该像卢梭的爱好者那样清楚明了(从苏格兰作家鲍斯韦尔到马克思和当代学院派理论家亦然)。研究艺术对其受众的影响力,直面政治谱系是非常重要的,艺术放逐于学院话语,不可能归因于一些进步主义的形式","实际上放逐学院话语的结果不是学院派中介在前台操作的,只是某个流派在广义上的政治表达而已,这种政治行为抑制了我们对自身及文化的研究,而沉默的国民就是这么做的"①。更重要的是,欧洲各国把自身发生的从传统向现代社会转型,转嫁到日本、中国、印度、阿拉伯等国家和地区,导致这些国家和地区的变革、社会意识变化要比欧洲复杂得多,如不少重要文学事件和思潮的发生,与国际政治局势变化不无关系,甚至越重要的作家就因其文学活动中有更多的国际政治考量。就是在这等情势下,欧洲批评家和学界通过建构普遍的文学批评方法,把欧洲各国的重要文学作品作为"经典"推向发展中国家,自19世纪末以来成为全球广泛现象,并被文化传统深厚的那些国家的知识分子从盲目接受到抵制。但在冷战时代西方就建立试图抵消这种抵抗的文学理论,出现佩尔《文学批评的失败》所说的情况,"一些最杰出的批评家通常涉及文学理论时,总是要争论审美标准和体系,试图把特殊作品与广泛的文类相关联,或与民族传统、哲学方法相关联。较之于那些提供文学批评实践的人,他们则很少评论具体作品。具体的小说似乎不值得他们讨论,一般的理论家很少提供关于新作品的评价,在谦逊地评论新作品时又难以如海德格尔、弗莱和维姆萨特那样提出深刻的哲学见解,或能促使不知情的读者深入探索当下作品的奥秘。他们的影响力仅限于大学"②。然而,这样的理论及其建构的"经典",在施林《国际关系中的文化政治学》(2003)和《文学与国际关系》(2007)看来,"通过人员、经济、信息、贸易之流动的国与国之间的关系,创造了友谊、合作和对立,对立产生各种需要订立减少冲突和促进合作的条约、协定、外交关系之各种动力。这就发生了在缺乏一个世界政府情形下的国际关系理念,这是一个用常识术语来说相对简单明确的研究和实践领域"③,文学尤其是共同的文学理论,对缓解各国的紧张关系,有着政治外交所不能替代的功能。文学国际政治学现象,促成了雷丁大学英文系开设课程"英国文学与国际关

---

① Richard B. Schwartz, *After the Death of Literature*, Carbondale & Edwardsville: Southern Illinois University Press, 1997, p.77.
② Henri Peyre, *The Failures of Criticism*, Ithaca, New York: Cornell University Press, 1967, p. 322.
③ Paul Sheeran, *Literature and International Relations: Stories in the Art of Diplomacy*, Aldershot & Burlington: Ashgat, 2007, p. vi.

系"、霍普金斯大学国际关系高等研究院开设"政治学与文学"研讨课。

如此一来我们就明白了,文学理论是冷战时代产生的,其背后自然隐含着某些复杂的政治意涵,我们面对的只是作为学说的文学理论——科学主义的文学理论,或者人文关怀的文学理论,作为学科的文学理论则是西方政治正确被生活化、常识化的结果。如艾兰·布鲁姆《美国精神的闭锁》(1987)中指出,20世纪40年代在芝加哥大学读书时,一位著名的历史学教授既认为华盛顿利用民主价值促进弗吉尼亚州庄园主的利益,又志得意满地迷恋"民主"信念,认为"民主价值观是历史运动的一部分,毋须再说明或辩解。他可以怀着一种道德信念继续从事自己的历史研究——导致更大的开放,进而促成更多的民主",如此矛盾却不容人反驳[1]。这是冷战时代普遍的情形:担心苏联会危及西方的"民主""自由""人权"等价值观,但他们睿智地采用不同于苏联的方式去面对剑拔弩张的冷战情势,即以去意识形态化的概念去建构普遍理论。如贝尔《意识形态的终结》声言,"摆在我们美国和世界面前的问题是坚决地抵制在'左派'和'右派'之间进行意识形态争论的古老观念,目前,即便'意识形态'这一术语还有理由存在的话,它也只是一个不可救药的贬义词"[2]。如此情势,就启发学界选择不同于苏联那种让意识形态直接进入人文学科和社会科学,从而限制文学理论创新性发展的做法,而是如韦勒克《文学理论》所声言的,"文学不能代替社会学或政治学。文学有其自身存在的理由和目的"[3],以凸显文学之语言艺术的本质,使之看上去和政治无关。或如米勒所说,"文学研究的未来、仰赖的主体和发展方向,是修辞性阅读,也就是今天得到普遍认可的解构主义"[4],虽然这样的文学批评理论与千百年来的文学魅力相冲突——文学远不是语言学行为,甚至正得益于超越语言学所限定的框架。即索绪尔所强调的,叙述乃言语行为,而非单纯履行语言学规则的语言表达;也是巴赫金《陀思妥耶夫斯基诗学问题》和《人文学科方法论》所强调的,文学语言由具体情境中的对话构成,其魅力正在于叙述过程渗透了人的情感表达、身份认同、社会诉求等复杂的情愫,甚至成为政治选择的可能性表达方式。

这进而意味着,正视作为学科和课程的文学理论在欧美的存在,而不是仅

---

[1] Allan Bloom, The Closing of the American Mind, New York, etc.: A Touchstone Book, 1987, p. 30.
[2] Daniel Bell, *The End of Ideology*, Cambridge, Mass.: Harvard University Press, 1988, p. 406.
[3] 韦勒克、沃伦:《文学理论》,刘象愚等译,生活·读书·新知三联书店,1984年,第95页。
[4] Quoted David Lehman, *Signs of the Times: Deconstruction and the Fall of Paul de Man*, New York: Simon & Schuster / Poseidon Press, 1991, p. 156.

限于作为学说的文学理论而展开论述,就能解释许多疑惑。冷战末期,福山《历史的终结》(1989)宣称,未来人类文明唯一的形态就是西方的自由民主政治,亨廷顿《文明的冲突与世界秩序的重建》(1992)则进一步认为,未来国际社会是不具有西方文明基因的儒家文明、东正教文明、伊斯兰文明等,与崇尚自由民主的西方文明相冲突。这样的主张,意味着冷战时代构建的一整套理论,是无须修正的。而冷战时代孕育出的文学理论,则是在肯定西方价值观基础上的审美认知讨论,自然也就符合追求自由民主的人所应该持有的审美诉求。可是,在这套文学理论作为学说的建构过程中,一直伴随着诸多争论,在争论中文学理论变成了欧美各大学语言文学系的核心课程和重要学科。相应地,自后冷战以来,为使冷战时代文学理论遗产合法化,西方人文学界尖锐地指出其中的问题,如关于"文学理论之死"的声音此起彼伏;同时,对那些文学批评方法知识化,如在《诺顿文学批评和理论》(2000、2010)中主体就是这些文学批评方法;并试图重建文学理论,即进入"后理论"时代,如坎宁安《理论之后的阅读》(2002)、伊格尔顿《理论之后》、拉贝特《理论的未来》、简·艾略特《理论之后的理论》(2011)等,反思冷战时代理论的非历史化问题,主张文学理论要面对现实。这些作为西方重新认识过去理论遗产的一部分,正如社会学、政治学、经济学等重建一样,意义重大。

由此,我们就能理解"文学理论"的复杂境遇:作为学说的文学理论在表述上去意识系统化,从而使一个个流派、一种种方法、一系列概念,看似精密,实则令人目眩,哪怕后冷战时代学界励精图治,以图正本清源,但仍纷争不断。卡勒《理论中的文学》(1997)就认为,"在目前的文学研究和文化研究中,讨论甚多的是理论,注意,不是文学理论(theory of literature);就只是简单明了的'理论'(theory)。在业界之外的人看来,这一用法似乎是极为奇怪的(odd)。你想问'理论是什么?'这是出人意料、难以言说的。具体来说,它不是某方面理论;一般来说,它不是综合理论。有时候理论似乎是一种对事物的叙述,而不是一种你要进行或不进行的行为。你可能要被卷入理论;你会去教或研究理论;你可以恨理论或害怕理论。哪怕不是这样,也有助于理解何谓理论。我们得知,'理论'已激进地改变了文学研究的实质,但那些要说理论的人,却不意味着是文学理论、系统考虑文学和分析文学方法之实质。当人们抱怨目前文学研究的理论太多时,他们不是指对文学本质的极为广泛综合的反思,或者对文学语言的独特品质之争论。他们所理解的,可以准确地说,太多的话语是不关乎文学事务的;太多关于一般性问题的争论,涉及文学方面,几乎幽暗不明;我们阅读的,更多的是复杂的心理分析、政治学和哲学文本。理论是一系列名字(绝大部分是外国人),理论意味着德里达、福柯、拉康、巴特勒、阿尔都塞、斯皮瓦克。所以何谓理论,部分问题在于理论(theory)这个术语本身,它在两个方向上做出姿态:当我们说及'理论的相关性'时,就确定了一系列命题;理论这个词有极为普通的用途,首先是指'思索',和推测不是一回事",要求提供解释(explanation),也可"假设"(hypothesis),以至于理论成为一种"文类"(genre),被视为理论的著作实际上已超越了其原初的领域,理论的主要效果就是对"常识"的讨论,"涉及意义、书写、文学、经验"①。这类指出文学批评方法简化为"理论"及其如此目眩神迷的现象,若置于冷战—后冷战历史进程中来观察,就很容易理解。如《诺顿文学批评和理论文选》从第一版(2000)到再版(2010),就增加了冷战时代许多并非直接作为文学批评理论之作的比重,同时增加了非西方的批评之作(如李泽厚的):把冷战时代的文学理论知识化,又正视后冷战时代发展中国家崛起的大势。

总之,把战后日新月异的文学理论,从学说还原成冷战—后冷战时代的大学文学教育的课程和学科的文学理论,是极为有价值的。一方面我们从中看到当时截然对立的苏联文论和西方文论,实际上乃美苏对峙过程中各自以不同方式所建构的话语体系的一部分。在共同抵抗法西斯胜利后不久,美苏为争霸世界,就各自制造话语体系——苏联强化或修缮反映论文艺学体系,西方则建构科学主义或人文关怀的文论,并且皆试图使之"普适化"。这种在文学认知方式上的"分裂",因冷战格局席卷全球——从瑞士到新加坡皆无可幸免,或亦步亦趋遵从苏俄文论,或服膺于西方文论,原本就自有民族审美传统的文学批评经验,在东西方阵营大部分国家被荡涤而尽。直观上彼此不相干的苏联社会主义现实主义文学理论和西方文论,通过对抗方式而彼此关联在一起,并且各自掩饰着严重的知识链条上的断裂、道德上的危机、伦理上的紧张等。另一方面,让我们明白,"冷战并非历史上第一个文学被用来表达更好服务于理论和政治的时代。康德、席勒、华兹华斯和雪莱的美学象征主义,很容易被想象成历史的先例。但冷战时代制造出一些历史上最重要的政治和伦理批评家",或许出于这个原因,文学批评在冷战伊始就通过理论化而影响大众②。至此,我们也就清楚了作为学说的文学理论在西方的丰富多样性,其发生、扩展和最终成为普遍

---

① Jonathan Culler, *The Literary in Theory*, Oxford: Oxford University Press, 1997, pp.1-3.
② Tobin Siebers, *Cold War Criticism and the Politics of Skepticism*, Oxford University Press, 1993, pp.35-36.

知识,乃是冷战时代所支撑的西方学术制度和大学体制的产物,即便是形式主义、符号学、结构主义、解构主义等"科学化"的文学批评方法,甚至西方马克思主义批评、女性主义批评和性别研究、后殖民批评和文化研究、读者反应批评和阐释学批评——如赫施《阐释的有效性》(1967)试图张扬传统阐释学的客观主义精神、要捍卫原作者的意图,显示阅读的公正智慧、经典文本原有的真理性,而不是阐释者对意义的阐述——也无不是自视为普适性"理论",并且在表述上无视苏联文学理论之存在。这样的理论,对在苏联文学理论影响下的中国,产生了诸多复杂效应:近四十年来我们持之以恒地译介并践行西方文论,视之为"前沿"和"普适性"的批评方法;在具体运用某些批评方法时,越来越对作为学说的西方文论感到困扰,并试图在学理层面加以批评,结果往往力不从心,甚至不得要领;更重要的是警醒我们,同样是冷战产物的苏联文学理论和西方文论,为何最终是西方文论获得了更广泛的承认,直接作为意识形态延伸的苏联理论的失败,却比苏联解体更早发生,这不仅关乎作为学说的理论之优劣,更有作为学科的文学理论以及学术制度的深层原因——最终表明西方文学理论的国际政治学之功效。相形之下,中国的文学批评,在冷战期间仅仅是作为元素参与其中,比重微乎其微;在后冷战时代,中国要建立具有普适性的理论是一个任重道远的目标,这就需要我们正视作为学说的文学理论和作为学科的文学理论及其与冷战相关的历史。

"科幻现实主义"命名的意蕴、选择与创新

孟庆枢[*]

> **内容提要** "科幻现实主义"已经成为中国科幻研究界热议的问题。聚焦这一关键问题，一方面可以让我们重新认识"何为文学""何为人"，另一方面有助于构建中国特色科幻理论话语、打造更加辉煌的大科幻文学。鉴于此，有必要以"科幻现实主义"为研究对象，探究其命名意蕴，把握其生成语境，澄明其虚拟技术下的创新真谛。在上述议题的讨论中，回溯科幻文学的历史演变，从科技与文学的关系、哲学思辨、文化融通等角度，将人作为一个与外界大自然、寰宇统一的整体，结合中外科幻文学实际，体悟新时代的科幻文学、科幻现实主义的本质内涵，将对新时代的中国科幻创作、科幻文化事业的发展起到积极促进作用。
>
> **关键词** 科幻现实主义；命名；新时代大科幻文学

进入21世纪，中国科幻文学大放光彩、引人瞩目的同时，展现着国家新的文化风采。走进新时代，中国科幻文学在国家发展过程中乘势而上，特别是近年来在各界共同努力下，它的发展比过去更加有利。面对蓬勃发展、预示更美好前景的中国科幻文学，我们也要看到它所面临的严峻挑战。一方面要继续拿出走向世界、为各国人民所喜爱的作品，另一方面在理论上也必须有大的建树。无论是"创作"中国科幻文学，还是"思考"中国科幻文学，都需要弄明白"中国科幻文学是什么"。没有厘清"中国科幻文学是什么"，无论是"创作"还是"思考"中国科幻文学，都会失去必要的前提。但是，"中国科幻文学是什么"这一问题却总让人雾中看花、琢磨不透。

实际上，"中国科幻文学是最大的现实主义"并非只是一个事实判断，还是一种对科幻价值认识的新构建。对于价值认识，要转换路径，从人的叩问出发，聚焦时代变化、人的思想意识、科学技术与人类社会，借助人类的哲学思辨，思考数字化时代影视、融媒体与科幻文学的关系，多维度讨论科幻现实主义问题；

---

[*] 孟庆枢，吉林外国语大学教授，博导。

对于事实判断,既要从科幻现实主义的创作和研究实际,重新认识"何为文学""文学为何",激活中华文化传统的精髓,又要从更高层面加大开放的力度,实现不同文化、不同科技的新交融,吐故纳新。

一、从命名意蕴透视"科幻现实主义"

在对"中国科幻文学是什么"的问题认识上,"科幻现实主义"(中国科幻是最大的现实主义)是重要的命名言说。所谓"命名",是人类精神活动的一次庄重仪式,是通过仪式来对成长阶段的认定。"命名"这一概念的提出,便有着哲学语言学的深邃思考,它由英美分析哲学家弗雷格和罗素提出,后来由维特根斯坦等人加以补充修改,叫作"摹状词理论"。在此基础上,作为逻辑学家和哲学家的克里普克等人主张历史的、因果的命名理论,他认为"命名活动取决于名称与某种命名活动的因果联系,也就是说,我们在给事物命名时,所依据的并不是对名称的意义的了解,而是对某些历史事件及其因果影响的了解"[①]。与罗素和维特根斯坦不同,克里普克将"命名"的哲学内涵放置在历史变化和历史发展的进程之中,在动态中透视"命名"理解的吐故纳新、变动不居。但是,克里普克否定罗素和维特根斯坦的"命名"的思想也有些偏激,因为从"命名"的历史进程看,也总有一些内涵具有较为恒定的价值。实际上,"命名"是人类精神生活的一种仪式,它是庄重的,但是这仪式既有变异的形式,也有不变的精神内核。这正像《易经》里面所指出的易、不易、变易的真谛一样。

"命名"源自命名活动,其过程呈现出不易、变易的特征,这也同样体现在"科学幻想小说"的命名过程之中。"科学幻想小说"的命名由科幻小说的语言实践活动而产生,因人的科幻语言实践活动发展需要而存在。当下的科幻研究界一般的观点,是把科幻文学的第一部作品,归功于英国著名诗人雪莱的妻子玛丽·雪莱在1818年所创作的《弗兰肯斯坦》。这部作品的情节是科学家弗兰肯斯坦利用电刺激尸体拼块,将其复活,但这个人形怪物不满足于现状并且妒忌人类,杀死了弗兰肯斯坦的弟弟和未婚妻,于是,造人者和被造者之间展开复仇与追杀。从作品所反映的主题,我们可以看到它涉及"人造人",拿现在科学技术来说,"克隆"已经在那个时代用幻想的形式体现出来。除此之外,弗兰肯斯坦的悲剧已经预示了在科学技术迅猛发展的新时代要出现新的社会问题这样一个强烈的信号。这部作品探讨的最重要的问题是上帝创造了人,但人是否可以利用科技创造人?人创造人是不是合理的?人到底是什么?相对于此前

---

① 索尔·克里普克:《命名与必然性》,梅文译,上海译文出版社,2005年,第3页。

所有科幻史前的作品,《弗兰肯斯坦》的独特性在于,它在现代科学的基础上主动探索人的本质,形成"科技对人的影响"的思想主题,因此具有深刻的哲学内涵,其开创意义非同凡响。从此以后,许多科幻小说都是沿着这一主题,深入反思科技与人的关系,比如人工智能领域的《人工智能》《全民公敌》《机械姬》,生物学领域的《人兽杂交》《僵尸世界大战》《行尸走肉》。在刚发表《弗兰肯斯坦》的时候,这部作品并没有被称作科学幻想小说,这个"命名"也是追加的。同样,对于玛丽·雪莱本人来说,科幻作家也是后来"命名"的。

"科学幻想小说"直到19世纪才真正登上文坛。从科学技术层面看,19世纪中期开始,电能得到广泛应用,汽车、火车、轮船、飞机被不断发明,人类的视野大大扩展了。从社会历史层面看,在这一时期资本主义制度已经扩张到全球;从思想意识层面看,原本憧憬资本主义制度将世界塑造成人间天国的人们,开始焦虑、悲观、彷徨,质疑西方文明发展的合理性,正如詹姆斯·冈恩所言,科学技术促进了社会变革,而对社会变革的觉醒又催生了科幻小说。

随着"科学幻想文学"的出现,儒勒·凡尔纳、赫伯特·乔治·威尔斯、埃德加·爱伦·坡三位科幻作家分别从科技倾向、社会倾向和心理倾向看待现代人的生存状态,前一种被称为"硬科幻",而后两种倾向被人们归入所谓的"软科幻"。

随着20世纪初美国的崛起直至20世纪中期成为世界第一强国,科幻文学文化的重心从欧洲向美国转移。在20世纪头十年一直至今,美国科幻一直领导世界潮流,其中有美国国力强大的因素,也有科幻文学自身发展规律的作用。科幻文学具有大众文学的特征,极易与其他形式融合,美国的工业和媒体业、娱乐产业都很发达,因此报纸杂志为科幻的盛行开疆辟土,如出版人雨果·根斯巴克创立《惊奇故事》(*Amazing Stories*)、约翰·坎贝尔主办《惊异故事》(*Astonishing Stories*)等刊物,大力网罗欧美科幻作家,形成了相对稳定的创作队伍,推动了20世纪40年代科幻文学的"黄金时代"。比较而言,"黄金时代"和"古典科幻"的许多作品被归入"硬科幻",而20世纪60年代"新浪潮"科幻则近似于"软科幻"。显而易见,软硬分野,各有利弊,到了20世纪七八十年代,将两者合流趋向的科幻崛起,这就是网络时代的"赛博朋克"科幻。"朋克"的本质是具有专门反抗力量的边缘人。

追溯"科学幻想小说"命名后的嬗变历程,皆能看到科学幻想小说对变革与发展的回应,也能找到后世科学幻想小说不断强化的某些共同特征。这也就说明,科幻小说、科幻作家之类,无论是"命名"还是"职称",他既有大家一直到现在还不能割舍的内核的一些核心的东西,犹如DNA,同时也有与时俱进、不断发展变化的扩延、转型,因此科幻小说也成为像九头鸟一样不可思议的一种文学类型。

追溯"科学幻想小说"的命名过程,可以看到:"命名"已经超越了语言学意义上的抽象性和纯粹性,而与社会生活、历史发展不断关联,实现了与权力、意识形态的对接。命名的社会历史实践性也充分表明,一方面,"命名"是在社会历史的文学实践中形成的,也深刻地影响着社会历史的文学实践;另一方面,在社会历史的文学实践过程中,也存在着"命名冲突"的现象,如"古典科幻"与"新浪潮"、"硬科幻"与"软科幻"、"科幻现实化主义"与"科幻未来主义"等,呈现出驳杂且多元的特征。

命名的多元,不仅源自科学幻想小说自身的复杂和社会历史文化中认知主体的差异性,还源自命名本身便是基于事实判断来寻求一种价值判断的诉求。面对"中国科幻文学是什么"的追问,面对命名话语的驳杂和冲突背后不同的文学价值旨趣和文学实践诉求,我们希冀通过"科幻现实主义"来实现命名的"敞亮",它洞察着文学之为文学、科幻文学之为科幻文学之本,还需要立足中国本土和时代语境,思考我们心中的科学幻想文学,来回应"中国科幻文学是什么"这一问题。

洞察科幻文学之为科幻文学、文学之为文学之本,简要地说,就是要通过对科幻现实主义的探讨,重新认识"中国科幻文学是什么",使我们重新叩问"什么是文学""怎样来认识文学"。

笔者认为文学是对人的生存状态的审美表现与超越之思。文学具有与时俱进的特征,它不是一个静止之物,而是连同自身也处于全方位的动态场域,表现人的四个原点,即生命意识、创新意识、对立统一意识和回归意识。这是笔者所说的生存论文学观。从生存论透视文学,也完全适用于科幻现实主义这一命名问题的哲学思考。当今中国步入了快速发展的现代化进程,成为世界第二大经济体,科技发展进步,即便是疫情时代也绕不开科技元素,科技已经成为文学无法回避的重要组成部分。命名中的"现实主义"便意味着中国科幻文学有着立体的当下视角,宏观地把握现实,现实不仅是物理、具象、实在层面的现实,也包括虚拟、数据、意识、非人类、精神等维度的现实,中国的科幻创作应从所有层面去反映、把握、书写、刻画这些现实,通过全息立体的科幻现实主义书写人类社会的整体性[①]。

---

① 孟庆枢、刘研主编:《跨海建桥:中日文化文学比较研究》,吉林出版集团股份有限公司,2020 年,第 26 页。

命名中的"科幻"便意味着筑梦、想象、求变意识,科幻反映未来,是筑梦的文学。在当前特别是后疫情时代,人类应该如何构建我们的新文明,这需要激发人的想象力,也必须有脚踏实地的实干精神,只有这样,人类的远大理想才能够实现。科幻显示了对人更深层的关怀,尤其是在抗击疫情的斗争中,科幻彰显了中国文化以人为本、生命至上的理念。科幻的核心是"变",科幻理论家冈恩认为,真正的科幻只是它自身。这就是说科幻是对原有文学观念的"突围",它综合了众多的文学艺术形式,并随着时代的发展而变化,在不同作家笔下也不断改变自身的形态。这也恰恰适应了后疫情时代的反思。社会需要"变"字当头,如果我们还以一种僵死的思维静态地考虑自身和世界的关系,就无法应对时代发展所带来的挑战。所以,科幻与影视、游戏、音乐等各种媒体的结合是非常出色的。

在数字化时代,科幻必将发挥其独特的功能和价值。中国科幻现实主义体现了四个方面的内涵:一是新时代中国当代文学的命名式;二是重新探讨何为文学的进军号;三是研究逻辑的立脚点;四是纵横捭阖的新平台。

二、历史语境和世界语境下"科幻现实主义"的命名选择

"科幻现实主义"的命名,不仅是对多元命题意蕴的敞亮,还是在中国科幻文学的历史语境和世界语境中的命名选择。

自"科幻现实主义"历史生成的语境看,中国科幻文学是近代借鉴西方(包括转手日本)而引进的一种类型文学,鲁迅、梁启超在日本留学访问之时将科幻从日本带到了中国,开启了中国科幻的大门。从出生开始,中国科幻便有着与欧洲科幻不同的内核,许多文学家或科幻人士热衷将科幻作为认识和改造世界的工具,使中国科幻有了很重的历史担当,成为复兴的工具或载体。鲁迅认为西方人的梦是去月球或者"海底两万里",而中国人的梦还是封妻荫子、升官发财,这是中国落后的原因。鲁迅希望用科幻改造中国的现实,他对科幻的评价对后世影响很大,他说:"故苟欲弥今日译界之缺点,导中国人群以进行,必自科学小说始。"在这方面中国科幻继承下来了。因此,中国科幻不仅有幻想,还有改变现实的力量。所以,知识界把科幻引入中国后,中国科幻加入自身的民族需求。当时中国非常落后,中国人希望用科学技术让自己强大起来,中国社会要求小说为民族振兴作出贡献,出现了一系列带有科学色彩的小说。当然,在中国科幻中,西方或日本科幻的特点都有不同程度体现,从这方面讲,科幻是一种世界性的语言,反映出探险、未知、神秘、生命、创新、想象力、科技知识、科学

精神、对不确定灾难的焦虑恐慌①。

"科幻现实主义"最早是由中国科幻作家郑文光先生提出来的。可以考证的具体时间大约是 1981 年 11 月 12 日,郑文光在参加文学座谈会时旗帜鲜明地提出科幻现实主义,在会上引发很大反响。他强调"科幻小说首先是小说",不管是"软"还是"硬",作为科幻作品来说,它首先是在文学艺术作品的这个范畴之内。这就意味着它必须反映现实生活,并且是以一种严肃的形式折射生活现象。在某种意义上来讲,这是中国科幻作家对于这种文类意识的一次重新确认。郑文光为此身体力行,创作了一系列的作品来践行自己提出的理论。其中最著名的要数《命运夜总会》,主人公在"文革"中对他人进行打击报复,犯下了累累罪行,等"文革"结束,他又摇身一变,成为一个外表斯文的"君子",它利用"SS-超声仪"让人的精神崩溃,同时自己又依赖这种机器获得内心的安慰,以至于因此上瘾,落得个悲惨的下场。相比之下,这部作品与童恩正的《珊瑚岛上的死光》、电影《405 谋杀案》以及其他伤痕文学、反思文学作品,都隐含有极强的政治意味,但没有将矛头指向国外、政治或者人的心灵创伤,而是以一台看似不可能的机器为核心,描绘人的疯狂状态。质言之,就是抽离生活现象形成某种本质性的把握,然后在陌生化与科学想象的催生下形成某种科技解说,以此对社会现实进行反思。这与中国作家叶永烈、魏雅华以及日本作家小松左京所运用的"思想实验"其实是一致的,当然更离不开当时的社会语境和作家本人反思社会灾难的勇气。由此看来,科幻现实主义是在现实之上进行思想加工,形成某种较为独特的象征意义,具有鲜明的指向性。

此后,郑文光先生还创作了其他作品,比如《地球的镜像》,把他所提出的科幻现实主义推向一个新的高度。这部小说缺少一般意义上的情节,仅有平铺直述的记录,主要讲外星人所记录的中国历史,其中既有华夏文明的高光时刻,也有苦难深重的历史低谷,作品的用意非常简单,就是反思文明发展的复杂和艰辛。科幻现实主义的另一面乃是在反思之外,有着明确的认识维度,这种认识不是简单的知识条目,而是对社会发展规律的把握。因此,郑文光认为科幻文学是认识世界的途径,是体悟历史的"折光镜"。虽然郑文光受到苏联科幻和法国作家儒勒·凡尔纳的影响,但科学幻想是他进行深度操作的平台,他提出的科幻现实主义的真髓在于科学性、政治性与哲学性的三位一体。

从科幻现实主义的视角反思科幻文学本身,科幻的发展当然离不开科学技

---

① 韩松、孟庆枢:《科幻对谈:科幻文学的警世与疗愈功能》,《华南师范大学学报(社会科学版)》2020 年第 4 期。

术,但更重要的是社会进步与人文精神在文学上的反映。此时的科幻现实主义已经触及文学的深层根脉,彰显出无限的力量和可能,同样支持和主张科幻现实主义的金涛、魏雅华,他们都提出了自己相同的主张,金涛在当时推出了像《月光岛》这样比较有影响的作品。当下有的中国科幻研究者指出,郑文光的"科幻现实主义"是对当时具有宰制性的"科学"观念的有力挑战。他从科幻创作的角度,以一种较为简化的方式重新阐述和定义了"现实主义""现实""浪漫主义"等基本概念,同时将充分更新之后的'科学'观念以及科学方法融入其中。可惜20世纪80年代前期对科幻文学发展不利的批判让中国科幻文学进入了低谷。

面对一种真正有思想穿透力的中国特色科幻理论,20世纪90年代新生代中国科幻作家又以不同形式接过了接力棒。从中国社会现实出发,作家们纷纷培育自己的科幻"新产品"。在中国科幻思想者王晋康的长篇巨著或短小精悍的科幻传奇中,主人公往往遭受一番精神与肉体的磨难,最后回归真情与精神的故乡。王晋康敏锐地认识到,在一个变化多端的时代,虚拟世界与现实世界相交叉,科学技术已经改变了人们的生活,远方的净土或生长于斯的家园未必是人真正的心灵皈依,在乡土中国和全球化不可避免地相互碰撞的年代,人的故乡是不断的追寻,可是这追寻中又透着深深的历史苍凉。《生命之歌》《天火》《蚁生》《七重外壳》《生存实验》《与吾同在》都是相关代表作,既有对现实的审问与观照,又有超脱的达观境界。另一位中国科幻作家韩松,因为出身新华社记者,其科幻作品的现实含量就更加充沛,但令人惊异的是,有大量现实经历作为基础,转化成其作品却经常以一种与众不同的形式表现出来。在文明进步的宏大叙事背景中,韩松善于表现普通人跌入充满"异物"的"异境",在琐屑与困惑中苦苦挣扎,最终难免会遭遇失败的命运。韩松的《宇宙墓碑》《红色海洋》《高铁》《地铁》《医院》充满了诡异的想象力,这些作品所构建的是人与历史走向沉沦与轮回的过程。

说到科幻现实主义,不能不说刘慈欣。作为中国20世纪末涌现出来的最重要的科幻作家,刘慈欣的科幻文本在早期有一种文艺的美,但很快,轻巧的亮色消退了,代之而起的是对现实深深的怀疑。如果类似《流浪地球》《宇宙坍缩》《吞噬者》《全频带阻塞干扰》等作品架构出了《三体》阴冷的基调,那么《乡村教师》《地火》等具有强烈科幻现实主义特征的代表作则预示了人救赎自我的方向。实际上,堪称"三体宇宙"前传的是他的《球状闪电》,不仅在情节结构上设置了连续翻转,而且让主要人物的命运随着国家民族甚至人类不断演进。成功与失败,希望与绝望,这是刘慈欣自己生活的写照,也是在生活中寻觅挣扎的人们的真实生活状态。

刘慈欣的创作让科幻现实主义又有了新的内涵。因为他是一位工程师,所以一方面他作品中的理科元素和脑洞让人应接不暇、印象深刻,另一方面体现的则是人在现代社会中的创伤、抚慰和对生命意义的追寻。两相对比,凸显了刘慈欣科幻作品的成熟模式是一种"希望辩证法",即外部敌对势力与人内在的伤痛造成严重危机,人类与之对抗的科学技术表面上可以破解难题,却经历了一次次失败,正面人物陷入两难困境,但也正是这种困境才逼迫主人公离开原有的视域,突破世界的极限,在更遥远的时空流浪、漂泊。单从刘慈欣在娘子关电厂的工作生活经历看,他作品中的科幻现实主义就已经有了足够的现实支撑。

进入21世纪,中国在民族振兴的发展中更需要优秀的文化输出战略,科幻文学借势而上,具有更多的发展机遇。中国著名青年科幻作家陈楸帆在2012年参加星云奖高峰论坛时,再次提出"科幻现实主义"的概念,得到了包括韩松在内的科幻同行的认可。陈楸帆的科幻现实主义基点是新时代中国发展问题和数字网络世界,代表作是《荒潮》《未来病史》和《人生算法》。以《荒潮》为例,这部作品是作家本人担着风险亲自到现场进行生态污染调查的结晶,表面上讲述家族矛盾、个人追求、人的真实性等种种问题,但其潜在的暗流是生态环境污染。陈楸帆曾经指出,在当代中国,科技已是文学的重要组成部分,所以科幻成为传统的现实主义文学必须重视的领域。

科幻深入探索现实矛盾,创造性地提出有力的解决方案,因此,科幻是当下中国最大的现实主义。正是科幻文学在传统的纯文学基础之上,进一步把握社会的变化,在现实世界之外融入了对虚拟世界的思考,人的存在方式和真实性需要以科幻角度来看已经成为一种必然。如此一来,新生代科幻作家与新时代的青年一辈,在郑文光科幻现实主义的基础上,又提出了富有时代特色的创见,这说明作为一个动态的概念,科幻现实主义本身就是一种回顾历史、面向未来的文学之思。

当前,来自中科院的科幻作家张文武一方面深入前沿科技创新领域,另一方面创作出了值得深入研究的科幻小说《未来星球之2049》和《未来星球之零点时刻》。一线科学家讲述了未来中国航天人、科技人和大众以强大的科技为支撑,引领人类火星探险、抗击全球超级灾难,以和合理念接触外星文明并实现人类文明升华的壮观历程,链接当下我国在科技、人文等众多领域的蓬勃发展、逐渐引领世界之势,展望未来可能发生的中国现实和世界现实。张文武曾经是中国航天人,所以其作品很好地将曾经的、当前的与未来的历史交融在一起,科幻是其科技创新的"思维体操"。我国载人航天工程副总设计师、国际宇航科学院院士陈善广在《未来星球之零点时刻》序言中说,他认可作者"科幻是最奔放的科技创新活动"的论断,"中国要成为科技大国、创新强国,必须实现科学思想的创新引领,这就需要国民普遍拥有蓬勃的创新力和想象力"①。这是这本书最大的真实,在写法上又借鉴、融合了中国古代传奇和当代金庸武侠小说的韵味,科学猜想有扎实科学基础,对超级灾难之推理真实得令人悚然,但人物灵动起来又心怀光明,所以,这部作品很是独特,耐人寻味,是中国大科幻理念的一个新突破。

科幻文学与社会发展交织的状况一直存在于中国科幻的各个发展阶段,无论是在中华人民共和国成立前,还是20世纪五六十年代,或者是八九十年代,以及现在。中国科幻表现出强烈的忧患意识,在很多中国科幻小说中都有描写,中国科幻作品没有把未来想象得很明亮,而是担心未来的未知性。在科幻中借助科学的力量把历史变得更为真实,同时让人们在心灵上得到某种安慰和满足,当然,在这其中也有对现实进行警示的目的。很多幻想生发于贫瘠、创痛和追赶。中国科幻文学的主题至少在当前乃至今后很长一段时间,往往直接来自作者日常生活中体验的痛苦,所以能感染人②。

自"科幻现实主义"世界发展语境看,中国科幻具有立足现实、促使对现实更深入思考的特点。这一特点是和世界科幻大师们的思考相通的。回顾科幻史上的经典作家,儒勒·凡尔纳、威尔斯,还有后来的许多科幻大家,他们的神思尽管驰骋宇宙,飞向遥远的未来,但是作为地球人的思维之根仍然是脚下这片土,不然他人无法读,自己也无法说。因此,他们所创作的是"现代新神话"。科幻文学是以特定时代的科学话语对人类历史经验和神话思维的重构,在这一基础上的"说梦"。凡尔纳的科幻虽然让后来的科学家当作科学发明的启示录,但是他后期的作品已经流露出对于工业革命带给人类负面影响的忧虑。威尔斯经历过第二次世界大战,许多研究者把他称作"我们的同时代作家"。他的《时间旅行》《莫洛博士岛》《隐身人》《宇宙战争》的时间观、刹那与永远相会、自我约束与无处不在的监督、对核战争的忧虑与防范等,与当代人在逐梦中的复杂性紧密相连。

当今,一种"大科幻文学的泛科幻文化"现象冲击着定型的文坛。科幻首先产生在西方,传布东方,它不只是一种文学形式的出现,在某种意义上来说还是

---

① 张文武:《未来星球之零点时刻》,浙江教育出版社,2022年,序言第1页。
② 韩松、孟庆枢:《科幻对谈:科幻文学的警世与疗愈功能》,《华南师范大学学报(社会科学版)》2020年第4期。

人的思维的更新。

一般说到中国的科幻现实主义,也会提及日本科幻的"近未来",日本科幻的作品的背景多写"近未来",恐怕透露出一种科幻之根是脚下的深层次思考。为此有人说科幻是"最现实主义的"不无道理。当然由于它本身就不划边界,那些奇幻、推理等种种手法进入大范围之间,加上商业炒作,让人对科幻的把握颇为困惑。然而,作为当代文学与文化的综合场域,科幻文学既融合了人类思想领域最前沿的精神成果,也融汇了多种艺术创造形式,它可以最富幻想又最直接地反映人的矛盾、困惑、希望和理想。

在寻根续脉、海纳百川下,我们进一步读懂了"科幻现实主义"下中国科幻文学的命名选择,也有着当下"科幻现实主义"发展的使命和自觉。当下中国科幻的逐梦,是在经历改革开放四十年历程中的艺术表现。它比以往的逐梦更丰富,也更为复杂。短短的四十年,中国在经济、科技、人文等各方面创造了世界奇迹,它也给科幻带来了最好的平台。立足现实、追述历史、勾画未来的科幻文学是以人类的一切历史经验开拓人的更为丰富的具象。中国当代科幻文本回溯远古蛮荒也好,进入未来也罢,和现实的血脉是相通的。面对 AI 深入生活各个层面,或者用尽地球人的智慧寻找外星文明,可能遇到的各种问题在科幻作品里以一种奇幻推理形式道出富有哲理的思考,以此来确定作为整体的人类的生存发展的合理性和价值意义的永恒性。新时代的中国梦必然包含这些内涵。同时,高科技是把双刃剑的认识也是人类自身永远处于矛盾统一状态的本真思考。中国科幻不必一味重复人类和对立面出现矛盾这一俗套,而应该凸显中国社会在开拓进取中积累的有益经验——只有和谐发展、保护生态、以人为本,人才能成为科技的主人,世界才能构建人类命运共同体,社会未来的美好成果才能为全人类共享。人类需要随时把握一个度,使之不偏离轨道。

三、虚拟科技浸透下"科幻现实主义"的创新

在历史语境和世界语境中,科幻文学的多元命题言说逐渐统一为"科幻现实主义"。除了历史和世界语境外,科技语境也与"科幻现实主义"的发展和创新息息相关。科幻从它产生之初就和科技相伴而行,或者说科技对社会的全方位浸透,催生出适应人生存状态的文学形式——科幻文学。这种变化是持续的,如果套用以往的框架贴上一个称谓,难免文不对题。鉴于此,许多科幻文学作家认为如果能说出科幻的"具象",科幻就不称之为科幻了。这种说法突出了科幻的"变",但要研究一个事物还是要科学地预设一些规制,不然将无从抓起。苏联人类文化符号学家洛特曼说过:"从信息理论来说,世界乃是形形色色的信

息化过程的整体。主体接受作品现实意味的信息,并且发送这些信息以适应环境,以求保存自己。这也是生命的过程。"①在科幻文学诞生的时代,它一开始并没有被正式命名为"科幻",但作品中反映了科学技术对人类社会的浸润和在世界上产生的广泛影响。这既是科技本身发展使然,也体现了人对未来的展望。当下,虚拟技术等让人进入一个新的领域。人真正创造了一个"新世界","现实"与以前相比有了巨大的差异,需要我们重新思考科幻现实主义的新内涵。

近年,科学技术的迅猛发展让人惊呼"科幻"已经跟不上它的步伐。质言之,某些现实存在已经早于科幻文学登场。据英国科技公司 Engineered Arts 发布的一段视频,其开发的最新款的机器人——Ameca,身高1.78米,体重65千克,与现实的人相仿。在视频里,"Ameca 被人用手戳鼻尖时,它不仅流露出满脸嫌弃的表情,还瞬间抓住人类手指,将他推开"②。如果不摆脱以往观念的束缚,只能对这些真实"视而不见",为此,要改变的是我们的思维。美国科幻大师艾萨克·阿西莫夫一语中的,"对科幻小说来说,其重点甚至是关键点在于对技术变革的觉察,这也是科幻小说的源泉",不管何人"都要有科学幻想式的思维方式"③。如果翻阅近年出版的 AI 题材科幻文学作品,每位读者都有目不暇接之感,有些科幻小说立刻让人们联想起我国航天员的太空之旅。

科幻现实主义如果不反映这样的内容,又如何与时代精神相符合?我国科幻文学作家的作品所反映的这些新现实,从客观到主观、从宏观到微观,在文学创作上都是一个很大的进步。不拘泥于中外,科幻文学的重要特点之一是与哲学关系密切。出色的科幻作家往往以哲学的思辨,从更高维度理解"真"与"假"、"实"与"虚",科幻现实主义必然接纳这种理解。一位日本学者围绕这一问题作了一番深入浅出的阐述:"本来,现实是被'虚拟'粘贴了的。而且,重要的是'虚构'得以保持它的虚拟性,就被设定为不能展现在眼前的非现实。是'虚拟'给现实构建了框架,使得'现实'的存在得以保证。""'现实'如此建构,那么它怎样保持和'虚拟'的距离呢? 于是'虚拟'就由想定的第三者的裁定来认知,构建起来。(大家都这么认为)即此之谓也。"④可是问题随即产生,第三者

---

① 孟庆枢、刘研主编:《跨海建桥:中日科幻文学研究》,吉林出版集团股份有限公司,2019年,第23页。
② 《私人空间被侵犯,机器人 Ameca 直接对人类动手了》(2022年5月1日),http://www.yitb.com/article-8270。
③ 艾萨克·阿西莫夫:《阿西莫夫论科幻小说》,涂明求、胡俊、姜男等译,安徽文艺出版社,2011年,第5页。
④ 大澤真幸著:《虚構の時代の果て》,ちくま新書,1996年,第171页。

裁决的却是由从未在现实中经验而制造出来的东西,心安理得接受"虚拟"的他者实际上也见不到它。这样就必然引发下列问题:"第三者裁定的抽象性被还原,作为有具象的实体,直接在经验的现实中登场。"①作为代价:"虚拟与真实之间的距离被消弥,虚拟与真实完全平起平坐,虚拟的现实化就这样产生了。"②

关于"虚"与"实"、"真"与"假"的再认识,当下成为热点的元宇宙是再好不过的个案,对于这个复杂的问题,这里仅就与科幻现实主义相关的领域谈一点粗浅之见。"元宇宙"(Metaverse)这一概念最早是美国科幻文学作家尼尔·斯蒂文森在1992年的小说《雪崩》中创造的。2018年电影《头号玩家》更进一步诠释了元宇宙的内涵。电影根据恩斯特·克莱恩的同名小说改编,讲述沉迷游戏的少年韦德在名为"绿洲"的虚拟世界历经磨难,找到隐藏在关卡里的三把钥匙,成功获得游戏通关,并在这一过程中发现了自己的人生价值。"绿洲"就是所谓的"元宇宙"。将虚拟世界打造成元宇宙,形成真正的"沉浸感",必须具备如下基础条件:高速网络、物联网、VR、云计算、边缘计算、区块链、人工智能等。因此,元宇宙其实是在现实世界之外建构一个"新世界"。这是人类开拓创新的成果。日本科幻大师小松左京在自传《SF魂》中也谈到了这一概念,他堪称"元宇宙"的先行者。小松左京说:"比当今的秩序、规则更美好的宇宙之再生的可能性是已经存在的,人类的文明虽然不够完美,但也许正是这种可能中的尝试之一,我觉得是可以这样考虑的。至于小说能否完全写出这样的结局则是另外的问题。"③

对于元宇宙的影响人们难以作出判断,有人大加赞赏、一片鼓噪,有人持谨慎观望态度,也有人抨击它是"精神鸦片"。从我国科技开始发生巨变来说,这场飓风刚刚开始,它的去向、利弊必须时刻予以密切关注,简单否定和肯定都不明智,盲目跟风后患很多。不过从目前看到的一些论述和讨论来说,我们深感现在接受外来的新东西已经不同于20世纪七八十年代。说得简单些,以新为好,盲目进入某些话语是危险的。因此,应加强研究,为科幻现实主义增添更多本土化的新内涵。人类在虚拟空间的生活将迥然不同于以往,虚拟空间的影响在高科技、商业、教育、文化娱乐方面都会日益显现,有些地方政府已把元宇宙写入相关产业规划,这些现实情况必然会反映在科幻文学作品里。

---

① 大澤真幸著:《虛構の時代の果て》,ちくま新書,1996年,第171页。
② 同上书,第172页。
③ 小松左京:《SF魂》,(东京)新潮新书,2006年,第168页。

元宇宙为科幻现实主义提供了创作机遇,将诞生什么样的作品,我们拭目以待。但归根结底,元宇宙关涉"叙述"的问题,科幻现实主义是在这一层面对"叙述"的操作。海德格尔毕其一生对理解"语言"问题孜孜以求,这对于理解科幻现实主义的丰富内涵是有启示的。海德格尔认为,语言是存在的"家",存在就是"命名"。正如荷尔德林的诗里说道:"这样人便被给予了最危险的财富——语言,来证实自己的'存在'。"[1]他曾期盼与中国学者合作译出《道德经》的目的也在于此。对于这一关乎本质问题的哲学论述,孙周兴在他的《后哲学的哲学问题》中指出,"存在主义"应该译为"实存主义",日本哲学界也用"实存主义"。再如一些术语如"相"(Iden)、"共相"(Keinon),理解起来就比较容易[2]。暗物质和暗能量看不到也测不到,却主宰着整个宇宙的命运。毕加索从艺术大师的视角指出:"画家的眼睛可以看到高于现实的东西",艺术家和文学家的心是相通的。科幻文学经典作家不也是如此吗?

　　人们通常所说的"眼见为实"当然还具有它的合理性。可是我们人类科技发展到今天已经越来越清楚地表明,人们所看到的世界只是全部世界的微乎其微的一部分,我们所不可能用肉眼或者是感官看见摸触到的"现实",恐怕还需要我们用极大的精力和相当长的时间来不断地探索,因此把我们这个探索过程所理解的用我们的思想意识所开拓的新的东西,完全说成是一种子虚乌有或者说纯粹的虚构,不把它纳入现实的框架之内,这恐怕不是与时俱进的合理的科学主义。

　　总体来看,"科幻现实化主义"的命名具有历史之维、世界之维、技术之维,当然还具有文化之维。"科幻现实化主义"的发展需要找到中国科幻的根,必须要回到中国文化的元点中去,这个元点包括了中国古代典籍神话以及蕴含其中的宇宙观、价值观、伦理观,由此探求中华文明的深层情感符号系统,只有这样才能找到中国科幻发展的道路[3]。应该看到,在中国科幻中充满了东方智慧,科幻促使人回归心灵的故乡,但这种"回归"不是简单地返回人类的原初,而是现代人通过对自我之"根"的追求,保持不与历史断裂,克服精神危机,可以说,对抗"异化"的出路只能求索于人类自身,这种观念在我国古代哲学中清晰可见。老子的《道德经》和庄子的系列著作颇像今日的科幻手法,让人们返回元点,审视反省人类如何与本我、与自然乖离,"不在场"地面对本不应剥离的共同

---

[1] 王庆节:《解释学、海德格尔与儒道今释》,中国人民大学出版社,2004年,第81页。
[2] 孙周兴:《后哲学的哲学问题》,商务印书馆,2009年,第42—65页。
[3] 孟庆枢、刘研主编:《跨海建桥:中日文化文学比较研究》,吉林出版集团股份有限公司,2020年,第37页。

的"场"。因此,那决非简单地倒退,而是回归后再前行。

而无论"科幻现实化主义"命名的历史之维、世界之维、技术之维、文化之维,最后都落在人的存在本身。在海德格尔看来,"存在"既指生存着的人,也指人的生存。生存着的人总是处于一定社会和文化中的历史的人,是一种生命的、社会的、文化的存在与生存。人的生存源自自身对其"存在"状况和境遇的体认、理解、操心(Sorge)、追问。舍勒也曾感叹:"历史上没有任何一个时代像当代这样,人自身成了难题。"[①]对于存在的操心,海德格尔渴望走进中国道家[②],其实质是为了在中国文化中寻找颠覆形而上的偏颇之方,复归人在文明起步中的活力,守住生命之源。同样,中国"科幻现实主义"暗含着属于这个民族的生命意识、创新意识、对立统一意识和回归意识,对于人的本质的认识、揭示人和宇宙的关系,中国"科幻现实主义"在这方面是得天独厚的,让我们在求知、在格物致知、在知行合一中砥砺前行。

---

① 孙周兴:《后哲学的哲学问题》,商务印书馆,2009年,第344页。
② 孟庆枢主编:《西方文论》,高等教育出版社,2002年,第443页。

梁宗岱的纯诗系统论

赵小琪[*]

> **内容提要** 在中国现代诗学史上,梁宗岱最早对诗的本体特征作了整体性的把握和较为充分的敞开。他既从文体层面揭示了诗不为他物决定的禀赋和特性,又从艺术层面和哲学层面揭示了诗作为存在的构成方式以及存在之为存在的最高境界,从而在中西诗学相互交汇的格局中,为我们展示了一个多层次、多方位的立体化、系统化的纯诗论理论体系。
>
> **关键词** 梁宗岱;纯诗;系统化;文体;象征;宇宙意识

梁宗岱倡导纯诗论的20世纪30年代,远不是一个充满浪漫情调的诗的年代。人们心中的温馨记忆和内在的生命激情被无所不在的喧嚣骚乱的现实尘土日益遮蔽。在诗学的领域中,自从胡适在"五四"时期倡导诗的散文化以来,诗的全部问题被简化为自由的诗艺,诗人的内在悟性及创造性的想象力,在诗歌日益趋近散文的同时表现出令人震惊的衰退。这种诗与本体的日益疏离的趋向,使钟爱诗歌的现代诗人痛心疾首。20世纪20年代,以穆木天、王独清等人为代表的诗人挺身而出,公开批判胡适的诗歌散文化的理论。他们根据西方象征主义诗学,在中国诗学界第一次提出了"纯粹诗歌"的理论主张。他们认为,要阻止诗与本体的疏离,唯一的办法是促成诗性的复活。然而,囿于时间和空间,穆木天和王独清的纯诗理论并没有充分展开,他们的纯诗理论呈现的形态是片断式的,而非完整性的。但不可否认,他们的纯诗理论为梁宗岱纯诗理论的系统化奠定了基础。正是在这个基础之上,梁宗岱基于对诗自身特性的深刻洞察和对生命的深刻的人文关切,在较高的层次上,以诗意的方式去追寻诗的本质和世界的本质。为此,梁宗岱的纯诗理论至少在如下两个方面表现出了其超常之处:首先,梁宗岱强化了诗的形式与内容融洽无间的观点。在他这里,形式不再像胡适诗学中那样被作为表达某种先于它而存在的内容的媒介而存

---

[*] 赵小琪,武汉大学文学院教授、博导。

在,而是有活力的具体的整体,它本身便是内容。其次,梁宗岱以融通中西诗学的广博知识、兼具诗人与诗论家的双重身份,跨越了中西两种理论话语的鸿沟,在中西诗学的相互沟通、相互融汇中对纯诗理论作出了独创性的阐释,从而成功地拒绝了穆木天、王独清纯诗理论单一偏重西方诗学的理论取向。这样,梁宗岱就在中国现代诗学史上第一次使诗的本体面目在整体性的揭示中得以较为充分敞开。他既从文体层面揭示了诗不为他物决定的秉赋与特性,又从艺术层面和哲学层面揭示了诗作为存在的构成方式以及存在之为存在的最高境界,从而为我们展示了一个多层次、多方位的立体化、系统化的纯诗理论体系。

一、节奏与均行:诗之为诗的文体特性

诗歌符号的表达式和意义,在其独特的构成上,表现出自身的本体风格。然而,在中国新诗草创时期,胡适等人却对诗歌的这种独特的、有自足性的文体存在进行了有意或无意的忽视,这种忽视的后果,便是直接导致了新诗运动"不仅是反旧诗的,简直是反诗的"[1]。因而,当梁宗岱在20世纪30年代将诗的文体的纯粹性确立为他的纯诗理论的基础时,他的直接用意便是在对新诗的非诗化倾向进行反拨时,在文体层面确立诗之为诗的特性。在梁宗岱看来:"所谓纯诗,便是摒除一切客观的写景,叙事,说理以至感伤的情调,而纯粹凭借那构成它底形体的原素——音乐和色彩——产生一种符咒似的暗示力,以唤起我们感官与想像底感应,而超度我们的灵魂到神游物表的光明极乐的境域。像音乐一样,它自己成为一个绝对独立,绝对自由,比现世更纯粹,更不朽的宇宙;它本身的音韵和色彩底密切混合便是它底固有的存在理由。"[2]在这里,梁宗岱要求诗歌"像音乐一样,它自己成为一个绝对独立,绝对自由,比现世更纯粹,更不朽的宇宙;它本身的音韵和色彩底密切混合便是它底固有的存在理由",实际上就是在强调诗歌文体的纯粹性;要求诗歌"摒除一切客观的写景,叙事,说理以及感伤的情调",实际上就是强调诗歌必须驱除属于散文范畴的"写景""叙事""说理"等非诗歌的杂质。

毋庸讳言,关注诗歌文体纯粹性的,梁宗岱并非第一人。此前,在20世纪20年代,穆木天在《谭诗》中就针对新诗的散文化倾向,提出过"诗与散文的清楚的分界"的主张。然而,与穆木天等人的诗的文体纯粹性理论相比,梁宗岱文体纯粹性理论的独特之处在于,它处在一种古今中外多重因素相互激荡的状态

---

[1] 梁宗岱:《新诗底纷歧路口》,载《诗与真·诗与真二集》,外国文学出版社,1984年,第167页。
[2] 梁宗岱:《论诗》,载《诗与真·诗与真二集》,外国文学出版社,1984年,第95页。

之中。不容置疑,梁宗岱文体纯粹性理论的观照视点首先来自瓦雷里纯诗论的启迪,瓦雷里推崇的诗的纯粹性理论通过梁宗岱在中国现代诗学中第一次得到了最为系统的阐释。除了瓦雷里以外,我们在梁宗岱的诗论中,还可以寻觅到波德莱尔、马拉美、兰波等西方象征主义诗人的诗论、诗作的面影。然而,梁宗岱并没有像穆木天那样将自己的纯诗论完全笼罩在瓦雷里等西方象征主义诗人纯诗论的阴影之中,而是以中国传统文学和西方文学作为双重参照,从古今中外不同文本构成的多重层面上去掘取诗歌文体纯粹性理论的丰富蕴藏,从而在西方现代文学和中国古老传统因素达成的交汇中,独辟蹊径而又视野广阔地阐述了达致诗歌文体纯粹性的原则和方法。

在梁宗岱看来,诗歌要恢复其文体的纯粹性,关键就在于使诗歌语言音乐化。在这方面,梁宗岱认为瓦雷里已为人们树立了榜样。因而,新诗诗人应像瓦雷里那样"把文学来创造音乐","把诗摆到音乐底纯粹的境界"[1]。

新诗是在与旧诗的争斗中获取其生存空间的,因而,从一开始,诗的语言音乐化就被视为格律诗等旧诗的附生物而遭到了胡适等新诗倡导者的拒斥。在胡适等人看来,格律诗形式呆板、僵化,严重地阻碍了诗人奔腾不息的情感的抒写。而在梁宗岱看来,胡适等人的自由诗则过于放纵、自由,它在日趋散文化的同时,也在日趋与诗的本性疏远。新诗要走出这种非诗化的困境,就必须重建诗歌的文体规范,而语言的音乐化则是构成规范文体的主要基础。

基于这种认识,梁宗岱进而认为,新诗应该切合音乐的韵律、节奏,恢复和表现格律之美。因为中国新诗倘若继续沿着自由诗道路发展下去,它步入的虽是一条捷径,但它同时也是一条无望的绝径。而倘若想使新诗"有无穷的发展和无尽的将来的目标",那么,就必须"发现新音节和创造新格律"[2]。

值得注意的是,当梁宗岱在既强调音节和格律,又以"新"对其加以限定时,他的这种主张实际上已经蕴含着一种在继承中创新的辩证因子。当许多诗人,诸如胡适、李金发等侧重于对传统诗艺进行批判和拒斥时,梁宗岱却超越了这一单向的视点,从文化的多向价值坐标上去重新审视文化传统。回溯历史,梁宗岱发现,我们的祖先早就创造出了较之西方文学毫不逊色的诗歌,这些诗歌"之丰富,伟大,璀璨,实不让世界任何民族、任何国度"[3]。像姜白石的诗,就堪与法国象征派代表诗人马拉美媲美,"他们底诗艺,同是注重格调和音乐;他们

---

[1] 梁宗岱:《保罗·梵乐希先生》,载《诗与真·诗与真二集》,外国文学出版社,1984年,第20页。
[2] 梁宗岱:《新诗底纷歧路口》,载《诗与真·诗与真二集》,外国文学出版社,1984年,第17页。
[3] 梁宗岱:《论诗》,载《诗与真·诗与真二集》,外国文学出版社,1984年,第30页。

底诗境,同是空明澄澈"①。

然而,虽然"旧诗底形式自身已臻于尽善尽美;就形式论形式,无论它底节奏、韵律和格式都无可间言。不过和我们所认识的别国底诗体比较,和现代生活底丰富复杂的脉搏比较,就未免显得太单调太少变化了"②。因而,创建新音节和新格律的工作,既不能完全以传统格律和音节为标准,又不能完全以西方传统格律为标准,而必须将其置于东方与西方、传统与现代诗学相互贯通的原则指导下进行。只有这样,诗人才能以中西文化为双重参照,以现代精神注入传统诗艺的内核,"以恢复它底新鲜和活力"③。

循着东方与西方、传统与现代诗学相互贯通的原则,梁宗岱主要从两个方面提出了构建新音节、新格律的主张。其一为"节奏说",其二为"均行"说。节奏是客观事物一种合规律性的运动形式,它以呈现周期性的运动为基本特征。在诗歌中,节奏变化是通过审美对象的空间的远近、时间的长短和运动力度的强弱等对比因素有规律地重现和转换形成的。节奏的运动和变化,可以使审美者在心里体验上生出一张一弛、一起一伏的感觉,给审美者心理较为丰富的感官刺激。正缘于此,梁宗岱非常重视诗歌的节奏。在他看来,"艺术底生命是节奏,正如脉搏是宇宙底生命一样"④。因而,他认为,"孙大雨先生根据'字组'来分节拍,用作新诗节奏底原则,我想这是一条通衢。"在梁宗岱看来,研究节拍的大致整齐,不仅可以"增加那松散的文字底坚固和弹力",而且能够在深化诗歌的节奏意义时"保存精神底经营","抵抗时间底侵蚀"⑤。

不过,梁宗岱虽然像闻一多一样,主张在创建新音节和新格律时,借鉴和学习西诗的音节和格律——"赞成努力新诗的人,可以把脚韵列得像意大利或莎士比亚式底十四行诗也好,如果你愿意,还可以采用法文底阴阳韵底方法,就是说,平仄声底韵不能互押,在一节里又要有平仄韵底互替。"⑥——然而,梁宗岱对闻一多移用西诗利用轻重短音构成新音节、新格律的方法又提出了质疑和批评。在他看来,每个民族的语言都具有其自身的特点。西方诗歌是表音文学,因而,"英德底诗都是以重音作节奏底基本的";"中国文字是单音字,差不多每个字都有它底独立的,同样重要的音底价值",因而,它虽"有平仄清浊之别,却

---

① 梁宗岱:《论诗》,载《诗与真·诗与真二集》,外国文学出版社,1984年,第93页。
② 梁宗岱:《新诗底纷歧路口》,载《诗与真·诗与真二集》,外国文学出版社,1984年,第168页。
③ 梁宗岱:《文坛往哪里去?》,载《诗与真·诗与真二集》,外国文学出版社,1984年,第56页。
④ 梁宗岱:《保罗·苋乐希先生》,载《诗与真·诗与真二集》,外国文学出版社,1984年,第22页。
⑤ 梁宗岱:《新诗底纷歧路口》,载《诗与真·诗与真二集》,外国文学出版社,1984年,第170—171页。
⑥ 梁宗岱:《论诗》,载《诗与真·诗与真二集》,外国文学出版社,1984年,第36页。

分辨不出除了白话底少数虚字,那个轻那个重来"①。梁宗岱认为,与其将诗歌新音节、新格律的重心放在字的轻重音之上,不如将其放在对新诗的"节奏"和"均行"的追求上。

与节奏一样,均行不仅不是外在的强加之物,而且是中国传统诗歌民族形式呈现出的普遍特征,切合汉语语言自身发展的规律。在中国古代诗歌中,当每行诗句按相同的拍数和字数排列,形成单纯的重复时,就会产生齐一的美。在这种均行的诗中,齐一结构中的个体单元即使并不具备非常高的审美内涵,诗歌却仍然可以凭借整体的组合,在一种单纯的重复中呈现出一种整体性的秩序与和谐美。梁宗岱正是凭着天才的感悟能力和深厚的传统文化的修养,敏锐地发现了中国传统"均行"诗的这种和谐美的迷人魅力,才在理论的高度上强调了"均行"对于新诗的重要性和可行性。他说:"我很赞成努力新诗的人,尽可以自制许多规律,把诗行截得齐齐整整。"在他看来,在诗中,即使每行的拍数一致,但如果"字数不划一,则一行同拍的诗可以有七字至十六字底差异",其结果则会给人以"不和谐的印象"②。基于这种认识,梁宗岱进而认为,追求每行字数的一致,不仅不会使诗发生"不合理的'增添'和'删削'的流弊",而且可以"将表面上'武断的'和'牵强的'弄到'自然'和'必然'"③。如此,当诗行形式趋于稳定时,诗歌形式结构就会显示出一种内在的和谐统一,诗歌也才能在获得稳定和纯粹的身份形式时,与其他文体的形式区分开来。

梁宗岱文体纯粹性理论的辩证性在于,他在强调诗行的整齐性和统一性时,并不完全拒斥诗行在约束中的自由性和变化性。他说:"中国文字底音节大部分基于停顿、韵、平仄和清浊(如上平、下平)与行列底整齐底关系是极微的……诗律之严密,音节之缠绵,风致之婀娜,莫过于词了,而词体却越来越参差不齐",因而,新诗的诗句,自然也"不妨切得齐齐整整而在一行或数行中变化"④。这种对诗行字数限制中求自由的强调,又使他的诗论与闻一多的格律诗论再次出现了分歧。与闻一多那种一味地强调诗行的绝对整齐的观点不同,梁宗岱认为,诗歌形式的审美,必须遵循一种多样统一的原则。优秀的诗歌创作,总是在差异中包含着同一,在同一中见出差异的。视内在情感表现的需要,新诗有时甚至可以不必强求每行都具有同一的节拍,因为"多拍与少拍的诗行

---

① 梁宗岱:《论诗》,载《诗与真·诗与真二集》,外国文学出版社,1984年,第43页。
② 梁宗岱:《新诗底纷歧路口》,载《诗与真·诗与真二集》,外国文学出版社,1984年,第176页。
③ 同上书,第177—178页。
④ 梁宗岱:《论诗》,载《诗与真·诗与真二集》,外国文学出版社,1984年,第37页。

底适当的配合可以增加音乐底美妙"①。梁宗岱这里强调的是,重要的不是诗是否具有同一的节拍,而是诗人是否能够将这些对立的形式因素协调起来,使之处于同一的整体之中,并使之在整体上产生一种相反相成的和谐统一的审美效应。这样,梁宗岱就在坚持诗歌自身独特的表达空间时,强调了诗歌文体的本真性和想象性的相互生发的关系,从而在维持了诗歌文体纯粹性时,保持了诗歌创造性的路径。

二、象征:诗作为存在的构成方式

如果说梁宗岱关于语言音乐化的理论从诗歌的文体层面较为科学地阐释了诗歌的纯粹性,那么,他关于"象征"的理论则从艺术层面对诗的纯粹性进行了深入的阐释。

从总体形式上讲,诗歌是一种象征,象征构成了诗歌的总体存在方式。没有象征,诗歌作为艺术存在的特性也就不复存在。正是由于象征作为诗歌艺术具有的这种重要性,梁宗岱才给予了它异乎寻常的重视。他说:"所谓象征主义,在无论任何国度,任何时代底文艺活动和表现里,都是一个不可缺乏的普遍和重要的原素","一切最上乘的文艺品……都是象征到一个极高的程度"②。这里,梁宗岱所说的"象征",并非仅指文学的象征手法,而是意指一种文学的存在方式,即文学内容和形式和谐统一呈现出来的一种整体的审美形态。梁宗岱对于诗歌艺术层面的纯粹性的思考,正是在这个前提下进行的。它要揭示的是诗歌作为一个象征符号系统,它的自身完整和独立自足的特性。

在梁宗岱之前,许多诗论家都试图以自己的言说方式对象征进行阐释。应该说,那种种精辟独到、异彩纷呈的对象征的阐释,都在丰富着象征本身,并引导着人们逼近着象征的本质。然而,当梁宗岱对这些阐释作进一步考察时,他却发现这些对于象征的阐释与象征的本真面目隔着一层。朱自清认为象征就是"远取譬",朱光潜认为"所谓'象征',就是以甲为乙底符号""以具体的事物来代替抽象的概念"③;周作人则认为"象征即兴","兴","用新名词来讲或可以说是象征……象征是诗的最新的写法,但也是最旧,在中国也'古已有之'"④。这种种阐释,在梁宗岱看来,虽则新颖别致,但都没有从象征的本体意义上准确把握住象征的含义。朱自清和朱光潜的观点的偏差在于把文艺上的"象征"和修

---

① 梁宗岱:《新诗底纷歧路口》,载《诗与真·诗与真二集》,外国文学出版社,1984年,第176页。
② 梁宗岱:《象征主义》,载《诗与真·诗与真二集》,外国文学出版社,1984年,第63页。
③ 朱光潜:《谈美》,安徽教育出版社,1989年,第106页。
④ 周作人:《〈扬鞭集〉序》,岳麓书社,1987年,第74页。

辞学上的"比"混为一谈;周作人观点的局限,在于仅从修辞角度去沟通象征与我国传统的"兴"。而在梁宗岱看来,象征不能简单地被视为一种手法,而应作为一种自足的整体性来看待。所谓自足的整体性,是指象征作为一个符号系统,它的"意"并不是"附加在形体上面"的[①],而是有机地与"形"融合成了一个整体。在这个意义上,他认为,"象征"和"诗经里的'兴'颇近似"。他说:"《文心雕龙》说:兴者,起也,起情者依微拟义。所谓'微',便是两物之间的微妙的关系,表面看来,两者似乎不相联系,实则是一而二,二而一。象征底微妙,'依微拟义'这几个字颇能道出。"[②]这里,梁宗岱强调的是象征中意象和情绪之间的暗示关系和整体传达,它在艺术层面上揭示了象征作为诗的本体内涵。而在阐释象征的这种本体内涵时,梁宗岱则巧妙地运用了中西理论相互阐发、相互印证的方法。一方面,他借用中国传统的诗学观念"兴"对象征主义的"象征"进行了诠释和理解,强调了"兴"与"象征"都具有意在象外的同一特性;另一方面,他又对中国传统诗学观念"兴"进行了创造性的误读,赋予了"兴"以意义不确定的现代性特征。如果说王国维曾经以现代性的精神对传统个别范畴进行了创造性的阐释,那么,梁宗岱则比王国维前进了一步,他在中西诗学交汇的格局中,无论对中方还是西方的诗学概念的内涵和外延都进行了深化和扩充。

如果说,对于普通语言来说,语言只是交际信号的工具,意义一旦传达,它承担的任务就已完成;那么,诗中的象征则不仅要考虑传达意义,而且要考虑怎样表现主体情感以及象征的表现形式与意味之间的关系的呈现形态等问题。正是基于对象征符号的这种表现特性的了解,梁宗岱又将象征中情境配合的形态区分为两种:一种是"景中有情、情中有景";另一种是"景即是情,情即是景"。"前者以我观物,物固着我底色彩,我亦受物底反映。可是我物之间,依然各有本来的面目";而"后者是物我或相看既久,或猝然相遇,心凝形释,物我两忘,不知何者为我,何者为物"[③]。在这两者中,梁宗岱更为肯定后者,认为后者才是象征的"最高境",它使外物和诗人达到了互为交汇、互为融合的境界。

梁宗岱将情境配合的形态区分为"景中有情,情中有景"和"景即是情,情即是景",这初看仿佛就是中国情境论的老调重弹。早在清初,王夫之在《姜斋诗话》中就指出,"情景名为二,而实不可离。神于诗者,妙合无垠。巧者则有情中景,景中情",明确地将情中景、景中情的形态与景与情妙合无垠的形态区分开

[①] 梁宗岱:《象征主义》,载《诗与真·诗与真二集》,外国文学出版社,1984年,第66页。
[②] 同上书,第67页。
[③] 同上书,第69页。

来,将后者看成了诗歌情景配合的最高境界。但不可否认,王夫之对情景配合形态的阐述仍是片断的感悟式的,情景妙合无垠形态中更为丰富的特性,在王夫之的诗论中并未得到充分的揭示。而在梁宗岱中西相互印证、相互阐发的论述中,古老的情境论却呈现出了崭新的面目。无论是它的内涵或是外延,都获得了深化或延展。

在梁宗岱看来,揭示象征的不同形态对于从艺术层面建构诗的纯粹性是必要的。但是这种必要性不只在于它使象征作为诗的本真方式的面目愈加清晰,而更在于它有助于对象征特性的理解和阐释。正是在对象征表现形态进行揭示的基础上,梁宗岱进一步循着严密的逻辑分析的思路,对象征的内在特性进行了深入的阐释。他认为:"象征具有的两个特性,一为'融洽无间',一为"含蓄或无限。""所谓融洽是指一首诗底情与景,意与象底惝恍迷离,融成一片;含蓄是指它暗示给我们的意义和兴味底反复和隽永。"①

梁宗岱强调诗的情与景、意与象的惝恍迷离,是要求诗人以全部心灵选择和自己心理同构的客体,作为审美对象,通过心物交感,造成主体与客体生命形式的相互转换和相互融合,在这种转换和融合中,主体往往已经难以区分身外之物和心内之物,物我已在浑然一体中达到了物我两忘的境界。在梁宗岱看来,像屈原的《山鬼》就是这种情与景、意与象融成一片的典范之作。在《山鬼》中,"诗人和山鬼移动于一种灵幻飘渺的雾围中,扑朔迷离,我们底理解力虽不能清清楚楚地划下它底含义和表象底范围,我们底想象和感觉已经给它底色彩和音乐底美妙浸润和渗透了"②。由此可见,梁宗岱对象征融洽无间特性的强调,其意是想促使诗人将主客体之间相互对立的矛盾运动合二为一,亦即在心物交感的过程中趋向心物同一。

较之对象征的融洽无间特性的阐述,梁宗岱对象征的含蓄、无限特性的阐述包含了更多的西方象征主义诗学的因子。我们知道,象征包含两个世界:一个世界是可见的事物,是能指;一个世界是不可见的精神,是所指。与一般语言符号不同,象征的能指并不直接表达意义,而是间接地表达意义。这就使得象征意义的这种间接表达性,加强了诗歌中象征的全部丰富性和无穷的魅力。梁宗岱之所以非常推崇象征主义诗人兰波(梁宗岱译为韩波)的诗,就在于"对于无限的追求永远是他作品底核心",他的作品常常"把'无限'层出不穷地展拓在

---

① 梁宗岱:《象征主义》,载《诗与真·诗与真二集》,外国文学出版社,1984年,第71页。
② 同上书,第76页。

我们面前,引我们到一个这么晕眩的高度"①。这里,读者之所以能达到"晕眩的高度",是由于在阅读中,兰波诗中那种既确定又不确定,既明晰又模糊的象征,给读者的理解力和意识对象带来了紧张。显然,兰波诗的成功,正是由于他把象征的无限和含蓄的美学特质发挥到某种极致造就的。这样,梁宗岱就不仅从理论层面对象征的特性作了深入阐释,而且又从西方现代主义诗的实践中展示了象征多义性产生的巨大的审美功能意义。

梁宗岱对象征作为诗歌存在的本真方式的系统性阐述,使他的诗论站在了他那个年代象征诗论的高峰。正是因为站在了这样的理论高度,他的象征诗论才能在汇合中西诗学的格局中,进行纵横捭阖而又诗意盎然的阐述。一方面,他对象征的论述,一反过去诗学的点悟传统,由一个基本概念出发,由外到内,先将象征与"比"区别开来,然后又从情景配合的角度区分象征呈现的不同形态,再对象征的不同特性进行了具体的阐释。这样层层剥笋、丝丝相扣的系统的分析推论,使他的诗论贯穿着一种西方的理性思辨精神。另一方面,他对象征的融洽无间、物我两忘的特性的强调,尤其是将象征表现的情景交融之美与诗人的"品性与德行"的培养联系起来进行考证的论述方式,又使他的象征诗论显现出了中国古代反求诸己的内省式思辨的特点。这种分析式思辨和内省式思辨的交叉、融汇,使他的象征诗论充满着一种悖反式的张力。

三、宇宙意识:纯诗的最高目标

随着象征作为诗的本真存在方式的确立,梁宗岱的纯诗论开始呈现出一种诗人的内在灵性和宇宙神秘精神相互融汇的景观。从纯诗论出发,梁宗岱开始走上一条由对象征之境的追求到对宇宙意识的追求的精神之旅。他企图用诗意的方式建构一个与日常生活有着绝对距离的神秘世界,并用它与喧嚣骚乱的现实世界进行抗衡。他认为,纯诗就是要超度个体生命灵魂进入这个比"现世更纯粹、更不朽的宇宙",纯诗的哲学指向就是要使读者在"无名的美底颤栗"中,"去参悟宇宙和人生的奥义"②。

在20世纪30年代初,当大多数中国诗人和诗论家正面对诗中"纯真的哲学"困惑和迷惘,因而很少在他们的诗及诗论中涉及深奥的人生哲理和宇宙意识时,梁宗岱却不仅将宇宙意识视为纯诗创作的最高目标,而且从中西诗学相互交汇的格局中,对诗歌获取宇宙意识的途径作了深入的阐释,从而在形而上

---

① 梁宗岱:《韩波》,载《诗与真·诗与真二集》,外国文学出版社,1984年,第193页。
② 梁宗岱:《谈诗》,载《诗与真·诗与真二集》,外国文学出版社,1984年,第107页。

的层面加固和充实了中国纯诗论的哲学基础。

概而言之,梁宗岱的诗歌"宇宙意识"论主要包括三个方面的内容。

第一,"澈悟"说。诗歌要获取宇宙意识,生命时空就必须扩展化,宇宙化。我们知道,宇宙的神秘性极大地源于宇宙的无限性。在时间上,宇宙无始无终;在空间上,宇宙广大无边。宇宙时空的这种无限性,在与人类生存的现实时空的有限性形成极大反差的同时,也促使现实时空的人对无限的宇宙时空充满着憧憬。梁宗岱认为,生命时空要想获得宇宙时空的无限性,诗人就必须进入"澈悟"的状态。这就要求,诗人应该突破那种习惯上将人和世界都放在对象的位置上分门别类地给以概念化、逻辑化的认知方式。"放弃了动作,放弃了认识,而渐渐沉入一种恍惚非意识,近于空虚的境界,在那里我们底心灵是这般宁静,连我们自身底存在也不自觉了。"① 此时,诗人在生存宁静中感应宇宙,在绝对的静寂里,个体生命超越了现实时空的种种限制,进入无始无终、广大无边的永恒的宇宙世界。在梁宗岱看来,歌德的《流浪者之夜歌》和日本诗人松尾芭蕉的俳句均是这种宁静以致远的"最上乘的佳作"。前者"在一个寥廓的静底宇宙中,并且领我们觉悟到一个更庄严,更永久更深更大的静——死",后者则使我们在"无边的宁静"中感受到"永住的玻璃似的声音"②。显然,梁宗岱对"静""悟"的强调,与禅宗对"顿悟"的强调以及现代主义文学对直觉体验的强调有着明显的相通之处。三者都强调对概念思维、分析综合的排除,主张不假思索、非逻辑性的感性的悟。同时,三者追求的境界也都染上了较为浓郁的被动遁逸的色彩。

第二,"陶醉"说。随着生命时空不断趋近宇宙时空,个体生命也就愈来愈认识到,世上的事物总是各以其自身的现象互相反映其他事物的本质的。对于宇宙来说,它的本质镜则是人或人的意识。如此,在很大程度上,人对于宇宙本质的认识,也就取决于人对自身本质的认识。在梁宗岱看来,宇宙的本质精神在于它的自在性,诗人要想获得宇宙精神的这种自在性,他就必须进入一种"陶醉"的状态。此时,"醉里的人们",感到"不可解的狂渴在你舌根,冰冷的寂寞在你心头,如焚的乡思底烦躁在灵魂里",他们如痴如狂,"心灵与自然底脉搏息息相通"③,生命情感像川流不息的长江大河,汹汹涌涌地一往直前。它不是被动的生成物,而是源自主体内在本能的大释放、大燃烧、大爆破。这种生命的律

---

① 梁宗岱:《谈诗》,载《诗与真·诗与真二集》,外国文学出版社,1984年,第77页。
② 同上书,第78页。
③ 梁宗岱:《象征主义》,载《诗与真·诗与真二集》,外国文学出版社,1984年,第75页。

动、生命的喷射、生命的扩张,在推动人们进入形我两忘的境界时,也促进了人的感觉结构向自然、真实与完整的状态的回归,扩大和丰富了人的生命内涵。与"澈悟"说相比,"陶醉"说更带主动性和动态性,它明显地染上尼采酒神论的影响,却与瓦雷里等象征主义诗人主张的非个人化的理论相左,但这种相左也仅仅限于手段和方式的范围,他们的目的却是共同的,那就是,都指向一种自由的境界。

第三,"契合"说。"澈悟"也好,"陶醉"也好,它们的最终目的都在指向生命境界的理想性,即人与宇宙万物的"契合"。在梁宗岱这里,"契合"意味着个体生命与宇宙万物的和谐交融。梁宗岱认为,在宇宙中,并不存在着一个操纵一切的绝对之神,人与万物都有灵性,都是宇宙大家族中的一员,他们相互呼应,相互联系,共同演奏着宇宙的交响乐。"即一口断井,一只田鼠,一堆腐草,一片碎瓦……一切最渺小,最卑微,最颓废甚至最猥亵的事物,倘若你有清澈的心耳去聆听,玲珑的心机去细认,无不随在合奏着钧天的妙乐,透露给你一个深微的宇宙消息。"①既然万物皆有神性,因而,人不应当凌驾于万物之上,而应尊重万物,体认万物的真实。"当我们放弃了理性与意志底权威,把我们完全委托给事物底本性,让我们底想象灌入物体,让宇宙大气透过我们心灵,因而构成一个深切的同情交流,物我之间同跳着一个脉搏,同击着一个节奏的时候,站在我们面前的已经不是一粒细沙,一朵野花或一片碎瓦,而是一颗自由活泼的灵魂与我们底灵魂偶然的相遇。"②此时,个体生命生存在宇宙之中,宇宙也生存于个体生命之中,个体生命已化为至大无匹的宇宙真我,成为无限无私的宇宙大生命,它与天地同其不朽,与宇宙共其辉煌。

梁宗岱的这种万物与人契合的思想,可以说是中国传统天人合一思想和西方泛神论思想的结合物。认为万事万物,都是由气化生而成,物与人在宇宙中相容相通,这是中国天人合一论的精髓所在,也是梁宗岱契合论与天人合一论的重合处。但中国天人合一论的局限性也较为明显,它的宇宙图式的获取,是以人对于自然的顺应和服从为前提的,这就不能不使天人合一的图式结构趋向于一种静态性和封闭性。梁宗岱的契合论并未重蹈古代天人合一论的覆辙,对"陶醉""无穷的振荡与回响"的要求,使梁宗岱人与万物契合的图式远较古人的天人合一图式更趋开放、更趋积极。这在很大程度上又得力于他对西方泛神论思想的吸纳。西方泛神论十分重视生命的运动,主张生命不仅要从生活的不断

---

① 梁宗岱:《象征主义》,载《诗与真・诗与真二集》,外国文学出版社,1984 年,第 80 页。
② 同上书,第 81 页。

流动中获得和谐的形式,而且不能让某种凝固的形式,阻碍生命的自由奔放。梁宗岱的契合论虽然没有像泛神论那样完全立足于生命意识去谈宇宙意识,但显然,梁宗岱的宇宙意识中又是涵纳着泛神论看重的这种自由的生命意识的。他对于但丁《神曲》和波德莱尔的《恶之花》中"丑恶"之"凄美","猥亵"之"神奇"的推崇,就远不是中国天人合一论那种"善"的境界所能容纳的,而只能在泛神论那种以真为善的思想框架中找到对应之处。这就使得梁宗岱的契合论在中西诗学的碰撞、交流中,既具有中国天人合一思想的宁静致远的智慧,又涵纳了西方泛神论推崇的个体精神。

关于梁宗岱的纯诗论,概括地说,当其语涉语言的音乐化时,纯诗论是在文体层面上展开的;当其语涉象征时,纯诗论是在艺术层面展开的;当其语涉宇宙意识时,纯诗论是在哲学层面展开的。事实上,这只是就其大概而言。应该进一步说明的是,即使在前两种情况下,梁宗岱也隐隐表露出对宇宙意识作为纯诗最高境界的觉知;即使在后一种情况下,梁宗岱也同样表现出对纯诗文体和艺术层面纯粹性的关切。这三者在梁宗岱的纯诗论中实际上是相互贯通、相互联系的。对于中国现代诗学来说,梁宗岱的这种相互贯通、相互联系的纯诗论的突出贡献在于,在20世纪30年代,谁也没有像梁宗岱那样,一方面承接瓦雷里等西方诗学家开拓的纯诗论思路;另一方面,又以东方诗学与之汇通,使之完美化、系统化,从而建构了具有浓厚自我色彩的较为严密的纯诗论体系。如果说语言的音乐化是纯诗的出发点,象征是纯诗本真存在的构成方式,那么,宇宙意识就是纯诗达致最高境界的呈现。梁宗岱这种系统化的纯诗论的意义在于,它划清了诗与非诗的界限,建立了新诗的存在论的基础本体论,促使了纯诗论由片断化、西方化朝自我化、系统化方向的发展,拓展了纯诗论研究的新的广阔道路。如果说纯诗论是中国现代诗学最为重要的收获之一,那么,梁宗岱的纯诗论则是这种收获中最为完整、最为纯熟的果实。尽管这种颇具幻美色彩的果实与当时血与火交织的现实背景显得格格不入,但不可否认,对中国新诗的本体建构起到了至关重要的作用,尤其在人的欲望日趋喧哗与骚动、心灵日趋困惑与茫然的今天,对于中国新诗的发展,更具有重要的启示意义。

世界文学与翻译研究

 世界文学与翻译的当代张力

- 世界诗歌、中国(文学)经验和后理论——从北岛诗歌英译的争论谈起
- 纳博科夫与堂吉诃德
- 论《学衡》诗歌译介与新人文主义
- 《俄狄浦斯王》对古代宗教仪式形式的利用
- 诗人译者与个性化反叛——论肯尼斯·雷克斯罗斯杜诗英译的翻译策略
- 战争创伤及其艺术再现的问题——论提姆·奥布莱恩的小说《他们背负着的东西》
- 真实与表意:乔伊斯的形式观

导言六

世界文学与翻译的当代张力

戴从容*

早在 1990 年,苏珊·巴斯内特(Susan Bassnett)和勒斐弗尔(André Lefevere)就在他们编辑的《翻译、历史和文化》文集的导言中明确指出,"翻译一直是世界文化发展的主要塑造力量,任何比较文学研究都离不开翻译"①。

而且事实上,译者往往不只是一个语言转换的工具,很多翻译作品会有译者序,译者会在序言中为所翻译的作品勾勒出初步的面貌,帮助国人获得对作品的第一印象。在这个过程中,尤其对那些具有一定难度的复杂文本,读者很容易受到译者的第一画像的影响。此时,世界文学的翻译与研究交织在一起,世界文学与翻译的关系也变得不再那么泾渭分明了。

很久以来,无论世界文学还是比较文学都与翻译保持着良好的合作关系。比如英国比较文学协会(British Comparative Literature Association)自 1975 年成立以来,历届研讨会基本都包含一个翻译研究的主题。在中国,翻译学放在外国语言文学学科下,不少外国语言文学学院有翻译系或翻译方向专业。在欧美国家,翻译研究则大多放在比较文学学科之下。而现在,正如英国安格利亚大学翻译中心的邓肯教授(Duncan Large)2014 年在复旦大学举行的"翻译与比较文化研究:对话中的东西方"国际会议上发表的《翻译研究 vs 比较文学?》一文中指出的,随着比较文学研究从业者的多语言能力下降,被称为"新比较文学"的学科领域被无限地扩大,包括了几乎所有非母语的语言文学范围,从而使得翻译在比较文学研究中的应用越来越多;另一方面,随着比较文学作为学科几乎面临濒于"死亡"的危险,两者的关系甚至有逆转之势。在英国的大学里,有人甚至主张将比较文学放在翻译研究之下,而不是相反。但其实这种由翻译研究"接管"比较文学的说法并不是翻译研究本身提出的,事实上翻译研究已经发展出了自己的方向,包括开始探索电影字幕、歌剧字幕和其他形式的视

---

* 戴从容,南京大学全球人文研究院长聘教授,博导。
① Bassnett, Susan, and André Lefevere, eds., *Translation, History and Culture*, London: Pinter, 1990, p.12.

听翻译这些"多重媒介"的研究,甚至离比较文学的关注点越来越远。邓肯借助巴斯奈特的主张提出,其实无论比较和翻译都是接近文学的一种方法,而不应该被视为一门学科,因此他建议将目前的比较文学和翻译研究这两个学科都纳入一个更广泛的跨文化研究范畴,建立起一种合作而非从属的关系。

从这一点看,作为范畴而非方法的世界文学似乎更有"接管"翻译的权力,但目前的状况却未必如此简单。在《什么是世界文学》一书中,丹穆若什将世界文学定义为"不是指一套经典文本,而是指一种阅读模式——一种以超然的态度进入与我们自身时空不同的世界的形式"[1],这意味着与比较文学一样,世界文学从范畴转向了方法。如果这样,翻译,尤其是翻译研究,也不会只像《什么是世界文学》一书的章节标题显示的那样,只是其中的一个部分。

事实上,翻译不仅会让世界文学获益,它甚至潜移默化地影响着世界文学的面貌,甚至有时未必都是朝向值得肯定的结果。本栏收录的吕黎的《世界诗歌、中国(文学)经验和后理论——从北岛诗歌英译的争论谈起》一文,就谈到宇文所安对北岛诗歌的看法,认为北岛诗歌是一种典型的"世界诗歌"。虽然文章对宇文所安的观点提出了批评,但是宇文所安其实看到了翻译可能给文学创作带来的负面性影响,即为了克服翻译的障碍使作品更容易在世界流通,文学有可能放弃自身具有的民族性。

从这一点看,翻译与世界文学的关系非但不是简单的谁"接管"谁的问题,甚至也不是简单的"获益"问题,因为这里事实上还掺杂着其他影响因素,除了上面说到的范畴与方法的问题,还有一个在今天变得尤为突出的二元对立:文学的民族性和世界性。

当歌德提出世界文学这个概念的时候,他未必会想到世界性和民族性的问题今天会发展到这样复杂的张力状态。丹穆若什称:"世界文学是民族文学间的椭圆形折射。"[2]之所以使用如此一个非常规的术语,正是因为两者既独立又共存,既对抗又包容的关系,以及两者都既指文本又作为视点的双重特质,很难用简单的词汇来概括。

与之相应,世界文学作为一种从翻译中获益的文学,翻译的世界性和民族性张力也超出了同化和异化这类概念所能涵盖的范围。现在不仅在研究方面对世界性因素的关注和对地方性、地方方言的兴趣同时凸显,使得很多经典作家开始呈现出不同的面貌,而且这一变化也扩展到版本的选择、翻译的方式等

---

[1] 大卫·丹穆若什:《什么是世界文学?》,查明建、宋明炜等译,北京大学出版社,2014年,第309页。
[2] 同上。

问题,这些都是世界文学的翻译必须面对的时代挑战。

这并不是一个可以简单地说是与不是的问题。拿乔伊斯来说,是把他呈现为一个具有普适性的现代主义代表作家,还是一个在爱尔兰民族独立时期用爱尔兰素材创作的民族作家,在翻译时甚至可以产生截然不同的效果。尤其是在他的最后一部专著《芬尼根的守灵夜》中,即便逐字直译,对于那些同时包含了世界性因素和民族性因素的双关词,选择哪一个放入正文,也会很大程度上改变文本的样貌,更不用说那种选译、编译的翻译作品了。

不过《芬尼根的守灵夜》还相对特殊,毕竟大量运用双关多义的作品还是屈指可数的。丹穆若什则举了一个在翻译中更常遇到的例子,即翻译外来专有名词的时候,该侧重其世界性、译出语的民族性,还是译入语的民族性。在翻译部分一开始,丹穆若什就以一首标题为"纳赫特-索贝克墓地的抄写员创作的古卷中发现的情诗"的埃及歌词为例,指出不同译本在处理"缠腰带"这一带有埃及特色的事物时,有的翻译为"罩衫",有的翻译为"披风",有的翻译为"衣裳",有的翻译为"套裙",从而带来不同的阅读体验。

寻找译入语中与原语概念相似的概念,在早期的翻译中被大量采用,体现了归化译法在早期翻译中的强大影响,比如"leek"被译为"韭菜"。中国的韭菜是一种土生土长的植物,《诗·豳风·七月》中就有"四之日其蚤,献羔祭韭"。"韭"是象形字,象地上的植株。它是多年生草本,割了一茬又一茬,所以《说文》说"一种而久者,故谓之韭"。欧洲的 leek 则早在古罗马时期就已经被食用,被认为是一种比大蒜和洋葱更高档的食材,著名的暴君尼禄就很喜欢 leek,把它放在汤里和油里吃,尼禄甚至因此有了"Leek Eater"的绰号。也有翻译把 leek 译为"大葱",但大葱也可以说是中国的物种,至少很早就已经食用,且与欧洲的 leek 也不完全匹配。也有人取其接近韭菜的外形和类属大葱的特点,将其译为"韭葱"。但是虽然欧洲的 leek 在 20 世纪二三十年代就被引入中国,"韭葱"这个译名至今仍未被广泛接受,反而常被与大蒜相混。可能正因为其过于归化的译法,使它无法像诸如柠檬那样的音译可以一眼辨识出其异域色彩。当然这种归化式译法最大的失败可能就是 dragon 被翻译为"龙"了。把西方的邪恶生物翻译为中国的神圣象征,这一翻译带来的副作用至今仍在。

这样看,似乎用音译来翻译不同文化的专有名词,是一个比较好的办法。但是对于像《红楼梦》这样大量充斥着本民族特有的器物、生物、建筑等文化术语的作品,如果都采用音译来翻译,读者必将摸不着头脑。但是如果删掉这些民族文化信息,或者用本民族文化中与其相似的概念代替,就会使原作失去很多信息内容,甚至在有的作品中失去作品的主要价值。在这种情况下,一位以世界读者为目标读者的作家在创作文学作品的时候,有可能考虑到翻译在语言转码过程中改写的难易度,自觉地为了世界化而有意选取更具世界性因素的内容和意象,创作"世界诗歌"或这种意义上的"世界文学"。

笔者认为采取何种翻译策略,翻译作品在何种程度上可以取代原文,这首先取决于原文本身的特点,是侧重情节的,还是侧重文学性;其次取决于翻译本身的目的,是针对大众娱乐市场,还是针对专业研究市场。比如,在科幻文学中,一些作品其实是一种概念性的文学,语言的民族性和文学性非常弱,主要为了把对未来科技的想象描绘出来,其中一些作者本身就不具有复杂的文学语言修养。因此,这类作品的翻译文本已经足以代替原文本。但是,比如说在新浪潮时期的科幻文学,其文学性大大加强,语言的表达与主题之间的关系更加密切。对于这些作品,译者需要根据自己的目的选择不同的翻译策略。比如,改编成影视剧的作品,对于观众来说,翻译语言越简明越好,而对于研究者来说,会更加希望翻译保留原文本的语言和文化特色。

因此,对于那些文学性和民族性内涵较大的作品,不同的译本共存其实是有必要的。从这一点出发,笔者还是赞成世界文学名著重译的。但是重译本应该有不同的翻译目的和翻译效果,而不是为了争夺市场而做的简单的重复性翻译,甚至不是只为了完善第一译本某些字句上的错误。世界文学中有那么多有价值的作品在等待译者,简单地重译多少浪费了并不丰足的译者资源。

由此可见,把世界文学简单地理解为建立在译本之上的研究,或者把"世界文学是从翻译中获益的文学"加以简单化的理解,都会忽视世界文学与翻译之间的复杂关系。

世界诗歌、中国(文学)经验和后理论
——从北岛诗歌英译的争论谈起

吕 黎[*]

内容提要 20世纪90年代,海外汉学界围绕着北岛诗歌的英译发生过一场激烈的争论。争论的焦点其实就是第三世界文学在国际文学市场中生产、流通和消费的政治和伦理问题。自觉不自觉地从中心立场出发,宇文所安虽然预言了全球资本在向更恶劣的方向发展,但忽视了第三世界文学书写当代经验的正当性;奚密、周蕾等海外华裔学人熟练运用理论揭示了西方话语的矛盾性,有力地论证了中国当代文学的伦理诉求,但其有意识选择边缘地位的立场无法引爆第三世界文学的政治动能。后理论从时间和空间上为我们提供了新的世界想象和文学未来。论辩各方对翻译的遗忘显示出重新认识翻译素养的必要性和迫切性。中国文学和理论的政治和伦理力量来自从更大的空间书写和表述中国经验,为人类和地球寻找逃离人类世的可能性。

关键词 世界诗歌;全球资本;中国经验;后理论;人类世

当下国内外学界的一个共识就是,理论的黄金时代结束了,我们处于理论之后的时间之中。不少人将德里达在2004年的去世看作一个象征事件:因为他是最后一位与大写的理论联系在一起的大师,他的去世象征着大写的理论以及随之而来的各种文化理论的终结。不过标志后理论时代开始的更根本的事件可能是两个:一个是"9·11"事件,另一个就是"人类世"(anthropocene)概念的提出。但对我们而言,讨论理论之后的问题更有意义的方面在于:理论的(再)生产、流通、消费的方式真的发生了质变吗?如果说理论的时代对应着或者表征了美国的全球霸权,那当今世界权力结构的变动已经开启了新的理论方式吗?在这一进程中,中国文学及理论能自然而然地成为新理论方式中的必选项吗?本文通过重访30年前围绕着北岛诗歌的英译产生的一场激烈争论,试图剖析其中各方立场、观点背后的理论方式以及制约这场讨论的话语逻辑,并希望在一种不同的文化交流视野中观照中国文学及理论,以期澄清当下喧嚣的

---

[*] 吕黎,北京师范大学文学院副教授。

中国文化"走出去"讨论中的一些误解。

一

1990年,在一篇题为《什么是世界诗歌?》①的书评中,美国著名汉学家宇文所安(Stephen Owen)对北岛的诗歌作出了严苛的批评,将其视为他所谓的"世界诗歌"的典型例子。这个评论很快就受到不少学者(主要是海外的华裔学者)的批评,并逐渐演变成海外中国研究甚至比较文学研究的一场激烈的争论。也许是因为较少有国内学人介入这场争论,所以国内学界至今还没有对这场轰动一时的学案作出深入、全面的介绍和研究。但事实上,这场争论的影响很深远,已经超出了海外中国研究的范围②。

在《新共和国》杂志上发表的这篇文章中,宇文所安认为"世界诗歌"是这样的诗:"它们的作者可以是任何人,它们能在翻译成另一种语言以后,还具有诗的形态。世界诗歌的形成相应地要求我们对'地方性'重新定义。换句话说,在'世界诗歌'的范畴中,诗人必须找到一种可以被接受的方式代表自己的国家。"③与阅读真正的民族诗歌所要求的精深知识不同,世界诗歌的地方性是一些有意挑选出来的空洞、浅显的地方名字、意象和传统,用以迎合外国读者对异域风情的猎奇心理。此外,世界诗歌还必须具有普遍性,易于为国际读者所接受,所以,"国际诗歌也青睐具有普遍性的意象。诗中常镶满具体的事物,尤其是频繁进出口、因而十分可译的事物。地方色彩太浓的词语和具有太多本土文化意义的事物被有意避免。即使它们被用在诗中,也只是因为它们具有诗意;它们在原文化里的含义不会在诗里出现"④。在谈到世界诗歌产生的原因时,宇文所安指出了两个重要方面,即西方的文学评价制度和翻译的作用。就前者而言,他专门提到了诺贝尔文学奖的有趣角色,指出这个标志着国际认同的奖项引得第三世界无数诗人竞折腰,规训出一种获奖至上的写作方式。与此相

---

① Stephen Owen, "What Is World Poetry?", New Republic, Vol. 203, No. 21, 1990, pp. 28–32。后来据作者自述,文章的标题为杂志编辑所加。笔者所见有两个译本,一个是宇文所安:《什么是世界诗歌?》,洪越译、田晓菲校,载《新诗评论》,北京大学出版社,2006年,第117—128页;另一个是宇文所安:《环球影响的忧虑:什么是世界诗?》,文楚安译,《中国文化与文论》,四川大学出版社,1997年,第47—60页。
② 2015年10月,在北京师范大学举办的"思想与方法:何谓世界文学? 地方性与普适性之间的张力"高端学术论坛上,来自美、英、德以及我国的不少比较文学学者都不约而同地提到了这场关于"世界诗歌"的争论。
③ 宇文所安:《什么是世界诗歌?》,载《新诗评论》,北京大学出版社,2006年,第119页。
④ 同上。

关,翻译在其中扮演了重要的角色。一方面,通过阅读一般都翻译得很差的西方诗歌,第三世界的诗人不断学习写作异于他们文学传统的现代诗歌作品;另一方面,这种模仿西方经典的诗歌又以翻译的形式出现在西方读者面前。而为了获得西方的认同,也为了易于翻译,这些第三世界的诗人经常创作只针对西方读者的"世界诗歌"。

如果宇文所安的文章止于这种一般性的讨论,那它可能就不会引起后来那么大的争议,因为它更像是一个对以诺贝尔奖为代表的西方文学评价制度的温和批判,以及对急于摆脱传统而一味迎合西方口味的第三世界诗人的善意规劝。但宇文所安的目的不限于此,他更宏大的目标是要批评中国现当代诗歌,因为这种诗歌背弃了博大精深、源远流长的中国诗歌传统。为了捍卫这个传统,他把评判的矛头瞄准了当时中国重要的诗人北岛。在宇文所安眼里,北岛诗歌的第一大罪状是无知。面对西方诗歌,尤其是浪漫主义诗歌的冲击,中国诗人除了感到兴奋之外,还怀有对自身传统深深的耻辱感。他们迫不及待地通过翻译接受了西方诗歌带来的新主题、新写作方式,而对这种诗歌背后的历史渊源和文化内涵一无所知。无知的后果就是中国现代诗完全是在营造谎言。北岛诗歌的第二大罪状是滥情。尽管北岛尝试摆脱陈词滥调,以说出内心痛苦的真实,但那只是对读者的虚假承诺,并没有表达出作者的真情实感。即使他使用了朴素的语言,这是更大的一种滥情,因为这些朴素的文字并不是经过痛苦挣扎得到的。北岛诗歌的第三大罪状是政治性。在宇文所安看来,北岛的诗歌不再是粗浅、狭隘的政治文本,而是努力挖掘生活和艺术中非政治性的诗性,这当是文学的胜利。不过,这种胜利在宇文所安的眼里不值一提:一方面,北岛的诗歌并不完全是非政治性的,尤其对中国读者来说,浓厚的政治色彩才决定了北岛诗歌的价值;另一方面,也是体现了另一种政治性的方面,西方读者更喜欢北岛那些非政治性的诗歌。北岛屈服于这种评价的权力,转而创作那种能够自行翻译以漂洋过海的国际诗歌。因此,宇文所安质问北岛的诗歌:"摆在我们面前的是中国文学吗?还是起始于中文的文学?这一诗歌的想象读者是谁?"[1]

公正地说,宇文所安尖锐地提出了许多重要的理论问题,显示出他对中国诗歌的丰富知识和热爱以及对世界文学动态的高度敏感。当时,北岛获得诺贝尔文学奖的呼声很高,引起人们对他诗歌价值的争议。与此相关,国内对中国作家的"诺贝尔情结"、文学的民族性与世界性的关系以及(纯)文学的价值和意

---

[1] 宇文所安:《什么是世界诗歌?》,载《新诗评论》,北京大学出版社,2006年,第125页。

义也有极其热闹的讨论。宇文所安通过解剖北岛诗歌这只麻雀,揭示出中国文学在走向世界的过程中的种种矛盾和取向。作为一位在全球顶级大学任教的学者,他确实较早地看到了文化交流的逻辑在往更恶劣的方向发生变化。这种变化就是从 20 世纪 90 年代初开始的,全球资本控制全球文化生产、流通和消费的趋势愈演愈烈,不断瓦解区域的、民族国家的文化完整性。而资本逐利的本性使它不断地抹平不同文化的差异性、多样性、复杂性,使文化更多地呈现出统一性、即时性、快餐性等特征,一个不同的文化权力等级结构在形成。在这样一个统一的文化市场中,资本驱使非西方甚至处在西方边缘的作家为一个统一的、想象的西方读者写作,换句话说,也就是为全球资本写作。所谓的"法国理论"在全球的流行,可以看作资本这种运作方式的一个注脚。"法国理论"是一个在法语中不存在的术语,它其实是美国文学研究界与法国一些哲学家、人类学家、社会学家、心理学家偶然碰撞后的产物。此后,来自这种法国思想脉络的理论被当作先锋、激进的思想引入美国文学研究界,然后逐渐波及整个人文社会科学领域,并被贴上了"法国理论"的标签。经过美国引进、解读、稀释后,法国理论经过美国主导的学术机制、出版机制、文化机制又被输出到世界各个角落,成为各国学者的"法国理论"。这种佶屈聱牙、晦涩难懂的写作变成国际学术市场的通用货币,成为衡量非西方学者学术水平的标准①。

资本的这种恶劣趋势在宇文所安的文章之后显现得越来越明显,慢慢受到了学界的广泛注意。几年后,蒂姆·布勒南(Tim Brennan)在第三世界都市小说中就发现了相同的问题:

> 有几位年轻的作家开始写作一种第三世界都市小说,这一文类的陈规,使他们的作品读起来不幸好像是用配方预先调制的。与其说它们不真实,不如说太关心接受语境,它们在图书馆里通常被放到同一个橱窗里展示,让人觉得好像不过是为了充数。置身于各色杂交主题的作品之列,它们参与创造出美国人心目中的多元文化。②

尽管布勒南在文章中没有用"世界小说"这样的字眼,如果他了解宇文所安关于"世界诗歌"的定义的话,他应该会同意使用"世界小说"的概念指称这种第

---

① 请参阅 François Cusset, *French Theory*: *How Foucault*, *Derrida*, *Deleuze*, *& Co. Transformed the Intellectual Life of the United States*, Minneapolis: University of Minnesota Press, 2008.
② Timothy Brennan, "At Home in the World". 转引自大卫·丹穆若什:《什么是世界文学?》,查明建等译,北京大学出版社,2014 年,第 21 页。

三世界都市小说的。这些类型化诗歌、小说的出现与流行,除了作家追求国际文学声誉以及经济利益的原因外,更主要的原因是受到国际资本控制的出版工业为了培养和塑造读者而采取的策略。这种易读的、流行的又带有异域色彩的作品在意识形态上符合新兴的多元文化的诉求,在阅读习惯上符合现代都市"悦读"的生活方式,成为一种新的、有特定和稳定消费对象的营利产品。在美国比较文学协会 2011 年年会上,美国学者大卫·丹穆若什(David Damrosch)在与佳亚特里·斯皮瓦克(Gayatri C. Spivak)的对谈中也不断强调,比较和世界文学研究正面临着三种威胁,即(世界)文学研究很容易蜕变成文化的根除、语文学的破产和与全球资本主义中最恶劣倾向同流①。

大多数批评者不仅没有肯定宇文所安对世界文学发展趋势的准确判断,也忽视了他在保护和维护中国文化,尤其是传统文化的价值和尊严上的努力。作为一位知名的中国古典诗歌专家,宇文所安在一份主流的、在美国知识界有巨大影响力的杂志上介绍中国文学,无疑扩大了中国文学在美国知识界的声誉和影响②。他对北岛的苛评也能促使英语世界的读者了解到北岛诗歌以及中国诗歌传统的复杂性。另外,他采取的立足传统文化、反对现代(西方)文化的价值取向在当时还颇具反叛性,因为国内的文化保守主义思潮那时刚刚开始回潮。今天我们能够清楚地看到,文化保守主义不仅成为学界的重要思想资源,也是文化政策的基本导向。可能正是出于这些原因,在遭受了众多的批评之后,宇文所安在 10 多年后仍然撰文为自己辩护,坚持自己的基本立场③。

二

但是,部分地出于审美趣味的原因,宇文所安确实把北岛诗歌看作对西方文学的模仿、对西方读者猎奇口味的迎合。更重要的是,宇文所安还对北岛的人格提出了质疑,认为他在迎合总是期望政治美德的国际读者。他不惮以恶意推测,国际读者只是在诗歌中寻找政治的含义,但遗忘了现实中的斗争,"遭受

---

① Gayatri Chakravorty Spivak and David Damrosch, "Comparative Literature/World Literature: A Discussion with Gayatri Chakravorty Spivak and David Damrosch", *Comparative Literature Studies*, Vol. 48, No. 4, 2011, p. 464.
② 笔者粗略统计后发现,在整个 20 世纪 90 年代,《新共和国》总共发表了 20 篇与中国相关的书评,其中一半涉及文学、文化、艺术和电影,而宇文所安一人就贡献了其中的 5 篇。
③ Stephen Owen, "Stepping Forward and Back: Issues and Possibilities for 'World' Poetry", *Modern Philology*, Vol. 100, No. 4, 2003, p. 532(宇文所安:《进与退:"世界诗歌"的问题和可能性》,载《新诗评论》,北京大学出版社,2006 年,第 129—145 页)。

迫害并不意味着受害者一定具有美德,更不保证好诗的出现"①。这种轻率、粗鲁的态度受到了广泛的批评,奚密、周蕾、黄运特等海外华裔学者纷纷撰文回应。奚密是海外著名的中国现代诗歌研究者,她最早在《今天》杂志上对宇文所安的文章作了回应。在这篇题为《差异的忧虑:对宇文所安的一个回响》的批评中,奚密首先指出,宇文所安的批评构架是建立在僵硬的二元对立之上的,即中国与世界、民族诗歌与国际诗歌、传统与现代的对立。在这种思维框架中,中国诗人接受西方文学的影响就会被简单地看作是对西方霸权的臣服和对传统文化的抛弃。而事实上,中国诗人在历史关头的抉择受制于他们的内在状况和目标取向,因此,不同的诗人有不同的选择,哪怕在同样的选择背后也会有不同的问题性。而且随着全球信息技术的发展,民族与世界之间的界限越来越难以划分清楚。同时,奚密还指出宇文所安缺少真正的历史眼光。为了给年轻但复杂的中国现代诗贴上滥情的标志,宇文所安就将历史悠久、庞杂丰富的中国传统诗歌视为追求朴素真理的典范。这样,所有的中国现代诗歌都是疾病。接着,奚密反驳了宇文所安对中国现代诗歌的贬低。在她眼里,中国现代诗歌不是西方文化霸权下的产物,因为诗歌或文学有着自己内在的逻辑和发展规律。如果说宇文所安一方面在鼓吹民族诗歌的差异性和独特性,但另一方面,他又忽视了中国现代诗歌在中国文学传统中的差异性和独特性。这种矛盾的态度反映出宇文所安作为裁判者的独断,而这种(西方霸权的)独断也正是他在为中国传统诗歌辩护时一直批判的对象。最后,奚密直接回应了宇文所安对北岛的道德指控。在她看来,宇文所安对北岛的态度是犬儒主义式的:他既指责中国现代诗歌缺少历史文化感,又对这些诗歌中的历史、现实因素不屑一顾。这种态度"不但忽略了个人的和文学的历史,而且低估了诗作为一种精神生存的挣扎、个人尊严和信念的肯定的力量"②。与其说北岛是在一个特定的历史环境中为国际读者写作,不如说他是在意义缺失的世界中创造意义。

  奚密对西方文化霸权的批评思路与印度学者阿吉兹·阿罕默德(Aijaz Ahmed)对弗雷德里克·杰姆逊(Fredric Jameson)的批评不谋而合。在《处于跨国资本主义时代中的第三世界文学》一文中,杰姆逊依据"三个世界"的理论,将全球文学简单地划为三个世界的文学。在试图为第三世界文学的价值辩护时,他提出了一个著名的论断:"所有第三世界的文化都不能被看作是人类学所称的独立或自主的文化。相反,这些文化在许多显著的地方处于同第一世界文

---

① 宇文所安:《什么是世界诗歌?》,载《新诗评论》,北京大学出版社,2006年,第119页。
② 奚密:《差异的忧虑:对宇文所安的一个回响》,《中国文化与文论》1997年第2期。

化帝国主义进行的生死搏斗之中","所有第三世界的文本均带有寓言性和特殊性:我们应该把这些文本当作民族寓言来阅读"①。尽管杰姆逊是他最关注的文学理论家,尽管他们都是马克思主义者,阿罕默德还是撰文公开批判了杰姆逊,因为他认为杰姆逊试图建立一种第三世界文学的认知美学理论,这种宏大的理论压抑了资本主义国家之间、殖民国家和被殖民国家之间以及被殖民国家之间的差异。阿罕默德首先质疑了"第三世界"这个标签,认为根本不存在一个内部一致的第三世界文学。杰姆逊划分第三世界的标准是从殖民主义和帝国主义体验的角度出发的,所以他必然独断地将"民族国家"作为分析的政治范畴,并在此基础上讨论"民族寓言"。与这种划分的方式不同,杰姆逊又从生产方式的角度划分了第一世界和第二世界。印度有着长期的被殖民经验,同时现在又具有一切资本主义国家的特征,那它到底属于第一世界还是第三世界?接着,阿罕默德指出杰姆逊理论的同质化倾向,即各个世界内部的巨大差异性被一种单一的认同经验所掩盖,同时,各个世界之间的差异被绝对化,成为相互的他者。杰姆逊全称判断的说法("所有……都是")说明他坚信第三世界的经验能够以单一的方式在内部流通。更为甚者,为了绘制一幅统一的认知地图,杰姆逊用黑格尔的主奴辩证法的寓言改写了第一世界和第三世界之间复杂多样的历史,使之成为一种理想的模式。在接着讨论了第一世界文本和第三世界文本的复杂性后,阿罕默德提出了他的三点结论:"一个文本生产的意识形态条件从来不会是单一的,而总是有多个";"在第一世界的后现代主义全球化的内部,存在一个,也许是两个或三个真实的第三世界";"在不可调和的劳资斗争全球化的今天,越来越多的文本不能轻易安置在世界的某一处地方"②。阿罕默德的立场能够帮助我们更好地理解宇文所安的问题所在。

在所有对宇文所安的批评中,态度最激烈的是出生于中国香港的离散理论家周蕾,她完全被宇文所安的霸权身份及其对离散作家的轻蔑态度激怒了:一位在世界著名的大学里教授中国诗歌的白人教授,猛烈抨击一位中国著名诗人。而他抨击的理由却是认为这位中国诗人的汉语诗歌是对西方现代诗歌的模仿,而模仿的理由是这位中国诗人想利用自己的苦难在国际读者那里兜售自己的诗歌。在周蕾看来,宇文所安的这种论述是赤裸裸的东方主义思想的表露,是当时西方学界对新时期以来的中国文学"削弱性轻蔑"潮流中的又一例

---

① 弗雷德里克·杰姆逊:《处于跨国资本主义时代中的第三世界文学》,张京媛译,《当代电影》1989年第6期。
② 阿吉兹·阿罕默德:《在理论内部》,易晖译,北京大学出版社,2014年,第118页。

证。在题为《写在家国之外》的著作中,周蕾指出,宇文所安之所以轻视以北岛为代表的世界诗歌的写作方式,是因为他对自身学术话语权力的失落而引发的焦虑。接着,她用弗洛伊德理论解释了这种"削弱性轻蔑"潮流,尤其是宇文所安的心理症结:

> 我们知道,对弗洛伊德来说,忧郁症就是一个人无法从失去一件珍贵的心爱之物中解脱出来,最终将这种失落内化到他的自我之中。弗洛伊德在讨论中自始至终都在强调忧郁症患者与其他所有哀悼者不同的一个特点,那就是忧郁症患者显示出妄想性地小看自己。由于失落的本因对患者来说一直是无意识的,失落是指向内心的,所以患者确信他自己没有任何价值,就像他已经被无端地抛弃了似的。①

当他的心爱之物(中国古典诗歌)式微、失落之后,宇文所安如忧郁症患者那样内化了这种失落,感到自己被无缘无故地抛弃了。但宇文所安的焦虑的特殊之处在于,他有一个可以外化这种失落感的第三者,那就是中国当代文学。这样,宇文所安就可以通过责备、贬低北岛诗歌这样的中国当代文学来外化自己的失落感。所以,从表面上看,通过指责北岛的诗歌没有达到中国古典诗歌的高度,宇文所安显示了他对北岛的权威性和压迫。而事实上,中国古典传统在消失,以北岛诗歌为代表的中国当代文学在兴起,当代显示出对古典的压迫,所以北岛取得了对宇文所安的胜利。在周蕾看来,"宇文所安的真实抱怨是,他才是这个恶魔般世界秩序的牺牲品,在这个秩序面前,像他这种愠怒的软弱无能才是唯一的真理"②。

周蕾尖刻、犀利的态度在学术讨论中是少见的,反映出她已经出离愤怒了。这种愤怒不仅是理论上的,更是来自周蕾在北美学术界的痛苦经验。这种经验首先来自语言,或者说母语。周蕾曾经愤怒地抱怨,在美国大学求职时,一个说粤语的中国人与一个说普通话的白人相比没有竞争力,哪怕这个中国人比白人更合格。汉语的复杂性在西方知识结构、制度中被简单化、等级化了,在这个等级结构中,母语不是中文的人(西方人)可以歧视性地评价中文(粤语)母语者的母语是否正宗。周蕾在这里不是想诉诸一个民粹主义的、本质主义的错误常

---

① Rey Chow, *Writing Diaspora: Tactics of Intervention in Contemporary Cultural Studies*, Bloomington and Indianapolis: Indiana University Press, 1993, p.3.
② Ibid., p.4.

识,即母语者对母语及母语文化的掌握自然比非母语者强,而是在追问知识与权力的关系,即谁有权力去评价语言、知识的有效性？以什么知识为基础？被评价者是谁？等等。周蕾的痛苦经验还来自（西方）理论。周蕾还曾愤怒地描述过她在一个国际学术会议上的遭遇。在一个有关女性主义的国际会议上,周蕾用西方理论分析了中国的女性主义,并反思了西方理论的问题。在点评环节,一位资深的白人女性主义理论家提到一些基本的女性身体的知识,并根据她在中国的经历谈论中国女性的经验。这一切都似乎意味着,来自中国（香港）的女性学者周蕾既不了解中国女性经验,也根本不懂西方的女性主义理论。周蕾通过严格训练熟练掌握了西方理论,并在西方的有声誉的学术机构中找到一个落脚处。但不仅她的学术资格（西方理论）仍然受到质疑,就是作为她研究对象的中国经验也受到质疑。就是说,来自第三世界的学者在西方学术制度中受到双重歧视：一方面,他们的西方话语是可疑的,是对西方的模仿,因为是不真实的；另一方面,他们的第三世界经验也是可疑的,是对第三世界真实经验的模仿,因此也是不能被信任的。这种逻辑同样出现在对第三世界作家的歧视中。被翻译为英文的北岛诗歌被看作是对西方诗歌的模仿,所以就只能被看作"世界诗歌"而不是大写的诗歌；北岛之所以成为中国当代作家是因为他独特的当代中国经验,而这个中国经验又被看作是对"真实"中国经验的背叛。所有这些判断都是西方（白）人做出的,其权力不仅通过学术制度得到保证,更渗透在学术话语之中。萨义德在《东方主义》中对中东知识体系的批评完全适用于中国研究。从这个角度看,周蕾对宇文所安酣畅淋漓的批评是一针见血、一语中的的,无疑是击中了他的心理和理论要害。

限于篇幅,本文只介绍奚密和周蕾对宇文所安的批评,因为她们的批评有很强的代表性。她们的批评揭示了弱势文化在文化交流中遭遇到的政治、经济、理论、伦理、情感等多方面的问题。

三

在这场关于"世界诗歌"的争论中,在文化交流中会遇到的理论和实践问题都浮现出来。这些问题包括：如何评价输出文学的美学品质？翻译到底是什么？翻译的作用和局限是什么？接受文化的话语权力关系及制度的作用是什么？资本在全球资本主义时代是如何控制文化的生产、流通、消费的？文化交流的目的和目标是什么？等等。我们首先会注意到宇文所安、奚密和周蕾没讨论到的一个有趣的盲点,那就是翻译的问题。宇文所安的文章其实是一篇书评,评论的对象是美国汉学家杜博妮（Bonnie S. McDougall）翻译的北岛诗集,书名是 The August Sleepwalker(《八月的梦游者》)。在一篇对诗歌翻译的书评中,宇文所安仅仅引用了两句杜博妮的翻译,而对她的翻译几乎没有任何深入的分析和讨论。周蕾的回应更是没有提到诗歌翻译本身,更别说里面的问题,她的讨论完全不涉及翻译。对宇文所安来说,一方面,杜博妮的声誉似乎就是她翻译质量的保证,译文的重要性高于原文,所以译文本身没必要讨论,译文与原文的关系也不需要讨论,北岛的(中文)诗歌只存在于杜博妮的(英文)翻译中;另一方面,作为译者的杜博妮似乎又只是北岛的从属,因为北岛的诗歌"有自行翻译的能力"。这其中隐含的逻辑就是,活在(英文)翻译中的北岛与活在中文中的北岛是等值的,翻译不过是块透明的镜子,译者也是隐身的,所以翻译也不需要讨论。无论是过高估计还是过低估计了翻译(者)的重要性,宇文所安没有把翻译当作文化交流过程中的关键环节来讨论。对周蕾来说,在文化交流中,尤其是弱势文化和强势文化之间的交流中,翻译行为本身可能不如强势文化的内部权力运作重要。在强势文化的内部等级结构下,弱势文化的作家不仅需要承受强势文化批评家对其文学、美学价值的责难,还要受到政治伦理和个人道德方面的指责,无论译者的地位高低、翻译成功与否都对这个等级结构起不到根本的作用。所以,周蕾一直试图寻找各种介入、干扰、破坏这个等级结构的"战术",但翻译明显不在这个"战术"的选项中。

当然,这并不是说这三位学者不熟悉翻译理论和实践,或者说他们不知道翻译在文化交流中的重要性。相反,宇文所安和奚密都是多产的译者,而周蕾对本雅明翻译思想有着精深的研究。所以更合理的问题是,为什么这些对翻译有着深刻理解的学者在关于北岛诗歌英译本的讨论中没有涉及这个问题?他们处于何种批评的框架之中以至于立场不同的他们都对一个明显的问题失焦了呢?大卫·丹穆若什对此有自己的理解。他也批评了宇文所安和周蕾对待翻译的态度,提出要把翻译看作民族文学在世界文学中的存在方式。在他看来,宇文所安对北岛诗歌的疑问,即北岛诗歌只是"起始于中文的文学",正道出了世界文学的本质:对外国读者来说,他们看重的是一首诗歌在外国语言中的意义和生存。在比较了北岛诗歌的两种不同翻译之后,丹穆若什指出:"当一个作品进入世界文学,它就获得了一种新的生命,要想理解这个新生命,我们需要仔细考察作品在译文及新的文化语境中如何被重构。"[①]丹穆若什将翻译理解为一种阅读方式,这与他对世界文学的新理解是相辅相成的。众所周知,关于世界文学的讨论是从新千年开始热闹起来的,其实是欧美学者在为理论之后的

[①] 大卫·丹穆若什:《什么是世界文学?》,北京大学出版社,2014年,第28页。

世界寻找一个出路。比较文学与生俱来的欧洲中心主义思想不断被清算,原文在阅读和研究中的重要性下降,翻译不仅在政治、军事等生死斗争中发挥影响,更重要的是,它日益成为人们日常生活的必需,翻译变得越来越重要。国际文学市场也反映出这种趋势。以前在讨论中国作家为什么不能获得诺贝尔文学奖时,中外学者和作家都认为其中的关键就是缺乏中国优秀文学著作的翻译精品。而在莫言获得诺贝尔文学奖后,人们一致认为很大一部分功劳应该归于以陈安娜、葛浩文为代表的译者。白烨的意见就很有代表性。他指出,莫言获奖的一个基本条件就是他的作品有大量的译介:

> 在中国当代作家中,莫言被译介得最多,外文译本数量也最多。他的大部分长篇都被翻译成外文,正好在评奖之前,瑞典翻译家陈安娜翻译出了莫言的《生死疲劳》。众多语种的文学译本,使他为更多的外国读者所知晓和喜欢,这是一个作家是否具有世界性影响的重要标志……中国作家走向世界,还有一个必不可少的重要桥梁——文学翻译。①

丹穆若什的新视角表面上纠正了争论双方遗忘翻译作用的失误,但似乎并没有解答争论中的主要议题,那就是文学生产、翻译、消费受到什么权力的制约? 我们又回到了讨论的原点。其实,无论是世界诗歌还是世界文学,都是全球资本的产品和表征,也是对全球资本的想象和抵抗。也就是说,宇文所安、奚密、周蕾等人不关注翻译问题,是因为他们都在全球资本形塑的世界中,以流行的跨文化观看待地方性与全球性的关系,但他们更重视在全球资本控制的文学市场中非西方文学的命运:宇文所安站在文化保守主义的立场上,力图消除或者减少全球资本对地方传统的破坏,但他忘记反省自身的霸权;而奚密和周蕾站在中西文化、学术制度、政治的边缘,对同样处于边缘的中国作家和文学有着深切的理解,同时对全球资本的霸权有着切身体会和稍许无奈,所以她们除了对全球资本进行无情的理论和伦理批判外,对中国作家的妥协有着理解的同情。丹穆若什试图走出全球资本的时代,为文化交流提供一种新的模式。他掂出歌德"世界文学"的概念,希望给这个概念更少同质化的意义,以保留差异性、个体性,但全球资本的运作方式不改变,它所形塑的文学和文化生产、流通、消费方式和机制就不会改变,这样,丹穆若什还是要面对围绕着世界诗歌争论的问题。

世界诗歌的问题对当下热闹的中国文化"走出去"的讨论有很多参考意义。

---

① 白烨:《莫言获诺奖引发的思考》,《人民日报(海外版)》2012 年 11 月 13 日。

首先,我们要重新从空间上想象世界。理论时代给我们留下的一个巨大遗产就是动摇了西方与东方、世界与地方、中心与边缘之间固定的界限。围绕着"世界诗歌"的争论,可以看作不同位置对这种界限的协商、斗争、重建。处于东方/地方/边缘的北岛以及当代中国文学试图越界走进西方/世界/中心,这种努力遭到来自边界另一边以宇文所安为代表的文化霸权的排斥和规训。一方面,当中国文学以走出去到世界中心为目标的时候,西方霸权制造出的中国与世界的界限就不断地在复制之中。另一方面,尽管宇文所安对中国(传统)诗歌的热爱和维护是极其真诚的,但这种行为自觉不自觉地陷在霸权稳固界限的逻辑中,那就是中心需要通过排除他者的、固定他者的方式确认自身。通过设定一个不变的优秀中国传统,宇文所安最终确认了西方作为界限的勾画者、维护者的地位。奚密和周蕾这样的离散学者既强烈抵抗西方中心主义,又努力打破民粹主义的迷思,其目的就是在动摇稳定的边界。但也正由于她们是离散的,以永远居于边缘为乐,这种动摇边界的努力就只能是"战术的",现实中是无力的和天真的,对边界的重建是短暂的,最终不免会重置西方霸权设定的边界。如果说全球化是国际资本在理论时代为我们提供的从空间上想象世界的模式,那世界诗歌就是对全球化的不同理解和立场的争论。而进入 21 世纪以来,尤其是"9·11"事件发生之后,科技、经济和政治的巨大变化一直在召唤一种新的想象世界的模式,许多理论家都给出了自己的回答。对人文学者来说,斯皮瓦克提出的星球化概念可能是一个有益的尝试。在《一门学科的死亡》中,斯皮瓦克用星球化取代全球化,因为在她看来,全球化指称的是一个政治差异的网格化空间,而星球化是从"未被审查过的环境主义"的角度指称一个"未被分割的自然空间"[1]。斯皮瓦克并不是想用星球化取代全球化,而是要思考全球化想象中"另类的"不可能性。评论斯皮瓦克的星球化概念不是本文的目的,这里只想指出理论家们对世界新想象中的一些基本特征:这既是一个虚拟的又是一个生态的网络化空间,是一个没有中心和边界、生成中的世界。

这对我们思考中国文化走出去的一个提醒就是,我们需要再思考中国与世界的关系。在这个网络化的无中心世界中,中国和世界不过是网络中的节点,它们不是一种非此即彼的内外关系,而是一种相互包含、相互渗透、相互生成的关系。中国文学的意义只有在西方文学中才得以彰显,正如西方文学的意义只有在中国文学中才能确认一样。中国文学和西方文学以及其他所有文学的发

---

[1] Gayatri Chakravorty Spivak, *Death of a Discipline*, New York: Columbia University Press, 2003, p. 72.

展已经交织在一起,共同塑造出新的世界想象中的(生成-)文学(-未来)。不存在一个统一的、纯粹的、不变的、惰性的以至于我们可以将之引导"走出去"的中国文学,就像不存在一个占有固定位置等待进入的西方或世界一样。当然,没有中心并不意味着没有权力。福柯的权力观告诉我们,权力从来就不只是压迫性的,而常常呈现出在网络中流动的特征。所以在我们用网络去想象世界的时候,要清楚地意识到在中国这个节点上往来的物质、信息及权力的方向和量度,以及打开新的连接的可能性。"一带一路"就是尝试新连接以改变整个网络的努力,亚非拉之间的新连接会改变中国在网络中的位置。同时,尽管斯皮瓦克提醒我们思考一个"未被分割的自然空间",但全球资本霸权不仅控制着全球物质生产、流通和消费,同时控制着政治、文化甚至无意识的生产、流通和消费。宇文所安立场中一个最有益的教训就是他对这种霸权的担心和抵抗。我们也不应该天真地认为,全球资本在理论之后就自动解除它的霸权,它正在连续地、持续地影响我们的新想象。当中国已经成为这个资本逻辑的一环的时候,利用、协商、抵抗、改写全球资本就是落在当代中国学者身上的重任。中国当代文学和理论无疑应该在这个空间想象中认识自己。

其次,我们还有必要从时间上再思考什么是中国(文学)经验。依据线性时间观和民族国家视野,人们习惯将英国看作是18、19世纪的主人,而将20世纪当作美国的世纪。基于同样的逻辑,不少人期盼21世纪是中国的世纪,在这个世纪完成中国民族复兴的大业。"人类世"是近些年来热议的一个概念,它可能会帮助我们从深层时间(deep time)的角度看待中国与地球的共同命运。2000年,荷兰大气化学家、诺贝尔化学奖得主保罗·克鲁岑提出"人类世"这一概念,以说明人类活动,尤其是工业革命以来人类活动,对大气、生物、海洋、地质等方面造成的巨大影响。这些影响在地层中留下了可测量的标志,因而可以成为新的地质时代的证据。尽管对这个概念的合理性、适用性等问题有不同意见,人类世很快成为科学家、社会学家、人文学者竞相讨论的话题。学者们不仅在这个时间刻度下研究人类活动对地质、地理、物种等的经常是灾难性的影响,还思考人类作为一个物种的命运和地球的命运。在他的名著《二十世纪西方文学理论导论》的结论部分,伊格尔顿怀着沉重的心情谈论了核战争对西方社会和人文学者的影响。可以说,对核战争的恐惧是他对20世纪文学理论马克思主义解读的无意识动机,理论也成为他在理论时代救赎人类的工具。而现在,尽管核冬天的阴影还在地平线上威胁着人类,但人们更多地为种族灭绝、环境污染、基因安全、食品安全、超级病毒、人工智能取代人类等问题而焦虑。化解这些焦虑成为理论家们在后理论时代面临的重要课题,而真正的化解之道既超出了民族国家的范畴,也超出了人类文明史的范围。在反思人类世的视角下,某种文化的兴盛不应是其他文化、人类本身、其他物种、环境、地球的灾难,而应该成为人类自身和谐、人类与环境、人类与地球和谐共存的范例。所以中国经验首先应该是人类逃离人类世的成功经验,是人类在地球上幸存的成功经验。当然,中国经验必定是中国式的,带有这个文化特有的历史智慧和情感方式。但从深层时间看去,(人)类是由那些帮助其生存下去的特征定义的,所以中国(文学)经验只有作为全人类的经验才能成为中国的。当代中国文学书写的不只是中国特殊的经验,而更是人类免于各种巨大危险的经验。所以,当代中国学者要跳出宇文所安和北岛所代表的中心/边缘的框架,也要跳出离散学者自居的边缘,站在时间的高度上看待中国(文学)经验,才能使之既有理论的丰富性又有现实的力量。

  最后但同样重要的,要在新的翻译观的基础上重新认识翻译的重要性。我们已经讨论过世界诗歌争论中的各方对翻译的遗忘。细究下来,争论各方其实有着比较相似的翻译观,即翻译是一种语言到另外一种语言的运动;翻译不仅是语言学意义上词义的转换行为,而且是受到外在经济、政治、权力影响的活动。正是在这种相似的翻译观下,宇文所安实际上讨论的是国际资本对翻译和自我翻译的控制,周蕾实际上关注翻译的外在评价机制和制度及其不合理性。翻译的这些外在因素严重影响了中国当代文学的流通和消费,因而成为时下中国学界讨论的热点。但翻译的重要性还远不止于此,限于篇幅,本文只想提出另外的两个方面。首先,单一语言也必然带有翻译的(或者说多语言的)烙印。当代中国作家使用的语言就是理解单一语言翻译性的理想范例。中国作家使用的白话文并不是一种单一、纯粹的语言,而是古代汉语、方言、外来语言等的表达方式、思维方式、情感方式斗争的场所。另外,翻译是人类活动的基础。人类活动的实质就是与物、与人、与环境转译信息、物质、能量的行为。作家的写作就是将其生活经验转译为文字。在这种翻译观下,我们需要从伦理的角度看待翻译的重要性。在《为这个时代而教学》一文中,斯皮瓦克曾经提出了"跨国素养"(transnational literacy)的概念。这个概念最初是要应对印度这样的前殖民地国家在独立后的教育改革问题,其目的就是要改变宗主国语言在殖民时期的学校教育中的绝对统治地位,提倡在教育中引入本地的知识和语言。斯皮瓦克在文中呼吁:"世界上不同地方的读者都要努力找到适合自己状况的跨国的教授文学的方法。"[1]文学教育这个以前不过是个教学法的问题被提高到了

---

[1] Gayatri Chakravorty Spivak, "Teaching for the Times", *Journal of the Midwest Modern Language Association*, Vol. 25, No. 1, 1992, p.17.

政治的、伦理的高度。就是在阅读文学的时候,读者要努力发现文本中被压抑的地方语言、文化,从而读出文本的多语言、多文化的维度。后来,她把"跨国素养"从对前殖民地教育改革的需要推广至全球化时代普遍的教育目标。对全球化时代中那些弱势的语言、文化来说,需要通过教育使读者接近文本,接近作者与语言的亲密关系,发现作者对语言规范的扰动。对强势语言和文化来说,其他的语言和文化应该引入教育制度中,对来自其他文化的文学作品要注意到其中的多语言、多文化性。这种阅读其实也就是一种翻译,所以"跨国素养"也是"翻译素养"(translational literacy),也就是对多语言的伦理要求。所以,中国当代作家需要把学习母语以及外语提高到"跨国素养"的高度来理解,把多语言能力当作时代向自己提出的伦理要求和责任。

纳博科夫与堂吉诃德

刘佳林*

> **内容提要** 家族影响、童年阅读与流亡身份促成纳博科夫对堂吉诃德的热爱和理解,《〈堂吉诃德〉讲稿》表现的正是他的热爱与理解。纳博科夫的小说在许多方面都受到堂吉诃德及《堂吉诃德》的影响:他的主人公疯狂的奇情异想、《洛丽塔》采用的"流浪冒险"叙事图式、《普宁》中的痛苦主题和"典雅的爱情"等。这些借鉴扩大了纳博科夫小说的阐释空间,而他对否定性的堂吉诃德文学类型的塑造和对痛苦等问题的思考则说明,纳博科夫与塞万提斯和他的人物进行着双重的对话。
>
> **关键词** 纳博科夫;堂吉诃德;奇情异想;流浪冒险小说;痛苦

1966年接受赫·戈尔德采访时,纳博科夫谈起他1952年在哈佛大学讲授《堂吉诃德》的情景:"我高兴地记得在纪念堂里,面对六百位学生,我撕毁了《堂吉诃德》这本残酷、粗俗的书,这使我的一些比较保守的同事感到吃惊和窘迫。"[1]纳博科夫的这段话很容易让人产生误会,以为他对《堂吉诃德》深恶痛绝因而也就对那位不朽的典型嗤之以鼻,就像他经常带着高傲的神情肆意鄙薄文学史上许多著名的作家和作品一样。实际上,面对《堂吉诃德》这一文学文本,纳博科夫的态度是复杂的,而对于文学形象的堂吉诃德,他差不多给予了无保留的道德与审美同情。堂吉诃德,这个影响了许多作家的光辉形象,也在纳博科夫的艺术世界里投下了斑驳的身影。

一

早在童年时代,纳博科夫就已通过父亲送他的插图本《堂吉诃德》跟堂吉诃德结缘[2],与堂吉诃德相关的骑士文学则始终是他的阅读兴趣之所在。《光荣》

---

* 刘佳林,上海交通大学教授,博导。
[1] 赫·戈尔德:《纳博科夫访问记》,张平译,《世界文学》1987年第5期。
[2] See Andrew Field, *VN, the Life and Art of Vladimir Nabokov*, New York: Crown Publishers, Inc., 1986, p.239.

(1932)中的马丁在童年时代对亚瑟王的圆桌骑士、对特里斯丹和伊瑟等故事非常熟悉,这实际上正是纳博科夫自己的写照。1917—1919 年逃亡克里米亚期间,纳博科夫显然反复阅读过亚瑟王及其圆桌骑士的故事,因为从 1919 年到 20 世纪 20 年代中期,他相当多的诗篇是以这些浪漫骑士尤其是特里斯丹为抒情对象的[①]。20 世纪 20 年代初在剑桥大学读书时,他主要研究中世纪法国文学,特别是克雷提安·德·特洛阿编写的"亚瑟王传奇"系列。如果说塞万提斯创作《堂吉诃德》主要是想通过滑稽模仿达到嘲笑骑士小说的目的,那么,纳博科夫对堂吉诃德的最初印象则与他对骑士文学及骑士风度的喜爱混合共生,也就是说他抛开了塞万提斯的创作初衷,而把堂吉诃德看成了与那些真正骑士同属一类的形象,进而认同了这个既为他存在世界的人捉弄又难讨作者欢心的时乖命蹇的游侠。

　　纳博科夫对堂吉诃德和骑士的热爱是有理由的。纳博科夫家族的血液里流淌着一股英勇尚武的侠气,其家族纹章的形象是一对狮子、盾牌及手持短剑的武士,上面镌刻着"为了勇气"。这个家族历史上出过不少武士,纳博科夫的太祖父担任过诺夫戈罗德卫戍军团的团长;他的曾祖父是位海军军官;他的曾伯祖父是抗击拿破仑的英雄、彼得保罗要塞的司令官,1849 年陀思妥耶夫斯基被监禁在要塞时,他曾借书给这位作家。纳博科夫身边又有不少典型激发着他对骑士的热爱。他童年的伙伴、表兄尤里就像一个现代骑士,不断上演着浪漫爱情,和纳博科夫玩一些惊险刺激的游戏,最后作为邓尼金部队里的一个骑兵军官战死沙场。他的父亲也一样具有堂吉诃德式的勇敢。1911 年,一家报纸雇人编造了一篇诬蔑他的文章,这个卑劣文人是不配与之决斗的,为了捍卫自己的名誉,老纳博科夫向该杂志编辑扔出了手套;1922 年,为掩护正在演讲的老朋友米留科夫,他挺身挡住了暗杀者射出的子弹,并因此而付出生命。在纳博科夫本人漫长的流亡生涯和对艺术的不懈努力中,在他的儿子德米特里对赛车和攀岩的酷爱中,人们同样看到了骑士精神。

　　纳博科夫与《堂吉诃德》明确的文学姻缘至少可溯至 1940 年底。那时他刚到美国不久,听别人的劝告准备从事戏剧创作,他认真读了许多剧本,并考虑将《堂吉诃德》改编成剧本。曾在莫斯科艺术剧院做演员的米哈依尔·契诃夫在此前不久也来到美国,在康涅狄格州组建了一家剧团,他对纳博科夫的想法颇

[①] See D. Barton Johnson, "Vladimir Nabokov and Rupert Brooke", in Julian W. Connolly, ed., *Nabokov and His Fiction: New Perspectives*, Cambridge: Cambridge University Press, 1999, p. 191.

感兴趣。1941年1月,纳博科夫甚至已写好提纲,但终因与米哈伊尔·契诃夫意见不一而计划告吹①。1951年,纳博科夫准备接替哈利·列文在哈佛大学讲授文学史课程。哈利·列文认为,要描述小说的发展史,《堂吉诃德》是顺理成章的起点。纳博科夫非常赞成他的看法,并立即着手编写《〈堂吉诃德〉讲稿》(后经弗雷德森·包威斯编辑出版)。这样,那个一直萦绕在作家脑海的游侠形象终于在讲稿上定格,从而也为我们了解他对堂吉诃德的态度提供了明确的根据。

他一开始似乎并不喜欢《堂吉诃德》,他不满的是塞万提斯对笔下主人公的态度和他的这种态度对读者的影响。堂吉诃德在小说中受尽其他人物嘲弄,而作者则推波助澜,踵事增华。因此,许多年来,堂吉诃德一直以可笑的疯子形象出现在读者面前。尽管有种种声音为堂吉诃德喝彩,但都忘不了他那可笑的一面,如约翰生等认为他可笑又可爱,18世纪的法国人说他可笑而又可敬,一些浪漫派作家则觉得他可笑更可悲,而屠格涅夫虽把他与哈姆莱特看作人类天性中矛盾着的两极,肯定了他对真理的信仰和忠诚,但同样强调了他可笑的方面。这一切都根源于作者把堂吉诃德的痛苦当笑柄的"残忍"态度。

纳博科夫对《堂吉诃德》的"残忍"主题给予了充分的论述。他提醒人们注意,在小说许多令读者捧腹的场景中,包含了大量的残忍情节,它们既有身体上的,如桑丘被几个住店的裹在毯子里抛上抛下,堂吉诃德被女佣吊在窗下、双脚站在驽骍难得的背上熬过一夜等,更有精神上的,尤其表现为第二部公爵夫妇对主仆二人无休止的捉弄。正因为塞万提斯对人物遭遇的苦痛津津乐道及写作上的一些问题,纳博科夫说,将《堂吉诃德》称为最伟大的小说"显然是胡说八道。事实上,它连世界上最伟大的小说之一都算不上"②。

但是,对作为艺术形象的堂吉诃德,纳博科夫却给予了深刻的理解与同情。他处处为堂吉诃德辩护,说堂吉诃德之所以把风车当作巨人,一个很重要的原因是17世纪的西班牙风车尚属新奇事物。一般人认为,堂吉诃德是个永远的失败者,但纳博科夫经过细致的文本阅读和他独特的网球记分式计算,发现全书中堂吉诃德与对手共较量20次(方式、对象、缘起各不相同),而结果其实是平局:"6-3,3-6,6-4,5-7。但永远没有第5局了,死亡取消了这场

---

① Brian Boyd, *Vladimir Nabokov: the American Years*, New Jersey: Princeton University Press, 1991, pp.23-27.
② V. Nabokov, *Lectures on Don Quixote*, ed. Fredson Bowers, introd. Guy Davenport, Harcourt Brace Jovanovich, Inc., 1983, pp.27-28.

比赛。"①纳博科夫还对一些容易被读者忽略的场景、容易被笑声淹没的愁绪给予高度的重视。第二部第四十四章桑丘出任海岛总督,堂吉诃德独自一人留在公爵府上,晚上临睡时,他忽然发现袜子褴褛不堪,躺在床上,孤寂的骑士愁闷无言,窗外是长长的黑夜。纳博科夫对这段描写大为叹赏,说它是"极为动人的场景,是众多激发想象的场景之一,其言简而意丰:迷蒙、渴望、憔悴,那双翠绿色的破袜子在地上皱成一团……"②"月下愁眠"可以说是漂泊无涯者的一次片刻驻留,永远狂热中的短暂沉思,餐风宿露者的一次真情流露,只有像纳博科夫这样在精神与经历上都与堂吉诃德相似的人才会惺惺相惜,从而对这一生存的刹那产生强烈的共鸣。

早年的阅读语境和血脉传承中的侠气已经使纳博科夫站在了堂吉诃德一边,而政治变革造成的流亡生涯则进一步加强了他们的亲缘联系。如果说他从表兄尤里和父亲等人身上看到的是一种完成了自我塑造的真正骑士形象,那么被抛入流亡状态的他在异国他乡的坚持操守就很可能只是一种堂吉诃德式的表演,事实上他真的成了一个与时代错位的"堂吉诃德"。因此,对堂吉诃德的捍卫就是对他自身存在意义的捍卫,他要在无边乡愁的黑暗和周围对流亡者的普遍漠视中开辟一条自己的道路,就像堂吉诃德在无尽的嘲弄和失败面前仍策着弩骍难得前进一样。于是,在纳博科夫为堂吉诃德所写的辩护词中,我们读到的不只是堂吉诃德的可爱,我们还看到了一个现代流亡作家孤独却执着地自我策励的心。

纳博科夫对堂吉诃德的态度非常接近浪漫主义作家,而后者的文学趣味是颇遭攻击的。勒内·基拉尔说,浪漫主义的批评家盲目赞扬堂吉诃德的行为,把他视为善的化身,"不是我们牵强附会,是浪漫主义者自己拉了堂吉诃德作大旗,而且连他们自己也没想到,这对他们倒的确合适。没有什么比浪漫主义对堂吉诃德的诠释更堂吉诃德的了"③。基拉尔指摘的是浪漫主义作家对自我的过分关注和过剩的热情,因为它们妨碍了智性活动。基拉尔与浪漫主义的对立可谓是不同的生活态度之间的根本而永恒的对立。智性活动能够在冷静中求得真知,但常常以丢弃宝贵的温润的人性为代价;浪漫理解走向了主观主义,却与生命靠得更近。纳博科夫的解读就折射出这位大才内心深深的悲天悯人,这种悲悯与他惯常在采访人和公众心中的高傲印象有云泥之别。确实,他肆意贬

---

① V. Nabokov, *Lectures on Don Quixote*, ed. Fredson Bowers, introd. Guy Davenport, Harcourt Brace Jovanovich, Inc., 1983, p.110.
② Ibid., p.70.
③ 基拉尔:《浪漫的谎言与小说的真实》,罗芃译,生活·读书·新知三联书店,1998年,第152页。

斥别的作家,与弗洛伊德不共戴天,一副天才的神色与谈吐,对文字近乎挑剔的严谨认真,但只要不停留在这种高傲的表面印象前面,我们会发现,纳博科夫比许多大作家有着更人道的情怀。他在《文学讲稿》中对《尤利西斯》主人公布卢姆的情感分析,对《变形记》中格里高尔一家人虫性的阐释都流淌着俄罗斯文学关心人、同情人的血脉。他对堂吉诃德的理解既源于个人经历,也植根于深厚的俄国文学传统。

这位从来认为艺术形象只是文本中的、语词化的幻象的作家显然也为堂吉诃德表现出的纯粹与执着而打动,他说:"我们面对着一个有趣的现象:一个文学形象逐渐与生成他的书本相脱离,离开了他的祖国,离开了创造者的书桌,他先是在西班牙漫游,接着便周游列国。结果,今天的堂吉诃德比他当时在塞万提斯脑海中的形象要大多了,他已经在人类思想的丛林里和冻土上驰骋了350年——他获得了活力与美名。我们不要再笑话他。他的纹章是怜悯,他的旗帜是美,他代表一切称之为文雅、孤苦、纯净、无私和英勇的品德。"[1]"我们应该设想堂吉诃德和他的仆从是两幅小小的剪影,在天际的落日余辉中,他们信马由缰,缓缓而行,两个硕大的黑影(其中一个伸展得更长一些)投射在由几个世纪组成的空阔的平原上,一直延伸到我们的脚边。"[2]当然,他们也在纳博科夫的作品中留下了影踪。

二

在第一部长篇小说《玛丽》(1926)中,纳博科夫就描写过主人公的奇异幻想。流亡青年加宁偶然发现,同伴那即将从俄罗斯来柏林探亲的妻子原来是他昔日的女友,为了能找回过去的爱,他突发奇想,把同伴的闹钟拨慢,自己准备去车站迎接玛丽。如果说加宁的灵机一动不过是《玛丽》的一个小细节,还不足以构成全部情节的基础,也算不得是性格刻画的关键笔墨,那么,在纳博科夫以后的许多作品中,堂吉诃德式的奇情异想差不多就成了情节开展的第一推动力、形象建构的重要基石。《王,后,杰克》(1928)里的玛萨和弗朗兹把德瑞尔幻想为可以任意支配的木偶,企图通过谋杀他而获得财富与幸福。《光荣》(1932)中的马丁童年时曾听母亲讲过一则童话:一个儿童走进自己墙上挂的一幅画中,这样的情节使他迷恋。在经历了流亡、求学以及受挫的爱情后,马丁冒险闯

---

[1] V. Nabokov, *Lectures on Don Quixote*, ed. Fredson Bowers, introd. Guy Davenport, Harcourt Brace Jovanovich, Inc., 1983, p.112.
[2] Ibid., p.10.

进俄罗斯,以别样的方式实现了童年的梦想。《黑暗中的笑声》(1932)的故事叙述正式开始于这样一句:"一天晚上,欧比纳斯忽然想到一个绝妙的主意。"欧比纳斯想通过电影手段将静态的名画活动起来,这个主意随后被另一个念头替代,出于爱玛式的想往,他爱上电影院的引座员玛戈,原本平淡的婚姻因而掀起了波澜。《绝望》(1936)中的赫尔曼顽固地认为流浪汉费利克斯长得酷似自己,于是精心构思了一次谋杀,让费利克斯穿上自己的衣服,然后杀死他,并希望人们以为是赫尔曼自杀了,他可以隐姓埋名与妻子一起享用他的保险金。《洛丽塔》(1955)里的亨伯特把多洛雷丝·黑兹当作他心中的洛丽塔,期望在她身上复活童年的初恋情人。《微暗的火》(1962)中的金波特一厢情愿地认为,诗人谢德所写的诗篇《微暗的火》是根据他讲述的自己作为一个流亡国王的故事写成的,因此他牵强附会,试图在诗歌的字里行间找寻到赞巴拉国和他自己的蛛丝马迹。

在分析《洛丽塔》时,埃伦·皮弗说:"亨伯特真正的先驱并不是精神病病例中的恋童者,而是那些浪漫主义的幻想家——从爱玛·包法利到埃德加·坡,从堂吉诃德到杰伊·盖茨比,在数不胜数的小说和诗歌中,他们经受了无穷渴望和超常欲念的折磨。"①皮弗的论述对我们上面提到的形象普遍有效。纳博科夫自己也承认他笔下人物的某些相似性,赫尔曼和亨伯特"是同一个艺术家在不同时期画的两条恶龙"②。这些主人公不管其动机如何千差万别,生命轨迹如何风马牛不相及,都同为一种固执的、奇妙的念头所支配,因此他们实际上都是堂吉诃德式的人物。

堂吉诃德的行动源自他的幻想。沉迷于骑士小说,他把书本上的一切当作真实不虚的事物,进而"要去做个游侠骑士,披上盔甲,拿起兵器,骑马漫游世界,到各处去猎奇冒险,把书里那些游侠骑士的行事一一照办"。骑士,尤其是那大名鼎鼎的阿马迪斯成了堂吉诃德模仿的范本,"堂吉诃德有了阿马迪斯,便抛弃了个人的基本特性:他不再选择自己的欲望客体,而由阿马迪斯替他选择"③。也就是说,堂吉诃德通过介体(骑士形象)来寻找自己的欲望客体。堂吉诃德的身份实际上是一个想象性的身份,由于该身份完全与身份的扮演者私人生活无涉,因此他的模仿对象即骑士介体已经规定了他的行为及其意义。骑士风度的高贵促成了堂吉诃德的伟大,他模仿得彻底、执着,保证了这种伟大。

---

① Vladimir E. Alexandrov, ed., *The Garland Companion to Vladimir Nabokov*, New York and London: Garland, 1995, p.312.
② V.纳博科夫:《绝望》,朱世达译,上海译文出版社,2006年,第III页。
③ 基拉尔:《浪漫的谎言与小说的真实》,罗芃译,生活·读书·新知三联书店,1998年,第2页。

但是,堂吉诃德也为他的模仿者留下了南辕北辙之门,因为混淆时空的他已经留下笑柄。而如果介体本身值得怀疑,或者模仿者只习得东施之技,那么就极有可能走向堂吉诃德的反面。屠格涅夫在肯定堂吉诃德信念的真诚与力量时曾说:"只有命运能给我们表明,我们是和幽灵战斗,还是和真正的敌人战斗,我们头上戴着什么武器……而我们的事情就是武装起来并且进行战斗。"①这样,屠格涅夫就在不经意间把堂吉诃德性格中最大的漏洞暴露在人们面前,他奋力拼杀的对象可能只是些子虚乌有先生。纳博科夫的许多人物演绎的正是这些荒诞的漏洞,更有人效仿虚假低劣的介体,最终成为模仿与欲望的牺牲品。

从所模仿的介体看,纳博科夫的主人公大致可分为三类:直接以骑士和童话形象(骑士某种意义上也是童话形象)为介体的,如马丁等;以电影、广告或者贩卖时尚的人、物为介体的,如玛萨、弗朗兹、欧比纳斯等;以文学形象和写作者为模仿对象从而构成双重介体的,如赫尔曼、亨伯特、金波特等。

马丁童年时就对亚瑟王的圆桌骑士以及《一千零一夜》中的辛伯达非常熟悉。童话、骑士传奇、阿拉伯的故事激发了他仗义行侠、出游冒险的浪漫热情,他梦中把自己假设为拦路越货、杀富济贫的勇士,单枪匹马深入非洲腹地救人、在极地冒险的英雄。与伙伴在海边嬉戏时,他想象一片荒凉的、风暴突起的大海和失事的船只,他把昨天还跟他在甲板上跳舞的克里奥尔姑娘托出水面……勇敢行事、拯救美人成了马丁最热衷的壮举。但是 20 世纪的世界和自己流亡西欧的现实不能提供他实践骑士理想的土壤,他陷入无物之阵,最终在爱情受挫后作了一次无谓的冒险——私闯俄罗斯。马丁的行为仅仅是骑士风范的"空洞能指",既没有堂吉诃德高贵的理想,也没有对他人构成危害,从这个意义上说,20 世纪 30 年代的流亡评论家的意见是正确的,"(小说的)一切都是异常的芬芳斑斓,……但纵情挥洒的下面只是虚空,不是深渊,而是虚空,就像陷阱下面的空洞一样"②。

玛萨、弗朗兹、欧比纳斯则用他人的生活方式和媒体中的形象来塑造自己。弗朗兹对都市生活的欲望是由烟酒广告中的美女头像激发起来的,玛萨则想象中产阶级的妇女应该拥有的情夫与财产,他们始终让流行的观念在自己的头脑中跑马,甚至在策划谋杀时也鹦鹉学舌,试图按照书本、电影情节进行。在放弃自我、混淆真幻方面,他们是堂吉诃德。像堂吉诃德把风车当巨人,把理发师的

---

① 屠格涅夫:《哈姆莱特与堂·吉诃德》,尹锡康译,见杨周翰编:《莎士比亚评论汇编》(上),中国社会科学出版社,1979 年,第 471 页。
② Vladimir E. Alexandrov, ed., *The Garland Companion to Vladimir Nabokov*, New York and London: Garland, 1995, p.169.

铜盆当头盔,把羊群当军队一样,玛萨把弗朗兹房间一块放钢琴的地方当作是放沙发的,把丈夫德瑞尔的打火机当手枪。他们最致命的错误则是把德瑞尔视为可任意支配的木偶,把充满无限可能的生活看作听凭他们摆布的机械布景。由于他们耽溺幻想,拙劣模仿低俗的介体,因此最后只能以自我毁灭而告终。与他们相似,欧比纳斯也性爱效颦,那使静态画活动起来的想法就是从书上借来的,他羡慕别人的风流韵事,热望迟迟不来的艳遇。抄来的欲望蒙蔽了他的眼睛,看门人家的粗俗姑娘玛戈变成他的杜尔西内娅。堂吉诃德把那位村姑当作理想崇拜,欧比纳斯却把"理想"搂在了怀中。包法利夫人是女性化的堂吉诃德,欧比纳斯则是男性化的包法利夫人,甚至还比不上后者,因为他至死也没有明白自己才是自己的掘墓人。

堂吉诃德是以最终醒悟、弃绝幻象而告别读者、告别他的生存世界的,他的觉悟与陀思妥耶夫斯基主人公的临终皈依被认为具有同样的意义,用基拉尔的话说就是,人物临终否定了他的介体,而否定介体就是放弃神性,就是放弃自负,"人物在放弃神性的同时就放弃了奴隶性。生活的各个层面都颠倒了,形而上欲望的作用被相反的作用替代。谎言让位于真实,焦虑让位于回忆,不安让位于宁静,仇恨让位于爱情,屈辱让位于谦虚,由**他者**产生的欲望让位于由**自我**产生的欲望……"①可是我们以上所论的主人公没有一个是主动舍弃他们的介体的,并且除弗朗兹外都成了自己欲望的牺牲品(马丁一去不归、玛萨死于肺炎、欧比纳斯毙命于玛戈的枪口)。更不寻常的是,纳博科夫的"堂吉诃德们"还责怪人们不理解他们的欲望,进而要为自己的行为辩护,这就是我们下面要论述的第三类形象。

这是以双重介体为模仿对象的人物。赫尔曼既模仿那些谋财害命的罪犯,又模仿描写罪犯的小说家,如柯南道尔、陀思妥耶夫斯基、华莱士等,他要设计一个超越福尔摩斯和华生的故事情节,谋杀者不是别人,"而是那犯罪故事的记录员,华生医生本人"。亨伯特把他对洛丽塔的爱与爱伦·坡、但丁、彼特拉克的爱情相比,同时渴望成为与他们比肩的抒写自己爱情的诗人。金波特把他与谢德的关系比做鲍斯威尔与约翰逊或者华生与福尔摩斯,他通过狂想把自己想象成了经历离奇的文学人物,又立志要完成鲍斯威尔的文学功绩,小说卷首对《塞缪尔·约翰逊传》的征引便是证明。他们在谋杀、恋爱、想象性的逃亡时是疯狂的堂吉诃德,在讲述各自的故事或注释他人诗歌时则成了塞万提斯。他们

---

① 基拉尔:《浪漫的谎言与小说的真实》,罗芃译,生活·读书·新知三联书店,1998年,第310—311页。

始终不是悔悟自己的错误幻想，而是抱怨自己不被理解。他们选择书写重新演示自己的欲望，于是在书写这种已然幻灭了的欲望的时候，他们也就将这欲望永恒化了。

纳博科夫的人物没有走向和解，而是走向书写，这是他与塞万提斯以及其他许多作家最根本的区别，也是他的现代性之重要表征。如果说堂吉诃德等形象是在一个生活世界里完成了自己，那么纳博科夫的人物则从这种生活世界跃向了另一层面，即艺术世界，而这一切都是由纳博科夫的世界观、艺术观所决定的。纳博科夫认为，生活事件本身在发生后就是完成了的，但是生活的形态、事件的秩序以及与之共生的意义则是有待重新书写和阐释的。谢德的一句诗说，"**人类生活是深奥而未完成的诗歌注释**"（着重号为原文所有），这称得上是纳博科夫的美学宣言。对纳博科夫来说，实际生活不过是艺术的准备，是一种素材，是精致诗歌的注脚，艺术世界才是人的安身立命之本。但是，就像存在着伪堂吉诃德一样，也存在着伪艺术，赫尔曼、亨伯特、金波特等从别人借来的艺术动机只是"微暗的火"，他们原以为，一支生花妙笔最终会说服人们相信自己的欲望，可这样的文字与他们的疯狂行为一样缺乏内在的自我，因而没有生命，没有灵魂，只能得到柏拉图所说的那种文字命运："它自己一个人却无力辩护自己，也无力保卫自己。"[1]在缺乏真实生活准备和内在动机的情况下，书写除了将欲望永恒化以外并不能将它合法化。

综上所述，我们发现，纳博科夫明显对他的人物给予了否定的评价，这似乎与我们在第一部分的分析相矛盾。实际上，这种表面的矛盾正说明了纳博科夫的清醒，在肯定堂吉诃德的执着的同时，他深深认识到这个性格的危险性，知道不加区分的执着只能走向真理的反面，走向专横与魔性，所以，他要为正牌的堂吉诃德塑造对立形象，用形形色色的冒牌分子警世并自警。

三

盖依·达文波特在为纳博科夫《〈堂吉诃德〉讲稿》所写的"序言"中谈到了讲授《堂吉诃德》对纳博科夫小说创作的影响，他说："无论如何，当一个批评家思考流浪冒险小说或文学描写中的幻象与身份时，他会发现他将同时想起塞万提斯与纳博科夫。"[2]

---

[1] 柏拉图：《文艺对话集》，朱光潜译，人民文学出版社，1963年，170页。
[2] V. Nabokov, *Lectures on Don Quixote*, ed. Fredson Bowers, introd. Guy Davenport, Harcourt Brace Jovanovich, Inc., 1983, XVIII.

应该说,流浪冒险的叙事图式是西方文学史上的一个套路,在流浪汉小说、《汤姆·琼斯》等作品中屡见不鲜。对纳博科夫这样阅读面极其广阔的作家而言,在《洛丽塔》中采用类似方式,很难说是受《堂吉诃德》影响的结果,他假期去美国西部采集蝴蝶的活动就可能引发这种构思。但从《洛丽塔》的创作历史来看,两者之间似乎又存在着某种关联。《洛丽塔》的故事一般追溯到他 1939 年的中篇《魔法师》,一个男子与一个妇女结婚,目的是想接近她的女儿,那母亲死后他将女孩从学校接回,途中的旅馆里他骚扰女童引起惊叫,主人公逃出去并丧身车轮之下。而在此之前,有关《洛丽塔》的想法已经萌生,《天资》(1937—1938)中一段描写就与《洛丽塔》的情节十分相似①。我们还可以继续上溯到作家 1926 年的短篇小说《儿童故事》,一个女巫为一位害羞的青年找了许多女子,其中一个是 14 岁的女孩,旁边跟着一个衰弱的老头。小说译成英文时纳博科夫说,他"在这个故事里,惊怖地碰到了一个有些衰老但千真万确的亨伯特,陪护着他的宁芙"②。所有这些有着或深或浅的洛丽塔色彩的故事与《洛丽塔》非常明显的区别就在于:它们都缺少《洛丽塔》中穿越美国东西部的汽车旅行。在《洛丽塔》写作前夕讲授《堂吉诃德》的活动给了纳博科夫以启发,进而促成作家选择流浪冒险的小说形式,这样的论述应该说是可以成立的。

在讲稿中,纳博科夫曾对流浪冒险小说作过描述,他说这是"一个地老天荒的故事形式,主人公往往是一个顽皮的家伙,一个叫花子,一个骗子,或者多少有些滑稽好笑的冒险家。主人公从事的求索活动常有反社会或不合群的色彩,不停地换工作,不断地搞笑,丰富多彩、松松垮垮的情节,喜剧性因素实际上胜过了任何抒情性的或悲剧性的内容"③。《洛丽塔》的情节可谓是这种理论概括的具体实践:亨伯特就是一个感情骗子,他的恋童癖是明显反社会规范的,他先后两次带洛丽塔在美国各大州旅行,他努力用感伤的文笔向人们讲述他的悲剧,但他的怯弱、他的被勾引以及那滑稽的枪杀奎尔蒂的场景都赋予小说更多的喜剧色彩。

由于选择了恰当的叙事图式,《洛丽塔》从简单的畸恋情节走向了广阔的可阐释空间。在这样的故事框架中,纳博科夫可以挥洒自如地去描写美国的

---

① See Vladimir Nabokov, *The Gift*, Penguin Books, 1980, p.172.
② See Marina Turkevich Naumann, *Blue Evenings in Berlin: Nabokov's Short Stories of the 1920s*, New York: New York University Press, 1978, p.124.
③ V. Nabokov, *Lectures on Don Quixote*, ed. Fredson Bowers, introd. Guy Davenport, Harcourt Brace Jovanovich, Inc., 1983, p.11.

汽车旅馆和社会风情,小说因此首先吁请人们将它与美国联系在一起来思考①。学者们还从这种情节展开中读出了所谓美国外来移民如何完成身份本土化的主题②。另有评论者则将《洛丽塔》与"成长小说"相比照,认为亨伯特的故事属于"衰落小说",亨伯特厌恶跟他年龄相近的中年妇女,迷恋女童,其真正所指是中年男子对衰老的恐惧和与时间的挣扎,而他的漫游表现的则是"性的焦虑不安"③。笔者曾将《洛丽塔》的主题解释为亨伯特为"过去"所压迫而谋杀"现在"最后失败的故事,那样,旅行就是试图用空间的变动不居来掩盖时间流逝的行为④。人们对小说的解释可以见仁见智,而其开阔的叙事空间则是生发各种解释的前提。由此,我们看到《堂吉诃德》对《洛丽塔》的贡献。

《堂吉诃德》对纳博科夫的影响也许更明显地体现在《普宁》(1957)中。《普宁》是纳博科夫在哈佛大学举行讲座几个月后开始构思的,从本文第一部分的介绍已经看出,塞万提斯对待堂吉诃德的态度使纳博科夫非常愤怒,所以博伊德说:"《普宁》是纳博科夫对塞万提斯的还击。因此,那个滑稽的书名(即Pnin),'古怪的一声爆裂',差不多就读作'痛苦'(pain),这并不是偶然的。"⑤

小说中的普宁像堂吉诃德一样是他所在的温代尔学院的笑柄,他对堂吉诃德很熟悉,写过《堂吉诃德与浮士德》的发言稿,并且两者间有许多相似:沉溺于自我的想象世界从而导致与现实的错位,不求回报也始终得不到回报仍一往情深地爱恋,赤子般迷人的心灵,等等。甚至普宁在温代尔学院不断地搬迁也是

---

① 哈利·列文就说,《洛丽塔》写的是"年老的欧洲知识分子来到美国,爱上了她,但遗憾地发现这个国家却多少有点不成熟"。转引自梅绍武:《浅论纳博科夫》,《世界文学》1987 年第 5 期。
② 伊丽莎白·弗里曼发现,从霍桑的《小安妮的闲逛》,到爱伦·坡的《一周三个星期天》和梅因·瑞德的《猎首级者》(The Scalp-Hunters)和《小新娘》,再到《洛丽塔》,都有一个相同的男人-女童情色故事模式和外出旅行或游荡情节,其文化意义实际上与国家主义所关心的空间、家庭和文化同化等问题相关。19 世纪,男子(尤其是来自欧陆的)在开辟西部边疆的过程中同时完成了他成为美国公民的政治逻辑,因此,这些小说中的恋童和旅行乃是身份"本土化"主题的比喻,通过与小女孩的性接触和旅行,男子拥有了新的土地并认识了它,女孩的勾引正是疆域扩张"命定论"的文学说法。《洛丽塔》中有一个细节,洛丽塔在她的同学名单后面画了一幅美国地图,其中佛罗里达及海湾没画完,弗里曼说:"这幅未完成的草图表明,洛丽塔拒绝给予亨伯特一个可识别的完整的文化身份。"如果说女孩伴随旅行是承诺为男人重绘可识别的美国公民身份,那么洛丽塔的逃走则表明她拒绝这样做,亨伯特的旅行最终也就堕落为纯粹的性现象。See Elizabeth Freeman, "Honeymoon with a Stranger: Pedophiliac Picaresques from Poe to Nabokov", in *American Literature*, Volume 70, Number 4, December 1998, p.888.
③ Margaret M. Gullette, "The Exile of Adulthood: Pedophilia in the Midlife Novel", in *Contemporary Literary Criticism*, Vol.54, p.357.
④ 参见拙作:《论纳博科夫的小说主题》,《扬州大学学报》1997 年第 1 期。
⑤ Brian Boyd, *Vladimir Nabokov: the American Years*, New Jersey: Princeton University Press, 1991, p.272.

对堂吉诃德游侠冒险的小型模仿。但纳博科夫着重表现的不是主人公们简单的相似,而是试图表现他在《〈堂吉诃德〉讲稿》中所揭示出的一个深刻的主题,即关于人类生活中的痛苦问题。在《〈堂吉诃德〉讲稿》中他说:"千万不要以为,《堂吉诃德》表现的精神与肉体的痛苦交响乐只不过是在遥远过去的乐器上才能演奏的作品,也不要以为如今只有在那遥远铁幕后面的专制下痛苦的琴弦才会被拨响。痛苦仍然伴随着我们,在我们身边,在我们中间。"[1]在饱历各种政治风云和个人遭遇的纳博科夫眼里,痛苦是形形色色的,同时又都是纯粹个人化的,因为人不得不用肉身和意识去承受它。因此,概括性的词语是不能够表达痛苦的真正内涵的。《普宁》着重描写的是主人公日常生活中所体味的种种苦痛,它们是多个层面的:第一,流亡身份使他既不能回到熟悉的过去又无法融入现实,因此他倍感孤寂、落寞。普宁梦见自己是一个在荒凉的海边等待救援的"孤工",屠格涅夫的散文诗《蔷薇花,多么美,多么新鲜……》始终萦绕在他的脑际[2]。第二,作为异国文化的体现者,普宁在美国学府遭受冷遇。朱莉娅·巴德指出,"温代尔"(Waindell)实即暗指"Vandal"[3],而后者的意思是"摧残文化、艺术者",作为形容词则具有"破坏性的"等意思。普宁熟谙俄罗斯古典文化,打算写一部俄罗斯文化稗史,但是在这所学院只能以教俄语为生,并受到各种挤压、嘲弄、忽视甚至诋毁。第三,初恋情人米拉在集中营的惨死给了他痛苦的记忆,他的感情不断受到前妻的欺骗戏弄,他受着心脏病的折磨等。在纳博科夫的人物群像中,像普宁这样受作家善待的人物是不多见的,用博伊德的话说,普宁有着"一个堂吉诃德从未被允许的复杂的内存在"[4],正因为纳博科夫怀着恻隐之心来描述普宁内心深处的苦痛,普宁也就更能激起读者的同情,而堂吉诃德由于缺少内在的自我,却引起了许多的笑声。

普宁对丽莎无怨无悔的爱是堂吉诃德对杜尔西内娅典雅爱情的现代版本。比之于亨伯特对洛丽塔的欲念,普宁的爱情是无私纯洁的。丽莎曾与他人有瓜葛,与普宁结婚后又跟温德私奔,为能去美国不惜欺骗普宁的感情假装悔悟,上船后立即暴露真性情,最后竟又腆颜将维克多托付于他。在一次次的欺骗、伤

---

[1] V. Nabokov, *Lectures on Don Quixote*, ed. Fredson Bowers, introd. Guy Davenport, Harcourt Brace Jovanovich, Inc., 1983, p.56.
[2] 屠格涅夫的这首散文诗抒写的就是对美好过去的回忆和对凄凉现实的叹息,篇名是俄国诗人伊·米亚特列夫(1796—1844)的诗歌《蔷薇》的首句。
[3] Julia Bader, *Crystal Land: Artifice in Nabokov's English Novels*, University of California Press, 1972, p.83.
[4] Brian Boyd, *Vladimir Nabokov: the American Years*, New Jersey: Princeton University Press, 1991, p.272.

害、再欺骗、再伤害中,普宁始终对丽莎一往情深。普宁既拥有与堂吉诃德同样的爱情强度,又表现出了堂吉诃德的用情方式。博伊德说:"堂吉诃德将那个邋遢村妇视作他的杜尔西内娅,并忠心爱慕,这原本是粗俗的玩笑,而纳博科夫却几乎让人看不出来地把这个故事变得优美起来。"[1]

当我们继续思考纳博科夫与《堂吉诃德》之关系的时候,我们还会发现彼此间许多相关或相似之处,如写作层面上都爱假设眼前的文字来自一部手稿,如纳博科夫作品中的孪生人物接近堂吉诃德与桑丘·潘沙的主仆关系,等等。因此,本文与其说解决了一个论题,毋宁说提出了一个论题,它期待着更多的探索。

从某种意义上说,堂吉诃德是人生态度和文学趣味的试金石,欣赏这一艺术典型的人可以说是生活中的理想主义者和艺术上的浪漫主义者,贬斥他的则成为双重的现实主义者,其间并无高下优劣之分。第一种人容易沉于幼稚的幻想和病态的疯狂,第二种人则难免堕入背弃崇高、追求实利的庸俗泥淖。纳博科夫既同情、热爱堂吉诃德,体味他的痛苦,又塑造走向另一极端的偏执型人物,或者说否定性的堂吉诃德,这种矛盾说明,纳博科夫始终在与塞万提斯和他的人物进行着双重的对话,他希望能够在执着的信仰和理性的反思之间找到一个平衡点。而不管他对塞万提斯的态度如何,不管他如何追求现代技法,作为欧洲现实主义小说的先驱,《堂吉诃德》的影响力是他所必须直面的。

(原载《外国文学评论》2001年第4期)

---

[1] Brian Boyd, *Vladimir Nabokov: The American Years*, New Jersey: Princeton University Press, 1991, p.273.

论《学衡》诗歌译介与新人文主义

杨莉馨*

内容提要 在《学衡》的西学译介中，诗歌翻译拥有突出的位置，体现出与欧文·白璧德的新人文主义思想深厚的精神联系。浪漫主义英诗译介与其成员反对卢梭以来的浪漫主义文学倾向的立场并不矛盾，反而正是新人文主义美学观念的产物；"学衡派"以格律译诗，构成中国现代翻译文学史上一道独特的风景；一诗多译以及对马修·阿诺德、克里斯蒂娜·罗塞蒂等诗作的高度重视，背后同样贯穿着新人文主义的思想立场。"学衡派"的诗歌翻译有效弥补了中国现代主流文学社团与刊物译介西学的不足，构成了中西文学交流史上不可或缺的重要环节。

关键词 《学衡》；诗歌译介；新人文主义；欧文·白璧德

作为中国现代文化史上一个独特的学术文化团体，以梅光迪、吴宓、胡先骕、柳诒徵、汤用彤等为代表的"学衡派"因其与五四新文化-文学阵营相对峙的价值取向，以及与陈独秀、胡适、鲁迅等新文化运动主将论战的特殊身份，长期以来备受新文学研究话语霸权的冷遇。自20世纪90年代以降，随着中国社会文化的转型及后启蒙时代的到来，学界在反思中愈益注意到了"学衡派"在匡正五四以来的文化激进主义偏颇、守护中国传统文化等方面的制衡作用，以乐黛云先生发表于1989年的《重估〈学衡〉——世界文化对话中的中国现代保守主义》[1]为先导，对其在20世纪中国乃至世界学术思想史上的地位开始了重新审视。然而，研究者们大都关注"学衡派"在"昌明国粹"[2]方面的建树，对其在西学译介方面的突出成就并未给予足够的重视。曾被鲁迅讥为"假古董"[3]的"学衡派"学者，并非抱残守缺的旧派文人，而是大都具有西洋留学背景的精英知识分子。由于《学衡》的主要发起人梅光迪、吴宓、胡先骕等均师从哈佛大学比较

---

* 杨莉馨，南京师范大学文学院教授，博导。
① 《中国文化》创刊号，1989年12月。
② 《学衡》杂志简章提出的《学衡》"宗旨"为："论究学术，阐求真理，昌明国粹，融化新知。以中正之眼光，行批评之职事。无偏无党，不激不随。"见《学衡》第1期，1922年1月。
③ 鲁迅：《估〈学衡〉》，《鲁迅全集》第1卷，人民文学出版社，1981年，第379页。

文学系欧文·白璧德教授,梅光迪与吴宓先后获得文学博士与硕士学位,胡先骕与其他同人亦有着深厚的中西文学素养,因此,诗歌翻译在《学衡》的西学译介中有着突出的位置和鲜明的特色,体现出与欧文·白璧德新人文主义思想深厚的精神联系,对理解"学衡派"的保守主义文化立场与美学旨趣具有重要意义。

一、"学衡派"与新人文主义

《学衡》于 1922 年 1 月创刊于南京东南大学,英文译名为 Critical Review,共出刊 79 期,1933 年 7 月终止。如吴宓所言:"吾惟渴望真正新文化之得以发生,故于今之新文化运动有所訾评耳。"[①]"学衡派"与陈独秀、胡适、鲁迅等五四文化激进或自由主义者的对立,并非体现为对新文化的否定,更非体现为对西学的拒斥,而在于实践路径与择取对象的差异背后迥异的文化立场。如果说以胡适为代表的五四新文化运动先驱更多接受的是以杜威为代表的实用主义哲学思想,那么梅光迪、吴宓、胡先骕、汤用彤等人则是以白璧德为代表的美国新人文主义思潮在中国的传人。

新人文主义作为 20 世纪文化保守主义学说的代表,从历史的角度看体现了人文知识分子对启蒙时代以来西方功利主义和浪漫主义所造成的道德沦丧和人性失落的理性反思。白璧德认为,16 世纪以来,以培根为源头的科学主义发展为视人为物、急功近利的功利主义;18 世纪卢梭"回归自然"的浪漫主义则使文艺复兴以来反抗中世纪神权的现代解放运动走向了物欲横流、感情泛滥的极端。这两种倾向蔓延扩张,使人类愈来愈失去自制能力,只知追求物欲而无暇顾及道德修养。所以他力主以人性中较高之自我遏制本能冲动之自我,强调理性与克制。《学衡》第 19 期刊登了吴宓翻译、白璧德的哈佛同事路易·马西尔评述白璧德思想的长文《白璧德之人文主义》,吴宓在正文中又多处加上长按,清晰勾勒了白璧德的思想精华与发展轮廓。白璧德指出,正是培根代表的"科学的自然主义"和卢梭代表的"感情的自然主义"造成了近代以来重物质而轻内心、重放纵而轻节制的社会风习,此为尼采"超人"学说滋生的土壤,亦为一战爆发之深层根源。由此意义上,白璧德进一步推演出崇古的观点:"故今急宜返本溯源,直求之于古。盖以彼希腊罗马之大作者,皆能洞明规矩中节之道及人事之律,惟此等作者为能教导今世之人如何而节制个人主义及感情,而复归

[①] 吴宓:《论新文化运动》,《学衡》第 4 期。本篇论文所引《学衡》原文,均见《学衡》精装影印本(全 16 册),江苏古籍出版社,1997 年。原期刊均无页码,故仅标注期数。

于适当之中庸。"除"物质之律"而求"人事之律","使人精神上循规蹈矩,中节合度",体现在思想行为上即为节制、理性:"夫惟人类能自拔于此,而上进于理智裁判及直觉之生活,乃有文明之进步可言。"体现于艺术中即为对形式与格律的重视:"白璧德断曰:欲艺术之尽美尽善,仅有精湛之材料尚不足,而必需有既整齐且有变化之形式,以表达之而范围之。"除《白璧德之人文主义》外,《学衡》译介白璧德的文章还有《白璧德中西人文教育谈》(胡先骕译,第 3 期)、《现今西洋人文主义》(梅光迪译,第 8 期)、《白璧德论民治与领袖》(吴宓译,第 32 期)、《白璧德释人文主义》(徐震堮译,第 34 期)、《白璧德论欧亚两洲文化》(吴宓译,第 38 期)、《白璧德论今后诗之趋势》(吴宓译,第 72 期)和《白璧德论班达与法国思想》(张荫麟译,第 74 期)7 篇。20 世纪 20 年代末,吴宓又将《学衡》所刊白氏译文汇集成册,交梁实秋由新月书店以《白璧德与人文主义》为书名出版。

在新人文主义影响下,"学衡派"拥有了高度一致的文化保守主义立场,体现出明确的精英意识与古典倾向,重视文学的理性品格与形式规范。在《学衡》第 1 期的《评提倡新文化者》中,梅光迪立场鲜明地批驳了陈独秀的文化-文学进化观,高度评价了荷马、但丁、莎士比亚、歌德、阿诺德等的作品,而反对卢梭、雨果、托尔斯泰、易卜生与萧伯纳。胡先骕在第 1、2 期亦连载了长文《评〈尝试集〉》,声势凌厉地对胡适白话诗集《尝试集》进行了驳难。在《论批评家之责任》(第 3 期)中,他提出文学批评家需要拥有的素质一为道德,二为博学,并开具了合格的批评家需要掌握的中西名著书单,西方作家包括荷马、希腊三大悲剧家、柏拉图、亚里士多德、普鲁塔克、西塞罗、但丁以来各时代的经典作家。《学衡》第 31 期上刊登的《文学之标准》长文,是胡先骕系统表达关于西洋文学看法的代表作。他认为在法国自浪漫主义文学盛行以来,古典文学时代精洁严峻的标准全被破坏,卢梭、雨果正是祸魁。随后的象征派戏剧、心理小说走得更远。前者不重人物言行,仅重布景的象征;后者重在心理分析,而不是人物以言行表现人格、性格。他认为这些都违背了艺术的根本原则。至于自由诗则走得更远。诗在文学中最似音乐,最重节奏、音韵的和谐。自由诗把一切都破坏了,遂使现代诗歌成为首尾分行而写的散文。吴宓同样对欧美近代以来的"写实主义""自然主义"深怀不满,他在《论新文化运动》(第 4 期)中写道:"西洋文化中,究以何者为上材,此当以西洋古今博学名高者之定论为准,不当依据一二市侩流氓之说,偏浅卑俗之论,尽反成例,自我作古也。"这亦使《学衡》同人在大力倡扬中国传统文化的同时,亦努力引入西方文学资源以印证新人文主义的思想与艺术主张,使得《学衡》的诗歌译介体现出区分"高格"与"下品"之浪漫主义、"以新材料入旧格律"和一诗多译三大特色。

二、区分"高格"与"下品"之浪漫主义

从文类上看,《学衡》译介的西方文学包括诗歌、小说、散文、戏剧与文论,而诗歌占据最为核心的地位。《学衡》诗歌翻译的首要特点为对英国浪漫主义诗歌的大力推介,依刊发顺序,主要如下:英国桂冠诗人罗伯特·骚塞(Robert Southey)的《布勒林之战》(Battle of Blenheim,俞之柏译,第19期),华兹华斯(William Wordsworth)的《威至威斯佳人处僻地诗》(She Dwelt Among the Untrodden Ways,贺麟等8人复译,第39期)、丁尼生(Alfred Tennyson)的《角声回音》(*Blow, Bugle, Blow*,顾谦吉译,第41期)和雪莱(Percy Shelly)的《薛雷云吟》(*The Cloud*,陈铨译,第48期),济慈(John Keats)的《无情女》(*La Belle Dame Sans Merci*,即《无情的妖女》,陈铨译,第54期),彭斯(Robert Burns)的11首名诗(诸人合译,第57期)①,以及拜伦(George Gordon Byron)的叙事长诗《王孙哈鲁纪游诗》第3集(Childe Harold's Pilgrimage-Canto III,即《恰尔德·哈罗尔德游记》,杨葆昌译,第68期)。

联系前述白璧德的新人文主义对浪漫主义文学尤其是卢梭的贬斥,"学衡派"对浪漫主义诗歌的大量翻译似乎有所抵牾。白璧德终身视卢梭为最大的仇敌,作为"华之白璧德"的吴宓、梅光迪、胡先骕等人亦以反对卢梭为己任。但《学衡》同人坚持以道德精神之高洁、艺术品格之高下作为臧否文学作品的标尺,并未对浪漫主义诗歌全盘排斥,从本质上看坚持的正是新人文主义的立场。胡先骕认为浪漫主义诗歌有"高格"与"下品"之分,在其长文《评〈尝试集〉》中专门讨论了"古学派"与"浪漫主义"艺术观的分野。他分析浪漫主义共有的性质是"几不信法律、道德、情爱、忠勇、仁慈诸美德","则为主张绝对之自由,而反对任何之规律,尚情感而轻智慧,主偏激而反中庸,且富于妄自尊大之习气也",指出"以抛弃制限之原理之故,彼富于情感之自然主义派,终将非议人类天性中所有较高之美德,与解脱此美德之言词,至最终所剩余者,仅有野蛮之实用主义而已。"因此,他所忧虑的是浪漫主义对欲望的无节制放纵造成的社会混乱、道德沦丧、文化堕落与功利主义、实用主义的盛行。在他看来,英国的D. H. 劳伦斯、美国意象派主将艾米·罗威尔等和中国以胡适为代表的新诗是"下品"或

---

① 吴芳吉译《寄锦》(To Jean)、《高原女》(Highland Mary)、《久别离》(Auld Lang Syne)、《将进酒》(Willie Brew'd a Peck O'maut)、《来来穿过麦林》(Comin Thro' the Rye)、《牧儿谣》(Ca' the Yowes to the Knowes)、《麦飞生之别》(McPherson's Farewell)和《自由歌》(Scots Wha Hae);吴芳吉、陈铨、苏曼殊译《我爱似蔷薇》(My Love Is Like a Red, Red Rose);吴芳吉、刘朴译《白头吟》(John Anderson. My Jo);刘朴译《高原操》(My Heart Is in the Highlands)。

"低格"的浪漫主义:"其自居于浪漫派之诗人,所作亦仅知状观感所接触之物质界之美,而不能表现超自然之玄悟。"①但"浪漫诗亦大有高下之别也"。华兹华斯、泰戈尔、白朗宁夫人、丁尼生、艾米莉·勃朗特和克里斯蒂娜·罗塞蒂则为"高格"的浪漫主义诗人,他们的诗"不但曲状自然界之美,且深解人生之意义","纯洁高尚若冰雪","皆富于出世之玄悟"②。再如对华兹华斯,吴宓在《威至威斯佳人处僻地诗》即"露西组诗"之一的译文前所加的按语中,承认"其生平与主张,为吾国言新诗及文学革命者所乐道",但又强调了其诗"以清淡质朴胜。叙生人真挚之情,写自然幽美之态,是其所长,高旷之胸襟,冲和之天趣,而以简洁明显之词句出之"的特色,指出其诗风与陶渊明、王维与白居易相近。所以对于他们心目中"高格的"浪漫主义,"学衡派"同样是积极推介的。

与此同时,他们所强调的浪漫派诗歌特点,与新文化运动者的理解又有着微妙的不同。李欧梵在分析新文化-文学运动对浪漫主义的理解侧重时曾指出:"浪漫主义美学的那些神秘的和超验的层面,在赞成一种人道性、社会-政治性的解释时,大都被忽视了。重点被放在自我表现、个性解放和对既定成规的叛逆上。"③如果说五四新文学家在反叛传统、张扬个性的启蒙背景下对浪漫主义的理解有所偏重的话,"学衡派"对其的认同与接受同样体现出新人文主义思想的底色。一方面,吴宓在《白璧德论今后诗之趋势》的译文中表明了白璧德对华兹华斯泛神论倾向的批评:"威至威斯崇拜自然,有类泛神论者,谓有'一种精神,流荡浑沦于宇宙万物之中'。自此说行,凡为诗者,皆轻人性而重物性,遂舍正路而趋邪轻。"(第72期)但在译文末的注解中又辩解道:"其实威全威斯固甚注重道德者。彼虽为卢梭之徒,主张与自然交接,然谓旧日之礼教风俗极当保存,不可轻言破坏。彼以与自然交接为一种道德训练,其诗中于道德反复致意。"因此,吴宓是站在新人文主义尊重传统、道德与理性的立场上,对华兹华斯有所发挥甚至是挪用的,强调的是其在道德理性方面的价值。而且《学衡》翻译的"露西组诗"并非诗人崇拜自然色彩浓厚的代表作,诗中对露西明珠暗投命运的咏叹与伤怀④,与怀才不遇的中国文人借香草美人寄寓情怀的诗歌传统相通,这其中,或许亦有对"学衡派"身处主流边缘的文化况味的隐含表达。

综上,《学衡》的浪漫主义英诗译介,与其反对卢梭以来的浪漫主义文学倾

---

① 胡先骕:《评〈尝试集〉(续)》,《学衡》第2期。
② 同上。
③ 李欧梵:《现代性的追求》,(台北)麦田出版社,1996年,第278页。
④ 如杨昌龄译文的首四句为:"兰生幽谷中,傍有爱神泉。零落无所依,孤影少人怜。"(《学衡》第39期)

向的立场并不矛盾,反而是其新人文主义美学观念的产物。"学衡派"甚至体现出"借他人酒杯,浇自己块垒"的倾向,"高格的"浪漫主义诗作成为阐发其文学思想的重要西方资源。

三、"以新材料入旧格律"

《学衡》诗歌译介的第二个突出特点,是与反对胡适白话诗的立场一致,反对白话译诗,认为翻译是"以新材料入旧格律之绝好练习地"(《学衡》第15期),所以用旧体格律翻译了大量诗歌作品,构成中国现代翻译文学史上一方独特的风景。

早在留美期间,梅光迪便批评了胡适的白话诗尝试为误入歧途,断言"此等诗人断不能为上乘"[①]。回国后,他又在《评提倡新文化者》中旗帜鲜明地批评了胡适倡导的白话诗"袭晚近之堕落派":"The Decadent Movement 如印象神秘未来诸主义,皆属此派,所谓白话诗者,纯拾自由诗 Vers libre 及美国近年来形象主义 Imagism 之余唾。而自由诗与形象主义,亦堕落派之两支。乃倡之者数典忘祖,自矜创造,亦太欺国人矣。"吴宓在留美期间发表的《英文诗话》,亦表明了以格律写诗、译诗的主张[②]。在《论新文化运动》中,他再度批评了白话诗对法国象征主义诗歌和美国自由体诗的低劣模仿,强调了遵循韵律的西方诗歌的正统地位:"又如中国之新体白话诗,实暗效美国之 Free Verse,而美国此种诗体则系学法国三四十年前之 Symbolists。今美国虽有作此种新体诗者,然实系少数少年无学无名,自鸣得意,所有学者通人固不认为诗也。学校之中所读者仍不外 Homer,Virgil,Milton,Tennyson,等等。报章中所登载之诗皆有韵律,一切悉遵定规。岂若吾国之盛行白话诗,而欲举前人之诗悉焚毁废弃而不读哉,其他可类推矣。"在《论今日文学创造之正法》中,吴宓郑重提出了诗歌、散文、小说、戏剧、翻译五类文体各自的创作原则,指出"作诗之法,须以新材料入旧格律。即仍存古近各体,而旧有之平仄音韵之律,以及他种艺术规矩,悉宜保守之,遵依之,不可更张废弃",而"翻译之业",恰为"以新材料入旧格律之绝好练习地也"(《学衡》第15期)。胡先骕更在《评胡适"五十年来中国之文学"》中辛辣讥嘲胡适主张的白话"泛滥横决,绝无制裁",为"老妪骂街之言,甚至伧夫走卒谑浪笑傲之语"(《学衡》第18期)。

"学衡派"之所以在形式观上如此一致,因其出自崇尚传统、尊重艺术典范

---

① 耿云志:《胡适遗稿及秘藏书信》第33册,黄山书社,1994年,第141页。
② 《留美学生季报》第7卷第3号,1920年。

的新人文主义共同立场。他们视文言为中国传统文化的载体,同时认为文言较之白话更具艺术价值,是经过数千年的历史积累,在典雅的文学作品中被凝练、加工而创造出来的语言。因此,"学衡派"以格律写诗、译诗,在中国现代文学史上的旧体诗词创作与翻译方面,作出了突出的贡献。

吴宓于 1935 年将积存诗歌千余篇集为《吴宓诗集》出版,译诗在其中占据着重要位置。他认为自己最好的诗作为《壬申岁暮述怀》,其次为《海伦曲》,再者即为《愿君长忆我》(Remember)及《古决绝辞》(Abnegation)[①]。前两首为自创,后两首则为英国女诗人克里斯蒂娜·罗塞蒂诗作的中译,可见吴宓是将这两首诗视为自己译诗的代表作的。《愿君常忆我》为罗塞蒂与恋人决绝后不久所作,细腻地表达了诗人对心上人的复杂情愫,感情真挚。吴宓以五言古体译出,十四句中用了两组韵脚,显得格律整齐而又朗朗上口。译者同时巧妙地运用了叠音字和中国传统诗歌的常见意象如"黄泉""白首""寸心"等,强化了乐感与读者的亲切感,给人以一首清丽的六朝乐府民歌的印象。《古决绝辞》同样采用五言形式,两行一句,共十四句,与原诗十四行对应。译诗每句十个音节又与原诗每行十个音节相同,既有民歌韵味,又有古雅的骚体诗风。再如吴宓在第 9 期翻译英国作家温妮弗莱德·M. 莱慈(Winifred M. Letts)一战期间脍炙人口的名诗 The Spires of Oxford 而成的《牛津尖塔》为五言格律诗;顾谦吉所译罗伯特·赫里克(Robert Herrick)的《我唱樱桃熟》(Cherry-Ripe),约翰·班扬(John Bunyan)的《下谷牧童歌》(The Shepherd Boy Singing in the Valley of Humilation)均为五言格律诗,丁尼生的《角声回音》则用了七言格律诗(《学衡》第 41 期)。杨葆昌翻译的拜伦长诗《王孙哈鲁纪游诗》亦采用五言格律,每首 16 句,80 字,全诗 118 首,通体一贯。吴宓盛赞其译作,认为是翻译界的"伟举",译笔"曲折能达原意,而又流畅,富生动之气韵"(《学衡》第 68 期)。

《学衡》在第 47 期又整体推出了留法学者李思纯翻译的法兰西诗选《仙河集》,含法国历史上最重要的诗人拉·封丹、夏多布里昂、拉马丁、雨果、缪塞、戈蒂耶、波德莱尔、魏尔伦、瓦雷里等的 68 首诗,成为中国现代文学早期极为罕见的一次大规模法语诗歌集中推介。作为刊物主编的吴宓之所以给予《仙河集》如此宝贵的版面,同样因为李思纯与吴宓等相近的诗学主张。在《仙河集自序》中论及诗歌翻译体式时,李思纯概括"近人译诗有三式:(一)曰马君武式,以格律谨严之近体译之。……(二)曰苏玄瑛式,以格律较疏之古体译之。……(三)

[①] 吴宓:《吴宓诗集·刊印自序》,载吕效祖主编:《吴宓诗及其诗话》,陕西人民出版社,1992 年,第 6—7 页。

曰胡适式,则以白话直译,尽弛格律是也。"认为"马式过重汉文格律,而轻视欧文辞义。胡式过重欧文辞义,而轻视汉文格律。惟苏式译诗,格律较疏,则原作之辞义皆达",自陈选择的是苏曼殊式的译法,以达成"新材料入旧格律"之目标。此外,吴宓还在译文《韦拉里说诗中韵律之功用》(《学衡》第 63 期)的按语中,借瓦雷里之口再度申说了重视格律的形式观:"文学中之规律尤不可不遵守。规律乃所以助成天才,不可比于枷锁。今世之无韵自由诗,但求破坏规律,脱除束缚,直与作诗之正法背道而驰,所得者不能谓之诗也云云。今节译韦拉里氏此篇中所论关于原理之处,以资考镜,吾国之效颦西方自然的创作及无韵自由诗者,亦可废然返矣。"瓦雷里的诗论,同样成为"学衡派"强调理智、心性与节律的西方资源。

四、一诗多译

一诗由多人翻译,彼此切磋,以供读者欣赏对照,构成了《学衡》诗歌翻译的又一显著特点,显示出"学衡派"在对诗无达诂这一特点充分认识的基础上,对诗歌翻译技巧的执着追求。

如果说一诗多译现象在五四以来的其他刊物中难得一见,只是一种偶然现象的话,在《学衡》中则频频出现,且成为一种自觉行为,体现出学衡同人对文学尤其是诗歌翻译追求化境的高度自觉与统一意识。在系统阐发其文学创作观的《论今日文学创造之正法》中,吴宓对翻译提出了很高的要求:"翻译有三要。一者,深明原文之意;二者,以此国之文达之而不失原意,且使读之者能明吾意;三者,翻译之文章须自有精采,是即严又陵所谓信达雅也。"具体到诗歌翻译,吴宓认为:"凡译诗者,不惟须精通两国文字,且己身亦能诗。尤须细察所译之作者意境格律之特点,即其异于他诗人之处。既得,吾乃勉强练作一种诗体,其意境格律与彼同,然后译之,始能曲折精到也。"

《学衡》的一诗多译现象正是在这种近乎苛刻的标准下出现的,以刊登时序排列,包括如下个案:(1)第 12 期发表的本·琼生高足、英国诗人罗伯特·赫里克的《古意》(Counsel to Girls),提供了吴宓、邵祖平两种译文,邵氏为五言押韵,吴宓为七言押韵。在按语中,吴宓交代目的为"由二人分别译出,读者比并而观之可耳",并赞美邵译"珠玉在前","五言逐句译,意思力求密合原文",自己则为"七言逐句译",亦竭力传达原诗风格,"拟白香山体"译之。(2)第 39 期,张荫麟、陈铨、顾谦吉、李惟果四人复译了马修·阿诺德的《安诺德罗壁礼拜堂诗》(Rughy Chapel)。(3)第 39 期,贺麟、张荫麟、陈铨、顾谦吉、杨葆昌、杨昌龄、张敷荣、董承昌八人复译了华兹华斯的《威至威斯佳人处僻地诗》。吴宓再在按语中交代了"今并列诸君所译,备读者比较观览"的意图。(4)第49期,吴宓、陈铨、张荫麟、贺麟、杨昌龄以五言民歌体,分别提供了罗塞蒂《愿君常忆我》的5种译文。(5)第57期,重点推介了罗伯特·彭斯等的诗歌。"白屋诗人"吴芳吉发表《彭士烈传》,并翻译了《寄锦》(To Jean)、《我爱似蔷薇》(My Love Is Like a Red, Red Rose)、《白头吟》(John Anderson. My Jo)等诗。除吴译外,《我爱似蔷薇》还列出了陈铨和苏曼殊的译诗。《白头吟》另有刘朴译诗。(6)第64期,刊登的罗塞蒂《古决绝辞》则并列了吴宓及其清华弟子张荫麟和贺麟三个不同的译本。由于吴宓在东南大学、东北大学及清华大学任教期间先后主讲过"英国文学史""英诗选读""修辞原理"和"翻译术"等课程,注重英诗的分析鉴赏与翻译训练,《学衡》刊登的不少译作实为吴宓师友、师生间的切磋之作,这也成为杂志一诗多译现象得以出现的特殊条件。

另一点值得说明的是,吴宓主导并参与的一诗多译,其对象除了前文提及的华兹华斯外,主要集中于阿诺德与罗塞蒂两位诗人的诗作。之前吴宓已在《英诗浅释》(三)中翻译了阿诺德《挽歌》(Requiescat)、《失望》(Despondency)与《有所思》(Longing)三首(第14期)。第39期又刊登了前述四人复译的《安诺德罗壁礼拜堂诗》,加上李惟果翻译的《鲛人歌》(*The Forsaken Merman*,第41期),有5首之多。之所以如此,当然是由于阿诺德为白璧德的思想前驱①,学衡诸人都十分推重阿诺德的缘故。《学衡》第14期专门刊有梅光迪的《安诺德之文化论》一文,详述其文化观与文学批评思想。同时,除了文化、文学批评方面的建树之外,阿诺德还是一位优秀的诗人,这一点之前并未得到人们的重视。所以在同期《英诗浅释》中,吴宓详细说明了自己翻译阿诺德诗歌的原因:"安诺德之诗才,常为其文名所掩。世皆知安氏为十九世纪批评大家,而不知其诗亦极精美。且所关至重,有历史及哲理上之价值。盖以其能代表十九世纪之精神及其时重要之思潮故也。安诺德深罹忧患而坚抱悲观。然生平奉行古学派之旨训,以自曝其郁愁为耻,故为文时深自敛抑,含蓄不露。所作者光明俊爽,多怡悦自得之意,无激切悲丧之音。惟作诗时则情不自制,忧思牢愁,倾泻以出。其诗之精妙动人处,正即在此。因之,欲知安诺德之为人及其思想学问之真际者,不可不合其诗与文而观之。……安诺德之诗之佳处,即在其能兼取古学浪漫二派之长,以奇美真挚之感情思想,纳于完整精炼之格律。"对吴宓来

---

① 马修·阿诺德及其思想为白璧德新人文主义学说的重要资源之一。从1897年第一篇文章到1932年最后一篇文章,均可见到白璧德对阿诺德思想的反复称述。他还有专文《马修·阿诺德》,原载于 *Nation*,1917,Vol. 105。

说,罗塞蒂同样是一位思想与艺术形式高度契合新人文主义美学理念的诗人。因此,一诗多译以及对阿诺德、罗塞蒂等的高度重视,背后同样贯穿着新人文主义思想立场。

综上,五四落潮后出现的"学衡派"代表着历史的一种必然要求。新文化-文学阵营在中国历史转折的关键时期以矫枉必须过正的姿态反传统,作为启蒙工具的新文学确实起到了无可替代的作用。"学衡派"高高在上的精英立场与贵族姿态是不合时宜的,但他们的择取确实也起到了一个纠偏的作用。从翻译的角度来看,新文化阵营和学衡阵营在新旧之争、古今之辩背景下的西学译介各有侧重与片面之处,亦多有为我所用的成分,均非全面、客观与完整,双方的制衡、互补因而才有其必要与可能。中国文学的现代性进程,正是在这种偏激以及对偏激的反拨的张力关系中步步推进的。如白璧德在《文学与美国大学》中论及新人文主义的目标时所说:"总而言之,人文主义者既不会否定情感的自然主义,也不会拒斥科学自然主义,因为这等于试图做出不可能的反拨。他的目标不是否认他的时代而是完成他的时代。"[①]我们对"学衡派"诗歌翻译特色与地位的评估,或许亦可作如是观,即它有效弥补了中国现代主流文学社团或刊物译介西学的缺失,构成了中西文学交流史上不可或缺的重要环节。

---

① 转引自张源:《从"人文主义"到"保守主义"——〈学衡〉中的白璧德》,生活·读书·新知三联书店,2009年,第44页。

《俄狄浦斯王》对古代宗教仪式形式的利用

犹家仲*

内容提要 索福克勒斯在《俄狄浦斯王》中利用了多种古希腊流行的宗教仪式因素,如其节日、司芬克斯以及"净化"仪式等来为他的创作服务,特别是《俄狄浦斯王》中包含着相对比较完整的"净化"仪式的程式断片。参照索福克勒斯的其他悲剧文本,我们可以看到索福克勒斯非常擅长利用古代宗教主题来创作新的悲剧。再结合当时亚里士多德利用"净化"这一术语来评论悲剧的具体情况,我们更进一步发现索福克勒斯时代的戏剧创作及评论界利用古代宗教因素的总体风貌。

关键词 索福克勒斯;《俄狄浦斯王》;古希腊;净化仪式;利用

《俄狄浦斯王》从其诞生起一直受到读者的关注,对其评论可谓汗牛充栋,特别是欧洲重要的思想家们从不会放过对它的评论[1]。近十多年来国内外对该剧的研究大致沿着传统的道路前进,即伦理学、心理学、政治学、考据学等。尤其突出的是弗洛伊德提出的"俄狄浦斯情结",这一心理学研究在当代《俄狄浦斯王》研究中有十分突出的位置,其他如结构主义人类学创始人列维-斯特劳斯的研究,以及当代法国哲学家德勒兹等的研究也占有相当重要的位置[2]。

不仅如此,《俄狄浦斯王》还被一些宗教学研究者作为研究古希腊宗教的素材,通过这个剧本中涉及的一些古希腊宗教习俗的片断去认识、分析、论述和判断古希腊宗教的存在状态,如20世纪初英国学者简·艾伦·赫丽生的《希腊宗教研究导论》一书中就多次引用《俄狄浦斯王》作为素材解释古希腊的宗教仪式等[3]。国内如王晓朝先生的《希腊宗教概论》[4]等都广泛利用索福克勒斯的剧作

---

* 犹家仲,广西师范大学文学院教授。
[1] 耿幼壮:《永远的神话——索福克勒斯的〈俄狄浦斯王〉的批评、阐释与接受》,《外国文学研究》2006年第3期。
[2] 犹家仲:《作为时事正剧的〈俄狄浦斯王〉》,《跨文化研究》2018年第1辑。
[3] Jane Ellen Harrison: *Prolegomena to the Study of Greek Religion*, Cambridge: Cambridge University Press, 1922.
[4] 王晓朝:《希腊宗教概论》,上海人民出版社,1997年。

中的素材来研究古希腊宗教。这些都提示我们,作为《俄狄浦斯王》的读者,也可以反向观察当年索福克勒斯在创作该剧时对希腊古代民间宗教素材的主动利用情况,即他如何利用当时民间流传的某些宗教素材来为自己的戏剧创作服务。

一、《俄狄浦斯王》剧中的宗教节日表演主题

本文的"主题"这一术语是基于英文 theme 的含义而使用的,即它大致涵盖了我们通常说的"主题"(subject)和题材(material)两个词的含义。我们正是在这一意义上研究《俄狄浦斯王》中对宗教因素的利用。

一是宗教节日与表演仪式。根据一份阿提卡的日历来看,古希腊有许多节日,相应地有许多节日表演,这些节日表演的主题便成为史诗以至于后来的悲剧的主题。比如,根据吉尔伯特·穆雷的观点,今天人们读到的荷马史诗,就是广泛流传在希腊的各种民间宗教仪式的改编和汇集,抢夺海伦的特洛伊战争只不过是古代希腊某个节日中关于抢婚仪式的表演[1]。如果早期希腊社会中的宗教节日的表演构成了史诗的内容,那么,到了伯里克利时期乃至后来的希腊悲剧创作则是主观地利用了传统希腊社会的宗教节日表演中的许多主题。正是基于这一立场,我们发现《俄狄浦斯王》充分地利用了古代希腊的许多宗教仪式的片断。

二是祭司、神庙及先知。《俄狄浦斯王》剧一开始就是俄狄浦斯与祭司的对话,而且出场的祭司还表明其身份是宙斯,年事已高[2]。《俄狄浦斯王》中先后提到了几处著名的神庙——雅典娜神庙(剧中称"帕拉斯的双神庙")、伊斯墨诺斯神庙以及阿波罗神庙,其中,阿波罗神庙是剧中的主要道具,以下出现的神谕都出自阿波罗神庙。《俄狄浦斯王》中的先知名叫忒瑞西阿斯,该剧的开头部分剧情便是通过忒瑞西阿斯和俄狄浦斯的对话来展开的。

三是司芬克斯及"净化"。《俄狄浦斯王》剧情中出现了两次重大的危机,第一次重大危机是在城门出现了司芬克斯之谜,这次灾难是通过俄狄浦斯的出现来平息的,这次灾难平息成了下次灾难潜在的原因:俄狄浦斯在去底比斯的途中杀死了拉伊俄斯,不久便有了第二次灾难——底比斯的瘟疫。由于俄狄浦斯是第二次灾难的最直接的制造者,暗示未来底比斯需要一个"净化"仪式以消除

---

[1] Gilbert Murray, *The Rise of the Epic*, Oxford: Clarendon Press, 1907.
[2] 索福克勒斯:《俄狄浦斯王》,载罗念生译著:《索福克勒斯悲剧五种》,上海人民出版社,2016年,第173页。

他带给城邦的灾难或不洁,在这个仪式中俄狄浦斯当然会成为仪式的牺牲(或人牲)。古代民族,当然包括希腊各邦,在出现了瘟疫或其他自然灾害的地方,必定要举行"净化"仪式,以消除灾害,后来,这种消灾的"净化"仪式甚至被固定在一年的不同时间。这方面早有专门的研究,如艾伦·赫丽生的《希腊宗教研究导论》中说:"在出现危机、瘟疫、饥荒时,以及历史上的战争前夕,人们通常要举行祭祀,献上牺牲(sphagia)。人们似乎是提着这些祭牲绕着需要'净化'的人物行走的。"①

司芬克斯实际上在当时是一个广泛流传的民间故事,有研究者指出:"司芬克斯有两个突出的特点:其一,她是哈耳庇厄——瘟疫的化身,把人们带上毁灭之路;其二,她是预言家,有一个坏习惯,即给人出谜语,也说出谜底。尽管这两种职能看起来互不相干,但却都是冥界妖怪的特点。热衷于神话的人把这两者放在一起,并以此为根据编出了这样的故事:谁要是猜不出她的谜语,就会被她害死。"②索福克勒斯不过是又一次把这则故事写进了新的剧情中。

也有观点认为,司芬克斯原本是底比斯当地的妖怪,但在这里他成了神谕的象征。在德尔菲,有一座由蛇守护的大地神示所。为表示对神的尊敬,那克索斯人造了一座巨大的司芬克斯像,并把它安放在大地女神该亚的神庙里。随着时间的流逝,司芬克斯的掳掠人的野蛮特性渐渐被人遗忘,仅残留在当地的传说里,而她传达神谕的职能得到了强化③。

也有学者指出,司芬克斯可能是卡德摩斯的妖怪,那个长着胡须,有翅膀、爪子,头部像狗的魔怪已经失去了她那正统的狮身,也许那原本属于她的狮身已经转移到了她面前的俄狄浦斯的身上。当然这个画面纯粹是喜剧性的,它表明,在希腊人的心目中,可怕与怪诞,人们惧怕的和嘲弄的东西是多么接近。也许是在卡德摩斯从东方传入时,卡德摩斯的妖怪也从东方带来了她的狮身。司芬克斯体形上的某些特征很可能就是来自一只经常光顾坟墓的狮子④。

还有学者甚至用赫西俄德的《神谱》来解释司芬克斯,《神谱》中说:

在俄耳提俄斯的重压下,她(厄喀德那)生下了
将会给人带来灾难的菲克斯——卡德摩斯的子孙的灾星。

---

① Jane Ellen Harrison: *Prolegomena to the Study of Greek Religion*, Cambridge: Cambridge University Press, 1922, p.65.
② Ibid., p.207.
③ Ibid., p.210.
④ Ibid.

对此评注者说:她居住的菲喀翁山(Phikion)就是由她而得名的。不过也可能相反,菲克斯就是本地的妖怪。科佩斯湖东南角高耸的石山现在依然被当地人称为法卡山(Phaga)。只需稍作改动就变成斯菲克斯(Sphix)或司芬克斯,意为"扼杀者"——这样命名一个极具破坏力的妖怪是再适合不过了①。

关于司芬克斯的传说有若干版本存在,索福克勒斯在他的剧作中巧妙地将这个故事与俄狄浦斯联系在一起,增加了个关于司芬克斯传说的新版本,其实是利用了这一民间宗教主题来演绎新的关于"净化"的故事。

四是需要安抚的特定的神祇。在特定的"净化"仪式中必定有需要安抚的神祇。《俄狄浦斯王》剧中需要安抚的神祇在该剧的第二场进场歌第二曲中就已经点明:雅典娜、阿尔忒弥斯以及阿波罗,这一曲的结尾处唱道:"你们三位救命的神,请快显现;你们曾解除了这城邦所面临的灾难,把瘟疫的火吹出境外,如今也请快来呀!"紧接着在同一场的第三曲首节还提到了战神阿瑞斯②。在同一个"净化"仪式中要安抚的神有那么多吗?关于这个问题可以从几个方面理解。其一,在这里仅仅是一出戏剧,而不是真正的"净化"仪式,强调的是戏剧的可观赏性或娱乐性,而不是仪式程式的严肃性。其二,即使严格的"净化"仪式也可能会包含着同时要安抚几位神祇的情况,这种情形在古代也是很常见的。其三,我们在此尝试举一种至今还流行在中国贵州民间的"净化"仪式作为旁证。贵州中北部有农历正月初九到十三耍龙灯的习俗,晚上龙灯在邻近村里挨家挨户耍,以示祥和,每当耍完一户人家,龙灯离开后,便有一位负责扫尾工作的人进入该户人家堂屋内,"扫五瘟"。所谓五瘟,即指来自东、南、西、北、中几方的各种瘟疫及灾害,且五瘟都各有其名。单从瘟神的名字看,当然是五个不同的瘟神,理应以不同的扫瘟仪式来完成,可是,民间为了方便行事,便将五位瘟神的"净化"仪式合并在一起了,这便是我们可以看到的活化石。《汉书·艺文志》有言:礼失而求诸野。这种把几位神的仪式合并在一起的情况,还专门有一个汉字表示,它就是"祫"字。

如果细心且很专业的读者,细读《俄狄浦斯王》,还会从中发现更多的同类主题或题材,我们在此仅列其大端,不再一一罗列,以免冗长。

---

① Jane Ellen Harrison:*Prolegomena to the Study of Greek Religion*, Cambridge: Cambridge University Press, 1922, p.210 - 211.
② 索福克勒斯:《俄狄浦斯王》,载罗念生译著:《索福克勒斯悲剧五种》,上海人民出版社,2016年,第77页。

二、《俄狄浦斯王》包含的"净化"仪式程式片断

我们现在将特别展示《俄狄浦斯王》剧中包含的相对完整的"净化"仪式的程式。剧一开头便向观众展示了仪式的场景:

> 俄狄浦斯:孩儿们,老卡德摩斯的现代儿孙,城里正弥漫着香烟,到处是求生的歌声和苦痛的呻吟,你们为什么坐在我面前,捧着这些缠羊毛的树枝?……
>
> 祭　　司:啊,俄狄浦斯,我邦的君王,请看这些坐在你祭坛前的人都是怎样的年纪:有的还不会高飞;有的是祭司,像身为宙斯的我,已经老态龙钟;还有的是青壮年。其余的人也捧着缠着羊毛的树枝坐在市场里,帕拉斯的双庙前,伊斯墨诺斯庙的神托所的火灰旁边。……①

从这段对话中,我们可以提取到如下重要的关于仪式的要素。仪式的地点:帕拉斯的双庙前,伊斯墨诺斯庙的神托所的火灰旁边。仪式的主角:俄狄浦斯和祭司。仪式的观众(参与者)及氛围:城邦里的各种人等,且都捧着缠着羊毛的树枝。特别要注意的是此处提及的"捧着缠着羊毛的树枝",且在第一场结束的时候,依然强调"众乞援人举起树枝随着祭司自观众右方下"②。这一情景可以理解为举行"净化"仪式的典型的象征。

在古希腊经常定期为城邦举行"净化"仪式,如按照阿提卡的日历,2—3月间有一个花月节,这个节日包含几个连续的日子,分别被称为开坛日、酒盅日和瓦钵日。具体日期为花月的第十一、十二和十三日③。瓦钵日是一个举行"净化"仪式的节日,这一天人们用一种瓦钵状的香炉来"净化"自己的房屋,然后把这种东西扔在三岔路口,之后头也不回地离开。有评注者解释说,这指的是遗弃小孩的做法④。古斯巴达有遗弃不健康的孩子的习俗,甚至不只存在于斯巴达。一方面他遗弃孩子,另一方面他又认为这种遗弃行为是有罪的,因此,需要

---

① 索福克勒斯:《俄狄浦斯王》,载罗念生译著:《索福克勒斯悲剧五种》,上海人民出版社,2016年,第73页。
② 同上书,第76页。
③ Jane Ellen Harrison：*Prolegomena to the Study of Greek Religion*，Cambridge：Cambridge University Press，1922，p.32.
④ Ibid.，pp.38 - 39.

有一个"净化"仪式来消除这种罪孽。

举行"净化"仪式的原因也多种多样，比如迈萨纳人驱赶大风的仪式，也属于"净化"仪式一类。"一股被称为'双唇'（lips）的大风从萨罗尼科斯湾刮来，会把葡萄嫩苗吹得枯萎。当狂风向人们袭来时，两个男人找来一只公鸡（鸡毛必须为纯白色），把公鸡撕成两半，然后两人各拿一半，朝着相反方向围着葡萄园奔跑。这是他们发明的抗拒'双唇'大风的方法。人们提着公鸡奔跑，以达到'净化'的目的，大风的邪恶影响在某种程度上被它降伏了，最后把它埋掉。"①这种剧情也出现在喜剧表演中，如在阿里斯托芬的《蛙》中，当一场风暴正在埃斯库罗斯和欧里庇德斯之间酝酿而即将爆发之际，狄俄尼索斯喊道："孩子们，把一只母羊牵来，要一只黑的母羊，因为一场风暴就要到来了。"②

由此可见，"净化"仪式在古希腊社会中广泛存在，当然文学家、戏剧家（如索福克勒斯、阿里斯托芬等）在他们的戏剧创作中也不会错过对这些仪式形式的利用。俄狄浦斯因为带给城邦瘟疫而被驱除出城邦便是各种各样的"净化"仪式表演中的一种。

我们试从《俄狄浦斯王》中例举一段相对完整的"净化"仪式的表演。该剧的第三场基本上可以看作是"净化"仪式中最重要的程序，即仪式中祭献牺牲过程。这里的仪式执行者是先知（或预言家）忒瑞西阿斯，被执行（献祭）的牺牲是俄狄浦斯。仪式执行者会有许多话说，或者是咒语，或是安抚牺牲的话，在这里表现为戏剧表演。在此我们选摘其中几句，以图管中窥豹。

> 忒瑞西阿斯：……我叫你遵守自己宣布的命令，从此不许再跟这些长老说话，也不许跟我说话，因为你就是这地方不洁的罪人。
> 俄狄浦斯：你厚颜无耻，出口伤人。你逃得了惩罚吗？
> 忒瑞西阿斯：我逃得了；知道真情就有力量。
> 俄狄浦斯：谁教给你的？不会是靠法术知道的吧？
> 忒瑞西阿斯：是你，你逼我说出了我不愿意说的话。
> 俄狄浦斯：什么话？你再说一遍，我就更明白了。

---

① Jane Ellen Harrison：*Prolegomena to the Study of Greek Religion*，Cambridge：Cambridge University Press，p.67.
② Ibid.

忒瑞西阿斯：你是没有听明白，还是故意逼我往下说？
俄狄浦斯：我不能说已经明白了；你再说一遍吧。
忒瑞西阿斯：我说你就是你要寻找的杀人凶手。
……
忒瑞西阿斯：可是我要说完我的话才走，我不怕你皱眉头，你不能伤害我。我告诉你吧，你刚才大声威胁，通令要捉拿的，杀害拉伊俄斯的凶手就在这里；表面看来，他是个侨民，一转眼就会发现他是个土生土长的底比斯人，再也不能享受他的好运了。他将从明眼人变成瞎子，从富翁变成乞丐，到外邦去，用手杖探着路前进。他将成为和他同住的儿女的父兄，他生母的儿子和丈夫，他父亲的凶手和共同播种的人。①

这段话可以说是仪式执行人对牺牲的恶毒咒语，这是"净化"仪式必需的内容。从这段对话中我们可以看出"净化"仪式的基本轮廓，甚至可以看出古代人牲祭的踪影，即在屠宰用于献祭的牺牲（人牲）时，主持人要历数作为牺牲代表的若干罪状，必须对其进行惩罚方能使当事的神心情愉快，从而祛除他施放给人们的灾难。

索福克勒斯不仅在《俄狄浦斯王》一剧利用了古代的"净化"仪式，在其他剧作中同样可以看到他对古代仪式类似的利用情况。例如，在《俄狄浦斯在科罗诺斯》中，当俄狄浦斯来到塞姆那俄的神庙时，歌队命令他赎罪，因为他破坏了神庙的规矩，尽管是出于无意。他询问到底要举行什么样的仪式。虽然我们对他得到的答案已经非常熟悉，但由于其对理解献祭冥界神灵的仪式如此的重要，因此，有必要将原文引述如下：

俄狄浦斯：老乡们，请你们指教，用什么样的仪式？
歌队长：首先，从长流的泉水里把神圣的奠品取来，取水的手要洁净。
俄狄浦斯：我取来清洁的泉水之后，又怎么办？
歌队长：那里有调缸，那是能工巧匠的制成品，你把缸的边缘和两旁的耳朵缠上。

---

① 索福克勒斯：《俄狄浦斯王》，载罗念生译著：《索福克勒斯悲剧五种》，上海人民出版社，2016年，第84页。

俄狄浦斯：用橄榄枝、羊毛带，还是用什么样的仪式？
歌队长：用新剪下的、小母羊的毛搓成的带子。
俄狄浦斯：好的；这仪式怎样完成呢？
歌队长：面向早晨的东方，把奠品倒在地上。
俄狄浦斯：是不是用你说的那水壶来祭奠？
歌队长：倒三次，最后一壶要倒光。
俄狄浦斯：那壶在陈列之前，里面都装些什么？这个也请你指教。
歌队长：装水和蜜；可别掺酒。
俄狄浦斯：等到树荫下的泥土吸饮了这些奠品之后，又怎么办？
歌队长：双手把三九二十七支橄榄枝摆在那里，并且这样祷告——
俄狄浦斯：我想听听这祷词，这是非常重要的。
歌队长："请你们慈悲为怀，"

　　——我们称呼她们作慈悲女神——

"接受我这个保证这地方的安全的乞援人！"
你自己这样祷告，要悄没声儿地说，别放大声音；
然后告退，不要回头看。你这样做了，我才有勇气帮助你；
否则，客人啊，我会因你而感到害怕的。①

在这一段中我们又看到了净化仪式不可少的橄榄枝，且如果我们把这一段与前面所列《俄狄浦斯王》中的段落加在一起，便更能看出古希腊时代流行的净化仪式的更完整的程式和内容。因此我们可以看出索福克勒斯非常熟悉古代"净化"仪式的风俗及其具体程式和内容。

　　我们再举一个不属于底比斯而属于雅典的"净化"仪式的例子，以为上文提供延伸性的参照，它便是流行于雅典的法耳玛科斯节的"净化"仪式。在雅典，每逢塔耳格利亚节，人们为了"净化"城市，必须将两位男子带出城外，其中一位是为了男人得到"净化"，另一位是为了女人得到"净化"。这个节日的日期是在塔耳格利亚月的第六天。从驱赶两位男人出城的事实看，几乎可以断定这是古代的活人祭，即有可能是古代人牲祭的现代版。公元1150年左右有一位叫特泽特泽斯（tzetzes）的作家，在他在《历史》（*Thousand Histories*）一书中写道："法耳玛科斯用于古时这样一类'净化'仪式：如果由于神的发怒而使城市遭受

---

① 索福克勒斯：《俄狄浦斯王》，载罗念生译著：《索福克勒斯悲剧五种》，上海人民出版社，2016年，第274页。

灾害——不管是饥荒、瘟疫还是别的灾难,人们就挑出一个相貌最丑陋的人,把他带出城外,就像是把他带到祭坛上一样,作为解救、'净化'城市的祭品。他们把这个用作祭品的活人带到指定地点后,给他捧上一些奶酪、一块大麦饼和一些无花果,然后用韭葱、野生无花果及其他野生植物抽打他,一共打七次。最后,他们用野生树木做柴火把他烧掉,之后把灰烬撒向大海、抛向空中,目的是我前面说的'净化'受难的城市。我想,那情形和吕科弗伦所描述的罗克里斯少女被火化的情形是一样的。我已经记不清他那首诗的确切诗句了,大意是:在特拉伦山上,这些少女被人们用无花果的树枝生的火烧掉,然后她们的骨灰被撒到大海里。"[1]

我们也可以略为超出"净化"仪式这一主题,更多地观察《俄狄浦斯王》中对宗教主题的利用。古希腊作家普鲁塔克便关注到了索福克勒斯利用宗教主题进行创作的情况,他在叙述古希腊社会中无神论和有神论两种思想并行的情形时说:"无神论者在举行祭典的场合,会发出任性和挖苦的嘲笑,向着身旁的朋友说起,人民必须珍视一种虚荣而愚蠢的自负,认为举行这些仪式是为了推崇神明;对他们而言即使免除也没有什么坏处。从另一方面来说,迷信的人正如他所期望的那样,不会感到任何欣喜和高兴之处:城里正弥漫着香烟,到处是求生的歌声和痛苦的呻吟。对这些迷信的人而言,他的灵魂有极其传神的描述。就在他们的头上戴着花冠的时候,脸色已经变得苍白,虽然奉献祭品,但是还是感到害怕,他用震颤的声音向上苍祈祷,发抖的手点燃祭坛的香火。"[2]特别值得注意的是,普鲁塔克还特地引用了两句《俄狄浦斯王》一开头由俄狄浦斯本人说出的台词,这也可以说明普鲁塔克看出了《俄狄浦斯王》与当时的某些宗教仪式的关系,从另一面反映出索福克勒斯利用人们熟悉的巫术仪式来编辑一出新的剧情情况。

至此我们看到,"净化"仪式或表演在古代希腊广泛存在,即使当它在人们的生活中消失以后,还仍然以片断的形式存在于戏剧或其他艺术形式中,这便是《俄狄浦斯王》中利用古代宗教主题的背景,特别是其中对"净化"仪式的利用情况。

---

[1] Jane Ellen Harrison: *Prolegomena to the Study of Greek Religion*, Cambridge: Cambridge University Press, 1922, pp. 97 - 98.
[2] 普鲁塔克:《普鲁塔克全集》第 4 集《迷信》第 9 节,席代岳译,吉林出版集团股份有限公司,2017 年,第 359—375 页。

三、巫术仪式的"净化"向悲剧的"净化"转变

"净化"仪式到公元前五六世纪时已经不再流行了,但是,"净化"仍然是雅典人熟悉的主题,仍然会在当时的一些文学作品,如戏剧等艺术形式中出现。甚至在一些重大的节日期间仍然会有类似法耳玛科斯仪式的表演,但仪式的主题不再是传统的"净化",而是为当时的政治主题服务。被驱出城邦的也可能不再是两个男人,可能演化成了一个男人,即仅仅保留了仪式的形式这一躯壳。正是从这个角度,我们可以看出俄狄浦斯的自我流放实际上也包含了一个古老的城市"净化"仪式的某部分,同时也显示了新的城邦的观点。在公元前四五世纪时,活人祭当然不被接受了,但是,流放的形式是可以接受的,而且是符合城邦法律的,即正好可以利用这一形式表现"城邦正义"的主题,且同样可以达到引起恐惧、怜悯及净化的效果。

当时不仅戏剧家们利用"净化"仪式的某些要素来创作新剧本,而且评论家们也同样利用"净化"仪式的"净化"这一用语来评论戏剧。亚里士多德便采用了"净化(katharsis)"这个宗教术语来评价悲剧的功能,显然亚氏时代的悲剧早超出了巫术表演的范畴,而更多的是表现城邦正义或法制正义的内容。我们至少可以从两个方面来理解当时评论中出现的"净化"这个术语的意义:一是说明当时人们普遍地沿袭宗教仪式的"净化"这个术语来理解悲剧的效果;二是《俄狄浦斯王》以及其他同类的悲剧中都包含古希腊巫术的"净化"仪式中的某些因素或片断,因此人们很容易便将悲剧的审美效果与"净化"仪式的恐惧效果联系起来。

索福克勒斯在《俄狄浦斯王》中仅仅是利用了"净化"仪式这一主题和形式。我们从他的不同剧作中对阿波罗形成的不同处理便可以看得出来,他习惯利用这种旧主题,并按创作意图进行改编。例如,他在《俄狄浦斯王》中把阿波罗刻画成一个复仇者,而在《降福女神》中,阿波罗则是个和事佬。

如前所述,索福克勒斯不仅在《俄狄浦斯王》中利用了"净化"仪式的主题,而且,在别的剧作中,他也经常利用这一主题,如在《安提戈涅》中恳求狄俄尼索斯"净化"罪恶深重的底比斯人。但是,作为一个雅典人,他还记得厄琉西斯人在神秘仪式上崇拜的神。

> 歌队:(首曲)啊,你这位多名的神,卡德墨亚新娘的掌上明珠,雷鸣掣电的宙斯的儿子,你保护着闻名的意大利亚,保护着厄琉西斯女神得俄的欢迎客人的盆地;啊,巴克科斯,你住在忒拜城——你

的女信徒的祖国,住在伊斯墨诺斯流水旁边,曾经种过毒龙的牙齿的地上。①

在底比斯,俄狄浦斯被称为巴克斯。然而,当诗人想到那些夜间的神秘仪式时,伊科斯这个名字便自然而然地出现了:

> 歌队:(第二曲次节)喷火的星宿的领队阿,彻夜歌声的指挥者阿,宙斯的儿子,我的主啊,快带着仙女们,你的侣伴,出现呀,她们总是在你面前,在你伊阿科斯,快乐的赐予者面前,通宵发狂,载歌载舞。②

这些便是当时可以看到的"净化"仪式的景观,即伴随着"净化"仪式还有人们的欢呼和载歌载舞的盛况。也有观点认为可能底比斯的"净化"仪式的流行还受到了北部的色雷斯的风俗的影响,我们可以继续从《俄狄浦斯王》中观察这种影响因素及其可能性,它们都反映了索福克勒斯的创作中。

到索福克勒斯的时代,或更早,古代希腊流行和施行的"净化"仪式或"净化"观念便已经转化成了法律思想,古代对牺牲的处置也相应地转化成了法律中的刑罚条款。当然那时的悲剧也只能体现法律正义或新的城邦正义观念。我们可以从柏拉图的《法篇》中观察到这种转化或转化机制,如"杀人凶手在杀人后的一年里要回避杀人的地方,要把他驱逐出境,不能让他在祖国的土地上留下足迹,如果死者是个外国人,那么,凶手在相同的时间内也不得进入死者的国家"③,而不是通过"净化"仪式来消除这些带给城市的不洁,据此,我们可以清楚地看到古代希腊宗教中的巫术仪式及观念已经转变成为现代法律,尽管如此,诗人们仍然巧妙地利用那些仪式的传统形式中的要素来进行新的创作。

所以,我们可以说,悲剧论中的"净化"是从巫术仪式的"净化"仪式转化而来的,这种形式转变的根本则是由于悲剧中经常利用古代"净化"仪式的某些程式,即它的现实的土壤虽然已经消失了,但它仍然以艺术的方式存在于人们的想象中。索福克勒斯的《俄狄浦斯王》一剧对"净化"仪式的利用为我们提供了这方面的最典型的参考。

---

① 索福克勒斯:《安提戈涅》,载罗念生译著:《索福克勒斯悲剧五种》,上海人民出版社,2016年,第50页。
② 同上书,第51页。
③ 柏拉图:《法篇》,载《柏拉图全集》第3卷,王晓朝译,人民出版社,2017年,第627页。

毫无疑问,到了索福克勒斯的时代,古希腊流行的许多巫术仪式早已不复存在,各种仪式中存在的种种令人恐怖的场面,如屠宰牺牲,特别是人牲的场面早已经成为过去,取而代之的是新的城邦正义或法律正义,但这并不能说明关于古代的各种仪式及其场面在人们的记忆中便消失无踪了,它们还继续存在着,作为某些潜在的形式,存在于人们的心中,并有可能被某种机缘激活。索福克勒斯在他的创作中充分利用了这些已经不存在了的仪式的形式因素,来创作自己新的戏剧文本,并通过对它们的重新激活打动观众,来达到宣扬伯里克利时代的城邦正义和法律正义的效果。

诗人译者与个性化反叛
——论肯尼斯·雷克斯罗斯杜诗英译的翻译策略

徐依凡*

内容提要 1956年,肯尼斯·雷克斯罗斯出版了他的第一部汉诗选译集《中国诗百首》,其中共有35首杜甫诗歌的英译。这部译诗集不仅是汉诗翻译的优秀作品,也称得上是一部美国诗歌经典。笔者将立足于雷克斯罗斯既为诗人又为译者的双重身份,探讨在20世纪前半叶美国诗歌发展背景下,雷克斯罗斯通过汉诗英译对诗坛领袖艾略特提出的"非个性化"理论所展开的质疑与挑战,而这种反叛的内核,正是对这一理论背后的整个西方传统价值的颠覆。笔者将通过具体文本的技术性分析与翻译研究领域的理论阐释,求取雷克斯罗斯在特定的目标与立场下所采取的翻译策略,并进一步讨论他在这些翻译策略中所投射的审美反思,尤其是重新观照了人与世界之相处、情感普遍性与个别性以及传统与个人的意义等诸种问题。通过这些特殊的策略,雷克斯罗斯把异域文化的差异审美价值引入本土语境,并开启了英语表达的更新与激活,推动了个体审美思想与价值观念的修正。本文将在翻译史、翻译理论与美学理论的交汇点上,讨论雷克斯罗斯的英译杜诗在整合异质性与本土价值的过程中,把第一人称唤回文本并解放个体情感,从而在诗人译者对杜甫诗歌的个性化诠释中完成对本土诗学理论的反叛。

关键词 雷克斯罗斯;杜诗英译;诗人译者;翻译策略;《中国诗百首》

引言:"诗人译者"身份的双重性

肯尼斯·雷克斯罗斯(Kenneth Rexroth)既是诗人又是译者,这一身份的双重性在翻译活动中表现为主体性的正反两面:他作为诗人的审美修养、文化自觉与创造能力提供了主动诠释异域文本的可能性,同时,作为译者又受限于文本背后两种语言与文化的不可通约性(incommensurability),以及受到本土读者期待与接受的制约。这两个身份在翻译活动中不断相互促进与约束,从而引导雷克斯罗斯选择最优的翻译策略。

---

* 徐依凡,复旦大学中文系硕士生,此文完成于本科四年级。

雷克斯罗斯声称进行诗歌翻译"仅仅是经年以来为了使自己愉悦,并非是炫耀学术能力或对汉学这个复杂论题的掌握"①。可见他的翻译目的不同于学者,译诗无意于推动汉学研究的发展,而是试图在翻译、改写与模仿的交叉平面上,利用异域文本的素材,激发出更多审美表达的可能性。因此,对于诗人译者而言,对源语文本的认同与共情是不可或缺的环节,而翻译也成为审美经验的表现媒介。

诗歌作为民族文化的结晶,也是民族语言最高成就的体现,因此诗人的素养使得雷克斯罗斯对语言有着卓越的掌控力,而他也始终保持着对语言历史性的敏感。"随着时间的流逝,所有的翻译都会陈旧。在语言变化之前,社会已经发生了变迁。"②雷克斯罗斯对翻译当代性的认识,也反映出他对激活英语表达的追求。"翻译,的确可以帮助我们造出许多新的字眼,新的句法,丰富的字汇和细腻的精密的正确的表现。"③语言系统的更新能够有效拓宽文学的表现域,从而推动思维方式的转型。于是,诗人的才华能够在译者的任务下得以施展,在诗歌表达的意义与形式两个层面上提炼语言的艺术。

相较于诗人审美的非功利性,译者通常具有明确目的。雷克斯罗斯相信中国诗歌所展现的美学思想能够为当时已趋乏味僵化的美国诗歌带来新质,希望借助翻译引入这种异域审美思想,从而推动本土审美风尚的转变。

从翻译研究理论史来看,自20世纪80年代起,以勒菲弗尔(André Lefevere)和巴斯奈特(Susan Bassnett)为代表的文化学派提出了翻译研究的文化转向(cultural turn),学界才普遍开始关注译者主体性(translator subjectivity)问题,这种对身份的凸显意味着译者地位的提升。译者主体性是指"作为翻译主体的译者在尊重翻译对象的前提下,为实现翻译目的而在翻译活动中表现出的主观介入,其基本特征是翻译主体自觉的文化意识、人文品格和文化、审美创造性"④。但另一方面,主体的介入并不是任意性的,而是会受到语言规则与文化语境的规限,以及意识形态(ideology)、诗学(poetic)与赞助人(patronage)的操控(manipulation)⑤。在社会文化方面,二战之后的美国处

---

① Kenneth Rexroth, *Love and the Turning Year: One Hundred More Poems from the Chinese*, New York: New Directions, 1970, p. xv.
② Kenneth Rexroth, "Poet as Translator", in Bradford Marrow, ed., *World Outside the Window*, New York: New Directions, 1987, p. 173.
③ 鲁迅:《关于翻译的通信》,载《鲁迅文集》第四卷《二心集》,人民文学出版社,2005年,第380页。
④ 查明建、田雨:《论译者主体性——从译者文化地位的边缘化谈起》,《中国翻译》2003年第1期。
⑤ 按:操控学派代表人物勒菲弗尔提出:意识形态、诗学与赞助人是操控文学翻译的三大力量。详见 André Lefevere, *Translation, Rewriting, and the Manipulation of Literary Fame*, London and New York: Routledge, 1992.

于后工业时期,民众遭遇了资本主义世界中的价值危机,普遍认识到西方的传统思想、宗教信仰和生活方式已经不足以让他们安身立命,纷纷呼唤自然人性的回归,其中"敏锐的诗人们率先在文学领域向东方文化寻求自救之道"[①]。在诗学方面,此前诗人们的创作都深受艾略特(T. S. Eliot)的影响,但诗坛对"非个性化"(impersonal theory)日趋狭隘的理解使得诗人无法自由表达主观情感;在这种困境下,诗人力求摆脱"非个性化"理论的束缚,追求现实生活中情感的真实抒发与个体的自由表达。

翻译文学正是在这个角度能够对既定的文学系统产生影响,正如佐哈(Itamar Even-Zohar)所言:"当翻译取得中心地位的时候,翻译行为参与创造新的重要模式这一过程,此时译者主要关注的不仅是找寻本国文学中既有的文学模式以翻译原文;相反,在这种情形下,译者已经准备好打破本国的传统。"[②]在这个阶段,雷克斯罗斯把目光转向异域文化,寻找新的审美思想,颠覆本土既有的文学表现样式及其背后的价值观念。

可见,诗人与译者的双重身份,不是简单地代表主动与被动两个相反的方面,而是两者之间相互推进、相互制约而形成了闭合的循环,丰富了译者主体性的内涵。基于这种身份的双重性,雷克斯罗斯在翻译中采取了与之相契合的策略。

一、"中国式法则":诗境保留中主客关系的修正

雷克斯罗斯在《诗人作为译者》("Poet as Translator")一文中,详细阐述了他的翻译立场与翻译观,并相应地提出了保留"诗境"(poetic situation)与遵循"中国式法则"(Chinese rule)的翻译方法,而实践技巧背后的原理又与他的诗学思想相契合。因此,我们首先需要在诗歌发展史的背景中来考察翻译与诗学之间的交互影响作用。

雷克斯罗斯美学思想的形成不仅与他早期诗歌创作经验有着密切的联系,

---

① 钟玲:《美国诗与中国梦——美国现代诗里的中国文化模式》,广西师范大学出版社,2003年,第24页。

② Itamar Even-Zohar, "The Position of Translated Literature within the Literary Polysystem", in Lawrence Venuti, ed., *The Translation Studies Reader*, London and New York: Routledge, 2000, p.196. 按:佐哈在上述文章中围绕"翻译文学在文学多元系统中的地位"来展开讨论,因此他在文章的第五部分提出这一观点时,是基于翻译取得中心地位这一前提条件,来反观"翻译文学的地位会带来怎样的翻译规范、翻译行为和翻译政策"。但是本文并不旨在宏观地探讨20世纪中期美国文坛的文学系统,而是致力于雷克斯罗斯个人文学创作历程的微观层面。当雷克斯罗斯意识到本国诗歌发展出现僵化与停滞时,他试图在翻译活动中挖掘丰富灵活的文学新形式。

也受到当时诗坛风气的反向推动。20世纪20年代的美国诗坛以艾略特为领袖,他继承并践行了庞德(Ezra Pound)的"意象派"宣言,又在法国象征主义和英国玄学派的影响下,完成了从意象主义到象征主义的转变;针对浪漫主义过分崇尚个性与自我的现象与"一战后西方精神的颠覆与资本主义的幻灭",他试图"用象征的手法和晦涩的文字给式微的西方文明提供一个'图徽'(emblem)"①。由此,艾略特提出了"非个性化"的理论主张,他认为:"'感受'本身既不是主观的也不是客观的,但当其发展为一种术语和关系的清晰整体时,就能影响有意识的主体,但不影响主体有意识的客体。"②他进一步提出为了实现对非个性化情感的传递,诗人应当采用"客观对应物"(objective correlative)的手法:"用艺术形式表达情感的唯一方法是寻找一个'客观对应物';换句话说,是用一系列实物、场景,一连串事件来表现某种特定的情感,那种情感的最终形式必然是感觉经验的外部事实一旦出现便能立刻唤起。"③这个理念力图把诸种客体对应物通过关联连接成网,形成一套把个体情感进行转换、过滤从而实现理性化的流程。

但雷克斯罗斯对这一思想中所包含的"主体-客体"关系却有着完全不同的看法,他把艾略特的理论与立体主义诗歌的特征作了对比:"立体主义诗歌有一个主体,一个静止的生命,那个主体的各个元素都破碎了,并在空间与时间中分解、重组成一个崭新的、更具审美性的强有力的整体,但那却仍是一个主体。而庞德、艾略特与乔伊斯(James Joyce)的做法却不同,他们作品中的主体是模糊的、不明确的以及宏大的,并且展示为各种各样碎片化主体拼贴之后的图像。"④但即便如此,雷克斯罗斯依然认为诗歌艺术达到了殊途同归的效果,《荒原》("The Waste Land")正是有这样的表现力。雷克斯罗斯不仅批判艾略特的诗学理论,还大胆指出了他的诗歌理论与实践之间的自相矛盾:"大多数伟大的诗篇是根据错误的原理与隐秘的、尴尬的隐私而写就的。"⑤艾略特总是称自

---

① 李文俊:《美国现代诗歌 1912—1945》,《外国文学》1982 年第 9 期。
② T. S. Eliot, *Knowledge and Experience in the Philosophy of F. H. Bradley*, London: Faber and Faber, 1964, p.21.
③ T. S. Eliot, "Hamlet", in *Selected Essays*, London: Faber and Faber Limited, 1951, p.145。按:特别需要指出的是,"objective correlative"根据其理论内涵应译成"客体关联物",而非学界所通常使用的"客观对应物",前者暗示了客体之间的关联能够发展成为一种程序系统;这一点江玉娇、李贵苍两位学者在论文中曾指出过,本文为了保持术语的统一性仍使用"客观对应物"(详见江玉娇、李贵苍:《重新探讨 T. S. 艾略特诗学理论的渊源》,《国外理论动态》2009 年第 5 期)。
④ Kenneth Rexroth, *American Poetry in the Twentieth Century*, New York: Herder and Herder, 1971, p.61.
⑤ Ibid., p.60.

己用古典主义的手法写作,但事实上雷克斯罗斯认为他显然在用浪漫主义的手法写作。

雷克斯罗斯的汉诗翻译正是希望能够探求一种实现个性化效果的"正确原理",于是他全面地总结了中国自然题材诗歌的审美特质,认为"中国诗人不喜欢过于华丽的词藻,他们从不谈论诗歌的材料,也不对生命做抽象的思考,而是呈现一个场景和一个动作"[1]。他发现,诗歌情境本身是中国古典诗词的重要元素,他紧扣这一特点对中国诗歌创作技法总结出一套"中国式法则":"在诗中表现具体的场景、行为及诉诸五官的意象,并创造一种'诗境'。"[2]

雷克斯罗斯的目的是能够通过翻译引入异质性元素对非个性化理论及其背后的传统价值进行修正;因此,在对于"诗境"的讨论方面,"异质性"所指涉的内涵不仅是创作手法的更新,更是哲学、美学与价值取向的差异。这种诗学观念的推动力自庞德开始已渐渐渗透到美国诗中,庞德甚至把价值修正的走向类比为文艺复兴:"一场文艺复兴,或是一场觉醒运动,其第一步是输入印刷、雕塑或写作的范本……很可能本世纪(20 世纪——笔者注)会在中国找到新的希腊。目前我们已找到一整套新的价值。"[3]

在具体实践"中国式法则"来保留诗境之时,雷克斯罗斯特别注意采用简洁、明确与凝练的名词性意象,并娴熟运用了意象并置(juxtaposition)和意象叠加(superposition)的手法——前者指关系不明确的意象形成的并举,构成多义的韵味,而后者指比喻性意象不用连接词直接与所修饰的意象连在一起[4]。其效果是把读者抛置于大自然中形成一个有机整体,并于其中通过知觉体验来触发真实而直接的情感,而非把情感对应为一种被精密计算与转换的特殊程式。这里以《旅夜书怀》的翻译为例来具体阐明意象、诗境与情感的关系。

---

[1] Kenneth Rexroth, "Tu Fu Poems", in *Classics Revisited*, New York: New Directions, 1986, p. 91.

[2] 钟玲:《体验和创作——评雷克斯罗斯英译的杜甫诗》,载郑树森编:《中美文学因缘》,(台北)东大图书公司,1985 年,第 157—158 页。按:钟玲在文中记录了对雷克斯罗斯的访问,对于诗境,雷克斯罗斯自己的解释是"必有一个特定的地点,一个特定的时间。……如果描写松林中远远传来一声钟响,一定是群山之中有座庙。用这种方式,能令读者置身一'诗境'中,令他置身在一个地点,就像令他置身舞台之上,成为演员之一。……这是中国诗歌的一个基本技巧"。

[3] Ezra Pound, *The Critical Heritage*, ed. Eric Homberger, Austin: Austin University Press, 1972, p. 108. 按:此文首次刊登于 1915 年的《诗刊》上,言及"找到一套新的价值"是因为庞德当时正在翻译整理费诺罗萨的手稿,其中有许多关于中国诗歌与绘画的评论。

[4] 赵毅衡:《诗神远游——中国如何改变了美国现代诗》,四川文艺出版社,2013 年,第 226—227 页。

> 细草微风岸,危樯独夜舟。
> 星垂平野阔,月涌大江流。
> 名岂文章著,官应老病休。
> 飘飘何所似,天地一沙鸥。①

> NIGHT THOUGHTS WHILE TRAVELLING
> A light breeze rustles the reeds
> Along the river banks. The
> Mast of my lonely boat soars
> Into the night. Stars blossom
> Over the vast desert of
> Waters. Moonlight flows on the
> Surging river. My poems have
> Made me famous but I grow
> Old, ill and tired, blown hither
> And yon; I am like a gull,
> Lost between heaven and earth.②

雷克斯罗斯连用四个介词短语(along the river banks、soar into、blossom over、flows on)描绘景物之间交互的律动画面,展现出一股蓬勃的生命力。"my lonely boat"(我的孤舟)则巧妙地引入主体"I"(我)成为意境中的一个元素,在"我"的邀约下,读者一同在"the vast desert of waters"(荒漠般的浩渺水面上)飘荡,船桅入夜,诗情入境,只见水天一色、交相辉映。在结尾处,译者又把"I"(我)比作"gull"(海鸥),于天地间迷茫地失落,这不仅使"I"与"gull"合二为一,也使主体在海鸥的飞翔中悄然隐退,还原了一个旷远的画面,一种飘零的孤独感受被无限地放大。

译诗中主体被自然环境所溶解,主体与意象一同形成自足的诗境,而在其中读者依凭直观来体察意象所带来的情感冲击。霍布斯(Thomas Hobbes)在讨论文艺问题时提出:"想象是渐次衰退的感觉。"③雷克斯罗斯正是在翻译中

---

① [唐]杜甫著,[清]仇兆鳌注:《杜诗详注》第三册,中华书局,1979年,第1228—1229页。
② Kenneth Rexroth, *One Hundred Poems from the Chinese*, New York: New Directions, 1971, p. 33.
③ Thomas Hobbes, *Leviathan*, London: Touchstone, 1997, p. 11.

唤醒读者的个体性情感,使他们的感官对"衰退的感觉"保持敏锐,使他们的情绪保持天然的流露。

而为了彰显主体与客体之间的共生关系,雷克斯罗斯在翻译实践中刻意摒弃了屈折语中严格的语法规则,尝试模仿"汉语和世界语中的简单句法结构与时态"①。这种形式上的转变消除了理性介入的痕迹,而间接指向的则是中西方两种文化视域中看待世界与自身的方式,及建立在这个基础上所形成的价值体系,映射到文学特别是诗歌的层面上,便会出现审美趣味的差异。西方语言的句法通过逻辑关系组成了严密的布局,而流块顿进的汉语用"字"来组建"句",使语言在时间的体势流动中彰显局势、表情达意,这种"组块结构"又以"名词中心"为主要特征,这便是"中国式法则"的语言学本质。意象的表达有赖于思维活动中主观对客观的反映,因此在译诗中,没有出现复杂从句和长句的使用,意象保持其纯粹的本来面貌,成为主体情感的直接凝聚与释放。

另一个具有典范性的例子是《北征》的节译,这在众多的译本中都是极为罕见的,分明地体现了诗人自身的审美趣味和价值判断。雷克斯罗斯在八百余字的长篇叙事诗中,敏锐地攫取了四句环境描写:

鸱鸟鸣黄桑,野鼠拱乱穴。
夜深经战场,寒月照白骨。②

TRAVELLING NORTHWARD
Screech owls moan in the yellowing
Mulberry trees. Field mice scurry,
Preparing their holes for winter.
Midnight, we cross an old battlefield.
The moonlight shines cold on white bones. ③

译诗没有交代安史之乱的背景:"潼关百万师,往者散何卒。遂令半秦民,残害

---

① Chung Ling, "Kenneth Rexroth and Chinese Poetry Translation, Imitation and Adaptation", Ph. D. diss., University of Wisconsin-Madison, 1972, p. 68.
② [唐]杜甫著,[清]仇兆鳌注:《杜诗详注》第一册,中华书局,1979 年,第 397 页。
③ Kenneth Rexroth, *One Hundred Poems from the Chinese*, New York: New Directions, 1971, p. 10.

为异物。"①他仅截取一个深夜途经战场的片段,形成了一首独立的诗歌。起首两句通过刻画夜间动物来描绘环境,诗人注意到了视觉和听觉双重感官的刺激,增添了猫头鹰的"screech"(尖叫声)和"moan"(悲吟声)以及野鼠的"scurry"(仓皇疾跑声),混杂着凄厉和慌乱。正如雷克斯罗斯所推崇的立体主义诗歌一样,他引领读者感受"眩晕,着迷,狂喜,水晶般凄切的声音,破碎和折射的光线,无限的深度,失重,刺激的气与味,以及综合这些感觉和情绪,感受一种全身心的清澈"②。他通过感官的勾勒来反衬寂寥萧索的昔日战场景象,从而触发油然而生的荒凉之感。

最后一句收尾中也有一个看似简单而意蕴复杂的词"cold"(冷),它带来了多重模糊的含义:既可以作形容词指月光的清冷,又可以作副词指月光不顾人事地兀自洒在地面,还可以表现月光下的一片"尸骨寒"。虽然在英语中很难进行准确的语法分析,但这正是汉语古典诗词中常见的表达,一种因歧义而带来的蕴藉美。究其缘由,是源于"汉字具有主体思维性,置诸文学,则灌注了诗人的知觉体验;因为汉字的象形不同于图画,它不是对事物进行写实性的描摹,而是人们观察事物、接触大自然的体会。"③诗歌的最后,主体又消失在"moonlight"(月光)里,徒留一堆白骨,与其说主体隐匿起来了,不如说是主体的情感融化在客体的意境中,主体已然不需要言说而化身于诗境,诗境同时也浸润着主体的情绪,二者同时交融在"cold"一词中。

主体与诗境的关系意味着人与世界之间的关系,这不仅是雷克斯罗斯的审美追求,也是他对个体生存境遇的反思。雷克斯罗斯的世界观深受怀特海(Alfred North Whitehead)过程哲学(process philosophy)的影响,过程哲学认为现实是由动态的"成为"(becoming)过程而非静态的"存在"(being)所组成的④,其中特别强调事件是由性质与关系构成有机体(organism)。而雷克斯罗斯在自传中声称:"我想怀特海给我奠定的现代哲学基础是其关于有机过程和内在一致性的哲学思想,而不是超验的神性。"⑤生命哲学对创造与变化的关注

---

① 〔唐〕杜甫著,〔清〕仇兆鳌注:《杜诗详注》第一册,中华书局,1979年,第397页。
② Kenneth Rexroth, "The Cubist Poetry of Pierre Reverdy", in Bradford Marrow ed., *World Outside the Window*, New York: New Directions, 1987, p.254.
③ 申小龙:《汉字思维》,山东教育出版社,2014年,第339页。
④ Alfred North Whitehead, *Process and Reality*, New York: The Free Press, 1978, p.18.
⑤ Kenneth Rexroth, *An Autobiographical Novel*, ed. Linda Hamalian, New York: New Directions, 1991, p.391。按:怀特海于1929年发表《过程与实在》之后,用"现实统一体"(actual entity)与"永恒客体"(eternal object)取代原先对事件与有机体的论述,并在试图调和二者对立的过程中重新引入上帝。而对于这部分学说,雷克斯罗斯并没有采纳,尤其对怀特海后期的作品失去了兴趣。

催生了新的人生观与道德观,尤其是脱离自然科学所构建的理性桎梏对人类精神现象进行重新认识,这是西方现代哲学颠覆逻各斯中心主义的突破口,但另一方面却是东方哲学的基本思想,再进一步说,是道家思想的核心价值。雷克斯罗斯通过阅读李约瑟的《中国古代科学思想史》来了解老庄哲学,书中将其概括为"自然的统一性和自发性",即把宇宙当作有机的整体,"其大无外,其小无内,一统万物的自然,和永恒常在,自本自根的道"①。这便是"中国式法则"背后的哲学内核,也是诗境创造所依循的原理,因此这一手法不仅是对意象、诗境与主体关系的重新认识,更是指向了对不同价值观的反思。

如果说非个性化理论力图在二元对立中消除知觉的特殊性,通过抽象来追求"客观对应物"的静态程式,那么雷克斯罗斯则关注作为整体与统一的自然有机体,尤其是有机体发生变化与创造的过程,这意味着情感是具象化与个性化的。于是,他所创造的诗境往往是一种天人合一的动态体验,就如同朱光潜在《诗论》中谈到的那样:"每首诗都自成一种境界。无论是作者或是读者,在心领神会一首好诗时,都必有一幅画境或一幕戏景,很新鲜生动地突现于眼前,使他神魂为之钩摄,若惊若喜。"②他引导读者进入诗境,放大个体的感觉经验,细化知觉的肉身观照,使他们面对大自然时感到"若惊若喜"。译者的邀约给不同的个体提供了"此在"(Dasein)和"共在"(Mitsein)的真切生命体验,具体化的意象与知觉化的情感相互渗透而构成诗境,这种主客关系及其背后的语言学及哲学意义构成了对抽象化程式的反拨,从而达成本土价值的自觉修正。

二、文本的"来世":情感棱面的创造性改译

为了寻找颠覆非个性化理论的具体手法,雷克斯罗斯在艺术领域与异域文化中自觉吸收新的美学观念,重新关照个体生命的独特价值,挖掘"非个性化"所抹杀的个体性与生活性。他反叛的立足点首先是核心的"情感"问题,雷克斯罗斯的诗学立场决定了他的翻译策略,他希望通过翻译实践在异域文本中挖掘具象化与细节化的情感表达,并以此激发自己的创作灵感。

在雷克斯罗斯所译的35首杜甫诗歌中,大多数作品都有明确的情感线索,而第一人称始终于具体的事件与场景中保持在场。于是,"个性化"不仅指的是作为情感所属者的主人公在特殊情境下的自我抒发,还强调了情感本身也是由主人公通过具体的目之所见、耳之所闻生发而来的,因此诗中客体几乎没有象

---

① 李约瑟:《中国古代科学思想史》,陈立夫主译,江西人民出版社,2006年,第53页。
② 朱光潜:《诗论》,江苏文艺出版社,2008年,第49页。

征意义,译者甚至会直接把情绪剖析成简洁明了的词语来诉说。这些个性化的情感类别大致可以分为以下几种:第一,在自然中宁静祥和的心绪,这类诗歌中多采用了情景交融的手法,包括"Clear After Rain"(《雨晴》)、"New Moon"(《初月》)、"Dawn over the Mountains"(《晓望》)、"Homecoming-Late at Night"(《夜归》)、"Stars and Moon on the River"(《江边星月二首》其一)、"Brimming Water"(《漫成一首》)等;第二,关于时间流逝与人事浮沉的慨叹,例如"By the Winding River"(《曲江二首》)中用"cry out"与"pain in my heart"点明伤春,"Loneliness"(《独立》)中围绕"sorrows"展开,"The Willow"(《绝句漫兴九首》其九)、"Moon Festival"(《月》)与"Jade Flower Palace"(《玉华宫》)三首分别使用"sad""bitter"与"pathos"来抒写时间意识所生发而来的痛苦;第三,战争带来的无奈与痛苦之情,如"A Restless Night in Camp"(《倦夜》)中弥漫的"worry","Night in the House by the River"(《阁夜》)中直白而强烈的"cut the heart";此外,还有友谊所带来的宽慰与温暖、思乡所触发的愁绪与忧伤等。但这些诗歌都有一个共同特征,从整体来看,如果说原诗中错综的情感呈现为不规则的多面体,那么译诗便是把这组情感在某一个棱面上的投射表现得尤为充分,这是雷克斯罗斯在处理"情感"问题上所采取的总体策略。

杜诗把个体遭遇与人民生活、家国命脉紧密相连,作为集大成者的杜诗具有厚重的意涵系统,孕育在民族文化与历史之中,形成一个承前启后的连续统一体,其文本的复杂性导致意义必然会在翻译中部分地失落。任何翻译都是把处在转码样态的文本,从其特定的源语(source language)文化传统中连根拔起,从而给予译入语(target language)语境下的本土化诠释,诗歌更是如此。因为诗歌书写的空白点及隐喻的多义性构成其审美形式的文本特质,在诗歌抽象的审美意象中,其极为丰富且多元的意义层次,必然指向丰富且多元的审美文化心理结构。一旦诗歌脱离了源语语境,其审美意象中所承载的歧义性与模糊性,便几乎无法在两种不可通约的语言文化中完成准确的等值转码。

在这种困境下,雷克斯罗斯根据自身对诗歌内容的共情,借助文本变形系统(system of textual deformation)予以弥补,主动选择在译本中呈现的意义以及意义出场的方式,"或是激活原文欠缺的、掩藏的或压抑的成分,或是把多义变成单义,或是把原文折叠的部分展开扩充"①。对于雷克斯罗斯而言,对非个

---

① Antoine Berman, "Translation and the Trials of the Foreign", in *The Translation Studies Reader*, edited and translated by Lawrence Venuti, London and New York: Routledge, 2000, pp. 288 - 290。按:贝尔曼主张摒弃翻译中的种族中心主义,反对通过变形、改编等方式对译本进行"本土化"(naturalization)。他在文中指责以往的翻译对"异"成分的压抑,详细描述了译本中存在的(转下页)

性化的挣脱不仅体现在他借助中国古典文学的审美观念来颠覆本土价值,还体现在对中国文学传统的拣选。他舍弃了儒家意识形态在诗歌中的附加意义,因为他需要警惕杜诗可能存在的"非个性化"传统;因此,他选择凸显了诗歌中更为纯粹与直接的情感棱面,并在删削中为诗歌建构同质化(homogenization)的诠释。

其中,《春宿左省》的情形十分特别,因为这首诗歌中的主线情感其实占据原诗情感层次中十分微弱的一部分,是雷克斯罗斯在剥离其政治外衣的同时进行了想象性创造。

  花隐掖垣暮,啾啾栖鸟过。
  星临万户动,月傍九霄多。
  不寝听金钥,因风想玉珂。
  明朝有封事,数问夜如何。①

  WAITING FOR AUDIENCE ON A SPRING NIGHT
  The flowers along the palace
  Walls grow dim in the twilight.
  Twittering birds fly past to roost.
  Twinkling stars move over ten
  Thousand households. The full moon
  Enters the Ninth Constellation.
  Wakeful, I hear the rattle
  Of gold keys in locks. I hear jade
  Bridle pendants tinkling in
  The wind. At the dawn audience
  I must present a special
  Memorial. Time and again

(接上页)种种变形倾向,认为文本变形系统阻碍了"异"的进入。但需要注意的是,贝尔曼的翻译批评中所强调的异化与翻译伦理对韦努蒂的后殖民翻译理论产生了巨大影响,他们批判的是刻意遮蔽译出语文化的翻译策略,而此处讨论的雷克斯罗斯翻译,他的目的恰好与之相反,其意欲在译文中彰显异质话语以修正本土价值。本文探讨的是以何种方式能够在译入语语境下更好地诠释源语文化,因此,这里借用贝尔曼对于文本变形与改编方式的总结,是肯定了这种策略在诗人译者特定立场下的作用。

① [唐]杜甫著,[清]仇兆鳌注:《杜诗详注》第一册,中华书局,1979年,第438页。

I wonder how long the night will last.①

仇兆鳌评价这首诗:"自暮至夜,自夜至朝,叙述详明,而忠勤为国之意,即在其中。"②原诗中所表达的急切心情都与心忧社稷、勤于国事的士大夫形象密切相关,"'数问夜如何'是谏臣之心"③,忠君报国和兼济天下是立德的终极目标,这便直接影响了中国文学传统形成自身的普遍性追求。但反观雷克斯罗斯的处理,他首先把诗题改变为"Waiting For Audience On A Spring Night"(在春夜里等待听众),便可知主人公第二天不是向皇帝进言,而是在一众听者面前发表"special memorial"(特殊的纪念演讲),他把词语附带的政治背景与文化心理刻意抹去了,把语境置换成"为第二天将要发表纪念演讲而紧张",译文中也丝毫没有出现"官吏""朝政"与"值夜"等相关语汇,因此诗歌在保留了所有异质性意象的同时,也丰富了一种新的情感。这些景物(flowers,palace,walls,birds,stars,households,full moon,Ninth Constellation)从文化历史的积淀中重新回归大自然本身,能指与所指的对应直接而明确。于是,诗歌前半部分的意象叠加,烘托了一个春夜静谧安详的环境,使人感到愉快惬意;后半部分着重描摹主人公内心的焦虑紧张:"I wonder how long the night will last"(我想,这长夜将会绵延多久),恰到好处地呼应了被"篡改"的标题。

在这个例子中,译者把一种原先处在文本边缘的情感"紧张焦虑",在翻译时挪至意义的中心,而原本隐含在字里行间并贯穿全诗的"忠君爱民"之义被完全排挤,译诗中的杜甫以"亲切而直接无隐"的语调与读者进行对话④。

在雷克斯罗斯对情感的个性化处理中,也存在一些情感线索未必是原诗既有的棱面;通过他的很多处"误译",我们可以清晰看到译者显身的痕迹,雷克斯罗斯把自己的理解与解释融入译本中,此时个体情感的不规则投射会无意识地激发出"纯语言"(pure language)的种子,译者借此挖掘出原诗中个性化情感的更多可能。

本雅明在 1923 年发表的《译者的任务》("The Task of the Translator")一

---

① Kenneth Rexroth, *One Hundred Poems from the Chinese*, New York: New Directions, 1971, p. 10.
② [唐]杜甫著,[清]仇兆鳌注:《杜诗详注》第一册,中华书局,1979 年,第 438 页。
③ [明]王嗣奭:《杜臆》,上海古籍出版社,1983 年,第 64 页。
④ 钟玲:《简朴而诚挚:美国现代诗歌中展现的汉诗风格》,载单德兴编:《第三届美国文学与思想研讨会论文选集·文学篇》,(台北)欧美研究所,1993 年,第 283 页。按:原文为"这些名家的汉诗英译还促成另外一种文学成俗,即一股新的声音(voice),在美国现代诗中出现的一种亲切而直接无隐的语调。"

文中讨论到"可译性"(translatability)问题,他指出:"译作依据的不是原作的现世(life),而是原作的来世(afterlife)。"①这标志着译本是生命线的延续,原文若要获得"永生"(eternal afterlife)和"名声"(fame),也就是在历史上确立经典化的地位,则必须依赖译作以经受时间和空间的重重考验。"译文使原文经典化和固定化,并展示了原文中所存在的那些我们未曾发觉的意义流动性和不稳定性。"②而在表现形式上,"译作呼唤原作却不进入原作,它寻找一个独特的点,在这个点上听见一个回声以自己的语言回荡在陌生的语言里"③。由此,译作也就有了相异的功能,不再局限于复制或传递原作的意义,而是在其特定语言的意指方式中对原作进行补充。

雷克斯罗斯正是承担了这样的"译者任务",他依凭自我的体认发掘了杜诗文本在注疏传统中都没有出现的特殊意蕴,并且使其在现代英语土壤中重新生长,形成一种跨文化的互补样态。《宿府》的英译是一个典型案例。

清秋幕府井梧寒,独宿江城蜡炬残。
永夜角声悲自语,中天月色好谁看。
风尘荏苒音书绝,关塞萧条行路难。
已忍伶俜十年事,强移栖息一枝安。④

I PASS THE NIGHT AT GENERAL HEADQUARTERS
A clear night in harvest time.
In the courtyard at headquarters.
The wu-tung trees grow cold.
In the city by the river
I wake alone by a guttering

---

① Walter Benjamin, "The Task of the Translator", in Lawrence Venuti, ed., *The Translation Studies Reader*, London and New York: Routledge, 2000, p.16.
② Paul De Man, "'Conclusions' on Walter Benjamin's '*The Task of the Translator*'", Messenger Lecture, Cornell University, March 4, 1983, in *Yale French Studies*, New Haven: Yale University Press, 2000, p.22.
③ Walter Benjamin, "The Task of the Translator", in Lawrence Venuti, ed., *The Translation Studies Reader*, London and New York: Routledge, 2000, p.20. 按:本雅明在印欧语系的内部展开论证,因此"译作的回声"可以指涉语言之间的亲缘关系。但当我们讨论印欧语系和汉藏语系之间的翻译时,应当把视角转向文化的回声。
④ [唐]杜甫著,[清]仇兆鳌注:《杜诗详注》第三册,中华书局,1979年,第1172页。

> Candle. All night long bugle
> Calls disturb my thoughts. The splendor
> Of the moonlight floods the sky.
> Who bothers to look at it?
> Whirlwinds of dust, I cannot write.
> The frontier pass is unguarded.
> It is dangerous to travel.
> Ten years wandering, sick at heart.
> I perch here like a bird on a
> Twig, thankful for a moment's peace.①

译诗以烘托凄凉的氛围与描摹漂泊之苦为核心，剥离了原诗中对于战争的悲愤、官场的厌倦与现实的无奈等一系列复杂情感，而译诗中的三处改写都体现了情感的折射方式。

首先，译诗打破了情景的平和，把悲凉如人低语的号角声替换为终夜"disturb my thoughts"（扰乱思绪）的长鸣，用"splendor"（壮彩）来修饰月色，不惜笔墨地描绘"the splendor of the moonlight floods the sky"（绚烂的月光溢满了天空），情感从无人共赏月色的落寞偏离成为"Who bothers to look at it"（谁会去看呢）的惋惜，清辉兀自铺满夜空，而人间各有心事，主人公胸中豪情受到压抑。源文本视域中的时代因素被个体的思绪消解了，一点点地融合进深夜独行者的自白；这里，译者主体的审美偏好造成了原诗情感的偏移与转向，成为个性化情感的另一种诠释可能。

其次，"风尘荏苒音书绝"是一处"创造性改写"，原诗从零聚焦（zero focalization）视角呈现了战乱纷繁而音讯难达的状况，与下联"关塞萧条行路难"形成互文；雷克斯罗斯把视角转换为内聚焦（internal focalization）叙述，改译为"Whirlwinds of dust, I cannot write"（风沙飞旋，我无从书写），仅从字面上提取意义，把"尘"（dust）和"书"（write）两个汉字进行了"断章取义"式的拆解，并作为自由创作发挥的素材，立足于第一人称，想象出了一种风尘迷眼而提笔不得的无奈之情。沿着这样的思路，"关塞萧条"不再是对外在历史背景的描述，而是成了主人公心理活动的一部分，他想到在"the frontier pass is unguar-

---

① Kenneth Rexroth, *One Hundred Poems from the Chinese*, New York: New Directions, 1971, p. 25.

ded"(边塞失守)的环境中,对他而言"it is dangerous to travel"(行路危险)。主人公既无法通过书写来排遣苦闷,也无法通过实际行动来改变现状,因此封闭于心的郁结达到了顶点。译者有意地通过主人公的所见所感来安排景物的出场,一草一木都与他产生了直接而密切的逻辑关联,因此能够使他的行动受到影响、使他的情感产生波折。由此可见,雷克斯罗斯始终把抒情主体置于核心地位,借主人公的眼睛看视周遭的景物,借景物的呈现刻画主体的言行与思考,通过拼贴与重组诗歌元素从不同角度补充个体情感的丰富性。

最后,尾联中的"一枝"采用了《庄子·逍遥游》中的典故,后人常用来借代栖身之所,"自禄山叛乱以至于今,苦忍伶俜已历十年而今得参谋幕府,安栖一枝,诚不幸中之幸也,而实非中心之所欲也。清夜思之,宜其展转而不寐也"①。"'伶俜十年',见此身甘任飘蓬矣。乃今'移息一枝',而'独宿'于此,亦姑且相就之词。"②而雷克斯罗斯选择了淡化外部动乱的灾难性,并将其转化为主人公"ten years wandering"(十年的流浪)的个人经验;同时,他也把抒情主体因郁结而累积的"伶俜"之感用日常的"sick"(难受)来取代,成为一种在个体生命线上蔓延的迷茫与失落。更有甚者,末尾的"thankful"(感激)一扫原作在汉语阐释域中的复杂性,读至此处,前文所堆叠的失意逐渐消退,一种卑微的知足在反衬之下得以涌现:"我"多么感激有一处歇脚的"twig"(嫩枝)可以让所有的漂泊与寂寞都能被暂时忘却,哪怕只是弱不禁风的"一枝",哪怕只是转瞬即逝的一刻,哪怕下一秒"bird"(鸟儿)将继续在暴风雨中挣扎,但此时的慰藉足以温热"我"飘忽的生命。

假如我们回到典故产生的原初文本语境中,或许可以对于"一枝"所可以承载的情感有不同的认识:

> 许由曰:"子治天下,天下既已治也;而我犹代子,吾将为名乎? 名者,实之宾也;吾将为宾乎? 鹪鹩巢于深林,不过一枝;偃鼠饮河,不过满腹。归休乎君,予无所用天下为! 庖人虽不治庖,尸祝不越樽俎而代之矣!"③

---

① [明]王嗣奭:《杜臆》,上海古籍出版社,1983年,第204—205页。
② [清]浦起龙:《读杜心解》,中华书局,1961年,第640页。按:杜甫的诗歌中也明确点明了入幕只是碍于和严武的友谊:"束缚酬知己,蹉跎效小忠";他在不久之后便辞官离去,发出了"白头趋幕府,深觉负平生"的感慨。
③ [晋]郭象注,[唐]陆德明音义:《庄子》,见于《二十二子》,上海古籍出版社,1985年,缩印浙江书局光绪初年汇刻本,第14页。

尧把天下让与许由,许由却认为不可越俎代庖,实际上是因为他追求的并不是治理天下的"名",而是自由的境界;许由以治天下者为"庖人",而以"巢一枝""饮满腹"之人为"尸祝",其中的价值判断立见高下。当我们再次返回"一枝"这个能指的时候,它除了可以被诠释为苟且的生存状态,也能够被提炼为一种自我满足的境界。

雷克斯罗斯赋予诗歌抒情者一个由极度烦扰到自我释然的转变结局,纵观全诗,诗歌以较为清晰的情感线索展开,即便这一线索并非从原诗多层次的情感体系中遴选而得,而是通过译者的想象在原文中生长,对于原诗的改动恰恰可以表明他的内在情感与创作欲望被悉数激发,因此语言也在挣脱原文的过程中增强了张力。译者在前半部分环环相扣地表现了独白者落魄的境遇以作为铺垫,而在结尾揭示了一组对比,使得诗歌的温度由冷转热,在落寞的旋涡中留下一丝希望。或许这是隐蔽在诗歌背面的一层诠释,雷克斯罗斯在另一个时空中挖掘了文本的"来世"(afterlife),不仅作为一个补充注脚发掘了源语文化传统中被隐藏的意义,还作为一个新的种子播撒进译入语文化中,这正是来源于文本的开放性与个体情感的多种可能性诠释。

个性化的情感并不意味着情感的层次单薄、内容浅显,而是在诗歌主人公和译者主体的体验中富于变化流动。译者对情感的表达同样带有主观性,即个性化的诠释,包括由于共鸣与爱好而形成的情感偏移、通过素材的重新组合而激活的不同情感与挖掘隐藏在语言深处的隐蔽情感,这些对文本"来世"的延续不仅表现了个体情感的诸种可能,也展示了一位诗人译者的充沛活力。

三、"诗友的语调":友情译写中人称代词的回归

为了归附传统以获得真正的价值和意义,艾略特认为诗人必须逃避情感、消灭个性,而成为传递普遍情感的媒介。"诗人之所以能够引起人们的注意和兴趣,并非是因为他个人的感情、他生活中特殊事件所激发的那些感情;他特殊的感情可以是简单的、粗疏的或是扁平的,但他诗里的感情则必须是一种十分复杂的东西(却并不是生活中繁复而非同寻常的感情所具有的那种复杂性)。"[①]这在本质上即为柏拉图所追求的超验于现象界的理念(*eidos*),现实世界中的个人感情是不真实的、个别的和残缺的,而非个性化的感情是复杂的、精细的和完善的,超越了现实中存在的诸种特殊感情,诗人的个体情感无非是分

---

① T. S. Eliot, "Tradition and the Individual Talent", in *The Sacred Wood*, London: Methuen & Co. Ltd., 1920, p.57.

有(metechō)了它所属的普遍情感。而为了追求理念世界的普遍情感,所有个性化的情感都需要经过一个理性化的过程,即把第一人称驱逐出文本。

"在诗歌写作中,很多东西都必须是有意识的、经过深思熟虑的。事实上,糟糕的诗人通常在他应该有意识的地方没有意识,在他应该无意识的地方却有意识。这两个错误都使他变得'个人化'。诗歌不是情感的放纵,而是情感的逃避;它不是个性的表达,而是对个性的逃避。"①艾略特在文章结尾处,明确地表达了诗人应当对个体情感保持无意识,而在把现实感知综合提升为普遍情感之时保持有意识,此时理性便被引入艺术的中心。因此,"诗人的任务不是寻求新的感情,只是用寻常的感情来化炼成诗歌,来表现实际感情中根本没有的感觉;在这其中,诗人所从未体验的感情和他所熟悉的感情都同样可供他使用。"②由此可见,诗人可以表达的不是自己的个性,而只能作为一种特殊的媒介,把各种感性的印象和经验在其中相互结合,以达到更普遍、更永恒的情感价值;而这种情感超越了书写者本身,诗人只能作为普遍情感的接受者与传递者;在这个意义上说,诗人不再是诗歌的创造者,而是在普遍情感的激发下被动的代言人。

尽管雷克斯罗斯对艾略特的诗歌创作依然保持敬意与赞美,但他仍坚定地站在其诗学理论的对立面上,他在《遗嘱修改附录》("Codicil")一诗中对非个性化诗歌有过明确的批驳:

> 当然多年来英语诗坛的
> 统领阶层已经认定
> 诗歌就是这样,非个性化
> 构建,不允许使用人称代词。
> 如果精密无误地
> 奉行此道,这种理论
> 在实践中只能走向
> 反面。③

他认为"精密无误"地提炼与传递非个性化情感将使得诗歌在机械化的过程中

---

① T. S. Eliot, "Tradition and the Individual Talent", in *The Sacred Wood*, London: Methuen & Co. Ltd., 1920, p.58.
② Ibid.
③ Kenneth Rexroth, *The Complete Poems of Kenneth Rexroth*, Washington: Copper Canyon Press, 2003, pp.599-600.

丧失活力,他需要寻找在普遍形式中被禁锢的生命,恢复"人称"中的个体性,释放内在于现实生活的神圣精神。

雷克斯罗斯并不赞同传统儒家意识形态为杜甫所构建的"诗圣"形象,而是毫无掩饰地指出了杜甫"并非完美无瑕":

> 杜甫在肃宗(明皇之子)朝担任左拾遗(一种护民官)之时,似乎就是一个脾气暴躁的侍臣。他过于认真地对待这份闲职,作为一个不知悔改的儒家经典信奉者,他不断上书皇帝劝谏他的言行道德与外交政策。①
>
> 这是命运多舛的一生,而杜甫常用一种趋于自悯的忧愁来书写它。他体弱多病,三十岁时就自称白发老翁;他总是称自己的房子为茅屋,总是把自己形容得穷困潦倒,但实际上,虽然是茅草盖的屋子,但他屋舍数目颇为可观,他也从未放弃过房屋所有权,并始终对附属的田宅征税。②

雷克斯罗斯十分关注杜甫具体的生活境遇,把直言进谏当作"脾气暴躁",把坚持道义当作"不知悔改"的迂腐,把忧患意识当作"趋于自悯",这是把杜甫从圣坛上拉下了人间,他的缺陷也正是他的个性,是独特的个性成就了更丰富饱满的灵魂。在这里,杜甫不再是普遍意义上儒家道德准则的化身,而是作为生动具体的个人出现;杜诗也不再是中国古典诗歌的典范摹本,而是两位诗人跨越时空进行心灵对谈的平台,是能够激发雷克斯罗斯个体生命体验的文字。可见,雷克斯罗斯并不认为诗歌是通过情感的回避以追求超验的普遍性,而恰然是诗人个性化情感的迸发与放纵。

如果说"中国式法则"所注重的诗境创造体现了个体情感在主客对立的消解中显现,那么情感个性化的回归则需要让第一人称重新进入现象界中,雷克斯罗斯在杜诗英译中通过日常化实现了这一目标。

雷克斯罗斯特别青睐赠友诗与酬唱诗,中国古典诗词中友谊的内涵和表达与西方世界的传统有着显著的差异。在西方文化中,友谊大都被置于政治、宗教与哲学的领域中进行论述;在文学题材方面,友谊往往是被歌颂的主题,而非情感抒发的载体,较之于此,人们把爱情作为一种更为典型的代表。虽然中国文化中同样把"友伦"作为德行的范畴,但在友人之间相互往来的诗歌里,所呈

---

① Kenneth Rexroth. "Tu Fu Poems", in *Classics Revisited*, New York: New Directions, 1986, pp. 91-92.
② Ibid., p.92.

现出的是基于君子之交的赞美、互勉与相惜之情。而中国的友情诗在选材角度、情感基调与表现手法方面,着眼于日常生活的共情,与西方爱情诗整体所表现出的崇高与热烈不同。赵毅衡在《诗神远游——中国如何改变了美国现代诗》一书中指出:"美国新诗运动诗人认为中国诗是充分现代化的,甚至题材上都是充分现代的。当然中国诗里没有汽车、摩天大楼等素材,但中国诗用友谊来代替追求恋人的激情,用离愁代替失恋时要自杀的痛苦,用日常事务和自然景色来代替半神式的英雄。"①

《中国诗百首》中收录了杜甫的《赠卫八处士》《赠毕四曜》与《奉济驿重送严公四韵》三首友谊诗歌,译诗用生活化的语调、琐碎感的意象和去文饰的表达来传达个体之间简单而细腻的情感交流,这便是一种"与他人共在"的理想状态。雷克斯罗斯把这种朴素的形式称为"诗友的语调":"像杜甫这样的诗人有一种纯粹、直接和简单,即他作为一个身处全面交流中的人直接地表达自己,很少有西方诗人这么做。"②

以《赠毕四曜》为例,尾联"流传江鲍体,相顾免无儿"巧用典故,"江鲍体"言诗文之胜,钟嵘《诗品》曰:"文通诗体总杂,善于摹拟。"③"宋鲍参军诗,其源出于二张,善制形状写物之词。"④江淹与鲍照的诗歌被推为六朝典范,而"江鲍有诗传后,必定无儿,故有下句。"⑤但在译诗中江鲍的诗学成就与家学传承问题并没有出现,而是着眼于"We can console each other. At least we shall have descendants"(我们相互劝慰,至少我们后继有人)⑥。译者把"江鲍"简化为"我们",缩短了语言形式指向意义的路径,流传后世的将会是"我们的诗篇"(poems)与"我们的子嗣"(descendants),借文人有才无儿的缺憾来劝慰朋友,既包含了对前文"our homes are humble"(我们的屋子很简陋)与"our faces are wrinkled"(我们的脸颊布满皱纹)的自我解嘲,也表现出珍视友情、患难与共的积极感。这就意味着,友谊最基本的性质并不是一种社会道德约束,而是可以安放个体情感并获得慰藉的社会关系,因此译诗通篇使用的人称皆为"we",情感流露简约而平实。

---

① 赵毅衡:《诗神远游——中国如何改变了美国现代诗》,四川文艺出版社,2013 年,第 192 页。
② Kenneth Rexroth, "Unacknowledged Legislators and *Art Pour Art*", in *Bird in the Bush:Obvious Essays*, New York:New Direction, 1957, p.17.
③ [梁]钟嵘著,王叔岷笺证:《钟嵘诗品笺证稿》,中华书局,2007 年,第 298 页。
④ 同上书,第 282 页。
⑤ [明]王嗣奭:《杜臆》,上海古籍出版社,1983 年,第 275 页。
⑥ Kenneth Rexroth, *One Hundred Poems from the Chinese*, New York:New Directions, 1971, p.15.

友人之间的唱和互勉正是中国古代文士的传统,诗人常常以真挚的语调,叙述往事回忆,刻画细节,以表达朴素深厚的感情。雷克斯罗斯在谈论杜甫诗歌创作时,特别提及了对士大夫阶层写作惯例的理解:"杜甫对多年未见的妻子,在诗中也只透露出轻淡的感情。他从不给女子写爱情诗,而是与志同道合的男子交游,和他们维持友好的关系,这很大程度上是士人阶级的写作传统。"① 这种友谊在雷克斯罗斯看来既世俗又深刻,内在的热烈与外在的平淡,着眼生活细节的白描,以对话的方式抒发个体情感,于"共在"中再次确认个体的"此在"。

我们再以《奉济驿重送严公四韵》为例,讨论个体之间的交互情感被抛置于自然世界中的状态,进一步讨论雷克斯罗斯对日常化情感的理解与书写。此诗创作于代宗即位不久,杜甫的好友严武被召回长安,面对着挚友的得志与举荐的承诺,杜甫在诗中却流露出了孤独之意,也杂糅着对仕途无望的落寞。

> 远送从此别,青山空复情。几时杯重把,昨夜月同行。
> 列郡讴歌惜,三朝出入荣。江村独归处,寂寞养残生。②

> FAREWELL ONCE MORE
> TO MY FREND YEN AT FENG CHI STATION
> Here we part.
> You go of in the distance,
> And once more the forested mountains
> Are empty, unfriendly.
> What holiday will see us
> Drunk together again?
> Last night we walked
> Arm in arm in the moonlight,
> Singing sentimental ballads
> Along the banks of the river.
> Your honor outlasts three emperors.

---

① Kenneth Rexroth, "Tu Fu Poems", in *Classics Revisited*, New York: New Directions, 1986, p. 92.
② [唐]杜甫著,[清]仇兆鳌注:《杜诗详注》第三册,中华书局,1979 年,第 916 页。

> I go back to my lonely house by the river,
> Mute, friendless, feeding the crumbling years.①

译诗随着人称代词在"我们""你"和"我"之间切换,从二人离别时渐行渐远的现实,进入相伴相随的回忆,最后又被拉回孤独的现实,情感交织着离别的愁绪与记忆的温热。整首诗充满着简朴的场景重现与平实的语言表述,诗人怀念的是那些共饮的时日、同歌的夜晚,特别是译文中有一处创造性改译:"walked arm in arm in the moonlight"(在月色下挽着臂散步)。"列郡讴歌惜"表示了对朋友的政治才能与为人品格的高度赞美,也同时暗含了朋友的仕途顺意与自己落魄境遇的一种对比,但是雷克斯罗斯没有拘泥于对仕途的感叹,而把颈联中溢美的"歌颂"替换成为了真诚的"歌唱":"Singing sentimental ballads along the banks of the river"(沿着河岸唱着感伤的歌谣),用普通而温馨的细节来丰富对友谊的纯粹书写,让回忆的画面中绵延着"moonlight"(月光)和"banks of river"(河岸),充满了"drink"(酒)与"sing"(歌),没有激情的碰撞,皆是寻常之物景娓娓道来。

雷克斯罗斯把这样的诗歌交流模式称为"自然数"(natural numbers),即"句法和措辞上近似于人与人之间实际对话的诗歌"②,这个"直接传达"的理念不仅作为修辞手法出现,也是诗人与读者、与世界的交流方式。维特根斯坦(Ludwig Wittgenstein)在《哲学研究》(*Philosophical Investigations*)中提出了"语言-游戏"(language-game)的概念,强调语言和日常生活的联系,"语言-游戏这个概念突出了语言的言说是活动的一部分,或者说是一种生活形式(a form of life)"③。可见,语言延伸到了人类生活的每一个角落,涵盖日常生活中的各项活动。而雷克斯罗斯在译诗中对语言的处理正是把言说放诸感性生活中,而"自然数"所对应的表达方式更是在介质上消除了传递的隔阂,为语言找到了"生活形式",而非把生活世界抽象为符号组合。

《赠卫八处士》的翻译也同样如此,用自然环境作为友情书写的铺垫与底色,把人际活动包容在一个和谐的整体中,例如把"夜雨剪春韭,新炊间黄粱"译作"We go out in the night and cut young onions in the rainy darkness. We

---

① Kenneth Rexroth, *One Hundred Poems from the Chinese*, New York: New Directions, 1971, p.22.
② Morgan Gibson, *Revolutionary Rexroth: Poet of East-West Wisdom*, Hamden: The Shoe String Press Inc., 1986, p.44.
③ Ludwig Wittgenstein, *Philosophical Investigations*, trans. G. E. M. Anscombe, Oxford: Basil Blackweil Ltd., 1969, p.11.

eat them with hot, steaming, yellow millet"（我们在黑暗的雨夜里出门剪韭；我们就着冒出热气的黄粱品尝）。诗歌主体部分结合了叙事与抒情，把过去的回忆与现在的场景穿插在一起，但仍然以简洁的语词向友人感慨为主，例如用接连的疑问句来惊叹岁月流逝的无情："what night is this?"（今夕何夕?）与"How much longer will our prime last?"（壮年尚几何?）再如诗友之间毫无修饰也毫不掩饰地袒露真实的情绪："Fear and sorrow choke me and burn my bowels"（恐惧与悲伤使我凝噎断肠）与"It is sad, meeting each other again"（再次遇见着实令人伤心），甚至把原诗中含蓄的"感子故意长"变成了对长久友情的坚定信念："We still love each other as we did when we were schoolboys"（我们仍然像儿时那样彼此友爱）①。

而结尾处想象送别画面，"明日隔山岳，世事两茫茫"被译作"Tomorrow morning mountain peaks will come between us, and with them the endless, oblivious business of the world"（翌日清晨，山峰将隔开我们，与之相随的还有这世上无尽的琐事）②；"世界之纷扰"与"青山之巅"并列成为绵延不绝的整体，直闯进来分开了两位友人，喟然感叹之余还交代了友谊、自然与人事的关系，它们都暗示着一种悲剧意识。钟玲对此评论道："那友情、幸福与爱面对浩瀚的宇宙都是无可奈何地转瞬即逝，这种珍贵的人类关系将不可避免地被无情的大自然与令人厌倦的世事割断。"③但钟玲没有意识到的是，人对于时间性的敏感可以催生存在的焦虑，而友谊恰然可以作为克服生命焦虑的途径之一。雷克斯罗斯用介词"with"把自然性与社会性糅合于统一体的世界，而用介词"between"诠释了友情与整个世界的纽带；这种在不同文化语境中的语言表达能够释放本土的"语言剩余"（remainder），译诗的基调反过来利于对友谊的个性化书写，暗示了雷克斯罗斯对这种情感交流的憧憬与肯定，甚至把格局从对人际关系的思考转向了对宇宙的关照。

友谊书写丰富了雷克斯罗斯审美思想中对个性化的理解，被抛置于世界中的个体在与他者的关联中解蔽自身的存在与意义，而友谊便是一种具有代表性却往往被西方文学忽略的人际关系。译诗在表达内容上筛选性地突出了日常化的场合，在生活细节中注入个体本位的真挚性与独特性，必要时则以本土话

---

① Kenneth Rexroth, *One Hundred Poems from the Chinese*, New York: New Directions, 1971, pp. 11 - 12.
② Ibid.
③ Chung Ling, "Kenneth Rexroth and Chinese Poetry Translation, Imitation and Adaptation", Ph. D. diss., University of Wisconsin-Madison, 1972, pp. 122 - 123.

语增改的方式进行处理;而在手法形式上采用"诗友的语调",以第一人称与第二人称直接对话的方式不加修饰地流露彼此的情感,无论是叙事还是抒情,大多使用口语短句与简单词汇。友情的书写有利于个体与世界的充分和解,从而在一个更广阔的空间里,使个体情感的抒发能够同时具备自然性与社会性,成为对"非个性化"的又一有力回击。

四、典故转码的解释项与传统的现世性诠释

艾略特的"非个性化"在实质上是柏拉图主义传统的延续,他认为诗人的个人才能必须要归附到历史传统中。诗人个体的创作批评往往是局限的、带有偏见的和片面的,没有一个诗人或艺术家有自己完全独立的意义,他的意义必须与历史传统相关联;而传统是具有十分广阔意义的东西,其中的历史意识同时包含了过去的过去性与当下性,伟大的作品在传统中按照完善秩序组成完整的体系,为评判新诗人提供了规则和标准[1]。因此,个人只有融入传统的深厚底蕴中才能体现出真正的价值。

舒斯特曼(Richard Shusterman)认为非个性化理论有两种理解:一是超越狭隘的个性,即"共识客观性"(consensual objectivity),指被社会传统所认可的存在;二是无个性,即"事实对应性"(realist-correspondence),指诗人能够消除偏见而成为中立的、完美的人[2]。前者提出了对普遍意义的要求,呼应了艾略特对传统的归附;后者则对应了局限性的个体在传统中获得完善。从中可以见出艾略特思想中的柏拉图主义倾向,他认为诗人作为个体必然带有缺陷,而诗人只有在传统的脉络中追求普遍的超验价值之时才能够完善自身。

若是按照这样的思路,雷克斯罗斯已然意识到了非个性化理论的局限,翻译更应当回避个人风格,而在源语文本所处的历史传统中追溯完善的理念,以推动本土的价值转向。而作为"集大成"的杜诗恰是负载了最为厚重的文学传统,所谓"子美集开诗世界",后世学杜甫、注杜诗之盛形成了蔚为壮观的景象,正如闻一多所言,杜甫是"中国有史以来的第一个大诗人,四千年文化中最庄严、最瑰丽、最永久的一道光彩"[3]。但是雷克斯罗斯却没有致力于研究杜甫及其诗歌的诸种历史价值,亦没有选择把译诗当作中国古典文化传统的现代英语

---

[1] T. S. Eliot, "Tradition and the Individual Talent", in *The Sacred Wood*, London: Methuen & Co. Ltd., 1920, pp. 49 – 50.
[2] Richard Shusterman, *T. S. Eliot and the Philosophy of Criticism*, New York: Columbia University Press, 1988, pp. 57 – 58.
[3] 闻一多:《杜甫》,见《唐诗杂论》,广西人民出版社,2017年,第192页。

载体,而是把杜诗话语当成创作发挥的素材,抛开了传统普遍性的理解以成全诗人个体性的诠释。

传统在文学中最凝练的结晶便是典故,而典故又是丰富的民俗文化在语言上的积淀。韦努蒂(Lawrence Venuti)在《翻译改变一切》(*Translation Changes Everything*)这部专著中指出:"源语文本在经过翻译时有三类语境都失落了,分别是:文本内语境、互文与跨语篇语境与接受语境"①。典故则集中体现了上述三者的缺失,它通过把不同时空的话语折叠进同一能指(signifier),在本土文化中可以达成文化厚度的累积与含蓄曲折的诗学效果,却对异域读者精准把握所指(signified)造成了很大的阅读障碍。典故向来是翻译活动中的一大难题,正如奈达(Eugene Nida)对译者所抛出的质问那样:"如何在本土读者不了解源语文化模式的前提下传达原作的精髓和风格?如何引导接受者与他自己文化语境中的行为方式联系起来?"②

雷克斯罗斯在英汉转码行为中持有英语译者显身(visible)的在场性(presence),他在翻译典故时把错位的意义时空拉伸到同一个平面上,根据自身所处的时代社会特征注入现世性的理解。在他看来,"中国式法则"所体现的审美价值固然能带来世界观的更新,但这并不意味着译者需要进入产生异域价值的传统中去,否则会在另一种传统中再次消解个体的存在。为了凸显个性化情感的独立意义,其书写必须具有特定的历史性,诗人译者对经典的现代化诠释并不是一种片面和局限,而是把当下的经验与特殊的风格铭刻进传统文本中,最终成为个体存在的注脚。

我们将在《杜位宅守岁》三个译本的比较中分析雷克斯罗斯对传统意义与个体价值的态度,这首诗涉及"椒盘"和"颂花"两个中国传统习俗:

守岁阿戎家,椒盘已颂花。
盍簪喧枥马,列炬散林鸦。③

Winter Dawn

---

① Lawrence Venuti, *Translation Changes Everything*, London and New York: Routledge, 2013, p. 180。按:韦努蒂在《诗歌的版本,或是说翻译伦理》("The Poet's Version; or, an Ethics of Translation")这一章中,首先指出"翻译可以被视作一种诠释,因为原文经历了彻底去语境化(decontextualize)的过程",具体而言,即译者拆解、重组并且最后取代源语文本的能指链。
② Eugene Nida, "Principles of Correspondence", in Lawrence Venuti, ed., *The Translation Studies Reader*, London and New York: Routledge, 2000, p. 128.
③ [唐]杜甫著,[清]仇兆鳌注:《杜诗详注》第一册,中华书局,1979年,第109页。

> The men and beasts of the zodiac
> Have marched over us once more.
> Green wine bottles and red lobster shells,
> Both emptied, litter the table.
> "Should auld acquaintance be forgot?" Each
> Sits listening to his own thoughts,
> And the sound of cars starting outside. ①

其中,"椒盘"这个民俗可以追溯到崔寔的《四民月令》:"正月之旦,是谓'正日'。……子、妇、孙、曾,各上椒酒于其家长。"②下有补本注:"过腊一日,谓之小岁,拜贺君亲,进椒酒,从小起。"③西晋文人成公绥在《椒华铭》中也记载了百姓在元月一日以花椒果实佐食的习俗:"嘉哉芳椒,载繁其实。厥味唯珍,蠲除百疾。肇惟岁始,月正元日。永介眉寿,以祈初吉。"④而宋代罗愿的《尔雅翼》亦载录了部分铭文,并对这个习俗作出了进一步的考释:"成公绥椒华铭云'肇惟岁始,月正元日',是知小岁则用之汉朝,元正则行之后世,率以正月一日,以盘进椒,饮酒则撮置酒中,号椒盘焉。"⑤而"颂花"这一典故出自《晋书》卷九十六《列女传》:"刘臻妻陈氏者,亦聪辩能属文。尝正旦献椒花颂,其词曰:'旋穹周回,三朝肇建。青阳散辉,澄景载焕。标美灵葩,爱采爱献。圣容映之,永寿于万。'又撰元日及冬至进见之仪,行于世。"⑥这两个习俗由来已久,不仅作为社会礼仪的实践,也凝聚了民族情感与品格。

艾斯柯(Florence Ayscough)的译本提取了汉字"椒"与"盘"的字面意义并加以首字母大写的方式来表示异域文化的专有名词"The Red Pepper Dish","颂花"典故则直接简化为实指"extolled in song"(在歌曲中被赞颂)⑦。洪业(William Hung)的译本则作了更仔细的辨析:"以盘盛椒"之后需要把椒撮点

---

① Kenneth Rexroth, *One Hundred Poems from the Chinese*, New York: New Directions, 1971, p.5.
② [汉]崔寔撰,石声汉校注:《四民月令》,中华书局,2013 年,第 1 页。
③ 同上书,第 5 页。
④ [清]严可均辑校:《全上古三代秦汉三国六朝文》,中华书局,1958 年,第 3595 页。按:成公绥的《椒华铭》在《全晋文》卷九十五、《艺文类聚》卷八十九与《太平御览》卷九百五十八中均有收录。
⑤ [宋]罗愿撰,石云孙点校:《尔雅翼》,黄山书社,2013 年,第 138 页。按:石云孙点校的《尔雅翼》"成公绥椒华铭云'肇惟岁始,月正元日'"一句中,《椒华铭》作为一篇铭文,应当加书名号。
⑥ [唐]房玄龄等撰,中华书局编辑部点校:《晋书》卷九十六《列女传》,中华书局,1974 年,第 2317 页。
⑦ Florence Ayscough, *Tu Fu: The Autobiography of a Chinese Poet*, Boston: Houghton Mifflin, 1929, pp.110-111.

于宴席的酒杯中,因此他称之为"pepper-wine"(椒酒),并用"songs and toasts with pepper-wine"(椒酒中的歌颂)来连结两个民俗①。但雷克斯罗斯并没有拘泥于典故背后的传统,而用"green wine bottles and red lobster shells"取代,也许他的灵感正是来源于两位译者的措辞:椒盘为红、椒酒为绿②,而他创造性地用"红壳的虾"与"绿瓶的酒"构建了现代美国民众的生活场景,把中国文化传统中典雅庄重的新年祝福,置换成了喧嚣热闹的狂欢气息。空酒瓶与龙虾壳散乱地堆叠,绿与红的鲜明色彩对比,彰显了美国大众饮食与娱乐文化,也渲染了诗人高昂的情绪与不羁的性情,译诗挣脱了传统的束缚而给予文本以当代经验的表达。

另一个典故"盍簪"指朋友聚合,出自《周易·上经·豫》:"九四,由豫,大有得。勿疑,朋盍簪。象曰:由豫,大有得,志大行也。"注曰:"处豫之时,居动之始,独体阳爻,众阴所从。莫不由之以得其豫,故曰'由豫,大有得'也。夫不信于物,物亦疑焉,故勿疑则朋合疾也。"③因此,这里的朋友相聚是同心所致,喜乐自来。艾译本处理为"all assembled are of one mind"(我们聚在一起,同心同意),回应了爻辞中的"勿疑",强调了友人之间的心意相通④;而洪译本则直接把"盍簪喧枥马"作为一个整体翻译为"I can hear from the stable comes noise of horses of the guests"(我能听到马厩里,宾客的马匹传来声响),甚至把友人淡化为了"guest"(客人)⑤。雷克斯罗斯却别出心裁地增添了《友谊地久天长》("Auld Lang Syne")中的名句"Should auld acquaintance be forgot"(昔日故友怎能忘),歌名字面含义为"逝去已久的日子",这里雷克斯罗斯采用了最初诗歌版本的低地苏格兰方言(使用了"auld"而非英译的"old"),在译入语文化中,同样起到了典故的作用。19世纪英国浪漫主义诗歌的先驱罗伯特·彭斯(Robert Burns)记录并润饰了这首苏格兰民歌;在美国,从1929年起隆巴多小子都会在广播电台与电视节目上演奏《友谊地久天长》,这首歌便成了美国民众迎接新年的标志。这句歌词传达了原诗中两个不可或缺的要素:家人相聚与

---

① William Hung, *Tu Fu : China's Greatest Poet*, Cambridge: Harvard University Press, 1952, p. 68.
② 按:雷克斯罗斯没有接受过规范的汉语训练,尚不具备直接阅读汉语文本的能力,因此他在落笔翻译之前参考了多家杜诗译文,包括洪业的英译本、艾斯柯的英译本与埃尔文·冯·扎克(Erwin von Zach)的德译本,翻译过程中也得到了朋友沃克(C.K. Kwock)的帮助,但沃克本人也并非专家。
③ [魏]王弼注,[唐]孔颖达疏:《周易正义》,见于[清]阮元校刻《十三经注疏》上册,中华书局,1980年,影印世界书局阮元校刻本,第32页。
④ Florence Ayscough, *Tu Fu : The Autobiography of a Chinese Poet*, Boston: Houghton Mifflin, 1929, pp. 110 – 11.
⑤ William Hung, *Tu Fu : China's Greatest Poet*, Cambridge: Harvard University Press, 1952, p. 68.

辞旧迎新,但歌声的弥漫更渲染了岁末特有的时间流逝之伤感,"我们清晰地看到本土价值观被潜移默化地'铭刻'进了异域文本,进而遮蔽源语文化"①。或者再进一步说,是现世性的审美通过译者的独特情感铭刻进汉语文本中,这是一种由于个体经验的介入而对传统独断论进行的反叛。

需要注意的是,我们不主张用异化(foreignization)来统括雷克斯罗斯的翻译,他的译诗在形式上表现为本土经验的"铭写",但真正释放的是特定社会语境中的个人情感。这种个性化"铭写"需要借助解释项(interpretant)才能得以实现,韦努蒂认为:"如果解释项能够引发对真理的思考、产生新知识和新的价值观,填补接受语境中占主导地位的主流价值观的空白和空缺,那就是好的翻译。"②实际上,雷克斯罗斯通过"解释项"把现代美国习俗注入中国文化传统中,却又反过来使个体情感获得更具时间性的表达形式。

在这里,我们需要对这三个译本在翻译史中所处的位置作一个补充说明,进入20世纪前半叶,伴随着新诗运动,英美世界掀起了汉诗翻译的第一次热潮,正如汉学家葛瑞汉(Angus C. Graham)所指出的那样:"翻译中国诗的艺术是意象派运动的一个副产品,这是起始于1915年庞德出版的《神州集》(*Cathay*)、1918年韦利(Arthur Waley)出版的《170首中国诗》(*One Hundred and Seventy Chinese Poems*)和1921年洛威尔(Amy Lowell)出版的《松花笺》(*Fir Flower Tablets*)。"③艾斯柯两卷本的杜甫传正是在这一阶段完成的,《杜甫:一位中国诗人的自传》(*Tu Fu：The Autobiography of a Chinese Poet*)与《一位中国诗人的行迹:杜甫,江湖客》(*Travels of a Chinese Poet：Tu Fu, Guest of Rivers and Lakes*)分别于1929年与1934年出版。尽管艾斯柯的翻译执着于汉字追溯而造成颇多的漏译与误译,但她对杜甫的品质与孕育诗歌的文化语境给予较多的关注,例如上述两处民俗的翻译可以见出艾斯柯兼顾了异质元素的保留与实际内涵的传达,推动了英语读者对杜诗的民俗背景有了更为立体的认知。

20世纪中期之后,在第二次"中国热"的推动下,出现了许多名家的杜诗英译专集,在数量和质量方面较前一阶段都有了显著的跃升。得益于译者严谨的

---

① Lawrence Venuti, *The Scandals of Translation：Towards an Ethic of Difference*, London and New York：Routledge, 1998, p.i. 按:此处需要注意韦努蒂原文中的后殖民立场与雷克斯罗斯试图引入异质文化的基本目标之间的差异,明确这里的"铭写"与"遮蔽源语文化"系中性表达,不具有批判色彩。

② Lawrence Venuti, *Translation Changes Everything*, London and New York：Routledge, 2013, p.185.

③ Angus C. Graham, "The Translation of Chinese Poetry", in *Poems of the Late T'ang*, London：Penguin Books Ltd., 1968, p.13.

版本考据、成熟的翻译技巧与卓越的审美表达,这些译作在美国现代诗坛产生了极大的影响力,在学界,葛瑞汉、宇文所安与叶维廉等汉学家也纷纷在英语环境中致力于杜甫诗歌的研究。这一阶段重要的译本包括洪业在1952年发表的《杜甫:中国最伟大的诗人》(*Tu Fu: China's Greatest Poet*)与霍克斯(David Hawkes)在1967年出版的《杜诗初阶》(*A Little Primer of Tu Fu*)①,两位译者皆为著名学者,因此作品都集杜诗的介绍、翻译和研究三重功能于一体,因此洪译本除了译诗与简介,还有注释的单行本。

雷克斯罗斯正是在20世纪中期开始着手他的翻译工作,那时汉学家译者已经占据了译界的主流,他呼唤诗人译者的回归,是希望翻译能够摆脱对源语文化传统的执着,给诗歌语言打上时代的烙印来孕育诗人个性化的生命力。他在《爱与流年:续中国诗百首》(*Love and the Turning Year: One Hundred More Poems from the Chinese*)的序言中明确表示:"近15年(1955—1970)来出版了成倍的译作,虽然学术水平提高了,但作为诗歌,近来的译作都比不上之前庞德、戈蒂耶(Judith Gautier)、克拉邦德(Klabund)、宾纳与洛威尔的那些。"②因此,"诗人译者"的呼吁不仅是对翻译史进程的一种反思,也是翻译理念的一次更新,诗人译者的介入意味着诗歌翻译从知识本位走向了美学本位。雷克斯罗斯能够不再背负着对中国文化进行"授业"与"解惑"的任务,而是可以结合时代语境与个体风格,抛却传统的制约而深入杜诗文本内部进行个性化的阐释。这不仅可以使翻译重新回归文学的审美性,还能够直抵两种不同文化的汇通性,他的译诗反映了杜诗翻译从忠实转码向个体诠释的倾斜,折射出一种更为敞开的文学样态和诗学观念,这也是上述典故三种翻译样式背后的翻译史根源。

雷克斯罗斯把现世性的审美意象作为民俗文化的解释项,完成了异域文化与本土价值的整合。如果说传统民俗是历史传统的日常化体现,那么个性情感则需要与时俱进的日常化表达,这一手法摆脱了传统的枷锁,而使置身于当下语境中的个体获得时代性的诠释。

---

① 按:洪业于1950年便完成了《杜甫:中国最伟大的诗人》的手稿,此后为了满足不同目标读者(即普通读者与汉学家)的需求,他把手稿分为两册:第一册只有正文,面向普通读者,以介绍杜甫生平及其诗歌为主;第二册则囊括了大量注释,面向汉学家,提供了学术研究的丰富信息。因此,洪业完成手稿之后的两年才正式发行,书中共有374首杜诗。霍克斯的《杜诗初阶》共收录了35首杜诗,以汉语拼音标识、背景与格律介绍、逐词注释与名词索引等作为辅助性工具,帮助英语读者更准确地理解杜诗,以对照版的课本式教学为主要特色。

② Kenneth Rexroth, *Love and the Turning Year: One Hundred More Poems from the Chinese*, New York: New Directions, 1970, p. 2.

结语

雷克斯罗斯作为一位诗人译者,在翻译史、翻译理论与美学理论的交汇视域中,通过翻译与诗学的双向互动完成了对"非个性化"理论的颠覆。他的双重性身份推动他反思诗歌的审美需求与文化的价值差异,通过拣选异域文本并发挥主体性制定相匹配的翻译策略,在异质美学的创造性诠释中解放了个体情感,同时也把第一人称唤回了诗歌文本。

本文引入诗人译者身份立场,解析其身份双重性形成的原因与特点,并结合 20 世纪前半叶美国诗歌发展背景与《中国诗百首》在杜诗英译史中所处的位置,讨论雷克斯罗斯针对"非个性化"理论及其背后的价值取向所展开的反驳。他通过对这一诗学理论的内涵进行反思,包括主客体关系中反映的人与世界之相处、情感普遍性与个别性以及传统与个人的意义三个方面的问题;他在杜诗英译实践中探索新的表达手法、审美思想与价值观念来对"非个性化"理论予以挑战,其核心是挖掘个体情感的价值意义与美学效果;为此,他总结出"中国式法则"与诗境创造方法来连结意象、主体与世界的关系,梳理情感的不同棱面并在拣选与想象中发现多重可能性,在对日常化与现世性的关注中完成个性化情感的细化与丰富。

雷克斯罗斯的审美思想也在个体情感的探索过程中日趋成熟与完善,本文通过考察诗人在本土语境中的艺术实践、美学思想与哲学影响,总结出他的诗学立场是基于对情感的知觉观照与自然有机体的追求;而作为译者的雷克斯罗斯在中国古典诗词中找到了更为深刻的根源,于是他在转码中尽可能地探索新的表达手法以彰显这些精神的内核,而这又成为他翻译的基本立场。本文通过具体文本的技术性分析与不同译本的比读,详细地演绎与归纳了雷克斯罗斯为了个性化情感的表达而采取的翻译策略,并且深入探讨了他在翻译策略中所投射出的诗歌美学思想。

在雷克斯罗斯对"非个性化"理论的反驳中,我们清晰地看到收录于《中国诗百首》中的 35 首杜诗英译整合了异质性与本土价值,杜诗的翻译使异域文化跨越了时空对诗人译者的美学思想进行渗透,从而对其产生撼动性的影响作用。通过特殊的翻译策略,雷克斯罗斯为异域文化引入差异的审美价值,以抵抗作为柏拉图主义延续的"非个性化"理论,使用中国古代诗学思想推动本土审美观念的转向,也在透视中完成异质性的本土诠释。同时,本土话语并没有被完全抛弃,而是作为历史性印迹成为个体情感的时间底色。这个过程也详细地展示了雷克斯罗斯借助翻译进行价值修正的历程,不仅丰富了个性化的内涵意义与表现方式来颠覆权威理论,还在两种文化的视域融合中完成了审美转向,在诗学体系的汇通中重新发现了个体情感与生命存在,从而达成了一位诗人的反叛。

战争创伤及其艺术再现的问题
——论提姆·奥布莱恩的小说《他们背负着的东西》

凌海衡*

内容提要 越战是美国叙事作品的热门题材。然而,这些作品常常因其真实的摹仿和娴熟的处理所带来的审美快感而遭到人们的质疑。显然,对这类事件的再现背负着沉重的伦理意义。本文以美国当代小说家提姆·奥布莱恩的《他们背负着的东西》为切入口,深入探讨了越战小说的再现手段与伦理意义之间的关系。通过诉诸创伤理论,本文认为,奥布莱恩通过运用各种后现代叙事的手段深刻地刻画了越战对参战士兵所造成的创伤。但与其说奥布莱恩是在告诉读者越战的真相,或者是在向读者诉说痛苦的创伤体验,毋宁说他是在通过反反复复讨论如何讲述战争故事的方式竭力将书写创伤体验的困难传递给读者,据此要求读者聆听叙述者内心的苦痛,聆听他们是如何竭力摆脱创伤的阴影的。

关键词 提姆·奥布莱恩;《他们背负着的东西》;创伤体验;再现

对于大多数美国人来说,越战从一开始就是梦魇般的创伤体验。越战不仅仅是"炮弹休克"(shell shock)这一用来研究一战士兵心理紊乱的术语所能概括的,事实上,热带雨林的残酷气候、越南游击队神出鬼没的偷袭、目睹战友及敌人的恐怖死状,以及更重要的对战争的正义性的怀疑,都给参战的士兵带来了无尽的创伤折磨以及道德困惑。因此,越战成了当代美国叙事作品的热门题材。在美国文化中,关于越战的各种电玩、电影、电视、小说、回忆录、媒体报道等是如此流行,以至于它成了当代美国文化的一个重要部分。这些作品的现实主义技巧将越战的种种困境描写得栩栩如生,让读者或观众有着亲历其境的感觉,以至于"越南"或"越战"这些词语具有了多重延伸意义。根据米德尔顿的研究,甚至有字典赋予"Vietnam"一词以这么一条定义:"一种你应该立即逃离的创伤性事件或糟糕局面。"他举例说,二战历史学家马丁·摩根就用"非常越南"(very Vietnam-ish)一词来评价斯皮尔伯格导演的二战大片《拯救大兵瑞恩》(*Saving Private Ryan*),因为该影片有着"悲观精神""绝望感""徒劳"等特征。

---

* 凌海衡,华南师范大学外国语言文化学院教授。

又比如,一部关于伊拉克战争中美国士兵伤亡的电影 *Grace is Gone* 也被说成"非常越南"(very Vietnam-esque)①。诸如此类的用法充分表明了"越南"一词与创伤和恐惧感之间存在着紧密的关系。

然而,由于这些叙述作品在描绘痛苦的创伤体验时所采用的逼真的模仿和娴熟的处理技巧常常会给受众带来审美快感,它们逐渐遭到了人们的质疑。许多越战老兵甚至在他们的汽车保险杠上贴上"越战是战争,不是电影"的字样,对电影和其他叙事作品将越战娱乐化的行为提出强烈的抗议。这些张贴物提醒人们,尽管越南战争有着许多超现实或非现实的因素,但它始终是一场无数男女因其而丧生的、给人民带来沉重的痛苦回忆的真实战争。因此,任何对这类事件的再现都背负着沉重的伦理意义。许多艺术家勇敢地承担起了这一重负,积极地投身于探索新的叙事手法,以图创作出既能重现越战创伤又能阻断读者的阅读快感,从而引领读者展开批判性反思的艺术作品。"最警觉的、从暗处看世界的小说家、诗人、剧作家们不愿借助线性的、模仿性的叙事所具有的可靠且又诱人的力量来净化战争,相反,他们梳理残骸,奉献出诸多解构性的、质疑性的、由令人不安的意象并列构成的拼贴性作品。"②

在这众多的艺术家中,亲历过越战恐怖场景的当代小说家提姆·奥布莱恩(Tim O'Brien)因其独特的叙事手法引起了人们广泛的关注。然而,与其他越战小说家不同的是,奥布莱恩并不仅仅局限于逼真地再现越战的恐怖场面以及美国大兵所体验到的苦难创伤,而是将笔触伸向自己写作的困难,通过反反复复地向读者诉说书写真实战争故事的艰难来力图警醒读者,要求读者反复聆听幸存者内心的苦痛,聆听他们如何竭力摆脱创伤的阴影,进而追问战争的原因。

一、奥布莱恩与越战小说

奥布莱恩所有的小说都摆脱不了越战这个庞大的阴影。用他自己的话来说:"越南生活在我内心。我有时只是用另一种说法来称呼它。我把它叫做生活。越南、离婚、父亲去世——所有这些事情会一直纠缠下去,即使你以为它们已经消失了。它们会像气泡一样不断再冒出来。"③

1968 年,刚刚获得政治学学士学位的奥布莱恩应征入伍,当了一名步兵,被

---

① Alexis Middleton, *A True War Story: Reality and Fiction in the American Literature and Film of the Vietnam War*, MA thesis, Brigham Young University, 2008, p. 4.
② Don Ringnalda, *Fighting and Writing the Vietnam War*, Jackson: University Press of Mississippi, 1994, p. xi.
③ John Mort, "The Booklist Interview: Tim O'Brien", *Booklist*, Vol. 90, 1994, pp. 1990–1991.

派遣到越南参战。他所在的野战排曾经被卷入惨绝人寰的"美莱村大屠杀"(My Lai Massacre)中。在这场大屠杀中,美军杀害了五百多名手无寸铁的妇女和儿童,焚毁了整个美莱村。奥布莱恩本人是在大屠杀一年之后才随队抵达这个村子的,他说:"我们当时不知道为什么那个地方对我们那么仇视。我们不知道一年前那里发生过大屠杀。后来我们才知道这个消息,当时我们还在那里,于是我们全都知道了。"①服完兵役之后,奥布莱恩就读哈佛大学研究生院,并获得了在《华盛顿邮报》实习的机会。1973年,他出版了战争回忆录《如果我死于沙场,装上我,把我运回家》(If I Die in a Combat Zone, Box Me Up and Ship Me Home),从此开始了创作生涯。迄今为止,奥布莱恩出版了八部作品,除了前者外,还包括《北部之光》(Northern Lights,1975)、《追随卡乔托》(Going After Cacciato,1978,获1979年度国家图书奖)、《核时代》(The Nuclear Age,1985)、《他们背负着的东西》(The Things They Carried,1990)、《在林中湖里》(In the Lake of the Woods,1994)、《发情的公猫》(Tomcat in Love,1998)、《七月啊七月》(July, July,2002)。这八部作品或多或少都与越战有关,以至于评论家们普遍认为,他是当代最重要的越战小说家,虽然他本人极力否认这点②。

在这些作品中,《他们背负着的东西》③是奥布莱恩最负盛名的作品。该书曾经进入普利策奖及美国国家图书评论家协会奖(National Book Critics Circle Award)的决赛,也曾获得过法国的最佳外文书奖(Prix du Meilleur Livre Etranger),因此被公认为最重要的越战小说。在百老汇图书公司1990年印制的版本中,封面之后有着长达八页纸的对该书的赞誉,全都是来自多达35种报纸杂志的评论。这本书收集了22篇相互关联的故事,大半在成书之前就已经发表在各种文学杂志上。比如,下面五个故事就曾经发表在《士绅》杂志(Esquire)中:《他们背负着的东西》("The Things They Carried")、《如何讲述一个真实的战争故事》("How to Tell a True War Story")、《茶蓬江上的情人》("Sweetheart of the Song Tra Bong")、《鬼战士》("The Ghost Soldiers")和《死者的生平》("The Lives of the Dead")。

书中所有的故事都与作者本人的越战经历有关,然而有趣的是,它的副标题却是"一部虚构作品"("A Work of Fiction")。显然,这部作品并非传统的战争故事。赫伯尔指出:"在整部作品中,这些故事都是通过各种各样的话语姿

---

① http://www.nytimes.com/books/98/09/20/specials/obrien-storyteller.html.
② Larry McCaffery, "Interview with Tim O'Brien", *Chicago Review*, Vol.33, No.2, 1982, p.131.
③ Tim O'Brien, *The Things They Carried*, New York: Broadway Books, 1990. 本文凡引用该书的文字时,均只在引文后表明页码,不再一一注明出处。

态而创作的,包括回忆、表白、解释,以及明确的讲故事行为等等。"①奥布莱恩本人在访谈中也承认,这部作品"半是小说,半是故事集。它也部分是非虚构作品"②。里昂则认为它是"短篇小说、散论、轶事、叙事片断、笑话、传说、传记素描和自传速写,以及哲学旁白"等的文集③。就连该书正文前面的评论都给出了不同的说法。比如,《迈阿密先驱》(*Miami Herald*)将该书看作为文学现实主义的作品:"这些故事有着察知到的有形细节所特有的具体性,这使得它们像是现实主义艺术的典范"(第 iii 页)。其他评论者则视其为一种完全不同艺术风格的作品。《时代》周刊认为,该书捕捉到了"自由落体般的恐惧感,以及战争的超现实性"(第 iv 页)。很显然,这是一本难以界定其类型的著作,因为它本身包含着各种各样的风格和体裁。正如纳帕斯德克指出的,这部作品"抵制简单的归类:它部分是小说,部分是故事集,部分是散论,部分是新闻报道;更重要的是,它同时是所有这些文类"④。

除此之外,每一个读者都会注意到该书形式的复杂性,或者说形式的混乱性。作者采用了各种后现代叙事的手段,如时间顺序的颠倒、各种元素的拼贴、同一事件的不同角度叙说等。这些手法赋予小说一种超现实的形式。这正是作者想要达到的效果。奥布莱恩在一次访谈中提出,战争小说包含着种种超现实的因素:"在战争中,理性官能慢慢降低作用……接管过来的是超现实主义,是想像的生命。士兵的头脑成为经历的一个部分——大脑好像流出你的头部,融入你周围战场上的各种因素之中。它就好像走出了你的身体。战争是一种超现实的体验,因此,作家以一种超现实的手法来表现战争的某些方面,就显得很自然,也很恰当。"他还说:"对于参战的人来说,每一种战争看起来都是没有形式的。"⑤据此,奥布莱恩放弃了传统现实主义的手法。根据德国哲学家阿多诺的理论,如果采用现实主义手法去模仿,那必然意味着作者会对支离破碎的、超现实的感觉进行整理,赋予整饬的形式⑥。奥布莱恩采取的是"超现实的手法",像在战争中一样,他让自己

---

① Mark A. Heberle, *A Trauma Artist: Tim O'Brien and the Fiction of Vietnam*, Iowa City: University of Iowa Press, 2001, p.178.
② Martin Naparsteck, "An Interview with Tim O'Brien", *Contemporary Literature*, Vol.32, No.1, 1991, p.1.
③ Gene Lyons, "No More Bugles, No More Drums", *Entertainment Weekly*, 23 Feb. 1990, p.52.
④ Martin Naparsteck, "An Interview with Tim O'Brien", *Contemporary Literature*, Vol.32, No.1, 1991, p.1.
⑤ Larry McCaffery, "Interview with Tim O'Brien", *Chicago Review*, Vol.33, No.2, 1982, p.135.
⑥ 见拙作《让语言自身言说:从语言的角度看阿多诺的现代主义美学及其政治意义》,《文艺研究》2006年第1期。

的"理性官能"降低作用,而让感觉、让想象接管。让人赞叹的是,这种种高度形式化的叙事技巧并未因此而削弱其内容上的真实性。正如哈罗德·布鲁姆所说的,"奥布莱恩编织了一个完全超现实的、虚构出来的故事,但众多作家、读者和批评家都说它是一部对越战的最真实、最有说服力、最直言不讳的描绘"[1]。

然而,并非所有的评论家都给予好评。吉姆·内尔森在其《交战的小说:文化政治与越战叙事》一书中就提出,这部作品"只是一种新的唯美主义,是对讲故事和文学想象的力量的一种信任"[2]。他认为,该书对越战的高度虚构化的再现是失败的,因为它们无法也未能呈现战争的现实。他写道:"讲述越战的超现实性和非现实性,就是混淆物质性事实和感觉性体验,就是对该场战争的神秘化。诚然,从士兵的角度来看,战争的混乱是超现实的,而且战争的某些因素……可能是'非现实的'。但这种看法的问题是,它主导了对越战的文学描绘。如果我们像许多批评家那样,视越战为对定局性(finality)的抗拒,那就等于说,越战是无法说清的,因此也就等于说我们无法从中取得教训。这种对定局性的否定,就是否定对战争的任何肯定的、明确的理解。"[3]米德尔顿认为,内尔森的质疑提出了一个关于创伤事件之再现方式的严肃的伦理问题:"任何一个试图再现越战的艺术家都面临这么一个挑战,即如何再现这一跨越了二十年美国历史、至今依然左右着人们对战争中美国看法的、极为复杂的而在情感上又极具重要性的事件。"[4]

不过,无论是内尔森还是米德尔顿都忽视了一点,即《他们背负着的东西》并非只是关注对越战的描写。实际上,越战叙事之于奥布莱恩,只是一种"抵达人类心灵及其所承受的压力"的一种方式。正如作者对访谈者所说的,这部书"记述了所有我身上的、内心中的垃圾,物质的和精神的负担"[5]。事实上,由于《他们背负着的东西》描绘了战争给士兵们带来的沉重精神负担,它甚至得到了精神病专家的推崇。他们认为该书对战争创伤进行了富有洞见的再现[6]。因

---

[1] Harold Bloom, *Bloom's Guides: Tim O'Brien's The Things They Carried*, Chelsea House, 2005, p.15.
[2] Jim Neilson, *Warring Fictions: Cultural Politics and the Vietnam War Narrative*, Jackson: Mississippi University Press, 1998, p.197.
[3] Jim Neilson, *Warring Fictions: Cultural Politics and the Vietnam War Narrative*, Jackson: Mississippi University Press, 1998, p.195.
[4] Alexis Middleton, *A True War Story: Reality and Fiction in the American Literature and Film of the Vietnam War*, MA thesis, Brigham Young University, 2008, pp.95-96.
[5] Lee, Don, "About Tim O'Brien," *Ploughshares*, Vol.21. No.3, 1995-1996, p.200.
[6] 参见 Judith Herman, *Trauma and Recovery*, New York: Basic Books, 1992;以及 Jonathan Shay, *Achilles in Vietnam: Combat Trauma and the Undoing of Character*, New York: Touchstone, 1994.

此,赫伯尔将奥布莱恩称为"创伤艺术家":"虽然越南既是创伤发生的场所,又是奥布莱恩战后事业的源头,但是他拒绝被称为战争作家,这表明'创伤作家'是一个更恰当的标签。"① 在赫伯尔看来,《他们背负着的东西》是一部既关涉创伤,又关涉康复的作品,因为作品本身就说过,"**这点非常真实:故事能够拯救我们**"(第255页)。他认为,这部作品"将讲故事这一行为本身当作最重要的题材来处理,从而协调了这两点真理(即创伤与康复)"②。经过详细的分析之后,他提出:"作为将自己无法背负的东西转译为真实的战争故事的一名创伤幸存者,奥布莱恩……经历了恐惧、内疚和悲伤,最后获得了他本人的平和心境。"③ 这一结论与内尔森等人的观点其实有着相似之处,不同的是,赫伯尔认为作品描述的不是越战本身,而是作者的创伤与康复过程。

这些观点的问题在于,人们要么只关注该书的形式特征,要么只关注它的内容,极少有人关注到这两者之间的关联,尤其是该书的元小说特征与其故事内容之间的关系。诚然,人们普遍注意到该书的元小说特征。就连作者本人也在一次访谈中明白地说:"这整部书都是关于虚构、关于我们为什么进行虚构的。……我在努力地书写虚构是如何发生的。"④ 不过,人们往往将这些形式技巧当作是讲述内容的工具而已。卡罗维在她的文章中细致入微地梳理了奥布莱恩的各种元小说手法,但她也只是得出这样的结论:"《他们背负着的东西》探讨了写作的过程;……通过检视想象和记忆……,通过在一部作品中提供如此多重的技巧,奥布莱恩挖掘了虚构创作的根源。通过如此广泛地关注什么是或不是战争故事,通过审视战争故事的写作过程,奥布莱恩书写了一个战争故事。"⑤——显

---

① Mark A. Heberle, *A Trauma Artist: Tim O'Brien and the Fiction of Vietnam*, Iowa City: University of Iowa Press, 2001, p. xix.

② Ibid., p. 178.

③ Ibid., p. 215.

④ Debra Shostak, "A Conversation With Tim O'Brien", *Artful Dodge*, October 2,1991,见 http://www.wooster.edu/artfuldodge/interviews/obrien.html. 有关该书叙事形式的讨论亦可参见:Steven Kaplan, "The Undying Uncertainty of the Narrator in Tim O'Brien's *The Things They Carried*", *Critique*, Vol.35, No.1,1993, pp.43 – 52; John H. Timmerman, "Tim O'Brien and the Art of the true war story: 'Night March' and 'Speaking of Courage'", *Twentieth Century Literature*, Vol.46, No.1,2000, pp.100 – 114; Janis E. Haswell, "The Craft of the Short Story in Retelling the Viet Nam War: Tim O'Brien's *The Things They Carried*", *The South Carolina Review*, Vol.37, No.1,2004, pp.94 – 109; Michael Kaufman, "The Solace of Bad Form: Tim O'Brien's Postmodernist Revisions of Vietnam in 'Speaking of Courage'", *Critique*, Vol.46, No.4,2005, pp.333 – 343.

⑤ Catherine Calloway, "'How to Tell a True War Story': Metaficition in *The Things They Carried*", *Critique*, Vol.36, No.4,1995, p.251. 斜体是原作者的标记。

然,对于卡罗维而言,对战争故事的"书写"才是该书的最终旨归。将奥布莱恩称为"创伤艺术家"的赫伯尔也认真分析过《他们背负着的东西》所采用的种种形式手段,包括元小说手法:"在全书中,故事的创作经过了许多话语姿态,包括回忆、忏悔、解释,也包括明显的讲故事;而且许多故事被不断重复,用更多的细节来补充说明,或增补了额外的解释或评论。这种对虚构过程的无尽复制见证了创伤与叙事之间的相互依赖。"然而紧接着他又说:"最终,作品既表明了通过写作而超越创伤的需要,也表明了这样做的不可能性。"① 就是说,写作,或对写作的讨论,其实都是为了讲述创伤与康复之间的关系。

将这种视形式手段为讲述内容的工具的观点推到极致,就是无限强调形式本身的重要性。如一位评论家所说的,"在这部小说中,真相与虚构之间的令人目眩的相互作用不仅仅是美学后现代的游戏手法,它也是一种形式,这种形式是作者在自己整个生涯中对故事的力量与能力的关注的一种主题上的延续"②。笔者认为,这种观点太过执着于奥布莱恩的元小说情结,忽视了他关注形式、关注故事的能力背后的根本原因,即满腔的创伤该如何去诉说的问题。本文认为,该书无处不在的元叙事结构向我们表明,与其说它是在告诉读者越战的真相,或者是在向读者诉说痛苦的创伤体验,毋宁说它是在力图将书写创伤体验的困难传递给读者。也就是说,这部小说的宗旨,是要描绘这种书写的困难。

二、创伤叙事:讲述真相的证词

或许别的战争作家能够将语言视为透明的工具,能够有效地、充分地再现他们的创伤体验,但对于饱受创伤体验折磨的奥布莱恩来说,语言再现是相当艰难的。因此,与后结构主义理论家不同的是,奥布莱恩对语言再现现实的能力、对艺术传递内心感受的能力的怀疑并非出于纯粹的理论思考,而是出于沉重的精神压力。这是因为,能否有效地再现残酷的过去和传达内心的焦虑,关涉作者自我疗伤的有效性。科尔克等人认为,心理健康与否与个体是否能够将时间体验叙事化(to narrativise temporal experience)有关③。他们的理论来

---

① Mark A. Heberle, *A Trauma Artist: Tim O'Brien and the Fiction of Vietnam*, Iowa City: University of Iowa Press, 2001, p.178.
② Maria S. Bonn, "Can Stories Save Us? Tim O'Brien and the Efficacy of the Text", *Critique*, Vol. 36, No.1, 1994, p.13.
③ Bessela A. Van der Kolk & Onno Van der Hart, "The Intrusive Past: The Flexibility of Memory and the Engraving of Trauma", in Cathy Caruth, ed., *Trauma: Explorations in Memory*, Baltimore: The John Hopkins University Press, 1995, pp.158 - 182.

自法国精神病专家皮埃尔·让内(Pierre Janet,1859—1947)。根据科尔克的挖掘,让内所说的"叙事记忆"(narrative memory,即理解和组织过去的方式)深受创伤体验所困扰。创伤记忆拒绝被放逐到幸存者对过去的感知中,因此拒绝被同化到"叙事记忆"中。创伤性事件经由诸如侵入性思想、噩梦、闪回或幻觉等持续不断的、无意识中进行的现象而得到重现。因此他们把创伤看作主体之叙事化官能(narrativising faculty)的一种紊乱①。因此,从创伤中康复过来的过程就意味着创伤性事件被融入连贯的、组织好了的、对过去的叙事中。科尔克写道:"创伤记忆是未被同化的、极其强烈的体验碎片。这种体验须整合到已有的精神图式中,必须被转化为叙事语言。而要想成功实现这点,遭受创伤的病人必须常常回到记忆中,以最终完成它。"②也就是说,当"故事能够被讲述出来,当病人能够回顾所发生的事情,并将它安置到他的人生历史、自传及其个性整体中"的时候,"彻底的康复"就能成功地发生③。奥布莱恩在《他们背负着的东西》中所持的观点,与科尔克等人的理论颇有共通之处。他在书中写道:"四十三岁了。战争发生在半辈子前,然而回忆却使它回到现在。有时候记忆会导向一个故事,使它成为永远。这就是故事所要做的。故事是要把过去与未来联接起来的。故事是夜深人静的时候当你不记得你是怎样从你过去所是的样子走向你现在所是的样子时所要的东西。故事是为了永恒的,那时记忆被抹拭了,除了故事之外没有什么东西能够回忆起来。"(第40页)他还说:"故事能够拯救我们。"(第225页)就像书中的叙事者们,奥布莱恩迫切地希望能够运用各种叙事技巧来恰当地讲述自己的故事,以便获得拯救。

不过,奥布莱恩竭力讲述真实的战争故事,其原因并不仅仅是为了自己获得拯救。当奥布莱恩和其他越战士兵回到美国的时候,他们发现,国内的民众急于恢复战前的生活,因此他们采取了一种对创伤体验的集体否定,就是说,他们拒绝直面痛苦的战争记忆。而在另一方面,饱受战争创伤的老兵则挣扎着想摆脱战争所带来的心灵创伤。奥布莱恩在一篇文章中曾哀叹说,美国在战后调整得太好了。美国人普遍希望,越战结束之后,一切都重新回到某种"正常"的状态。这么一种希望在奥布莱恩看来是得到了完美的实现。但是,这是一种遗

---

① Bessela A. Van der Kolk & Onno Van der Hart, "The Intrusive Past: The Flexibility of Memory and the Engraving of Trauma", in Cathy Caruth, ed., *Trauma: Explorations in Memory*, Baltimore: The John Hopkins University Press, 1995, p.160.
② Ibid., p.176.
③ Ibid.

忘。他本来是"企望我们会多一点困惑"的①。越战的确是苦涩的记忆,可是忘记它就意味着背叛历史,意味着同样的事情还可能再发生。正是出于这一点,奥布莱恩试图通过不断地讲述"真实的战争故事",来引发美国人民对越战产生"困惑",从而真正去反思它。越战文学研究专家林纳尔达也坚持认为,"就越战经历而言,美国最需要做的,就是去理解它"②。只有感到"困惑",才会产生"理解"的需要,才会真正反思造成战争的原因。

正如苏珊·菲尔曼和多莉·劳伯所说的,伦理、政治、道德甚至是无意识的律令迫使人们充当创伤性事件的证人,这意味着言说者必须讲述"真实的战争故事"。然而,如菲尔曼所研究的,作证的行为有着相当的风险,因为"证词无法由他人来转述、重复或报道,因为那样会丧失其作为证词的功能。因此,证人的负担——即使有其他证人和他/她一道——是一种极其独特的、无法和人交流的、独自背负的重担。诗人保罗·策兰说,'谁也无法为证人作证'。作证意味着背负起责任的孤独境况,或更准确的说,是背负起孤独境况的责任"③。作证的另一个问题是,虽然证人是唯一能够讲述真相的人,然而被讲述的真相并不仅仅属于他/她本人。菲尔曼解释说,作证必须超越证人个体的私人体验,因为他人必须能够听懂证人所要讲述的真相:"由于证词是对他人而说的,因此,处于孤独境况的证人乃是那外在于他的事件、现实、立场、维度的一个载体。"④因此,讲述战争的真相,不仅关涉奥布莱恩个人救赎的问题,也关涉为历史作证、促使世人对给人类带来无尽创伤的战争进行认真的思考。但问题是,战争真相和个人创伤能否经由语言而传递给世人呢?

奥布莱恩对这个问题是感到悲观的。他曾经对访谈者说:"我知道我写过,但与此同时,我又觉得我好像没写过这些文字,好像有人将这些文字引向我这里一样。……一旦故事开始运作,我就再也感觉不到自己在充分掌控着一切。我感到我在受自己的创造物的摆布。我能左右它们,然而它们也在左右着我。这听起来很神秘,或许真的太神秘了,但这确实是我的感觉。"⑤就是说,语言有着自身的逻辑,言说着的主体并不能真正驾驭这一媒介。但是,作为一名作家,

---

① Tim O'Brien, "We're Adjusted Too Well", in A. D. Horne, ed., *The Wounded Generation: America After Vietnam*, Englewood Cliffs: Prentice, 1981, p.207.
② Don Ringnalda, *Fighting and Writing the Vietnam War*, Jackson: University Press of Mississippi, 1994, p.ix.
③ Shoshana Felman, Dori Laub, *Testimony: Crises of Witnessing in Literature, Psychoanalysis, and History*, New York and London: Routledge, 1992, p.3.
④ Ibid.
⑤ *Artful Dodge*, 1991,参见 http://www.wooster.edu/artfuldodge/interviews/obrien.html。

对于奥布莱恩来说,最大的问题是,作为"未经中介的"真实存在的创伤体验与象征符号即语言之间存在着巨大的鸿沟,这两者之间难以确立对应关系。亲历过纳粹迫害的哲学家阿多诺就深知,苦难在公共领域中并不容易得到表达。人们都明白,我们要承认苦难的存在,要想办法为苦难留出空间,但当我们试图在公共领域中表达苦难的时候,苦难始终无法得到充分的概念化。因为进入概念之中的客体永远都会留下一些残余。在苦难的概念化过程中,总是有些东西不被听到,得不到表达。在阿多诺看来,难言之痛的表述本身就是一种颠覆性的行为。他说:"有必要让苦难发出声音。这是一切真理的条件。因为苦难是一种客观性,它沉重地压在主体之上;它的最主观的体验,它的表达,是要以客观的方式来传达的。"①根据阿多诺的非同一性哲学,人类体验是无法化约为概念和范畴的。但人类的状况却是由这些概念和范畴所界定的;它们就是人类所能认识的东西。但与此同时,那幽灵般纠缠着概念化的非同一物使得我们无法通过表达来触及真实本身。无论我们有着多么高超的叙事技巧,人们的痛苦体验与人们所能表达出来的东西之间,永远存在着本质性的差异。任何一个牙疼过的人都知道这一点。我们永远也无法保证,在表达的时候,痛苦体验与痛苦述说之间能够完全同一:"当前,每一种表达行为都在歪曲真理,出卖真理。同时,无论用语言做什么事,都会蒙受这种悖论之苦。"②

在《他们背负着的东西》中,奥布莱恩始终被这种悖论之苦纠缠着。所以,在该书中,他常常放弃对痛苦体验的再现,而去反反复复地讨论该如何讲故事。看看他的目录,22 章中有 4 章连标题都是与众不同的:"如何讲述一个真正的战争故事""风格""注释""好的形式"。奥布莱恩说:"**真正的战争故事是无法讲述的。**"因此,他不厌其烦地在书中讨论应该如何"讲述一个真实的战争故事"。因此,这部作品有着明显的元小说技巧。人们都知道,所谓元小说,指的是"一种虚构作品,这种作品有意识地、系统地关注自身的虚构性,为的是质疑现实与虚构之间的关系。在对自身建构方法进行批判的过程中,这种写作不仅审视叙述性虚构作品的根本结构,而且还探索这个世界在文学虚构文本之外的可能的虚构性"③。虽然奥布莱恩采用元小说技巧的目的并不是要系统地关注小说作为虚构物的地位,但是他的确非常关注现实与虚构之间的关系。在他看来,真实与虚构之间的界线是非常模糊的:"在一切战争故事中,尤其是在真实的战争

---

① Theodor Adorno, *Negative Dialectics*, NY: Continuum Press, 1987, pp.17-18.
② Ibid., p.41.
③ Patricia Waugh, *Metafiction: The Theory and Practice of Self-Conscious Fiction*, London & New York: Methuen, 1984, p.2.

故事中,人们很难将已经发生过的事情(what happened)与似乎发生过的事情(what seemed to happen)区分开来。"(第71页)他接着说:"在许多情况下,真实的战争故事是不能相信的。如果你相信它,你就会怀疑它。……在其他情况下,你甚至无法讲述一个真实的故事。有时它是无法被讲述的。"(第71页)为此,奥布莱恩区分出故事真相(story-truth)与事实真相(happening-truth)。他说:"我希望你知道为什么故事真相有时比事实真相更加真实。"(第179页)为了说明这两者的区别,他在《好的形式》中甚至给出了例子:

> 这是事实真相:我曾经当过兵。到处都是尸体,真实的尸体,真实的人脸,但当时我还年轻,我不敢看。如今,二十年之后,留给我的是没有人脸的责任,没有人脸的悲伤。
> 这是故事真相:他身材纤细,死了,大约二十岁上下,颇有些优雅。他躺在美溪村(My Khe)旁一条红土小路中间。他的下巴嵌进喉咙里了,一只眼睛闭上,另一只眼睛则是一个星形的洞。我杀了他。
> 我想,故事能做的,就是使事情在场出现。
> 我能看到我以前永远无法看到的东西。我能把人脸与悲伤、爱、怜悯、上帝联系起来。我能勇敢起来,我能让自己重新感觉到。(第180页)

事实真相与故事真相的区别不在于是否真正发生过,而在于故事真相能够栩栩如生地再现当时的情况,虽然它是虚构出来的。然而问题是,如果真是那样的话,那么作者根本就不用考虑事实真相了。他可以像传统小说家一样去虚构,去模仿。如果只需要妙笔生花,就能够"使事情在场出现",又何必再喋喋不休地去区分两者的不同呢?

奥布莱恩的元小说技巧/内容关注的真实存在与象征,其实就是符号、能指与所指之间不可通约的问题。在此,我们可以回到早期叙事学那里找到分析的途径。众所周知,热拉尔·热奈特在其经典著作《叙事话语》中,将叙事文本分为三个层次。首先是叙事(Récit, narrative),这是最核心的。热奈特将之定义为"讲述一个事件或一系列事件的口头或书面的话语"[①]。其次是故事(Histoire, story),指的是相继发生的事件。事件本身,而不是被讲述的方式,构成了故事,因此是叙事的内容。热奈特用语言学的术语来说明这两者的区

---

① Gérard Genette, *Narrative Discourse: An Essay in Method*, trans., Jane Lewin, Ithaca: Cornell University Press, 1980, p.25.

别。他说,故事是"所指,或内容",而叙事则是"能指,陈述、话语,或叙事文本本身"①。热奈特还引进了第三个术语,即叙述(narration, narrating),"包括在本身之内的叙事行为"(the act of narrating taken in itself)②。热奈特解释说,叙述是"生产着的叙事行为,以及该行为发生于其中的全部真实或虚构的情景"③。不过,在整部《叙事话语》中,热奈特几乎只是在讨论《追忆似水年华》中故事情节的错乱安排,而极少关注这个叙述范畴。从理论上来说,他的分析并没有多少新意,只是重复了俄国形式主义对故事与情节所作的区分。这里暂且放下叙述这一层面,先来看看热奈特的叙事/能指与故事/所指在《他们背负着的东西》中的运作情况。

在奥布莱恩的写作生涯中,对于同一个故事/所指,他写出了许多不同的叙事/能指。在这些作品中,故事内容基本相同,但是叙事却大不相同,因为他采用了不同的细节、措辞和结构。《他们背负着的东西》出版之前,有一些故事被奥布莱恩反复讲述和修改了十多年。而且,当一个故事被反复讲述的时候,叙事者越来越依赖于对先前叙事的记忆,而不是对事件本身的记忆。这些叙事成了鲍德里亚所说的拟象,因为它们再现的是先前的叙事,而不是故事,或真实事件。奥布莱恩的故事不知道被讲述过多少遍了,以至于每一个叙事都在表达和阐释其他叙事。这也许就是有不少批评家将奥布莱恩看作一名着迷于文字游戏的后现代小说家的原因。但是,奥布莱恩在书中写道:

> 这不是游戏。它是一种形式。此时此刻,就在我虚构我自己的时候,我想到的是,我想告诉你为什么这本书要写成这个样子。比如,我想跟你讲:二十年前,我看见一个人死在美溪村的一条小路旁。我没杀他。但你知道,我当时就在那里。我在那里,这就已经够有罪了。我记得他的脸。那不是一张漂亮的脸。因为他的下巴在喉咙里。而我记得感觉到责任和悲伤的负担。我责怪自己。这是对的,因为我当时在场。(第179页)

这个虚构出来的故事使得奥布莱恩能够呈现给读者一个关于许多士兵是如何体验到罪疚和痛苦的独特的心理。因此,奥布莱恩所要传递的是他的体验和感觉,而不是要去再现当时发生的事情。故事真假无所谓,能把感觉传递给读者

---

① Gérard Genette, *Narrative Discourse*: *An Essay in Method*, trans., Jane Lewin, Ithaca: Cornell University Press, 1980, p. 27.
② Ibid., p. 26.
③ Ibid., p. 27.

才是最重要的。所以他坚持说:"一个真正的战争故事永远都不会是关于战争的。它讲的是阳光。它讲的是,当你知道自己必须翻山越岭去做自己害怕做的事情时,黎明是如何以一种特殊的方式倾洒在河面上的。这个故事讲的是爱和记忆。它讲的是悲伤。它讲的是从来不给回信的姐妹,讲的是从来就不听你讲的人。"(第85页)为什么他这么说?因为他的目的不是讲述战争,而是战争对他的影响。然而这种影响却又无法形容、无法描绘,也无法绕开。也就是说,奥布莱恩的叙事所要处理的,并不是热奈特所说的指涉那些相继发生的事件的所谓故事,也不是科尔克所说的故事。在后者那里,只要"故事能够被讲述出来","彻底的康复"就能成功地发生[1]。因此,奥布莱恩这个"创伤艺术家"在《他们背负着的东西》中所讲述的并不是"康复",他的叙事所要处理的是他的创伤体验。

三、如何讲述和聆听一个真实的战争故事

奥布莱恩的叙事任务因此变得更加艰巨。前面所讨论的真实存在/象征符号、能指/所指、痛苦体验/概念性表述之间的鸿沟,在《他们背负着的东西》中,并不仅仅存在于叙事文本与战争故事中,也存在于叙事文本与创伤体验中。在后者这里,这道鸿沟更加难以逾越,因为创伤体验的表述,必须借助战争故事。也就是说,这里甚至存在着两条鸿沟:战争故事/叙事文本、创伤体验/叙事文本。为了解决这个问题,奥布莱恩至少采取了两条策略:一是虚构一些故事;二是反复讲述同一个故事。然而这两条策略能否成功地传递他的创伤体验,奥布莱恩自己也没有把握。因此,他采取了元小说的技巧,直接讨论起这些策略的效果,时而为自己辩护,时而又否定自己。这一层面的文本,就是热奈特区别出来了但却未给予充分讨论的所谓的叙述层面,或元小说层面。

关于虚构策略,前面讨论故事真相与事件真相时已经涉及。奥布莱恩认为,虽然他没有射杀那个越战士兵,但他却虚构出自己的杀戮来,因为他觉得,当时自己身在杀戮现场却没有阻止杀戮,这本身就是一种有罪的行为。因此虚构出自己杀人的故事就更能够说明自己的罪疚。也就是说,当事件真相或曰真实经历无法传递自己的创伤体验时,奥布莱恩就诉诸故事真相,即虚构

---

[1] Bessela A. Van der Kolk & Onno Van der Hart, "The Intrusive Past: The Flexibility of Memory and the Engraving of Trauma", in Cathy Caruth, ed., *Trauma: Explorations in Memory*, Baltimore: The John Hopkins University Press, 1995, p.176.

的故事。除此之外,奥布莱恩有时还借助书中的人物,来表达类似的意思。在《他们背负着的东西》中,好多人物都会讲故事。奥布莱恩通过描写和评论这些故事中的故事的讲述,来深入探讨故事真相与事件真相的问题。雷特·祁利(Rat Kiley)就是其中的一个典型。在《茶蓬江上的情人》一章中,他讲述了一个17岁的美国少女因追随男朋友而来到越南的故事。这位姑娘在越南呆久了之后,居然跟一帮专门深入敌人后方打探消息甚至暗杀敌人的士兵跑了,变得冷酷无情,脖子上甚至挂了一串敌人的舌头作为自己的项链。许多批评家都指出这个故事与康拉德《黑暗之心》有着共同之处。但是这个故事是否真实,连该书叙述者都表示怀疑:雷特·祁利"指天画地发誓故事的真实性,可是我认为,那说到底并不能保证什么。在阿尔法师的士兵当中,雷特以夸张和讲大话而闻名,人们都认为他有夸大事实的压迫症。所以我们大部分人通常都会对他所说的一切打上百分之六七十的折扣"。然而,叙述者同时又指出,"这不是欺骗的问题。恰恰相反:他想给事实真相加热,让它不断升温,直到你能准确地感受到他所感受到东西"(第89页)。其实这也是奥布莱恩的目的。对他来说,讲故事的目的不是要去模仿、再现以前的事情。事情本身并不重要,重要的是要让读者"准确地感受到他所感受到的东西"。他在访谈中也说过:"人们不能为了确切的真相而阅读文学,而应该为了它的情感特质。我觉得,文学中重要的是一些非常简单的东西,即它是否让人感动,它是否让人感觉真实"①。

那么,《茶蓬江上的情人》要读者感受到的究竟是什么呢？读者不得而知,但奥布莱恩本人在别的地方提起过。1979年,他在《士绅》杂志发表了一篇文章,对现代传媒所再现的关于越战的老套形象表达了他的强烈失望感。他尤其看不惯科波拉(Francis Ford Coppola)导演的著名越战影片《现代启示录》(*Apocalypse Now*)。这是有他的原因的。因为虽然该片有着自觉的超现实主义手法,但人们依然常常将之看作一部现实主义的、真实的越战电影。比如,约翰·斯托利在其《文化理论与流行文化导论》一书中就说:"……《现代启示录》成了判断对美国越战的再现作品是否属于现实主义的标杆。问'它看起来是否像《现代启示录》'这么一个问题实际上就等于问'它是否是现实主义的'。"②根据一项调查,61%的受访者认为,该片呈现了"一幅关于越战是什么样子的相当

---

① Martin Naparsteck, "An Interview with Tim O'Brien", *Contemporary Literature*, Vol.32, No.1, 1991, p.9.
② John Storey, *Introductory Guide to Cultural Theory and Popular Culture*, 1993, pp.162–163.

现实主义的图画"①。奥布莱恩在文章中指出:"《现代启示录》提供了经过花哨加工的老套形象:古怪的、麻木的、易怒的美国大兵。这部电影有着清楚的隐喻性意图,然而它却传递了这么一个清楚的信息:不仅战争是疯狂的,参战的人也是如此……这部电影似乎在说,越战是一个疯狂的垃圾桶,美国大兵是其中的居民……"②显然,作为一名越战老兵,奥布莱恩对这部改编自康拉德《黑暗之心》的电影所表现的美国大兵的形象相当不满。因此,他在《茶蓬江上的情人》中重写了康拉德的《黑暗之心》。他将库茨(Kurtz)塑造为一名来自美国主流社会的天真的女孩,一名年仅17岁的啦啦队长。奥布莱恩认为,通过叙述这个女孩如何成长为一个恐怖杀手,读者就会领悟到越战是如何改造人的,因而无法"将罪责全部推到退役的美国大兵"身上③。

再来看看另一个策略,即以不同形式来反复讲述同一个故事的策略。比如,奥布莱恩讲述过一个关于一名美国大兵如何因为战友的死而对着一头小水牛拼命开枪的故事。这个情节在以下六个章节中得到了反复的叙述:《旋转》("Spin")、《在雨水河中》("On the Rainy River")、《被我枪杀的人》("The Man I Killed")、《埋伏》("Ambush")、《好的形式》("Good Form"),以及《死者的生平》("The Lives of the Dead")。每次都是从不同的角度、用不同的篇幅来讲述。这不是唯一的情况。在全书中,被反复讲述得最多的,还有围绕特德·拉文达尔(Ted Lavender)、科特·莱蒙(Curt Lemon)和齐奥瓦(Kiowa)这三位士兵的死亡而发生的事情。这些故事全都被讲述过好多次。作者为自己的做法所作的辩护是:"只有当故事好像无止境地讲下去的时候,你才能讲述出真正的战争故事。"(第76页)或许是因为所有这些叙事加起来,它们之间就会相互衬托、相互映照,从而间接传达创伤体验。由于他觉得自己总是无法传递"真正的真相",无法让读者真正理解自己的内心感受,因此他唯一能做的,就是反反复复地以不同的方式来讲述同样的故事,"耐心地讲,这里添一些,那里减一点,编出一些新的东西来,以讲出真正的真相"(第85页)。我们甚至可以说,他在自己所有作品中的反复叙说,本身就是其精神创伤的一个体现。

"如果你一直讲个不停,你就能讲述真正的战争故事。"(第85页)奥布莱恩采用这种反复讲述的方式,显然不是为了故事本身。实际上,讲什么并不重要,

---

① 以上事例均转引自 Alexis Middleton, *A True War Story: Reality and Fiction in the American Literature and Film of the Vietnam War*, MA thesis, Brigham Young University, 2008, p.9.
② Tim O'Brien, "The Violent Vet", *Esquire*, Vol.92, No.6,1979, p.100.
③ Ibid.

重要的是不断进行的讲述行为。正如伊瑟尔所说的,再现是一种述行性行为(representation as a performative act)。这种行为与《他们背负着的东西》中的人物桑德斯(Mitchel Sanders)所玩的溜溜球一样。玩溜溜球不是要得出什么结果,其乐趣就在于不断地把球抛出去,让它被绳子拉回来,又抛出去。同样,奥布莱恩的写作目的,不是给大家讲述越南战争的故事,而是要通过这种絮絮叨叨的方式来诉说他本人和其他参战的美国大兵心灵所遭受的创伤。如果他像一般的小说家那样讲战争故事,那么读者会沉浸在激烈的战斗故事中,忘却讲故事者的存在,更遑论体味后者所承受的苦楚。絮絮叨叨的讲述阻断了读者的阅读快感,但却使得真实的经历深深地刻写在读者的脑海中。正如杰弗里·哈特曼说的,"牢记一首诗就是要将诗存放在脑子里,不是把它消解为各种有用的意义"①。因此,奥布莱恩不是在讲故事写小说,他是在写诗,因为他说,"(我们在阅读的时候)除了故事本身之外,没有什么东西值得去记忆"。因此,作为叙述者,他不得不一次又一次地以不同方式去讲述同一个故事:"这对我来说还行。我以前讲过很多次,很多种版本——但现在要讲的才是真正发生过的事情。"(第85页)因为真正发生过的事情,只有在被讲述的那一短暂的时刻才算是真实的。内心的苦楚无法传递,但问题是,这些苦楚只能在传递的过程中才有可能被读者重新体验。这样做的好处是,通过反复地促使读者参与决定究竟是什么东西"真正地"发生在一个特定的情景中,通过强迫读者去经历那种明确认识真正发生过的事情的不可能性,奥布莱恩摆脱了独自记忆和理解事件的责任。他把读者拉入同谋中,无论你是什么时代的人,什么地方的人,都被他拉入他和战友们的战争创伤当中。

然而,无论是在虚构还是在讲述真实的经历,絮絮叨叨、反复讲述究竟能否达到预期的效果,奥布莱恩心中无底。他始终不敢确定读者是否能够真正理解他内心的痛苦。前面提到,在《他们背负着的东西》一书中有许多讲故事的情景,包括他自己的以及书中人物的讲述,几乎都涉及听众的反应。比如在《如何讲述一个真实的战争故事》中,叙述者回忆起自己曾经好几次对着公众讲述枪杀水牛的故事。就像鲁迅笔下的祥林嫂那样,他在刚开始时也感动了一些听众:"我讲这个故事时,经常有人在会后走上前来跟我说,她很喜欢。讲这话的总是个女人。有时候是个老女人,脾气好,很仁慈,又懂人情。她会说,她通常讨厌战争故事;她不理解为什么人们愿意在血污中打滚。但她喜欢这个故事。

---

① Geoffrey Hartman, *Criticism in the Wilderness: The Study of Literature Today*, Haven: Yale Unwersity Press, 1980, p.274.

可怜的小水牛,让她很难受。有时甚至流些眼泪。她会说,你应该将这一切抛诸脑后,找些新的故事来讲。"(第84页)叙述者没有直接说出自己对这些听众的感受,但他接着写道:"……她根本没听。这不是战争故事,而是关于爱的故事。但你不能那么说。你所能做的,就是再讲一次,耐心地讲,这里添一些,那里减一点,编出一些新的东西来,以讲出真正的真相。"(第85页)当你要诉说自己的痛苦经历的时候,听众相当重要。他们的同情和理解能够减轻你的痛苦。维科洛·罗利指出,虽然创伤幸存者的痛苦的经历和心理防御会使他们疏远公众,但为了治疗,社会应该为他们讲述自己的故事提供文化形式和机会,让他们获得某种社会承认,甚至是社会的接受①。如果没有这么一种公众的同情,创伤症状会加重。弗吉尼亚·伍尔夫小说《达洛卫夫人》中的赛普蒂莫斯(Septimus)就是一个例子②。

奥布莱恩也给出了类似的例子。参加越战的美国大兵在越南的时候渴望生还家乡,然而当他们回到家乡之后,他们却发现战争的梦魇如影随形。更糟糕的是,当他们想诉说的时候,他们却发现没有听众,或者即使有听众,他们也发现无法把自己的感受说明白。在《说起勇气》一章中,波克(Norman Bowker)满腹的烦恼无法排遣,只好驾着他老爸的车在湖边一遍又一遍地兜圈,就像时钟的指针一样,只是除了一片湖水之后,没人聆听那滴答声。只有那湖,"对于沉默而言,是一个好听众"(第138页)。可怜的越战老兵,"战争结束了,没什么地方好去了"(第137页)。家乡就在眼前,然而"市镇好像有些遥远。萨丽结婚了,麦克斯淹死了,他爸爸在家看国家电视网转播的棒球赛"(第139页)。他能说的,也就是人们耳熟能详的无数越战士兵讲述过的乏味的故事。他无法像奥布莱恩那样,反反复复、絮絮叨叨地讲述这些故事。所以他只好不说。他开始在脑海中设想和父亲交谈的情形。在这一虚构出来的讲述中,当他触及最让他痛苦的、战友死于战场的场景时,他迟疑了:"——你肯定你想听这事?"在想象中,他觉得父亲会这样回答:"——嘿,我是你老爸啊!"(第162页)是啊,老爸本来就有责任听儿子的诉苦的。但现实是,老爸在看棒球赛!波克是多么渴望老爸来听啊,因为老爸能够相当理解他所要讲的"不是让人讨厌的语言,而是事实。他老爸会交叉双臂等着他讲"(第165页)。然而,事实上没人

---

① Victory Laurie, *Trauma and Survival in Contemporary Fiction*, Charlottesville: University of Virginia Press, 2002, p.19.
② 关于《达洛卫夫人》中的创伤问题,参见 Tsai Mei-Yu, "Traumatic Encounter with History: The War and the Politics of Memory in *Mrs. Dalloway*", *NTU Studies in Language and Literature*, No.18, 2007, pp.61 - 90。

会来听。他老爸也不会听。因为,他意识到,"一个很好的战争故事……不是战争故事所要的,不是讨论英勇事迹所要的,镇里没人想知道那可怕的恶臭。他们想要善良的意图、美好的行为。但也不怪镇里的人,真的。这是一个不错的小镇,很繁荣,房屋整齐美观,一切卫生设施都很方便"(第169页)。痛苦的回忆依然无法摆脱,甚至越来越强烈,直到后来像电影一样在脑海中重演。最后,他终于意识到诉说的不可能性。于是他把车停下来(如果说车是他老爸的象征,那么离开车就等于和老爸告别),走进湖中央,好像给自己施洗礼一样。他看着国庆的烟花,"他觉得,对于一个小镇来说,这是非常好看的节目"(第173页)。就这样,由于找不到听众,他自杀了。

然而,即便找到了听众,依然会有被误解的危险。因此,奥布莱恩在书中不断地提醒他的读者,真实的战争故事不是什么。实际上,他是怕读者误解。人们都期望能从故事中获得教育意义,但奥布莱恩警告说:"一个真正的战争故事从来都不是道德的。它不会教导人们,不会鼓励美德,不会提出正确的人类行为方式,也不会阻止人们去做总是在做的事情。如果一个故事似乎是讲道德的,千万别相信。如果在战争故事讲完的时候你感到非常振奋,或如果你觉得端正品行的某个小部分被从更大范围的废墟中抢救出来了,那么你就成了一个非常古老而又糟糕的谎言的受害者。"(第69页)那么,战争故事究竟讲的是什么?就连奥布莱恩本人也不知道:"一个真正的战争故事常常甚至没有任何意义,或者,直到二十年之后,在你睡着的时候,它的意义才会击中你;于是你爬起来,摇醒你老婆,开始给她讲这个故事,然而当你快讲完的时候,你又忘记要讲的意义了。于是,你长时间躺在那里,看着故事发生在你的脑子里。你听着老婆的呼吸。战争结束了。你闭上眼睛。你笑了,你在想,上帝,那意义是什么啊?"(第82页)因此,奥布莱恩甚至要求读者不要对故事进行概括总结,无论总结出来的是什么:"战争故事并不概括。它们不会沉湎于抽象或分析。"最终,故事"沦为内脏本能。一个真正的战争故事,如果得到真实的讲述,会让肚子相信"(第78页)。奥布莱恩无奈地说:"真的,关于一个真正的战争最终是没有什么好说的,除了可能说一声'哦'。"(第77页)

所有这些无奈,表明奥布莱恩感到深刻的困惑,读者也跟着感到深刻的困惑。正如先前所说的,这种困惑会产生"理解"的需要,会引导人们真正反思造成战争的原因。因此,奥布莱恩通过元小说技巧来向我们传达书写创伤体验的艰难和必要,最终向我们提出了一个沉重的要求:与其在他人的创伤叙事中寻找事情的真相,不如仔细聆听叙述者内心的苦痛,聆听他们如何竭力摆脱创伤的阴影!只有这样,才能找到战争的根源,才能最终避免战争。正如凯茜·卡露丝在《创伤:记忆中的探索》一书的序言中所说:"聆听创伤的危机,不仅是要为事件而聆听,而更应该在证词中聆听幸存者如何摆脱创伤;就是说,治疗学的听众所面临的挑战,就是如何聆听这种摆脱!"[①]

---

① Caruth, "Introduction to Trauma and Experience", in *Trauma: Explorations in Memory*, Baltimore: Johns Hopkins University Press, 1995, p. 10.

真实与表意:乔伊斯的形式观

戴从容*

内容提要 形式领域的实验与革新是詹姆斯·乔伊斯文学成就的一个重要部分。一方面,这些形式因素直接影响着乔伊斯作品的意义和艺术魅力;另一方面,乔伊斯在创作过程中越来越偏重形式在文本表意中的作用。从《都柏林人》到《芬尼根的守灵夜》,题材的范围虽然不断扩大,讨论的问题却没有质的变化,对人性的开掘也少有进展。而同时在形式上,乔伊斯却表现出执着的探索和创新精神,每部作品都可以明显看出对前一部作品的超越。不过,乔伊斯的形式实验并非以形式为最终目的,他始终坚持作品的真实性和现实意义,并将这一原则运用到形式领域,由此形成他独特的美学立场——追求形式的真实与表意功能。"真"是乔伊斯美学观的核心,被视为"美"的前提。乔伊斯不但强调材料的现实性,而且坚持词语、叙述、风格等的真实,要求形式与文本的材料、主题乃至生活和时代的节奏相符。对形式真实的坚持构成了乔伊斯的形式实验与形式主义者的不同。他的词语变形、内心独白、自由联想等并非仅仅追求形式的陌生化,而主要是使形式合乎变化了的现代生活,以及对应意识和无意识的特殊状态。同时,形式在乔伊斯的文本中也越来越担负起表意的职能,《尤利西斯》许多章节的反讽手法和特殊文体都是该章意义不可或缺的部分,《芬尼根的守灵夜》的意义很大程度建立在它的表现方式之上。乔伊斯在形式上的尝试与同时期先锋派的"形式实验"有相似之处,并受到他们的影响,但他的现实立场决定了他与多数先锋派作家之间存在本质的差异,而更接近英国本土的"高级现代主义"。

关键词 乔伊斯;形式;真实性;表意

作为现代派最杰出的文学家之一,詹姆斯·乔伊斯(1882—1941)的才华主要体现在精致娴熟的叙述技巧和形式方面的实验与革新[①]。他突破传统语言规范,在英语文学中奠定了意识流小说的地位,使现代小说获得新的表现形式。

---

* 戴从容,南京大学全球人文研究院长聘教授,博导。
① 形式是一个至今仍有争议的概念,本文指对材料的艺术处理和加工。

在《都柏林人》(1905—1914)漫长的出版过程中,从自然主义的角度分析文本的主题与得失一度是评论的主要方向,以至于很长时间人们都没有注意到其中的象征手法。但是随着《一个青年艺术家的画像》(1914—1916)的出版,特别是《尤利西斯》(1914—1922)采用了连弗吉尼亚·伍尔芙也感到困惑的形式后,乔伊斯在形式实验方面的成就越来越引起评论界的关注。《一个青年艺术家的画像》中的自由间接引语、内心独白和灵悟(epiphany)手法是评论者把该书归为现代主义小说的重要依据。《尤利西斯》的评论一开始集中在考证文本中大量令人困惑的引语和暗示,以及对人物"反英雄"形象的研究上,但同时,艾略特对神话手法的分析和拉波提出的"内心独白"都在当时引起了强烈反响。他们的分析对确立《尤利西斯》在文学史上的地位起到不可忽视的作用。对当代评论来说,目前关注最多的是《尤利西斯》在叙述上的实验与创新,如自由间接引语、内心独白等,此外还有些评论者把《尤利西斯》视为对语言的性质提出质疑的后现代作品。至于《芬尼根的守灵夜》(1922—1939),早在 1929 年贝克特就提出了"形式即内容,内容即形式"[1]的著名论断。不论是否承认《芬尼根的守灵夜》的意义在于形式,至少解开文本那迷雾般的叙述至今仍是读者阅读《芬尼根的守灵夜》必须完成的首要乃至主要工作。乔伊斯本人对语言实验和文本构造倾注的精力也远远大于人物塑造或情节设计。应该说,在《芬尼根的守灵夜》中,乔伊斯基本完成了文本重心从材料向形式的转移。从 20 世纪 60 年代起,解构主义进入乔伊斯研究,1984 年在法兰克福召开的第九届国际乔伊斯研讨会,标志着乔学领域的扩大。由此,乔伊斯对语言的关注得到了理论支持。虽然也有一些评论从女权主义、西方马克思主义等角度分析乔伊斯作品中的女性形象、爱尔兰形象或历史、身份等问题,但这类分析有一个共同前提,即都首先认定了乔伊斯文本的经典地位,他们的分析只是为文本开拓新的解读空间,同时也用《尤利西斯》这样的经典文本为自己的理论提供支持。

一、乔伊斯作品的艺术魅力

在乔伊斯的时代,欧洲社会经历了两次世界大战,包括犹太人在内的多数欧洲人的生活都受到冲击,价值观念在两次战争中发生了根本转变。无论从历史、生活还是心理的角度看,世界大战都是值得表现的素材。在爱尔兰,民族独立运动风起云涌,以叶芝为首的一大批爱尔兰文学家正致力于民族文化的建设。在这

---

[1] Samuel Beckett, et al., *Our Examination Round His Factification for Incamination of Work in Progress*, Northampyon: John Dickens & Conner Ltd, 1962, p.14.

样一个充满戏剧性因素的时代里，乔伊斯却把作品的背景退到19世纪末20世纪初，只在《会议室里的常春藤日》里，在《一个青年艺术家的画像》的家庭聚餐和学生聚会上，在《尤利西斯》"市民"狂热褊狭的言辞中，爱尔兰民族解放运动才作为都柏林生活的一个必不可少的部分被反映出来。与乔伊斯在各种报告中对爱尔兰民族独立运动的关注相比，这一题材在他小说中所占的比重并不大。显然，题材的时代意义不是乔伊斯的小说所关心的，更不是乔伊斯小说的魅力所在。

在《批评的剖析》中，弗莱列举了《尤利西斯》给读者印象最深的四个方面："第一，对都柏林景致、声音趣味生动而清晰的描述，丰满的人物刻画，自然的对话。第二，书中故事与人物对原型英雄模式的嘲讽模仿，特别是对《奥德赛》的嘲讽，两者形成对比。第三，探索性地以'意识流'手法描述人物和事件。第四，其写作手法和话题总倾向于百科全书式的博学和透彻，以很高的知识化术语来看待这两个方面。"[①]弗莱这里所说的印象最深的方面实际也即弗莱认为的《尤利西斯》的精华所在。不同文学作品的魅力并不一样，而且很少有作品能够同时具备所有要素，多数以某一或某几方面见长，思想的深刻、生活的广博、人性的丰满、艺术的完美等都影响着作品的价值。乔伊斯的作品虽然在许多方面做得非常出色，而且正是众多领域的成就共同构成了乔伊斯作品丰富的审美层次，但相较而言，形式所起的作用最大。把握形式是理解乔伊斯作品的意义和感受其艺术魅力的关键。

生活感确实是乔伊斯的作品给予读者的第一印象。乔伊斯的主要评论者哈里·列文称乔伊斯"通过展示如此广阔同时又如此乏味的生活横切面，在自然主义的领域超过了自然主义者"[②]。从大学生到总督的各都市阶层，从买报纸到聚饮的各生活层面，从社会活动到心理领域，都被乔伊斯用工笔细描式的笔触一一展现出来。没有曲折的故事，却更逼近日常平淡的生活。把众多日常生活素材堆积在一起，这种非戏剧性的表现方式使乔伊斯作品中的常态生活与早期自然主义作品中的病态生活在对生活真实的理解上呈现出质的差异[③]。不过，乔伊斯作品独特的生活感不仅来自对生活的不同理解，更来自表现方式的改变。传统的自然主义作品，包括左拉的作品，都把对生活的再现建立在故

[①] 弗莱：《批评的剖析》，陈慧等译，百花文艺出版社，1998年，第414页。
[②] Harry Levin, *James Joyce：A Critical Introduction*, Norfolk：New Directions Books, 1941, p. 219.
[③] 比如左拉常把笔下的人物作为精神病理研究的案例来对待，他称《鲁贡-马卡尔家族史》中鲁贡-马卡尔家族的种种道德和罪恶都是因为他们是精神病的慢性继承人，称这个病是在这个家族机体第一次受到损伤之后患上的，环境的不同，决定着这个家族各成员的感情、欲望、情欲，以及天然和本能的人性流露。

事情节之上,用乔伊斯追随者的话说,"文学仍未自由,因为对许多人而言,它仍与讲故事这一观念联系在一起"①。福斯特在《小说面面观》中也曾对视故事为小说最高要素的传统表示不满,称"希望这种最高要素是一些别的东西——和谐的旋律,或对真理的体认等,而不是这种低下老旧的故事"②。故事往往意味着变故或冒险,追求故事性也即追求情节的不同"寻常",而"寻常"(commonplace)却是评论者描述《尤利西斯》中的生活时常用的一个词。乔伊斯在第一部小说集《都柏林人》中便已把人物的性格、心理及生活的细节放在故事之上,用庞德的话说,乔伊斯"不受烦琐的成规的制约,这种成规认为任何生活,如果要让人感兴趣,就必须被置于传统的'故事'形式之中。自莫泊桑之后,那么多人努力编'故事',展示生活的人却如此少"③。几乎乔伊斯的所有小说都没有复杂的情节,戏剧性冲突也很少。那类具有戏剧潜质的材料(如偷情)被乔伊斯用暗示手法,在情节层面以一种非故事的方式"寻常化"了。平淡的情节和乏味的对话使乔伊斯的作品更接近生活的本真状态,冲突与转折只存在于人物的精神领域。对素材的不同处理是乔伊斯作品的生活感不同于19世纪自然主义的一个主要原因。

20世纪40年代的评论也常分析乔伊斯文本的哲学思想,其中斯图亚特·吉尔伯特的《詹姆斯·乔伊斯的〈尤利西斯〉》最具代表性,影响也最大。一般认为这本书是在乔伊斯的授意下写的,相当于乔伊斯本人的作品。在该书中吉尔伯特一共谈到《尤利西斯》的四个主题:灵魂的转生、宇宙蕴含于每一存在之中(由万物的这种联系又推及因果报应)、肚脐作为神启智慧的所在、精神之父。对于前三个主题,吉尔伯特将它们都归源于东方神秘主义哲学,最后一个同样来自东方,即《圣经》中的圣父圣子观。《芬尼根的守灵夜》出版之初,评论者也曾探讨该书的哲学内涵,也就是把《芬尼根的守灵夜》与维柯在《新科学》中提出的历史循环论联系在一起。除《〈芬尼根的守灵〉的万能钥匙》一类解释性著作外,这种分析方式在20世纪30—40年代的《芬尼根的守灵夜》评论中最流行。应该说,这类神秘主义思想在当时的确有较大市场,比如后期象征主义诗歌便追求建立在哲学或宗教之上的神秘性④。在这一文化背景下,乔伊斯强调其文本的哲学深意也就不难理解了。

---

① Samuel Beckett, et al., *Our Exagmination Round His Factification For Incamination of Work In Progress*, Northampyon: John Dickens & Conner Ltd, 1962, p.107.
② 福斯特:《小说面面观》,苏炳文译,花城出版社,1981年,第21页。
③ Robert H. Deming, ed., *James Joyce: The Critical Heritage*, London: Routledge, 1997, p.67.
④ 比如螺旋循环的历史观就是爱尔兰诗人叶芝反复表现的一个主题。

与这类分析相反,艾略特认为与《都柏林人》和《一个青年艺术家的画像》相比,乔伊斯的后期作品越来越显得"什么也没说"[1];有的评论甚至称《芬尼根的守灵夜》的怪诞形式只是"遮掩作者已无话可说这一真相的伎俩"[2]。应该说,无论是吉尔伯特所列举的哲学主题还是维柯的历史循环论,在乔伊斯的时代都并不新鲜,乔伊斯也未能作出更深刻或更细致的阐发,因此,乔伊斯作品中的哲学主题实际更接近老生常谈。这就无怪乎20世纪50年代乔伊斯研究再次兴起的时候,这些哲学主题已经很少引起评论者的兴趣了。

　　在《批评的剖析》中,弗莱还谈到乔伊斯作品百科全书式的博学与透彻。确实,借助自由联想的跳跃松散的结构,《尤利西斯》获得了原本为散文特有的自由随意、无所不谈的特性。斯蒂芬的思辨与布卢姆的常识的结合,更使《尤利西斯》涵盖了人类精神的各个领域。自由联想的一个特点是点到即止,这种思考方式与学术研究的完整深刻并不相同。实际上,乔伊斯对作品中的理论正确与否并不十分关心。《尤利西斯》中,斯蒂芬在图书馆发表关于莎士比亚的长篇大论,内心却并不相信自己所说的一切。有时,作家的确会用文学形式阐述他对某一问题的看法或对某一知识的研究。托马斯·曼在《魔山》中加入天文、医学等自然科学领域的论文,对鲸鱼的专业研究也在麦尔维尔的《白鲸》中占相当比例。但从学术角度说,文学中的学术知识无论深度还是科研价值都非常有限,这类题材更多地是对传统的故事模式进行颠覆。当然应该承认,在《尤利西斯》和《芬尼根的守灵夜》中,由于乔伊斯采用了包容而非筛选的写作方式[3],两部作品确实获得了百科全书式的丰富性。同时,由于乔伊斯非常善于运用双关和复义,常使简短的句子包含丰富的内涵与暗示,这就使他的后期作品散发出意味深远的迷人魅力。

　　20世纪初,俄国形式主义还提出了另外一个评判文学作品的标准,即表现方式的陌生化。陌生化既指文学语言不同于日常语言的艺术性,也指超越已形成接受惯性的表现方式。弗莱所举的第二点和第三点基本属于这个范围。如果比较宽泛地看,《尤利西斯》的生活感和百科全书式的博学同样来自表现方式的陌生化——非故事的叙述和自由联想的结构是《尤利西斯》的生活感和博学

---

[1] Robert H. Deming, ed., *James Joyce: The Critical Heritage*, London: Routledge, 1997, p.22.
[2] Richard Aldington, "We Established No Intimacy", in E. H. Mikhail, eds., *James Joyce: Interviews and Recollections*, New York: St. Martin's Press, 1990, p.120.
[3] 《一个青年艺术家的画像》是在对《英雄斯蒂芬》加工提炼的基础上产生的。一般认为精练是这部小说较《英雄斯蒂芬》更成功的原因。但写作《尤利西斯》和《芬尼根的守灵夜》时,乔伊斯却采用了不断向成稿中添加新材料的作法,《芬尼根的守灵夜》尤其如此。

的主要原因。不过,形式在乔伊斯文本中的意义与俄国形式主义的陌生化理论并不完全相同,这就是乔伊斯文本中的"形式的表意功能"。吉尔伯特曾明确提出,"《尤利西斯》……包含着意义,而不仅仅是'生活横切面'的实录,远非如此。不应通过分析主人公的行动或人物的思想结构来获取意义,意义更大程度上暗含在各章的技巧、语言的细微差异及字里行间无穷无尽的对应和暗指之中"[1]。吉尔伯特这里说的意义不是俄国形式主义关心的阅读感受,而是文本作为能指所包含的所指,从吉尔伯特列举的主题看,是对世界和人的看法。乔伊斯并非形式主义者,他在形式上的种种实验都与文本的材料和主题直接呼应。他要求形式也必须真实,因为对他来说,形式并非装饰,而是与传统的题材或形象一样,是文本表现生活及认知的重要部分。

此外还有一种观点认为,乔伊斯作品的价值在于动摇了英国中产阶级根深蒂固的礼仪观念。这种观点提出,乔伊斯不仅大胆地描写"肮脏"的事物,而且通过把人类行为中"高雅"与"卑俗"的因素交织在一起,向人们指出高雅正来自卑俗,两者不存在不可逾越的界限。这样,与劳伦斯、亨利·米勒一样,乔伊斯改变了英语文学的价值观念,进而改变了社会的行为方式。乔伊斯作品的"非道德"在 20 世纪 20 年代确实带给读者巨大的震撼,《尤利西斯》出版时遇到的重重困难正源于这一点。那时多数人不惜高价购买《尤利西斯》,一个原因就是它是一本"淫书"。推进社会的价值观念和行为方式变革是文学的功能之一,能够使社会观念发生质的改变的作品应该在文学史上占有一席之地。但是,被乔伊斯用来锻造爱尔兰民族良心的《都柏林人》最终得以出版时,由于读者早已接触了不少类似的描写,多数被出版商认为必须删除的内容已经丧失了冲击力。至于《尤利西斯》的偷情和性描写,其对社会道德的影响并不比同时期的劳伦斯的作品大。对传统道德的颠覆在乔伊斯作品的传播上起过作用,但乔伊斯所具有的那个时代只有卡夫卡能与之媲美的巨大影响力,却并非只因为他推进了社会道德。

二、形式:从边缘到中心

在一次谈话中,乔伊斯称自己的作品"从《都柏林人》开始,沿着一条直线不断发展。(《尤利西斯》和《芬尼根的守灵夜》的)差别几乎难以分辨,只在表现范围和写作技巧上有提高"[2]。确实,除诗歌和戏剧外,从《都柏林人》《一个青年

---

[1] Stuart Gilbert, *James Joyce's Ulysses*, New York: Alfred A. Knope, 1952, p.22.
[2] 括号中内容为笔者所加。Adolf Hoffmeister, "Portrait of Joyce", in Willard Potts, eds., *Portraits of the Artist in Exile: Recollections of James Joyce by Europeans*, Seattle: University of Washington Press, 1979, p.131.

艺术家的画像》《尤利西斯》到《芬尼根的守灵夜》,题材的范围不断扩大,涉及的问题却没有质的变化,家庭关系(夫妻间的忠诚及青年一代寻找自我等)、原罪、背叛、友情、生死、流亡、艺术等始终是乔伊斯探讨的内容。这与福楼拜的《萨朗波》《圣安东的诱惑》通过转换题材来使文本产生变化的做法完全不同,后一种方式在文学史上更常见。在艺术上,乔伊斯却表现出执着的探索和创新精神:《都柏林人》在自然主义手法中加入象征;《一个青年艺术家的画像》不仅大量运用象征,而且采用更具现代色彩的自由间接引语,并插入儿童语体、日记体等;在《尤利西斯》中,意识流语体达到成熟,戏拟及各章文体的大幅度跳跃使《尤利西斯》呈现出前所未有的自由和宏大特征;在《芬尼根的守灵夜》中,"好像整个语言的理性和逻辑结构都崩溃了"[1],显示出冲破传统形式束缚的强烈渴望。总之,在艺术手法上,乔伊斯的每部作品都明显显示出对前一部作品的超越。

与形式的递进相比,乔伊斯对人性的开掘却少有进展。《都柏林人》中加布里埃尔因妻子早年的情人产生的伤感与《尤利西斯》中布卢姆因妻子偷情生发的隐痛,两者的心理感受并无多少差别。相较而言,倒是戏剧《流亡者》(1918)中理查德因怀疑妻子不忠而产生的受虐心理特殊一些。同样,《尤利西斯》里斯蒂芬在精神上对周围世界的超越,以及对周围寻欢作乐的大学生采取的若即若离的态度,都与《一个青年艺术家的画像》里的表现十分相似。乔伊斯笔下的女性形象更是大同小异,基本可用他写给弗兰克·巴钦的那句描写女性的话来概括,"心智绝对健全、丰满、无是非观念、可受孕、不值得信任、迷人、精明、缺乏创见、谨慎、漫不经心"[2];或者就像他在《流亡者》的笔记中对女主人公贝塔的描写,"她就是大地,黑色的、没有固定形状,她是母亲,因月夜而美丽,忧伤地意识到自己的本性"[3]。有种观点认为,乔伊斯后期在人物塑造上深受福楼拜的影响。福楼拜的作品越到后期人物形象越单薄,到《布华尔和贝居舍》,人物已经退化为喜剧性的平面轮廓;与此同时,随着人物分量的减少,作者或叙述者的批判性思想却越来越多。这种观点认为,人物分量逐渐减少的现象在乔伊斯的文本中同样存在[4]。如果对亨利·詹姆斯来说性格还是小说情节的主要因素,那么在乔伊斯这里,性格的作用已大大缩小,特别对乔伊斯的后期作品而言,传统分析性格的方法已经难以把握文本意义的要害。

---

[1] Robert H. Deming, ed., *James Joyce: The Critical Heritage*, London: Routledge, 1997, p.689.
[2] Richard Ellmann, *James Joyce*, London: Oxford University Press, 1983, p.215.
[3] James Joyce, *Exiles*, London: Atriad Panther Books, 1979, p.151.
[4] See Robert Martin Adams, *After Joyce: Studies in Fiction After Joyce*, Oxford University Press, 1977, pp.8-9.

需要说明的是，问题的单一和形象的单薄并不等于主题缺乏变化，用乔伊斯自己的话说："《一个青年艺术家的画像》是我的精神自我的写照。《尤利西斯》把个人的印象和情感加以变形，使其获得普遍意义。《正在进行中的作品》的含义彻底脱离具体存在，超越人物、事件和场景，进入纯抽象的领域。"①这里所说的主题从小我到大我的变化正是乔伊斯文本魅力的重要来源。主题是题材的客观意义与主观阐发的共同结果，既受题材本身的影响，也受制于作者阐释题材的角度和理解的深度。既然乔伊斯并不关心题材本身的社会意义，文本也基本围绕家庭关系展开，那么真正带来乔伊斯作品主题变化的应该是作者的阐释，也即作者从什么角度看待材料并以何种方式表现。按照俄国形式主义的观点，此即文本的形式。

虽然不能由此论定形式就是乔伊斯的创作重心，但至少可以看出乔伊斯越到后期越把注意力放到形式上。这一点从乔伊斯本人的谈话中也可以看出来。在信件和谈话中，乔伊斯谈得最多的便是表现手法和遣词造句：《尤利西斯》中词语的选择②、技巧的难度、章节的安排③、变化的视角和风格④等；对于《芬尼根的守灵夜》，乔伊斯虽然常在书信中解释词语和符号的含义，但对作品的主题涉及不多，谈得更多的是文本的喜剧性⑤、"正方形轮子"⑥的构架及其世界象征⑦、为表现夜晚的心灵而采用的特殊形式⑧。乔伊斯曾称自己技巧过多而缺乏思维⑨，他这样说不仅是表明自己在艺术上的直感，也是强调技巧在其艺术中所占的比重。创作初期由于受古典主义影响，乔伊斯的确把锻造爱尔兰民族的良心作为出发点。但到后来，乔伊斯的美学观逐渐改变，越来越关注形式的表意

---

① Adolf Hoffmeister, "Portrait of Joyce", in Willard Potts, eds., *Portraits of the Artist in Exile: Recollections of James Joyce by Europeans*, Seattle: University of Washington Press, 1979, p.132.
② See Arthur Power, *Conversations with James Joyce*, Chicago: The University of Chicago press, 1974, p.98.
③ See Stuart Gilbert, ed., *Letters of James Joyce*, London: Faber and Faber, 1966, pp.144–145.
④ See Richard Ellmann, ed., *Selected Letters of James Joyce*, London: Faber and Faber, 1975, p.284.
⑤ See Stuart Gilbert, ed., *Letters of James Joyce*, London: Faber and Faber, 1966, p.354.
⑥ 在给韦弗女士的信中，乔伊斯把《芬尼根的守灵夜》描写的世界比喻为一个轮子，而且是一个方形的轮子。乔伊斯没有解释他的这个比喻，从《芬尼根的守灵夜》的文本来看，"轮子"指《芬尼根的守灵夜》表现的历史的循环，"方形"的所指比较多，其中之一是维柯所说的循环的四个阶段。
⑦ See Richard Ellmann, ed., *Selected Letters of James Joyce*, London: Faber and Faber, 1975, p.321.
⑧ Ibid., p.318.
⑨ See Jacques Mercanton, "The Hours of James Joyce", in *Portraits of the Artist in Exile: Recollections of James Joyce by Europeans*, pp.226–227.

作用,把自己的创新也称作"新的思考和写作方式"①。

乔伊斯创作《都柏林人》时,主要遵循易卜生的社会问题剧的传统,着眼于批判都柏林人瘫痪的精神状态,为爱尔兰"谱写一章道德史"②。乔伊斯称通过这部作品,爱尔兰人可以更加看清自己③,从而朝爱尔兰的精神解放迈出第一步④。从这一现实意图出发,《都柏林人》着力塑造各种典型人物,选取本身具有揭示性的题材,并按自然主义的客观化原则尽可能淡化作者的声音,通过情节的裁剪和人物的安排表现社会批判的主题。乔伊斯在《一个青年艺术家的画像》中所说的"艺术家如创世主一样,始终呆在他的作品之内、之后、之上或之外,别人看不到,他超越存在,漠不关心,修着指甲"⑤,指的正是《都柏林人》的叙述手法。评论者之所以直到20世纪40年代才看出《都柏林人》中的象征因素,也正是因为《都柏林人》的这一特点。象征是艺术家对客观世界的主观阐释,艺术家可以围绕象征组织材料,也可以使象征意象尽可能融入情节,两者的区别便是艺术手法与材料之间的主次比重。《都柏林人》时期的乔伊斯显然属于后者。传统的叙述方式使形式在《都柏林人》中接近透明,唯有其中冲突的缺乏暗示出该书在文本形式上的独特,这一独特之处便是乔伊斯自己所说的"灵悟",即属于心理而非情节层面的突转。

借助特殊的形式突出形式在文本中的功能,这种现代手法直到《一个青年艺术家的画像》才出现。儿童语体、自由间接引语、印象手法等的使用,使《一个青年艺术家的画像》显出不同于传统成长小说的特征,而且这一不同直接影响着作为成长小说核心的主人公形象。在歌德的《威廉·麦斯特》或罗曼·罗兰的《约翰·克利斯朵夫》中,成长的主人公是事件的核心,积极参与并影响着周围的事件,情节围绕主人公的戏剧性遭遇展开。自由间接引语和印象手法则赋予了斯蒂芬观察者而非行动者的身份。斯蒂芬或者被动地接受来自外界的印象,或者在叙述上与叙述对象保持距离。"现实主义力图把人与他的环境融合,现代主义世界观则建立在作为分离点的个人批判意识之上。个人意识处于现代主义语义世界的中心,努力使自己不受外界的影响,以便从独立的立场观察

---

① Arthur Power, *Conversations with James Joyce*, Chicago: The University of Chicago press, 1974, p.54.
② Richard Ellmann, ed., *Selected Letters of James Joyce*, London: Faber and Faber, 1975, p.83.
③ Ibid., p.90.
④ Ibid., p.88.
⑤ James Joyce, *A Portrait of the Artist as a Young Man*, London: Triad/Panther Books, 1977, pp. 194–195.

世界。"①观察者作为主人公是现代主义的特征,《一个青年艺术家的画像》不同于传统的表现形式使斯蒂芬成为一个具有独立意识的旁观者,与周围保持一定的距离,在他身上显出"感知、疏离和观察"这三个现代主义文学的重要语义因素②。亨利·詹姆斯的小说中也有这类旁观者,不过大多属于配角,传统叙述对情节的依赖使这类人物很难在詹姆斯的作品中作为主人公带动事件向前发展。《一个青年艺术家的画像》中斯蒂芬的现代精神气质虽然是乔伊斯本人独特气质的反映,但也与文本的现代表现形式密不可分。

《尤利西斯》则可以说成是乔伊斯尽情进行形式实验的场所,内心独白、自由联想、蒙太奇、反讽、戏拟、新闻体、戏剧体、教义问答体、词语变形、句式变化等,"所有学问、各种文体和手法这里都有,在驾驭一切可表现对象的过程中,没有遗漏任何表现方式"③。而且,通过背离传统的叙述模式,形式在《尤利西斯》中最终得以从隐蔽走向前台。在材料上,《尤利西斯》最大限度地遵循自然主义方向。生活中最琐碎的细节、心理上最隐蔽的空间都巨细无遗地呈现在文本中;但在形式上,《尤利西斯》却更近似形式的"陌生化"。这个陌生化了的形式用乔伊斯自己的话说是"使用了一种新颖的文体"④,英国审查者则视之为"一种尚未为人所知的文学"⑤。《尤利西斯》那"令人困惑、难以理解的"⑥形式增加了读者感受形式的难度和时间,从而增加了形式在阅读感受中的比重。不过,《尤利西斯》中形式的作用不只于此。《尤利西斯》各章的文体大幅度转换,几乎没有过渡,打破了古典主义的整一原则,同时文体整体的丰富和差异也赋予《尤利西斯》类似生活本身的包罗万象的色彩。意识流语体、反讽、戏拟等手法同样不是单纯的技巧实验。拿反讽和戏拟来说,它们实际为文本的现代精神提供立足点:《独眼巨人》的意义不在叙述者"我"所叙述的褊狭的民族主义,而是由叙述方式显示的对这一立场的反讽;《瑙西卡》的价值内涵也不是充当叙述视角的格蒂那感伤造作的维多利亚观念,而是在文体戏拟中暗含的现实精神和批判精神。值得注意的是,乔伊斯并未用统一的情节将这些分散

---

① Douwe Fokkema & Elrud Ibsch, *Modernist Conjectures: A Mainstream in European Literature, 1910–1940*, London: C. Hurst & Co. Ltd., 1987, p.43.
② Ibid., 1987, p.44.
③ Robert H. Deming, ed., *James Joyce: The Critical Heritage*, London: Routledge, 1997, p.454.
④ Arthur Power, *Conversations with James Joyce*, Chicago: The University of Chicago press, 1974, p.95.
⑤ Silvio Benco, "James Joyce in Trieste", *Portraits of the Artist in Exile: Recollections of James Joyce by Europeans*, p.56.
⑥ Robert H. Deming, ed., *James Joyce: The Critical Heritage*, London: Routledge, 1997, p.447.

的因素整合在一起，相反，他借用了一个完全脱离情节的外部骨架，即《奥德修纪》。这个结构既非源自塑造人物的需要，也不能为人物的活动提供语境，其作用是容纳文本中万花筒般的艺术手法和材料，并为文本提供另一个意义空间。形式在《尤利西斯》中既获得了独立性，也成为文本意义不可或缺的一环。

到了《芬尼根的守灵夜》，艰涩的形式几乎掩盖了材料本身的意义，以至于有的评论者斥之为"遮掩作者已经无话可说这一真相的伎俩"[1]。这种看法一方面反映了读者对《芬尼根的守灵夜》反常形式的不适应，另一方面也从反面说明，在《芬尼根的守灵夜》中形式的比重已经大大超过传统的情节。至少对初读者来说，要阅读《芬尼根的守灵夜》首先就必须解读作者自造的词语，克服词语障碍的需要几乎超过对文本意图的把握。而且，破解《芬尼根的守灵夜》的词语与一般的词语解释不同，用贝克特的话说，《芬尼根的守灵夜》的词语"并不只是中性的符号……它们有自己的生命。它们挤进页面，发光、燃烧、渐渐熄灭、消失"[2]。《芬尼根的守灵夜》词语的"联想、暗示和唤起"[3]功能超出了原来的指物功能，词语自身的意义甚至超出了该词传统的内涵和外延。拿已公认的《芬尼根的守灵夜》词语的复义和不确定性来说，变形了的词语不仅是所有构成该词语的含义的组合，词义的复义和不确定本身也唤起一个不确定的杂糅的世界。除了改变词语外，乔伊斯在《芬尼根的守灵夜》中还颠覆传统的叙述模式，彻底消解故事。与词语一样，叙述模式的极度变形产生的结果已无法单纯用俄国形式主义的陌生化原则来解释。形式的违反常规和不断变换对阅读构成直接的障碍，解读而非单纯感受这一反常形式成为阅读《芬尼根的守灵夜》的前提[4]。换言之，形式在《芬尼根的守灵夜》中已成为本身需要解读的内容，或用贝克特的话说，《芬尼根的守灵夜》"不是关于某件事，它就是这件事本身"[5]。贝克特描写普鲁斯特的一段话同样可以视为对创作《芬尼根的守灵夜》时的乔伊斯的

---

[1] Richard Aldington, "We Established No Intimacy", in E. H. Mikhail eds., *James Joyce: Interviews and Recollections*, New York: St. Martin's Press, 1990, p.120.

[2] Samuel Beckett, et al., *Our Exagmination Round His Factification For Incamination of Work in Progress*, Northampyon: John Dickens & Conner Ltd, 1962, pp.15 – 16.

[3] Robert H. Deming, ed., *James Joyce: The Critical Heritage*, London: Routledge, 1997, p.408.

[4] 辛德尼·保尔特同样认为，对于《芬尼根的守灵夜》的读者来说，"他的注意力不断地被独特的写作方式所吸引，而不是小说中叙述的事件"。见 Sydney Bolt, *A Preface to James Joyce*, New York: Longman Inc, 1981, p.167.

[5] Samuel Beckett, et al., *Our Exagmination Round His Factification For Incamination of Work in Progress*, Northampyon: John Dickens & Conner Ltd, 1962, p.14.

描写,甚至可以说,由于贝克特在那一阶段正充当着乔伊斯的追随者,因此他此时的看法极有可能受到《芬尼根的守灵夜》的启发。贝克特是这样描述普鲁斯特的:"普鲁斯特没有这种迷信,即形式无足轻重,而内容决定一切。也不相信理想的文学杰作只能靠一系列绝对的、简单的主题才能被理解。对于普鲁斯特来说,语言的质量比任何伦理学和美学的体系都重要。他的确未将内容与形式分开。二者都是互相具体化的过程,是一个世界的展示。"[1]直到现在,读者对《芬尼根的守灵夜》还存在着截然相反的评价。对那些坚持传统情节和性格理论的人来说,认可《芬尼根的守灵夜》的魅力确实很难,因为阅读《芬尼根的守灵夜》"不要希望获得什么教益或听到什么故事,而应准备接受一种新的氛围,几乎全新的风尚"[2]。《芬尼根的守灵夜》也许没有传统小说惯常提供的事件或含义,但通过刻意设计的表现方式,《芬尼根的守灵夜》传递出一种新的世界和美学观念。在这个世界里,高级与通俗、梦与游戏、不确定与复义、现实与超现实、词语与实在都以狂欢的方式杂糅在一起。正是这一点使《芬尼根的守灵夜》被一些学者称为后现代主义开端的标志[3]。

三、形式的表意功能

乔伊斯曾声称人们要读懂《芬尼根的守灵夜》,至少需要300年,《芬尼根的守灵夜》也确实被视为欧洲文学史上的几部天书之一。乔伊斯为什么要在《芬尼根的守灵夜》中采用如此令人难以接受的形式,这始终是读者关心的问题。《芬尼根的守灵夜》还在写作时,这个问题就被一次次提出,而在各种场合乔伊斯的回答都是,夜晚的内容必须用夜晚的语言表达,用乔伊斯本人的话说:"每个人的大部分经历是在另一种状态中度过的,这种状态无法用清醒的语言、规范的语法和连贯的情节传递出来。"[4]"用清醒的意识或儿童的游戏装模做样地表现夜晚的活动,不是太随便了么?"[5]"描写夜晚的时候,我确实不能,我觉得,按常规方式使用词语。否则,词语无法传递出在夜间、在另一个舞台上的事物的面貌——意识、然后半意识、然后无意识。我发现按习惯搭配使用词语无法

---

[1] 塞·贝克特等:《普鲁斯特论》,沈睿等译,社会科学文献出版社,1999年,第57页。
[2] Douwe Fokkema & Elrud Ibsch, *Modernist Conjectures: A Mainstream in Europe Literature*, 1910-1940, London: C. Hurst & Co. Ltd., 1987, p.71.
[3] Ibid., p.68.
[4] Richard Ellmann, ed., *Selected Letters of James Joyce*, London: Faber and Faber, 1975, p.318.
[5] Jacques Mercanton, "The Hours of James Joyce", in *Portraits of the Artist in Exile: Recollections of James Joyce by Europeans*, p.213.

取得这一效果。"①乔伊斯是一位具有较高理论素养的作家，早在 19 岁时，他评论易卜生的文章就被发表在爱尔兰权威刊物《半月评论》上。他在《一个青年艺术家的画像》中根据阿奎纳的理论阐发的美学主张，推理严密，显示出很强的思辨能力。因此，如果乔伊斯要用一套美学理论为自己辩护的话应该不难。然而，在《芬尼根的守灵夜》遭到包括亲朋在内的众多人指责，其奇诡的形式被不少人视为故弄玄虚的时候，有能力为自己辩护的乔伊斯却只说了如此轻描淡写的几句话，显然这几句话包含的思想要比表面深刻得多，事实上它们包含着乔伊斯在形式上的重要美学立场——形式的真实与表意功能。

"形式"是一个令人困扰的术语。从柏拉图到现在，人们下了太多的定义，而且"这些定义根本就互相冲突，让人觉得最好不用"②。乔伊斯倒很少用"形式"这个概念，在多数情况下用的是这个词的"形体"一意。在阐述美学问题时，他则常用"形式"指一般所谓的体裁，或称文类，比如他认为艺术可以分为三种形式：抒情的形式、史诗的形式、戏剧的形式③（在《英雄斯蒂芬》中，乔伊斯用的是"抒情艺术""史诗艺术"和"戏剧艺术"④）；他说"独创的、有才华的作家颠覆不属于自己的形式"⑤时，指的也只是易卜生在《卡提利纳》中对浪漫主义文体的反抗，外延非常小⑥。

乔伊斯的论述中更值得注意的应该是他对"节奏"的定义："节奏……是任何美的整体中部分与部分之间，或美的整体与它的某一部分或所有部分之间，或构成美的整体的任一部分与美的整体之间首要的形式上的美学关系"⑦。"节奏是被这样限定了的词语的感觉、价值和关系的美学结果。"⑧英国艺术评论家克莱夫·贝尔在分析视觉艺术的美感来源时曾提出"有意义的形体"的概念。他认为视觉艺术用以激发观者审美情感的因素不是其所表现的主题，而是线条和色彩的独特结合方式，他称之为"有意义的形体"。接下来他指出："有的

---

① Robert H. Deming, ed., *James Joyce*：*The Critical Heritage*, London：Routledge, 1997, p. 417.
② 雷内·韦勒克：《批评的概念》，张金言译，中国美术学院出版社，1999 年，第 50 页。
③ See James Joyce, *A Portrait of the Artist as a Young Man*, London：Triad/Panther Books, 1977, p. 193.
④ See James Joyce, *Stephen Hero*, New York：New Directions Books, 1944, p. 77.
⑤ Ellsworth Mason and Richard Ellmann, eds., *The Critical Writing of James Joyce*, London：Faber and Faber, 1959, p. 101.
⑥ 不过，与一般对体裁的理解相比，乔伊斯的"体裁"要广泛一些：抒情诗、史诗、戏剧是体裁，古典主义、浪漫主义也是体裁。
⑦ James Joyce, *A Portrait of the Artist as a Young Man*, London：Triad/Panther Books, 1977, p. 187.
⑧ James Joyce, *Stephen Hero*, New York：New Directions Books, 1944, p. 25.

人对美的判断更精确透彻,不是把这些激发审美情感的形体组合和排列称作'有意义的形体',而是称之为'有意义的形体联系'。随后,他们把这些联系称为'**节奏**'……我所谓的'有意义的形体'就是以某种特定方式打动我们的排列和组合。"①在这里,乔伊斯和克莱夫·贝尔都把节奏理解为艺术品的组成方式,并视之为艺术美感的首要(乔伊斯)或唯一(贝尔)来源。

由此出发,乔伊斯把艺术定义为"人对智力或情感的内容所做的以美为目的的处置(disposition)"②。材料本身可以带有智力的或情感的意图,但它们之所以能够成为艺术品乃是由于艺术家对它们的加工——变形、拆分、排列、组合。不是材料的所指,而是它们的关系实现了艺术品的美的目的。乔伊斯这里对艺术的看法有些类似俄国形式主义的"材料-程序"艺术观,他用的"处置"一词与俄国形式主义的"程序"也有相似之处。俄国形式主义理论家把材料和程序作为构成艺术品的一对范畴,材料是艺术的物质载体,艺术则是根据特定程序对这些载体所做的"处置"③:语音、形象、情感、思想等材料的选择、加工与安排,节奏、语调、音步、韵律、排偶的精心组织,以及词语的选择与组合,用词手法、叙述技巧、结构配置和布局方式等都属于俄国形式主义所说的程序。

把艺术作品的组成方式或各部分的关系,而不是艺术品的题材或主题视为美感的来源,这是20世纪初期欧洲艺术界兴起的一种看法,其出发点之一便是反叛把艺术视为现实的镜子,"把'形式'当作只是注进现成'内容'的容器"④的观点。俄国形式主义的这一形式观可以一直追溯到亚里士多德,即亚里士多德哲学里与材料构成一对基本范畴的形式因。在形式和材料的关系上,亚里士多德把形式放在第一位,称"所谓本体,与其认之为物质,毋宁是通式与通式和物质的组合。而通式与物质的组合是可以暂予搁置的,它的本性分明后于通式。物质在这一含义上也显然为'后于'"⑤,这里所译的通式即形式。显然,在亚里士多德这里,形式不仅不是倾倒内容的容器,而且是"其他一切事物所由成其为事物之怎是"⑥,它就是本质,是事物的最终理由。根据亚里士多德的理论,材

---

① 克莱夫·贝尔:《审美的假设》,见于弗兰西斯·弗兰契娜、查尔斯·哈里森编:《现代艺术和现代主义》,张坚等译,上海人民美术出版社,1996年,第107—108页。
② James Joyce, *Stephen Hero*, New York: New Directions Books, 1944, p.77.
③ 用什克洛夫斯基的话说:"我们所指的有艺术性的作品,就其狭义而言,乃是指那些用特殊程序创造出来的作品,而这些程序的目的就是要使作品尽可能被感受为艺术作品。"转引自方珊:《形式主义文论选》,山东教育出版社,1999年,第46页。
④ 雷内·韦勒克:《批评的概念》,张金言译,中国美术学院出版社,1999年,第61页。
⑤ 亚里士多德:《形而上学》,吴寿彭译,商务印书馆,1996年,第128页。
⑥ 同上书,第18页。

料只有通过形式因才能成为物质,而艺术创造就是使材料获得形式①。

席勒在一百多年前也注意到了形式的表意功能,他甚至把形式放在文本表意的第一位,称"在真正美的艺术作品中不能依靠内容,而要靠形式完成一切。因为只有形式才能作用人的整体,而相反地内容只能作用于个别的功能"②。席勒是从美育的角度提出这一看法的,他例举了生活环境中形式美对人心灵的影响,"正如形式逐渐地由外部深入到他的住宅、家具、服装,后来开始掌握人本身那样,形式起初改变人的外部,然后改变人的内部"③。在席勒看来,那些直接宣传道德或审美意图的素材因为只能有限地作用于心灵,反而是艺术家要克服的。

黑格尔虽然把形式放在附属于内容的位置上,但他把美定义为理念的感性显现,其中事实上隐含着一个可能的推论,即在作品的感性形式背后存在着某种类似于理念的东西。这样,形式不仅引起欣赏的愉悦,而且也是为了表达作品背后的所指,这个所指可以是作者的世界观、认识世界的角度,也可以是作者未必意识到的对世界的直观感悟、时代的投影或者他在潜移默化中接受的传统文化等,也即作品的意义。

乔伊斯的文章中虽然没有可以与亚里士多德的"形式因"或俄国形式主义的"程序"对等的词汇,乔伊斯也没有正面论述过形式在文本中的地位,不过,他的《美学》一文中有一段论述间接地显示出形式在他的美学观中具有的决定性作用。在这篇文章中,乔伊斯把亚里士多德的恐惧与怜悯说作了修改,提出静态是审美活动的基础,区分戏剧优劣的标准应该是戏剧使观众处于静态(in rest)还是从静态转向行动(from rest)。乔伊斯首先区分了恐惧、怜悯与憎恨三种不同的观赏感受,提出恐惧使观众惊异于人类命运的起因,怜悯使观众惊异于人类命运中的苦难,由于命运是不可逆转的,观众只被吸引而不会产生行动的欲望;憎恶则相反,使人希望远离那个他所憎恶的东西,因此乔伊斯提出恐惧和怜悯是戏剧应有的效果,憎恶却不是。同样,喜剧唤起的也应当是喜悦而不是欲望,因为喜悦来自已经拥有的东西,欲望却源于匮乏,唤起欲望的喜剧让观众坐立不安。乔伊斯对恐惧、怜悯、憎恶、喜悦和欲望的审美效果的分析显然出自亚里士多德的"Catharsis"理论,而其中完全属于乔伊斯本人的创见的,是他对静态效果的提倡。乔伊斯为什么强调审美中的静止,俄国形式主义者鲍里

---

① 不过,正如朱光潜指出的,亚里士多德"把任何事物的形成都看成艺术创造"(见朱光潜:《西方美学史》,人民文学出版社,1999年,第68页),因此亚里士多德所说的艺术的范围要大得多。
② 席勒:《美育书简》,徐恒醇译,中国文联出版公司,1984年,第114—115页。
③ 同上书,第143页。

斯·埃亨巴乌姆在《论悲剧和悲剧性》中的一句话可以作为注解。埃亨巴乌姆称:"艺术的成功在于,观众安静地坐在沙发上,并用望远镜观看着,享受着怜悯的情感。这是因为形式消灭了内容。"①从埃亨巴乌姆的话可以看出,审美的静态效果来自"形式消灭了内容",换句话说,静态说的主张者更强调形式的审美或认识功能,而不看重艺术品通过迫切的现实题材直接参与和指导现实活动。

此外在1903年一篇分析法国作家马塞·提奈勒的文章中,乔伊斯也涉及了形式的表意问题。乔伊斯提出,马塞·提奈勒作品的一个特点是风格和叙述随作品的主题而变化②。"风格"是乔伊斯使用较多的一个词,多数情况下用的是这个词的传统含义,指艺术家个人或艺术作品个体的特点,比如他谈到《都柏林人》"处心积虑的刻薄风格"③,或"斯蒂芬的写作风格,虽然对古老的、几乎消失了的东西过分感兴趣,而且有矫饰之嫌,但表述中显出的略有些粗糙的原创性还是值得注意的"④。在这个含义中,特别是指艺术家个人创作特点的时候,风格只担负着修饰功能,与文本的主题无关。而当乔伊斯提出马塞·提奈勒作品的风格与主题直接相关时,风格显然是文本主题的一个因素,具有表意的功能,而不只是艺术家个人的用笔特点,"与其说风格表现作者,不如说表现主题"⑤。在乔伊斯的后期作品中,风格与主题的这种对应关系尤为突出,《尤利西斯》的《埃奥洛》一章的新闻体,《太阳神的牛》文体从古代到当代的变化,都是风格表现主题的典型。风格之所以需要与主题对应,因为不仅言说的内容表达着言说者对现实的看法,言说的方式同样表达着言说者的世界观。

美国理论家马克·肖勒在《技巧的探讨》一文中对这种形式观有非常精辟的论述,在这篇文章中,他把我们这里所说的形式或程式称为"技巧"⑥,认为

---

① 维·什克洛夫斯基等:《俄国形式主义文论选》,方珊等译,生活·读书·新知三联书店,1992年,第40页。
② See Ellsworth Mason and Richard Ellmann, eds., *The Critical Writing of James Joyce*, London: Faber and Faber, 1959, pp.121-123.
③ Richard Ellmann, eds., *Selected Letters of James Joyce*, London: Faber and Faber, 1975, p.83.
④ James Joyce, *Stephen Hero*, New York: New Directions Books, 1944, p.27.
⑤ 编者在文章前写的序。Ellsworth Mason and Richard Ellmann, eds., *The Critical Writing of James Joyce*, London: Faber and Faber, 1959, p.121.
⑥ 马克·肖勒把技巧定义为"内容(或经验)与完成的内容(或艺术)之间的差距",这种技巧观与俄国形式主义者对"程式"的定义非常近似,而且肖勒在文章中也明确将他的"技巧"等同于诗人兼新批评理论家T.S.艾略特所说的"程式"。见马克·肖勒:《技巧的探讨》,盛宁译,《世界文学》1982年第1期。

"技巧是作家用以发现、探索和发展题材的唯一手段,也是作家用以揭示题材的意义,并最终对它作出评价的唯一手段"①。肖勒认为,现代小说对技巧的苛求起因于现代生活和现代精神的错综复杂,现代意识所包含的远比过去隐蔽而难以把握的成分不是那种表面技巧可以应付的。乔伊斯本人有段话与肖勒的这一看法非常接近,称"都柏林那既乏味又闪光的氛围,它的幻影般的雾气、碎片般的混乱、酒吧里的气氛、停滞的社会——这一切只能通过我使用的词语的肌质(texture)传递出来。思想和情节并不像某些人说的那么重要"②。在现代小说家中,肖勒也特别推崇乔伊斯,认为乔伊斯的文本中对经验的价值和性质的评定依靠的不是标签式的道德术语,而是"风格的内在结构"③,并称:"如果我们觉得《尤利西斯》比本世纪的任何一部小说都更加令人满意的话,那是因为作者对技巧的态度所致,他对题材所作的技术性解析,使他能够把我们的经验最大限度地、有条不紊地组织在一部作品之中。"④

乔伊斯把形式作为文本意义或审美效果的基础,主张"重要的不是我们写了什么,而是我们怎么写"⑤,这一点更多地体现在乔伊斯后期的创作中,《一个青年艺术家的画像》中的儿童语体、《尤利西斯》的《埃奥洛》一章的报刊体、《塞壬》的音乐旋律、《芬尼根的守灵夜》杂乱跳跃的结构等都是形式的表意原则在乔伊斯文本中的体现。《尤利西斯》的《伊大嘉》一章的教义问答体表面看与问答的内容没有直接联系,但教义问答这一中世纪教会常用的文体本身却暗示出布卢姆与斯蒂芬的圣父圣子关系。

《尤利西斯》和《芬尼根的守灵夜》对词语形式因素本身表意功能的强调典型地体现了乔伊斯的这一美学观。无论在《尤利西斯》还是《芬尼根的守灵夜》中,乔伊斯都非常重视寻找声音上能够产生特殊效果的词语,用这些词语的形式因素表现意义。比如,乔伊斯说他"在《尤利西斯》中,为了表现一个半梦半醒的女人的咕哝,我希望用所能找到的最轻的词来收尾。我找到了'是的',它几乎不出声,因而可以暗示同意、放弃、放松、一切反抗的终结。至于'正在进行中的作品',我希望尽可能找到比'是的'还好的词。这次我发现了英语中一个最隐蔽、最不起眼、最弱的词,一个甚至算不上词的,它的声音几乎只是牙缝间

---

① 马克·肖勒:《技巧的探讨》,盛宁译,《世界文学》1982年第1期。
② Arthur Power, *Conversations with James Joyce*, Chicago: The University of Chicago press, 1974, p.98.
③ 马克·肖勒:《技巧的探讨》,盛宁译,《世界文学》1982年第1期。
④ 同上。
⑤ Arthur Power, *Conversations with James Joyce*, Chicago: The University of Chicago press, 1974, p.95.

的一次喘息,其实什么也不是,这就是定冠词'这'"①。乔伊斯经常谈论词语的"力量"②,觉得词语"无所不能"③,甚至称"用语言可以实现一切"④。词对乔伊斯来说已经不单是指意的符号,也不仅是传情达意的媒介,而是创造世界的手段。乔伊斯尤其关注词语本身的感觉情绪或表意潜能。罗兰·巴特在《零度写作》中详细分析了20世纪之前的文学与现代文学在语言观上的这一差别,提出传统文学不关心语言,语言只起工具和装饰的作用,因此越透明越好,而现代文学由于"打碎了语言间的联系,把话语减化为静止的单词"⑤,破坏了语言的自动性,反而使词语从工具功能中解放出来,获得了自身的浓度。罗兰·巴特最后指出,在当代,"众所周知,文学已简约为语言的问题,事实上,这是所有它目前能做的"⑥。伊格尔顿称20世纪"语言学革命"的核心便是"承认意义不仅是语言所'表现'或'反映'出来的东西,它实际上是语言'生产'出来的"⑦。海德格尔则指出,语言非但不是人的上手的工具,人反而完全由语言规定,语言通过命名和呼唤使事物和世界得以显现。在这个过程中,不是谁通过言说表现世界,而是语言言说。

四、形式的真实性

对贝尔来说,艺术品的美感及美学"意义"仅仅来自艺术品的构成方式,只有"跟生活完全无关"⑧,艺术鉴赏才能成为真正的审美鉴赏。乔伊斯虽然在重视形式这一点上与贝尔及当时多数现代派作家相同,但乔伊斯与形式主义者有一个本质区别,即乔伊斯在重视形式的同时,同样重视作品的现实性和生活感。乔伊斯曾明确谈到他的现实立场,称"在现实主义中,人们面对的是作为世界基

---

① Louis Gillet, "The Living Joyce", *Portraits of the Artist in Exile: Recollections of James Joyce by Europeans*, p.197. "正在进行中的作品"是乔伊斯在《芬尼根的守灵夜》正式出版前对这一作品的称呼。
② Arthur Power, "The Joyce I Know", in *James Joyce: Interviews and Recollections*, New York: St. Martin's Press, 1990, p.83.
③ Aldous Huxley, "James Joyce in Paris", in *James Joyce: Interviews and Recollections*, New York: St. Martin's Press, 1990, p.119.
④ W.Y. Tindall, *James Joyce: His Way of Interpreting the Modern World*, Westport: Greenwood Press, 1979, p.95.
⑤ Roland Barthes, *Writing Degree Zero and Elements of Semiology*, trans. Annette Lavers and Colin Smith, Boston: Beacon Press, 1970, p.49.
⑥ Ibid., p.82.
⑦ 瑞·伊果顿:《文学理论导读》,关新译,(台北)书林出版有限公司,1994年,第82页。
⑧ R.阿皮尼亚内西:《后现代主义》,黄训庆译,广州出版社,1998年,第23页。

础的事实,它使浪漫主义在其冲击下成了俗套。许多人感到生活不幸福,原因便是使人对现实感到失望的浪漫主义,这些浪漫主义是某种不可能实现或缺乏现实考虑的理想。事实上,可以说正是理想主义使人堕落,假如我们像原始人那样接受事实,我们会生活得更好。我们就被造成这个样子。自然其实相当不浪漫,是我们自己把罗曼司放进自然,这是一种错误的态度,是自我主义,像所有自我主义一样荒谬。在《尤利西斯》中,我力求接近事实"[1]。在许多论述中,乔伊斯都把"真"作为艺术的基本准则,主张"追溯到生活真相的最底层"[2]。正是这种现实立场决定了乔伊斯作品充实的生活内涵,也正因此有的评论者把乔伊斯称为"爱尔兰的左拉"[3]。

但乔伊斯又不同于那种视艺术为对自然的模仿的观点,而主张艺术本身就是一种真实的存在,"艺术既非对自然的复制也不是对自然的模仿:艺术的过程就是自然的过程"[4]。由此可以推出的结论是,真实的标准不仅适用于艺术的题材、形象和情节,同样适用于形式。《尤利西斯》中有一个关于艺术的比喻可以说明乔伊斯对艺术的看法,即斯蒂芬把一面带裂纹的镜子称作"爱尔兰艺术的象征"[5]。这句话出自王尔德的《谎言的衰落》,全句是:"我完全明白你反对把艺术当作一面镜子。你认为,这样一来就把天才降低到有裂纹的镜子的境地了。"[6]王尔德这句话表达的是唯美主义者反对把艺术视为镜子,在他们看来,生活反倒是艺术的镜子。不过,与王尔德不同,对相信艺术表现生活的乔伊斯来说,把艺术喻为镜子却不应有何不妥,他正是用镜子象征爱尔兰的艺术。但值得注意的是,乔伊斯的镜子是一面有裂纹的镜子,镜子的裂纹使照镜子的人在看到镜中自己的同时,也看到了镜子本身。裂纹时刻提醒照镜者镜子的存在,就像陌生化的艺术手法提醒读者形式的存在一样。在乔伊斯看来,艺术既要照出现实,也要显示自身的存在。

对于乔伊斯这种既坚持真实性,又强调形式因素的立场,乔伊斯的追随者托马斯·麦克格里维说得非常精确,他在谈到《芬尼根的守灵夜》看似非写实的风格时提出,这一风格"并非是对现实主义的反叛,而是把现实主义推到了从理

---

[1] Arthur Power, *Conversations with James Joyce*, Chicago: The University of Chicago press, 1974, p.98.
[2] Ibid., 1974, p.36.
[3] James Joyce, *Selected Letters of James Joyce*, ed. Richard Ellmann, London: Faber and Faber, 1975, p.86.
[4] James Joyce, *Stephen Hero*, New York: New Directions Books, 1944, p.171.
[5] James Joyce, *Ulysses*, New York: The Modern Library, 1940, p.8.
[6] 见詹姆斯·乔伊斯:《尤利西斯》,萧乾译,译林出版社,1994年,第74页,注释23。

智变为狂想的地步,推到了语言物质的领域,这一领域虽然现实主义者尚不知晓,却包括在现实主义里。"①托马斯·麦克格里维的这篇文章收在《我们对他制作"正在进行中的作品"的化身的检验》一书中,该书实际是在乔伊斯的授意和指导下完成的,虽然不能说就是乔伊斯本人的观点,至少经过了乔伊斯的认可,有些甚至由他启发。

"真"是乔伊斯美学的核心,也是他与形式主义者的根本区别所在。他不但强调现实生活的客观性和真实性,称"艺术不是逃避生活。正相反,艺术是生活的主要表现"②,而且把"真"视为审美的前提,称"美是审美者的天堂,但真拥有一个更可触及的、更真实的领域。……真将是美之殿堂的唯一门槛"③。他对"美"所作的定义便是"真所散发的光彩"④。曾有一位法国评论家出于对《正在进行中的作品》的愤怒,把乔伊斯的创造称为"艺术上的浅薄涉猎和极端唯美主义的表现"⑤,实际上误解了乔伊斯的美学立场。乔伊斯确实与唯美主义者一样把美视为艺术的最终目的,但不同的是,乔伊斯认为"真"是"美"的前提,这样,生活中那些被唯美主义者视为丑陋而回避的东西,在乔伊斯这里则因其真实性同样成为了"美"。"真"的介入使乔伊斯笔下的"美"具有了唯美主义者所没有的生活厚度。乔伊斯认为艺术的首要功能就是"肯定生活"⑥,唯美主义者则把生活等同于"肮脏、令人作呕"⑦,声称"生活模仿艺术远甚于艺术模仿生活"⑧;乔伊斯的"美"以艺术感染力为标准,唯美主义则称只有"优雅""秀丽"才算得上"美"⑨,而在乔伊斯看来,这种"美"只能称为漂亮,留于表层,失之浅薄。正是从不同于唯美主义的审美观出发,乔伊斯在作品中描写那些被传统视为不堪入目的东西,使用出版商认为肮脏卑俗的语言,他甚至在信中对诺拉说,"最

---

① Samuel Beckett, et al., *Our Exagmination Round His Factification For Incamination of Work In Progress*, Northampyon: John Dickens & Conner Ltd, 1962, p.119。
② James Joyce, *Stephen Hero*, New York: New Directions Books, 1944, p.86.
③ James Joyce, *The Critical Writing of James Joyce*, eds., Ellsworth Mason and Richard Ellmann, London: Faber and Faber, 1959, pp.43-44.
④ James Joyce, *Stephen Hero*, New York: New Directions Books, 1944, p.80.
⑤ Robert H. Deming, ed., *James Joyce: The Critical Heritage*, London: Routledge, 1997, p.416.
⑥ James Joyce, *Selected Letters of James Joyce*, ed. Richard Ellmann, London: Faber and Faber, 1975, p.260.
⑦ 戈蒂耶:《〈莫班小姐〉序言》,吴康如译,见赵澧等主编:《唯美主义》,中国人民大学出版社,1998年,第44页。
⑧ 王尔德:《谎言的衰朽》,载《唯美主义》,杨恒达译,中国人民大学出版社,1998年,第127页。
⑨ 他们认为在莎士比亚的剧本中存在着"语言粗鲁、庸俗、夸大、怪诞、甚至淫猥"的缺陷,而且这完全是由于莎士比亚"过于喜欢直接走向生活,并借用生活的质朴语言"。同上书,第121页。

肮脏的也就是最美的"①。

不过,乔伊斯真实观的最独特之处在于他把真实原则推到了词语、叙述、风格等形式领域。为了表现意识和无意识活动,他创造了"意识流文体";为了表现半梦半醒的精神状态,他通过词语变形,使《芬尼根的守灵夜》在形式上获得梦幻的色彩。在乔伊斯的作品中,有一个后来被不少人采纳了的形式上的改进,那就是用破折号(——)代替引号(' ')②,乔伊斯之所以做这样的变动,用他自己的话说,"英语对话中使用的引号最不美观,而且给人不真实的印象"③。

从真的原则出发,乔伊斯要求形式必须合乎生活。乔伊斯对爱尔兰作家辛格的不满,主要就是辛格作品的语言和人物形象与爱尔兰农民的现实形象不符,"我从未听到他们中的任何一个人使用辛格让他们使用的语言"④。乔伊斯这里主张的贴近生活的语言,在俄国形式主义那里被归入"散文语"一类,与俄国形式主义者提倡的"诗性语"完全属于相反的范畴。俄国形式主义从"陌生化"原则出发,强调艺术对司空见惯的生活的变形,他们推崇的是华兹华斯笔下西敏寺桥在晨光熹微中的安详静谧,而不是拥挤嘈杂的日常景象,因此俄国形式主义者推崇的作品常具有不同于日常生活的戏剧性。在这一点上,乔伊斯却与写实主义者相同,认为"我们必须按照我们看见的那个样子接受生活,男男女女就如现实中遇到的那样"⑤,"甚至最普通、最了无生气的东西,都可以在伟大的戏剧中出现"⑥。艾略特称乔伊斯的作品"什么也没说"⑦,因为乔伊斯的作品中没有戏剧性的故事,只有普普通通的生活本身。

除了人物形象和对话的真实外,乔伊斯认为"语言的更高等级,风格、句法、诗、演说、修辞,从哪个角度看,都同样在证明和阐释着真"⑧。乔伊斯对这些形式因素的真实性的要求就是与材料相符,从而使风格、修辞等过去认为纯装饰性的外在因素同样忠实于生活和精神的存在和运动形式,用斯图亚特·吉尔伯

---

① James Joyce, *Selected Letters of James Joyce*, ed. Richard Ellmann, London: Faber and Faber, 1975, p.186.
② 萧乾和文洁若翻译时用的是双引号(" "),虽然合乎中国读者的阅读习惯,但违背了乔伊斯的初衷。
③ James Joyce, *Letters of James Joyce*, ed. Stuart Gilbert, London: Faber and Faber, 1966, p.75.
④ Arthur Power, *Conversations with James Joyce*, Chicago: The University of Chicago press, 1974, p.33.
⑤ James Joyce, *The Critical Writing of James Joyce*, eds., Ellsworth Mason and Richard Ellmann, London: Faber and Faber, 1959, p.45.
⑥ Ibid.
⑦ Robert H. Deming, ed., *James Joyce: The Critical Heritage*, London: Routledge, 1997, p.22.
⑧ James Joyce, *The Critical Writing of James Joyce*, eds., Ellsworth Mason and Richard Ellmann, London: Faber and Faber, 1959, p.27.

特的话说,乔伊斯"探索语言的各种可能性以使形式和内容彻底和谐"①。早在青年时代,乔伊斯就非常注意寻找与主旨和谐的形式。他与叶芝初次晤面,就告诉叶芝他在寻找一种可以"对应精神的运动"②的形式,即后来的意识流文体。阿瑟·保尔曾问乔伊斯为什么要从事形式实验,乔伊斯回答说那并非实验,而是"把现代生活如所见的样子表现出来所必需的。生活改变后,表现它的风格也必须随之改变"③。

乔伊斯后期对契诃夫的戏剧的形式特别推崇,认为完全合乎日常生活的形态。契诃夫的戏剧没有开头、发展和结局,也缺少高潮,就像生活一样永不停息地向前奔流;契诃夫的人物活动在自己的天地中,相互很少接触,像现实中的人一样孤独隔阂;契诃夫的故事没有明晰的界限,无数小事件进来又消失,不像传统小说那样一味追求情节的紧凑……总之,契诃夫的成就在于创造了真正逼肖日常生活的形式④。乔伊斯这里对契诃夫的描述其实也正是他自己的写照。从《一个青年艺术家的画像》开始的意识流叙述,《尤利西斯》中《刻尔吉》一章瓦尔普吉斯之夜式的"时装表演"⑤,《芬尼根的守灵夜》变形的词语、变换的人物、进来又消失的情节等,所有这些都是为了"对应精神的运动"⑥,使形式符合人物从白天到黑夜的意识和无意识活动。在乔伊斯看来,传统的形式——首尾分明的结构、波澜起伏的冲突、目的明确的人物——是在营造一个理想的也是虚幻的海市蜃楼,无法传递生活的真相。真实地表现现实,不仅要表现现实的所有方面,包括它的灰暗和平凡,也必须把这一切真实地表现出来。传统形式过于保守单一,已经难以适应新的现实生活和对现实的新认识,因此探索新形式便成为现代作家的首要任务。从真实的原则出发进行形式实验和革新,而不仅仅为"代替已失去艺术性的旧形式"⑦,这是乔伊斯与当时形式主义者的重要区别。

---

① Samuel Beckett, et al., *Our Exagmination Round His Factification For Incamination of Work In Progress*, Northampyon: John Dickens & Conner Ltd, 1962, p.56.
② W. B. Yeats, "The Young Generation Is Knocking at My Door", in *James Joyce: Interviews and Recollections*, New York: St. Martin's Press, 1990, p.16.
③ Arthur Power, *Conversations with James Joyce*, Chicago: The University of Chicago press, 1974, p.79.
④ See Arthur Power, *Conversations with James Joyce*, Chicago: The University of Chicago press, 1974, pp.57 – 58.
⑤ James Joyce, *Letters of James Joyce*, ed. Stuart Gilbert, London: Faber and Faber, 1966, p.148.
⑥ W. B. Yeats, "The Young Generation Is Knocking at My Door", in *James Joyce: Interviews and Recollections*, New York: St. Martin's Press, 1990, p.16.
⑦ 维·什克洛夫斯基:《散文理论》,刘宗次译,百花洲文艺出版社,1997年,第31页。

在那些形式与主题脱节的作品中,乔伊斯批判最多的是传统现实主义文学,称"古典主义是绅士的艺术,已经随着绅士一起过时了"①。他曾把现实主义文学与现代文学对比,提出"古典文学表现人性的白天,现代文学关心人性的黄昏,关心被动的而非主动的思想"②。乔伊斯认为虽然当时不少文学表现现代的人性和生活,但由于仍然遵循传统的形式原则,使人物和生活依然以传统的主动形象出现,从而造成对真相的扭曲。不过,乔伊斯批判最多的还是传统现实主义作品的形式,"我们希望避开的是古典的,包括它的一成不变的结构和狭窄的情绪表现范围"③。乔伊斯觉得传统形式无论节奏还是语气都死板单一,无法与人物起伏多变的情绪相和谐,因此主张作家应"与古典风格那种固定的语气相反,必须在文本中营造一种永远变化的外观,受情绪和冲动的支配"④。他说这就是他在《芬尼根的守灵夜》中遵循的原则。在《都柏林人》时期,乔伊斯主要关心使作品具有充实的生活细节以避免概念化⑤,因此仍以写

---

① Arthur Power, *Conversations with James Joyce*, Chicago: The University of Chicago press, 1974, p.95. 乔伊斯这里所说的古典文学并非仅指17世纪以法国为中心的古典主义文学,也不是古希腊罗马文学,而是一个与浪漫主义相对的范畴。"我称为'古典的'是指守成艺术所具有的舒缓细致的耐心;而英雄的、离奇的东西我则称作'浪漫的'"(James Joyce, *Stephen Hero*, New York: New Directions Books, 1944, p.97)。乔伊斯称古典主义过于偏重物质现实,浪漫主义则在形式上缺乏整一(James Joyce, *The Critical Writing of James Joyce*, eds., Ellsworth Mason and Richard Ellmann, London: Faber and Faber, 1959, p.74),由此可见,乔伊斯所说的古典文学与传统的写实文学有一定的交叉。乔伊斯实际把艺术总分为古典主义和浪漫主义两类。在文学史上,自席勒提出"素朴的与感伤的"和施勒格尔兄弟提出"古典的"与"浪漫"的艺术以来,欧洲文艺界常用这两个概念划分艺术中的两大对立倾向。歌德与艾克曼的谈话中使用这两个词时,指的主要是艺术的客观和主观特征,也即国内惯用的现实主义与浪漫主义特征。两者中歌德更赞成古典主义,把古典主义视为健康的,浪漫主义则是病态的(见爱克曼辑录:《歌德谈话录》,朱光潜译,人民文学出版社,1988年,第221页)。不过,在乔伊斯的时代,随着波德莱尔、兰波等一批以疏离或颠覆学院传统与艺术规则为己任的现代艺术家的出现,古典主义与浪漫主义更多地被用来标示艺术中经典与创新、法则与颠覆、永恒性与时代性等对立倾向。"浪漫主义运动从一开始便表现出无秩序/狂喜这种罗马神话中两面神的面孔,而古典主义和传统主义则肩负着维护秩序和控制的使命"(见伯尼斯·马丁:《当代社会与文化艺术》,李中泽译,四川人民出版社,2000年,第99页)。"有生活的原则,创造的原则,解放的原则,这正是浪漫主义的精神;有秩序的原则,控制的原则,压制的原则,这些则是古典主义的精神"(见赫伯特·里德:《现代艺术哲学》,朱伯雄译,百花文艺出版社,1999年,第102页)。20世纪初期古典主义和浪漫主义的对立,其实是传统现实主义与勃然兴起的现代主义之间的对立。在乔伊斯的时代,现代主义通常被视为浪漫主义的延续或复兴,摒弃规范法则、批判古典主义是大部分现代主义流派的美学主张。

② Arthur Power, *Conversations with James Joyce*, Chicago: The University of Chicago press, 1974, p.75.

③ Ibid., p.95.

④ Ibid.

⑤ James Joyce, *Stephen Hero*, New York: New Directions Books, 1944, p.78.

实为主;到了后期,随着注意力从传统的外部现实转向内部的心理现实,突破传统形式的束缚就成了乔伊斯的首要目标。乔伊斯在《尤利西斯》中运用了大量的反讽,既有对人物的反讽,也有对传统文体的反讽。而按照乔伊斯本人的说法,反讽是艺术家不得不用不属于自己的旧形式表达新情感时采用的对策[1]。从这个角度说,《尤利西斯》也可以说是乔伊斯反抗旧形式的一次实践。

五、乔伊斯与先锋派实验

贝克特曾说"乔伊斯怎么也不能算是第一个认识到不能把词语仅仅视为纯符号的人"[2],确实,在乔伊斯的时代,不少先锋派[3]艺术家都从事着与乔伊斯类似的形式实验与革新。未来主义的"自由不羁的字句"、超现实主义的"自动写作",都是力图使词语脱离传统的所指获得独立的意义。形式上的高度实验性是先锋派的主要特征,其形式往往具有一定的难度,与流行的、占主导地位的、体制化的、被大众接受的艺术程式针锋相对[4],因此人们也常用实验主义来描述先锋派的艺术实践。先锋派形式实验的一个内容就是把语言从传统的工具功能中解放出来,俄国未来主义者甚至提倡"无意义的语言"[5],称"艺术作品就是词语的艺术"[6]。先锋派主要包括未来主义、立体主义、达达主义、超现实主义、表现主义等。乔伊斯虽然未被列在先锋派名下,但在评论《尤利西斯》和《芬尼根的守灵夜》的文章中,人们也常使用"实验"这个词描述乔伊斯的创作,比如称他的作品为"不同寻常的实验"[7],认为他是由于不得不用不同方式反复陈说

---

[1] James Joyce, *Stephen Hero*, New York: New Directions Books, 1944, p.174.
[2] Samuel Beckett, et al., *Our Exagmination Round His Factification For Incamination of Work in Progress*, Northampyon: John Dickens & Conner Ltd, 1962, p.15.
[3] 先锋派和现代主义有时被认为分属两个概念,比如彼得·伯杰的《先锋理论》中的先锋派主要指达达主义和超现实主义(See Peter Bürger, *Theory of the Avant-Garde*, trans. Michael Shaw, Minneapolis: University of Minnesota Press, 1984)。还有一些观点把先锋派视为现代主义的组成部分(见弗莱德里克·R.卡尔:《现代与现代主义》,傅景川等译,吉林教育出版社,1995年),或现代主义诸流派身上共有的一种"姿态"(See Peter Nicholls, *Modernisms: A Literary Guide*, London: Macmillan Press Ltd., 1995)。这些观点普遍把未来主义、立体主义、表现主义、达达主义、超现实主义都称为"先锋派",有时也包括象征主义。本文倾向于后一种观点。在形式革新的问题上,先锋派与现代主义其他流派是一致的,都是"建立在现代主义的形式实验主义基础之上,继续反抗现实主义与模仿"(See Steven Best, *The Postmodern Turn*, New York: The Guilford Press, 1997, p.129)。
[4] 见赵毅衡:《先锋派在中国的必要性》,《新华文摘》1994年第3期。
[5] 张秉真等主编:《未来主义·超现实主义》,中国人民大学出版社,1998年,第68—70页。
[6] *Collected Works of Velimir Khlebnikov*, vol. I: *Letters and Theoretical Writings*, trans. Paul Schmidt and Charlotte Douglas, London: Harvard University Press, 1987, p.255.
[7] Robert H. Deming, ed., *James Joyce: The Critical Heritage*, London: Routledge, 1997, p.458.

同一个问题而"被逼进实验主义"①,称他特别使人感兴趣的地方是作为"语言表达可能性的实验者"②等。乔伊斯的终生追随者之一弗兰克·巴钦认为,"《尤利西斯》包含了所有实验的影子——立体主义、未来主义、共时主义、达达主义及其他"③。他的意识流文体、神话结构、对词语的改造等都可以在格特鲁德·斯泰因及超现实主义作家那里找到类似的尝试。而且应该说,《尤利西斯》和《芬尼根的守灵夜》之所以能被广泛接受,与20世纪上半期新的一代对"文学形式实验"的强烈兴趣是分不开的④。

乔伊斯虽然没有参与先锋派的活动,但他身处巴黎和苏黎世这两个先锋运动中心,那里的"艺术实验主义"显示出的开路先锋的姿态不可能不对他的美学观念产生影响。此外,平日阅读的报纸和朋友带来的信息也必然会对他起到一定的暗示或启发作用。事实上,乔伊斯的创作环境与先锋派有着千丝万缕的联系:出版《尤利西斯》的莎士比亚书屋"常有一股先锋气息"⑤;超现实主义创始人之一苏波不仅参与了《尤利西斯》和《芬尼根的守灵夜》的法文翻译⑥,做过关于乔伊斯和《芬尼根的守灵夜》的讲座,而且与乔伊斯私交甚深⑦;乔伊斯的小圈子中还有一位先锋艺术评论家卡罗拉·G.维勒克⑧,她也是最早赞许毕加索的评论者之一。乔伊斯的朋友中真正持传统立场的并不多,一个原因就是创作上持古典方向的人很难理解乔伊斯的作品,威尔斯就是一例。定居欧洲大陆后,乔伊斯也逐渐开始反省自己早期对古典文学的态度。在《英雄斯蒂芬》中,他虽然认为传统文学过于关注物质层面,但仍称自己的作品以精神为内容,以古典为形式⑨,美学上推崇的也是亚里士多德、阿奎纳这些古典哲学家的理论。而到20世纪30年代,在与阿瑟·保尔的交谈中使用"古典"一词时,乔伊斯的

---

① Robert H. Deming, ed., *James Joyce: The Critical Heritage*, London: Routledge, 1997, p.460.
② Ibid., p.499.
③ Frank Budgen, *James Joyce and the Making of "Ulysses"*, London: Oxford University Press, 1972, p.198.
④ See Robert H. Deming, ed., *James Joyce: The Critical Heritage*, London: Routledge, 1997, p.401.
⑤ Frederic Prokosch, *Voice: A Memoi*, New York: Farrar. Straus. Girous, 1983, p.23.
⑥ 另一位超现实主义作家伊万·戈尔也参加了《安娜·利菲娅·普鲁拉贝尔》的翻译工作。
⑦ 乔伊斯常托苏波做一些私事,而且据雅克·麦康顿记载,乔伊斯在晚年回忆巴黎的朋友时,"谈到他对瓦莱里·拉波、菲利浦·苏波和爱德蒙·雅鲁的感情"(See Jacques Mercanton, "The Hours of James Joyce", *Portraits of the Artist in Exile: Recollections of James Joyce by Europeans*, p.222).
⑧ 卡罗拉·G.维勒克是乔伊斯关系密切的异性朋友圈中的一员,曾数次陪伴乔伊斯参观艺术展览馆和画廊。乔伊斯的女儿露西亚发疯后,卡罗拉·G.维勒克受乔伊斯托付,把露西亚请到家中照顾过她。
⑨ James Joyce, *Stephen Hero*, New York: New Directions Books, 1944, p.78.

立场已经与先锋派没有多少区别了。

虽然乔伊斯与先锋派有着千丝万缕的联系,他却非常不愿意被与先锋派相提并论,斥先锋派的形式实验为"低俗"[1]。即便身处巴黎和苏黎世这两个先锋运动的中心,乔伊斯也几乎不与活跃在这些城市中的先锋艺术群体交往。那时巴黎的蒙特巴涅大道有一些先锋派聚集的咖啡馆,苏黎世的"伏尔泰小酒馆"也因先锋艺术家的光顾名噪一时,乔伊斯是个喜欢在酒吧过夜生活的人,却从未涉足这些场所。1912年巴黎的未来主义展,1910—1915年马里涅蒂对伦敦的数次访问,20年代达达主义者在巴黎的各种活动,1936年伦敦的超现实主义展览,这些当时欧洲文化界著名的活动,无论乔伊斯是否在那个城市,都未曾在书信和作品中留下记录,有的倒是他对先锋艺术家"波希米亚"的生活方式的反感。一些评论把他与格鲁德·斯泰因和超现实主义者放在一起,乔伊斯对此非常不快,甚至通过吉尔伯特和弗兰克·巴钦反复声明他与超现实主义的差别,表明自己并不赞同超现实主义的自由写作和根据精神分析理论进行创作。

彼得·伯杰称"直到历史性的先锋运动之后,种种技巧和程式才被视为艺术手法"[2],应该说,乔伊斯的很多形式革新都受到先锋派影响,至少与先锋派同期,并与先锋派文学有着异曲同工的效果。比如,在现代文学中,未来主义最早明确反对和谐、连贯、清晰、悦耳、富于感染力这些传统的审美标准,声称"要把一切粗野的声音、一切从我们周围激烈的生活中发出的呼喊声都利用起来"[3],并因此被称为"故意粗鲁的美学"[4]。乔伊斯早期还不可能赞同未来主义对古典美的观念的颠覆,在《一个青年艺术家的画像》中他仍把托马斯·阿奎纳的完整、和谐和发光奉为美的三大要素。《一个青年艺术家的画像》虽然带有现代色彩,其结构风格的精致、和谐却极具古典美文的风范。然而到了《尤利西斯》,特别是到《芬尼根的守灵夜》,不论乔伊斯安排了怎样的深层结构和呼应关系,其跳跃的结构、冗长的罗列、断续杂乱的故事等无疑都是对传统和谐整一原则的有意破坏。乔伊斯并不接受未来主义彻底否定传统的出发点,但他的艺术敏感性足以使他感受到未来主义主张中包含的新的审美取向[5]。事实上,早在

---

[1] Frederic Prokosch, *Voice: A Memoi*, New York: Farrar Straus and Girous, 1983, p.143.
[2] Peter Bürger, *Theory of the Avant-Garde*, trans. Michael Shaw, Minneapolis: Univeristy Of Minnesota Press, 1984, p.18.
[3] 张秉真等主编:《未来主义·超现实主义》,中国人民大学出版社,1998年,第20页。
[4] Peter Nicholls, *Modernisms: A Literary Guide*, London: Macmillan Press, 1995, p.86.
[5] 而且未来主义以意大利为中心,意大利语是乔伊斯与子女的生活语言,他有足够的条件接触到未来主义的主张和创作。

20世纪20年代就有评论指出乔伊斯与未来主义的相似之处①。不过应该说，早在未来主义之前，文艺界就已经出现了类似的审美转向，波德莱尔就在《恶之花》中声称宁要麦克白夫人的强魂也不要病院里平庸的美女，19世纪的音乐界也出现了所谓调性崩溃的现象，即用不合惯例的和声取代各音、各和弦的和谐相关。乔伊斯钟爱的瓦格纳的乐曲中就包含大量的转调，他关注过的德彪西②也在音乐史上以无调性著称。文学和音乐领域的这些尝试冲击着传统优雅的审美趣味，当乔伊斯批评古典文学只有甜味时，未始没有这些先锋艺术的影子。

事实上乔伊斯对新事物非常敏感，也乐于尝试，爱尔兰的第一家电影院就是他筹建的，除了商业考虑外，显然他对电影这个新媒体也充满信心。电影、绘画这些视觉艺术都对20世纪文学产生过影响，毕加索1907年创作的《亚威农少女》便开创了将形体分解然后并置的艺术手法。并置手法不但把"共时性"引入文学③，而且为先锋派提供了新的结构方式，"蒙太奇"就是一例。《尤利西斯》的《游岩》是并置手法的典型，在这章中，19个同时发生的场景被并列在一起，产生了类似镜头切换的效果。并置手法在乔伊斯的文本中用得非常多，比如《尤利西斯》意识流叙述的自由联想结构，《芬尼根的守灵夜》不相关情节的组合等。《游岩》的并置还只在空间，《芬尼根的守灵夜》将历史与现在不分等级地放在一起，真正体现了并置的共时性原则④。共时性无论对《尤利西斯》还是《芬尼根的守灵夜》都具有重要意义：对《尤利西斯》而言，是揭示出在意识和无意识中过去、现在、未来的同时存在；对《芬尼根的守灵夜》来说，就像浓缩了古往今来、神话现实中的各种人物一样，历史也在巨大的睡眠中成了现在的一部分。

并置对语言的影响是打破了语言的时间性和线性，为达达主义和超现实主义的词语自由组合提供了基础。超现实主义者主张"语言并不像传统观点所认

---

① See Robert H. Deming, ed., *James Joyce：The Critical Heritage*, London：Routledge, 1997, pp. 437–443.
② 他在1914年左右曾购买过达尼尔·切内维埃写的《克劳德·德彪西传》。
③ 共时性（simultanéité）这个概念在1912年左右成为立体主义的常用词汇（See Peter Nicholls, *Modernisms：A Literary Guide*, London：Macmillan Press, 1995, p.121）。共时性是20世纪初人们普遍思索的一个问题，艾略特在《四个四重奏》中就谈到过时间过去和时间将来永远终结在时间现在。乔伊斯认为现代艺术应该表现现在的行为和效果，而不应用传统来框范现在。在《英雄斯蒂芬》中，乔伊斯用"活体解剖"（vivisective）这个词描述现代精神（SH, 204），指出现代与古代精神的区别是古代在传统的笼罩之下，而现代只承受今日之光。"活体解剖"与并置不完全相同，但在强调现在这一点上，可以看出乔伊斯与先锋派的一致之处。
④ 毕加索的并置的一个效果就是削平事物的时间深度，将其变为空间的排列组合。比如他在作品中把原始和现代放在一个价值平面，而不像传统艺术那样赋予历史以高于现在的厚重感。

为的那样,仅仅通过具有固定含义的字词诉诸人的理性,起沟通信息的作用。他们发现,字词还有可能在人的感知当中按照它们之间的'某些特殊形似性'进行各种各样的组合,产生出一种就连作者本人也会感到意外的新的意义"①。因此超现实主义者推崇自动写作,把语言实验推向极端,从而引发形式领域的全面变革,"风格专横地存在,不再受主题或作者人格的制约"②。不过,达达主义和超现实主义把形式实验推到了让一般读者难以忍受的地步,观众投向超现实主义表演的"烂西红柿"也意味着20世纪初先锋派形式实验的结束。乔伊斯文本中的词语实验和对无意识的描写使当时的很多评论把他与超现实主义放在一起,比如称《芬尼根的守灵夜》的第一章是对都柏林史前生活的超现实主义表现③,称《芬尼根的守灵夜》的词语实验是要"以超现实主义的方式使词语不仅开花,而且露出根基"④,或者称乔伊斯所做的也是超现实主义者希望做的——使词语和意象从无意识玄想中挣脱出来⑤。在《我们对他制作"正在进行中的作品"的化身的检验》中,乔伊斯也通过欧金·尤拉斯承认,在其从事词语实验的15年中,包括超现实主义在内的法国、德国和意大利先锋派已经从事类似的尝试了⑥。当然,乔伊斯始终坚持他是自己"独立地找到解决办法的"⑦。

　　提倡艺术的力量、运动和进取特征,主张改变单一守旧的传统形式,使形式与时代精神和节奏合拍,这一观念最初也是未来主义提出的。比如未来主义代表马里涅蒂主张使用动词不定式,理由是"只有动词的不定式可以表现出生活的延续性和直觉理解生活的灵敏"⑧;他主张消灭形容词,因为形容词标志着细微的差异,这种差异要求停顿的、静止的观察,而这与人运动的视线相悖;主张删除"好像""相当于""如此""近似"等字眼,因为"飞机的高速度使我们极大地增加了对世界的了解,人类日益认识到事物的本质具有相似性",因此"最好是将一个事物与它所引起的联想直接融化为一体"⑨。显然,马里涅蒂的出发点是形式应表现新的现实。彼得·伯杰认为,先锋派对形式与现实呼应的主张与

---

① 老高放:《超现实主义导论》,社会科学文献出版社,1997年,第104页。
② Peter Nicholls, *Modernisms: A Literary Guide*, London: Macmillan Press, 1995, p.228.
③ See Robert H. Deming, ed., *James Joyce: The Critical Heritage*, London: Routledge, 1997, p.402.
④ Robert H. Deming, ed., *James Joyce: The Critical Heritage*, London: Routledge, 1997, p.750.
⑤ Ibid., p.668.
⑥ See Samuel Beckett, et al., *Our Exagmination Round His Factification for Incamination of Work in Progress*, Northampyon: John Dickens & Conner Ltd, 1962, pp.83-86.
⑦ Ibid., p.86.
⑧ 张秉真等主编:《未来主义·超现实主义》,中国人民大学出版社,1998年,第14页。
⑨ 同上书,第15页。

现代主义有本质的不同：现代主义坚持"自律原则"，即反对艺术具有除审美之外的任何社会功能；先锋派则是对"自律原则"的反叛，主张通过艺术在社会中的运作参与社会，对占统治地位的意识形态进行颠覆。

乔伊斯对先锋派的拒绝固然有艺术家"影响的焦虑"的因素①，特别是许多先锋派艺术家无论年龄还是名望都较乔伊斯小许多，不过乔伊斯反对先锋派还有一个重要原因，那就是先锋派事实上与当时的现实脱离。先锋派主张介入现实，但介入的方式与现实主义文学有本质不同。现实主义文学同样有不少以批判甚至颠覆社会现实为目的的作品，但这些作品对社会的批判立足在认识和揭露现实真相之上。而从未来主义、超现实主义、表现主义这些流派的名称中，就可以看出先锋派的出发点其实是理想、自我或某一高于现实的本质，拒绝日常生活现实，用意大利未来主义画家博乔尼的话说，"一切摹仿的形式必须受到藐视，一切创造的形式应该得到歌颂"②。因此未来主义虽然用自由的句式表现现代社会的速度、力量和进取，但他们实际把这些理解为未来社会的理想状态，现实在他们看来一无是处，他们要用新的观念和形式改造现实。从现实出发批判现实，这是现实主义文学与先锋派的理想、本质或"现实之上"的出发点根本不同之处。

先锋派中，超现实主义与乔伊斯最相似，两者都把梦视为人生的重要部分，昭示着生活或历史的本质；此外，超现实主义推崇的自动写作也同样是追求"思想的照实记录"③。不过在乔伊斯看来，超现实主义对梦和无意识的认识主要来自弗洛伊德的抽象理论，而非现实经验，他们的"绝妙的僵尸"④更有形式主义游戏之嫌。乔伊斯眼中的超现实主义是一个建立在观念和抽象概括之上、脱离生活真实的运动。布勒东对乔伊斯的批评从反面说明了两者的分歧。布勒东称："尽管它们反映了一种共同的反叛意识，反抗那完全奴化了的语言的专断横行，超现实主义草创之初的'自动写作'一举，在实质上却完全不同于乔伊斯

---

① 乔伊斯甚至声称自己在多年的创作过程中没有读过一部小说（SL，382）。《芬尼根的守灵夜》出版后，不少评论者认为《芬尼根的守灵夜》的语言属于拉伯雷传统，乔伊斯却否认读过拉伯雷，虽然他收藏过有关拉伯雷的书籍。《芬尼根的守灵夜》中几次出现"汉普蒂·邓普蒂"这个名字，这是《艾丽丝漫游奇境》中的人物，乔伊斯却称他先写了这个人物，然后才在别人的指点下读到那本书（L，255）。当时一些评论家喜欢运用弗洛伊德的理论分析乔伊斯，乔伊斯对此公开表示反感，声称自己与弗洛伊德没有任何关系。然而事实上，无论在乔伊斯的作品中还是生活中，先锋派的影子随处可见。
② 张秉真等主编：《未来主义·超现实主义》，中国人民大学出版社，1998年，第31页。
③ 同上书，第262—263页。
④ 老高放：《超现实主义导论》，社会科学文献出版社，1997年，第118—122页。

体系里的'内心独白'。换句话说,两者的基础,乃是截然不同的两种世界观。针对有意识的联想这种虚假的思潮,乔伊斯代之以一种竭力从四面八方涌现的潮流,而它归根到底趋向于最近似地模仿生活(凭着这一点,他勉强滞留于艺术范畴之内,重蹈奇思异想的覆辙;不惜与已排成一字长蛇阵的自然主义、表现主义者为伍)。"①在这里,布勒东敏锐地看出了乔伊斯对现实真实的坚持。乔伊斯不满格楚德·斯泰因的地方,也是她的"词语革命"缺乏生活的深度,斯泰因"通过彻底回避意象,并明确探索语言的自足性以发展另一种现代主义,这种现代主义在'1914年的人'看来似乎属于颓废派"②。

乔伊斯对真实的理解实际与现实主义更接近。他坚持形式的真实,并把这一真实建立在生活的真实之上,力求模仿生活的原貌。在形式领域坚持模仿原则,这是乔伊斯的形式实验与先锋派的根本不同。此外,乔伊斯还与先锋派有一个本质分歧,那就是对传统的态度。在先锋派中,未来主义和超现实主义尤其激进,彻底否定传统,甚至不惜用暴力摧毁一切。虽然乔伊斯定居欧洲大陆后,越来越把传统文学视为保守压抑的力量,称"有生命力的风格应该如一条河流,挟带着它所流经的不同地区的色彩和质地。而所谓的古典风格只有固定的节奏和固定的情绪,在我看来不过是一种惯用的手法而已"③,不过,乔伊斯始终从历史和传统的角度理解现代生活,《尤利西斯》的大量典故和《芬尼根的守灵夜》的循环历史观都说明了这一点。

一方面,乔伊斯的形式实验多少受到当时先锋潮流的影响;另一方面,他对现实性和传统的坚持又无疑来自古典立场。乔伊斯在美学上的这种双重性与英国本土的"1914年的人"同属一类。当法国、德国的一些艺术家义无返顾地投身新形式和新理论的试验的时候,英国却出现了一股不同于欧洲大陆的潮流,包括庞德、艾略特、弗吉尼亚·伍尔芙、温德姆·刘易斯在内的现代主义作家"以价值的名义要求秩序,公开反现代,虽然它在这一口号下从事的是对文学形式的革新,而这无疑是现代主义者的立场"④。由于英国现代主义作家的这一矛盾立场,他们被冠以"1914年的人"单独归为一类,其古典态度使他们在从事先锋实验的同时显示出不同于大陆先锋派的稳健风格。"大陆的先锋派把现代主义定义为一种断层现象,定义为在旧的尸体上出现的全'新'的东西,而对

---

① 张秉真等主编:《未来主义·超现实主义》,中国人民大学出版社,1998年,第358页。
② Peter Nicholls, *Modernisms: A Literary Guide*, London: Macmillan Press, 1995, p.202.
③ Arthur Power, *Conversations with James Joyce*, Chicago: The University of Chicago Press, 1974, p.79.
④ Peter Nicholls, *Modernisms: A Literary Guide*, London: Macmillan Press, 1995, p.167.

'1914年的人'来说,现代主义无法摆脱地与文化传统纠缠在一起"①。乔伊斯虽然长期定居欧洲大陆,但从小接受的英国文化教育及用英语写作这一点,都使他的创作最终仍然呈现出英国文化的特征。

高扬形式主义旗帜,把形式革新作为艺术的首要任务,这主要是欧洲大陆文艺界的潮流;包括乔伊斯和艾略特在内的英国"1914年的人"则因其传统立场避免了大陆先锋派的形式主义弊端,虽然他们的形式实验所产生的影响不亚于先锋派。两者的不同也许正是先锋派纷如昙花般迅速出现与消失,英国那批现代文学家却产生持久影响的主要原因。大陆先锋派过于极端地强调形式的独立,使形式流为缺少根基和深度的技巧游戏;"1914年的人"坚持艺术与传统的联系,反而抓住了连接形式与生活的那根意义之线。

---

① 伯尼斯·马丁:《当代社会与文化艺术》,李中泽译,四川人民出版社,2000年,第7页。

后记

从"北京会议"到"上海会议"
——比较文学的学科精神与学科观念

杨乃乔

2021年5月15日至16日,我们在复旦大学中文系举办了"北京大学出版社《比较文学概论》20周年纪念暨比较文学理论研讨会"(以下简称"上海会议")。此次"上海会议"是在疫情时期的一个安全窗口期于线下举办的,有50多位学者从全国各地集结于复旦大学中文系,参加了此次盛大的学术研讨会。举办此次"上海会议",导源于一个持续20年的令人激动的缘由。是怎样的缘由能够让一个群体的学者葆有20年的持续性热情,在一个短暂的安全窗口期迅速集结到一起来呢?

我想,在这里不妨把此次"上海会议"的邀请函原封不动地公布如下,事情的原委也就清楚了。

北京大学出版社《比较文学概论》20周年纪念
暨比较文学理论研讨会邀请函

尊敬的_____教授:

由北京大学出版社出版的《比较文学概论》是全国普通高等教育"十一五"国家规划教材,并已在全国多所高等、大专院校成为广受中文系和外语系师生欢迎的比较文学通行教材。参与编撰这部教材的30余位学者,现今都在国内外各所大学比较文学与世界文学专业或相关研究专业方向下担任教授、博导及学科带头人,无一例外都成了优秀的知名学者。后来又有四位更为年轻的学者加盟这部《比较文学概论》的撰写,体现了新一代比较文学教学与科研学术力量的成长。从2001年动意编撰及第一次出版印刷,至2021年第4版第6次修订印刷,已经整整经历了20年。

值此《比较文学概论》出版20周年之际,复旦大学中文系将于2021年5月14日至17日(含正式会议时间15日至16日)举办一次盛大的"北京大学出版社《比较文学概论》20周年纪念暨比较文学理论研讨会"。举办形式为线下会议,是为让我们在20年前参加《比较文学概论》编撰研讨会的朋友,20年后再相聚一次。协办方包括北京大学出版社、《复旦学报》、复旦大学出版社等单位。此次会议邀请包括全部编撰人员在内的海内外比较文学领域的相关学者,以及《复旦学报》《清华大学学报》《文学评论》《文艺研究》《学术月刊》《汉学研究》等期刊界同仁。我们再度走到一起来,既叙谈20年的友情,又研讨比较文学的学科理论及其个案研究的问题,会后我们将在复旦大学出版社结集出版一部厚重的比较文学学术论文集,以纪念我们之间的友情。

特诚邀您拨冗与会,请务必于2021年4月10日前填妥回执发送至指定邮箱:20210110066@fudan.edu.cn,以便会务组确定后续事宜,因为疫情期间定宾馆、为大家办理入校手续需要时间。复旦大学中文系期待您的到来!

复旦大学中文系
2021年4月2日

确然,邀请函所陈述的事由原委已经完全清楚了。但是,我还想告诉学界的是,关于这部《比较文学概论》的编撰,20年来,共有来自国内外30所高校、1所科研机构(中国社会科学院文学研究所)的38位学者,先后参加了其中各章节的撰写,还有包括此部教材第五版授课软件(PPT)的3位制作者与一位审订者。平心而论,长久以来在学界能够集结如此众多的学者形成一个团队,就一部教材给予无私且通透的合作编撰,并且在友情持续20年后还可以再度因此迅速集结起来,举办一次庆典式的学术研讨会,这一定不是经常可以在学界所发生的事情。

令人振奋的是,这批学者集结为一个群体互动的多元合作团队,其中灌注着比较文学开放的学科精神,完全没有封闭的地缘学术意识及狭隘的学术帮派所持有的学术部落主义。

以下让我们再来感受一段记忆20年前学术背景的信息,一切还是那么真挚且清晰生动,没有被时间磨蚀。在这部《比较文学概论》的"后记"中,我曾以这样的第一段书写记忆了2001年的两个场景:

> 2002年,这部《比较文学概论》由北京大学出版社推出第一版,至今已有13年的时间了。我记得在具体动笔撰写这部教材之前,我们曾召开过两次会议以征求相关方面专家的意见。第一次会议是2001年9月15日在北京大学出版社召开的,这次会议主要集中了北京大学、清华大学、中国人民大学、首都师范大学、北京语言大学、中国社会科学院等北京高校及科研机构的比较文学研究者,我们在一个较小但相当专业的范围内听取了诸

位专家的意见。第二次会议是 2001 年 10 月 19 日在首都师范大学召开的,由于我们要求参加这部教材撰写的全体学者必须到会,并且,必须带着具体的意见走到一起来,就这部教材的成书提出切实的问题,因此,这次为期两天的会议召开得非常务实且成功。①

"至今已有 13 年的时间了"是确指我为这部教材第三版的推出所撰写"后记"的 2015 年,而我们于 2021 年 5 月 15 日至 16 日举办此次盛大的"北京大学出版社《比较文学概论》20 周年纪念暨比较文学理论研讨会",是为这部教材从 2001 年发起撰写以来到 2021 年所做的 20 周年学术庆典。

在上述的引文中,有两条重要的历史记忆信息,即我们在 2001 年的 9 月 15 日与 10 月 19 日,连续召开的两次关于《比较文学概论》教材编写的研讨会。在这里,我特别想提及的是第二次在首都师范大学比较文学系召开的研讨会(以下简称"北京会议"),此次"北京会议"让所有的与会学者难以忘却!

为此,我想多说几句。

在"北京会议"召开之前,我通过电邮,已早早地通知参与这部《比较文学概论》编写的全体学者,让大家提前有所准备,并按照每一位学者长久以来的研究方向,把教材的相关章节分配下去,让大家在有所准备的思考中带着具体的问题来参加会议。我如此行为的目的,就是为了规避参与的学者在自己的研究方向之外另起炉灶,硬性地攒凑一篇在知识结构储备上并不熟悉的章节。我认为,要撰写一部成功的专业教材,这一点是非常重要的。严格地讲,学术研究必须是非功利性的,是一种在经年积久中细水长流而来的颐性养性式的沉淀。多年来,由于反人类健康的学术规则对于所谓科研成果之数量的硬性苛求,太多的文章与著作都是在短期内仓促攒凑出来的,其劣质性一眼即可以见出。

事实是,在学术上为数量指标而劳苦打拼的学者,其论文与著作都是在仓促中攒凑的,这也必然导致学者在拼命的无积累性书写中,因挤兑生命而遭遇猝死。我这里所言说的"猝死",不仅仅是言指一位学者的生命在不该终结的时期归于终结,也更隐指那些依然活着而在学术生命上已然"猝死"的人。在我们周遭就有那种因资质不够而焦虑到耗损健康也写不出文章的人;在学养上没有经年积久的沉淀,其必然把自己的学术生命在短期内攒凑得一穷二白,这不也是一种挤兑学术生命的"猝死"吗?

在首都师范大学比较文学系召开的第二次研讨会的确让人难以忘却!不

---

① 杨乃乔主编:《比较文学概论》,北京大学出版社,2021 年,第 543 页。

仅是当时，即便事隔多少年，参与这部教材编撰的学者在不同的场合相遇，凡在聊谈中提起此次"北京会议"，大家心里都依然感动于那种务实且深度的学术对话给与会学者所带来的酣畅淋漓之感。毫不夸张地讲，这是我在学术界行走多年来所举办与参加的最为务实且最具学术专业水准的研讨会。每一位学者都是有备而来的，并且都是为了达向构建一种共同的学科专业意识，而展开极具争论性与互为启示性的对话。一切都是那么的通透且真诚，全然没有那种隐晦且鸡同鸭讲的隔膜感。应该说，这部教材在学科意识及理论体系构架上的通透性品质，与此次"北京会议"的通透性与专业性的讨论，有着直接的学缘关系。

我也不会忘记，在"北京会议"结束时，与会学者的心情都处在那种因学术的真诚交流而持续的亢奋中，大家都不约而同地倡议：在这部《比较文学概论》教材出版时，我们再聚一次，再举办一次关于比较文学学科理论建构的学术研讨会。"再聚一次"的倡议，这不仅是一种期望，也更表达了为编撰这部《比较文学概论》而走到一起来的学者相互间的信任与友谊。

然而非常遗憾的是，第二年，也就是 2002 年出版这部《比较文学概论》（第一版第一次印刷）时，由于种种原因，我们没有举办大家曾热切倡议且期望的研讨会。究其原因，这还是在平凡生活中频繁发生的那种平凡现象：人事间一些应该做大事，往往会因为一些极为琐碎且毫无价值的原因所延搁。

现在想来，这的确是令人遗憾的！因为在大家倡议与期待后的无缝跟进，那将又接续一次怎样让人激动的学术聚会呢？

其实就我个人而言，我从未忘记过大家的倡议与期望，因为它的情分太沉重了！可以说，朋友们的倡议与期望作为一种友谊和责任，一直在我脑际漂了 20 年，确然未有片刻的忘记！这绝然不是随便一说，我就是这种人！

事情很清楚了。

2021 年 5 月 15 日至 16 日，我们在复旦大学中文系举办"北京大学出版社《比较文学概论》20 周年纪念暨比较文学理论研讨会"，就是为了尊重和回顾朋友之间的真诚与友谊，从而兑现一种责任，让大家再度集结到一起来，以回顾与延续 20 年前那次"北京会议"大家为了学术走到一起来所体验的通透和激动。

一位学者的学术生命又有多少年呢？在学者平均学术生命的有限指数中，20 年是一个不可小觑的数字。从一个新生命呱呱坠地到 20 年后，那是一个成年人的成长经历，而在学术界，则可能是一代或两代学者的更新换代。无论怎样，生命是短暂的，而学术生命比生命还要短暂得多。

我想描述一下，当时"北京会议"集结在一起的编撰这部《比较文学概论》的学者,大家的平均年龄是非常年轻的。其中两位学者为50岁出头,我和几位学者为45岁左右,大部分则为刚刚获取博士学位的青年学者,他们的平均年龄也就30岁左右。当时,正因为这样一种年龄指数,所以会议在通透且诚挚的讨论中所呈现的心境及气象可谓是"书生意气""激扬文字""风华正茂"。

关于全国通用教材的编撰,当时在我们这辈学者的心底是一件遥不可及的大事。我们这一代学者对成长中所阅读与学习过的权威教材及前辈作者始终持有无法抹去的印象及尊重。因为这些通用的权威教材曾滋养了一代又一代青年学子的成长,青年学子对这些权威教材及其前辈编撰者的尊崇,那是出自心底油然而来的敬重。简言几例,"50后"与"60后"两代学者即是曾阅读与学习以下这几部教材成长的:王力编写的《古代汉语》,游国恩、王起、萧涤非、季镇淮、费振刚编写的《中国文学史》,唐弢与严家炎编写的《中国现代文学史》,蔡仪编写的《文学概论》,以群编写的《文学的基本原理》与王朝闻编写的《艺术概论》等。上述前辈学者在教材中所提供的知识范围及评价体系,直接影响了我们这两代学人的知识获取、学术价值观及学术判断力的铸成。

终于有一天,轮到我们这一辈学者编写教材了,这也是我们从未曾预料到的。因为我们一直认为,编写教材,那是前辈权威学者所做的学术工作,而我们还跋涉在成长的过程中,所以特别谨慎。但是我们一定不会类似空谈"重写文学史教材"什么的,而是实实在在地以集体的智慧编撰一部具有稳定性、前沿性、专业性及公共性知识体系的《比较文学概论》。

那么,我们究竟应该又能够在这部《比较文学概论》教材中,为当代及后来的青年学子提供怎样准确且专业的基础知识结构呢?又是否能够帮助他们建构基本上可以从事比较文学研究的学科观念与价值判断立场呢?正如前辈学者对我们的影响与负责,我们也必须对后来的学者负责。在一个人读书学习的历程中,尤其是在大学本科及研究生阶段,一部教材往往对一位青年学者的知识结构及学术研究的价值判断铸就观念规定式的影响,这种影响可能会持续一生。不同于专著的个性化撰写,教材是决然不可以随意编撰的,至于随意凸显作者的个性化立场与风格化写作,甚至炒作一个学术地缘部落的那一点事,这都是需要规避的。

作为教材的《比较文学概论》,必须为这个学科的青年学生提供稳定且基础的公共知识及公共学科观念意识。特别是比较文学这种研究边界开放的学科,更需要准确的学科观念及研究立场给予规范。这部《比较文学概论》出版20年来,在持续性修订中已经推出了五版,问心无愧地说,我们这个群体做到了这一点。需要强调的是,从事比较文学研究的学者必须要通透地把握比较文学的学科理论,为自己构建一个准确的学科观念,以规避自己在研究的行走中频繁地出错,甚至开口就讲外行话。

在中国现代学术史上,那些在资质上可以被称为优秀比较文学研究者的学人都是学贯古今、学贯中西的大师级学者。而当下呢? 我们不妨可以检讨一下中国比较文学界的现状,大可以谦卑地看视一下国内比较文学研究群体的构成身份。

让学界堪忧的是,往往在以"比较文学"冠名的什么年会与学术论坛上,所谓主题发言(keynote speech)真的是什么样的人、什么样的话题都可以登堂讲唱,其完全游离于比较文学学科观念之外而不着边际。关键在于,讲者连一点外行的羞愧感都没有,更谈不上学术水平了。从不以比较文学研究为自身安身立命的人,甚至公开宣称自己不做学问的人,还有在任职期间内连一篇像样文章都发表不出来的人,往往在这个圈子里混着,还把自己炒作得风生水起。诚恳地讲,这门学科需要专业的尊严! 比较文学界一定要就这样一种杂混现象给予清场:不是什么样的人及什么样的事都可以伴借"比较文学"的名义窜访其中,将比较文学变成乱七八糟往里装的学术难民收容所。

在《比较文学的诉求:全球文学史观与学科理论体系的构建》一文中,我曾经从本体论(ontology)的高度讨论过"比较视域"(comparative perspective)是比较文学研究者安身立命的基点——本体的学理问题。在这里,我不妨把这篇文章中的两段文字带入进来,给予再度的展开性强调。这两段文字曾从外部与内部两个维度指出了比较文学所面临的危机。

从外部检视,学界对比较文学的指责与嘲讽是有一定的历史原因的,尽管在某种程度上,不排除这种指责与嘲讽是来自业外人士从"比较文学"的字面上所提取的误读意义,即把比较文学误读为"文学比较"。的确到现下为止,比较文学研究者经常会在学术会议、学位答辩与学术评审诸方面遭遇这样的提问:比较文学究竟应该怎样"比一比"? 甚至在教育部现下的文学学科分类上,比较文学至今还没有得到一个更为合理且独立的学科位置。严格地讲,对比较文学的学科本质能否给出准确的判断与界定,这本身确实关涉到学科理论与学科意识的重大问题。

从内部检视,不同于国族文学(national literature)在研究上有着明确的客体时空界线,在高校从事比较文学科研与教学的学者,更应该在比较文学学科理论的体系性构建上获有一种准确且专业的学科意识。说到底,在科研与教学两个方面,这种学科意识不仅展示出一位地道的比较文学研究者应该持有的知识结构与语言能力等,也更凸显其获有一种不同于国族文学研究的学术视域——比较视域。①

我们说比较文学研究之所以不同于国族文学研究，以日常用语讲，就在于我们的研究"眼光"不一样，而启用一个学术概念给予专业的转换表达，"眼光"就是"视域"——"perspective"。也就是说，我们在学术身份与知识结构上安身立命的研究"视域"不一样。之所以是"视域"不一样，缘由在于构成"视域"背后的知识结构、语言能力、学术立场与人格气象不一样。比较文学研究者应该努力持有一种汇通古今中外的知识结构与语言能力等，以构成自己的研究视域——比较视域。在此，"比较"的专业内涵应该理解为古今中外知识的"汇通"而不是"比一比"，所以比较文学研究者的主体性及其立场也得以呈现出来。这也是我们在《比较文学概论》这部教材的学科理论上，为什么把比较文学研究界说为一门主体定位的学科而不是一种方法论，以此区别国族文学研究的客体定位。其实，这也是一个在国际比较文学界被验证且无可争议的学术事实。

当一位学者在强词夺理地质疑比较文学学科的主体定位及其比较视域的合法性时，在学理上已经把自己清算且逐出比较文学研究领域了。或许他本身就不是真正的比较文学研究者，抑或他本身是伪装的比较文学研究者。很不幸的是，多年来，学界还在依稀流传着一个浅薄的误判，我们听了太多的外行人士对比较文学所释放出的非专业表达，他们简单直接地把比较文学推斩于业余的误读平台，认为比较文学就是"比一比"的方法论（methodology）。而在国际学界，比较文学从来就是一门完整的学科，欧美大学很多都设有建制完整的比较文学系。

我们借用本体论这个概念是为了指明：比较文学研究得以安身立命的基点——本体，是一位专业的比较文学研究者所持有的比较视域，比较视域的背后就是古今中外知识结构与语言能力的构成。也就是说，因为中外知识结构与语言能力的不一样，才铸就了我们研究文学现象的视域不一样。也正是在这个意义上，我们恰然是立足于本体论的高度建构比较文学的学科理论体系的。因此，我们合法化地推出比较文学作为一门独立的学科属于本体论，而不属于"比一比"的方法论。我们也注意到，由于相关学者对本体论的学理呈现出陌生或知识的储备不足，因此他们很难理解我们为什么把比较文学研究者的比较视域定位于本体论的高度给予学科定位。一种最为简单的解决方法是：不妨认真地去阅读一下西方哲学的本体论发展史，深度地把握学界对这个概念的有效性借

---

① 杨乃乔：《比较文学的诉求：全球文学史观与学科理论体系的构建》，《学术月刊》2015年第3期。

用。就一位人文学者而言,对"本体论"这个概念的借用应该是起码的应知应会的基础知识。

的确,把比较文学研究简单且浅显地视为仅是一种"比一比"的方法论,全然没有把比较文学作为一门独立的学科给予定位与尊重。

让我们的思路回到这部《比较文学概论》教材编撰的历史语境中去。

2001年,北京大学出版社高秀芹博士来找我,希望我能够主编一部通用的《比较文学概论》教材。她的建议很重要。当时,我与高秀芹共同商量邀约多所高校的专业学者,一起来编写一部在学科理论体系构建上具有前沿性、专业性、准确性与体系性的《比较文学概论》。这是当时的起因。

我在这里再谈一下关于这部教材出版后的修订情况。

这部《比较文学概论》从2002年第一版推出以来,先后经历了五次修订。特别是在《比较文学概论》(第四版)修订的过程中,我们认真地参考与接受了多年来诸多老师、学生与相关专家在使用中提出的建议,对这部教材进行了大幅度的修订、调整与重写。这部《比较文学概论》第四版修订的第六次印刷在2021年推出,其标志着这部教材无论是在学科理论构建的体系性上,还是比较文学研究案例介绍与分析的前沿性及准确性上,都达到了相当完善的程度。需要告知的是,我们还修订出版了这部《比较文学概论》的第五版。第五版的推出不仅给出了进一步的细处修订,同时,还附带精美且准确的教学课件(PPT),以方便老师与学生在本科生和研究生的教学中使用。

一个学术团队以20年的学术合作持续性地撰写、修订与打磨一部《比较文学概论》教材,目的就是希望能够为高校的比较文学教学提供一套前沿、准确且规范的学科理论体系,以此守护比较文学这门独立的学科得以健康地发展,而不再招致学界的误读、批评与嘲讽。这部教材从初创的编撰到修订的成熟,集结了一个和而不同且充满合作精神的友好学术共同体,这也昭示了比较文学这个学科在本质上多元共处的属性所在。这就是比较文学的学科精神!从事比较文学研究的学者需要心胸开阔,否则做不了任何学术研究。

2020年,我们这部集体编撰的《比较文学概论》参加"首届全国教材建设奖全国优秀教材(高等教育类)申报推荐"的工作,在申报过程中所需要填写的表格和涉及的相关手续及材料极其繁复,令人感动的是,参加这部教材编撰的全体学者收到我发过来的电邮、微信及短信消息后,都热情地给予了配合及支持。包括复旦大学教务处和中文系在申报工作的进程中也给予了有求必应的协调及帮助,其效率之高令人振奋。我1972年参加工作,一生经历了太多的曲折,什么样的人也都见过,而让我感动的是,这项申报工作能够把几十位学者与行政人员(包括复旦大学之外的几十所大学及其行政人员)瞬间集结在一种真诚的理解中去互动,可以说,这项申报工作见证了学界人与人之间的友谊和光明磊落。事实证明,这项工作是值得我们去经历及体验的。

这部教材在评审中得到评委们的高度肯定,这当然是在我们大家意料之中的事,因为我们清楚地知晓自己近20年来所付出的努力及学术代价,这种自我认同是我们每位学者都怀揣在内心所坚定持有的。然而世事难料腹有鳞甲者。这部40万字的教材有一条注释,其中有一个括号里毫不起眼的一个字被捡寻出来,给予放大性的言说,其最终阻碍了30所高校和1所科研机构38位学者、北京大学出版社及复旦大学应得的学术荣誉。

历史是不可更改的铭刻,是见存昭然为后世所阅读与评判的书写,在此,我愿把其作为一个学案给予无差别的著录。

事实上,这部《比较文学概论》出版以来,收获了很多属于我们整个集体的荣誉。我应该把这部教材以往收获的荣誉也著录如下:2003年,《比较文学概论》进入高等教育出版社的"高等教育百门精品课程教材建设计划"的第三类选题项目;2003年,《比较文学概论》进入教育部推荐研究生教学用书书目;2004年,《比较文学概论》被北京市教委指定为北京市高校精品教材,获得2004年"北京市教委精品教材奖"(2005年颁发);2005年,围绕着《比较文学概论》讨论的系列论文获北京市高等教育学会第六届优秀高等教育科研成果一等奖;2006年,《比较文学概论》列入全国普通高等教育"十一五"国家规划教材;2007年,《比较文学概论》获上海市优秀教材三等奖;2020年,《比较文学概论》获首届复旦大学教材建设奖优秀教材特等奖;2022年2月列入上海市教育委员会首批上海高等教育精品教材。

在上述我曾陈述:在中国现代学术史上,那些优秀的比较文学研究者都是学贯古今、学贯中西的大师,而我们这一辈学人生存在他们高大的身影之下,差距是显而易见的;何况当下的学术体制把学者们有效的学术生命挤压得如此仓促且短暂,并且学者又很难不羁绊于世俗人际的诸种交往以销蚀自己生命中有限的时间与精力。当然,还有学者愿意把自己投入比学术更具有诱惑性的其他事务中去,其实这也必然在挤压自己的学术生命。学者就是学者,没有必要去做其他看似比学术更为显赫的事。其他事做多了,学术精力必然缩减,学术水平也必然低下,这是铁律,也是公理!一位学者只要一开口发言,一落笔书写,其学术品质的高下就变得通体透明,一切都是佯装不出来的。因此,我们特别建议那些有较长时间疏于读书与思考的人,自觉地规避参与任何学术活动,且规避于受邀的任何学术发言或讲座,以对自己的名声给予小心翼翼地爱护。

比较文学是一门精英学科,其对一位从事比较文学研究的学者来说是非常严苛的,其不仅要求在知识结构的积累上涉及古今中外,并且还要求从事比较文学研究的学者持有较好的学术外语能力。因此,从事比较文学研究的学者需要长久的沉浸式积累。

严格地讲,一位学者在真正且深度的学术思考中,是出不了多少像样的学术成果的,因为人作为生物其思想能量是有限的,而更因为思考的深度性会让时间在不经意的专注中压缩得特别短暂,甚至显得仓促。所以"学术著作等身"是一句极具贬损性的表达!当然,对那些以编书的架式一生出版十几部或几十部"著作"的人来说,此句表达又恰是奏效的,问题在于,其中又有多少文字是出于自己的思考所写就的。那我想,此句表达也只是应该在此等意义上具有价值判断的奏效性。这是一个基本的生存理由,从事比较文学研究的学者则更需要专注于沉浸式的积累。

有一种"往往"并不一定常在,而纯粹的学者却往往会在长久且纯粹的学术专注中,陡然发现自己已在不经意中从青年走向了中年,或从中年走向了老年,如再有须臾的闲暇环视周遭,无法不发现优秀的新锐青年学者已经开始与自己伴行了。他们的学术生命朝气蓬勃,且前途无量。

最让人感慨的是,人到中年后的学者才会在某日某时某刻突然遭遇这样一种瞬间袭来的感受,其实来得太迟了!

而少数因自己在学术上不努力的"积贫积弱"者,企图以种种方法阻挡青年学者的前行,在本质上是源于一种自卑的心态而违背学术伦理。实事证明,此类人其实已经被历史所淘汰了,他们强烈地缺失安全感,否则不会如此行为。学术荣誉是需要以生命代价的付出实事求是地积淀而来的。年轻一代学者,他们在上一代或上两代学者依然坚持的行走中成长着,并呈现出繁盛充盈的学术生命力。我想告诉他们的是:走自己的路,往日我们也曾同等地经历过这一切!然而一切都是正义且公平的,金子总是会闪光的!

还是让我们回到以下的场景去。

2021年5月15日至16日,我们在复旦大学中文系举办"上海会议",研讨会的邀请函是2021年4月2日通过电邮与微信发出的。从邀请函的发出到"上海会议"的正式举办只有短短13天的时间。学界都在执行这样一个行规,任何一所大学及科研机构在举办研讨会时,往往至少是提前半年甚至更早的时间通知受邀请者,让大家有所准备,以便安排时间及协调工作赴会。我之所以有底气在疫情时期一个短暂的安全窗口期邀约如此多的学者来参加会议,只是因为我心底依然驻留着20年前大家走到一起互动的真诚与激动。而我更相信这种真诚与激动始终被我们这个群体所记忆着,其不仅是在我一个人心里的长久驻留。还有那些没有参加过"北京会议"的学者、出版人与编辑,他们则更是我多年来无需多联系且永远是心领意会的朋友。

这是一个学者群体赋予我的底气与信心!

"上海会议"的邀请函刚刚发出,我们第一时间就收到全部学者希望能够前来参加会议的回执,并且他们还附带了触绪寄情的文字。绝大部分学者都在短暂的时间内重新调整了自己的计划与行程,期待在上海重聚。其中也有个别学者的确因为不可抗拒的事情无法抽身前来,但他们还是在会议的那两天,通过网络视频在虚拟的数字时空中与大家再度相逢,并且做了互动性的发言。一切都是那么令人激动!

一部成功教材的编撰绝不是一件孤立的学术事件,其关涉到学术方方面面的互动与协作,所以我们还邀请了多年来与我们这个学术团队有着致密交往的优秀学者、出版人与编辑参加此次"上海会议",他们始终是我们的挚友。

让人感慨的是,当年"北京会议"那批30岁左右刚刚获取博士学位的青年学者,事隔20年,都成为50岁上下的专家学者了。岂止如此,应该说当时参加这部《比较文学概论》编撰的全体作者,都成了比较文学与世界文学及相关专业方向下的教授、博导或学科带头人。并且他们获有各种荣誉的学术头衔,其中还有相关学者成为高级行政管理者。

一部优秀的教材,必须要在代际的承传中延展自己的学术生命力。这部教材于2014年进行第四版修订时,我们就注意吸纳刚刚获取博士学位的优秀新生代学者加盟,请他们参加相关章节的修订与撰写。在第五版修订时,我们再度邀请了相关青年学者为这部教材制作了准确且精美的教学课件(PPT)。

人,一生又能够有几次集结于20年后的再度相约?好多位学者从那次"北京会议"散去之后,就再也没有见过了。其实不须多用文字描述,我们即可以想见此次"上海会议"为大家于"北京会议"20年后的再见,营造了一个怎样难忘且让人感慨的境遇,而大家相见的愿望又是那么的单纯与朴素。

提及这部《比较文学概论》教材的学术生命力,其不仅取决于全体学者的学术质量及其坦诚合作的品质,也在于持续不断地修订而革故鼎新。如此才可能以知识信息的代际更替而葆有持久的学术生命力。学术是在历史前行的潮流中大浪淘沙的,我们一定会在持久的坚定中对这部教材的内容进行代际的更新与修订,其目的就是为了推动一代又一代后来的青年学者对比较文学作为一门学科之专业知识的学习和掌握,永远处在与时俱进的当下,以让他们获有作为一门学科的比较文学研究的准确的学科意识和学科立场,并帮助其中更为优秀的青年学者成长为在高校比较文学专业任教与从事科研的后继人才。

这,是一种学术责任!

此次"上海会议"举办得成功且灿烂盛大,正是得益于新生代学者的努力与合作。复旦大学中文系比较文学与世界文学教研室的青年副教授郭西安博士是此次研讨会的具体主办人,其后还包括协助我编订这部"论集"。她带领着一个由本科生、硕士生、博士生与博士后组成的团队,在会议议程准确无误的设计、执行与操控中,把一切都做到了极致,堪称完美。他们是一批聪慧且潜力无穷的青年学者,前途不可限量!我愿意在这里把他们的名字一一记录下来,因为他们每个人作为一个"此在"(Dasein)始终与我们共在(Mitsein),且生存于一个共在的意义关联结构中。他们是:郭西安、徐依凡、王涵、李盛、丁艳、张宁、彭嘉一、陈永江、吴雪凝、杨若尧、罗明勇、康添俊、杨沛隆与邱诗韵。

我想说的是,谢谢他们!

此次"上海会议"结束后,我们依然寄怀于一种不舍的期待,那就是:20年后大家再聚一次。那么,在哪一座城市哪一所大学再相聚呢?那个时代的我们与作为一门学科的比较文学又怎样了呢?我不得而知,只知道生命与历史的邀约在心理的感知上是一种瞬间的过去与遥远的未来。在"上海会议"的相聚离别后,我们之所以邀约大家集结出版这部80万字的《视域与立场:中国比较文学论集》,是为了让过去的20年与未来的20年于存在与时间的逻辑中以这部"论集"的物质文本铭刻于当下,以此作为一个里程碑式的纪念。更关键在于,这部《视域与立场:中国比较文学论集》集结了一批成熟且专业之学者的文章,其有着重要的学术参考价值。这部"论集"作为一种纪念,不是起点更不是终点,它标志着一个学术群体在学术历史中持续跋涉的足迹与历程。

还有,我特别想告诉比较文学界同仁的是,这部"论集"还收入我撰写的一篇当代学术史叙事的长文:《以比较文学的名义:一位美国学者在中国台湾与大陆之间的学术旅途》。这篇文章是应中国台湾地区"中研院"文哲所李奭学研究员与辅仁大学外国语学院刘雪珍副教授所邀,我为国际比较文学界纪念康士林(Nicholas Koss)教授80寿辰而写的特稿。此稿刊发在《功成行满见真如:康士林教授八秩荣庆论文集》[①]。

康士林教授是一位美国人,曾任中国台湾辅仁大学外国语学院院长及比较文学研究所所长。康士林教授不远万里来到中国台湾与大陆,这么多年来,他

---

① 李奭学、刘雪珍主编:《功成行满见真如:康士林教授八秩荣庆论文集》,书林出版有限公司,2022年,第45—76页。

总是在匆匆地行走,以比较文学的名义行走在推动中国台湾与大陆进行学术交往的旅途中,特别是他为大陆走进比较文学这门学科的青年学者培养与学术研究注入了非常可贵的专业观念和专业资源。在相当大的程度上,他推动了大陆比较文学学科的发展。我们这个群体中有许多学者都是他的受益者及朋友。

最后我想说的是,"上海会议"结束后,我即在复旦大学中文系荣休,随后被聘为福建师范大学外国语学院特聘教授。此部《视域与立场:中国比较文学论集》的出版得益于复旦大学中文系主任朱刚教授的支持,也得益于福建师范大学外国语学院院长葛桂录教授的推动,非常感谢他们!同时,也感谢复旦大学出版社编辑宋启立先生为出版这部《视域与立场:中国比较文学论集》所投入的精力与时间。当然更感谢全体学者对出版这部"论集"的慷慨贡献!

借用《老子》第十六章所言:"夫物芸芸;各复归其根。"[①]人世间芸芸众生,有那么多人,匆匆而来,匆匆而去,尽管各复归其根,其实能够相遇就是缘分!

写于福建师范大学外国语学院
2023 年 2 月 6 日

[①] 《老子》,见于《二十二子》,上海古籍出版社,1986 年,缩印浙江书局汇刻本,第 2 页。

图书在版编目(CIP)数据

视域与立场:中国比较文学论集/郭西安主编. —上海:复旦大学出版社, 2023.9
(比较文学与跨文化研究书系/杨乃乔总主编)
ISBN 978-7-309-16570-8

Ⅰ.①视… Ⅱ.①郭… Ⅲ.①比较文学-文学研究-中国-文集 Ⅳ.①I206-53

中国版本图书馆 CIP 数据核字(2022)第 201012 号

视域与立场:中国比较文学论集
郭西安　主编
责任编辑/宋启立

复旦大学出版社有限公司出版发行
上海市国权路 579 号　邮编:200433
网址:fupnet@fudanpress.com　　http://www.fudanpress.com
门市零售:86-21-65102580　　团体订购:86-21-65104505
出版部电话:86-21-65642845
上海盛通时代印刷有限公司

开本 787×1092　1/16　印张 43　字数 749 千
2023 年 9 月第 1 版
2023 年 9 月第 1 版第 1 次印刷

ISBN 978-7-309-16570-8/I・1336
定价:198.00 元

如有印装质量问题,请向复旦大学出版社有限公司出版部调换。
版权所有　　侵权必究